HEINRICH VON KLEIST

WERKE IN EINEM BAND

Carl Hanser Verlag München

Herausgegeben von Helmut Sembdner

ISBN 3-446-10891-2
Hanserbibliothek

Gesetzt aus der Poliphilus-Antiqua
Umschlagentwurf: Dieter Vollendorf
Printed in Germany
2. Auflage 1978

INHALTSÜBERSICHT

DRAMEN

DIE FAMILIE SCHROFFENSTEIN

Ein Trauerspiel in fünf Aufzügen

[Nach der Urfassung »Die Familie Ghonorez«]

PERSONEN

Raimond, *Graf von Ghonorez aus dem Hause Ciella*
Elmire, *seine Gemahlin*
Rodrigo, *ihr Sohn*
Juan, *Raimonds natürlicher Sohn*
Alonzo, *regierender Graf von Ghonorez aus dem Hause Gossa*
Der Großvater, *sein Vater*
Franziska, *Alonzos Gemahlin, Stiefschwester der Elmire*
Ignez, *ihre Tochter*
Antonio von Ghonorez
Aldola, Santin, Vetorin – *Vasallen Raimonds*
Thiesta, *Vasall Alonzos*
Ursula, *eine Witwe*
Barnabé, *ihre Tochter*
Hans Franz Flanz, *ein Wanderer*
Ein zweiter Wanderer
Grete, *eine Kammerjungfer der Elmire*
Ein Kirchendiener
Ciryllo, *ein Diener Alonzos*
Hans, *ein Gärtner*
Der Kerkermeister auf Ciella
Ritter. Geistliche. Hofgesinde. Jünglinge. Mädchen

Das Stück spielt in Spanien

ERSTER AKT

Erste Szene

Ciella. Das Innere einer Kapelle. Es steht ein Sarg in der Mitte, um ihn herum Raimond, Elmire, Rodrigo, Antonio, Ritter, Geistliche, das Hofgesinde, und ein Chor von Jünglingen und Mädchen. Die Messe ist eben beendigt.

CHOR DER MÄDCHEN *(mit Musik).*
Niedersteigen
Glanzumstrahlet
Himmelshöhen zur Erd herab,
Sah ein Frühling
Einen Engel.
Nieder trat ihn ein frecher Fuß.

CHOR DER JÜNGLINGE.
Dessen Thron die weiten Räume decken,
Dessen Reich die Sterne Grenzen stecken,
Dessen Willen wollen wir vollstrecken,
Rache! Rache! Rache! schwören wir.

CHOR DER MÄDCHEN.
Aus dem Staube
Aufwärts blickt' er
Milde zürnend den Frechen an,
Bat, ein Kindlein,
Bat um Liebe,
Mörders Stahl gab die Antwort ihm.

CHOR DER JÜNGLINGE *(wie oben).*

CHOR DER MÄDCHEN.
Nun im Sarge
Ausgelitten
Faltet blutige Händlein er,
Gnadebetend
Seinem Feinde.
Trotzig stehet der Feind und schweigt.

CHOR DER JÜNGLINGE *(wie oben).*

(Während die Musik zu Ende geht, nähert sich die Familie und ihr Gefolge dem Altar.)

RAIMOND. Ich schwöre Rache! Rache! auf die Hostie!
Dem Haus Alonzos, Grafen Ghonorez.
(Er empfängt das Abendmahl.)
Die Reihe ist an dir, mein Sohn.

RODRIGO. Mein Herz

Trägt wie mit Schwingen deinen Fluch zu Gott.
Ich schwöre Rache so wie du.

RAIMOND. Den Namen,
Mein Sohn, den Namen nenne.

RODRIGO. Rache schwör ich,
Alonzon Ghonorez.

RAIMOND. Nein, irre nicht.
Ein Fluch, wie unsrer, kömmt vor Gottes Ohr,
Und jedes Wort bewaffnet er mit Blitzen.
Drum wäge sie gewissenhaft – Sprich nicht
Alonzo, sprich sein ganzes Haus, so hast
Dus sichrer.

RODRIGO. Rache schwör ich, Rache
Dem Mörderhaus Alonzos.

(Er empfängt das Abendmahl.)

RAIMOND. Elmire,
Die Reihe ist an dir.

ELMIRE. Verschone mich,
Ich bin ein Weib –

RAIMOND. Und Mutter auch des Toten.

ELMIRE. O Gott! Wie soll ein Weib sich rächen?

RAIMOND. In
Gedanken. Würge
Sie betend.

*(Sie empfängt das Abendmahl.
Raimond führt Elmiren in den Vordergrund, alle folgen.)*

RAIMOND. Ich weiß, Elmire, Männer sind die Rächer,
Ihr seid die Klageweiber der Natur.
Doch nichts mehr von Natur.
Ein holdergötzend Märchen ists, der Kindheit
Der Menschheit von den Dichtern, ihrer Amme,
Erzählt. Vertrauen, Unschuld, Treue, Liebe,
Religion, der Götter Furcht sind wie
Die Tiere, welche reden – Selbst das Band,
Das heilige, der Blutsverwandtschaft riß,
Und Vettern, Kinder eines Vaters, zielen
Mit Dolchen zielen sie auf ihre Brüste.
Ja sieh, die letzte Menschenregung für
Das Wesen in der Windel ist erloschen.
Man spricht von Wölfen, welche Kinder säugten,
Von Löwen, die das Einzige der Mutter
Verschonten – Ich erwarte, daß ein Bär
An Oheims Stelle tritt für Rodrigo.

Und weil doch alles sich gewandelt, Menschen
Mit Tieren die Natur gewechselt, wechsle
Denn auch das Weib die ihrige und dränge
Das Kleinod Liebe, das nicht üblich ist,
Aus ihrem Herzen, um die Folie, Haß,
Der üblich ist, hineinzusetzen.
Wir
Indessen tuns in unsrer Art. Ich biete
Euch, meine Lehensmänner auf, mir schnell
Von Mann und Weib und Kind, und was nur irgend
Sein Leben lieb hat, eine Schar zu bilden.
Denn nicht ein ehrlich offner Krieg, ich denke
Nur eine Jagd wirds werden, wie nach Schlangen.
Wir wollen bloß das Felsenloch verkeilen,
Mit Dampfe sie in ihrem Nest ersticken, –
Die Leichen liegen lassen, daß von fernher
Gestank die Gattung schreckt, und keine wieder
In einem Erdenalter dort ein Ei legt.

ELMIRE. O Raimond! Mäßge dich! Es hat der Frech-
Beleidigte den Nachteil, daß die Tat
Ihm die Besinnung selbst der Rache raubt,
Und daß in seiner Brust noch, an der Wut,
Ein Freund des Feindes aufsteht wider ihn.
Wenn dir ein Garn Alonzo stellt, du läufst
In deiner Wunde blindem Schmerzgefühl
Hinein – Könntst du nicht prüfen mindestens
Vorher, aufschieben noch die Fehde – Ich
Will nicht den Arm der Rache binden, leiten
Nur will ich ihn, daß er so sichrer treffe –

RAIMOND. So meinst du, soll ich warten, Pedros Mord
Nicht rächen, bis ich Rodrigos, bis ich
Auch deinen noch zu rächen hab – Aldola!
Geh hin nach Gossa, kündge ihm den Frieden!
– Doch sags ihm nicht so sanft, wie ich, hörst du?
Nicht mit so dürren Worten – Sag daß ich
Gesonnen sei an seines Schlosses Stelle
Ein Hochgericht zu bauen – Nein, ich bitte,
Du mußt so matt nicht reden – Sag, ich dürste
Nach sein und seines Kindes Blut, hörst du?
Und seines Kindes Blute.

(Er bedeckt sein Gesicht; ab mit Gefolge außer Antonio und Rodrigo.)

ANTONIO. Ein Wort, Graf Rodrigo.

RODRIGO. Bist dus, Antonio?
ANTONIO. Ich komm aus Gossa.
RODRIGO. So? Aus Gossa? Nun?
ANTONIO. Bei meinem Eid, ich nehme ihre Sache.
RODRIGO. Alonzos? Du?
ANTONIO. Denn nie ward eine Fehde
So tollkühn rasch, so frevelhaft leichtsinnig
Beschlossen, als die eur'.
RODRIGO. Erkläre dich.
ANTONIO. Ich denke, das Erklären ist an dir.
Ich habe hier in diesen Bänken wie
Ein Narr gestanden,
Dem ein Schwarzkünstler Faxen vormacht.
RODRIGO. Wie?
Du wüßtest nichts?
ANTONIO. Du hörst. Ich sage dir,
Ich komm aus Gossa, wo Alonzo, den
Ihr einen Kindesmörder scheltet,
Die Mücken klatscht, die um sein Mädchen summen.
RODRIGO. Ja so, das war es – Allerdings, man weiß,
Du giltst dem Hause viel, sie haben dich
Stets ihren Freund genannt, so solltest du
Wohl unterrichtet sein von ihren Wegen.
Man spricht, du freitest um die Tochter – Nun
Ich sah sie nie, doch des Gerüchtes Stimme
Rühmt ihre Schönheit – Wohl. So ist der Preis
Es wert.
ANTONIO. Wie meinst du das?
RODRIGO. Ich meine, weil –
ANTONIO. Laß gut sein, kann es selbst mir übersetzen.
Du meinest, weil ein seltner Fisch sich zeigt,
Der doch zum Unglück bloß von Aas sich nährt,
So schlüg ich meine Ritterehre tot
Und hing' die Leich an meiner Lüste Angel
Als Köder auf –
RODRIGO. Ja, grad heraus, Antonio.
Es gab uns Gott das seltne Glück, daß wir
Der Feinde Schar leichtfaßlich, unzweideutig,
Wie eine runde Zahl erkennen. Gossa,
In diesem Worte liegts, wie Gift in einer Büchse,
Und weils jetzt drängt und eben nicht die Zeit
Zu makeln, ein zweideutig Körnchen Saft
Mit Müh herauszuklauben, nun so machen

Wirs kurz, und sagen, du gehörst zu Gossa.

ANTONIO. Bei meinem Eid, da habt ihr recht. Niemals
War eine Wahl mir zwischen euch und sie.
Doch muß ich mich entscheiden, auf der Stelle
Tu ichs, wenn so die Sachen stehen. Ja, sieh,
Ich spreng auf alle Schlösser im Gebirg,
Empöre jedes Herz, bewaffne
Wo ich es finde, das Gefühl des Rechts,
Den Frech-Verleumdeten zu rächen.

RODRIGO. Das
Gefühl des Rechts! O du Falschmünzer der
Gefühl'! Nicht einen wird ihr Glanz betrügen,
Am Klange werden sie es hören, an
Die Tür zur Warnung deine Worte nageln –
Das Rechtgefühl! Als obs ein andres noch
In einer andern Brust als dieses gäbe!
Denkst du, daß ich, wenn ich ihn schuldlos glaubte,
Nicht selbst auf seine Seite treten würde,
Dem eignen Vater gegenüber? Nun
Du Tor, wie könnt ich denn dies Schwert, dies gestern
Empfangne, dies der Rache auf sein Haupt
Geweihte, so mit Wollust tragen – Doch
Nichts mehr davon, das kannst du nicht verstehn.
Zum Schlusse – wir, wir hätten, denk ich, nun
Einander wohl nichts mehr zu sagen?

ANTONIO. Nein.

RODRIGO. Leb wohl.

ANTONIO. Rodrigo!
Was meinst du? Sieh, du schlägst mir ins Gesicht,
Und ich, ich bitte dich mit mir zu reden.
Was meinst du, bin ich nicht ein Schurke?

RODRIGO. Willst
Dus wissen, stell dich nur an diesen Sarg. *(Ab.)*

ANTONIO *(kämpft mit sich, will gehen, bemerkt dann den Kirchendiener).*
He, Alter.

KIRCHENDIENER. Herr.

ANTONIO. Kennst du mich?

KIRCHENDIENER. Du meinst, von Ansehn –

ANTONIO. Nein, von Namen.

KIRCHENDIENER. Warst du schon in dieser Kirche?

ANTONIO. Niemals.

KIRCHENDIENER. Ei, Herr, wie sollt ich die Namen aller kennen, die außer der Kirche sind?

ANTONIO. Nun dann, es tut zur Sache nichts. Ich bin
Auf Reisen, hab hier angesprochen,
Und finde alles voller Leid und Trauer.
Unglaublich dünkts mich, was die Leute sagen,
Es hab der Oheim dieses Kind erschlagen.
Du bist ein Mann doch, den man zu dem Pöbel
Nicht zählt, und der wohl hie und da ein Wort
Von höhrer Hand erhorchen mag. Nun, wenns
Beliebt, so teil mir, was du wissen magst,
Fein ordentlich und nach der Reihe mit.

KIRCHENDIENER. Herr. Von alten Zeiten her gibts einen Erbvertrag zwischen den beiden Häusern von Gossa und von Ciella; einen Erbvertrag, sag ich, kraft dessen nach dem gänzlichen Aussterben des einen Stammes das sämtliche Besitztum desselben an den andern Stamm fallen sollte.

ANTONIO. Zur Sache, das gehört zur Sache nicht.

KIRCHENDIENER. Ei wohl, Herr, der Erbvertrag gehört zur Sache. Denn das ist so viel, als wolltest du sagen, der Apfel gehöre nicht zum Sündenfall.

ANTONIO. Nun, weiter.

KIRCHENDIENER. Nun weiter. Als unser jetziger Herr die Regierung übernehmen sollte, ward er plötzlich krank. Zwei Tage lang lag er in der Ohnmacht, man hielt ihn für tot, und der Graf Alonzo, als Erbe, machte bereits Anstalten die Hinterlassenschaft in Besitz zu nehmen, als unser Herr wieder erwachte.

ANTONIO. Sprich deutlich. Welche Anstalt traf er?

KIRCHENDIENER. Ei nun, er ließ Kisten und Kasten versiegeln, verschließen, bewachen –

ANTONIO. Nun?

KIRCHENDIENER. Nun, das tat er. Weiter nichts.

ANTONIO. Fahre fort.

KIRCHENDIENER. Ich fahre fort. Die Todesnachricht hätte in Gossa keine so große Trauer erwecken können, als die Nachricht, daß unser Herr am Leben sei.

ANTONIO. Wer sagte dir das?

KIRCHENDIENER. Herr, es sind zwanzig Jahre vorbei, kanns nicht mehr beschwören.

ANTONIO. Sprich weiter.

KIRCHENDIENER. Ich spreche weiter. Seitdem haben sie von Gossa immer nach unsrer Grafschaft herübergeschielt, wie die Katze nach dem Knochen, an welchem der Hund nagt.

ANTONIO. Taten sie das?

KIRCHENDIENER. So oft unserm Herrn ein Junker geboren ward, soll der Graf Alonzo blaß geworden sein.

ANTONIO. Wirklich?

KIRCHENDIENER. Nun, weil doch alles Warten und Gedulden vergebens war, und die zwei Jünglinge wie die Pappeln blühten, so nahm er kurzweg die Axt, und fällte vorderhand den einen, den jüngsten, von neun Jahren, der hier im Sarge liegt.

ANTONIO. Nun das erzähl, wie ist das zugegangen?

KIRCHENDIENER. Nun gut, das will ich dir erzählen. Denk, du seist Graf Raimond, unser Herr, und gingest an einem Abend spazieren, weit ab, ins Gebirge. Nun denke dir, du fändest dort plötzlich dein Kind tot auf der Erde, neben ihm kniend zwei Männer aus dem Fußvolk von Gossa, mit blutigen Messern in den Händen. Du, wütend, zögst das Schwert, und machtest sie beide nieder.

ANTONIO. Tat das dein Herr?

KIRCHENDIENER. Herr, der eine blieb noch am Leben, und der hats gestanden.

ANTONIO. Gestanden?

KIRCHENDIENER. Ja, Herr, er hats rein heraus gestanden.

ANTONIO. Was hat er gestanden?

KIRCHENDIENER. Daß Graf Alonzo ihn zum Morde abgeschickt, und ihm im voraus bezahlt habe.

ANTONIO. Hast dus gehört? Mit deinen eignen Ohren? Aus seinem Munde?

KIRCHENDIENER. Herr, ich habs gehört und die ganze Gemeinde.

ANTONIO. O höllisch ists! Erzähls genau, sprich, wie gestand er es?

KIRCHENDIENER. Auf der Folter.

ANTONIO. So. Weiter. Sag mir seine Worte.

KIRCHENDIENER. Herr, die hab ich nicht genau gehört, außer eines. Denn es war ein Getümmel auf dem Markte, wo er gefoltert ward, daß man sein Brüllen kaum hören konnte.

ANTONIO. Du sagtest, außer eines. Nenne mir
Das eine Wort, das du gehört.

KIRCHENDIENER. Das eine Wort war: Alonzo.

ANTONIO. Alonzo? Sagt' er das? bist dus gewiß?
So. – Nun was wars weiter?

KIRCHENDIENER. Herr, weiter war es nichts. Denn bald darauf, als ers gestanden, verblich er.

ANTONIO. So, verblich – Und weiter weißt du nichts?

KIRCHENDIENER. Herr, nichts.

(Antonio bleibt in Gedanken stehen.)

EIN DIENER *(tritt auf)*. Habt Ihr Graf Rodrigo
Gesehn?

ANTONIO. Den suchst du? Freund, ich gehe mit dir.

(Alle ab.)

(Rodrigo und Juan treten von der andern Seite auf.)

RODRIGO. Wie kamst du denn zu diesem Schleier? Er
Ists, ists wahrhaftig – Sprich, – Und so in Tränen?
Warum denn so in Tränen, so erhitzt?
Hat dich die Mutter Gottes so begeistert,
Vor der du knietest?

JUAN. Gnädger Herr – als ich
Vorbeiging an dem Bilde, riß es mich
Gewaltsam zu sich nieder –

RODRIGO. Und der Schleier?
Wie kamst du denn zu diesem Schleier, sprich?

JUAN. Ich sag Euch ja, ich fand ihn.

RODRIGO. Wo?

JUAN. Im Tale
Zu Santa Kruz.

RODRIGO. Und kennst nicht die Person,
Die ihn verloren?

JUAN. – Nein.

RODRIGO. Gut. Es tut nichts;
Ist einerlei – Und weil er dir nichts nützet,
Nimm diesen Ring und laß den Schleier mir.

JUAN. Den Schleier –? Gnädger Herr, was denkst du? Soll
Ich das Gefundene an dich verhandeln?

RODRIGO. Nun, wie du willst – Ich war dir immer gut,
Und wills dir schon so lohnen, wie dus wünschest.

(Er küßt ihn und will gehn.)

JUAN. Mein bester Herr – O nicht – o nimm mir alles,
Mein Leben wenn du willst. –

RODRIGO. Du bist ja seltsam.

JUAN. Du nähmst das Leben mir mit diesem Schleier.
Denn einer heiligen Reliquie gleich,
Bewahrt er mir das Angedenken an
Den Augenblick, wo segensreich, heilbringend,
Ein Gott ins Leben mich, ins ewge, führte.

RODRIGO. Wahrhaftig? – Also fandst du ihn wohl nicht?
Er ward dir wohl geschenkt? Ward er? Nun sprich.

JUAN. Fünf Wochen sinds – nein, morgen sinds fünf Wochen,
Als sein gesamt berittnes Jagdgefolge
Dein Vater in die Forsten führte. Gleich
Vom Platz, wie ein gekrümmter Fischbein, flog
Das ganze Roßgewimmel ab ins Feld.
Mein Pferd, ein ungebändigt tückisches,

Von Hörnerklang, und Peitschenschall, und Hund-
Geklaff verwildert, eilt ein eilendes
Vorüber nach dem andern, streckt das Haupt
Vor deines Vaters Roß schon an der Spitze. –
Gewaltig drück ich in die Zügel, doch,
Als hätts ein Sporn getroffen, nun erst greift
Es aus, und aus dem Zuge, wie der Pfeil
Aus seinem Bogen, fliegts dahin – Rechts herum
In eine Wildbahn reiß ich es, bergan.
Und weil ich meinen Blicken auf dem Fuß
Muß folgen, eh ich, was ich sehe, wahr
Kann nehmen, stürz ich, Roß und Reuter, schon
Hinab in einen Strom –

RODRIGO. Nun Gott sei Dank,
Daß ich auf trocknem Land dich vor mir sehe.
Wer rettete dich denn?

JUAN. Wer, fragst du? Ach,
Daß ichs mit einem Worte nennen soll!
Ich kanns dir nicht so sagen, wie ichs meine,
Es war ein nackend Mädchen.

RODRIGO. Wie? Nackend?

JUAN. Strahlenrein, wie eine Göttin
Hervorgeht aus dem Bade. Zwar ich sah
Sie fliehend nur in ihrer Schöne – Denn
Als mir das Licht der Augen wiederkehrte,
Verhüllte sie sich –

RODRIGO. Nun?

JUAN. Ach, doch ein Engel
Schien sie, als sie verhüllt mir wiederkehrte.
Denn das Geschäft der Engel tat sie, hob
Zuerst mich Hingesunknen – löste dann
Von Haupt und Nacken schnell den Schleier, mir
Das Blut, das strömende, zu stillen.

RODRIGO. O
Du Glücklicher!

JUAN. Still saß ich, rührte nicht ein Glied,
Wie eine Taub in Kindes Hand.

RODRIGO. Und sprach sie nicht?

JUAN. Mit Tönen, wie aus Glocken – fragte stets
Geschäftig, wer ich sei? Woher ich komme?
– Erschrak dann lebhaft, als sie hört', ich sei
Aus Ciella.

RODRIGO. Wie? Warum denn das?

JUAN. Gott weiß.
Doch hastig fördernd das Geschäft, ließ sie
Den Schleier mir und schwand.
RODRIGO. Und sagte sie
Dir ihren Namen nicht?
JUAN. Dazu war sie
Durch Bitten nicht, nicht durch Beschwören zu
Bewegen.
RODRIGO. Nein, das tut sie nicht.
JUAN. Wie? Kennst
Du sie?
RODRIGO. Ob ich sie kenne? Glaubst du Tor,
Die Sonne scheine dir allein?
JUAN. Wie meinst
Du das –? Und kennst auch ihren Namen?
RODRIGO. Nein,
Beruhge dich. Den sagt sie mir so wenig,
Wie dir, und droht mit ihrem Zorne, wenn
Wir unbescheiden ihn erforschen sollten.
Drum laß uns tun, wie sie es will. Es sollen
Geheimnisse der Engel Menschen nicht
Ergründen. Laß – ja laß uns lieber, wie
Wir es mit Engeln tun, sie taufen. Mag
Die Ähnliche der Mutter Gottes auch
Marie heißen – uns nur, du verstehst,
Und nennst du im Gespräch mir diesen Namen,
So weiß ich, wen du meinst. Ich habe lange
Mir einen solchen Freund gewünscht. Es sind
So wenig Seelen in dem Hause, die
Wie deine, zartbesaitet,
Vom Atem tönen.
Und weil uns nun der Schwur der Rache fort
Ins wilde Kriegsgetümmel treibt, so laß
Uns brüderlich zusammenhalten, kämpfe
Du stets an meiner Seite.
JUAN. Gegen wen –?
RODRIGO. Das fragst du hier an dieser Leiche? Gegen
Alonzos frevelhaftes Haus.
JUAN. O Gott,
Laß ihn die Engellästrung nicht entgelten.
RODRIGO. Was, bist du rasend?
JUAN. Rodrigo – Ich muß
Ein schreckliches Bekenntnis dir vollenden.

Es muß heraus aus dieser Brust – denn gleich
Den Geistern ohne Rast und Ruhe, die
Kein Sarg, kein Riegel, kein Gewölbe bändigt,
So mein Geheimnis –

RODRIGO. Du erschreckst mich. Rede.

JUAN. Nur dir, nur dir darf ichs vertraun – Denn hier
Auf dieser Burg – mich dünkt, ich sei
In einem Götzentempel, sei, ein Christ,
Umringt von Wilden, die mit gräßlichen
Gebärden mich, den Haaresträubenden,
Zu ihrem blutgen Fratzenbilde reißen –
– Du hast ein menschliches Gesicht, zu dir,
Wie zu dem Weißen unter Mohren, wende
Ich mich – Denn niemand bei Gefahr des Lebens,
Darf außer dir des Gottes Namen wissen,
Der mich entzückt –

RODRIGO. O Gott! – Doch meine Ahndung –?

JUAN. Sie ist es.

RODRIGO *(erschrocken)*. Wer?

JUAN. Du hasts geahndet.

RODRIGO. Was
Hab ich geahndet? Sagt ich denn ein Wort?
Kann ein Vermuten denn nicht trügen? Mienen
Sind schlechte Rätsel, die auf vieles passen,
Und übereilt hast du die Auflösung.
Nicht wahr, das Mädchen, dessen Schleier hier,
Ist Ignez nicht, nicht Ignez Ghonorez?

JUAN. Ich sag dir ja, sie ist es.

RODRIGO. O mein Gott!

JUAN. Als sie auf den Bericht, ich sei aus Ciella,
Schnell fortging, folgt ich ihr von weitem
Bis Gossa fast, wo mirs ein Mann nicht einmal
Nein zehenmal bekräftigte.

RODRIGO. O laß
An deiner Brust mich ruhn, mein lieber Freund.

ANTONIO *(tritt auf)*. Ich soll
Mich sinngeändert vor dir zeigen, soll
Die schlechte Meinung dir benehmen, dir,
Wenns möglich, eine beßre abgewinnen,
– Gott weiß, das ist ein peinliches Geschäft.
Laß gut sein, Rodrigo. Du kannst mirs glauben,
Ich wußte nichts von allem, was geschehn.
(Pause; da Rodrigo nicht aufsieht.)

Wenn dus nicht glaubst, ei nun, so laß es bleiben.
Ich hab nicht Lust, mich vor dir weiß zu brennen.
Kannst dus verschmerzen, so mich zu verkennen,
Bei Gott, so kann ich das verschmerzen.

RODRIGO *(zerstreut)*. Wie sagst du, Antonio?

ANTONIO. Ich weiß, was dich so zäh macht in dem Argwohn.
's ist wahr, und niemals werd ichs leugnen, ja,
Ich hatt das Mädel mir zum Weib erkoren.
Doch eh ich je mit Mördern mich verschwägre,
Zerbreche mir die Henkershand das Wappen.

RODRIGO *(fällt ihm plötzlich um den Hals)*.

ANTONIO. Was ist dir, Rodrigo? Was hat so plötzlich
Dich und so tief bewegt?

RODRIGO. Gib deine Hand,
Verziehn sei alles –

ANTONIO. Tränen? Warum Tränen?

RODRIGO. Laß mich, ich muß hinaus ins Freie.

(Rodrigo schnell ab; Antonio und Juan folgen.)

Zweite Szene

Gossa. Ein Zimmer im Schloß.

Ignez führt ihren Großvater in einen Sessel.

GROSSVATER. Ignez, wo ist Philipp?

IGNEZ. Du lieber Gott, ich sags dir alle Tage,
Und schriebs dir auf ein Blatt, wärst du nicht blind.
Komm her, ich schreibs dir in die Hand.

GROSSVATER. Hilft das?

IGNEZ. Es hilft, glaub mirs.

GROSSVATER. Ach, es hilft nicht.

IGNEZ. Ich meine
Vor dem Vergessen.

GROSSVATER. Ich vor dem Erinnern.

IGNEZ. Guter Vater.

GROSSVATER. Liebe Ignez.

IGNEZ. Fühl mir einmal die Wange an.

GROSSVATER. Du weinest?

IGNEZ. Ich weiß es wohl, daß mich der Pater schilt,
Doch glaub ich, er versteht es nicht. Denn sieh,

Wie ich muß lachen, eh ich will, wenn einer
Sich lächerlich bezeigt, so muß ich weinen,
Wenn einer stirbt.
GROSSVATER. Warum denn, meint der Pater,
Sollst du nicht weinen?
IGNEZ. Ihm sei wohl, sagt er.
GROSSVATER. Glaubst dus?
IGNEZ. Der Pater freilich solls verstehn,
Doch glaub ich fast, er sagts nicht wie ers denkt.
Denn hier war Philipp gern, wie sollt er nicht?
Wir liebten ihn, es war bei uns ihm wohl,
Nun haben sie ihn in das Grab gelegt –
Ach, es ist gräßlich – Zwar der Pater sagt,
Er sei nicht in dem Grabe – Nein, daß ichs
Recht sag, er sei zwar in dem Grabe – Ach,
Ich kanns dir nicht so wiederbeichten. Kurz,
Ich seh es, wo er ist, am Hügel. Denn
Woher der Hügel?
GROSSVATER. Wahr, sehr wahr!
– Ignez, der Pater hat doch recht. Ich glaubs
Mit Zuversicht.
IGNEZ. Mit Zuversicht? Das ist
Doch seltsam. Ja, da möcht es freilich doch
Wohl anders sein, wohl anders. Denn woher
Die Zuversicht?
GROSSVATER. Wie willst dus halten, Ignez?
IGNEZ. Wie meinst du das?
GROSSVATER. Ich meine, wie dus gläubest.
IGNEZ. Ich wills erst lernen, Vater.
GROSSVATER. Wie? Du bist
Nicht eingesegnet? Sprich, wie alt denn bist du?
IGNEZ. Bald funfzehn.
GROSSVATER. Sieh, da könnte ja ein Ritter
Bereits dich vor den Altar führen.
IGNEZ. Meinst du?
GROSSVATER. Das möchtest du doch wohl?
IGNEZ. Das sag ich nicht.
GROSSVATER. Kannst auch die Antwort sparen. Sags der Mutter,
Sie soll den Beichtger zu dir schicken.
IGNEZ. Horch!
Da kommt die Mutter.
GROSSVATER. Sags ihr gleich.
IGNEZ. Nein, lieber

Sag du es ihr. Sie möchte ungleich von
Mir denken.

GROSSVATER. Ignez, führe meine Hand
Zu deiner Wange.

IGNEZ *(ausweichend)*. Was soll das?

(Franziska tritt auf.)

GROSSVATER. Franziska, hier das Mädel klagt dich an.
Es rechne ihr das Herz das Alter vor,
Ihr blühend Leben sei der Reife nah,
Und knüpft' ihn einer nur, so würde, meint sie,
Ihr üppig Haupthaar einen Brautkranz fesseln, –
Du aber hättst ihr noch die Einsegnung,
Den Ritterschlag der Weiber, vorenthalten.

FRANZISKA. Hat dir Antonio das gelehrt?

GROSSVATER. Franziska,
Sprich, ist sie rot?

FRANZISKA. Ei nun, ich wills dem Vater sagen.
Gedulde dich bis morgen, willst du das?

(Ignez küßt die Hand ihrer Mutter.)

Hier, Ignez, ist die Schachtel mit dem Spielzeug.
Was wolltest du damit?

IGNEZ. Den Gärtnerkindern,
Den hinterlaßnen Freunden Philipps schenk
Ich sie.

GROSSVATER.
Die Reuter Philipps? Gib sie her.

(Er macht die Schachtel auf.)

Sieh, wenn ich diese Puppen halt, ist mirs,
Als säße Philipp an dem Tisch. Denn hier
Stellt' er sie auf, und führte Krieg, und sagte
Mir an, wies abgelaufen.

IGNEZ. Diese Reuter,
Sprach er, sind wir, und dieses Fußvolk ist
Aus Ciella.

GROSSVATER. Nein, du sagst nicht recht. Das Fußvolk
War nicht aus Ciella, sondern war der Feind.

IGNEZ. Ganz recht, so mein ich es, der Feind aus Ciella.

GROSSVATER. Ei nicht doch, Ignez, nicht doch. Denn wer sagt dir,
Daß die aus Ciella unsre Feinde sind?

IGNEZ. Was weiß ich? Alle sagens.

GROSSVATER. Sags nicht nach.

Sie sind uns ja die nahverwandten Freunde.
IGNEZ. Wie du nur sprichst! Sie haben dir den Enkel,
Den Bruder mir vergiftet, und das sollen
Nicht Feinde sein –
GROSSVATER. Vergiftet? Unsern Philipp?
FRANZISKA. Ei Ignez, immer trägt im Herzen das Geheimnis
Die Jugend, wie den Vogel in der Hand.
IGNEZ. Geheimnis! Allen Kindern in dem Schlosse
Ist es bekannt. Hast du, du selber es
Nicht öffentlich gesagt?
FRANZISKA. Gesagt? Und öffentlich?
Was hätt ich öffentlich gesagt? Dir hab
Ich heimlich anvertraut, es könnte sein,
Wär möglich, hab den Anschein fast –
GROSSVATER. Franziska,
Du tust nicht gut daran, daß du das sagst.
FRANZISKA. Du hörst ja, ich behaupte nichts, will keinen
Der Tat beschuldgen, will von allem schweigen.
GROSSVATER. Der Möglichkeit doch schuldigst du sie an.
FRANZISKA. Nun das soll keiner mir bestreiten – Denn
So schnell dahin zu sterben, heute noch
In Lebensfülle, in dem Sarge morgen.
– Warum denn hätten sie vor sieben Jahren
Als mir die Tochter starb sich nicht erkundigt?
War das ein Eifer nicht – Die Nachricht bloß
Der Krankheit konnte kaum in Ciella sein,
Da flog ein Bote schon herüber, fragte
Mit wildverstörter Hast im Hause, ob
Der Junker krank sei? – Freilich wohl, man weiß es
Was so besorgt sie macht', der Erbvertrag,
Den wir schon immer, sie nie lösen wollten.
– Und nun, die ungewöhnliche Umwandlung,
Die plötzliche, des Leichnames in Fäulnis –
– Doch still. Der Vater kommt. Er hat mirs streng
Verboten von dem Gegenstand zu reden.

(Alonzo und der Gärtner treten auf.)

ALONZO. Kann dir nicht helfen, Meister Hans. Geb zu,
Daß deine Rüben süß wie Zucker sind –
GÄRTNER. Wie Feigen, Herr.
ALONZO. Hilft nichts. Reiß aus, reiß aus.
GÄRTNER. Herr, ich will lieber zehn Felder mit Buchsbaum bepflanzen, als eine Kohlstaude ausreißen.

ALONZO. Du bist ein Narr. Ausreißen ist ein froh
Geschäft, geschiehts, um etwas Besseres zu pflanzen.
Denk dir das junge Volk von Bäumen, die,
Wenn wir vorbeigehn, wie die Kinder tanzen,
Und uns mit ihren Blütenaugen ansehn.
Es wird dich freuen, Hans, du kannst mirs glauben.
Du wirst sie hegen, pflegen, wirst sie wie
Milchbrüder deiner Kinder lieben, die
Mit ihnen Leben ziehn aus deinem Fleiße.
Zusammen wachsen wirst du sie, zusammen
Sie blühen sehn, und wenn dein Mädel dir
Den ersten Enkel bringt, gib acht, so füllen
Zum Brechen unsre Speicher sich mit Obst.

GÄRTNER. Herr, werden wirs erleben?

ALONZO. Ei, wenn nicht wir, doch unsre Kinder.

GÄRTNER. Dein Kind? Herr, ich möchte lieber eine Eichenpflanzung groß ziehn, als dein Fräulein.

ALONZO. Wie meinst du das?

GÄRTNER. Denn wenns keinen Nordostwind gibt, mit dem Beile sollte mir keiner herankommen, wie bei Junker Philipp.

ALONZO. Schweig still. Ich kann das alberne Geschwätz
Im Haus nicht leiden.

GÄRTNER. Nun, ich pflanze die Bäume, Herr; aber könnt Ihr die Früchte nicht essen, der Teufel soll mich holen, wenn ich nicht lieber die Bäume umhaue, ehe ich einen Apfel nach Ciella schicke. *(Ab.)*

(Während der letzten Worte verbirgt Ignez das Haupt an die Brust ihrer Mutter.)

ALONZO. Was ist das? Ich erstaun – O daran ist,
Beim Himmel, niemand schuld als du, Franziska.
Das Mißtraun ist die schwarze Sucht der Seele,
Und alles, auch das Schuldlos-Reine zieht
Fürs kranke Aug die Tracht der Hölle an.
Das Nichtsbedeutende, Gemeine, ganz
Alltägliche, spitzfündig, wie zerstreute
Zwirnfaden wirds zu einem Bild verknüpft,
Das uns mit gräßlichen Gestalten schreckt.
Franziska, o das ist sehr schlimm –

FRANZISKA. Mein teurer
Gemahl –

ALONZO. Hättst du nicht wenigstens das Licht,
Das wie du vorgibst dir gezündet ward,
Verbergen in dem Busen, einen so
Zweideutgen Strahl nicht fallen lassen sollen

Auf diesen Tag, den, hätt er was du sagst
Gesehn, ein mitternächtlich Dunkel ewig
Wie den Karfreitag, decken müßte?

FRANZISKA. Höre
Mich an –

ALONZO. Dem Volk, diesem Hohlspiegel des
Gerüchts, den Funken vorzuhalten, den
Er einer Fackel gleich zurückwirft.

FRANZISKA. Vorgehalten?
O mein Gemahl, die Sache lag so klar
Vor aller Menschen Augen, daß ein jeder,
Noch eh man es verbergen konnte, schon
Von selbst das Rechte griff.

ALONZO. Was meinst du? Wenn
Vor achtzehn Jahren, als du schnell nach Ciella
Zu deiner Schwester eiltest, bei der ersten
Geburt ihr beizustehn, die Schwester nun
Als sie den neugebornen Knaben tot
Erblickte dich beschuldigt hätte, du,
Du hättest – du verstehst mich – heimlich ihm,
Verstohlen, während du ihn herztest, küßtest –
Den Mund verstopft, das Hirn ihm eingedrückt –

FRANZISKA. O Gott, mein Gott, ich will ja nichts mehr sagen,
Will niemand mehr beschuldgen, wills verschmerzen,
Wenn sie dies Einzge nur, dies Letzte nur
Uns lassen – *(Sie drückt Ignez mit Heftigkeit an sich.)*

EIN KNAPPE *(tritt auf)*. Herr, es ist ein Ritter am Fallgitter. Er verlangt, daß man es aufziehe, und ihn hineinreiten lasse, mit dir zu reden.

ALONZO. Laß ihn hinein.

GROSSVATER. Ich will aufs Zimmer, Ignez, führe mich.

(Großvater und Ignez ab.)

FRANZISKA. Soll ich ihm einen Platz an unserm Tisch
Bereiten?

ALONZO. Ja, das magst du tun. Ich will
Indessen Sorge tragen für sein Pferd. *(Beide ab.)*

(Ignez tritt indessen auf, sieht sich um, schlägt ein Tuch über, setzt einen Hut auf, und geht ab.)

(Alonzo und Aldola treten auf.)

ALONZO. Aus Ciella, sagst du?

ALDOLA. Ritter Aldola
Aus Ciella. Bin gesandt von meinem Herrn

Dom Raimond Graf von Ghonorez an dich
Alonzo Grafen Ghonorez.

ALONZO. Die Sendung
Empfiehlt dich, Aldola, denn deines Herrn
Sind deine Freunde. Drum so laß uns schnell
Hinhüpfen über den Gebrauch, verzeih
Daß ich mich setze, setz dich zu mir, und
Erzähle alles was du weißt von Ciella.
Denn wie, wenn an zwei Seegestaden zwei
Verbrüderte Familien wohnen, selten
Bei Hochzeit nur, bei Taufe, Trauer, oder
Wenns sonst was Wichtges gibt, der Kahn
Herüberschlüpft, und dann der Bote vielfach,
Noch eh er reden kann, befragt wird, was
Geschehn, wies zuging, und warum nicht anders,
Ja selbst an Dingen, als, wie groß der Ältste,
Wie viele Zähn der Jüngste, ob die Kuh
Gekalbet und dergleichen, was zur Sache
Doch nicht gehöret, sich erschöpfen muß –
Sieh, Freund, so bin ich fast gesonnen, es
Mit dir zu machen. – Nun, beliebts, so setz dich.

ALDOLA. Herr, kann es stehend abtun.

ALONZO. Ei, du Narr,
Stehn und Erzählen, das gehört zusammen,
Wie Reiten fast und Küssen.

ALDOLA. Meine Rede
Wär fertig, Herr, noch eh ich niedersitze.

ALONZO. Willst du so kurz sein? Ei, das tut mir leid.
Doch wenns so drängt, ich wills nicht hindern. Rede.

ALDOLA. Mich schickt mein Herr, Graf Raimond Ghonorez,
Dir wegen des an seinem Sohne Pedro
Verübten Mords den Frieden aufzukünden –

ALONZO. Mord?

ALDOLA. Doch soll ich, meint er, nicht so frostig reden,
Von bloßem Zwist und Streit und Kampf und Krieg,
Von Sengen, Brennen, Reißen und Verheeren.
Drum brauch ich lieber seine eignen Worte,
Die lauten so: er sei gesonnen, hier
Auf deiner Burg ein Hochgericht zu bauen,
Es dürste ihm nach dein und deines Kindes,
Und deines Kindes Blute – wiederholt' er.

ALONZO *(steht auf, sieht ihm steif ins Gesicht)*.
Ja so – Nun setz dich, guter Freund –

(Er holt einen Stuhl.)

Du bist
Aus Ciella nicht, nicht wahr? – Nun setz dich – Wie
War schon dein Name? Setz dich, setz dich – Nun,
Sag an, ich habs vergessen, wo, wo bist
Du her?

ALDOLA. Gebürtig? Herr, aus Murcia.
– Was soll das?

ALONZO. So, aus Murcia – nun also
Aus Ciella nicht. Ich wußt es wohl, nun setz dich –

(Er geht an die Türe.)

Franziska!

(Franziska tritt auf.)

Laß mir doch den Knappen rufen
Von diesem Ritter, hörst du?

(Franziska ab.)

Nun so setz dich
Doch, Alter – Was den Krieg betrifft, das ist
Ein lustig Ding für Ritter, sieh, da bin ich
Auf deiner Seite –

ALDOLA. Meiner Seite?

ALONZO. Ja,
Was Henker denkst du? Hat dir einer Unrecht,
Beschimpfung, oder sonst was zugefügt,
So sag dus mir, sags mir, wir wollens rächen.

ALDOLA. Bist du von Sinnen, oder ists Verstellung?

(Franziska, der Knappe, und Diener treten auf.)

ALONZO. Sag an, mein Sohn, wer ist dein Herr? Es ist
Mit ihm wohl, nun, du weißt schon, was ich meine –

ALDOLA. Den Teufel bin ich, was du meinst – Denkst du
Mir sei von meiner Mutter soviel Menschen-
Verstand nicht angeboren, als vonnöten,
Um einzusehn, du seist ein Schurke? Frag
Die Hund auf unserm Hofe, sieh, sie riechens
Dir an, und nähme einer einen Bissen
Aus deiner Hand, so hänge mich. – Zum Schlusse
So viel noch: Mein Geschäft ist aus. Den Krieg
Hab ich dir Kindesmörder angekündigt. *(Will ab.)*

ALONZO *(hält ihn)*. Nein, halte – Nein, bei Gott, du machst mich bange.
Denn deine Rede, wenn sie gleich nicht reich,

Ist doch so wenig arm an Sinn, daß michs
Entsetzet – Einer von uns beiden muß
Verrückt sein, bist dus nicht, ich könnt es werden.
Die Unze Mutterwitz, die dich vom Tollhaus
Errettet, muß, es kann nicht anders, mich
Ins Tollhaus führen – Sieh, wenn du mir sagtest,
Die Ströme flössen neben ihren Ufern
Bergan, und sammelten auf Felsenspitzen
In Seen sich, so wollt, ich wollts dir glauben.
Doch sagst du mir, ich hätt ein Kind gemordet,
Des Vetters Kind –

FRANZISKA. O großer Gott, wer denn
Beschuldiget dich dieser Untat? Die aus Ciella,
Die selbst, vor wenig Monden –

ALONZO. Schweig. Nun wenns
Beliebt, so sag mirs einmal noch. Ists wahr,
Ists wirklich wahr? Um eines Mordes willen,
Krieg wider mich?

ALDOLA. Soll ichs dir zehenmal,
Und wieder zehnmal wiederkäun?

ALONZO. Nun gut.
Franz, sattle mir mein Pferd. – Verzeih mir, Freund,
Wer kann das Unbegreifliche begreifen?
– Wo ist mein Helm, mein Schwert? – Denn hören muß
Ichs doch aus seinem Munde, eh ichs glaube.
– Schick zu Antonio, er möchte schnell,
Nach Gossa kommen –

ALDOLA. Leb denn wohl.

ALONZO. Nein, warte,
Ich reite mit dir, Freund.

FRANZISKA. Um Gotteswillen,
In deiner Feinde Macht gibst du dich selbst?

ALONZO. Laß gut sein –

ALDOLA. Wenn du glaubst, sie werden schonend
In Ciella dich empfangen, irrst du dich.

ALONZO (*immer beschäftigt*).
Tut nichts, tut nichts, allein werd ich erscheinen,
Ein einzelner tritt frei zu seinen Feinden.

ALDOLA. Das Mildeste, das dir begegnen mag,
Ist, daß man an des Kerkers Wand dich fesselt.

ALONZO. Es ist umsonst – Ich muß mir Licht verschaffen,
Und sollt ichs mir auch aus der Hölle holen.

ALDOLA. Ein Fluch ruht auf dein Haupt, es ist nicht einer

In Ciella, dem dein Leben heilig wäre.
ALONZO. Du schreckst mich nicht – mir ist das ihre heilig,
Drum wag ich fröhlich-kühn mein einzelnes.
Nun fort. *(Zu Franziska.)*
Ich kehre unverletzt zurück,
So wahr der Gottheit selbst die Unschuld heilig.

(Wie sie abgehen wollen, tritt Antonio auf.)

ANTONIO. Wohin?
ALONZO. Gut, daß du kömmst, ich bitte dich,
Bleib bei den Weibern, bis ich wiederkehre.
ANTONIO. Wo willst du hin?
ALONZO. Nach Ciella.
ANTONIO. Lieferst du,
Wie ein bekehrter Sünder selbst dich aus?
ALONZO. Wie meinst du das?
ANTONIO. Ei nun, ein schlechtes Leben
Ist kaum der Mühe wert, es zu verlängern.
Drum geh nur hin, und leg dein sündig Haupt
In christlicher Ergebung auf den Block.
ALONZO. Glaubst du, daß ich, wenn eine Schuld mich drückte,
Das Haupt dem Recht der Rache weigern würde?
ANTONIO. O du Quacksalber der Natur! Denkst du,
Ich werde dein verfälschtes Herz auf Treu
Und Glauben zweimal als ein echtes kaufen?
Bin ich ein blindes Glied denn aus dem Volke,
Daß du mit deinem Ausruf an der Ecke
Mich äffen willst, und wieder äffen willst?
– Doch nicht so vielen Atem bist du wert,
Als nur dies einzge Wort mir kostet: Schurke.
Ich will dich meiden, das ist wohl das Beste.
Denn hier in deiner Nähe stinkt es wie
Bei Mördern.

(Alonzo fällt in Ohnmacht.)

FRANZISKA. Hülfe! Kommt zu Hülfe! Hülfe!

ZWEITER AKT

Erste Szene

Gegend im Gebirge. Im Vordergrunde eine Höhle.

Ignez sitzt an der Erde und knüpft Kränze. Rodrigo tritt auf und betrachtet sie mit Wehmut. Dann wendet er sich mit einer schmerzvollen Bewegung, während welcher Ignez ihn wahrnimmt, welche dann zu knüpfen fortfährt, als hätte sie ihn nicht gesehn.

IGNEZ. 's ist doch ein häßliches Geschäft: belauschen;
Und weil ein rein Gemüt es stets verschmäht,
So wird nur dieses grade stets belauscht.
Drum ist das schlimmste noch, daß es den Lauscher,
Statt ihn zu strafen, lohnt. Denn statt des Bösen,
Das er verdiente, zu entdecken, findet
Er wohl sogar ein still Bemühen noch
Für sein Bedürfnis oder seine Laune.
Da ist, zum Beispiel, heimlich jetzt ein Jüngling,
– Wie heißt er doch? Ich kenn ihn wohl. Sein Antlitz
Gleicht einem milden Morgenungewitter,
Sein Aug dem Wetterleuchten auf den Höhen,
Sein Haar den Wolken, welche Blitze bergen,
Sein Nahen ist ein Wehen aus der Ferne,
Sein Reden wie ein Strömen von den Bergen
Und sein Umarmen stark – Doch still. Was wollt
Ich schon? Ja, dieser Jüngling, wollt ich sagen,
Ist heimlich nun herangeschlichen, plötzlich,
Unangekündigt, wie die Sommersonne,
Will sie ein nächtlich Liebesfest belauschen.
Nun wär mirs recht, er hätte, was er sucht,
Bei mir gefunden, und die Eifersucht,
Der Liebe Jugendstachel hätte, selbst
Sich stumpfend, ihn hinaus gejagt ins Feld,
Gleich einem jungen Rosse, das zuletzt
Doch heimkehrt zu dem Stall, der es ernährt.
Statt dessen ist kein andrer Nebenbuhler
Jetzt grade um mich, als sein Geist. Und der
Singt mir sein Lied zur Zither vor, wofür
Ich diesen Kranz ihm winde. *(Sie sieht sich um.)*
Fehlt dir was?

RODRIGO. Jetzt nichts.

IGNEZ. So setz dich nieder, daß ich sehe,

IGNEZ *(welche Juan erblickt, der sich in der Ferne gezeigt hat).*
Dort steht ein Mensch, den kenn ich – *(Sie steht auf.)*
RODRIGO. Kennst du ihn?
IGNEZ. Leb wohl.
RODRIGO. Um Gotteswillen, nein, du irrst dich.
IGNEZ. Ich irre nicht – Laß mich – Wollt ihr mich morden?
RODRIGO. Dich morden? – Frei bist du, und willst du gehen,
Du kannst es unberührt, wohin du willst.
IGNEZ. So leb denn wohl.
RODRIGO. Und kehrst nicht wieder?
IGNEZ. Niemals,
Wenn du nicht gleich mir deinen Namen sagst.
RODRIGO. Das soll ich jetzt – vor diesem Fremden –
IGNEZ. So
Leb wohl auf ewig.
RODRIGO. Marie! Willst du nicht besser von
Mir denken lernen?
IGNEZ. Zeigen kann ein jeder
Gleich, wer er ist.
RODRIGO. Ich will es nächstens. Kehre wieder.
IGNEZ. Soll ich dir traun, wenn du nicht mir?
RODRIGO. Tu es
Auf die Gefahr.
IGNEZ. Es sei. Und irr ich mich,
Nicht eine Träne kosten soll es mich. *(Ab.)*
RODRIGO. Juan, komm her. Du siehst, sie ist es wohl,
Es ist kein Zweifel mehr, nicht wahr?
JUAN. Es mag,
Wies scheint, dir wohl an keinem Aufschluß mangeln,
Den ich dir geben könnte.
RODRIGO. Wie dus nimmst.
Zwei Werte hat ein jeder Mensch; den einen
Lernt man nur kennen aus sich selbst, den andern
Muß man erfragen.
JUAN. Hast du nur den Kern,
Die Schale gibt sich dann als eine Zugab.
RODRIGO. Ich sage dir, sie weigert mir, wie dir,
Den Namen, und wie dich, so flieht sie mich,
Schon bei der Ahndung bloß, ich sei aus Ciella.
Du sahst es selbst, gleich einem Geist erscheint
Und schwindet sie uns beiden.
JUAN. Beiden? Ja.
Doch mit dem Unterschied, daß dir das eine

Talent geworden, ihn zu rufen, mir
Das andre bloß, den Geist zu bannen.
RODRIGO. Juan!
JUAN. Pah! – Die Schuld liegt an der Spitze meiner Nase,
Und etwa noch an meinen Ohrenzipfeln.
Was sonst an mir kann so voll Greuel sein,
Daß es das Blut aus ihren Wangen jagt,
Und, bis aufs Fliehen, jede Kraft ihr nimmt?
RODRIGO. Juan, ich kenne dich nicht mehr.
JUAN. Ich aber dich.
RODRIGO. Ich will im voraus jede Kränkung dir
Vergeben, wenn du es nur edel tust.
JUAN. Nicht übern Preis will ich dir zahlen – Sprich.
Wenn einer mir vertraut', er wiss ein Roß,
Das ihm bequem sei, und er kaufen wolle,
Und ich, ich ginge heimlich hin, und kaufts
Mir selbst – was meinst du, wäre das wohl edel?
RODRIGO. Sehr schief wählst du dein Gleichnis –
JUAN. Sage bitter;
Und doch ists Honig gegen mein Gefühl.
RODRIGO. Dein Irrtum ist dir lieb, weil er mich kränkt.
JUAN. Kränkt? Ja, das ist mir lieb; und ists ein Irrtum,
Just darum zähe will ich fest ihn halten.
RODRIGO. Nicht viele Freude wird dir das gewähren,
Denn still verschmerzen werd ich, was du tust.
JUAN. Da hast du recht. Nichts würd mich mehr verdrießen,
Als wenn dein Herz wie eine Kröte wäre,
Die ein verwundlos steinern Schild beschützt.
Denn weiter keine Lust bleibt mir auf Erden,
Als einer Bremse gleich dich zu verfolgen.
RODRIGO. Du bist weit besser, als der Augenblick.
JUAN. Weil ich mich edel nicht erweise, nicht
Erweisen will, machst du mir weis, ich seis,
Damit die unverdiente Ehre mich
Bewegen mög, in ihrem Sinn zu handeln?
Vor deine Füße werf ich deine Achtung –
Du Tor! Du Tor! Denkst du mich so zu fassen?
RODRIGO. Du willst mich reizen, doch du kannst es nicht;
Ich weiß, du selbst, du wirst mich morgen rächen.
JUAN. Nein, wahrlich, nein, dafür will ich schon sorgen.
Denn in die Brust schneid ich mir eine Wunde,
Die reiz ich stets mit Nadeln, halte stets
Sie offen, daß es mir recht sinnlich bleibe.

RODRIGO. Es ist nicht möglich, ach, es ist nicht möglich!
Wie könnte dein Gemüt so häßlich sein,
Da du doch Ignez, Ignez lieben kannst.
JUAN. Nicht wahr, dir wär es recht, wenn ich so albern –
Großmütig mich erwiese, wie es grade
Wohl passen mag in deinen Kram?
RODRIGO. Leb wohl,
Juan.
JUAN. Nein halt! Du denkst, ich habe bloß
Gespaßt.
RODRIGO. Was willst du?
JUAN. Grad heraus. Mein Leben
Und deins sind wie zwei Spinnen in der Schachtel.
Drum zieh! *(Er zieht.)*
RODRIGO. Gewiß nicht. Fallen will ich anders
Von deiner Hand nicht, als gemordet.
JUAN. Zieh,
Du Memme! Nicht nach deinem Tod, nach meinem
Nach meinem nur gelüstets mir.
RODRIGO *(umarmt ihn).* Juan?
Mein Freund! Ich dich ermorden?
JUAN *(stößt ihn fort).* Fort, du Schlange!
Nicht stechen will sie, nur mit ihrem Anblick
Mich langsam töten. – Gut. *(Er steckt das Schwert ein.)*
Noch gibts ein andres Mittel!

(Beide von verschiedenen Seiten ab.)

Zweite Szene

Gossa. Zimmer im Schlosse.

Alonzo auf einem Stuhle mit Zeichen der Ohnmacht, die nun vorüber. Um ihn herum Antonio, Thiesta, Franziska, Ciryllo.

FRANZISKA. Nun, er erholt sich, Gott sei Dank –
ALONZO. Franziska –
FRANZISKA. Alonzo, kennst du mich, kennst du mich wieder?
ALONZO. Mir ist so wohl, wie bei dem Eintritt in
Ein andres Leben.
FRANZISKA. Und an seiner Pforte
Stehn deine Engel, wir, die Deinen, liebreich
Dich zu empfangen.

ALONZO. Sage mir, wie kam
Ich denn auf diesen Stuhl? Zuletzt, wenn ich
Nicht irre, stand ich – nicht?
FRANZISKA. Du sankest stehend
In Ohnmacht.
ALONZO. Ohnmacht? Und warum denn das?
So sprich doch – Wie, was ist dir denn? Was ist
Euch denn? *(Er sieht sich um; lebhaft.)*
Fehlt Ignez? Ist sie tot?
FRANZISKA. O nein.
O nein, sie ist in ihrem Garten.
ALONZO. Nun,
Wovon seid ihr denn alle so besessen?
Franziska, sprich – Sprich du, Thiesta – Seid
Ihr stumm, Thiest, Anto – – Antonio!
Ja so, ganz recht, nun weiß ich –
FRANZISKA. Komm ins Bette,
Alonzo, dort will ichs dir schon erzählen.
ALONZO. Ins Bett? O pfui! Bin ich denn – sage mir
– Bin ich in Ohnmacht wirklich denn gefallen?
FRANZISKA. Du weißt ja, wie du sagst, sogar warum?
ALONZO. Wüßt ichs? O pfui! O pfui! Ein Geist ist doch
Ein elend Ding.
FRANZISKA. Komm nur ins Bett, Alonzo,
Dein Leib bedarf der Ruhe.
ALONZO. Ja, 's ist wahr,
Mein Leib ist doch an allem schuld.
FRANZISKA. So komm.
ALONZO. Meinst du, es wäre nötig?
FRANZISKA. Ja, durchaus
Mußt du ins Bette.
ALONZO. Dein Bemühn
Beschämt mich sehr. Vergönne mir zwei Augenblicke,
So mach ich alles wieder gut, und stelle
Von selbst mich her.
FRANZISKA. Zum mindsten nimm die Tropfen
Aus dem Tirolerfläschchen, das du selbst
Stets als ein heilsam Mittel mir gepriesen.
ALONZO. An eigne Kraft glaubt doch kein Weib, und traut
Stets einer Salbe mehr zu, als der Seele.
FRANZISKA. Es wird dich stärken, glaube mir –
ALONZO. Dazu
Brauchts nichts als mein Bewußtsein. *(Er steht auf.)*

Was mich freut
Ist daß der Geist doch mehr ist, als ich glaubte.
Denn flieht er gleich auf einen Augenblick,
An seinen Urquell geht er nur zu Gott,
Und mit Heroenkraft kehrt er zurück.
Thiesta! 's ist wohl viele Zeit nicht zu
Verlieren – Franziska, weiß ers?

FRANZISKA. Ja.

ALONZO. Du weißts? Nun sprich,
Was meinst du, 's ist doch wohl ein Bubenstück?
's ist wohl kein Zweifel mehr, nicht wahr?

THIESTA. In Gossa
Ist keiner ders bezweifelt, ist fast keiner,
Ders, außer dir, nicht hätt vorhergesehen,
Wies enden müsse, sei es früh, seis spät.

ALONZO. Vorhergesehen? Nein, das hab ich nicht.
Bezweifelt? Nein, das tu ich auch nicht mehr.
– Und also ists den Leuten schon bekannt?

THIESTA. So wohl, daß sie das Haupt sogar besitzen,
Das dir die Nachricht her aus Ciella brachte.

ALONZO. Wie meinst du das? Der Herold wär noch hier?

THIESTA. Gesteinigt, ja.

ALONZO. Gesteiniget?

THIESTA. Das Volk
War nicht zu bändigen. Sein Haupt ist zwischen
Den Eulen an dem Torweg festgenagelt.

ALONZO. Unrecht ists,
Thiest, mit deinem Haupt hättst du das seine
Das heilige, des Herolds schützen sollen.

THIESTA. Mit Unrecht tadelst du mich, Herr, ich war
Ein Zeuge nicht der Tat, wie du wohl glaubst.
Zu seinem Leichnam kam ich – diesen hier,
Antonio, wars just noch Zeit zu retten.

ALONZO. – Ei nun, sie mögens niederschlucken. Das
Geschehne muß stets gut sein, wie es kann.
Ganz rein, seh ich wohl ein, kanns fast nicht abgehn,
Denn wer das Schmutzge anfaßt, den besudelts.
Auch find ich, ist der Geist von dieser Untat
Doch etwas wert, und kann zu mehr noch dienen.
Wir wollens nützen. Reite schnell ins Land,
Die sämtlichen Vasallen biete auf,
Sogleich sich in Person bei mir zu stellen.
Indessen will ich selbst von Männern, was

Hier in der Burg ist, sammeln, Reden brauchts
Nicht viel, ich stell mein graues Haupt zur Schau,
Und jedes Haar muß einen Helden werben.
Das soll den ersten Bubenanfall hemmen,
Dann, sind wir stärker, wenden wir das Blatt,
In seiner Höhle suchen wir den Wolf.
Es kann nicht fehlen, glaube mirs, es geht
Für alles ja, was heilig ist und hehr,
Für Tugend, Ehre, Weib und Kind, und Leben.

THIESTA. So geh ich, Herr, in wenig Stunden sind
Die sämtlichen Vasallen hier versammelt.

ALONZO. 's ist gut! *(Thiesta ab.)*
Cirvllo, rufe mir den Burgvogt.
– Noch eins. Die beiden Waffenschmiede bringe
Gleich mit. *(Cirvllo ab.)*
(Zu Antonio.)
Dir ist ein Unglimpf widerfahren,
Antonio, das tut mir leid. Du weißt, ich war
Im eigentlichsten Sinn nicht gegenwärtig.
Die Leute sind mir gut, du siehst, es war
Ein mißverstandner Eifer bloß der Treue.
Drum mußt dus ihnen schon verzeihn. Fürs Künftge,
Versprech ich, will ich sorgen. Willst du fort
Nach Ciella, kannst dus gleich, ich gebe dir
Zehn Reis'ge zur Begleitung mit. *(Antonio schweigt.)*
Ich kanns
Nicht leugnen fast, daß mir der Unfall lieb,
Versteh mich, bloß weil er dich hier verweilte.
Denn sehr unwürdig hab ich mich gezeigt,
– Nein, sage nichts. Ich weiß das. – Freilich mag
Wohl mancher sinken, weil er stark ist: Denn
Die kranke, abgestorbne Eiche, ruhig
Steht sie im Sturm, doch die gesunde stürzt er,
Weil er in ihre Krone greifen kann.
Nicht jeden Schlag ertragen soll der Mensch,
Und welchen Gott faßt, denk ich, der darf sinken,
– Auch seufzen. Denn der Gleichmut ist die Tugend
Nur der Athleten. Wir, wir Menschen fallen
Ja nicht für Geld, auch nicht zur Schau – Doch sollen
Wir stets des Anschauns würdig aufstehn.
Nun
Ich halte dich nicht länger. Geh nach Ciella,
Zu deinen Freunden, die du dir gewählt.

Denn hier in Gossa, wie du selbst gefunden,
Bist du seit heute nicht mehr gern gesehn.
ANTONIO. – Hast recht, hast recht – bins nicht viel besser wert,
Als daß du mir die Türe zeigst – Bin ich
Ein Schuft in meinen Augen doch, um wie
Vielmehr in deinen – Zwar ein Schuft, wie du
Es meinst, der bin ich nicht – Doch kurz und gut,
Glaubt was ihr wollt, ich kann mich nicht entschuldgen,
Mir lähmts die Zung, die Worte wollen wie
Verschlagne Kinder nicht ans Licht – Ich gehe,
Nur soviel sag ich dir, ich gehe nicht
Nach Ciella, hörst du? Und noch eins. Wenn du
Mich brauchen kannst, so sags, ich laß mein Leben
Für dich, hörst du, mein Leben. *(Ab.)*
FRANZISKA. Hör, Antonio!
Da geht er hin! Warum riefst du ihn nicht?
ALONZO. Verstehst du was davon, so sag es mir.
Mir ists noch immer, wie ein Traum.
FRANZISKA. Ei nun,
Er war gewonnen von den Ciellischen.
Denn in dem ganzen Gau ist wohl kein Ritter,
Den sie, wenns ging, uns auf den Hals nicht hetzten.
ALONZO. Allein Antonio – Ja, wärs ein andrer,
So wollt ichs glauben; doch Antonio!
's ist doch so leicht nicht, in dem Augenblick
Das Werk der Jahre, Achtung, zu zerstören.
FRANZISKA. O, 's ist ein teuflischer Betrug, der mich,
Ja dich mißtrauisch hätte machen können.
ALONZO. Mich selbst? Mißtrauisch gegen mich? Nun laß
Doch hören.
FRANZISKA. Raimonds jüngster Sohn ist wirklich
Von deinen Leuten im Gebirg erschlagen.
ALONZO. Von meinen Leuten?
FRANZISKA. O das ist bei weitem
Das schlimmste nicht. Der eine hat es selbst
Gestanden, du, du hättst ihn zu dem Mord gedungen.
ALONZO. Gestanden hätt er das?
FRANZISKA. Ja, auf der Folter,
Und ist zwei Augenblicke drauf verschieden.
ALONZO. Verschieden – Und gestanden – Und im Tode,
Wär auch das Leben voll Abscheulichkeit,
Im Tode ist der Mensch kein Sünder. – Wer
Hats denn gehört, daß ers gestanden?

FRANZISKA. Ganz
Ciella. Unter Volkes Augen auf
Dem öffentlichen Markt ward er gefoltert.
ALONZO. Und wer hat dir das mitgeteilt?
FRANZISKA. Antonio,
Er hat sich bei dem Volke selbst erkundigt.
ALONZO. – Nein, das ist kein Betrug, kann keiner sein.
FRANZISKA. Um Gotteswillen, was denn sonst?
ALONZO. Bin ich
Denn Gott, daß du *mich* fragst?
FRANZISKA. Ists keiner, so
O Himmel fällt ja der Verdacht auf uns.
ALONZO. Ja, allerdings fällt er auf uns.
FRANZISKA. Und wir,
Wir müßten uns dann reinigen.
ALONZO. Kein Zweifel,
Wir müssen es, nicht sie.
FRANZISKA. O du mein Heiland,
Wie ist das möglich?
ALONZO. Möglich? Ja, das wärs,
Wenn ich nur Raimond sprechen könnte.
FRANZISKA. Wie?
Das könntest du dich jetzt getraun, da ihn
Des Herolds Tod noch mehr erbittert hat?
ALONZO. 's ist freilich jetzt weit schlimmer – Doch es ist
Das einzge Mittel, das ergreift sich leicht.
– Ja recht, so gehts – Wo mag Antonio sein?
Der soll mich zu ihm führen. Franz! Ciryllo!
– Ich hab sie fortgeschickt, 's ist wahr. – So komm,
Antonio ist noch hier, ich such ihn selbst.
FRANZISKA. Um Gotteswillen, folge meinem Rate –
ALONZO. Franziska – laß mich – das verstehst du nicht.

(Beide ab.)

Dritte Szene

Platz vor den Toren von Gossa.

IGNEZ *(tritt in Hast auf)*.
Zu Hilfe! Zu Hilfe!
JUAN *(ergreift sie)*. So höre mich doch, Mädchen!
Es folgt dir ja kein Feind, ich liebe dich,

Ach, lieben! Ich vergöttre dich!
IGNEZ. Fort, Ungeheuer, bist du nicht aus Ciella?
JUAN. Wie kann ich furchtbar sein? Sieh mich doch an;
Ich zittre selbst vor Wollust und vor Schmerz
Mit meinen Armen dich, mein ganzes Maß
Von Glück und Jammer zu umschließen.
IGNEZ. Was willst du, Rasender, von mir?
JUAN. Nichts weiter.
Mir bist du tot, und, einer Leiche gleich,
Mit kaltem Schauer drück ich dich ans Herz.
IGNEZ. Schützt mich, ihr Himmlischen, vor seiner Wut!
JUAN. Sieh, Mädchen, morgen lieg ich in dem Grabe,
Ein Jüngling, ich – nicht wahr, das tut dir weh?
Nun, einem Sterbenden schlägst du nichts ab,
Den Abschiedskuß gib mir. *(Er küßt sie.)*
IGNEZ. Errettet mich,
Ihr Heiligen!
JUAN. – Ja, rette du mich, Heilge!
Es hat das Leben mich wie eine Schlange,
Mit Gliedern, zahllos, ekelhaft, umwunden.
Es schauert mich, es zu berühren – Da,
Nimm diesen Dolch –
IGNEZ. Zu Hilfe! Mörder! Hilfe!
JUAN *(streng)*. Nimm diesen Dolch, sag ich – Hast du nicht einen
Mir schon ins Herz gedrückt?
IGNEZ. Entsetzlicher!
(Sie fällt besinnungslos in seine Arme.)
JUAN *(sanft)*. Nimm diesen Dolch, Geliebte – Denn mit Wollust,
Wie deinem Kusse sich die Lippe reicht,
Reich ich die Brust dem Stoß von deiner Hand.
ANTONIO *(tritt auf, aus dem Tore mit Reisigen)*.
Hier war das Angstgeschrei – – Unglücklicher!
Welch eine Tat, – Sie ist ermordet – Teufel!
Mit deinem Leben sollst dus büßen –
(Er verwundet Juan; der fällt. Antonio faßt Ignez auf.)
Ignez! Ignez!
Ich sehe keine Wunde – Lebst du, Ignez?
(Alonzo tritt auf, aus dem Tore; ihm folgt Franziska.)
ALONZO. Es war Antonios Entsetzensstimme.
Nicht Ignez' – – O mein Gott! *(Er wendet sich schmerzvoll.)*
FRANZISKA. O meine Tochter,
Mein Einziges, mein Letztes –

ANTONIO. Schafft nur Hilfe,
Ermordet ist sie nicht.
FRANZISKA. Sie rührt sich – horch,
Sie atmet – ja sie lebt, sie lebt!
ALONZO. Lebt sie?
Und unverwundet?
ANTONIO. Eben wars noch Zeit.
Er zückte schon den Dolch auf sie, da hieb
Ich den Unwürdgen nieder.
FRANZISKA. Ist er nicht
Aus Ciella?
ANTONIO. Frage nicht, du machst mich schamrot – ja.
ALONZO. Gib mir die Hand, Antonio, wir verstehn
Uns.
ANTONIO *(reicht ihm die Hand)*.
Wir verstehn uns.
FRANZISKA. Sie erwacht, o seht,
Sie schlägt die Augen auf, sie sieht mich an –
IGNEZ. Bin ich von dem Entsetzlichen erlöst?
FRANZISKA. Er liegt zu deinen Füßen – fasse dich!
IGNEZ *(sieht sich um)*. Getötet? Und um mich? Ach, es ist gräßlich –
FRANZISKA. Antonio hat den Mörder hingestreckt.
IGNEZ. Er folgte mir weit her aus dem Gebirge.
– Mich faßte das Entsetzen gleich, als ich
Von weitem nur ihn in das Auge faßte.
Ich eilte – doch ihn trieb die Mordsucht schneller,
Als mich die Angst – und hier ergriff er mich.
ALONZO. Und zückt' er gleich den Dolch? Und sprach er nichts?
Kannst du dich dessen nicht entsinnen mehr?
IGNEZ. So kaum – denn vor sein fürchterliches Antlitz
Entflohn mir alle Sinne fast. Er sprach,
– Gott weiß, mir schiens fast, wie im Wahnsinn – sprach
Von Liebe – daß er mich vergöttre – nannte
Bald eine Heilge mich, bald eine Leiche.
Dann zog er plötzlich jenen Dolch, und bittend,
Ich möchte, ich, ihn töten, zückt' er ihn
Auf mich –
ALONZO. Lebt er denn noch? Er scheint verwundet bloß,
Sein Aug ist offen. *(Zu den Leuten.)*
Tragt ihn in das Schloß,
Und ruft den Wundarzt. *(Einige tragen ihn fort.)*
Einer komme wieder,
Und bring mir Nachricht.

FRANZISKA. Aber, meine Tochter,
Wie konntest du so einsam, und so weit
Dich ins Gebirge wagen?
IGNEZ. Zürne nicht.
Es war mein Lieblingsweg.
FRANZISKA. Und noch so lange
Dich zu verweilen!
IGNEZ. Einen Ritter traf
Ich, der mich aufhielt.
FRANZISKA. Einen Ritter? Sieh,
Wie du in die Gefahr dich wagst! Kanns wohl
Ein andrer sein fast, als ein Ciellischer?
IGNEZ. – Glaubst du, es sei ein Ciellischer?
ANTONIO. Ich weiß,
Daß Rodrigo oft ins Gebirge geht.
IGNEZ. Meinst du den –?
ANTONIO. Raimonds ältsten Sohn.
– Kennst du ihn nicht?
IGNEZ. Ich hab ihn nie gesehn.
ANTONIO. Ich habe sichre Proben doch, daß er
Dich kennt.
IGNEZ. Mich?
FRANZISKA. Unsre Ignez? Und woher?
ANTONIO. Wenn ich nicht irre, sah ich einen Schleier,
Den du zu tragen pflegst, in seiner Hand.
IGNEZ *(verbirgt ihr Haupt an die Brust ihrer Mutter)*.
Ach, Mutter –
FRANZISKA. O um Gotteswillen, Ignez,
Sei doch auf deiner Hut – Er kann dich mit
Dem Apfel, den er dir vom Baume pflückt,
Vergiften –
ANTONIO. Nun, das möcht ich fast nicht fürchten.
Allein ich traue freilich keiner Schlang, er hat
Beim Abendmahle ihr den Tod geschworen.
IGNEZ. Mir?
Den Tod?
ANTONIO. Ich hab es selbst gehört.
FRANZISKA. Nun sieh,
Ich werde wie ein Kind dich hüten müssen.
Du darfst nicht aus den Mauern dieser Burg,
Darfst nicht von deiner Mutter Seite gehn,
Darfst nichts berühren, keine Nahrung, seis
Auch was du willst, die ich dir nicht bereitet.

CIRYLLO *(tritt auf; aus dem Tore)*. Herr, der Mörder ist nicht tot, und der Wundarzt sagt, seine Wunde sei auch nicht tödlich.

ALONZO *(der bisher in Gedanken gestanden)*. Ist er sich sein bewußt?

CIRYLLO. Er klagt über Bewußtlosigkeit.

ALONZO. Er klagt, er sei sich seiner nicht bewußt?
So ist ers, merk ich, sehr.

CIRYLLO. Es wird keiner klug aus ihm. Denn er spricht ungehobelt Zeug durcheinander, und tut, als ob er wahnwitzig wäre.

ANTONIO. Es ist Verstellung offenbar.

ALONZO. Kennst du
Den Menschen?

ANTONIO. Weiß nur so viel, daß sein Name
Juan, und er ein unecht Kind des Raimond,
– Daß er den Ritterdienst in Ciella lernte,
Und gestern früh das Schwert empfangen hat.

ALONZO. Das Schwert empfangen, gestern erst – und heute
Wahnsinnig – Sagtest du nicht auch, er habe
Beim Abendmahl den Racheschwur geleistet?

ANTONIO. Wie alle Diener Raimonds, so auch er.

ALONZO. Antonio, mir wird ein böser Zweifel
Fast zur Gewißheit, fast – Ich hätts entschuldigt,
Daß sie Verdacht auf mich geworfen, daß
Sie Rache mir geschworen, daß sie Fehde
Mir angekündiget – ja hätten sie
Im Krieg mein Haus verbrannt, mir Weib und Kind
Im Krieg erschlagen, noch wollt ichs entschuldgen,
– Doch daß sie mir den Meuchelmörder senden,
– Wenns so ist –

FRANZISKA. Ists denn noch ein Zweifel? Haben
Sie uns nicht selbst die Probe schon gegeben?

ALONZO. Du meinst an Philipp –?

FRANZISKA. Endlich siehst dus ein.
Du hast mirs nie geglaubt, hast die Vermutung,
Gewißheit, wollt ich sagen, stets ein Deuteln
Der Weiber nur genannt, die, weil sies einmal,
Aus Zufall treffen, nie zu fehlen wähnen.
Nun weißt dus besser – Nun, ich könnte dir
Wohl mehr noch sagen, das dir nicht geahndet.

ALONZO. Mehr noch?

FRANZISKA. Du wirst dich deines Fiebers vor
Zwei Jahren noch erinnern. Als du der
Genesung nahtest, schickte dir Elmire
Ein Fläschchen eingemachter Ananas.

ALONZO. Ganz recht, durch eine Reutersfrau aus Ciella.
FRANZISKA. Ich bat dich, unter falschem Vorwand, nicht
Von dem Geschenke zu genießen, setzte
Dir selbst ein Fläschchen vor aus eignem Vorrat
Mit eingemachtem Fürsich – aber du
Bestandst darauf, verschmähtest meinen Fürsich,
Nahmst von der Ananas, und plötzlich folgte
Ein heftiges Erbrechen –
ALONZO. Das ist seltsam;
Denn ich besinne mich noch eines Umstands –
– Ganz recht. Die Katze war mir übers Fläschchen
Mit Ananas gekommen, und ich ließ
Von Ignez mir den Fürsich reichen – Nicht?
Sprich, Ignez.
IGNEZ. Ja, so ist es.
ALONZO. Ei, so hätte
Sich seltsam ja das Blatt gewendet. Denn
Die Ananas hat doch der Katze nicht
Geschadet, aber mir dein Fürsich, den
Du selbst mir zubereitet –?
FRANZISKA. – Drehen freilich
Läßt alles sich –
ALONZO. Meinst du? Nun sieh, das mein
Ich auch, und habe recht, wenn ich auf das,
Was du mir drehst, nicht achte. – Nun genug.
Ich will mit Ernst, daß du von Philipp schweigst.
Er sei vergiftet oder nicht, er soll
Gestorben sein und weiter nichts. Ich wills.
ANTONIO. Du solltst, Alonzo, doch den Augenblick
Der jetzt dir günstig scheinet nützen. Ist
Der Totschlag Pedros ein Betrug, wie es
Fast sein muß, so ist auch Juan darin
Verwebt –
ALONZO. Betrug? Wie wär das möglich?
ANTONIO. Nun,
Du magst das Irren schelten, wie du willst,
So ists doch oft der einzge Weg zur Wahrheit.
ALONZO. Sprich nur.
ANTONIO. Und wenn die Wirkung sich im Felde
Des Fast-Unglaublichen befindet, kann
Und darf man wohl die Mittel dort auch suchen.
ALONZO. Zur Sache.
ANTONIO. Möglich wärs, daß Raimonds Sohn,

Der doch ermordet sein soll, bloß gestorben,
Und daß, von der Gelegenheit gereizt,
Den Erbvertrag zu seinem Glück zu lenken,
Der Vater es verstanden, deiner Leute
Die just vielleicht in dem Gebirge waren,
In ihrer Unschuld so sich zu bedienen,
Daß es der Welt erscheint, als hätten wirklich
Sie ihn ermordet.

ALONZO. Und wozu?

ANTONIO. Ei, nun
Mit diesem Schein des Rechts dich zu befehden,
Den Stamm von Gossa auszurotten, dann
Das Erbvermächtnis sich zu nehmen.

ALONZO. Fein
Ersonnen wär es wenigstens – Doch wie?
Du sagtest ja, der eine meiner Leute
Hätts in dem Tode noch bekannt, er wäre
Von mir gedungen zu dem Mord –

(Stillschweigen.)

ANTONIO. Der Mann, den ich gesprochen, hatte nur
Von dem Gefolterten ein Wort gehört.

ALONZO. Das war?

ANTONIO. Alonzo.

(Stillschweigen.)

ANTONIO. Hast du denn die Leute,
Die sogenannten Mörder, nicht vermißt?
– Von ihren Hinterlaßnen müßte sich
Doch mancherlei erforschen lassen.

ALONZO *(zu den Leuten)*. Rufe
Den Hauptmann einer her!

ANTONIO. Von wem ich doch
Den meisten Aufschluß hoffe, ist Juan.

ALONZO. 's ist auch kein sichrer.

ANTONIO. Wie? Wenn er es nicht
Gestehen will, macht mans wie die von Ciella,
Und wirft ihn auf die Folter.

ALONZO. Nun? Und wenn
Er dann gesteht, daß Raimond ihn gedungen?

ANTONIO. So ists heraus, so ists am Tage –

ALONZO. So?
Dann freilich bin ich auch ein Mörder.

(Stillschweigen.)

ANTONIO. Aus diesem Wirrwarr finde sich ein Pfaffe!
Ich kann es nicht.
ALONZO. Ich bin dir wohl ein Rätsel;
Nicht wahr? Nun tröste dich; Gott ist es mir.
ANTONIO. Sag kurz, was willst du tun?
ALONZO. Das beste wär
Noch immer, wenn ich Raimond sprechen könnte.
ANTONIO. – 's ist ein gewagter Schritt. Bei seiner Rede
Am Sarge Pedros schien kein menschliches,
Kein göttliches Gesetz ihm heilig, das
Dich schützt.
ALONZO. Es wäre zu versuchen. Denn
Es wagt ein Mensch oft den abscheulichen
Gedanken, der sich vor der Tat entsetzt.
ANTONIO. Er hat dir heut das Beispiel nicht gegeben.
ALONZO. Auch diese Untat, wenn sie häßlich gleich,
Doch ists noch zu verzeihn, Antonio.
Denn schwer war er gereizt – Auf jeden Fall
Ist mein Gesuch so unerwarteter;
Und öfters tut ein Mensch, was man kaum hofft,
Weil mans kaum hofft.
ANTONIO. Es ist ein blinder Griff;
Man *kann* es treffen.
ALONZO. Ich wills wagen. Reite
Nach Ciella, fordre sicheres Geleit,
Ich denke, du hast nichts zu fürchten.
ANTONIO. – Nein.
Ich wills versuchen. *(Ab ins Schloß.)*
ALONZO. So leb wohl.
FRANZISKA. Leb wohl,
Und kehre bald mit Trost zu uns zurück.

(Alonzo, Franziska und Ignez gehn ins Tor.)

IGNEZ *(hebt im Abgehn den Dolch auf)*. Es gibt keinen. –
FRANZISKA *(erschrocken)*.
Den Dolch – er ist vergiftet, Ignez, kann
Vergiftet sein – Wirf gleich, sogleich ihn fort.

(Ignez legt ihn nieder.)

Du sollst mit deinen Händen nichts ergreifen,
Nichts fassen, nichts berühren, das ich nicht
Mit eignen Händen selbst vorher geprüft.

(Alle ab.)

DRITTER AKT

Erste Szene

Gegend im Gebirge.

Ignez sitzt im Vordergrund der Höhle, in der Stellung der Trauer, Rodrigo tritt auf und stellt sich, ungesehen, nahe der Höhle. Ignez erblickt ihn, tut einen Schrei, springt auf und will entfliehen.

IGNEZ *(da sie sich gesammelt hat).*
Du bists –
RODRIGO. An mir erschrickst du?
IGNEZ. Gott sei Dank.
RODRIGO. Und wie du zitterst –
IGNEZ. Ach, es ist vorüber.
RODRIGO. Ists wirklich wahr, an mir wärst du erschrocken?
IGNEZ. Es ist mir selbst ein Rätsel. Denn soeben
Dacht ich noch dran, und rief den kühnen Mut,
Die hohe Kraft, die unbezwingliche
Standhaftigkeit herbei, mir beizustehn
– Und doch ergriffs mich, wie unvorbereitet.
– – Nun ists vorbei.
RODRIGO. O Gott des Schicksals! Welch ein schönes
Welch ruhiges Gemüt hast du gestört!
IGNEZ. – Du hast mich herbestellt, was willst du?
RODRIGO. Wenn
Ichs dir nun sage, kannst du mir vertraun,
Marie?
IGNEZ. Warum nennst du mich Marie?
RODRIGO. Erinnern will ich dich mit diesem Namen
An jenen schönen Tag, wo ich dich taufte.
Ich fand dich schlafend hier in diesem Tale,
Das, einer Wiege gleich, dich bettete.
Ein schützend Flordach webten dir die Zweige,
Es sang der Wasserfall ein Lied, wie Federn
Umwehten dich die Lüfte, eine Göttin
Schien dein zu pflegen. – Da erwachtest du,
Und blicktest wie mein neugebornes Glück
Mich an. – Ich fragte dich nach deinem Namen;
Du seist noch nicht getauft, sprachst du. – Da schöpfte
Ich eine Hand voll Wasser aus dem Quell,
Benetzte dir die Stirn, die Brust, und sprach:

Weil du ein Ebenbild der Mutter Gottes,
Marie tauf ich dich.
(Ignez wendet sich bewegt.)
Wie war es damals
Ganz anders, so ganz anders. Deine Seele
Lag offen vor mir, wie ein schönes Buch,
Das sanft zuerst den Geist ergreift, dann tief
Ihn rührt, dann unzertrennlich fest ihn hält.
Es zieht des Lebens Forderung den Leser
Zuweilen ab, denn das Gemeine will
Ein Opfer auch; doch immer kehrt er wieder
Zu dem vertrauten Geist zurück, der in
Der Göttersprache ihm die Welt erklärt,
Und kein Geheimnis ihm verbirgt, als das
Geheimnis nur von seiner eignen Schönheit,
Das selbst ergründet werden muß.
Nun bist
Du ein verschlossner Brief –

IGNEZ *(wendet sich zu ihm).* Du sagtest gestern,
Du wolltest *mir* etwas vertraun.

RODRIGO. Warum
Entflohest du so schleunig?

IGNEZ. Das fragst du?

RODRIGO. Ich kann es fast erraten – vor dem Jüngling,
Der uns hier überraschte; denn ich weiß,
Du hassest alles, was aus Ciella ist.

IGNEZ. Sie hassen mich.

RODRIGO. Ich kann es fast beschwören,
Daß du dich irrst – Nicht alle wenigstens;
Zum Beispiel, für den Jüngling steh ich.

IGNEZ. Stehst du –?

RODRIGO. Ich weiß, daß er dich heftig liebt –

IGNEZ. Mich liebt –?

RODRIGO. Denn er ist mein vertrauter Freund.

IGNEZ. Dein Freund –?

RODRIGO. – Was fehlt dir, Ignez?

IGNEZ. Mir wird übel. *(Sie setzt sich.)*

RODRIGO. Welch
Ein Zufall – wie kann ich dir helfen?

IGNEZ. Laß
Mich einen Augenblick –

RODRIGO. Ich will dir Wasser
Aus jener Quelle schöpfen. *(Ab.)*

IGNEZ *(steht auf)*. Nun ists gut.
Jetzt bin ich stark. Die Krone sank ins Meer,
Gleich einem nackten Fürsten werf ich ihr
Das Leben nach. Er bringe Gift, er bringe
Es nicht, gleichviel, ich trink es aus, er soll
Das Ungeheuerste an mir vollenden.

(Sie setzt sich.)

RODRIGO *(kommt mit Wasser in dem Hute)*.
Hier ist der Trunk – fühlst du dich besser?
IGNEZ. – Stärker
Doch wenigstens.
RODRIGO. Nun, trinke doch. Es wird
Dir wohltun.
IGNEZ. Wenns nur nicht zu kühl.
RODRIGO. Es scheint
Mir nicht.
IGNEZ. Versuchs einmal.
RODRIGO. Wozu? Es ist
Nicht viel.
IGNEZ. Nun, wie du willst. So gib. *(Sie faßt den Hut.)*
RODRIGO. Nimm dich
In acht, verschütte nichts.
IGNEZ. Ein Tropfen ist
Genug. *(Sie trinkt, wobei sie ihn unverwandt ansieht.)*
RODRIGO. Wie schmeckt es dir?
IGNEZ. 's ist kühl. *(Sie schauert.)*
RODRIGO. So trinke
Es aus.
IGNEZ. Soll ichs ganz leeren?
RODRIGO. Wie du willst,
Es reicht auch hin.
IGNEZ. Nun, warte nur ein Weilchen,
Ich tue alles, wie dus willst.
RODRIGO. Es ist
So gut, wie Arzenei.
IGNEZ. Fürs Elend.
RODRIGO. – Wie?
IGNEZ. Nun, setz dich zu mir, bis mir besser worden.
Ein Arzt, wie du, dient nicht für Geld, er hat
An der Genesung seine eigne Freude.
RODRIGO. Wie meinst du das – für Geld –
IGNEZ. Komm, laß uns plaudern.

Vertreibe mir die Zeit, bis ichs vollendet, –
Du weißt, es sind Genesende stets schwatzhaft.

RODRIGO. – Du scheinst so seltsam mir verändert –

IGNEZ. Schon?
Wirkt es so schnell? So muß ich, was ich dir
Zu sagen habe, wohl beschleunigen.

RODRIGO. Du mir zu sagen –

IGNEZ. Weißt du, wie ich heiße?

RODRIGO. Du hast verboten mir, danach zu forschen.

IGNEZ. Das heißt du weißt es nicht. Meinst du,
Daß ich dirs glaube?

RODRIGO. Nun, ich wills nicht leugnen – –

IGNEZ. Wahrhaftig? Nun ich weiß auch, wer du bist.

RODRIGO. Nun?

IGNEZ. Rodrigo von Ghonorez.

RODRIGO. Wie hast
Du das erfahren?

IGNEZ. Ist gleichviel. Ich weiß noch mehr.
Du hast beim Abendmahle mir den Tod
Geschworen.

RODRIGO. Gott! O Gott!

IGNEZ. Erschrick doch nicht.
Was macht es aus, ob ichs jetzt weiß? Das Gift
Hab ich getrunken, du bist quitt mit Gott.

RODRIGO. Gift?

IGNEZ. Hier ists übrige, ich will es leeren.

RODRIGO. Nein, halt! – Es ist genug für dich. Gib mirs,
Ich sterbe mit dir. *(Er trinkt.)*

IGNEZ. Rodrigo!

(Sie fällt ihm um den Hals.)

Rodrigo!
– O wär es Gift, und könnt ich mit dir sterben.
Denn ist es keins, mit dir zu leben, darf
Ich nun nicht hoffen, da ich so unwürdig
An deiner Seele mich versündigt habe.

RODRIGO. Willst dus?

IGNEZ. Was meinst du?

RODRIGO. Mit mir leben?
Fest an mir halten? Dem Gespenst des Mißtrauns,
Das wieder vor mir treten könnte, kühn
Entgegenschreiten? Unabänderlich,
Und wäre der Verdacht auch noch so groß,

Dem Vater nicht, der Mutter nicht, so traun,
Als mir?
IGNEZ. O Rodrigo! Wie sehr beschämst
Du mich!
RODRIGO. Willst dus? Kann ich dich ganz mein nennen?
IGNEZ. Ganz deine, in der grenzenlosesten
Bedeutung.
RODRIGO. Wohl, das steht nun fest, und gilt
Für eine Ewigkeit – wir werdens brauchen.
Wir haben viel einander zu erklären,
Viel zu vertraun. – Du weißt, mein Bruder ist
Von deinem Vater hingerichtet.
IGNEZ. Glaubst dus?
RODRIGO. Es gilt kein Zweifel, denk ich, denn die Mörder
Gestandens selbst.
IGNEZ. So mußt *dus* freilich glauben.
RODRIGO. Und nicht auch du?
IGNEZ. Mich überzeugt es nicht.
Denn etwas gibts, das über alles Wähnen
Und Wissen hoch erhaben – das Gefühl
Ist es der Seelengüte andrer.
RODRIGO. Höchstens
Gilt das für dich. Denn nicht wirst du verlangen,
Daß ich mit deinen Augen sehen soll.
IGNEZ. Und umgekehrt.
RODRIGO. Wirst nicht verlangen, daß
Ich meinem Vater weniger, als du
Dem deinen, traue.
IGNEZ. Und so umgekehrt.
RODRIGO. – O Ignez, ist es möglich – muß ich dich
So früh schon mahnen? Hast du nicht versprochen,
Mir deiner heimlichsten Gedanken keinen
Zu bergen? Denkst du, daß ich darum dich
Entgelten lassen werde, was dein Haus
Verbrach? Bist du dein Vater denn?
IGNEZ. So wenig,
Wie du der deinige – sonst würd ich dich
In Ewigkeit wohl lieben nicht.
RODRIGO. Mein Vater?
Was hat mein Vater denn verbrochen? Daß
Die Untat ihn empört, daß er den Tätern
Die Fehde angekündigt, ists zu tadeln?
Mußt ers nicht fast?

IGNEZ. Ich wills nicht untersuchen.
Er war gereizt, 's ist wahr. Doch daß er uns
Das Gleiche, wie er meint, mit Gleichem gilt,
Und uns den Meuchelmörder schickt, das ist
Nicht groß, nicht edel.
RODRIGO. Meuchelmörder? Ignez!
IGNEZ. Nun, das ist, Gott sei Dank, nicht zu bezweifeln,
Denn ich erfuhr es selbst an meinem Leibe.
Er zückte schon den Dolch, da hieb Antonio
Ihn nieder – und er liegt nun krank in Gossa.
RODRIGO. Wer tat das?
IGNEZ. Nun, ich kann dir jetzt ein Beispiel
Doch geben, wie ich innig dir vertraue.
Der Mörder ist dein Freund.
RODRIGO. Mein Freund?
IGNEZ. Du nanntest
Ihn selbst so, und das war es, was vorher
Mich irrte.
RODRIGO. 's ist wohl möglich nicht – – Juan?
IGNEZ. Derselbe
Der gestern hier uns überraschte.
RODRIGO. O
Mein Gott, das ist ein Irrtum – sieh, das weiß,
Das weiß ich.
IGNEZ. Ei, das ist doch seltsam. Soll
Ich nun mit deinen Augen sehn?
RODRIGO. Mein Vater!
Ein Meuchelmörder! Ist er gleich sehr heftig,
Nie hab ich anders doch ihn, als ganz edel
Gekannt.
IGNEZ. Soll *ich* nun deinem Vater mehr,
Als du dem meinen traun?

(Stillschweigen.)

RODRIGO. In jedem Falle,
War zu der Tat Juan von meinem Vater
Gedungen nicht.
IGNEZ. Kann sein. Vielleicht so wenig,
Wie von dem meinigen die Leute, die
Den Bruder dir erschlugen.

(Stillschweigen.)

RODRIGO. Hätte nur
Antonio in seiner Hitze nicht

Den Menschen mit dem Schwerte gleich verwundet.
Es hätte sich vielleicht das Rätsel gleich
Gelöst.

IGNEZ. Vielleicht – so gut, wie wenn dein Vater
Die Leute nicht erschlagen hätte, die
Er bei der Leiche deines Bruders fand.

(Stillschweigen.)

RODRIGO. Ach, Ignez, diese Tat ist nicht zu leugnen,
Die Mörder habens ja gestanden –

IGNEZ. Nun,
Wer weiß, was noch geschieht. Juan ist krank,
Er spricht im Fieber manchen Namen aus,
Und wenn mein Vater rachedürstend wäre,
Er könnte leicht sich einen wählen, der
Für sein Bedürfnis taugt.

RODRIGO. O Ignez! Ignez!
Ich fange an zu fürchten fast, daß wir
Doch deinem Vater wohl zu viel getan.

IGNEZ. Sehr gern nehm ichs, wie all die Meinigen,
Zurück, wenn wir von deinem falsch gedacht.

RODRIGO. Für meinen steh ich.

IGNEZ. So, wie ich für meinen.

RODRIGO. Nun wohl, 's ist abgetan. Wir glauben uns.
– O Gott, welch eine Sonne geht mir auf!
Wenns möglich wäre, wenn die Väter sich,
So gern, so leicht, wie wir verstehen wollten!
– Ja, könnte man sie nur zusammenführen.
Denn einzeln denkt nur jeder seinen einen
Gedanken, käm der andere hinzu,
Gleich gäbs den dritten, der uns fehlt.
– Und schuldlos, wie sie sind, müßt ohne Rede
Sogleich ein Aug das andere verstehn.
– Ach Ignez, wenn dein Vater sich entschlösse,
Denn kaum erwarten läßts von meinem sich.

IGNEZ. Kann sein, er ist schon auf dem Wege.

RODRIGO. Wie?
Er wird doch nicht? Unangefragt, und ohne
Die Sicherheit des Zutritts?

IGNEZ. Mit dem Herold
Gleich wollt er fort nach Ciella.

RODRIGO. – O das spricht
Für deinen Vater weit, weit besser, als

Das Beste für den meinen –
IGNEZ. Ach, du solltest
Ihn kennen, ihn nur einmal handeln sehn!
Er ist so stark, und doch so sanft – Er hat es längst
Vergeben.
RODRIGO. Könnt ich das von meinem sagen –!
Denn niemals hat die blinde Rachsucht, die
Ihn zügellos-wild treibt, mir wohlgetan.
Ich fürchte viel von meinem Vater, wenn
Der deinige unangefragt erscheint.
IGNEZ. Nun, das wird jetzt wohl nicht geschehn, ich weiß
Antonio wird ihn euch melden.
RODRIGO. Antonio?
Der ist ja selbst nicht sicher.
IGNEZ. Warum das?
RODRIGO. Wenn er Juan erschlagen hat, in Gossa
Erschlagen hat, das macht den Vater wütend.
IGNEZ. – Es muß ein böser Mensch doch sein, dein Vater.
RODRIGO. Ist denn Antonio schon fort?
IGNEZ. Schon längst.
Mich wunderts, daß er noch nicht bei euch ist.
Denn stündlich auf die Rückkehr wartet schon
Mein Vater, gleich nach Ciella dann zu reiten.
RODRIGO. Ach, das ist sehr gefährlich –
IGNEZ. Könntest du
Nicht lieber gleich zu deinem Vater eilen,
Zu mildern wenigstens, was möglich ist?
RODRIGO. Ich mildern? Meinen Vater? Gute Ignez,
Er trägt uns, wie die See das leichte Schiff,
Wir müssen tanzen, wie die Wogen wanken,
Sie sind nicht zu beschwören –
IGNEZ. Doch zu lenken
Ist noch das Schiff.
RODRIGO. Ich wüßte wohl was Beßres.
– Denn fruchtlos ist doch alles, kommt der Irrtum
Ans Licht nicht, der uns neckt – Der eine ist,
Von jenem Anschlag auf dein Leben, mir
Schon klar – Der Jüngling war mein Freund, um seine
Geheimste Absicht kann ich wissen – Hier
Auf dieser Stelle, eifersuchtgequält,
Reizt' er mit bittern Worten mich, zu ziehen,
– Nicht mich zu morden, denn er sagt' es selbst,
Er wolle sterben.

IGNEZ. Seltsam; grade das
Sagt' er mir auch.
RODRIGO. Nun sieh, so ists am Tage.
IGNEZ. Das seh ich doch nicht ein – er stellte sich
Wahnsinnig zwar, drang mir den Dolch auf, sagte,
Als ich mich weigerte, ich hätt ihm einen
Schon in das Herz gedrückt –
RODRIGO. Nun, das brauch ich
Wohl dir nicht zu erklären –
IGNEZ. – Wie?
RODRIGO. Sagt ich
Dir nicht, daß er dich heftig liebe?
IGNEZ. – O
Mein Gott, was ist das für ein Irrtum – Nun
Liegt er verwundet in dem Kerker, niemand
Pflegt seiner, der ein Mörder heißt, und doch
Ganz schuldlos ist – Ich will sogleich auch gehen.
RODRIGO. Nur einen Augenblick noch – So wie einer,
Kann auch der andre Irrtum schwinden – Weißt
Du was ich tun jetzt werde? Immer ists
Mir aufgefallen, daß an beiden Händen
Der Bruderleiche just derselbe Finger,
Der kleine Finger fehlte – Mördern, denk
Ich, müßte jedes andre Glied fast wichtger
Doch sein, als just der kleine Finger – Läßt
Sich was erforschen, ists nur an dem Ort
Der Tat. Den weiß ich. Leute wohnen dort,
Das weiß ich auch – Ja recht, ich gehe hin.
IGNEZ. So lebe wohl denn.
RODRIGO. Eile nur nicht so;
Wird dir Juan entfliehn? – Nun, pfleg ihn nur,
Und sag ihm, daß ich immer noch sein Freund.
IGNEZ. Laß gut sein, werd ihn schon zu trösten wissen.
RODRIGO. Wirst du? Nun *einen* Kuß will ich ihm gönnen.
IGNEZ. Den andern gibt er mir zum Dank.
RODRIGO. Den dritten
Krieg ich zum Lohn für die Erlaubnis.
IGNEZ. Von
Juan?
RODRIGO. Das ist der vierte.
IGNEZ. Ich versteh
Versteh schon. Nein, daraus wird nichts.
RODRIGO. Nun gut;

Das nächstemal geb ich dir Gift.

IGNEZ *(lacht).* Frisch aus
Der Quelle, du trinkst mit.

RODRIGO *(lacht).* Sind wir
Nicht wie die Kinder? Denn das Schicksal zieht,
Gleich einem strengen Lehrer, kaum ein freundlich
Gesicht, sogleich erhebt der Mutwill wieder
Sein keckes Haupt.

IGNEZ. Nun bin ich wieder ernst,
Nun geh ich.

RODRIGO. Und wann kehrst du wieder?

IGNEZ. Morgen.

(Ab von verschiedenen Seiten.)

Zweite Szene

Ciella. Zimmer im Schlosse.

Raimond, Elmire, Santin, treten auf.

RAIMOND. Erschlagen, sagst du?

ELMIRE. Ja, so spricht das Volk.

RAIMOND. Das Volk – ein Volk von Weibern wohl?

ELMIRE. Mir hats
Ein Mann bekräftigt.

RAIMOND. Hats ein Mann gehört?

SANTIN. Ich habs gehört, Herr, und ein Mann, ein Wandrer,
Der her aus Gossa kam, hats mitgebracht.

RAIMOND. Was hat er mitgebracht?

SANTIN. Daß dein Juan
Erschlagen sei.

ELMIRE. Nicht doch, Santin, er sagte
Nichts von Juan, vom Herold sagt' er das.

RAIMOND. Wer von euch beiden ist das Weib?

SANTIN. Ich sage,
Juan, und ists der Herold, wohl, so zieht
Der Frau den Panzer an, und mich steckt in den Weibsrock.

RAIMOND. Mit eignen Ohren will ichs hören. Bringt
Den Mann zu mir.

SANTIN. Ich zweifle, daß er noch
Im Ort.

ELMIRE *(sieht ihn an).*
Er ist im Hause.

RAIMOND. Einerlei.
Bringt ihn. *(Elmire und Santin ab.)*

RAIMOND *(pfeift; zwei Diener erscheinen).*
Ruft gleich den Grafen Rodrigo.

EIN DIENER. Es soll geschehn, Herr. *(Bleibt stehen.)*

RAIMOND. Was willst du?

EIN DIENER. Wir haben eine Klingel gekauft, Herr, und bitten dich, wenn du uns brauchst, so klingle.

RAIMOND. 's ist gut.

EIN DIENER *(setzt die Klingel auf den Tisch).* Wir bitten dich darum, Herr. Denn wenn du pfeifst, so springt der Hund aus dem Ofenloche, und denkt, es gilt ihm.

RAIMOND. – 's ist gut.

(Diener ab; Elmire und ein Wandrer treten auf.)

ELMIRE. Hier ist der Mann – hör es nun selbst, ob ich
Dir falsch berichtet.

RAIMOND. Wer bist du, mein Sohn?

EIN WANDERER. Gestrenger Herr, ich bin ein Fleischergeselle, Hans Franz, Flanz von Namen.

RAIMOND. Wes Landes bist du?

EIN WANDERER. Ein Untertan aus deiner Herrschaft, komme vom Wandern zurück in die Heimat.

RAIMOND. Du warst in Gossa, sprich, was sahst du da?

EIN WANDERER. Sie haben deinen Herold erschlagen.

RAIMOND. Wer tat es?

EIN WANDERER. Herr, die Namen gingen auf keine Eselshaut. Es waren an die Tausend über einen, alle Graf Alonzos Leute.

RAIMOND. War er, Alonzo, selbst dabei?

EIN WANDERER. Er tat, als wüßt ers nicht, und ließ sich nicht sehen bei der Tat. Nachher, als die Stücken des Herolds auf dem Hofe herumlagen, kam er herunter.

RAIMOND. Was sagt' er da?

EIN WANDERER. Er schalt und schimpft' die Täter rein aus, es glaubts ihm aber kein Mensch; denn es dauerte nicht lang, so nannte er sie seine getreuen Untertanen.

RAIMOND *(nach einer Pause).* – O listig ist die Schlange – 's ist nur gut,
Daß wir das wissen, denn so *ist* sies nicht
Für uns.

ELMIRE *(zum Wanderer).*
Hat denn der Herold ihn beleidigt?

RAIMOND. Beleidigen! Ein Herold! Der die Zange
Nur höchstens ist, womit *ich* ihn gekniffen.

ELMIRE. So läßt sichs fast nicht denken, daß die Tat
Von ihm gestiftet; denn warum sollt er
So zwecklos dich noch mehr erbittern wollen?
RAIMOND. Er setzet die Erfindungskraft vielleicht
Der Rache auf die Probe – nun wir wollen
Doch einen Henker noch zu Rate ziehn.

(Santin und ein zweiter Wandrer treten auf.)

SANTIN. Hier ist der Wandrer, Herr, er kann dir sagen,
Ob ich ein Weib, ob nicht.
RAIMOND *(wendet sich)*. Es ist doch nicht
Die Höll in seinem Dienst –
ZWEITER WANDRER. Ja, Herr, Juan heißt der Rittersmann, den sie in Gossa erschlagen.
RAIMOND *(dreht sich zu ihm, schnell)*. Und also wohl der Herold nicht?
ZWEITER WANDRER. Herr, das geschah früher.
RAIMOND *(nach einer Pause)*. Tretet ab – Bleib du, Santin.

(Die Wandrer, und Elmire ab.)

RAIMOND. Du siehst die Sache ist ein Märchen. Kannst
Du selbst nicht an die Quelle gehn nach Gossa,
So glaub ichs keinem.
SANTIN. Herr, du hättst den Mann
Doch sollen hören. In dem Hause war,
Wo ich ihn traf, ein andrer noch, der ihm
Ganz fremd, und der die Nachricht mit den Worten
Fast sagt', als hätt er sie von ihm gelernt.
RAIMOND. Der Herold, seis – das wollt ich glauben; doch
Juan! Wie *käm* denn der nach Gossa?
SANTIN. Wie
Die Männer sprachen, hat er Ignez,
Alonzos Tochter, morden wollen –
RAIMOND. Morden!
Ein Mädchen! Sind sie toll? Der Junge ist
Verliebt in alles, was in Weiberröcken.
SANTIN. Er soll den Dolch auf sie gezückt schon haben,
Da kommt Antonio und haut ihn nieder.
RAIMOND. Antonio – wenns überhaupt geschehn,
Daß ers getan, ist glaublich; denn ich weiß,
Der graue Geck freit um die Tochter – Glaubs
Trotz allem nicht, bis dus aus Gossa bringst.
SANTIN. So reit ich hin – und kehr ich noch vor Abend
Nach Ciella nicht zurück, so ists ein Zeichen
Von meinem Tode auch.

RAIMOND. Auf jeden Fall
Will ich den dritten sprechen, der dirs sagte.
SANTIN. Herr, der liegt krank im Haus.
RAIMOND. So führ mich zu ihm.

(Beide ab. Antonio und Elmire treten im Gespräch von der andern Seite auf.)

ELMIRE. Um Gotteswillen, Ritter –
ANTONIO. Ihm den Mörder
Zu senden, der ihm hinterrücks die Tochter
Durchbohren soll, die Schuldlos-Reine, die
Mit ihrem Leben nichts verbrach, als dieses
Nur, daß just dieser Vater ihr es gab.
ELMIRE. Du hörst mich nicht –
ANTONIO. Was seid ihr besser denn
Als die Beklagten, wenn die Rache so
Unwürdig niedrig ist, als die Beleidgung?
ELMIRE. Ich sag dir ja –
ANTONIO. Ist das die Weis in diesem
Zweideutig bösen Zwist dem Rechtgefühl
Der Nachbarn schleunig anzuweisen, wo
Die gute Sache sei? Nein, wahrlich, nein,
Ich weiß es nicht, und soll ichs jetzt entscheiden,
Gleich zu Alonzo neig ich mich, nicht euch.
ELMIRE. So laß mich doch ein Wort nur sprechen – sind
Wir denn die Stifter dieser Tat?
ANTONIO. Ihr nicht
Die Stifter? Nun, das nenn ich spaßhaft! Er,
Der Mörder hat es selbst gestanden –
ELMIRE. Wer
Hat es gestanden?
ANTONIO. Wer fragst du? – Juan.
ELMIRE. O welch ein Scheusal ist der Lügner – Ich
Erstaun, Antonio, und wage kaum
Zu sagen, was ich von dir denke. Denn
Ein jedes unbestochnes Urteil müßte
Schnell frei uns sprechen.
ANTONIO. Schnell? Da hast du unrecht.
Als ich Alonzo hörte, hab ich schnell
Im Geist entschieden, denn sehr würdig wies
Die Schuld er von sich, die man auf ihn bürdet.
ELMIRE. Ists möglich, du nimmst ihn in Schutz?
ANTONIO. Haut mir
Die Hand ab, wenn ich sie meineidig hebe:

Unschuldig ist Alonzo.
ELMIRE. Soll ich dir
Mehr glauben, als den Tätern, die es selbst
Gestanden?
ANTONIO. Nun, das nenn ich wieder spaßhaft;
Denn glauben soll ich doch von euch, daß ihr
Unschuldig, ob es gleich Juan gestanden.
ELMIRE. Nun, über jedwedes Geständnis geht
Mein innerstes Gefühl doch. –
ANTONIO. Grad so spricht Alonzo,
Nur mit dem Unterschied, daß ichs ihm glaube.
ELMIRE. Wenn jene Tat wie diese ist beschaffen –
ANTONIO. Für jene, für Alonzos Unschuld, steh ich.
ELMIRE. Und nicht für unsre?
ANTONIO. Reinigt euch.
ELMIRE. Was hat der Knabe denn gestanden?
ANTONIO. – Sag mir erst,
Was hat der Mörder ausgesagt, den man
Gefoltert – wörtlich will ichs wissen.
ELMIRE. Ach
Antonio, soll ich mich wahr dir zeigen,
Ich weiß es nicht. Denn frag ich, heißt es stets,
Er hats gestanden; will ichs wörtlich wissen,
So hat, vor dem Geräusch, ein jeder nur,
Selbst Raimond nur ein Wort gehört: Alonzo.
ANTONIO. Selbst Raimond? Ei, wenns nur ein Wort bedurfte,
So wußte ers wohl schon vorher, nicht wahr?
So halb und halb?
ELMIRE. Gewiß hat ers vorher schon
Geahndet –
ANTONIO. Wirklich? Nun so war auch wohl
Dies Wort nicht nötig, und ihr hättet euch
Mit einem Blick genügt?
ELMIRE. Ach mir hats nie
Genügt, – doch muß die Flagge wehn, wohin
Der Wind – ich werde nie den Unglückstag
Vergessen – und es knüpft, du wirst es sehn,
Sich eine Zukunft noch von Unglück an –
Nun sag mir nur, was hat Juan bekannt?
ANTONIO. Juan? Dasselbe. Er hat euren Namen
Genannt –
ELMIRE. Und weiter nichts?
ANTONIO. Das wäre schon,

Wenn nicht Alonzo edel wär, genug.
ELMIRE. So glaubt' ers also nicht?
ANTONIO. Er ist der einzge
In seinem Gossa noch, der euch entschuldigt.
ELMIRE. Ja dieser Haß der die zwei Stämme trennt,
Stets grundlos schien er mir, und stets bemüht
War ich, die Männer auszusöhnen – doch
Ein neues Mißtraun trennte stets sie wieder
Auf Jahre, wenn so kaum ich sie vereinigt. –
Nun weiter hat Juan doch nichts bekannt?
ANTONIO. Auch dieses Wort selbst sprach er nur im Fieber.
– Doch wie gesagt, es wär genug –
ELMIRE. So ist
Er krank?
ANTONIO. Er phantasiert sehr heftig, spricht
Das Wahre und das Falsche durcheinander,
– Zum Beispiel, daß die Hölle im Gebirge
Für ihn, für Rodrigo und Ignez doch
Der Himmel.
ELMIRE. Nun, und was bedeutet das?
ANTONIO. Ei, daß sie sich so treu, wie Engel lieben.
ELMIRE. Wie, du erschreckst mich, Rodrigo und Ignez?
ANTONIO. Warum erschrickst du? Denk ich doch, du solltest
Vielmehr dich freun. Denn fast kein Minnesänger
Könnt etwas Besseres ersinnen, leicht
Das Wild-Verworrene euch aufzulösen,
Das Blutig-Angefangne lachend zu
Beenden, und der Stämme Zwietracht ewig
Mit seiner Wurzel auszurotten, als
– Als eine Heirat.
ELMIRE. Ritter, du erweckst
Mir da Gedanken – Aber wie? Man sagte,
– Wars ein Gerücht nur bloß? – Du freitest selbst
Um Ignez?
ANTONIO. Ja, 's ist wahr – Doch untersucht
Es nicht, ob es viel Edelmut, ob wenig,
Beweise, daß ich deinem Sohn sie gönne,
– Denn kurz, das Mädel liebt ihn.
ELMIRE. Aber sagt
Mir nur, wie sie sich kennen lernten? Seit
Drei Monden erst ist Rodrigo vom Hofe
Des Kaisers, dessen Edelknab er war,
Zurück. In dieser Zeit hat er das Mädchen

In meinem Beisein mindstens nie gesehn.
ANTONIO. Doch, nicht in eurem Beisein, um so öfter;
Noch heute waren beid in dem Gebirge.
ELMIRE. – Nun freilich, glücklich könnte sichs beschließen.
Alonzo also wär bereit?
ANTONIO. Ich bin
Gewiß, daß er das Mädchen ihm nicht weigert,
Wenn Raimond nur –
ELMIRE. 's ist kaum zu hoffen, kaum,
– Versuchen will ichs – Horch! Er kommt! Da ist er!

(Raimond und Santin treten auf. Raimond erblickt Antonio, erblaßt, kehrt um, geht ab, im Abgehen.)

Santin! *(Beide ab.)*
ANTONIO. Was war das?
ELMIRE. Hat er dich denn schon gesehen?
ANTONIO. Absichtlich hab ich ihn vermieden, um
Mit dir vorher mich zu besprechen – Wie
Es scheint, ist er sehr aufgebracht.
ELMIRE. Er ward
Ganz blaß, als er dich sah – das ist ein Zeichen
Wie matte Wolkenstreifen stets für mich,
Ich fürchte einen bösen Sturm.
ANTONIO. Weiß er
Denn, daß Juan von meiner Hand gefallen?
ELMIRE. Noch wußt ers nicht, doch hat er eben jetzt
Noch einen dritten Wanderer gesprochen.
ANTONIO. Das ist ein böser Strich durch meinen Plan.
RAIMOND *(tritt auf)*. Laß uns allein, Elmire.
ELMIRE *(zu Antonio halblaut)*. Hüte dich,
Um Gotteswillen. *(Ab.)*
ANTONIO. Sei gegrüßet!
RAIMOND *(setzt sich)*. Sehr
Neugierig bin ich zu erfahren, was
Zu mir nach Ciella dich geführt. Du kommst
Aus Gossa – nicht?
ANTONIO. Unmittelbar von Hause,
Doch war ich gestern dort.
RAIMOND. So wirst du wissen,
Wir Vettern sind seit kurzer Zeit ein wenig
Schlimm übern Fuß gespannt – Vielleicht hast du
Aufträg an mich, kommst im Geschäft des Friedens,
Stellst selbst vielleicht die heilige Person
Des Herolds vor? –?

ANTONIO. Des Herolds? Nein – Warum?
– Die Frag ist seltsam. Als dein Gast komm ich –
RAIMOND. Mein Gast – und hättst aus Gossa keinen Auftrag?
ANTONIO. Zum mindsten keinen andern, dessen ich
Mich nicht als Freund des Hauses im Gespräch
Gelegentlich entledgen könnte.
RAIMOND. Nun,
Wir brechen die Gelegenheit vom Zaune;
Sag an.
ANTONIO. – Alonzo will dich sprechen.
RAIMOND. Mich,
Mich sprechen?
ANTONIO. Freilich seltsam ist die Fordrung,
Ja unerhört fast – dennoch gäbs ein Zeichen,
Ein sichres fast von seiner Unschuld, wär
Es dieses.
RAIMOND. Unschuld?
ANTONIO. Ja, mir ists ein Rätsel,
Wie dir, da es die Mörder selbst gestanden.
Zwar ein Geständnis auf der Folter ist
Zweideutig stets – auch war es nur ein Wort,
Das doch im Grunde stets sehr unbestimmt.
Allein, trotz allem, der Verdacht bleibt groß,
Und fast unmöglich scheints – zum wenigsten
Sehr schwer, sich davon reinigen zu können.
RAIMOND. Meinst du?
ANTONIO. Doch, wie gesagt, er hälts für möglich.
Er glaubt, es steck ein Irrtum wo verborgen –
RAIMOND. Ein Irrtum?
ANTONIO. Den er aufzudecken, nichts
Bedürfe, als nur ein Gespräch mit dir.
RAIMOND. Nun, meinetwegen –
ANTONIO. Wirklich? Willst dus tun?
RAIMOND. Wenn du ihn jemals wiedersehen solltest.
ANTONIO. – Jemals! Ich eile gleich zu ihm.
RAIMOND. So sags,
Daß ich mit Freude ihn erwarten würde.
ANTONIO. O welche segensreiche Stunde hat
Mich hergeführt – Ich reite gleich nach Gossa,
Und bring ihn her – Möcht er dich auch so finden,
So freundlich und so mild, wie ich – Machs ihm
Nicht schwer, die Sache ist verwickelt, blutig
Ist die Entscheidung stets des Schwerts, und Frieden

Ist die Bedingung doch von allem Glück.
Willst du ihn nur unschuldig finden, wirst
Dus auch – Ich glaubs, bei meinem Eid, ich glaubs.
Ich war wie du von dem Verdacht empört,
Ein einzger Blick auf sein ehrwürdig Haupt
Hat schnell das Wahre mich gelehrt –

RAIMOND. Dein Amt
Ist aus, so wie ich merke –?

ANTONIO. Nur noch zur
Berichtigung etwas von zwei Gerüchten,
Die bös verfälscht, wie ich fast fürchte, dir
Zu Ohren kommen möchten –

RAIMOND. Nun?

ANTONIO. Juan
Liegt krank in Gossa.

RAIMOND. Auf den Tod, ich weiß.

ANTONIO. Er wird nicht sterben.

RAIMOND. Wie es euch beliebt.

ANTONIO. Wie?

RAIMOND. Weiter – Nun, das andere Gerücht –?

ANTONIO. Ich wollt dir nur noch sagen, daß er zwar
Den Dolch auf Ignez –

RAIMOND. Ich hatt ihn gedungen.

ANTONIO. Wie sagst du?

RAIMOND. Könnts mir doch nichts helfen, wenn
Ichs leugnen wollte, da ers ja gestanden.

ANTONIO. Vielmehr das Gegenteil – aus seiner Rede
Wird klar, daß dir ganz unbewußt die Tat.

RAIMOND. Alonzo doch ist überzeugt, wie billig,
Daß ich so gut ein Mörder bin, wie er?

ANTONIO. Vielmehr das Gegenteil – der Anschein hat
Das ganze Volk getäuscht, doch er bleibt stets
Unwandelbar und nennt dich schuldlos.

RAIMOND. O List der Hölle, von dem bösesten
Der Teufel ausgeheckt!

ANTONIO. Was ist das? Raimond!

RAIMOND *(faßt sich)*. Das war das eine – nun sprich weiter, noch
Ein anderes Gerücht wolltst du berichtgen.

ANTONIO. Gib mir erst Kraft und Mut, gib mir Vertraun –

RAIMOND. Sieh zu, wies geht – sag an.

ANTONIO. Der Herold ist –

RAIMOND. Erschlagen, weiß ich – doch Alonzo ist
Unschuldig an dem Blute.

ANTONIO. Wahrlich, ja;
Er lag in Ohnmacht während es geschah.
Es hat ihn tief empört, er bietet jede
Genugtuung dir an, die du nur forderst.
RAIMOND. Hat nichts zu sagen –
ANTONIO. Wie?
RAIMOND. Was ist ein Herold?
ANTONIO. Du bist entsetzlich –
RAIMOND. Bist du denn ein Herold –?
ANTONIO. Dein Gast bin ich, ich wiederhols – Und wenn
Der Herold dir nicht heilig ist, so wirds
Der Gast dir sein.
RAIMOND. Mir heilig? Ja. Doch fall
Ich leicht in Ohnmacht.
ANTONIO. – Lebe wohl. *(Schnell ab.)*

(Pause; Elmire stürzt aus dem Nebenzimmer herein.)

ELMIRE. Um Gotteswillen, rette, rette *(Sie öffnet ein Fenster.)*
Alles
Fällt über ihn – Antonio – das Volk
Mit Keulen – rette, rette ihn – sie reißen
Ihn nieder, nieder liegt er schon am Boden –
Um Gotteswillen, komm ans Fenster nur,
Sie töten ihn – Nein, wieder steht er auf,
Er zieht, er kämpft, sie weichen – Nun ists Zeit,
O Raimond, ich beschwöre dich – Sie dringen
Schon wieder ein, er wehrt sich wütend – Rufe
Ein Wort, um aller Heilgen willen, nur
Ein Wort aus diesem Fenster – – Ah! jetzt fiel
Ein Schlag – – er taumelt – Ah! noch einer – nun
Ists aus – Nun fällt er um – Nun ist er tot – –

(Pause; Elmire tritt vor Raimond.)

O welch entsetzliche Gelassenheit – –
– Es hätte dir ein Wort gekostet, nur
Ein Schritt bis zu dem Fenster, ja dein bloßes
Gebieterantlitz hätte sie geschreckt –
– Möcht einst in jener bittern Stunde, wenn
Du Hilfe Gottes brauchest, Gott nicht säumen,
Wie du, mit Hilfe vor dir zu erscheinen.
SANTIN *(tritt auf)*. 's ist abgetan, Herr.
ELMIRE. Abgetan? Wie sagst
Du, Santin – Raimond, abgetan?

(Raimond wendet sich verlegen.)

O jetzt
Ists klar – Ich Törin, die ich dich zur Rettung
Berief! – O pfui! Das ist kein schönes Werk,
Das ist so häßlich, so verächtlich, daß
Selbst ich, dein unterdrücktes Weib, es kühn
Und laut verachte. Pfui! O pfui! Wie du
Jetzt vor mir sitzest, und es leiden mußt,
Daß ich in meiner Unschuld hoch mich brüste,
Denn über alles siegt das Rechtgefühl,
Auch über jede Furcht und jede Rücksicht,
Und nicht der Herr, der Gatte nicht, der Vater
Nicht meiner Kinder ist so heilig mir,
Daß ich den Richterspruch verleugnen sollte,
Du bist ein Mörder!

RAIMOND *(steht auf)*. Wer zuerst ihn tödlich
Getroffen hat, der ist des Todes.

SANTIN. Herr,
Auf dein Geheiß –

RAIMOND. Wer sagt das?

SANTIN. – 's ist ein Faustschlag
Mir ins Gesicht –

RAIMOND. Stecks ein. *(Er pfeift; zwei Diener erscheinen.)*
Wo sind die Hunde wenn
Ich pfeife? – Ruft den Grafen auf mein Zimmer.
(Alle ab.)

VIERTER AKT

Erste Szene

Ciella. Zimmer im Schlosse.

Raimond und Santin treten auf.

RAIMOND. Das eben ist der Fluch der Macht, daß sich
Dem Willen, dem leicht widerruflichen,
Ein Arm gleich beut, der fest unwiderruflich
Die Tat ankettet. Nicht ein Zehnteil würd
Ein Herr des Bösen tun, müßt er es selbst
Mit eignen Händen tun. Es heckt sein bloßer
Gedanke Unheil aus, und seiner Knechte

Geringster hat den Vorteil über ihn,
Daß er das Böse wollen darf.

SANTIN. Ich kann
Das Herrschen dir nicht lehren, du nicht das
Gehorchen mir. Was Dienen ist, das weiß
Ich auf ein Haar. Befiehl, daß ich dir künftig
Nicht mehr gehorche, wohl, so will ich dir
Gehorchen.

RAIMOND. Dienen! Mir gehorchen! Dienen!
Sprichst du doch wie ein Neuling. Hast du mir
Gedienet? Soll ich dir erklären, was
Ein Dienst sei? Nützen, nützen soll er – Was
Denn ist durch deinen mir geworden, als
Der Reue ekelhaft Gefühl?
Es ist
Mir widerlich, ich wills getan nicht haben.
Auf deine Kappe nimms – ich steck dich in
Den Schloßturm –

SANTIN. Mich?

RAIMOND. Kommst du heraus, das schöne
Gebirgslehn wird dir nicht entgehn.

(Elmire tritt auf
Raimond steht auf; zu Santin, halblaut.)

Es bleibt
Dabei. In vierzehn Tagen bist du frei.

(Zu Elmiren.)

Was willst du?

ELMIRE. Stör ich?

RAIMOND *(zu Santin).* Gehe! Meinen Willen
Weißt du. Solange ich kein Knecht, soll mir
Den Herrn ein andrer auf der Burg nicht spielen.
Den Zügel hab ich noch, sie sollen sich
Gelassen dran gewöhnen, müßten sie
Die Zähne sich daran zerbeißen. Der
Zuerst den Herold angetastet, hat
Das Beil verwirkt – Dich steck ich in den Schloßturm.
– Kein Wort, sag ich, wenn dir dein Leben lieb!
Du hast ein Wort gedeutet eigenmächtig,
Rebellisch deines Herren Willen mißbraucht –
– Ich schenk dirs Leben. Fort. Tritt ab. *(Santin ab.)*

(Zu Elmiren.)

Was willst du?

ELMIRE. Mein Herr und mein Gemahl –
RAIMOND. Wenn du
Die Rede, die du kürzlich hier begonnen,
Fortsetzen willst, so spar es auf; du siehst
Ich bin soeben nicht gestimmt, es an
Zu hören.
ELMIRE. Wenn ich Unrecht dir getan –
RAIMOND. So werd ich mich vor dir wohl reingen müssen?
Soll ich etwa das Hofgesinde rufen,
Und öffentlich dir Rede stehn?
ELMIRE. O mein
Gemahl, ein Weib glaubt gern an ihres Mannes
Unschuld, und küssen will ich deine Hand
Mit Tränen, Freudentränen, wenn sie rein
Von diesem Morde.
RAIMOND. Wissen es die Leute,
Wies zugegangen?
ELMIRE. Selber spricht die Tat.
Das Volk war aufgehetzt von Santin.
RAIMOND. Daß
Ich auf dein Rufen an das Fenster nicht
Erschienen, ist mir selber unerklärlich.
Sehr schmerzhaft ist mir die Erinnerung.
ELMIRE. Es würde fruchtlos doch gewesen sein.
Er sank so schleunig hin, daß jede Rettung,
Die schnellste selbst, zu spät gekommen wäre.
Auch ganz aus seiner Schranke war das Volk,
Und hätte nichts von deinem Wort gehört.
RAIMOND. Doch hätt ich mich gezeigt –
ELMIRE. Nun freilich wohl.
GRETE *(stürzt herein, umfaßt Elmirens Knie)*.
Um deine Hilfe, Gnädigste! Erbarmung
Gebieterin! Sie führen ihn zum Tode,
Errettung von dem Tod! Laß ihn, laß mich,
Laß uns nicht aufgeopfert werden.
ELMIRE. Dich?
Bist du von Sinnen?
GRETE. Meinen Friedrich! Er
Hat ihn zuerst getroffen.
ELMIRE. Wen?
GRETE. Den Ritter,
Den dein Gemahl geboten zu erschlagen.
RAIMOND. Geboten – ich! Den Teufel hab ich! Santin

Hats angestiftet!

GRETE *(steht auf)*. Santin hats auf dein
Geheiß gestiftet.

RAIMOND. Schlange, giftige!
Aus meinen Augen fort!

GRETE. Auf dein Geheiß
Hats Santin angestiftet. Selbst hab ichs
Gehört, wie dus an Santin hast befohlen.

RAIMOND. – Gehört? – Du selbst?

GRETE. Ich stand im Schloßflur, stand
Dicht hinter dir, ich hörte jedes Wort,
Doch du warst blind vor Wut und sahst mich nicht.
Es habens außer mir noch zwei gehört.

RAIMOND. – 's ist gut. Tritt ab.

GRETE. So schenkst du ihm das Leben?

RAIMOND. 's soll aufgeschoben sein.

GRETE. O Gott sei Dank
Und dir sei Dank, mein bester Herr, es ist
Ein braver Bursche, der sein Leben wird
An deines setzen.

RAIMOND. Gut, sag ich. Tritt ab. *(Grete ab.)*

(Raimond wirft sich auf den Sessel; Elmire nähert sich ihm; Pause.)

ELMIRE. Mein teurer Freund –

RAIMOND. Laß mich allein, Elmire.

ELMIRE. O laß mich bleiben – O dies menschlich schöne
Gefühl, das dich bewegt, löscht jeden Fleck,
Denn Reue ist die Unschuld der Gefallnen.
An ihrem Glanze weiden will ich mich,
Denn herrlicher bist du mir nie erschienen,
Als jetzt.

RAIMOND. Ein Elender bin ich –

ELMIRE. *Du* glaubst
Es – Ah! Der Augenblick nach dem Verbrechen
Ist oft der schönste in dem Menschenleben.
Du weißts nicht – ach, du weißt es nicht, und grade
Das macht dich herrlich. Denn nie besser ist
Der Mensch, als wenn er es recht innig fühlt,
Wie schlecht er ist.

RAIMOND. Es kann mich keiner ehren.
Denn selbst ein Ekel bin ich mir.

ELMIRE. Den soll
Kein Mensch verdammen, der sein Urteil selbst

Sich spricht. O hebe dich! Du bist so tief
Bei weitem nicht gesunken, als du hoch
Dich heben kannst.

RAIMOND. Und wer hat mich so häßlich
Gemacht? O, hassen will ich ihn –

ELMIRE. Raimond!
Du könntest noch an Rache denken?

RAIMOND. Ob
Ich an die Rache denke? – Frage doch
Ob ich noch lebe?

ELMIRE. Ist es möglich? O
Nicht diesen Augenblick zum wenigsten
Wirst du so bös beflecken – Teufel nicht
In deiner Seele dulden, wenn ein Engel
Noch mit mir spricht aus deinen Zügen.

RAIMOND. Soll
Ich dir etwa erzählen, daß Alonzo
Viel Böses mir getan? Und soll ichs ihm
Verzeihn, als wär es nur ein Weiberschmollen?
Er hat mir freilich nur den Sohn gemordet,
Den Knaben auch, der lieb mir wie ein Sohn, –

ELMIRE. O sprichs nicht aus – Wenn dich die Tat gereut,
Die blutige, die du gestiftet, wohl,
So zeigs, und ehre mindestens im Tode
Den Mann, mit dessen Leben du gespielt.
Der Abgeschiedene hat es beschworen,
Alonzo ist unschuldig.

(Raimond sieht sie starr an.)

So unschuldig,
An Pedros Mord, wie wir an jenem Anschlag
Auf Ignez' Leben.

RAIMOND. Über die Vergleichung!

ELMIRE. Warum nicht, mein Gemahl? Denn es liegt alles
Auf beiden Seiten gleich, bis selbst auf die
Umstände nach der Tat. Du fandst Verdächtge
Bei deinem toten Kinde, so in Gossa;
Du hiebst sie nieder, so in Gossa; sie
Gestanden Falsches, so in Gossa; du
Vertrautest ihnen, so in Gossa – Nein,
Der einzge Umstand ist verschieden, daß
Alonzo selber doch dich freispricht.

RAIMOND. O,

Gewendet, listig, haben sie das ganze
Verhältnis, mich, den Kläger, zum Verklagten
Gemacht – Und um das Bubenstück, das mich
Der ganzen Welt als Mörder zeigt, noch zu
Vollenden, so verzeiht er mir –

ELMIRE. Raimond!
O welch ein häßlicher Verdacht, der schon
Die Seele schändet, die ihn denkt.

RAIMOND. Verdacht
Ists nicht in mir, es ist Gewißheit. Warum,
Meinst du, hätt er mir wohl verziehen, da
Der Anschein doch so groß, als nur, damit
Ich gleich gefällig mich erweise? Er
Kann sich nicht reinigen, er kann es nicht,
Und nun, damit ichs ihm erlaß, erläßt
Ers mir – Nun, halb zum wenigsten soll ihm
Das Bubenstück gelingen nur. Ich nehme
Den Mord auf mich – und hätt der Jung das Mädchen
Erschlagen, wärs mir recht.

ELMIRE. Das Mädchen? O
Mein Gott, du wirst das Mädchen doch nicht morden?

RAIMOND. Die Stämme sind zu nah gepflanzet, sie
Zerschlagen sich die Äste.

ELMIRE *(zu seinen Füßen)*. O verschone,
Auf meinen Knien bitt ich dich, verschone
Das Mädchen – wenn dein eigner Sohn dir lieb,
Wenn seine Liebe lieb dir, wenn auf immer
Du seinen Fluch dir nicht bereiten willst,
Verschone Ignez –

RAIMOND. Welche seltsame
Anwandlung? Mir den Fluch des Sohnes?

ELMIRE. Ja,
Es ist heraus – auf meinen Knien beschwöre
Ich dich, bei jener ersten Nacht, die ich
Am Tage vor des Priesters Spruch dir schenkte,
Bei unserm einzgen Kind, bei unserm letzten,
Das du hinopferst, und das du doch nicht
Wie ich geboren hast, o mache diesem
Unselig-bösen Zwist ein Ende, der
Bis auf den Namen selbst den ganzen Stamm
Der Ghonorezze auszurotten droht.
Gott zeigt den Weg selbst zur Versöhnung dir.
Die Kinder lieben sich, ich habe sichre

Beweise –

RAIMOND. Lieben?

ELMIRE. Unerkannt hat Gott
In dem Gebirge sie vereint.

RAIMOND. Gebirg?

ELMIRE. Ich weiß es von Antonio, der Edle!
Vortreffliche! Sein eigner Plan war es,
Die Stämme durch die Heirat zu versöhnen,
Und selbst sich opfernd, trat er seine Braut
Dem Sohne seines Freundes ab – O ehre
Im Tode seinen Willen, daß sein Geist
In deinen Träumen dir nicht mit Entsetzen
Begegne – Sprich, o sprich den Segen aus!
Mit Tränen küß ich deine Knie, küsse
Mit Inbrunst deine Hand, die, ach! noch schuldig,
Was sie mir am Altar versprach – o brauche
Sie einmal doch zum Wohltun, gib dem Sohne
Die Gattin, die sein Herz begehrt, und dir
Und mir und allen Unsrigen den Frieden –

RAIMOND. Nein, sag mir, hab ich recht gehört, sie sehen
Sich im Gebirge, Rodrigo und Ignez?

ELMIRE *(steht auf)*. O Gott, mein Heiland, was hab ich getan!

RAIMOND *(steht auf)*. Das freilich, ist ein Umstand von Bedeutung.

(Er pfeift; zwei Diener erscheinen.)

ELMIRE. Wärs möglich –? Nein – O Gott sei Dank! Das wäre
Ja selbst für einen Teufel fast zu boshaft. –

RAIMOND *(zum Diener)*. Ist noch der Graf zurück nicht vom Spaziergang?

EIN DIENER. Nein, Herr, wir erwarten ihn.

RAIMOND. Wo ist Santin?

EIN DIENER. Bei der Leiche.

RAIMOND. Führ mich zu ihm. *(Ab.)*

ELMIRE. Raimond! Raimond! O höre –
(Folgt. Alle ab.)

Zweite Szene

Gossa. Zimmer im Schloß.

ALONZO *(tritt auf, öffnet ein Fenster, und bleibt mit Zeichen einer tiefen Bewegung davor stehen)*.

FRANZISKA *(tritt auf, und nähert sich ihm mit verhülltem Gesicht)*.
Weißt du es?

IGNEZ *(tritt auf, noch an der Türe, halblaut).*
Mutter! Mutter!

(Franziska sieht sich um, Ignez nähert sich ihr.)

Weißt du die
Entsetzenstat? Antonio ist erschlagen.

(Franziska gibt ihr ein bejahendes Zeichen.)

Weiß ers?

FRANZISKA *(wendet sich zu Alonzo).*
Alonzo!

ALONZO *(ohne sich umzusehen).*
Bist du es, Franziska?

FRANZISKA. Wenn
Ich wüßte, wie du jetzt gestimmt, viel hätt ich
Zu sagen dir.

ALONZO. Es ist ein trüber Tag
Mit Wind und Regen, viel Bewegung draußen –
Es zieht ein unsichtbarer Geist, gewaltig
Nach *einer* Richtung alles fort, den Staub,
Die Wolken, und die Wellen –

FRANZISKA. Willst du mich,
Alonzo, hören?

ALONZO. Sehr beschäftigt mich
Dort jener Segel – siehst du ihn? Er schwankt
Gefährlich, übel ist sein Stand, er kann
Das Ufer nicht erreichen –

FRANZISKA. Höre mich,
Alonzo, eine Nachricht hab ich dir
Zu sagen von Antonio.

ALONZO. Er, er ist
Hinüber, *(Er wendet sich.)* ich weiß alles.

FRANZISKA. Weißt dus? Nun,
Was sagst du?

ALONZO. Wenig will ich sagen. Ist
Thiest noch nicht zurück?

FRANZISKA. So willst du nun
Den Krieg beginnen?

ALONZO. Kenn ich doch den Feind.

FRANZISKA. Nun freilich, wie die Sachen stehn, so mußt
Dus wohl. Hat er den Vetter hingerichtet,
Der schuldlos war, so wird er dich nicht schonen.
Die Zweige abzuhaun des ganzen Stammes,

Das ist sein überlegter Plan, damit
Das Mark ihm seinen Wipfel höher treibe.
ALONZO. Den Edelen, der nicht einmal als Herold
Gekommen, der als Freund nur das Geschäft
Betrieb des Friedens, preiszugeben – *ihn*,
Um sich an *mir* zu rächen, preiszugeben,
Dem Volke – –
FRANZISKA. Nun doch, endlich, wirst du ihn
Nicht mehr verkennen?
ALONZO. Ihn hab ich verkannt,
Antonio – hab ihn der Mitschuld heute
Geziehen, der sich heut für mich geopfert.
Denn wohl geahndet hat es ihm – mich hielt
Er ab, und ging doch selbst nach Ciella, der
Nicht sichrer war, als ich –
FRANZISKA. Konnt er denn anders?
Denn weil du Raimond stets mit blinder Neigung
Hast freigesprochen, ja sogar gezürnet,
Wenn man es nur gewagt, ihm zu mißtraun,
So mußt er freilich zu ihm gehen –
ALONZO. Nun
Beruhge dich – fortan kein anderes
Gefühl nur, als der Rache, will ich kennen;
Und wie ich duldend, einer Wolke gleich
Ihm lange überm Haupt geschwebt, so fahr
Ich einem Blitze gleich jetzt über ihn.
THIESTA *(tritt auf)*. Hier bin ich wieder, Herr, von meinem Zuge,
Und bringe gleich dir fünf Vasallen mit.
ALONZO *(wendet sich schnell)*. Wo sind sie?
THIESTA. Unten in dem Saale. Drei,
Der Manso, Vitina, Paratzin, haben
Auf ihren Kopf ein dreißig Reuter gleich
Nach Gossa mitgebracht.
ALONZO. Ein dreißig Reuter?
– Ein ungesprochner Wunsch ist mir erfüllt.
– Laßt mich allein, ihr Weiber.

(Franziska und Ignez ab.)

Wenn sie so
Ergeben sich erweisen, sind sie wohl
Gestimmt, daß man sie schleunig brauchen kann?
THIESTA. Wie den gespannten Bogen, Herr; der Mord
Antonios hat ganz wütend sie gemacht.

ALONZO. So wollen wir die Witterung benutzen.
Er will nach meinem Haupte greifen, will
Es – nun so greif ich schnell nach seinem. Dreißig
Sagst du, sind eben eingerückt, ein Zwanzig
Bring ich zusammen, das ist mit dem Geiste,
Der mit uns geht, ein Heer – Thiest, was meinst du?
Noch diese Nacht will ich nach Ciella.

THIESTA. Herr,
Gib mir ein Funfzehn von dem Trupp, spreng ich
Die Tore selbst, und öffne dir den Weg.
Ich kenn das Nest, als wärs ein Dachsloch – noch
Erwarten sie von uns nichts Böses, ich
Beschwörs, die sieben Bürger halten Wache
Noch, wie in Friedenszeit.

ALONZO. So bleibts dabei.
Du nimmst den Vortrab. Wenn es finster, brechen
Wir auf. Den ersten Zugang überrumpelst
Du, selber folg ich auf dem Fuße, bei
Antonios Leiche sehen wir uns wieder.
Ich will ihm eine Totenfeier halten,
Und Ciella soll, wie Fackeln, sie beleuchten.
Nun fort zu den Vasallen!

(Beide ab.)

Dritte Szene

Bauernstube.

Barnabé am Kamin; sie rührt einen Kessel, der über Feuer steht.

BARNABE.
Erst dem Vater:
Ruh in der Gruft: daß ihm ein Frevlerarm nicht
Über das Feld trage die Knochen umher.
Leichtes Erstehn: daß er hochjauchzend das Haupt
Dränge durchs Grab, wenn die Posaune ihm ruft.
Ewiges Glück: daß sich die Pforte ihm weit
Öffne, des Lichts Glanzstrom entgegen ihm wog.

URSULA *(außerhalb der Szene)*. Barnabé! Barnabé! Rührst du den Kessel?

BARNABE. Ja doch, ja, mit beiden Händen, ich wollt, ich könnte die Füße auch brauchen.

URSULA. Aber du sprichst nicht die drei Wünsche aus?

BARNABE. Nun, das gesteh ich! Wenn unser Herrgott so taub ist, wie du, so hilfts alles nichts.

Dann der Mutter:

Alles Gedeihn: daß ihr die Landhexe nicht
Giftigen Blicks töte das Kalb in der Kuh.
Heil an dem Leib: daß ihr der Krebs mit dem Blut-
Läppchen im Schutt schwinde geschwinde dahin.
Leben im Tod: daß ihr kein Teufel die Zung
Strecke heraus, wenn sie an Gott sich empfiehlt.

Dann für mich:

Freuden vollauf: daß mich ein stattlicher Mann
Ziehe mit Kraft kühn ins hochzeitliche Bett.
Blüte des Leibs: daß mir –

URSULA. Barnabé! Du böses Mädel hast den Blumenstaub vergessen und die Wolfkrautskeime.

BARNABE. Nein doch, nein, 's ist alles hinein. Der Brei ist so dick, daß die Kelle schon steht.

URSULA. Aber die ungelegten Eier aus dem Hechtsbauche?

BARNABE. Soll ich noch einen aufschneiden?

URSULA. Warte noch ein Weilchen. Ich will erst Fliederblüte zubereiten. Laß nur keinen in die Küche, hörst du, und rühre fleißig, hörst du, und sage die Wünsche, hörst du?

BARNABE. Ja doch, ja – Wo blieb ich stehen? Freuden vollauf – Nein:

Blüte des Leibs: daß mir kein giftiger Duft
Sudle das Blut, Furchen mir ätz in die Haut.
Fröhlichen Tod: fröhlich im gleitenden Kahn,
Bin ich am Ziel, stoße er sanft an das Land.

Du lieber Gott, wenns Glück nicht so süß wäre, wer würde sich die Mühe so sauer werden lassen? – Nun wieder von vorn:

Erst dem Vater:

Ruh in der Gruft: daß ihm ein Frevlerarm nicht
Über das Feld trage die Knochen umher.
Leichtes Erstehn: daß er hochjauchzend das Haupt
Dränge durchs Grab – – Ah!

(Sie erblickt Rodrigo, der bei den letzten Worten hereingetreten ist.)

RODRIGO. Was sprichst du mit deinem Kessel, Mädchen? Wenn du eine Hexe bist, du bist die lieblichste, die ich jemals sah, und ich wette, du tust keinem was Böses, der dir gut ist.

BARNABE. Geh heraus, lieber Herr, ich bitte dich. Es darf niemand in die Küche kommen, die Mutter selbst nicht, außer ich.

RODRIGO. Warum denn nur du?

BARNABE. Was weiß ich? Weil ich eine Jungfrau bin.

RODRIGO. Darauf schwör ich. Und wie heißt du denn, liebe Jungfrau?
BARNABE. Barnabé!
RODRIGO. Deine Stimme klingt schöner, als dein Name.
URSULA. Barnabé! Barnabé! Wer spricht denn mit dir?

(Rodrigo macht ein bittend Zeichen.)

BARNABE. – Was sagst du, Mutter?
URSULA. Sprichst du die drei Wünsche?
BARNABE. Ja doch, ja, sei nur ruhig. *(Rührt im Kessel.)* Aber nun geh, lieber Herr. Die Mutter sagt, wenn ein Unreiner zusieht, taugt der Brei nichts.
RODRIGO. Doch wenn ein Reiner zusieht, so wird er um so besser.
BARNABE. Davon hat sie nichts gesagt.
RODRIGO. Aber es ergibt sich von selbst.
BARNABE. Nun freilich, ich sollt es meinen. Ich will die Mutter fragen.
RODRIGO. Wozu? Das mußt du ja selbst verstehn.
BARNABE. Freilich wohl. Nun störe mich nur nicht. Es ist unser Glücksbrei, ich muß die drei Wünsche dazu hersagen.
RODRIGO. Was kochst du denn?
BARNABE. Einen Kindsfinger – – ha! ha! ha! Du denkst wohl, ich bin eine Hexe?
RODRIGO. Einen Kindsfinger?
URSULA. Barnabé! Böses Mädchen, was lachst du?
BARNABE. Ei, ich bin lustig, und spreche die Wünsche.
URSULA. Meinen auch vom Krebse?
BARNABE. Ja doch ja, auch den vom Kalbe.
RODRIGO. O sage mir, ein Kindsfinger? Wie kamst du dazu?
BARNABE. Nein, nun plaudre ich nicht mehr, ich muß die Wünsche sprechen, sonst verdirbt der Brei und die Mutter schilt.
RODRIGO. Weißt du was? Bring diesen Beutel der Mutter, sag, er sei dir neben den Kessel gefallen, und komm wieder.
BARNABE. Diesen Beutel, den schenkst du uns?
RODRIGO. Ja, doch ja, sag nur der Mutter nicht, daß ihn dir jemand gegeben hat, und komm bald wieder.
BARNABE. Mutter! Mutter! *(Ab.)*
RODRIGO *(lebhaft auf und nieder).*

Ein Kindesfinger! Wenns der kleine wäre!
Wenns Pedros kleiner Finger wäre! Wiege
Mich, Hoffnung, einer Schaukel gleich, und gleich,
Als spielt' geschloßnen Auges schwebend mir
Ein Windzug um die offne Brust, so wende
Mein Innerstes sich vor Entzücken – Wie
Gewaltig, Glück, klopft deine Ahndung an
Das Herz! Dich selbst, o Übermaß, wie werd

Ich dich ertragen – Horch. Sie kommt! Jetzt werd ichs hören.

(Barnabé kommt zurück.)

RODRIGO *(führt sie in den Vordergrund).*
Nun sage mir, was ist das für ein Finger?

BARNABE. Ein kleiner Kindsfinger.

RODRIGO. Wie kamst du dazu?

BARNABE. Vorgestern haben Mutter und ich ihn gefunden.

RODRIGO. Gefunden bloß? Auf welche Art?

BARNABE. Nun, dir will ich alles erzählen, wenns gleich die Mutter verboten hat.

RODRIGO. So erzähle.

BARNABE. Wir suchten Kräuter am Waldstrom im Gebirg, da schleifte das Wasser ein ertrunkenes Kind zu uns an das Ufer, wo wir standen. Wir zogen es heraus, und bemühten uns viel um das arme Wurm, aber es blieb tot. Da schnitt die Mutter dem Kinde den kleinen Finger ab, denn der tut nach dem Tode mehr Gutes, als die Hand eines Erwachsenen in seinem ganzen Leben. – Warum stehst du so tiefsinnig? Woran denkst du?

RODRIGO. – An Gott. – – Nun erzähle noch mehr. War niemand dabei, als du und die Mutter?

BARNABE. Als wir den Finger von der linken Hand hatten, kamen zwei Männer aus Gossa, die wollten den von der rechten auch abschneiden. Der hilft aber nichts, wir gingen fort, weiter weiß ich nichts.

RODRIGO. Es ist genug. Mehr brauch ich nicht. Du hast
Gleich einer heilgen Offenbarung mir
Das Unbegriffene erklärt – Das kannst
Du nicht verstehn, doch sollst dus bald – Noch eins.
In Gossa ist ein Mädchen, dem ich auch
So gut, wie dir. Die möcht ich gern *hier* sprechen
In einer Höhle, die ihr wohlbekannt.
Die Tochter ist es aus dem Hause, Ignez,
Du kannst nicht fehlen –

BARNABE. Soll ich sie dir rufen?
Nun ja, es wird ihr Freude machen auch.

RODRIGO. Und dir; wir wollens beide dir schon lohnen.
Doch mußt dus selbst ihr sagen, keinem andern
Vertraun, daß dich ein Jüngling abgeschickt,
Verstehst du? Nun, das weißt du wohl. Ihr kannst
Du alles sagen, auch vom Finger ihr
Erzählen, sie verrät dich nicht, wie ich.
Und daß du Glauben finden mögst bei ihr,
Nimm dieses Tuch, und diesen Kuß gib ihr. *(Ab.)*

(Barnabé sieht ihm nach, seufzt, und geht ab.)

Vierte Szene

Andere Gegend im Gebirge.

Raimond und Santin treten auf.

SANTIN. Das soll gewöhnlich sein Spaziergang sein,
Sagt mir der Jäger. Selber hab ich ihn
Zweimal, und sehr erhitzt, auf dieser Straße
Begegnet. Ist er im Gebirg, so ists
Auch Ignez, und wir fangen beid zugleich.
RAIMOND *(setzt sich auf einen Stein)*.
Es ist sehr heiß mir, und die Zunge trocken.
SANTIN. Der Wind geht kühl doch übers Feld.
RAIMOND. Ich glaub,
's ist innerlich.
SANTIN. Fühlst du nicht wohl dich?
RAIMOND. Nein.
Mich dürstet.
SANTIN. Komm an diesen Quell.
RAIMOND. Löscht er
Den Durst?
SANTIN. Das Wasser wenigstens ist klar,
Daß du darin dich spiegeln könntest. Komm!
RAIMOND *(steht auf, geht zum Quell, neigt sich, und plötzlich, mit der Bewegung des Abscheus, wendet er sich)*.
SANTIN. Was fehlt dir?
RAIMOND. Eines Teufels Antlitz sah
Mich aus der Welle an.
SANTIN *(lachend)*. Es war dein eignes.
RAIMOND. Skorpion von einem Menschen! *(Er setzt sich wieder.)*
BARNABE *(tritt auf)*. Hier gehts doch nach Gossa, gestrenger Ritter?
SANTIN. Was hast du denn dort zu tun, mein schönes Kind?
BARNABE. Eine Bestellung an Fräulein Ignez.
SANTIN. Wenn sie so schön ist, wie du, so grüße sie von uns. Was hast du ihr denn zu sagen?
BARNABE. Zu sagen? Nichts! Ich führe sie bloß ins Gebirge.
SANTIN. Heute noch?
BARNABE. Kennt Ihr sie?
SANTIN. Noch weniger, als dich, und es betrübt mich auch weniger. Also heute noch?
BARNABE. Ja gleich. Nun sprich, gehts hier nach Gossa?
SANTIN. Wer schickt dich denn?
BARNABE. – Meine Mutter.

SANTIN. So? – Nun so geh nur, du bist auf dem rechten Wege.
BARNABE. Gott behüt euch. *(Ab.)*
SANTIN. Hast du gehört, Raimond? Sie kommt noch heut
In das Gebirg. Ich wett, das Mädchen war
Von Rodrigo geschickt.
RAIMOND *(steht auf)*. So führ ein Gott,
So führ ein Teufel sie mir in die Schlingen –
Gleichviel! Sie haben mich zu einem Mörder
Gebrandmarkt, boshaft, im voraus – Wohlan
So sollen sie denn recht gehabt auch haben.
– Weißt du den Ort, wo sie sich treffen?
SANTIN. Nein.
Wir müssen ihnen auf die Fährte gehn.
RAIMOND. So komm.

(Beide ab.)

Fünfte Szene

Ciella. Ein Gefängnis im Turm.

Die Türe geht auf, Vetorin tritt auf.

RODRIGO *(noch draußen)*. Mein Vater hats befohlen?
VETORIN. In der eignen
Person, du möchtest gleich bei deinem Eintritt
Ins Tor uns folgen nur, wohin wir dich
Zu führen haben. Komm, du alter Junge,
Komm h'rein –
RODRIGO. Hör, Vetorin, du bist mit deinem
Satyrngesicht verdammt verdächtig mir.
Nun, weil ich doch kein Mädchen, will ichs tun.

(Rodrigo tritt auf, ihm folgt der Kerkermeister.)

VETORIN. Der Ort ist, siehst du, der unschuldigste.
Denn hier auf diesen Quadersteinen müßts
Selbst einen Satyr frieren.
RODRIGO. Statt der Rosen
Will er mit Ketten mich und Banden mich
Umwinden – denn die Grotte, merk ich wohl,
Ist ein Gefängnis.
VETORIN. Hör, das gibt vortreffliche
Gedanken, morgen, wett ich, ist dein Geist
Fünf Jahre älter, als dein Haupt.

RODRIGO. Wär ich
Wie du, ich nähm es an. Denn deiner straft
Dein graues Haupt um dreißig Jahre Lügen.
– Nun, komm, ich muß zum Vater.
VETORIN *(tritt ihm in den Weg).* Nein, im Ernst,
Bleib hier, und sei so lustig, wie du kannst.
RODRIGO. Bei meinem Leben, ja das bin ich nie
Gewesen so wie jetzt, und möchte dir
Die zähnelosen Lippen küssen, Alter.
Du ziehst auch gern nicht in den Krieg, nun höre,
Sags deinem Weibe nur, ich bring den Frieden.
VETORIN. Im Ernste?
RODRIGO. Bei meinem Leben, ja.
VETORIN. Nun, morgen
Mehr. Lebe wohl. –

(Kehrt um, zum Kerkermeister.)

Verschließe hinter mir
Sogleich die Türe. *(Zu Rodrigo, da dieser folgen will.)*
Nein, bei meinem Eid,
Ich sag dir, auf Befehl des Vaters bist
Du ein Gefangner.
RODRIGO. Was sagst du?
VETORIN. Ich soll
Dir weiter gar nichts sagen, außer dies.
RODRIGO. Nun?
VETORIN. Ei, daß ich nichts sagen soll.
RODRIGO. O bei
Dem großen Gott des Himmels, sprechen muß
Ich gleich ihn – eine Nachricht von dem höchsten
Gewicht, die keinen Aufschub duldet, muß
Ich mündlich gleich ihm hinterbringen.
VETORIN. So
Kannst du dich trösten mindestens, er ist
Mit Santin fort, es weiß kein Mensch wohin.
RODRIGO. Ich muß sogleich ihn suchen, laß mich –
VETORIN *(tritt ihm in den Weg).* Ei
Du scherzest wohl –
RODRIGO. Nein, laß mich, nein, ich scherze
Bei meiner Ritterehre nicht mit deiner.
's ist plötzlich mir so ernst zu Mut geworden,
Als wäre ein Gewitter in der Luft.
Es hat die höchste Eil mit meiner Nachricht,

Und läßt du mich gutwillig nicht, so wahr
Ich leb, ich breche durch.
VETORIN. Durchbrechen, du?
Sprichst doch mit mir gleich wie mit einem Weibe.
Du bist mir anvertraut auf Haupt und Ehre,
Tritt mich mit Füßen erst, dann bist du frei.
– Nein, hör, ich wüßte was Gescheuteres.
Gedulde dich ein Stündchen, führ ich selbst
Sobald er rückkehrt deinen Vater zu dir.
RODRIGO. Sag mir ums Himmelswillen nur, was hab
Ich Böses denn getan?
VETORIN. Weiß nichts – noch mehr,
Ich schick dem Vater Boten nach, daß er
Noch früher heimkehrt.
RODRIGO. Nun denn, meinetwegen.
VETORIN. So lebe wohl. *(Zum Kerkermeister.)*
Und du tust deine Pflicht.

(Vetorin und der Kerkermeister ab; die Tür wird verschlossen.)

RODRIGO *(sieht ihnen nach; Pause).*
Ich hätte doch nicht bleiben sollen – Gott
Weiß, wann der Vater wiederkehrt – Sie wollen
Ihn freilich suchen – Ach, es treibt der Geist
Sie nicht der alles leistet – – Was, zum Henker,
Es geht ja nicht, ich muß heraus, ich habe
Ja Ignez ins Gebirg beschieden – Vetorin!
Vetorin! *(An die Tür klopfend.)*
Daß ein Donner, Tauber, das
Gehör dir öffnete! Vetorin! – – Schloß
Von einem Menschen, den kein Schlüssel schließt
Als bloß sein Herr! Dem dient er mit stockblinder
Dienstfertigkeit, und wenn sein Dienst auch zehnmal
Ihm Schäden brächt, doch dient er ihm – – Ich wollt
Ihn doch gewinnen, wenn er nur erschiene.
Denn nichts besticht ihn, außer daß man ihm
Das sagt – – Zum mindsten wollt ich ihn doch eher
Gewinnen, als die tauben Wände! Himmel
Und Hölle, daß ich einem Schäfer gleich,
Mein Leid den Felsen klagen muß! – – So will
Ich mich, Geduld, an dir, du Weibertugend, üben.
– 's ist eine schnöde Kunst, mit Anstand viel
Zu unterlassen – und ich merk es schon,
Es wird mehr Schweiß mir kosten, als das Tun.

(Er will sich setzen.)

Horch! Horch! Es kommt!

(Der Kerkermeister öffnet Elmiren die Tür.)

ELMIRE *(zu diesem).* Ich werd es dir vergelten.

RODRIGO. Ach, Mutter!

ELMIRE. Hör, mein Sohn, ich habe dir
Entsetzliches zu sagen.

RODRIGO. Du erschreckst mich –
– Wie bist du so entstellt!

ELMIRE. Das eine wirst
Du wissen schon, Antonio ist erschlagen.

RODRIGO. Antonio? – O Gott des Himmels, wer
Hat das getan?

ELMIRE. Das ist nicht alles, Raimond
Kennt deine Liebe –

RODRIGO. Wie? Wer konnt ihm die
Entdecken?

ELMIRE. Frage nicht – o deine Mutter,
Ich selbst – Antonio hatt es mir vertraut,
Mich riß ein übereilter Eifer hin,
Der Wütrich, den ich niemals so gekannt, –

RODRIGO. Von wem sprichst du?

ELMIRE. O Gott, von deinem Vater.

RODRIGO. Noch faß ich dich nur halb – doch laß dir sagen,
Vor allen Dingen, alles ist gelöset,
Das ganze Rätsel von dem Mord, die Männer,
Die man bei Pedros Leiche fand, sie haben
Die Leiche selbst gefunden, ihr die Finger
Aus Vorurteil nur abgeschnitten – kurz,
Rein, wie die Sonne, ist Alonzo.

ELMIRE. O
Jesus, und jetzt erschlägt er seine Tochter –

RODRIGO. Wer?

ELMIRE. Raimond. – Wenn sie in dem Gebirge jetzt,
Ist sie verloren, er und Santin sucht sie.

RODRIGO *(eilt zur Türe).* Vetorin! Vetorin! Vetorin!

ELMIRE. Höre
Mich an, er darf dich nicht befrein, sein Haupt
Steht drauf –

RODRIGO. Er oder ich – Vetorin! *(Er besinnt sich.)*
Nein, er hat
Ein Weib. *(Er sieht sich um.)* So helfe mir die Mutter Gottes!

Und diesen Mantel kann ich brauchen just.

(Er nimmt einen Mantel um, der auf der Erde lag, und klettert in ein unvergittertes Fenster.)

ELMIRE. Um Gotteswillen, springen willst du doch
Von diesem Turm nicht? Rasender! der Turm
Ist funfzig Fuß hoch, und der ganze Boden
Gepflastert – Rodrigo! Rodrigo!

RODRIGO *(von oben, halblaut)*. Mutter! Mutter! Sei wenn ich gesprungen
Nur still, hörst du? ganz still, sonst fangen sie
Mich –

ELMIRE *(sinkt auf die Knie)*.
Rodrigo, auf meinen Knien bitte,
Beschwör ich dich, geh so verächtlich nicht
Mit deinem Leben um, spring nicht vom Turm.

RODRIGO. Das Leben ist viel wert, wenn mans verachtet.
Ich brauchs – Leb wohl. *(Er springt.)*

ELMIRE *(steht auf)*. Zu Hilfe! Hilfe! Hilfe!

FÜNFTER AKT

Das Innere einer Höhle. Es wird Nacht.

Ignez mit einem Hute, und einem Überkleide, das vorn mit Schleifen zugebunden ist. Barnabé. Beide stehen schüchtern an der Seite des Vordergrundes.

IGNEZ. Hättst du mir früher das gesagt! Ich fühle
Mich sehr beängstigt, möchte lieber, daß
Ich nicht gefolgt dir wäre – Geh noch einmal
Hinaus, du Liebe, vor den Eingang, sieh,
Ob niemand sich der Höhle nähert.

BARNABE *(die in den Hintergrund gegangen)*. Von
Den beiden Rittern seh ich nichts.

IGNEZ *(mit einem Seufzer)*. Ach, Gott!

(Zu Barnabé.)

Hab Dank für deine Nachricht.

BARNABE. Aber von
Dem schönen Jüngling seh ich auch nichts.

IGNEZ. Siehst
Du wirklich nichts? Du kennst ihn doch?

BARNABE. Wie mich.

IGNEZ. So sieh nur scharf hin auf den Weg.
BARNABE. Es wird
Sehr finster schon im Tal, aus allen Häusern
Sieht man schon Lichter schimmern und Kamine.
IGNEZ. Die Lichter schon? So ists mir unbegreiflich –
BARNABE. Wenn einer käm, ich könnt es hören, so
Geheimnis-still gehts um die Höhen.
IGNEZ. Ach, nun ists doch umsonst. Ich will nur lieber
Heimkehren. Komm. Begleite mich.
BARNABE. Still! Still!
Ich hör ein Rauschen – wieder – – Ach, es war
Ein Windstoß, der vom Wasserfalle kam.
IGNEZ. Wars auch gewiß vom Wasserfalle nur?
BARNABE. – Da regt sich etwas Dunkles doch im Nebel – –
IGNEZ. Ists einer? Sind es zwei?
BARNABE. Ich kann es nicht
Genau erkennen, aber menschliche
Gestalten sind es – – – Ah!
IGNEZ. Ah!

(Beide Mädchen fahren zurück; Rodrigo tritt auf.)

RODRIGO *(umarmt Ignez mit Heftigkeit).*
O Dank, Gott! Dank für deiner Engel Obhut!
So lebst du, Mädchen.
IGNEZ. – Ob ich lebe?
RODRIGO. Zittre
Doch nicht, bin ich nicht Rodrigo?
IGNEZ. Es ist
So seltsam alles heute mir verdächtig,
Der fremde Bote, dann dein spät Erscheinen,
Nun diese Frage – auch die beiden Ritter,
Die schon den ganzen Tag um diese Höhle
Geschlichen sind. –
RODRIGO. Zwei Ritter?
IGNEZ. Die sogar
Nach mir gefragt –
RODRIGO. Gefragt? Und wen?
IGNEZ. Dies Mädchen
Die es gestanden, daß sie ins Gebirg
Mich ruf'.
RODRIGO *(zu Barnabé).*
Unglückliche!
IGNEZ. Was sind denn das

Für Ritter?

RODRIGO *(zu Barnabé).*

Und so wissen sie, daß Ignez
In dieser Höhle?

BARNABE. Das nicht, gnädger Herr.
Das hab ich nicht gestanden.

IGNEZ. Rodrigo!
Du scheinst beängstigt, und ich werd es doppelt.
Kennst du die Ritter denn?

(Rodrigo in Gedanken.)

Sind sie etwa
– Sie sind doch nicht aus Ciella? Sind doch nicht
Geschickt nach mir? Sie sind doch keine Mörder?

RODRIGO *(mit einem plötzlich heitern Spiel).*
Du weißt ja, alles ist gelöst, das ganze
Geheimnis klar, dein Vater ist unschuldig –

IGNEZ. So ists nun klar?

RODRIGO. Bei diesem Mädchen fand
Ich Pedros Finger, Pedro ist ertrunken,
Ermordet nicht – Doch künftig mehr. Laß uns
Die schöne Stunde innig fassen! Möge
Die Trauer schwatzen, und die Langeweile,
Das Glück ist stumm. *(Er drückt sie an seine Brust.)*
Wir machen diese Nacht
Zu einem Fest der Liebe, willst du? Komm!

(Er zieht sie auf einen Sitz.)

In kurzem, ist der Irrtum aufgedeckt,
Sind nur die Väter erst versöhnt, darf ich
Dich öffentlich als meine Braut begrüßen.
– Mit diesem Kuß verlobe ich mich dir.

(Er steht auf, zu Barnabé heimlich.)

Du stellst dich an den Eingang, hörst du? Siehst
Du irgend jemand nahen, rufst du gleich.
Noch eins. Wir werden hier die Kleider wechseln;
In einer Viertelstunde führst du Ignez
In Männerkleidern heim. Und sollte man
Uns überraschen, tust dus gleich. – Nun geh.

(Rodrigo kehrt zu Ignez zurück; Barnabé in den Hintergrund.)

IGNEZ. Wo geht das Mädchen hin?

RODRIGO *(setzt sich).* Ach, Ignez, Ignez!

Welch eine Zukunft öffnet uns die Pforte!
Du wirst mein Weib, mein Weib! Weißt du denn auch,
Wie groß das Maß von Glück?
IGNEZ *(lächelnd)*. – Du wirst es lehren.
RODRIGO. Ich werd es. – O du Glückliche! Der Tag,
Die Nacht vielmehr ist nicht mehr fern. *(Halblaut.)*
Es kommt, du weißt,
Den Liebenden das Licht nur in der Nacht.
– Errötest du?
IGNEZ. So wenig schützt das Dunkel?
RODRIGO. Nur vor dem Auge, Törin, doch ich sehs
Mit meiner Wange, daß du glühst – Ach, Ignez!
Wenn erst das Wort gesprochen ist, das dein
Gefühl, jetzt eine Sünde, heiligt – – Erst
Im Schwarm der Gäste, die mit Blicken uns,
Wie Wespen, folgen, tret ich zu dir, sprichst
Du zwei beklemmte Worte, wendest dann
Vielschwatzend zu dem Nachbar dich. Ich zürne
Der Spröden nicht, denn besser weiß ichs wohl.
So oft ein Gast, der von dem Feste scheidet,
Die Türe zuschließt, fliegt auch, wo du seist,
Ein Blick zu mir herüber, der mich tröstet.
Wenn dann der Letzte auch geschieden, nur
Die Väter und die Mütter noch beisammen –
– »Nun, gute Nacht, ihr Kinder!« – Lächelnd küssen
Sie dich, und küssen mich – wir wenden uns,
Und eine ganze Dienerschaft mit Kerzen
Will folgen. »Eine Kerze ist genug,
Ihr Leute«, ruf ich, und die nehm ich selber,
Ergreife deine, diese Hand *(Er küßt sie.)*
– Und langsam steigen wir die Treppe, stumm,
Als wär uns kein Gedanke in der Brust,
Daß nur das Rauschen sich von deinem Kleide,
Noch in den weiten Hallen hören läßt.
Dann – Schläfst du, Ignez?
IGNEZ. – Schlafen?
RODRIGO. Weil du plötzlich
So still – Nun weiter. Leise öffne ich
Die Türe, schließe leise sie, als wär
Es mir verboten. Denn es schauert stets
Der Mensch, wo man es ihm als Kind gelehrt.
Wir setzen uns. Ich ziehe sanft dich nieder.
Mit meinen Armen stark umspann ich dich,

Und alle Liebe sprech ich aus mit *einem*,
Mit diesem Kuß.

(Er geht schnell in den Hintergrund; zu Barnabé heimlich.)

So sahst du niemand noch?

BARNABE. Es schien mir kürzlich fast, als schlichen zwei
Gestalten um den Berg.

IGNEZ *(zu Rodrigo, der schnell zurückkehrt).*
Was sprichst du denn
Mit jenem Mädchen stets?

RODRIGO *(der sich wieder gesetzt hat).*
Wo blieb ich stehen?
Ja, bei dem Kuß – Dann kühner wird die Liebe,
Und weil du mein bist – bist du denn nicht mein?
So nehm ich dir den Hut vom Haupte *(Er tuts)*, störe
Der Locken steife Ordnung *(Er tuts)*, drücke kühn
Das Tuch hinweg *(Er tuts)*. Du lispelst leis: O lösche
Das Licht! und plötzlich, tief verhüllend, webt
Die Nacht den Schleier um die heilge Liebe,
Wie jetzt.

BARNABE. O Ritter! Ritter!

IGNEZ *(sieht sich ängstlich um).*

RODRIGO *(fällt ihr ins Wort)*. Nun entwallt,
Gleich einem frühling-angeschwellten Strom,
Die Regung ohne Maß und Ordnung – schnell
Lös ich die Schleife, schnell noch eine *(Er tuts)*,
streife dann
Die fremde Hülle leicht dir ab. *(Er tuts)*

IGNEZ. O Rodrigo,
Was machst du? *(Sie fällt ihm um den Hals.)*

RODRIGO *(an dem Kleide beschäftigt).*
Ein Gehülfe der Natur
Stell ich sie wieder her. Denn wozu noch
Das Unergründliche geheimnisvoll
Verschleiern? Alles Schöne, liebe Ignez,
Braucht keinen andern Schleier, als den eignen,
Denn der ist freilich selbst die Schönheit.

BARNABE. Ritter! Ritter!
Geschwind!

RODRIGO *(schnell auf, heimlich zu Barnabé).*
Was gibts?

BARNABE. Der eine ging zweimal
Ganz nah vorbei, ganz langsam.

RODRIGO. Hat er dich gesehn?
BARNABE. Ich glaub es fast. *(Rodrigo kehrt zurück.)*
IGNEZ *(die aufgestanden ist).* Was rief das Mädchen denn
So ängstlich?
RODRIGO. Es ist nichts – Du frierst, armes Mädchen,
Nimm diesen Mantel um.

(Er hängt ihr seinen Mantel um.)

Nun setze dich.

(Ignez setzt sich; Rodrigo bleibt vor ihr stehn.)

Wer würde glauben, daß der grobe Mantel
So Zartes deckte, als ein Mädchenleib.
Drück ich dir noch den Helm auf deine Locken *(Er tuts)*,
Mach ich auch Weiber mir zu Nebenbuhlern.
BARNABE *(kommt zurück, eilig).* Sie kommen! Ritter! Sie kommen!

(Rodrigo wirft schnell Ignez' Oberkleid über, und setzt ihren Hut auf.)

IGNEZ. Wer soll denn kommen? – Rodrigo, was machst du?
RODRIGO *(im Ankleiden beschäftigt).*
Mein Vater kommt – Sei nur ganz ruhig. Niemand
Fügt dir ein Leid, wenn, ohn' ein Wort zu reden,
Du dreist und kühn in deiner Männertracht
Hinaus zur Höhle gehst. Ich bleibe – Nein,
Erwidre nichts, ich bleib. Es ist nur für
Den ersten Anfall.

(Raimond und Santin treten auf.)

(Zu Ignez und Barnabé). Sprecht kein Wort und geht sogleich.

(Die Mädchen gehen.)

RAIMOND *(tritt Ignez in den Weg. Ignez und Barnabé ab).*
Wer bist du? Rede!
RODRIGO *(tritt vor).* Sucht ihr Ignez? Hier bin ich.
Wenn ihr aus Gossa seid, so führt mich heim.
RAIMOND. Ich fördre dein Gespenst zu deinem Vater!

(Er ersticht Rodrigo, der fällt ohne Laut.)

RAIMOND *(betrachtet starr die Leiche; nach einer Pause).*
Santin! Santin! – Ich glaube, sie ist tot –
SANTIN. Die Schlange hat ein zähes Leben. Doch
Beschwör ichs fast. Das Schwert steckt ihr im Busen.
RAIMOND *(er fährt sich mit der Hand übers Gesicht).*
Warum denn tat ichs, Santin? Kann ich es
Doch gar nicht finden im Gedächtnis –

SANTIN. Ei,
Es ist ja Ignez.
RAIMOND. Ignez, ja ganz recht,
Die tat mir Böses, mir viel Böses, o
Ich weiß es wohl – –Was war es schon?
SANTIN. Ich weiß
Nicht, wie dus meinst. Das Mädchen selber hat
Nichts Böses dir getan.
RAIMOND. Nichts Böses, Santin!
Warum denn hätt ich sie gemordet? Sage
Mir schnell, ich bitte dich, womit sie mich
Beleidigt, sags recht hämisch – Basiliske,
Sieh mich nicht an, sprich, Teufel, sprich, und weißt
Du nichts, so lüg es.
SANTIN. Bist du denn verrückt?
Das Mädchen ist Alonzos Tochter.
RAIMOND. So,
Alonzos – Ja, nun weiß ichs, der mir Pedro
Ermordet hat –
SANTIN. Den Herold und Juan.
RAIMOND. Juan, ganz recht, und der mich so infam
Gelogen hat, daß ich es werden mußte.

(Er zieht das Schwert aus der Leiche.)

Rechtmäßig wars – *(Er sticht es noch einmal in die Leiche.)*
– und das ist auch rechtmäßig.
Gezücht der Otter! *(Er stößt die Leiche mit dem Fuße.)*
SANTIN *(der in den Hintergrund gegangen).*
Welch eine seltsame Erscheinung, Herr!
Ein Zug mit Fackeln, gleich dem Jägerheere,
Zieht still von Gossa an den Höhn herab.
RAIMOND *(der ihm gefolgt).*
Sie sind, wies scheint, nach Ciella auf dem Wege.
SANTIN. Das Ding ist sehr verdächtig.
RAIMOND. Denkst du an
Alonzo?
SANTIN. Herr, ich gebe keine Nuß
Für eine andre Meinung. Laß uns schnell
Heimkehren, in zwei Augenblicken wärs
Nicht möglich mehr.
RAIMOND. Wenn Rodrigo nur ihnen
Nicht in die Hände fällt – Ging er nicht aus
Der Höhle, als wir kamen?

SANTIN. Und vermutlich
Nach Haus; so finden wir ihn auf dem Wege. Komm!

(Beide ab.)
(Ignez und Barnabé lassen sich am Eingang sehen.)

IGNEZ. Die Schreckensnacht! Entsetzlich ist der Anblick!
Ein Leichenzug mit Kerzen, wie ein Traum
Im Fieber! Weit das ganze Tal erleuchtet
Vom blutig roten Licht der Fackeln. Jetzt
Durch dieses Heer von Geistern geh ich nicht
Zu Hause. Wenn die Höhle leer ist, wie
Du sagst –
BARNABE. Soeben gingen die zwei Männer
Heraus.
IGNEZ. So wäre Rodrigo noch hier?

(Sie treten auf.)

IGNEZ. Rodrigo! Rodrigo!
BARNABE. 's ist alles leer und alles still – nein, halt!
IGNEZ. Was gibt es?
BARNABE. Dort, seht, dort liegt einer – Ach!
Es ist dein Jüngling in dem Weiberkleide.
IGNEZ. Ists Rodrigo? Ein Schwert – im Busen – Heiland!
Heiland der Welt! Mein Rodrigo! *(Sie fällt über den Leichnam.)*
RODRIGO. Es ist
Gelungen! Flieh!
IGNEZ. Ich folge dir.
BARNABE. O Jammer!
Mein Fräulein! Sie ist sinnlos! Keine Hilfe!
Ermannt Euch, liebes Fräulein – Gott! die Fackeln;
Sie nahen! Fort Unglückliche! Entflieh! *(Ab.)*

(Alonzo und Thiesta treten auf; eine Fackel folgt.)

ALONZO. Der Zug soll halten! *(Zu Thiest.)*
Ist es diese Höhle?
THIESTA. Ja, Herr, von dieser sprach Juan, und darf
Man seiner Rede traun, so finden wir
Am sichersten das Fräulein hier.
ALONZO. Die Fackel
Vor!
THIESTA. Irr ich nicht, so seh ich Rodrigo, –
Dort liegt sie auch – –
ALONZO. Am Boden! Gott des Himmels!
Ein Schwert im Busen meiner Ignez! Ignez!

IGNEZ *(richtet sich auf)*. Wer ruft?
ALONZO. Die Hölle ruft dich, Mörder! Stirb!

(Er ersticht Ignez, die fällt mit einem Schrei.
Alonzo läßt sich auf ein Knie neben der Leiche Rodrigos nieder.)

THIESTA *(nach einer Pause)*. Mein bester Herr, verweile nicht in diesem
Verderblich dumpfen Schmerz! Erhebe dich!
Wir brauchen Kraft, und einem Kinderlosen
Zerreißt der Schreckensanblick das Gebein.
ALONZO. Laß einen Augenblick mich ruhn. Es regt
Sich sehr gewaltig die Natur im Menschen,
Und will, daß man, gleich einem einzgen Gotte,
Ihr einzig diene, wo sie uns erscheint.
Mich hat ein großer Sturm gefaßt, er beugt
Mein wankend Leben tief zur Gruft. Wenn es
Nicht reißt, so steh ich wieder auf, ist der
Gewaltsam erste Anfall nur vorüber.
THIESTA. Mein teurer Herr, das Zögern ist uns sehr
Gefährlich – Komm! Ergreif den Augenblick!
Er wird so günstig niemals wiederkehren.
Gebeut die Rache, und wir wettern wie
Die Würgeengel über Ciella hin!
ALONZO. Des Lebens Güter sind in weiter Ferne,
Wenn ein Verlust so nah, wie diese Leiche.
O niemals ein Gewinst kann mir ersetzen,
Was mir auf dieser Nummer fehlgeschlagen.
Sie blühte wie die Ernte meines Lebens,
Die nun ein frecher Fußtritt mir zertreten,
Und darben werd ich nun, von fremden Müttern
Ein fremdes Kind zum Almos' mir erflehn.
Sie ging gleich einer Frühlingssonne über
Mein winterliches Dasein auf, und gab
Ihm Jugendfarbe wieder und Gestalt.
Aus ihrer Hand empfing ich nur die Welt,
Die sie zu einem Strauße mir gewunden.
Wer geht mir lächelnd jetzt zur Seite auf
Dem öden Weg ins Grab?
THIESTA. Alonzo! Hör mich!
ALONZO *(steht auf)*. Ja, du hast recht. Es bleibt die ganze Zukunft
Zur Trauer, dieser Augenblick gehört
Der Rache. Einmal doch in meinem Leben
Dürst ich nach Blut, und kostbar ist die Stimmung.
Komm schnell zum Zuge.

(Man hört draußen ein Geschrei: Hollah! Herein! Hollah!; die Ritter stutzen.)

THIESTA. Was bedeutet das?

(Raimond und Santin werden von Rittern Alonzos gefangen aufgeführt.)

EIN RITTER. Ein guter Fund, Alonzo! Diese saubern
Zwei Herren, im Gesträuche hat ein Knappe,
Der von dem Pferd gestiegen, sie gefunden!
THIESTA. Alonzo! Hilf mir sehn, ich bitte dich!
Er ists leibhaftig, Raimond und der Santin!
ALONZO. Raimond! *(Er zieht sein Schwert.)*
THIESTA. Sein Teufel ist ein Beutelschneider,
Und führt in eigener Person den Sünder
In seiner Henker Hände.
ALONZO. O gefangen!
Warum gefangen, Santin? – – Gott des Himmels!
Sprich deutlich mit dem Menschen, daß ers weiß
Auch, was er soll!
RAIMOND *(erblickt Ignez' Leiche).*
Mein Sohn! Mein Sohn! Ermordet!
Zu meinem Sohne laßt mich, meinem Sohne!

(Er will sich losreißen; die Ritter halten ihn.)

ALONZO. Er trägt sein eigen schneidend Schwert im Busen.

(Er steckt sein Schwert ein.)

Laßt ihn zu seinem Sohne!
RAIMOND *(stürzt über Ignez' Leichnam).*
Rodrigo!
FRANZISKA *(tritt auf).* Ein Reuter flog durch Gossa, schreiend, Ignez
Sei tot gefunden in der Höhle. Manso!
Paratzin! Ist es wahr? Wo ist sie? Wo?
– O heilge Mutter Gottes!

(Sie stürzt über Rodrigos Leichnam.)

O mein Kind!
Du Leben meines Lebens!
ELMIRE *(tritt auf).* Seid ihr Männer,
So laßt ein Weib unangerührt hindurch.
Gebeuts, Alonzo, ich, die Mutter des
Erschlagnen, will zu meines Sohnes Leiche.
ALONZO. Der Schmerz ist heilig, und es rührt kein Feind
Ihn an. Tritt frei zu deinem Sohn! Macht Platz!

ELMIRE. Wo ist er? – Jesus! Deine Tochter auch?

(Alonzo wendet sich; Elmire läßt sich auf Knieen vor Ignez' Leiche nieder. Der Großvater von Juan geführt, treten auf.)

GROSSVATER. Wohin führst du mich, Knabe?

JUAN. Ins Elend, Alter, denn ich bin die Torheit. Sei getrost, wir sind auf dem rechten Wege.

GROSSVATER. Weh! O Weh! Die Blindheit im Walde und ihr Hüter der Wahnsinn! Führe mich heim, Knabe, heim –

JUAN. Ins Glück? Alter, es geht nicht. 's ist inwendig zugeriegelt. Komm vorwärts.

GROSSVATER. Nun, so mögen sich die Himmlischen erbarmen. Ich folge dir.

JUAN. Heißa lustig! Wir sind am Ziele!

GROSSVATER. Am Ziele? Bei meinem erschlagenen Kindeskinde? Wo, wo ist es?

JUAN. Wenn ich blind wäre, so könnte ichs riechen, denn die Leiche stinkt schon. Komm, wir wollen uns davor niedersetzen, wie die Geier ums Aas. Es riecht gut.

(Er setzt sich bei Rodrigos Leiche nieder.)

GROSSVATER. Wehe! Wehe! Er raset! Ist denn kein Mensch in der Nähe, der sich eines hilflosen Greises erbarmt!

JUAN. Sei nicht böse, Alter, ich meine es gut mit dir. Komm, gib mir die Hand, ich führe dich zu Ignez.

GROSSVATER *(gibt ihm die Hand)*. Ists noch weit?

JUAN. Ein Pfeilschuß. Beuge dich.

GROSSVATER. Ein Schwert – in der Brust – eine Leiche –

JUAN. Höre, Alter, das ist schauerlich. Das Mädchen war so gut, und so schön, o so schön!

GROSSVATER. Knabe! Das ist nicht Ignez! Ignez' Kleid, aber nicht Ignez! Bei meinem ewigen Leben! Das ist nicht Ignez!

JUAN *(sieht die Leiche an, springt schnell auf)*.
Ah! der Skorpion! 's ist Rodrigo!

ALONZO. Rodrigo?

FRANZISKA. So wahr ich Mutter, das ist meine Tochter
Nicht. *(Sie steht auf.)*

ALONZO. Fackeln her! – Nein, wahrlich, nein, das ist
Nicht Ignez.

ELMIRE *(die herbeigeeilt)*.
Ignez, Rodrigo, was soll
Ich glauben – – O ich Unheilsmutter! Doppelt
Die Leiche meines Sohnes! Rodrigo!

ALONZO. Dein Sohn in meiner Ignez Kleider? Wer
Denn ist die Leiche in der Männertracht?

Ist es denn – Nein, es ist doch nicht –

GROSSVATER. Alonzo!
Wo ist denn Ignez' Leiche? Führ mich zu ihr!

ALONZO. Unglücklicher! Sie ist ja nicht ermordet!

JUAN. Das ist ein Narr. Komm, Alter, dort ist noch eine Leiche, die wirds sein, hoff ich. Komm! *(Er führt den Großvater zu Ignez' Leiche.)*

GROSSVATER. Noch eine Leiche? Sind wir denn in einem Beinhaus?

JUAN. Lustig, Alter! Sie ists! 's ist Ignez!

ALONZO. Ignez! *(Er verdeckt sein Gesicht.)*

JUAN. Faß ihr dreist ins Gesicht, es muß wie fliegender Sommer sein. *(Zu Raimond.)* Fort, du Scheusal, fort!

RAIMOND *(richtet sich halb auf)*.
Bleibt fern, ich bitt euch – Sehr gefährlich ists,
Der Ohnmacht eines Rasenden zu spotten.
Ist er in Fesseln gleich geschlagen, kann
Er euch den Speichel noch ins Antlitz spein,
Der seine Pest euch einimpft. Geht, und laßt
Die Leiche mindestens mir von Rodrigo.

JUAN. Du toller Hund! Geh gleich fort! Rodrigo ist dort, hier ist Ignez. – Komm, Alter, gib deine Hand.

GROSSVATER. O meine Ignez! Mein Kindeskind!

FRANZISKA. O meine Tochter! Welch ein Irrtum! Gott!

RAIMOND *(sieht die Leiche genauer an, steht auf, geht schnell zur Leiche Rodrigos, und wendet sich mit der Bewegung des Entsetzens)*.
Höllisch Gesicht, was äffst du mich? *(Er sieht sie wieder an.)*
Ein Teufel
Blöckt mir die Zung heraus.

(Er sieht sie wieder an, und fährt mit den Händen in seinen Haaren.)

Ich selbst – ich selbst
Zweimal die Brust durchbohrt, zweimal die Brust –

URSULA *(tritt auf)*. Püppchen, sagt an, wer kennt diesen Kindesfinger? *(Sie zeigt ihn.)*

ELMIRE. Ein Kindesfinger?

URSULA. Ihr schlügt euch tot, Püppchen, um diesen Kindesfinger, sagt meine Tochter. Wer kennt ihn?

ELMIRE. Jesus! Es ist der kleine Finger von Pedros linker Hand!

RAIMOND. Pedros Finger? Weib? Wie kamst du dazu?

URSULA. Püppchen, erzürne dich nicht. 's ist ein geschehenes Ding. Ich zog einen ertrunkenen Knaben aus dem Wasser und schnitt ihm den Finger ab. Denn unter die Schwelle gelegt, läßt er den Teufel nicht drüber, bis er verfault. Püppchen, wenns dein Sohn war, nimms nicht für ungut. Ich wußt es nicht, Püppchen.

RAIMOND. – Dich fand ich aber nicht bei der Leiche, sondern zwei Männer aus Gossa.

URSULA. Die kamen nach mir, Püppchen, und schnitten dem Knaben den andern Finger von der rechten Hand ab.

(Raimond bedeckt das Gesicht.)

JUAN *(tritt vor sie)*. Was willst du, alte Hexe!

URSULA. 's ist abgetan, Püppchen. Wenn ihr euch totschlagt, so ist es ein Versehen.

JUAN *(lacht)*. Ein Versehen! Ein Versehen! Nimms nicht übel, Ignez! Nimms nicht übel, Rodrigo!

RAIMOND. Juan, lieber Knabe, schweig still, deine Worte schneiden wie Messer.

JUAN *(ernsthaft)*. Nimms nicht übel, Ignez! Nimms nicht übel, Rodrigo! Papa hats nicht gern getan, Papa wirds nicht mehr tun.

RAIMOND. Alonzo! Dir hab ich ein Kind genommen,
Und biete einen Freund dir zum Ersatz –

(Pause.)

Alonzo! Selbst bin ich ein Kinderloser –

(Pause.)

Alonzo! Deines Kindes Blut komm über
Mich – Kannst du besser nicht verzeihn, als ich?

(Alonzo reicht Raimond mit abgewandtem Gesicht die Hand; Elmire und Franziska umarmen sich.)

JUAN. Wein her! Lustig! Das ist ein Spaß zum Totlachen! Der Teufel hat ihnen im Schlaf die Gesichter mit Kohlen beschmiert, nun kennen sie sich wieder. Schurken! Bringt Wein! Wir wollen eins drauf trinken.

URSULA. Püppchen, so seid ihr versöhnt, so kann ich wieder gehn?

RAIMOND. Du hast den Knoten geschürzt, du hast ihn gelöst, tritt ab.

JUAN. Geh, alte Hexe, du spielst gut aus der Tasche, ich bin mit deinem Kunststück zufrieden.

(Der Vorhang fällt.)

Fragment aus dem Trauerspiel:

ROBERT GUISKARD

Herzog der Normänner

PERSONEN

Robert Guiskard, *Herzog der Normänner*

Robert, sein Sohn Abälard, sein Neffe	*Normännerprinzen*

Cäcilia, *Herzogin der Normänner, Guiskards Gemahlin*

Helena, *verwitwete Kaiserin von Griechenland, Guiskards Tochter und Verlobte Abälards*

Ein Greis Ein Ausschuß von Kriegern Das Volk	*der Normänner*

Szene: Zypressen vor einem Hügel, auf welchem das Zelt Guiskards steht, im Lager der Normänner vor Konstantinopel. Es brennen auf dem Vorplatz einige Feuer, welche von Zeit zu Zeit mit Weihrauch, und andern starkduftenden Kräutern, genährt werden. Im Hintergrunde die Flotte.

Erster Auftritt

Ein Ausschuß von Normännern tritt auf, festlich im Kriegesschmuck. Ihn begleitet Volk, jeden Alters und Geschlechts.

DAS VOLK *(in unruhiger Bewegung).*
Mit heißem Segenswunsch, ihr würdgen Väter,
Begleiten wir zum Zelte Guiskards euch!
Euch führt ein Cherub an, von Gottes Rechten,
Wenn ihr den Felsen zu erschüttern geht,
Den angstempört die ganze Heereswog
Umsonst umschäumt! Schickt einen Donnerkeil
Auf ihn hernieder, daß ein Pfad sich uns
Eröffne, der aus diesen Schrecknissen
Des greulerfüllten Lagerplatzes führt!
Wenn er der Pest nicht schleunig uns entreißt,
Die uns die Hölle grausend zugeschickt,
So steigt der Leiche seines ganzen Volkes
Dies Land ein Grabeshügel aus der See!
Mit weit ausgreifenden Entsetzensschritten
Geht sie durch die erschrocknen Scharen hin,
Und haucht von den geschwollnen Lippen ihnen
Des Busens Giftqualm in das Angesicht!
Zu Asche gleich, wohin ihr Fuß sich wendet,
Zerfallen Roß und Reuter hinter ihr,
Vom Freund den Freund hinweg, die Braut vom Bräutgam,
Vom eignen Kind hinweg die Mutter schreckend!
Auf eines Hügels Rücken hingeworfen,
Aus ferner Öde jammern hört man sie,
Wo schauerliches Raubgeflügel flattert,
Und den Gewölken gleich, den Tag verfinsternd,
Auf die Hülflosen kämpfend niederrauscht!
Auch ihn ereilt, den Furchtlos-Trotzenden,
Zuletzt das Scheusal noch, und er erobert,
Wenn er nicht weicht, an jener Kaiserstadt
Sich nichts, als einen prächtgen Leichenstein!
Und statt des Segens unsrer Kinder setzt
Einst ihres Fluches Mißgestalt sich drauf,

Und heul'nd aus ehrner Brust Verwünschungen
Auf den Verderber ihrer Väter hin,
Wühlt sie das silberne Gebein ihm frech
Mit hörnern Klauen aus der Erd hervor!

Zweiter Auftritt

Ein Greis tritt auf. Die Vorigen.

EIN KRIEGER. Komm her, Armin, ich bitte dich.
EIN ANDERER. Das heult,
Gepeitscht vom Sturm der Angst, und schäumt und gischt,
Dem offnen Weltmeer gleich.
EIN DRITTER. Schaff Ordnung hier!
Sie wogen noch das Zelt des Guiskard um.
DER GREIS *(zum Volk)*. Fort hier mit dem, was unnütz ist! Was solls
Mit Weibern mir und Kindern hier? Den Ausschuß,
Die zwölf bewehrten Männer brauchts, sonst nichts.
EIN NORMANN *(aus dem Volk)*.
Laß uns –
EIN WEIB. Laß jammernd uns –
DER GREIS. Hinweg! sag ich.
Wollt ihr etwa, ihr scheint mir gut gestimmt,
Das Haupt ihm der Rebellion erheben?
Soll ich mit Guiskard reden hier, wollt ihrs?
DER NORMANN. Du sollst, du würdger Greis, die Stimme führen,
Du einziger, und keiner sonst. Doch wenn er
Nicht hört, der Unerbittliche, so setze,
Den Jammer dieses ganzen Volks, setz ihn,
Gleich einem erznen Sprachrohr an, und donnre,
Was seine Pflicht sei, in die Ohren ihm –!
Wir litten, was ein Volk erdulden kann.
DER ERSTE KRIEGER. Schaut! Horcht!
DER ZWEITE. Das Guiskardszelt eröffnet sich –
DER DRITTE. Sieh da – die Kaiserin von Griechenland!
DER ERSTE. Nun, diesen Zufall, Freunde, nenn ich günstig! –
Jetzt bringt sich das Gesuch gleich an.
DER GREIS. Still denn!
Daß keiner einen Laut mir wagt! Ihr hörts,
Dem Flehn will ich, ich sag es noch einmal,
Nicht der Empörung meine Stimme leihn.

Dritter Auftritt

Helena tritt auf. Die Vorigen.

HELENA. Ihr Kinder, Volk des besten Vaters, das
Von allen Hügeln rauschend niederströmt,
Was treibt mit so viel Zungen euch, da kaum
Im Osten sich der junge Tag verkündet,
Zu den Zypressen dieses Zeltes her?
Habt ihr das ernste Kriegsgesetz vergessen,
Das Stille in der Nacht gebeut, und ist
Die Kriegersitt euch fremd, daß euch ein Weib
Muß lehren, wie man dem Bezirk sich naht,
Wo sich der kühne Schlachtgedank ersinnt?
Ist das, ihr ewgen Mächte dort, die Liebe,
Die eurer Lippe stets entströmt, wenn ihr
Den Vater mir, den alten, trefflichen,
Mit Waffenklirrn und lautem Namensruf,
Emporschreckt aus des Schlummers Arm, der eben
Auf eine Morgenstund ihn eingewiegt?
Ihn, der, ihr wißts, drei schweißerfüllte Nächte
Auf offnem Seuchenfelde zugebracht,
Verderben, wütendem, entgegenkämpfend,
Das ringsum ein von allen Seiten bricht! –
Traun! Dringendes, was es auch immer sei,
Führt euch hierher, und hören muß ich es;
Denn Männer eurer Art, sie geben doch
Stets was zu denken, wenn sie etwas tun.
DER GREIS. Erhabne Guiskardstochter, du vergibst uns!
Wenn dieser Ausschuß hier, vom Volk begleitet,
Ein wenig überlaut dem Zelt genaht,
So straft es mein Gefühl: doch dies erwäge,
Wir glaubten Guiskard nicht im Schlummer mehr.
Die Sonne steht, blick auf, dir hoch im Scheitel,
Und seit der Normann denkt, erstand sein Haupt
Um Stunden, weißt du, früher stets, als sie.
Not führt uns, länger nicht erträgliche,
Auf diesen Vorplatz her, und seine Kniee,
Um Rettung jammernd, werden wir umfassen;
Doch wenn der Schlaf ihn jetzt noch, wie du sagst,
In Armen hält, ihn, den endlose Mühe
Entkräftet auf das Lager niederwarf:
So harren wir in Ehrfurcht lautlos hier,
Bis er das Licht begrüßet, mit Gebet

Die Zeit für seine Heiterkeit erfüllend.
HELENA. Wollt ihr nicht lieber wiederkehren, Freunde?
Ein Volk, in so viel Häuptern rings versammelt,
Bleibt einem Meere gleich, wenn es auch ruht,
Und immer rauschet seiner Wellen Schlag.
Stellt euch, so wie ihr seid, in Festlichkeit
Bei den Panieren eures Lagers auf:
Sowie des Vaters erste Wimper zuckt,
Den eignen Sohn send ich, und meld es euch.
DER GREIS. Laß, laß uns, Teuerste! Wenn dich kein andrer
Verhaltner Grund bestimmt, uns fortzuschicken:
Für deines Vaters Ruhe sorge nicht.
Sieh, deines holden Angesichtes Strahl
Hat uns beschwichtiget: die See fortan,
Wenn rings der Winde muntre Schar entflohn,
Die Wimpel hängen von den Masten nieder,
Und an dem Schlepptau wird das Schiff geführt:
Sie ist dem Ohr vernehmlicher, als wir.
Vergönn uns, hier auf diesem Platz zu harren,
Bis Guiskard aus dem Schlafe auferwacht.
HELENA. Gut denn. Es sei, ihr Freund'. Und irr ich nicht,
Hör ich im Zelt auch seine Tritte schon. *(Ab.)*

Vierter Auftritt

Die Vorigen ohne Helena.

DER GREIS. Seltsam!
DER ERSTE KRIEGER. Jetzt hört sie seinen Tritt im Zelte,
Und eben lag er noch im festen Schlaf.
DER ZWEITE. Es schien, sie wünschte unsrer los zu sein.
DER DRITTE. Beim Himmel, ja; das sag ich auch. Sie ging
Um diesen Wunsch herum, mit Worten wedelnd:
Mir fiel das Sprichwort ein vom heißen Brei.
DER GREIS. – Und sonst schien es, sie wünschte, daß wir nahten.

Fünfter Auftritt

Ein Normann tritt auf. Die Vorigen.

DER NORMANN *(dem Greise winkend).*
Armin!
DER GREIS. Gott grüß dich, Franz! Was gibts?

DER NORMANN *(dem ersten Krieger, ebenso).* Marin!
DER ERSTE KRIEGER. Bringst du was Neues?
DER NORMANN. – Einen Gruß von Hause.
Ein Wandrer aus Kalabrien kam an.
DER GREIS. So! aus Neapel?
DER ERSTE KRIEGER. – Was siehst du so verstört dich um?
DER NORMANN *(die beiden Männer bei der Hand fassend).*
Verstört? Ihr seid wohl toll? Ich bin vergnügt.
DER GREIS. Mann! Deine Lipp ist bleich. Was fehlt dir? Rede!
DER NORMANN *(nachdem er sich wieder umgesehen).*
Hört. Aber was ihr hört, auch nicht mit Mienen
Antwortet ihr, viel weniger mit Worten.
DER GREIS. Mensch, du bist fürchterlich. Was ist geschehn?
DER NORMANN *(laut zu dem Volk, das ihn beobachtet).*
Nun, wie auch stehts? Der Herzog kommt, ihr Freunde?
EINER *(aus dem Haufen).* Ja, wir erhoffens.
EIN ANDRER. Die Kaiserin will ihn rufen.
DER NORMANN *(geheimnisvoll, indem er die beiden Männer vorführt).*
Da ich die Wache heut, um Mitternacht,
Am Eingang hier des Guiskardszeltes halte,
Fängts plötzlich jammervoll zu stöhnen drin,
Zu ächzen an, als haucht' ein kranker Löwe
Die Seele von sich. Drauf sogleich beginnt
Ein ängstlich heftig Treiben, selber wecket
Die Herzogin sich einen Knecht, der schnell
Die Kerzenstöcke zündet, dann hinaus
Stürzt aus dem Zelt. Nun auf sein Rufen schießt
Die ganze Sippschaft wildverstört herbei:
Die Kaiserin, im Nachtgewand, die beiden
Reichsprinzen an der Hand; des Herzogs Neffe,
In einen Mantel flüchtig eingehüllt;
Der Sohn, im bloßen Hemde fast; zuletzt –
Der Knecht, mit einem eingemummten Dinge, das,
Auf meine Frag, sich einen Ritter nennt.
Nun zieht mir Weiberröcke an, so gleich
Ich einer Jungfrau ebenso, und mehr;
Denn alles, Mantel, Stiefeln, Pickelhaube,
Hing an dem Kerl, wie an dem Nagelstift.
Drauf faß ich, schon von Ahndungen beklemmt,
Beim Ärmel ihn, dreh ihm das Angesicht
Ins Mondenlicht, und nun erkenn ich – wen?
Des Herzogs Leibarzt, den Jeronimus.
DER GREIS. Den Leibarzt, was!

DER ERSTE KRIEGER. Ihr Ewigen!
DER GREIS. Und nun
Meinst du, er sei unpäßlich, krank vielleicht –?
DER ERSTE KRIEGER. Krank? Angesteckt –!
DER GREIS *(indem er ihm den Mund zuhält)*. Daß du verstummen müßtest!
DER NORMANN *(nach einer Pause voll Schrecken)*.
Ich sagt es nicht. Ich gebs euch zu erwägen.
(Robert und Abälard lassen sich, mit einander sprechend, im Eingang des Zeltes sehn.)
DER ERSTE KRIEGER. Das Zelt geht auf! Die beiden Prinzen kommen!

Sechster Auftritt

Robert und Abälard treten auf. Die Vorigen.

ROBERT *(bis an den Rand des Hügels vorschreitend)*.
Wer an der Spitze stehet dieser Schar,
Als Wortesführer, trete vor.
DER GREIS. – Ich bins.
ROBERT. Du bists! – Dein Geist ist jünger, als dein Haupt,
Und deine ganze Weisheit steckt im Haar!
Dein Alter steht, du Hundertjährger, vor dir,
Du würdest sonst nicht ohne Züchtigung,
Hinweg von deines Prinzen Antlitz gehn.
Denn eine Jünglingstat hast du getan,
Und scheinst, fürwahr! der wackre Hausfreund nicht,
Der einst die Wiege Guiskards hütete,
Wenn du als Führer dieser Schar dich beutst,
Die mit gezückten Waffen hellen Aufruhrs,
Wie mir die Schwester sagt, durchs Lager schweift,
Und mit lautdonnernden Verwünschungen,
Die aus dem Schlaf der Gruft ihn schrecken könnten,
Aus seinem Zelt hervor den Feldherrn fordert.
Ists wahr? Was denk ich? Was beschließ ich? – Sprich?
DER GREIS. Wahr ists, daß wir den Feldherrn forderten;
Doch daß wirs donnernd, mit Verwünschungen,
Getan, hat dir die Schwester nicht gesagt,
Die gegen uns, solang ich denken kann,
Wohlwollend war und wahrhaft gegen dich!
In meinem Alter wüßtest du es nicht,
Wie man den Feldherrn ehrt, wohl aber ich
Gewiß in deinem, was ein Krieger sei.

Geh hin zu deinem Vater, und horch auf,
Wenn du willst wissen, wie man mit mir spricht;
Und ich, vergäß ich redend ja, was ich
Dir schuldig, will danach schamrot bei meinen
Urenkeln mich erkundigen: denn die
In Windeln haben sies von mir gelernt.
Mit Demut haben wir, wies längst, o Herr!
Im Heer des Normanns Brauch und Sitte war,
Gefleht, daß Guiskard uns erscheinen möge;
Und nicht das erstemal wärs, wenn er uns
In Huld es zugestände, aber, traun!
Wenn ers uns, so wie du, verweigerte.

ROBERT. Ich höre dich, du grauer Tor, bestätgen,
Was deine Rede widerlegen soll.
Denn eines Buben Keckheit würde nicht
Verwegner, als dein ungebändigtes
Gemüt sich zeigen. Lernen mußt dus doch
Noch, was gehorchen sei, und daß ich es
Dich lehren kann, das höre gleich. Du hättest
Auf meine Rüge, ohne Widerrede,
Die Schar sogleich vom Platze führen sollen;
Das war die Antwort einzig, die dir ziemte;
Und wenn ich jetzt befehle, daß du gehst,
So tust dus, hoff ich, nach der eignen Lehre,
Tusts augenblicklich, lautlos, tust es gleich!

ABÄLARD. Mit Zürnen seh ich dich und mit Befehlen,
Freigebiger, als es dein Vater lehrt;
Und unbefremdet bin ich, nimmt die Schar
Kalt deine heißen Schmähungsworte auf;
Denn dem Geräusch des Tags vergleich ich sie,
Das keiner hört, weils stets sich hören läßt.
Noch, find ich, ist nichts Tadelnswürdiges
Sogar geschehn, bis auf den Augenblick!
Daß kühn die Rede dieses Greises war,
Und daß sie stolz war, steht nicht übel ihm,
Denn zwei Geschlechter haben ihn geehrt,
Und eine Spanne von der Gruft soll nicht
Des dritten einer ihn beleidigen.
Wär mein das kecke Volk, das dir mißfällt,
Ich möcht es anders wahrlich nicht, als keck;
Denn seine Freiheit ist des Normanns Weib,
Und heilig wäre mir das Ehepaar,
Das mir den Ruhm im Bette zeugt der Schlacht.

Das weiß der Guiskard wohl, und mag es gern
Wenn ihm der Krieger in den Mähnen spielt;
Allein der glatte Nacken seines Sohnes
Der schüttelt gleich sich, wenn ihm eins nur naht.
Meinst du, es könne dir die Normannskrone
Nicht fehlen, daß du dich so trotzig zeigst?
Durch Liebe, hör es, mußt du sie erwerben,
Das Recht gibt sie dir nicht, die Liebe kanns!
Allein von Guiskard ruht kein Funk auf dir,
Und diesen Namen* mindstens erbst du nicht;
Denn in der Stunde, da es eben gilt,
Schlägst du sie schnöd ins Angesicht, die jetzt
Dich auf des Ruhmes Gipfel heben könnten.
Doch ganz verlassen ist, wie du wohl wähnst,
Das Normannsheer, ganz ohne Freund, noch nicht,
Und bist dus nicht, wohlan, ich bin es gern.
Zu hören, was der Flehende begehrt,
Ist leicht, Erhörung nicht, das Hören ists:
Und wenn dein Feldherrnwort die Schar vertreibt,
Meins will, daß sie noch bleib! – Ihr hörts, ihr Männer!
Ich will vor Guiskard es verantworten.

ROBERT *(mit Bedeutung, halblaut)*. Dich jetzt erkenn ich, und ich danke dir,
Als meinen bösen Geist! – Doch ganz gewonnen,
Ist, wie geschickt dus führst, noch nicht dein Spiel.
– Willst du ein Beispiel sehn, wie sicher meins,
Die Karten mögen liegen, wie sie wollen?

ABÄLARD. Was willst du?

ROBERT. Nun, merk nur auf. Du sollsts gleich fassen.

(Er wendet sich zum Volk.)

Ihr Guiskardssöhne, die mein Wort vertreibt,
Und seines schmeichlerisch hier fesseln soll,
Euch selber ruf ich mir zu Richtern auf!
Entscheiden sollt ihr zwischen mir und ihm,
Und übertreten ein Gebot von zwein.
Und keinen Laut mehr feig setz ich hinzu:
Des Herrschers Sohn, durch Gottes Gunst, bin ich,
Ein Prinz der, von dem Zufall großgezogen:
Das Unerhörte will ich bloß erprüfen,
Erprüfen, ob sein Wort gewichtiger
In eurer Seelen Waage fällt, als meins!

* Guiskard heißt *Schlaukopf;* ein Zuname, den die Normänner dem Herzog gaben.

ABÄLARD. Des Herrschers Sohn? – Der bin ich so wie du!
Mein Vater saß vor deinem auf dem Thron!
Er tats mit seinem Ruhm, tats mit mehr Recht:
Und näher noch verwandt ist mir das Volk,
Mir, Ottos Sohn, gekrönt vom Erbgesetz,
Als dir – dem Sohne meines Vormunds bloß,
Bestimmt von dem, mein Reich nur zu verwalten! –*
Und nun, wie dus begehrt, so ists mir recht.
Entscheidet, Männer, zwischen mir und ihm.
Auf mein Geheiß zu bleiben, steht euch frei,
Und wollt ihr, sprecht, als wär ich Otto selbst.
DER GREIS. Du zeigst, o Herr, dich deines Vaters wert,
Und jauchzen wahrlich, in der Todesstunde,
Würd einst dein Oheim, unser hoher Fürst,
Wär ihm ein Sohn geworden, so wie du.
Dein Anblick, sieh, verjüngt mich wunderbar;
Denn in Gestalt und Red und Art dir gleich,
Wie du, ein Freund des Volks, jetzt vor uns stehst,
Stand Guiskard einst, als Otto hingegangen,
Des Volkes Abgott, herrlich vor uns da!
Nun jeder Segen schütte, der in Wolken
Die Tugenden umschwebt, sich auf dich nieder,
Und ziehe deines Glückes Pflanze groß!
Die Gunst des Oheims, laß sie, deine Sonne,
Nur immer, wie bis heute, dich bestrahlen:
Das, was der Grund vermag, auf dem sie steht,
Das zweifle nicht, o Herr, das wird geschehn! –
Doch eines Düngers, mißlichen Geschlechts,
Bedarf es nicht, vergib, um sie zu treiben;
Der Acker, wenn es sein kann, bleibe rein.
In manchem andern Wettstreit siegest du,
In diesem einen, Herr, stehst du ihm nach;
Und weil dein Feldherrnwort erlaubend bloß,
Gebietend seins, so gibst du uns wohl zu,
Daß wir dem dringenderen hier gehorchen.

* Wilhelm von der Normandie, Stifter des Normännerstaats in Italien, hatte drei Brüder, die einander, in Ermangelung der Kinder, rechtmäßig in der Regierung folgten. Abälard, der Sohn des dritten, ein Kind, als derselbe starb, hätte nun zum Regenten ausgerufen werden sollen; doch Guiskard, der vierte Bruder, von dem dritten zum Vormund eingesetzt – sei es, weil die Folgereihe der Brüder für ihn sprach, sei es, weil das Volk ihn sehr liebte, ward gekrönt, und die Mittel, die angewendet wurden, dies zu bewerkstelligen, vergessen. – Kurz, Guiskard war seit dreißig Jahren als Herzog, und Robert, als Thronerbe, anerkannt. – Diese Umstände liegen wenigstens hier zum Grunde.

(Zu Robert, kalt.)

Wenn du befiehlst zu gehn, wir trotzen nicht.
Du bist der Guiskardssohn, das ist genug!
Sag, ob wir wiederkommen dürfen, sag
Uns wann, so führ ich diese Schar zurück.

ROBERT *(seine Verlegenheit verbergend).*
Kehrt morgen wieder. – Oder heut, ihr Freunde.
Vielleicht zu Mittag, wenns die Zeit erlaubt. – –
– Ganz recht. So gehts. Ein ernst Geschäft hält eben
Den Guiskard nur auf eine Stunde fest;
Will er euch sprechen, wenn es abgetan,
Wohlan, so komm ich selbst, und ruf euch her.

ABÄLARD. Tust du doch mit dem Heer, als wärs ein Weib,
Ein schwangeres, das niemand schrecken darf!
Warum hehlst du die Wahrheit? Fürchtest du
Die Niederkunft? – –

(Zum Volk gewandt.)

Der Guiskard fühlt sich krank.

DER GREIS *(erschrocken).*
Beim großen Gott des Himmels und der Erde,
Hat er die Pest?

ABÄLARD. Das nicht. Das fürcht ich nicht. –
Obschon der Arzt Besorgnis äußert: ja.

ROBERT. Daß dir ein Wetterstrahl aus heitrer Luft
Die Zunge lähmte, du Verräter, du!

(Ab ins Zelt.)

Siebenter Auftritt

Die Vorigen ohne Robert.

EINE STIMME *(aus dem Volk).* Ihr Himmelsscharen, ihr geflügelten,
So steht uns bei!

EINE ANDERE. Verloren ist das Volk!

EINE DRITTE. Verloren ohne Guiskard rettungslos!

EINE VIERTE. Verloren rettungslos!

EINE FÜNFTE. Errettungslos,
In diesem meerumgebnen Griechenland! –

DER GREIS *(zu Abälard, mit erhobenen Händen).*
Nein, sprich! Ists wahr? – – Du Bote des Verderbens!
Hat ihn die Seuche wirklich angesteckt? –

ABÄLARD *(von dem Hügel herabsteigend).*
Ich sagt es euch, gewiß ist es noch nicht.
Denn weils kein andres sichres Zeichen gibt,
Als nur den schnellen Tod, so leugnet ers,
Ihr kennt ihn, wirds im Tode leugnen noch.
Jedoch dem Arzt, der Mutter ists, der Tochter,
Dem Sohne selbst, ihr sehts, unzweifelhaft –
DER GREIS. Fühlt er sich kraftlos, Herr? Das ist ein Zeichen.
DER ERSTE KRIEGER. Fühlt er sein Innerstes erhitzt?
DER ZWEITE. Und Durst?
DER GREIS. Fühlt er sich kraftlos? Das erledge erst.
ABÄLARD. – Noch eben, da er auf dem Teppich lag,
Trat ich zu ihm und sprach: Wie gehts dir, Guiskard?
Drauf er: »Ei nun«, erwidert' er, »erträglich! –
Obschon ich die Giganten rufen möchte,
Um diese kleine Hand hier zu bewegen.«
Er sprach: »Dem Ätna wedelst du, laß sein!«
Als ihm von fern, mit einer Reiherfeder,
Die Herzogin den Busen fächelte;
Und als die Kaiserin, mit feuchtem Blick,
Ihm einen Becher brachte, und ihn fragte,
Ob er auch trinken woll? antwortet' er:
»Die Dardanellen, liebes Kind!« und trank.
DER GREIS. Es ist entsetzlich!
ABÄLARD. Doch das hindert nicht,
Daß er nicht stets nach jener Kaiserzinne,
Die dort erglänzt, wie ein gekrümmter Tiger,
Aus seinem offnen Zelt hinüberschaut.
Man sieht ihn still, die Karte in der Hand,
Entschlüss' im Busen wälzen, ungeheure,
Als ob er heut das Leben erst beträte.
Nessus und Loxias, den Griechenfürsten,
– Gesonnen längst, ihr wißt, auf *einen* Punkt,
Die Schlüssel heimlich ihm zu überliefern,
– Auf *einen* Punkt, sag ich, von ihm bis heut
Mit würdiger Hartnäckigkeit verweigert –
Heut einen Boten sandt er ihnen zu,
Mit einer Schrift, die diesen Punkt* bewilligt.
Kurz, wenn die Nacht ihn lebend trifft, ihr Männer,

* Dieser Punkt war (wie sich in der Folge ausgewiesen haben würde) die Forderung der Verräter in Konstantinopel: daß nicht die, von dem *Alexius Komnenes* vertriebene, Kaiserin von Griechenland, im Namen ihrer Kinder, sondern Guiskard selbst, die Krone ergreifen solle.

Das Rasende, ihr sollt es sehn, vollstreckt sich,
Und einen Hauptsturm ordnet er noch an;
Den Sohn schon fragt' er, den die Aussicht reizt,
Was er von solcher Unternehmung halte?

DER GREIS. O möcht er doch!

DER ERSTE KRIEGER. O könnten wir ihm folgen!

DER ZWEITE KRIEGER. O führt' er lang uns noch, der teure Held,
In Kampf und Sieg und Tod!

ABÄLARD. Das sag ich auch!
Doch eh wird Guiskards Stiefel rücken vor
Byzanz, eh wird an ihre ehrnen Tore
Sein Handschuh klopfen, eh die stolze Zinne
Vor seinem bloßen Hemde sich verneigen,
Als dieser *Sohn*, wenn Guiskard fehlt, die Krone
Alexius, dem Rebellen dort, entreißen!

Achter Auftritt

Robert aus dem Zelt zurück. Die Vorigen.

ROBERT. Normänner, hörts. Es hat der Guiskard sein
Geschäft beendigt, gleich erscheint er jetzt!

ABÄLARD *(erschrocken)*. Erscheint? Unmöglich ists!

ROBERT. Dir, Heuchlerherz,
Deck ich den Schleier jetzt von der Mißgestalt!
(Wieder ab ins Zelt.)

Neunter Auftritt

Die Vorigen ohne Robert.

DER GREIS. O Abälard! O was hast du getan?

ABÄLARD *(mit einer fliegenden Blässe)*.
Die Wahrheit sagt ich euch, und dieses Haupt
Verpfänd ich kühn der Rache, täuscht ich euch!
Als ich das Zelt verließ, lag hingestreckt
Der Guiskard, und nicht eines Gliedes schien
Er mächtig. Doch sein Geist bezwingt sich selbst
Und das Geschick, nichts Neues sag ich euch!

EIN KNABE *(halb auf den Hügel gestiegen)*.
Seht her, seht her! Sie öffnen schon das Zelt!

DER GREIS. O du geliebter Knabe, siehst du ihn?
Sprich, siehst du ihn?
DER KNABE. Wohl, Vater, seh ich ihn!
Frei in des Zeltes Mitte seh ich ihn!
Der hohen Brust legt er den Panzer um!
Dem breiten Schulternpaar das Gnadenkettlein!
Dem weitgewölbten Haupt drückt er, mit Kraft,
Den mächtig-wankend-hohen Helmbusch auf!
Jetzt seht, o seht doch her! – Da ist er selbst!

Zehnter Auftritt

Guiskard tritt auf. Die Herzogin, Helena, Robert, Gefolge hinter ihm. Die Vorigen.

DAS VOLK *(jubelnd)*. Triumph! Er ists! Der Guiskard ists! Leb hoch!
(Einige Mützen fliegen in die Höhe.)

DER GREIS *(noch während des Jubelgeschreis)*.
O Guiskard! Wir begrüßen dich, o Fürst!
Als stiegst du uns von Himmelshöhen nieder!
Denn in den Sternen glaubten wir dich schon – –!
GUISKARD *(mit erhobener Hand)*.
Wo ist der Prinz, mein Neffe?
(Allgemeines Stillschweigen.)
Tritt hinter mich.

(Der Prinz, der sich unter das Volk gemischt hatte, steigt auf den Hügel, und stellt sich hinter Guiskard, während dieser ihn unverwandt mit den Augen verfolgt.)

Hier bleibst du stehn, und lautlos. – Du verstehst mich?
– Ich sprech nachher ein eignes Wort mit dir.
(Er wendet sich zum Greise.)

Du führst, Armin, das Wort für diese Schar?
DER GREIS. Ich führs, mein Feldherr!
GUISKARD *(zum Ausschuß)*. Seht, als ich das hörte,
Hats lebhaft mich im Zelt bestürzt, ihr Leute!
Denn nicht die schlechtsten Männer seh ich vor mir,
Und nichts Bedeutungsloses bringt ihr mir,
Und nicht von einem Dritten mag ichs hören,
Was euch so dringend mir vors Antlitz führt. –
Tus schnell, du alter Knabe, tu mirs kund!
Ists eine neue Not? Ist es ein Wunsch?

Und womit helf ich? Oder tröst ich? Sprich!
DER GREIS. Ein Wunsch, mein hoher Herzog, führt uns her. –
Jedoch nicht ihm gehört, wie du wohl wähnst,
Der Ungestüm, mit dem wir dein begehrt,
Und sehr beschämen würd uns deine Milde,
Wenn du das glauben könntest von der Schar.
Der Jubel, als du aus dem Zelte tratst,
Von ganz was anderm, glaub es, rührt er her:
Nicht von der Lust bloß, selbst dich zu erblicken;
Ach, von dem Wahn, du Angebeteter!
Wir würden nie dein Antlitz wiedersehn;
Von nichts Geringerm, als dem rasenden
Gerücht, daß ichs nur ganz dir anvertraue,
Du, Guiskard, seist vom Pesthauch angeweht –!
GUISKARD *(lachend)*. Vom Pesthauch angeweht! Ihr seid wohl toll, ihr!
Ob ich wie einer ausseh, der die Pest hat?
Der ich in Lebensfüll hier vor euch stehe?
Der seiner Glieder jegliches beherrscht?
Des reine Stimme aus der freien Brust,
Gleich dem Geläut der Glocken, euch umhallt?
Das läßt der Angesteckte bleiben, das!
Ihr wollt mich, traun! mich Blühenden, doch nicht
Hinschleppen zu den Faulenden aufs Feld?
Ei, was zum Henker, nein! Ich wehre mich –
Im Lager hier kriegt ihr mich nicht ins Grab:
In Stambul halt ich still, und eher nicht!
DER GREIS. O du geliebter Fürst! Dein heitres Wort
Gibt uns ein aufgegebnes Leben wieder!
Wenn keine Gruft doch wäre, die dich deckte!
Wärst du unsterblich doch, o Herr! unsterblich,
Unsterblich, wie es deine Taten sind!
GUISKARD. – Zwar trifft sichs seltsam just, an diesem Tage,
Daß ich so *lebhaft* mich nicht fühl, als sonst:
Doch nicht unpäßlich möcht ich nennen das,
Viel wen'ger pestkrank! Denn was weiter ists,
Als nur ein Mißbehagen, nach der Qual
Der letzten Tage, um mein armes Heer.
DER GREIS. So sagst du –?
GUISKARD *(ihn unterbrechend)*.
'S ist der Red nicht wert, sag ich!
Hier diesem alten Scheitel, wißt ihr selbst,
Hat seiner Haare keins noch wehgetan!
Mein Leib ward jeder Krankheit mächtig noch.

Und wärs die Pest auch, so versichr' ich euch:
An diesen Knochen nagt sie selbst sich krank!

DER GREIS. Wenn du doch mindestens von heute an,
Die Kranken *unsrer* Sorge lassen wolltest!
Nicht einer ist, o Guiskard, unter ihnen,
Der hülflos nicht, verworfen lieber läge,
Jedwedem Übel sterbend ausgesetzt,
Als daß er Hülf, von dir, du Einziger,
Du Ewig-Unersetzlicher, empfinge,
In immer reger Furcht, den gräßlichsten
Der Tode dir zum Lohne hinzugeben.

GUISKARD. Ich habs, ihr Leut, euch schon so oft gesagt,
Seit wann denn gilt mein Guiskardswort nicht mehr?
Kein Leichtsinn ists, wenn ich Berührung nicht
Der Kranken scheue, und kein Ohngefähr,
Wenns ungestraft geschieht. Es hat damit
Sein eigenes Bewenden – kurz, zum Schluß:
Furcht meinetwegen spart! –
Zur Sache jetzt!
Was bringst du mir? sag an! Sei kurz und bündig;
Geschäfte rufen mich ins Zelt zurück.

DER GREIS *(nach einer kurzen Pause).*
Du weißts, o Herr! du fühlst es so, wie wir –
Ach, auf wem ruht die Not so schwer, als dir?
In dem entscheidenden Moment, da schon – –

(Guiskard sieht sich um, der Greis stockt.)

DIE HERZOGIN *(leise).*
Willst du –?

ROBERT. Begehrst du –?

ABÄLARD. Fehlt dir –?

DIE HERZOGIN. Gott im Himmel!

ABÄLARD. Was ist?

ROBERT. Was hast du?

DIE HERZOGIN. Guiskard! Sprich ein Wort!

(Die Kaiserin zieht eine große Heerpauke herbei und schiebt sie hinter ihn.)

GUISKARD *(indem er sich sanft niederläßt, halblaut).*
Mein liebes Kind! –
Was also gibts Armin?
Bring deine Sache vor, und laß es frei
Hinströmen, bange Worte lieb ich nicht!

(Der Greis sieht gedankenvoll vor sich nieder.)

EINE STIMME *(aus dem Volk)*.
Nun, was auch säumt er?
EINE ANDERE. Alter, du! So sprich.
DER GREIS *(gesammelt)*. Du weißts, o Herr – und wem ists so bekannt?
Und auf wem ruht des Schicksals Hand so schwer?
Auf deinem Fluge rasch, die Brust voll Flammen,
Ins Bett der Braut, der du die Arme schon
Entgegenstreckst zu dem Vermählungsfest,
Tritt, o du Bräutigam der Siegesgöttin,
Die Seuche grauenvoll dir in den Weg –!
Zwar du bist, wie du sagst, noch unberührt;
Jedoch dein Volk ist, deiner Lenden Mark,
Vergiftet, keiner Taten fähig mehr,
Und täglich, wie vor Sturmwind Tannen, sinken
Die Häupter deiner Treuen in den Staub.
Der Hingestreckt' ists auferstehungslos,
Und wo er hinsank, sank er in sein Grab.
Er sträubt, und wieder, mit unsäglicher
Anstrengung sich empor: es ist umsonst!
Die giftgeätzten Knochen brechen ihm,
Und wieder nieder sinkt er in sein Grab.
Ja, in des Sinns entsetzlicher Verwirrung,
Die ihn zuletzt befällt, sieht man ihn scheußlich
Die Zähne gegen Gott und Menschen fletschen,
Dem Freund, dem Bruder, Vater, Mutter, Kindern,
Der Braut selbst, die ihm naht, entgegenwütend.
DIE HERZOGIN *(indem sie an der Tochter Brust niedersinkt)*.
O Himmel!
HELENA. Meine vielgeliebte Mutter!
GUISKARD *(sich langsam umsehend)*.
Was fehlet ihr?
HELENA *(zögernd)*. Es scheint –
GUISKARD. Bringt sie ins Zelt!

(Helena führt die Herzogin ab.)

DER GREIS. Und weil du denn die kurzen Worte liebst:
O führ uns fort aus diesem Jammertal!
Du Retter in der Not, der du so manchem
Schon halfst, versage deinem ganzen Heere
Den einzgen Trank nicht, der ihm Heilung bringt,
Versag uns nicht Italiens Himmelslüfte,
Führ uns zurück, zurück, ins Vaterland!

DER ZERBROCHNE KRUG

Ein Lustspiel

VORREDE

Diesem Lustspiel liegt wahrscheinlich ein historisches Faktum, worüber ich jedoch keine nähere Auskunft habe auffinden können, zum Grunde. Ich nahm die Veranlassung dazu aus einem Kupferstich, den ich vor mehreren Jahren in der Schweiz sah. Man bemerkte darauf – zuerst einen Richter, der gravitätisch auf dem Richterstuhl saß: vor ihm stand eine alte Frau, die einen zerbrochenen Krug hielt, sie schien das Unrecht, das ihm widerfahren war, zu demonstrieren: Beklagter, ein junger Bauerkerl, den der Richter, als überwiesen, andonnerte, verteidigte sich noch, aber schwach: ein Mädchen, das wahrscheinlich in dieser Sache gezeugt hatte (denn wer weiß, bei welcher Gelegenheit das Deliktum geschehen war) spielte sich, in der Mitte zwischen Mutter und Bräutigam, an der Schürze; wer ein falsches Zeugnis abgelegt hätte, könnte nicht zerknirschter dastehn: und der Gerichtsschreiber sah (er hatte vielleicht kurz vorher das Mädchen angesehen) jetzt den Richter mißtrauisch zur Seite an, wie Kreon, bei einer ähnlichen Gelegenheit, den Ödip. Darunter stand: der zerbrochene Krug. – Das Original war, wenn ich nicht irre, von einem niederländischen Meister.

PERSONEN

Walter, *Gerichtsrat*
Adam, *Dorfrichter*
Licht, *Schreiber*
Frau Marthe Rull
Eve, *ihre Tochter*
Veit Tümpel, *ein Bauer*
Ruprecht, *sein Sohn*
Frau Brigitte
Ein Bedienter, Büttel, Mägde usw.

Die Handlung spielt in einem niederländischen Dorfe bei Utrecht.

Szene: Die Gerichtsstube

Erster Auftritt

Adam sitzt und verbindet sich ein Bein. Licht tritt auf.

LICHT. Ei, was zum Henker, sagt, Gevatter Adam!
Was ist mit Euch geschehn? Wie seht Ihr aus?
ADAM. Ja, seht. Zum Straucheln brauchts doch nichts, als Füße.
Auf diesem glatten Boden, ist ein Strauch hier?
Gestrauchelt bin ich hier; denn jeder trägt
Den leidgen Stein zum Anstoß in sich selbst.
LICHT. Nein, sagt mir, Freund! Den Stein trüg jeglicher –?
ADAM. Ja, in sich selbst!
LICHT. Verflucht das!
ADAM. Was beliebt?
LICHT. Ihr stammt von einem lockern Ältervater,
Der so beim Anbeginn der Dinge fiel,
Und wegen seines Falls berühmt geworden;
Ihr seid doch nicht –?
ADAM. Nun?
LICHT. Gleichfalls –?
ADAM. Ob ich –? Ich glaube –!
Hier bin ich hingefallen, sag ich Euch.
LICHT. Unbildlich hingeschlagen?
ADAM. Ja, unbildlich.
Es mag ein schlechtes Bild gewesen sein.
LICHT. Wann trug sich die Begebenheit denn zu?
ADAM. Jetzt, in dem Augenblick, da ich dem Bett
Entsteig. Ich hatte noch das Morgenlied
Im Mund, da stolpr' ich in den Morgen schon,
Und eh ich noch den Lauf des Tags beginne,
Renkt unser Herrgott mir den Fuß schon aus.
LICHT. Und wohl den linken obenein?
ADAM. Den linken?
LICHT. Hier, den gesetzten?
ADAM. Freilich!
LICHT. Allgerechter!
Der ohnhin schwer den Weg der Sünde wandelt.
ADAM. Der Fuß! Was! Schwer! Warum?
LICHT. Der Klumpfuß?
ADAM. Klumpfuß!
Ein Fuß ist, wie der andere, ein Klumpen.

LICHT. Erlaubt! Da tut Ihr Eurem rechten Unrecht.
Der rechte kann sich dieser – Wucht nicht rühmen,
Und wagt sich eh'r aufs Schlüpfrige.
ADAM. Ach, was!
Wo sich der eine hinwagt, folgt der andre.
LICHT. Und was hat das Gesicht Euch so verrenkt?
ADAM. Mir das Gesicht?
LICHT. Wie? Davon wißt Ihr nichts?
ADAM. Ich müßt ein Lügner sein – wie siehts denn aus?
LICHT. Wies aussieht?
ADAM. Ja, Gevatterchen.
LICHT. Abscheulich!
ADAM. Erklärt Euch deutlicher.
LICHT. Geschunden ists,
Ein Greul zu sehn. Ein Stück fehlt von der Wange,
Wie groß? Nicht ohne Waage kann ichs schätzen.
ADAM. Den Teufel auch!
LICHT *(bringt einen Spiegel)*. Hier! Überzeugt Euch selbst!
Ein Schaf, das, eingehetzt von Hunden, sich
Durch Dornen drängt, läßt nicht mehr Wolle sitzen,
Als Ihr, Gott weiß wo? Fleisch habt sitzen lassen.
ADAM. Hm! Ja! 's ist wahr. Unlieblich sieht es aus.
Die Nas hat auch gelitten.
LICHT. Und das Auge.
ADAM. Das Auge nicht, Gevatter.
LICHT. Ei, hier liegt
Querfeld ein Schlag, blutrünstig, straf mich Gott,
Als hätt ein Großknecht wütend ihn geführt.
ADAM. Das ist der Augenknochen. – Ja, nun seht,
Das alles hatt ich nicht einmal gespürt.
LICHT. Ja, ja! So gehts im Feuer des Gefechts.
ADAM. Gefecht! Was! – Mit dem verfluchten Ziegenbock,
Am Ofen focht ich, wenn Ihr wollt. Jetzt weiß ichs.
Da ich das Gleichgewicht verlier, und gleichsam
Ertrunken in den Lüften um mich greife,
Fass ich die Hosen, die ich gestern abend
Durchnäßt an das Gestell des Ofens hing.
Nun fass ich sie, versteht Ihr, denke mich,
Ich Tor, daran zu halten, und nun reißt
Der Bund; Bund jetzt und Hos und ich, wir stürzen,
Und häuptlings mit dem Stirnblatt schmettr' ich auf
Den Ofen hin, just wo ein Ziegenbock
Die Nase an der Ecke vorgestreckt.

LICHT *(lacht)*. Gut, gut.
ADAM. Verdammt!
LICHT. Der erste Adamsfall,
Den Ihr aus einem Bett hinaus getan.
ADAM. Mein Seel! – Doch, was ich sagen wollte, was gibts Neues?
LICHT. Ja, was es Neues gibt! Der Henker hols,
Hätt ichs doch bald vergessen.
ADAM. Nun?
LICHT. Macht Euch bereit auf unerwarteten
Besuch aus Utrecht.
ADAM. So?
LICHT. Der Herr Gerichtsrat kömmt.
ADAM. Wer kömmt?
LICHT. Der Herr Gerichtsrat Walter kömmt, aus Utrecht.
Er ist in Revisionsbereisung auf den Ämtern
Und heut noch trifft er bei uns ein.
ADAM. Noch heut! Seid Ihr bei Trost?
LICHT. So wahr ich lebe.
Er war in Holla, auf dem Grenzdorf, gestern,
Hat das Justizamt dort schon revidiert.
Ein Bauer sah zur Fahrt nach Huisum schon
Die Vorspannpferde vor den Wagen schirren.
ADAM. Heut noch, er, der Gerichtsrat, her, aus Utrecht!
Zur Revision, der wackre Mann, der selbst
Sein Schäfchen schiert, dergleichen Fratzen haßt.
Nach Huisum kommen, und uns kujonieren!
LICHT. Kam er bis Holla, kommt er auch bis Huisum.
Nehmt Euch in acht.
ADAM. Ach geht!
LICHT. Ich sag es Euch.
ADAM. Geht mir mit Eurem Märchen, sag ich Euch.
LICHT. Der Bauer hat ihn selbst gesehn, zum Henker.
ADAM. Wer weiß, wen der triefäugige Schuft gesehn.
Die Kerle unterscheiden ein Gesicht
Von einem Hinterkopf nicht, wenn er kahl ist.
Setzt einen Hut dreieckig auf mein Rohr,
Hängt ihm den Mantel um, zwei Stiefeln drunter,
So hält so'n Schubiack ihn für wen Ihr wollt.
LICHT. Wohlan, so zweifelt fort, ins Teufels Namen,
Bis er zur Tür hier eintritt.
ADAM. Er, eintreten! –
Ohn uns ein Wort vorher gesteckt zu haben.
LICHT. Der Unverstand! Als obs der vorige

Revisor noch, der Rat Wachholder, wäre!
Es ist Rat Walter jetzt, der revidiert.
ADAM. Wenngleich Rat Walter! Geht, laßt mich zufrieden.
Der Mann hat seinen Amtseid ja geschworen,
Und praktisiert, wie wir, nach den
Bestehenden Edikten und Gebräuchen.
LICHT. Nun, ich versichr' Euch, der Gerichtsrat Walter
Erschien in Holla unvermutet gestern,
Vis'tierte Kassen und Registraturen,
Und suspendierte Richter dort und Schreiber,
Warum? ich weiß nicht, ab officio.
ADAM. Den Teufel auch? Hat das der Bauer gesagt?
LICHT. Dies und noch mehr –
ADAM. So?
LICHT. Wenn Ihrs wissen wollt.
Denn in der Frühe heut sucht man den Richter,
Dem man in seinem Haus Arrest gegeben,
Und findet hinten in der Scheuer ihn
Am Sparren hoch des Daches aufgehangen.
ADAM. Was sagt Ihr?
LICHT. Hülf inzwischen kommt herbei,
Man löst ihn ab, man reibt ihn, und begießt ihn,
Ins nackte Leben bringt man ihn zurück.
ADAM. So? Bringt man ihn?
LICHT. Doch jetzo wird versiegelt,
In seinem Haus, vereidet und verschlossen,
Es ist, als wär er eine Leiche schon,
Und auch sein Richteramt ist schon beerbt.
ADAM. Ei, Henker, seht! – Ein liederlicher Hund wars –
Sonst eine ehrliche Haut, so wahr ich lebe,
Ein Kerl, mit dem sichs gut zusammen war;
Doch grausam liederlich, das muß ich sagen.
Wenn der Gerichtsrat heut in Holla war,
So gings ihm schlecht, dem armen Kauz, das glaub ich.
LICHT. Und dieser Vorfall einzig, sprach der Bauer,
Sei schuld, daß der Gerichtsrat noch nicht hier;
Zu Mittag treff er doch ohnfehlbar ein.
ADAM. Zu Mittag! Gut, Gevatter! Jetzt gilts Freundschaft.
Ihr wißt, wie sich zwei Hände waschen können.
Ihr wollt auch gern, ich weiß, Dorfrichter werden,
Und Ihr verdients, bei Gott, so gut wie einer.
Doch heut ist noch nicht die Gelegenheit,
Heut laßt Ihr noch den Kelch vorübergehn.

LICHT. Dorfrichter, ich! Was denkt Ihr auch von mir?
ADAM. Ihr seid ein Freund von wohlgesetzter Rede,
Und Euren Cicero habt Ihr studiert
Trotz einem auf der Schul in Amsterdam.
Drückt Euren Ehrgeiz heut hinunter, hört Ihr?
Es werden wohl sich Fälle noch ergeben,
Wo Ihr mit Eurer Kunst Euch zeigen könnt.
LICHT. Wir zwei Gevatterleute! Geht mir fort.
ADAM. Zu seiner Zeit, Ihr wißts, schwieg auch der große
Demosthenes. Folgt hierin seinem Muster.
Und bin ich König nicht von Mazedonien,
Kann ich auf meine Art doch dankbar sein.
LICHT. Geht mir mit Eurem Argwohn, sag ich Euch.
Hab ich jemals –?
ADAM. Seht, ich, ich, für mein Teil,
Dem großen Griechen folg ich auch. Es ließe
Von Depositionen sich und Zinsen
Zuletzt auch eine Rede ausarbeiten:
Wer wollte solche Perioden drehn?
LICHT. Nun, also!
ADAM. Von solchem Vorwurf bin ich rein,
Der Henker hols! Und alles, was es gilt,
Ein Schwank ists etwa, der zur Nacht geboren,
Des Tags vorwitzgen Lichtstrahl scheut.
LICHT. Ich weiß.
ADAM. Mein Seel! Es ist kein Grund, warum ein Richter,
Wenn er nicht auf dem Richtstuhl sitzt,
Soll gravitätisch, wie ein Eisbär, sein.
LICHT. Das sag ich auch.
ADAM. Nun denn, so kommt Gevatter
Folgt mir ein wenig zur Registratur;
Die Aktenstöße setz ich auf, denn die,
Die liegen wie der Turm zu Babylon.

Zweiter Auftritt

Ein Bedienter tritt auf. Die Vorigen. – Nachher: Zwei Mägde.

DER BEDIENTE. Gott helf, Herr Richter! Der Gerichtsrat Walter
Läßt seinen Gruß vermelden, gleich wird er hier sein.
ADAM. Ei, du gerechter Himmel! Ist er mit Holla
Schon fertig?

DER BEDIENTE. Ja, er ist in Huisum schon.
ADAM. He! Liese! Grete!
LICHT. Ruhig, ruhig jetzt.
ADAM. Gevatterchen!
LICHT. Laßt Euern Dank vermelden.
DER BEDIENTE. Und morgen reisen wir nach Hussahe.
ADAM. Was tu ich jetzt? Was laß ich?

(Er greift nach seinen Kleidern.)

ERSTE MAGD *(tritt auf)*. Hier bin ich, Herr.
LICHT. Wollt Ihr die Hosen anziehn? Seid Ihr toll?
ZWEITE MAGD *(tritt auf)*.
Hier bin ich, Herr Dorfrichter.
LICHT. Nehmt den Rock.
ADAM *(sieht sich um)*. Wer? Der Gerichtsrat?
LICHT. Ach, die Magd ist es.
ADAM. Die Bäffchen! Mantel! Kragen!
ERSTE MAGD. Erst die Weste!
ADAM. Was? – Rock aus! Hurtig!
LICHT *(zum Bedienten)*. Der Herr Gerichtsrat werden
Hier sehr willkommen sein. Wir sind sogleich
Bereit ihn zu empfangen. Sagt ihm das.
ADAM. Den Teufel auch! Der Richter Adam läßt sich
Entschuldigen.
LICHT. Entschuldigen!
ADAM. Entschuldgen.
Ist er schon unterwegs etwa?
DER BEDIENTE. Er ist
Im Wirtshaus noch. Er hat den Schmied bestellt;
Der Wagen ging entzwei.
ADAM. Gut. Mein Empfehl.
Der Schmied ist faul. Ich ließe mich entschuldgen.
Ich hätte Hals und Beine fast gebrochen,
Schaut selbst, 's ist ein Spektakel, wie ich ausseh;
Und jeder Schreck purgiert mich von Natur.
Ich wäre krank.
LICHT. Seid Ihr bei Sinnen? –
Der Herr Gerichtsrat wär sehr angenehm.
– Wollt Ihr?
ADAM. Zum Henker!
LICHT. Was?
ADAM. Der Teufel soll mich holen,
Ists nicht so gut, als hätt ich schon ein Pulver!

LICHT. Das fehlt noch, daß Ihr auf den Weg ihm leuchtet.
ADAM. Margrete! he! Der Sack voll Knochen! Liese!
DIE BEIDEN MÄGDE. Hier sind wir ja. Was wollt Ihr?
ADAM. Fort! sag ich.
Kuhkäse, Schinken, Butter, Würste, Flaschen
Aus der Registratur geschafft! Und flink! –
Du nicht. Die andere. – Maulaffe! Du ja!
– Gotts Blitz, Margrete! Liese soll, die Kuhmagd,
In die Registratur!

(Die erste Magd geht ab.)

DIE ZWEITE MAGD. Sprecht, soll man Euch verstehn!
ADAM. Halts Maul jetzt, sag ich –! Fort! schaff mir die Perücke!
Marsch! Aus dem Bücherschrank! Geschwind! Pack dich!

(Die zweite Magd ab.)

LICHT *(zum Bedienten)*. Es ist dem Herrn Gerichtsrat, will ich hoffen,
Nichts Böses auf der Reise zugestoßen?
DER BEDIENTE. Je, nun! Wir sind im Hohlweg umgeworfen.
ADAM. Pest! Mein geschundner Fuß! Ich krieg die Stiefeln –
LICHT. Ei, du mein Himmel! Umgeworfen, sagt Ihr?
Doch keinen Schaden weiter –?
DER BEDIENTE. Nichts von Bedeutung.
Der Herr verstauchte sich die Hand ein wenig.
Die Deichsel brach.
ADAM. Daß er den Hals gebrochen!
LICHT. Die Hand verstaucht! Ei, Herr Gott! Kam der Schmied schon?
DER BEDIENTE. Ja, für die Deichsel.
LICHT. Was?
ADAM. Ihr meint, der Doktor.
LICHT. Was?
DER BEDIENTE. Für die Deichsel?
ADAM. Ach, was! Für die Hand.
DER BEDIENTE. Adies, ihr Herrn. – Ich glaub, die Kerls sind toll. *(Ab.)*
LICHT. Den Schmied meint ich.
ADAM. Ihr gebt Euch bloß, Gevatter.
LICHT. Wieso?
ADAM. Ihr seid verlegen.
LICHT. Was!

(Die erste Magd tritt auf.)

ADAM. He! Liese!
Was hast du da?
ERSTE MAGD. Braunschweiger Wurst, Herr Richter.
ADAM. Das sind Pupillenakten.

LICHT. Ich, verlegen!
ADAM. Die kommen wieder zur Registratur.
ERSTE MAGD. Die Würste?
ADAM. Würste! Was! Der Einschlag hier.
LICHT. Es war ein Mißverständnis.
DIE ZWEITE MAGD *(tritt auf)*. Im Bücherschrank,
Herr Richter, find ich die Perücke nicht.
ADAM. Warum nicht?
ZWEITE MAGD. Hm! Weil Ihr –
ADAM. Nun?
ZWEITE MAGD. Gestern abend –
Glock eilf –
ADAM. Nun? Werd ichs hören?
ZWEITE MAGD. Ei, Ihr kamt ja,
Besinnt Euch, ohne die Perück ins Haus.
ADAM. Ich, ohne die Perücke?
ZWEITE MAGD. In der Tat.
Da ist die Liese, die's bezeugen kann.
Und Eure andr' ist beim Perückenmacher.
ADAM. Ich wär –?
ERSTE MAGD. Ja, meiner Treu, Herr Richter Adam!
Kahlköpfig wart Ihr, als Ihr wiederkamt;
Ihr spracht, Ihr wärt gefallen, wißt Ihr nicht?
Das Blut mußt ich Euch noch vom Kopfe waschen.
ADAM. Die Unverschämte!
ERSTE MAGD. Ich will nicht ehrlich sein.
ADAM. Halts Maul, sag ich, es ist kein wahres Wort.
LICHT. Habt Ihr die Wund seit gestern schon?
ADAM. Nein, heut.
Die Wunde heut und gestern die Perücke.
Ich trug sie weiß gepudert auf dem Kopfe,
Und nahm sie mit dem Hut, auf Ehre, bloß,
Als ich ins Haus trat, aus Versehen ab.
Was die gewaschen hat, das weiß ich nicht.
– Scher dich zum Satan, wo du hingehörst!
In die Registratur!
(Erste Magd ab.)

Geh, Margarete!
Gevatter Küster soll mir seine borgen;
In meine hätt die Katze heute morgen
Gejungt, das Schwein! Sie läge eingesäuet
Mir unterm Bette da, ich weiß nun schon.
LICHT. Die Katze? Was? Seid Ihr –?

ADAM. So wahr ich lebe.
Fünf Junge, gelb und schwarz, und eins ist weiß.
Die schwarzen will ich in der Vecht ersäufen.
Was soll man machen? Wollt Ihr eine haben?
LICHT. In die Perücke?
ADAM. Der Teufel soll mich holen!
Ich hatte die Perücke aufgehängt,
Auf einen Stuhl, da ich zu Bette ging,
Den Stuhl berühr ich in der Nacht, sie fällt –
LICHT. Drauf nimmt die Katze sie ins Maul –
ADAM. Mein Seel –
LICHT. Und trägt sie unters Bett und jungt darin.
ADAM. Ins Maul? Nein –
LICHT. Nicht? Wie sonst?
ADAM. Die Katz? Ach, was!
LICHT. Nicht? Oder Ihr vielleicht?
ADAM. Ins Maul! Ich glaube –!
Ich stieß sie mit dem Fuße heut hinunter,
Als ich es sah.
LICHT. Gut, gut.
ADAM. Kanaillen die!
Die balzen sich und jungen, wo ein Platz ist.
ZWEITE MAGD *(kichernd)*. So soll ich hingehn?
ADAM. Ja, und meinen Gruß
An Muhme Schwarzgewand, die Küsterin.
Ich schickt ihr die Perücke unversehrt
Noch heut zurück – ihm brauchst du nichts zu sagen.
Verstehst du mich?
ZWEITE MAGD. Ich werd es schon bestellen. *(Ab.)*

Dritter Auftritt

Adam und Licht.

ADAM. Mir ahndet heut nichts Guts, Gevatter Licht.
LICHT. Warum?
ADAM. Es geht bunt alles überecke mir.
Ist nicht auch heut Gerichtstag?
LICHT. Allerdings.
Die Kläger stehen vor der Türe schon.
ADAM. – Mir träumt', es hätt ein Kläger mich ergriffen,
Und schleppte vor den Richtstuhl mich; und ich,

Ich säße gleichwohl auf dem Richtstuhl dort,
Und schält' und hunzt' und schlingelte mich herunter,
Und judiziert den Hals ins Eisen mir.
LICHT. Wie? Ihr Euch selbst?
ADAM. So wahr ich ehrlich bin.
Drauf wurden beide wir zu eins, und flohn,
Und mußten in den Fichten übernachten.
LICHT. Nun? Und der Traum meint Ihr? –
ADAM. Der Teufel hols.
Wenns auch der Traum nicht ist, ein Schabernack,
Seis, wie es woll, ist wider mich im Werk!
LICHT. Die läppsche Furcht! Gebt Ihr nur vorschriftsmäßig,
Wenn der Gerichtsrat gegenwärtig ist,
Recht den Parteien auf dem Richterstuhle,
Damit der Traum vom ausgehunzten Richter
Auf andre Art nicht in Erfüllung geht.

Vierter Auftritt

Der Gerichtsrat Walter tritt auf. Die Vorigen.

WALTER. Gott grüß Euch, Richter Adam.
ADAM. Ei, willkommen!
Willkommen, gnädger Herr, in unserm Huisum!
Wer konnte, du gerechter Gott, wer konnte
So freudigen Besuches sich gewärtgen.
Kein Traum, der heute früh Glock achte noch
Zu solchem Glücke sich versteigen durfte.
WALTER. Ich komm ein wenig schnell, ich weiß; und muß
Auf dieser Reis, in unsrer Staaten Dienst,
Zufrieden sein, wenn meine Wirte mich
Mit wohlgemeintem Abschiedsgruß entlassen.
Inzwischen ich, was meinen Gruß betrifft,
Ich meins von Herzen gut, schon wenn ich komme.
Das Obertribunal in Utrecht will
Die Rechtspfleg auf dem platten Land verbessern,
Die mangelhaft von mancher Seite scheint,
Und strenge Weisung hat der Mißbrauch zu erwarten.
Doch *mein* Geschäft auf dieser Reis ist noch
Ein strenges nicht, sehn soll ich bloß, nicht strafen,
Und find ich gleich nicht alles, wie es soll,
Ich freue mich, wenn es erträglich ist.

ADAM. Fürwahr, so edle Denkart muß man loben.
Euer Gnaden werden hie und da, nicht zweifl' ich,
Den alten Brauch im Recht zu tadeln wissen;
Und wenn er in den Niederlanden gleich
Seit Kaiser Karl dem fünften schon besteht:
Was läßt sich in Gedanken nicht erfinden?
Die Welt, sagt unser Sprichwort, wird stets klüger,
Und alles liest, ich weiß, den Puffendorf;
Doch Huisum ist ein kleiner Teil der Welt,
Auf den nicht mehr, nicht minder, als sein Teil nur
Kann von der allgemeinen Klugheit kommen.
Klärt die Justiz in Huisum gütigst auf,
Und überzeugt Euch, gnädger Herr, Ihr habt
Ihr noch sobald den Rücken nicht gekehrt,
Als sie auch völlig Euch befriedgen wird;
Doch fändet Ihr sie heut im Amte schon
Wie Ihr sie wünscht, mein Seel, so wärs ein Wunder,
Da sie nur dunkel weiß noch, was Ihr wollt.
WALTER. Es fehlt an Vorschriften, ganz recht. Vielmehr
Es sind zu viel, man wird sie sichten müssen.
ADAM. Ja, durch ein großes Sieb. Viel Spreu! Viel Spreu!
WALTER. Das ist dort der Herr Schreiber?
LICHT. Der Schreiber Licht,
Zu Eurer hohen Gnaden Diensten. Pfingsten
Neun Jahre, daß ich im Justizamt bin.
ADAM *(bringt einen Stuhl)*. Setzt Euch.
WALTER. Laßt sein.
ADAM. Ihr kommt von Holla schon.
WALTER. Zwei kleine Meilen – Woher wißt Ihr das?
ADAM. Woher? Euer Gnaden Diener –
LICHT. Ein Bauer sagt' es,
Der eben jetzt von Holla eingetroffen.
WALTER. Ein Bauer?
ADAM. Aufzuwarten.
WALTER. – Ja! Es trug sich
Dort ein unangenehmer Vorfall zu,
Der mir die heitre Laune störte,
Die in Geschäften uns begleiten soll. –
Ihr werdet davon unterrichtet sein?
ADAM. Wärs wahr, gestrenger Herr? Der Richter Pfaul,
Weil er Arrest in seinem Haus empfing,
Verzweiflung hätt den Toren überrascht,
Er hing sich auf?

WALTER. Und machte Übel ärger.
Was nur Unordnung schien, Verworrenheit,
Nimmt jetzt den Schein an der Veruntreuung,
Die das Gesetz, Ihr wißts, nicht mehr verschont. –
Wie viele Kassen habt Ihr?
ADAM. Fünf, zu dienen.
WALTER. Wie, fünf! Ich stand im Wahn – Gefüllte Kassen?
Ich stand im Wahn, daß Ihr nur vier –
ADAM. Verzeiht!
Mit der Rhein-Inundations-Kollektenkasse?
WALTER. Mit der Inundations-Kollektenkasse!
Doch jetzo ist der Rhein nicht inundiert,
Und die Kollekten gehn mithin nicht ein.
– Sagt doch, Ihr habt ja wohl Gerichtstag heut?
ADAM. Ob wir –?
WALTER. Was?
LICHT. Ja, den ersten in der Woche.
WALTER. Und jene Schar von Leuten, die ich draußen
Auf Eurem Flure sah, sind das –?
ADAM. Das werden –
LICHT. Die Kläger sinds, die sich bereits versammeln.
WALTER. Gut. Dieser Umstand ist mir lieb, ihr Herren.
Laßt diese Leute, wenns beliebt, erscheinen.
Ich wohne dem Gerichtsgang bei; ich sehe
Wie er in Eurem Huisum üblich ist.
Wir nehmen die Registratur, die Kassen,
Nachher, wenn diese Sache abgetan.
ADAM. Wie Ihr befehlt. – Der Büttel! He! Hanfriede!

Fünfter Auftritt

Die zweite Magd tritt auf. Die Vorigen.

ZWEITE MAGD. Gruß von Frau Küsterin, Herr Richter Adam;
So gern sie die Perück Euch auch –
ADAM. Wie? Nicht?
ZWEITE MAGD. Sie sagt, es wäre Morgenpredigt heute;
Der Küster hätte selbst die eine auf,
Und seine andre wäre unbrauchbar,
Sie sollte heut zu dem Perückenmacher.
ADAM. Verflucht!
ZWEITE MAGD. Sobald der Küster wieder kömmt,
Wird sie jedoch sogleich Euch seine schicken.

ADAM. Auf meine Ehre, gnädger Herr –
WALTER. Was gibts?
ADAM. Ein Zufall, ein verwünschter, hat um beide
Perücken mich gebracht. Und jetzt bleibt mir
Die dritte aus, die ich mir leihen wollte:
Ich muß kahlköpfig den Gerichtstag halten.
WALTER. Kahlköpfig!
ADAM. Ja, beim ewgen Gott! So sehr
Ich ohne der Perücke Beistand um
Mein Richteransehn auch verlegen bin.
– Ich müßt es auf dem Vorwerk noch versuchen,
Ob mir vielleicht der Pächter –?
WALTER. Auf dem Vorwerk!
Kann jemand anders hier im Orte nicht –?
ADAM. Nein, in der Tat –
WALTER. Der Prediger vielleicht.
ADAM. Der Prediger? Der –
WALTER. Oder Schulmeister.
ADAM. Seit der Sackzehnde abgeschafft, Euer Gnaden,
Wozu ich hier im Amte mitgewirkt,
Kann ich auf beider Dienste nicht mehr rechnen.
WALTER. Nun, Herr Dorfrichter? Nun? Und der Gerichtstag?
Denkt Ihr zu warten, bis die Haar Euch wachsen?
ADAM. Ja, wenn Ihr mir erlaubt, schick ich aufs Vorwerk.
WALTER. – Wie weit ists auf das Vorwerk?
ADAM. Ei! Ein kleines
Halbstündchen.
WALTER. Eine halbe Stunde, was!
Und Eurer Sitzung Stunde schlug bereits.
Macht fort! Ich muß noch heut nach Hussahe.
ADAM. Macht fort! Ja –
WALTER. Ei, so pudert Euch den Kopf ein!
Wo Teufel auch, wo ließt Ihr die Perücken?
– Helft Euch so gut Ihr könnt. Ich habe Eile.
ADAM. Auch das.
DER BÜTTEL *(tritt auf)*.
Hier ist der Büttel!
ADAM. Kann ich inzwischen
Mit einem guten Frühstück, Wurst aus Braunschweig,
Ein Gläschen Danziger etwa –
WALTER. Danke sehr.
ADAM. Ohn Umständ!
WALTER. Dank', Ihr hörts, habs schon genossen.

Geht Ihr, und nutzt die Zeit, ich brauche sie
In meinem Büchlein etwas mir zu merken.
ADAM. Nun, wenn Ihr so befehlt – Komm, Margarete!
WALTER. – Ihr seid ja bös verletzt, Herr Richter Adam.
Seid Ihr gefallen?
ADAM. – Hab einen wahren Mordschlag
Heut früh, als ich dem Bett entstieg, getan:
Seht, gnädger Herr Gerichtsrat, einen Schlag
Ins Zimmer hin, ich glaubt es wär ins Grab.
WALTER. Das tut mir leid. – Es wird doch weiter nicht
Von Folgen sein?
ADAM. Ich denke nicht. Und auch
In meiner Pflicht solls weiter mich nicht stören. –
Erlaubt!
WALTER. Geht, geht!
ADAM *(zum Büttel)*. Die Kläger rufst du – marsch!
(Adam, die Magd und der Büttel ab.)

Sechster Auftritt

Frau Marthe, Eve, Veit und Ruprecht treten auf. – Walter und Licht im Hintergrunde.

FRAU MARTHE. Ihr krugzertrümmerndes Gesindel, ihr!
Ihr sollt mir büßen, ihr!
VEIT. Sei Sie nur ruhig,
Frau Marth! Es wird sich alles hier entscheiden.
FRAU MARTHE. O ja. Entscheiden. Seht doch. Den Klugschwätzer.
Den Krug mir, den zerbrochenen, entscheiden.
Wer wird mir den geschiednen Krug entscheiden?
Hier wird entschieden werden, daß geschieden
Der Krug mir bleiben soll. Für so'n Schiedsurteil
Geb ich noch die geschiednen Scherben nicht.
VEIT. Wenn Sie sich Recht erstreiten kann, Sie hörts,
Ersetz ich ihn.
FRAU MARTHE. Er mir den Krug ersetzen.
Wenn ich mir Recht erstreiten kann, ersetzen.
Setz Er den Krug mal hin, versuch Ers mal,
Setz Er'n mal hin auf das Gesims! Ersetzen!
Den Krug, der kein Gebein zum Stehen hat,
Zum Liegen oder Sitzen hat, ersetzen!
VEIT. Sie hörts! Was geifert Sie? Kann man mehr tun?

Wenn einer Ihr von uns den Krug zerbrochen,
Soll Sie entschädigt werden.
FRAU MARTHE. Ich entschädigt!
Als ob ein Stück von meinem Hornvieh spräche.
Meint Er, daß die Justiz ein Töpfer ist?
Und kämen die Hochmögenden und bänden
Die Schürze vor, und trügen ihn zum Ofen,
Die könnten sonst was in den Krug mir tun,
Als ihn entschädigen. Entschädigen!
RUPRECHT. Laß Er sie, Vater. Folg Er mir. Der Drachen!
's ist der zerbrochne Krug nicht, der sie wurmt,
Die Hochzeit ist es, die ein Loch bekommen,
Und mit Gewalt hier denkt sie sie zu flicken.
Ich aber setze noch den Fuß eins drauf:
Verflucht bin ich, wenn ich die Metze nehme.
FRAU MARTHE. Der eitle Flaps! Die Hochzeit ich hier flicken!
Die Hochzeit, nicht des Flickdrahts, unzerbrochen
Nicht einen von des Kruges Scherben wert.
Und stünd die Hochzeit blankgescheuert vor mir,
Wie noch der Krug auf dem Gesimse gestern,
So faßt ich sie beim Griff jetzt mit den Händen,
Und schlüg sie gellend ihm am Kopf entzwei,
Nicht aber hier die Scherben möcht ich flicken!
Sie flicken!
EVE. Ruprecht!
RUPRECHT. Fort du –!
EVE. Liebster Ruprecht!
RUPRECHT. Mir aus den Augen!
EVE. Ich beschwöre dich.
RUPRECHT. Die lüderliche –! Ich mag nicht sagen, was.
EVE. Laß mich ein einzges Wort dir heimlich –
RUPRECHT. Nichts!
EVE. – Du gehst zum Regimente jetzt, o Ruprecht,
Wer weiß, wenn du erst die Muskete trägst,
Ob ich dich je im Leben wieder sehe.
Krieg ists, bedenke, Krieg, in den du ziehst:
Willst du mit solchem Grolle von mir scheiden?
RUPRECHT. Groll? Nein, bewahr mich Gott, das will ich nicht.
Gott schenk dir so viel Wohlergehn, als er
Erübrigen kann. Doch kehrt ich aus dem Kriege
Gesund, mit erzgegoßnem Leib zurück,
Und würd in Huisum achtzig Jahre alt,
So sagt ich noch im Tode zu dir: Metze!

Du willsts ja selber vor Gericht beschwören.
FRAU MARTHE *(zu Eve)*. Hinweg! Was sagt ich dir? Willst du dich noch
Beschimpfen lassen? Der Herr Korporal
Ist was für dich, der würdge Holzgebein,
Der seinen Stock im Militär geführt,
Und nicht dort der Maulaffe, der dem Stock
Jetzt seinen Rücken bieten wird. Heut ist
Verlobung, Hochzeit, wäre Taufe heute,
Es wär mir recht, und mein Begräbnis leid ich,
Wenn ich dem Hochmut erst den Kamm zertreten,
Der mir bis an die Krüge schwillet.
EVE. Mutter!
Laßt doch den Krug! Laßt mich doch in der Stadt versuchen,
Ob ein geschickter Handwerksmann die Scherben
Nicht wieder Euch zur Lust zusammenfügt.
Und wärs um ihn geschehn, nehmt meine ganze
Sparbüchse hin, und kauft Euch einen neuen.
Wer wollte doch um einen irdnen Krug,
Und stammt er von Herodes' Zeiten her,
Solch einen Aufruhr, so viel Unheil stiften.
FRAU MARTHE. Du sprichst, wie dus verstehst. Willst du etwa
Die Fiedel tragen, Evchen, in der Kirche
Am nächsten Sonntag reuig Buße tun?
Dein guter Name lag in diesem Topfe,
Und vor der Welt mit ihm ward er zerstoßen,
Wenn auch vor Gott nicht, und vor mir und dir.
Der Richter ist mein Handwerksmann, der Schergen,
Der Block ists, Peitschenhiebe, die es braucht,
Und auf den Scheiterhaufen das Gesindel,
Wenns unsre Ehre weiß zu brennen gilt,
Und diesen Krug hier wieder zu glasieren.

Siebenter Auftritt

Adam im Ornat, doch ohne Perücke, tritt auf. Die Vorigen.

ADAM *(für sich)*. Ei, Evchen. Sieh! Und der vierschrötge Schlingel,
Der Ruprecht! Ei, was Teufel, sieh! Die ganze Sippschaft!
– Die werden mich doch nicht bei mir verklagen?
EVE. O liebste Mutter, folgt mir, ich beschwör Euch,
Laßt diesem Unglückszimmer uns entfliehen!
ADAM. Gevatter! Sagt mir doch, was bringen die?

LICHT. Was weiß ich? Lärm um nichts; Lappalien.
Es ist ein Krug zerbrochen worden, hör ich.
ADAM. Ein Krug! So! Ei! – Ei, wer zerbrach den Krug?
LICHT. Wer ihn zerbrochen?
ADAM. Ja, Gevatterchen.
LICHT. Mein Seel, setzt Euch: so werdet Ihrs erfahren.
ADAM *(heimlich)*. Evchen!
EVE *(gleichfalls)*. Geh Er.
ADAM. Ein Wort.
EVE. Ich will nichts wissen.
ADAM. Was bringt ihr mir?
EVE. Ich sag Ihm, Er soll gehn.
ADAM. Evchen! Ich bitte dich! Was soll mir das bedeuten?
EVE. Wenn Er nicht gleich –! Ich sags Ihm, laß Er mich.
ADAM *(zu Licht)*. Gevatter, hört, mein Seel, ich halts nicht aus.
Die Wund am Schienbein macht mir Übelkeiten;
Führt Ihr die Sach, ich will zu Bette gehn.
LICHT. Zu Bett –? Ihr wollt –? Ich glaub, Ihr seid verrückt.
ADAM. Der Henker hols. Ich muß mich übergeben.
LICHT. Ich glaub, Ihr rast, im Ernst. Soeben kommt Ihr –?
– Meinthalben. Sagts dem Herrn Gerichtsrat dort.
Vielleicht erlaubt ers. – Ich weiß nicht, was Euch fehlt?
ADAM *(wieder zu Evchen)*. Evchen! Ich flehe dich! Um alle Wunden!
Was ists, das ihr mir bringt?
EVE. Er wirds schon hören.
ADAM. Ists nur der Krug dort, den die Mutter hält,
Den ich, soviel –?
EVE. Ja, der zerbrochne Krug nur.
ADAM. Und weiter nichts?
EVE. Nichts weiter.
ADAM. Nichts? Gewiß nicht?
EVE. Ich sag Ihm, geh Er. Laß Er mich zufrieden.
ADAM. Hör du, bei Gott, sei klug, ich rat es dir.
EVE. Er, Unverschämter!
ADAM. In dem Attest steht
Der Name jetzt, Frakturschrift, Ruprecht Tümpel.
Hier trag ichs fix und fertig in der Tasche;
Hörst du es knackern, Evchen? Sieh, das kannst du,
Auf meine Ehr, heut übers Jahr dir holen,
Dir Trauerschürz und Mieder zuzuschneiden,
Wenns heißt: der Ruprecht in Batavia
Krepiert' – ich weiß, an welchem Fieber nicht,
Wars gelb, wars scharlach, oder war es faul.

WALTER. Sprecht nicht mit den Partein, Herr Richter Adam,
Vor der Session! Hier setzt Euch, und befragt sie.
ADAM. Was sagt er? – Was befehlen Euer Gnaden?
WALTER. Was ich befehl? – Ich sagte deutlich Euch,
Daß Ihr nicht heimlich vor der Sitzung sollt
Mit den Partein zweideutge Sprache führen.
Hier ist der Platz, der Eurem Amt gebührt,
Und öffentlich Verhör, was ich erwarte.
ADAM *(für sich)*. Verflucht! Ich kann mich nicht dazu entschließen –!
– Es klirrte etwas, da ich Abschied nahm –
LICHT *(ihn aufschreckend)*. Herr Richter! Seid Ihr –?
ADAM. Ich? Auf Ehre nicht!
Ich hatte sie behutsam drauf gehängt,
Und müßt ein Ochs gewesen sein –
LICHT. Was?
ADAM. Was?
LICHT. Ich fragte –!
ADAM. Ihr fragtet, ob ich –?
LICHT. Ob Ihr taub seid, fragt ich.
Dort Seiner Gnaden haben Euch gerufen.
ADAM. Ich glaubte –! Wer ruft?
LICHT. Der Herr Gerichtsrat dort.
ADAM *(für sich)*. Ei! Hols der Henker auch! Zwei Fälle gibts,
Mein Seel, nicht mehr, und wenns nicht biegt, so brichts.
– Gleich! Gleich! Gleich! Was befehlen Euer Gnaden?
Soll jetzt die Prozedur beginnen?
WALTER. Ihr seid ja sonderbar zerstreut. Was fehlt Euch?
ADAM. – Auf Ehr! Verzeiht. Es hat ein Perlhuhn mir,
Das ich von einem Indienfahrer kaufte,
Den Pips: ich soll es nudeln, und verstehs nicht,
Und fragte dort die Jungfer bloß um Rat.
Ich bin ein Narr in solchen Dingen, seht,
Und meine Hühner nenn ich meine Kinder.
WALTER. Hier. Setzt Euch. Ruft den Kläger und vernehmt ihn.
Und Ihr, Herr Schreiber, führt das Protokoll.
ADAM. Befehlen Euer Gnaden den Prozeß
Nach den Formalitäten, oder so,
Wie er in Huisum üblich ist, zu halten?
WALTER. Nach den gesetzlichen Formalitäten,
Wie er in Huisum üblich ist, nicht anders.
ADAM. Gut, gut. Ich werd Euch zu bedienen wissen.
Seid Ihr bereit, Herr Schreiber?
LICHT. Zu Euren Diensten.

ADAM. – So nimm, Gerechtigkeit, denn deinen Lauf!
Klägere trete vor.
FRAU MARTHE. Hier, Herr Dorfrichter!
ADAM. Wer seid Ihr?
FRAU MARTHE. Wer –?
ADAM. Ihr.
FRAU MARTHE. Wer ich –?
ADAM. Wer Ihr seid!
Wes Namens, Standes, Wohnorts, und so weiter.
FRAU MARTHE. Ich glaub, Er spaßt, Herr Richter.
ADAM. Spaßen, was!
Ich sitz im Namen der Justiz, Frau Marthe,
Und die Justiz muß wissen, wer Ihr seid.
LICHT *(halblaut)*. Laßt doch die sonderbare Frag –
FRAU MARTHE. Ihr guckt
Mir alle Sonntag in die Fenster ja,
Wenn Ihr aufs Vorwerk geht!
WALTER. Kennt Ihr die Frau?
ADAM. Sie wohnt hier um die Ecke, Euer Gnaden,
Wenn man den Fußsteig durch die Hecken geht;
Witw' eines Kastellans, Hebamme jetzt,
Sonst eine ehrliche Frau, von gutem Rufe.
WALTER. Wenn Ihr so unterrichtet seid, Herr Richter,
So sind dergleichen Fragen überflüssig.
Setzt ihren Namen in das Protokoll,
Und schreibt dabei: dem Amte wohlbekannt.
ADAM. Auch das. Ihr seid nicht für Formalitäten.
Tut so, wie Seiner Gnaden anbefohlen.
WALTER. Fragt nach dem Gegenstand der Klage jetzt.
ADAM. Jetzt soll ich –?
WALTER *(ungeduldig)*. Ja, den Gegenstand ermitteln!
ADAM. Das ist gleichfalls ein Krug, verzeiht.
WALTER. Wie? Gleichfalls!
ADAM. Ein Krug. Ein bloßer Krug. Setzt einen Krug,
Und schreibt dabei: dem Amte wohlbekannt.
LICHT. Auf meine hingeworfene Vermutung
Wollt Ihr, Herr Richter –?
ADAM. Mein Seel, wenn ichs Euch sage,
So schreibt Ihrs hin. Ists nicht ein Krug, Frau Marthe?
FRAU MARTHE. Ja, hier der Krug –
ADAM. Da habt Ihrs.
FRAU MARTHE. Der zerbrochne –
ADAM. Pedantische Bedenklichkeit.

LICHT. Ich bitt Euch –
ADAM. Und wer zerbrach den Krug? Gewiß der Schlingel –?
FRAU MARTHE. Ja, er, der Schlingel dort –
ADAM *(für sich).* Mehr brauch ich nicht.
RUPRECHT. Das ist nicht wahr, Herr Richter.
ADAM *(für sich).* Auf, aufgelebt, du alter Adam!
RUPRECHT. Das lügt sie in den Hals hinein –
ADAM. Schweig, Maulaffe!
Du steckst den Hals noch früh genug ins Eisen.
– Setzt einen Krug, Herr Schreiber, wie gesagt,
Zusamt dem Namen des, der ihn zerschlagen.
Jetzt wird die Sache gleich ermittelt sein.
WALTER. Herr Richter! Ei! Welch ein gewaltsames Verfahren.
ADAM. Wieso?
LICHT. Wollt Ihr nicht förmlich –?
ADAM. Nein! sag ich;
Ihr Gnaden lieben Förmlichkeiten nicht.
WALTER. Wenn Ihr die Instruktion, Herr Richter Adam,
Nicht des Prozesses einzuleiten wißt,
Ist hier der Ort jetzt nicht, es Euch zu lehren.
Wenn Ihr Recht anders nicht, als so, könnt geben,
So tretet ab: vielleicht kanns Euer Schreiber.
ADAM. Erlaubt! Ich gabs, wies hier in Huisum üblich;
Euer Gnaden habens also mir befohlen.
WALTER. Ich hätt –?
ADAM. Auf meine Ehre!
WALTER. Ich befahl Euch,
Recht hier nach den Gesetzen zu erteilen;
Und hier in Huisum glaubt ich die Gesetze
Wie anderswo in den vereinten Staaten.
ADAM. Da muß submiß ich um Verzeihung bitten!
Wir haben hier, mit Euerer Erlaubnis,
Statuten, eigentümliche, in Huisum,
Nicht aufgeschriebene, muß ich gestehn, doch durch
Bewährte Tradition uns überliefert.
Von dieser Form, getrau ich mir zu hoffen,
Bin ich noch heut kein Jota abgewichen.
Doch auch in Eurer andern Form bin ich,
Wie sie im Reich mag üblich sein, zu Hause.
Verlangt Ihr den Beweis? Wohlan, befehlt!
Ich kann Recht so jetzt, jetzo so erteilen.
WALTER. Ihr gebt mir schlechte Meinungen, Herr Richter.
Es sei. Ihr fangt von vorn die Sache an. –

ADAM. Auf Ehr! Gebt acht, Ihr sollt zufrieden sein.
– Frau Marthe Rull! Bringt Eure Klage vor.
FRAU MARTHE. Ich klag, Ihr wißts, hier wegen dieses Krugs;
Jedoch vergönnt, daß ich, bevor ich melde
Was diesem Krug geschehen, auch beschreibe
Was er vorher mir war.
ADAM. Das Reden ist an Euch.
FRAU MARTHE. Seht ihr den Krug, ihr wertgeschätzten Herren?
Seht ihr den Krug?
ADAM. O ja, wir sehen ihn.
FRAU MARTHE. Nichts seht ihr, mit Verlaub, die Scherben seht ihr;
Der Krüge schönster ist entzwei geschlagen.
Hier grade auf dem Loch, wo jetzo nichts,
Sind die gesamten niederländischen Provinzen
Dem span'schen Philipp übergeben worden.
Hier im Ornat stand Kaiser Karl der fünfte:
Von dem seht ihr nur noch die Beine stehn.
Hier kniete Philipp, und empfing die Krone:
Der liegt im Topf, bis auf den Hinterteil,
Und auch noch der hat einen Stoß empfangen.
Dort wischten seine beiden Muhmen sich,
Der Franzen und der Ungarn Königinnen,
Gerührt die Augen aus; wenn man die eine
Die Hand noch mit dem Tuch empor sieht heben,
So ists, als weinete sie über sich.
Hier im Gefolge stützt sich Philibert,
Für den den Stoß der Kaiser aufgefangen,
Noch auf das Schwert; doch jetzo müßt er fallen,
So gut wie Maximilian: der Schlingel!
Die Schwerter unten jetzt sind weggeschlagen.
Hier in der Mitte, mit der heilgen Mütze,
Sah man den Erzbischof von Arras stehn;
Den hat der Teufel ganz und gar geholt,
Sein Schatten nur fällt lang noch übers Pflaster.
Hier standen rings, im Grunde, Leibtrabanten,
Mit Hellebarden, dicht gedrängt, und Spießen,
Hier Häuser, seht, vom großen Markt zu Brüssel,
Hier guckt noch ein Neugierger aus dem Fenster:
Doch was er jetzo sieht, das weiß ich nicht.
ADAM. Frau Marth! Erlaßt uns das zerscherbte Paktum,
Wenn es zur Sache nicht gehört.
Uns geht das Loch – nichts die Provinzen an,
Die darauf übergeben worden sind.

FRAU MARTHE. Erlaubt! Wie schön der Krug, gehört zur Sache! –
Den Krug erbeutete sich Childerich,
Der Kesselflicker, als Oranien
Briel mit den Wassergeusen überrumpelte.
Ihn hatt ein Spanier, gefüllt mit Wein,
Just an den Mund gesetzt, als Childerich
Den Spanier von hinten niederwarf,
Den Krug ergriff, ihn leert' und weiter ging.
ADAM. Ein würdger Wassergeuse.
FRAU MARTHE. Hierauf vererbte
Der Krug auf Fürchtegott, den Totengräber;
Der trank zu dreimal nur, der Nüchterne,
Und stets vermischt mit Wasser aus dem Krug.
Das erstemal, als er im Sechzigsten
Ein junges Weib sich nahm; drei Jahre drauf,
Als sie noch glücklich ihn zum Vater machte;
Und als sie jetzt noch funfzehn Kinder zeugte,
Trank er zum dritten Male, als sie starb.
ADAM. Gut. Das ist auch nicht übel.
FRAU MARTHE. Drauf fiel der Krug
An den Zachäus, Schneider in Tirlemont,
Der meinem sel'gen Mann, was ich euch jetzt
Berichten will, mit eignem Mund erzählt.
Der warf, als die Franzosen plünderten,
Den Krug, samt allem Hausrat, aus dem Fenster,
Sprang selbst, und brach den Hals, der Ungeschickte,
Und dieser irdne Krug, der Krug von Ton,
Aufs Bein kam er zu stehen, und blieb ganz.
ADAM. Zur Sache, wenns beliebt, Frau Marthe Rull! Zur Sache!
FRAU MARTHE. Drauf in der Feuersbrunst von sechsundsechzig,
Da hatt ihn schon mein Mann, Gott hab ihn selig –
ADAM. Zum Teufel! Weib! So seid Ihr noch nicht fertig?
FRAU MARTHE. – Wenn ich nicht reden soll, Herr Richter Adam,
So bin ich unnütz hier, so will ich gehn,
Und ein Gericht mir suchen, das mich hört.
WALTER. Ihr sollt hier reden: doch von Dingen nicht,
Die Eurer Klage fremd. Wenn Ihr uns sagt,
Daß jener Krug Euch wert, so wissen wir
Soviel, als wir zum Richten hier gebrauchen.
FRAU MARTHE. Wieviel ihr brauchen möget, hier zu richten,
Das weiß ich nicht, und untersuch es nicht;
Das aber weiß ich, daß ich, um zu klagen,
Muß vor euch sagen dürfen, über was.

WALTER. Gut denn. Zum Schluß jetzt. Was geschah dem Krug?
Was? – Was geschah dem Krug im Feuer
Von Anno sechsundsechzig? Wird mans hören?
Was ist dem Krug geschehn?
FRAU MARTHE. Was ihm geschehen?
Nichts ist dem Krug, ich bitt euch sehr, ihr Herren,
Nichts Anno sechsundsechzig ihm geschehen.
Ganz blieb der Krug, ganz in der Flammen Mitte,
Und aus des Hauses Asche zog ich ihn
Hervor, glasiert, am andern Morgen, glänzend,
Als käm er eben aus dem Töpferofen.
WALTER. Nun gut. Nun kennen wir den Krug. Nun wissen
Wir alles, was dem Krug geschehn, was nicht.
Was gibts jetzt weiter?
FRAU MARTHE. Nun, diesen Krug jetzt, seht – den Krug,
Zertrümmert einen Krug noch wert, den Krug
Für eines Fräuleins Mund, die Lippe selbst
Nicht der Frau Erbstatthalterin zu schlecht,
Den Krug, ihr hohen Herren Richter beide,
Den Krug hat jener Schlingel mir zerbrochen.
ADAM. Wer?
FRAU MARTHE.
Er, der Ruprecht dort.
RUPRECHT. Das ist gelogen,
Herr Richter.
ADAM. Schweig Er, bis man Ihn fragen wird.
Auch heut an Ihn noch wird die Reihe kommen.
– Habt Ihrs im Protokoll bemerkt?
LICHT. O ja.
ADAM. Erzählt den Hergang, würdige Frau Marthe.
FRAU MARTHE. Es war Uhr eilfe gestern –
ADAM. Wann, sagt Ihr?
FRAU MARTHE. Uhr eilf.
ADAM. Am Morgen!
FRAU MARTHE. Nein, verzeiht, am Abend –
Und schon die Lamp im Bette wollt ich löschen,
Als laute Männerstimmen, ein Tumult,
In meiner Tochter abgelegnen Kammer,
Als ob der Feind einbräche, mich erschreckt.
Geschwind die Trepp eil ich hinab, ich finde
Die Kammertür gewaltsam eingesprengt,
Schimpfreden schallen wütend mir entgegen,
Und da ich mir den Auftritt jetzt beleuchte,

Was find ich jetzt, Herr Richter, was jetzt find ich?
Den Krug find ich zerscherbt im Zimmer liegen,
In jedem Winkel liegt ein Stück,
Das Mädchen ringt die Händ, und er, der Flaps dort,
Der trotzt, wie toll, Euch in des Zimmers Mitte.

ADAM *(bankerott)*. Ei, Wetter!

FRAU MARTHE. Was?

ADAM. Sieh da, Frau Marthe!

FRAU MARTHE. Ja! –
Drauf ists, als ob, in so gerechtem Zorn,
Mir noch zehn Arme wüchsen, jeglichen
Fühl ich mir wie ein Geier ausgerüstet.
Ihn stell ich dort zur Rede, was er hier
In später Nacht zu suchen, mir die Krüge
Des Hauses tobend einzuschlagen habe:
Und er, zur Antwort gibt er mir, jetzt ratet?
Der Unverschämte! Der Halunke, der!
Aufs Rad will ich ihn sehen, oder mich
Nicht mehr geduldig auf den Rücken legen:
Er spricht, es hab ein anderer den Krug
Vom Sims gestürzt – ein anderer, ich bitt Euch,
Der vor ihm aus der Kammer nur entwichen;
– Und überhäuft mit Schimpf mir da das Mädchen.

ADAM. O! faule Fische – Hierauf?

FRAU MARTHE. Auf dies Wort
Seh ich das Mädchen fragend an; die steht
Gleich einer Leiche da, ich sage: Eve! –
Sie setzt sich; ists ein anderer gewesen,
Frag ich? Und Joseph und Maria, ruft sie,
Was denkt Ihr Mutter auch? – So sprich! Wer wars?
Wer sonst, sagt sie, – und wer auch konnt es anders?
Und schwört mir zu, daß ers gewesen ist.

EVE. Was schwor ich Euch? Was hab ich Euch geschworen?
Nichts schwor ich, nichts Euch –

FRAU MARTHE. Eve!

EVE. Nein! Dies lügt Ihr –

RUPRECHT. Da hört ihrs.

ADAM. Hund, jetzt, verfluchter, schweig,
Soll hier die Faust den Rachen dir nicht stopfen!
Nachher ist Zeit für dich, nicht jetzt.

FRAU MARTHE. Du hättest nicht –?

EVE. Nein, Mutter! Dies verfälscht Ihr.
Seht, leid tuts in der Tat mir tief zur Seele,

Daß ich es öffentlich erklären muß:
Doch nichts schwor ich, nichts, nichts hab ich geschworen.
ADAM. Seid doch vernünftig, Kinder.
LICHT. Das ist ja seltsam.
FRAU MARTHE. Du hättest mir, o Eve, nicht versichert –?
Nicht Joseph und Maria angerufen?
EVE. Beim Schwur nicht! Schwörend nicht! Seht, dies jetzt schwör ich,
Und Joseph und Maria ruf ich an.
ADAM. Ei, Leutchen! Ei, Frau Marthe! Was auch macht Sie?
Wie schüchtert Sie das gute Kind auch ein.
Wenn sich die Jungfer wird besonnen haben,
Erinnert ruhig dessen, was geschehen,
– Ich sage, was geschehen *ist*, und was,
Spricht sie nicht, wie sie soll, geschehn noch *kann:*
Gebt acht, so sagt sie heut uns aus, wie gestern,
Gleichviel, ob sies beschwören kann, ob nicht.
Laßt Joseph und Maria aus dem Spiele.
WALTER. Nicht doch, Herr Richter, nicht! Wer wollte den
Parteien so zweideutge Lehren geben.
FRAU MARTHE. Wenn sie ins Angesicht mir sagen kann,
Schamlos, die liederliche Dirne, die,
Daß es ein andrer als der Ruprecht war,
So mag meintwegen sie – ich mag nicht sagen, was.
Ich aber, ich versichr' es Euch, Herr Richter,
Und kann ich gleich nicht, daß sies schwor, behaupten,
Daß sies gesagt hat gestern, das beschwör *ich*,
Und Joseph und Maria ruf ich an.
ADAM. Nun weiter will ja auch die Jungfer –
WALTER. Herr Richter!
ADAM. Euer Gnaden? – Was sagt er? – Nicht, Herzens-Evchen?
FRAU MARTHE. Heraus damit! Hast dus mir nicht gesagt?
Hast dus mir gestern nicht, mir nicht gesagt?
EVE. Wer leugnet Euch, daß ichs gesagt –
ADAM. Da habt ihrs.
RUPRECHT. Die Metze, die!
ADAM. Schreibt auf.
VEIT. Pfui, schäm Sie sich.
WALTER. Von Eurer Aufführung, Herr Richter Adam,
Weiß ich nicht, was ich denken soll. Wenn Ihr selbst
Den Krug zerschlagen hättet, könntet Ihr
Von Euch ab den Verdacht nicht eifriger
Hinwälzen auf den jungen Mann, als jetzt. –
Ihr setzt nicht mehr ins Protokoll, Herr Schreiber,

Als nur der Jungfer Eingeständnis, hoff ich,
Vom gestrigen Geständnis, nicht vom Fakto.
– Ists an die Jungfer jetzt schon auszusagen?
ADAM. Mein Seel, wenns ihre Reihe noch nicht ist,
In solchen Dingen irrt der Mensch, Euer Gnaden.
Wen hätt ich fragen sollen jetzt? Beklagten?
Auf Ehr! Ich nehme gute Lehre an.
WALTER. Wie unbefangen! – Ja, fragt den Beklagten.
Fragt, macht ein Ende, fragt, ich bitt Euch sehr:
Dies ist die letzte Sache, die Ihr führt.
ADAM. Die letzte! Was! Ei freilich! Den Beklagten!
Wohin auch, alter Richter, dachtest du?
Verflucht, das pipsge Perlhuhn mir! Daß es
Krepiert wär an der Pest in Indien!
Stets liegt der Kloß von Nudeln mir im Sinn.
WALTER. Was liegt? Was für ein Kloß liegt Euch –?
ADAM. Der Nudelkloß,
Verzeiht, den ich dem Huhne geben soll.
Schluckt mir das Aas die Pille nicht herunter,
Mein Seel, so weiß ich nicht, wies werden wird.
WALTER. Tut Eure Schuldigkeit, sag ich, zum Henker!
ADAM. Beklagter trete vor.
RUPRECHT. Hier, Herr Dorfrichter.
Ruprecht, Veits des Kossäten Sohn, aus Huisum.
ADAM. Vernahm Er dort, was vor Gericht soeben
Frau Marthe gegen Ihn hat angebracht?
RUPRECHT. Ja, Herr Dorfrichter, das hab ich.
ADAM. Getraut Er sich
Etwas dagegen aufzubringen, was?
Bekennt Er, oder unterfängt Er sich,
Hier wie ein gottvergeßner Mensch zu leugnen?
RUPRECHT. Was ich dagegen aufzubringen habe,
Herr Richter? Ei! Mit Euerer Erlaubnis,
Daß sie kein wahres Wort gesprochen hat.
ADAM. So? Und das denkt Er zu beweisen?
RUPRECHT. O ja.
ADAM. Die würdige Frau Marthe, die.
Beruhige Sie sich. Es wird sich finden.
WALTER. Was geht Ihm die Frau Marthe an, Herr Richter?
ADAM. Was mir –? Bei Gott! Soll ich als Christ –?
WALTER. Bericht
Er, was Er für sich anzuführen hat. –
Herr Schreiber, wißt Ihr den Prozeß zu führen?

ADAM. Ach, was!
LICHT. Ob ich – ei nun, wenn Euer Gnaden –
ADAM. Was glotzt Er da? Was hat Er aufzubringen?
Steht nicht der Esel, wie ein Ochse, da?
Was hat Er aufzubringen?
RUPRECHT. Was ich aufzubringen?
WALTER. Er ja, Er soll den Hergang jetzt erzählen.
RUPRECHT. Mein Seel, wenn man zu Wort mich kommen ließe.
WALTER. 's ist in der Tat, Herr Richter, nicht zu dulden.
RUPRECHT. Glock zehn Uhr mocht es etwa sein zu Nacht, –
Und warm just diese Nacht des Januars
Wie Mai, – als ich zum Vater sage: Vater!
Ich will ein bissel noch zur Eve gehn.
Denn heuren wollt ich sie, das müßt ihr wissen,
Ein rüstig Mädel ists, ich habs beim Ernten
Gesehn, wo alles von der Faust ihr ging,
Und ihr das Heu man flog, als wie gemaust.
Da sagt' ich: willst du? Und sie sagte: ach!
Was du da gakelst. – Und nachher sagt' sie, ja.
ADAM. Bleib Er bei seiner Sache. Gakeln! Was!
Ich sagte, willst du? Und sie sagte, ja.
RUPRECHT. Ja, meiner Treu, Herr Richter.
WALTER. Weiter! Weiter!
RUPRECHT. Nun –
Da sagt ich: Vater, hört Er? Laß er mich.
Wir schwatzen noch am Fenster was zusammen.
Na, sagt er, lauf; bleibst du auch draußen, sagt er?
Ja, meiner Seel, sag ich, das ist geschworen.
Na, sagt er, lauf, um eilfe bist du hier.
ADAM. Na, so sag du, und gakle, und kein Ende.
Na, hat er bald sich ausgesagt?
RUPRECHT. Na, sag ich,
Das ist ein Wort, und setz die Mütze auf,
Und geh; und übern Steig will ich, und muß
Durchs Dorf zurückgehn, weil der Bach geschwollen.
Ei, alle Wetter, denk ich, Ruprecht, Schlag!
Nun ist die Gartentür bei Marthens zu:
Denn bis um zehn läßt's Mädel sie nur offen,
Wenn ich um zehn nicht da bin, komm ich nicht.
ADAM. Die liederliche Wirtschaft, die.
WALTER. Drauf weiter?
RUPRECHT. Drauf – wie ich übern Lindengang mich näh're
Bei Marthens, wo die Reihen dicht gewölbt,

Und dunkel, wie der Dom zu Utrecht, sind,
Hör ich die Gartentüre fernher knarren.
Sieh da! Da ist die Eve noch! sag ich,
Und schicke freudig Euch, von wo die Ohren
Mir Kundschaft brachten, meine Augen nach –
– Und schelte sie, da sie mir wiederkommen,
Für blind, und schicke auf der Stelle sie
Zum zweitenmal, sich besser umzusehen,
Und schimpfe sie nichtswürdige Verleumder,
Aufhetzer, niederträchtge Ohrenbläser,
Und schicke sie zum drittenmal, und denke,
Sie werden, weil sie ihre Pflicht getan,
Unwillig los sich aus dem Kopf mir reißen,
Und sich in einen andern Dienst begeben:
Die Eve ists, am Latz erkenn ich sie,
Und einer ists noch obenein.

ADAM. So? Einer noch? Und wer, Er Klugschwätzer?

RUPRECHT. Wer? Ja, mein Seel, da fragt Ihr mich –

ADAM. Nun also!
Und nicht gefangen, denk ich, nicht gehangen.

WALTER. Fort! Weiter in der Rede! Laßt ihn doch!
Was unterbrecht Ihr ihn, Herr Dorfrichter?

RUPRECHT. Ich kann das Abendmahl darauf nicht nehmen,
Stockfinster wars, und alle Katzen grau.
Doch müßt Ihr wissen, daß der Flickschuster,
Der Lebrecht, den man kürzlich losgesprochen,
Dem Mädel längst mir auf die Fährte ging.
Ich sagte vorgen Herbst schon: Eve, höre,
Der Schuft schleicht mir ums Haus, das mag ich nicht;
Sag ihm, daß du kein Braten bist für ihn,
Mein Seel, sonst werf ich ihn vom Hof herunter.
Die spricht, ich glaub, du schierst mich, sagt ihm was,
Das ist nicht hin, nicht her, nicht Fisch, nicht Fleisch:
Drauf geh ich hin, und werf den Schlingel herunter.

ADAM. So? Lebrecht heißt der Kerl?

RUPRECHT. Ja, Lebrecht.

ADAM. Gut.
Das ist ein Nam. Es wird sich alles finden.
– Habt Ihrs bemerkt im Protokoll, Herr Schreiber?

LICHT. O ja, und alles andere, Herr Richter.

ADAM. Sprich weiter, Ruprecht, jetzt, mein Sohn.

RUPRECHT. Nun schießt,
Da ich Glock eilf das Pärchen hier begegne,

– Glock zehn Uhr zog ich immer ab – das Blatt mir.
Ich denke, halt, jetzt ists noch Zeit, o Ruprecht,
Noch wachsen dir die Hirschgeweihe nicht: –
Hier mußt du sorgsam dir die Stirn befühlen,
Ob dir von fern hornartig etwas keimt.
Und drücke sacht mich durch die Gartenpforte,
Und berg in einen Strauch von Taxus mich:
Und hör Euch ein Gefispre hier, ein Scherzen,
Ein Zerren hin, Herr Richter, Zerren her,
Mein Seel, ich denk, ich soll vor Lust –

EVE. Du Böswicht!
Was das, o, schändlich ist von dir!

FRAU MARTHE. Halunke!
Dir weis ich noch einmal, wenn wir allein sind,
Die Zähne! Wart! Du weißt noch nicht, wo mir
Die Haare wachsen! Du sollsts erfahren!

RUPRECHT. Ein Viertelstündchen dauerts so, ich denke,
Was wirds doch werden, ist doch heut nicht Hochzeit?
Und eh ich den Gedanken ausgedacht,
Husch! sind sie beid ins Haus schon, vor dem Pastor.

EVE. Geht, Mutter, mag es werden, wie es will –

ADAM. Schweig du mir dort, rat ich, das Donnerwetter
Schlägt über dich ein, unberufne Schwätzerin!
Wart, bis ich auf zur Red dich rufen werde.

WALTER. Sehr sonderbar, bei Gott!

RUPRECHT. Jetzt hebt, Herr Richter Adam,
Jetzt hebt sichs, wie ein Blutsturz, mir. Luft!
Da mir der Knopf am Brustlatz springt: Luft jetzt!
Und reiße mir den Latz auf: Luft jetzt sag ich!
Und geh, und drück, und tret und donnere,
Da ich der Dirne Tür, verriegelt finde,
Gestemmt, mit Macht, auf einen Tritt, sie ein.

ADAM. Blitzjunge, du!

RUPRECHT. Just da sie auf jetzt rasselt,
Stürzt dort der Krug vom Sims ins Zimmer hin,
Und husch! springt einer aus dem Fenster Euch:
Ich seh die Schöße noch vom Rocke wehn.

ADAM. War das der Leberecht?

RUPRECHT. Wer sonst, Herr Richter?
Das Mädchen steht, die werf ich übern Haufen,
Zum Fenster eil ich hin, und find den Kerl
Noch in den Pfählen hangen, am Spalier,
Wo sich das Weinlaub aufrankt bis zum Dach.

Und da die Klinke in der Hand mir blieb,
Als ich die Tür eindonnerte, so reiß ich
Jetzt mit dem Stahl eins pfundschwer übern Detz ihm:
Den just, Herr Richter, konnt ich noch erreichen.
ADAM. Wars eine Klinke?
RUPRECHT. Was?
ADAM. Obs –
RUPRECHT. Ja, die Türklinke.
ADAM. Darum.
LICHT. Ihr glaubtet wohl, es war ein Degen?
ADAM. Ein Degen? Ich – wieso?
RUPRECHT. Ein Degen!
LICHT. Je nun!
Man kann sich wohl verhören. Eine Klinke
Hat sehr viel Ähnlichkeit mit einem Degen.
ADAM. Ich glaub –!
LICHT. Bei meiner Treu! Der Stiel, Herr Richter?
ADAM. Der Stiel!
RUPRECHT. Der Stiel! Der wars nun aber nicht.
Der Klinke umgekehrtes Ende wars.
ADAM. Das umgekehrte Ende wars der Klinke!
LICHT. So! So!
RUPRECHT. Doch auf dem Griffe lag ein Klumpen
Blei, wie ein Degengriff, das muß ich sagen.
ADAM. Ja, wie ein Griff.
LICHT. Gut. Wie ein Degengriff.
Doch irgend eine tücksche Waffe mußt es
Gewesen sein. Das wußt ich wohl.
WALTER. Zur Sache stets, ihr Herren, doch! Zur Sache!
ADAM. Nichts als Allotrien, Herr Schreiber! – Er, weiter!
RUPRECHT. Jetzt stürzt der Kerl, und ich schon will mich wenden,
Als ichs im Dunkeln auf sich rappeln sehe.
Ich denke, lebst du noch? und steig aufs Fenster
Und will dem Kerl das Gehen unten legen:
Als jetzt, ihr Herrn, da ich zum Sprung just aushol,
Mir eine Handvoll grobgekörnten Sandes –
– Und Kerl und Nacht und Welt und Fensterbrett,
Worauf ich steh, denk ich nicht, straf mich Gott,
Das alles fällt in einen Sack zusammen –
Wie Hagel, stiebend, in die Augen fliegt.
ADAM. Verflucht! Sieh da! Wer tat das?
RUPRECHT. Wer? Der Lebrecht.
ADAM. Halunke!

RUPRECHT. Meiner Treu! Wenn ers gewesen.
ADAM. Wer sonst!
RUPRECHT. Als stürzte mich ein Schloßenregen
Von eines Bergs zehn Klaftern hohen Abhang,
So schlag ich jetzt vom Fenster Euch ins Zimmer:
Ich denk, ich schmettere den Boden ein.
Nun brech ich mir den Hals doch nicht, auch nicht
Das Kreuz mir, Hüften, oder sonst, inzwischen
Konnt ich des Kerls doch nicht mehr habhaft werden,
Und sitze auf, und wische mir die Augen.
Die kommt, und ach, Herr Gott! ruft sie, und Ruprecht!
Was ist dir auch? Mein Seel, ich hob den Fuß,
Gut wars, daß ich nicht sah, wohin ich stieß.
ADAM. Kam das vom Sande noch?
RUPRECHT. Vom Sandwurf, ja.
ADAM. Verdammt! Der traf!
RUPRECHT. Da ich jetzt aufersteh,
Was sollt ich auch die Fäuste hier mir schänden?
So schimpf ich sie, und sage liederliche Metze,
Und denke, das ist gut genug für sie.
Doch Tränen, seht, ersticken mir die Sprache.
Denn da Frau Marthe jetzt ins Zimmer tritt,
Die Lampe hebt, und ich das Mädchen dort
Jetzt schlotternd, zum Erbarmen, vor mir sehe,
Sie, die so herzhaft sonst wohl um sich sah,
So sag ich zu mir, blind ist auch nicht übel.
Ich hätte meine Augen hingegeben,
Knippkügelchen, wer will, damit zu spielen.
EVE. Er ist nicht wert, der Böswicht –
ADAM. Sie soll schweigen!
RUPRECHT. Das Weitre wißt ihr.
ADAM. Wie, das Weitere?
RUPRECHT. Nun ja, Frau Marthe kam, und geiferte,
Und Ralf, der Nachbar, kam, und Hinz, der Nachbar,
Und Muhme Sus und Muhme Liese kamen,
Und Knecht und Mägd und Hund und Katzen kamen,
's war ein Spektakel, und Frau Marthe fragte
Die Jungfer dort, wer ihr den Krug zerschlagen,
Und die, die sprach, ihr wißts, daß ichs gewesen.
Mein Seel, sie hat so unrecht nicht, ihr Herren.
Den Krug, den sie zu Wasser trug, zerschlug ich,
Und der Flickschuster hat im Kopf ein Loch. –
ADAM. Frau Marthe! Was entgegnet Ihr der Rede?

Sagt an!

FRAU MARTHE.

Was ich der Red entgegene?

Daß sie, Herr Richter, wie der Marder einbricht,
Und Wahrheit wie ein gakelnd Huhn erwürgt.
Was Recht liebt, sollte zu den Keulen greifen,
Um dieses Ungetüm der Nacht zu tilgen.

ADAM. Da wird Sie den Beweis uns führen müssen.

FRAU MARTHE. O ja, sehr gern. – Hier ist mein Zeuge. – Rede!

ADAM. Die Tochter? Nein, Frau Marthe.

WALTER. Nein? Warum nicht?

ADAM. Als Zeugin, gnädger Herr? Steht im Gesetzbuch
Nicht titulo, ists quarto? oder quinto?
Wenn Krüge oder sonst, was weiß ich?
Von jungen Bengeln sind zerschlagen worden,
So zeugen Töchter ihren Müttern nicht?

WALTER. In Eurem Kopf liegt Wissenschaft und Irrtum
Geknetet, innig, wie ein Teig, zusammen;
Mit jedem Schnitte gebt Ihr mir von beidem.
Die Jungfer zeugt noch nicht, sie deklariert jetzt;
Ob, und für wen, sie zeugen will und kann,
Wird erst aus der Erklärung sich ergeben.

ADAM. Ja, deklarieren. Gut. Titulo sexto.
Doch was sie sagt, das glaubt man nicht.

WALTER. Tritt vor, mein junges Kind.

ADAM. He! Lies' –! – Erlaubt!
Die Zunge wird sehr trocken mir – Margrete!

Achter Auftritt

Eine Magd tritt auf. Die Vorigen.

ADAM. Ein Glas mit Wasser! –

DIE MAGD. Gleich! *(Ab.)*

ADAM. Kann ich Euch gleichfalls –?

WALTER. Ich danke.

ADAM. Franz? oder Mos'ler? Was Ihr wollt.

(Walter verneigt sich; die Magd bringt Wasser und entfernt sich.)

Neunter Auftritt

Walter. Adam. Frau Marthe usw. ohne die Magd.

ADAM. – Wenn ich freimütig reden darf, Ihr Gnaden,
Die Sache eignet gut sich zum Vergleich.
WALTER. Sich zum Vergleich? Das ist nicht klar, Herr Richter.
Vernünftge Leute können sich vergleichen;
Doch wie *Ihr* den Vergleich schon wollt bewirken,
Da noch durchaus die Sache nicht entworren,
Das hätt ich wohl von Euch zu hören Lust.
Wie denkt Ihrs anzustellen, sagt mir an?
Habt Ihr ein Urteil schon gefaßt?
ADAM. Mein Seel!
Wenn ich, da das Gesetz im Stich mich läßt,
Philosophie zu Hülfe nehmen soll,
So wars – der Leberecht –
WALTER. Wer?
ADAM. Oder Ruprecht –
WALTER. Wer?
ADAM. Oder Lebrecht, der den Krug zerschlug.
WALTER. Wer also wars? Der Lebrecht oder Ruprecht?
Ihr greift, ich seh, mit Eurem Urteil ein,
Wie eine Hand in einen Sack voll Erbsen.
ADAM. Erlaubt!
WALTER. Schweigt, schweigt, ich bitt Euch.
ADAM. Wie Ihr wollt.
Auf meine Ehr, mir wärs vollkommen recht,
Wenn sie es alle beid gewesen wären.
WALTER. Fragt dort, so werdet Ihrs erfahren.
ADAM. Sehr gern.
Doch wenn Ihrs herausbekommt, bin ich ein Schuft.
– Habt Ihr das Protokoll da in Bereitschaft?
LICHT. Vollkommen.
ADAM. Gut.
LICHT. Und brech ein eignes Blatt mir,
Begierig, was darauf zu stehen kommt.
ADAM. Ein eignes Blatt? Auch gut.
WALTER. Sprich dort, mein Kind.
ADAM. Sprich, Evchen, hörst du, sprich jetzt, Jungfer Evchen!
Gib Gotte, hörst du, Herzchen, gib, mein Seel,
Ihm und der Welt, gib ihm was von der Wahrheit.
Denk, daß du hier vor Gottes Richtstuhl bist,

Und daß du deinen Richter nicht mit Leugnen,
Und Plappern, was zur Sache nicht gehört,
Betrüben mußt. Ach, was! Du bist vernünftig.
Ein Richter immer, weißt du, ist ein Richter,
Und einer braucht ihn heut, und einer morgen.
Sagst du, daß es der Lebrecht war: nun gut;
Und sagst du, daß es Ruprecht war: auch gut!
Sprich so, sprich so, ich bin kein ehrlicher Kerl,
Es wird sich alles, wie dus wünschest, finden.
Willst du mir hier von einem andern trätschen,
Und dritten etwa, dumme Namen nennen:
Sieh, Kind, nimm dich in acht, ich sag nichts weiter.
In Huisum, hols der Henker, glaubt dirs keiner,
Und keiner, Evchen, in den Niederlanden,
Du weißt, die weißen Wände zeugen nicht,
Der auch wird zu verteidigen sich wissen:
Und deinen Ruprecht holt die Schwerenot!

WALTER. Wenn Ihr doch Eure Reden lassen wolltet.
Geschwätz, gehauen nicht und nicht gestochen.

ADAM. Verstehens Euer Gnaden nicht?

WALTER. Macht fort!
Ihr habt zulängst hier auf dem Stuhl gesprochen.

ADAM. Auf Ehr! Ich habe nicht studiert, Euer Gnaden.
Bin ich euch Herrn aus Utrecht nicht verständlich,
Mit diesem Volk vielleicht verhält sichs anders:
Die Jungfer weiß, ich wette, was ich will.

FRAU MARTHE. Was soll das? Dreist heraus jetzt mit der Sprache!

EVE. O liebste Mutter!

FRAU MARTHE. Du –! Ich rate dir!

RUPRECHT. Mein Seel, 's ist schwer, Frau Marthe, dreist zu sprechen,
Wenn das Gewissen an der Kehl uns sitzt.

ADAM. Schweig Er jetzt, Nasweis, mucks Er nicht.

FRAU MARTHE. Wer wars?

EVE. O Jesus!

FRAU MARTHE. Maulaffe, der! Der niederträchtige!
O Jesus! Als ob sie eine Hure wäre.
Wars der Herr Jesus?

ADAM. Frau Marthe! Unvernunft!
Was das für –! Laß Sie die Jungfer doch gewähren!
Das Kind einschrecken – Hure – Schafsgesicht!
So wirds uns nichts. Sie wird sich schon besinnen.

RUPRECHT. O ja, besinnen.

ADAM. Flaps dort, schweig Er jetzt.

RUPRECHT. Der Flickschuster wird ihr schon einfallen.
ADAM. Der Satan! Ruft den Büttel! He! Hanfriede!
RUPRECHT. Nun, nun! Ich schweig, Herr Richter, laßts nur sein.
Sie wird Euch schon auf meinen Namen kommen.
FRAU MARTHE. Hör du, mach mir hier kein Spektakel, sag ich.
Hör, neunundvierzig bin ich alt geworden
In Ehren: funfzig möcht ich gern erleben.
Den dritten Februar ist mein Geburtstag;
Heut ist der erste. Mach es kurz. Wer wars?
ADAM. Gut, meinethalben! Gut, Frau Marthe Rull!
FRAU MARTHE. Der Vater sprach, als er verschied: Hör, Marthe,
Dem Mädel schaff mir einen wackern Mann;
Und wird sie eine liederliche Metze,
So gib dem Totengräber einen Groschen,
Und laß mich wieder auf den Rücken legen:
Mein Seel, ich glaub, ich kehr im Grab mich um.
ADAM. Nun, das ist auch nicht übel.
FRAU MARTHE. Willst du Vater
Und Mutter jetzt, mein Evchen, nach dem vierten
Gebot hoch ehren, gut, so sprich: in meine Kammer
Ließ ich den Schuster, oder einen dritten,
Hörst du? Der Bräutgam aber war es nicht.
RUPRECHT. Sie jammert mich. Laßt doch den Krug, ich bitt Euch;
Ich will'n nach Utrecht tragen. Solch ein Krug –
Ich wollt ich hätt ihn nur entzwei geschlagen.
EVE. Unedelmütger, du! Pfui, schäme dich,
Daß du nicht sagst, gut, ich zerschlug den Krug!
Pfui, Ruprecht, pfui, o schäme dich, daß du
Mir nicht in meiner Tat vertrauen kannst.
Gab ich die Hand dir nicht und sagte, ja,
Als du mich fragtest, Eve, willst du mich?
Meinst du, daß du den Flickschuster nicht wert bist?
Und hättest du durchs Schlüsselloch mich mit
Dem Lebrecht aus dem Kruge trinken sehen,
Du hättest denken sollen: Ev ist brav,
Es wird sich alles ihr zum Ruhme lösen,
Und ists im Leben nicht, so ist es jenseits,
Und wenn wir auferstehn ist auch ein Tag.
RUPRECHT. Mein Seel, das dauert mir zu lange, Evchen.
Was ich mit Händen greife, glaub ich gern.
EVE. Gesetzt, es wär der Leberecht gewesen,
Warum – des Todes will ich ewig sterben,
Hätt ichs dir Einzigem nicht gleich vertraut;

Jedoch warum vor Nachbarn, Knecht' und Mägden –
Gesetzt, ich hätte Grund, es zu verbergen,
Warum, o Ruprecht, sprich, warum nicht sollt ich,
Auf dein Vertraun hin sagen, daß dus warst?
Warum nicht sollt ichs? Warum sollt ichs nicht?

RUPRECHT. Ei, so zum Henker, sags, es ist mir recht,
Wenn du die Fiedel dir ersparen kannst.

EVE. O du Abscheulicher! Du Undankbarer!
Wert, daß ich mir die Fiedel spare! Wert,
Daß ich mit einem Wort zu Ehren mich,
Und dich in ewiges Verderben bringe.

WALTER. Nun –? Und dies einzge Wort –? Halt uns nicht auf.
Der Ruprecht also war es nicht?

EVE. Nein, gnädger Herr, weil ers denn selbst so will,
Um seinetwillen nur verschwieg ich es:
Den irdnen Krug zerschlug der Ruprecht nicht,
Wenn ers Euch selber leugnet, könnt Ihrs glauben.

FRAU MARTHE. Eve! Der Ruprecht nicht?

EVE. Nein, Mutter, nein!
Und wenn ichs gestern sagte, wars gelogen.

FRAU MARTHE. Hör, dir zerschlag ich alle Knochen!

(Sie setzt den Krug nieder.)

EVE. Tut, was Ihr wollt.

WALTER *(drohend)*. Frau Marthe!

ADAM. He! Der Büttel! –
Schmeißt sie heraus dort, die verwünschte Vettel!
Warum solls Ruprecht just gewesen sein?
Hat Sie das Licht dabei gehalten, was?
Die Jungfer, denk ich, wird es wissen müssen:
Ich bin ein Schelm, wenns nicht der Lebrecht war.

FRAU MARTHE. War es der Lebrecht etwa? Wars der Lebrecht?

ADAM. Sprich, Evchen, wars der Lebrecht nicht, mein Herzchen?

EVE. Er Unverschämter, Er! Er Niederträchtger!
Wie kann Er sagen, daß es Lebrecht –

WALTER. Jungfer!
Was untersteht Sie sich? Ist das mir der
Respekt, den Sie dem Richter schuldig ist?

EVE. Ei, was! Der Richter dort! Wert, selbst vor dem
Gericht, ein armer Sünder, dazustehn –
– Er, der wohl besser weiß, wer es gewesen!

(Sich zum Dorfrichter wendend:)

Hat Er den Lebrecht in die Stadt nicht gestern

Geschickt nach Utrecht, vor die Kommission,
Mit dem Attest, die die Rekruten aushebt?
Wie kann Er sagen, daß es Lebrecht war,
Wenn Er wohl weiß, daß der in Utrecht ist?
ADAM. Nun wer denn sonst? Wenns Lebrecht nicht, zum Henker –
Nicht Ruprecht ist, nicht Lebrecht ist – – Was machst du?
RUPRECHT. Mein Seel Herr Richter Adam, laßt Euch sagen,
Hierin mag doch die Jungfer just nicht lügen,
Dem Lebrecht bin ich selbst begegnet gestern,
Als er nach Utrecht ging, früh wars Glock acht,
Und wenn er auf ein Fuhrwerk sich nicht lud,
Hat sich der Kerl, krummbeinig wie er ist,
Glock zehn Uhr nachts noch nicht zurück gehaspelt.
Es kann ein dritter wohl gewesen sein.
ADAM. Ach, was! Krummbeinig! Schafsgesicht! Der Kerl
Geht seinen Stiefel, der, trotz einem.
Ich will von ungespaltnem Leibe sein,
Wenn nicht ein Schäferhund von mäßger Größe
Muß seinen Trab gehn, mit ihm fortzukommen.
WALTER. Erzähl den Hergang uns.
ADAM. Verzeihn Euer Gnaden!
Hierauf wird Euch die Jungfer schwerlich dienen.
WALTER. Nicht dienen? Mir nicht dienen? Und warum nicht?
ADAM. Ein twatsches Kind. Ihr sehts. Gut, aber twatsch.
Blutjung, gefirmelt kaum; das schämt sich noch,
Wenns einen Bart von weitem sieht. So'n Volk,
Im Finstern leiden sies, und wenn es Tag wird,
So leugnen sies vor ihrem Richter ab.
WALTER. Ihr seid sehr nachsichtsvoll, Herr Richter Adam,
Sehr mild, in allem, was die Jungfer angeht.
ADAM. Die Wahrheit Euch zu sagen, Herr Gerichtsrat,
Ihr Vater war ein guter Freund von mir.
Wollen Euer Gnaden heute huldreich sein,
So tun wir hier nicht mehr, als unsre Pflicht,
Und lassen seine Tochter gehn.
WALTER. Ich spüre große Lust in mir, Herr Richter,
Der Sache völlig auf den Grund zu kommen. –
Sei dreist, mein Kind; sag, wer den Krug zerschlagen.
Vor niemand stehst du, in dem Augenblick,
Der einen Fehltritt nicht verzeihen könnte.
EVE. Mein lieber, würdiger und gnädger Herr,
Erlaßt mir, Euch den Hergang zu erzählen.
Von dieser Weigrung denkt uneben nicht.

Es ist des Himmels wunderbare Fügung,
Die mir den Mund in dieser Sache schließt.
Daß Ruprecht jenen Krug nicht traf, will ich
Mit einem Eid, wenn Ihrs verlangt,
Auf heiligem Altar bekräftigen.
Jedoch die gestrige Begebenheit,
Mit jedem andern Zuge, ist mein eigen,
Und nicht das ganze Garnstück kann die Mutter,
Um eines einzgen Fadens willen, fordern,
Der, ihr gehörig, durchs Gewebe läuft.
Ich kann hier, wer den Krug zerschlug, nicht melden,
Geheimnisse, die nicht mein Eigentum,
Müßt ich, dem Kruge völlig fremd, berühren.
Früh oder spät will ichs ihr anvertrauen,
Doch hier das Tribunal ist nicht der Ort,
Wo sie das Recht hat, mich darnach zu fragen.

ADAM. Nein, Rechtens nicht. Auf meine Ehre nicht.
Die Jungfer weiß, wo unsre Zäume hängen.
Wenn sie den Eid hier vor Gericht will schwören,
So fällt der Mutter Klage weg:
Dagegen ist nichts weiter einzuwenden.

WALTER. Was sagt zu der Erklärung Sie, Frau Marthe?

FRAU MARTHE. Wenn ich gleich was Erkleckliches nicht aufbring,
Gestrenger Herr, so glaubt, ich bitt Euch sehr,
Daß mir der Schlag bloß jetzt die Zunge lähmte.
Beispiele gibts, daß ein verlorner Mensch,
Um vor der Welt zu Ehren sich zu bringen,
Den Meineid vor dem Richterstuhle wagt; doch daß
Ein falscher Eid sich schwören kann, auf heilgem
Altar, um an den Pranger hinzukommen,
Das heut erfährt die Welt zum erstenmal.
Wär, daß ein andrer, als der Ruprecht, sich
In ihre Kammer gestern schlich, gegründet,
Wärs überall nur möglich, gnädger Herr,
Versteht mich wohl, – so säumt ich hier nicht länger.
Den Stuhl setzt ich, zur ersten Einrichtung,
Ihr vor die Tür, und sagte, geh, mein Kind,
Die Welt ist weit, da zahlst du keine Miete,
Und lange Haare hast du auch geerbt,
Woran du dich, kommt Zeit, kommt Rat, kannst hängen.

WALTER. Ruhig, ruhig, Frau Marthe.

FRAU MARTHE. Da ich jedoch
Hier den Beweis noch anders führen kann,

Als bloß durch sie, die diesen Dienst mir weigert,
Und überzeugt bin völlig, daß nur er
Mir, und kein anderer, den Krug zerschlug,
So bringt die Lust, es kurzhin abzuschwören,
Mich noch auf einen schändlichen Verdacht.
Die Nacht von gestern birgt ein anderes
Verbrechen noch, als bloß die Krugverwüstung.
Ich muß Euch sagen, gnädger Herr, daß Ruprecht
Zur Konskription gehört, in wenig Tagen
Soll er den Eid zur Fahn in Utrecht schwören.
Die jungen Landessöhne reißen aus.
Gesetzt, er hätte gestern nacht gesagt:
Was meinst du, Evchen? Komm. Die Welt ist groß.
Zu Kist' und Kasten hast du ja die Schlüssel –
Und sie, sie hätt ein wenig sich gesperrt:
So hätte ohngefähr, da ich sie störte,
– Bei ihm aus Rach, aus Liebe noch bei ihr –
Der Rest, so wie geschehn, erfolgen können.

RUPRECHT. Das Rabenaas! Was das für Reden sind!
Zu Kist' und Kasten –

WALTER. Still!

EVE. Er, austreten!

WALTER. Zur Sache hier. Vom Krug ist hier die Rede. –
Beweis, Beweis, daß Ruprecht ihn zerbrach!

FRAU MARTHE. Gut, gnädger Herr. Erst will ich hier beweisen,
Daß Ruprecht mir den Krug zerschlug,
Und dann will ich im Hause untersuchen. –
Seht, eine Zunge, die mir Zeugnis redet,
Bring ich für jedes Wort auf, das er sagte,
Und hätt in Reihen gleich sie aufgeführt,
Wenn ich von fern geahndet nur, daß diese
Die ihrige für mich nicht brauchen würde.
Doch wenn ihr Frau Brigitte jetzo ruft,
Die ihm die Muhm ist, so genügt mir die,
Weil die den Hauptpunkt just bestreiten wird.
Denn die, die hat Glock halb auf eilf im Garten,
Merkt wohl, bevor der Krug zertrümmert worden,
Wortwechselnd mit der Ev ihn schon getroffen;
Und wie die Fabel, die er aufgestellt,
Vom Kopf zu Fuß dadurch gespalten wird,
Durch diese einzge Zung, ihr hohen Richter:
Das überlaß ich selbst euch einzusehn.

RUPRECHT. Wer hat mich –?

VEIT. Schwester Briggy?
RUPRECHT. Mich mit Ev? Im Garten?
FRAU MARTHE. Ihn mit der Ev, im Garten, Glock halb eilf,
Bevor er noch, wie er geschwätzt, um eilf
Das Zimmer überrumpelnd eingesprengt:
Im Wortgewechsel, kosend bald, bald zerrend,
Als wollt er sie zu etwas überreden.
ADAM *(für sich)*. Verflucht! Der Teufel ist mir gut.
WALTER. Schafft diese Frau herbei.
RUPRECHT. Ihr Herrn, ich bitt euch:
Das ist kein wahres Wort, das ist nicht möglich.
ADAM. O wart, Halunke! – He! Der Büttel! Hanfried! –
Denn auf der Flucht zerschlagen sich die Krüge –
– Herr Schreiber, geht, schafft Frau Brigitt herbei!
VEIT. Hör, du verfluchter Schlingel, du, was machst du?
Dir brech ich alle Knochen noch.
RUPRECHT. Weshalb auch?
VEIT. Warum verschwiegst du, daß du mit der Dirne
Glock halb auf eilf im Garten schon scharwenzt?
Warum verschwiegst dus?
RUPRECHT. Warum ichs verschwieg?
Gotts Schlag und Donner, weils nicht wahr ist, Vater!
Wenn das die Muhme Briggy zeugt, so hängt mich.
Und bei den Beinen sie meinthalb dazu.
VEIT. *Wenn* aber sies bezeugt – nimm dich in acht!
Du und die saubre Jungfer Eve dort,
Wie ihr auch vor Gericht euch stellt, ihr steckt
Doch unter einer Decke noch. 's ist irgend
Ein schändliches Geheimnis noch, von dem
Sie weiß, und nur aus Schonung hier nichts sagt.
RUPRECHT. Geheimnis! Welches?
VEIT. Warum hast du eingepackt?
He? Warum hast du gestern abend eingepackt?
RUPRECHT. Die Sachen?
VEIT. Röcke, Hosen, ja, und Wäsche;
Ein Bündel, wies ein Reisender just auf
Die Schultern wirft?
RUPRECHT. Weil ich nach Utrecht soll!
Weil ich zum Regiment soll! Himmel-Donner –!
Glaubt Er, daß ich –?
VEIT. Nach Utrecht? Ja, nach Utrecht!
Du hast geeilt, nach Utrecht hinzukommen!
Vorgestern wußtest du noch nicht, ob du

Den fünften oder sechsten Tag wirst reisen.
WALTER. Weiß Er zur Sache was zu melden, Vater?
VEIT. – Gestrenger Herr, ich will noch nichts behaupten.
Ich war daheim, als sich der Krug zerschlug,
Und auch von einer andern Unternehmung
Hab ich, die Wahrheit zu gestehn, noch nichts,
Wenn ich jedweden Umstand wohl erwäge,
Das meinen Sohn verdächtig macht, bemerkt.
Von seiner Unschuld völlig überzeugt,
Kam ich hieher, nach abgemachtem Streit
Sein ehelich Verlöbnis aufzulösen,
Und ihm das Silberkettlein einzufordern,
Zusamt dem Schaupfennig, den er der Jungfer
Bei dem Verlöbnis vorgen Herbst verehrt.
Wenn jetzt von Flucht was, und Verräterei
An meinem grauen Haar zutage kommt,
So ist mir das so neu, ihr Herrn, als euch:
Doch dann der Teufel soll den Hals ihm brechen.
WALTER. Schafft Frau Brigitt herbei, Herr Richter Adam.
ADAM. – Wird Euer Gnaden diese Sache nicht
Ermüden? Sie zieht sich in die Länge.
Euer Gnaden haben meine Kassen noch,
Und die Registratur – Was ist die Glocke?
LICHT. Es schlug soeben halb.
ADAM. Auf eilf!
LICHT. Verzeiht, auf zwölfe.
WALTER. Gleichviel.
ADAM. Ich glaub, die Zeit ist, oder Ihr verrückt.

(Er sieht nach der Uhr.)

Ich bin kein ehrlicher Mann. – Ja, was befehlt Ihr?
WALTER. Ich bin der Meinung –
ADAM. Abzuschließen? Gut –!
WALTER. Erlaubt! Ich bin der Meinung, fortzufahren.
ADAM. Ihr seid der Meinung – Auch gut. Sonst würd ich
Auf Ehre, morgen früh, Glock neun, die Sache,
Zu Euerer Zufriedenheit beendgen.
WALTER. Ihr wißt um meinen Willen.
ADAM. Wie Ihr befehlt.
Herr Schreiber, schickt die Büttel ab; sie sollen
Sogleich ins Amt die Frau Brigitte laden.
WALTER. Und nehmt Euch – Zeit, die mir viel wert, zu sparen –
Gefälligst selbst der Sach ein wenig an. *(Licht ab.)*

Zehnter Auftritt

Die Vorigen ohne Licht. Späterhin einige Mägde.

ADAM *(aufstehend)*. Inzwischen könnte man, wenns so gefällig,
Vom Sitze sich ein wenig lüften –?
WALTER. Hm! O ja.
Was ich sagen wollt –
ADAM. Erlaubt Ihr gleichfalls,
Daß die Partein, bis Frau Brigitt erscheint –?
WALTER. Was? Die Partein?
ADAM. Ja, vor die Tür, wenn Ihr –
WALTER *(für sich)*. Verwünscht!
(Laut.) Herr Richter Adam, wißt Ihr was?
Gebt ein Glas Wein mir in der Zwischenzeit.
ADAM. Von ganzem Herzen gern. He! Margarete!
Ihr macht mich glücklich, gnädger Herr. – Margrete!
(Die Magd tritt auf.)
DIE MAGD. Hier.
ADAM. Was befehlt Ihr? – Tretet ab, ihr Leute.
Franz? – Auf den Vorsaal draußen. – Oder Rhein?
WALTER. Von unserm Rhein.
ADAM. Gut. – Bis ich rufe. Marsch!
WALTER. Wohin?
ADAM. Geh, vom versiegelten, Margrete. –
Was? Auf den Flur bloß draußen. – Hier. – Der Schlüssel.
WALTER. Hm! Bleibt.
ADAM. Fort! Marsch, sag ich! – Geh, Margarete!
Und Butter, frisch gestampft, Käs auch aus Limburg,
Und von der fetten pommerschen Räuchergans.
WALTER. Halt! Einen Augenblick! Macht nicht so viel
Umständ, ich bitt Euch sehr, Herr Richter.
ADAM. Schert
Zum Teufel euch, sag ich! Tu, wie ich sagte.
WALTER. Schickt Ihr die Leute fort, Herr Richter?
ADAM. Euer Gnaden?
WALTER. Ob Ihr –?
ADAM. Sie treten ab, wenn Ihr erlaubt.
Bloß ab, bis Frau Brigitt erscheint.
Wie, oder solls nicht etwa –?
WALTER. Hm! Wie Ihr wollt.
Doch obs der Mühe sich verlohnen wird?
Meint Ihr, daß es so lange Zeit wird währen,

Bis man im Ort sie trifft?
ADAM. 's ist heute Holztag,
Gestrenger Herr. Die Weiber größtenteils
Sind in den Fichten, Sträucher einzusammeln.
Es könnte leicht –
RUPRECHT. Die Muhme ist zu Hause.
WALTER. Zu Haus. Laßt sein.
RUPRECHT. Die wird sogleich erscheinen.
WALTER. Die wird uns gleich erscheinen. Schafft den Wein.
ADAM *(für sich)*. Verflucht!
WALTER. Macht fort. Doch nichts zum Imbiß, bitt ich,
Als ein Stück trocknen Brodes nur, und Salz.
ADAM *(für sich)*. Zwei Augenblicke mit der Dirn allein –
(Laut.) Ach trocknes Brod! Was! Salz! Geht doch.
WALTER. Gewiß.
ADAM. Ei, ein Stück Käs aus Limburg mindstens. – Käse
Macht erst geschickt die Zunge, Wein zu schmecken.
WALTER. Gut. Ein Stück Käse denn, doch weiter nichts.
ADAM. So geh. Und weiß, von Damast, aufgedeckt.
Schlecht alles zwar, doch recht.
(Die Magd ab.)
Das ist der Vorteil
Von uns verrufnen hagestolzen Leuten,
Daß wir, was andre, knapp und kummervoll,
Mit Weib und Kindern täglich teilen müssen,
Mit einem Freunde, zur gelegnen Stunde,
Vollauf genießen.
WALTER. Was ich sagen wollte –
Wie kamt Ihr doch zu Eurer Wund, Herr Richter?
Das ist ein böses Loch, fürwahr, im Kopf, das!
ADAM. – Ich fiel.
WALTER. Ihr fielt. Hm! So. Wann? Gestern abend?
ADAM. Heut, Glock halb sechs, verzeiht, am Morgen, früh,
Da ich soeben aus dem Bette stieg.
WALTER. Worüber?
ADAM. Über – gnädger Herr Gerichtsrat,
Die Wahrheit Euch zu sagen, über mich.
Ich schlug Euch häuptlings an den Ofen nieder,
Bis diese Stunde weiß ich nicht, warum?
WALTER. Von hinten?
ADAM. Wie? Von hinten –
WALTER. Oder vorn?
Ihr habt zwo Wunden, vorne ein' und hinten.

ADAM. Von vorn und hinten. – Margarete!

(Die beiden Mägde mit Wein usw. Sie decken auf, und gehen wieder ab.)

WALTER. Wie?
ADAM. Erst so, dann so. Erst auf die Ofenkante,
Die vorn die Stirn mir einstieß, und sodann
Vom Ofen rückwärts auf den Boden wieder,
Wo ich mir noch den Hinterkopf zerschlug.

(Er schenkt ein.)

Ists Euch gefällig?
WALTER *(nimmt das Glas)*.
Hättet Ihr ein Weib,
So würd ich wunderliche Dinge glauben,
Herr Richter.
ADAM. Wieso?
WALTER. Ja, bei meiner Treu,
So rings seh ich zerkritzt Euch und zerkratzt.
ADAM *(lacht)*. Nein, Gott sei Dank! Fraunnägel sind es nicht.
WALTER. Glaubs. Auch ein Vorteil noch der Hagestolzen.
ADAM *(fortlachend)*. Strauchwerk für Seidenwürmer, das man trocknend
Mir an dem Ofenwinkel aufgesetzt. –
Auf Euer Wohlergehn!

(Sie trinken.)

WALTER. Und grad auch heut
Noch die Perücke seltsam einzubüßen!
Die hätt Euch Eure Wunden noch bedeckt.
ADAM. Ja, ja. Jedwedes Übel ist ein Zwilling. –
Hier – von dem fetten jetzt – kann ich –?
WALTER. Ein Stückchen.
Aus Limburg?
ADAM. Rect' aus Limburg, gnädger Herr.
WALTER. – Wie Teufel aber, sagt mir, ging das zu?
ADAM. Was?
WALTER. Daß Ihr die Perücke eingebüßt.
ADAM. Ja, seht. Ich sitz und lese gestern abend
Ein Aktenstück, und weil ich mir die Brille
Verlegt, duck ich so tief mich in den Streit,
Daß bei der Kerze Flamme lichterloh
Mir die Perücke angeht. Ich, ich denke,
Feu'r fällt vom Himmel auf mein sündig Haupt,
Und greife sie, und will sie von mir werfen;
Doch eh ich noch das Nackenband gelöst,
Brennt sie wie Sodom und Gomorrha schon.

Kaum daß ich die drei Haare noch mir rette.
WALTER. Verwünscht! Und Eure andr' ist in der Stadt.
ADAM. Bei dem Perückenmacher. – Doch zur Sache.
WALTER. Nicht allzurasch, ich bitt, Herr Richter Adam.
ADAM. Ei, was! Die Stunde rollt. Ein Gläschen. Hier.

(Er schenkt ein.)

WALTER. Der Lebrecht – wenn der Kauz dort wahr gesprochen –
Er auch hat einen bösen Fall getan.
ADAM. Auf meine Ehr.

(Er trinkt.)

WALTER. Wenn hier die Sache,
Wie ich fast fürchte, unentworren bleibt,
So werdet Ihr, in Eurem Ort, den Täter
Leicht noch aus seiner Wund entdecken können.

(Er trinkt.)

Niersteiner?
ADAM. Was?
WALTER. Oder guter Oppenheimer?
ADAM. Nierstein. Sieh da! Auf Ehre! Ihr verstehts.
Aus Nierstein, gnädger Herr, als hätt ich ihn geholt.
WALTER. Ich prüft ihn, vor drei Jahren, an der Kelter.

(Adam schenkt wieder ein.)

– Wie hoch ist Euer Fenster? – Dort! Frau Marthe!
FRAU MARTHE. Mein Fenster?
WALTER. Das Fenster jener Kammer, ja,
Worin die Jungfer schläft?
FRAU MARTHE. Die Kammer zwar
Ist nur vom ersten Stock, ein Keller drunter,
Mehr als neun Fuß das Fenster nicht vom Boden;
Jedoch die ganze, wohlerwogene
Gelegenheit sehr ungeschickt zum Springen.
Denn auf zwei Fuß steht von der Wand ein Weinstock,
Der seine knotgen Äste rankend hin
Durch ein Spalier treibt, längs der ganzen Wand:
Das Fenster selbst ist noch davon umstrickt.
Es würd ein Eber, ein gewaffneter,
Müh mit den Fängern haben, durchzubrechen.
ADAM. Es hing auch keiner drin.

(Er schenkt sich ein.)

WALTER. Meint Ihr?
ADAM. Ach, geht!

(Er trinkt.)

WALTER *(zu Ruprecht)*. Wie traf er denn den Sünder? Auf den Kopf?
ADAM. Hier.
WALTER. Laßt.
ADAM. Gebt her.
WALTER. 's ist halb noch voll.
ADAM. Wills füllen.
WALTER. Ihr hörts.
ADAM. Ei, für die gute Zahl.
WALTER. Ich bitt Euch.
ADAM. Ach, was! Nach der Pythagoräer-Regel.

(Er schenkt ihm ein.)

WALTER *(wieder zu Ruprecht)*. Wie oft traf er dem Sünder denn den Kopf?
ADAM. Eins ist der Herr. Zwei ist das finstre Chaos.
Drei ist die Welt. Drei Gläser lob ich mir.
Im dritten trinkt man mit den Tropfen Sonnen,
Und Firmamente mit den übrigen.
WALTER. Wie oftmals auf den Kopf traf Er den Sünder?
Er, Ruprecht, Ihn dort frag ich!
ADAM. Wird mans hören?
Wie oft trafst du den Sündenbock? Na, heraus!
Gotts Blitz, seht, weiß der Kerl wohl selbst, ob er –
Vergaßt dus?
RUPRECHT. Mit der Klinke?
ADAM. Ja, was weiß ich.
WALTER. Vom Fenster, als Er nach ihm herunterhieb?
RUPRECHT. Zweimal, ihr Herrn.
ADAM. Halunke! Das behielt er!

(Er trinkt.)

WALTER. Zweimal! Er konnt ihn mit zwei solchen Hieben
Erschlagen, weiß er –?
RUPRECHT. Hätt ich ihn erschlagen,
So hätt ich ihn. Es wär mir grade recht.
Läg er hier vor mir, tot, so könnt ich sagen,
Der wars, ihr Herrn, ich hab euch nicht belogen.
ADAM. Ja, tot! Das glaub ich. Aber so –

(Er schenkt ein.)

WALTER. Konnt Er ihn denn im Dunkeln nicht erkennen?
RUPRECHT. Nicht einen Stich, gestrenger Herr. Wie sollt ich?
ADAM. Warum sperrtst du nicht die Augen auf – Stoßt an!
RUPRECHT. Die Augen auf! Ich hatt sie aufgesperrt.
Der Satan warf sie mir voll Sand.

ADAM *(in den Bart).* Voll Sand, ja!
Warum sperrtst du deine großen Augen auf.
– Hier. Was wir lieben, gnädger Herr! Stoßt an!
WALTER. – Was recht und gut und treu ist, Richter Adam!

(Sie trinken.)

ADAM. Nun denn, zum Schluß jetzt, wenns gefällig ist.

(Er schenkt ein.)

WALTER. Ihr seid zuweilen bei Frau Marthe wohl,
Herr Richter Adam. Sagt mir doch,
Wer, außer Ruprecht, geht dort aus und ein.
ADAM. Nicht allzuoft, gestrenger Herr, verzeiht.
Wer aus und ein geht, kann ich Euch nicht sagen.
WALTER. Wie? Solltet Ihr die Witwe nicht zuweilen
Von Eurem sel'gen Freund besuchen?
ADAM. Nein, in der Tat, sehr selten nur.
WALTER. Frau Marthe!
Habt Ihrs mit Richter Adam hier verdorben?
Er sagt, er spräche nicht mehr bei Euch ein?
FRAU MARTHE. Hm! Gnädger Herr, verdorben? Das just nicht.
Ich denk er nennt mein guter Freund sich noch.
Doch daß ich oft in meinem Haus ihn sähe,
Das vom Herrn Vetter kann ich just nicht rühmen.
Neun Wochen sinds, daß ers zuletzt betrat,
Und auch nur da noch im Vorübergehn.
WALTER. Wie sagt Ihr?
FRAU MARTHE. Was?
WALTER. Neun Wochen wärens –?
FRAU MARTHE. Neun,
Ja – Donnerstag sinds zehn. Er bat sich Samen
Bei mir, von Nelken und Aurikeln aus.
WALTER. Und – Sonntags – wenn er auf das Vorwerk geht –?
FRAU MARTHE. Ja, da – da guckt er mir ins Fenster wohl,
Und saget guten Tag zu mir und meiner Tochter;
Doch dann so geht er wieder seiner Wege.
WALTER *(für sich).*
Hm! Sollt ich auch dem Manne wohl – *(Er trinkt.)* Ich glaubte,
Weil Ihr die Jungfer Muhme dort zuweilen
In Eurer Wirtschaft braucht, so würdet Ihr
Zum Dank die Mutter dann und wann besuchen.
ADAM. Wieso, gestrenger Herr?
WALTER. Wieso? Ihr sagtet,
Die Jungfer helfe Euren Hühnern auf,

Die Euch im Hof erkranken. Hat sie nicht
Noch heut in dieser Sach Euch Rat erteilt?

FRAU MARTHE. Ja, allerdings, gestrenger Herr, das tut sie.
Vorgestern schickt' er ihr ein krankes Perlhuhn
Ins Haus, das schon den Tod im Leibe hatte.
Vorm Jahr rettete sie ihm eins vom Pips,
Und dies auch wird sie mit der Nudel heilen:
Jedoch zum Dank ist er noch nicht erschienen.

WALTER *(verwirrt)*. – Schenkt ein, Herr Richter Adam, seid so gut.
Schenkt gleich mir ein. Wir wollen eins noch trinken.

ADAM. Zu Eurem Dienst. Ihr macht mich glücklich. Hier.

(Er schenkt ein.)

WALTER. Auf Euer Wohlergehn! – Der Richter Adam,
Er wird früh oder spät schon kommen.

FRAU MARTHE. Meint Ihr? Ich zweifle.
Könnt ich Niersteiner, solchen, wie Ihr trinkt,
Und wie mein sel'ger Mann, der Kastellan,
Wohl auch, von Zeit zu Zeit, im Keller hatte,
Vorsetzen dem Herrn Vetter, wärs was anders:
Doch so besitz ich nichts, ich arme Witwe,
In meinem Hause, das ihn lockt.

WALTER. Um so viel besser.

Eilfter Auftritt

Licht. Frau Brigitte mit einer Perücke in der Hand, die Mägde treten auf. Die Vorigen.

LICHT. Hier, Frau Brigitt, herein.

WALTER. Ist das die Frau, Herr Schreiber Licht?

LICHT. Das ist die Frau Brigitte, Euer Gnaden.

WALTER. Nun denn, so laßt die Sach uns jetzt beschließen.
Nehmt ab, ihr Mägde. Hier.

(Die Mägde mit Gläsern usw. ab.)

ADAM *(währenddessen)*. Nun, Evchen, höre,
Dreh du mir deine Pille ordentlich,
Wie sichs gehört, so sprech ich heute abend
Auf ein Gericht Karauschen bei euch ein.
Dem Luder muß sie ganz jetzt durch die Gurgel,
Ist sie zu groß, so mags den Tod dran fressen.

WALTER *(erblickt die Perücke)*. Was bringt uns Frau Brigitte dort für eine Perücke?

LICHT. Gnädger Herr?
WALTER. Was jene Frau uns dort für eine
Perücke bringt?
LICHT. Hm!
WALTER. Was?
LICHT. Verzeiht –
WALTER. Werd ichs erfahren?
LICHT. Wenn Euer Gnaden gütigst
Die Frau, durch den Herrn Richter, fragen wollen,
So wird, wem die Perücke angehört,
Sich, und das Weitre, zweifl' ich nicht, ergeben.
WALTER. – Ich will nicht wissen, wem sie angehört.
Wie kam die Frau dazu? Wo fand sie sie?
LICHT. Die Frau fand die Perücke im Spalier
Bei Frau Margrete Rull. Sie hing gespießt,
Gleich einem Nest, im Kreuzgeflecht des Weinstocks,
Dicht unterm Fenster, wo die Jungfer schläft.
FRAU MARTHE. Was? Bei mir? Im Spalier?
WALTER *(heimlich)*. Herr Richter Adam,
Habt Ihr mir etwas zu vertraun,
So bitt ich, um die Ehre des Gerichtes,
Ihr seid so gut, und sagt mirs an.
ADAM. Ich Euch –?
WALTER. Nicht? Habt Ihr nicht –?
ADAM. Auf meine Ehre –

(Er ergreift die Perücke.)

WALTER. Hier die Perücke ist die Eure nicht?
ADAM. Hier die Perück ihr Herren, ist die meine!
Das ist, Blitz-Element, die nämliche,
Die ich dem Burschen vor acht Tagen gab,
Nach Utrecht sie zum Meister Mehl zu bringen.
WALTER. Wem? Was?
LICHT. Dem Ruprecht?
RUPRECHT. Mir?
ADAM. Hab ich Ihm Schlingel,
Als Er nach Utrecht vor acht Tagen ging,
Nicht die Perück hier anvertraut, sie zum
Friseur, daß er sie renoviere, hinzutragen?
RUPRECHT. Ob Er –? Nun ja. Er gab mir –
ADAM. Warum hat Er
Nicht die Perück, Halunke, abgegeben?
Warum nicht hat Er sie, wie ich befohlen,

Beim Meister in der Werkstatt abgegeben?

RUPRECHT. Warum ich sie –? Gotts, Himmel-Donner – Schlag!
Ich hab sie in der Werkstatt abgegeben.
Der Meister Mehl nahm sie –

ADAM. Sie abgegeben?
Und jetzt hängt sie im Weinspalier bei Marthens?
O wart, Kanaille! So entkommst du nicht.
Dahinter steckt mir von Verkappung was,
Und Meuterei, was weiß ich? – Wollt Ihr erlauben,
Daß ich sogleich die Frau nur inquiriere?

WALTER. Ihr hättet die Perücke –?

ADAM. Gnädger Herr,
Als jener Bursche dort vergangnen Dienstag
Nach Utrecht fuhr mit seines Vaters Ochsen,
Kam er ins Amt und sprach, Herr Richter Adam,
Habt Ihr im Städtlein etwas zu bestellen?
Mein Sohn, sag ich, wenn du so gut willt sein,
So laß mir die Perück hier auftoupieren –
Nicht aber sagt ich ihm, geh und bewahre
Sie bei dir auf, verkappe dich darin,
Und laß sie im Spalier bei Marthens hängen.

FRAU BRIGITTE. Ihr Herrn, der Ruprecht, mein ich, halt zu Gnaden,
Der wars wohl nicht. Denn da ich gestern nacht
Hinaus aufs Vorwerk geh, zu meiner Muhme,
Die schwer im Kindbett liegt, hört ich die Jungfer
Gedämpft, im Garten hinten jemand schelten:
Wut scheint und Furcht die Stimme ihr zu rauben.
Pfui, schäm Er sich, Er Niederträchtiger,
Was macht Er? Fort. Ich werd die Mutter rufen;
Als ob die Spanier im Lande wären.
Drauf: Eve! durch den Zaun hin, Eve! ruf ich.
Was hast du? Was auch gibts? – Und still wird es:
Nun? Wirst du antworten? – Was wollt Ihr, Muhme? –
Was hast du vor, frag ich? – Was werd ich haben. –
Ist es der Ruprecht? – Ei so ja, der Ruprecht.
Geht Euren Weg doch nur. – So koch dir Tee.
Das liebt sich, denk ich, wie sich andre zanken.

FRAU MARTHE. Mithin –?

RUPRECHT. Mithin –?

WALTER. Schweigt! Laßt die Frau vollenden.

FRAU BRIGITTE. Da ich vom Vorwerk nun zurückekehre,
Zur Zeit der Mitternacht etwa, und just,
Im Lindengang, bei Marthens Garten bin,

Huscht euch ein Kerl bei mir vorbei, kahlköpfig,
Mit einem Pferdefuß, und hinter ihm
Erstinkts wie Dampf von Pech und Haar und Schwefel.
Ich sprech ein Gottseibeiuns aus, und drehe
Entsetzensvoll mich um, und seh, mein Seel,
Die Glatz, ihr Herren, im Verschwinden noch,
Wie faules Holz, den Lindengang durchleuchten.

RUPRECHT. Was! Himmel – Tausend –!
FRAU MARTHE. Ist Sie toll, Frau Briggy?
RUPRECHT. Der Teufel, meint Sie, wärs –?
LICHT. Still! Still!
FRAU BRIGITTE. Mein Seel!
Ich weiß, was ich gesehen und gerochen.
WALTER *(ungeduldig)*. Frau, obs der Teufel war, will ich nicht untersuchen,
Ihn aber, ihn denunziiert man nicht.
Kann Sie von einem andern melden, gut:
Doch mit dem Sünder da verschont Sie uns.
LICHT. Wollen Euer Gnaden sie vollenden lassen.
WALTER. Blödsinnig Volk, das!
FRAU BRIGITTE. Gut, wie Ihr befehlt.
Doch der Herr Schreiber Licht sind mir ein Zeuge.
WALTER. Wie? Ihr ein Zeuge?
LICHT. Gewissermaßen, ja.
WALTER. Fürwahr, ich weiß nicht –
LICHT. Bitte ganz submiß,
Die Frau in dem Berichte nicht zu stören.
Daß es der Teufel war, behaupt ich nicht;
Jedoch mit Pferdefuß, und kahler Glatze
Und hinten Dampf, wenn ich nicht sehr mich irre,
Hats seine völlge Richtigkeit! – Fahrt fort!
FRAU BRIGITTE. Da ich nun mit Erstaunen heut vernehme,
Was bei Frau Marthe Rull geschehn, und ich
Den Krugzertrümmrer auszuspionieren,
Der mir zu Nacht begegnet am Spalier,
Den Platz, wo er gesprungen, untersuche,
Find ich im Schnee, ihr Herrn, euch eine Spur –
Was find ich euch für eine Spur im Schnee?
Rechts fein und scharf und nett gekantet immer,
Ein ordentlicher Menschenfuß,
Und links unförmig grobhin eingetölpelt
Ein ungeheurer klotzger Pferdefuß.
WALTER *(ärgerlich)*. Geschwätz, wahnsinniges, verdammenswürdges –!
VEIT. Es ist nicht möglich, Frau!

FRAU BRIGITTE. Bei meiner Treu!
Erst am Spalier, da, wo der Sprung geschehen,
Seht, einen weiten, schneezerwühlten Kreis,
Als ob sich eine Sau darin gewälzt;
Und Menschenfuß und Pferdefuß von hier,
Und Menschenfuß und Pferdefuß, und Menschenfuß und Pferdefuß,
Quer durch den Garten, bis in alle Welt.
ADAM. Verflucht! – Hat sich der Schelm vielleicht erlaubt,
Verkappt des Teufels Art –?
RUPRECHT. Was! Ich!
LICHT. Schweigt! Schweigt!
FRAU BRIGITTE. Wer einen Dachs sucht, und die Fährt entdeckt,
Der Weidmann, triumphiert nicht so, als ich.
Herr Schreiber Licht, sag ich, denn eben seh ich
Von euch geschickt, den Würdgen zu mir treten,
Herr Schreiber Licht, spart eure Session,
Den Krugzertrümmrer judiziert ihr nicht,
Der sitzt nicht schlechter euch, als in der Hölle:
Hier ist die Spur die er gegangen ist.
WALTER. So habt Ihr selbst Euch überzeugt?
LICHT. Euer Gnaden,
Mit dieser Spur hats völlge Richtigkeit.
WALTER. Ein Pferdefuß?
LICHT. Fuß eines Menschen, bitte,
Doch praeter propter wie ein Pferdehuf.
ADAM. Mein Seel, ihr Herrn, die Sache scheint mir ernsthaft.
Man hat viel beißend abgefaßte Schriften,
Die, daß ein Gott sei, nicht gestehen wollen;
Jedoch den Teufel hat, soviel ich weiß,
Kein Atheist noch bündig wegbewiesen.
Der Fall, der vorliegt, scheint besonderer
Erörtrung wert. Ich trage darauf an,
Bevor wir ein Konklusum fassen,
Im Haag bei der Synode anzufragen
Ob das Gericht befugt sei, anzunehmen,
Daß Beelzebub den Krug zerbrochen hat.
WALTER. Ein Antrag, wie ich ihn von Euch erwartet.
Was wohl meint *Ihr*, Herr Schreiber?
LICHT. Euer Gnaden werden
Nicht die Synode brauchen, um zu urteiln.
Vollendet – mit Erlaubnis! – den Bericht,
Ihr Frau Brigitte, dort; so wird der Fall
Aus der Verbindung, hoff ich, klar konstieren.

FRAU BRIGITTE. Hierauf: Herr Schreiber Licht, sag ich, laßt uns
Die Spur ein wenig doch verfolgen, sehn,
Wohin der Teufel wohl entwischt mag sein.
Gut, sagt er, Frau Brigitt, ein guter Einfall;
Vielleicht gehn wir uns nicht weit um,
Wenn wir zum Herrn Dorfrichter Adam gehn.
WALTER. Nun? Und jetzt fand sich –?
FRAU BRIGITTE. Zuerst jetzt finden wir
Jenseits des Gartens, in dem Lindengange,
Den Platz, wo Schwefeldämpfe von sich lassend,
Der Teufel bei mir angeprellt: ein Kreis,
Wie scheu ein Hund etwa zur Seite weicht,
Wenn sich die Katze prustend vor ihm setzt.
WALTER. Drauf weiter?
FRAU BRIGITTE. Nicht weit davon jetzt steht ein Denkmal seiner,
An einem Baum, daß ich davor erschrecke.
WALTER. Ein Denkmal? Wie?
FRAU BRIGITTE. Wie? Ja, da werdet Ihr –
ADAM *(für sich)*. Verflucht mein Unterleib.
LICHT. Vorüber, bitte,
Vorüber, hier, ich bitte, Frau Brigitte.
WALTER. Wohin die Spur Euch führte, will ich wissen!
FRAU BRIGITTE. Wohin? Mein Treu, den nächsten Weg zu euch,
Just wie Herr Schreiber Licht gesagt.
WALTER. Zu uns? Hierher?
FRAU BRIGITTE. Vom Lindengange, ja,
Aufs Schulzenfeld, den Karpfenteich entlang,
Den Steg, quer übern Gottesacker dann,
Hier, sag ich, her, zum Herrn Dorfrichter Adam.
WALTER. Zum Herrn Dorfrichter Adam?
ADAM. Hier zu mir?
FRAU BRIGITTE. Zu Euch, ja.
RUPRECHT. Wird doch der Teufel nicht
In dem Gerichtshof wohnen?
FRAU BRIGITTE. Mein Treu, ich weiß nicht,
Ob er in diesem Hause wohnt; doch hier,
Ich bin nicht ehrlich, ist er abgestiegen:
Die Spur geht hinten ein bis an die Schwelle.
ADAM. Sollt er vielleicht hier durchpassiert –?
FRAU BRIGITTE. Ja, oder durchpassiert. Kann sein. Auch das.
Die Spur vornaus –
WALTER. War eine Spur vornaus?
LICHT. Vornaus, verzeihn Euer Gnaden, keine Spur.

FRAU BRIGITTE. Ja, vornaus war der Weg zertreten.
ADAM. Zertreten. Durchpassiert. Ich bin ein Schuft.
Der Kerl, paßt auf, hat den Gesetzen hier
Was angehängt. Ich will nicht ehrlich sein,
Wenn es nicht stinkt in der Registratur.
Wenn meine Rechnungen, wie ich nicht zweifle,
Verwirrt befunden werden sollten,
Auf meine Ehr, ich stehe für nichts ein.
WALTER. Ich auch nicht. *(Für sich.)* Hm! Ich weiß nicht, wars der linke,
War es der rechte? Seiner Füße einer –
Herr Richter! Eure Dose! – Seid so gefällig.
ADAM. Die Dose?
WALTER. Die Dose. Gebt! Hier!
ADAM *(zu Licht)*. Bringt dem Herrn Gerichtsrat.
WALTER. Wozu die Umständ? Einen Schritt gebrauchts.
ADAM. Es ist schon abgemacht. Gebt Seiner Gnaden.
WALTER. Ich hätt Euch was ins Ohr gesagt.
ADAM. Vielleicht, daß wir nachher Gelegenheit –
WALTER. Auch gut.

(Nachdem sich Licht wieder gesetzt.)

Sagt doch, ihr Herrn, ist jemand hier im Orte,
Der mißgeschaffne Füße hat?
LICHT. Hm! Allerdings ist jemand hier in Huisum –
WALTER. So? Wer?
LICHT. Wollen Euer Gnaden den Herrn Richter fragen –
WALTER. Den Herrn Richter Adam?
ADAM. Ich weiß von nichts.
Zehn Jahre bin ich hier im Amt zu Huisum,
Soviel ich weiß, ist alles grad gewachsen.
WALTER *(zu Licht)*.
Nun? Wen hier meint Ihr?
FRAU MARTHE. Laß Er doch seine Füße draußen!
Was steckt Er untern Tisch verstört sie hin,
Daß man fast meint, Er wär die Spur gegangen.
WALTER. Wer? Der Herr Richter Adam?
ADAM. Ich? die Spur?
Bin ich der Teufel? Ist das ein Pferdefuß?

(Er zeigt seinen linken Fuß.)

WALTER. Auf meine Ehr. Der Fuß ist gut.

(Heimlich.)

Macht jetzt mit der Session sogleich ein Ende.

ADAM. Ein Fuß, wenn den der Teufel hätt,
So könnt er auf die Bälle gehn und tanzen.
FRAU MARTHE. Das sag ich auch. Wo wird der Herr Dorfrichter –
ADAM. Ach, was! Ich!
WALTER. Macht, sag ich, gleich ein Ende.
FRAU BRIGITTE. Den einzgen Skrupel nur, ihr würdgen Herrn,
Macht, dünkt mich, dieser feierliche Schmuck!
ADAM. Was für ein feierlicher –?
FRAU BRIGITTE. Hier, die Perücke!
Wer sah den Teufel je in solcher Tracht?
Ein Bau, getürmter, strotzender von Talg,
Als eines Domdechanten auf der Kanzel!
ADAM. Wir wissen hierzuland nur unvollkommen,
Was in der Hölle Mod ist, Frau Brigitte!
Man sagt, gewöhnlich trägt er eignes Haar.
Doch auf der Erde, bin ich überzeugt,
Wirft er in die Perücke sich, um sich
Den Honoratioren beizumischen.
WALTER. Nichtswürdger! Wert, vor allem Volk ihn schmachvoll
Vom Tribunal zu jagen! Was Euch schützt,
Ist einzig nur die Ehre des Gerichts.
Schließt Eure Session!
ADAM. Ich will nicht hoffen –
WALTER. Ihr hofft jetzt nichts. Ihr zieht Euch aus der Sache.
ADAM. Glaubt Ihr, ich hätte, ich, der Richter, gestern,
Im Weinstock die Perücke eingebüßt?
WALTER. Behüte Gott! Die Eur' ist ja im Feuer,
Wie Sodom und Gomorrha, aufgegangen.
LICHT. Vielmehr – vergebt mir, gnädger Herr! die Katze
Hat gestern in die seinige gejungt.
ADAM. Ihr Herrn, wenn hier der Anschein mich verdammt:
Ihr übereilt euch nicht, bitt ich. Es gilt
Mir Ehre oder Prostitution.
Solang die Jungfer schweigt, begreif ich nicht,
Mit welchem Recht ihr mich beschuldiget.
Hier auf dem Richterstuhl von Huisum sitz ich,
Und lege die Perücke auf den Tisch:
Den, der behauptet, daß sie mein gehört,
Fordr' ich vors Oberlandgericht in Utrecht.
LICHT. Hm! Die Perücke paßt Euch doch, mein Seel,
Als wär auf Euren Scheiteln sie gewachsen.
(Er setzt sie ihm auf.)
ADAM. Verleumdung!

LICHT. Nicht?

ADAM. Als Mantel um die Schultern
Mir noch zu weit, wie viel mehr um den Kopf.

(Er besieht sich im Spiegel.)

RUPRECHT. Ei, solch ein Donnerwetter-Kerl!

WALTER. Still, Er!

FRAU MARTHE. Ei, solch ein blitz-verfluchter Richter, das!

WALTER. Noch einmal, wollt *Ihr* gleich, soll *ich* die Sache enden?

ADAM. Ja, was befehlt Ihr?

RUPRECHT *(zu Eve)*. Eve, sprich, ist ers?

WALTER. Was untersteht der Unverschämte sich?

VEIT. Schweig du, sag ich.

ADAM. Wart, Bestie! Dich faß ich.

RUPRECHT. Ei, du Blitz-Pferdefuß!

WALTER. Heda! der Büttel!

VEIT. Halts Maul, sag ich.

RUPRECHT. Wart! Heute reich ich dich.
Heut streust du keinen Sand mir in die Augen.

WALTER.
Habt Ihr nicht so viel Witz, Herr Richter –?

ADAM. Ja, wenn Euer Gnaden
Erlauben, fäll ich jetzo die Sentenz.

WALTER. Gut. Tut das. Fällt sie.

ADAM. Die Sache jetzt konstiert,
Und Ruprecht dort, der Racker, ist der Täter.

WALTER. Auch gut das. Weiter.

ADAM. Den Hals erkenn ich
Ins Eisen ihm, und weil er ungebührlich
Sich gegen seinen Richter hat betragen,
Schmeiß ich ihn ins vergitterte Gefängnis.
Wie lange, werd ich noch bestimmen.

EVE. Den Ruprecht –?

RUPRECHT. Ins Gefängnis mich?

EVE. Ins Eisen?

WALTER. Spart eure Sorgen, Kinder. – Seid Ihr fertig?

ADAM. Den Krug meinthalb mag er ersetzen, oder nicht.

WALTER. Gut denn. Geschlossen ist die Session.
Und Ruprecht appelliert an die Instanz zu Utrecht.

EVE. Er soll, er, erst nach Utrecht appellieren?

RUPRECHT. Was? Ich –?

WALTER. Zum Henker, ja! Und bis dahin –

EVE. Und bis dahin –?

RUPRECHT. In das Gefängnis gehn?
EVE. Den Hals ins Eisen stecken? Seid Ihr auch Richter?
Er dort, der Unverschämte, der dort sitzt,
Er selber wars –
WALTER. Du hörsts, zum Teufel! Schweig!
Ihm bis dahin krümmt sich kein Haar –
EVE. Auf, Ruprecht!
Der Richter Adam hat den Krug zerbrochen!
RUPRECHT. Ei, wart, du!
FRAU MARTHE. Er?
FRAU BRIGITTE. Der dort?
EVE. Er, ja! Auf, Ruprecht!
Er war bei deiner Eve gestern!
Auf! Faß ihn! Schmeiß ihn jetzo, wie du willst.
WALTER *(steht auf)*. Halt dort! Wer hier Unordnungen –
EVE. Gleichviel!
Das Eisen ist verdient, geh, Ruprecht!
Geh, schmeiß ihn von dem Tribunal herunter.
ADAM. Verzeiht, ihr Herrn. *(Läuft weg.)*
EVE. Hier! Auf!
RUPRECHT. Halt ihn!
EVE. Geschwind!
ADAM. Was?
RUPRECHT. Blitz-Hinketeufel!
EVE. Hast du ihn?
RUPRECHT. Gotts Schlag und Wetter!
Es ist sein Mantel bloß!
WALTER. Fort! Ruft den Büttel!
RUPRECHT *(schlägt den Mantel)*.
Ratz! Das ist eins. Und Ratz! Und Ratz! Noch eins.
Und noch eins! In Ermangelung des Buckels.
WALTER. Er ungezogner Mensch – Schafft hier mir Ordnung!
– An Ihm, wenn Er sogleich nicht ruhig ist,
Ihm wird der Spruch vom Eisen heut noch wahr.
VEIT. Sei ruhig, du vertrackter Schlingel!

Zwölfter Auftritt

Die Vorigen ohne Adam.
Sie begeben sich alle in den Vordergrund der Bühne.

RUPRECHT. Ei, Evchen!
Wie hab ich heute schändlich dich beleidigt!

Ei Gotts Blitz, alle Wetter; und wie gestern!
Ei, du mein goldnes Mädchen, Herzens-Braut!
Wirst du dein Lebtag mir vergeben können?

EVE *(wirft sich dem Gerichtsrat zu Füßen)*.
Herr! Wenn Ihr jetzt nicht helft, sind wir verloren!

WALTER. Verloren? Warum das?

RUPRECHT. Herr Gott! Was gibts?

EVE. Errettet Ruprecht von der Konskription!
Denn diese Konskription – der Richter Adam
Hat mirs als ein Geheimnis anvertraut,
Geht nach Ostindien; und von dort, Ihr wißt,
Kehrt von drei Männern einer nur zurück!

WALTER. Was! Nach Ostindien! Bist du bei Sinnen?

EVE. Nach Bantam, gnädger Herr; verleugnets nicht!
Hier ist der Brief, die stille heimliche
Instruktion, die Landmiliz betreffend,
Die die Regierung jüngst deshalb erließ:
Ihr seht, ich bin von allem unterrichtet.

WALTER *(nimmt den Brief und liest ihn)*. O unerhört, arglistiger Betrug! –
Der Brief ist falsch!

EVE. Falsch?

WALTER. Falsch, so wahr ich lebe!
Herr Schreiber Licht, sagt selbst, ist das die Order,
Die man aus Utrecht jüngst an euch erließ?

LICHT. Die Order! Was! Der Sünder, der! Ein Wisch,
Den er mit eignen Händen aufgesetzt! –
Die Truppen, die man anwarb, sind bestimmt
Zum Dienst im Landesinneren; kein Mensch
Denkt dran, sie nach Ostindien zu schicken!

EVE. Nein, nimmermehr, ihr Herrn?

WALTER. Bei meiner Ehre!
Und zum Beweise meines Worts: den Ruprecht,
Wärs so, wie du mir sagst: ich kauf ihn frei!

EVE *(steht auf)*. O Himmel! Wie belog der Böswicht mich!
Denn mit der schrecklichen Besorgnis eben,
Quält' er mein Herz, und kam, zur Zeit der Nacht,
Mir ein Attest für Ruprecht aufzudringen;
Bewies, wie ein erlognes Krankheitszeugnis,
Von allem Kriegsdienst ihn befreien könnte;
Erklärte und versicherte und schlich,
Um es mir auszufertgen, in mein Zimmer:
So Schändliches, ihr Herren, von mir fordernd,
Daß es kein Mädchenmund wagt auszusprechen!

FRAU BRIGITTE. Ei, der nichtswürdig-schändliche Betrüger!
RUPRECHT. Laß, laß den Pferdehuf, mein süßes Kind!
Sieh, hätt ein Pferd bei dir den Krug zertrümmert,
Ich wär so eifersüchtig just, als jetzt!

(Sie küssen sich.)

VEIT. Das sag ich auch! Küßt und versöhnt und liebt euch;
Und Pfingsten, wenn ihr wollt, mag Hochzeit sein!
LICHT *(am Fenster)*. Seht, wie der Richter Adam, bitt ich euch,
Berg auf, Berg ab, als flöh er Rad und Galgen,
Das aufgepflügte Winterfeld durchstampft!
WALTER. Was? Ist das Richter Adam?
LICHT. Allerdings!
MEHRERE. Jetzt kommt er auf die Straße. Seht! seht!
Wie die Perücke ihm den Rücken peitscht!
WALTER. Geschwind, Herr Schreiber, fort! Holt ihn zurück!
Daß er nicht Übel rettend ärger mache.
Von seinem Amt zwar ist er suspendiert,
Und Euch bestell ich, bis auf weitere
Verfügung, hier im Ort es zu verwalten;
Doch sind die Kassen richtig, wie ich hoffe,
Zur Desertion ihn zwingen will ich nicht.
Fort! Tut mir den Gefallen, holt ihn wieder!

(Licht ab.)

Letzter Auftritt

Die Vorigen ohne Licht.

FRAU MARTHE. Sagt doch, gestrenger Herr, wo find ich auch
Den Sitz in Utrecht der Regierung?
WALTER. Weshalb, Frau Marthe?
FRAU MARTHE *(empfindlich)*. Hm! Weshalb? Ich weiß nicht –
Soll hier dem Kruge nicht sein Recht geschehn?
WALTER. Verzeiht mir! Allerdings. Am großen Markt,
Und Dienstag ist und Freitag Session.
FRAU MARTHE. Gut! Auf die Woche stell ich dort mich ein.

(Alle ab.)

Ende.

AMPHITRYON

Ein Lustspiel nach Molière

PERSONEN

Jupiter, *in der Gestalt des Amphitryon*
Merkur, *in der Gestalt des Sosias*
Amphitryon, *Feldherr der Thebaner*
Sosias, *sein Diener*
Alkmene, *Gemahlin des Amphitryon*
Charis, *Gemahlin des Sosias*
Feldherren

(Die Szene ist in Theben vor dem Schlosse des Amphitryon)

ERSTER AKT

Es ist Nacht

Erste Szene

SOSIAS *(tritt mit einer Laterne auf).*
Heda! Wer schleicht da? Holla! – Wenn der Tag
Anbräche, wär mirs lieb; die Nacht ist – Was?
Gut Freund, ihr Herrn! Wir gehen eine Straße –
Ihr habt den ehrlichsten Gesell'n getroffen,
Bei meiner Treu, auf den die Sonne scheint –
Vielmehr der Mond jetzt, wollt ich sagen –
Spitzbuben sinds entweder, feige Schufte,
Die nicht das Herz, mich anzugreifen, haben:
Oder der Wind hat durch das Laub gerasselt.
Jedweder Schall hier heult in dem Gebirge. –
Vorsichtig! Langsam! – Aber wenn ich jetzt
Nicht bald mit meinem Hut an Theben stoße,
So will ich in den finstern Orkus fahren.
Ei, hols der Henker! ob ich mutig bin,
Ein Mann von Herz; das hätte mein Gebieter
Auf anderm Wege auch erproben können.
Ruhm krönt ihn, spricht die ganze Welt, und Ehre,
Doch in der Mitternacht mich fortzuschicken,
Ist nicht viel besser, als ein schlechter Streich.
Ein wenig Rücksicht wär, und Nächstenliebe,
So lieb mir, als der Keil von Tugenden,
Mit welchem er des Feindes Reihen sprengt.
Sosias, sprach er, rüste dich mein Diener,
Du sollst in Theben meinen Sieg verkünden
Und meine zärtliche Gebieterin
Von meiner nahen Ankunft unterrichten.
Doch hätte das nicht Zeit gehabt bis morgen,
Will ich ein Pferd sein, ein gesatteltes!
Doch sieh! Da zeigt sich, denk ich, unser Haus!
Triumph, du bist nunmehr am Ziel, Sosias,
Und allen Feinden soll vergeben sein.
Jetzt, Freund, mußt du an deinen Auftrag denken;
Man wird dich feierlich zur Fürstin führen,
Alkmen', und den Bericht bist du ihr dann,
Vollständig und mit Rednerkunst gesetzt
Des Treffens schuldig, das Amphitryon

Siegreich fürs Vaterland geschlagen hat.
– Doch wie zum Teufel mach ich das, da ich
Dabei nicht war? Verwünscht. Ich wollt: ich hätte
Zuweilen aus dem Zelt geguckt,
Als beide Heer im Handgemenge waren.
Ei was! Vom Hauen sprech ich dreist und Schießen,
Und werde schlechter nicht bestehn, als andre,
Die auch den Pfeil noch pfeifen nicht gehört. –
Doch wär es gut, wenn du die Rolle übtest?
Gut! Gut bemerkt, Sosias! Prüfe dich.
Hier soll der Audienzsaal sein, und diese
Latern Alkmene, die mich auf dem Thron erwartet.

(Er setzt die Laterne auf den Boden.)

Durchlauchtigste! mich schickt Amphitryon,
Mein hoher Herr und Euer edler Gatte,
Von seinem Siege über die Athener
Die frohe Zeitung Euch zu überbringen.
– Ein guter Anfang! – »Ach, wahrhaftig, liebster
Sosias, meine Freude mäßg' ich nicht,
Da ich dich wiedersehe.« – Diese Güte,
Vortreffliche, beschämt mich, wenn sie stolz gleich
Gewiß jedweden andern machen würde.
– Sieh! das ist auch nicht übel! – »Und dem teuren
Geliebten meiner Seel Amphitryon,
Wie gehts ihm?« – Gnädge Frau, das faß ich kurz:
Wie einem Mann von Herzen auf dem Feld des Ruhms!
– Ein Blitzkerl! Seht die Suade! – »Wann denn kommt er?«
Gewiß nicht später, als sein Amt verstattet,
Wenn gleich vielleicht so früh nicht, als er wünscht.
– Potz, alle Welt! – »Und hat er sonst dir nichts
Für mich gesagt, Sosias?« – Er sagt wenig,
Tut viel, und es erbebt die Welt vor seinem Namen.
– Daß mich die Pest! Wo kömmt der Witz mir her?
»Sie weichen also, sagst du, die Athener?«
– Sie weichen, tot ist Labdakus, ihr Führer,
Erstürmt Pharissa, und wo Berge sind,
Da hallen sie von unserm Siegsgeschrei. –
»O teuerster Sosias! Sieh, das mußt du
Umständlich mir, auf jeden Zug, erzählen.«
– Ich bin zu Euern Diensten, gnädge Frau.
Denn in der Tat kann ich von diesem Siege
Vollständge Auskunft, schmeichl' ich mir, erteilen:

Stellt Euch, wenn Ihr die Güte haben wollt,
Auf dieser Seite hier – *(Er bezeichnet die Örter auf seiner Hand.)*
Pharissa vor
– Was eine Stadt ist, wie Ihr wissen werdet,
So groß im Umfang, praeter propter,
Um nicht zu übertreiben, wenn nicht größer,
Als Theben. Hier geht der Fluß. Die Unsrigen
In Schlachtordnung auf einem Hügel hier;
Und dort im Tale haufenweis der Feind.
Nachdem er ein Gelübd zum Himmel jetzt gesendet,
Daß Euch der Wolkenkreis erzitterte,
Stürzt, die Befehle treffend rings gegeben,
Er gleich den Strömen brausend auf uns ein.
Wir aber, minder tapfer nicht, wir zeigten
Den Rückweg ihm, – und Ihr sollt gleich sehn, wie?
Zuerst begegnet' er dem Vortrab hier;
Der wich. Dann stieß er auf die Bogenschützen dort;
Die zogen sich zurück. Jetzt dreist gemacht, rückt er
Den Schleudrern auf den Leib; die räumten ihm das Feld
Und als verwegen jetzt dem Hauptkorps er sich nahte,
Stürzt dies – halt! Mit dem Hauptkorps ists nicht richtig.
Ich höre ein Geräusch dort, wie mir deucht.

Zweite Szene

Merkur tritt in der Gestalt des Sosias aus Amphitryons Haus. Sosias.

MERKUR *(für sich)*. Wenn ich den ungerufnen Schlingel dort
Beizeiten nicht von diesem Haus entferne,
So steht, beim Styx, das Glück mir auf dem Spiel,
Das in Alkmenens Armen zu genießen,
Heut in der Truggestalt Amphitryons
Zeus der Olympische, zur Erde stieg.
SOSIAS *(ohne den Merkur zu sehn)*.
Es ist zwar nichts und meine Furcht verschwindet,
Doch um den Abenteuern auszuweichen,
Will ich mich vollends jetzt zu Hause machen,
Und meines Auftrags mich entledigen.
MERKUR *(für sich)*. Du überwindest den Merkur, Freund, oder
Dich werd ich davon abzuhalten wissen.
SOSIAS. Doch diese Nacht ist von endloser Länge.
Wenn ich fünf Stunden unterwegs nicht bin,

Fünf Stunden nach der Sonnenuhr von Theben,
Will ich stückweise sie vom Turme schießen.
Entweder hat in Trunkenheit des Siegs
Mein Herr den Abend für den Morgen angesehn,
Oder der lockre Phöbus schlummert noch,
Weil er zu tief ins Fläschchen gestern guckte.

MERKUR. Mit welcher Unehrbietigkeit der Schuft
Dort von den Göttern spricht. Geduld ein wenig;
Hier dieser Arm bald wird Respekt ihm lehren.

SOSIAS *(erblickt den Merkur)*.
Ach bei den Göttern der Nacht! Ich bin verloren.
Da schleicht ein Strauchdieb um das Haus, den ich
Früh oder spät am Galgen sehen werde.
– Dreist muß ich tun, und keck und zuversichtlich.

(Er pfeift.)

MERKUR *(laut)*. Wer denn ist jener Tölpel dort, der sich
Die Freiheit nimmt, als wär er hier zu Hause,
Mit Pfeifen mir die Ohren vollzuleiern?
Soll hier mein Stock vielleicht ihm dazu tanzen?

SOSIAS. – Ein Freund nicht scheint er der Musik zu sein.

MERKUR. Seit der vergangnen Woche fand ich keinen,
Dem ich die Knochen hätte brechen können.
Mein Arm wird steif, empfind ich, in der Ruhe,
Und einen Buckel von des deinen Breite,
Ihn such ich just, mich wieder einzuüben.

SOSIAS. Wer, Teufel, hat den Kerl mir dort geboren?
Von Todesschrecken fühl ich mich ergriffen,
Die mir den Atem stocken machen.
Hätt ihn die Hölle ausgeworfen,
Es könnt entgeisternder mir nicht sein Anblick sein.
– Jedoch vielleicht gehts dem Hanswurst wie mir,
Und er versucht den Eisenfresser bloß,
Um mich ins Bockshorn schüchternd einzujagen.
Halt, Kauz, das kann ich auch. Und überdies,
Ich bin allein, er auch; zwei Fäuste hab ich,
Doch er nicht mehr; und will das Glück nicht wohl mir,
Bleibt mir ein sichrer Rückzug dort – Marsch also!

MERKUR *(vertritt ihm den Weg)*.
Halt dort! Wer geht dort?

SOSIAS. Ich.

MERKUR. Was für ein Ich?

SOSIAS. Meins mit Verlaub. Und meines, denk ich, geht

Hier unverzollt gleich andern. Mut Sosias!
MERKUR. Halt! mit so leichter Zech entkommst du nicht.
Von welchem Stand bist du?
SOSIAS. Von welchem Stande?
Von einem auf zwei Füßen, wie Ihr seht.
MERKUR. Ob Herr du bist, ob Diener, will ich wissen?
SOSIAS. Nachdem Ihr so mich, oder so betrachtet,
Bin ich ein Herr, bin ich ein Dienersmann.
MERKUR. Gut. Du mißfällst mir.
SOSIAS. Ei das tut mir leid.
MERKUR. Mit einem Wort, Verräter, will ich wissen,
Nichtswürdger Gassentreter, Eckenwächter,
Wer du magst sein, woher du gehst, wohin,
Und was du hier herum zu zaudern hast?
SOSIAS. Darauf kann ich Euch nichts zur Antwort geben
Als dies: ich bin ein Mensch, dort komm ich her,
Da geh ich hin, und habe jetzt was vor,
Das anfängt, Langeweile mir zu machen.
MERKUR. Ich seh dich witzig, und du bist im Zuge,
Mich kurzhin abzufertigen. Mir aber kommt
Die Lust an, die Bekanntschaft fortzusetzen,
Und die Verwicklung einzuleiten, werd ich
Mit dieser Hand hier hinters Ohr dir schlagen.
SOSIAS. Mir?
MERKUR. Dir, und hier bist dessen du gewiß.
Was wirst du nun darauf beschließen.
SOSIAS. Wetter!
Ihr schlagt mir eine gute Faust, Gevatter.
MERKUR. Ein Hieb von mittlern Schrot. Zuweilen treff ich
Noch besser.
SOSIAS. Wär ich auch so aufgelegt,
Wir würden schön uns in die Haare kommen.
MERKUR. Das wär mir recht. Ich liebe solchen Umgang.
SOSIAS. Ich muß, jedoch, Geschäfts halb, mich empfehlen.

(Er will gehn.)

MERKUR *(tritt ihm in den Weg).*
Wohin?
SOSIAS. Was gehts dich an, zum Teufel?
MERKUR. Ich will wissen,
Sag ich dir, wo du hingehst?
SOSIAS. Jene Pforte
Will ich mir öffnen lassen. Laß mich gehn.

MERKUR. Wenn du die Unverschämtheit hast, dich jener
Schloßpforte dort zu nähern, sieh, so rasselt
Ein Ungewitter auf dich ein von Schlägen.
SOSIAS. Was? soll ich nicht nach Hause gehen dürfen?
MERKUR. Nach Hause? sag das noch einmal.
SOSIAS. Nun ja.
Nach Haus.
MERKUR. Du sagst von diesem Hause dich?
SOSIAS. Warum nicht? Ist es nicht Amphitryons Haus?
MERKUR. Ob dies Amphitryons Haus ist? Allerdings,
Halunk, ist dies das Haus Amphitryons,
Das Schloß des ersten Feldherrn der Thebaner.
Doch welch ein Schluß erfolgt? –
SOSIAS. Was für ein Schluß?
Daß ich hinein gehn werd. Ich bin sein Diener.
MERKUR. Sein Die–?
SOSIAS. Sein Diener.
MERKUR. Du?
SOSIAS. Ich, ja.
MERKUR. Amphitryons Diener?
SOSIAS. Amphitryons Diener, des Thebanerfeldherrn.
MERKUR. – Dein Name ist?
SOSIAS. Sosias.
MERKUR. So –?
SOSIAS. *Sosias.*
MERKUR. Hör, dir zerschlag ich alle Knochen.
SOSIAS. Bist du
Bei Sinnen?
MERKUR. Wer gibt das Recht dir, Unverschämter,
Den Namen des Sosias anzunehmen?
SOSIAS. Gegeben wird er mir, ich nehm ihn nicht.
Mag es mein Vater dir verantworten.
MERKUR. Hat man von solcher Frechheit je gehört?
Du wagst mir schamlos ins Gesicht zu sagen,
Daß du Sosias bist?
SOSIAS. Ja, allerdings.
Und das aus dem gerechten Grunde, weil es
Die großen Götter wollen; weil es nicht
In meiner Macht steht, gegen sie zu kämpfen,
Ein andrer sein zu wollen als ich bin;
Weil ich muß Ich, Amphitryons Diener sein,
Wenn ich auch zehenmal Amphitryon,
Sein Vetter lieber, oder Schwager wäre.

MERKUR. Nun, wart! Ich will dich zu verwandeln suchen.
SOSIAS. Ihr Bürger! Ihr Thebaner! Mörder! Diebe!
MERKUR. Wie du Nichtswürdiger, du schreist noch?
SOSIAS. Was?
Ihr schlagt mich, und nicht schreien soll ich dürfen?
MERKUR. Weißt du nicht, daß es Nacht ist, Schlafenszeit
Und daß in diesem Schloß Alkmene hier,
Amphitryons Gemahlin, schläft?
SOSIAS. Hol Euch der Henker!
Ich muß den kürzern ziehen, weil Ihr seht,
Daß mir zur Hand kein Prügel ist, wie Euch.
Doch Schläg erteilen, ohne zu bekommen,
Das ist kein Heldenstück. Das sag ich Euch:
Schlecht ist es, wenn man Mut zeigt gegen Leute,
Die das Geschick zwingt, ihren zu verbergen.
MERKUR. Zur Sach also. Wer bist du?
SOSIAS *(für sich)*. Wenn ich dem
Entkomme, will ich eine Flasche Wein
Zur Hälfte opfernd auf die Erde schütten.
MERKUR. Bist du Sosias noch?
SOSIAS. Ach laß mich gehn.
Dein Stock kann machen, daß ich nicht mehr bin;
Doch nicht, daß ich nicht *Ich* bin, weil ich bin.
Der einzge Unterschied ist, daß ich mich
Sosias jetzo der geschlagne, fühle.
MERKUR. Hund, sieh, so mach ich kalt dich. *(Er droht.)*
SOSIAS. Laß! Laß!
Hör auf, mir zuzusetzen.
MERKUR. Eher nicht,
Als bis du aufhörst –
SOSIAS. Gut, ich höre auf.
Kein Wort entgegn' ich mehr, recht sollst du haben,
Und allem, was du aufstellst, sag ich ja.
MERKUR. Bist du Sosias noch, Verräter?
SOSIAS. Ach!
Ich bin jetzt, was du willst. Befiehl, was ich
Soll sein, dein Stock macht dich zum Herren meines Lebens.
MERKUR. Du sprachst, du hättest dich Sosias sonst genannt?
SOSIAS. Wahr ists, daß ich bis diesen Augenblick gewähnt,
Die Sache hätte ihre Richtigkeit.
Doch das Gewicht hat deiner Gründe mich
Belehrt: ich sehe jetzt, daß ich mich irrte.
MERKUR. Ich bins, der sich Sosias nennt.

SOSIAS. Sosias –?
Du –?
MERKUR. Ja Sosias. Und wer Glossen macht,
Hat sich vor diesem Stock in acht zu nehmen.
SOSIAS *(für sich)*. Ihr ewgen Götter dort! So muß ich auf
Mich selbst Verzicht jetzt leisten, mir von einem
Betrüger meinen Namen stehlen lassen?
MERKUR. Du murmelst in die Zähne, wie ich höre?
SOSIAS. Nichts, was dir in der Tat zu nahe träte,
Doch bei den Göttern allen Griechenlands
Beschwör ich dich, die dich und mich regieren,
Vergönne mir, auf einen Augenblick,
Daß ich dir offenherzge Sprache führe.
MERKUR. Sprich.
SOSIAS. Doch dein Stock wird stumme Rolle spielen?
Nicht von der Unterhaltung sein? Versprich mir,
Wir schließen Waffenstillstand.
MERKUR. Gut, es sei.
Den Punkt bewillg' ich.
SOSIAS. Nun so sage mir,
Wie kommt der unerhörte Einfall dir,
Mir meinen Namen schamlos wegzugaunern?
Wär es mein Mantel, wärs mein Abendessen;
Jedoch ein Nam! Kannst du dich darin kleiden?
Ihn essen? trinken? oder ihn versetzen?
Was also nützet dieser Diebstahl dir?
MERKUR. Wie? Du – du unterstehst dich?
SOSIAS. Halt! halt! sag ich.
Wir schlossen Waffenstillstand.
MERKUR. Unverschämter!
Nichtswürdiger!
SOSIAS. Dawider hab ich nichts.
Schimpfwörter mag ich leiden, dabei kann ein
Gespräch bestehen.
MERKUR. Du nennst dich Sosias?
SOSIAS. Ja, ich gestehs, ein unverbürgtes
Gerücht hat mir –
MERKUR. Genug. Den Waffenstillstand
Brech ich, und dieses Wort hier nehm ich wieder.
SOSIAS. Fahr in die Höll! Ich kann mich nicht vernichten,
Verwandeln nicht, aus meiner Haut nicht fahren,
Und meine Haut dir um die Schultern hängen.
Ward, seit die Welt steht, so etwas erlebt?

Träum ich etwa? Hab ich zur Morgenstärkung
Heut mehr, als ich gewöhnlich pfleg, genossen?
Bin ich mich meiner völlig nicht bewußt?
Hat nicht Amphitryon mich hergeschickt,
Der Fürstin seine Rückkehr anzumelden?
Soll ich ihr nicht den Sieg, den er erfochten,
Und wie Pharissa überging, beschreiben?
Bin ich soeben nicht hier angelangt?
Halt ich nicht die Laterne? Fand ich dich
Vor dieses Hauses Tür herum nicht lungern,
Und als ich mich der Pforte nähern wollte,
Nahmst du den Stock zur Hand nicht, und zerbläutest
Auf das unmenschlichste den Rücken mir,
Mir ins Gesicht behauptend, daß nicht ich,
Wohl aber du Amphitryons Diener seist.
Das alles, fühl ich, leider, ist zu wahr nur;
Gefiels den Göttern doch, daß ich besessen wäre!

MERKUR. Halunke, sieh, mein Zorn wird augenblicklich,
Wie Hagel wieder auf dich niederregnen!
Was du gesagt hast, alles, Zug vor Zug,
Es gilt von mir: die Prügel ausgenommen.

SOSIAS. Von dir? – Hier die Laterne, bei den Göttern,
Ist Zeuge mir –

MERKUR. Du lügst, sag ich, Verräter.
Mich hat Amphitryon hieher geschickt.
Mir gab der Feldherr der Thebaner gestern,
Da er vom Staub der Mordschlacht noch bedeckt,
Dem Temp'l enttrat, wo er dem Mars geopfert,
Gemeßnen Auftrag, seinen Sieg in Theben,
Und daß der Feinde Führer Labdakus
Von seiner Hand gefallen, anzukündgen;
Denn ich bin, sag ich dir, Sosias,
Sein Diener, Sohn des Davus, wackern Schäfers
Aus dieser Gegend, Bruder Harpagons,
Der in der Fremde starb, Gemahl der Charis,
Die mich mit ihren Launen wütend macht;
Sosias, der im Türmchen saß, und dem man
Noch kürzlich funfzig auf den Hintern zählte,
Weil er zu weit die Redlichkeit getrieben.

SOSIAS *(für sich)*. Da hat er recht! Und ohne daß man selbst
Sosias ist, kann man von dem, was er
Zu wissen scheint, nicht unterrichtet sein.
Man muß, mein Seel, ein bißchen an ihn glauben.

Zu dem, da ich ihn jetzt ins Auge fasse,
Hat er Gestalt von mir und Wuchs und Wesen
Und die spitzbübsche Miene, die mir eigen.
– Ich muß ihm ein paar Fragen tun, die mich
Aufs Reine bringen. *(Laut.)*
Von der Beute,
Die in des Feindes Lager ward gefunden,
Sagst du mir wohl, wie sich Amphitryon
Dabei bedacht, und was sein Anteil war?
MERKUR. Das Diadem ward ihm des Labdakus,
Das man im Zelt desselben aufgefunden.
SOSIAS. Was nahm mit diesem Diadem man vor?
MERKUR. Man grub den Namenszug Amphitryons
Auf seine goldne Stirne leuchtend ein.
SOSIAS. Vermutlich trägt ers selber jetzt –?
MERKUR. Alkmenen
Ist es bestimmt. Sie wird zum Angedenken
Des Siegs den Schmuck um ihren Busen tragen.
SOSIAS. Und zugefertigt aus dem Lager wird
Ihr das Geschenk –?
MERKUR. In einem goldnen Kästchen,
Auf das Amphitryon sein Wappen drückte.
SOSIAS *(für sich)*. Er weiß um alles. – Alle Teufel jetzt!
Ich fang im Ernst an mir zu zweifeln an.
Durch seine Unverschämtheit ward er schon
Und seinen Stock, Sosias, und jetzt wird er,
Das fehlte nur, es auch aus Gründen noch.
Zwar wenn ich mich betaste, wollt ich schwören,
Daß dieser Leib Sosias ist.
– Wie find ich nun aus diesem Labyrinth? –
Was ich getan, da ich ganz einsam war,
Was niemand hat gesehn, kann niemand wissen,
Falls er nicht wirklich Ich ist, so wie ich.
– Gut, diese Frage wird mir Licht verschaffen.
Was gilts? Dies fängt ihn – nun wir werden sehn.

(Laut.)

Als beide Heer im Handgemenge waren,
Was machtest du, sag an, in den Gezelten,
Wo du gewußt, geschickt dich hinzudrücken?
MERKUR. Von einem Schinken –
SOSIAS *(für sich)*. Hat den Kerl der Teufel –?
MERKUR. Den ich im Winkel des Gezeltes fand,

Schnitt ich ein Kernstück mir, ein saftiges,
Und öffnete geschickt ein Flaschenfutter,
Um für die Schlacht, die draußen ward gefochten,
Ein wenig Munterkeit mir zu verschaffen.
SOSIAS *(für sich)*. Nun ist es gut. Nun wärs gleich viel, wenn mich
Die Erde gleich von diesem Platz verschlänge,
Denn aus dem Flaschenfutter trinkt man nicht,
Wenn man, wie ich, zufällig nicht im Sacke
Den Schlüssel, der gepaßt, gefunden hätte.

(Laut.)

Ich sehe, alter Freund, nunmehr, daß du
Die ganze Portion Sosias bist,
Die man auf dieser Erde brauchen kann.
Ein mehreres scheint überflüssig mir.
Fern sei mir, den Zudringlichen zu spielen,
Und gern tret ich vor dir zurück. Nur habe die
Gefälligkeit für mich, und sage mir,
Da ich Sosias nicht bin, *wer* ich bin?
Denn *etwas*, gibst du zu, muß ich doch sein.
MERKUR. Wenn ich nicht mehr Sosias werde sein,
Sei dus, es ist mir recht, ich willge drein.
Jedoch so lang ichs bin, wagst du den Hals,
Wenn dir der unverschämte Einfall kommt.
SOSIAS. Gut, gut. Mir fängt der Kopf zu schwirren an,
Ich sehe jetzt, mein Seel, wie sichs verhält,
Wenn ichs auch gleich noch völlig nicht begreife.
Jedoch – die Sache muß ein Ende nehmen;
Und das Gescheideste, zum Schluß zu kommen,
Ist, daß ich meiner Wege geh. – Leb wohl.

(Er geht dem Hause zu.)

MERKUR *(stößt ihn zurück)*. Wie, Galgenstrick! So muß ich alle Knochen
Dir lähmen? *(Er schlägt ihn.)*
SOSIAS. Ihr gerechten Götter!
Wo bleibt mir euer Schutz? Mein Rücken heilt
In Wochen nicht, wenn auch Amphitryon
Den Stock nicht rührt. Wohlan! Ich meide denn
Den Teufelskerl, und geh zurück ins Lager,
So finster diese Höllennacht auch glotzt. –
Das war mir eine rühmliche Gesandtschaft!
Wie wird dein Herr, Sosias, dich empfangen?

(Ab.)

Dritte Szene

MERKUR. Nun, endlich! Warum trolltest du nicht früher?
Du hättst dir böse Risse sparen können. –
Denn daß ihn eines Gottes Arm getroffen,
Die Ehre kümmert den Halunken nicht:
Ich traf ihn wie der beste Büttel auch.
Nun, mag es sein. Gesündigt hat er gnug,
Verdient, wenn auch nicht eben heut, die Prügel;
Er mag auf Abschlag sie empfangen haben. –
Wenn mir der Schuft mit seinem Zeterschrei,
Als ob man ihn zum Braten spießen wollte,
Nur nicht die Liebenden geweckt! – So wahr ich lebe,
Zeus bricht schon auf. Er kommt, der Göttervater,
Und zärtlich gibt Alkmen', als wärs ihr teurer
Gemahl Amphitryon, ihm das Geleit.

Vierte Szene

Jupiter in der Gestalt Amphitryons. Alkmene. Charis. Merkur. Fackeln.

JUPITER. Laß, meine teuerste Alkmene, dort
Die Fackeln sich entfernen. Zwar sie leuchten
Dem schönsten Reiz, der auf der Erde blüht,
Und keiner der Olympier sah ihn schöner;
Jedoch – wie sag ich? Sie verraten den,
Den dieser Reiz hieher gelockt, Geliebte,
Und besser wird es ein Geheimnis bleiben,
Daß dein Amphitryon in Theben war,
Sie sind dem Krieg geraubt, die Augenblicke,
Die ich der Liebe opfernd dargebracht;
Die Welt könnt ihn mißdeuten, diesen Raub;
Und gern entbehrt ich andre Zeugen seiner,
Als nur die eine, die ihn mir verdankt.
ALKMENE. Amphitryon! So willst du gehn? Ach, wie
So lästig ist so vieler Ruhm, Geliebter!
Wie gern gäb ich das Diadem, das du
Erkämpft, für einen Strauß von Veilchen hin,
Um eine niedre Hütte eingesammelt.
Was brauchen wir, als nur uns selbst? Warum
Wird so viel Fremdes noch dir aufgedrungen,
Dir eine Krone und der Feldherrnstab?

Zwar wenn das Volk dir jauchzt, und sein Entzücken
In jedem großen Namen sich verschwendet,
Ist der Gedanke süß, daß du mir angehörst;
Doch dieser flüchtge Reiz, kann er vergelten,
Was ich empfinde, wenn im wilden Treffen
Der Pfeil auf diesen teuern Busen zielt?
Wie öd ist, ohne dich, dies Haus! Wie träge,
Bist du mir fern, der muntre Reihn der Stunden,
Wenn sie den Tag herauf mir führen sollen!
Ach was das Vaterland mir alles raubt,
Das fühl ich, mein Amphitryon, erst seit heute,
Da ich zwei kurze Stunden dich besaß.

JUPITER. Geliebte! Wie du mich entzückst! Doch eine
Besorgnis auch erregst du mir, die ich,
So scherzhaft sie auch klingt, dir nennen muß.
Du weißt, daß ein Gesetz der Ehe ist,
Und eine Pflicht, und daß, wer Liebe nicht erwirbt,
Noch Liebe vor dem Richter fordern kann.
Sieh dies Gesetz, es stört mein schönstes Glück.
Dir möcht ich, deinem Herzen, Teuerste,
Jedwede Gunst verdanken, möchte gern
Nicht, daß du einer Förmlichkeit dich fügtest,
Zu der du dich vielleicht verbunden wähnst.
Wie leicht verscheuchst du diese kleinen Zweifel?
So öffne mir dein Innres denn, und sprich,
Ob den Gemahl du heut, dem du verlobt bist,
Ob den Geliebten du empfangen hast?

ALKMENE. Geliebter und Gemahl! Was sprichst du da?
Ist es dies heilige Verhältnis nicht,
Das mich allein, dich zu empfahn, berechtigt?
Wie kann dich ein Gesetz der Welt nur quälen,
Das weit entfernt, beschränkend hier zu sein,
Vielmehr den kühnsten Wünschen, die sich regen,
Jedwede Schranke glücklich niederreißt?

JUPITER. Was ich dir fühle, teuerste Alkmene,
Das überflügelt, sieh, um Sonnenferne,
Was ein Gemahl dir schuldig ist. Entwöhne,
Geliebte, von dem Gatten dich,
Und unterscheide zwischen mir und ihm.
Sie schmerzt mich, diese schmähliche Verwechslung,
Und der Gedanke ist mir unerträglich,
Daß du den Laffen bloß empfangen hast,
Der kalt ein Recht auf dich zu haben wähnt.

Ich möchte dir, mein süßes Licht,
Dies Wesen eigner Art erschienen sein,
Besieger dein, weil über dich zu siegen,
Die Kunst, die großen Götter mich gelehrt.
Wozu den eitlen Feldherrn der Thebaner
Einmischen hier, der für ein großes Haus
Jüngst eine reiche Fürstentochter freite?
Was sagst du? Sieh, ich möchte deine Tugend
Ihm, jenem öffentlichen Gecken, lassen,
Und mir, mir deine Liebe vorbehalten.

ALKMENE. Amphitryon! Du scherzest. Wenn das Volk hier
Auf den Amphitryon dich schmähen hörte,
Es müßte doch dich einen andern wähnen,
Ich weiß nicht wen? Nicht, daß es mir entschlüpft
In dieser heitern Nacht, wie, vor dem Gatten,
Oft der Geliebte aus sich zeichnen kann;
Doch da die Götter eines und das andre
In dir mir einigten, verzeih ich diesem
Von Herzen gern, was der vielleicht verbrach.

JUPITER. Versprich mir denn, daß dieses heitre Fest,
Das wir jetzt frohem Wiedersehn gefeiert,
Dir nicht aus dem Gedächtnis weichen soll;
Daß du den Göttertag, den wir durchlebt,
Geliebteste, mit deiner weitern Ehe
Gemeinen Tag'lauf nicht verwechseln willst.
Versprich, sag ich, daß du an mich willst denken,
Wenn einst Amphitryon zurückekehrt –?

ALKMENE. Nun ja. Was soll man dazu sagen?

JUPITER. Dank dir!
Es hat mehr Sinn und Deutung, als du glaubst.
Leb wohl, mich ruft die Pflicht.

ALKMENE. So willst du fort?
Nicht diese kurze Nacht bei mir, Geliebter,
Die mit zehntausend Schwingen fleucht, vollenden?

JUPITER. Schien diese Nacht dir kürzer als die andern?

ALKMENE. Ach!

JUPITER. Süßes Kind! Es konnte doch Aurora
Für unser Glück nicht mehr tun, als sie tat.
Leb wohl. Ich sorge, daß die anderen
Nicht länger dauern, als die Erde braucht.

ALKMENE. Er ist berauscht, glaub ich. Ich bin es auch. *(Ab.)*

Fünfte Szene

Merkur. Charis.

CHARIS *(für sich)*. Das nenn ich Zärtlichkeit mir! Das mir Treue!
Das mir ein artig Fest, wenn Eheleute
Nach langer Trennung jetzt sich wiedersehn!
Doch jener Bauer dort, der mir verbunden,
Ein Klotz ist just so zärtlich auch, wie er.
MERKUR *(für sich)*. Jetzt muß ich eilen und die Nacht erinnern,
Daß uns der Weltkreis nicht aus aller Ordnung kommt.
Die gute Göttin Kupplerin verweilte
Uns siebzehn Stunden über Theben heut;
Jetzt mag sie weiter ziehn, und ihren Schleier
Auch über andre Abenteuer werfen.
CHARIS *(laut)*. Jetzt seht den Unempfindlichen! da geht er.
MERKUR. Nun, soll ich dem Amphitryon nicht folgen?
Ich werde doch, wenn er ins Lager geht,
Nicht auf die Bärenhaut mich legen sollen?
CHARIS. Man sagt doch was.
MERKUR. Ei was! Dazu ist Zeit. –
Was du gefragt, das weißt du, damit basta.
In diesem Stücke bin ich ein Lakoner.
CHARIS. Ein Tölpel bist du. Gutes Weib, sagt man,
Behalt mich lieb, und tröst dich, und was weiß ich?
MERKUR. Was, Teufel, kommt dir in den Sinn? Soll ich
Mit dir zum Zeitvertreib hier Fratzen schneiden?
Eilf Ehstandsjahr erschöpfen das Gespräch,
Und schon seit Olims Zeit sagt ich dir alles.
CHARIS. Verräter, sieh Amphitryon, wie er,
Den schlechtsten Leuten gleich, sich zärtlich zeigt,
Und schäme dich, daß in Ergebenheit
Zu seiner Frau, und ehelicher Liebe
Ein Herr der großen Welt dich übertrifft.
MERKUR. Er ist noch in den Flitterwochen, Kind.
Es gibt ein Alter, wo sich alles schickt.
Was diesem jungen Paare steht, das möcht ich
Von weitem sehn, wenn wirs verüben wollten.
Es würd uns lassen, wenn wir alten Esel
Mit süßen Brocken um uns werfen wollten.
CHARIS. Der Grobian! Was das für Reden sind.
Bin ich nicht mehr im Stand? –
MERKUR. Das sag ich nicht,

Dein offner Schaden läßt sich übersehen,
Wenns finster ist, so bist du grau; doch hier
Auf offnem Markt würds einen Auflauf geben,
Wenn mich der Teufel plagte, zu scharwenzeln.
CHARIS. Ging ich nicht gleich, so wie du kamst, Verräter,
Zur Plumpe? Kämmt ich dieses Haar mir nicht?
Legt ich dies reingewaschne Kleid nicht an?
Und das, um ausgehunzt von dir zu werden.
MERKUR. Ei was ein reines Kleid! Wenn du das Kleid
Ausziehen könntest, das dir von Natur ward,
Ließ ich die schmutzge Schürze mir gefallen.
CHARIS. Als du mich freitest, da gefiel dirs doch.
Da hätt es not getan, es in der Küche
Beim Waschen und beim Heuen anzutun.
Kann ich dafür, wenn es die Zeit genutzt?
MERKUR. Nein, liebstes Weib. Doch ich kanns auch nicht flicken.
CHARIS. Halunke, du verdienst es nicht, daß eine
Frau dir von Ehr und Reputation geworden.
MERKUR. Wärst du ein wenig minder Frau von Ehre,
Und rissest mir dafür die Ohren nicht
Mit deinen ewgen Zänkereien ab.
CHARIS. Was? so mißfällts dir wohl, daß ich in Ehren
Mich stets erhielt, mir guten Ruf erwarb?
MERKUR. Behüt der Himmel mich. Pfleg deiner Tugend,
Nur führe sie nicht, wie ein Schlittenpferd,
Stets durch die Straße läutend, und den Markt.
CHARIS. Dir wär ein Weib gut, wie man sie in Theben
Verschmitzt und voller Ränke finden kann,
Ein Weib, das dich in süße Wort' ertränkte,
Damit du ihr den Hahnrei niederschluckst.
MERKUR. Was das betrifft, mein Seel, da sag ich dir:
Gedankenübel quälen nur die Narren,
Den Mann vielmehr beneid ich, dem ein Freund
Den Sold der Ehe vorschießt; alt wird er,
Und lebt das Leben aller seiner Kinder.
CHARIS. Du wärst so schamlos, mich zu reizen? Wärst
So frech, mich förmlich aufzufordern, dir
Den freundlichen Thebaner, welcher abends
Mir auf der Fährte schleicht, zu adjungieren?
MERKUR. Hol mich der Teufel, ja. Wenn du mir nur
Ersparst, Bericht darüber anzuhören.
Bequeme Sünd ist, find ich, so viel wert,
Als lästge Tugend; und mein Wahlspruch ist,

Nicht so viel Ehr in Theben, und mehr Ruhe –
Fahr wohl jetzt, Charis, Schatzkind! Fort muß ich.
Amphitryon wird schon im Lager sein. *(Ab.)*
CHARIS. Warum, um diesen Niederträchtigen
Mit einer offenbaren Tat zu strafen,
Fehlts an Entschlossenheit mir? O ihr Götter!
Wie ich es jetzt bereue, daß die Welt
Für eine ordentliche Frau mich hält!

ZWEITER AKT

Es ist Tag

Erste Szene

Amphitryon. Sosias.

AMPHITRYON. Steh, Gaudieb, sag ich, mir, vermaledeiter
Halunke! Weißt du, Taugenichts, daß dein
Geschwätz dich an den Galgen bringen wird?
Und daß, mit dir nach Würden zu verfahren,
Nur meinem Zorn ein tüchtges Rohr gebricht?
SOSIAS. Wenn Ihrs aus diesem Ton nehmt, sag ich nichts.
Befehlt, so träum ich, oder bin betrunken.
AMPHITRYON. Mir solche Märchen schamlos aufzubürden!
Erzählungen, wie unsre Ammen sie
Den Kindern abends in die Ohren lullen. –
Meinst du, ich werde dir die Possen glauben?
SOSIAS. Behüt! Ihr seid der Herr und ich der Diener,
Ihr werdet tun und lassen, was Ihr wollt.
AMPHITRYON. Es sei. Ich unterdrücke meinen Zorn,
Gewinne die Geduld mir ab, noch einmal
Vom Ei den ganzen Hergang anzuhören.
– Ich muß dies Teufelsrätsel mir entwirren,
Und nicht den Fuß ehr setz ich dort ins Haus.
– Nimm alle deine Sinne wohl zusammen,
Und steh mir Rede, pünktlich, Wort für Wort.
SOSIAS. Doch, Herr, aus Furcht, vergebt mir, anzustoßen,
Ersuch ich Euch, eh wir zur Sache schreiten,
Den Ton mir der Verhandlung anzugeben.
Soll ich nach meiner Überzeugung reden,

Ein ehrlicher Kerl, versteht mich, oder so,
Wie es bei Hofe üblich, mit Euch sprechen?
Sag ich Euch dreist die Wahrheit, oder soll ich
Mich wie ein wohlgezogner Mensch betragen?
AMPHITRYON. Nichts von den Fratzen. Ich verpflichte dich,
Bericht mir unverhohlen abzustatten.
SOSIAS. Gut. Laßt mich machen jetzt. Ihr sollt bedient sein.
Ihr habt bloß mir die Fragen auszuwerfen.
AMPHITRYON. Auf den Befehl, den ich dir gab –?
SOSIAS. Ging ich
Durch eine Höllenfinsternis, als wäre
Der Tag zehntausend Klaftern tief versunken,
Euch allen Teufeln, und den Auftrag gebend,
Den Weg nach Theben, und die Königsburg.
AMPHITRYON. Was, Schurke, sagst du?
SOSIAS. Herr, es ist die Wahrheit.
AMPHITRYON. Gut. Weiter. Während du den Weg verfolgtest –?
SOSIAS. Setzt ich den Fuß stets einen vor den andern,
Und ließ die Spuren hinter mir zurück.
AMPHITRYON. Was! Ob dir was begegnet, will ich wissen!
SOSIAS. Nichts, Herr, als daß ich salva venia
Die Seele voll von Furcht und Schrecken hatte.
AMPHITRYON. Drauf eingetroffen hier –?
SOSIAS. Übt ich ein wenig
Mich auf den Vortrag, den ich halten sollte,
Und stellte witzig die Laterne mir,
Als Eure Gattin, die Prinzessin, vor.
AMPHITRYON. Dies abgemacht –?
SOSIAS. Ward ich gestört. Jetzt kömmts.
AMPHITRYON. Gestört? Wodurch? Wer störte dich?
SOSIAS. Sosias.
AMPHITRYON. Wie soll ich das verstehn?
SOSIAS. Wie Ihrs verstehn sollt?
Mein Seel! Da fragt Ihr mich zu viel.
Sosias störte mich, da ich mich übte.
AMPHITRYON. Sosias! Welch ein Sosias! Was für
Ein Galgenstrick, Halunke, von Sosias,
Der außer dir den Namen führt in Theben,
Hat dich gestört, da du dich eingeübt?
SOSIAS. Sosias! Der bei Euch in Diensten steht,
Den Ihr vom Lager gestern abgeschickt,
Im Schlosse Eure Ankunft anzumelden.
AMPHITRYON. Du? Was?

SOSIAS. Ich, ja. Ein Ich, das Wissenschaft
Von allen unsern Heimlichkeiten hat,
Das Kästchen und die Diamanten kennt,
Dem Ich vollkommen gleich, das mit Euch spricht.
AMPHITRYON. Was für Erzählungen?
SOSIAS. Wahrhaftige.
Ich will nicht leben, Herr, belüg ich Euch.
Dies Ich war früher angelangt, als ich,
Und ich war hier, in diesem Fall, mein Seel,
Noch eh ich angekommen war.
AMPHITRYON. Woher entspringt dies Irrgeschwätz? Der Wischwasch?
Ists Träumerei? Ist es Betrunkenheit?
Gehirnverrückung? Oder solls ein Scherz sein?
SOSIAS. Es ist mein völlger Ernst, Herr, und Ihr werdet,
Auf Ehrenwort, mir Euren Glauben schenken,
Wenn Ihr so gut sein wollt. Ich schwörs Euch zu,
Daß ich, der einfach aus dem Lager ging,
Ein Doppelter in Theben eingetroffen;
Daß ich mir glotzend hier begegnet bin;
Daß hier dies eine Ich, das vor Euch steht,
Vor Müdigkeit und Hunger ganz erschöpft,
Das andere, das aus dem Hause trat,
Frisch, einen Teufelskerl, gefunden hat;
Daß diese beiden Schufte, eifersüchtig
Jedweder, Euern Auftrag auszurichten,
Sofort in Streit gerieten, und daß ich
Mich wieder ab ins Lager trollen mußte,
Weil ich ein unvernünftger Schlingel war.
AMPHITRYON. Man muß von meiner Sanftmut sein, von meiner
Friedfertigkeit, von meiner Selbstverleugnung,
Um einem Diener solche Sprache zu gestatten.
SOSIAS. Herr, wenn Ihr Euch ereifert, schweig ich still.
Wir wollen von was andern sprechen.
AMPHITRYON. Gut. Weiter denn. Du siehst, ich mäßge mich.
Ich will geduldig bis ans End dich hören.
Doch sage mir auf dein Gewissen jetzt,
Ob das, was du für wahr mir geben willst,
Wahrscheinlich auch nur auf den Schatten ist.
Kann mans begreifen? reimen? Kann mans fassen?
SOSIAS. Behüte! Wer verlangt denn das von Euch?
Ins Tollhaus weis ich den, der sagen kann,
Daß er von dieser Sache was begreift.
Es ist gehauen nicht und nicht gestochen,

Ein Vorfall, koboldartig, wie ein Märchen,
Und dennoch *ist* es, wie das Sonnenlicht.

AMPHITRYON. Falls man demnach fünf Sinne hat, wie glaubt mans.

SOSIAS. Mein Seel! Es kostete die größte Pein mir,
So gut, wie Euch, eh ich es glauben lernte.
Ich hielt mich für besessen, als ich mich
Hier aufgepflanzt fand lärmend auf dem Platze,
Und einen Gauner schalt ich lange mich.
Jedoch zuletzt erkannt ich, mußt ich mich,
Ein Ich, so wie das andre, anerkennen.
Hier stands, als wär die Luft ein Spiegel vor mir,
Ein Wesen völlig wie das meinige,
Von diesem Anstand, seht, und diesem Wuchse,
Zwei Tropfen Wasser sind nicht ähnlicher.
Ja, wär es nur geselliger gewesen,
Kein solcher mürrscher Grobian, ich könnte,
Auf Ehre, sehr damit zufrieden sein.

AMPHITRYON. Zu welcher Überwindung ich verdammt bin!
– Doch endlich, bist du nicht ins Haus gegangen?

SOSIAS. Ins Haus! Was! Ihr seid gut! Auf welche Weise?
Litt ichs? Hört ich Vernunft an? Untersagt ich
Nicht eigensinnig stets die Pforte mir?

AMPHITRYON. Wie? Was? Zum Teufel!

SOSIAS. Wie? Mit einem Stocke,
Von dem mein Rücken noch die Spuren trägt.

AMPHITRYON. So schlug man dich?

SOSIAS. Und tüchtig.

AMPHITRYON. Wer – wer schlug dich?
Wer unterstand sich das?

SOSIAS. Ich.

AMPHITRYON. Du? Dich schlagen?

SOSIAS. Mein Seel, ja, ich! Nicht dieses Ich von hier,
Doch das vermaledeite Ich vom Hause,
Das wie fünf Ruderknechte schlägt.

AMPHITRYON. Unglück verfolge dich, mit mir also zu reden!

SOSIAS. Ich kanns Euch dartun, Herr, wenn Ihrs begehrt.
Mein Zeuge, mein glaubwürdiger, ist der
Gefährte meines Mißgeschicks, mein Rücken.
– Das Ich, das mich von hier verjagte, stand
Im Vorteil gegen mich; es hatte Mut
Und zwei geübte Arme, wie ein Fechter.

AMPHITRYON. Zum Schlusse. Hast du meine Fıau gesprochen?

SOSIAS. Nein.

AMPHITRYON. Nicht! Warum nicht?
SOSIAS. Ei! Aus guten Gründen.
AMPHITRYON. Und wer hat dich, Verräter, deine Pflicht
Verfehlen lassen? Hund, Nichtswürdiger!
SOSIAS. Muß ich es zehn und zehnmal wiederholen?
Ich, hab ich Euch gesagt, dies Teufels-Ich,
Das sich der Türe dort bemächtigt hatte;
Das Ich, das das alleinge Ich will sein;
Das Ich vom Hause dort, das Ich vom Stocke,
Das Ich, das mich halb tot geprügelt hat.
AMPHITRYON. Es muß die Bestie getrunken haben,
Sich vollends um das bißchen Hirn gebracht.
SOSIAS. Ich will des Teufels sein, wenn ich heut mehr
Als meine Portion getrunken habe.
Auf meinen Schwur, mein Seel, könnt Ihr mir glauben.
AMPHITRYON. – So hast du dich unmäßgem Schlaf vielleicht
Ergeben? – Vielleicht daß dir ein böser Traum
Den aberwitzgen Vorfall vorgespiegelt,
Den du mir hier für Wirklichkeit erzählst –?
SOSIAS. Nichts, nichts von dem. Ich schlief seit gestern nicht
Und hatt im Wald auch gar nicht Lust zu schlafen,
Ich war erwacht vollkommen, als ich eintraf,
Und sehr erwacht und munter war der andre
Sosias, als er mich so tüchtig walkte.
AMPHITRYON. Schweig. Was ermüd ich mein Gehirn? Ich bin
Verrückt selbst, solchen Wischwasch anzuhören.
Unnützes, marklos-albernes Gewäsch,
In dem kein Menschensinn ist, und Verstand.
Folg mir.
SOSIAS *(für sich)*.
So ists. Weil es aus meinem Munde kommt,
Ists albern Zeug, nicht wert, daß man es höre.
Doch hätte sich ein Großer selbst zerwalkt,
So würde man Mirakel schrein.
AMPHITRYON. Laß mir die Pforte öffnen. – Doch was seh ich?
Alkmene kommt. Es wird sie überraschen,
Denn freilich jetzt erwartet sie mich nicht.

Zweite Szene

Alkmene. Charis. Die Vorigen.

ALKMENE. Komm, meine Charis. Laß den Göttern uns
Ein Opfer dankbar auf den Altar legen.
Laß ihren großen, heilgen Schutz noch ferner
Mich auf den besten Gatten niederflehn.
(Da sie den Amphitryon erblickt.)
O Gott! Amphitryon!
AMPHITRYON. Der Himmel gebe,
Daß meine Gattin nicht vor mir erschrickt,
Nicht fürcht ich, daß nach dieser flüchtgen Trennung
Alkmene minder zärtlich mich empfängt,
Als ihr Amphitryon zurückekehrt.
ALKMENE. So früh zurück –?
AMPHITRYON. Was! dieser Ausruf,
Fürwahr, scheint ein zweideutig Zeichen mir,
Ob auch die Götter jenen Wunsch erhört.
Dies: »Schon so früh zurück!« ist der Empfang,
Beim Himmel, nein! der heißen Liebe nicht.
Ich Törichter! Ich stand im Wahn, daß mich
Der Krieg zu lange schon von hier entfernt;
Zu spät, war meine Rechnung, kehrt ich wieder.
Doch du belehrst mich, daß ich mich geirrt,
Und mit Befremden nehm ich wahr, daß ich
Ein Überlästger aus den Wolken falle.
ALKMENE. Ich weiß nicht –
AMPHITRYON. Nein, Alkmene,
Verzeih. Mit diesem Worte hast du Wasser
Zu meiner Liebe Flammen hingetragen.
Du hast, seit ich dir fern, die Sonnenuhr
Nicht eines flüchtgen Blicks gewürdigt.
Hier ward kein Flügelschlag der Zeit vernommen,
Und unter rauschenden Vergnügen sind
In diesem Schloß fünf abgezählte Monden
Wie so viel Augenblicke hingeflohn.
ALKMENE. Ich habe Müh, mein teurer Freund, zu fassen,
Worauf du diesen Vorwurf gründen magst.
Beklagst du über meine Kälte dich,
So siehst du mich verlegen, wie ich dich
Befriedgen soll. Ich denke gestern, als
Du um die Abenddämmrung mir erschienst,

Trug ich die Schuld, an welche du mich mahnst,
Aus meinem warmen Busen reichlich ab.
Kannst du noch mehr dir wünschen, mehr begehren,
So muß ich meine Dürftigkeit gestehn:
Ich gab dir wirklich alles, was ich hatte.

AMPHITRYON. Wie?

ALKMENE. Und du fragst noch! Flog ich gestern nicht,
Als du mich heimlich auf den Nacken küßtest,
Ich spann, ins Zimmer warst du eingeschlichen,
Wie aus der Welt entrückt, dir an die Brust?
Kann man sich inn'ger des Geliebten freun?

AMPHITRYON. Was sagst du mir?

ALKMENE. Was das für Fragen sind!
Du selber warst unmäßger Freude voll,
Dich so geliebt zu sehn; und als ich lachte,
Inzwischen mir die Träne floß, schwurst du
Mit seltsam schauerlichen Schwur mir zu,
Daß nie die Here so den Jupiter beglückt.

AMPHITRYON. Ihr ewgen Götter!

ALKMENE. Drauf als der Tag erglühte,
Hielt länger dich kein Flehn bei mir zurück.
Auch nicht die Sonne wolltest du erwarten.
Du gehst, ich werfe mich aufs Lager nieder,
Heiß ist der Morgen, schlummern kann ich nicht,
Ich bin bewegt, den Göttern will ich opfern,
Und auf des Hauses Vorplatz treff ich dich!
Ich denke, Auskunft, traun, bist du mir schuldig,
Wenn deine Wiederkehr mich überrascht,
Bestürzt auch, wenn du willst; nicht aber ist
Ein Grund hier, mich zu schelten, mir zu zürnen.

AMPHITRYON. Hat mich etwan ein Traum bei dir verkündet,
Alkmene? Hast du mich vielleicht im Schlaf
Empfangen, daß du wähnst, du habest mir
Die Forderung der Liebe schon entrichtet?

ALKMENE. Hat dir ein böser Dämon das Gedächtnis
Geraubt, Amphitryon? hat dir vielleicht
Ein Gott den heitern Sinn verwirrt, daß du
Die keusche Liebe deiner Gattin, höhnend,
Von allem Sittlichen entkleiden willst?

AMPHITRYON. Was? Mir wagst du zu sagen, daß ich gestern
Hier um die Dämmrung eingeschlichen bin?
Daß ich dir scherzend auf den Nacken – Teufel!

ALKMENE. Was? Mir wagst du zu leugnen, daß du gestern

Hier um die Dämmrung eingeschlichen bist?
Daß du dir jede Freiheit hast erlaubt,
Die dem Gemahl mag zustehn über mich?
AMPHITRYON. – Du scherzest. Laß zum Ernst uns wiederkehren,
Denn nicht an seinem Platz ist dieser Scherz.
ALKMENE. *Du* scherzest. Laß zum Ernst uns wiederkehren,
Denn roh ist und empfindlich dieser Scherz.
AMPHITRYON. – Ich hätte jede Freiheit mir erlaubt,
Die dem Gemahl mag zustehn über dich? –
Wars nicht so? –
ALKMENE. Geh, Unedelmütiger!
AMPHITRYON. O Himmel! Welch ein Schlag trifft mich! Sosias!
Mein Freund!
SOSIAS. Sie braucht fünf Grane Niesewurz;
In ihrem Oberstübchen ists nicht richtig.
AMPHITRYON. Alkmene! Bei den Göttern! du bedenkst nicht,
Was dies Gespräch für Folgen haben kann.
Besinne dich. Versammle deine Geister.
Fortan werd ich dir glauben, was du sagst.
ALKMENE. Was auch daraus erfolgt, Amphitryon,
Ich wills, daß du mir glaubst, du sollst mich nicht
So unanständgen Scherzes fähig wähnen.
Sehr ruhig siehst du um den Ausgang mich.
Kannst du im Ernst ins Angesicht mir leugnen,
Daß du im Schlosse gestern dich gezeigt,
Falls nicht die Götter fürchterlich dich straften,
Gilt jeder andre schnöde Grund mir gleich.
Den innern Frieden kannst du mir nicht stören,
Und auch die Meinung, hoff ich, nicht der Welt:
Den Riß bloß werd ich in der Brust empfinden,
Daß mich der Liebste grausam kränken will.
AMPHITRYON. Unglückliche! Welch eine Sprach! – Und auch
Schon die Beweise hast du dir gefunden?
ALKMENE. Ist es erhört? die ganze Dienerschaft
Ist, dieses Schlosses, Zeuge mir; es würden
Die Steine mir, die du betratst, die Bäume,
Die Hunde, die deine Knie umwedelten,
Von dir mir Zeugnis reden, wenn sie könnten.
AMPHITRYON. Die ganze Dienerschaft? Es ist nicht möglich!
ALKMENE. Soll ich, du Unbegreiflicher, dir den
Beweis jetzt geben, den entscheidenden?
Von wem empfing ich diesen Gürtel hier?
AMPHITRYON. Was, einen Gürtel? du? Bereits? Von mir?

ALKMENE. Das Diadem, sprachst du, des Labdakus,
Den du gefällt hast in der letzten Schlacht.
AMPHITRYON. Verräter dort! Was soll ich davon denken?
SOSIAS. Laßt mich gewähren. Das sind schlechte Kniffe,
Das Diadem halt ich mit meinen Händen.
AMPHITRYON. Wo?
SOSIAS. Hier. *(Er zieht ein Kästchen aus der Tasche.)*
AMPHITRYON. Das Siegel ist noch unverletzt!
(Er betrachtet den Gürtel an Alkmenes Brust.)
Und gleichwohl – – trügen mich nicht alle Sinne –
(Zu Sosias.)
Schnell öffne mir das Schloß.
SOSIAS. Mein Seel, der Platz ist leer.
Der Teufel hat es wegstipitzt, es ist
Kein Diadem des Labdakus zu finden.
AMPHITRYON. O ihr allmächtgen Götter, die die Welt
Regieren! Was habt ihr über mich verhängt?
SOSIAS. Was über Euch verhängt ist? Ihr seid doppelt,
Amphitryon vom Stock ist hier gewesen,
Und glücklich schätz ich Euch, bei Gott –
AMPHITRYON. Schweig Schlingel!
ALKMENE *(zu Charis)*. Was kann in aller Welt ihn so bewegen?
Warum ergreift Bestürzung ihn, Entgeisterung,
Bei dieses Steines Anblick, den er kennt?
AMPHITRYON. Ich habe sonst von Wundern schon gehört,
Von unnatürlichen Erscheinungen, die sich
Aus einer andern Welt hieher verlieren;
Doch heute knüpft der Faden sich von jenseits
An meine Ehre und erdrosselt sie.
ALKMENE *(zu Amphitryon)*. Nach diesem Zeugnis, sonderbarer Freund,
Wirst du noch leugnen, daß du mir erschienst
Und daß ich meine Schuld schon abgetragen?
AMPHITRYON. Nein; doch du wirst den Hergang mir erzählen.
ALKMENE. Amphitryon!
AMPHITRYON. Du hörst, ich zweifle nicht.
Man kann dem Diadem nicht widersprechen.
Gewisse Gründe lassen bloß mich wünschen,
Daß du umständlich die Geschichte mir
Von meinem Aufenthalt im Schloß erzählst.
ALKMENE. Mein Freund, du bist doch krank nicht?
AMPHITRYON. Krank – krank nicht.
ALKMENE. Vielleicht daß eine Sorge dir des Krieges

Den Kopf beschwert, dir, die zudringliche,
Des Geistes heitre Tätigkeit befangen? –
AMPHITRYON. Wahr ists. Ich fühle mir den Kopf benommen.
ALKMENE. Komm, ruhe dich ein wenig aus.
AMPHITRYON. Laß mich.
Es drängt nicht. Wie gesagt, es ist mein Wunsch,
Eh ich das Haus betrete, den Bericht
Von dieser Ankunft gestern – anzuhören.
ALKMENE. Die Sach ist kurz. Der Abend dämmerte,
Ich saß in meiner Klaus und spann, und träumte
Bei dem Geräusch der Spindel mich ins Feld,
Mich unter Krieger, Waffen hin, als ich
Ein Jauchzen an der fernen Pforte hörte.
AMPHITRYON. Wer jauchzte?
ALKMENE. Unsre Leute.
AMPHITRYON. Nun?
ALKMENE. Es fiel
Mir wieder aus dem Sinn, auch nicht im Traume
Gedacht ich noch, welch eine Freude mir
Die guten Götter aufgespart, und eben
Nahm ich den Faden wieder auf, als es
Jetzt zuckend mir durch alle Glieder fuhr.
AMPHITRYON. Ich weiß.
ALKMENE. Du weißt es schon.
AMPHITRYON. Darauf?
ALKMENE. Darauf
Ward viel geplaudert, viel gescherzt, und stets
Verfolgten sich und kreuzten sich die Fragen.
Wir setzten uns – und jetzt erzähltest du
Mit kriegerischer Rede mir, was bei
Pharissa jüngst geschehn, mir von dem Labdakus,
Und wie er in die ewge Nacht gesunken
– Und jeden blutgen Auftritt des Gefechts.
Drauf – ward das prächtge Diadem mir zum
Geschenk, das einen Kuß mich kostete;
Viel bei dem Schein der Kerze wards betrachtet
– Und einem Gürtel gleich verband ich es,
Den deine Hand mir um den Busen schlang.
AMPHITRYON *(für sich)*. Kann man, frag ich, den Dolch lebhafter fühlen?
ALKMENE. Jetzt ward das Abendessen aufgetragen,
Doch weder du noch ich beschäftigten
Uns mit dem Ortolan, der vor uns stand,
Noch mit der Flasche viel, du sagtest scherzend,

Daß du von meiner Liebe Nektar lebtest,
Du seist ein Gott, und was die Lust dir sonst,
Die ausgelaßne, in den Mund dir legte.

AMPHITRYON. – Die ausgelaßne in den Mund mir legte!

ALKMENE. – Ja, in den Mund dir legte. Nun – hierauf –
Warum so finster, Freund?

AMPHITRYON. Hierauf jetzt –?

ALKMENE. Standen
Wir von der Tafel auf; und nun –

AMPHITRYON. Und nun?

ALKMENE. Nachdem wir von der Tafel aufgestanden –

AMPHITRYON. Nachdem ihr von der Tafel aufgestanden –

ALKMENE. So gingen –

AMPHITRYON. Ginget –

ALKMENE. Gingen wir – – – nun ja!
Warum steigt solche Röt ins Antlitz dir?

AMPHITRYON. O dieser Dolch, er trifft das Leben mir!
Nein, nein, Verräterin, ich war es nicht!
Und wer sich gestern um die Dämmerung
Hier eingeschlichen als Amphitryon,
War der nichtswürdigste der Lotterbuben!

ALKMENE. Abscheulicher!

AMPHITRYON. Treulose ! Undankbare! –
Fahr hin jetzt Mäßigung, und du, die mir
Bisher der Ehre Fordrung lähmtest, Liebe,
Erinnrung fahrt, und Glück und Hoffnung hin,
Fortan in Wut und Rache will ich schwelgen.

ALKMENE. Fahr hin auch du, unedelmütger Gatte,
Es reißt das Herz sich blutend von dir los.
Abscheulich ist der Kunstgriff, er empört mich.
Wenn du dich einer andern zugewendet,
Bezwungen durch der Liebe Pfeil, es hätte
Dein Wunsch, mir würdig selbst vertraut, so schnell dich
Als diese feige List zum Ziel geführt.
Du siehst entschlossen mich das Band zu lösen,
Das deine wankelmütge Seele drückt;
Und ehe noch der Abend sich verkündet,
Bist du befreit von allem, was dich bindet.

AMPHITRYON. Schmachvoll, wie die Beleidgung ist, die sich
Mir zugefügt, ist dies das Mindeste,
Was meine Ehre blutend fordern kann.
Daß ein Betrug vorhanden ist, ist klar,
Wenn meine Sinn auch das fluchwürdige

Gewebe noch nicht fassen. Zeugen doch
Jetzt ruf ich, die es mir zerreißen sollen.
Ich rufe deinen Bruder mir, die Feldherrn,
Das ganze Heer mir der Thebaner auf,
Aus deren Mitt ich eher nicht gewichen,
Als mit des heutgen Morgens Dämmerstrahl.
Dann werd ich auf des Rätsels Grund gelangen,
Und Wehe! ruf ich, wer mich hintergangen!

SOSIAS. Herr, soll ich etwa –?

AMPHITRYON. Schweig, ich will nichts wissen.
Du bleibst, und harrst auf diesem Platze mein. *(Ab.)*

CHARIS. Befehlt Ihr Fürstin?

ALKMENE. Schweig, ich will nichts wissen,
Verfolg mich nicht, ich will ganz einsam sein. *(Ab.)*

Dritte Szene

Charis. Sosias.

CHARIS. Was das mir für ein Auftritt war! Er ist
Verrückt, wenn er behaupten kann, daß er
Im Lager die verfloßne Nacht geschlafen. –
Nun wenn der Bruder kommt, so wird sichs zeigen.

SOSIAS. Dies ist ein harter Schlag für meinen Herrn.
– Ob mir wohl etwas Ähnliches beschert ist?
Ich muß ein wenig auf den Strauch ihr klopfen.

CHARIS *(für sich)*. Was gibts? Er hat die Unverschämtheit dort,
Mir maulend noch den Rücken zuzukehren.

SOSIAS. Es läuft, mein Seel, mir übern Rücken, da ich
Den Punkt, den kitzlichen, berühren soll.
Ich möchte fast den Vorwitz bleiben lassen,
Zuletzt ists doch so lang wie breit,
Wenn mans nur mit dem Licht nicht untersucht. –
Frisch auf, der Wurf soll gelten, wissen muß ichs!
– Helf dir der Himmel Charis!

CHARIS. Was? du nahst mir noch,
Verräter? Was? du hast die Unverschämtheit,
Da ich dir zürne, keck mich anzureden?

SOSIAS. Nun, ihr gerechten Götter, sag, was hast denn du?
Man grüßt sich doch, wenn man sich wieder sieht.
Wie du gleich über nichts die Fletten sträubst.

CHARIS. Was nennst du über nichts? Was nennst du nichts?
Was nennst du über nichts? Unwürdger! Was?

SOSIAS. Ich nenne nichts, die Wahrheit dir zu sagen,
Was nichts in Prosa wie in Versen heißt,
Und nichts, du weißt, ist ohngefähr so viel,
Wie nichts, versteh mich, oder nur sehr wenig. –
CHARIS. Wenn ich nur wüßte, was die Hände mir
Gebunden hält. Es kribbelt mir, daß ichs
Kaum mäßge, dir die Augen auszukratzen,
Und was ein wütend Weib ist, dir zu zeigen.
SOSIAS. Ei, so bewahr der Himmel mich, was für ein Anfall!
CHARIS. Nichts also nennst du, nichts mir das Verfahren,
Das du dir schamlos gegen mich erlaubt?
SOSIAS. Was denn erlaubt ich mir? Was ist geschehn?
CHARIS. Was mir geschehn? Ei seht! Den Unbefangenen!
Er wird mir jetzo, wie sein Herr, behaupten,
Daß er noch gar in Theben nicht gewesen.
SOSIAS. Was das betrifft, mein Seel! Da sag ich dir,
Daß ich nicht den Geheimnisvollen spiele.
Wir haben einen Teufelswein getrunken,
Der die Gedanken rein uns weggespült.
CHARIS. Meinst du, mit diesem Pfiff mir zu entkommen?
SOSIAS. Nein Charis. Auf mein Wort. Ich will ein Schuft sein,
Wenn ich nicht gestern schon hier angekommen.
Doch weiß ich nichts von allem, was geschehn,
Die ganze Welt war mir ein Dudelsack.
CHARIS. Du wüßtest nicht mehr, wie du mich behandelt,
Da gestern abend du ins Haus getreten?
SOSIAS. Der Henker hol es! Nicht viel mehr, als nichts.
Erzähls, ich bin ein gutes Haus, du weißt,
Ich werd mich selbst verdammen, wenn ich fehlte.
CHARIS. Unwürdiger! Es war schon Mitternacht,
Und längst das junge Fürstenpaar zur Ruhe,
Als du noch immer in Amphitryons
Gemächern weiltest, deine Wohnung noch
Mit keinem Blick gesehn. Es muß zuletzt
Dein Weib sich selber auf die Strümpfe machen,
Dich aufzusuchen, und was find ich jetzt?
Wo find ich jetzt dich, Pflichtvergessener?
Hin auf ein Kissen find ich dich gestreckt,
Als ob du, wie zu Haus, hier hingehörtest.
Auf meine zartbekümmerte Beschwerde,
Hat dies dein Herr, Amphitryon, befohlen,
Du sollst die Reisestunde nicht verschlafen,
Er denke früh von Theben aufzubrechen,

Und was dergleichen faule Fische mehr.
Kein Wort, kein freundliches, von deinen Lippen.
Und da ich jetzt mich niederbeuge, liebend,
Zu einem Kusse, wendest du, Halunke,
Der Wand dich zu, ich soll dich schlafen lassen.
SOSIAS. Brav, alter, ehrlicher Sosias!
CHARIS. Was?
Ich glaube gar du lobst dich noch? Du lobst dich?
SOSIAS. Mein Seel, du mußt es mir zugute halten.
Ich hatte Meerrettich gegessen, Charis,
Und hatte recht, den Atem abzuwenden.
CHARIS. Ei was! Ich hätte nichts davon gespürt,
Wir hatten auch zu Mittag Meerrettich.
SOSIAS. Mein Seel. Das wußt ich nicht. Man merkts dann nicht.
CHARIS. Du kömmst mit diesen Schlichen mir nicht durch.
Früh oder spät wird die Verachtung sich,
Mit der ich mich behandelt sehe, rächen.
Es wurmt mich, ich verwind es nicht, was ich
Beim Anbruch hier des Tages hören mußte,
Und ich benutze dir die Freiheit noch,
Die du mir gabst, so wahr ich ehrlich bin.
SOSIAS. Welch eine Freiheit hab ich dir gegeben?
CHARIS. Du sagtest mir und warst sehr wohl bei Sinnen,
Daß dich ein Hörnerschmuck nicht kümmern würde,
Ja daß du sehr zufrieden wärst, wenn ich
Mit dem Thebaner mir die Zeit vertriebe,
Der hier, du weißts, mir auf der Fährte schleicht.
Wohlan, mein Freund, dein Wille soll geschehn.
SOSIAS. Das hat ein Esel dir gesagt, nicht ich.
Spaß hier beiseit. Davon sag ich mich los.
Du wirst in diesem Stück vernünftig sein.
CHARIS. Kann ich es gleichwohl über mich gewinnen?
SOSIAS. Still jetzt, Alkmene kommt, die Fürstin.

Vierte Szene

Alkmene. Die Vorigen.

ALKMENE. Charis!
Was ist mir, Unglücksel'gen, widerfahren?
Was ist geschehn mir, sprich? Sieh dieses Kleinod.
CHARIS. Was ist dies für ein Kleinod, meine Fürstin?

ALKMENE. Das Diadem ist es, des Labdakus,
Das teure Prachtgeschenk Amphitryons,
Worauf sein Namenszug gegraben ist.
CHARIS. Dies? Dies das Diadem des Labdakus?
Hier ist kein Namenszug Amphitryons.
ALKMENE. Unselige, so bist du sinnberaubt?
Hier stünde nicht, daß mans mit Fingern läse,
Mit großem, goldgegrabnen Zug ein A?
CHARIS. Gewiß nicht, beste Fürstin. Welch ein Wahn?
Hier steht ein andres fremdes Anfangszeichen.
Hier steht ein J.
ALKMENE. Ein J?
CHARIS. Ein J. Man irrt nicht.
ALKMENE. Weh mir sodann! Weh mir! Ich bin verloren.
CHARIS. Was ists, erklärt mir, das Euch so bewegt?
ALKMENE. Wie soll ich Worte finden, meine Charis,
Das Unerklärliche dir zu erklären?
Da ich bestürzt mein Zimmer wieder finde,
Nicht wissend, ob ich wache, ob ich träume,
Wenn sich die rasende Behauptung wagt,
Daß mir ein anderer erschienen sei;
Da ich gleichwohl den heißen Schmerz erwäg
Amphitryons, und dies sein letztes Wort,
Er geh den eignen Bruder, denke dir!
Den Bruder wider mich zum Zeugnis aufzurufen;
Da ich jetzt frage, hast du wohl gerirrt?
Denn einen äfft der Irrtum doch von beiden,
Nicht ich, nicht er, sind einer Tücke fähig;
Und jener doppelsinnge Scherz mir jetzt
Durch das Gedächtnis zuckt, da der Geliebte,
Amphitryon, ich weiß nicht, ob dus hörtest,
Mir auf Amphitryon den Gatten schmähte,
Wie Schaudern jetzt, Entsetzen mich ergreift
Und alle Sinne treulos von mir weichen, –
Faß ich, o du Geliebte, diesen Stein,
Das einzig, unschätzbare, teure Pfand,
Das ganz untrüglich mir zum Zeugnis dient.
Jetzt faß ichs, will den werten Namenszug,
Des lieben Lügners eignen Widersacher,
Bewegt an die entzückten Lippen drücken:
Und einen andern fremden Zug erblick ich,
Und wie vom Blitz steh ich gerührt – ein J!
CHARIS. Entsetzlich! solltet Ihr getäuscht Euch haben?

ALKMENE. Ich mich getäuscht!
CHARIS. Hier in dem Zuge, mein ich.
ALKMENE. Ja in dem Zug meinst du – so scheint es fast.
CHARIS. Und also –?
ALKMENE. Was und also –?
CHARIS. Beruhigt Euch.
Es wird noch alles sich zum Guten wenden.
ALKMENE. O Charis! – Eh will ich irren in mir selbst!
Eh will ich dieses innerste Gefühl,
Das ich am Mutterbusen eingesogen,
Und das mir sagt, daß ich Alkmene bin,
Für einen Parther oder Perser halten.
Ist diese Hand mein? Diese Brust hier mein?
Gehört das Bild mir, das der Spiegel strahlt?
Er wäre fremder mir, als ich! Nimm mir
Das Aug, so hör ich ihn; das Ohr, ich fühl ihn;
Mir das Gefühl hinweg, ich atm' ihn noch;
Nimm Aug und Ohr, Gefühl mir und Geruch,
Mir alle Sinn und gönne mir das Herz:
So läßt du mir die Glocke, die ich brauche,
Aus einer Welt noch find ich ihn heraus.
CHARIS. Gewiß! Wie konnt ich auch nur zweifeln, Fürstin?
Wie könnt ein Weib in solchem Falle irren?
Man nimmt ein falsches Kleid, ein Hausgerät,
Doch einen Mann greift man im Finstern.
Zudem, ist er uns allen nicht erschienen?
Empfing ihn freudig an der Pforte nicht
Das ganze Hofgesind, als er erschien?
Tag war es noch, hier müßten tausend Augen
Mit Mitternacht bedeckt gewesen sein.
ALKMENE. Und gleichwohl dieser wunderliche Zug!
Warum fiel solch ein fremdes Zeichen mir,
Das kein verletzter Sinn verwechseln kann,
Warum nicht auf den ersten Blick mir auf?
Wenn ich zwei solche Namen, liebste Charis,
Nicht unterscheiden kann, sprich, können sie
Zwei Führern, ist es möglich, eigen sein,
Die leichter nicht zu unterscheiden wären?
CHARIS. Ihr seid doch sicher, hoff ich, beste Fürstin? –
ALKMENE. Wie meiner reinen Seele! Meiner Unschuld!
Du müßtest denn die Regung mir mißdeuten,
Daß ich ihn schöner niemals fand, als heut.
Ich hätte für sein Bild ihn halten können,

Für sein Gemälde, sieh, von Künstlershand,
Dem Leben treu, ins Göttliche verzeichnet.
Er stand, ich weiß nicht, vor mir, wie im Traum,
Und ein unsägliches Gefühl ergriff
Mich meines Glücks, wie ich es nie empfunden,
Als er mir strahlend, wie in Glorie, gestern
Der hohe Sieger von Pharissa nahte.
Er wars, Amphitryon, der Göttersohn!
Nur schien er selber einer schon mir der
Verherrlichten, ich hätt ihn fragen mögen,
Ob er mir aus den Sternen niederstiege.

CHARIS. Einbildung, Fürstin, das Gesicht der Liebe.

ALKMENE. Ach, und der doppeldeutge Scherz, o Charis,
Der immer wiederkehrend zwischen ihm
Und dem Amphitryon mir unterschied.
War ers, dem ich zu eigen mich gegeben,
Warum stets den Geliebten nannt er sich,
Den Dieb nur, welcher bei mir nascht? Fluch mir,
Die ich leichtsinnig diesem Scherz gelächelt,
Kam er mir aus des Gatten Munde nicht.

CHARIS. Quält Euch mit übereiltem Zweifel nicht.
Hat nicht Amphitryon den Zug selbst anerkannt,
Als Ihr ihm heut das Diadem gezeigt?
Gewiß, hier ist ein Irrtum, beste Fürstin.
Wenn dieses fremde Zeichen ihn nicht irrte,
So folgt, daß es dem Steine eigen ist,
Und Wahn hat *gestern* uns getäuscht, geblendet;
Doch *heut* ist alles, wie es soll.

ALKMENE. Und wenn ers flüchtig nur betrachtet hätte,
Und jetzt mit allen Feldherrn wiederkehrte,
Und die Behauptung rasend wiederholte,
Daß er die Schwelle noch des Hauses nicht betrat!
Nicht nur entblößt bin ich von *jedem* Zeugnis,
Ein Zeugnis *wider mich* ist dieser Stein.
Was kann ich, ich Verwirrte, dem entgegnen?
Wohin rett ich vor Schmerz mich, vor Vernichtung,
Wenn der Verdacht der Männer ihn geprüft?
Muß ich nicht eingestehn, daß dieser Zug
Der Namenszug nicht des Amphitryon?
Nicht eingestehn, daß ein Geschenk mir nicht
Mit fremden Zeichen von ihm kommen kann?
Ja, schwör ich auf den Altar gleich, daß er
Mir das Gestein selbst gestern überreicht,

Bin ich wohl sicher, sprich, daß ich auch gestern
Das *Zeichen*, das hier steht, von ihm empfing?
CHARIS. Faßt Euch. Hier ist er selbst. Jetzt wird sichs lösen.

Fünfte Szene

Jupiter. Die Vorigen.

ALKMENE. Mein Herr und mein Gemahl! Vergönne mir,
Daß ich dir knieend dieses Kleinod reiche.
Ich lege treu mein Leben dir zu Füßen,
Hast du mir diesen Stein, betracht ihn wohl,
Mit eines fremden Namens Zug gegeben,
So küss ich ihn vor Lust und wein auf ihn;
Gabst du ihn nicht, und leugnest du ihn mir,
Verleugnest ihn, so sei der Tod mein Los
Und ewge Nacht begrabe meine Schmach.
JUPITER. Mein schönes Weib! Werd ich den Stein ergreifen,
Da solch ein Wert vor mir im Staube liegt.
Erhebe dich. Was willst du? Fasse dich.
ALKMENE. Mein zuversichtlich Wort hat dich beleidigt,
Ich fühlte damals schuldlos mich und stark.
Doch seit ich diesen fremden Zug erblickt,
Will ich dem innersten Gefühl mißtrauen:
Ich glaubs – daß mir – ein anderer – erschienen,
Wenn es dein Mund mir noch versichern kann.
JUPITER. Mein großes Weib! Wie sehr beschämst du mich.
Welch eine Lüg ist deiner Lipp entflohen?
Wie könnte dir ein anderer erscheinen?
Wer nahet dir, o du, vor deren Seele
Nur stets des Ein- und Ein'gen Züge stehn?
Du bist, du Heilige, vor jedem Zutritt
Mit diamantnem Gürtel angetan.
Auch selbst der Glückliche, den du empfängst
Entläßt dich schuldlos noch und rein, und alles,
Was sich dir nahet, ist Amphitryon.
ALKMENE. O mein Gemahl! Kannst du mir gütig sagen,
Warst dus, warst du es nicht? O sprich! du warsts!
JUPITER. Ich wars. Seis wer es wolle. Sei – sei ruhig,
Was du gesehn, gefühlt, gedacht, empfunden,
War ich: wer wäre außer mir, Geliebte?
Wer deine Schwelle auch betreten hat,
Mich immer hast du, Teuerste, empfangen,

Und für jedwede Gunst, die du ihm schenktest,
Bin ich dein Schuldner, und ich danke dir.
ALKMENE. Nein, mein Amphitryon, hier irrst du dich.
Jetzt lebe wohl auf ewig, du Geliebter,
Auf diesen Fall war ich gefaßt.
JUPITER. Alkmene!
ALKMENE. Leb wohl! Leb wohl!
JUPITER. Was denkst du?
ALKMENE. Fort, fort, fort –
JUPITER. Mein Augenstern!
ALKMENE. Geh, sag ich.
JUPITER. Höre mich.
ALKMENE. Ich will nichts hören, leben will ich nicht,
Wenn nicht mein Busen mehr unsträflich ist.
JUPITER. Mein angebetet Weib, was sprichst du da?
Was könntest du, du Heilige, verbrechen?
Und wär ein Teufel gestern dir erschienen,
Und hätt er Schlamm der Sünd, durchgeiferten,
Aus Höllentiefen über dich geworfen,
Den Glanz von meines Weibes Busen nicht
Mit einem Makel fleckt er! Welch ein Wahn!
ALKMENE. Ich Schändlich-hintergangene!
JUPITER. *Er* war
Der Hintergangene, mein Abgott! *Ihn*
Hat seine böse Kunst, nicht dich getäuscht,
Nicht dein unfehlbares Gefühl! Wenn er
In seinem Arm dich wähnte, lagst du an
Amphitryons geliebter Brust, wenn er
Von Küssen träumte, drücktest du die Lippe
Auf des Amphitryon geliebten Mund.
O einen Stachel trägt er, glaub es mir,
Den aus dem liebeglühnden Busen ihm
Die ganze Götterkunst nicht reißen kann.
ALKMENE. Daß ihn Zeus mir zu Füßen niederstürzte!
O Gott! Wir müssen uns auf ewig trennen.
JUPITER. Mich fester hat der Kuß, den du ihm schenktest,
Als alle Lieb an dich, die je für mich
Aus deinem Busen loderte, geknüpft.
Und könnt ich aus der Tage fliehndem Reigen
Den gestrigen, sieh, liebste Frau, so leicht
Wie eine Dohl aus Lüften niederstürzen,
Nicht um olympsche Seligkeit wollt ich,
Um Zeus' unsterblich Leben, es nicht tun.

ALKMENE. Und ich, zehn Toden reicht ich meine Brust.
Geh! Nicht in deinem Haus siehst du mich wieder.
Du zeigst mich keiner Frau in Hellas mehr.
JUPITER. Dem ganzen Kreise der Olympischen,
Alkmene! – Welch ein Wort? Dich in die Schar
Glanzwerfend aller Götter führ ich ein.
Und wär ich Zeus, wenn du dem Reigen nahtest,
Die ewge Here müßte vor dir aufstehn,
Und Artemis, die strenge, dich begrüßen.
ALKMENE. Geh, deine Güt erdrückt mich. Laß mich fliehn.
JUPITER. Alkmene!
ALKMENE. Laß mich.
JUPITER. Meiner Seelen Weib!
ALKMENE. Amphitryon, du hörsts! Ich will jetzt fort.
JUPITER. Meinst du, dich diesem Arme zu entwinden?
ALKMENE. Amphitryon, ich wills, du sollst mich lassen.
JUPITER. Und flöhst du über ferne Länder hin,
Dem scheußlichen Geschlecht der Wüste zu,
Bis an den Strand des Meeres folgt ich dir,
Ereilte dich, und küßte dich, und weinte,
Und höbe dich in Armen auf, und trüge
Dich im Triumph zu meinem Bett zurück.
ALKMENE. Nun dann, weil dus so willst, so schwör ich dir,
Und rufe mir der Götter ganze Schar,
Des Meineids fürchterliche Rächer auf:
Eh will ich meiner Gruft, als diesen Busen,
So lang er atmet, deinem Bette nahn.
JUPITER. Den Eid, kraft angeborner Macht, zerbrech ich
Und seine Stücken werf ich in die Lüfte.
Es war kein Sterblicher, der dir erschienen,
Zeus selbst, der Donnergott, hat dich besucht.
ALKMENE. Wer?
JUPITER. Jupiter.
ALKMENE. Wer, Rasender, sagst du?
JUPITER. Er, Jupiter, sag ich.
ALKMENE. Er Jupiter?
Du wagst, Elender –?
JUPITER. Jupiter sagt ich,
Und wiederhols. Kein anderer, als er,
Ist in verfloßner Nacht erschienen dir.
ALKMENE. Du zeihst, du wagst es, die Olympischen
Des Frevels, Gottvergeßner, der verübt ward?
JUPITER. Ich zeihe Frevels die Olympischen?

Laß solch ein Wort nicht, Unbesonnene,
Aus deinem Mund mich wieder hören.
ALKMENE. Ich solch ein Wort nicht mehr –? Nicht Frevel wärs –?
JUPITER. Schweig, sag ich, ich befehls.
ALKMENE. Verlorner Mensch!
JUPITER. Wenn du empfindlich für den Ruhm nicht bist,
Zu den Unsterblichen die Staffel zu ersteigen,
Bin ichs: und du vergönnst mir, es zu sein.
Wenn du Kallisto nicht, die herrliche,
Europa auch und Leda nicht beneidest,
Wohlan, ich sags, ich neide Tyndarus,
Und wünsche Söhne mir, wie Tyndariden.
ALKMENE. Ob ich Kallisto auch beneid? Europa?
Die Frauen, die verherrlichten, in Hellas?
Die hohen Auserwählten Jupiters?
Bewohnerinnen ewgen Ätherreichs?
JUPITER. Gewiß! Was solltest du sie auch beneiden?
Du, die gesättigt völlig von dem Ruhm,
Den einen Sterblichen zu Füßen dir zu sehn.
ALKMENE. Was das für unerhörte Reden sind!
Darf ich auch den Gedanken nur mir gönnen?
Würd ich vor solchem Glanze nicht versinken?
Würd ich, wär ers gewesen, noch das Leben
In diesem warmen Busen freudig fühlen?
Ich, solcher Gnad Unwürdg'? Ich, Sünderin?
JUPITER. Ob du der Gnade wert, ob nicht, kömmt nicht
Zu prüfen *dir* zu. Du wirst über dich,
Wie er dich würdiget, ergehen lassen.
Du unternimmst, Kurzsichtge, ihn zu meistern,
Ihn, der der Menschen Herzen kennt?
ALKMENE. Gut, gut, Amphitryon. Ich verstehe dich,
Und deine Großmut rührt mich bis zu Tränen,
Du hast dies Wort, ich weiß es, hingeworfen,
Mich zu zerstreun – doch meine Seele kehrt
Zu ihrem Schmerzgedanken wiederum zurück.
Geh du, mein lieber Liebling, geh, mein Alles,
Und find ein andres Weib dir, und sei glücklich,
Und laß des Lebens Tage mich durchweinen,
Daß ich dich nicht beglücken darf.
JUPITER. Mein teures Weib! Wie rührst du mich?
Sieh doch den Stein, den du in Händen hältst.
ALKMENE. Ihr Himmlischen, schützt mich vor Wahn!
JUPITER. Ists nicht sein Nam? Und wars nicht gestern meiner?

Ist hier nicht Wunder alles, was sich zeigt?
Hielt ich nicht heut dies Diadem noch in
Versiegeltem Behältnis eingeschlossen?
Und da ichs öffne, dir den Schmuck zu reichen,
Find ich die leere Spur nicht in der Wolle?
Seh ichs nicht glänzend an der Brust dir schon?

ALKMENE. So solls die Seele denken? Jupiter?
Der Götter ewger, und der Menschen, Vater?

JUPITER. Wer könnte dir die augenblickliche
Goldwaage der Empfindung so betrügen?
Wer so die Seele dir, die weibliche,
Die so vielgliedrig fühlend um sich greift,
So wie das Glockenspiel der Brust umgehn,
Das von dem Atem lispelnd schon erklingt?

ALKMENE. Er selber! Er!

JUPITER. Nur die Allmächtgen mögen
So dreist, wie dieser Fremdling, dich besuchen,
Und solcher Nebenbuhler triumphier ich!
Gern mag ich sehn, wenn die Allwissenden
Den Weg zu deinem Herzen finden, gern,
Wenn die Allgegenwärtigen dir nahn:
Und müssen nicht sie selber noch, Geliebte,
Amphitryon sein, und seine Züge stehlen,
Wenn deine Seele sie empfangen soll?

ALKMENE. Nun ja. *(Sie küßt ihn.)*

JUPITER. Du Himmlische!

ALKMENE. Wie glücklich bin ich!
Und o wie gern, wie gern noch bin ich glücklich!
Wie gern will ich den Schmerz empfunden haben,
Den Jupiter mir zugefügt,
Bleibt mir nur alles freundlich wie es war.

JUPITER. Soll ich dir sagen, was ich denke?

ALKMENE. Nun?

JUPITER. Und was, wenn Offenbarung uns nicht wird,
So gar geneigt zu glauben ich mich fühle?

ALKMENE. Nun? Und? du machst mir bang –

JUPITER. Wie, wenn du seinen
Unwillen – du erschrickst dich nicht, gereizt?

ALKMENE. Ihn? Ich? gereizt?

JUPITER. Ist er dir wohl vorhanden?
Nimmst du die Welt, sein großes Werk, wohl wahr?
Siehst du ihn in der Abendröte Schimmer,
Wenn sie durch schweigende Gebüsche fällt?

Hörst du ihn beim Gesäusel der Gewässer,
Und bei dem Schlag der üppgen Nachtigall?
Verkündet nicht umsonst der Berg ihn dir
Getürmt gen Himmel, nicht umsonst ihn dir
Der felszerstiebten Katarakten Fall?
Wenn hoch die Sonn in seinen Tempel strahlt
Und von der Freude Pulsschlag eingeläutet,
Ihn alle Gattungen Erschaffner preisen,
Steigst du nicht in des Herzens Schacht hinab
Und betest deinen Götzen an?

ALKMENE. Entsetzlicher! Was sprichst du da? Kann man
Ihn frömmer auch, und kindlicher, verehren?
Verglüht ein Tag, daß ich an seinem Altar
Nicht für mein Leben dankend, und dies Herz,
Für dich auch du Geliebter, niedersänke?
Warf ich nicht jüngst noch in gestirnter Nacht
Das Antlitz tief, inbrünstig, vor ihm nieder,
Anbetung, glühnd, wie Opferdampf, gen Himmel
Aus dem Gebrodel des Gefühls entsendend?

JUPITER. Weshalb *warfst* du aufs Antlitz dich? – Wars nicht,
Weil in des Blitzes zuckender Verzeichnung
Du einen wohlbekannten Zug erkannt?

ALKMENE. Mensch! Schauerlicher! Woher weißt du das?

JUPITER. Wer ists, dem du an seinem Altar betest?
Ist ers dir wohl, der über Wolken ist?
Kann dein befangner Sinn ihn wohl erfassen?
Kann dein Gefühl, an seinem Nest gewöhnt,
Zu solchem Fluge wohl die Schwingen wagen?
Ists nicht Amphitryon, der Geliebte stets,
Vor welchem du im Staube liegst?

ALKMENE. Ach, ich Unsel'ge, wie verwirrst du mich.
Kann man auch Unwillkürliches verschulden?
Soll ich zur weißen Wand des Marmors beten?
Ich brauche Züge nun, um ihn zu denken.

JUPITER. Siehst du? Sagt ich es nicht? Und meinst du nicht, daß solche
Abgötterei ihn kränkt? Wird er wohl gern
Dein schönes Herz entbehren? Nicht auch gern
Von dir sich innig angebetet fühlen?

ALKMENE. Ach, freilich wird er das. Wo ist der Sünder,
Deß Huldgung nicht den Göttern angenehm.

JUPITER. Gewiß! Er kam, *wenn* er dir niederstieg,
Dir nur, um dich zu *zwingen* ihn zu denken,
Um sich an dir, Vergessenen, zu *rächen*.

ALKMENE. Entsetzlich!
JUPITER. Fürchte nichts. Er straft nicht mehr dich,
Als du verdient. Doch künftig wirst du immer
Nur ihn, versteh, der dir zu Nacht erschien,
An seinem Altar denken, und nicht mich.
ALKMENE. Wohlan! Ich schwörs dir heilig zu! Ich weiß
Auf jede Miene, wie er ausgesehn,
Und werd ihn nicht mit dir verwechseln.
JUPITER. Das tu. Sonst wagst du, daß er wiederkömmt.
So oft du seinen Namenszug erblickst,
Dem Diadem verzeichnet, wirst du seiner
Erscheinung auf das Innigste gedenken;
Dich der Begebenheit auf jeden Zug erinnern;
Erinnern, wie vor dem Unsterblichen
Der Schreck am Rocken dich durchzuckt; wie du
Das Kleinod von ihm eingetauscht; wer dir
Beim Gürten hülfreich war, und was
Beim Ortolan geschehn. Und stört dein Gatte dich,
So bittest du ihn freundlich, daß er dich
Auf eine Stunde selbst dir überlasse.
ALKMENE. Gut, gut, du sollst mit mir zufrieden sein.
Es soll in jeder ersten Morgenstunde
Auch kein Gedanke fürder an dich denken:
Jedoch nachher vergeß ich Jupiter.
JUPITER. Wenn also jetzt in seinem vollen Glanze,
Gerührt durch so viel Besserung,
Der ewg' Erschütterer der Wolken sich dir zeigte,
Geliebte! sprich, wie würdest du dich fassen?
ALKMENE. Ach, der furchtbare Augenblick! hätt ich
Doch immer ihn gedacht nur beim Altar,
Da er so wenig von dir unterschieden.
JUPITER. Du sahst noch sein unsterblich Antlitz nicht,
Alkmene. Ach, es wird das Herz vor ihm
In tausendfacher Seligkeit dir aufgehn.
Was du ihm fühlen wirst, wird Glut dir dünken,
Und Eis, was du Amphitryon empfindest.
Ja, wenn er deine Seele jetzt berührte,
Und zum Olymp nun scheidend wiederkehrt,
So wirst du das Unglaubliche erfahren,
Und weinen, daß du ihm nicht folgen darfst.
ALKMENE. Nein, nein, das glaube nicht, Amphitryon.
Und könnt ich einen Tag zurücke leben,
Und mich vor allen Göttern und Heroen

In meine Klause riegelfest verschließen,
So willigt ich –
JUPITER. Wahrhaftig? tätst du das?
ALKMENE. So willigt ich von ganzem Herzen ein.
JUPITER *(für sich)*. Verflucht der Wahn, der mich hieher gelockt!
ALKMENE. Was ist dir? zürnst du? Kränkt ich dich, Geliebter?
JUPITER. Du wolltest ihm, mein frommes Kind,
Sein ungeheures Dasein nicht versüßen?
Ihm deine Brust verweigern, wenn sein Haupt,
Das weltenordnende, sie sucht,
Auf seinen Flaumen auszuruhen? Ach Alkmene!
Auch der Olymp ist öde ohne Liebe.
Was gibt der Erdenvölker Anbetung
Gestürzt in Staub, der Brust, der lechzenden?
Er will geliebt sein, nicht ihr Wahn von ihm.
In ewge Schleier eingehüllt,
Möcht er sich selbst in einer Seele spiegeln,
Sich aus der Träne des Entzückens widerstrahlen.
Geliebte, sieh! So viele Freude schüttet
Er zwischen Erd und Himmel endlos aus;
Wärst du vom Schicksal nun bestimmt
So vieler Millionen Wesen Dank,
Ihm seine ganze Fordrung an die Schöpfung
In einem einzgen Lächeln auszuzahlen,
Würdst du dich ihm wohl – ach! ich kanns nicht denken,
Laß michs nicht denken – laß –
ALKMENE. Fern sei von mir,
Der Götter großem Ratschluß mich zu sträuben,
Ward ich so heilgem Amte auserkoren.
Er, der mich schuf, er walte über mich.
Doch –
JUPITER. Nun? –
ALKMENE. Läßt man die Wahl mir –
JUPITER. Läßt man dir –?
ALKMENE. Die Wahl, so bliebe meine Ehrfurcht ihm,
Und meine Liebe dir, Amphitryon.
JUPITER. Wenn ich nun dieser Gott dir wär –?
ALKMENE. Wenn du
– Wie ist mir denn? Wenn du mir dieser Gott wärst
– – Ich weiß nicht, soll ich vor dir niederfallen,
Soll ich es nicht? Bist dus mir? Bist dus mir?
JUPITER. Entscheide du. Amphitryon bin ich.
ALKMENE. Amphitryon –

JUPITER. Amphitryon, dir ja.
Doch wenn ich, frag ich, dieser Gott dir wäre,
Dir liebend vom Olymp herabgestiegen,
Wie würdest du dich dann zu fassen wissen?
ALKMENE. Wenn du mir, Liebster, dieser Gott wärst – ja,
So wüßt ich nicht, wo mir Amphitryon wäre,
So würd ich folgen dir, wohin du gehst,
Und wärs auch, wie Euridike, zum Orkus.
JUPITER. Wenn du nicht wüßtest, wo Amphitryon wäre.
Doch wie, wenn sich Amphitryon jetzt zeigte?
ALKMENE. Wenn sich Amphitryon mir – ach, du quälst mich.
Wie kann sich auch Amphitryon mir zeigen,
Da ich Amphitryon in Armen halte?
JUPITER. Und dennoch könntst du leicht den Gott in Armen halten,
Im Wahn, es sei Amphitryon.
Warum soll dein Gefühl dich überraschen?
Wenn ich, der Gott, dich hier umschlungen hielte,
Und jetzo dein Amphitryon sich zeigte,
Wie würd dein Herz sich wohl erklären?
ALKMENE. Wenn du, der Gott, mich hier umschlungen hieltest
Und jetzo sich Amphitryon mir zeigte,
Ja – dann so traurig würd ich sein, und wünschen,
Daß er der Gott mir wäre, und daß du
Amphitryon mir bliebst, wie du es bist.
JUPITER. Mein süßes, angebetetes Geschöpf!
In dem so selig ich mich, selig preise!
So urgemäß, dem göttlichen Gedanken,
In Form und Maß, und Sait und Klang,
Wie's meiner Hand Äonen nicht entschlüpfte!
ALKMENE. Amphityron!
JUPITER. Sei ruhig, ruhig, ruhig!
Es wird sich alles dir zum Siege lösen.
Es drängt den Gott Begier, sich dir zu zeigen,
Und ehe noch des Sternenheeres Reigen
Herauf durchs stille Nachtgefilde zieht,
Weiß deine Brust auch schon, wem sie erglüht –
Sosias!
SOSIAS. Herr!
JUPITER. Auf jetzt, mein treuer Diener,
Auf daß sich dieser Tag verherrliche!
Alkmene hat sich liebend mir versöhnt:
Und du, du gehst, und rufst zu einem Feste
Im Lager mir, wo du sie triffst, die Gäste. *(Beide ab.)*

Sechste Szene

Charis. Sosias.

CHARIS *(für sich)*. Was hast du da gehört, Unselige?
Olympsche Götter wären es gewesen?
Und der sich für Sosias hier mir gibt,
Der wäre einer der Unsterblichen,
Apollon, Hermes, oder Ganymed?
SOSIAS *(für sich)*. Der Blitzgott! Zeus soll es gewesen sein.
CHARIS *(für sich)*. Pfui, schäme dich, wie du dich aufgeführt.
SOSIAS *(für sich)*. Mein Seel, er war nicht schlecht bedient.
Ein Kerl, der seinen Mann stund, und sich
Für seinen Herrn schlug, wie ein Panthertier.
CHARIS *(für sich)*. Wer weiß auch, irr ich nicht. Ich muß ihn prüfen.
(Laut.) Komm, laß uns Frieden machen auch, Sosias.
SOSIAS. Ein andermal. Jetzt ist nicht Zeit dazu.
CHARIS. Wo gehst du hin?
SOSIAS. Ich soll die Feldherrn rufen.
CHARIS. Vergönne mir ein Wort vorher, mein Gatte.
SOSIAS. Dein Gatte –? O, recht gern.
CHARIS. Hast du gehört,
Daß in der Dämmerung zu meiner Fürstin gestern,
Und ihrer treuen Dienerin,
Zwei große Götter vom Olymp gestiegen,
Daß Zeus, der Gott der Wolken, hier gewesen,
Und Phöbus ihn, der herrliche, begleitet?
SOSIAS. Ja wenns noch wahr ist. Leider hört ichs, Charis.
Dergleichen Heirat war mir stets zuwider.
CHARIS. Zuwider? Warum das? Ich wüßte nicht –
SOSIAS. Hm! Wenn ich dir die Wahrheit sagen soll,
Es ist wie Pferd und Esel.
CHARIS. Pferd und Esel!
Ein Gott und eine Fürstin! *(Für sich.)* Der auch kömmt
Wohl vom Olymp nicht. *(Laut.)* Du beliebst
Mit deiner schlechten Dienerin zu scherzen.
Solch ein Triumph, wie über uns gekommen,
Ward noch in Theben nicht erhört.
SOSIAS. Mir für mein Teil, schlecht ist er mir bekommen.
Und ein gemeßnes Maß von Schande wär mir
So lieb, als die verteufelten Trophäen,
Die mir auf beiden Schultern prangen. –
Doch ich muß eilen.

CHARIS. Ja, was ich sagen wollte –
Wer träumte, solche Gäste zu empfangen?
Wer glaubte in der schlechten Menschen Leiber
Zwei der Unsterblichen auch eingehüllt.
Gewiß, wir hätten manche gute Seite,
Die unachtsam zu Innerst blieb, mehr hin
Nach außen wenden können, als geschehn ist.
SOSIAS. Mein Seel, das hätt ich brauchen können, Charis.
Denn du bist zärtlich gegen mich gewesen,
Wie eine wilde Katze. Beßre dich.
CHARIS. Ich wüßte nicht, daß ich dich just beleidigt?
Dir mehr getan als sich –
SOSIAS. Mich nicht beleidigt?
Ich will ein Schuft sein, wenn du heute morgen
Nicht Prügel, so gesalzene verdient,
Als je herab sind auf ein Weib geregnet.
CHARIS. Nun was – Was ist geschehen denn?
SOSIAS. Was geschehn ist,
Maulaffe? Hast du nicht gesagt, du würdest
Dir den Thebaner holen, den ich jüngst
Schon, den Halunken, aus dem Hause warf?
Nicht mir ein Hörnerpaar versprochen? Nicht
Mich einen Hahnrei schamlos tituliert?
CHARIS. Ei, Scherz! Gewiß!
SOSIAS. Ja, Scherz! Kömmst du
Mit diesem Scherz mir wieder, prell ich dir,
Hol mich der Teufel, eins –!
CHARIS. O Himmel! Wie geschieht mir?
SOSIAS. Der Saupelz!
CHARIS. Blicke nicht so grimmig her!
Das Herz in Stücken fühl ich mir zerspalten!
SOSIAS. Pfui, schäme dich, du Gotteslästerliche!
So deiner heilgen Ehepflicht zu spotten!
Geh mach dich solcher Sünd nicht mehr teilhaftig,
Das rat ich dir – und wenn ich wieder komme,
Will ich gebratne Wurst mit Kohlköpf essen.
CHARIS. Was du begehrst: Was säum ich auch noch länger?
Was zaudr' ich noch? Ist ers nicht? Ist ers nicht?
SOSIAS. Ob ich es bin?
CHARIS. Sieh mich in Staub.
SOSIAS. Was fehlt dir?
CHARIS. Sieh mich zerknirscht vor dir im Staube liegen.
SOSIAS. Bist du von Sinnen?

CHARIS. Ach du bists! du bists!
SOSIAS. Wer bin ich?
CHARIS. Ach was leugnest du dich mir.
SOSIAS. Ist heute alles rasend toll?
CHARIS. Sah ich
Aus deines Auges Flammenzorne nicht
Den fernhintreffenden Apollon strahlen?
SOSIAS. Apollon, ich? bist du des Teufels? – Der eine
Macht mich zum Hund, der andre mich zum Gott? –
Ich bin der alte, wohlbekannte Esel
Sosias! *(Ab.)*
CHARIS. Sosias? Was? Der alte,
Mir wohlbekannte Esel du, Sosias?
Halunke, gut, daß ich das weiß,
So wird die Bratwurst heute dir nicht heiß. *(Ab.)*

DRITTER AKT

Erste Szene

AMPHITRYON. Wie widerlich mir die Gesichter sind
Von diesen Feldherrn. Jeder hat mir Glückwunsch
Für das erfochtne Treffen abzustatten,
Und in die Arme schließen muß ich jeden,
Und in die Hölle jeden fluch ich hin.
Nicht einer, dem ein Herz geworden wäre,
Das meine, volle, darin auszuschütten.
Daß man ein Kleinod aus versiegeltem
Behältnis wegstiehlt ohne Siegellösung,
Seis; Taschenspieler können uns von fern
Hinweg, was wir in Händen halten, gaunern.
Doch daß man einem Mann Gestalt und Art
Entwendet, und bei seiner Frau für voll bezahlt,
Das ist ein leidges Höllenstück des Satans.
In Zimmern, die vom Kerzenlicht erhellt,
Hat man bis heut mit fünf gesunden Sinnen
In seinen Freunden nicht geirret; Augen,
Aus ihren Höhlen auf den Tisch gelegt,
Von Leib getrennte Glieder, Ohren, Finger,
Gepackt in Schachteln, hätten hingereicht,

Um einen Gatten zu erkennen. Jetzo wird man
Die Ehemänner brennen, Glocken ihnen,
Gleich Hämmeln um die Hälse hängen müssen.
Zu argen Trug ist sie so fähig just,
Wie ihre Turteltaub; eh will ich an
Die Redlichkeit dem Strick entlaufner Schelme,
Als an die Tücke dieses Weibes glauben.
– Verrückt ist sie, und morgen, wenn der Tag graut,
Werd ich gewiß nach Ärzten schicken müssen.
– Fänd nur Gelegenheit sich, anzuknüpfen.

Zweite Szene

Merkur auf dem Altan. Amphitryon.

MERKUR *(für sich)*. Auf dies verliebte Erdenabenteuer
Dir, alter Vater Jupiter, zu folgen,
Es ist ein wahres Freundschaftsstück Merkurs.
Beim Styx! Mir machts von Herzen Langeweile.
Denn jener Zofe Charis täuschender
Als es vonnöten, den Gemahl zu spielen,
So groß in dieser Sach ist nicht mein Eifer.
– Ich will mir hier ein Abenteuer suchen,
Und toll den eifersüchtgen Kauz dort machen.
AMPHITRYON. Warum verriegelt man am Tage denn dies Haus?
MERKUR. Holla! Geduld! Wer klopfet?
AMPHITRYON. Ich.
MERKUR. Wer? Ich!
AMPHITRYON. Ah! Öffne!
MERKUR. Öffne! Tölpel! Wer denn bist du,
Der solchen Lärm verführt, und so mir spricht?
AMPHITRYON. Ich glaub du kennst mich nicht?
MERKUR. O ja;
Ich kenne jeden, der die Klinke drückt.
– Ob ich ihn kenne!
AMPHITRYON. Hat ganz Theben heut
Tollwurz gefressen, den Verstand verloren? –
Sosias! he! Sosias!
MERKUR. Ja, Sosias!
So heiß ich. Schreit der Schuft nicht meinen Namen,
Als ob er sorgt', ich möcht ihn sonst vergessen.
AMPHITRYON. Gerechte Götter! Mensch! Siehst du mich nicht?

MERKUR. Vollkommen.
Was gibts?
AMPHITRYON. Halunke! Was es gibt?
MERKUR. Was gibts denn nicht,
Zum Teufel? Sprich, soll man dir Rede stehn.
AMPHITRYON. Du Hundsfott wart! Mit einem Stock da oben
Lehr ich dich, solche Sprache mit mir führen.
MERKUR. Ho, ho! Da unten ist ein ungeschliffner Riegel.
Nimms nicht für ungut.
AMPHITRYON. Teufel!
MERKUR. Fasse dich.
AMPHITRYON. Heda! Ist niemand hier zu Hause?
MERKUR. Philippus! Charmion! Wo steckt ihr denn!
AMPHITRYON. Der Niederträchtige!
MERKUR. Man muß dich doch bedienen.
Doch harrst du in Geduld nicht, bis sie kommen,
Und rührst mir noch ein einzigs Mal
Den Klöpfel an, so schick ich von hier oben
Dir eine sausende Gesandtschaft zu.
AMPHITRYON. Der Freche! Der Schamlose, der! Ein Kerl,
Den ich mit Füßen oft getreten; ich,
Wenn mir die Lust kommt, kreuzgen lassen könnte. –
MERKUR. Nun? bist du fertig? Hast du mich besehen?
Hast du mit deinen stieren Augen bald
Mich ausgemessen? Wie er auf sie reißt!
Wenn man mit Blicken um sich beißen könnte,
Er hätte mich bereits zerrissen hier.
AMPHITRYON. Ich zittre selbst, Sosias, wenn ich denke,
Was du mit diesen Reden dir bereitest.
Wie viele Schläg entsetzlich warten dein!
– Komm, steig herab, und öffne mir.
MERKUR. Nun endlich!
AMPHITRYON. Laß mich nicht länger warten, ich bin dringend.
MERKUR. Erfährt man doch, was dein Begehren ist.
Ich soll die Pforte unten öffnen?
AMPHITRYON. Ja.
MERKUR. Nun gut. Das kann man auch mit Gutem sagen.
Wen suchst du?
AMPHITRYON. Wen ich suche?
MERKUR. Wen du suchst,
Zum Teufel! bist du taub? Wen willst du sprechen?
AMPHITRYON. Wen ich will sprechen? Hund! ich trete alle Knochen
Dir ein, wenn sich das Haus mir öffnet.

MERKUR. Freund, weißt du was? Ich rat dir, daß du gehst.
Du reizest mir die Galle. Geh, geh, sag ich.
AMPHITRYON. Du sollst, du Niederträchtiger, erfahren,
Wie man mit einem Knecht verfährt,
Der seines Herren spottet.
MERKUR. Seines Herrn?
Ich spotte meines Herrn? Du wärst mein Herr? –
AMPHITRYON. Jetzt hör ich noch, daß ers mir leugnet.
MERKUR. Ich kenne
Nur einen, und das ist Amphitryon.
AMPHITRYON. Und wer ist außer mir Amphitryon,
Triefäug'ger Schuft, der Tag und Nacht verwechselt?
MERKUR. Amphitryon?
AMPHITRYON. Amphitryon, sag ich.
MERKUR. Ha, ha! O ihr Thebaner, kommt doch her.
AMPHITRYON. Daß mich die Erd entrafft'! Solch eine Schmach!
MERKUR. Hör, guter Freund dort! Nenn mir doch die Kneipe
Wo du so selig dich gezecht?
AMPHITRYON. O Himmel!
MERKUR. Wars junger oder alter Wein?
AMPHITRYON. Ihr Götter!
MERKUR. Warum nicht noch ein Gläschen mehr? Du hättest
Zum König von Ägypten dich getrunken!
AMPHITRYON. Jetzt ist es aus mit mir.
MERKUR. Geh, lieber Junge,
Du tust mir leid. Geh, lege dich aufs Ohr.
Hier wohnt Amphitryon, Thebanerfeldherr,
Geh, störe seine Ruhe nicht.
AMPHITRYON. Was? dort im Hause wär Amphitryon?
MERKUR. Hier in dem Hause ja, er und Alkmene.
Geh, sag ich noch einmal, und hüte dich
Das Glück der beiden Liebenden zu stören,
Willst du nicht, daß er selber dir erscheine,
Und deine Unverschämtheit strafen soll. *(Ab.)*

Dritte Szene

AMPHITRYON. Was für ein Schlag fällt dir, Unglücklicher!
Vernichtend ist er, es ist aus mit mir.
Begraben bin ich schon, und meine Witwe
Schon einem andern Ehgemahl verbunden.
Welch ein Entschluß ist jetzo zu ergreifen?

Soll ich die Schande, die mein Haus getroffen,
Der Welt erklären, soll ich sie verschweigen?
Was! Hier ist nichts zu schonen. Hier ist nichts
In dieser Ratsversammlung laut, als die
Empfindung nur, die glühende, der Rache,
Und meine einzge zarte Sorgfalt sei,
Daß der Verräter lebend nicht entkomme.

Vierte Szene

Sosias. Feldherren. Amphitryon.

SOSIAS. Hier seht Ihr alles Herr, was ich an Gästen
In solcher Eil zusammenbringen konnte.
Mein Seel, speis ich auch nicht an Eurer Tafel,
Das Essen hab ich doch verdient.
AMPHITRYON. Ah sieh! da bist du.
SOSIAS. Nun?
AMPHITRYON. Hund! Jetzo stirbst du.
SOSIAS. Ich? Sterben?
AMPHITRYON. Jetzt erfährst du, wer ich bin.
SOSIAS. Zum Henker, weiß ichs nicht?
AMPHITRYON. Du wußtest es, Verräter?
(Er legt die Hand an den Degen.)
SOSIAS. Ihr Herren, nehmt euch meiner an, ich bitt euch.
ERSTER FELDHERR. Verzeiht! *(Er fällt ihm in den Arm.)*
AMPHITRYON. Laßt mich.
SOSIAS. Sagt nur, was ich verbrochen?
AMPHITRYON. Das fragst du noch? – Fort, sag ich euch, laßt meiner
Gerechten Rache ein Genüge tun.
SOSIAS. Wenn man wen hängt, so sagt man ihm, warum?
ERSTER FELDHERR. Seid so gefällig.
ZWEITER FELDHERR. Sagt, worin er fehlte.
SOSIAS. Halt't euch, ihr Herrn, wenn ihr so gut sein wollt.
AMPHITRYON. Was! Dieser weggeworfne Knecht soeben
Hielt vor dem Antlitz mir die Türe zu,
Schamlose Red' in Strömen auf mich sendend,
Jedwede wert, daß man ans Kreuz ihn nagle.
Stirb, Hund!
SOSIAS. Ich bin schon tot. *(Er sinkt in die Knie.)*
ERSTER FELDHERR. Beruhigt Euch.
SOSIAS. Ihr Feldherrn! Ah!

ZWEITER FELDHERR. Was gibts?
SOSIAS. Sticht er nach mir?
AMPHITRYON. Fort sag ich euch, und wieder! Ihm muß Lohn
Dort, vollgezählter, werden für die Schmach,
Die er zur Stunde jetzt mir zugefügt.
SOSIAS. Was kann ich aber jetzt verschuldet haben,
Da ich die letzten neun gemeßnen Stunden
Auf Eueren Befehl im Lager war?
ERSTER FELDHERR. Wahr ists. Er lud zu Eurer Tafel uns.
Zwei Stunden sinds, daß er im Lager war,
Und nicht aus unsern Augen kam.
AMPHITRYON. Wer gab dir den Befehl?
SOSIAS. Wer? Ihr! Ihr selbst!
AMPHITRYON. Wann? Ich!
SOSIAS. Nachdem Ihr mit Alkmenen Euch versöhnt.
Ihr wart voll Freud und ordnetet sogleich
Ein Fest im ganzen Schlosse an.
AMPHITRYON. O Himmel! Jede Stunde, jeder Schritt
Führt tiefer mich ins Labyrinth hinein.
Was soll ich, meine Freunde, davon denken?
Habt ihr gehört, was hier sich zugetragen?
ERSTER FELDHERR. Was hier uns dieser sagte, ist so wenig
Für das Begreifen noch gemacht, daß Eure Sorge
Für jetzt nur sein muß, dreisten Schrittes
Des Rätsels ganzes Trugnetz zu zerreißen.
AMPHITRYON. Wohlan, es sei! Und eure Hülfe brauch ich.
Euch hat mein guter Stern mir zugeführt.
Mein Glück will ich, mein Lebensglück, versuchen.
O! hier im Busen brennts, mich aufzuklären,
Und ach! ich fürcht es, wie den Tod. *(Er klopft.)*

Fünfte Szene

Jupiter. Die Vorigen.

JUPITER. Welch ein Geräusch zwingt mich, herabzusteigen?
Wer klopft ans Haus? Seid ihr es, meine Feldherrn?
AMPHITRYON. Wer bist du? Ihr allmächtgen Götter!
ZWEITER FELDHERR. Was seh ich? Himmel! Zwei Amphitryonen.
AMPHITRYON. Starr ist vor Schrecken meine ganze Seele!
Weh mir! Das Rätsel ist nunmehr gelöst.
ERSTER FELDHERR. Wer von euch beiden ist Amphitryon?

ZWEITER FELDHERR. Fürwahr! Zwei so einander nachgeformte Wesen,
Kein menschlich Auge unterscheidet sie.
SOSIAS. Ihr Herrn, hier ist Amphitryon, der andre,
Ein Schubiack ists, der Züchtigung verdient.
(Er stellt sich auf Jupiters Seite.)

DRITTER FELDHERR *(auf Amphitryon deutend).*
Unglaublich! Dieser ein Verfälscher hier?
AMPHITRYON. G'nug der unwürdigen Bezauberung!
Ich schließe das Geheimnis auf.
(Er legt die Hand an den Degen.)

ERSTER FELDHERR. Halt!
AMPHITRYON. Laßt mich!
ZWEITER FELDHERR. Was beginnt Ihr?
AMPHITRYON. Strafen will ich
Den niederträchtigsten Betrug! Fort, sag ich.
JUPITER. Fassung dort. Hier bedarf es nicht des Eifers,
Wer so besorgt um seinen Namen ist,
Wird schlechte Gründe haben, ihn zu führen.
SOSIAS. Das sag ich auch. Er hat den Bauch
Sich ausgestopft, und das Gesicht bemalt,
Der Gauner, um dem Hausherrn gleich zu sehn.
AMPHITRYON. Verräter! Dein empörendes Geschwätz,
Dreihundert Peitschenhiebe strafen es,
Dir von drei Armen wechselnd zugeteilt.
SOSIAS. Ho, ho! Mein Herr ist Mann von Herz,
Der wird dich lehren seine Leute schlagen.
AMPHITRYON. Wehrt mir nicht länger, sag ich, meine Schmach
In des Verräters Herzblut abzuwaschen.
ERSTER FELDHERR. Verzeiht uns, Herr! Wir dulden diesen Kampf nicht,
Amphitryons mit dem Amphitryon.
AMPHITRYON. Was? Ihr – Ihr duldet nicht –?
ERSTER FELDHERR. Ihr müßt Euch fassen.
AMPHITRYON. Ist das mir eure Freundschaft auch, ihr Feldherrn?
Das mir der Beistand, den ihr angelobt?
Statt meiner Ehre Rache selbst zu nehmen,
Ergreift ihr des Betrügers schnöde Sache,
Und hemmt des Racheschwerts gerechten Fall?
ERSTER FELDHERR. Wär Euer Urteil frei, wie es nicht ist,
Ihr würdet unsre Schritte billigen.
Wer von euch beiden ist Amphitryon?
Ihr seid es, gut; doch jener ist es auch.
Wo ist des Gottes Finger, der uns zeigte,

In welchem Busen, einer wie der andre,
Sich laurend das Verräterherz verbirgt?
Ist es erkannt, so haben wir, nicht zweifelt,
Das Ziel auch unsrer Rache aufgefunden.
Jedoch so lang des Schwertes Schneide hier
In blinder Wahl nur um sich wüten könnte,
Bleibt es gewiß noch besser in der Scheide.
Laßt uns in Ruh die Sache untersuchen,
Und fühlt Ihr wirklich Euch Amphitryon,
Wie wir in diesem sonderbaren Falle
Zwar hoffen, aber auch bezweifeln müssen,
So wird es schwerer Euch, als ihm, nicht werden,
Uns diesen Umstand gültig zu beweisen.

AMPHITRYON. Ich euch den Umstand? –

ERSTER FELDHERR. Und mit triftgen Gründen.
Eh wird in dieser Sache nichts geschehn.

JUPITER. Recht hast du, Photidas; und diese Gleichheit,
Die zwischen uns sich angeordnet findet,
Entschuldigt dich, wenn mir dein Urteil wankt.
Ich zürne nicht, wenn zwischen mir und ihm
Hier die Vergleichung an sich stellen soll.
Nichts von des Schwerts feigherziger Entscheidung.
Ganz Theben denk ich selber zu berufen,
Und in des Volks gedrängtester Versammlung,
Aus wessen Blut ich stamme, darzutun.
Er selber dort soll meines Hauses Adel,
Und daß ich Herr in Theben, anerkennen.
Vor mir in Staub, das Antlitz soll er senken.
Mein soll er Thebens reiche Felder alle,
Mein alle Herden, die die Triften decken,
Mein auch dies Haus, mein die Gebieterin,
Die still in seinen Räumen waltet, nennen.
Es soll der ganze Weltenkreis erfahren,
Daß keine Schmach Amphitryon getroffen.
Und den Verdacht, den jener Tor erregt,
Hier steht, wer ihn zu Schanden machen kann. –
Bald wird sich Theben hier zusammenfinden.
Indessen kommt und ehrt die Tafel gütigst,
Zu welcher euch Sosias eingeladen.

SOSIAS. Mein Seel, ich wußt es wohl. – Dies Wort, ihr Herrn,
Streut allen weitern Zweifel in die Lüfte.
Der ist der wirkliche Amphitryon,
Bei dem zu Mittag jetzt gegessen wird.

AMPHITRYON. Ihr ewgen und gerechten Götter!
Kann auch so tief ein Mensch erniedrigt werden?
Von dem verruchtesten Betrüger mir
Weib, Ehre, Herrschaft, Namen stehlen lassen!
Und Freunde binden mir die Hände?
ERSTER FELDHERR. Ihr müßt, wer Ihr auch seid, Euch noch gedulden.
In wenig Stunden wissen wirs. Alsdann
Wird ungesäumt die Rache sich vollstrecken,
Und Wehe! ruf ich, wen sie trifft.
AMPHITRYON. Geht, ihr Schwachherzgen! Huldigt dem Verräter!
Mir bleiben noch der Freunde mehr, als ihr.
Es werden Männer noch in Theben mir begegnen,
Die meinen Schmerz im Busen mitempfinden,
Und nicht den Arm mir weigern, ihn zu rächen.
JUPITER. Wohlan! Du rufst sie. Ich erwarte sie.
AMPHITRYON. Marktschreierischer Schelm! Du wirst inzwischen
Dich durch die Hintertür zu Felde machen.
Doch meiner Rach entfliehst du nicht!
JUPITER. Du gehst, und rufst, und bringst mir deine Freunde,
Nachher sag ich zwei Worte, jetzo nichts.
AMPHITRYON. Beim Zeus, da sagst du wahr, dem Gott der Wolken!
Denn ist es mir bestimmt, dich aufzufinden,
Mehr als zwei Worte, Mordhund, sagst du nicht,
Und bis ans Heft füllt dir das Schwert den Rachen.
JUPITER. Du rufst mir deine Freund; ich sag auch nichts,
Ich sprech auch bloß mit Blicken, wenn du willst.
AMPHITRYON. Fort, jetzo, schleunig, eh er mir entwischt!
Die Lust, ihr Götter, müßt ihr mir gewähren,
Ihn eurem Orkus heut noch zuzusenden!
Mit einer Schar von Freunden kehr ich wieder,
Gewaffneter, die mir dies Haus umnetzen,
Und, einer Wespe gleich, drück ich den Stachel
Ihm in die Brust, aussaugend, daß der Wind
Mit seinem trocknen Bein mir spielen soll. *(Ab.)*

Sechste Szene

Jupiter. Sosias. Die Feldherrn.

JUPITER. Auf denn, ihr Herrn, gefällts euch! Ehrt dies Haus
Mit eurem Eintritt.
ERSTER FELDHERR. Nun, bei meinem Eid!
Dies Abenteu'r macht meinen Witz zu Schanden.

SOSIAS. Jetzt schließt mit dem Erstaunen Waffenstillstand,
Und geht, und tischt, und pokuliert bis morgen.
(Jupiter und die Feldherrn ab.)

Siebente Szene

SOSIAS. Wie ich mich jetzt auch auf den Stuhl will setzen!
Und wie ich tapfer,
Wenn man vom Kriege spricht, erzählen will.
Ich brenne, zu berichten, wie man bei
Pharissa eingehauen; und mein Lebtag
Hatt ich noch so wolfmäßgen Hunger nicht.

Achte Szene

Merkur. Sosias.

MERKUR. Wohin? Ich glaub, du steckst die Nase auch hierher?
Durchschnüffler, unverschämter, du, der Küchen?
SOSIAS. Nein! – Mit Erlaubnis!
MERKUR. Fort! Hinweg dort, sag ich!
Soll ich die Haube dir zurechte setzen?
SOSIAS. Wie? Was? Großmütiges und edles Ich,
Faß dich! Verschon ein wenig den Sosias,
Sosias! Wer wollte immer bitterlich
Erpicht sein, auf sich selber loszuschlagen?
MERKUR. Du fällst in deine alten Tücken wieder?
Du nimmst, Nichtswürdiger, den Namen mir?
Den Namen des Sosias mir?
SOSIAS. Ei, was! Behüt mich Gott, mein wackres Selbst,
Werd ich so karg dir, so mißgünstig sein?
Nimm ihn, zur Hälfte, diesen Namen hin,
Nimm ihn, den Plunder, willst dus, nimm ihn ganz.
Und wärs der Name Kastor oder Pollux,
Was teilt ich gern nicht mit dir, Bruderherz?
Ich dulde dich in meines Herren Hause,
Duld auch du mich in brüderlicher Liebe,
Und während jene beiden eifersüchtgen
Amphitryonen sich die Hälse brechen,
Laß die Sosias einverständig beide
Zu Tische sitzen, und die Becher heiter
Zusammenstoßen, daß sie leben sollen!

MERKUR. Nichts, nichts! – Der aberwitzge Vorschlag der!
Soll ich inzwischen Hungerpfoten saugen?
Es ist für einen nur gedeckt.
SOSIAS. Gleichviel! *Ein* mütterlicher Schoß hat uns
Geboren, *eine* Hütte uns beschirmt,
In *einem* Bette haben wir geschlafen,
Ein Kleid ward brüderlich, *ein* Los uns beiden,
So laß uns auch aus *einer* Schüssel essen.
MERKUR. Von der Gemeinschaft weiß ich nichts. Ich bin
Von Jugend mutterseel' allein gewesen,
Und weder Bette hab ich je, noch Kleid,
Noch einen Bissen Brod geteilt.
SOSIAS. Besinne dich. Wir sind zwei Zwillingsbrüder.
Du bist der ältre, ich bescheide mich.
Du wirst in jedem Stück voran mir gehen.
Den ersten nimmst du, und die ungeraden,
Den zweiten Löffel, und die graden, ich.
MERKUR. Nichts. Meine volle Portion gebrauch ich,
Und was mir übrig bleibt, das heb ich auf.
Den wollt ich lehren, bei den großen Göttern,
Der mit der Hand mir auf den Teller käme.
SOSIAS. So dulde mich als deinen Schatten mindstens,
Der hintern Stuhl entlang fällt, wo du ißt.
MERKUR. Auch nicht als meine Spur im Sande! Fort!
SOSIAS. O du barbarisch Herz! Du Mensch von Erz,
Auf einem Amboß keilend ausgeprägt!
MERKUR. Was denkst du, soll ich wie ein wandernder
Geselle vor dem Tor ins Gras mich legen,
Und von der blauen Luft des Himmels leben?
Ein reichlich zugemeßnes Mahl hat heut
Bei Gott! kein Pferd so gut verdient, als ich.
Kam ich zu Nacht nicht aus dem Lager an?
Mußt ich zurück nicht wieder mit dem Morgen,
Um Gäste für die Tafel aufzutreiben?
Hab ich auf diesen Teufelsreisen mir
Nicht die geschäftgen alten Beine fast
Bis auf die Hüften tretend abgelaufen?
Wurst gibt es heut, und aufgewärmten Kohl.
Und die just brauch ich, um mich herzustellen.
SOSIAS. Da hast du recht. Und über die verfluchten
Kienwurzeln, die den ganzen Weg durchflechten,
Bricht man die Beine fast sich, und den Hals.
MERKUR. Nun also!

SOSIAS. – Ich Verlaßner von den Göttern!
Wurst also hat die Charis –?
MERKUR. Frische, ja.
Doch nicht für dich. Man hat ein Schwein geschlachtet.
Und Charis hab ich wieder gut gemacht.
SOSIAS. Gut, gut. Ich lege mich ins Grab. Und Kohl?
MERKUR. Kohl, aufgewärmten, ja. Und wem das Wasser
Im Mund etwa zusammenläuft, der hat
Vor mir und Charis sich in acht zu nehmen.
SOSIAS. Vor mir freßt euren Kohl, daß ihr dran stickt.
Was brauch ich eure Würste? Wer den Vögeln
Im Himmel Speisung reicht, wird auch, so denk ich,
Den alten ehrlichen Sosias speisen.
MERKUR. Du gibst, Verräter, dir den Namen noch?
Du wagst, Hund, niederträchtger –!
SOSIAS. Ei was! Ich sprach von mir nicht.
Ich sprach von einem alten Anverwandten
Sosias, der hier sonst in Diensten stand –
Und der die andern Diener sonst zerbleute,
Bis eines Tags ein Kerl, der wie aus Wolken fiel,
Ihn aus dem Haus warf, just zur Essenszeit.
MERKUR. Nimm dich in acht, sag ich, und weiter nichts.
Nimm dich in acht, rat ich dir, willst du länger
Zur Zahl noch der Lebendigen dich zählen.
SOSIAS *(für sich)*. Wie ich dich schmeißen würde, hätt ich Herz,
Du von der Bank gefallner Gauner, du,
Von zuviel Hochmut aufgebläht.
MERKUR. Was sagst du?
SOSIAS. Was?
MERKUR. Mir schien, du sagtest etwas –?
SOSIAS. Ich?
MERKUR. Du.
SOSIAS. Ich muckste nicht.
MERKUR. Ich hörte doch von schmeißen, irr ich nicht –
Und von der Bank gefallnem Gauner reden?
SOSIAS. So wirds ein Papagei gewesen sein.
Wenns Wetter gut ist, schwatzen sie.
MERKUR. Es sei.
Du lebst jetzt wohl. Doch juckt der Rücken dir,
In diesem Haus hier kannst du mich erfragen. *(Ab.)*

Neunte Szene

SOSIAS. Hochmütger Satan! Möchtest du am Schwein
Den Tod dir holen, das man schlachtete!
– »Den lehrt' er, der ihm auf den Teller käme!« –
Ich möchte eh'r mit einem Schäferhund
Halbpart, als ihm, aus einer Schüssel essen.
Sein Vater könnte Hungers vor ihm sterben,
Daß er ihm auch so viel nicht gönnt, als ihm
In hohlen Zähnen kauend stecken bleibt.
– Geh! dir geschieht ganz recht, Abtrünniger.
Und hätt ich Würst in jeder Hand hier eine,
Ich wollte sie in meinen Mund nicht stecken.
So seinen armen, wackern Herrn verlassen,
Den Übermacht aus seinem Hause stieß.
– Dort naht er sich mit rüstgen Freunden schon.
– – Und auch von hier strömt Volk herbei! Was gibts?

Zehnte Szene

Amphitryon mit Obersten, von der einen Seite. Volk, von der andern.

AMPHITRYON. Seid mir gegrüßt! Wer rief euch meine Freunde?
EINER AUS DEM VOLK. Herolde riefen durch die ganze Stadt,
Wir sollten uns vor Eurem Schloß versammeln.
AMPHITRYON. Herolde! Und zu welchem Zweck?
DERSELBE. Wir sollten Zeugen sein, so sagte man,
Wie ein entscheidend Wort aus Eurem Munde
Das Rätsel lösen wird, das in Bestürzung
Die ganze Stadt gesetzt.
AMPHITRYON *(zu den Obersten)*.
Der Übermütge!
Kann man die Unverschämtheit weiter treiben?
ZWEITER OBERSTER. Zuletzt erscheint er noch.
AMPHITRYON. Was gilts? Er tuts.
ERSTER OBERSTER. Sorgt nicht. Hier steht Argatiphontidas.
Hab ich nur erst ins Auge ihn gefaßt,
So tanzt sein Leben auch auf dieses Schwertes Spitze.
AMPHITRYON *(zum Volk)*. Ihr Bürger Thebens, hört mich an!
Ich bin es nicht, der euch hieher gerufen,
Wenn eure strömende Versammlung gleich
Von Herzen mir willkommen ist. Er wars,

Der lügnerische Höllengeist, der mich
Aus Theben will, aus meiner Frauen Herzen,
Aus dem Gedächtnis mich der Welt, ja könnt ers,
Aus des Bewußtseins eigner Feste drängen.
Drum sammelt eure Sinne jetzt, und wärt
Ihr tausendäugig auch, ein Argus jeder,
Geschickt, zur Zeit der Mitternacht, ein Heimchen
Aus seiner Spur im Sande zu erkennen,
So reißet, laßt die Müh euch nicht verdrießen,
Jetzt eure Augen auf, wie Maulwürfe,
Wenn sie zur Mittagszeit die Sonne suchen;
All diese Blicke werft in einen Spiegel,
Und kehrt den ganzen vollen Strahl auf mich,
Von Kopf zu Fuß ihn auf und nieder führend,
Und sagt mir an, und sprecht, und steht mir Rede:
Wer bin ich?

DAS VOLK. Wer du bist? Amphitryon!

AMPHITRYON. Wohlan. Amphitryon. Es gilt. Wenn nunmehr
Dort jener Sohn der Finsternis erscheint,
Der ungeheure Mensch, auf dessen Haupte
Jedwedes Haar sich, wie auf meinem, krümmt;
Wenn euren trugverwirrten Sinnen jetzt
Nicht so viel Merkmal wird, als Mütter brauchen,
Um ihre jüngsten Kinder zu erkennen;
Wenn ihr jetzt zwischen mir und ihm, wie zwischen
Zwei Wassertropfen, euch entscheiden müßt,
Der eine süß und rein und echt und silbern,
Gift, Trug, und List, und Mord, und Tod der andre:
Alsdann erinnert euch, daß ich Amphitryon,
Ihr Bürger Thebens, bin,
Der dieses Helmes Feder eingeknickt.

VOLK. Oh! Oh! Was machst du? laß die Feder ganz,
So lang du blühend uns vor Augen stehst.

ZWEITER OBERST. Meint Ihr, wir würden auch –?

AMPHITRYON. Laßt mich, ihr Freunde.
Bei Sinnen fühl ich mich, weiß, was ich tue.

ERSTER OBERSTER. Tut, was Ihr wollt. Inzwischen werd ich hoffen,
Daß Ihr die Possen nicht für mich gemacht.
Wenn Eure Feldherrn hier gezaudert haben,
Als jener Aff erschien, so folgt ein Gleiches
Noch nicht für den Argatiphontidas.
Braucht uns ein Freund in einer Ehrensache,
So soll ins Auge man den Helm sich drücken,

Und auf den Leib dem Widersacher gehn.
Den Gegner lange schwadronieren hören,
Steht alten Weibern gut; ich, für mein Teil,
Bin für die kürzesten Prozesse stets;
In solchen Fällen fängt man damit an,
Dem Widersacher, ohne Federlesens,
Den Degen querhin durch den Leib zu jagen.
Argatiphontidas, mit einem Worte,
Wird heute Haare auf den Zähnen zeigen,
Und nicht von einer andern Hand, beim Ares,
Beißt dieser Schelm ins Gras, Ihr sehts, als meiner.

AMPHITRYON. Auf denn!

SOSIAS. Hier leg ich mich zu Euren Füßen,
Mein echter, edler und verfolgter Herr.
Gekommen bin ich völlig zur Erkenntnis,
Und warte jetzt auf meines Frevels Lohn.
Schlagt, ohrfeigt, prügelt, stoßt mich, tretet mich,
Gebt mir den Tod, mein Seel ich muckse nicht.

AMPHITRYON. Steh auf. Was ist geschehen?

SOSIAS. Vom aufgetragnen Essen
Nicht den Geruch auch hat man mir gegönnt.
Das andre Ich, das andre Ihr Bedienter,
Vom Teufel wieder völlig wars besessen,
Und kurz ich bin entsosiatisiert,
Wie man Euch entamphitryonisiert.

AMPHITRYON. Ihr hörts, ihr Bürger.

SOSIAS. Ja, ihr Bürger Thebens!
Hier ist der wirkliche Amphitryon;
Und jener, der bei Tische sitzt,
Ist wert, daß ihn die Raben selber fressen.
Auf! Stürmt das Haus jetzt, wenn ihr wollt so gut sein,
So finden wir den Kohl noch warm.

AMPHITRYON. Folgt mir.

SOSIAS. Doch seht! Da kommt er selbst schon. Er und sie.

Eilfte Szene

Jupiter. Alkmene. Merkur. Charis. Feldherren. Die Vorigen.

ALKMENE. Entsetzlicher! Ein Sterblicher sagst du,
Und schmachvoll willst du seinem Blick mich zeigen?

VOLK. Ihr ewgen Götter! Was erblicken wir!

JUPITER. Die ganze Welt, Geliebte, muß erfahren,
Daß *niemand* deiner Seele nahte,
Als nur dein Gatte, als Amphitryon.
AMPHITRYON. Herr, meines Lebens! Die Unglückliche!
ALKMENE. Niemand! Kannst ein gefallnes Los du ändern?
DIE OBERSTEN. All ihr Olympischen! Amphitryon dort.
JUPITER. Du bist dirs, Teuerste, du bist mirs schuldig,
Du *mußt*, du wirst, mein Leben, dich bezwingen;
Komm, sammle dich, dein wartet ein Triumph!
AMPHITRYON. Blitz, Höll und Teufel! Solch ein Auftritt mir?
JUPITER. Seid mir willkommen, Bürger dieser Stadt.
AMPHITRYON. Mordhund! Sie kamen dir den Tod zu geben.
Auf jetzt! *(Er zieht.)*
ZWEITER FELDHERR *(tritt ihm in den Weg)*.
Halt dort!
AMPHITRYON. Auf, ruf ich, ihr Thebaner!
ERSTER FELDHERR *(auf Amphitryon deutend)*.
Thebaner, greift ihn, ruf ich, den Verräter!
AMPHITRYON. Argatiphontidas!
ERSTER OBERSTER. Bin ich behext?
DAS VOLK. Kann sich ein menschlich Auge hier entscheiden?
AMPHITRYON. Tod! Teufel! Wut und keine Rache!
Vernichtung!
(Er fällt dem Sosias in die Arme.)
JUPITER. Tor, der du bist, laß dir zwei Worte sagen.
SOSIAS. Mein Seel! Er wird schlecht hören. Er ist tot.
ERSTER OBERSTER. Was hilft der eingeknickte Federbusch?
– »Reißt eure Augen auf, wie Maulwürfe!«
Der ists, den seine eigne Frau erkennt.
ERSTER FELDHERR. Hier steht, ihr Obersten, Amphitryon.
AMPHITRYON *(erwachend)*. Wen kennt die eigne Frau hier?
ERSTER OBERSTER. Ihn erkennt sie,
Ihn an, mit dem sie aus dem Hause trat.
Um welchen, wie das Weinlaub, würd sie ranken,
Wenn es ihr Stamm nicht ist, Amphitryon?
AMPHITRYON. Daß mir so viele Kraft noch wär, die Zung
In Staub zu treten, die das sagt!
Sie anerkennt ihn nicht! *(Er erhebt sich wieder.)*
ERSTER FELDHERR. Das lügst du dort!
Meinst du des Volkes Urteil zu verwirren,
Wo es mit eignen Augen sieht?
AMPHITRYON. Sie anerkennt ihn nicht, ich wiederhols!
– Wenn sie als Gatten ihn erkennen kann,

So frag ich nichts danach mehr, wer ich *bin:*
So will ich ihn Amphitryon begrüßen.

ERSTER FELDHERR. Es gilt. Sprecht jetzt.

ZWEITER FELDHERR. Erklärt Euch jetzo, Fürstin.

AMPHITRYON. Alkmene! Meine Braut! Erkläre dich:
Schenk mir noch einmal deiner Augen Licht!
Sag, daß du jenen anerkennst, als Gatten,
Und so urschnell, als der Gedanke zuckt,
Befreit dies Schwert von meinem Anblick dich.

ERSTER FELDHERR. Wohlan! Das Urteil wird sogleich gefällt sein.

ZWEITER FELDHERR. Kennt Ihr ihn dort?

ERSTER FELDHERR. Kennt Ihr den Fremdling dort?

AMPHITRYON. Dir wäre dieser Busen unbekannt,
Von dem so oft dein Ohr dir lauschend sagte,
Wie viele Schläge liebend er dir klopft?
Du solltest diese Töne nicht erkennen,
Die du so oft, noch eh sie laut geworden,
Mit Blicken schon mir von der Lippe stahlst?

ALKMENE. Daß ich zu ewger Nacht versinken könnte!

AMPHITRYON. Ich wußt es wohl. Ihr sehts, ihr Bürger Thebens,
Eh wird der rasche Peneus rückwärts fließen,
Eh sich der Bosphorus auf Ida betten,
Eh wird das Dromedar den Ozean durchwandeln,
Als sie dort jenen Fremdling anerkennen.

VOLK. Wärs möglich? Er, Amphitryon? Sie zaudert.

ERSTER FELDHERR. Sprecht!

ZWEITER FELDHERR. Redet!

DRITTER FELDHERR. Sagt uns! –

ZWEITER FELDHERR. Fürstin, sprecht ein Wort! –

ERSTER FELDHERR. Wir sind verloren, wenn sie länger schweigt.

JUPITER. Gib, gib der Wahrheit deine Stimme, Kind.

ALKMENE. Hier dieser ist Amphitryon, ihr Freunde.

AMPHITRYON. Er dort Amphitryon! Allmächtge Götter!

ERSTER FELDHERR. Wohlan. Es fiel dein Los. Entferne dich.

AMPHITRYON. Alkmene!

ZWEITER FELDHERR. Fort Verräter: willst du nicht,
Daß wir das Urteil dir vollstrecken sollen.

AMPHITRYON. Geliebte!

ALKMENE. Nichtswürdger! Schändlicher!
Mit diesem Namen wagst du mich zu nennen?
Nicht vor des Gatten scheugebietendem
Antlitz bin ich vor deiner Wut gesichert?
Du Ungeheuer! Mir scheußlicher,

Als es geschwollen in Morästen nistet!
Was tat ich dir, daß du mir nahen mußtest,
Von einer Höllennacht bedeckt,
Dein Gift mir auf den Fittich hinzugeifern?
Was mehr, als daß ich, o du Böser, dir
Still, wie ein Maienwurm, ins Auge glänzte?
Jetzt erst, was für ein Wahn mich täuscht', erblick ich.
Der Sonne heller Lichtglanz war mir nötig,
Solch einen feilen Bau gemeiner Knechte,
Vom Prachtwuchs dieser königlichen Glieder,
Den Farren von dem Hirsch zu unterscheiden?
Verflucht die Sinne, die so gröblichem
Betrug erliegen. O verflucht der Busen,
Der solche falschen Töne gibt!
Verflucht die Seele, die nicht so viel taugt,
Um ihren eigenen Geliebten sich zu merken!
Auf der Gebirge Gipfel will ich fliehen,
In tote Wildnis hin, wo auch die Eule
Mich nicht besucht, wenn mir kein Wächter ist,
Der in Unsträflichkeit den Busen mir bewahrt. –
Geh! deine schnöde List ist dir geglückt,
Und meiner Seele Frieden eingeknickt.

AMPHITRYON. Du Unglückselige! Bin ich es denn,
Der dir in der verfloßnen Nacht erschienen?

ALKMENE. Genug fortan! Entlaß mich, mein Gemahl.
Du wirst die bitterste der Lebensstunden
Jetzt gütig mir ein wenig kürzen.
Laß diesen tausend Blicken mich entfliehn,
Die mich wie Keulen, kreuzend niederschlagen.

JUPITER. Du Göttliche! Glanzvoller als die Sonne!
Dein wartet ein Triumph, wie er in Theben
Noch keiner Fürstentochter ist geworden.
Und einen Augenblick verweilst du noch.

(Zu Amphitryon.)

Glaubst du nunmehr, daß ich Amphitryon?

AMPHITRYON. Ob ich nunmehr Amphitryon dich glaube?
Du Mensch, – entsetzlicher,
Als mir der Atem reicht, es auszusprechen! –

ERSTER FELDHERR. Verräter! Was? du weigerst dich?

ZWEITER FELDHERR. Du leugnest?

ERSTER FELDHERR. Wirst du jetzt etwa zu beweisen suchen,
Daß uns die Fürstin hinterging?

AMPHITRYON. O ihrer Worte jedes ist wahrhaftig,
Zehnfach geläutert Gold ist nicht so wahr.
Läs ich, mit Blitzen in die Nacht, Geschriebnes,
Und riefe Stimme mir des Donners zu,
Nicht dem Orakel würd ich so vertraun,
Als was ihr unverfälschter Mund gesagt.
Jetzt einen Eid selbst auf den Altar schwör ich,
Und sterbe siebenfachen Todes gleich,
Des unerschütterlich erfaßten Glaubens,
Daß er Amphitryon ihr ist.
JUPITER. Wohlan! Du bist Amphitryon.
AMPHITRYON. Ich bins! –
Und wer bist du, furchtbarer Geist?
JUPITER. Amphitryon. Ich glaubte, daß dus wüßtest.
AMPHITRYON. Amphitryon! Das faßt kein Sterblicher.
Sei uns verständlich.
ALKMENE. Welche Reden das?
JUPITER. Amphitryon! Du Tor! Du zweifelst noch?
Argatiphontidas und Photidas,
Die Kadmusburg und Griechenland,
Das Licht, der Äther, und das Flüssige,
Das was da war, was ist, und was sein wird.
AMPHITRYON. Hier, meine Freunde, sammelt euch um mich,
Und laßt uns sehn, wie sich dies Rätsel löst.
ALKMENE. Entsetzlich!
DIE FELDHERREN. Was von diesem Auftritt denkt man?
JUPITER *(zu Alkmenen)*. Meinst du, dir sei Amphitryon erschienen?
ALKMENE. Laß ewig in dem Irrtum mich, soll mir
Dein Licht die Seele ewig nicht umnachten.
JUPITER. O Fluch der Seligkeit, die du mir schenktest,
Müßt ich dir ewig nicht vorhanden sein.
AMPHITRYON. Heraus jetzt mit der Sprache dort: Wer bist du?

(Blitz und Donnerschlag. Die Szene verhüllt sich mit Wolken. Es schwebt ein Adler mit dem Donnerkeil aus den Wolken nieder.)

JUPITER. Du willst es wissen?

(Er ergreift den Donnerkeil; der Adler entflieht.)

VOLK. Götter!
JUPITER. Wer bin ich?
DIE FELDHERREN UND OBERSTEN.
Der Schreckliche! Er selbst ists! Jupiter!
ALKMENE. Schützt mich, ihr Himmlischen!

(Sie fällt in Amphitryons Arme.)

AMPHITRYON. Anbetung dir
In Staub. Du bist der große Donnerer!
Und dein ist alles, was ich habe.

VOLK. Er ists! In Staub! In Staub das Antlitz hin!

(Alles wirft sich zur Erde außer Amphitryon.)

JUPITER. Zeus hat in deinem Hause sich gefallen,
Amphitryon, und seiner göttlichen
Zufriedenheit soll dir ein Zeichen werden.
Laß deinen schwarzen Kummer jetzt entfliehen,
Und öffne dem Triumph dein Herz.
Was du, in mir, dir selbst getan, wird dir
Bei mir, dem, was ich ewig bin, nicht schaden.
Willst du in meiner Schuld den Lohn dir finden,
Wohlan, so grüß ich freundlich dich, und scheide.
Es wird dein Ruhm fortan, wie meine Welt,
In den Gestirnen seine Grenze haben.
Bist du mit deinem Dank zufrieden nicht,
Auch gut: Dein liebster Wunsch soll sich erfüllen,
Und eine Zunge geb ich ihm vor mir.

AMPHITRYON. Nein, Vater Zeus, zufrieden bin ich nicht!
Und meines Herzens Wunsche wächst die Zunge.
Was du dem Tyndarus getan, tust du
Auch dem Amphitryon: Schenk einen Sohn
Groß, wie die Tyndariden, ihm.

JUPITER. Es sei. Dir wird ein Sohn geboren werden,
Deß Name Herkules: es wird an Ruhm
Kein Heros sich, der Vorwelt, mit ihm messen,
Auch meine ewgen Dioskuren nicht.
Zwölf ungeheure Werke, wälzt er türmend
Ein unvergänglich Denkmal sich zusammen.
Und wenn die Pyramide jetzt, vollendet,
Den Scheitel bis zum Wolkensaum erhebt,
Steigt er auf ihren Stufen himmelan
Und im Olymp empfang ich dann, den Gott.

AMPHITRYON. Dank dir! – Und diese hier, nicht raubst du mir?
Sie atmet nicht. Sieh her.

JUPITER. Sie wird dir bleiben;
Doch laß sie ruhn, wenn sie dir bleiben soll! –
Hermes!

(Er verliert sich in den Wolken, welche sich mittlerweile in der Höhe geöffnet haben, und den Gipfel des Olymps zeigen, auf welchem die Olympischen gelagert sind.)

ALKMENE. Amphitryon!

MERKUR. Gleich folg ich dir, du Göttlicher! –
Wenn ich erst jenem Kauze dort gesagt,
Daß ich sein häßliches Gesicht zu tragen,
Nun müde bin, daß ichs mir mit Ambrosia jetzt
Von den olympschen Wangen waschen werde;
Daß er besingenswürdge Schläg empfangen,
Und daß ich mehr und minder nicht, als Hermes,
Der Fußgeflügelte der Götter bin! *(Ab.)*
SOSIAS. Daß du für immer unbesungen mich
Gelassen hättst! Mein Lebtag sah ich noch
Solch einen Teufelskerl, mit Prügeln, nicht.
ERSTER FELDHERR. Fürwahr! Solch ein Triumph –
ZWEITER FELDHERR. So vieler Ruhm –
ERSTER OBERSTER. Du siehst durchdrungen uns –
AMPHITRYON. Alkmene!
ALKMENE. Ach!

PENTHESILEA

Ein Trauerspiel

PERSONEN

Penthesilea, *Königin*		*der Amazonen*
Prothoe	*Fürstinnen*	
Meroe		
Asteria		

Die Oberpriesterin der Diana

Achilles	*Könige des Griechenvolks*
Odysseus	
Diomedes	
Antilochus	

Griechen und Amazonen

Szene: Schlachtfeld bei Troja.

Erster Auftritt

Odysseus und Diomedes von der einen Seite, Antilochus von der andern, Gefolge treten auf.

ANTILOCHUS. Seid mir gegrüßt, ihr Könige! Wie gehts,
Seit wir zuletzt bei Troja uns gesehn?
ODYSSEUS. Schlecht, Antiloch. Du siehst auf diesen Feldern,
Der Griechen und der Amazonen Heer,
Wie zwei erboste Wölfe sich umkämpfen:
Beim Jupiter! sie wissen nicht warum?
Wenn Mars entrüstet, oder Delius,
Den Stecken nicht ergreift, der Wolkenrüttler
Mit Donnerkeilen nicht dazwischen wettert:
Tot sinken die Verbißnen heut noch nieder,
Des einen Zahn im Schlund des anderen. –
Schafft einen Helm mit Wasser!
ANTILOCHUS. Element!
Was wollen diese Amazonen uns?
ODYSSEUS. Wir zogen aus, auf des Atriden Rat,
Mit der gesamten Schar der Myrmidonen,
Achill und ich; Penthesilea, hieß es,
Sei in den skyth'schen Wäldern aufgestanden,
Und führ ein Heer, bedeckt mit Schlangenhäuten,
Von Amazonen, heißer Kampflust voll,
Durch der Gebirge Windungen heran,
Den Priamus in Troja zu entsetzen.
Am Ufer des Skamandros hören wir,
Deiphobus auch, der Priamide, sei
Aus Ilium mit einer Schar gezogen,
Die Königin, die ihm mit Hülfe naht,
Nach Freundesart zu grüßen. Wir verschlingen
Die Straße jetzt, uns zwischen dieser Gegner
Heillosem Bündnis wehrend aufzupflanzen;
Die ganze Nacht durch windet sich der Zug.
Doch, bei des Morgens erster Dämmerröte,
Welch ein Erstaunen faßt' uns, Antiloch,
Da wir, in einem weiten Tal vor uns,
Mit des Deiphobus Iliern im Kampf
Die Amazonen sehn! Penthesilea,
Wie Sturmwind ein zerrissenes Gewölk,
Weht der Trojaner Reihen vor sich her,
Als gält es übern Hellespont hinaus,

Hinweg vom Rund der Erde sie zu blasen.
ANTILOCHUS. Seltsam, bei unserm Gott!
ODYSSEUS. Wir sammeln uns,
Der Trojer Flucht, die wetternd auf uns ein,
Gleich einem Anfall keilt, zu widerstehen,
Und dicht zur Mauer drängen wir die Spieße.
Auf diesen Anblick stutzt der Priamide;
Und wir, im kurzen Rat beschließen, gleich,
Die Amazonenfürstin zu begrüßen:
Sie auch hat ihren Siegeslauf gehemmt.
War je ein Rat einfältiger und besser?
Hätt ihn Athene, wenn ich sie befragt,
Ins Ohr verständiger mir flüstern können?
Sie muß, beim Hades! diese Jungfrau, doch,
Die wie vom Himmel plötzlich, kampfgerüstet,
In unsern Streit fällt, sich darin zu mischen,
Sie muß zu einer der Partein sich schlagen;
Und uns die Freundin müssen wir sie glauben,
Da sie sich Teukrischen die Feindin zeigt.
ANTILOCHUS. Was sonst, beim Styx! Nichts anders gibts.
ODYSSEUS. Nun gut.
Wir finden sie, die Heldin Skythiens,
Achill und ich – in kriegerischer Feier
An ihrer Jungfraun Spitze aufgepflanzt,
Geschürzt, der Helmbusch wallt ihr von der Scheitel,
Und seine Gold- und Purpurtroddeln regend,
Zerstampft ihr Zelter unter ihr den Grund.
Gedankenvoll, auf einen Augenblick,
Sieht sie in unsre Schar, von Ausdruck leer,
Als ob in Stein gehaun wir vor ihr stünden;
Hier diese flache Hand, versichr' ich dich,
Ist ausdrucksvoller als ihr Angesicht:
Bis jetzt ihr Aug auf den Peliden trifft:
Und Glut ihr plötzlich, bis zum Hals hinab,
Das Antlitz färbt, als schlüge rings um ihr
Die Welt in helle Flammenlohe auf.
Sie schwingt, mit einer zuckenden Bewegung,
– Und einen finstern Blick wirft sie auf ihn –
Vom Rücken sich des Pferds herab, und fragt,
Die Zügel einer Dienrin überliefernd,
Was uns, in solchem Prachtzug, zu ihr führe.
Ich jetzt, wie wir Argiver hoch erfreut,
Auf eine Feindin des Dardanervolks zu stoßen;

Was für ein Haß den Priamiden längst
Entbrannt sei in der Griechen Brust, wie nützlich,
So ihr, wie uns, ein Bündnis würde sein;
Und was der Augenblick noch sonst mir beut:
Doch mit Erstaunen, in dem Fluß der Rede,
Bemerk ich, daß sie mich nicht hört. Sie wendet,
Mit einem Ausdruck der Verwunderung,
Gleich einem sechzehnjährgen Mädchen plötzlich,
Das von olympschen Spielen wiederkehrt,
Zu einer Freundin, ihr zur Seite sich,
Und ruft: solch einem Mann, o Prothoe, ist
Otrere, meine Mutter, nie begegnet!
Die Freundin, auf dies Wort betreten, schweigt,
Achill und ich, wir sehn uns lächelnd an,
Sie ruht, sie selbst, mit trunknem Blick schon wieder
Auf des Äginers schimmernde Gestalt:
Bis jen' ihr schüchtern naht, und sie erinnert,
Daß sie mir noch die Antwort schuldig sei.
Drauf mit der Wangen Rot, wars Wut, wars Scham,
Die Rüstung wieder bis zum Gurt sich färbend,
Verwirrt und stolz und wild zugleich: sie sei
Penthesilea, kehrt sie sich zu mir,
Der Amazonen Königin, und werde
Aus Köchern mir die Antwort übersenden!

ANTILOCHUS. So, Wort für Wort, der Bote, den du sandtest;
Doch keiner in dem ganzen Griechenlager,
Der ihn begriff.

ODYSSEUS. Hierauf unwissend jetzt,
Was wir von diesem Auftritt denken sollen,
In grimmiger Beschämung gehn wir heim,
Und sehn die Teukrischen, die unsre Schmach
Von fern her, die hohnlächelnden, erraten,
Wie im Triumph sich sammeln. Sie beschließen
Im Wahn, sie seien die Begünstigten,
Und nur ein Irrtum, der sich lösen müsse,
Sei an dem Zorn der Amazone schuld,
Schnell ihr, durch einen Herold, Herz und Hand,
Die sie verschmäht, von neuem anzutragen.
Doch eh der Bote, den sie senden wollen,
Den Staub noch von der Rüstung abgeschüttelt,
Stürzt die Kentaurin, mit verhängtem Zügel,
Auf sie und uns schon, Griech' und Trojer, ein,
Mit eines Waldstroms wütendem Erguß

Die einen, wie die andern, niederbrausend.

ANTILOCHUS. Ganz unerhört, ihr Danaer!

ODYSSEUS. Jetzt hebt
Ein Kampf an, wie er, seit die Furien walten,
Noch nicht gekämpft ward auf der Erde Rücken.
So viel ich weiß, gibt es in der Natur
Kraft bloß und ihren Widerstand, nichts Drittes.
Was Glut des Feuers löscht, löst Wasser siedend
Zu Dampf nicht auf und umgekehrt. Doch hier
Zeigt ein ergrimmter Feind von beiden sich,
Bei dessen Eintritt nicht das Feuer weiß,
Obs mit dem Wasser rieseln soll, das Wasser,
Obs mit dem Feuer himmelan soll lecken.
Der Trojer wirft, gedrängt von Amazonen,
Sich hinter eines Griechen Schild, der Grieche
Befreit ihn von der Jungfrau, die ihn drängte,
Und Griech' und Trojer müssen jetzt sich fast,
Dem Raub der Helena zu Trotz, vereinen,
Um dem gemeinen Feinde zu begegnen.

(Ein Grieche bringt ihm Wasser.)

Dank! Meine Zunge lechzt.

DIOMEDES. Seit jenem Tage
Grollt über dieser Ebne unverrückt
Die Schlacht, mit immer reger Wut, wie ein
Gewitter, zwischen waldgekrönter Felsen Gipfeln
Geklemmt. Als ich mit den Ätoliern gestern
Erschien, der Unsern Reihen zu verstärken,
Schlug sie mit Donnerkrachen eben ein,
Als wollte sie den ganzen Griechenstamm
Bis auf den Grund, die Wütende, zerspalten.
Der Krone ganze Blüte liegt, Ariston,
Astyanax, von Sturm herabgeschüttelt,
Menandros, auf dem Schlachtfeld da, den Lorbeer,
Mit ihren jungen, schönen Leibern groß,
Für diese kühne Tochter Ares', düngend.
Mehr der Gefangnen siegreich nahm sie schon,
Als sie uns Augen, sie zu missen, Arme,
Sie wieder zu befrein, uns übrig ließ.

ANTILOCHUS. Und niemand kann, was sie uns will, ergründen?

DIOMEDES. Kein Mensch, das eben ists: wohin wir spähend
Auch des Gedankens Senkblei fallen lassen.
– Oft, aus der sonderbaren Wut zu schließen,

Mit welcher sie, im Kampfgewühl, den Sohn
Der Thetis sucht, scheints uns, als ob ein Haß
Persönlich wider ihn die Brust ihr füllte.
So folgt, so hungerheiß, die Wölfin nicht,
Durch Wälder, die der Schnee bedeckt, der Beute,
Die sich ihr Auge grimmig auserkor,
Als sie, durch unsre Schlachtreihn, dem Achill.
Doch jüngst, in einem Augenblick, da schon
Sein Leben war in ihre Macht gegeben,
Gab sie es lächelnd, ein Geschenk, ihm wieder:
Er stieg zum Orkus, wenn sie ihn nicht hielt.

ANTILOCHUS. Wie? Wenn ihn wer? Die Königin?

DIOMEDES. Sie selbst!
Denn als sie, um die Abenddämmrung gestern,
Im Kampf, Penthesilea und Achill,
Einander trafen, stürmt Deiphobus her,
Und auf der Jungfrau Seite hingestellt,
Der Teukrische, trifft er dem Peleiden
Mit einem tückschen Schlag die Rüstung prasselnd,
Daß rings der Ormen Wipfel widerhallten.
Die Königin, entfärbt, läßt zwei Minuten
Die Arme sinken: und die Locken dann
Entrüstet um entflammte Wangen schüttelnd,
Hebt sie vom Pferdesrücken hoch sich auf,
Und senkt, wie aus dem Firmament geholt,
Das Schwert ihm wetterstrahlend in den Hals,
Daß er zu Füßen hin, der Unberufne,
Dem Sohn, dem göttlichen, der Thetis rollt.
Er jetzt, zum Dank, will ihr, der Peleïde,
Ein Gleiches tun; doch sie bis auf den Hals
Gebückt, den mähnumflossenen, des Schecken,
Der, in den Goldzaum beißend, sich herumwirft,
Weicht seinem Mordhieb aus, und schießt die Zügel,
Und sieht sich um, und lächelt, und ist fort.

ANTILOCHUS. Ganz wunderbar!

ODYSSEUS. Was bringst du uns von Troja?

ANTILOCHUS. Mich sendet Agamemnon her, und fragt dich,
Ob Klugheit nicht, bei so gewandelten
Verhältnissen, den Rückzug dir gebiete.
Uns gelt es Iliums Mauern einzustürzen,
Nicht einer freien Fürstin Heereszug,
Nach einem uns gleichgültgen Ziel, zu stören.
Falls du daher Gewißheit dir verschafft,

Daß nicht mit Hülfe der Dardanerburg
Penthesilea naht, woll er, daß ihr
Sogleich, um welchen Preis gleichviel, euch wieder
In die argivische Verschanzung werft.
Verfolgt sie euch, so werd er, der Atride,
Dann an des Heeres Spitze selber sehn,
Wozu sich diese rätselhafte Sphinx
Im Angesicht von Troja wird entscheiden.
ODYSSEUS. Beim Jupiter! Der Meinung bin ich auch.
Meint ihr, daß der Laertiade sich
In diesem sinnentblößten Kampf gefällt?
Schafft den Peliden weg von diesem Platze!
Denn wie die Dogg entkoppelt, mit Geheul
In das Geweih des Hirsches fällt: der Jäger,
Erfüllt von Sorge, lockt und ruft sie ab;
Jedoch verbissen in des Prachttiers Nacken,
Tanzt sie durch Berge neben ihm, und Ströme,
Fern in des Waldes Nacht hinein: so er,
Der Rasende, seit in der Forst des Krieges
Dies Wild sich von so seltner Art, ihm zeigte.
Durchbohrt mit einem Pfeilschuß, ihn zu fesseln,
Die Schenkel ihm: er weicht, so schwört er, eher
Von dieser Amazone Ferse nicht,
Bis er bei ihren seidnen Haaren sie
Von dem gefleckten Tigerpferd gerissen.
Versuchs, o Antiloch, wenns dir beliebt,
Und sieh, was deine rednerische Kunst,
Wenn seine Lippe schäumt, bei ihm vermag.
DIOMEDES. Laßt uns vereint, ihr Könige, noch einmal
Vernunft keilförmig, mit Gelassenheit,
Auf seine rasende Entschließung setzen.
Du wirst, erfindungsreicher Larissäer,
Den Riß schon, den er beut, zu finden wissen.
Weicht er dir nicht, wohlan, so will ich ihn
Mit zwei Ätoliern auf den Rücken nehmen,
Und einem Klotz gleich, weil der Sinn ihm fehlt,
In dem Argiverlager niederwerfen.
ODYSSEUS. Folgt mir!
ANTILOCHUS. Nun? Wer auch eilt uns dort heran?
DIOMEDES. Es ist Adrast. So bleich und so verstört.

Zweiter Auftritt

Die Vorigen. Ein Hauptmann tritt auf.

ODYSSEUS. Was bringst du?
DIOMEDES. Botschaft?
DER HAUPTMANN. Euch die ödeste,
Die euer Ohr noch je vernahm.
DIOMEDES. Wie?
ODYSSEUS. Rede!
DER HAUPTMANN. Achill – ist in der Amazonen Händen,
Und Pergams Mauern fallen jetzt nicht um.
DIOMEDES. Ihr Götter, ihr olympischen!
ODYSSEUS. Unglücksbote!
ANTILOCHUS. Wann trug, wo, das Entsetzliche sich zu?
DER HAUPTMANN. Ein neuer Anfall, heiß, wie Wetterstrahl,
Schmolz, dieser wuterfüllten Mavorstöchter,
Rings der Ätolier wackre Reihen hin,
Auf uns, wie Wassersturz, hernieder sie,
Die unbesiegten Myrmidonier, gießend.
Vergebens drängen wir dem Fluchtgewog
Entgegen uns: in wilder Überschwemmung
Reißts uns vom Kampfsplatz strudelnd mit sich fort:
Und eher nicht vermögen wir den Fuß,
Als fern von dem Peliden fest zu setzen.
Erst jetzo wickelt er, umstarrt von Spießen,
Sich aus der Nacht des Kampfes los, er rollt
Von eines Hügels Spitze scheu herab,
Auf uns kehrt glücklich sich sein Lauf, wir senden
Aufjauchzend ihm den Rettungsgruß schon zu:
Doch es erstirbt der Laut im Busen uns,
Da plötzlich jetzt sein Viergespann zurück
Vor einem Abgrund stutzt, und hoch aus Wolken
In grause Tiefe bäumend niederschaut.
Vergebens jetzt, in der er Meister ist,
Des Isthmus ganze vielgeübte Kunst:
Das Roßgeschwader wendet, das erschrockne,
Die Häupter rückwärts in die Geißelhiebe,
Und im verworrenen Geschirre fallend,
Zum Chaos, Pferd' und Wagen, eingestürzt,
Liegt unser Göttersohn, mit seinem Fuhrwerk,
Wie in der Schlinge eingefangen da.
ANTILOCHUS. Der Rasende! Wohin treibt ihn –?

DER HAUPTMANN. Es stürzt
Automedon, des Fahrzeugs rüstger Lenker,
In die Verwirrung hurtig sich der Rosse:
Er hilft dem Viergekoppel wieder auf.
Doch eh er noch aus allen Knoten rings
Die Schenkel, die verwickelten, gelöst,
Sprengt schon die Königin, mit einem Schwarm
Siegreicher Amazonen, ins Geklüft,
Jedweden Weg zur Rettung ihm versperrend.
ANTILOCHUS. Ihr Himmlischen!
DER HAUPTMANN. Sie hemmt, Staub rings umqualmt sie,
Des Zelters flüchtgen Lauf, und hoch zum Gipfel
Das Angesicht, das funkelnde, gekehrt,
Mißt sie, auf einen Augenblick, die Wand:
Der Helmbusch selbst, als ob er sich entsetzte,
Reißt bei der Scheitel sie von hinten nieder.
Drauf plötzlich jetzt legt sie die Zügel weg:
Man sieht, gleich einer Schwindelnden, sie hastig
Die Stirn, von einer Lockenflut umwallt,
In ihre beiden kleinen Hände drücken.
Bestürzt, bei diesem sonderbaren Anblick,
Umwimmeln alle Jungfraun sie, mit heiß
Eindringlicher Gebärde sie beschwörend;
Die eine, die zunächst verwandt ihr scheint,
Schlingt ihren Arm um sie, indes die andre
Entschloßner noch, des Pferdes Zügel greift:
Man will den Fortschritt mit Gewalt ihr wehren,
Doch sie –
DIOMEDES. Wie? wagt sie es?
ANTILOCHUS. Nein, sprich!
DER HAUPTMANN. Ihr hörts.
Umsonst sind die Versuche, sie zu halten,
Sie drängt mit sanfter Macht von beiden Seiten
Die Fraun hinweg, und im unruhgen Trabe
An dem Geklüfte auf und nieder streifend,
Sucht sie, ob nicht ein schmaler Pfad sich biete
Für einen Wunsch, der keine Flügel hat;
Drauf jetzt, gleich einer Rasenden, sieht man
Empor sie an des Felsens Wände klimmen,
Jetzt hier, in glühender Begier, jetzt dort,
Unsinnger Hoffnung voll, auf diesem Wege
Die Beute, die im Garn liegt, zu erhaschen.
Jetzt hat sie jeden sanftern Riß versucht,

Den sich im Fels der Regen ausgewaschen;
Der Absturz ist, sie sieht es, unersteiglich;
Doch, wie beraubt des Urteils, kehrt sie um,
Und fängt, als wärs von vorn, zu klettern an.
Und schwingt, die Unverdrossene, sich wirklich
Auf Pfaden, die des Wandrers Fußtritt scheut,
Schwingt sich des Gipfels höchstem Rande näher
Um einer Orme Höh; und da sie jetzt auf einem
Granitblock steht, von nicht mehr Flächenraum
Als eine Gemse sich zu halten braucht;
Von ragendem Geklüfte rings geschreckt,
Den Schritt nicht vorwärts mehr, nicht rückwärts wagt;
Der Weiber Angstgeschrei durchkreischt die Luft:
Stürzt sie urplötzlich, Roß und Reuterin,
Von los sich lösendem Gestein umprasselt,
Als ob sie in den Orkus führe, schmetternd
Bis an des Felsens tiefsten Fuß zurück,
Und bricht den Hals sich nicht und lernt auch nichts:
Sie rafft sich bloß zu neuem Klimmen auf.
ANTILOCHUS. Seht die Hyäne, die blind-wütende!
ODYSSEUS. Nun? Und Automedon?
DER HAUPTMANN. Er endlich schwingt,
Das Fahrzeug steht, die Rosse auch, geordnet –
– Hephästos hätt in so viel Zeit fast neu
Den ganzen erznen Wagen schmieden können –
Er schwingt dem Sitz sich zu, und greift die Zügel:
Ein Stein fällt uns Argivern von der Brust.
Doch eben jetzt, da er die Pferde wendet,
Erspähn die Amazonen einen Pfad,
Dem Gipfel sanfthin zugeführt, und rufen,
Das Tal rings mit Geschrei des Jubels füllend,
Die Königin dahin, die sinnberaubte,
Die immer noch des Felsens Sturz versucht.
Sie, auf dies Wort, das Roß zurücke werfend,
Rasch einen Blick den Pfad schickt sie hinan;
Und dem gestreckten Parder gleich, folgt sie
Dem Blick auch auf dem Fuß: er, der Pelide,
Entwich zwar mit den Rossen, rückwärts strebend;
Doch in den Gründen bald verschwand er mir,
Und was aus ihm geworden, weiß ich nicht.
ANTILOCHUS. Verloren ist er!
DIOMEDES. Auf! Was tun wir, Freunde?
ODYSSEUS. Was unser Herz, ihr Könige, gebeut!

Auf! laßt uns ihn der Königin entreißen!
Gilts einen Kampf um ihn auf Tod und Leben:
Den Kampf bei den Atriden fecht ich aus.

(Odysseus, Diomedes, Antilochus ab.)

Dritter Auftritt

Der Hauptmann. Eine Schar von Griechen, welche während dessen einen Hügel bestiegen haben.

EIN MYRMIDONIER *(in die Gegend schauend).*
Seht! Steigt dort über jenes Berges Rücken,
Ein Haupt nicht, ein bewaffnetes, empor?
Ein Helm, von Federbüschen überschattet?
Der Nacken schon, der mächtge, der es trägt?
Die Schultern auch, die Arme, stahlumglänzt?
Das ganze Brustgebild, o seht doch, Freunde,
Bis wo den Leib der goldne Gurt umschließt?
DER HAUPTMANN. Ha! Wessen!
DER MYRMIDONIER. Wessen! Träum ich, ihr Argiver?
Die Häupter sieht man schon, geschmückt mit Blessen,
Des Roßgespanns! Nur noch die Schenkel sind,
Die Hufen, von der Höhe Rand bedeckt!
Jetzt, auf dem Horizonte, steht das ganze
Kriegsfahrzeug da! So geht die Sonne prachtvoll
An einem heitern Frühlingstage auf!
DIE GRIECHEN. Triumph! Achilleus ists! Der Göttersohn!
Selbst die Quadriga führet er heran!
Er ist gerettet!
DER HAUPTMANN. Ihr Olympischen!
So sei euch ewger Ruhm gegönnt! – Odysseus!
– Flieg einer den argolschen Fürsten nach!

(Ein Grieche schnell ab.)

Naht er sich uns, ihr Danaer?
DER MYRMIDONIER. O sieh!
DER HAUPTMANN. Was gibts?
DER MYRMIDONIER. O mir vergeht der Atem, Hauptmann!
DER HAUPTMANN. So rede, sprich!
DER MYRMIDONIER. O, wie er mit der Linken
Vor über seiner Rosse Rücken geht!

Wie er die Geißel umschwingt über sie!
Wie sie von ihrem bloßen Klang erregt,
Der Erde Grund, die göttlichen, zerstampfen!
Am Zügel ziehn sie, beim Lebendigen,
Mit ihrer Schlünde Dampf, das Fahrzeug fort!
Gehetzter Hirsche Flug ist schneller nicht!
Der Blick drängt unzerknickt sich durch die Räder,
Zur Scheibe fliegend eingedreht, nicht hin!
EIN ÄTOLIER. Doch hinter ihm –
DER HAUPTMANN. Was?
DER MYRMIDONIER. An des Berges Saum –
DER ÄTOLIER. Staub –
DER MYRMIDONIER. Staub aufqualmend, wie Gewitterwolken:
Und, wie der Blitz vorzuckt –
DER ÄTOLIER. Ihr ewgen Götter!
DER MYRMIDONIER. Penthesilea.
DER HAUPTMANN. Wer?
DER ÄTOLIER. Die Königin! –
Ihm auf dem Fuß, dem Peleiden, schon
Mit ihrem ganzen Troß von Weibern folgend.
DER HAUPTMANN. Die rasende Megär!
DIE GRIECHEN *(rufend)*. Hieher der Lauf!
Hieher den Lauf, du Göttlicher, gerichtet!
Auf uns den Lauf!
DER ÄTOLIER. Seht! wie sie mit den Schenkeln
Des Tigers Leib inbrünstiglich umarmt!
Wie sie, bis auf die Mähn herabgebeugt,
Hinweg die Luft trinkt lechzend, die sie hemmt!
Sie fliegt, wie von der Senne abgeschossen:
Numidsche Pfeile sind nicht hurtiger!
Das Heer bleibt keuchend, hinter ihr, wie Köter,
Wenn sich ganz aus die Dogge streckt, zurück!
Kaum daß ihr Federbusch ihr folgen kann!
DER HAUPTMANN. So naht sie ihm?
EIN DOLOPER. Naht ihm!
DER MYRMIDONIER. Naht ihm noch nicht!
DER DOLOPER. Naht ihm, ihr Danaer! Mit jedem Hufschlag,
Schlingt sie, wie hungerheiß, ein Stück des Weges,
Der sie von dem Peliden trennt, hinunter!
DER MYRMIDONIER. Bei allen hohen Göttern, die uns schützen!
Sie wächst zu seiner Größe schon heran!
Sie atmet schon, zurückgeführt vom Winde,
Den Staub, den säumend seine Fahrt erregt!

Der rasche Zelter wirft, auf dem sie reitet,
Erdschollen, aufgewühlt von seiner Flucht,
Schon in die Muschel seines Wagens hin!
DER ÄTOLIER. Und jetzt – der Übermütge! Rasende!
Er lenkt im Bogen spielend noch! Gib acht:
Die Amazone wird die Sehne nehmen.
Siehst du? Sie schneidet ihm den Lauf –
DER MYRMIDONIER. Hilf! Zeus!
An seiner Seite fliegt sie schon! Ihr Schatten,
Groß, wie ein Riese, in der Morgensonne,
Erschlägt ihn schon!
DER ÄTOLIER. Doch jetzt urplötzlich reißt er –
DER DOLOPER. Das ganze Roßgeschwader reißt er plötzlich
Zur Seit herum!
DER ÄTOLIER. Zu uns her fliegt er wieder!
DER MYRMIDONIER. Ha! Der Verschlagne! Er betrog sie –
DER DOLOPER. Hui!
Wie sie, die Unaufhaltsame, vorbei
Schießt an dem Fuhrwerk –
DER MYRMIDONIER. Prellt, im Sattel fliegt,
Und stolpert –
DER DOLOPER. Stürzt!
DER HAUPTMANN. Was?
DER MYRMIDONIER. Stürzt, die Königin!
Und eine Jungfrau blindhin über sie –
DER DOLOPER. Und eine noch –
DER MYRMIDONIER. Und wieder –
DER DOLOPER. Und noch eine –
DER HAUPTMANN. Ha! Stürzen, Freunde?
DER DOLOPER. Stürzen –
DER MYRMIDONIER. Stürzen, Hauptmann,
Wie in der Feueresse eingeschmelzt,
Zum Haufen, Roß und Reutrinnen, zusammen!
DER HAUPTMANN. Daß sie zu Asche würden!
DER DOLOPER. Staub ringsum,
Vom Glanz der Rüstungen durchzuckt und Waffen:
Das Aug erkennt nichts mehr, wie scharf es sieht.
Ein Knäuel, ein verworrener, von Jungfraun,
Durchwebt von Rossen bunt: das Chaos war,
Das erst', aus dem die Welt sprang, deutlicher.
DER ÄTOLIER. Doch jetzt – ein Wind erhebt sich; Tag wird es,
Und eine der Gestürzten rafft sich auf.
DER DOLOPER. Ha! Wie sich das Gewimmel lustig regt!

Wie sie die Spieße sich, die Helme, suchen,
Die weithin auf das Feld geschleuderten!
DER MYRMIDONIER. Drei Rosse noch, und eine Reuterin, liegen
Gestreckt wie tot –
DER HAUPTMANN. Ist das die Königin?
DER ÄTOLIER. Penthesilea, fragst du?
DER MYRMIDONIER. Obs die Königin?
– Daß mir den Dienst die Augen weigerten!
Dort steht sie!
DER DOLOPER. Wo?
DER HAUPTMANN. Nein, sprich!
DER MYRMIDONIER. Dort, beim Kroniden,
Wo sie gestürzt: in jener Eiche Schatten!
An ihres Pferdes Nacken hält sie sich,
Das Haupt entblößt – seht ihr den Helm am Boden?
Die Locken schwachhin mit der Rechten greifend,
Wischt sie, ists Staub, ists Blut, sich von der Stirn.
DER DOLOPER. Bei Gott, sie ists!
DER HAUPTMANN. Die Unverwüstliche!
DER ÄTOLIER. Die Katze, die so stürzt, verreckt; nicht sie!
DER HAUPTMANN. Und der Pelid?
DER DOLOPER. Ihn schützen alle Götter!
Um drei Pfeilschüsse flog er fort und drüber!
Kaum mehr mit Blicken kann sie ihn erreichen,
Und der Gedanke selbst, der strebende,
Macht ihr im atemlosen Busen halt!
DER MYRMIDONIER. Triumph! Dort tritt Odysseus jetzt hervor!
Das ganze Griechenheer, im Strahl der Sonne,
Tritt plötzlich aus des Waldes Nacht hervor!
DER HAUPTMANN. Odyß? Und Diomed auch? O ihr Götter!
– Wie weit noch in dem Feld ist er zurück?
DER DOLOPER. Kaum einen Steinwurf, Hauptmann! Sein Gespann
Fliegt auf die Höhen am Skamandros schon,
Wo sich das Heer raschhin am Rande ordnet.
Die Reihn schon wettert er entlang –
STIMMEN *(aus der Ferne)*. Heil dir!
DER DOLOPER. Sie rufen, die Argiver, ihm –
STIMMEN. Heil dir!
Achill! Heil dir, Pelide! Göttersohn!
Heil dir! Heil dir! Heil dir!
DER DOLOPER. Er hemmt den Lauf!
Vor den versammelten Argiverfürsten
Hemmt er den Lauf! Odysseus naht sich ihm!

Vom Sitz springt er, der Staubbedeckte, nieder!
Die Zügel gibt er weg! Er wendet sich!
Er nimmt den Helm ab, der sein Haupt beschwert!
Und alle Könige umringen ihn!
Die Griechen reißen ihn, die jauchzenden,
Um seine Kniee wimmelnd, mit sich fort:
Indes Automedon die Rosse schrittweis,
Die dampfenden, an seiner Seite führt!
Hier wälzt der ganze Jubelzug sich schon
Auf uns heran! Heil dir! du Göttlicher!
O seht doch her, seht her – Da ist er schon!

Vierter Auftritt

Achilles, ihm folgen Odysseus, Diomedes, Antilochus, Automedon (mit der Quadriga ihm zur Seite), das Heer der Griechen.

ODYSSEUS. Sei mir, Äginerheld, aus heißer Brust
Gegrüßt! Du Sieger auch noch in der Flucht!
Beim Jupiter! Wenn hinter deinem Rücken,
Durch deines Geistes Obmacht über ihren,
In Staub die Feindin stürzt, was wird geschehn,
Wenns dir gelingt, du Göttlicher, sie einst
Von Angesicht zu Angesicht zu fassen.
ACHILLES *(er hält den Helm in der Hand und wischt sich den Schweiß von der Stirn. Zwei Griechen ergreifen, ihm unbewußt, einen seiner Arme, der verwundet ist, und verbinden ihn)*. Was ist? Was gibts?
ANTILOCHUS. Du hast in einem Kampf
Wetteifernder Geschwindigkeit bestanden,
Neridensohn, wie losgelassene
Gewitterstürm, am Himmelsplane brausend,
Noch der erstaunten Welt ihn nicht gezeigt.
Bei den Erinnyen! Meiner Reue würd ich
Mit deinem flüchtigen Gespann entfliehn,
Hätt ich, des Lebens Gleise schwer durchknarrend,
Die Sünden von der ganzen Trojerburg
Der Muschel meiner Brust auch aufgeladen.
ACHILLES *(zu den zwei Griechen, welche ihn mit ihrem Geschäft zu belästigen scheinen)*. Die Narren.
EIN GRIECHENFÜRST. Wer?
ACHILLES. Was neckt ihr –

DER ERSTE GRIECHE *(der ihm den Arm verbindet).* Halt! Du blutest!
ACHILLES. Nun ja.
DER ZWEITE GRIECHE. So steh!
DER ERSTE. So laß dich auch verbinden.
DER ZWEITE. Gleich ists geschehn.
DIOMEDES. – Es hieß zu Anfang hier,
Der Rückzug meiner Völker habe dich
In diese Flucht gestürzt; beschäftiget
Mit dem Ulyß, den Antiloch zu hören,
Der Botschaft uns von den Atriden brachte,
War ich selbst auf dem Platz nicht gegenwärtig.
Doch alles, was ich sehe, überzeugt mich,
Daß dieser meisterhaften Fahrt ein freier
Entwurf zum Grunde lag. Man könnte fragen,
Ob du bei Tagesanbruch, da wir zum
Gefecht noch allererst uns rüsteten,
Den Feldstein schon gedacht dir, über welchen
Die Königin zusammenstürzen sollte:
So sichern Schrittes, bei den ewigen Göttern,
Hast du zu diesem Stein sie hingeführt.
ODYSSEUS. Doch jetzt, Doloperheld, wirst du gefällig,
Wenn dich ein anderes nicht besser dünkt,
Mit uns dich ins Argiverlager werfen.
Die Söhne Atreus' rufen uns zurück.
Wir werden mit verstelltem Rückzug sie
In das Skamandrostal zu locken suchen,
Wo Agamemnon aus dem Hinterhalt
In einer Hauptschlacht sie empfangen wird.
Beim Gott des Donners! Nirgends, oder dort
Kühlst du die Brunst dir ab, die, rastlos drängend,
Gleich einem jungen Spießer, dich verfolgt:
Und meinen besten Segen schenk ich dir.
Denn mir ein Greul auch, in den Tod verhaßt,
Schweift die Megäre, unsre Taten störend,
Auf diesem Feld herum, und gern möcht ich,
Gesteh ich dir, die Spur von deinem Fußtritt
Auf ihrer rosenblütnen Wange sehn.
ACHILLES *(sein Blick fällt auf die Pferde).*
Sie schwitzen.
ANTILOCHUS. Wer?
AUTOMEDON *(indem er ihre Hälse mit der Hand prüft).*
Wie Blei.
ACHILLES. Gut. Führe sie.

Und wenn die Luft sie abgekühlt, so wasche
Brüst ihnen und der Schenkel Paar mit Wein.
AUTOMEDON. Man bringt die Schläuche schon.
DIOMEDES. – Hier siehst du wohl,
Vortrefflicher, daß wir im Nachteil kämpfen.
Bedeckt, so weit das schärfste Auge reicht,
Sind alle Hügel von der Weiber Haufen;
Heuschrecken lassen dichtgeschloßner nicht
Auf eine reife Saatenflur sich nieder.
Wem noch gelang ein Sieg, wie er ihn wünschte?
Ist einer, außer dir, der sagen kann,
Er hab auch die Kentaurin nur gesehn?
Umsonst, daß wir, in goldnen Rüstungen,
Hervor uns drängen, unsern Fürstenstand
Lautschmetternd durch Trompeten ihr verkünden:
Sie rückt nicht aus dem Hintergrund hervor;
Und wer auch fern, vom Windzug hergeführt,
Nur ihre Silberstimme hören wollte,
Müßt eine Schlacht, unrühmlich, zweifelhaft,
Vorher mit losem Kriegsgesindel kämpfen,
Das sie, den Höllenhunden gleich, bewacht.
ACHILLES *(in die Ferne hinaus schauend)*.
Steht sie noch da?
DIOMEDES. Du fragst? –
ANTILOCHUS. Die Königin?
DER HAUPTMANN. Man sieht nichts – Platz! Die Federbüsch hinweg!
DER GRIECHE *(der ihm den Arm verbindet)*.
Halt! Einen Augenblick.
EIN GRIECHENFÜRST. Dort, allerdings!
DIOMEDES. Wo?
DER GRIECHENFÜRST.
Bei der Eiche, unter der sie fiel.
Der Helmbusch wallt schon wieder ihr vom Haupte,
Und ihr Mißschicksal scheint verschmerzt. –
DER ERSTE GRIECHE. Nun endlich!
DER ZWEITE. Den Arm jetzt magst du, wie du willst, gebrauchen.
DER ERSTE. Jetzt kannst du gehn.

(Die Griechen verknüpfen noch einen Knoten und lassen seinen Arm fahren.)

ODYSSEUS. Hast du gehört, Pelide,
Was wir dir vorgestellt?
ACHILLES. Mir vorgestellt?
Nein, nichts. Was wars? Was wollt ihr?

ODYSSEUS. Was wir wollen?
Seltsam. – Wir unterrichteten von den Befehlen
Dich der Atriden! Agamemnon will,
Daß wir sogleich ins Griechenlager kehren;
Den Antiloch sandt er, wenn du ihn siehst,
Mit diesem Schluß des Feldherrnrats uns ab.
Der Kriegsplan ist, die Amazonenkönigin
Herab nach der Dardanerburg zu locken,
Wo sie, in beider Heere Mitte nun,
Von treibenden Verhältnissen gedrängt,
Sich muß, wem sie die Freundin sei, erklären;
Und wir dann, sie erwähle, was sie wolle,
Wir werden wissen mindstens, was zu tun.
Ich traue deiner Klugheit zu, Pelide,
Du folgst der Weisheit dieser Anordnung.
Denn Wahnsinn wärs, bei den Olympischen,
Da dringend uns der Krieg nach Troja ruft,
Mit diesen Jungfraun hier uns einzulassen,
Bevor wir wissen, *was* sie von uns wollen,
Noch überhaupt nur, *ob* sie uns was wollen?
ACHILLES *(indem er sich den Helm wieder aufsetzt).*
Kämpft ihr, wie die Verschnittnen, wenn ihr wollt;
Mich einen Mann fühl ich, und diesen Weibern,
Wenn keiner sonst im Heere, will ich stehn!
Ob ihr hier länger, unter kühlen Fichten,
Ohnmächtiger Lust voll, sie umschweift, ob nicht,
Vom Bette fern der Schlacht, die sie umwogt,
Gilt mir gleichviel: beim Styx, ich willge drein,
Daß ihr nach Ilium zurücke kehrt.
Was *mir* die Göttliche begehrt, das weiß ich;
Brautwerber schickt sie mir, gefiederte,
Genug in Lüften zu, die ihre Wünsche
Mit Todgeflüster in das Ohr mir raunen.
Im Leben keiner Schönen war ich spröd;
Seit mir der Bart gekeimt, ihr lieben Freunde,
Ihr wißts, zu Willen jeder war ich gern:
Und wenn ich dieser mich gesperrt bis heute,
Beim Zeus, des Donners Gott, geschahs, weil ich
Das Plätzchen unter Büschen noch nicht fand,
Sie ungestört, ganz wie ihr Herz es wünscht,
Auf Küssen heiß von Erz im Arm zu nehmen.
Kurz, geht: ins Griechenlager folg ich euch;
Die Schäferstunde bleibt nicht lang mehr aus:

Doch müßt ich auch durch ganze Monden noch,
Und Jahre, um sie frein: den Wagen dort
Nicht ehr zu meinen Freunden will ich lenken,
Ich schwörs, und Pergamos nicht wiedersehn,
Als bis ich sie zu meiner Braut gemacht,
Und sie, die Stirn bekränzt mit Todeswunden,
Kann durch die Straßen häuptlings mit mir schleifen.
Folgt mir!
EIN GRIECHE *(tritt auf)*.
Penthesilea naht sich dir, Pelide!
ACHILLES. Ich auch. Bestieg sie schon den Perser wieder?
DER GRIECHE. Noch nicht. Zu Fuße schreitet sie heran,
Doch ihr zur Seite stampft der Perser schon.
ACHILLES. Wohlan! So schafft mir auch ein Roß, ihr Freunde! –
Folgt, meine tapfern Myrmidonier, mir.
(Das Heer bricht auf.)
ANTILOCHUS. Der Rasende!
ODYSSEUS. Nun, so versuch doch
Jetzt deine Rednerkunst, o Antiloch!
ANTILOCHUS. Laßt mit Gewalt uns ihn –
DIOMEDES. Fort ist er schon!
ODYSSEUS. Verwünscht sei dieser Amazonenkrieg!
(Alle ab.)

Fünfter Auftritt

Penthesilea, Prothoe, Meroe, Asteria, Gefolge, das Amazonenheer.

DIE AMAZONEN. Heil dir, du Siegerin! Überwinderin!
Des Rosenfestes Königin! Triumph dir!
PENTHESILEA. Nichts vom Triumph mir! Nichts vom Rosenfeste!
Es ruft die Schlacht noch einmal mich ins Feld.
Den jungen trotzgen Kriegsgott bändg' ich mir,
Gefährtinnen, zehntausend Sonnen dünken,
Zu einem Glutball eingeschmelzt, so glanzvoll
Nicht, als ein Sieg, ein Sieg mir über ihn.
PROTHOE. Geliebte, ich beschwöre dich –
PENTHESILEA. Laß mich!
Du hörst, was ich beschloß, eh würdest du
Den Strom, wenn er herab von Bergen schießt,
Als meiner Seele Donnersturz regieren.

Ich will zu meiner Füße Staub ihn sehen,
Den Übermütigen, der mir an diesem
Glorwürdgen Schlachtentag, wie keiner noch,
Das kriegerische Hochgefühl verwirrt.
Ist das die Siegerin, die schreckliche,
Der Amazonen stolze Königin,
Die seines Busens erzne Rüstung mir,
Wenn sich mein Fuß ihm naht, zurückespiegelt?
Fühl ich, mit aller Götter Fluch Beladne,
Da rings das Heer der Griechen vor mir flieht,
Bei dieses einzgen Helden Anblick mich
Gelähmt nicht, in dem Innersten getroffen,
Mich, *mich* die Überwundene, Besiegte?
Wo ist der Sitz mir, der kein Busen ward,
Auch des Gefühls, das mich zu Boden wirft?
Ins Schlachtgetümmel stürzen will ich mich,
Wo der Hohnlächelnde mein harrt, und ihn
Mir überwinden, oder leben nicht!

PROTHOE. Wenn du dein Haupt doch, teure Königin,
An diesem treuen Busen ruhen wolltest.
Der Sturz, der dir die Brust gewaltsam traf,
Hat dir das Blut entflammt, den Sinn empört:
An allen jungen Gliedern zitterst du!
Beschließe nichts, wir alle flehen dich,
Bis heitrer dir der Geist zurückgekehrt.
Komm, ruhe dich bei mir ein wenig aus.

PENTHESILEA. Warum? Weshalb? Was ist geschehn? Was sagt ich?
Hab ich? – Was hab ich denn –?

PROTHOE. Um eines Siegs,
Der deine junge Seele flüchtig reizt,
Willst du das Spiel der Schlachten neu beginnen?
Weil unerfüllt ein Wunsch, ich weiß nicht welcher,
Dir im geheimen Herzen blieb, den Segen,
Gleich einem übellaunigen Kind, hinweg,
Der deines Volks Gebete krönte, werfen?

PENTHESILEA. Ha, sieh! Verwünscht das Los mir dieses Tages!
Wie mit dem Schicksal heut, dem tückischen,
Sich meiner Seele liebste Freundinnen
Verbünden, mir zu schaden, mich zu kränken!
Wo sich die Hand, die lüsterne, nur regt,
Den Ruhm, wenn er bei mir vorüberfleucht,
Bei seinem goldnen Lockenhaar zu fassen,
Tritt eine Macht mir hämisch in den Weg –

– Und Trotz ist, Widerspruch, die Seele mir!
Hinweg!
PROTHOE *(für sich)*.
Ihr Himmlischen, beschützet sie!
PENTHESILEA. Denk ich bloß *mich*, sinds *meine* Wünsche bloß,
Die mich zurück aufs Feld der Schlachten rufen?
Ist es das Volk, ists das Verderben nicht,
Das in des Siegs wahnsinniger Berauschung,
Hörbaren Flügelschlags, von fern ihm naht?
Was ist geschehn, daß wir zur Vesper schon,
Wie nach vollbrachter Arbeit ruhen wollen?
Gemäht liegt uns, zu Garben eingebunden,
Der Ernte üppger Schatz, in Scheuern hoch,
Die in den Himmel ragen, aufgetürmt:
Jedoch die Wolke heillos überschwebt ihn,
Und den Vernichtungsstrahl droht sie herab.
Die Jünglingsschar, die überwundene,
Ihr werdet sie, bekränzt mit Blumen nicht,
Bei der Posaunen und der Zimbeln Klang,
Zu euren duftgen Heimatstälern führen.
Aus jedem tückschen Hinterhalt hervor,
Der sich ihm beut, seh ich den Peleïden
Auf euren frohen Jubelzug sich stürzen;
Euch und dem Trosse der Gefangenen,
Bis zu den Mauern Themiscyras folgen;
Ja in der Artemis geweihtem Tempel
Die Ketten noch, die rosenblütenen,
Von ihren Gliedern reißen und die unsern
Mit erzgegoßner Fessel Last bewuchten.
Soll ich von seiner Fers, ich Rasende,
Die nun fünf schweißerfüllte Sonnen schon
An seinem Sturze rüttelte, entweichen:
Da er vom Windzug eines Streiches muß,
Getroffen, unter meines Rosses Huf,
Wie eine reife Südfrucht, niederfallen?
Nein, eh ich, was so herrlich mir begonnen,
So groß, nicht endige, eh ich nicht völlig
Den Kranz, der mir die Stirn umrauscht', erfasse,
Eh ich Mars' Töchter nicht, wie ich versprach,
Jetzt auf des Glückes Gipfel jauchzend führe,
Eh möge seine Pyramide schmetternd
Zusammenbrechen über mich und sie:
Verflucht das Herz, das sich nicht mäßgen kann.

PROTHOE. Dein Aug, o Herrscherin, erglüht ganz fremd,
Ganz unbegreiflich, und Gedanken wälzen,
So finster, wie der ewgen Nacht entstiegen,
In meinem ahndungsvollen Busen sich.
Die Schar, die deine Seele seltsam fürchtet,
Entfloh rings vor dir her, wie Spreu vor Winden;
Kaum daß ein Speer sich noch erblicken läßt.
Achill, so wie du mit dem Heer dich stelltest,
Von dem Skamandros ist er abgeschnitten;
Reiz ihn nicht mehr, aus seinem Blick nur weiche:
Den ersten Schritt, beim Jupiter, ich schwörs,
In seine Danaerschanze setzt er hin.
Ich will, ich, dir des Heeres Schweif beschirmen.
Sieh, bei den Göttern des Olymps, nicht *einen*
Gefangenen entreißt er dir! Es soll
Der Glanz, auch meilenfernhin, seiner Waffen,
Dein Heer nicht schrecken, seiner Rosse ferner Tritt
Dir kein Gelächter einer Jungfrau stören:
Mit meinem Haupt steh ich dir dafür ein!

PENTHESILEA *(indem sie sich plötzlich zu Asteria wendet)*.
Kann das geschehn, Asteria?

ASTERIA. Herrscherin –

PENTHESILEA. Kann ich das Heer, wie Prothoe verlangt,
Nach Themiscyra wohl zurücke führen?

ASTERIA. Vergib, wenn ich in meinem Fall, o Fürstin –

PENTHESILEA. Sprich dreist. Du hörst.

PROTHOE *(schüchtern)*. Wenn du den Rat willst gütig
Versammelt aller Fürstinnen befragen,
So wird –

PENTHESILEA. Den Rat hier *dieser* will ich wissen!
– Was bin ich denn seit einer Hand voll Stunden?

(Pause, in welcher sie sich sammelt.)

– – Kann ich das Heer, du sprichst, Asteria,
Kann ich es wohl zurück zur Heimat führen?

ASTERIA. Wenn du so willst, o Herrscherin, so laß
Mich dir gestehn, wie ich des Schauspiels staune,
Das mir in die ungläubgen Sinne fällt.
Vom Kaukasus, mit meinem Völkerstamm,
Um eine Sonne später aufgebrochen,
Konnt ich dem Zuge deines Heeres nicht,
Der reißend wie ein Strom dahinschoß, folgen.
Erst heute, weißt du, mit der Dämmerung,

Auf diesem Platz schlagfertig treff ich ein;
Und jauchzend schallt aus tausend Kehlen mir
Die Nachricht zu: Der Sieg, er sei erkämpft,
Beschlossen schon, auf jede Forderung,
Der ganze Amazonenkrieg. Erfreut,
Versichr' ich dich, daß das Gebet des Volks sich dir
So leicht, und unbedürftig mein, erfüllt,
Ordn' ich zur Rückkehr alles wieder an;
Neugierde treibt mich doch, die Schar zu sehen,
Die man mir als des Sieges Beute rühmt;
Und eine Handvoll Knechte, bleich und zitternd,
Erblickt mein Auge, der Argiver Auswurf,
Auf Schildern, die sie fliehend weggeworfen,
Von deinem Kriegstroß schwärmend aufgelesen.
Vor Trojas stolzen Mauern steht das ganze
Hellenenheer, steht Agamemnon noch,
Stehn Menelaus, Ajax, Palamed;
Ulysses, Diomedes, Antilochus,
Sie wagen dir ins Angesicht zu trotzen:
Ja jener junge Nereïdensohn,
Den deine Hand mit Rosen schmücken sollte,
Die Stirn beut er, der Übermütge, dir;
Den Fußtritt will er, und erklärt es laut,
Auf deinen königlichen Nacken setzen:
Und meine große Arestochter fragt mich,
Ob sie den Siegesheimzug feiern darf?

PROTHOE *(leidenschaftlich)*. Der Königin, du Falsche, sanken Helden
An Hoheit, Mut und Schöne –

PENTHESILEA. Schweig, Verhaßte!
Asteria fühlt, wie ich, es ist nur einer
Hier mir zu sinken wert: und dieser eine,
Dort steht er noch im Feld der Schlacht und trotzt!

PROTHOE. Nicht von der Leidenschaft, o Herrscherin,
Wirst du dich –

PENTHESILEA. Natter! Deine Zunge nimm gefangen!
– Willst du den Zorn nicht deiner Königin wagen!
Hinweg!

PROTHOE. So wag ich meiner Königin Zorn!
Eh will ich nie dein Antlitz wiedersehen,
Als feig, in diesem Augenblick, dir eine
Verräterin schmeichlerisch zur Seite stehn.
Du bist, in Flammen wie du loderst, nicht
Geschickt, den Krieg der Jungfraun fortzuführen;

So wenig, wie, sich mit dem Spieß zu messen,
Der Löwe, wenn er von dem Gift getrunken,
Das ihm der Jäger tückisch vorgesetzt.
Nicht den Peliden, bei den ewgen Göttern,
Wirst du in dieser Stimmung dir gewinnen:
Vielmehr, noch eh die Sonne sinkt, versprech ich,
Die Jünglinge, die unser Arm bezwungen,
So vieler unschätzbaren Mühen Preis,
Uns bloß, in deiner Raserei, verlieren.

PENTHESILEA. Das ist ja sonderbar und unbegreiflich!
Was macht dich plötzlich denn so feig?

PROTHOE. Was mich? –

PENTHESILEA. Wen überwandst du, sag mir an?

PROTHOE. Lykaon,
Den jungen Fürsten der Arkadier.
Mich dünkt, du sahst ihn.

PENTHESILEA. So, so. War es jener,
Der zitternd stand, mit eingeknicktem Helmbusch,
Als ich mich den Gefangnen gestern –

PROTHOE. Zitternd!
Er stand so fest, wie je dir der Pelide!
Im Kampf von meinen Pfeilen heiß getroffen,
Sank er zu Füßen mir, stolz werd ich ihn,
An jenem Fest der Rosen, stolz, wie eine,
Zu unserm heilgen Tempel führen können.

PENTHESILEA. Wahrhaftig? Wie du so begeistert bist. –
Nun denn – er soll dir nicht entrissen werden!
– Führt aus der Schar ihn den Gefangenen,
Lykaon, den Arkadier herbei!
– Nimm, du unkriegerische Jungfrau, ihn,
Entfleuch, daß er dir nicht verloren gehe,
Aus dem Geräusch der Schlacht mit ihm, bergt euch
In Hecken von süß duftendem Holunder,
In der Gebirge fernsten Kluft, wo ihr
Wollüstig Lied die Nachtigall dir flötet,
Und fei'r es gleich, du Lüsterne, das Fest,
Das deine Seele nicht erwarten kann.
Doch aus dem Angesicht sei ewig mir,
Sei aus der Hauptstadt mir verbannt, laß den
Geliebten dich und seine Küsse, trösten,
Wenn alles, Ruhm dir, Vaterland und Liebe,
Die Königin, die Freundin untergeht.
Geh und befreie – geh! ich will nichts wissen!

Von deinem hassenswürdgen Anblick mich!

MEROE.

O, Königin!

EINE ANDERE FÜRSTIN *(aus ihrem Gefolge).*

Welch ein Wort sprachst du?

PENTHESILEA. Schweigt, sag ich!

Der Rache weih ich den, der für sie fleht!

EINE AMAZONE *(tritt auf).* Achilles nahet dir, o Herrscherin!

PENTHESILEA. Er naht – Wohlauf, ihr Jungfraun, denn zur Schlacht! –
Reicht mir der Spieße treffendsten, o reicht
Der Schwerter wetterflammendstes mir her!
Die Lust, ihr Götter, müßt ihr mir gewähren,
Den einen heißersehnten Jüngling siegreich
Zum Staub mir noch der Füße hinzuwerfen.
Das ganze Maß von Glück erlaß ich euch,
Das meinem Leben zugemessen ist. –
Asteria! Du wirst die Scharen führen.
Beschäftige den Griechentroß und sorge
Daß sich des Kampfes Inbrunst mir nicht störe.
Der Jungfraun keine, wer sie immer sei,
Trifft den Peliden selbst! Dem ist ein Pfeil
Geschärft des Todes, der sein Haupt, was sag ich!
Der seiner Locken eine mir berührt!
Ich nur, ich weiß den Göttersohn zu fällen.
Hier dieses Eisen soll, Gefährtinnen,
Soll mit der sanftesten Umarmung ihn
(Weil ich mit Eisen ihn umarmen muß!)
An meinen Busen schmerzlos niederziehn.
Hebt euch, ihr Frühlingsblumen, seinem Fall,
Daß seiner Glieder keines sich verletze.
Blut meines Herzens mißt ich ehr, als seines.
Nicht eher ruhn will ich, bis ich aus Lüften,
Gleich einem schöngefärbten Vogel, ihn
Zu mir herabgestürzt; doch liegt er jetzt
Mit eingeknickten Fittichen, ihr Jungfraun,
Zu Füßen mir, kein Purpurstäubchen missend,
Nun dann, so mögen alle Seligen
Daniedersteigen, unsern Sieg zu feiern,
Zur Heimat geht der Jubelzug, dann bin ich
Die Königin des Rosenfestes euch! –
Jetzt kommt! –

(Indem sie abgehen will, erblickt sie die weinende Prothoe, und wendet sich unruhig. Darauf plötzlich, indem sie ihr um den Hals fällt.)

Prothoe! Meiner Seelen Schwester!
Willst du mir folgen?

PROTHOE *(mit gebrochener Stimme).*
In den Orkus dir!
Ging ich auch zu den Seligen ohne dich?

PENTHESILEA. Du Bessere, als Menschen sind! Du willst es?
Wohlan, wir kämpfen, siegen mit einander,
Wir *beide* oder *keine*, und die Losung
Ist: Rosen für die Scheitel unsrer Helden,
Oder Zypressen für die unsrigen.

(Alle ab.)

Sechster Auftritt

Die Oberpriesterin der Diana mit ihren Priesterinnen treten auf. Ihnen folgen eine Schar junger Mädchen mit Rosen in Körben auf den Köpfen, und die Gefangenen, geführt von einigen bewaffneten Amazonen.

DIE OBERPRIESTERIN. Nun, ihr geliebten, kleinen Rosenjungfraun,
Laßt jetzt die Frucht mich eurer Wandrung sehn.
Hier, wo die Felsenquelle einsam schäumt,
Beschattet von der Pinie, sind wir sicher:
Hier schüttet eure Ernte vor mir aus.

EIN JUNGES MÄDCHEN *(ihren Korb ausschüttend).*
Sieh, diese Rosen pflückt ich, heilge Mutter!

EIN ANDERES *(ebenso).* Hier diesen Schoßvoll ich!

EIN DRITTES. Und diesen ich!

EIN VIERTES. Und diesen ganzen üppgen Frühling ich!

(Die andern jungen Mädchen folgen.)

DIE OBERPRIESTERIN. Das blüht ja wie der Gipfel von Hymetta!
Nun solch ein Tag des Segens, o Diana!
Ging deinem Volke herrlich noch nicht auf.
Die Mütter bringen mir, die Töchter, Gaben;
Nicht von der Pracht, der doppelten, geblendet,
Weiß ich, wem schönrer Dank gebühren mag. –
Doch ist dies euer ganzer Vorrat, Kinder?

DAS ERSTE MÄDCHEN. Mehr nicht, als du hier siehst, war aufzufinden.

DIE OBERPRIESTERIN. So waren eure Mütter fleißiger.

DAS ZWEITE MÄDCHEN. Auf diesen Feldern, heilge Priestrin, ernten
Gefangne leichter auch, als Rosen, sich.
Wenn dichtgedrängt, auf allen Hügeln rings,

Die Saat der jungen Griechen steht, die Sichel
Nur einer muntern Schnitterin erwartend,
So blüht so sparsam in den Tälern rings,
Und so verschanzt, versichr' ich dich, die Rose,
Daß man durch Pfeile sich und Lanzen lieber,
Als ihr Geflecht der Dornen schlagen möchte.
– Sieh nur die Finger an, ich bitte dich.

DAS DRITTE MÄDCHEN. Auf eines Felsens Vorsprung wagt ich mich,
Um eine einzge Rose dir zu pflücken.
Und blaß nur, durch des Kelches Dunkelgrün,
Erschimmerte sie noch, ein Knösplein nur,
Für volle Liebe noch nicht aufgeblüht.
Doch greif ich sie, und strauchl' und sinke plötzlich
In einen Abgrund hin, der Nacht des Todes
Glaubt ich, Verlorne, in den Schoß zu sinken.
Mein Glück doch wars, denn eine Rosenpracht
Stand hier im Flor, daß wir zehn Siege noch
Der Amazonen hätten feiern können.

DAS VIERTE MÄDCHEN. Ich pflückte dir, du heilge Priesterin,
Dir pflückt ich eine Rose nur, nur eine;
Doch eine Rose ists, hier diese, sieh!
Um eines Königs Scheitel zu bekränzen:
Nicht schöner wünscht Penthesilea sie,
Wenn sie Achill, den Göttersohn, sich fällt.

DIE OBERPRIESTERIN. Wohlan, wenn ihn Penthesilea fällt,
Sollst du die königliche Ros ihr reichen.
Verwahre sie nur sorgsam, bis sie kömmt.

DAS ERSTE MÄDCHEN. Zukünftig, wenn, beim Zimbelnschlag, von neuem
Das Amazonenheer ins Schlachtfeld rückt,
Ziehn wir zwar mit, doch nicht mehr, das versprichst du,
Durch Rosenpflücken bloß und Kränzewinden,
Den Sieg der Mütter zu verherrlichen.
Sieh, dieser Arm, er schwingt den Wurfspieß schon,
Und sausend trifft die Schleuder mir das Ziel:
Was gilts? Mir selbst schon blüht ein Kranz zusammen,
– Und tapfer im Gedräng schon mag er kämpfen,
Der Jüngling, dem sich diese Sehne strafft.

DIE OBERPRIESTERIN. Meinst du? – Nun freilich wohl, du mußt es wissen,
– Hast du die Rosen schon drauf angesehn?
– Den nächsten Lenz, sobald sie wieder reif,
Sollst du den Jüngling, im Gedräng dir suchen.
– Doch jetzt, der Mütter frohe Herzen drängen:
Die Rosen schnell zu Kränzen eingewunden!

DIE MÄDCHEN *(durcheinander)*. Fort zum Geschäft! Wie greifen wir es an?
DAS ERSTE MÄDCHEN *(zur zweiten)*.
Komm her, Glaukothoe!
DAS DRITTE *(zum vierten)*. Komm, Charmion!

(Sie setzen sich paarweise.)

DAS ERSTE MÄDCHEN. Wir – der Ornythia winden wir den Kranz,
Die sich Alcest mit hohen Büschen fällte.
DAS DRITTE. Und wir – Parthenion, Schwester: Athenäus,
Mit der Medus im Schilde, soll sie fesseln.
DIE OBERPRIESTERIN *(zu den bewaffneten Amazonen)*.
Nun? Wollt ihr eure Gäste nicht erheitern?
– Steht ihr nicht unbehüflich da, ihr Jungfraun,
Als müßt ich das Geschäft der Lieb euch lehren! –
Wollt ihr das Wort nicht freundlich ihnen wagen?
Nicht hören, was die Schlachtermüdeten,
Was sie begehren? Wünschen? Was sie brauchen?
DIE ERSTE AMAZONE. Sie sagen, sie bedürfen nichts, Ehrwürdge.
DIE ZWEITE. Bös sind sie uns.
DIE DRITTE. Wenn man sich ihnen nahet,
So wenden sich die Trotzigen schmähnd hinweg.
DIE OBERPRIESTERIN. Ei, wenn sie bös euch sind, bei unsrer Göttin,
So macht sie wieder gut! Warum auch habt ihr
So heftig sie im Kampfgewühl getroffen?
Sagt ihnen, was geschehn wird, sie zu trösten:
So werden sie nicht unerbittlich sein.
DIE ERSTE AMAZONE *(zu einem gefangenen Griechen)*.
Willst du auf weichen Teppichen, o Jüngling,
Die Glieder ruhn? Soll ich von Frühlingsblumen,
Denn müde scheinst du sehr, ein Lager dir,
Im Schatten jenes Lorbeerbaums, bereiten?
DIE ZWEITE *(ebenso)*. Soll ich das duftendste der Perseröle
In Wasser mischen, frisch dem Quell entschöpft,
Und dir den staubbedeckten Fuß erquicken?
DIE DRITTE. Doch der Orange Saft verschmähst du nicht
Mit eigner Hand dir liebend dargebracht?
DIE DREI AMAZONEN.
Sprecht! Redet! Womit dient man euch?
EIN GRIECHE. Mit nichts!
DIE ERSTE AMAZONE. Ihr sonderbaren Fremdlinge! Was härmt euch?
Was ists, da uns der Pfeil im Köcher ruht,
Daß ihr vor unserm Anblick euch entsetzt?
Ist es die Löwenhaut, die euch erschreckt? –

Du, mit dem Gürtel, sprich! Was fürchtest du?
DER GRIECHE *(nachdem er sie scharf angesehn).*
Wem winden jene Kränze sich? Sagt an!
DIE ERSTE AMAZONE.
Wem? Euch! Wem sonst?
DER GRIECHE. Uns! und das sagt ihr noch,
Unmenschliche! Wollt ihr, geschmückt mit Blumen,
Gleich Opfertieren, uns zur Schlachtbank führen?
DIE ERSTE AMAZONE. Zum Tempel euch der Artemis! Was denkt ihr?
In ihren dunkeln Eichenhain, wo eurer
Entzücken ohne Maß und Ordnung wartet!
DER GRIECHE *(erstaunt, mit unterdrückter Stimme, zu den andern Gefangenen).*
War je ein Traum so bunt, als was hier wahr ist?

Siebenter Auftritt

Eine Hauptmännin tritt auf. Die Vorigen.

DIE HAUPTMÄNNIN. Auf diesem Platz, Hochwürdge, find ich dich!
– Inzwischen sich, auf eines Steinwurfs Nähe,
Das Heer zur blutigen Entscheidung rüstet!
DIE OBERPRIESTERIN. Das Heer! Unmöglich! Wo?
DIE HAUPTMÄNNIN. In jenen Gründen,
Die der Skamandros ausgeleckt. Wenn du
Dem Wind, der von den Bergen weht, willst horchen,
Kannst du den Donnerruf der Königin,
Gezückter Waffen Klirren, Rosse wiehern,
Drommeten, Tuben, Zimbeln und Posaunen,
Des Krieges ganze ehrne Stimme hören.
EINE PRIESTERIN. Wer rasch erfleucht den Hügel dort?
DIE MÄDCHEN. Ich! Ich!
(Sie ersteigen den Hügel.)
DIE OBERPRIESTERIN. Der Königin! – Nein, sprich! Es ist unglaublich –
– Warum, wenn noch die Schlacht nicht ausgewütet,
Das Fest der Rosen ordnete sie an?
DIE HAUPTMÄNNIN. Das Rosenfest – Gab sie Befehl denn wem?
DIE OBERPRIESTERIN. Mir! Mir!
DIE HAUPTMÄNNIN. Wo? Wann?
DIE OBERPRIESTERIN. Vor wenigen Minuten
In jenes Obelisken Schatten stand ich,
Als der Pelid, und sie, auf seiner Ferse,
Den Winden gleich, an mir vorüberrauschten.
Und ich: wie gehts? fragt ich die Eilende.

Zum Fest der Rosen, rief sie, wie du siehst!
Und flog an mir vorbei und jauchzte noch:
Laß es an Blüten nicht, du Heilge, fehlen!

DIE ERSTE PRIESTERIN *(zu den Mädchen)*.
Seht ihr sie? sprecht!

DAS ERSTE MÄDCHEN *(auf dem Hügel)*.
Nichts, gar nichts sehen wir!
Es läßt kein Federbusch sich unterscheiden.
Ein Schatten überfleucht von Wetterwolken
Das weite Feld ringsher, das Drängen nur
Verwirrter Kriegerhaufen nimmt sich wahr,
Die im Gefild des Tods einander suchen.

DIE ZWEITE PRIESTERIN. Sie wird des Heeres Rückzug decken wollen.

DIE ERSTE. Das denk ich auch. –

DIE HAUPTMÄNNIN. Zum Kampf steht sie gerüstet,
Ich sags euch, dem Peliden gegenüber,
Die Königin, frisch, wie das Perserroß,
Das in die Luft hoch aufgebäumt sie trägt,
Den Wimpern heißre Blick', als je, entsendend,
Mit Atemzügen, freien, jauchzenden,
Als ob ihr junger kriegerischer Busen
Jetzt in die erste Luft der Schlachten käme.

DIE OBERPRIESTERIN. Was denn, bei den Olympischen, erstrebt sie?
Was ists, da rings, zu Tausenden, uns die
Gefangenen in allen Wäldern wimmeln,
Das ihr noch zu erringen übrig bleibt?

DIE HAUPTMÄNNIN. Was ihr noch zu erringen übrig bleibt?

DIE MÄDCHEN *(auf dem Hügel)*.
Ihr Götter!

DIE ERSTE PRIESTERIN.
Nun? Was gibts? Entwich der Schatten?

DAS ERSTE MÄDCHEN. O ihr Hochheiligen, kommt doch her!

DIE ZWEITE PRIESTERIN. So sprecht!

DIE HAUPTMÄNNIN. Was ihr noch zu erringen übrig bleibt?

DAS ERSTE MÄDCHEN. Seht, seht, wie durch der Wetterwolken Riß,
Mit einer Masse Licht, die Sonne eben
Auf des Peliden Scheitel niederfällt!

DIE OBERPRIESTERIN. Auf wessen?

DAS ERSTE MÄDCHEN. *Seine*, sagt ich! Wessen sonst?
Auf einem Hügel leuchtend steht er da,
In Stahl geschient sein Roß und er, der Saphir,
Der Chrysolith, wirft solche Strahlen nicht!
Die Erde rings, die bunte, blühende,

In Schwärze der Gewitternacht gehüllt;
Nichts als ein dunkler Grund nur, eine Folie,
Die Funkelpracht des Einzigen zu heben!

DIE OBERPRIESTERIN. Was geht dem Volke der Pelide an?
– Ziemts einer Tochter Ares', Königin,
Im Kampf auf einen Namen sich zu stellen?

(Zu einer Amazone.)

Fleuch gleich, Arsinoe, vor ihr Antlitz hin,
Und sag in meiner Göttin Namen ihr,
Mars habe seinen Bräuten sich gestellt:
Ich forderte, bei ihrem Zorn sie auf,
Den Gott bekränzt zur Heimat jetzt zu führen,
Und unverzüglich ihm, in ihrem Tempel,
Das heilge Fest der Rosen zu eröffnen!

(Die Amazone ab.)

Ward solch ein Wahnsinn jemals noch erhört!

DIE ERSTE PRIESTERIN. Ihr Kinder! Seht ihr noch die Königin nicht?

DAS ERSTE MÄDCHEN *(auf dem Hügel)*.
Wohl, wohl! Das ganze Feld erglänzt – da ist sie!

DIE ERSTE PRIESTERIN. Wo zeigt sie sich?

DAS MÄDCHEN. An aller Jungfraun Spitze!
Seht, wie sie, in dem goldnen Kriegsschmuck funkelnd,
Voll Kampflust ihm entgegen tanzt! Ists nicht,
Als ob sie, heiß von Eifersucht gespornt,
Die Sonn im Fluge übereilen wollte,
Die seine jungen Scheitel küßt! O seht!
Wenn sie zum Himmel auf sich schwingen wollte,
Der hohen Nebenbuhlrin gleich zu sein,
Der Perser könnte, ihren Wünschen frönend,
Geflügelter sich in die Luft nicht heben!

DIE OBERPRIESTERIN *(zur Hauptmännin)*.
War keine unter allen Jungfraun denn,
Die sie gewarnt, die sie zurückgehalten?

DIE HAUPTMÄNNIN. Es warf ihr ganzes fürstliches Gefolge
Sich in den Weg ihr: hier auf diesem Platze
Hat Prothoe ihr Äußerstes getan.
Jedwede Kunst der Rede ward erschöpft,
Nach Themiscyra sie zurückzuführen.
Doch taub schien sie der Stimme der Vernunft:
Vom giftigsten der Pfeile Amors sei,
Heißt es, ihr jugendliches Herz getroffen.

DIE OBERPRIESTERIN. Was sagst du?

DAS ERSTE MÄDCHEN *(auf dem Hügel).*
Ha, jetzt treffen sie einander!
Ihr Götter! Haltet eure Erde fest –
Jetzt, eben jetzt, da ich dies sage, schmettern
Sie, wie zwei Sterne, auf einander ein!
DIE OBERPRIESTERIN *(zur Hauptmännin).*
Die Königin, sagst du? Unmöglich, Freundin!
Von Amors Pfeil getroffen – wann? Und wo?
Die Führerin des Diamantengürtels?
Die Tochter Mars', der selbst der Busen fehlt,
Das Ziel der giftgefiederten Geschosse?
DIE HAUPTMÄNNIN. So sagt des Volkes Stimme mindestens,
Und Meroe hat es eben mir vertraut.
DIE OBERPRIESTERIN. Es ist entsetzlich!

(Die Amazone kehrt wieder zurück.)

DIE ERSTE PRIESTERIN. Nun? was bringst du? Rede!
DIE OBERPRIESTERIN. Ist es bestellt? Sprachst du die Königin?
DIE AMAZONE. Es war zu spät, Hochheilige, vergib.
Ich konnte sie, die von dem Troß der Frauen
Umschwärmt, bald hier, bald dort erschien, nicht treffen.
Wohl aber Prothoe, auf einen Augenblick,
Traf ich, und sagt ihr, was dein Wille sei;
Doch sie entgegnete – ein Wort, nicht weiß ich,
Ob ich in der Verwirrung recht gehört.
DIE OBERPRIESTERIN. Nun, welch ein Wort?
DIE AMAZONE. Sie hielt, auf ihrem Pferde
Und sah, es schien, mit tränenvollen Augen,
Der Königin zu. Und als ich ihr gesagt,
Wie du entrüstet, daß die Sinnberaubte
Den Kampf noch um ein einzeln Haupt verlängre,
Sprach sie: geh hin zu deiner Priesterin,
Und heiße sie daniederknieen und beten,
Daß ihr dies eine Haupt im Kampf noch falle;
Sonst keine Rettung gibts, für sie und uns.
DIE OBERPRIESTERIN. O sie geht steil-bergab den Pfad zum Orkus!
Und nicht dem Gegner, wenn sie auf ihn trifft,
Dem Feind in ihrem Busen wird sie sinken.
Uns alle reißt sie in den Abgrund hin;
Den Kiel seh ich, der uns Gefesselte
Nach Hellas trägt, geschmückt mit Bändern höhnend,
Im Geiste schon den Hellespont durchschäumen.
DIE ERSTE PRIESTERIN. Was gilts? Dort naht die Unheilskunde schon.

Achter Auftritt

Eine Oberste tritt auf, die Vorigen.

DIE OBERSTE. Flieh! Rette die Gefangnen, Priesterin!
Das ganze Heer der Griechen stürzt heran.
DIE OBERPRIESTERIN. Ihr Götter des Olymps! Was ist geschehn?
DIE ERSTE PRIESTERIN. Wo ist die Königin?
DIE OBERSTE. Im Kampf gefallen,
Das ganze Amazonenheer zerstreut.
DIE OBERPRIESTERIN. Du Rasende! Was für ein Wort sprachst du?
DIE ERSTE PRIESTERIN *(zu den bewaffneten Amazonen).*
Bringt die Gefangenen fort!
(Die Gefangenen werden abgeführt.)
DIE OBERPRIESTERIN. Sag an: wo? wann?
DIE OBERSTE. Laß kurz das Ungeheuerste dir melden!
Achill und sie, mit vorgelegten Lanzen,
Begegnen beide sich, zween Donnerkeile,
Die aus Gewölken in einander fahren;
Die Lanzen, schwächer als die Brüste, splittern:
Er, der Pelide, steht, Penthesilea,
Sie sinkt, die Todumschattete, vom Pferd.
Und da sie jetzt, der Rache preisgegeben,
Im Staub sich vor ihm wälzt, denkt jeglicher,
Zum Orkus völlig stürzen wird er sie;
Doch bleich selbst steht der Unbegreifliche,
Ein Todesschatten da, ihr Götter! ruft er,
Was für ein Blick der Sterbenden traf mich!
Vom Pferde schwingt er eilig sich herab;
Und während, von Entsetzen noch gefesselt,
Die Jungfraun stehn, des Wortes eingedenk
Der Königin, kein Schwert zu rühren wagen,
Dreist der Erblaßten naht er sich, er beugt
Sich über sie, Penthesilea! ruft er,
In seinen Armen hebt er sie empor,
Und laut die Tat, die er vollbracht, verfluchend,
Lockt er ins Leben jammernd sie zurück!
DIE OBERPRIESTERIN. Er – was? Er selbst?
DIE OBERSTE. Hinweg, Verhaßter! donnert
Das ganze Heer ihm zu; dankt mit dem Tod ihm,
Ruft Prothoe, wenn er vom Platz nicht weicht:
Den treffendsten der Pfeile über ihn!
Und mit des Pferdes Huftritt ihn verdrängend,

Reißt sie die Königin ihm aus dem Arm.
Indes erwacht die Unglückselige,
Man führt sie röchelnd, mit zerrißner Brust,
Das Haar verstört vom Scheitel niederflatternd,
Den hintern Reihn zu, wo sie sich erholt;
Doch er, der unbegriffne Doloper –
Ein Gott hat, in der erzgekeilten Brust,
Das Herz in Liebe plötzlich ihm geschmelzt –
Er ruft: verweilet, meine Freundinnen!
Achilles grüßt mit ewgem Frieden euch!
Und wirft das Schwert hinweg, das Schild hinweg,
Die Rüstung reißt er von der Brust sich nieder,
Und folgt – mit Keulen könnte man, mit Händen ihn,
Wenn man ihn treffen dürfte, niederreißen –
Der Kön'gin unerschrocknen Schrittes nach:
Als wüßt er schon, der Rasende, Verwegne,
Daß unserm Pfeil sein Leben heilig ist.

DIE OBERPRIESTERIN. Und wer gab den wahnsinnigen Befehl?
DIE OBERSTE. Die Königin! Wer sonst?
DIE OBERPRIESTERIN. Es ist entsetzlich!
DIE ERSTE PRIESTERIN. Seht, seht! Da wankt, geführt von Prothoe,
Sie selbst, das Bild des Jammers, schon heran!
DIE ZWEITE. Ihr ewgen Himmelsgötter! Welch ein Anblick!

Neunter Auftritt

Penthesilea, geführt von Prothoe und Meroe, Gefolge treten auf.

PENTHESILEA *(mit schwacher Stimme).*
Hetzt alle Hund' auf ihn! Mit Feuerbränden
Die Elefanten peitschet auf ihn los!
Mit Sichelwagen schmettert auf ihn ein,
Und mähet seine üppgen Glieder nieder!
PROTHOE. Geliebte! Wir beschwören dich –
MEROE. Hör uns!
PROTHOE. Er folgt dir auf dem Fuße, der Pelide;
Wenn dir dein Leben irgend lieb, so flieh!
PENTHESILEA. Mir diesen Busen zu zerschmettern, Prothoe!
– Ists nicht, als ob ich eine Leier zürnend
Zertreten wollte, weil sie still für sich,
Im Zug des Nachtwinds, meinen Namen flüstert?
Dem Bären kauert ich zu Füßen mich,

Und streichelte das Panthertier, das mir
In solcher Regung nahte, wie ich ihm.
MEROE. So willst du nicht entweichen?
PROTHOE. Willst nicht fliehen?
MEROE. Willst dich nicht retten?
PROTHOE. Was kein Name nennt,
Auf diesem Platz hier soll es sich vollbringen?
PENTHESILEA. Ists meine Schuld, daß ich im Feld der Schlacht
Um sein Gefühl mich kämpfend muß bewerben?
Was will ich denn, wenn ich das Schwert ihm zücke?
Will ich ihn denn zum Orkus niederschleudern?
Ich will ihn ja, ihr ewgen Götter, nur
An diese Brust will ich ihn niederziehn!
PROTHOE. Sie rast –
DIE OBERPRIESTERIN. Unglückliche!
PROTHOE. Sie ist von Sinnen!
DIE OBERPRIESTERIN. Sie denkt nichts, als den einen nur.
PROTHOE. Der Sturz
Hat völlig ums Bewußtsein sie gebracht.
PENTHESILEA *(mit erzwungener Fassung)*.
Gut. Wie ihr wollt. Seis drum. Ich will mich fassen.
Dies Herz, weil es sein muß, bezwingen will ichs,
Und tun mit Grazie, was die Not erheischt.
Recht habt ihr auch. Warum auch wie ein Kind gleich,
Weil sich ein flüchtger Wunsch mir nicht gewährt,
Mit meinen Göttern brechen? Kommt hinweg.
Das Glück, gesteh ich, wär mir lieb gewesen;
Doch fällt es mir aus Wolken nicht herab,
Den Himmel drum erstürmen will ich nicht.
Helft mir nur fort von hier, schafft mir ein Pferd,
So will ich euch zurück zur Heimat führen.
PROTHOE. Gesegnet sei, o Herrscherin, dreimal
Ein Wort, so würdig königlich, als dies.
Komm, alles steht zur Flucht bereit –
PENTHESILEA *(da sie die Rosenkränze in der Kinder Hände erblickt, mit plötzlich aufflammendem Gesicht)*. Ha, sieh!
Wer gab Befehl, die Rosen einzupflücken?
DAS ERSTE MÄDCHEN. Das fragst du noch, Vergessene? Wer sonst,
Als nur –
PENTHESILEA. Als wer?
DIE OBERPRIESTERIN. – Das Siegsfest sollte sich,
Das heißersehnte, deiner Jungfraun feiern!
Wars nicht dein eigner Mund, ders so befahl?

PENTHESILEA. Verflucht mir diese schnöde Ungeduld!
Verflucht, im blutumschäumten Mordgetümmel,
Mir der Gedanke an die Orgien!
Verflucht, im Busen keuscher Arestöchter,
Begierden, die, wie losgelaßne Hunde,
Mir der Drommete erzne Lunge bellend,
Und aller Feldherrn Rufen, überschrein! –
Der Sieg, ist er erkämpft mir schon, daß mit
Der Hölle Hohn schon der Triumph mir naht?
– Mir aus den Augen! *(Sie zerhaut die Rosenkränze.)*
DAS ERSTE MÄDCHEN. Herrscherin! Was tust du?
DAS ZWEITE *(die Rosen wieder aufsuchend)*.
Der Frühling bringt dir rings, auf Meilenferne,
Nichts für das Fest mehr –
PENTHESILEA. Daß der ganze Frühling
Verdorrte! Daß der Stern, auf dem wir atmen,
Geknickt, gleich dieser Rosen einer, läge!
Daß ich den ganzen Kranz der Welten so,
Wie dies Geflecht der Blumen, lösen könnte!
– O Aphrodite!
DIE OBERPRIESTERIN.
Die Unselige!
DIE ERSTE PRIESTERIN. Verloren ist sie!
DIE ZWEITE. Den Erinnyen
Zum Raub ist ihre Seele hingegeben!
EINE PRIESTERIN *(auf dem Hügel)*.
Der Peleïd, ihr Jungfraun, ich beschwör euch,
Im Schuß der Pfeile naht er schon heran!
PROTHOE. So fleh ich dich auf Knieen – rette dich!
PENTHESILEA. Ach, meine Seel ist matt bis in den Tod!
(Sie setzt sich.)
PROTHOE. Entsetzliche! Was tust du?
PENTHESILEA. Flieht, wenn ihr wollt.
PROTHOE. Du willst –?
MEROE. Du säumst –?
PROTHOE. Du willst –?
PENTHESILEA. Ich will hier bleiben.
PROTHOE. Wie, Rasende!
PENTHESILEA. Ihr hörts. Ich kann nicht stehen.
Soll das Gebein mir brechen? Laßt mich sein.
PROTHOE. Verlorenste der Fraun! Und der Pelide,
Er naht, du hörst, im Pfeilschuß –
PENTHESILEA. Laßt ihn kommen.

Laßt ihn den Fuß gestählt, es ist mir recht,
Auf diesen Nacken setzen. Wozu auch sollen
Zwei Wangen länger, blühnd wie diese, sich
Vom Kot, aus dem sie stammen, unterscheiden?
Laßt ihn mit Pferden häuptlings heim mich schleifen,
Und diesen Leib hier, frischen Lebens voll,
Auf offnem Felde schmachvoll hingeworfen,
Den Hunden mag er ihn zur Morgenspeise,
Dem scheußlichen Geschlecht der Vögel, bieten.
Staub lieber, als ein Weib sein, das nicht reizt.

PROTHOE. O Königin!

PENTHESILEA *(indem sie sich den Halsschmuck abreißt.)*
Weg ihr verdammten Flittern!

PROTHOE. Ihr ewgen Götter dort! Ist das die Fassung,
Die mir dein Mund soeben angelobt?

PENTHESILEA. Vom Haupt, ihr auch – was nickt ihr? Seid verflucht mir,
Hülflosere, als Pfeil und Wangen, noch!
– Die Hand verwünsch ich, die zur Schlacht mich heut
Geschmückt, und das verräterische Wort,
Das mir gesagt, es sei zum Sieg, dazu.
Wie sie mit Spiegeln mich, die Gleißnerinnen,
Umstanden, rechts und links, der schlanken Glieder
In Erz gepreßte Götterbildung preisend. –
Die Pest in eure wilden Höllenkünste!

GRIECHEN *(außerhalb der Szene)*. Vorwärts, Pelide, vorwärts! Sei getrost!
Nur wenig Schritte noch, so hast du sie.

DIE PRIESTERIN *(auf dem Hügel)*. Diana! Königin! Du bist verloren,
Wenn du nicht weichst!

PROTHOE. Mein Schwesterherz! Mein Leben!
Du willst nicht fliehn? nicht gehn?

PENTHESILEA. *(Die Tränen stürzen ihr aus den Augen, sie lehnt sich an einen Baum.)*

PROTHOE *(plötzlich gerührt, indem sie sich neben ihr niedersetzt)*.
Nun, wie du willst.
Wenn du nicht kannst, nicht willst – seis! Weine nicht.
Ich bleibe bei dir. Was nicht möglich ist,
Nicht ist, in deiner Kräfte Kreis nicht liegt,
Was du nicht leisten *kannst:* die Götter hüten,
Daß ich es von dir fordre! Geht, ihr Jungfraun,
Geht; kehrt in eure Heimatflur zurück:
Die Königin und ich, wir bleiben hier.

DIE OBERPRIESTERIN. Wie, du Unsel'ge? Du bestärkst sie noch?

MEROE. Unmöglich wärs ihr, zu entfliehn?

DIE OBERPRIESTERIN. Unmöglich,
Da nichts von außen sie, kein Schicksal, hält,
Nichts als ihr töricht Herz –
PROTHOE. Das ist ihr Schicksal!
Dir scheinen Eisenbanden unzerreißbar,
Nicht wahr? Nun sieh: sie bräche sie vielleicht,
Und das Gefühl doch nicht, das du verspottest.
Was in ihr walten mag, das weiß nur sie,
Und jeder Busen ist, der fühlt, ein Rätsel.
Des Lebens höchstes Gut erstrebte sie,
Sie streift', ergriff es schon: die Hand versagt ihr,
Nach einem andern noch sich auszustrecken. –
Komm, magst dus jetzt an meiner Brust vollenden.
– Was fehlt dir? Warum weinst du?
PENTHESILEA. Schmerzen, Schmerzen –
PROTHOE. Wo?
PENTHESILEA. Hier.
PROTHOE. Kann ich dir Lindrung –?
PENTHESILEA. Nichts, nichts, nichts.
PROTHOE. Nun, fasse dich; in kurzem ists vollbracht.
DIE OBERPRIESTERIN *(halblaut)*.
Ihr Rasenden zusamt –!
PROTHOE *(ebenso)*. Schweig bitt ich dich.
PENTHESILEA. Wenn ich zur Flucht mich noch – wenn ich es täte:
Wie, sag, wie faßt ich mich?
PROTHOE. Du gingst nach Pharsos.
Dort fändest du, denn dorthin wies ich es,
Dein ganzes Heer, das jetzt zerstreut, zusammen.
Du ruhtest dich, du pflegtest deiner Wunden,
Und mit des nächsten Tages Strahl, gefiels dir,
Nähmst du den Krieg der Jungfraun wieder auf.
PENTHESILEA. *Wenn* es mir möglich wär –! *Wenn* ichs vermöchte –!
Das Äußerste, das Menschenkräfte leisten,
Hab ich getan – Unmögliches versucht –
Mein Alles hab ich an den Wurf gesetzt;
Der Würfel, der entscheidet, liegt, er liegt:
Begreifen muß ichs – – und daß ich verlor.
PROTHOE. Nicht, nicht, mein süßes Herz! Das glaube nicht.
So niedrig schlägst du deine Kraft nicht an.
So schlecht von jenem Preis nicht wirst du denken,
Um den du spielst, als daß du wähnen solltest,
Das, was er wert, sei schon für ihn geschehn.
Ist diese Schnur von Perlen, weiß und rot,

Die dir vom Nacken rollt, der ganze Reichtum,
Den deine Seele aufzubieten hat?
Wie viel, woran du gar nicht denkst, in Pharsos,
Endlos für deinen Zweck noch ist zu tun!
Doch freilich wohl – jetzt ist es fast zu spät.

PENTHESILEA *(nach einer unruhigen Bewegung).*
Wenn ich rasch wäre – – Ach es macht mich rasend!
– Wo steht die Sonne?

PROTHOE. Dort, dir grad im Scheitel,
Noch eh die Nacht sinkt, träfest du dort ein.
Wir schlössen Bündnis, unbewußt den Griechen,
Mit den Dardanischen, erreichten still
Die Bucht des Meers, wo jener Schiffe liegen;
Zur Nachtzeit, auf ein Merkmal, lodern sie
In Flammen auf, das Lager wird erstürmt,
Das Heer, gedrängt zugleich von vorn und hinten,
Zerrissen, aufgelöst, ins Land zerstreut,
Verfolgt, gesucht, gegriffen und bekränzet
Jedwedes Haupt, das unsrer Lust gefiel.
O selig wär ich, wenn ich dies erlebte!
Nicht ruhn wollt ich, an deiner Seite kämpfen,
Der Tage Glut nicht scheuen, unermüdlich,
Müßt ich an allen Gliedern mich verzehren,
Bis meiner lieben Schwester Wunsch erfüllt,
Und der Pelid ihr doch, nach so viel Mühen,
Besiegt zuletzt zu Füßen niedersank.

PENTHESILEA *(die während dessen unverwandt in die Sonne gesehen).*
Daß ich mit Flügeln weit gespreizt und rauschend,
Die Luft zerteilte –!

PROTHOE. Wie?

MEROE. – Was sagte sie?

PROTHOE. Was siehst du, Fürstin –?

MEROE. Worauf heftet sich –?

PROTHOE. Geliebte, sprich!

PENTHESILEA. Zu hoch, ich weiß, zu hoch –
Er spielt in ewig fernen Flammenkreisen
Mir um den sehnsuchtsvollen Busen hin.

PROTHOE. Wer, meine beste Königin?

PENTHESILEA. Gut, gut.
– Wo geht der Weg? *(Sie sammelt sich und steht auf.)*

MEROE. So willst du dich entschließen?

PROTHOE. So hebst du dich empor? – Nun, meine Fürstin,
So seis auch wie ein Riese! Sinke nicht,

Und wenn der ganze Orkus auf dich drückte!
Steh, stehe fest, wie das Gewölbe steht,
Weil seiner Blöcke jeder stürzen will!
Beut deine Scheitel, einem Schlußstein gleich,
Der Götter Blitzen dar, und rufe, trefft!
Und laß dich bis zum Fuß herab zerspalten,
Nicht aber wanke in dir selber mehr,
Solang ein Atem Mörtel und Gestein,
In dieser jungen Brust, zusammenhält.
Komm. Gib mir deine Hand.

PENTHESILEA. Gehts hier, gehts dort?

PROTHOE. Du kannst den Felsen dort, der sichrer ist,
Du kannst auch das bequemre Tal hier wählen. –
Wozu entschließen wirst du dich?

PENTHESILEA. Den Felsen!
Da komm ich ihm um soviel näher. Folgt mir.

PROTHOE. Wem, meine Königin?

PENTHESILEA. Euren Arm, ihr Lieben.

PROTHOE. Sobald du jenen Hügel dort erstiegen,
Bist du in Sicherheit.

MEROE. Komm fort.

PENTHESILEA *(indem sie plötzlich, auf eine Brücke gekommen, stehen bleibt).*
Doch höre:
Eins eh ich weiche, bleibt mir übrig noch.

PROTHOE. Dir übrig noch?

MEROE. Und was?

PROTHOE. Unglückliche!

PENTHESILEA. Eins noch, ihr Freundinnen, und rasend wär ich,
Das müßt ihr selbst gestehn, wenn ich im ganzen
Gebiet der Möglichkeit mich nicht versuchte.

PROTHOE *(unwillig).* Nun denn, so wollt ich, daß wir gleich versänken!
Denn Rettung gibts nicht mehr.

PENTHESILEA *(erschrocken).* Was ists? Was fehlt dir?
Was hab ich ihr getan, ihr Jungfraun, sprecht!

DIE OBERPRIESTERIN. Du denkst –?

MEROE. Du willst auf diesem Platze noch –?

PENTHESILEA. Nichts, nichts, gar nichts, was sie erzürnen sollte. –
Den Ida will ich auf den Ossa wälzen,
Und auf die Spitze ruhig bloß mich stellen.

DIE OBERPRIESTERIN. Den Ida wälzen –?

MEROE. Wälzen auf den Ossa –?

PROTHOE *(mit einer Wendung).* Schützt, all ihr Götter, sie!

DIE OBERPRIESTERIN. Verlorene!

MEROE *(schüchtern)*. Dies Werk ist der Giganten, meine Königin!
PENTHESILEA. Nun ja, nun ja: worin denn weich ich ihnen?
MEROE. Worin du ihnen –?
PROTHOE. Himmel!
DIE OBERPRIESTERIN. Doch gesetzt –?
MEROE. Gesetzt nun du vollbrächtest dieses Werk –?
PROTHOE. Gesetzt was würdest du –?
PENTHESILEA. Blödsinnige!
Bei seinen goldnen Flammenhaaren zög ich
Zu mir hernieder ihn –
PROTHOE. Wen?
PENTHESILEA. Helios,
Wenn er am Scheitel mir vorüberfleucht!

(Die Fürstinnen sehn sprachlos und mit Entsetzen einander an.)

DIE OBERPRIESTERIN. Reißt mit Gewalt sie fort!
PENTHESILEA *(schaut in den Fluß nieder)*. Ich, Rasende!
Da liegt er mir zu Füßen ja! Nimm mich –

(Sie will in den Fluß sinken, Prothoe und Meroe halten sie.)

PROTHOE. Die Unglückselige!
MEROE. Da fällt sie leblos,
Wie ein Gewand, in unsrer Hand zusammen.
DIE PRIESTERIN *(auf dem Hügel)*. Achill erscheint, ihr Fürstinnen! Es kann
Die ganze Schar der Jungfraun ihn nicht halten!
EINE AMAZONE. Ihr Götter! Rettet! Schützet vor dem Frechen
Die Königin der Jungfraun!
DIE OBERPRIESTERIN *(zu den Priesterinnen)*.
Fort! Hinweg!
Nicht im Gewühl des Kampfs ist unser Platz.

(Die Oberpriesterin mit den Priesterinnen und den Rosenmädchen ab.)

Zehnter Auftritt

Eine Schar von Amazonen tritt mit Bogen in den Händen auf. Die Vorigen.

DIE ERSTE AMAZONE *(in die Szene rufend)*.
Zurück, Verwegner!
DIE ZWEITE. Er hört uns nicht.
DIE DRITTE. Ihr Fürstinnen, wenn wir nicht treffen dürfen,
So hemmt sich sein wahnsinniger Fortschritt nicht!
DIE ZWEITE. Was ist zu tun? Sprich, Prothoe!
PROTHOE *(mit der Königin beschäftigt)*. So sendet
Zehntausend Pfeile über ihn! –

MEROE *(zu dem Gefolge).* Schafft Wasser!
PROTHOE. Doch sorget, daß ihr ihn nicht tödlich trefft! –
MEROE. Schafft einen Helm voll Wasser, sag ich!
EINE FÜRSTIN *(aus dem Gefolge der Königin).* Hier!

(Sie schöpft und bringt.)

DIE DRITTE AMAZONE *(zur Prothoe).*
Sei ruhig! Fürchte nichts!
DIE ERSTE. Hier ordnet euch!
Die Wangen streift ihm, sengt die Locken ihm,
Den Kuß des Todes flüchtig laßt ihn schmecken!

(Sie bereiten ihre Bögen.)

Eilfter Auftritt

Achilles ohne Helm, Rüstung und Waffen, im Gefolge einige Griechen. Die Vorigen.

ACHILLES. Nun? Wem auch gelten diese Pfeil, ihr Jungfraun?
Doch diesem unbeschützten Busen nicht?
Soll ich den seidnen Latz noch niederreißen,
Daß ihr das Herz mir harmlos schlagen seht?
DIE ERSTE AMAZONE. Herunter, wenn du willst, damit!
DIE ZWEITE. Es brauchts nicht!
DIE DRITTE. Den Pfeil genau, wo er die Hand jetzt hält!
DIE ERSTE. Daß er das Herz gespießt ihm, wie ein Blatt,
Fort mit sich reiß im Flug –
MEHRERE. Schlagt! Trefft!

(Sie schießen über sein Haupt hin.)

ACHILLES. Laßt, laßt!
Mit euren Augen trefft ihr sicherer.
Bei den Olympischen, ich scherze nicht,
Ich fühle mich im Innersten getroffen,
Und ein Entwaffneter, in jedem Sinne,
Leg ich zu euren kleinen Füßen mich.
DIE FÜNFTE AMAZONE *(von einem Spieß hinter der Szene hervor getroffen).*
Ihr guten Götter! *(Sie sinkt.)*
DIE SECHSTE *(ebenso).*
Weh mir! *(Sie sinkt.)*
DIE SIEBENTE *(ebenso).* Artemis! *(Sie sinkt.)*
DIE ERSTE. Der Rasende!
MEROE *(mit der Königin beschäftigt).* } *zugleich*
Die Unglückselige!

DIE ZWEITE AMAZONE. Entwaffnet nennt er sich. } *zugleich*
PROTHOE *(ebenso)*. Entseelt ist sie.
DIE DRITTE AMAZONE. Indessen uns die Seinen niederwerfen! } *zugleich*
MEROE. Indessen rings umher die Jungfraun sinken!
Was ist zu tun?

DIE ERSTE AMAZONE.
Den Sichelwagen her!

DIE ZWEITE. Die Doggen über ihn!

DIE DRITTE. Mit Steinen ihn
Hochher, vom Elefantenturm begraben!

EINE AMAZONENFÜRSTIN *(die Königin plötzlich verlassend)*.
Wohlan, so will ich das Geschoß versuchen.
(Sie wirft den Bogen von der Schulter und spannt ihn.)

ACHILLES *(bald zu dieser bald zu jener Amazone sich wendend)*.
Ich kanns nicht glauben: süß, wie Silberklang,
Straft eure Stimme eure Reden Lügen.
Du mit den blauen Augen bist es nicht,
Die mir die Doggen reißend schickt, noch du,
Die mit der seidenweichen Locke prangt.
Seht, wenn, auf euer übereiltes Wort,
Jetzt heulend die entkoppelten mir nahten,
So würft ihr noch, mit euren eignen Leibern,
Euch zwischen sie und mich, dies Männerherz,
Dies euch in Lieb erglühende, zu schirmen.

DIE ERSTE AMAZONE. Der Übermütge!

DIE ZWEITE. Hört, wie er sich brüstet!

DIE ERSTE. Er meint mit Schmeichelworten uns –

DIE DRITTE *(die erste geheimnisvoll rufend)*. Oterpe!

DIE ERSTE *(sich umwendend)*. Ha, sieh! Die Meisterin des Bogens jetzt! –
Still öffnet euren Kreis, ihr Fraun!

DIE FÜNFTE. Was gibts?

DIE VIERTE. Frag nicht! Du wirst es sehn.

DIE ACHTE. Hier! Nimm den Pfeil!

DIE AMAZONENFÜRSTIN *(indem sie den Pfeil auf den Bogen legt)*.
Die Schenkel will ich ihm zusammen heften.

ACHILLES *(zu einem Griechen, der neben ihm, schon den Bogen angelegt hat)*.
Triff sie!

DIE AMAZONENFÜRSTIN.
Ihr Himmlischen! *(Sie sinkt.)*

DIE ERSTE AMAZONE. Der Schreckliche!

DIE ZWEITE. Getroffen sinkt sie selbst!

DIE DRITTE. Ihr ewigen Götter!
Und dort naht uns ein neuer Griechenhaufen!

Zwölfter Auftritt

Diomedes mit den Ätoliern treten von der andern Seite auf. Bald darauf auch Odysseus von der Seite Achills mit dem Heer.

DIOMEDES. Hier, meine wackeren Ätolier,
Heran! *(Er führt sie über die Brücke.)*
PROTHOE. O, Artemis! Du Heilige! Rette!
Jetzt ists um uns geschehn!

(Sie trägt die Königin, mit Hülfe einiger Amazonen, wieder auf den Vorgrund der Szene.)

DIE AMAZONEN *(in Verwirrung).*
Wir sind gefangen!
Wir sind umzingelt! Wir sind abgeschnitten!
Fort! Rette sich, wer retten kann!
DIOMEDES *(zu Prothoe).* Ergebt euch!
MEROE *(zu den flüchtigen Amazonen).*
Ihr Rasenden! Was tut ihr? Wollt ihr stehn! –
Prothoe! Sieh her!
PROTHOE *(immer bei der Königin).*
Hinweg! Verfolge sie,
Und wenn du kannst, so mach uns wieder frei.

(Die Amazonen zerstreuen sich. Meroe folgt ihnen.)

ACHILLES. Auf jetzt, wo ragt sie mit dem Haupte?
EIN GRIECHE. Dort!
ACHILLES. Dem Diomed will ich zehn Kronen schenken.
DIOMEDES. Ergebt euch, sag ich noch einmal!
PROTHOE. Dem Sieger
Ergeb ich sie, nicht dir! Was willst du auch?
Der Peleïd ists, dem sie angehört!
DIOMEDES. So werft sie nieder!
EIN ÄTOLIER. Auf!
ACHILLES *(den Ätolier zurückstoßend).*
Der weicht ein Schatten
Vom Platz, der mir die Königin berührt! –
Mein ist sie! Fort! Was habt ihr hier zu suchen –
DIOMEDES. So! Dein! Ei sieh, bei Zeus', des Donnrers, Locken,
Aus welchen Gründen auch? Mit welchem Rechte?
ACHILLES. Aus einem Grund, der rechts, und einer links. –
Gib.
PROTHOE.
Hier. Von deiner Großmut fürcht ich nichts.

ACHILLES *(indem er die Königin in seine Arme nimmt).*
Nichts, nichts. –
(Zu Diomedes.) Du gehst und folgst und schlägst die Frauen;
Ich bleib auf einen Augenblick zurück.
– Fort! Mir zulieb. Erwidre nichts. Dem Hades
Stünd ich im Kampf um sie, vielmehr denn dir!
(Er legt sie an die Wurzel einer Eiche nieder.)
DIOMEDES. Es sei! Folgt mir!
ODYSSEUS *(mit dem Heer über die Bühne ziehend).*
Glück auf, Achill! Glück auf!
Soll ich dir die Quadriga rasselnd schicken?
ACHILL *(über die Königin geneigt).*
Es brauchts nicht. Laß noch sein.
ODYSSEUS. Gut. Wie du willst. –
Folgt mir! Eh sich die Weiber wieder sammlen.
(Odysseus und Diomedes mit dem Heer von der Seite der Amazonen ab.)

Dreizehnter Auftritt

Penthesilea, Prothoe, Achilles. Gefolge von Griechen und Amazonen.

ACHILLES *(indem er der Königin die Rüstung öffnet).*
Sie lebt nicht mehr.
PROTHOE. O möcht ihr Auge sich
Für immer diesem öden Licht verschließen!
Ich fürchte nur zu sehr, daß sie erwacht.
ACHILLES. Wo traf ich sie?
PROTHOE. Sie raffte von dem Stoß sich,
Der ihr die Brust zerriß, gewaltsam auf;
Hier führten wir die Wankende heran,
Und diesen Fels just wollten wir erklimmen.
Doch seis der Glieder, der verwundeten,
Seis der verletzten Seele Schmerz: sie konnte,
Daß sie im Kampf gesunken dir, nicht tragen;
Der Fuß versagte brechend ihr den Dienst,
Und Irrgeschwätz von bleichen Lippen sendend,
Fiel sie zum zweitenmal mir in den Arm.
ACHILLES. Sie zuckte – sahst du es?
PROTHOE. Ihr Himmlischen!
So hat sie noch den Kelch nicht ausgeleert?
Seht, o die Jammervolle, seht –

ACHILLES. Sie atmet.
PROTHOE. Pelide! Wenn du das Erbarmen kennst,
Wenn ein Gefühl den Busen dir bewegt,
Wenn du sie töten nicht, in Wahnsinn völlig
Die Leichtgereizte nicht verstricken willst,
So gönne eine Bitte mir.
ACHILLES. Sprich rasch!
PROTHOE. Entferne dich! Tritt, du Vortrefflicher,
Tritt aus dem Antlitz ihr, wenn sie erwacht.
Entrück ihr gleich die Schar, die dich umsteht,
Und laß, bevor die Sonne sich erneut,
Fern auf der Berge Duft, ihr niemand nahn,
Der sie begrüßte, mit dem Todeswort:
Du bist die Kriegsgefangene Achills.
ACHILLES. So haßt sie mich?
PROTHOE. O frage nicht, Großherzger! –
Wenn sie jetzt freudig an der Hoffnung Hand
Ins Leben wiederkehrt, so sei der Sieger
Das erste nicht, das freudlos ihr begegnet.
Wie manches regt sich in der Brust der Frauen,
Das für das Licht des Tages nicht gemacht.
Muß sie zuletzt, wie ihr Verhängnis will,
Als die Gefangne schmerzlich dich begrüßen,
So fordr' es früher nicht, beschwör ich dich!
Als bis ihr Geist dazu gerüstet steht.
ACHILLES. Mein Will ist, ihr zu tun, muß ich dir sagen,
Wie ich dem stolzen Sohn des Priam tat.
PROTHOE. Wie, du Entsetzlicher!
ACHILLES. – Fürchtet sie dies?
PROTHOE. Du willst das Namenlos' an ihr vollstrecken?
Hier diesen jungen Leib, du Mensch voll Greuel,
Geschmückt mit Reizen, wie ein Kind mit Blumen,
Du willst ihn schändlich, einer Leiche gleich –?
ACHILLES. Sag ihr, daß ich sie liebe.
PROTHOE. Wie? – Was war das?
ACHILLES. Beim Himmel, wie! Wie Männer Weiber lieben;
Keusch und das Herz voll Sehnsucht doch, in Unschuld,
Und mit der Lust doch, sie darum zu bringen.
Ich will zu meiner Königin sie machen.
PROTHOE. Ihr ewgen Götter, sag das noch einmal.
– Du willst?
ACHILLES. Kann ich nun bleiben?
PROTHOE. O so laß

Mich deine Füße küssen, Göttlicher!
O jetzt, wärst du nicht hier, jetzt sucht ich dich,
Und müßts an Herkuls Säulen sein, Pelide! –
Doch sieh: sie schlägt die Augen auf –
ACHILLES. Sie regt sich –
PROTHOE. Jetzt gilts! Ihr Männer, fort von hier; und du
Rasch hinter diese Eiche berge dich!
ACHILLES. Fort, meine Freunde! Tretet ab.
(Das Gefolge des Achills ab.)
PROTHOE *(zu Achill, der sich hinter die Eiche stellt)*. Noch tiefer!
Und eher nicht, beschwör ich dich, erscheine,
Als bis mein Wort dich ruft. Versprichst du mir? –
Es läßt sich ihre Seele nicht berechnen.
ACHILLES. Es soll geschehn.
PROTHOE. Nun denn, so merk jetzt auf!

Vierzehnter Auftritt

Penthesilea, Prothoe, Achilles. Gefolge von Amazonen.

PROTHOE. Penthesilea! O du Träumerin!
In welchen fernen Glanzgefilden schweift
Dein Geist umher, mit unruhvollem Flattern,
Als ob sein eigner Sitz ihm nicht gefiele,
Indes das Glück, gleich einem jungen Fürsten,
In deinen Busen einkehrt, und, verwundert
Die liebliche Behausung leer zu finden,
Sich wieder wendet und zum Himmel schon
Die Schritte wieder flüchtig setzen will?
Willst du den Gast nicht fesseln, o du Törin? –
Komm hebe dich an meine Brust.
PENTHESILEA. Wo bin ich?
PROTHOE. – Kennst du die Stimme deiner Schwester nicht?
Führt jener Fels dich, dieser Brückenpfad,
Die ganze blühnde Landschaft nicht zurück?
– Sieh diese Jungfraun, welche dich umringen:
Wie an den Pforten einer schönren Welt,
Stehn sie, und rufen dir: willkommen! zu.
– Du seufzest. Was beängstigt dich?
PENTHESILEA. Ach Prothoe!
Welch einen Traum entsetzensvoll träumt ich –
Wie süß ist es, ich möchte Tränen weinen,

Dies mattgequälte Herz, da ich erwache,
An deinem Schwesterherzen schlagen fühlen –
– Mir war, als ob, im heftigen Getümmel,
Mich des Peliden Lanze traf: umrasselt
Von meiner erznen Rüstung, schmettr' ich nieder;
Der Boden widerhallte meinem Sturz.
Und während das erschrockne Heer entweicht,
Umstrickt an allen Gliedern lieg ich noch,
Da schwingt er sich vom Pferde schon herab,
Mit Schritten des Triumphes naht er mir,
Und er ergreift die Hingesunkene,
In starken Armen hebt er mich empor,
Und jeder Griff nach diesem Dolch versagt mir,
Gefangen bin ich und mit Hohngelächter
Zu seinen Zelten werd ich abgeführt.

PROTHOE. Nicht, meine beste Königin! Der Hohn
Ist seiner großmutsvollen Seele fremd.
Wär es, was dir im Traum erschien: glaub mir,
Ein sel'ger Augenblick wär dir beschieden,
Und in den Staub vielleicht, dir huldigend,
Sähst du den Sohn der Götter niederfallen.

PENTHESILEA. Fluch mir, wenn ich die Schmach erlebte, Freundin!
Fluch mir, empfing ich jemals einen Mann,
Den mir das Schwert nicht würdig zugeführt.

PROTHOE. Sei ruhig, meine Königin.

PENTHESILEA. Wie! Ruhig –

PROTHOE. Liegst du an meinem treuen Busen nicht?
Welch ein Geschick auch über dich verhängt sei,
Wir tragen es, wir beide: fasse dich.

PENTHESILEA. Ich war so ruhig, Prothoe, wie das Meer,
Das in der Bucht des Felsen liegt; nicht ein
Gefühl, das sich in Wellen mir erhob.
Dies Wort: sei ruhig! jagt mich plötzlich jetzt,
Wie Wind die offnen Weltgewässer, auf.
Was ist es denn, das Ruh hier nötig macht? –
Ihr steht so seltsam um mich, so verstört –
– Und sendet Blicke, bei den ewgen Göttern,
In meinen Rücken hin, als stünd ein Unhold,
Mit wildem Antlitz dräuend, hinter mir.
– Du hörsts, es war ja nur ein Traum, es ist nicht –
Wie! Oder ist es? Ists? Wärs wirklich? Rede! –
– Wo ist denn Meroe? Megaris?

(Sie sieht sich um und erblickt den Achilles.)

Entsetzlich!
Da steht der Fürchterliche hinter mir.
Jetzt meine freie Hand – *(Sie zieht den Dolch.)*
PROTHOE. Unglückliche!
PENTHESILEA. O die Nichtswürdige, sie wehret mir –
PROTHOE. Achilles! Rette sie.
PENTHESILEA. O Rasende!
Er soll den Fuß auf meinen Nacken setzen!
PROTHOE. Den Fuß, Wahnsinnige –
PENTHESILEA. Hinweg, sag ich! –
PROTHOE. So sieh ihn doch nur an, Verlorene –!
Steht er nicht ohne Waffen hinter dir?
PENTHESILEA. Wie? Was?
PROTHOE. Nun ja! Bereit, wenn dus verlangst,
Selbst deinem Fesselkranz sich darzubieten.
PENTHESILEA. Nein, sprich.
PROTHOE. Achill! Sie glaubt mir nicht. Sprich du!
PENTHESILEA. Er wär gefangen mir?
PROTHOE. Wie sonst? Ists nicht?
ACHILLES *(der während dessen vorgetreten).*
In jedem schönren Sinn, erhabne Königin!
Gewillt mein ganzes Leben fürderhin,
In deiner Blicke Fesseln zu verflattern.

(Penthesilea drückt ihre Hände vors Gesicht.)

PROTHOE. Nun denn, da hörtest dus aus seinem Mund.
– Er sank, wie du, als ihr euch traft, in Staub;
Und während du entseelt am Boden lagst,
Ward er entwaffnet – nicht?
ACHILLES. Ich ward entwaffnet;
Man führte mich zu deinen Füßen her.

(Er beugt ein Knie vor ihr.)

PENTHESILEA *(nach einer kurzen Pause).*
Nun denn, so sei mir, frischer Lebensreiz,
Du junger, rosenwang'ger Gott, gegrüßt!
Hinweg jetzt, o mein Herz, mit diesem Blute,
Das aufgehäuft, wie seiner Ankunft harrend,
In beiden Kammern dieser Brüste liegt.
Ihr Boten, ihr geflügelten, der Lust,
Ihr Säfte meiner Jugend, macht euch auf,
Durch meine Adern fleucht, ihr jauchzenden,
Und laßt es einer roten Fahne gleich,

Von allen Reichen dieser Wangen wehn:
Der junge Nereïdensohn ist mein!

(Sie steht auf.)

PROTHOE. O meine teure Königin, mäßge dich.

PENTHESILEA *(indem sie vorschreitet).*
Heran, ihr sieggekrönten Jungfraun jetzt,
Ihr Töchter Mars', vom Wirbel bis zur Sohle
Vom Staub der Schlacht noch überdeckt, heran,
Mit dem Argiverjüngling jegliche,
Den sie sich überwunden, an der Hand!
Ihr Mädchen, naht euch, mit den Rosenkörben:
Wo sind für soviel Scheitel Kränze mir?
Hinaus mir über die Gefilde, sag ich,
Und mir die Rosen, die der Lenz verweigert,
Mit eurem Atem aus der Flur gehaucht!
An euer Amt, ihr Priestrinnen der Diana:
Daß eures Tempels Pforten rasselnd auf,
Des glanzerfüllten, weihrauchduftenden,
Mir, wie des Paradieses Tore, fliegen!
Zuerst den Stier, den feisten, kurzgehörnten,
Mir an den Altar hin; das Eisen stürz ihn,
Das blinkende, an heilger Stätte lautlos,
Daß das Gebäu erschüttere, darnieder.
Ihr Dienrinnen, ihr rüstigen, des Tempels,
Das Blut, wo seid ihr? rasch, ihr Emsigen,
Mit Perserölen, von der Kohle zischend,
Von des Getäfels Plan hinweggewaschen!
Und all ihr flatternden Gewänder, schürzt euch,
Ihr goldenen Pokale, füllt euch an,
Ihr Tuben, schmettert, donnert, ihr Posaunen,
Der Jubel mache, der melodische,
Den festen Bau des Firmamentes beben! –
O Prothoe! Hilf jauchzen mir, frohlocken,
Erfinde, Freundin, Schwesterherz, erdenke,
Wie ich ein Fest jetzt göttlicher, als der
Olymp durchjubelte, verherrliche,
Das Hochzeitsfest der krieggeworbnen Bräute,
Der Inachiden und der Kinder Mars'! –
O Meroe, wo bist du? Megaris?

PROTHOE *(mit unterdrückter Rührung).*
Freud ist und Schmerz dir, seh ich, gleich verderblich,
Und gleich zum Wahnsinn reißt dich beides hin.

Du wähnst, wähnst dich in Themiscyra schon,
Und wenn du so die Grenzen überschwärmst,
Fühl ich gereizt mich, dir das Wort zu nennen,
Das dir den Fittich plötzlich wieder lähmt.
Blick um dich her, Betrogene, wo bist du?
Wo ist das Volk? Wo sind die Priesterinnen?
Asteria? Meroe? Megaris? Wo sind sie?

PENTHESILEA *(an ihrem Busen)*. O laß mich, Prothoe! O laß dies Herz
Zwei Augenblick in diesem Strom der Lust,
Wie ein besudelt Kind, sich untertauchen;
Mit jedem Schlag in seine üppgen Wellen
Wäscht sich ein Makel mir vom Busen weg.
Die Eumeniden fliehn, die schrecklichen,
Es weht, wie Nahn der Götter um mich her,
Ich möchte gleich in ihren Chor mich mischen,
Zum Tode war ich nie so reif als jetzt.
Doch jetzt vor allem: du vergibst mir doch?

PROTHOE. O meine Herrscherin!

PENTHESILEA. Ich weiß, ich weiß –
Nun, meines Blutes beßre Hälft ist dein.
– Das Unglück, sagt man, läutert die Gemüter,
Ich, du Geliebte, ich empfand es nicht;
Erbittert hat es, Göttern mich und Menschen
In unbegriffner Leidenschaft empört.
Wie seltsam war, auf jedem Antlitz, mir,
Wo ich sie traf, der Freude Spur verhaßt;
Das Kind, das in der Mutter Schoße spielte,
Schien mir verschworen wider meinen Schmerz.
Wie möcht ich alles jetzt, was mich umringt,
Zufrieden gern und glücklich sehn! Ach, Freundin!
Der Mensch kann groß, ein Held, im Leiden sein,
Doch göttlich ist er, wenn er selig ist!
– Doch rasch zur Sache jetzt. Es soll das Heer
Zur Rückkehr schleunig jede Anstalt treffen;
Sobald die Scharen ruhten, Tier und Menschen,
Bricht auch der Zug mit den Gefangenen,
Nach unsern heimatlichen Fluren auf. –
– Wo ist Lykaon?

PROTHOE. Wer?

PENTHESILEA *(mit zärtlichem Unwillen)*.
Wer, fragst du noch!
Er, jener blühende Arkadierheld,
Den dir das Schwert erwarb. Was hält ihn fern?

PROTHOE *(verwirrt)*. Er weilt noch in den Wäldern, meine Königin!
Wo man die übrigen Gefangnen hält.
Vergönne, daß er, dem Gesetz gemäß,
Eh nicht, als in der Heimat mir erscheine.

PENTHESILEA. Man ruf ihn mir! – Er weilt noch in den Wäldern!
– Zu meiner Prothoe Füßen ist sein Platz!
– – Ich bitte dich, Geliebte, ruf ihn her,
Du stehst mir, wie ein Maienfrost, zur Seite,
Und hemmst der Freude junges Leben mir.

PROTHOE *(für sich)*. Die Unglückselige! – Wohlan so geht,
Und tut, wie euch die Königin befohlen.

(Sie winkt einer Amazone; diese geht ab.)

PENTHESILEA. Wer schafft mir jetzt die Rosenmädchen her?

(Sie erblickt Rosen auf dem Boden.)

Sieh! Kelche finden, und wie duftende,
Auf diesem Platz sich –!

(Sie fährt sich mit der Hand über die Stirne.)

Ach mein böser Traum!

(Zu Prothoe.)

War denn der Diana Oberpriestrin hier?

PROTHOE. Nicht, daß ich wüßte, meine Königin –

PENTHESILEA. Wie kommen denn die Rosen her?

PROTHOE *(rasch)*. Sieh da!
Die Mädchen, die die Fluren plünderten,
Sie ließen einen Korb voll hier zurück.
Nun, diesen Zufall wahrlich nenn ich günstig.
Hier, diese duftgen Blüten raff ich auf,
Und winde den Pelidenkranz dir. Soll ich?

(Sie setzt sich an der Eiche nieder.)

PENTHESILEA. Du Liebe! Treffliche! Wie du mich rührst. –
Wohlan! Und diese hundertblättrigen
Ich dir zum Siegerkranz Lykaons. Komm.

(Sie rafft gleichfalls einige Rosen auf, und setzt sich neben Prothoe nieder.)

Musik, ihr Fraun, Musik! Ich bin nicht ruhig.
Laßt den Gesang erschallen! Macht mich still.

EINE JUNGFRAU *(aus ihrem Gefolge)*.
Was wünschest du?

EINE ANDERE. Den Siegsgesang?

PENTHESILEA. – Die Hymne.

DIE JUNGFRAU. Es sei. – O die Betrogene! – Singt! Spielt!

CHOR DER JUNGFRAUN *(mit Musik).*
Ares entweicht!
Seht, wie sein weißes Gespann
Fernhin dampfend zum Orkus niedereilt!
Die Eumeniden öffnen, die scheußlichen:
Sie schließen die Tore wieder hinter ihm zu.
EINE JUNGFRAU. Hymen! Wo weilst du?
Zünde die Fackel an, und leuchte! leuchte!
Hymen! wo weilst du?
CHOR. Ares entweicht! *(usw.)*
ACHILLES *(nähert sich während des Gesanges der Prothoe heimlich).*
Sprich! Wohin führt mich dies? Ich will es wissen!
PROTHOE. Noch einen Augenblick, Großherziger,
Fleh ich dich um Geduld – du wirst es sehn.

(Wenn die Kränze gewunden sind, wechselt Penthesilea den ihrigen gegen den Kranz der Prothoe, sie umarmen sich und betrachten die Windungen. Die Musik schweigt. Die Amazone kehrt zurück.)

PENTHESILEA. Hast dus bestellt?
DIE AMAZONE. Lykaon wird sogleich,
Der junge Prinz Arkadiens, erscheinen.

Fünfzehnter Auftritt

Penthesilea, Prothoe, Achilles, Amazonen.

PENTHESILEA. Komm jetzt, du süßer Nereïdensohn,
Komm, lege dich zu Füßen mir – Ganz her!
Nur dreist heran! – – Du fürchtest mich doch nicht?
– Verhaßt nicht, weil ich siegte, bin ich dir?
Sprich! Fürchtest du, die dich in Staub gelegt?
ACHILLES *(zu ihren Füßen).* Wie Blumen Sonnenschein.
PENTHESILEA. Gut, gut gesagt!
So sieh mich auch wie deine Sonne an. –
Diana, meine Herrscherin, er ist
Verletzt!
ACHILLES. Geritzt am Arm, du siehst, nichts weiter.
PENTHESILEA. Ich bitte dich, Pelide, glaube nicht,
Daß ich jemals nach deinem Leben zielte.
Zwar gern mit diesem Arm hier traf ich dich;
Doch als du niedersankst, beneidete
Hier diese Brust den Staub, der dich empfing.

ACHILLES. Wenn du mich liebst, so sprichst du nicht davon.
Du siehst es heilt schon.
PENTHESILEA. So verzeihst du mir?
ACHILLES. Von ganzem Herzen. –
PENTHESILEA. Jetzt – kannst du mir sagen,
Wie es die Liebe macht, der Flügelknabe,
Wenn sie den störr'gen Leun in Fesseln schlägt?
ACHILLES. Sie streichelt, denk ich, seine rauhen Wangen,
So hält er still.
PENTHESILEA. Nun denn, so wirst du dich
Nicht mehr als eine junge Taube regen,
Um deren Hals ein Mädchen Schlingen legt.
Denn die Gefühle dieser Brust, o Jüngling,
Wie Hände sind sie, und sie streicheln dich.

(Sie umschlingt ihn mit Kränzen.)

ACHILLES. Wer bist du, wunderbares Weib?
PENTHESILEA. Gib her. –
Ich sagte still! Du wirst es schon erfahren.
– Hier diese leichte Rosenwindung nur
Um deine Scheitel, deinen Nacken hin –
Zu deinen Armen, Händen, Füßen nieder –
Und wieder auf zum Haupt – – so ists geschehn.
– Was atmest du?
ACHILLES. Duft deiner süßen Lippen.
PENTHESILEA *(indem sie sich zurückbeugt)*.
Es sind die Rosen, die Gerüche streun.
– Nichts, nichts!
ACHILLES. Ich wollte sie am Stock versuchen.
PENTHESILEA. Sobald sie reif sind, Liebster, pflückst du sie.

(Sie setzt ihm noch einen Kranz auf die Scheitel und läßt ihn gehn.)

Jetzt ists geschehn. – O sieh, ich bitte dich,
Wie der zerfloßne Rosenglanz ihm steht!
Wie sein gewitterdunkles Antlitz schimmert!
Der junge Tag, wahrhaftig, liebste Freundin,
Wenn ihn die Horen von den Bergen führen,
Demanten perlen unter seinen Tritten:
Er sieht so weich und mild nicht drein, als er. –
Sprich! Dünkts dich nicht, als ob sein Auge glänzte? –
Fürwahr! Man möchte, wenn er so erscheint, fast zweifeln,
Daß er es sei.
PROTHOE. Wer, meinst du?
PENTHESILEA. Der Pelide! –

Sprich, wer den Größesten der Priamiden
Vor Trojas Mauern fällte, warst das du?
Hast du ihm wirklich, *du*, mit diesen Händen
Den flüchtgen Fuß durchkeilt, an deiner Achse
Ihn häuptlings um die Vaterstadt geschleift? –
Sprich! Rede! Was bewegt dich so? Was fehlt dir?
ACHILLES. Ich bins.
PENTHESILEA *(nachdem sie ihn scharf angesehen).*
Er sagt, er seis.
PROTHOE. Er ist es, Königin;
An diesem Schmuck hier kannst du ihn erkennen.
PENTHESILEA. Woher?
PROTHOE. Es ist die Rüstung, sieh nur her,
Die Thetis ihm, die hohe Göttermutter,
Bei dem Hephäst, des Feuers Gott, erschmeichelt.
PENTHESILEA. Nun denn, so grüß ich dich mit diesem Kuß,
Unbändigster der Menschen, mein! Ich bins,
Du junger Kriegsgott, der du angehörst;
Wenn man im Volk dich fragt, so nennst du *mich*.
ACHILLES. O du, die eine Glanzerscheinung mir,
Als hätte sich das Ätherreich eröffnet,
Herabsteigst, Unbegreifliche, wer bist du?
Wie nenn ich dich, wenn meine eigne Seele
Sich, die entzückte, fragt, wem sie gehört?
PENTHESILEA. Wenn sie dich fragt, so nenne diese Züge,
Das sei der Nam, in welchem du mich denkst. –
Zwar diesen goldnen Ring hier schenk ich dir,
Mit jedem Merkmal, das dich sicher stellt;
Und zeigst du ihn, so weist man dich zu mir.
Jedoch ein Ring vermißt sich, Namen schwinden;
Wenn dir der Nam entschwänd, der Ring sich mißte:
Fändst du mein Bild in dir wohl wieder aus?
Kannst dus wohl mit geschloßnen Augen denken?
ACHILLES. Es steht so fest, wie Züg in Diamanten.
PENTHESILEA. Ich bin die Königin der Amazonen,
Er nennt sich marserzeugt, mein Völkerstamm,
Otrere war die große Mutter mir,
Und mich begrüßt das Volk: Penthesilea.
ACHILLES. Penthesilea.
PENTHESILEA. Ja, so sagt ich dir.
ACHILLES. Mein Schwan singt noch im Tod: Penthesilea.
PENTHESILEA. Die Freiheit schenk ich dir, du kannst den Fuß
Im Heer der Jungfraun setzen, wie du willst.

Denn eine andre Kette denk ich noch,
Wie Blumen leicht, und fester doch, als Erz,
Die dich mir fest verknüpft, ums Herz zu schlagen.
Doch bis sie zärtlich, Ring um Ring, geprägt,
In der Gefühle Glut, und ausgeschmiedet,
Der Zeit nicht, und dem Zufall, mehr zerstörbar,
Kehrst du, weil es die Pflicht erheischt, mir wieder,
Mir, junger Freund, versteh mich, die für jedes,
Seis ein Bedürfnis, seis ein Wunsch, dir sorgt.
Willst du das tun, sag an?

ACHILLES. Wie junge Rosse
Zum Duft der Krippe, die ihr Leben nährt.

PENTHESILEA. Gut. Ich verlaß mich drauf. Wir treten jetzt
Die Reise gleich nach Themiscyra an;
Mein ganzer Harras bis dahin ist dein.
Man wird dir purpurne Gezelte bringen,
Und auch an Sklaven nicht, dich zu bedienen,
Wirds deinem königlichen Willen fehlen.
Doch weil mich, auf dem Zuge, du begreifst,
So manche Sorge fesselt, wirst du dich
Noch zu den übrigen Gefangnen halten:
In Themiscyra erst, Neridensohn,
Kann ich mich ganz, aus voller Brust, dir weihn.

ACHILLES. Es soll geschehn.

PENTHESILEA *(zu Prothoe)*. Nun aber sage mir,
Wo weilt auch dein Arkadier?

PROTHOE. Meine Fürstin –

PENTHESILEA. So gern von deiner Hand, geliebte Prothoe,
Möcht ich bekränzt ihn sehn.

PROTHOE. Er wird schon kommen. –
Der Kranz hier soll ihm nicht verloren gehn.

PENTHESILEA *(aufbrechend)*.
Nun denn – mich rufen mancherlei Geschäfte,
So laßt mich gehn.

ACHILLES. Wie?

PENTHESILEA. Laß mich aufstehn, Freund.

ACHILLES. Du fliehst? Du weichst? Du lässest mich zurück?
Noch eh du meiner sehnsuchtsvollen Brust
So vieler Wunder Aufschluß gabst, Geliebte?

PENTHESILEA. In Themiscyra, Freund.

ACHILLES. Hier, meine Königin!

PENTHESILEA. In Themiscyra, Freund, in Themiscyra –
Laß mich!

PROTHOE *(sie zurückhaltend, unruhig)*.
Wie? Meine Königin! Wo willst du hin?
PENTHESILEA *(befremdet)*. Die Scharen will ich mustern – sonderbar!
Mit Meroe will ich sprechen, Megaris.
Hab ich, beim Styx, jetzt nichts zu tun, als plaudern?
PROTHOE. Das Heer verfolgt die flüchtgen Griechen noch. –
Laß Meroe, die die Spitze führt, die Sorge;
Du brauchst der Ruhe noch. – Sobald der Feind
Nur völlig über den Skamandros setzte,
Wird dir das Heer hier siegreich vorgeführt.
PENTHESILEA *(erwägend)*. So! – – Hier auf dieses Feld? Ist das gewiß?
PROTHOE. Gewiß. Verlaß dich drauf. –
PENTHESILEA *(zum Achill)*. Nun so sei kurz.
ACHILLES. Was ists, du wunderbares Weib, daß du,
Athene gleich, an eines Kriegsheers Spitze,
Wie aus den Wolken nieder, unbeleidigt,
In unsern Streit vor Troja plötzlich fällst?
Was treibt, vom Kopf zu Fuß in Erz gerüstet,
So unbegriffner Wut voll, Furien ähnlich,
Dich gegen das Geschlecht der Griechen an;
Du, die sich bloß in ihrer Schöne ruhig
Zu zeigen brauchte, Liebliche, das ganze
Geschlecht der Männer dir im Staub zu sehn?
PENTHESILEA. Ach, Nereïdensohn! – Sie ist mir nicht,
Die Kunst vergönnt, die sanftere, der Frauen!
Nicht bei dem Fest, wie deines Landes Töchter,
Wenn zu wetteifernd frohen Übungen
Die ganze Jugendpracht zusammenströmt,
Darf ich mir den Geliebten ausersehn;
Nicht mit dem Strauß, so oder so gestellt,
Und dem verschämten Blick, ihn zu mir locken;
Nicht in dem Nachtigall-durchschmetterten
Granatwald, wenn der Morgen glüht, ihm sagen,
An seine Brust gesunken, daß ers sei.
Im blutgen Feld der Schlacht muß ich ihn suchen,
Den Jüngling, den mein Herz sich auserkor,
Und ihn mit ehrnen Armen mir ergreifen,
Den diese weiche Brust empfangen soll.
ACHILLES. Und woher quillt, von wannen ein Gesetz,
Unweiblich, du vergibst mir, unnatürlich,
Dem übrigen Geschlecht der Menschen fremd?
PENTHESILEA. Fern aus der Urne alles Heiligen,
O Jüngling: von der Zeiten Gipfeln nieder,

Den unbetretnen, die der Himmel ewig
In Wolkenduft geheimnisvoll verhüllt.
Der ersten Mütter Wort entschied es also,
Und dem verstummen wir, Neridensohn,
Wie deiner ersten Väter Worten du.

ACHILLES. Sei deutlicher.

PENTHESILEA. Wohlan! So höre mich. –
Wo jetzt das Volk der Amazonen herrschet,
Da lebte sonst, den Göttern untertan,
Ein Stamm der Skythen, frei und kriegerisch,
Jedwedem andern Volk der Erde gleich.
Durch Reihn schon nannt er von Jahrhunderten
Den Kaukasus, den fruchtumblühten, sein:
Als Vexoris, der Äthioper König,
An seinem Fuß erschien, die Männer rasch,
Die kampfverbundnen, vor sich niederwarf,
Sich durch die Täler goß, und Greis' und Knaben,
Wo sein gezückter Stahl sie traf, erschlug:
Das ganze Prachtgeschlecht der Welt ging aus.
Die Sieger bürgerten, barbarenartig,
In unsre Hütten frech sich ein, ernährten
Von unsrer reichen Felder Früchten sich,
Und voll der Schande Maß uns zuzumessen,
Ertrotzten sie der Liebe Gruß sich noch:
Sie rissen von den Gräbern ihrer Männer
Die Fraun zu ihren schnöden Betten hin.

ACHILLES. Vernichtend war das Schicksal, Königin,
Das deinem Frauenstaat das Leben gab.

PENTHESILEA. Doch alles schüttelt, was ihm unerträglich,
Der Mensch von seinen Schultern sträubend ab;
Den Druck nur mäßger Leiden duldet er.
Durch ganze Nächte lagen, still und heimlich,
Die Fraun im Tempel Mars', und höhlten weinend
Die Stufen mit Gebet um Rettung aus.
Die Betten füllten, die entweihten, sich
Mit blankgeschliffnen Dolchen an, gekeilt,
Aus Schmuckgeräten, bei des Herdes Flamme,
Aus Senkeln, Ringen, Spangen: nur die Hochzeit
Ward, des Äthioperkönigs Vexoris
Mit Tanaïs, der Königin, erharrt,
Der Gäste Brust zusamt damit zu küssen.
Und als das Hochzeitsfest erschienen war,
Stieß ihm die Kön'gin ihren in das Herz;

Mars, an des Schnöden Statt, vollzog die Ehe,
Und das gesamte Mordgeschlecht, mit Dolchen,
In einer Nacht, ward es zu Tod gekitzelt.
ACHILLES. Solch eine Tat der Weiber läßt sich denken.
PENTHESILEA. Und dies jetzt ward im Rat des Volks beschlossen:
Frei, wie der Wind auf offnem Blachfeld, sind
Die Fraun, die solche Heldentat vollbracht,
Und dem Geschlecht der Männer nicht mehr dienstbar.
Ein Staat, ein mündiger, sei aufgestellt,
Ein Frauenstaat, den fürder keine andre
Herrschsüchtge Männerstimme mehr durchtrotzt,
Der das Gesetz sich würdig selber gebe,
Sich selbst gehorche, selber auch beschütze:
Und Tanaïs sei seine Königin.
Der Mann, des Auge diesen Staat erschaut,
Der soll das Auge gleich auf ewig schließen;
Und wo ein Knabe noch geboren wird,
Von der Tyrannen Kuß, da folg er gleich
Zum Orkus noch den wilden Vätern nach.
Der Tempel Ares' füllte sich sogleich
Gedrängt mit Volk, die große Tanaïs
Zu solcher Satzung Schirmerin zu krönen.
Gerad als sie, im festlichsten Moment,
Die Altarstuf erstieg, um dort den Bogen,
Den großen, goldenen, des Skythenreichs,
Den sonst die Könige geführt, zu greifen,
Von der geschmückten Oberpriesterin Hand,
Ließ eine Stimme also sich vernehmen:
»Den Spott der Männer werd er reizen nur,
Ein Staat, wie der, und gleich dem ersten Anfall
Des kriegerischen Nachbarvolks erliegen:
Weil doch die Kraft des Bogens nimmermehr,
Von schwachen Fraun, beengt durch volle Brüste,
Leicht, wie von Männern, sich regieren würde.«
Die Königin stand einen Augenblick,
Und harrte still auf solcher Rede Glück;
Doch als die feige Regung um sich griff,
Riß sie die rechte Brust sich ab, und taufte
Die Frauen, die den Bogen spannen würden,
Und fiel zusammen, eh sie noch vollendet:
Die Amazonen oder Busenlosen! –
Hierauf ward ihr die Krone aufgesetzt.
ACHILLES. Nun denn, beim Zeus, die brauchte keine Brüste!

Die hätt ein Männervolk beherrschen können,
Und meine ganze Seele beugt sich ihr.
PENTHESILEA. Still auch auf diese Tat wards, Peleïde,
Nichts als der Bogen ließ sich schwirrend hören,
Der aus den Händen, leichenbleich und starr,
Der Oberpriesterin daniederfiel.
Er stürzt', der große, goldene, des Reichs,
Und klirrte von der Marmorstufe dreimal,
Mit dem Gedröhn der Glocken, auf, und legte,
Stumm wie der Tod, zu ihren Füßen sich. –
ACHILLES. Man folgt ihr, hoff ich doch, im Staat der Frauen,
In diesem Beispiel nicht?
PENTHESILEA. Nicht – allerdings!
Man ging so lebhaft nicht zu Werk als sie.
ACHILLES *(mit Erstaunen)*. Wie! Also doch –? Unmöglich!
PENTHESILEA. Was sagst du?
ACHILLES. – Die ungeheure Sage wäre wahr?
Und alle diese blühenden Gestalten,
Die dich umstehn, die Zierden des Geschlechts,
Vollständig, einem Altar gleich, jedwede
Geschmückt, in Liebe davor hinzuknien,
Sie sind beraubt, unmenschlich, frevelhaft –?
PENTHESILEA. Hast du das nicht gewußt?
ACHILLES *(indem er sein Gesicht an ihre Brust drückt)*. O Königin!
Der Sitz der jungen, lieblichen Gefühle,
Um eines Wahns, barbarisch –
PENTHESILEA. Sei ganz ruhig.
Sie retteten in diese Linke sich,
Wo sie dem Herzen um so näher wohnen.
Du wirst mir, hoff ich, deren keins vermissen. –
ACHILLES. Fürwahr! Ein Traum, geträumt in Morgenstunden,
Scheint mir wahrhaftger, als der Augenblick.
– Doch weiter.
PENTHESILEA. Wie?
ACHILLES. – Du bist den Schluß noch schuldig.
Denn dieser überstolze Frauenstaat,
Der ohn der Männer Hülf entstand, wie pflanzt er
Doch ohne Hülfe sich der Männer fort?
Wirft euch Deukalion, von Zeit zu Zeit,
Noch seiner Schollen eine häuptlings zu?
PENTHESILEA. So oft nach jährlichen Berechnungen,
Die Königin dem Staat ersetzen will,
Was ihr der Tod entrafft, ruft sie die blühendsten

Der Frauen – *(Stockt und sieht ihn an.)*
Warum lächelst du?
ACHILLES. Wer? Ich?
PENTHESILEA. Mich dünkt, du lächelst, Lieber.
ACHILLES. – Deiner Schöne.
Ich war zerstreut. Vergib. Ich dachte eben,
Ob du mir aus dem Monde niederstiegst? –
PENTHESILEA *(nach einer Pause)*. So oft, nach jährlichen Berechnungen,
Die Königin, was ihr der Tod entrafft,
Dem Staat ersetzen will, ruft sie die blühndsten
Der Fraun, von allen Enden ihres Reichs,
Nach Themiscyra hin, und fleht, im Tempel
Der Artemis, auf ihre jungen Schöße
Den Segen keuscher Marsbefruchtung nieder.
Ein solches Fest heißt, still und weich gefeiert,
Der blühnden Jungfraun Fest, wir warten stets,
Bis – wenn das Schneegewand zerhaucht, der Frühling
Den Kuß drückt auf den Busen der Natur.
Dianas heilge Priesterin verfügt
Auf dies Gesuch sich in den Tempel Mars',
Und trägt, am Altar hingestreckt, dem Gott
Den Wunsch der weisen Völkermutter vor.
Der Gott dann, wenn er sie erhören will,
– Denn oft verweigert ers, die Berge geben,
Die schneeigen, der Nahrung nicht zu viel –
Der Gott zeigt uns, durch seine Priesterin,
Ein Volk an, keusch und herrlich, das, statt seiner,
Als Stellvertreter, uns erscheinen soll.
Des Volkes Nam und Wohnsitz ausgesprochen,
Ergeht ein Jubel nun durch Stadt und Land.
Marsbräute werden sie begrüßt, die Jungfraun,
Beschenkt mit Waffen, von der Mütter Hand,
Mit Pfeil' und Dolch, und allen Gliedern fliegt,
Von emsgen Händen jauchzend rings bedient,
Das erzene Gewand der Hochzeit an.
Der frohe Tag der Reise wird bestimmt,
Gedämpfter Tuben Klang ertönt, es schwingt
Die Schar der Mädchen flüsternd sich zu Pferd,
Und still und heimlich, wie auf wollnen Sohlen,
Gehts in der Nächte Glanz, durch Tal und Wald,
Zum Lager fern der Auserwählten hin.
Das Land erreicht, ruhn wir, an seiner Pforte,
Uns noch zwei Tage, Tier' und Menschen, aus:

Und wie die feuerrote Windsbraut brechen
Wir plötzlich in den Wald der Männer ein,
Und wehn die Reifsten derer, die da fallen,
Wie Samen, wenn die Wipfel sich zerschlagen,
In unsre heimatlichen Fluren hin.
Hier pflegen wir, im Tempel Dianas, ihrer,
Durch heilger Feste Reihn, von denen mir
Bekannt nichts, als der Name: Rosenfest –
Und denen sich, bei Todesstrafe, niemand,
Als nur die Schar der Bräute nahen darf –
Bis uns die Saat selbst blühend aufgegangen;
Beschenken sie, wie Könige zusamt;
Und schicken sie, am Fest der reifen Mütter,
Auf stolzen Prachtgeschirren wieder heim.
Dies Fest dann freilich ist das frohste nicht,
Neridensohn – denn viele Tränen fließen,
Und manches Herz, von düsterm Gram ergriffen,
Begreift nicht, wie die große Tanaïs
In jedem ersten Wort zu preisen sei. –
Was träumst du?

ACHILLES. Ich?

PENTHESILEA. Du.

ACHILLES *(zerstreut)*. Geliebte, mehr,
Als ich in Worte eben fassen kann.
– – Und auch mich denkst du also zu entlassen?

PENTHESILEA. Ich weiß nicht, Lieber. Frag mich nicht. –

ACHILLES. Traun! Seltsam. –

(Er versinkt in Nachdenken.)

– Doch einen Aufschluß noch gewährst du mir.

PENTHESILEA. Sehr gern, mein Freund. Sei dreist.

ACHILLES. Wie faß ich es,
Daß du gerade *mich* so heiß verfolgtest?
Es schien, ich sei bekannt dir.

PENTHESILEA. Allerdings.

ACHILLES. Wodurch?

PENTHESILEA. Willst du der Törichten nicht lächeln?

ACHILLES *(lächelnd)*. Ich weiß nicht, sag ich jetzt, wie du.

PENTHESILEA. Nun denn,
Du sollsts erfahren. – Sieh ich hatte schon
Das heitre Fest der Rosen zwanzigmal
Erlebt und drei, und immer nur von fern,
Wo aus dem Eichenwald der Tempel ragt,
Den frohen Jubelschall gehört, als Ares,

Bei der Otrere, meiner Mutter, Tod,
Zu seiner Braut mich auserkor. Denn die
Prinzessinnen, aus meinem Königshaus,
Sie mischen nie aus eigener Bewegung,
Sich in der blühnden Jungfraun Fest; der Gott,
Begehrt er ihrer, ruft sie würdig auf,
Durch seiner großen Oberpriestrin Mund.
Die Mutter lag, die bleiche, scheidende,
Mir in den Armen eben, als die Sendung
Des Mars mir feierlich im Palast erschien,
Und mich berief, nach Troja aufzubrechen,
Um ihn von dort bekränzt heranzuführen.
Es traf sich, daß kein Stellvertreter je
Ernannt noch ward, willkommener den Bräuten,
Als die Hellenenstämme, die sich dort umkämpften.
An allen Ecken hörte man erjauchzend,
Auf allen Märkten, hohe Lieder schallen,
Die des Hero'nkriegs Taten feierten:
Vom Paris-Apfel, dem Helenenraub,
Von den geschwaderführenden Atriden,
Vom Streit um Briseïs, der Schiffe Brand,
Auch von Patroklus' Tod, und welche Pracht
Du des Triumphes rächend ihm gefeiert;
Und jedem großen Auftritt dieser Zeit. –
In Tränen schwamm ich, Jammervolle, hörte
Mit halbem Ohr nur, was die Botschaft mir,
In der Otrere Todesstunde, brachte;
»Laß mich dir bleiben, rief ich, meine Mutter,
Dein Ansehn, brauch es heut zum letztenmal,
Und heiße diese Frauen wieder gehn.«
Doch sie, die würdge Königin, die längst
Mich schon ins Feld gewünscht – denn ohne Erben
War, wenn sie starb, der Thron und eines andern
Ehrgeizgen Nebenstammes Augenmerk –
Sie sagte: »geh, mein süßes Kind! Mars ruft dich!
Du wirst den Peleïden dir bekränzen:
Werd eine Mutter, stolz und froh, wie ich –«
Und drückte sanft die Hand mir, und verschied.

PROTHOE. So nannte sie den Namen dir, Otrere?

PENTHESILEA. – Sie nannt ihn, Prothoe, wie's einer Mutter
Wohl im Vertraun zu ihrer Tochter ziemt.

ACHILLES. Warum? Weshalb? Verbeut dies das Gesetz?

PENTHESILEA. Es schickt sich nicht, daß eine Tochter Mars'

Sich ihren Gegner sucht, den soll sie wählen,
Den ihr der Gott im Kampf erscheinen läßt. –
Doch wohl ihr, zeigt die Strebende sich da,
Wo ihr die Herrlichsten entgegenstehn.
– Nicht, Prothoe?

PROTHOE. So ists.

ACHILLES. Nun –?

PENTHESILEA. – Lange weint ich,
Durch einen ganzen kummervollen Mond,
An der Verblichnen Grab, die Krone selbst,
Die herrenlos am Rande lag, nicht greifend,
Bis mich zuletzt der wiederholte Ruf
Des Volks, das den Palast mir ungeduldig,
Bereit zum Kriegeszug, umlagerte,
Gewaltsam auf den Thron riß. Ich erschien,
Wehmütig strebender Gefühle voll,
Im Tempel Mars', den Bogen gab man mir,
Den klirrenden, des Amazonenreichs,
Mir war, als ob die Mutter mich umschwebte,
Da ich ihn griff, nichts schien mir heiliger,
Als ihren letzten Willen zu erfüllen.
Und da ich Blumen noch, die duftigsten,
Auf ihren Sarkophag gestreut, brach ich
Jetzt mit dem Heer der Amazonen auf,
Nach der Dardanerburg – Mars weniger,
Dem großen Gott, der mich dahin gerufen,
Als der Otrere Schatten, zu gefallen.

ACHILLES. Wehmut um die Verblichne lähmte flüchtig
Die Kraft, die deine junge Brust sonst ziert.

PENTHESILEA. Ich liebte sie.

ACHILLES. Nun? Hierauf? –

PENTHESILEA. In dem Maße,
Als ich mich dem Skamandros näherte,
Und alle Täler rings, die ich durchrauschte,
Von dem Trojanerstreite widerhallten,
Schwand mir der Schmerz, und meiner Seele ging
Die große Welt des heitern Krieges auf.
Ich dachte so: wenn sie sich allzusamt,
Die großen Augenblicke der Geschichte,
Mir wiederholten, wenn die ganze Schar
Der Helden, die die hohen Lieder feiern,
Herab mir aus den Sternen stieg', ich fände
Doch keinen Trefflichern, den ich mit Rosen

Bekränzt', als ihn, den mir die Mutter ausersehn –
Den Lieben, Wilden, Süßen, Schrecklichen,
Den Überwinder Hektors! O Pelide!
Mein ewiger Gedanke, wenn ich wachte,
Mein ewger Traum warst du! Die ganze Welt
Lag wie ein ausgespanntes Musternetz
Vor mir; in jeder Masche, weit und groß,
War deiner Taten eine eingeschürzt,
Und in mein Herz, wie Seide weiß und rein,
Mit Flammenfarben jede brannt ich ein.
Bald sah ich dich, wie du ihn niederschlugst,
Vor Ilium, den flüchtgen Priamiden;
Wie du, entflammt von hoher Siegerlust,
Das Antlitz wandtest, während er die Scheitel,
Die blutigen, auf nackter Erde schleifte;
Wie Priam flehnd in deinem Zelt erschien –
Und heiße Tränen weint ich, wenn ich dachte,
Daß ein Gefühl doch, Unerbittlicher,
Den marmorharten Busen dir durchzuckt.

ACHILLES. Geliebte Königin!

PENTHESILEA. Wie aber ward mir,
O Freund, als ich dich selbst erblickte –!
Als du mir im Skamandros-Tal erschienst,
Von den Heroen deines Volks umringt,
Ein Tagsstern unter bleichen Nachtgestirnen!
So müßt es mir gewesen sein, wenn er
Unmittelbar, mit seinen weißen Rossen,
Von dem Olymp herabgedonnert wäre,
Mars selbst, der Kriegsgott, seine Braut zu grüßen!
Geblendet stand ich, als du jetzt entwichen,
Von der Erscheinung da – wie wenn zur Nachtzeit
Der Blitz vor einen Wandrer fällt, die Pforten
Elysiums, des glanzerfüllten, rasselnd,
Vor einem Geist sich öffnen und verschließen.
Im Augenblick, Pelid, erriet ich es,
Von wo mir das Gefühl zum Busen rauschte;
Der Gott der Liebe hatte mich ereilt.
Doch von zwei Dingen schnell beschloß ich eines,
Dich zu gewinnen, oder umzukommen:
Und jetzt ist mir das Süßere erreicht.
– Was blickst du?

(Man hört ein Waffengeräusch in der Ferne.)

PROTHOE *(heimlich)*. Göttersohn! Ich bitte dich.
Du mußt dich augenblicklich ihr erklären.
PENTHESILEA *(aufbrechend)*. Argiver nahn, ihr Fraun! Erhebt euch!
ACHILLES *(sie haltend)*. Ruhig!
Es sind Gefangne, meine Königin.
PENTHESILEA. Gefangene?
PROTHOE *(heimlich zum Achilles)*.
Es ist Ulyß, beim Styx!
Die Deinen, heiß gedrängt von Meroe, weichen!
ACHILLES *(in den Bart murmelnd)*.
Daß sie zu Felsen starrten!
PENTHESILEA. Sagt! Was gibts?
ACHILLES *(mit erzwungener Heiterkeit)*.
Du sollst den Gott der Erde mir gebären!
Prometheus soll von seinem Sitz erstehn,
Und dem Geschlecht der Welt verkündigen:
Hier ward ein Mensch, so hab ich ihn gewollt!
Doch nicht nach Themiscyra folg ich dir,
Vielmehr du, nach der blühnden Phtia, mir:
Denn dort, wenn meines Volkes Krieg beschlossen,
Führ ich dich jauchzend hin, und setze dich,
Ich Seliger, auf meiner Väter Thron.

(Das Geräusch dauert fort.)

PENTHESILEA. Wie? Was? Kein Wort begreif ich –
DIE FRAUEN *(unruhig)*. All ihr Götter!
PROTHOE. Neridensohn! Willst du –?
PENTHESILEA. Was ists? Was gibts denn?
ACHILLES. Nichts, nichts, erschrick nicht, meine Königin,
Du siehst, es drängt die Zeit, wenn du nun hörst,
Was über dich der Götter Schar verhängt.
Zwar durch die Macht der Liebe bin ich dein,
Und ewig diese Banden trag ich fort;
Doch durch der Waffen Glück gehörst du mir;
Bist mir zu Füßen, Treffliche, gesunken,
Als wir im Kampf uns trafen, nicht ich dir.
PENTHESILEA *(sich aufraffend)*. Entsetzlicher!
ACHILLES. Ich bitte dich, Geliebte!
Kronion selbst nicht ändert, was geschehn.
Beherrsche dich, und höre, wie ein Felsen,
Den Boten an, der dort, wenn ich nicht irre,
Mit irgend einem Unheilswort mir naht.
Denn dir, begreifst du wohl, dir bringt er nichts,

Dein Schicksal ist auf ewig abgeschlossen;
Gefangen bist du mir, ein Höllenhund
Bewacht dich minder grimmig, als ich dich.
PENTHESILEA. Ich die Gefangne dir?
PROTHOE. So ist es, Königin!
PENTHESILEA *(die Hände aufhebend)*.
Ihr ewigen Himmelsmächt! Euch ruf ich auf!

Sechzehnter Auftritt

Ein Hauptmann tritt auf, das Gefolge des Achilles mit seiner Rüstung. Die Vorigen.

ACHILLES. Was bringst du mir?
DER HAUPTMANN. Entferne dich, Pelide!
Das Schlachtglück lockt, das wetterwendische,
Die Amazonen siegreich wieder vor.
Auf diesen Platz hier stürzen sie heran,
Und ihre Losung ist: Penthesilea!
ACHILLES *(steht auf und reißt sich die Kränze ab)*.
Die Waffen mir herbei! Die Pferde vor!
Mit meinem Wagen rädern will ich sie!
PENTHESILEA *(mit zitternder Lippe)*.
Nein, sieh den Schrecklichen! Ist das derselbe –?
ACHILLES *(wild)*. Sind sie noch weit von hier?
DER HAUPTMANN. Hier in dem Tal
Erblickst du ihren goldnen Halbmond schon.
ACHILLES *(indem er sich rüstet)*.
Bringt sie hinweg!
EIN GRIECHE. Wohin?
ACHILLES. Ins Griechenlager,
In wenig Augenblicken folg ich euch.
DER GRIECHE *(zu Penthesilea)*. Erhebe dich.
PROTHOE. O meine Königin!
PENTHESILEA *(außer sich)*. Mir keinen Blitz, Zeus, sendest du herab!

Siebenzehnter Auftritt

Odysseus und Diomedes mit dem Heer. Die Vorigen.

DIOMEDES *(über die Bühne ziehend)*.
Vom Platz hier fort, Doloperheld! Vom Platze!
Den einzgen Weg, der dir noch offen bleibt,

Den schneiden dir die Frauen eben ab.
Hinweg! *(Ab.)*

ODYSSEUS. Schafft diese Kön'gin fort, ihr Griechen.

ACHILLES *(zum Hauptmann)*. Alexis! Tu mir den Gefallen. Hilf ihr.

DER GRIECHE *(zum Hauptmann)*.
Sie regt sich nicht.

ACHILLES *(zu den Griechen, die ihn bedienen)*.
Den Schild mir her! Den Spieß!

(Aufrufend, da sich die Königin sträubt.)

Penthesilea!

PENTHESILEA. O Neridensohn!
Du willst mir nicht nach Themiscyra folgen?
Du willst mir nicht zu jenem Tempel folgen,
Der aus den fernen Eichenwipfeln ragt?
Komm her, ich sagte dir noch alles nicht –

ACHILLES *(nun völlig gerüstet, tritt vor sie und reicht ihr die Hand)*.
Nach Phtia, Kön'gin.

PENTHESILEA. O! – Nach Themiscyra!
O! Freund! Nach Themiscyra, sag ich dir,
Wo Dianas Tempel aus den Eichen ragt!
Und wenn der Sel'gen Sitz in Phtia wäre,
Doch, doch, o Freund! Nach Themiscyra noch,
Wo Dianas Tempel aus den Wipfeln ragt!

ACHILLES *(indem er sie aufhebt)*. So mußt du mir vergeben, Teuerste;
Ich bau dir solchen Tempel bei mir auf.

Achtzehnter Auftritt

Meroe, Asteria mit dem Heer der Amazonen treten auf. Die Vorigen.

MEROE. Schlagt ihn zu Boden!

ACHILLES *(läßt die Königin fahren und wendet sich)*.
Reiten sie auf Stürmen?

DIE AMAZONEN *(sich zwischen Penthesilea und Achilles eindrängend)*.
Befreit die Königin!

ACHILLES. Bei dieser Rechten, sag ich!

(Er will die Königin mit sich fortziehen.)

PENTHESILEA *(ihn nach sich ziehend)*.
Du folgst mir nicht? Folgst nicht?

(Die Amazonen spannen ihre Bogen.)

ODYSSEUS. Fort! Rasender!
Hier ist der Ort nicht mehr, zu trotzen. – Folgt!
(Er reißt den Achill hinweg. Alle ab.)

Neunzehnter Auftritt

Die Oberpriesterin der Diana mit ihren Priesterinnen.
Die Vorigen ohne die Griechen.

DIE AMAZONEN. Triumph! Triumph! Triumph! Sie ist gerettet!
PENTHESILEA *(nach einer Pause).*
Verflucht sei dieser schändliche Triumph mir!
Verflucht jedwede Zunge, die ihn feiert,
Die Luft verflucht mir, die ihn weiter bringt!
War ich, nach jeder würdgen Rittersitte,
Nicht durch das Glück der Schlacht ihm zugefallen?
Wenn das Geschlecht der Menschen unter *sich*,
Mit Wolf und Tiger nicht, im Streite liegt:
Gibts ein Gesetz, frag ich, in solchem Kriege,
Das den Gefangenen, der sich ergeben,
Aus seines Siegers Banden lösen kann?
– Neridensohn!
DIE AMAZONEN. Ihr Götter, hört ich recht?
MEROE. Ehrwürdge Priesterin der Artemis,
Tritt näher vor, ich bitte dich –
ASTERIA. Sie zürnt,
Weil wir sie aus der Knechtschaft Schmach befreiten!
DIE OBERPRIESTERIN *(aus dem Gewühl der Frauen hervortretend).*
Nun denn, du setzest würdig, Königin,
Mit diesem Schmähungswort, muß ich gestehn,
Den Taten dieses Tags die Krone auf.
Nicht bloß, daß du, die Sitte wenig achtend,
Den Gegner dir im Feld der Schlacht gesucht,
Nicht bloß, daß du, statt ihn in Staub zu werfen,
Ihm selbst im Kampf erliegst, nicht bloß, daß du
Zum Lohn dafür ihn noch mit Rosen kränzest:
Du zürnst auch deinem treuen Volke noch,
Das deine Ketten bricht, du wendest dich,
Und rufst den Überwinder dir zurück.
Wohlan denn große Tochter Tanaïs',
So bitt ich – ein Versehn wars, weiter nichts –
Für diese rasche Tat dich um Verzeihung.

Das Blut, das sie gekostet, reut mich jetzt,
Und die Gefangnen, eingebüßt um dich,
Wünsch ich von ganzer Seele mir zurück.
Frei, in des Volkes Namen, sprech ich dich;
Du kannst den Fuß jetzt wenden, wie du willst,
Kannst ihn mit flatterndem Gewand ereilen,
Der dich in Fesseln schlug, und ihm den Riß,
Da, wo wir sie zersprengten, überreichen:
Also ja wills das heilge Kriegsgesetz!
Uns aber, uns vergönnst du, Königin,
Den Krieg jetzt aufzugeben, und den Fuß
Nach Themiscyra wieder heimzusetzen;
Wir mindestens, wir können jene Griechen,
Die dort entfliehn, nicht *bitten*, stillzustehn,
Nicht, so wie du, den Siegskranz in der Hand,
Zu unsrer Füße Staub sie nieder *flehn*.

(Pause.)

PENTHESILEA *(wankend).*
Prothoe!
PROTHOE. Mein Schwesterherz!
PENTHESILEA. Ich bitte dich, bleib bei mir.
PROTHOE. Im Tod, du weißt – – Was bebst du, meine Königin?
PENTHESILEA. Nichts, es ist nichts, ich werde gleich mich sammeln.
PROTHOE. Ein großer Schmerz traf dich. Begegn' ihm groß.
PENTHESILEA. Sie sind verloren?
PROTHOE. Meine Königin?
PENTHESILEA. Die ganze junge Prachtschar, die wir fällten? –
Sie sinds durch mich?
PROTHOE. Beruhge dich. Du wirst sie
In einem andern Krieg uns wiederschenken.
PENTHESILEA *(an ihrem Busen).* O niemals!
PROTHOE. Meine Königin?
PENTHESILEA. O niemals!
Ich will in ewge Finsternis mich bergen!

Zwanzigster Auftritt

Ein Herold tritt auf. Die Vorigen.

MEROE. Ein Herold naht dir, Königin!
ASTERIA. Was willst du?
PENTHESILEA *(mit schwacher Freude).*
Von dem Peliden! – Ach, was werd ich hören?

Ach, Prothoe, heiß ihn wieder gehn!
PROTHOE. Was bringst du?
DER HEROLD. Mich sendet dir Achilleus, Königin,
Der schilfumkränzten Nereïde Sohn,
Und läßt durch meinen Mund dir kündigen:
Weil dich Gelüst treibt, als Gefangnen ihn
Nach deinen Heimatsfluren abzuführen,
Ihn aber auch hinwiederum Gelüst,
Nach seinen heimatlichen Fluren dich:
So fordert er zum Kampf, auf Tod und Leben,
Noch einmal dich ins Feld hinaus, auf daß
Das Schwert, des Schicksals ehrne Zung entscheide,
In der gerechten Götter Angesicht,
Wer würdig sei, du oder er, von beiden,
Den Staub nach ihrem heiligen Beschluß,
Zu seines Gegners Füßen aufzulecken.
Hast dus auf solchen Strauß zu wagen Lust?
PENTHESILEA *(mit einer fliegenden Blässe)*.
Laß dir vom Wetterstrahl die Zunge lösen,
Verwünschter Redner, eh du wieder sprichst!
Hört ich doch einen Sandblock just so gern,
Endlosen Falls, bald hier, bald dort anschmetternd,
Dem klafternhohen Felsenriff entpoltern.
(Zu Prothoe.)
– Du mußt es Wort für Wort mir wiederholen.
PROTHOE *(zitternd)*. Der Sohn des Peleus, glaub ich, schickt ihn her,
Und fordert dich aufs Feld hinaus;
Verweigre kurz dich ihm, und sage, nein.
PENTHESILEA. Es ist nicht möglich.
PROTHOE. Meine Königin?
PENTHESILEA. Der Sohn des Peleus fordert mich ins Feld?
PROTHOE. Sag ich dem Mann gleich: nein, und laß ihn gehn?
PENTHESILEA. Der Sohn des Peleus fordert mich ins Feld?
PROTHOE. Zum Kampf ja, meine Herrscherin, so sagt ich.
PENTHESILEA. Der mich zu schwach weiß, sich mit ihm zu messen,
Der ruft zum Kampf mich, Prothoe, ins Feld?
Hier diese treue Brust, sie rührt ihn erst,
Wenn sie sein scharfer Speer zerschmetterte?
Was ich ihm zugeflüstert, hat sein Ohr
Mit der Musik der Rede bloß getroffen?
Des Tempels unter Wipfeln denkt er nicht,
Ein steinern Bild hat meine Hand bekränzt?
PROTHOE. Vergiß den Unempfindlichen.

PENTHESILEA *(glühend).* Nun denn,
So ward die Kraft mir jetzo, ihm zu stehen:
So soll er in den Staub herab, und wenn
Lapithen und Giganten ihn beschützten!
PROTHOE. Geliebte Königin –
MEROE. Bedenkst du auch?
PENTHESILEA *(sie unterbrechend).*
Ihr sollt *all* die Gefangnen wieder haben!
DER HEROLD. Du willst im Kampf dich –?
PENTHESILEA. Stellen will ich mich:
Er soll im Angesicht der Götter mich,
Die Furien auch ruf ich herab, mich treffen!

(Der Donner rollt.)

DIE OBERPRIESTERIN. Wenn dich mein Wort gereizt, Penthesilea,
So wirst du mir den Schmerz nicht –
PENTHESILEA *(ihre Tränen unterdrückend).*
Laß, du Heilige!
Du sollst mir nicht umsonst gesprochen haben.
MEROE. Ehrwürdge Priesterin, dein Ansehen brauche.
DIE OBERPRIESTERIN. Hörst du ihn, Königin, der dir zürnt?
PENTHESILEA. Ihn ruf ich
Mit allen seinen Donnern mir herab!
ERSTE OBERSTE *(in Bewegung).*
Ihr Fürstinnen –
DIE ZWEITE. Unmöglich ists!
DIE DRITTE. Es *kann* nicht!
PENTHESILEA *(mit zuckender Wildheit).*
Herbei, Ananke, Führerin der Hunde!
DIE ERSTE OBERSTE.
Wir sind zerstreut, geschwächt –
DIE ZWEITE. Wir sind ermüdet –
PENTHESILEA. Du, mit den Elefanten, Thyrroe!
PROTHOE. Königin!
Willst du mit Hunden ihn und Elefanten –
PENTHESILEA. Ihr Sichelwagen, kommt, ihr blinkenden,
Die ihr des Schlachtfelds Erntefest bestellt,
Kommt, kommt in greulgen Schnitterreihn herbei!
Und ihr, die ihr der Menschen Saat zerdrescht,
Daß Halm und Korn auf ewig untergehen,
Ihr Reuterscharen, stellt euch um mich her!
Du ganzer Schreckenspomp des Kriegs, dich ruf ich,
Vernichtender, entsetzlicher, herbei!

(Sie ergreift den großen Bogen aus einer Amazone Hand.)
(Amazonen mit Meuten gekoppelter Hunde. Späterhin Elefanten, Feuerbrände, Sichelwagen usw.)

PROTHOE. Geliebte meiner Seele! Höre mich!
PENTHESILEA *(sich zu den Hunden wendend).*
Auf, Tigris, jetzt, dich brauch ich! Auf Leäne!
Auf, mit der Zoddelmähne du, Melampus!
Auf, Akle, die den Fuchs erhascht, auf Sphinx,
Und der die Hirschkuh übereilt, Alektor,
Auf, Oxus, der den Eber niederreißt,
Und der dem Leuen nicht erbebt, Hyrkaon!
(Der Donner rollt heftig.)
PROTHOE. O! Sie ist außer sich –!
ERSTE OBERSTE. Sie ist wahnsinnig!
PENTHESILEA *(kniet nieder, mit allen Zeichen des Wahnsinns, während die Hunde ein gräßliches Geheul anstimmen).*
Dich, Ares, ruf ich jetzt, dich Schrecklichen,
Dich, meines Hauses hohen Gründer, an!
Oh! – – deinen erznen Wagen mir herab:
Wo du der Städte Mauern auch und Tore
Zermalmst, Vertilgergott, gekeilt in Straßen,
Der Menschen Reihen jetzt auch niedertrittst;
Oh! – – deinen erznen Wagen mir herab:
Daß ich den Fuß in seine Muschel setze,
Die Zügel greife, durch die Felder rolle,
Und wie ein Donnerkeil aus Wetterwolken,
Auf dieses Griechen Scheitel niederfalle!
(Sie steht auf.)

DIE ERSTE OBERSTE. Ihr Fürstinnen!
DIE ZWEITE. Auf! Wehrt der Rasenden!
PROTHOE. Hör, meine große Königin, mich!
PENTHESILEA *(indem sie den Bogen spannt).* Ei, lustig!
So muß ich sehn, ob mir der Pfeil noch trifft.
(Sie legt auf Prothoe an.)

PROTHOE *(niederstürzend).* Ihr Himmlischen!
EINE PRIESTERIN *(indem sie sich rasch hinter die Königin stellt).*
Achill ruft!
EINE ZWEITE *(ebenso).* Der Pelide!
EINE DRITTE. Hier steht er hinter dir!
PENTHESILEA *(wendet sich).* Wo?
DIE ERSTE PRIESTERIN. War ers nicht?

PENTHESILEA. Nein, hier sind noch die Furien nicht versammelt.
– Folg mir, Ananke! Folgt, ihr anderen!
(Ab mit dem ganzen Kriegstroß unter heftigen Gewitterschlägen.)
MEROE *(indem sie Prothoe aufhebt).*
Die Gräßliche!
ASTERIA. Fort! Eilt ihr nach, ihr Frauen!
DIE OBERPRIESTERIN *(leichenbleich).*
Ihr Ewgen! Was beschloßt ihr über uns?
(Alle ab.)

Einundzwanzigster Auftritt

Achilles, Diomedes treten auf. Späterhin Odysseus, zuletzt der Herold.

ACHILLES. Hör, tu mir den Gefallen, Diomed,
Und sag dem Sittenrichter nichts, dem grämlichen
Odyß, von dem, was ich dir anvertraue;
Mir widerstehts, es macht mir Übelkeiten,
Wenn ich den Zug um seine Lippe sehe.
DIOMEDES. Hast du den Herold ihr gesandt, Pelide?
Ists wahr? Ists wirklich?
ACHILLES. Ich will dir sagen, Freund:
– Du aber, du erwiderst nichts, verstehst du?
Gar nichts, kein Wort! – Dies wunderbare Weib,
Halb Furie, halb Grazie, sie liebt mich –
Und allen Weibern Hellas' ich zum Trotz,
Beim Styx! beim ganzen Hades! – ich sie auch.
DIOMEDES. Was!
ACHILLES. Ja. Doch eine Grille, die ihr heilig,
Will, daß ich ihrem Schwert im Kampf erliege;
Eh nicht in Liebe kann sie mich umfangen.
Nun schickt ich –
DIOMEDES. Rasender!
ACHILLES. Er hört mich nicht!
Was er im Weltkreis noch, so lang er lebt,
Mit seinem blauen Auge nicht gesehn,
Das kann er in Gedanken auch nicht fassen.
DIOMEDES. Du willst –? Nein, sprich! Du willst –?
ACHILLES *(nach einer Pause).* – Was also will ich?
Was ists, daß ich so Ungeheures will?
DIOMEDES. Du hast sie in die Schranken bloß gefordert,
Um ihr –?

ACHILLES. Beim wolkenrüttelnden Kroniden,
Sie *tut* mir nichts, sag ich! Eh wird ihr Arm,
Im Zweikampf gegen ihren Busen wüten,
Und rufen: »Sieg!« wenn er von Herzblut trieft,
Als wider mich! – Auf einen Mond bloß will ich ihr,
In dem, was sie begehrt, zu Willen sein;
Auf einen oder zwei, mehr nicht: das wird
Euch ja den alten, meerzerfreßnen Isthmus
Nicht gleich zusammenstürzen! – Frei bin ich dann,
Wie ich aus ihrem eignen Munde weiß,
Wie Wild auf Heiden wieder; und folgt sie mir,
Beim Jupiter! ich wär ein Seliger,
Könnt ich auf meiner Väter Thron sie setzen.

(Odysseus kommt.)

DIOMEDES. Komm her, Ulyß, ich bitte dich.
ODYSSEUS. Pelide!
Du hast die Königin ins Feld gerufen;
Willst du, ermüdet, wie die Scharen sind,
Von neu'm das oftmißlungne Wagstück wagen?
DIOMEDES. Nichts, Freund, von Wagestücken, nichts von Kämpfen;
Er will sich bloß ihr zum Gefangnen geben.
ODYSSEUS. Was?
ACHILLES *(das Blut schießt ihm ins Gesicht)*.
Tu mir dein Gesicht weg, bitt ich dich!
ODYSSEUS. Er will –?
DIOMEDES. Du hörsts, ja! Ihr den Helm zerkeilen;
Gleich einem Fechter, grimmig sehn, und wüten;
Dem Schild aufdonnern, daß die Funken sprühen,
Und stumm sich, als ein Überwundener,
Zu ihren kleinen Füßen niederlegen.
ODYSSEUS. Ist dieser Mann bei Sinnen, Sohn des Peleus?
Hast du gehört, was er –?
ACHILLES *(sich zurückhaltend)*.
Ich bitte dich,
Halt deine Oberlippe fest, Ulyß!
Es steckt mich an, bei den gerechten Göttern,
Und bis zur Faust gleich zuckt es mir herab.
ODYSSEUS *(wild)*. Bei dem Kozyt, dem feurigen! Wissen will ich,
Ob meine Ohren hören, oder nicht!
Du wirst mir, Sohn des Tydeus, bitt ich, jetzt,
Mit einem Eid, daß ich aufs Reine komme,
Bekräftigen, was ich dich fragen werde.

Er will der Königin sich gefangen geben?
DIOMEDES. Du hörsts!
ODYSSEUS. Nach Themiscyra will er gehn?
DIOMEDES. So ists.
ODYSSEUS. Und unseren Helenenstreit,
Vor der Dardanerburg, der Sinnentblößte,
Den will er, wie ein Kinderspiel, weil sich
Was anders Buntes zeigt, im Stiche lassen?
DIOMEDES. Beim Jupiter! Ich schwörs.
ODYSSEUS *(indem er die Arme verschränkt)*.
– Ich kanns nicht glauben.
ACHILLES. Er spricht von der Dardanerburg.
ODYSSEUS. Was?
ACHILLES. Was?
ODYSSEUS. Mich dünkt, du sagtest was.
ACHILLES. Ich?
ODYSSEUS. Du!
ACHILLES. Ich sagte:
Er spricht von der Dardanerburg.
ODYSSEUS. Nun, ja!
Wie ein Beseßner fragt ich, ob der ganze
Helenenstreit, vor der Dardanerburg,
Gleich einem Morgentraum, vergessen sei?
ACHILLES *(indem er ihm näher tritt)*.
Wenn die Dardanerburg, Laertiade,
Versänke, du verstehst, so daß ein See,
Ein bläulicher, an ihre Stelle träte;
Wenn graue Fischer, bei dem Schein des Monds,
Den Kahn an ihre Wetterhähne knüpften;
Wenn im Palast des Priamus ein Hecht
Regiert', ein Ottern- oder Ratzenpaar
Im Bette sich der Helena umarmten:
So wärs für mich gerad so viel, als jetzt.
ODYSSEUS. Beim Styx! Es ist sein voller Ernst, Tydide!
ACHILLES. Beim Styx! Bei dem Lernäersumpf! Beim Hades!
Der ganzen Oberwelt und Unterwelt,
Und jedem dritten Ort: es ist mein Ernst;
Ich will den Tempel der Diana sehn!
ODYSSEUS *(halb ihm ins Ohr)*.
Laß ihn nicht von der Stelle, Diomed,
Wenn du so gut willst sein.
DIOMEDES. Wenn ich – ich glaube!
Sei doch so gut, und leih mir deine Arme.

(Der Herold tritt auf.)

ACHILLES. Ha! Stellt sie sich? Was bringst du? Stellt sie sich?
DER HEROLD. Sie stellt sich, ja, Neridensohn, sie naht schon;
Jedoch mit Hunden auch und Elefanten,
Und einem ganzen wilden Reutertroß:
Was die beim Zweikampf sollen, weiß ich nicht.
ACHILLES. Gut. Dem Gebrauch, war sie das schuldig. Folgt mir!
– O sie ist listig, bei den ewigen Göttern!
– – Mit Hunden, sagst du?
DER HEROLD. Ja.
ACHILLES. Und Elefanten?
DER HEROLD. Daß es ein Schrecken ist, zu sehn, Pelide!
Gält es, die Atreïden anzugreifen,
Im Lager vor der Trojerburg, sie könnte
In keiner finstrern Greuelrüstung nahn.
ACHILLES *(in den Bart)*.
Die fressen aus der Hand, wahrscheinlich – Folgt mir!
– O! Die sind zahm, wie sie.

(Ab mit dem Gefolge.)

DIOMEDES. Der Rasende!
ODYSSEUS. Laßt uns ihn knebeln, binden – hört ihr Griechen!
DIOMEDES. Hier nahn die Amazonen schon – hinweg!

(Alle ab.)

Zweiundzwanzigster Auftritt

Die Oberpriesterin, bleich im Gesicht, mehrere andere Priesterinnen und Amazonen.

DIE OBERPRIESTERIN. Schafft Stricke her, ihr Frauen!
DIE ERSTE PRIESTERIN. Hochwürdigste!
DIE OBERPRIESTERIN. Reißt sie zu Boden nieder! Bindet sie!
EINE AMAZONE. Meinst du die Königin?
DIE OBERPRIESTERIN. Die Hündin, mein ich!
– Der Menschen Hände bändgen sie nicht mehr.
DIE AMAZONEN. Hochheilge Mutter! Du scheinst außer dir.
DIE OBERPRIESTERIN. Drei Jungfraun trat sie wütend in den Staub,
Die wir geschickt, sie aufzuhalten; Meroe,
Weil sie auf Knien sich in den Weg ihr warf,
Bei jedem süßen Namen sie beschwörend,
Mit Hunden hat sie sie hinweggehetzt.

Als ich von fern der Rasenden nur nahte,
Gleich einen Stein, gebückt, mit beiden Händen,
Den grimmerfüllten Blick auf mich gerichtet,
Riß sie vom Boden auf – verloren war ich,
Wenn ich im Haufen nicht des Volks verschwand.

DIE ERSTE PRIESTERIN. Es ist entsetzlich!

DIE ZWEITE. Schrecklich ists, ihr Fraun.

DIE OBERPRIESTERIN. Jetzt unter ihren Hunden wütet sie,
Mit schaumbedeckter Lipp, und nennt sie Schwestern,
Die heulenden, und der Mänade gleich,
Mit ihrem Bogen durch die Felder tanzend,
Hetzt sie die Meute, die mordatmende,
Die sie umringt, das schönste Wild zu fangen,
Das je die Erde, wie sie sagt, durchschweift.

DIE AMAZONEN. Ihr Orkusgötter! Wie bestraft ihr sie!

DIE OBERPRIESTERIN. Drum mit dem Strick, ihr Arestöchter, schleunig
Dort auf den Kreuzweg hin, legt Schlingen ihr,
Bedeckt mit Sträuchern, vor der Füße Tritt.
Und reißt, wenn sich ihr Fuß darin verfängt,
Dem wutgetroffnen Hunde gleich, sie nieder:
Daß wir sie binden, in die Heimat bringen,
Und sehen, ob sie noch zu retten sei.

DAS HEER DER AMAZONEN *(außerhalb der Szene)*.
Triumph! Triumph! Triumph! Achilleus stürzt!
Gefangen ist der Held! Die Siegerin,
Mit Rosen wird sie seine Scheitel kränzen!

(Pause.)

DIE OBERPRIESTERIN *(mit freudebeklemmter Stimme)*.
Hört ich auch recht?

DIE PRIESTERINNEN UND AMAZONEN.
Ihr hochgepriesnen Götter!

DIE OBERPRIESTERIN. War dieser Jubellaut der Freude nicht?

DIE ERSTE PRIESTERIN. Geschrei des Siegs, o du Hochheilige,
Wie noch mein Ohr keins seliger vernahm!

DIE OBERPRIESTERIN.
Wer schafft mir Kund, ihr Jungfraun?

DIE ZWEITE PRIESTERIN. Terpi! rasch!
Sag an, was du auf jenem Hügel siehst?

EINE AMAZONE *(die während dessen den Hügel erstiegen, mit Entsetzen)*.
Euch, ihr der Hölle grauenvolle Götter,
Zu Zeugen ruf ich nieder – was erblick ich!

DIE OBERPRIESTERIN. Nun denn – als ob sie die Medus' erblickte!

DIE PRIESTERINNEN. Was siehst du? Rede! Sprich!
DIE AMAZONE. Penthesilea,
Sie liegt, den grimmgen Hunden beigesellt,
Sie, die ein Menschenschoß gebar, und reißt, –
Die Glieder des Achills reißt sie in Stücken!
DIE OBERPRIESTERIN. Entsetzen! o Entsetzen!
ALLE. Fürchterlich!
DIE AMAZONE. Hier kommt es, bleich, wie eine Leiche, schon
Das Wort des Greuelrätsels uns heran.
(Sie steigt vom Hügel herab.)

Dreiundzwanzigster Auftritt

Meroe tritt auf. Die Vorigen.

MEROE. O ihr, der Diana heilge Priesterinnen,
Und ihr, Mars' reine Töchter, hört mich an:
Die afrikanische Gorgone bin ich,
Und wie ihr steht, zu Steinen starr ich euch.
DIE OBERPRIESTERIN. Sprich, Gräßliche! was ist geschehn?
MEROE. Ihr wißt,
Sie zog dem Jüngling, den sie liebt, entgegen,
Sie, die fortan kein Name nennt –
In der Verwirrung ihrer jungen Sinne,
Den Wunsch, den glühenden, ihn zu besitzen,
Mit allen Schrecknissen der Waffen rüstend.
Von Hunden rings umheult und Elefanten,
Kam sie daher, den Bogen in der Hand:
Der Krieg, der unter Bürgern rast, wenn er,
Die blutumtriefte Graungestalt, einher,
Mit weiten Schritten des Entsetzens geht,
Die Fackel über blühnde Städte schwingend,
Er sieht so wild und scheußlich nicht, als sie.
Achilleus, der, wie man im Heer versichert,
Sie bloß ins Feld gerufen, um freiwillig
Im Kampf, der junge Tor, ihr zu erliegen:
Denn er auch, o wie mächtig sind die Götter!
Er liebte sie, gerührt von ihrer Jugend,
Zu Dianas Tempel folgen wollt er ihr:
Er naht sich ihr, voll süßer Ahndungen,
Und läßt die Freunde hinter sich zurück.
Doch jetzt, da sie mit solchen Greulnissen

Auf ihn herangrollt, ihn, der nur zum Schein
Mit einem Spieß sich arglos ausgerüstet:
Stutzt er, und dreht den schlanken Hals, und horcht,
Und eilt entsetzt, und stutzt, und eilet wieder:
Gleich einem jungen Reh, das im Geklüft
Fern das Gebrüll des grimmen Leun vernimmt.
Er ruft: Odysseus! mit beklemmter Stimme,
Und sieht sich schüchtern um, und ruft: Tydide!
Und will zurück noch zu den Freunden fliehn;
Und steht, von einer Schar schon abgeschnitten,
Und hebt die Händ empor, und duckt und birgt
In eine Fichte sich, der Unglücksel'ge,
Die schwer mit dunkeln Zweigen niederhangt. –
Inzwischen schritt die Königin heran,
Die Doggen hinter ihr, Gebirg und Wald
Hochher, gleich einem Jäger, überschauend;
Und da er eben, die Gezweige öffnend,
Zu ihren Füßen niedersinken will:
Ha! sein Geweih verrät den Hirsch, ruft sie,
Und spannt mit Kraft der Rasenden, sogleich
Den Bogen an, daß sich die Enden küssen,
Und hebt den Bogen auf und zielt und schießt,
Und jagt den Pfeil ihm durch den Hals; er stürzt:
Ein Siegsgeschrei schallt roh im Volk empor.
Jetzt gleichwohl lebt der Ärmste noch der Menschen,
Den Pfeil, den weit vorragenden, im Nacken,
Hebt er sich röchelnd auf, und überschlägt sich,
Und hebt sich wiederum und will entfliehn;
Doch, hetz! schon ruft sie: Tigris! hetz, Leäne!
Hetz, Sphinx! Melampus! Dirke! Hetz, Hyrkaon!
Und stürzt – stürzt mit der ganzen Meut, o Diana!
Sich über ihn, und reißt – reißt ihn beim Helmbusch,
Gleich einer Hündin, Hunden beigesellt,
Der greift die Brust ihm, dieser greift den Nacken,
Daß von dem Fall der Boden bebt, ihn nieder!
Er, in dem Purpur seines Bluts sich wälzend,
Rührt ihre sanfte Wange an, und ruft:
Penthesilea! meine Braut! was tust du?
Ist dies das Rosenfest, das du versprachst?
Doch sie – die Löwin hätte ihn gehört,
Die hungrige, die wild nach Raub umher,
Auf öden Schneegefilden heulend treibt;
Sie schlägt, die Rüstung ihm vom Leibe reißend,

Den Zahn schlägt sie in seine weiße Brust,
Sie und die Hunde, die wetteifernden,
Oxus und Sphinx den Zahn in seine rechte,
In seine linke sie; als ich erschien,
Troff Blut von Mund und Händen ihr herab.

(Pause voll Entsetzen.)

Vernahmt ihr mich, ihr Fraun, wohlan, so redet,
Und gebt ein Zeichen eures Lebens mir.

(Pause.)

DIE ERSTE PRIESTERIN *(am Busen der zweiten weinend).*
Solch eine Jungfrau, Hermia! So sittsam!
In jeder Kunst der Hände so geschickt!
So reizend, wenn sie tanzte, wenn sie sang!
So voll Verstand und Würd und Grazie!

DIE OBERPRIESTERIN. O die gebar Otrere nicht! Die Gorgo
Hat im Palast der Hauptstadt sie gezeugt!

DIE ERSTE PRIESTERIN *(fortfahrend).*
Sie war wie von der Nachtigall geboren,
Die um den Tempel der Diana wohnt.
Gewiegt im Eichenwipfel saß sie da,
Und flötete, und schmetterte, und flötete,
Die stille Nacht durch, daß der Wandrer horchte,
Und fern die Brust ihm von Gefühlen schwoll.
Sie trat den Wurm nicht, den gesprenkelten,
Der unter ihrer Füße Sohle spielte,
Den Pfeil, der eines Ebers Busen traf,
Rief sie zurück, es hätte sie sein Auge,
Im Tod gebrochen, ganz zerschmelzt in Reue,
Auf Knieen vor ihn niederziehen können!

(Pause.)

MEROE. Jetzt steht sie lautlos da, die Grauenvolle,
Bei seiner Leich, umschnüffelt von der Meute,
Und blicket starr, als wärs ein leeres Blatt,
Den Bogen siegreich auf der Schulter tragend,
In das Unendliche hinaus, und schweigt.
Wir fragen mit gesträubten Haaren, sie,
Was sie getan? Sie schweigt. Ob sie uns kenne?
Sie schweigt. Ob sie uns folgen will? Sie schweigt.
Entsetzen griff mich, und ich floh zu euch.

Vierundzwanzigster Auftritt

Penthesilea. – Die Leiche des Achills, mit einem roten Teppich bedeckt. – Prothoe und andere.

DIE ERSTE AMAZONE. Seht, seht, ihr Fraun! – Da schreitet sie heran,
Bekränzt mit Nesseln, die Entsetzliche,
Dem dürren Reif des Hag'dorns eingewebt,
An Lorbeerschmuckes Statt, und folgt der Leiche,
Die Gräßliche, den Bogen festlich schulternd,
Als wärs der Todfeind, den sie überwunden!
DIE ZWEITE PRIESTERIN. O diese Händ –!
DIE ERSTE PRIESTERIN. O wendet euch ihr Frauen!
PROTHOE *(der Oberpriesterin an den Busen sinkend)*.
O meine Mutter!
DIE OBERPRIESTERIN *(mit Entsetzen)*.
Diana ruf ich an:
Ich bin an dieser Greueltat nicht schuldig!
DIE ERSTE AMAZONE. Sie stellt sich grade vor die Oberpriesterin.
DIE ZWEITE. Sie winket, schaut!
DIE OBERPRIESTERIN. Hinweg, du Scheußliche!
Du Hadesbürgerin! Hinweg, sag ich!
Nehmt diesen Schleier, nehmt, und deckt sie zu.

(Sie reißt sich den Schleier ab, und wirft ihn der Königin ins Gesicht.)

DIE ERSTE AMAZONE. O die lebendge Leich. Es rührt sie nicht –!
DIE ZWEITE. Sie winket immer fort –
DIE DRITTE. Winkt immer wieder –
DIE ERSTE. Winkt immer zu der Priestrin Füßen nieder –
DIE ZWEITE. Seht, seht!
DIE OBERPRIESTERIN. Was willst du mir? hinweg, sag ich!
Geh zu den Raben, Schatten! Fort! Verwese!
Du blickst die Ruhe meines Lebens tot.
DIE ERSTE AMAZONE. Ha! man verstand sie, seht –
DIE ZWEITE. Jetzt ist sie ruhig.
DIE ERSTE. Den Peleïden sollte man, das wars,
Vor der Dianapriestrin Füßen legen.
DIE DRITTE. Warum just vor der Dianapriestrin Füßen?
DIE VIERTE. Was meint sie auch damit?
DIE OBERPRIESTERIN. Was *soll* mir das?
Was soll die *Leiche* hier vor mir? Laß sie
Gebirge decken, unzugängliche,
Und den Gedanken deiner Tat dazu!

War ichs, du – Mensch nicht mehr, wie nenn ich dich?
Die diesen Mord dir schrecklich abgefordert? –
Wenn ein Verweis, sanft aus der Liebe Mund,
Zu solchen Greuelnissen treibt, so sollen
Die Furien kommen, und uns Sanftmut lehren!

DIE ERSTE AMAZONE. Sie blicket immer auf die Priestrin ein.
DIE ZWEITE. Grad ihr ins Antlitz –
DIE DRITTE. Fest und unverwandt,
Als ob sie durch und durch sie blicken wollte. –
DIE OBERPRIESTERIN. Geh, Prothoe, ich bitte dich, geh, geh,
Ich kann sie nicht mehr sehn, entferne sie.
PROTHOE *(weinend)*. Weh mir!
DIE OBERPRIESTERIN. Entschließe dich!
PROTHOE. Die Tat, die sie
Vollbracht hat, ist zu scheußlich; laß mich sein.
DIE OBERPRIESTERIN. Faß dich. – Sie hatte eine schöne Mutter.
– Geh, biet ihr deine Hülf und führ sie fort.
PROTHOE. Ich will sie nie mit Augen wiedersehn! –
DIE ZWEITE AMAZONE. Seht, wie sie jetzt den schlanken Pfeil betrachtet!
DIE ERSTE. Wie sie ihn dreht und wendet –
DIE DRITTE. Wie sie ihn mißt!
DIE ERSTE PRIESTERIN. Das scheint der Pfeil, womit sie ihn erlegt.
DIE ERSTE AMAZONE. So ists, ihr Fraun!
DIE ZWEITE. Wie sie vom Blut ihn säubert!
Wie sie an seiner Flecken jeden wischt!
DIE DRITTE. Was denkt sie wohl dabei?
DIE ZWEITE. Und das Gefieder,
Wie sie es trocknet, kräuselt, wie sies lockt!
So zierlich! Alles, wie es sich gehört.
O seht doch!
DIE DRITTE. – Ist sie das gewohnt zu tun?
DIE ERSTE. Tat sie das sonst auch selber?
DIE ERSTE PRIESTERIN. Pfeil und Bogen,
Sie hat sie stets mit eigner Hand gereinigt.
DIE ZWEITE. O heilig hielt sie ihn, das muß man sagen! – –
DIE ZWEITE AMAZONE. Doch jetzt den Köcher nimmt sie von der Schulter,
Und stellt den Pfeil in seinen Schaft zurück.
DIE DRITTE. Nun ist sie fertig –
DIE ZWEITE. Nun ist es geschehen –
DIE ERSTE PRIESTERIN. Nun sieht sie wieder in die Welt hinaus –!
MEHRERE FRAUEN. O jammervoller Anblick! O so öde
Wie die Sandwüste, die kein Gras gebiert!
Lustgärten, die der Feuerstrom verwüstet,

Gekocht im Schoß der Erd und ausgespieen,
Auf alle Blüten ihres Busens hin,
Sind anmutsvoller als ihr Angesicht.

PENTHESILEA. *(Ein Schauer schüttelt sie zusammen; sie läßt den Bogen fallen.)*

DIE OBERPRIESTERIN. O die Entsetzliche!

PROTHOE *(erschrocken)*. Nun, was auch gibts?

DIE ERSTE AMAZONE. Der Bogen stürzt' ihr aus der Hand danieder!

DIE ZWEITE. Seht, wie er taumelt –

DIE VIERTE. Klirrt, und wankt, und fällt –!

DIE ZWEITE. Und noch einmal am Boden zuckt –

DIE DRITTE. Und stirbt,
Wie er der Tanaïs geboren ward.

(Pause.)

DIE OBERPRIESTERIN *(sich plötzlich zu ihr wendend)*.
Du, meine große Herrscherin, vergib mir!
Diana ist, die Göttin, dir zufrieden,
Besänftigt wieder hast du ihren Zorn.
Die große Stifterin des Frauenreiches,
Die Tanaïs, das gesteh ich jetzt, sie hat
Den Bogen würdger nicht geführt als du.

DIE ERSTE AMAZONE. Sie schweigt –

DIE ZWEITE. Ihr Auge schwillt –

DIE DRITTE. Sie hebt den Finger,
Den blutigen, was will sie – Seht, o seht!

DIE ZWEITE. O Anblick, herzzerreißender, als Messer!

DIE ERSTE. Sie wischt sich eine Träne ab.

DIE OBERPRIESTERIN *(an Prothoes Busen zurück sinkend)*.
O Diana!
Welch eine Träne!

DIE ERSTE PRIESTERIN. O eine Träne, du Hochheilge,
Die in der Menschen Brüste schleicht,
Und alle Feuerglocken der Empfindung zieht,
Und: Jammer! rufet, daß das ganze
Geschlecht, das leicht bewegliche, hervor
Stürzt aus den Augen, und in Seen gesammelt,
Um die Ruine ihrer Seele weint.

DIE OBERPRIESTERIN *(mit einem bittern Ausdruck)*.
Nun denn – wenn Prothoe ihr nicht helfen will,
So muß sie hier in ihrer Not vergehn.

PROTHOE *(drückt den heftigsten Kampf aus. Drauf, indem sie sich ihr nähert, mit einer, immer von Tränen unterbrochenen, Stimme)*.
Willst du dich niederlassen, meine Königin?

Willst du an meiner treuen Brust nicht ruhn?
Viel kämpftest du, an diesem Schreckenstag,
Viel auch, viel littest du – von so viel Leiden
Willst du an meiner treuen Brust nicht ruhn?

PENTHESILEA. *(Sie sieht sich um, wie nach einem Sessel.)*

PROTHOE. Schafft einen Sitz herbei! Ihr seht, sie wills.

(Die Amazonen wälzen einen Stein herbei. Penthesilea läßt sich an Prothoes Hand darauf nieder. Hierauf setzt sich auch Prothoe.)

PROTHOE. Du kennst mich doch, mein Schwesterherz?

PENTHESILEA *(sieht sie an, ihr Antlitz erheitert sich ein wenig).*

PROTHOE. Prothoe
Bin ich, die dich so zärtlich liebt.

PENTHESILEA *(streichelt sanft ihre Wange).*

PROTHOE. O du,
Vor der mein Herz auf Knieen niederfällt,
Wie rührst du mich!

(Sie küßt die Hand der Königin.)

– Du bist wohl sehr ermüdet?
Ach, wie man dir dein Handwerk ansieht, Liebe!
Nun freilich – Siegen geht so rein nicht ab,
Und jede Werkstatt kleidet ihren Meister.
Doch wie, wenn du dich jetzo reinigtest,
Händ und Gesicht? – Soll ich dir Wasser schaffen?
– – Geliebte Königin!

PENTHESILEA. *(Sie besieht sich und nickt.)*

PROTHOE. Nun ja. Sie wills.

(Sie winkt den Amazonen; diese gehen Wasser zu schöpfen.)

– Das wird dir wohltun, das wird dich erquicken,
Und sanft, auf kühle Teppiche gestreckt,
Von schwerer Tagesarbeit wirst du ruhn.

DIE ERSTE PRIESTERIN.
Wenn man mit Wasser sie besprengt, gebt acht,
Besinnt sie sich.

DIE OBERPRIESTERIN. O ganz gewiß, das hoff ich.

PROTHOE. Du hoffsts, hochheilge Priesterin? – Ich fürcht es.

DIE OBERPRIESTERIN *(indem sie zu überlegen scheint).*
Warum? Weshalb? – Es ist nur nicht zu wagen,
Sonst müßte man die Leiche des Achills –

PENTHESILEA *(blickt die Oberpriesterin blitzend an).*

PROTHOE. Laßt, laßt –!

DIE OBERPRIESTERIN. Nichts, meine Königin, nichts, nichts!

Es soll dir alles bleiben, wie es ist. –

PROTHOE. Nimm dir den Lorbeer ab, den dornigen,
Wir alle wissen ja, daß du gesiegt.
Und auch den Hals befreie dir – So, so!
Schau! Eine Wund und das recht tief! Du Arme!
Du hast es dir recht sauer werden lassen –
Nun dafür triumphierst du jetzo auch!
– O Artemis!

(Zwei Amazonen bringen ein großes flaches Marmorbecken, gefüllt mit Wasser.)

PROTHOE. Hier setzt das Becken her. –
Soll ich dir jetzt die jungen Scheitel netzen?
Und wirst du auch erschrecken nicht – –? Was machst du?

PENTHESILEA *(läßt sich von ihrem Sitz auf Knien vor das Becken niederfallen, und begießt sich das Haupt mit Wasser).*

PROTHOE. Sieh da! Du bist ja traun recht rüstig, Königin!
– Das tut dir wohl recht wohl?

PENTHESILEA *(sie sieht sich um).* Ach Prothoe!

(Sie begießt sich von neuem mit Wasser.)

MEROE *(froh).* Sie spricht!

DIE OBERPRIESTERIN. Dem Himmel sei gedankt!

PROTHOE. Gut, gut!

MEROE. Sie kehrt ins Leben uns zurück!

PROTHOE. Vortrefflich!
Das Haupt ganz unter Wasser, Liebe! So!
Und wieder! So, so! Wie ein junger Schwan! –

MEROE. Die Liebliche!

DIE ERSTE PRIESTERIN. Wie sie das Köpfchen hängt!

MEROE. Wie sie das Wasser niederträufeln läßt!

PROTHOE. – Bist du jetzt fertig?

PENTHESILEA. Ach! – Wie wunderbar.

PROTHOE. Nun denn, so komm mir auf den Sitz zurück! –
Rasch eure Schleier mir, ihr Priesterinnen,
Daß ich ihr die durchweichten Locken trockne!
So, Phania, deinen! Terpi! helft mir, Schwestern!
Laßt uns ihr Haupt und Nacken ganz verhüllen!
So, so! – Und jetzo auf den Sitz zurück!

(Sie verhüllt die Königin, hebt sie auf den Sitz, und drückt sie fest an ihre Brust.)

PENTHESILEA. Wie ist mir?

PROTHOE. Wohl, denk ich – nicht?

PENTHESILEA *(lispelnd).* Zum Entzücken!

PROTHOE. Mein Schwesterherz! Mein süßes! O mein Leben!

PENTHESILEA. O sagt mir! – Bin ich in Elysium?
Bist du der ewig jungen Nymphen eine,
Die unsre hehre Königin bedienen,
Wenn sie von Eichenwipfeln still umrauscht,
In die kristallne Grotte niedersteigt?
Nahmst du die Züge bloß, mich zu erfreuen,
Die Züge meiner lieben Prothoe an?

PROTHOE. Nicht, meine beste Königin, nicht, nicht.
Ich bin es, deine Prothoe, die dich
In Armen hält, und was du hier erblickst,
Es ist die Welt noch, die gebrechliche,
Auf die nur fern die Götter niederschaun.

PENTHESILEA. So, so. Auch gut. Recht sehr gut. Es tut nichts.

PROTHOE. Wie, meine Herrscherin?

PENTHESILEA. Ich bin vergnügt.

PROTHOE. Erkläre dich, Geliebte. Wir verstehn nicht –

PENTHESILEA. Daß ich noch bin, erfreut mich. Laßt mich ruhn.

(Pause.)

MEROE. Seltsam!

DIE OBERPRIESTERIN.
Welch eine wunderbare Wendung!

MEROE. Wenn man geschickt ihr doch entlocken könnte –?

PROTHOE. – Was war es denn, das dir den Wahn erregt,
Du seist ins Reich der Schatten schon gestiegen?

PENTHESILEA *(nach einer Pause, mit einer Art von Verzückung)*.
Ich bin so selig, Schwester! Überselig!
Ganz reif zum Tod o Diana, fühl ich mich!
Zwar weiß ich nicht, was hier mit mir geschehn,
Doch gleich des festen Glaubens könnt ich sterben,
Daß ich mir den Peliden überwand.

PROTHOE *(verstohlen zur Oberpriesterin)*.
Rasch jetzt die Leich hinweg!

PENTHESILEA *(sich lebhaft aufrichtend)*.
O Prothoe!
Mit wem sprichst du?

PROTHOE *(da die beiden Trägerinnen noch säumen)*.
Fort, Rasende!

PENTHESILEA. O Diana!
So ist es wahr?

PROTHOE. Was, fragst du, wahr, Geliebte?
– Hier! Drängt euch dicht heran!

(Sie winkt den Priesterinnen, die Leiche, die aufgehoben wird, mit ihren Leibern zu verbergen.)

PENTHESILEA *(hält ihre Hände freudig vors Gesicht)*. Ihr heilgen Götter!
Ich habe nicht das Herz mich umzusehn.
PROTHOE. Was hast du vor? Was denkst du, Königin?
PENTHESILEA *(sich umsehend)*. O Liebe, du verstellst dich.
PROTHOE. Nein, beim Zeus,
Dem ewgen Gott der Welt!
PENTHESILEA *(mit immer steigender Ungeduld)*.
O ihr Hochheiligen,
Zerstreut euch doch!
DIE OBERPRIESTERIN *(sich dicht mit den übrigen Frauen zusammendrängend)*.
Geliebte Königin!
PENTHESILEA *(indem sie aufsteht)*.
O Diana! Warum soll ich nicht? O Diana!
Er stand schon einmal hinterm Rücken mir.
MEROE. Seht, seht! Wie sie Entsetzen faßt!
PENTHESILEA *(zu den Amazonen, welche die Leiche tragen)*.
Halt dort! –
Was tragt ihr dort? Ich will es wissen. Steht!

(Sie macht sich Platz unter den Frauen und dringt bis zur Leiche vor.)

PROTHOE. O meine Königin! Untersuche nicht!
PENTHESILEA. Ist ers, ihr Jungfraun? Ist ers?
EINE TRÄGERIN *(indem die Leiche niedergelassen wird)*.
Wer, fragst du?
PENTHESILEA. – Es ist unmöglich nicht, das seh ich ein.
Zwar einer Schwalbe Flügel kann ich lähmen,
So, daß der Flügel noch zu heilen ist;
Den Hirsch lock ich mit Pfeilen in den Park.
Doch ein Verräter ist die Kunst der Schützen;
Und gilts den Meisterschuß ins Herz des Glückes,
So führen tücksche Götter uns die Hand.
– Traf ich zu nah ihn, wo es gilt? Sprecht ist ers?
PROTHOE. O bei den furchtbarn Mächten des Olymps,
Frag nicht –!
PENTHESILEA. Hinweg! Und wenn mir seine Wunde,
Ein Höllenrachen, gleich entgegen gähnte:
Ich will ihn sehn!

(Sie hebt den Teppich auf.)

Wer von euch tat das, ihr Entsetzlichen!
PROTHOE. Das fragst du noch?
PENTHESILEA. O Artemis! Du Heilige!
Jetzt ist es um dein Kind geschehn!
DIE OBERPRIESTERIN. Da stürzt sie hin!

PROTHOE. Ihr ewgen Himmelsgötter!
Warum nicht meinem Rate folgtest du?
O dir war besser, du Unglückliche,
In des Verstandes Sonnenfinsternis
Umher zu wandeln, ewig, ewig, ewig,
Als diesen fürchterlichen Tag zu sehn!
– Geliebte, hör mich!

DIE OBERPRIESTERIN. Meine Königin!

MEROE. Zehntausend Herzen teilen deinen Schmerz!

DIE OBERPRIESTERIN. Erhebe dich!

PENTHESILEA *(halb aufgerichtet)*. Ach, diese blutgen Rosen!
Ach, dieser Kranz von Wunden um sein Haupt!
Ach, wie die Knospen, frischen Grabduft streuend,
Zum Fest für die Gewürme, niedergehn!

PROTHOE *(mit Zärtlichkeit)*. Und doch war es die Liebe, die ihn kränzte?

MEROE. Nur allzufest –!

PROTHOE. Und mit der Rose Dornen,
In der Beeifrung, daß es ewig sei!

DIE OBERPRIESTERIN. Entferne dich!

PENTHESILEA. Das aber will ich wissen,
Wer mir so gottlos neben hat gebuhlt! –
Ich frage nicht, wer den Lebendigen
Erschlug; bei unsern ewig hehren Göttern!
Frei, wie ein Vogel, geht er von mir weg.
Wer mir den Toten tötete, frag ich,
Und darauf gib mir Antwort, Prothoe.

PROTHOE. Wie, meine Herrscherin?

PENTHESILEA. Versteh mich recht.
Ich will nicht wissen, wer aus seinem Busen
Den Funken des Prometheus stahl. Ich wills nicht,
Weil ichs nicht will; die Laune steht mir so:
Ihm soll vergeben sein, er mag entfliehn.
Doch wer, o Prothoe, bei diesem Raube
Die offne Pforte ruchlos mied, durch alle
Schneeweißen Alabasterwände mir
In diesen Tempel brach; wer diesen Jüngling,
Das Ebenbild der Götter, so entstellt,
Daß Leben und Verwesung sich nicht streiten,
Wem er gehört, wer ihn so zugerichtet,
Daß ihn das Mitleid nicht beweint, die Liebe
Sich, die unsterbliche, gleich einer Metze,
Im Tod noch untreu, von ihm wenden muß:
Den will ich meiner Rache opfern. Sprich!

PROTHOE *(zur Oberpriesterin)*. Was soll man nun der Rasenden erwidern? –
PENTHESILEA. Nun, werd ichs hören?
MEROE. – O meine Königin,
Bringt es Erleichterung der Schmerzen dir,
In deiner Rache opfre, wen du willst.
Hier stehn wir all und bieten dir uns an.
PENTHESILEA. Gebt acht, sie sagen noch, daß ich es war.
DIE OBERPRIESTERIN *(schüchtern)*.
Wer sonst, du Unglückselige, als nur –?
PENTHESILEA. Du Höllenfürstin, im Gewand des Lichts,
Das wagst du mir –?
DIE OBERPRIESTERIN. Diana ruf ich an!
Laß es die ganze Schar, die dich umsteht,
Bekräftigen! Dein Pfeil wars der ihn traf,
Und Himmel! wär es nur dein Pfeil gewesen!
Doch, als er niedersank, warfst du dich noch,
In der Verwirrung deiner wilden Sinne,
Mit allen Hunden über ihn und schlugst –
O meine Lippe zittert auszusprechen,
Was du getan. Frag nicht! Komm, laß uns gehn.
PENTHESILEA. Das muß ich erst von meiner Prothoe hören.
PROTHOE. O meine Königin! Befrag mich nicht.
PENTHESILEA. Was! Ich? Ich hätt ihn –? Unter meinen Hunden –?
Mit diesen kleinen Händen hätt ich ihn –?
Und dieser Mund hier, den die Liebe schwellt –?
Ach, zu ganz anderm Dienst gemacht, als ihn –!
Die hätten, lustig stets einander helfend,
Mund jetzt und Hand, und Hand und wieder Mund –?
PROTHOE. O Königin!
DIE OBERPRIESTERIN. Ich rufe Wehe! dir.
PENTHESILEA. Nein, hört, davon nicht überzeugt ihr mich.
Und stünds mit Blitzen in die Nacht geschrieben,
Und rief es mir des Donners Stimme zu,
So rief ich doch noch beiden zu: ihr lügt!
MEROE. Laß ihn, wie Berge, diesen Glauben stehn;
Wir sind es nicht, die ihn erschüttern werden.
PENTHESILEA. – Wie kam es denn, daß er sich nicht gewehrt?
DIE OBERPRIESTERIN. Er liebte dich, Unseligste! Gefangen
Wollt er sich dir ergeben, darum naht' er!
Darum zum Kampfe fordert' er dich auf!
Die Brust voll süßen Friedens kam er her,
Um dir zum Tempel Artemis' zu folgen.
Doch du –

PENTHESILEA. So, so –
DIE OBERPRIESTERIN. Du trafst ihn –
PENTHESILEA. Ich zerriß ihn.
PROTHOE. O meine Königin!
PENTHESILEA. Oder war es anders?
MEROE. Die Gräßliche!
PENTHESILEA. Küßt ich ihn tot?
DIE ERSTE PRIESTERIN. O Himmel!
PENTHESILEA. Nicht? Küßt ich nicht? Zerrissen wirklich? sprecht?
DIE OBERPRIESTERIN. Weh! Wehe! ruf ich dir. Verberge dich!
Laß fürder ewge Mitternacht dich decken!
PENTHESILEA. – So war es ein Versehen. Küsse, Bisse,
Das reimt sich, und wer recht von Herzen liebt,
Kann schon das eine für das andre greifen.
MEROE. Helft ihr, ihr Ewgen, dort!
PROTHOE *(ergreift sie)*. Hinweg!
PENTHESILEA. Laßt, laßt!

(Sie wickelt sich los, und läßt sich auf Knieen vor der Leiche nieder.)

Du Ärmster aller Menschen, du vergibst mir!
Ich habe mich, bei Diana, bloß versprochen,
Weil ich der raschen Lippe Herr nicht bin;
Doch jetzt sag ich dir deutlich, wie ichs meinte:
Dies, du Geliebter, wars, und weiter nichts.

(Sie küßt ihn.)

DIE OBERPRIESTERIN. Schafft sie hinweg!
MEROE. Was soll sie länger hier?
PENTHESILEA. Wie manche, die am Hals des Freundes hängt,
Sagt wohl das Wort: sie lieb ihn, o so sehr,
Daß sie vor Liebe gleich ihn essen könnte;
Und hinterher, das Wort beprüft, die Närrin!
Gesättigt sein zum Ekel ist sie schon.
Nun, du Geliebter, so verfuhr ich nicht.
Sieh her: als *ich* an deinem Halse hing,
Hab ichs wahrhaftig Wort für Wort getan;
Ich war nicht so verrückt, als es wohl schien.
MEROE. Die Ungeheuerste! Was sprach sie da?
DIE OBERPRIESTERIN.
Ergreift sie! Bringt sie fort!
PROTHOE. Komm, meine Königin!
PENTHESILEA *(sie läßt sich aufrichten)*.
Gut, gut. Hier bin ich schon.
DIE OBERPRIESTERIN. So folgst du uns?

PENTHESILEA. Euch nicht! – –
Geht ihr nach Themiscyra, und seid glücklich,
Wenn ihr es könnt –
Vor allen meine Prothoe –
Ihr alle –
Und – – – im Vertraun ein Wort, das niemand höre,
Der Tanaïs Asche, streut sie in die Luft!
PROTHOE. Und du, mein teures Schwesterherz?
PENTHESILEA. Ich?
PROTHOE. Du!
PENTHESILEA. – Ich will dir sagen, Prothoe,
Ich sage vom Gesetz der Fraun mich los,
Und folge diesem Jüngling hier.
PROTHOE. Wie, meine Königin?
DIE OBERPRIESTERIN. Unglückliche!
PROTHOE. Du willst –?
DIE OBERPRIESTERIN. Du denkst –
PENTHESILEA. Was? Allerdings!
MEROE. O Himmel!
PROTHOE. So laß mich dir ein Wort, mein Schwesterherz –
(Sie sucht ihr den Dolch wegzunehmen.)

PENTHESILEA. Nun denn, und was? – – Was suchst du mir am Gurt?
– Ja, so. Wart, gleich! Verstand ich dich doch nicht.
– – Hier ist der Dolch.
(Sie löst sich den Dolch aus dem Gurt, und gibt ihn der Prothoe.)
Willst du die Pfeile auch?
(Sie nimmt den Köcher von der Schulter.)
Hier schütt ich ihren ganzen Köcher aus!
(Sie schüttet die Pfeile vor sich nieder.)
Zwar reizend wärs von *einer* Seite –
(Sie hebt einige davon wieder auf.)
Denn dieser hier – nicht? Oder war es dieser –?
Ja, der! Ganz recht – Gleichviel! Da! Nimm sie hin!
Nimm alle die Geschosse zu dir hin!
(Sie rafft den ganzen Bündel wieder auf, und gibt ihn der Prothoe in die Hände.)
PROTHOE. Gib her.
PENTHESILEA. Denn jetzt steig ich in meinen Busen nieder,
Gleich einem Schacht, und grabe, kalt wie Erz,
Mir ein vernichtendes Gefühl hervor.
Dies Erz, dies läutr' ich in der Glut des Jammers

Hart mir zu Stahl; tränk es mit Gift sodann,
Heißätzendem, der Reue, durch und durch;
Trag es der Hoffnung ewgem Amboß zu,
Und schärf und spitz es mir zu einem Dolch;
Und diesem Dolch jetzt reich ich meine Brust:
So! So! So! So! Und wieder! – Nun ists gut.

(Sie fällt und stirbt.)

PROTHOE *(die Königin auffassend).*
Sie stirbt!

MEROE. Sie folgt ihm, in der Tat!

PROTHOE. Wohl ihr!
Denn hier war ihres fernern Bleibens nicht.

(Sie legt sie auf den Boden nieder.)

DIE OBERPRIESTERIN. Ach! Wie gebrechlich ist der Mensch, ihr Götter!
Wie stolz, die hier geknickt liegt, noch vor kurzem,
Hoch auf des Lebens Gipfeln, rauschte sie!

PROTHOE. Sie sank, weil sie zu stolz und kräftig blühte!
Die abgestorbne Eiche steht im Sturm,
Doch die gesunde stürzt er schmetternd nieder,
Weil er in ihre Krone greifen kann.

DAS KÄTHCHEN VON HEILBRONN

oder

DIE FEUERPROBE

Ein großes historisches Ritterschauspiel

Aufgeführt auf dem Theater an der Wien den 17. 18. und 19. März 1810

PERSONEN

Der Kaiser
Gebhardt, *Erzbischof von Worms*
Friedrich Wetter, Graf vom Strahl
Gräfin Helena, *seine Mutter*
Eleonore, *ihre Nichte*
Ritter Flammberg, *des Grafen Vasall*
Gottschalk, *sein Knecht*
Brigitte, *Haushälterin im gräflichen Schloß*
Kunigunde von Thurneck
Rosalie, *ihre Kammerzofe*
[Sybille, *deren Stiefmutter*]
Theobald Friedeborn, *Waffenschmied aus Heilbronn*
Käthchen, *seine Tochter*
Gottfried Friedeborn, *ihr Bräutigam*
Maximilian, Burggraf von Freiburg
Georg von Waldstätten, *sein Freund*
[Ritter Schauermann | *seine Vasallen*]
[Ritter Wetzlaf |
Der Rheingraf vom Stein, *Verlobter Kunigundens*
Friedrich von Herrnstadt | *seine Freunde*
Eginhardt von der Wart |
Graf Otto von der Flühe | *Räte des Kaisers und Richter des heimlichen Gerichts*
Wenzel von Nachtheim |
Hans von Bärenklau |
Jakob Pech, *ein Gastwirt*
Drei Herren von Thurneck
Kunigundens alte Tanten
Ein Köhlerjunge
Ein Nachtwächter
Mehrere Ritter
Ein Herold, zwei Köhler, Bedienten, Boten, Häscher, Knechte und Volk

Die Handlung spielt in Schwaben

ERSTER AKT

Szene: Eine unterirdische Höhle, mit den Insignien des Vehmgerichts, von einer Lampe erleuchtet.

Erster Auftritt

Graf Otto von der Flühe als Vorsitzer, Wenzel von Nachtheim, Hans von Bärenklau als Beisassen, mehrere Grafen, Ritter und Herren, sämtlich vermummt, Häscher mit Fackeln usw. – Theobald Friedeborn, Bürger aus Heilbronn, als Kläger, Graf Wetter vom Strahl als Beklagter, stehen vor den Schranken.

GRAF OTTO *(steht auf)*. Wir, Richter des hohen, heimlichen Gerichts, die wir, die irdischen Schergen Gottes, Vorläufer der geflügelten Heere, die er in seinen Wolken mustert, den Frevel aufsuchen, da, wo er, in der Höhle der Brust, gleich einem Molche verkrochen, vom Arm weltlicher Gerechtigkeit nicht aufgefunden werden kann: wir rufen dich, Theobald Friedeborn, ehrsamer und vielbekannter Waffenschmied aus Heilbronn auf, deine Klage anzubringen gegen Friedrich, Graf Wetter vom Strahle; denn dort, auf den ersten Ruf der heiligen Vehme, von des Vehmherolds Hand dreimal, mit dem Griff des Gerichtsschwerts, an die Tore seiner Burg, deinem Gesuch gemäß, ist er erschienen, und fragt, was du willst? *(Er setzt sich.)*

THEOBALD FRIEDEBORN. Ihr hohen, heiligen und geheimnisvollen Herren! Hätte *er*, auf den ich klage, sich bei mir ausrüsten lassen – setzet in Silber, von Kopf bis zu Fuß, oder in schwarzen Stahl, Schienen, Schnallen und Ringe von Gold; und hätte nachher, wenn ich gesprochen: Herr, bezahlt mich! geantwortet: Theobald! Was willst du? Ich bin dir nichts schuldig; oder wäre er vor die Schranken meiner Obrigkeit getreten, und hätte meine Ehre, mit der Zunge der Schlangen – oder wäre er aus dem Dunkel mitternächtlicher Wälder herausgebrochen und hätte mein Leben, mit Schwert und Dolch, angegriffen: so wahr mir Gott helfe! ich glaube, ich hätte nicht vor euch geklagt. Ich erlitt, in drei und funfzig Jahren, da ich lebe, so viel Unrecht, daß meiner Seele Gefühl nun gegen seinen Stachel wie gepanzert ist; und während ich Waffen schmiede, für andere, die die Mücken stechen, sag ich selbst zum Skorpion: fort mit dir! und laß ihn fahren. Friedrich, Graf Wetter vom Strahl, hat mir mein Kind verführt, meine Katharine. Nehmt ihn, ihr irdischen Schergen Gottes, und überliefert ihn allen geharnischten Scharen, die an den Pforten der Hölle stehen und ihre glutroten Spieße schwenken: ich klage ihn schändlicher Zauberei, aller Künste der schwarzen Nacht und der Verbrüderung mit dem Satan an!

GRAF OTTO. Meister Theobald von Heilbronn! Erwäge wohl, was du sagst. Du bringst vor, der Graf vom Strahl, uns vielfältig und von guter Hand bekannt, habe dir dein Kind verführt. Du klagst ihn, hoff ich, der Zauberei nicht an, weil er deines Kindes *Herz* von dir abwendig gemacht?

Weil er ein Mädchen, voll rascher Einbildungen, mit einer Frage, wer sie sei? oder wohl gar mit dem bloßen Schein seiner roten Wangen, unter dem Helmsturz hervorglühend, oder mit irgend einer andern Kunst des hellen Mittags ausgeübt auf jedem Jahrmarkt, für sich gewonnen hat?

THEOBALD. Es ist wahr, ihr Herren, ich sah ihn nicht zur Nachtzeit, an Mooren und schilfreichen Gestaden, oder wo sonst des Menschen Fuß selten erscheint, umherwandeln und mit den Irrlichtern Verkehr treiben. Ich fand ihn nicht auf den Spitzen der Gebirge, den Zauberstab in der Hand, das unsichtbare Reich der Luft abmessen, oder in unterirdischen Höhlen, die kein Strahl erhellt, Beschwörungsformeln aus dem Staub heraufmurmeln. Ich sah den Satan und die Scharen, deren Verbrüderten ich ihn nannte, mit Hörnern, Schwänzen und Klauen, wie sie zu Heilbronn, über dem Altar abgebildet sind, an seiner Seite nicht. Wenn ihr mich gleichwohl reden lassen wollt, so denke ich es durch eine schlichte Erzählung dessen, was sich zugetragen, dahin zu bringen, daß ihr aufbrecht, und ruft: unsrer sind dreizehn und der vierzehnte ist der Teufel! zu den Türen rennt und den Wald, der diese Höhle umgibt, auf dreihundert Schritte im Umkreis, mit euren Taftmänteln und Federhüten besäet.

GRAF OTTO. Nun, du alter, wilder Kläger! so rede!

THEOBALD. Zuvörderst müßt ihr wissen, ihr Herren, daß mein Käthchen Ostern, die nun verflossen, funfzehn Jahre alt war; gesund an Leib und Seele, wie die ersten Menschen, die geboren worden sein mögen; ein Kind recht nach der Lust Gottes, das heraufging aus der Wüsten, am stillen Feierabend meines Lebens, wie ein gerader Rauch von Myrrhen und Wacholdern! Ein Wesen von zarterer, frommerer und lieberer Art müßt ihr euch nicht denken, und kämt ihr, auf Flügeln der Einbildung, zu den lieben, kleinen Engeln, die, mit hellen Augen, aus den Wolken, unter Gottes Händen und Füßen hervorgucken. Ging sie in ihrem bürgerlichen Schmuck über die Straße, den Strohhut auf, von gelbem Lack erglänzend, das schwarzsamtene Leibchen, das ihre Brust umschloß, mit feinen Silberkettlein behängt: so lief es flüsternd von allen Fenstern herab: das ist das Käthchen von Heilbronn; das Käthchen von Heilbronn, ihr Herren, als ob der Himmel von Schwaben sie erzeugt, und von seinem Kuß geschwängert, die Stadt, die unter ihm liegt, sie geboren hätte. Vettern und Basen, mit welchen die Verwandtschaft, seit drei Menschengeschlechtern, vergessen worden war, nannten sie, auf Kindtaufen und Hochzeiten, ihr liebes Mühmchen, ihr liebes Bäschen; der ganze Markt, auf dem wir wohnten, erschien an ihrem Namenstage, und bedrängte sich und wetteiferte, sie zu beschenken; wer sie nur einmal, gesehen und einen Gruß im Vorübergehen von ihr empfangen hatte, schloß sie acht folgende Tage lang, als ob sie ihn gebessert hätte, in sein Gebet ein. Eigentümerin eines Landguts, das ihr der Großvater, mit Ausschluß meiner, als einem Goldkinde, dem er sich liebreich bezeigen wollte, vermacht hatte, war sie schon unabhängig von mir, eine der wohlhabendsten Bürgerinnen der Stadt. Fünf Söhne wackerer Bürger, bis in den Tod von ihrem Werte gerührt, hatten nun schon um sie angehalten; die Ritter, die durch die Stadt zogen, weinten, daß sie kein Fräulein war; ach, und wäre sie eines gewesen, das Morgenland wäre aufgebrochen, und hätte Perlen und Edelgesteine, von Mohren getragen, zu ihren Füßen gelegt. Aber sowohl ihre, als meine Seele, bewahrte der Himmel vor Stolz; und weil Gottfried Friedeborn, der junge Landmann, dessen Güter das ihrige umgrenzen, sie zum Weibe begehrte, und sie auf meine Frage: Katharine, willt du ihn? antwortete: Vater! Dein Wille sei meiner; so sagte ich: der Herr segne euch! und weinte und jauchzte, und beschloß, Ostern, die kommen, sie nun zur Kirche zu bringen. – So war sie, ihr Herren, bevor sie mir dieser entführte.

GRAF OTTO. Nun? Und wodurch entführte er sie dir? Durch welche Mittel hat er sie dir und dem Pfade, auf welchen du sie geführt hattest, wieder entrissen?

THEOBALD. Durch welche Mittel? – Ihr Herren, wenn ich das sagen könnte, so begriffen es diese fünf Sinne, und so ständ ich nicht vor euch und klagte auf alle, mir unbegreiflichen, Greuel der Hölle. Was soll ich vorbringen, wenn ihr mich fragt, durch welche Mittel? Hat er sie am Brunnen getroffen, wenn sie Wasser schöpfte, und gesagt: Lieb Mädel, wer bist du? hat er sich an den Pfeiler gestellt, wenn sie aus der Mette kam, und gefragt: Lieb Mädel, wo wohnst du? hat er sich, bei nächtlicher Weile, an ihr Fenster geschlichen, und, indem er ihr einen Halsschmuck umgehängt, gesagt: Lieb Mädel, wo ruhst du? Ihr hochheiligen Herren, damit war sie nicht zu gewinnen! Den Judaskuß erriet unser Heiland nicht rascher, als sie solche Künste. Nicht mit Augen, seit sie geboren ward, hat sie ihn gesehen; ihren Rücken, und das Mal darauf, das sie von ihrer seligen Mutter erbte, kannte sie besser, als ihn. *(Er weint.)*

GRAF OTTO *(nach einer Pause)*. Und gleichwohl, wenn er sie verführt hat, du wunderlicher Alter, so muß es wann und irgendwo geschehen sein?

THEOBALD. Heiligen Abend vor Pfingsten, da er auf fünf Minuten in meine Werkstatt kam, um sich, wie er sagte, eine Eisenschiene, die ihm zwischen Schulter und Brust losgegangen war, wieder zusammenheften zu lassen.

WENZEL. Was!

HANS. Am hellen Mittag?

WENZEL. Da er auf fünf Minuten in deine Werkstatt kam, um sich eine Brustschiene anheften zu lassen?

(Pause.)

GRAF OTTO. Fasse dich, Alter, und erzähle den Hergang.

THEOBALD *(indem er sich die Augen trocknet)*. Es mochte ohngefähr eilf Uhr morgens sein, als er, mit einem Troß Reisiger, vor mein Haus sprengte, rasselnd, der Erzgepanzerte, vom Pferd stieg, und in meine Werkstatt trat:

das Haupt tief herab neigt' er, um mit den Reiherbüschen, die ihm vom Helm niederwankten, durch die Tür zu kommen. Meister, schau her, spricht er: dem Pfalzgrafen, der eure Wälle niederreißen will, zieh ich entgegen; die Lust, ihn zu treffen, sprengt mir die Schienen; nimm Eisen und Draht, ohne daß ich mich zu entkleiden brauche, und heft sie mir wieder zusammen. Herr! sag ich: wenn Euch die Brust so die Rüstung zerschmeißt, so läßt der Pfalzgraf unsere Wälle ganz; nötig ihn auf einen Sessel, in des Zimmers Mitte nieder, und: Wein! ruf ich in die Türe, und vom frischgeräucherten Schinken, zum Imbiß! und setz einen Schemel, mit Werkzeugen versehn, vor ihn, um ihm die Schiene wieder herzustellen. Und während draußen noch der Streithengst wiehert, und, mit den Pferden der Knechte, den Grund zerstampft, daß der Staub, als wär ein Cherub vom Himmel niedergefahren, emporquoll: öffnet langsam, ein großes, flaches Silbergeschirr auf dem Kopf tragend, auf welchem Flaschen, Gläser und der Imbiß gestellt waren, das Mädchen die Türe und tritt ein. Nun seht, wenn mir Gott der Herr aus Wolken erschiene, so würd ich mich ohngefähr so fassen, wie sie. Geschirr und Becher und Imbiß, da sie den Ritter erblickt, läßt sie fallen; und leichenbleich, mit Händen, wie zur Anbetung verschränkt, den Boden mit Brust und Scheiteln küssend, stürzt sie vor ihm nieder, als ob sie ein Blitz nieder geschmettert hätte! Und da ich sage: Herr meines Lebens! Was fehlt dem Kind? und sie aufhebe: schlingt sie, wie ein Taschenmesser zusammenfallend, den Arm um mich, das Antlitz flammend auf ihn gerichtet, als ob sie eine Erscheinung hätte. Der Graf vom Strahl, indem er ihre Hand nimmt, fragt: wes ist das Kind? Gesellen und Mägde strömen herbei und jammern: hilf Himmel! Was ist dem Jüngferlein widerfahren; doch da sie sich, mit einigen schüchternen Blicken auf sein Antlitz, erholt, so denk ich, der Anfall ist wohl auch vorüber, und gehe, mit Pfriemen und Nadeln, an mein Geschäft. Drauf sag ich: Wohlauf, Herr Ritter! Nun mögt Ihr den Pfalzgrafen treffen; die Schiene ist eingerenkt, das Herz wird sie Euch nicht mehr zersprengen. Der Graf steht auf; er schaut das Mädchen, das ihm bis an die Brusthöhle ragt, vom Wirbel zur Sohle, gedankenvoll an, und beugt sich, und küßt ihr die Stirn und spricht: der Herr segne dich, und behüte dich, und schenke dir seinen Frieden, Amen! Und da wir an das Fenster treten: schmeißt sich das Mädchen, in dem Augenblick, da er den Streithengst besteigt, dreißig Fuß hoch, mit aufgehobenen Händen, auf das Pflaster der Straße nieder: gleich einer Verlorenen, die ihrer fünf Sinne beraubt ist! Und bricht sich beide Lenden, ihr heiligen Herren, beide zarten Lendchen, dicht über des Knierunds elfenbeinernem Bau; und ich, alter, bejammernswürdiger Narr, der mein versinkendes Leben auf sie stützen wollte, muß sie, auf meinen Schultern, wie zu Grabe tragen; indessen er dort, den Gott verdamme! zu Pferd, unter dem Volk, das herbeiströmt, herüberruft von hinten, was vorgefallen sei! – Hier liegt sie nun, auf dem Todbett, in der Glut des hitzigen Fiebers, sechs endlose Wochen, ohne sich zu regen. Keinen Laut bringt sie hervor; auch nicht der Wahnsinn, dieser Dietrich aller Herzen, eröffnet das ihrige; kein Mensch vermag das Geheimnis, das in ihr waltet, ihr zu entlocken. Und prüft, da sie sich ein wenig erholt hat, den Schritt, und schnürt ihr Bündel, und tritt, beim Strahl der Morgensonne, in die Tür: wohin? fragt sie die Magd; zum Grafen Wetter vom Strahl, antwortet sie, und verschwindet.

WENZEL. Es ist nicht möglich!

HANS. Verschwindet?

WENZEL. Und läßt alles hinter sich zurück?

HANS. Eigentum, Heimat und den Bräutigam, dem sie verlobt war?

WENZEL. Und begehrt auch deines Segens nicht einmal?

THEOBALD. Verschwindet, ihr Herren – Verläßt mich und alles, woran Pflicht, Gewohnheit und Natur sie knüpften – Küßt mir die Augen, die schlummernden, und verschwindet; ich wollte, sie hätte sie mir zugedrückt.

WENZEL. Beim Himmel! Ein seltsamer Vorfall. –

THEOBALD. Seit jenem Tage folgt sie ihm nun, gleich einer Metze, in blinder Ergebung, von Ort zu Ort; geführt am Strahl seines Angesichts, fünfdrähtig, wie einen Tau, um ihre Seele gelegt; auf nackten, jedem Kiesel ausgesetzten, Füßen, das kurze Röckchen, das ihre Hüfte deckt, im Winde flatternd, nichts als den Strohhut auf, sie gegen der Sonne Stich, oder den Grimm empörter Witterung zu schützen. Wohin sein Fuß, im Lauf seiner Abenteuer, sich wendet: durch den Dampf der Klüfte, durch die Wüste, die der Mittag versengt, durch die Nacht verwachsener Wälder: wie ein Hund, der von seines Herren Schweiß gekostet, schreitet sie hinter ihm her; und die gewohnt war, auf weichen Kissen zu ruhen, und das Knötlein spürte, in des Bettuchs Faden, das ihre Hand unachtsam darin eingesponnen hatte: die liegt jetzt, einer Magd gleich, in seinen Ställen, und sinkt, wenn die Nacht kömmt, ermüdet auf die Streu nieder, die seinen stolzen Rossen untergeworfen wird.

GRAF OTTO. Graf Wetter vom Strahl! Ist dies gegründet?

DER GRAF VOM STRAHL. Wahr ists, ihr Herren; sie geht auf der Spur, die hinter mir zurückbleibt. Wenn ich mich umsehe, erblick ich zwei Dinge: meinen Schatten und sie.

GRAF OTTO. Und wie erklärt Ihr Euch diesen sonderbaren Umstand?

DER GRAF VOM STRAHL. Ihr unbekannten Herren der Vehme! Wenn der Teufel sein Spiel mit ihr treibt, so braucht er mich dabei, wie der Affe die Pfoten der Katze; ein Schelm will ich sein, holt er den Nußkern für mich. Wollt ihr meinem Wort schlechthin, wies die heilige Schrift vorschreibt, glauben: ja, ja, nein, nein; gut! Wo nicht, so will ich nach Worms, und den Kaiser bitten, daß er den Theobald ordiniere. Hier werf ich ihm vorläufig meinen Handschuh hin!

GRAF OTTO. Ihr sollt hier Rede stehn, auf unsre Frage! Womit rechtfertigt

Ihr, daß sie unter Eurem Dache schläft? Sie, die in das Haus hingehört, wo sie geboren und erzogen ward?

DER GRAF VOM STRAHL. Ich war, es mögen ohngefähr zwölf Wochen sein, auf einer Reise, die mich nach Straßburg führte, ermüdet, in der Mittagshitze, an einer Felswand, eingeschlafen – nicht im Traum gedacht ich des Mädchens mehr, das in Heilbronn aus dem Fenster gestürzt war – da liegt sie mir, wie ich erwache, gleich einer Rose, entschlummert zu Füßen; als ob sie vom Himmel herabgeschneit wäre! Und da ich zu den Knechten, die im Grase herumliegen, sage: Ei, was der Teufel! Das ist ja das Käthchen von Heilbronn! schlägt sie die Augen auf, und bindet sich das Hütlein zusammen, das ihr schlafend vom Haupt herabgerutscht war. Katharine! ruf ich: Mädel! Wo kömmst auch her? Auf funfzehn Meilen von Heilbronn, fernab am Gestade des Rheins? »Hab ein Geschäft, gestrenger Herr«, antwortet sie, »das mich gen Straßburg führt; schauert mich im Wald so einsam zu wandern, und schlug mich zu Euch.« Drauf laß ich ihr zur Erfrischung reichen, was mir Gottschalk, der Knecht, mit sich führt, und erkundige mich: wie der Sturz abgelaufen? auch, was der Vater macht? Und was sie in Straßburg zu erschaffen denke? Doch da sie nicht freiherzig mit der Sprache herausrückt: was auch gehts dich an, denk ich; ding ihr einen Boten, der sie durch den Wald führe, schwing mich auf den Rappen, und reite ab. Abends, in der Herberg, an der Straßburger Straß, will ich mich eben zur Ruh niederlegen: da kommt Gottschalk, der Knecht, und spricht: das Mädchen sei unten und begehre in meinen Ställen zu übernachten. Bei den Pferden? frag ich. Ich sage: wenns ihr weich genug ist, mich wirds nicht drücken. Und füge noch, indem ich mich im Bett wende, hinzu: magst ihr wohl eine Streu unterlegen, Gottschalk, und sorgen, daß ihr nichts widerfahre. Drauf, wandert sie, kommenden Tages früher aufgebrochen, als ich, wieder auf der Heerstraße, und lagert sich wieder in meinen Ställen, und lagert sich Nacht für Nacht, so wie mir der Streifzug fortschreitet, darin, als ob sie zu meinem Troß gehörte. Nun litt ich das, ihr Herren, um jenes grauen, unwirschen Alten willen, der mich jetzt darum straft; denn der Gottschalk, in seiner Wunderlichkeit, hatte das Mädchen lieb gewonnen, und pflegte ihrer, in der Tat, als seiner Tochter; führt dich die Reise einst, dacht ich, durch Heilbronn, so wird der Alte dirs danken. Doch da sie sich auch in Straßburg, in der erzbischöflichen Burg, wieder bei mir einfindet, und ich gleichwohl spüre, daß sie nichts im Orte erschafft: denn *mir* hatte sie sich ganz und gar geweiht, und wusch und flickte, als ob es sonst am Rhein nicht zu haben wäre: so trete ich eines Tages, da ich sie auf der Stallschwelle finde, zu ihr und frage: was für ein Geschäft sie in Straßburg betreibe? Ei, spricht sie, gestrenger Herr, und eine Röte, daß ich denke, ihre Schürze wird angehen, flammt über ihr Antlitz empor: »was fragt Ihr doch? Ihr wißts ja!« – Holla! denk ich, steht es so mit dir? und sende einen Boten flugs nach Heilbronn, dem Vater zu, mit folgender

Meldung: das Käthchen sei bei mir; ich hütete seiner; in kurzem könne er es, vom Schlosse zu Strahl, wohin ich es zurückbringen würde, abholen.

GRAF OTTO. Nun? Und hierauf?

WENZEL. Der Alte holte die Jungfrau nicht ab?

DER GRAF VOM STRAHL. Drauf, da er am zwanzigsten Tage, um sie abzuholen, bei mir erscheint, und ich ihn in meiner Väter Saal führe: erschau ich mit Befremden, daß er, beim Eintritt in die Tür, die Hand in den Weihkessel steckt, und mich mit dem Wasser, das darin befindlich ist, besprengt. Ich arglos, wie ich von Natur bin, nötge ihn auf einen Stuhl nieder; erzähle ihm, mit Offenherzigkeit, alles, was vorgefallen; eröffne ihm auch, in meiner Teilnahme, die Mittel, wie er die Sache, seinen Wünschen gemäß, wieder ins Geleis rücken könne; und tröste ihn und führ ihn, um ihm das Mädchen zu übergeben, in den Stall hinunter, wo sie steht, und mir eine Waffe von Rost säubert. So wie er in die Tür tritt, und die Arme mit tränenvollen Augen öffnet, sie zu empfangen, stürzt mir das Mädchen leichenbleich zu Füßen, alle Heiligen anrufend, daß ich sie vor ihm schütze. Gleich einer Salzsäule steht er, bei diesem Anblick, da; und ehe ich mich noch gefaßt habe, spricht er schon, das entsetzensvolle Antlitz auf mich gerichtet: das ist der leibhaftige Satan! und schmeißt mir den Hut, den er in der Hand hält, ins Gesicht, als wollt er ein Greuelbild verschwinden machen, und läuft, als setzte die ganze Hölle ihm nach, nach Heilbronn zurück.

GRAF OTTO. Du wunderlicher Alter! Was hast du für Einbildungen?

WENZEL. Was war in dem Verfahren des Ritters, das Tadel verdient? Kann er dafür, wenn sich das Herz deines törichten Mädchens ihm zuwendet?

HANS. Was ist in diesem ganzen Vorfall, das ihn anklagt?

THEOBALD. Was ihn anklagt? O du – Mensch, entsetzlicher, als Worte fassen, und der Gedanke ermißt: stehst du nicht rein da, als hätten die Cherubim sich entkleidet, und ihren Glanz dir, funkelnd wie Mailicht, um die Seele gelegt! – Mußt ich vor dem Menschen nicht erbeben, der die Natur, in dem reinsten Herzen, das je geschaffen ward, dergestalt umgekehrt hat, daß sie vor dem Vater, zu ihr gekommen, seiner Liebe Brust ihren Lippen zu reichen, kreideweißen Antlitzes entweicht, wie vor dem Wolfe, der sie zerreißen will? Nun denn, so walte, Hekate, Fürstin des Zaubers, moorduftige Königin der Nacht! Sproßt, ihr dämonischen Kräfte, die die menschliche Satzung sonst auszujäten bemüht war, blüht auf, unter dem Atem der Hexen, und schoßt zu Wäldern empor, daß die Wipfel sich zerschlagen, und die Pflanze des Himmels, die am Boden keimt, verwese; rinnt, ihr Säfte der Hölle, tröpfelnd aus Stämmen und Stielen gezogen, fallt, wie ein Katarakt, ins Land, daß der erstickende Pestqualm zu den Wolken empordampft; fließt und ergießt euch durch alle Röhren des Lebens, und schwemmt, in allgemeiner Sündflut, Unschuld und Tugend hinweg!

GRAF OTTO. Hat er ihr Gift eingeflößt?

WENZEL. Meinst du, daß er ihr verzauberte Tränke gereicht?

HANS. Opiate, die des Menschen Herz, der sie genießt, mit geheimnisvoller Gewalt umstricken?

THEOBALD. Gift? Opiate? Ihr hohen Herren, was fragt ihr *mich*? Ich habe die Flaschen nicht gepfropft, von welchen er ihr, an der Wand des Felsens, zur Erfrischung reichte; ich stand nicht dabei, als sie in der Herberge, Nacht für Nacht, in seinen Ställen schlief. Wie soll ich wissen, ob er ihr Gift eingeflößt? habt neun Monate Geduld; alsdann sollt ihr sehen, wies ihrem jungen Leibe bekommen ist.

DER GRAF VOM STRAHL. Der alte Esel, der! Dem entgegn' ich nichts, als meinen Namen! Ruft sie herein; und wenn sie ein Wort sagt, auch nur von fern duftend, wie diese Gedanken, so nennt mich den Grafen von der stinkenden Pfütze, oder wie es sonst eurem gerechten Unwillen beliebt.

Zweiter Auftritt

Käthchen mit verbundenen Augen, geführt von zwei Häschern. – Die Häscher nehmen ihr das Tuch ab, und gehen wieder fort. – Die Vorigen.

KÄTHCHEN *(sieht sich in der Versammlung um, und beugt, da sie den Grafen erblickt, ein Knie vor ihm)*. Mein hoher Herr!

DER GRAF VOM STRAHL. Was willst du?

KÄTHCHEN. Vor meinen Richter hat man mich gerufen.

DER GRAF VOM STRAHL.
Dein Richter bin nicht *ich*. Steh auf, dort sitzt er;
Hier steh ich, ein Verklagter, so wie du.

KÄTHCHEN. Mein hoher Herr! Du spottest.

DER GRAF VOM STRAHL. Nein! Du hörst!
Was neigst du mir dein Angesicht in Staub?
Ein Zaubrer bin ich, und gestand es schon,
Und laß, aus jedem Band, das ich dir wirkte,
Jetzt deine junge Seele los.
(Er erhebt sie.)

GRAF OTTO. Hier Jungfrau, wenns beliebt; hier ist die Schranke!

HANS. Hier sitzen deine Richter!

KÄTHCHEN *(sieht sich um)*. Ihr versucht mich.

WENZEL. Hier tritt heran! Hier sollst du Rede stehn.

KÄTHCHEN *(stellt sich neben den Grafen vom Strahl, und sieht die Richter an)*.

GRAF OTTO. Nun?

WENZEL. Wirds?

HANS. Wirst du gefällig dich bemühn?

GRAF OTTO. Wirst dem Gebot dich deiner Richter fügen?
KÄTHCHEN *(für sich)*. Sie rufen mich.
WENZEL. Nun, ja!
HANS. Was sagte sie?
GRAF OTTO *(befremdet)*. Ihr Herrn, was fehlt dem sonderbaren Wesen?

(Sie sehen sich an.)

KÄTHCHEN *(für sich)*. Vermummt von Kopf zu Füßen sitzen sie,
Wie das Gericht, am jüngsten Tage, da!
DER GRAF VOM STRAHL *(sie aufweckend)*.
Du wunderliche Maid! Was träumst, was treibst du?
Du stehst hier vor dem heimlichen Gericht!
Auf jene böse Kunst bin ich verklagt,
Mit der ich mir, du weißt, dein Herz gewann,
Geh hin, und melde jetzo, was geschehn!
KÄTHCHEN *(sieht ihn an und legt ihre Hände auf die Brust)*.
– Du quälst mich grausam, daß ich weinen möchte!
Belehre deine Magd, mein edler Herr,
Wie soll ich mich in diesem Falle fassen?
GRAF OTTO *(ungeduldig)*. Belehren – was!
HANS. Bei Gott! Ist es erhört?
DER GRAF VOM STRAHL *(mit noch milder Strenge)*.
Du sollst sogleich vor jene Schranke treten,
Und Rede stehn, auf was man fragen wird!
KÄTHCHEN. Nein, sprich! Du bist verklagt?
DER GRAF VOM STRAHL. Du hörst.
KÄTHCHEN. Und jene Männer dort sind deine Richter?
DER GRAF VOM STRAHL. So ists.
KÄTHCHEN *(zur Schranke tretend)*.
Ihr würdgen Herrn, wer ihr auch sein mögt dort,
Steht gleich vom Richtstuhl auf und räumt ihn diesem!
Denn, beim lebendgen Gott, ich sag es euch,
Rein, wie sein Harnisch ist sein Herz, und eures
Verglichen ihm, und meins, wie eure Mäntel.
Wenn hier gesündigt ward, ist *er* der Richter,
Und ihr sollt zitternd vor der Schranke stehn!
GRAF OTTO. Du, Närrin, jüngst der Nabelschnur entlaufen,
Woher kommt die prophetsche Kunde dir?
Welch ein Apostel hat dir das vertraut?
THEOBALD. Seht die Unselige!
KÄTHCHEN *(da sie den Vater erblickt, auf ihn zugehend)*.
Mein teurer Vater!

(Sie will seine Hand ergreifen.)

THEOBALD *(streng)*. Dort ist der Ort jetzt, wo du hingehörst!
KÄTHCHEN. Weis mich nicht von dir.

(Sie faßt seine Hand und küßt sie.)

THEOBALD. – Kennst du das Haar noch wieder,
Das deine Flucht mir jüngsthin grau gefärbt?
KÄTHCHEN. Kein Tag verging, daß ich nicht einmal dachte,
Wie seine Locken fallen. Sei geduldig,
Und gib dich nicht unmäßgem Grame preis:
Wenn Freude Locken wieder dunkeln kann,
So sollst du wieder wie ein Jüngling blühn.
GRAF OTTO. Ihr Häscher dort! ergreift sie! bringt sie her!
THEOBALD. Geh hin, wo man dich ruft.
KÄTHCHEN *(zu den Richtern, da sich ihr die Häscher nähern)*.
Was wollt ihr mir?
WENZEL. Saht ihr ein Kind, so störrig je, als dies?
GRAF OTTO *(da sie vor der Schranke steht)*.
Du sollst hier Antwort geben, kurz und bündig,
Auf unsre Fragen! Denn wir, von unserem
Gewissen eingesetzt, sind deine Richter,
Und an der Strafe, wenn du freveltest,
Wirds deine übermütge Seele fühlen.
KÄTHCHEN. Sprecht ihr verehrten Herrn; was wollt ihr wissen?
GRAF OTTO. Warum, als Friedrich Graf vom Strahl erschien,
In deines Vaters Haus, bist du zu Füßen,
Wie man vor Gott tut, nieder ihm gestürzt?
Warum warfst du, als er von dannen ritt,
Dich aus dem Fenster sinnlos auf die Straße,
Und folgtest ihm, da kaum dein Bein vernarbt,
Von Ort zu Ort, durch Nacht und Graus und Nebel,
Wohin sein Roß den Fußtritt wendete?
KÄTHCHEN *(hochrot zum Grafen)*.
Das soll ich hier vor diesen Männern sagen?
DER GRAF VOM STRAHL.
Die Närrin, die verwünschte, sinnverwirrte,
Was fragt sie *mich*? Ists nicht an jener Männer
Gebot, die Sache darzutun, genug?
KÄTHCHEN *(in Staub niederfallend)*.
Nimm mir, o Herr, das Leben, wenn ich fehlte!
Was in des Busens stillem Reich geschehn,
Und Gott nicht straft, das braucht kein Mensch zu wissen;
Den nenn ich grausam, der mich darum fragt!
Wenn *du* es wissen willst, wohlan, so rede,

Denn dir liegt meine Seele offen da!
HANS. Ward, seit die Welt steht, so etwas erlebt?
WENZEL. Im Staub liegt sie vor ihm –
HANS. Gestürzt auf Knieen –
WENZEL. Wie wir vor dem Erlöser hingestreckt!
DER GRAF VOM STRAHL *(zu den Richtern).*
Ihr würdgen Herrn, ihr rechnet, hoff ich, mir
Nicht dieses Mädchens Torheit an! Daß sie
Ein Wahn betört, ist klar, wenn euer Sinn
Auch gleich, wie meiner, noch nicht einsieht, welcher?
Erlaubt ihr mir, so frag ich sie darum:
Ihr mögt, aus meinen Wendungen entnehmen,
Ob meine Seele schuldig ist, ob nicht?
GRAF OTTO *(ihn forschend ansehend).*
Es sei! Versuchts einmal, Herr Graf, und fragt sie.
DER GRAF VOM STRAHL
(wendet sich zu Käthchen, die noch immer auf Knieen liegt).
Willt den geheimsten der Gedanken mir,
Kathrina, der dir irgend, faß mich wohl,
Im Winkel wo des Herzens schlummert, geben?
KÄTHCHEN. Das ganze Herz, o Herr, dir, willt du es,
So bist du sicher des, was darin wohnt.
DER GRAF VOM STRAHL. Was ists, mit einem Wort, mir rund gesagt,
Das dich aus deines Vaters Hause trieb?
Was fesselt dich an meine Schritte an?
KÄTHCHEN. Mein hoher Herr! Da fragst du mich zuviel.
Und läg ich so, wie ich vor dir jetzt liege,
Vor meinem eigenen Bewußtsein da:
Auf einem goldnen Richtstuhl laß es thronen,
Und alle Schrecken des Gewissens ihm,
In Flammenrüstungen, zur Seite stehn;
So spräche jeglicher Gedanke noch,
Auf das, was du gefragt: ich weiß es nicht.
DER GRAF VOM STRAHL.
Du lügst mir, Jungfrau? Willst mein Wissen täuschen?
Mir, der doch das Gefühl dir ganz umstrickt;
Mir, dessen Blick du da liegst, wie die Rose,
Die ihren jungen Kelch dem Licht erschloß? –
Was hab ich dir einmal, du weißt, getan?
Was ist an Leib und Seel dir widerfahren?
KÄTHCHEN. Wo?
DER GRAF VOM STRAHL.
Da oder dort.

KÄTHCHEN. Wann?
DER GRAF VOM STRAHL. Jüngst oder früherhin.
KÄTHCHEN. Hilf mir, mein hoher Herr.
DER GRAF VOM STRAHL. Ja, ich dir helfen,
Du wunderliches Ding. – *(Er hält inne.)*
Besinnst du dich auf nichts?
KÄTHCHEN *(sieht vor sich nieder)*.
DER GRAF VOM STRAHL. Was für ein Ort, wo du mich je gesehen,
Ist dir im Geist, vor andern, gegenwärtig.
KÄTHCHEN. Der Rhein ist mir vor allen gegenwärtig.
DER GRAF VOM STRAHL. Ganz recht. Da eben wars. Das wollt ich wissen.
Der Felsen am Gestad des Rheins, wo wir
Zusammen ruhten, in der Mittagshitze.
– Und du gedenkst nicht, was dir da geschehn?
KÄTHCHEN. Nein, mein verehrter Herr.
DER GRAF VOM STRAHL. Nicht? Nicht?
– Was reicht ich deiner Lippe zur Erfrischung?
KÄTHCHEN. Du sandtest, weil ich deines Weins verschmähte,
Den Gottschalk, deinen treuen Knecht, und ließest
Ihn einen Trunk mir, aus der Grotte schöpfen.
DER GRAF VOM STRAHL. Ich aber nahm dich bei der Hand, und reichte
Sonst deiner Lippe – nicht? Was stockst du da?
KÄTHCHEN. Wann?
DER GRAF VOM STRAHL. Eben damals.
KÄTHCHEN. Nein, mein hoher Herr.
DER GRAF VOM STRAHL. Jedoch nachher.
KÄTHCHEN. In Straßburg?
DER GRAF VOM STRAHL. Oder früher.
KÄTHCHEN. Du hast mich niemals bei der Hand genommen.
DER GRAF VOM STRAHL. Kathrina!
KÄTHCHEN *(errötend)*. Ach vergib mir; in Heilbronn!
DER GRAF VOM STRAHL. Wann?
KÄTHCHEN. Als der Vater dir am Harnisch wirkte.
DER GRAF VOM STRAHL. Und sonst nicht?
KÄTHCHEN. Nein, mein hoher Herr.
DER GRAF VOM STRAHL. Kathrina!
KÄTHCHEN. Mich bei der Hand?
DER GRAF VOM STRAHL. Ja, oder sonst, was weiß ich.
KÄTHCHEN *(besinnt sich)*. In Straßburg einst, erinnr' ich mich, beim Kinn.
DER GRAF VOM STRAHL. Wann?
KÄTHCHEN. Als ich auf der Schwelle saß und weinte,
Und dir auf was du sprachst, nicht Rede stand.

DER GRAF VOM STRAHL. Warum nicht standst du Red?

KÄTHCHEN. Ich schämte mich.

DER GRAF VOM STRAHL.
Du schämtest dich? Ganz recht. Auf meinen Antrag.
Du wardst glutrot bis an den Hals hinab.
Welch einen Antrag macht ich dir?

KÄTHCHEN. Der Vater,
Der würd, sprachst du, daheim im Schwabenland,
Um mich sich härmen, und befragtest mich,
Ob ich mit Pferden, die du senden wolltest,
Nicht nach Heilbronn zu ihm zurück begehrte?

DER GRAF VOM STRAHL *(kalt)*.
Davon ist nicht die Rede! – Nun, wo auch,
Wo hab ich sonst im Leben dich getroffen?
– Ich hab im Stall zuweilen dich besucht.

KÄTHCHEN. Nein, mein verehrter Herr.

DER GRAF VOM STRAHL. Nicht? Katharina!

KÄTHCHEN. Du hast mich niemals in dem Stall besucht,
Und noch viel wen'ger rührtest du mich an.

DER GRAF VOM STRAHL.
Was? Niemals?

KÄTHCHEN. Nein, mein hoher Herr.

DER GRAF VOM STRAHL. Kathrina!

KÄTHCHEN *(mit Affekt)*. Niemals, mein hochverehrter Herr, niemals.

DER GRAF VOM STRAHL. Nun seht, bei meiner Treu, die Lügnerin!

KÄTHCHEN. Ich will nicht selig sein, ich will verderben,
Wenn du mich je –!

DER GRAF VOM STRAHL *(mit dem Schein der Heftigkeit)*.
Da schwört sie und verflucht
Sich, die leichtfertge Dirne, noch und meint,
Gott werd es ihrem jungen Blut vergeben!
– Was ist geschehn, fünf Tag von hier, am Abend,
In meinem Stall, als es schon dunkelte,
Und ich den Gottschalk hieß, sich zu entfernen?

KÄTHCHEN. O! Jesus! Ich bedacht es nicht! –
Im Stall zu Strahl, da hast du mich besucht.

DER GRAF VOM STRAHL. Nun denn! Da ists heraus! Da hat sie nun
Der Seelen Seligkeit sich weggeschworen!
Im Stall zu Strahl, da hab ich sie besucht!

(Käthchen weint.)
(Pause.)

GRAF OTTO. Ihr quält das Kind zu sehr.

THEOBALD *(nähert sich ihr gerührt).* Komm, meine Tochter.

(Er will sie an seine Brust heben.)

KÄTHCHEN. Laß, laß!

WENZEL. Das nenn ich menschlich nicht verfahren.

GRAF OTTO. Zuletzt ist nichts im Stall zu Strahl geschehen.

DER GRAF VOM STRAHL *(sieht sie an).*
Bei Gott, ihr Herrn, wenn ihr des Glaubens seid:
Ich bins! Befehlt, so gehn wir aus einander.

GRAF OTTO. Ihr sollt das Kind befragen, ist die Meinung,
Nicht mit barbarischem Triumph verhöhnen.
Seis, daß Natur Euch solche Macht verliehen:
Geübt wie Ihrs tut, ist sie hassenswürdger,
Als selbst die Höllenkunst, der man Euch zeiht.

DER GRAF VOM STRAHL *(erhebt das Käthchen vom Boden).*
Ihr Herrn, was ich getan, das tat ich nur,
Sie mit Triumph hier vor euch zu erheben!
Statt meiner – *(Auf den Boden hinzeigend.)*
steht mein Handschuh vor Gericht!
Glaubt ihr von Schuld sie rein, wie sie es ist,
Wohl, so erlaubt denn, daß sie sich entferne.

WENZEL. Es scheint Ihr habt viel Gründe, das zu wünschen?

DER GRAF VOM STRAHL.
Ich? Gründ? Entscheidende! Ihr wollt sie, hoff ich,
Nicht mit barbarschem Übermut verhöhnen?

WENZEL *(mit Bedeutung).*
Wir wünschen doch, erlaubt Ihrs, noch zu hören,
Was in dem Stall damals zu Strahl geschehn.

DER GRAF VOM STRAHL.
Das wollt ihr Herrn noch –?

WENZEL. Allerdings!

DER GRAF VOM STRAHL *(glutrot, indem er sich zum Käthchen wendet).*
Knie nieder!

(Käthchen läßt sich auf Knieen vor ihm nieder.)

GRAF OTTO. Ihr seid sehr dreist, Herr Friedrich Graf vom Strahl!

DER GRAF VOM STRAHL *(zum Käthchen).*
So! Recht! Mir gibst du Antwort und sonst keinem.

HANS. Erlaubt! *Wir* werden sie –

DER GRAF VOM STRAHL *(ebenso).* Du rührst dich nicht!
Hier soll dich keiner richten, als nur der,
Dem deine Seele frei sich unterwirft.

WENZEL. Herr Graf, man wird hier Mittel –

DER GRAF VOM STRAHL *(mit unterdrückter Heftigkeit).* Ich sage, nein!

Der Teufel soll mich holen, zwingt ihr sie! –
Was wollt ihr wissen, ihr verehrten Herrn?
HANS *(auffahrend)*. Beim Himmel!
WENZEL. Solch ein Trotz soll –!
HANS. He! Die Häscher!
GRAF OTTO *(halblaut)*. Laßt, Freunde, laßt! Vergeßt nicht, wer er ist.
ERSTER RICHTER. Er hat nicht eben, drückt Verschuldung ihn,
Mit List sie überhört.
ZWEITER RICHTER. Das sag ich auch!
Man kann ihm das Geschäft wohl überlassen.
GRAF OTTO *(zum Grafen vom Strahl)*.
Befragt sie, was geschehn, fünf Tag von hier,
Im Stall zu Strahl, als es schon dunkelte,
Und Ihr den Gottschalk hießt, sich zu entfernen?
DER GRAF VOM STRAHL *(zum Käthchen)*.
Was ist geschehn, fünf Tag von hier, am Abend,
Im Stall zu Strahl, als es schon dunkelte,
Und ich den Gottschalk hieß, sich zu entfernen?
KÄTHCHEN. Mein hoher Herr! Vergib mir, wenn ich fehlte;
Jetzt leg ich alles, Punkt für Punkt, dir dar.
DER GRAF VOM STRAHL.
Gut. – – Da berührt ich dich und zwar – nicht? Freilich!
Das schon gestandst du?
KÄTHCHEN. Ja, mein verehrter Herr.
DER GRAF VOM STRAHL. Nun?
KÄTHCHEN. Mein verehrter Herr?
DER GRAF VOM STRAHL. Was will ich wissen?
KÄTHCHEN. Was du willst wissen?
DER GRAF VOM STRAHL. Heraus damit! Was stockst du?
Ich nahm, und herzte dich, und küßte dich,
Und schlug den Arm dir –?
KÄTHCHEN. Nein, mein hoher Herr.
DER GRAF VOM STRAHL. Was sonst?
KÄTHCHEN. Du stießest mich mit Füßen von dir.
DER GRAF VOM STRAHL. Mit Füßen? Nein! Das tu ich keinem Hund.
Warum? Weshalb? Was hattst du mir getan?
KÄTHCHEN. Weil ich dem Vater, der voll Huld und Güte,
Gekommen war, mit Pferden, mich zu holen,
Den Rücken, voller Schrecken, wendete,
Und mit der Bitte, mich vor ihm zu schützen,
Im Staub vor dir bewußtlos nieder sank.
DER GRAF VOM STRAHL. Da hätt ich dich mit Füßen weggestoßen?
KÄTHCHEN. Ja, mein verehrter Herr.

DER GRAF VOM STRAHL. Ei, Possen, was!
Das war nur Schelmerei, des Vaters wegen.
Du bliebst doch nach wie vor im Schloß zu Strahl.
KÄTHCHEN. Nein, mein verehrter Herr.
DER GRAF VOM STRAHL. Nicht? Wo auch sonst?
KÄTHCHEN. Als du die Peitsche, flammenden Gesichts,
Herab vom Riegel nahmst, ging ich hinaus,
Vor das bemooste Tor, und lagerte
Mich draußen, am zerfallnen Mauernring
Wo in süßduftenden Holunderbüschen
Ein Zeisig zwitschernd sich das Nest gebaut.
DER GRAF VOM STRAHL. Hier aber jagt ich dich mit Hunden weg?
KÄTHCHEN. Nein, mein verehrter Herr.
DER GRAF VOM STRAHL. Und als du wichst,
Verfolgt vom Hundgeklaff, von meiner Grenze,
Rief ich den Nachbar auf, dich zu verfolgen?
KÄTHCHEN. Nein, mein verehrter Herr! Was sprichst du da?
DER GRAF VOM STRAHL. Nicht? Nicht? – Das werden diese Herren tadeln.
KÄTHCHEN. Du kümmerst dich um diese Herren nicht.
Du sandtest Gottschalk mir am dritten Tage,
Daß er mir sag: dein liebes Käthchen wär ich;
Vernünftig aber möcht ich sein, und gehn.
DER GRAF VOM STRAHL. Und was entgegnetest du dem?
KÄTHCHEN. Ich sagte,
Den Zeisig littest du, den zwitschernden,
In den süßduftenden Holunderbüschen:
Möchtst denn das Käthchen von Heilbronn auch leiden.
DER GRAF VOM STRAHL *(erhebt das Käthchen)*.
Nun dann, so nehmt sie hin, ihr Herrn der Vehme,
Und macht mit ihr und mir jetzt, was ihr wollt.

(Pause.)

GRAF OTTO *(unwillig)*. Der aberwitzge Träumer, unbekannt
Mit dem gemeinen Zauber der Natur! –
Wenn euer Urteil reif, wie meins, ihr Herrn,
Geh ich zum Schluß, und laß die Stimmen sammeln.
WENZEL. Zum Schluß!
HANS. Die Stimmen!
ALLE. Sammelt sie!
EIN RICHTER. Der Narr, der!
Der Fall ist klar. Es ist hier nichts zu richten.
GRAF OTTO. Vehmherold, nimm den Helm und sammle sie.

(Vehmherold sammelt die Kugeln und bringt den Helm, worin sie liegen, dem Grafen.)

GRAF OTTO *(steht auf).*
Herr Friedrich Wetter Graf vom Strahl, du bist
Einstimmig von der Vehme losgesprochen,
Und dir dort, Theobald, dir geb ich auf,
Nicht fürder mit der Klage zu erscheinen,
Bis du kannst bessere Beweise bringen.
(Zu den Richtern.)
Steht auf, ihr Herrn! die Sitzung ist geschlossen.
(Die Richter erheben sich.)

THEOBALD. Ihr hochverehrten Herrn, ihr sprecht ihn schuldlos?
Gott sagt ihr, hat die Welt aus nichts gemacht;
Und er, der sie durch nichts und wieder nichts
Vernichtet, in das erste Chaos stürzt,
Der sollte nicht der leidge Satan sein?

GRAF OTTO. Schweig, alter, grauer Tor! Wir sind nicht da,
Dir die verrückten Sinnen einzurenken.
Vehmhäscher, an dein Amt! Blend ihm die Augen,
Und führ ihn wieder auf das Feld hinaus.

THEOBALD. Was! Auf das Feld? Mich hilflos greisen Alten?
Und dies mein einzig liebes Kind, –?

GRAF OTTO. Herr Graf,
Das überläßt die Vehme Euch! Ihr zeigtet
Von der Gewalt, die Ihr hier übt, so manche
Besondre Probe uns; laßt uns noch eine,
Die größeste, bevor wir scheiden, sehn,
Und gebt sie ihrem alten Vater wieder.

DER GRAF VOM STRAHL. Ihr Herren, was ich tun kann, soll geschehn. –
Jungfrau!

KÄTHCHEN. Mein hoher Herr!

DER GRAF VOM STRAHL. Du liebst mich?

KÄTHCHEN. Herzlich!

DER GRAF VOM STRAHL. So tu mir was zu Lieb.

KÄTHCHEN. Was willst du? Sprich.

DER GRAF VOM STRAHL. Verfolg mich nicht. Geh nach Heilbronn zurück.
– Willst du das tun?

KÄTHCHEN. Ich hab es dir versprochen.
(Sie fällt in Ohnmacht.)

THEOBALD *(empfängt sie).*
Mein Kind! Mein Einziges! Hilf, Gott im Himmel!

DER GRAF VOM STRAHL *(wendet sich).*
Dein Tuch her, Häscher!
(Er verbindet sich die Augen.)

THEOBALD. O verflucht sei,
Mordschaunder Basiliskengeist! Mußt ich
Auch diese Probe deiner Kunst noch sehn?
GRAF OTTO *(vom Richtstuhl herabsteigend)*.
Was ist geschehn, ihr Herrn?
WENZEL. Sie sank zu Boden.
(Sie betrachten sie.)
DER GRAF VOM STRAHL *(zu den Häschern)*.
Führt mich hinweg!
THEOBALD. Der Hölle zu, du Satan!
Laß ihre schlangenhaargen Pförtner dich
An ihrem Eingang, Zauberer, ergreifen,
Und dich zehntausend Klafter tiefer noch,
Als ihre wildsten Flammen lodern, schleudern!
GRAF OTTO. Schweig Alter, schweig!
THEOBALD *(weint)*. Mein Kind! Mein Käthchen!
KÄTHCHEN. Ach!
WENZEL *(freudig)*. Sie schlägt die Augen auf!
HANS. Sie wird sich fassen.
GRAF OTTO. Bringt in des Pförtners Wohnung sie! Hinweg! *(Alle ab.)*

ZWEITER AKT

Szene: Wald vor der Höhle des heimlichen Gerichts.

Erster Auftritt

DER GRAF VOM STRAHL *(tritt auf, mit verbundenen Augen, geführt von zwei Häschern, die ihm die Augen aufbinden, und alsdann in die Höhle zurückkehren – Er wirft sich auf den Boden nieder und weint)*.

Nun will ich hier, wie ein Schäfer liegen und klagen. Die Sonne scheint noch rötlich durch die Stämme, auf welchen die Wipfel des Waldes ruhn; und wenn ich, nach einer kurzen Viertelstunde, sobald sie hinter den Hügel gesunken ist, aufsitze, und mich im Blachfelde, wo der Weg eben ist, ein wenig daran halte, so komme ich noch nach Schloß Wetterstrahl, ehe die Lichter darin erloschen sind. Ich will mir einbilden, meine Pferde dort unten, wo die Quelle rieselt, wären Schafe und Ziegen, die an dem Felsen kletterten, und an Gräsern und bittern Gesträuchen rissen; ein leichtes weißes linnenes Zeug bedeckte mich, mit roten Bändern zusammengebunden, und um mich her flatterte eine Schar muntrer Winde, um die

Seufzer, die meiner, von Gram sehr gepreßten, Brust entquillen, gradaus zu der guten Götter Ohr empor zu tragen. Wirklich und wahrhaftig! Ich will meine Muttersprache durchblättern, und das ganze, reiche Kapitel, das diese Überschrift führt: Empfindung, dergestalt plündern, daß kein Reimschmied mehr, auf eine neue Art, soll sagen können: ich bin betrübt. Alles, was die Wehmut Rührendes hat, will ich aufbieten, Lust und in den Tod gehende Betrübnis sollen sich abwechseln, und meine Stimme, wie einen schönen Tänzer, durch alle Beugungen hindurch führen, die die Seele bezaubern; und wenn die Bäume nicht in der Tat bewegt werden, und ihren milden Tau, als ob es geregnet hätte, herabträufeln lassen, so sind sie von Holz, und alles, was uns die Dichter von ihnen sagen, ein bloßes liebliches Märchen. O du – – – wie nenn ich dich? Käthchen! Warum kann ich dich nicht mein nennen? Käthchen, Mädchen, Käthchen! Warum kann ich dich nicht mein nennen? Warum kann ich dich nicht aufheben, und in das duftende Himmelbett tragen, das mir die Mutter, daheim im Prunkgemach, aufgerichtet hat? Käthchen, Käthchen, Käthchen! Du, deren junge Seele, als sie heut nackt vor mir stand, von wollüstiger Schönheit gänzlich triefte, wie die mit Ölen gesalbte Braut eines Perserkönigs, wenn sie, auf alle Teppiche niederregnend, in sein Gemach geführt wird! Käthchen, Mädchen, Käthchen! Warum kann ich es nicht? Du Schönere, als ich singen kann, ich will eine eigene Kunst erfinden, und dich weinen. Alle Phiolen der Empfindung, himmlische und irdische, will ich eröffnen, und eine solche Mischung von Tränen, einen Erguß so eigentümlicher Art, so heilig zugleich und üppig, zusammenschütten, daß jeder Mensch gleich, an dessen Hals ich sie weine, sagen soll: sie fließen dem Käthchen von Heilbronn! – – – Ihr grauen, bärtigen Alten, was wollt ihr? Warum verlaßt ihr eure goldnen Rahmen, ihr Bilder meiner geharnischten Väter, die meinen Rüstsaal bevölkern, und tretet, in unruhiger Versammlung, hier um mich herum, eure ehrwürdigen Locken schüttelnd? Nein, nein, nein! Zum Weibe, wenn ich sie gleich liebe, begehr ich sie nicht; eurem stolzen Reigen will ich mich anschließen: das war beschloßne Sache, noch ehe ihr kamt. Dich aber, Winfried, der ihn führt, du Erster meines Namens, Göttlicher mit der Scheitel des Zeus, dich frag ich, ob die Mutter meines Geschlechts war, wie diese: von jeder frommen Tugend strahlender, makelloser an Leib und Seele, mit jedem Liebreiz geschmückter, als sie? O Winfried! Grauer Alter! Ich küsse dir die Hand, und danke dir, daß ich bin; doch hättest du *sie* an die stählerne Brust gedrückt, du hättest ein Geschlecht von Königen erzeugt, und Wetter vom Strahl hieße jedes Gebot auf Erden! Ich weiß, daß ich mich fassen und diese Wunde vernarben werde: denn welche Wunde vernarbte nicht der Mensch? Doch wenn ich jemals ein Weib finde, Käthchen, dir gleich: so will ich die Länder durchreisen, und die Sprachen der Welt lernen, und Gott preisen in jeder Zunge, die geredet wird. – Gottschalk!

Zweiter Auftritt

Gottschalk. Der Graf vom Strahl.

GOTTSCHALK *(draußen)*. Heda! Herr Graf vom Strahl!

DER GRAF VOM STRAHL. Was gibts?

GOTTSCHALK. Was zum Henker! – – Ein Bote ist angekommen von Eurer Mutter.

DER GRAF VOM STRAHL. Ein Bote?

GOTTSCHALK. Gestreckten Laufs, keuchend, mit verhängtem Zügel; mein Seel, wenn Euer Schloß ein eiserner Bogen und er ein Pfeil gewesen wäre, er hätte nicht rascher herangeschossen werden können.

DER GRAF VOM STRAHL. Was hat er mir zu sagen?

GOTTSCHALK. He! Ritter Franz!

Dritter Auftritt

Ritter Flammberg tritt auf. Die Vorigen.

DER GRAF VOM STRAHL. Flammberg! – Was führt dich so eilig zu mir her?

FLAMMBERG. Gnädigster Herr! Eurer Mutter, der Gräfin, Gebot; sie befahl mir den besten Renner zu nehmen, und Euch entgegen zu reiten!

DER GRAF VOM STRAHL. Nun? Und was bringst du mir?

FLAMMBERG. Krieg, bei meinem Eid, Krieg! Ein Aufgebot zu neuer Fehde, warm, wie sie es eben von des Herolds Lippen empfangen hat.

DER GRAF VOM STRAHL *(betreten)*. Wessen? – Doch nicht des Burggrafen, mit dem ich eben den Frieden abschloß?

(Er setzt sich den Helm auf.)

FLAMMBERG. Des Rheingrafen, des Junkers vom Stein, der unten am weinumblühten Neckar seinen Sitz hat.

DER GRAF VOM STRAHL. Des Rheingrafen! – Was hab ich mit dem Rheingrafen zu schaffen, Flammberg?

FLAMMBERG. Mein Seel! Was hattet Ihr mit dem Burggrafen zu schaffen? Und was wollte so mancher andere von Euch, ehe Ihr mit dem Burggrafen zu schaffen kriegtet? Wenn Ihr den kleinen griechischen Feuerfunken nicht austretet, der diese Kriege veranlaßt, so sollt Ihr noch das ganze Schwabengebirge wider Euch auflodern sehen, und die Alpen und den Hundsrück obenein.

DER GRAF VOM STRAHL. Es ist nicht möglich! Fräulein Kunigunde –

FLAMMBERG. Der Rheingraf fordert, im Namen Fräulein Kunigundens von Thurneck, den Wiederkauf Eurer Herrschaft Stauffen; jener drei Städtlein und siebzehn Dörfer und Vorwerker, Eurem Vorfahren Otto, von Peter, dem ihrigen, unter der besagten Klausel, käuflich abgetreten; grade so, wie dies der Burggraf von Freiburg, und, in früheren Zeiten schon ihre Vettern, in ihrem Namen getan haben.

DER GRAF VOM STRAHL *(steht auf)*. Die rasende Megäre! Ist das nicht der dritte Reichsritter, den sie mir, einem Hund gleich, auf den Hals hetzt, um mir diese Landschaft abzujagen! Ich glaube, das ganze Reich frißt ihr aus der Hand. Kleopatra fand einen, und als der sich den Kopf zerschellt hatte, schauten die anderen; doch ihr dient alles, was eine Ribbe weniger hat, als sie, und für jeden einzelnen, den ich ihr zerzaust zurücksende, stehen zehn andere wider mich auf – Was führt' er für Gründe an?

FLAMMBERG. Wer? Der Herold?

DER GRAF VOM STRAHL. Was führt' er für Gründe an?

FLAMMBERG. Ei, gestrenger Herr, da hätt er ja rot werden müssen.

DER GRAF VOM STRAHL. Er sprach von Peter von Thurneck – nicht? Und von der Landschaft ungültigem Verkauf?

FLAMMBERG. Allerdings. Und von den schwäbischen Gesetzen; mischte Pflicht und Gewissen, bei jedem dritten Wort, in die Rede, und rief Gott zum Zeugen an, daß nichts als die reinsten Absichten seinen Herrn, den Rheingrafen, vermöchten, des Fräuleins Sache zu ergreifen.

DER GRAF VOM STRAHL. Aber die roten Wangen der Dame behielt er für sich?

FLAMMBERG. Davon hat er kein Wort gesagt.

DER GRAF VOM STRAHL. Daß sie die Pocken kriegte! Ich wollte, ich könnte den Nachttau in Eimern auffassen, und über ihren weißen Hals ausgießen! Ihr kleines verwünschtes Gesicht ist der letzte Grund aller dieser Kriege wider mich; und so lange ich den Märzschnee nicht vergiften kann, mit welchem sie sich wäscht, hab ich auch vor den Rittern des Landes keine Ruhe. Aber Geduld nur! – Wo hält sie sich jetzt auf?

FLAMMBERG. Auf der Burg zum Stein, wo ihr schon seit drei Tagen Prunkgelage gefeiert werden, daß die Feste des Himmels erkracht, und Sonne, Mond und Sterne nicht mehr angesehen werden. Der Burggraf, den sie verabschiedet hat, soll Rache kochen, und wenn Ihr einen Boten an ihn absendet, so zweifl' ich nicht, er zieht mit Euch gegen den Rheingrafen zu Felde.

DER GRAF VOM STRAHL. Wohlan! Führt mir die Pferde vor, ich will reiten. – Ich habe dieser jungen Aufwieglerin versprochen, wenn sie die Waffen ihres kleinen schelmischen Angesichts nicht ruhen ließe wider mich, so würd ich ihr einen Possen zu spielen wissen, daß sie es ewig in einer Scheide tragen sollte; und so wahr ich diese Rechte aufhebe, ich halte Wort! – Folgt mir, meine Freunde!

(Alle ab.)

Szene: Köhlerhütte im Gebirg. Nacht, Donner und Blitz.

Vierter Auftritt

Burggraf von Freiburg und Georg von Waldstätten treten auf.

FREIBURG *(in die Szene rufend)*. Hebt sie vom Pferd herunter! – *(Blitz und Donnerschlag.)* – Ei, so schlag ein wo du willst; nur nicht auf die Scheitel, belegt mit Kreide, meiner lieben Braut, der Kunigunde von Thurneck!

EINE STIMME *(außerhalb)*. He! Wo seid Ihr?

FREIBURG. Hier!

GEORG. Habt Ihr jemals eine solche Nacht erlebt?

FREIBURG. Das gießt vom Himmel herab, Wipfel und Bergspitzen ersäufend, als ob eine zweite Sündflut heranbräche. – Hebt sie vom Pferd herunter!

EINE STIMME *(außerhalb)*. Sie rührt sich nicht.

EINE ANDERE. Sie liegt, wie tot, zu des Pferdes Füßen da.

FREIBURG. Ei, Possen! Das tut sie bloß, um ihre falschen Zähne nicht zu verlieren. Sagt ihr, ich wäre der Burggraf von Freiburg und die echten, die sie im Mund hätte, hätte ich gezählt. – So! bringt sie her.

(Ritter Schauermann erscheint, das Fräulein von Thurneck auf der Schulter tragend.)

GEORG. Dort ist eine Köhlerhütte.

Fünfter Auftritt

Ritter Schauermann mit dem Fräulein, Ritter Wetzlaf und die Reisigen des Burggrafen. Zwei Köhler. Die Vorigen.

FREIBURG *(an die Köhlerhütte klopfend)*. Heda!

DER ERSTE KÖHLER *(drinnen)*. Wer klopfet?

FREIBURG. Frag nicht, du Schlingel, und mach auf.

DER ZWEITE KÖHLER *(ebenso)*. Holla! Nicht eher bis ich den Schlüssel umgekehrt habe. Wird doch der Kaiser nicht vor der Tür sein?

FREIBURG. Halunke! Wenn nicht der, doch einer, der hier regiert, und den Szepter gleich vom Ast brechen wird, ums dir zu zeigen.

DER ERSTE KÖHLER *(auftretend, eine Laterne in der Hand)*. Wer seid ihr? Was wollt ihr?

FREIBURG. Ein Rittersmann bin ich; und diese Dame, die hier todkrank herangetragen wird, das ist –

SCHAUERMANN *(von hinten)*. Das Licht weg!

WETZLAF. Schmeißt ihm die Laterne aus der Hand!

FREIBURG *(indem er ihm die Laterne wegnimmt)*. Spitzbube! Du willst hier leuchten?

DER ERSTE KÖHLER. Ihr Herren, ich will hoffen, der größeste unter euch bin ich! Warum nehmt ihr mir die Laterne weg?

DER ZWEITE KÖHLER. Wer seid ihr? Und was wollt ihr?

FREIBURG. Rittersleute, du Flegel, hab ich dir schon gesagt!

GEORG. Wir sind reisende Ritter, ihr guten Leute, die das Unwetter überrascht hat.

FREIBURG *(unterbricht ihn)*. Kriegsmänner, die von Jerusalem kommen, und in ihre Heimat ziehen; und jene Dame dort, die herangetragen wird, von Kopf zu Fuß in einem Mantel eingewickelt, das ist –

(Ein Gewitterschlag.)

DER ERSTE KÖHLER. Ei, so plärr du, daß die Wolken reißen! – Von Jerusalem, sagt ihr?

DER ZWEITE KÖHLER. Man kann vor dem breitmäuligen Donner kein Wort verstehen.

FREIBURG. Von Jerusalem, ja.

DER ZWEITE KÖHLER. Und das Weibsen, das herangetragen wird –?

GEORG *(auf den Burggrafen zeigend)*. Das ist des Herren kranke Schwester, ihr ehrlichen Leute, und begehrt –

FREIBURG *(unterbricht ihn)*. Das ist jenes Schwester, du Schuft, und meine Gemahlin; todkrank, wie du siehst, von Schloßen und Hagel halb erschlagen, so daß sie kein Wort vorbringen kann: die begehrt eines Platzes in deiner Hütte, bis das Ungewitter vorüber und der Tag angebrochen ist.

DER ERSTE KÖHLER. Die begehrt einen Platz in meiner Hütte?

GEORG. Ja, ihr guten Köhler; bis das Gewitter vorüber ist, und wir unsre Reise fortsetzen können.

DER ZWEITE KÖHLER. Mein Seel, da habt ihr Worte gesagt, die waren den Lungenodem nicht wert, womit ihr sie ausgestoßen.

DER ERSTE KÖHLER. Isaak!

FREIBURG. Du willst das tun?

DER ZWEITE KÖHLER. Des Kaisers Hunden, ihr Herrn, wenn sie vor meiner Tür darum heulten. – Isaak! Schlingel! hörst nicht?

JUNGE *(in der Hütte)*. He! sag ich. Was gibts?

DER ZWEITE KÖHLER. Das Stroh schüttle auf, Schlingel, und die Decken drüberhin; ein krank Weibsen wird kommen und Platz nehmen, in der Hütten! Hörst du?

FREIBURG. Wer spricht drin?

DER ERSTE KÖHLER. Ei, ein Flachskopf von zehn Jahren, der uns an die Hand geht.

FREIBURG. Gut. – Tritt heran, Schauermann! hier ist ein Knebel losgegangen.

SCHAUERMANN. Wo?

FREIBURG. Gleichviel! – In den Winkel mit ihr hin, dort! – – Wenn der Tag anbricht, werd ich dich rufen.

(Schauermann trägt das Fräulein in die Hütte.)

Sechster Auftritt

Die Vorigen ohne Schauermann und das Fräulein.

FREIBURG. Nun, Georg, alle Saiten des Jubels schlag ich an: wir *haben* sie; wir *haben* diese Kunigunde von Thurneck! So wahr ich nach meinem Vater getauft bin, nicht um den ganzen Himmel, um den meine Jugend gebetet hat, geb ich die Lust weg, die mir beschert ist, wenn der morgende Tag anbricht! –. Warum kamst du nicht früher von Waldstätten herab?

GEORG. Weil du mich nicht früher rufen ließest.

FREIBURG. O, Georg! Du hättest sie sehen sollen, wie sie daher geritten kam, einer Fabel gleich, von den Rittern des Landes umringt, gleich einer Sonne, unter ihren Planeten! Wars nicht, als ob sie zu den Kieseln sagte, die unter ihr Funken sprühten: ihr müßt mir schmelzen, wenn ihr mich seht? Thalestris, die Königin der Amazonen, als sie herabzog vom Kaukasus, Alexander den Großen zu bitten, daß er sie küsse: sie war nicht reizender und göttlicher, als sie.

GEORG. Wo fingst du sie?

FREIBURG. Fünf Stunden, Georg, fünf Stunden von der Steinburg, wo ihr der Rheingraf, durch drei Tage, schallende Jubelfeste gefeiert hatte. Die Ritter, die sie begleiteten, hatten sie kaum verlassen, da werf ich ihren Vetter Isidor, der bei ihr geblieben war, in den Sand, und auf den Rappen mit ihr, und auf und davon.

GEORG. Aber, Max! Max! Was hast du –?

FREIBURG. Ich will dir sagen, Freund –

GEORG. Was bereitest du dir, mit allen diesen ungeheuren Anstalten, vor?

FREIBURG. Lieber! Guter! Wunderlicher! Honig von Hybla, für diese vom Durst der Rache zu Holz vertrocknete Brust. Warum soll dies wesenlose Bild länger, einer olympischen Göttin gleich, auf dem Fußgestell prangen, die Hallen der christlichen Kirchen von uns und unsersgleichen entvölkernd? Lieber angefaßt, und auf den Schutt hinaus, das Oberste zu unterst, damit mit Augen erschaut wird, daß kein Gott in ihm wohnt.

GEORG. Aber in aller Welt, sag mir, was ists, das dich mit so rasendem Haß gegen sie erfüllt?

FREIBURG. O Georg! Der Mensch wirft alles, was er sein nennt, in eine Pfütze, aber kein Gefühl. Georg, ich liebte sie, und sie war dessen nicht wert. Ich liebte sie und ward verschmäht, Georg; und sie war meiner Liebe nicht wert. Ich will dir was sagen – Aber es macht mich blaß, wenn ich daran denke. Georg! Georg! Wenn die Teufel um eine Erfindung verlegen sind: so müssen sie einen Hahn fragen der sich vergebens um eine Henne gedreht hat, und hinterher sieht, daß sie, vom Aussatz zerfressen, zu seinem Spaße nicht taugt.

GEORG. Du wirst keine unritterliche Rache an ihr ausüben?

FREIBURG. Nein; Gott behüt mich! Keinem Knecht mut ich zu, sie an ihr zu vollziehn. – Ich bringe sie nach der Steinburg zum Rheingrafen zurück, wo ich nichts tun will, als ihr das Halstuch abnehmen: das soll meine ganze Rache sein!

GEORG. Was! Das Halstuch abnehmen?

FREIBURG. Ja Georg; und das Volk zusammen rufen.

GEORG. Nun, und wenn das geschehn ist, da willst du –?

FREIBURG. Ei, da will ich über sie philosophieren. Da will ich euch einen metaphysischen Satz über sie geben, wie Platon, und meinen Satz nachher erläutern, wie der lustige Diogenes getan. Der Mensch ist – – Aber still: *(Er horcht.)*

GEORG. Nun! der Mensch ist? –

FREIBURG. Der Mensch ist, nach Platon, ein zweibeinigtes, ungefiedertes Tier; du weißt, wie Diogenes dies bewiesen; einen Hahn, glaub ich, rupft' er, und warf ihn unter das Volk. – Und diese Kunigunde, Freund, diese Kunigunde von Thurneck, die ist nach mir – – – Aber still! So wahr ich ein Mann bin: dort steigt jemand vom Pferd!

Siebenter Auftritt

Der Graf vom Strahl und Ritter Flammberg treten auf. Nachher Gottschalk. – Die Vorigen.

DER GRAF VOM STRAHL *(an die Hütte klopfend)*. Heda! Ihr wackern Köhlersleute!

FLAMMBERG. Das ist eine Nacht, die Wölfe in den Klüften um ein Unterkommen anzusprechen.

DER GRAF VOM STRAHL. Ists erlaubt, einzutreten?

FREIBURG *(ihm in den Weg)*. Erlaubt, ihr Herrn! Wer ihr auch sein mögt dort –

GEORG. Ihr könnt hier nicht einkehren.

DER GRAF VOM STRAHL. Nicht? Warum nicht?

FREIBURG. Weil kein Raum drin ist, weder für euch noch für uns. Meine Frau liegt darin todkrank, den einzigen Winkel der leer ist mit ihrer Bedienung erfüllend: ihr werdet sie nicht daraus vertreiben wollen.

DER GRAF VOM STRAHL. Nein, bei meinem Eid! Vielmehr wünsche ich, daß sie sich bald darin erholen möge. – Gottschalk!

FLAMMBERG. So müssen wir beim Gastwirt zum blauen Himmel übernachten.

DER GRAF VOM STRAHL. Gottschalk sag ich!

GOTTSCHALK *(draußen)*. Hier!

DER GRAF VOM STRAHL. Schaff die Decken her! Wir wollen uns hier ein Lager bereiten, unter den Zweigen.

(Gottschalk und der Köhlerjunge treten auf.)

GOTTSCHALK *(indem er ihnen die Decken bringt)*. Das weiß der Teufel, was das hier für eine Wirtschaft ist. Der Junge sagt, drinnen wäre ein geharnischter Mann, der ein Fräulein bewachte: das läge geknebelt und mit verstopftem Munde da, wie ein Kalb, das man zur Schlachtbank bringen will.

DER GRAF VOM STRAHL. Was sagst du? Ein Fräulein? Geknebelt und mit verstopftem Munde? – Wer hat dir das gesagt?

FLAMMBERG. Jung! Woher weißt du das?

KÖHLERJUNGE *(erschrocken)*. St! – Um aller Heiligen willen! Ihr Herren, was macht ihr?

DER GRAF VOM STRAHL. Komm her.

KÖHLERJUNGE. Ich sage: St!

FLAMMBERG. Jung! Wer hat dir das gesagt? So sprich.

KÖHLERJUNGE *(heimlich nachdem er sich umgesehen)*. Habs geschaut, ihr Herren. Lag auf dem Stroh, als sie sie hineintrugen, und sprachen, sie sei krank. Kehrt ihr die Lampe zu und erschaut, daß sie gesund war, und Wangen hatt als wie unsre Lore. Und wimmert' und druckt' mir die Händ und blinzelte, und sprach so vernehmlich, wie ein kluger Hund: mach mich los, lieb Bübel, mach mich los! daß ichs mit Augen hört und mit den Fingern verstand.

DER GRAF VOM STRAHL. Jung, du flachsköpfiger; so tus!

FLAMMBERG. Was säumst du? Was machst du?

DER GRAF VOM STRAHL. Bind sie los und schick sie her!

KÖHLERJUNGE *(schüchtern)*. St! sag ich. – Ich wollt, daß ihr zu Fischen würdet! – Da erheben sich ihrer drei schon und kommen her, und sehen, was es gibt? *(Er bläst seine Laterne aus.)*

DER GRAF VOM STRAHL. Nichts, du wackrer Junge, nichts.

FLAMMBERG. Sie haben nichts davon gehört.

DER GRAF VOM STRAHL. Sie wechseln bloß um des Regens willen ihre Plätze.

KÖHLERJUNGE *(sieht sich um)*. Wollt ihr mich schützen?

DER GRAF VOM STRAHL. Ja, so wahr ich ein Ritter bin; das will ich.

FLAMMBERG. Darauf kannst du dich verlassen.

KÖHLERJUNGE. Wohlan! Ich wills dem Vater sagen. – Schaut was ich tue, und ob ich in die Hütte gehe, oder nicht?

(Er spricht mit den Alten, die hinten am Feuer stehen, und verliert sich nachher in die Hütte.)

FLAMMBERG. Sind das solche Kauze? Beelzebubs-Ritter, deren Ordensmantel die Nacht ist? Eheleute, auf der Landstraße mit Stricken und Banden an einander getraut?

DER GRAF VOM STRAHL. Krank, sagten sie!

FLAMMBERG. Todkrank, und dankten für alle Hülfe!

GOTTSCHALK. Nun wart! Wir wollen sie scheiden.

(Pause.)

SCHAUERMANN *(in der Hütte)*. He! holla! Die Bestie!

DER GRAF VOM STRAHL. Auf, Flammberg; erhebe dich!

(Sie stehen auf.)

FREIBURG. Was gibts?

(Die Partei des Burggrafen erhebt sich.)

SCHAUERMANN. Ich bin angebunden! Ich bin angebunden!

(Das Fräulein erscheint.)

FREIBURG. Ihr Götter! Was erblick ich?

Achter Auftritt

Fräulein Kunigunde von Thurneck im Reisekleide, mit entfesselten Haaren. – Die Vorigen.

KUNIGUNDE *(wirft sich vor dem Grafen vom Strahl nieder)*.
Mein Retter! Wer Ihr immer seid! Nehmt einer
Vielfach geschmähten und geschändeten
Jungfrau Euch an! Wenn Euer ritterlicher Eid
Den Schutz der Unschuld Euch empfiehlt: hier liegt sie
In Staub gestreckt, die jetzt ihn von Euch fordert!

FREIBURG. Reißt sie hinweg, ihr Männer!

GEORG *(ihn zurückhaltend)*. Max! hör mich an.

FREIBURG. Reißt sie hinweg, sag ich; laßt sie nicht reden!

DER GRAF VOM STRAHL.
Halt dort ihr Herrn! Was wollt ihr!

FREIBURG. Was wir wollen?
Mein Weib will ich, zum Henker! – Auf! ergreift sie!

KUNIGUNDE. Dein Weib? Du Lügnerherz!

DER GRAF VOM STRAHL *(streng)*. Berühr sie nicht!
Wenn du von dieser Dame was verlangst,
So sagst dus mir! Denn mir gehört sie jetzt,
Weil sie sich meinem Schutze anvertraut.

(Er erhebt sie.)

FREIBURG. Wer bist du, Übermütiger, daß du
Dich zwischen zwei Vermählte drängst? Wer gibt
Das Recht dir, mir die Gattin zu verweigern?

KUNIGUNDE. Die Gattin? Bösewicht! Das bin ich nicht!

DER GRAF VOM STRAHL. Und wer bist du, Nichtswürdiger, daß du
Sie deine Gattin sagst, verfluchter Bube,

Daß du sie dein nennst, geiler Mädchenräuber,
Die Jungfrau, dir vom Teufel in der Hölle,
Mit Knebeln und mit Banden angetraut?
FREIBURG. Wie? Was? Wer?
GEORG. Max, ich bitte dich.
DER GRAF VOM STRAHL. Wer bist du?
FREIBURG. Ihr Herrn, ihr irrt euch sehr –
DER GRAF VOM STRAHL. Wer bist du, frag ich?
FREIBURG. Ihr Herren, wenn Ihr glaubt, daß ich –
DER GRAF VOM STRAHL. Schafft Licht her!
FREIBURG. Dies Weib hier, das ich mitgebracht, das ist –
DER GRAF VOM STRAHL. Ich sage Licht herbeigeschafft!

(Gottschalk und die Köhler kommen mit Fackeln und Feuerhaken.)

FREIBURG. Ich bin –
GEORG *(heimlich)*. Ein Rasender bist du! Fort! Gleich hinweg!
Willst du auf ewig nicht dein Wappen schänden.
DER GRAF VOM STRAHL. So, meine wackern Köhler; leuchtet mir!

(Freiburg schließt sein Visier.)

DER GRAF VOM STRAHL. Wer bist du jetzt, frag ich? Öffn' das Visier.
FREIBURG. Ihr Herrn, ich bin –
DER GRAF VOM STRAHL. Öffn' das Visier.
FREIBURG. Ihr hört.
DER GRAF VOM STRAHL. Meinst du, leichtfertger Bube, ungestraft
Die Antwort *mir* zu weigern, wie ich dir?

(Er reißt ihm den Helm vom Haupt, der Burggraf taumelt.)

SCHAUERMANN. Schmeißt den Verwegenen doch gleich zu Boden!
WETZLAF. Auf! Zieht!
FREIBURG. Du Rasender, welch eine Tat!

(Er erhebt sich, zieht und haut nach dem Grafen; der weicht aus.)

DER GRAF VOM STRAHL. Du wehrst dich mir, du Afterbräutigam?

(Er haut ihn nieder.)

So fahr zur Hölle hin, woher du kamst,
Und feire deine Flitterwochen drin!
WETZLAF. Entsetzen! Schaut! Er stürzt, er wankt, er fällt!
FLAMMBERG *(dringt vor)*.
Auf jetzt, ihr Freunde!
SCHAUERMANN. Fort! Entflieht!
FLAMMBERG. Schlagt drein!
Jagt das Gesindel völlig in die Flucht!

(Die Burggräflichen entweichen; niemand bleibt als Georg, der über den Burggrafen beschäftigt ist.)

DER GRAF VOM STRAHL *(zum Burggrafen).*
Freiburg! Was seh ich? Ihr allmächtgen Götter!
Du bists?
KUNIGUNDE *(unterdrückt).*
Der undankbare Höllenfuchs!
DER GRAF VOM STRAHL. Was galt dir diese Jungfrau, du Unsel'ger?
Was wolltest du mit ihr?
GEORG. – Er kann nicht reden.
Blut füllt, vom Scheitel quellend, ihm den Mund.
KUNIGUNDE. Laßt ihn ersticken drin!
DER GRAF VOM STRAHL. Ein Traum erscheint mirs!
Ein Mensch wie der, so wacker sonst, und gut.
– Kommt ihm zu Hülf, ihr Leute!
FLAMMBERG. Auf! Greift an!
Und tragt ihn dort in jener Hütte Raum.
KUNIGUNDE. Ins Grab! Die Schaufeln her! Er sei gewesen!
DER GRAF VOM STRAHL. Beruhigt Euch! – Wie er darnieder liegt,
Wird er auch unbeerdigt Euch nicht schaden.
KUNIGUNDE. Ich bitt um Wasser!
DER GRAF VOM STRAHL. Fühlt Ihr Euch nicht wohl?
KUNIGUNDE. Nichts, nichts – Es ist – Wer hilft? – Ist hier kein Sitz?
– Weh mir! *(Sie wankt.)*
DER GRAF VOM STRAHL.
Ihr Himmlischen! He! Gottschalk! hilf!
GOTTSCHALK. Die Fackeln her!
KUNIGUNDE. Laßt, laßt!
DER GRAF VOM STRAHL *(hat sie auf einen Sitz geführt).*
Es geht vorüber?
KUNIGUNDE. Das Licht kehrt meinen trüben Augen wieder. –
DER GRAF VOM STRAHL. Was wars, das so urplötzlich Euch ergriff?
KUNIGUNDE. Ach, mein großmütger Retter und Befreier,
Wie nenn ich das? Welch ein entsetzensvoller,
Unmenschlicher Frevel war mir zugedacht?
Denk ich, was ohne Euch, vielleicht schon jetzt,
Mir widerfuhr, hebt sich mein Haar empor,
Und meiner Glieder jegliches erstarrt.
DER GRAF VOM STRAHL.
Wer seid Ihr? Sprecht! Was ist Euch widerfahren?
KUNIGUNDE. O Seligkeit, Euch dies jetzt zu entdecken!
Die Tat, die Euer Arm vollbracht, ist keiner
Unwürdigen geschehen; Kunigunde,
Freifrau von Thurneck, bin ich, daß Ihrs wißt;
Das süße Leben, das Ihr mir erhieltet,

Wird, außer mir, in Thurneck, dankbar noch
Ein ganz Geschlecht Euch von Verwandten lohnen.

DER GRAF VOM STRAHL. Ihr seid? – Es ist nicht möglich? Kunigunde
Von Thurneck? –

KUNIGUNDE. Ja, so sagt ich! Was erstaunt Ihr?

DER GRAF VOM STRAHL *(steht auf)*.
Nun denn, bei meinem Eid, es tut mir leid,
So kamt Ihr aus dem Regen in die Traufe:
Denn ich bin Friedrich Wetter Graf vom Strahl!

KUNIGUNDE. Was! Euer Name? – Der Name meines Retters? –

DER GRAF VOM STRAHL. Ist Friedrich Strahl, Ihr hörts. Es tut mir leid,
Daß ich Euch keinen bessern nennen kann.

KUNIGUNDE *(steht auf)*. Ihr Himmlischen! Wie prüft ihr dieses Herz?

GOTTSCHALK *(heimlich)*. Die Thurneck? hört ich recht?

FLAMMBERG *(erstaunt)*. Bei Gott! Sie ists!

(Pause.)

KUNIGUNDE. Es sei. Es soll mir das Gefühl, das hier
In diesem Busen sich entflammt, nicht stören.
Ich will nichts denken, fühlen will ich nichts,
Als Unschuld, Ehre, Leben, Rettung – Schutz
Vor diesem Wolf, der hier am Boden liegt. –
Komm her, du lieber, goldner Knabe, du,
Der mich befreit, nimm diesen Ring von mir,
Es ist jetzt alles, was ich geben kann:
Einst lohn ich würdiger, du junger Held,
Die Tat dir, die mein Band gelöst, die mutige,
Die mich vor Schmach bewahrt, die mich errettet,
Die Tat, die mich zur Seligen gemacht!

(Sie wendet sich zum Grafen.)

Euch, mein Gebieter – Euer nenn ich alles,
Was mein ist! Sprecht! Was habt Ihr über mich beschlossen?
In Eurer Macht bin ich; was muß geschehn?
Muß ich nach Eurem Rittersitz Euch folgen?

DER GRAF VOM STRAHL *(nicht ohne Verlegenheit)*.
Mein Fräulein – es ist nicht eben allzuweit.
Wenn Ihr ein Pferd besteigt, so könnt Ihr bei
Der Gräfin, meiner Mutter, übernachten.

KUNIGUNDE. Führt mir das Pferd vor!

DER GRAF VOM STRAHL *(nach einer Pause)*.
Ihr vergebt mir,
Wenn die Verhältnisse, in welchen wir –

KUNIGUNDE. Nichts, nichts! Ich bitt Euch sehr! Beschämt mich nicht!
In Eure Kerker klaglos würd ich wandern.

DER GRAF VOM STRAHL. In meinen Kerker! Was! Ihr überzeugt Euch –

KUNIGUNDE *(unterbricht ihn).*
Drückt mich mit Eurer Großmut nicht zu Boden! –
Ich bitt um Eure Hand!

DER GRAF VOM STRAHL. He! Fackeln! Leuchtet!

(Ab.)

Szene: Schloß Wetterstrahl. Ein Gemach in der Burg.

Neunter Auftritt

Kunigunde, in einem halb vollendeten, romantischen Anzuge, tritt auf, und setzt sich vor einer Toilette nieder. Hinter ihr Rosalie und die alte Brigitte.

ROSALIE *(zu Brigitten).* Hier, Mütterchen, setz dich! Der Graf vom Strahl hat sich bei meinem Fräulein anmelden lassen; sie läßt sich nur noch die Haare von mir zurecht legen, und mag gern dein Geschwätz hören.

BRIGITTE *(die sich gesetzt).* Also Ihr seid Fräulein Kunigunde von Thurneck?

KUNIGUNDE. Ja Mütterchen; das bin ich.

BRIGITTE. Und nennt Euch eine Tochter des Kaisers?

KUNIGUNDE. Des Kaisers? Nein; wer sagt dir das? Der jetzt lebende Kaiser ist mir fremd; die Urenkelin eines der vorigen Kaiser bin ich, die in verflossenen Jahrhunderten, auf dem deutschen Thron saßen.

BRIGITTE. O Herr! Es ist nicht möglich? Die Urenkeltochter –

KUNIGUNDE. Nun ja!

ROSALIE. Hab ich es dir nicht gesagt?

BRIGITTE. Nun, bei meiner Treu, so kann ich mich ins Grab legen: der Traum des Grafen vom Strahl ist aus!

KUNIGUNDE. Welch ein Traum?

ROSALIE. Hört nur, hört! Es ist die wunderlichste Geschichte von der Welt! – – Aber sei bündig, Mütterchen, und spare den Eingang; denn die Zeit, wie ich dir schon gesagt, ist kurz.

BRIGITTE. Der Graf war gegen das Ende des vorletzten Jahres, nach einer seltsamen Schwermut, von welcher kein Mensch die Ursache ergründen konnte, erkrankt; matt lag er da, mit glutrotem Antlitz und phantasierte; die Ärzte, die ihre Mittel erschöpft hatten, sprachen, er sei nicht zu retten. Alles, was in seinem Herzen verschlossen war, lag nun, im Wahnsinn des Fiebers, auf seiner Zunge: er scheide gern, sprach er, von hinnen; das Mädchen, das fähig wäre, ihn zu lieben, sei nicht vorhanden; Leben aber ohne Liebe sei Tod; die Welt nannt er ein Grab, und das Grab eine Wiege, und meinte, er würde nun erst geboren werden. – Drei hintereinander folgende Nächte, während welcher seine Mutter nicht von seinem Bette wich, erzählte er ihr, ihm sei ein Engel erschienen und habe ihm zugerufen: Vertraue, vertraue, vertraue! Auf der Gräfin Frage: ob sein Herz sich, durch diesen Zuruf des Himmlischen, nicht gestärkt fühle? antwortete er: »Gestärkt? Nein!« – und mit einem Seufzer setzte er hinzu: »doch! doch, Mutter! Wenn ich sie werde gesehen haben!« – Die Gräfin fragt: und wirst du sie sehen? »Gewiß!« antwortet er. Wann? fragt sie. Wo? – »In der Silvesternacht, wenn das neue Jahr eintritt; da wird er mich zu ihr führen.« Wer? fragt sie, Lieber; zu wem? »Der Engel«, spricht er, »zu meinem Mädchen« – wendet sich und schläft ein.

KUNIGUNDE. Geschwätz!

ROSALIE. Hört sie nur weiter. – Nun?

BRIGITTE. Drauf in der Silvesternacht, in dem Augenblick, da eben das Jahr wechselt, hebt er sich halb vom Lager empor, starrt, als ob er eine Erscheinung hätte, ins Zimmer hinein, und, indem er mit der Hand zeigt: »Mutter! Mutter! Mutter!« spricht er. Was gibts? fragt sie. »Dort! Dort!« Wo? »Geschwind!« spricht er. – Was? – »Den Helm! Den Harnisch! Das Schwert!« – Wo willst du hin? fragt die Mutter. »Zu ihr«, spricht er, »zu ihr. So! so! so!« und sinkt zurück; »Ade, Mutter ade!« streckt alle Glieder von sich, und liegt wie tot.

KUNIGUNDE. Tot?

ROSALIE. Tot, ja!

KUNIGUNDE. Sie meint, einem Toten gleich.

ROSALIE. Sie sagt, tot! Stört sie nicht. – Nun?

BRIGITTE. Wir horchten an seiner Brust: es war so still darin, wie in einer leeren Kammer. Eine Feder ward ihm vorgehalten, seinen Atem zu prüfen: sie rührte sich nicht. Der Arzt meinte in der Tat, sein Geist habe ihn verlassen; rief ihm ängstlich seinen Namen ins Ohr; reizt' ihn, um ihn zu erwecken, mit Gerüchen; reizt' ihn mit Stiften und Nadeln, riß ihm ein Haar aus, daß sich das Blut zeigte; vergebens: er bewegte kein Glied und lag, wie tot.

KUNIGUNDE. Nun? Darauf?

BRIGITTE. Darauf, nachdem er einen Zeitraum so gelegen, fährt er auf, kehrt sich, mit dem Ausdruck der Betrübnis, der Wand zu, und spricht: »Ach! Nun bringen sie die Lichter! Nun ist sie mir wieder verschwunden!« – gleichsam, als ob er durch den Glanz derselben verscheucht würde. – Und da die Gräfin sich über ihn neigt und ihn an ihre Brust hebt und spricht: Mein Friedrich! Wo warst du? »Bei ihr«, versetzt er, mit freudiger Stimme; »bei ihr, die mich liebt! bei der Braut, die mir der Himmel bestimmt hat! Geh, Mutter geh, und laß nun in allen Kirchen für mich beten: denn nun wünsch ich zu leben.«

KUNIGUNDE. Und bessert sich wirklich?

ROSALIE. Das eben ist das Wunder.

BRIGITTE. Bessert sich, mein Fräulein, bessert sich, in der Tat; erholt sich, von Stund an, gewinnt, wie durch himmlischen Balsam geheilt, seine Kräfte wieder, und ehe der Mond sich erneut, ist er so gesund wie zuvor.

KUNIGUNDE. Und erzählte? – Was erzählte er nun?

BRIGITTE. Ach, und erzählte, und fand kein Ende zu erzählen: wie der Engel ihn, bei der Hand, durch die Nacht geleitet; wie er sanft des Mädchens Schlafkämmerlein eröffnet, und alle Wände mit seinem Glanz erleuchtend, zu ihr eingetreten sei; wie es dagelegen, das holde Kind, mit nichts, als dem Hemdchen angetan, und die Augen bei seinem Anblick groß aufgemacht, und gerufen habe, mit einer Stimme, die das Erstaunen beklemmt: »Mariane!« welches jemand gewesen sein müsse, der in der Nebenkammer geschlafen; wie sie darauf, vom Purpur der Freude über und über schimmernd, aus dem Bette gestiegen, und sich auf Knieen vor ihm niedergelassen, das Haupt gesenkt, und: mein hoher Herr! gelispelt; wie der Engel ihm darauf, daß es eine Kaisertochter sei, gesagt, und ihm ein Mal gezeigt, das dem Kindlein rötlich auf dem Nacken verzeichnet war, – wie er, von unendlichem Entzücken durchbebt, sie eben beim Kinn gefaßt, um ihr ins Antlitz zu schauen: und wie die unselige Magd nun, die Mariane, mit Licht gekommen, und die ganze Erscheinung bei ihrem Eintritt wieder verschwunden sei.

KUNIGUNDE. Und nun meinst du, diese Kaisertochter sei ich?

BRIGITTE. Wer sonst?

ROSALIE. Das sag ich auch.

BRIGITTE. Die ganze Strahlburg, bei Eurem Einzug, als sie erfuhr, wer Ihr seid, schlug die Hände über den Kopf zusammen und rief: sie ists!

ROSALIE. Es fehlte nichts, als daß die Glocken ihre Zungen gelöst, und gerufen hätten: ja, ja, ja!

KUNIGUNDE *(steht auf)*. Ich danke dir, Mütterchen, für deine Erzählung. Inzwischen nimm diese Ohrringe zum Andenken, und entferne dich.

(Brigitte ab.)

Zehnter Auftritt

Kunigunde und Rosalie.

KUNIGUNDE *(nachdem sie sich im Spiegel betrachtet, geht gedankenlos ans Fenster und öffnet es. – Pause)*.

Hast du mir alles dort zurecht gelegt,
Was ich dem Grafen zugedacht, Rosalie?
Urkunden, Briefe, Zeugnisse?

ROSALIE *(am Tisch zurück geblieben)*.

Hier sind sie.
In diesem Einschlag liegen sie beisammen.

KUNIGUNDE. Gib mir doch –

(Sie nimmt eine Leimrute, die draußen befestigt ist, herein.)

ROSALIE. Was, mein Fräulein?

KUNIGUNDE *(lebhaft)*. Schau, o Mädchen!
Ist dies die Spur von einem Fittich nicht?

ROSALIE *(indem sie zu ihr geht)*. Was habt Ihr da?

KUNIGUNDE. Leimruten, die, ich weiß
Nicht wer? an diesem Fenster aufgestellt!
– Sieh, hat hier nicht ein Fittich schon gestreift?

ROSALIE. Gewiß! Da ist die Spur. Was wars? Ein Zeisig?

KUNIGUNDE. Ein Finkenhähnchen wars, das ich vergebens
Den ganzen Morgen schon herangelockt.

ROSALIE. Seht nur dies Federchen. Das ließ er stecken!

KUNIGUNDE *(gedankenvoll)*.
Gib mir doch –

ROSALIE. Was, mein Fräulein? Die Papiere?

KUNIGUNDE *(lacht und schlägt sie)*.
Schelmin! – Die Hirse will ich, die dort steht.

(Rosalie lacht, und geht und holt die Hirse.)

Eilfter Auftritt

Ein Bedienter tritt auf. Die Vorigen.

DER BEDIENTE. Graf Wetter vom Strahl, und die Gräfin seine Mutter!

KUNIGUNDE *(wirft alles aus der Hand)*. Rasch! Mit den Sachen weg.

ROSALIE. Gleich, gleich!

(Sie macht die Toilette zu und geht ab.)

KUNIGUNDE. Sie werden mir willkommen sein.

Zwölfter Auftritt

Gräfin Helena, der Graf vom Strahl treten auf. Fräulein Kunigunde.

KUNIGUNDE *(ihnen entgegen)*. Verehrungswürdge! Meines Retters Mutter,
Wem dank ich, welchem Umstand, das Vergnügen,
Daß Ihr mir Euer Antlitz schenkt, daß Ihr
Vergönnt, die teuren Hände Euch zu küssen?

GRÄFIN. Mein Fräulein, Ihr demütigt mich. Ich kam,
Um Eure Stirn zu küssen, und zu fragen,
Wie Ihr in meinem Hause Euch befindet?

KUNIGUNDE. Sehr wohl. Ich fand hier alles, was ich brauchte.
Ich hatte nichts von Eurer Huld verdient,
Und Ihr besorgtet mich, gleich einer Tochter.
Wenn irgend etwas mir die Ruhe störte
So war es dies beschämende Gefühl;
Doch ich bedurfte nur den Augenblick,
Um diesen Streit in meiner Brust zu lösen.

(Sie wendet sich zum Grafen.)

Wie stehts mit Eurer linken Hand, Graf Friedrich?
DER GRAF VOM STRAHL. Mit meiner Hand? mein Fräulein! Diese Frage,
Ist mir empfindlicher als ihre Wunde!
Der Sattel wars, sonst nichts, an dem ich mich
Unachtsam stieß, Euch hier vom Pferde hebend.
GRÄFIN. Ward sie verwundet? – Davon weiß ich nichts.
KUNIGUNDE. Es fand sich, als wir dieses Schloß erreichten,
Daß ihr, in hellen Tropfen, Blut entfloß.
DER GRAF VOM STRAHL. Die Hand selbst, seht Ihr, hat es schon vergessen.
Wenns Freiburg war, dem ich im Kampf um Euch,
Dies Blut gezahlt, so kann ich wirklich sagen:
Schlecht war der Preis, um den er Euch verkauft.
KUNIGUNDE. Ihr denkt von seinem Werte so – nicht ich.

(Indem sie sich zur Mutter wendet.)

– Doch wie? Wollt Ihr Euch, Gnädigste, nicht setzen?

(Sie holt einen Stuhl, der Graf bringt die andern. Sie lassen sich sämtlich nieder.)

GRÄFIN. Wie denkt Ihr, über Eure Zukunft, Fräulein?
Habt Ihr die Lag, in die das Schicksal Euch
Versetzt, bereits erwogen? Wißt Ihr schon,
Wie Euer Herz darin sich fassen wird?
KUNIGUNDE *(bewegt)*. Verehrungswürdige und gnädge Gräfin,
Die Tage, die mir zugemessen, denk ich
In Preis und Dank, in immer glühender
Erinnrung des, was jüngst für mich geschehn,
In unauslöschlicher Verehrung Eurer,
Und Eures Hauses, bis auf den letzten Odem,
Der meine Brust bewegt, wenns mir vergönnt ist,
In Thurneck bei den Meinen hinzubringen.

(Sie weint.)

GRÄFIN. Wann denkt Ihr zu den Euren aufzubrechen?
KUNIGUNDE. Ich wünsche – weil die Tanten mich erwarten,
– Wenns sein kann, morgen, – oder mindestens –
In diesen Tagen, abgeführt zu werden.

GRÄFIN. Bedenkt Ihr auch, was dem entgegen steht?
KUNIGUNDE. Nichts mehr, erlauchte Frau, wenn Ihr mir nur
Vergönnt, mich offen vor Euch zu erklären.

(Sie küßt ihr die Hand; steht auf und holt die Papiere.)

Nehmt dies von meiner Hand, Herr Graf vom Strahl.
DER GRAF VOM STRAHL *(steht auf)*.
Mein Fräulein! Kann ich wissen, was es ist?
KUNIGUNDE. Die Dokumente sinds, den Streit betreffend,
Um Eure Herrschaft Stauffen, die Papiere
Auf die ich meinen Anspruch gründete.
DER GRAF VOM STRAHL. Mein Fräulein, Ihr beschämt mich, in der Tat!
Wenn dieses Heft, wie Ihr zu glauben scheint,
Ein Recht begründet: weichen will ich Euch,
Und wenn es meine letzte Hütte gälte!
KUNIGUNDE. Nehmt, nehmt, Herr Graf vom Strahl! Die Briefe sind
Zweideutig, seh ich ein, der Wiederkauf,
Zu dem sie mich berechtigen, verjährt;
Doch wär mein Recht so klar auch, wie die Sonne,
Nicht gegen Euch mehr kann ichs geltend machen.
DER GRAF VOM STRAHL. Niemals, mein Fräulein, niemals, in der Tat!
Mit Freuden nehm ich, wollt Ihr mir ihn schenken,
Von Euch den Frieden an; doch, wenn auch nur
Der Zweifel eines Rechts auf Stauffen Euer,
Das Dokument nicht, das ihn Euch belegt!
Bringt Eure Sache vor, bei Kaiser und bei Reich,
Und das Gesetz entscheide, wer sich irrte.
KUNIGUNDE *(zur Gräfin)*. Befreit denn Ihr, verehrungswürdge Gräfin,
Von diesen leidgen Dokumenten mich,
Die mir in Händen brennen, widerwärtig
Zu dem Gefühl, das mir erregt ist, stimmen,
Und mir auf Gottes weiter Welt zu nichts mehr,
Lebt ich auch neunzig Jahre, helfen können.
GRÄFIN *(steht gleichfalls auf)*. Mein teures Fräulein! Eure Dankbarkeit
Führt Euch zu weit. Ihr könnt, was Eurer ganzen
Familie angehört, in einer flüchtigen
Bewegung nicht, die Euch ergriff, veräußern.
Nehmt meines Sohnes Vorschlag an und laßt
In Wetzlar die Papiere untersuchen;
Versichert Euch, Ihr werdet wert uns bleiben,
Man mag auch dort entscheiden, wie man wolle.
KUNIGUNDE *(mit Affekt)*. Nun denn, der Anspruch war mein Eigentum!
Ich brauche keinen Vetter zu befragen,

Und meinem Sohn vererb ich einst mein Herz!
Die Herrn in Wetzlar mag ich nicht bemühn:
Hier diese rasche Brust entscheidet so!

(Sie zerreißt die Papiere und läßt sie fallen.)

GRÄFIN. Mein liebes, junges, unbesonnes Kind,
Was habt Ihr da getan? – – Kommt her,
Weils doch geschehen ist, daß ich Euch küsse.

(Sie umarmt sie.)

KUNIGUNDE. Ich *will* daß dem Gefühl, das mir entflammt,
Im Busen ist, nichts fürder widerspreche!
Ich *will*, die Scheidewand *soll* niedersinken,
Die zwischen mir und meinem Retter steht!
Ich will mein ganzes Leben ungestört,
Durchatmen, ihn zu preisen, ihn zu lieben.

GRÄFIN *(gerührt)*. Gut, gut, mein Töchterchen. Es ist schon gut,
Ihr seid zu sehr erschüttert.

DER GRAF VOM STRAHL. – Ich will wünschen,
Daß diese Tat Euch nie gereuen möge.

(Pause.)

KUNIGUNDE *(trocknet sich die Augen)*.
Wann darf ich nun nach Thurneck wiederkehren?

GRÄFIN. Gleich! *Wann* Ihr wollt! Mein Sohn selbst wird Euch führen!

KUNIGUNDE. So seis – auf morgen denn!

GRÄFIN. Gut! Ihr begehrt es.
Obschon ich gern Euch länger bei mir sähe. –
Doch heut bei Tisch noch macht Ihr uns die Freude?

KUNIGUNDE *(verneigt sich)*.
Wenn ich mein Herz kann sammeln, wart ich auf.

(Ab.)

Dreizehnter Auftritt

Gräfin Helena. Der Graf vom Strahl.

DER GRAF VOM STRAHL. So wahr, als ich ein Mann bin, die begehr ich
Zur Frau!

GRÄFIN. Nun, nun, nun, nun!

DER GRAF VOM STRAHL. Was! Nicht?
Du willst, daß ich mir eine wählen soll;
Doch die nicht? Diese nicht? Die nicht?

GRÄFIN. Was willst du?

Ich sagte nicht, daß sie mir ganz mißfällt.

DER GRAF VOM STRAHL.

Ich will auch nicht, daß heut noch Hochzeit sei:
– Sie ist vom Stamm der alten sächsschen Kaiser.

GRÄFIN. Und der Silvesternachttraum spricht für sie?
Nicht? Meinst du nicht?

DER GRAF VOM STRAHL. Was soll ichs bergen: ja!

GRÄFIN. Laß uns die Sach ein wenig überlegen.

(Ab.)

DRITTER AKT

Szene: Gebirg und Wald. Eine Einsiedelei.

Erster Auftritt

Theobald und Gottfried Friedeborn führen das Käthchen von einem Felsen herab.

THEOBALD. Nimm dich in acht, mein liebes Käthchen; der Gebirgspfad, siehst du, hat eine Spalte. Setze deinen Fuß hier auf diesen Stein, der ein wenig mit Moos bewachsen ist; wenn ich wüßte, wo eine Rose wäre, so wollte ich es dir sagen. – So!

GOTTFRIED. Doch hast wohl Gott, Käthchen, nichts von der Reise anvertraut, die du heut zu tun willens warst? – Ich glaubte, an dem Kreuzweg, wo das Marienbild steht, würden zwei Engel kommen, Jünglinge, von hoher Gestalt, mit schneeweißen Fittichen an den Schultern, und sagen: Ade, Theobald! Ade, Gottfried! Kehrt zurück, von wo ihr gekommen seid; wir werden das Käthchen jetzt auf seinem Wege zu Gott weiter führen. – Doch es war nichts; wir mußten dich ganz bis ans Kloster herbringen.

THEOBALD. Die Eichen sind so still, die auf den Bergen verstreut sind: man hört den Specht, der daran pickt. Ich glaube, sie wissen, daß Käthchen angekommen ist, und lauschen auf das, was sie denkt. Wenn ich mich doch in die Welt auflösen könnte, um es zu erfahren. Harfenklang muß nicht lieblicher sein, als ihr Gefühl; es würde Israel hinweggelockt von David und seinen Zungen neue Psalter gelehrt haben. – Mein liebes Käthchen?

KÄTHCHEN. Mein lieber Vater!

THEOBALD. Sprich ein Wort.

KÄTHCHEN. Sind wir am Ziele?

THEOBALD. Wir sinds. Dort in jenem freundlichen Gebäude, das mit seinen

Türmen zwischen die Felsen geklemmt ist, sind die stillen Zellen der frommen Augustinermönche; und hier, der geheiligte Ort, wo sie beten.

KÄTHCHEN. Ich fühle mich matt.

THEOBALD. Wir wollen uns setzen. Komm, gib mir deine Hand, daß ich dich stütze. Hier vor diesem Gitter ist eine Ruhebank, mit kurzem und dichtem Gras bewachsen: schau her, das angenehmste Plätzchen, das ich jemals sah.

(Sie setzen sich.)

GOTTFRIED. Wie befindest du dich?

KÄTHCHEN. Sehr wohl.

THEOBALD. Du scheinst doch blaß, und deine Stirne ist voll Schweiß?

(Pause.)

GOTTFRIED. Sonst warst du so rüstig, konntest meilenweit wandern, durch Wald und Feld, und brauchtest nichts, als einen Stein, und das Bündel das du auf der Schulter trugst, zum Pfühl, um dich wieder herzustellen; und heut bist du so erschöpft, daß es scheint, als ob alle Betten, in welchen die Kaiserin ruht, dich nicht wieder auf die Beine bringen würden.

THEOBALD. Willst du mit etwas erquickt sein.

GOTTFRIED. Soll ich gehen und dir einen Trunk Wasser schöpfen?

THEOBALD. Oder suchen wo dir eine Frucht blüht?

GOTTFRIED. Sprich, mein liebes Käthchen!

KÄTHCHEN. Ich danke dir, lieber Vater.

THEOBALD. Du dankst uns.

GOTTFRIED. Du verschmähst alles.

THEOBALD. Du begehrst nichts, als daß ich ein Ende mache: hingehe und dem Prior Hatto, – meinem alten Freund, sage: der alte Theobald sei da, der sein einzig liebes Kind begraben wolle.

KÄTHCHEN. Mein lieber Vater!

THEOBALD. Nun gut. Es soll geschehn. Doch bevor wir die entscheidenden Schritte tun, die nicht mehr zurück zu nehmen sind, will ich dir noch etwas sagen. Ich will dir sagen, was Gottfried und mir eingefallen ist, auf dem Wege hierher, und was, wie uns scheint, ins Werk zu richten notwendig ist, bevor wir den Prior in dieser Sache sprechen. – Willst du es wissen?

KÄTHCHEN. Rede!

THEOBALD. Nun wohlan, so merk auf, und prüfe dein Herz wohl! – Du willst in das Kloster der Ursulinerinnen gehen, das tief im einsamen kieferreichen Gebirge seinen Sitz hat. Die Welt, der liebliche Schauplatz des Lebens, reizt dich nicht mehr; Gottes Antlitz, in Abgezogenheit und Frömmigkeit angeschaut, soll dir Vater, Hochzeit, Kind, und der Kuß kleiner blühender Enkel sein.

KÄTHCHEN. Ja, mein lieber Vater.

THEOBALD *(nach einer kurzen Pause)*. Wie wärs, wenn du auf ein paar Wochen, da die Witterung noch schön ist, zu dem Gemäuer zurückkehrtest, und dir die Sache ein wenig überlegtest?

KÄTHCHEN. Wie?

THEOBALD. Wenn du wieder hingingst, mein ich, nach der Strahlburg, unter den Holunderstrauch, wo sich der Zeisig das Nest gebaut hat, am Hang des Felsens, du weißt, von wo das Schloß, im Sonnenstrahl funkelnd, über die Gauen des Landes herniederschaut?

KÄTHCHEN. Nein, mein lieber Vater!

THEOBALD. Warum nicht?

KÄTHCHEN. Der Graf, mein Herr, hat es mir verboten.

THEOBALD. Er hat es dir verboten. Gut. Und was er dir verboten hat, das darfst du nicht tun. Doch wie, wenn ich hinginge und ihn bäte, daß er es erlaubte?

KÄTHCHEN. Wie? Was sagst du?

THEOBALD. Wenn ich ihn ersuchte, dir das Plätzchen, wo dir so wohl ist, zu gönnen, und mir die Freiheit würde, dich daselbst mit dem, was du zur Notdurft brauchst, freundlich auszustatten?

KÄTHCHEN. Nein, mein lieber Vater.

THEOBALD. Warum nicht?

KÄTHCHEN *(beklemmt)*. Das würdest du nicht tun; und wenn du es tätest, so würde es der Graf nicht erlauben; und wenn der Graf es erlaubte, so würd ich doch von seiner Erlaubnis keinen Gebrauch machen.

THEOBALD. Käthchen! Mein liebes Käthchen! Ich will es tun. Ich will mich so vor ihm niederlegen, wie ich es jetzt vor dir tue, und sprechen: mein hoher Herr! erlaubt, daß das Käthchen unter dem Himmel, der über Eure Burg gespannt ist, wohne; reitet Ihr aus, so vergönnt, daß sie Euch von fern, auf einen Pfeilschuß, folge, und räumt ihr, wenn die Nacht kömmt, ein Plätzchen auf dem Stroh ein, das Euren stolzen Rossen untergeschüttet wird. Es ist besser, als daß sie vor Gram vergehe.

KÄTHCHEN *(indem sie sich gleichfalls vor ihm niederlegt)*. Gott im höchsten Himmel; du vernichtest mich! Du legst mir deine Worte kreuzweis, wie Messer, in die Brust! Ich will jetzt nicht mehr ins Kloster gehen, nach Heilbronn will ich mit dir zurückkehren, ich will den Grafen vergessen, und, wen du willst, heiraten; müßt auch ein Grab mir, von acht Ellen Tiefe, das Brautbett sein.

THEOBALD *(der aufgestanden ist und sie aufhebt)*. Bist du mir bös, Käthchen?

KÄTHCHEN. Nein, nein! Was fällt dir ein?

THEOBALD. Ich will dich ins Kloster bringen!

KÄTHCHEN. Nimmer und nimmermehr! Weder auf die Strahlburg, noch ins Kloster! – Schaff mir nur jetzt, bei dem Prior, ein Nachtlager, daß ich mein Haupt niederlege, und mich erhole; mit Tagesanbruch, wenn es sein kann, gehen wir zurück. *(Sie weint.)*

GOTTFRIED. Was hast du gemacht, Alter?
THEOBALD. Ach! Ich habe sie gekränkt!
GOTTFRIED *(klingelt)*. Prior Hatto ist zu Hause?
PFÖRTNER *(öffnet)*. Gelobt sei Jesus Christus!
THEOBALD. In Ewigkeit, Amen!
GOTTFRIED. Vielleicht besinnt sie sich!
THEOBALD. Komm, meine Tochter!

(Alle ab.)

Szene: Eine Herberge.

Zweiter Auftritt

Der Rheingraf vom Stein und Friedrich von Herrnstadt treten auf, ihnen folgt: Jakob Pech, der Gastwirt. Gefolge von Knechten.

RHEINGRAF *(zu dem Gefolge)*. Laßt die Pferde absatteln! Stellt Wachen aus, auf dreihundert Schritt um die Herberge, und laßt jeden ein, niemand aus! Füttert und bleibt in den Ställen, und zeigt euch, so wenig es sein kann; wenn Eginhardt mit Kundschaft aus der Thurneck zurückkommt, geb ich euch meine weitern Befehle.

(Das Gefolge ab.)

Wer wohnt hier?
JAKOB PECH. Halten zu Gnaden, ich und meine Frau, gestrenger Herr.
RHEINGRAF. Und hier?
JAKOB PECH. Vieh.
RHEINGRAF. Wie?
JAKOB PECH. Vieh. – Eine Sau mit ihrem Wurf, halten zu Gnaden; es ist ein Schweinstall, von Latten draußen angebaut.
RHEINGRAF. Gut. – Wer wohnt hier?
JAKOB PECH. Wo?
RHEINGRAF. Hinter dieser dritten Tür?
JAKOB PECH. Niemand, halten zu Gnaden.
RHEINGRAF. Niemand?
JAKOB PECH. Niemand gestrenger Herr, gewiß und wahrhaftig. Oder vielmehr jedermann. Es geht wieder aufs offne Feld hinaus.
RHEINGRAF. Gut. – Wie heißest du?
JAKOB PECH. Jakob Pech.
RHEINGRAF. Tritt ab, Jakob Pech. –

(Der Gastwirt ab.)

RHEINGRAF. Ich will mich hier, wie die Spinne, zusammen knäueln, daß ich aussehe, wie ein Häuflein argloser Staub; und wenn sie im Netz sitzt, diese Kunigunde, über sie herfahren – den Stachel der Rache tief eindrücken in ihre treulose Brust: töten, töten, töten, und ihr Gerippe, als das Monument einer Erzbuhlerin, in dem Gebälke der Steinburg aufbewahren!

FRIEDRICH. Ruhig, ruhig Albrecht! Eginhardt, den du nach Thurneck gesandt hast, ist noch, mit der Bestätigung dessen, was du argwohnst, nicht zurück.

RHEINGRAF. Da hast du recht, Freund; Eginhardt ist noch nicht zurück. Zwar in dem Zettel, den mir die Bübin schrieb, steht: ihre Empfehlung voran; es sei nicht nötig, daß ich mich fürder um sie bemühe; Stauffen sei ihr von dem Grafen vom Strahl, auf dem Wege freundlicher Vermittlung, abgetreten. Bei meiner unsterblichen Seele, hat dies irgend einen Zusammenhang, der rechtschaffen ist: so will ich es hinunterschlucken, und die Kriegsrüstung, die ich für sie gemacht, wieder auseinander gehen lassen. Doch wenn Eginhardt kommt und mir sagt, was mir das Gerüchte schon gesteckt, daß sie ihm mit ihrer Hand verlobt ist: so will ich meine Artigkeit, wie ein Taschenmesser, zusammenlegen, und ihr die Kriegskosten wieder abjagen: müßt ich sie umkehren, und ihr den Betrag hellerweise aus den Taschen herausschütteln.

Dritter Auftritt

Eginhardt von der Wart tritt auf. Die Vorigen.

RHEINGRAF. Nun, Freund, alle Grüße treuer Brüderschaft über dich! – Wie stehts auf dem Schlosse zu Thurneck?

EGINHARDT. Freunde, es ist alles, wie der Ruf uns erzählt! Sie gehen mit vollen Segeln auf dem Ozean der Liebe, und ehe der Mond sich erneut, sind sie in den Hafen der Ehe eingelaufen.

RHEINGRAF. Der Blitz soll ihre Masten zersplittern, ehe sie ihn erreichen!

FRIEDRICH. Sie sind miteinander verlobt?

EGINHARDT. Mit dürren Worten, glaub ich, nein; doch wenn Blicke reden, Mienen schreiben und Händedrücke siegeln können, so sind die Ehepakten fertig.

RHEINGRAF. Wie ist es mit der Schenkung von Stauffen zugegangen? Das erzähle!

FRIEDRICH. Wann machte er ihr das Geschenk?

EGINHARDT. Ei! Vorgestern, am Morgen ihres Geburtstags, da die Vettern ihr ein glänzendes Fest in der Thurneck bereitet hatten. Die Sonne schien kaum rötlich auf ihr Lager: da findet sie das Dokument schon auf der Decke liegen; das Dokument, versteht mich, in ein Briefchen des verliebten Grafen eingewickelt, mit der Versicherung, daß es ihr Brautgeschenk sei, wenn sie sich entschließen könne, ihm ihre Hand zu geben.

RHEINGRAF. Sie nahm es? Natürlich! Sie stellte sich vor den Spiegel, knickste, und nahm es?

EGINHARDT. Das Dokument? Allerdings.

FRIEDRICH. Aber die Hand, die dagegen gefordert ward?

EGINHARDT. O die verweigerte sie nicht.

FRIEDRICH. Was! Nicht?

EGINHARDT. Nein. Gott behüte! Wann hätte sie je einem Freier ihre Hand verweigert?

RHEINGRAF. Aber sie hält, wenn die Glocke geht, nicht Wort?

EGINHARDT. Danach habt Ihr mich nicht gefragt.

RHEINGRAF. Wie beantwortete sie den Brief?

EGINHARDT. Sie sei so gerührt, daß ihre Augen, wie zwei Quellen, niederträufelten, und ihre Schrift ertränkten; – die Sprache, an die sie sich wenden müsse, ihr Gefühl auszudrücken, sei ein Bettler. – Er habe, auch ohne dieses Opfer, ein ewiges Recht an ihre Dankbarkeit, und es sei, wie mit einem Diamanten, in ihre Brust geschrieben; – kurz, einen Brief voll doppelsinniger Fratzen, der, wie der Schillertaft, zwei Farben spielt, und weder ja sagt, noch nein.

RHEINGRAF. Nun, Freunde; ihre Zauberei geht, mit diesem Kunststück zu Grabe! Mich betrog sie, und keinen mehr; die Reihe derer, die sie am Narrenseil geführt hat, schließt mit mir ab. – Wo sind die beiden reitenden Boten?

FRIEDRICH *(in die Tür rufend)*. He!

Vierter Auftritt

Zwei Boten treten auf. Die Vorigen.

RHEINGRAF *(nimmt zwei Briefe aus dem Kollett)*. Diese beiden Briefe nehmt ihr – diesen du, diesen du; und tragt sie – diesen hier du an den Dominikanerprior Hatto, verstehst du? Ich würd Glock sieben gegen Abend kommen, und Absolution in seinem Kloster empfangen. Diesen hier du an Peter Quanz, Haushofmeister in der Burg zu Thurneck; Schlag zwölf um Mitternacht stünd ich mit meinem Kriegshaufen vor dem Schloß, und bräche ein. Du gehst nicht eher in die Burg, du, bis es finster ist, und lässest dich vor keinem Menschen sehen; verstehst du mich? – Du brauchst das Tageslicht nicht zu scheuen. – Habt ihr mich verstanden?

DIE BOTEN. Gut.

RHEINGRAF *(nimmt ihnen die Briefe wieder aus der Hand)*. Die Briefe sind doch nicht verwechselt?

FRIEDRICH. Nein, nein.

RHEINGRAF. Nicht? – – Himmel und Erde!

EGINHARDT. Was gibts?
RHEINGRAF. Wer versiegelte sie?
FRIEDRICH. Die Briefe?
RHEINGRAF. Ja!
FRIEDRICH. Tod und Verderben! Du versiegeltest sie selbst!
RHEINGRAF *(gibt den Boten die Briefe wieder)*. Ganz recht! hier, nehmt! Auf der Mühle, beim Sturzbach, werd ich euch erwarten! – Kommt meine Freunde!

(Alle ab.)

Szene: Thurneck. Ein Zimmer in der Burg.

Fünfter Auftritt

Der Graf vom Strahl sitzt gedankenvoll an einem Tisch, auf welchem zwei Lichter stehen. Er hält eine Laute in der Hand, und tut einige Griffe darauf. Im Hintergrunde, bei seinen Kleidern und Waffen beschäftigt, Gottschalk.

STIMME *(von außen)*. Macht auf! Macht auf! Macht auf!
GOTTSCHALK. Holla! – Wer ruft?
STIMME. Ich, Gottschalk, bins; ich bins, du lieber Gottschalk!
GOTTSCHALK. Wer?
STIMME. Ich!
GOTTSCHALK. Du?
STIMME. Ja!
GOTTSCHALK. Wer?
STIMME. Ich!
DER GRAF VOM STRAHL *(legt die Laute weg)*.
Die Stimme kenn ich!
GOTTSCHALK. Mein Seel! Ich hab sie auch schon wo gehört.
STIMME. Herr Graf vom Strahl! Macht auf! Herr Graf vom Strahl!
DER GRAF VOM STRAHL. Bei Gott! Das ist –
GOTTSCHALK. Das ist, so wahr ich lebe –
STIMME. Das Käthchen ists! Wer sonst! Das Käthchen ists,
Das kleine Käthchen von Heilbronn!
DER GRAF VOM STRAHL *(steht auf)*. Wie? Was? zum Teufel!
GOTTSCHALK *(legt alles aus der Hand)*.
Du, Mädel? Was? O Herzensmädel! Du?

(Er öffnet die Tür.)

DER GRAF VOM STRAHL.
Ward, seit die Welt steht, so etwas –?
KÄTHCHEN *(indem sie eintritt)*. Ich bins.
GOTTSCHALK. Schaut her, bei Gott! Schaut her, sie ist es selbst!

Sechster Auftritt

Das Käthchen mit einem Brief. Die Vorigen.

DER GRAF VOM STRAHL.
Schmeiß sie hinaus. Ich will nichts von ihr wissen.
GOTTSCHALK.
Was! Hört ich recht –?
KÄTHCHEN. Wo ist der Graf vom Strahl?
DER GRAF VOM STRAHL.
Schmeiß sie hinaus! Ich will nichts von ihr wissen!
GOTTSCHALK *(nimmt sie bei der Hand).*
Wie, gnädiger Herr, vergönnt –!
KÄTHCHEN *(reicht ihm den Brief).* Hier! nehmt, Herr Graf!
DER GRAF VOM STRAHL *(sich plötzlich zu ihr wendend).*
Was willst du hier? Was hast du hier zu suchen?
KÄTHCHEN *(erschrocken).* Nichts! – Gott behüte! Diesen Brief hier bitt ich –
DER GRAF VOM STRAHL. Ich *will* ihn nicht! – Was ist dies für ein Brief?
Wo kommt er her? Und was enthält er mir?
KÄTHCHEN. Der Brief hier ist –
DER GRAF VOM STRAHL. Ich will davon nichts wissen!
Fort! Gib ihn unten in dem Vorsaal ab.
KÄTHCHEN. Mein hoher Herr! Laßt bitt ich, Euch bedeuten –
DER GRAF VOM STRAHL *(wild).*
Die Dirne, die landstreichend unverschämte!
Ich will nichts von ihr wissen! Hinweg, sag ich!
Zurück nach Heilbronn, wo du hingehörst!
KÄTHCHEN. Herr meines Lebens! Gleich verlaß ich Euch!
Den Brief nur hier, der Euch sehr wichtig ist,
Erniedrigt Euch, von meiner Hand zu nehmen.
DER GRAF VOM STRAHL. Ich aber *will* ihn nicht! Ich *mag* ihn nicht!
Fort! Augenblicks! Hinweg!
KÄTHCHEN. Mein hoher Heerr!
DER GRAF VOM STRAHL *(wendet sich).*
Die Peitsche her! An welchem Nagel hängt sie?
Ich will doch sehn, ob ich, vor losen Mädchen,
In meinem Haus nicht Ruh mir kann verschaffen.

(Er nimmt die Peitsche von der Wand.)

GOTTSCHALK. O gnädger Herr! Was macht Ihr? Was beginnt Ihr?
Warum auch wollt Ihr, den nicht sie verfaßt,
Den Brief, nicht freundlich aus der Hand ihr nehmen?
DER GRAF VOM STRAHL. Schweig, alter Esel, du, sag ich.

KÄTHCHEN *(zu Gottschalk).* Laß, laß!

DER GRAF VOM STRAHL. In Thurneck bin ich hier, weiß, was ich tue;
Ich will den Brief aus ihrer Hand nicht nehmen!
– Willst du jetzt gehn?

KÄTHCHEN *(rasch).* Ja, mein verehrter Herr!

DER GRAF VOM STRAHL.
Wohlan!

GOTTSCHALK *(halblaut zu Käthchen da sie zittert.)*
Sei ruhig. Fürchte nichts.

DER GRAF VOM STRAHL. So fern dich! –
Am Eingang steht ein Knecht, dem gib den Brief,
Und kehr des Weges heim, von wo du kamst.

KÄTHCHEN. Gut, gut. Du wirst mich dir gehorsam finden.
Peitsch mich nur nicht, bis ich mit Gottschalk sprach. –

(Sie kehrt sich zu Gottschalk um.)

Nimm du den Brief.

GOTTSCHALK. Gib her, mein liebes Kind.
Was ist dies für ein Brief? Und was enthält er?

KÄTHCHEN. Der Brief hier ist vom Graf vom Stein, verstehst du?
Ein Anschlag, der noch heut vollführt soll werden,
Auf Thurneck, diese Burg, darin enthalten,
Und auf das schöne Fräulein Kunigunde,
Des Grafen, meines hohen Herren, Braut.

GOTTSCHALK. Ein Anschlag auf die Burg? Es ist nicht möglich!
Und vom Graf Stein? – Wie kamst du zu dem Brief?

KÄTHCHEN. Der Brief ward Prior Hatto übergeben,
Als ich mit Vater just, durch Gottes Fügung,
In dessen stiller Klause mich befand.
Der Prior, der verstand den Inhalt nicht,
Und wollt ihn schon dem Boten wiedergeben;
Ich aber riß den Brief ihm aus der Hand,
Und eilte gleich nach Thurneck her, euch alles
Zu melden, in die Harnische zu jagen;
Denn heut, Schlag zwölf um Mitternacht, soll schon
Der mörderische Frevel sich vollstrecken.

GOTTSCHALK. Wie kam der Prior Hatto zu dem Brief?

KÄTHCHEN. Lieber, das weiß ich nicht; es ist gleichviel.
Er ist, du siehst, an irgend wen geschrieben,
Der hier im Schloß zu Thurneck wohnhaft ist;
Was er dem Prior soll, begreift man nicht.
Doch daß es mit dem Anschlag richtig ist,
Das hab ich selbst gesehn; denn kurz und gut,

Der Graf zieht auf die Thurneck schon heran:
Ich bin ihm, auf dem Pfad hieher, begegnet.
GOTTSCHALK. Du siehst Gespenster, Töchterchen!
KÄTHCHEN. Gespenster! –
Ich sage, nein! So wahr ich Käthchen bin!
Der Graf liegt draußen vor der Burg, und wer
Ein Pferd besteigen will, und um sich schauen,
Der kann den ganzen weiten Wald ringsum
Erfüllt von seinen Reisigen erblicken!
GOTTSCHALK. – Nehmt doch den Brief, Herr Graf, und seht selbst zu.
Ich weiß nicht, was ich davon denken soll.
DER GRAF VOM STRAHL
(legt die Peitsche weg, nimmt den Brief und entfaltet ihn).
»Um zwölf Uhr, wenn das Glöckchen schlägt, bin ich
Vor Thurneck. Laß die Tore offen sein.
Sobald die Flamme zuckt, zieh ich hinein.
Auf niemand münz ich es, als Kunigunden,
Und ihren Bräutigam, den Graf vom Strahl:
Tu mir zu wissen, Alter, wo sie wohnen.«
GOTTSCHALK. Ein Höllenfrevel! – Und die Unterschrift?
DER GRAF VOM STRAHL. Das sind drei Kreuze.

(Pause.)

Wie stark fandst du den Kriegstroß, Katharina?
KÄTHCHEN. Auf sechzig Mann, mein hoher Herr, bis siebzig.
DER GRAF VOM STRAHL.
Sahst du ihn selbst den Graf vom Stein?
KÄTHCHEN. Ihn nicht.
DER GRAF VOM STRAHL. Wer führte seine Mannschaft an?
KÄTHCHEN. Zwei Ritter,
Mein hochverehrter Herr, die ich nicht kannte.
DER GRAF VOM STRAHL. Und jetzt, sagst du, sie lägen vor der Burg?
KÄTHCHEN. Ja, mein verehrter Herr.
DER GRAF VOM STRAHL. Wie weit von hier?
KÄTHCHEN. Auf ein dreitausend Schritt, verstreut im Walde.
DER GRAF VOM STRAHL. Rechts, auf der Straße?
KÄTHCHEN. Links, im Föhrengrunde,
Wo überm Sturzbach sich die Brücke baut.

(Pause.)

GOTTSCHALK. Ein Anschlag, greuelhaft, und unerhört!
DER GRAF VOM STRAHL *(steckt den Brief ein).*
Ruf mir sogleich die Herrn von Thurneck her!
– Wie hoch ists an der Zeit?

GOTTSCHALK. Glock halb auf zwölf.

DER GRAF VOM STRAHL. So ist kein Augenblick mehr zu verlieren.

(Er setzt sich den Helm auf.)

GOTTSCHALK. Gleich, gleich; ich gehe schon! – Komm, liebes Käthchen,
Daß ich dir das erschöpfte Herz erquicke! –
Wie großen Dank, bei Gott, sind wir dir schuldig?
So in der Nacht, durch Wald und Feld und Tal –

DER GRAF VOM STRAHL.
Hast du mir sonst noch, Jungfrau, was zu sagen?

KÄTHCHEN. Nein, mein verehrter Herr.

DER GRAF VOM STRAHL. – Was suchst du da?

KÄTHCHEN *(sich in den Busen fassend)*.
Den Einschlag, der vielleicht dir wichtig ist.
Ich glaub, ich hab –? Ich glaub, er ist –?

(Sie sieht sich um.)

DER GRAF VOM STRAHL. Der Einschlag?

KÄTHCHEN. Nein, hier.

(Sie nimmt das Kuvert und gibt es dem Grafen.)

DER GRAF VOM STRAHL.
Gib her!

(Er betrachtet das Papier.)

Dein Antlitz speit ja Flammen! –
Du nimmst dir gleich ein Tuch um, Katharina,
Und trinkst nicht ehr, bis du dich abgekühlt.
– Du aber hast keins?

KÄTHCHEN. Nein –

DER GRAF VOM STRAHL *(macht sich die Schärpe los – wendet sich plötzlich, und wirft sie auf den Tisch)*. So nimm die Schürze.

(Nimmt die Handschuh und zieht sie sich an.)

Wenn du zum Vater wieder heim willst kehren,
Werd ich, wie sichs von selbst versteht –

(Er hält inne.)

KÄTHCHEN. Was wirst du?

DER GRAF VOM STRAHL *(erblickt die Peitsche)*.
Was macht die Peitsche hier?

GOTTSCHALK. Ihr selbst ja nahmt sie –!

DER GRAF VOM STRAHL *(ergrimmt)*.
Hab ich hier Hunde, die zu schmeißen sind?

(Er wirft die Peitsche, daß die Scherben niederklirren, durchs Fenster; hierauf zu Käthchen:)

Pferd dir, mein liebes Kind, und Wagen geben,
Die sicher nach Heilbronn dich heimgeleiten.
– Wann denkst du heim?

KÄTHCHEN *(zitternd)*. Gleich, mein verehrter Herr.

DER GRAF VOM STRAHL *(streichelt ihre Wangen)*.
Gleich nicht! Du kannst im Wirtshaus übernachten.

(Er weint.)

– Was glotzt er da? Geh, nimm die Scherben auf!

(Gottschalk hebt die Scherben auf. Er nimmt die Schärpe vom Tisch, und gibt sie Käthchen.)

Da! Wenn du dich gekühlt, gib mir sie wieder.

KÄTHCHEN *(sie will seine Hand küssen)*.
Mein hoher Herr!

DER GRAF VOM STRAHL *(wendet sich von ihr ab)*.
Leb wohl! Leb wohl! Leb wohl!

(Getümmel und Glockenklang draußen.)

GOTTSCHALK. Gott, der Allmächtige!

KÄTHCHEN. Was ist? Was gibts?

GOTTSCHALK.
Ist das nicht Sturm?

KÄTHCHEN. Sturm?

DER GRAF VOM STRAHL. Auf! Ihr Herrn von Thurneck!
Der Rheingraf, beim Lebendgen, ist schon da!

(Alle ab.)

Szene: Platz vor dem Schloß. Es ist Nacht. Das Schloß brennt. Sturmgeläute.

Siebenter Auftritt

EIN NACHTWÄCHTER *(tritt auf und stößt ins Horn)*. Feuer! Feuer! Feuer! Erwacht ihr Männer von Thurneck, ihr Weiber und Kinder des Fleckens erwacht! Werft den Schlaf nieder, der, wie ein Riese, über euch liegt; besinnt euch, ersteht und erwacht! Feuer! Der Frevel zog auf Socken durchs Tor! Der Mord steht, mit Pfeil und Bogen, mitten unter euch, und die Verheerung, um ihm zu leuchten, schlägt ihre Fackel an alle Ecken der Burg! Feuer! Feuer! O daß ich eine Lunge von Erz und ein Wort hätte, das sich mehr schreien ließe, als dies: Feuer! Feuer! Feuer!

Achter Auftritt

Der Graf vom Strahl. Die drei Herren von Thurneck. Gefolge. Der Nachtwächter.

DER GRAF VOM STRAHL. Himmel und Erde! Wer steckte das Schloß in Brand? – Gottschalk!

GOTTSCHALK *(außerhalb der Szene)*. He!

DER GRAF VOM STRAHL. Mein Schild, meine Lanze!

RITTER VON THURNECK. Was ist geschehn?

DER GRAF VOM STRAHL. Fragt nicht, nehmt was hier steht, fliegt auf die Wälle, kämpft und schlagt um euch, wie angeschossene Eber!

RITTER VON THURNECK. Der Rheingraf ist vor den Toren?

DER GRAF VOM STRAHL. Vor den Toren, ihr Herrn, und ehe ihr den Riegel vorschiebt, drin: Verräterei, im Innern des Schlosses, hat sie ihm geöffnet!

RITTER VON THURNECK. Der Mordanschlag, der unerhörte! – Auf!

(Ab mit Gefolge.)

DER GRAF VOM STRAHL. Gottschalk!

GOTTSCHALK *(außerhalb)*. He!

DER GRAF VOM STRAHL. Mein Schwert! Mein Schild! meine Lanze.

Neunter Auftritt

Das Käthchen tritt auf. Die Vorigen.

KÄTHCHEN *(mit Schwert, Schild und Lanze)*. Hier!

DER GRAF VOM STRAHL *(indem er das Schwert nimmt und es sich umgürtet)*. Was willst du?

KÄTHCHEN. Ich bringe dir die Waffen.

DER GRAF VOM STRAHL. Dich rief ich nicht!

KÄTHCHEN. Gottschalk rettet.

DER GRAF VOM STRAHL. Warum schickt er den Buben nicht? – Du dringst dich schon wieder auf?

(Der Nachtwächter stößt wieder ins Horn.)

Zehnter Auftritt

Ritter Flammberg mit Reisigen. Die Vorigen.

FLAMMBERG. Ei, so blase du, daß dir die Wangen bersten! Fische und Maulwürfe wissen, daß Feuer ist, was braucht es deines gotteslästerlichen Gesangs, um es uns zu verkündigen?

DER GRAF VOM STRAHL. Wer da?
FLAMMBERG. Strahlburgische!
DER GRAF VOM STRAHL. Flammberg?
FLAMMBERG. Er selbst!
DER GRAF VOM STRAHL. Tritt heran! – Verweil hier, bis wir erfahren, wo der Kampf tobt!

Eilfter Auftritt

Die Tanten von Thurneck treten auf. Die Vorigen.

ERSTE TANTE. Gott helf uns!
DER GRAF VOM STRAHL. Ruhig, ruhig.
ZWEITE TANTE. Wir sind verloren! Wir sind gespießt.
DER GRAF VOM STRAHL. Wo ist Fräulein Kunigunde, eure Nichte?
DIE TANTEN. Das Fräulein, unsre Nichte?
KUNIGUNDE *(im Schloß)*. Helft! Ihr Menschen! Helft!
DER GRAF VOM STRAHL. Gott im Himmel! War das nicht ihre Stimme?

(Er gibt Schild und Lanze an Käthchen.)

ERSTE TANTE. Sie rief! – Eilt, eilt!
ZWEITE TANTE. Dort erscheint sie im Portal!
ERSTE TANTE. Geschwind! Um aller Heiligen! Sie wankt, sie fällt!
ZWEITE TANTE. Eilt sie zu unterstützen!

Zwölfter Auftritt

Kunigunde von Thurneck. Die Vorigen.

DER GRAF VOM STRAHL *(empfängt sie in seinen Armen)*.
Meine Kunigunde!
KUNIGUNDE *(schwach)*.
Das Bild, das Ihr mir jüngst geschenkt, Graf Friedrich!
Das Bild mit dem Futtral!
DER GRAF VOM STRAHL. Was solls? Wo ists?
KUNIGUNDE. Im Feu'r! Weh mir! Helft! Rettet! Es verbrennt.
DER GRAF VOM STRAHL.
Laßt, laßt! Habt Ihr mich selbst nicht, Teuerste?
KUNIGUNDE. Das Bild mit dem Futtral, Herr Graf vom Strahl!
Das Bild mit dem Futtral!
KÄTHCHEN *(tritt vor)*. Wo liegts, wo stehts?

(Sie gibt Schild und Lanze an Flammberg.)

KUNIGUNDE. Im Schreibtisch! Hier, mein Goldkind, ist der Schlüssel!

(Käthchen geht.)

DER GRAF VOM STRAHL. Hör, Käthchen!
KUNIGUNDE. Eile!
DER GRAF VOM STRAHL. Hör, mein Kind!
KUNIGUNDE. Hinweg!
Warum auch stellt Ihr wehrend Euch –?
DER GRAF VOM STRAHL. Mein Fräulein,
Ich will zehn andre Bilder Euch statt dessen –
KUNIGUNDE *(unterbricht ihn).*
Dies brauch ich, dies; sonst keins! – Was es mir gilt,
Ist hier der Ort jetzt nicht, Euch zu erklären. –
Geh, Mädchen geh, schaff Bild mir und Futtral:
Mit einem Diamanten lohn ichs dir!
DER GRAF VOM STRAHL. Wohlan, so schaffs! Es ist der Törin recht!
Was hatte sie an diesem Ort zu suchen?
KÄTHCHEN. Das Zimmer – rechts?
KUNIGUNDE. Links, Liebchen; eine Treppe,
Dort, wo der Altan, schau, den Eingang ziert!
KÄTHCHEN. Im Mittelzimmer?
KUNIGUNDE. In dem Mittelzimmer!
Du fehlst nicht, lauf; denn die Gefahr ist dringend!
KÄTHCHEN. Auf! Auf! Mit Gott! Mit Gott! Ich bring es Euch!

(Ab.)

Dreizehnter Auftritt

Die Vorigen, ohne Käthchen.

DER GRAF VOM STRAHL. Ihr Leut, hier ist ein Beutel Gold für den,
Der in das Haus ihr folgt!
KUNIGUNDE. Warum? Weshalb?
DER GRAF VOM STRAHL.
Veit Schmidt! Hans, du! Karl Böttiger! Fritz Töpfer!
Ist niemand unter euch?
KUNIGUNDE. Was fällt Euch ein?
DER GRAF VOM STRAHL. Mein Fräulein, in der Tat, ich muß gestehn –
KUNIGUNDE. Welch ein besondrer Eifer glüht Euch an? –
Was ist dies für ein Kind?
DER GRAF VOM STRAHL. – Es ist die Jungfrau,
Die heut mit so viel Eifer uns gedient.
KUNIGUNDE. Bei Gott, und wenns des Kaisers Tochter wäre!
– Was fürchtet Ihr? Das Haus, wenn es gleich brennt,
Steht, wie ein Fels, auf dem Gebälke noch;
Sie wird, auf diesem Gang, nicht gleich verderben.

Die Treppe war noch unberührt vom Strahl;
Rauch ist das einzge Übel, das sie findet.
KÄTHCHEN *(erscheint in einem brennenden Fenster).*
Mein Fräulein! He! Hilf Gott! Der Rauch erstickt mich!
– Es ist der rechte Schlüssel nicht.
DER GRAF VOM STRAHL *(zu Kunigunden).* Tod und Teufel!
Warum regiert Ihr Eure Hand nicht besser?
KUNIGUNDE. Der rechte Schlüssel nicht?
KÄTHCHEN *(mit schwacher Stimme).* Hilf Gott! Hilf Gott!
DER GRAF VOM STRAHL.
Komm herab, mein Kind!
KUNIGUNDE. Laßt, laßt!
DER GRAF VOM STRAHL. Komm herab, sag ich!
Was sollst du ohne Schlüssel dort? Komm herab!
KUNIGUNDE. Laßt einen Augenblick –!
DER GRAF VOM STRAHL. Wie? Was, zum Teufel!
KUNIGUNDE. Der Schlüssel, liebes Herzens-Töchterchen,
Hängt, jetzt erinnr' ich michs, am Stift des Spiegels,
Der überm Putztisch glänzend eingefugt!
KÄTHCHEN. Am Spiegelstift?
DER GRAF VOM STRAHL. Beim Gott der Welt! Ich wollte,
Er hätte nie gelebt, der mich gezeichnet,
Und er, der mich gemacht hat, obenein!
– So such!
KUNIGUNDE. Mein Augenlicht! Am Putztisch, hörst du?
KÄTHCHEN *(indem sie das Fenster verläßt).*
Wo ist der Putztisch? Voller Rauch ist alles.
DER GRAF VOM STRAHL. Such!
KUNIGUNDE. An der Wand rechts.
KÄTHCHEN *(unsichtbar).* Rechts?
DER GRAF VOM STRAHL. Such, sag ich!
KÄTHCHEN *(schwach).* Hilf Gott! Hilf Gott! Hilf Gott!
DER GRAF VOM STRAHL. Ich sage, such! –
Verflucht die hündische Dienstfertigkeit!
FLAMMBERG. Wenn sie nicht eilt: das Haus stürzt gleich zusammen!
DER GRAF VOM STRAHL. Schafft eine Leiter her!
KUNIGUNDE. Wie, mein Geliebter?
DER GRAF VOM STRAHL. Schafft eine Leiter her! Ich will hinauf.
KUNIGUNDE. Mein teurer Freund! Ihr selber wollt –?
DER GRAF VOM STRAHL. Ich bitte!
Räumt mir den Platz! Ich will das Bild Euch schaffen.
KUNIGUNDE. Harrt einen Augenblick noch, ich beschwör Euch.
Sie bringt es gleich herab.

DER GRAF VOM STRAHL. Ich sage, laßt mich! –
Putztisch und Spiegel ist, und Nagelstift,
Ihr unbekannt, mir nicht; ich finds heraus,
Das Bild von Kreid und Öl auf Leinewand,
Und brings Euch her, nach Eures Herzens Wunsch.

(Vier Knechte bringen eine Feuerleiter.)

– Hier! Legt die Leiter an!

ERSTER KNECHT *(vorn, indem er sich umsieht).*
Holla! Da hinten!

EIN ANDERER *(zum Grafen).* Wo?

DER GRAF VOM STRAHL. Wo das Fenster offen ist.

DIE KNECHTE *(heben die Leiter auf).* O ha!

DER ERSTE *(vorn).* Blitz! Bleibt zurück, ihr hinten da! Was macht ihr?
Die Leiter ist zu lang!

DIE ANDEREN *(hinten).* Das Fenster ein!
Das Kreuz des Fensters eingestoßen! So!

FLAMMBERG *(der mit geholfen).* Jetzt steht die Leiter fest und rührt sich nicht!

DER GRAF VOM STRAHL *(wirft sein Schwert weg).*
Wohlan denn!

KUNIGUNDE. Mein Geliebter! Hört mich an!

DER GRAF VOM STRAHL. Ich bin gleich wieder da!

(Er setzt einen Fuß auf die Leiter.)

FLAMMBERG *(aufschreiend).* Halt! Gott im Himmel!

KUNIGUNDE *(eilt erschreckt von der Leiter weg).*
Was gibts?

DIE KNECHTE. Das Haus sinkt! Fort zurücke!

ALLE. Heiland der Welt! Da liegts in Schutt und Trümmern!

(Das Haus sinkt zusammen, der Graf wendet sich, und drückt beide Hände vor die Stirne; alles, was auf der Bühne ist, weicht zurück und wendet sich gleichfalls ab. – Pause.)

Vierzehnter Auftritt

Käthchen tritt rasch, mit einer Papierrolle, durch ein großes Portal, das stehen geblieben ist, auf; hinter ihr ein Cherub in der Gestalt eines Jünglings, von Licht umflossen, blondlockig, Fittiche an den Schultern und einen Palmzweig in der Hand.

KÄTHCHEN *(so wie sie aus dem Portal ist, kehrt sie sich, und stürzt vor ihm nieder).*
Schirmt mich, ihr Himmlischen! Was widerfährt mir?

DER CHERUB *(berührt ihr Haupt mit der Spitze des Palmenzweigs, und verschwindet).*

(Pause.)

Fünfzehnter Auftritt

Die Vorigen ohne den Cherub.

KUNIGUNDE *(sieht sich zuerst um).*
Nun, beim lebendgen Gott, ich glaub, ich träume! –
Mein Freund! Schaut her!
DER GRAF VOM STRAHL *(vernichtet).*
Flammberg!
(Er stützt sich auf seine Schulter.)
KUNIGUNDE. Ihr Vettern! Tanten! –
Herr Graf! so hört doch an!
DER GRAF VOM STRAHL *(schiebt sie von sich).*
Geht, geht! – – Ich bitt Euch!
KUNIGUNDE. Ihr Toren! Seid ihr Säulen Salz geworden?
Gelöst ist alles glücklich.
DER GRAF VOM STRAHL *(mit abgewandtem Gesicht).*
Trostlos mir!
Die Erd hat nichts mehr Schönes. Laßt mich sein.
FLAMMBERG *(zu den Knechten).*
Rasch, Brüder, rasch!
EIN KNECHT. Herbei, mit Hacken, Spaten!
EIN ANDERER. Laßt uns den Schutt durchsuchen, ob sie lebt!
KUNIGUNDE *(scharf).* Die alten, bärtgen Gecken, die! das Mädchen,
Das sie verbrannt zur Feuersasche glauben,
Frisch und gesund am Boden liegt sie da,
Die Schürze kichernd vor dem Mund, und lacht!
DER GRAF VOM STRAHL *(wendet sich).*
Wo?
KUNIGUNDE.
Hier!
FLAMMBERG. Nein, sprecht! Es ist nicht möglich.
DIE TANTEN. Das Mädchen wär –?
ALLE. O Himmel! Schaut! Da liegt sie.
DER GRAF VOM STRAHL *(tritt zu ihr und betrachtet sie).*
Nun über dich schwebt Gott mit seinen Scharen!
(Er erhebt sie vom Boden.)
Wo kommst du her?
KÄTHCHEN. Weiß nit, mein hoher Herr.
DER GRAF VOM STRAHL.
Hier stand ein Haus, dünkt mich, und du warst drin.
– Nicht? Wars nicht so?
FLAMMBERG. – Wo warst du, als es sank?

KÄTHCHEN. Weiß nit, ihr Herren, was mir widerfahren.

(Pause.)

DER GRAF VOM STRAHL. Und hat noch obenein das Bild.

(Er nimmt ihr die Rolle aus der Hand.)

KUNIGUNDE *(reißt sie an sich).* Wo?

DER GRAF VOM STRAHL. Hier.

KUNIGUNDE *(erblaßt).*

DER GRAF VOM STRAHL.
Nicht? Ists das Bild nicht? – Freilich!

DIE TANTEN. Wunderbar!

FLAMMBERG.
Wer gab dir es? Sag an!

KUNIGUNDE *(indem sie ihr mit der Rolle einen Streich auf die Backen gibt).*
Die dumme Trine!
Hatt ich ihr nicht gesagt, das Futteral?

DER GRAF VOM STRAHL. Nun, beim gerechten Gott, das muß ich sagen –!
– Ihr wolltet das Futtral?

KUNIGUNDE. Ja und nichts anders!
Ihr hattet Euren Namen drauf geschrieben;
Es war mir wert, ich hatts ihr eingeprägt.

DER GRAF VOM STRAHL.
Wahrhaftig, wenn es sonst nichts war –

KUNIGUNDE. So? Meint Ihr?
Das kommt zu prüfen *mir* zu und nicht *Euch.*

DER GRAF VOM STRAHL. Mein Fräulein, Eure Güte macht mich stumm.

KUNIGUNDE *(zu Käthchen).* Warum nahmst dus heraus, aus dem Futteral?

DER GRAF VOM STRAHL.
Warum nahmst dus heraus, mein Kind?

KÄTHCHEN. Das Bild?

DER GRAF VOM STRAHL. Ja!

KÄTHCHEN. Ich nahm es nicht heraus, mein hoher Herr.
Das Bild, halb aufgerollt, im Schreibtischwinkel,
Den ich erschloß, lag neben dem Futtral.

KUNIGUNDE. Fort! – das Gesicht der Äffin!

DER GRAF VOM STRAHL. Kunigunde! –

KÄTHCHEN. Hätt ichs hinein erst wieder ordentlich
In das Futtral –?

DER GRAF VOM STRAHL.
Nein, nein, mein liebes Käthchen!
Ich lobe dich, du hast es recht gemacht.
Wie konntest du den Wert der Pappe kennen?

KUNIGUNDE. Ein Satan leitet' ihr die Hand!

DER GRAF VOM STRAHL. Sei ruhig! –
Das Fräulein meint es nicht so bös. – Tritt ab.
KÄTHCHEN. Wenn *du* mich nur nicht schlägst, mein hoher Herr!
(Sie geht zu Flammberg und mischt sich im Hintergrund unter die Knechte.)

Sechzehnter Auftritt

Die Herren von Thurneck. Die Vorigen.

RITTER VON THURNECK.
Triumph, ihr Herrn! Der Sturm ist abgeschlagen!
Der Rheingraf zieht mit blutgem Schädel heim!
FLAMMBERG. Was! Ist er fort?
VOLK. Heil, Heil!
DER GRAF VOM STRAHL. Zu Pferd, zu Pferd!
Laßt uns den Sturzbach ungesäumt erreichen,
So schneiden wir die ganze Rotte ab!
(Alle ab.)

VIERTER AKT

Szene: Gegend im Gebirg, mit Wasserfällen und einer Brücke.

Erster Auftritt

Der Rheingraf vom Stein, zu Pferd, zieht mit einem Troß Fußvolk über die Brücke. Ihnen folgt der Graf vom Strahl zu Pferd; bald darauf Ritter Flammberg mit Knechten und Reisigen zu Fuß. Zuletzt Gottschalk gleichfalls zu Pferd, neben ihm das Käthchen.

RHEINGRAF *(zu dem Troß)*. Über die Brücke, Kinder, über die Brücke! Dieser Wetter vom Strahl kracht, wie vom Sturmwind getragen, hinter uns drein; wir müssen die Brücke abwerfen, oder wir sind alle verloren!
(Er reitet über die Brücke.)
KNECHTE DES RHEINGRAFEN *(folgen ihm)*. Reißt die Brücke nieder!
(Sie werfen die Brücke ab.)
DER GRAF VOM STRAHL *(erscheint in der Szene, sein Pferd tummelnd)*. Hinweg! – Wollt ihr den Steg unberührt lassen?
KNECHTE DES RHEINGRAFEN *(schießen mit Pfeilen auf ihn)*. Hei! Diese Pfeile zur Antwort dir!

DER GRAF VOM STRAHL *(wendet das Pferd)*. Meuchelmörder! – He! Flammberg!

KÄTHCHEN *(hält eine Rolle in die Höhe)*. Mein hoher Herr!

DER GRAF VOM STRAHL *(zu Flammberg)*. Die Schützen her!

RHEINGRAF *(über den Fluß rufend)*. Auf Wiedersehn, Herr Graf! Wenn Ihr schwimmen könnt, so schwimmt; auf der Steinburg, diesseits der Brücke, sind wir zu finden.

(Ab mit dem Troß.)

DER GRAF VOM STRAHL. Habt Dank ihr Herrn! Wenn der Fluß trägt, so sprech ich bei euch ein!

(Er reitet hindurch.)

EIN KNECHT *(aus seinem Troß)*. Halt! zum Henker! nehmt Euch in acht!

KÄTHCHEN *(am Ufer zurückbleibend)*. Herr Graf vom Strahl!

EIN ANDERER KNECHT. Schafft Balken und Bretter her!

FLAMMBERG. Was! bist du ein Jud?

ALLE. Setzt hindurch! Setzt hindurch!

(Sie folgen ihm.)

DER GRAF VOM STRAHL. Folgt! Folgt! Es ist ein Forellenbach, weder breit noch tief! So recht! So recht! Laßt uns das Gesindel völlig in die Pfanne hauen!

(Ab mit dem Troß.)

KÄTHCHEN. Herr Graf vom Strahl! Herr Graf vom Strahl!

GOTTSCHALK *(wendet mit dem Pferde um)*. Ja, was lärmst und schreist du? – Was hast du hier im Getümmel zu suchen? Warum läufst du hinter uns drein?

KÄTHCHEN *(hält sich an einem Stamm)*. Himmel!

GOTTSCHALK *(indem er absteigt)*. Komm! Schürz und schwinge dich! Ich will das Pferd an die Hand nehmen, und dich hindurch führen.

DER GRAF VOM STRAHL *(hinter der Szene)*. Gottschalk!

GOTTSCHALK. Gleich, gnädiger Herr, gleich! Was befehlt Ihr?

DER GRAF VOM STRAHL. Meine Lanze will ich haben!

GOTTSCHALK *(hilft das Käthchen in den Steigbügel)*. Ich bringe sie schon!

KÄTHCHEN. Das Pferd ist scheu.

GOTTSCHALK *(reißt das Pferd in den Zügel)*. Steh, Mordmähre! – – – So zieh dir Schuh und Strümpfe aus!

KÄTHCHEN *(setzt sich auf einen Stein)*. Geschwind!

DER GRAF VOM STRAHL *(außerhalb)*. Gottschalk!

GOTTSCHALK. Gleich, gleich! Ich bringe die Lanze schon. – Was hast du denn da in der Hand?

KÄTHCHEN *(indem sie sich auszieht)*. Das Futteral, Lieber, das gestern – nun!

GOTTSCHALK. Was! Das im Feuer zurück blieb?

KÄTHCHEN. Freilich! Um das ich gescholten ward. Früh morgens, im Schutt, heut sucht ich nach und durch Gottes Fügung – – nun, so! *(Sie zerrt sich am Strumpf.)*

GOTTSCHALK. Je, was der Teufel! *(Er nimmt es ihr aus der Hand.)* Und unversehrt, bei meiner Treu, als wärs Stein! – Was steckt denn drin?

KÄTHCHEN. Ich weiß nicht.

GOTTSCHALK *(nimmt ein Blatt heraus)*. »Akte, die Schenkung, Stauffen betreffend, von Friedrich Grafen vom Strahl« – Je, verflucht!

DER GRAF VOM STRAHL *(draußen)*. Gottschalk!

GOTTSCHALK. Gleich, gnädiger Herr, gleich!

KÄTHCHEN *(steht auf)*. Nun bin ich fertig!

GOTTSCHALK. Nun, das mußt du dem Grafen geben! *(Er gibt ihr das Futtral wieder.)* Komm, reich mir die Hand, und folg mir! *(Er führt sie und das Pferd durch den Bach.)*

KÄTHCHEN *(mit dem ersten Schritt ins Wasser)*. Ah!

GOTTSCHALK. Du mußt dich ein wenig schürzen.

KÄTHCHEN. Nun, bei Leibe, schürzen nicht!

(Sie steht still.)

GOTTSCHALK. Bis an den Zwickel nur, Käthchen!

KÄTHCHEN. Nein! Lieber such ich mir einen Steg!

(Sie kehrt um.)

GOTTSCHALK *(hält sie)*. Bis an den Knöchel nur, Kind! bis an die äußerste, unterste Kante der Sohle!

KÄTHCHEN. Nein, nein, nein, nein; ich bin gleich wieder bei dir!

(Sie macht sich los, und läuft weg.)

GOTTSCHALK *(kehrt aus dem Bach zurück, und ruft ihr nach)*. Käthchen! Käthchen! Ich will mich umkehren! Ich will mir die Augen zuhalten! Käthchen! Es ist kein Steg auf Meilenweite zu finden! – – Ei so wollt ich, daß ihr der Gürtel platzte! Da läuft sie am Ufer entlang, der Quelle zu, den weißen schroffen Spitzen der Berge; mein Seel, wenn sich kein Fährmann ihrer erbarmt, so geht sie verloren!

DER GRAF VOM STRAHL *(draußen)*. Gottschalk! Himmel und Erde! Gottschalk!

GOTTSCHALK. Ei, so schrei du! – – Hier, gnädiger Herr; ich komme schon.

(Er leitet sein Pferd mürrisch durch den Bach.)

(Ab.)

Szene: Schloß Wetterstrahl. Platz, dicht mit Bäumen bewachsen, am äußeren zerfallenen Mauernring der Burg. Vorn ein Holunderstrauch, der eine Art von natürlicher Laube bildet, worunter von Feldsteinen, mit einer Strohmatte bedeckt, ein Sitz. An den Zweigen sieht man ein Hemdchen und ein Paar Strümpfe usw. zum Trocknen aufgehängt.

Zweiter Auftritt

Käthchen liegt und schläft. Der Graf vom Strahl tritt auf.

DER GRAF VOM STRAHL *(indem er das Futteral in den Busen steckt).* Gottschalk, der mir dies Futteral gebracht, hat mir gesagt, das Käthchen wäre wieder da. Kunigunde zog eben, weil ihre Burg niedergebrannt ist, in die Tore der meinigen ein; da kommt er und spricht: unter dem Holunderstrauch läge sie wieder da, und schliefe; und bat mich, mit tränenden Augen, ich möchte ihm doch erlauben, sie in den Stall zu nehmen. Ich sagte, bis der alte Vater, der Theobald sich aufgefunden, würd ich ihr in der Herberge ein Unterkommen verschaffen; und indessen hab ich mich herabgeschlichen, um einen Entwurf mit ihr auszuführen. – Ich *kann* diesem Jammer nicht mehr zusehen. Dies Mädchen, bestimmt, den herrlichsten Bürger von Schwaben zu beglücken, wissen will ich, warum ich verdammt bin, sie einer Metze gleich, mit mir herum zu führen; wissen, warum sie hinter mir herschreitet, einem Hunde gleich, durch Feuer und Wasser, mir Elenden, der nichts für sich hat, als das Wappen auf seinem Schild. – Es ist mehr, als der bloße sympathetische Zug des Herzens; es ist irgend von der Hölle angefacht, ein Wahn, der in ihrem Busen sein Spiel treibt. So oft ich sie gefragt habe: Käthchen! Warum erschrakst du doch so, als du mich zuerst in Heilbronn sahst? hat sie mich immer zerstreut angesehen, und dann geantwortet: Ei, gestrenger Herr! Ihr wißts ja! – – – Dort ist sie! – Wahrhaftig, wenn ich sie so daliegen sehe, mit roten Backen und verschränkten Händchen, so kommt die ganze Empfindung der Weiber über mich, und macht meine Tränen fließen. Ich will gleich sterben, wenn sie mir nicht die Peitsche vergeben hat – ach! was sag ich? wenn sie nicht im Gebet für mich, der sie mißhandelte, eingeschlafen! – – – Doch rasch, ehe Gottschalk kommt, und mich stört. Dreierlei hat er mir gesagt: einmal, daß sie einen Schlaf hat, wie ein Murmeltier, zweitens, daß sie, wie ein Jagdhund, immer träumt, und drittens, daß sie im Schlaf spricht; und auf diese Eigenschaften hin, will ich meinen Versuch gründen. – Tue ich eine Sünde, so mag sie mir Gott verzeihen.

(Er läßt sich auf Knieen vor ihr nieder und legt seine beiden Arme sanft um ihren Leib. – Sie macht eine Bewegung als ob sie erwachen wollte, liegt aber gleich wieder still.)

DER GRAF VOM STRAHL.
Käthchen! Schläfst du?

KÄTHCHEN. Nein, mein verehrter Herr.

(Pause.)

DER GRAF VOM STRAHL. Und doch hast du die Augenlider zu.
KÄTHCHEN. Die Augenlider?
DER GRAF VOM STRAHL. Ja; und fest, dünkt mich.
KÄTHCHEN. – Ach, geh!
DER GRAF VOM STRAHL. Was! Nicht? Du hättst die Augen auf?
KÄTHCHEN. Groß auf, so weit ich kann, mein bester Herr;
Ich sehe dich ja, wie du zu Pferde sitzest.
DER GRAF VOM STRAHL.
So! – Auf dem Fuchs – nicht?
KÄTHCHEN. Nicht doch! Auf dem Schimmel.

(Pause.)

DER GRAF VOM STRAHL.
Wo bist du denn, mein Herzchen? Sag mir an.
KÄTHCHEN. Auf einer schönen grünen Wiese bin ich,
Wo alles bunt und voller Blumen ist.
DER GRAF VOM STRAHL. Ach, die Vergißmeinnicht! Ach, die Kamillen!
KÄTHCHEN. Und hier die Veilchen; schau! ein ganzer Busch.
DER GRAF VOM STRAHL. Ich will vom Pferde niedersteigen, Käthchen,
Und mich ins Gras ein wenig zu dir setzen.
– Soll ich?
KÄTHCHEN. Das tu, mein hoher Herr.
DER GRAF VOM STRAHL *(als ob er riefe)*. He, Gottschalk! –
Wo laß ich doch das Pferd!? – Gottschalk! Wo bist du?
KÄTHCHEN. Je, laß es stehn. Die Liese läuft nicht weg.
DER GRAF VOM STRAHL *(lächelt)*.
Meinst du? – Nun denn, so seis!

(Pause. – Er rasselt mit seiner Rüstung.)

Mein liebes Käthchen!

(Er faßt ihre Hand.)

KÄTHCHEN. Mein hoher Herr!
DER GRAF VOM STRAHL. Du bist mir wohl recht gut.
KÄTHCHEN. Gewiß! Von Herzen.
DER GRAF VOM STRAHL. Aber *ich* – was meinst du?
Ich nicht.
KÄTHCHEN *(lächelnd)*.
O Schelm!
DER GRAF VOM STRAHL. Was, Schelm! Ich hoff –?
KÄTHCHEN. O geh! –
Verliebt ja, wie ein Käfer, bist du mir.

DER GRAF VOM STRAHL.
Ein Käfer! Was! Ich glaub du bist –?
KÄTHCHEN. Was sagst du?
DER GRAF VOM STRAHL *(mit einem Seufzer)*.
Ihr Glaub ist, wie ein Turm, so fest gegründet! –
Seis! Ich ergebe mich darin. – Doch, Käthchen,
Wenns ist, wie du mir sagst –
KÄTHCHEN. Nun? Was beliebt?
DER GRAF VOM STRAHL.
Was, sprich, was soll draus werden?
KÄTHCHEN. Was draus soll werden?
DER GRAF VOM STRAHL.
Ja! hast dus schon bedacht?
KÄTHCHEN. Je, nun.
DER GRAF VOM STRAHL. – Was heißt das?
KÄTHCHEN. Zu Ostern, übers Jahr, wirst du mich heuern.
DER GRAF VOM STRAHL *(das Lachen verbeißend)*.
So! Heuern! In der Tat! Das wußt ich nicht!
Kathrinchen, schau! – Wer hat dir das gesagt?
KÄTHCHEN. Das hat die Mariane mir gesagt.
DER GRAF VOM STRAHL. So! Die Mariane! Ei! – Wer ist denn das?
KÄTHCHEN. Das ist die Magd, die sonst das Haus uns fegte.
DER GRAF VOM STRAHL. Und die, die wußt es wiederum – von wem?
KÄTHCHEN. Die sahs im Blei, das sie geheimnisvoll
In der Silvesternacht, mir zugegossen.
DER GRAF VOM STRAHL. Was du mir sagst! Da prophezeite sie –?
KÄTHCHEN. Ein großer, schöner Ritter würd mich heuern.
DER GRAF VOM STRAHL. Und nun meinst du so frischweg, das sei ich?
KÄTHCHEN. Ja, mein verehrter Herr.
(Pause.)
DER GRAF VOM STRAHL *(gerührt)*. – Ich will dir sagen,
Mein Kind, ich glaub, es ist ein anderer.
Der Ritter Flammberg. Oder sonst. Was meinst du?
KÄTHCHEN. Nein, nein!
DER GRAF VOM STRAHL. Nicht?
KÄTHCHEN. Nein, nein, nein!
DER GRAF VOM STRAHL. Warum nicht? Rede!
KÄTHCHEN. – Als ich zu Bett ging, da das Blei gegossen,
In der Silvesternacht, bat ich zu Gott,
Wenns wahr wär, was mir die Mariane sagte,
Möcht er den Ritter mir im Traume zeigen.
Und da erschienst du ja, um Mitternacht,
Leibhaftig, wie ich jetzt dich vor mir sehe,

Als deine Braut mich liebend zu begrüßen.

DER GRAF VOM STRAHL. Ich wär dir –? Herzchen! Davon weiß ich nichts.
– Wann hätt ich dich –?

KÄTHCHEN. In der Silvesternacht.
Wenn wiederum Silvester kommt, zwei Jahr.

DER GRAF VOM STRAHL.
Wo? In dem Schloß zu Strahl?

KÄTHCHEN. Nicht! In Heilbronn;
Im Kämmerlein, wo mir das Bette steht.

DER GRAF VOM STRAHL. Was du da schwatzst, mein liebes Kind. – Ich lag
Und obenein todkrank, im Schloß zu Strahl.

(Pause. – Sie seufzt, bewegt sich, und lispelt etwas.)

DER GRAF VOM STRAHL. Was sagst du?

KÄTHCHEN. Wer?

DER GRAF VOM STRAHL. Du!

KÄTHCHEN. Ich? Ich sagte nichts.

(Pause.)

DER GRAF VOM STRAHL *(für sich)*.
Seltsam, beim Himmel! In der Silvesternacht –

(Er träumt vor sich nieder.)

– Erzähl mir doch etwas davon, mein Käthchen!
Kam ich allein?

KÄTHCHEN. Nein, mein verehrter Herr.

DER GRAF VOM STRAHL. Nicht? – Wer war bei mir?

KÄTHCHEN. Ach, so geh!

DER GRAF VOM STRAHL. So rede!

KÄTHCHEN. Das weißt du nicht mehr?

DER GRAF VOM STRAHL. Nein, so wahr ich lebe.

KÄTHCHEN. Ein Cherubim, mein hoher Herr, war bei dir,
Mit Flügeln, weiß wie Schnee, auf beiden Schultern,
Und Licht – o Herr! das funkelte! das glänzte! –
Der führt', an seiner Hand, dich zu mir ein.

DER GRAF VOM STRAHL *(starrt sie an)*.
So wahr, als ich will selig sein, ich glaube,
Da hast du recht!

KÄTHCHEN. Ja, mein verehrter Herr.

DER GRAF VOM STRAHL *(mit beklemmter Stimme)*.
Auf einem härnen Kissen lagst du da,
Das Bettuch weiß, die wollne Decke rot?

KÄTHCHEN. Ganz recht! so wars!

DER GRAF VOM STRAHL. Im bloßen leichten Hemdchen?

KÄTHCHEN. Im Hemdchen? – Nein.

DER GRAF VOM STRAHL. Was! Nicht?
KÄTHCHEN. Im leichten Hemdchen?
DER GRAF VOM STRAHL. Mariane, riefst du?
KÄTHCHEN. Mariane, rief ich!
Geschwind! Ihr Mädchen! Kommt doch her! Christine!
DER GRAF VOM STRAHL. Sahst groß, mit schwarzem Aug, mich an?
KÄTHCHEN. Ja, weil ich glaubt, es wär ein Traum.
DER GRAF VOM STRAHL. Stiegst langsam,
An allen Gliedern zitternd, aus dem Bett,
Und sankst zu Füßen mir –?
KÄTHCHEN. Und flüsterte –
DER GRAF VOM STRAHL *(unterbricht sie)*.
Und flüstertest, mein hochverehrter Herr!
KÄTHCHEN *(lächelnd)*. Nun! Siehst du wohl? – Der Engel zeigte dir –
DER GRAF VOM STRAHL.
Das Mal – Schützt mich, ihr Himmlischen! Das hast du?
KÄTHCHEN. Je, freilich!
DER GRAF VOM STRAHL *(reißt ihr das Tuch ab)*.
Wo? Am Halse?
KÄTHCHEN *(bewegt sich)*. Bitte, bitte.
DER GRAF VOM STRAHL. O ihr Urewigen! – Und als ich jetzt,
Dein Kinn erhob, ins Antlitz dir zu schauen?
KÄTHCHEN. Ja, da kam die unselige Mariane
Mit Licht – – – und alles war vorbei;
Ich lag im Hemdchen auf der Erde da,
Und die Mariane spottete mich aus.
DER GRAF VOM STRAHL.
Nun steht mir bei, ihr Götter: ich bin doppelt!
Ein Geist bin ich und wandele zur Nacht!

(Er läßt sie los und springt auf.)

KÄTHCHEN *(erwacht)*. Gott, meines Lebens Herr! Was widerfährt mir!

(Sie steht auf und sieht sich um.)

DER GRAF VOM STRAHL. Was mir ein Traum schien, nackte Wahrheit ists:
Im Schloß zu Strahl, todkrank am Nervenfieber,
Lag ich danieder, und hinweggeführt,
Von einem Cherubim, besuchte sie
Mein Geist in ihrer Klause zu Heilbronn!
KÄTHCHEN. Himmel! Der Graf!

(Sie setzt sich den Hut auf, und rückt sich das Tuch zurecht.)

DER GRAF VOM STRAHL. Was tu ich jetzt? Was laß ich?

(Pause.)

KÄTHCHEN *(fällt auf ihre beiden Kniee nieder).*
Mein hoher Herr, hier lieg ich dir zu Füßen,
Gewärtig dessen, was du mir verhängst!
An deines Schlosses Mauer fandst du mich,
Trotz des Gebots, das du mir eingeschärft;
Ich schwörs, es war ein Stündchen nur zu ruhn,
Und jetzt will ich gleich wieder weiter gehn.

DER GRAF VOM STRAHL.
Weh mir! Mein Geist, von Wunderlicht geblendet,
Schwankt an des Wahnsinns grausem Hang umher!
Denn wie begreif ich die Verkündigung,
Die mir noch silbern wiederklingt im Ohr,
Daß sie die Tochter meines Kaisers sei?

GOTTSCHALK *(draußen).*
Käthchen! He, junge Maid!

DER GRAF VOM STRAHL *(erhebt sie rasch vom Boden).*
Geschwind erhebe dich!
Mach dir das Tuch zurecht! Wie siehst du aus?

Dritter Auftritt

Gottschalk tritt auf. Die Vorigen.

DER GRAF VOM STRAHL.
Gut, Gottschalk, daß du kommst! Du fragtest mich,
Ob du die Jungfrau in den Stall darfst nehmen;
Das aber schickt aus manchem Grund sich nicht;
Die Friedborn zieht aufs Schloß zu meiner Mutter.

GOTTSCHALK. Wie? Was? Wo? – Oben auf das Schloß hinauf?

DER GRAF VOM STRAHL. Ja, und das gleich! Nimm ihre Sachen auf,
Und auf dem Pfad zum Schlosse folg ihr nach.

GOTTSCHALK. Gotts Blitz auch, Käthchen! hast du das gehört?

KÄTHCHEN *(mit einer zierlichen Verbeugung).*
Mein hochverehrter Herr! Ich nehm es an,
Bis ich werd wissen, wo mein Vater ist.

DER GRAF VOM STRAHL.
Gut, gut! Ich werd mich gleich nach ihm erkundgen.

(Gottschalk bindet die Sachen zusammen; Käthchen hilft ihm.)

Nun? Ists geschehn?

(Er nimmt ein Tuch vom Boden auf, und übergibt es ihr.)

KÄTHCHEN *(errötend).* Was! Du bemühst dich mir?

(Gottschalk nimmt das Bündel in die Hand.)

DER GRAF VOM STRAHL. Gib deine Hand!

KÄTHCHEN. Mein hochverehrter Herr!

(Er führt sie über die Steine; wenn sie hinüber ist, läßt er sie vorangehen und folgt.)

(Alle ab.)

Szene: Garten. Im Hintergrunde eine Grotte, im gotischen Stil.

Vierter Auftritt

Kunigunde, von Kopf zu Fuß in einen feuerfarbnen Schleier verhüllt, und Rosalie treten auf.

KUNIGUNDE. Wo ritt der Graf vom Strahl hin?

ROSALIE. Mein Fräulein, es ist dem ganzen Schloß unbegreiflich. Drei kaiserliche Kommissarien kamen spät in der Nacht, und weckten ihn auf; er verschloß sich mit ihnen, und heut, bei Anbruch des Tages schwingt er sich aufs Pferd, und verschwindet.

KUNIGUNDE. Schließ mir die Grotte auf.

ROSALIE. Sie ist schon offen.

KUNIGUNDE. Ritter Flammberg, hör ich, macht dir den Hof; zu Mittag, wann ich mich gebadet und angekleidet, werd ich dich fragen, was dieser Vorfall zu bedeuten?

(Ab in die Grotte.)

Fünfter Auftritt

Fräulein Eleonore tritt auf, Rosalie.

ELEONORE. Guten Morgen, Rosalie.

ROSALIE. Guten Morgen, mein Fräulein! – Was führt Euch so früh schon hierher?

ELEONORE. Ei, ich will mich mit Käthchen, dem kleinen, holden Gast, den uns der Graf ins Schloß gebracht, weil die Luft so heiß ist, in dieser Grotte baden.

ROSALIE. Vergebt! – Fräulein Kunigunde ist in der Grotte.

ELEONORE. Fräulein Kunigunde? – Wer gab euch den Schlüssel?

ROSALIE. Den Schlüssel? – Die Grotte war offen.

ELEONORE. Habt ihr das Käthchen nicht darin gefunden?

ROSALIE. Nein, mein Fräulein. Keinen Menschen.

ELEONORE. Ei, das Käthchen, so wahr ich lebe, ist drin!

ROSALIE. In der Grotte? Unmöglich!

ELEONORE. Wahrhaftig! In der Nebenkammern eine, die dunkel und versteckt sind. – Sie war vorangegangen; ich sagte nur, als wir an die Pforte kamen, ich wollte mir ein Tuch von der Gräfin zum Trocknen holen. – O Herr meines Lebens; da ist sie schon!

Sechster Auftritt

Käthchen aus der Grotte. Die Vorigen.

ROSALIE *(für sich)*. Himmel! Was seh ich dort?
KÄTHCHEN *(zitternd)*. Eleonore!
ELEONORE. Ei, Käthchen! Bist du schon im Bad gewesen?
Schaut, wie das Mädchen funkelt, wie es glänzet!
Dem Schwane gleich, der in die Brust geworfen,
Aus des Kristallsees blauen Fluten steigt!
– Hast du die jungen Glieder dir erfrischt?
KÄTHCHEN. Eleonore! Komm hinweg.
ELEONORE. Was fehlt dir?
ROSALIE *(schreckenblaß)*. Wo kommst du her? Aus jener Grotte dort?
Du hattest in den Gängen dich versteckt?
KÄTHCHEN. Eleonore! Ich beschwöre dich!
KUNIGUNDE *(im Innern der Grotte)*.
Rosalie!
ROSALIE. Gleich, mein Fräulein!
(Zu Käthchen.) Hast sie gesehn?
ELEONORE. Was gibts? Sag an! – Du bleichst?
KÄTHCHEN *(sinkt in ihre Arme)*. Eleonore!
ELEONORE. Hilf, Gott im Himmel! Käthchen! Kind! Was fehlt dir?
KUNIGUNDE *(in der Grotte)*. Rosalie!
ROSALIE *(zu Käthchen)*. Nun, beim Himmel! Dir wär besser,
Du rissest dir die Augen aus, als daß sie
Der Zunge anvertrauten, was sie sahn!
(Ab in die Grotte.)

Siebenter Auftritt

Käthchen und Eleonore.

ELEONORE. Was ist geschehn, mein Kind? Was schilt man dich?
Was macht an allen Gliedern so dich zittern?
Wär dir der Tod, in jenem Haus, erschienen,

Mit Hipp und Stundenglas, von Schrecken könnte
Dein Busen grimmiger erfaßt nicht sein!

KÄTHCHEN. Ich will dir sagen –

(Sie kann nicht sprechen.)

ELEONORE. Nun, sag an! Ich höre.

KÄTHCHEN. – Doch du gelobst mir, nimmermehr, Lenore,
Wem es auch sei, den Vorfall zu entdecken.

ELEONORE. Nein, keiner Seele; nein! Verlaß dich drauf.

KÄTHCHEN. Schau, in die Seitengrotte hatt ich mich,
Durch die verborgne Türe eingeschlichen;
Das große Prachtgewölb war mir zu hell.
Und nun, da mich das Bad erquickt, tret ich
In jene größre Mitte scherzend ein,
Und denke du, du seists, die darin rauscht:
Und eben von dem Rand ins Becken steigend,
Erblickt mein Aug –

ELEONORE. Nun, was? wen? Sprich!

KÄTHCHEN. Was sag ich!
Du mußt sogleich zum Grafen, Leonore,
Und von der ganzen Sach ihn unterrichten.

ELEONORE. Mein Kind! Wenn ich nur wüßte, was es wäre?

KÄTHCHEN. – Doch ihm nicht sagen, nein, ums Himmels willen,
Daß es von mir kommt. Hörst du? Eher wollt ich,
Daß er den Greuel nimmermehr entdeckte.

ELEONORE. In welchen Rätseln sprichst du, liebstes Käthchen?
Was für ein Greul? Was ists, das du erschaut?

KÄTHCHEN. Ach, Leonor', ich fühle, es ist besser,
Das Wort kommt über meine Lippen nie!
Durch mich kann er, durch mich, enttäuscht nicht werden!

ELEONORE.
Warum nicht? Welch ein Grund ist, ihm zu bergen –?
Wenn du nur sagtest –

KÄTHCHEN *(wendet sich)*. Horch!

ELEONORE. Was gibts?

KÄTHCHEN. Es kommt!

ELEONORE. Das Fräulein ists, sonst niemand, und Rosalie.

KÄTHCHEN. Fort! Gleich! Hinweg!

ELEONORE. Warum?

KÄTHCHEN. Fort, Rasende!

ELEONORE. Wohin?

KÄTHCHEN. Hier fort, aus diesem Garten will ich –

ELEONORE. Bist du bei Sinnen?

KÄTHCHEN. Liebe Leonore!

Ich bin verloren, wenn sie mich hier trifft!
Fort! In der Gräfin Arme flücht ich mich!

(Ab.)

Achter Auftritt

Kunigunde und Rosalie aus der Grotte.

KUNIGUNDE *(gibt Rosalie einen Schlüssel).*
Hier, nimm! – Im Schubfach, unter meinem Spiegel;
Das Pulver, in der schwarzen Schachtel, rechts,
Schütt es in Wein, in Wasser oder Milch,
Und sprich: komm her, mein Käthchen! – Doch du nimmst
Vielleicht sie lieber zwischen deine Kniee?
Gift, Tod und Rache! Mach es, wie du willst,
Doch sorge mir, daß sies hinunterschluckt.
ROSALIE. Hört mich nur an, mein Fräulein –
KUNIGUNDE. Gift! Pest! Verwesung!
Stumm mache sie und rede nicht!
Wenn sie vergiftet, tot ist, eingesargt,
Verscharrt, verwest, zerstiebt, als Myrtenstengel,
Vor dem, was sie jetzt sah, im Winde flüstert;
So komm und sprich von Sanftmut und Vergebung,
Pflicht und Gesetz und Gott und Höll und Teufel,
Von Reue und Gewissensbissen mir.
ROSALIE. Sie hat es schon entdeckt, es hilft zu nichts.
KUNIGUNDE. Gift! Asche! Nacht! Chaotische Verwirrung!
Das Pulver reicht, die Burg ganz wegzufressen,
Mit Hund und Katzen hin! – Tu, wie ich sagte!
Sie buhlt mir so zur Seite um sein Herz,
Wie ich vernahm, und ich – des Todes sterb ich,
Wenn ihn das Affenangesicht nicht rührt;
Fort! In die Dünste mit ihr hin: die Welt,
Hat nicht mehr Raum genug, für mich und sie!

(Ab.)

FÜNFTER AKT

Szene: Worms. Freier Platz vor der kaiserlichen Burg, zur Seite ein Thron; im Hintergrunde die Schranken des Gottesgerichts.

Erster Auftritt

Der Kaiser auf dem Thron. Ihm zur Seite der Erzbischof von Worms, Graf Otto von der Flühe und mehrere andere Ritter, Herren und Trabanten. Der Graf vom Strahl, im leichten Helm und Harnisch, und Theobald, von Kopf zu Fuß in voller Rüstung; beide stehen dem Thron gegenüber.

DER KAISER. Graf Wetterstrahl, du hast, auf einem Zuge,
Der durch Heilbronn dich, vor drei Monden, führte,
In einer Törin Busen eingeschlagen;
Den alten Vater jüngst verließ die Dirne,
Und, statt sie heimzusenden, birgst du sie
Im Flügel deiner väterlichen Burg.
Nun sprengst du, solchen Frevel zu beschönen,
Gerüchte, lächerlich und gottlos, aus;
Ein Cherubim, der dir zu Nacht erschienen,
Hab dir vertraut, die Maid, die bei dir wohnt,
Sei meiner kaiserlichen Lenden Kind.
Solch eines abgeschmackt prophetschen Grußes
Spott ich, wie sichs versteht, und meinethalb
Magst du die Krone selbst aufs Haupt ihr setzen;
Von Schwaben einst, begreifst du, erbt sie nichts,
Und meinem Hof auch bleibt sie fern zu Worms.
Hier aber steht ein tiefgebeugter Mann,
Dem du, zufrieden mit der Tochter nicht,
Auch noch die Mutter willst zur Metze machen;
Denn er, sein Lebelang fand er sie treu,
Und rühmt des Kinds unsel'gen Vater *sich.*
Darum, auf seine schweren Klagen, riefen wir
Vor unsern Thron dich her, die Schmach, womit
Du ihre Gruft geschändet, darzutun;
Auf, rüste dich, du Freund der Himmlischen:
Denn du bist da, mit einem Wort von Stahl,
Im Zweikampf ihren Ausspruch zu beweisen!

DER GRAF VOM STRAHL *(mit dem Erröten des Unwillens).*
Mein kaiserlicher Herr! Hier ist ein Arm,
Von Kräften strotzend, markig, stahlgeschient,
Geschickt im Kampf dem Teufel zu begegnen;

Treff ich auf jene graue Scheitel dort,
Flach schmettr' ich sie, wie einen Schweizerkäse,
Der gärend auf dem Brett des Sennen liegt.
Erlaß, in deiner Huld und Gnade, mir,
Ein Märchen, aberwitzig, sinnverwirrt,
Dir darzutun, das sich das Volk aus zwei
Ereignissen, zusammen seltsam freilich,
Wie die zwei Hälften eines Ringes, passend,
Mit müßgem Scharfsinn, an einander setzte.
Begreif, ich bitte dich, in deiner Weisheit,
Den ganzen Vorfall der Silvesternacht,
Als ein Gebild des Fiebers, und so wenig
Als es mich kümmern würde, träumtest du,
Ich sei ein Jud, so wenig kümmre dich,
Daß ich gerast, die Tochter jenes Mannes
Sei meines hochverehrten Kaisers Kind!

ERZBISCHOF. Mein Fürst und Herr, mit diesem Wort, fürwahr,
Kann sich des Klägers wackres Herz beruhgen.
Geheimer Wissenschaft, sein Weib betreffend,
Rühmt er sich nicht; schau, was er der Mariane
Jüngst, in geheimer Zwiesprach, vorgeschwatzt:
Er hat es eben jetzo widerrufen!
Straft um den Wunderbau der Welt ihn nicht,
Der ihn, auf einen Augenblick, verwirrt.
Er gab, vor einer Stund, o Theobald,
Mir seine Hand, das Käthchen, wenn du kommst
Zu Strahl, in seiner Burg, dir abzuliefern;
Geh hin und tröste dich und hole sie,
Du alter Herr, und laß die Sache ruhn!

THEOBALD. Verfluchter Heuchler, du, wie kannst du leugnen,
Daß deine Seele ganz durchdrungen ist,
Vom Wirbel bis zur Sohle, von dem Glauben,
Daß sie des Kaisers Bänkeltochter sei?
Hast du den Tag nicht, bei dem Kirchenspiel,
Erforscht, wann sie geboren, nicht berechnet,
Wohin die Stunde der Empfängnis fällt;
Nicht ausgemittelt, mit verruchtem Witze,
Daß die erhabne Majestät des Kaisers
Vor sechzehn Lenzen durch Heilbronn geschweift?
Ein Übermütiger, aus eines Gottes Kuß,
Auf einer Furie Mund gedrückt, entsprungen;
Ein glanzumfloßner Vatermördergeist,
An jeder der granitnen Säulen rüttelnd,

In dem urewgen Tempel der Natur;
Ein Sohn der Hölle, den mein gutes Schwert
Entlarven jetzo, oder, rückgewendet,
Mich selbst zur Nacht des Grabes schleudern soll!

DER GRAF VOM STRAHL. Nun, den Gott selbst verdamme, gifterfüllter
Verfolger meiner, der dich nie beleidigt,
Und deines Mitleids eher würdig wäre,
So seis, Mordraufer, denn, so wie du willst.
Ein Cherubim, der mir, in Glanz gerüstet,
Zu Nacht erschien, als ich im Tode lag,
Hat mir, was leugn' ichs länger, Wissenschaft,
Entschöpft dem Himmelsbronnen, anvertraut.
Hier vor des höchsten Gottes Antlitz steh ich,
Und die Behauptung schmettr' ich dir ins Ohr:
Käthchen von Heilbronn, die dein Kind du sagst,
Ist meines höchsten Kaisers dort; komm her,
Mich von dem Gegenteil zu überzeugen!

DER KAISER. Trompeter, blast, dem Lästerer zum Tode!

(Trompetenstöße.)

THEOBALD *(zieht)*. Und wäre gleich mein Schwert auch eine Binse,
Und einem Griffe, locker, wandelbar,
Von gelbem Wachs geknetet, eingefugt,
So wollt ich doch von Kopf zu Fuß dich spalten,
Wie einen Giftpilz, der der Heid entblüht,
Der Welt zum Zeugnis, Mordgeist, daß du logst!

DER GRAF VOM STRAHL *(er nimmt sich sein Schwert ab und gibt es weg)*.
Und wär mein Helm gleich und die Stirn, die drunter,
Durchsichtig, messerrückendünn, zerbrechlich,
Die Schale eines ausgenommnen Eis,
So sollte doch dein Sarraß, Funken sprühend,
Abprallen, und in alle Ecken splittern,
Als hättst du einen Diamant getroffen,
Der Welt zum Zeugnis, daß ich wahr gesprochen!
Hau, und laß jetzt mich sehn, wes Sache rein?

(Er nimmt sich den Helm ab und tritt dicht vor ihn.)

THEOBALD *(zurückweichend)*.
Setz dir den Helm auf!

DER GRAF VOM STRAHL *(folgt ihm)*.
Hau!

THEOBALD. Setz dir den Helm auf!

DER GRAF VOM STRAHL *(stößt ihn zu Boden)*.
Dich lähmt der bloße Blitz aus meiner Wimper?

(Er windet ihm das Schwert aus der Hand, tritt über ihm und setzt ihm den Fuß auf die Brust.)

Was hindert mich, im Grimm gerechten Siegs,
Daß ich den Fuß ins Hirn dir drücke? – Lebe!

(Er wirft das Schwert vor des Kaisers Thron.)

Mag es die alte Sphinx, die Zeit, dir lösen,
Das Käthchen aber ist, wie ich gesagt,
Die Tochter meiner höchsten Majestät!

VOLK *(durcheinander).* Himmel! Graf Wetterstrahl hat obgesiegt!

DER KAISER *(erblaßt und steht auf).*
Brecht auf, ihr Herrn!

ERZBISCHOF. Wohin?

EIN RITTER *(aus dem Gefolge).* Was ist geschehn?

GRAF OTTO. Allmächtger Gott! Was fehlt der Majestät?
Ihr Herren, folgt! Es scheint, ihr ist nicht wohl?

(Ab.)

Szene: Ebendaselbst. Zimmer im kaiserlichen Schloß.

Zweiter Auftritt

DER KAISER *(wendet sich unter der Tür).* Hinweg! Es soll mir niemand folgen! Den Burggrafen von Freiburg und den Ritter von Waldstätten laßt herein; das sind die einzigen Männer, die ich sprechen will! *(Er wirft die Tür zu.)* – – – Der Engel Gottes, der dem Grafen vom Strahl versichert hat, das Käthchen sei meine Tochter: ich glaube, bei meiner kaiserlichen Ehre, er hat recht! Das Mädchen ist, wie ich höre, funfzehn Jahr alt; und vor sechszehn Jahren, weniger drei Monaten, genau gezählt, feierte ich der Pfalzgräfin, meiner Schwester, zu Ehren das große Turnier in Heilbronn! Es mochte ohngefähr eilf Uhr abends sein, und der Jupiter ging eben, mit seinem funkelnden Licht, im Osten auf, als ich, vom Tanz sehr ermüdet, aus dem Schloßtor trat, um mich in dem Garten, der daran stößt, unerkannt, unter dem Volk, das ihn erfüllte, zu erlaben; und ein Stern, mild und kräftig, wie der, leuchtete, wie ich gar nicht zweifle, bei ihrer Empfängnis. Gertrud, so viel ich mich erinnere, hieß sie, mit der ich mich in einem, von dem Volk minder besuchten, Teil des Gartens, beim Schein verlöschender Lampen, während die Musik, fern von dem Tanzsaal her, in den Duft der Linden niedersäuselte, unterhielt; und Käthchens Mutter heißt Gertrud! Ich weiß, daß ich mir, als sie sehr weinte, ein Schaustück, mit dem Bildnis Papst Leos, von der Brust los machte, und es ihr, als ein Andenken von mir, den sie gleichfalls nicht kannte, in das Mieder steckte;

und ein solches Schaustück, wie ich eben vernehme, besitzt das Käthchen von Heilbronn! O Himmel! Die Welt wankt aus ihren Fugen! Wenn der Graf vom Strahl, dieser Vertraute der Auserwählten, von der Buhlerin, an die er geknüpft ist, loslassen kann: so werd ich die Verkündigung wahrmachen, den Theobald, unter welchem Vorwand es sei, bewegen müssen, daß er mir dies Kind abtrete, und sie mit ihm verheiraten müssen: will ich nicht wagen, daß der Cherub zum zweitenmal zur Erde steige und das ganze Geheimnis, das ich hier den vier Wänden anvertraut, ausbringe!

(Ab.)

Dritter Auftritt

Burggraf von Freiburg und Georg von Waldstätten treten auf. Ihnen folgt Ritter Flammberg.

FLAMMBERG *(erstaunt)*. Herr Burggraf von Freiburg! – Seid Ihr es, oder ist es Euer Geist? O eilt nicht, ich beschwör Euch –!

FREIBURG *(wendet sich)*. Was willst du?

GEORG. Wen suchst du?

FLAMMBERG. Meinen bejammernswürdigen Herrn, den Grafen vom Strahl! Fräulein Kunigunde, seine Braut – o hätten wir sie Euch nimmermehr abgewonnen! Den Koch hat sie bestechen wollen, dem Käthchen Gift zu reichen –: Gift, ihr gestrengen Herren, und zwar aus dem abscheulichen, unbegreiflichen und rätselhaften Grunde, weil das Kind sie im Bade belauschte!

FREIBURG. Und das begreift ihr nicht?

FLAMMBERG. Nein!

FREIBURG. So will ich es dir sagen. Sie ist eine mosaische Arbeit, aus allen drei Reichen der Natur zusammengesetzt. Ihre Zähne gehören einem Mädchen aus München, ihre Haare sind aus Frankreich verschrieben, ihrer Wangen Gesundheit kommt aus den Bergwerken in Ungarn, und den Wuchs, den ihr an ihr bewundert, hat sie einem Hemde zu danken, das ihr der Schmied, aus schwedischem Eisen, verfertigt hat. – Hast du verstanden?

FLAMMBERG. Was!

FREIBURG. Meinen Empfehl an deinen Herrn! *(Ab.)*

GEORG. Den meinigen auch! – Der Graf ist bereits nach der Strahlburg zurück; sag ihm, wenn er den Hauptschlüssel nehmen, und sie in der Morgenstunde, wenn ihre Reize auf den Stühlen liegen, überraschen wolle, so könne er seine eigne Bildsäule werden und sich, zur Verewigung seiner Heldentat, bei der Köhlerhütte aufstellen lassen! *(Ab.)*

Szene: Schloß Wetterstrahl. Kunigundens Zimmer.

Vierter Auftritt

Rosalie, bei der Toilette des Fräuleins beschäftigt. Kunigunde tritt ungeschminkt, wie sie aus dem Bette kömmt, auf; bald darauf der Graf vom Strahl.

KUNIGUNDE *(indem sie sich bei der Toilette niedersetzt).*
Hast du die Tür besorgt?
ROSALIE. Sie ist verschlossen.
KUNIGUNDE. Verschlossen! Was! Verriegelt, will ich wissen!
Verschlossen *und* verriegelt, jedesmal!

(Rosalie geht, die Tür zu verriegeln; der Graf kommt ihr entgegen.)

ROSALIE *(erschrocken).*
Mein Gott! Wie kommt Ihr hier herein, Herr Graf?
– Mein Fräulein!
KUNIGUNDE *(sieht sich um).*
Wer?
ROSALIE. Seht, bitt ich Euch!
KUNIGUNDE. Rosalie!

(Sie erhebt sich schnell, und geht ab.)

Fünfter Auftritt

Der Graf vom Strahl und Rosalie.

DER GRAF VOM STRAHL *(steht wie vom Donner gerührt).*
Wer war die unbekannte Dame?
ROSALIE. – Wo?
DER GRAF VOM STRAHL.
Die, wie der Turm von Pisa, hier vorbeiging? –
Doch, hoff ich, nicht –?
ROSALIE. Wer?
DER GRAF VOM STRAHL. Fräulein Kunigunde?
ROSALIE. Bei Gott, ich glaub, Ihr scherzt! Sybille, meine
Stiefmutter, gnädger Herr –
KUNIGUNDE *(drinnen).* Rosalie!
ROSALIE. Das Fräulein, das im Bett liegt, ruft nach mir. –
Verzeiht, wenn ich –! *(Sie holt einen Stuhl.)*
Wollt Ihr Euch gütigst setzen?

(Sie nimmt die Toilette und geht ab.)

Sechster Auftritt

DER GRAF VOM STRAHL *(vernichtet).*
Nun, du allmächtger Himmel, meine Seele,
Sie ist doch wert nicht, daß sie also heiße!
Das Maß, womit sie, auf dem Markt der Welt,
Die Dinge mißt, ist falsch; scheusel'ge Bosheit
Hab ich für milde Herrlichkeit erstanden!
Wohin flücht ich, Elender, vor mir selbst?
Wenn ein Gewitter wo in Schwaben tobte,
Mein Pferd könnt ich, in meiner Wut, besteigen,
Und suchen, wo der Keil mein Haupt zerschlägt!
Was ist zu tun, mein Herz? Was ist zu lassen?

Siebenter Auftritt

Kunigunde, in ihrem gewöhnlichen Glanz, Rosalie und die alte Sybille, die schwächlich, auf Krücken, durch die Mitteltür abgeht.

KUNIGUNDE. Sieh da, Graf Friederich! Was für ein Anlaß
Führt Euch so früh in meine Zimmer her?
DER GRAF VOM STRAHL *(indem er die Sybille mit den Augen verfolgt).*
Was! Sind die Hexen doppelt?
KUNIGUNDE *(sieht sich um).* Wer?
DER GRAF VOM STRAHL *(faßt sich).* Vergebt! –
Nach Eurem Wohlsein wollt ich mich erkunden.
KUNIGUNDE. Nun? – Ist zur Hochzeit alles vorbereitet?
DER GRAF VOM STRAHL *(indem er näher tritt und sie prüft).*
Es ist, bis auf den Hauptpunkt, ziemlich alles –
KUNIGUNDE *(weicht zurück).*
Auf wann ist sie bestimmt?
DER GRAF VOM STRAHL. Sie wars – auf morgen.
KUNIGUNDE *(nach einer Pause).*
Ein Tag mit Sehnsucht längst von mir erharrt!
– Ihr aber seid nicht froh, dünkt mich, nicht heiter?
DER GRAF VOM STRAHL *(verbeugt sich).*
Erlaubt! ich bin der Glücklichste der Menschen!
ROSALIE *(traurig).* Ists wahr, daß jenes Kind, das Käthchen, gestern,
Das Ihr im Schloß beherbergt habt –?
DER GRAF VOM STRAHL. O Teufel!
KUNIGUNDE *(betreten).*
Was fehlt Euch? Sprecht!

ROSALIE *(für sich).* Verwünscht!
DER GRAF VOM STRAHL *(faßt sich).* – Das Los der Welt!
Man hat sie schon im Kirchhof beigesetzt.
KUNIGUNDE. Was Ihr mir sagt!
ROSALIE. Jedoch noch nicht begraben?
KUNIGUNDE. Ich muß sie doch im Leichenkleid, noch sehn.

Achter Auftritt

Ein Diener tritt auf. Die Vorigen.

DIENER. Gottschalk schickt einen Boten, gnädger Herr,
Der Euch im Vorgemach zu sprechen wünscht!
KUNIGUNDE. Gottschalk?
ROSALIE. Von wo?
DER GRAF VOM STRAHL. Vom Sarge der Verblichnen!
Laßt Euch im Putz, ich bitte sehr, nicht stören!
(Ab.)

Neunter Auftritt

Kunigunde und Rosalie.
(Pause.)

KUNIGUNDE *(ausbrechend).* Er weiß, umsonst ists, alles hilft zu nichts,
Er hats gesehn, es ist um mich getan!
ROSALIE. Er weiß es nicht!
KUNIGUNDE. Er weiß!
ROSALIE. Er weiß es nicht!
Ihr klagt, und ich, vor Freuden möcht ich hüpfen.
Er steht im Wahn, daß die, die hier gesessen,
Sybille, meine Mutter, sei gewesen;
Und nimmer war ein Zufall glücklicher
Als daß sie just in Eurem Zimmer war;
Schnee, im Gebirg gesammelt, wollte sie,
Zum Waschen eben Euch ins Becken tragen.
KUNIGUNDE. Du sahst, wie er mich prüfte, mich ermaß.
ROSALIE. Gleichviel! Er traut den Augen nicht! Ich bin
So fröhlich, wie ein Eichhorn in den Fichten!
Laßt sein, daß ihm von fern ein Zweifel kam;
Daß Ihr Euch zeigtet, groß und schlank und herrlich,

Schlägt seinen Zweifel völlig wieder nieder.
Des Todes will ich sterben, wenn er nicht,
Den Handschuh jedem hinwirft, der da zweifelt,
Daß Ihr die Königin der Frauen seid.
O seid nicht mutlos! Kommt und zieht Euch an;
Der nächsten Sonne Strahl, was gilts begrüßt Euch,
Als Gräfin Kunigunde Wetterstrahl!

KUNIGUNDE. Ich wollte, daß die Erde mich verschlänge!

(Ab.)

Szene: Das Innere einer Höhle mit der Aussicht auf eine Landschaft.

Zehnter Auftritt

Käthchen, in einer Verkleidung, sitzt traurig auf einem Stein, den Kopf an die Wand gelehnt. Graf Otto von der Flühe, Wenzel von Nachtheim, Hans von Bärenklau, in der Tracht kaiserlicher Reichsräte, und Gottschalk treten auf. Gefolge, zuletzt der Kaiser und Theobald, welche in Mänteln verhüllt, im Hintergrunde bleiben.

GRAF OTTO *(eine Pergamentrolle in der Hand).*
Jungfrau von Heilbronn! Warum herbergst du,
Dem Sperber gleich, in dieser Höhle Raum?

KÄTHCHEN *(steht auf).*
O Gott! Wer sind die Herrn?

GOTTSCHALK. Erschreckt sie nicht! –
Der Anschlag einer Feindin, sie zu töten,
Zwang uns, in diese Berge sie zu flüchten.

GRAF OTTO. Wo ist dein Herr, der Reichsgraf, dem du dienst?

KÄTHCHEN. Ich weiß es nicht.

GOTTSCHALK. Er wird sogleich erscheinen!

GRAF OTTO *(gibt ihr das Pergament).*
Nimm diese Rolle hier; es ist ein Schreiben,
Verfaßt von kaiserlicher Majestät.
Durchfleuchs und folge mir; hier ist kein Ort,
Jungfraun, von deinem Range, zu bewirten;
Worms nimmt fortan, in seinem Schloß, dich auf!

DER KAISER *(im Hintergrund).*
Ein lieber Anblick!

THEOBALD. O ein wahrer Engel!

Eilfter Auftritt

Der Graf vom Strahl tritt auf. Die Vorigen.

DER GRAF VOM STRAHL *(betroffen).*
Reichsrät, in festlichem Gepräng, aus Worms!
GRAF OTTO. Seid uns gegrüßt, Herr Graf!
DER GRAF VOM STRAHL. – Was bringt Ihr mir?
GRAF OTTO. Ein kaiserliches Schreiben dieser Jungfrau!
Befragt sie selbst; sie wird es Euch bedeuten.
DER GRAF VOM STRAHL. O Herz, was pochst du?
(Zu Käthchen.)
Kind, was hältst du da?
KÄTHCHEN. Weiß nit, mein hoher Herr. –
GOTTSCHALK. Gib, gib, mein Herzchen.
DER GRAF VOM STRAHL *(liest).*
»Der Himmel, wisset, hat mein Herz gestellt,
Das Wort des Auserwählten einzulösen.
Das Käthchen ist nicht mehr des Theobalds,
Des Waffenschmieds, der mir sie abgetreten,
Das Käthchen fürderhin ist meine Tochter,
Und Katharina heißt sie jetzt von Schwaben.«
(Er durchblättert die andern Papiere.)
Und hier: »Kund sei« – Und hier: »das Schloß zu Schwabach« –
(Kurze Pause.)
Nun möcht ich vor der Hochgebenedeiten
In Staub mich werfen, ihren Fuß ergreifen,
Und mit des Danks glutheißer Träne waschen.
KÄTHCHEN *(setzt sich).* Gottschalk, hilf, steh mir bei; mir ist nicht wohl!
DER GRAF VOM STRAHL *(zu den Räten).* Wo ist der Kaiser? Wo der Theobald?
DER KAISER *(indem beide ihre Mäntel abwerfen).*
Hier sind sie!
KÄTHCHEN *(steht auf).*
Gott im hohen Himmel! Vater!
(Sie eilt auf ihn zu; er empfängt sie.)
GOTTSCHALK *(für sich).* Der Kaiser! Ei, so wahr ich bin! Da steht er!
DER GRAF VOM STRAHL. Nun, sprich du – Göttlicher! Wie nenn ich dich?
– Sprich, las ich recht?
DER KAISER. Beim Himmel, ja, das tatst du!
Die einen Cherubim zum Freunde hat,
Der kann mit Stolz ein Kaiser Vater sein!
Das Käthchen ist die Erst' itzt vor den Menschen,

Wie sies vor Gott längst war; wer sie begehrt,
Der muß bei mir jetzt würdig um sie frein.

DER GRAF VOM STRAHL *(beugt ein Knie vor ihm).*
Nun, hier auf Knieen bitt ich: gib sie mir!

DER KAISER. Herr Graf! Was fällt Ihm ein?

DER GRAF VOM STRAHL. Gib, gib sie mir!
Welch andern Zweck ersänn ich deiner Tat?

DER KAISER. So! Meint Er das? – Der Tod nur ist umsonst,
Und die Bedingung setz ich dir.

DER GRAF VOM STRAHL. Sprich! Rede!

DER KAISER *(ernst).* In deinem Haus den Vater nimmst du auf!

DER GRAF VOM STRAHL. Du spottest!

DER KAISER. Was! du weigerst dich?

DER GRAF VOM STRAHL. In Händen!
In meines Herzens Händen nehm ich ihn!

DER KAISER *(zu Theobald).* Nun, Alter; hörtest du?

THEOBALD *(führt ihm Käthchen zu).* So gib sie ihm!
Was Gott fügt, heißt es, soll der Mensch nicht scheiden.

DER GRAF VOM STRAHL *(steht auf, und nimmt Käthchens Hand).*
Nun denn, zum Sel'gen hast du mich gemacht! –
Laßt einen Kuß mich, Väter, einen Kuß nur
Auf ihre himmelsüßen Lippen drücken.
Hätt ich zehn Leben, nach der Hochzeitsnacht,
Opfr' ich sie jauchzend jedem von euch hin!

DER KAISER. Fort jetzt! daß er das Rätsel ihr erkläre! *(Ab.)*

Zwölfter Auftritt

Der Graf vom Strahl und das Käthchen.

DER GRAF VOM STRAHL *(indem er sie bei der Hand nimmt, und sich setzt).*
Nun denn, mein Käthchen, komm! komm her, o Mädchen!
Mein Mund hat jetzt dir etwas zu vertraun.

KÄTHCHEN. Mein hoher Herr! Sprich! Was bedeutet mir –?

DER GRAF VOM STRAHL. Zuerst, mein süßes Kind, muß ich dir sagen,
Daß ich mit Liebe dir, unsäglich, ewig,
Durch alle meine Sinne zugetan.
Der Hirsch, der von der Mittagsglut gequält,
Den Grund zerwühlt, mit spitzigem Geweih,
Er sehnt sich so begierig nicht,
Vom Felsen in den Waldstrom sich zu stürzen,
Den reißenden, als ich, jetzt, da du mein bist,
In alle deine jungen Reize mich.

KÄTHCHEN *(schamrot)*. Jesus! Was sprichst du? Ich versteh dich nicht.
DER GRAF VOM STRAHL. Vergib mir, wenn mein Wort dich oft gekränkt,
Beleidigt; meine roh mißhandelnde
Gebärde dir zuweilen weh getan.
Denk ich, wie lieblos einst mein Herz geeifert,
Dich von mir wegzustoßen – und seh ich gleichwohl jetzo dich
So voll von Huld und Güte vor mir stehn,
Sieh, so kommt Wehmut, Käthchen, über mich,
Und meine Tränen halt ich nicht zurück.

(Er weint.)

KÄTHCHEN *(ängstlich)*. Himmel! Was fehlt dir? Was bewegt dich so?
Was hast du mir getan? Ich weiß von nichts.
DER GRAF VOM STRAHL. O Mädchen, wenn die Sonne wieder scheint,
Will ich den Fuß in Gold und Seide legen,
Der einst auf meiner Spur sich wund gelaufen.
Ein Baldachin soll diese Scheitel schirmen,
Die einst der Mittag hinter mir versengt.
Arabien soll sein schönstes Pferd mir schicken,
Geschirrt in Gold, mein süßes Kind zu tragen,
Wenn mich ins Feld der Klang der Hörner ruft;
Und wo der Zeisig sich das Nest gebaut,
Der zwitschernde, in dem Holunderstrauch,
Soll sich ein Sommersitz dir auferbaun,
In heitern, weitverbreiteten Gemächern,
Mein Käthchen, kehr ich wieder, zu empfangen.
KÄTHCHEN. Mein Friederich! Mein angebeteter!
Was soll ich auch von dieser Rede denken?
Du willst? – Du sagst? –

(Sie will seine Hand küssen.)

DER GRAF VOM STRAHL *(zieht sie zurück)*.
Nichts, nichts, mein süßes Kind.

(Er küßt ihre Stirn.)

KÄTHCHEN. Nichts?
DER GRAF VOM STRAHL.
Nichts. Vergib. Ich glaubt, es wäre morgen.
– Was wollt ich doch schon sagen? – Ja, ganz recht,
Ich wollte dich um einen Dienst ersuchen.

(Er wischt sich die Tränen ab.)

KÄTHCHEN *(kleinlaut)*. Um einen Dienst? Nun, welchen? Sag nur an.

(Pause.)

DER GRAF VOM STRAHL.
Ganz recht. Das wars. – Du weißt, ich mache morgen Hochzeit.

Es ist zur Feier alles schon bereitet;
Am nächsten Mittag bricht der Zug,
Mit meiner Braut bereits zum Altar auf.
Nun sann ich mir ein Fest aus, süßes Mädchen,
Zu welchem du die Göttin spielen sollst.
Du sollst, aus Lieb zu deinem Herrn, für morgen
Die Kleidung, die dich deckt, beiseite legen,
Und in ein reiches Schmuckgewand dich werfen,
Das Mutter schon für dich zurecht gelegt.
– Willst du das tun?

KÄTHCHEN *(hält ihre Schürze vor die Augen).*
Ja, ja, es soll geschehn.

DER GRAF VOM STRAHL.
Jedoch recht schön; hörst du? Schlicht aber prächtig!
Recht, wies Natur und Weis in dir erheischt.
Man wird dir Perlen und Smaragden reichen;
Gern möcht ich daß du alle Fraun im Schloß,
Selbst noch die Kunigunde überstrahlst. –
Was weinst du?

KÄTHCHEN. – Ich weiß nicht, mein verehrter Herr.
Es ist ins Aug mir was gekommen.

DER GRAF VOM STRAHL. Ins Auge? Wo?
(Er küßt ihr die Tränen aus den Augen.)
Nun komm nur fort. Es wird sich schon erhellen.
(Er führt sie ab.)

Szene: Schloßplatz, zur Rechten, im Vordergrund, ein Portal. Zur Linken, mehr in der Tiefe, das Schloß, mit einer Rampe. Im Hintergrund die Kirche.

Dreizehnter Auftritt

Marsch. Ein Aufzug. Ein Herold eröffnet ihn; darauf Trabanten. Ein Baldachin von vier Mohren getragen. In der Mitte des Schloßplatzes stehen der Kaiser, der Graf vom Strahl, Theobald, Graf Otto von der Flühe, der Rheingraf vom Stein, der Burggraf von Freiburg und das übrige Gefolge des Kaisers und empfangen den Baldachin. Unter dem Portal, rechts Fräulein Kunigunde von Thurneck im Brautschmuck, mit ihren Tanten und Vettern, um sich dem Zuge anzuschließen. Im Hintergrunde Volk, worunter Flammberg, Gottschalk, Rosalie usw.

DER GRAF VOM STRAHL. Halt hier, mit dem Baldachin! – Herold, tue dein Amt!

DER HEROLD *(ablesend).* »Kund und zu wissen sei hiermit jedermann, daß der Reichsgraf, Friedrich Wetter vom Strahl, heut seine Vermählung feiert, mit Katharina, Prinzessin von Schwaben, Tochter unsers durchlauchtigsten Herrn Herrn und Kaisers. Der Himmel segne das hohe Brautpaar, und schütte das ganze Füllhorn von Glück, das in den Wolken schwebt, über ihre teuren Häupter aus!«

KUNIGUNDE *(zu Rosalie)*. Ist dieser Mann besessen, Rosalie?

ROSALIE. Beim Himmel! Wenn er es nicht ist, so ist es darauf angelegt, uns dazu zu machen. –

BURGGRAF VON FREIBURG. Wo ist die Braut?

RITTER VON THURNECK. Hier, ihr verehrungswürdigen Herren!

FREIBURG. Wo?

THURNECK. Hier steht das Fräulein, unsere Muhme, unter diesem Portal!

FREIBURG. Wir suchen die Braut des Grafen vom Strahl. – Ihr Herren, an euer Amt! Folgt mir und laßt uns sie holen.

(Burggraf von Freiburg, Georg von Waldstätten und der Rheingraf vom Stein, besteigen die Rampe und gehen ins Schloß.)

DIE HERREN VON THURNECK. Hölle, Tod und Teufel! Was haben diese Anstalten zu bedeuten?

Vierzehnter Auftritt

Käthchen im kaiserlichen Brautschmuck, geführt von Gräfin Helena und Fräulein Eleonore, ihre Schleppe von drei Pagen getragen; hinter ihr Burggraf von Freiburg usw. steigen die Rampe herab.

GRAF OTTO. Heil dir, o Jungfrau!

RITTER FLAMMBERG *und* GOTTSCHALK. Heil dir, Käthchen von Heilbronn, kaiserliche Prinzessin von Schwaben!

VOLK. Heil dir! Heil! Heil dir!

HERRNSTADT *und* VON DER WART *(die auf dem Platz geblieben)*. Ist dies die Braut?

FREIBURG. Dies ist sie.

KÄTHCHEN. Ich? Ihr hohen Herren! Wessen?

DER KAISER. Dessen, den dir der Cherub geworben. Willst du diesen Ring mit ihm wechseln?

THEOBALD. Willst du dem Grafen deine Hand geben?

DER GRAF VOM STRAHL *(umfaßt sie)*. Käthchen! Meine Braut! Willst du mich?

KÄTHCHEN. Schütze mich Gott und alle Heiligen!

(Sie sinkt; die Gräfin empfängt sie.)

DER KAISER. Wohlan, so nehmt sie, Herr Graf vom Strahl, und führt sie zur Kirche!

(Glockenklang.)

KUNIGUNDE. Pest, Tod und Rache! Diesen Schimpf sollt ihr mir büßen!

(Ab, mit Gefolge.)

DER GRAF VOM STRAHL. Giftmischerin!

(Marsch: Der Kaiser stellt sich mit Käthchen und dem Grafen vom Strahl unter den Baldachin; die Damen und Ritter folgen. Trabanten beschließen den Zug. – Alle ab.)

Ende.

DIE HERMANNSSCHLACHT

Ein Drama

Wehe, mein Vaterland, dir! Die Leier, zum Ruhm dir, zu schlagen
Ist, getreu dir im Schoß, mir, deinem Dichter, verwehrt.

PERSONEN

Hermann, *Fürst der Cherusker*
Thusnelda, *seine Gemahlin*
Rinold
Adelhart | *seine Knaben*
Eginhardt, *sein Rat*
Luitgar
Astolf
Winfried | *dessen Söhne, seine Hauptleute*
Egbert, *ein andrer cheruskischer Anführer*
Gertrud
Bertha | *Frauen der Thusnelda*
Marbod, *Fürst der Sueven, Verbündeter des Hermann*
Attarin, *sein Rat*
Komar, *ein suevischer Hauptmann*
Wolf, *Fürst der Katten*
Thuiskomar, *Fürst der Sicambrier*
Dagobert, *Fürst der Marsen*
Selgar, *Fürst der Brukterer* | *Mißvergnügte*
Fust, *Fürst der Cimbern*
Gueltar, *Fürst der Nervier*
Aristan, *Fürst der Ubier* | *Verbündete des Varus*
Quintilius Varus, *römischer Feldherr*
Ventidius, *Legat von Rom*
Scäpio, *sein Geheimschreiber*
Septimius
Crassus | *römische Anführer*
Teuthold, *ein Waffenschmied*
Childerich, *ein Zwingerwärter*
Eine Alraune
Zwei Ältesten von Teutoburg
Drei cheruskische Hauptleute
Drei cheruskische Boten
Feldherrn, Hauptleute, Krieger, Volk

ERSTER AKT

Szene: Gegend im Wald, mit einer Jagdhütte.

Erster Auftritt

Wolf, Fürst der Katten, Thuiskomar, Fürst der Sicambrier, Dagobert, Fürst der Marsen, Selgar, Fürst der Brukterer, und andere treten, mit Pfeil und Bogen, auf.

WOLF *(indem er sich auf dem Boden wirft).*
Es ist umsonst, Thuskar, wir sind verloren!
Rom, dieser Riese, der, das Mittelmeer beschreitend,
Gleich dem Koloß von Rhodus, trotzig,
Den Fuß auf Ost und Westen setzet,
Des Parthers mutgen Nacken hier,
Und dort den tapfern Gallier niedertretend:
Er wirft auch jetzt uns Deutsche in den Staub.
Gueltar, der Nervier, und Fust, der Fürst der Cimbern,
Erlagen dem Augustus schon;
Holm auch, der Friese, wehrt sich nur noch sterbend;
Aristan hat, der Ubier,
Der ungroßmütigste von allen deutschen Fürsten,
In Varus' Arme treulos sich geworfen;
Und Hermann, der Cherusker, endlich,
Zu dem wir, als dem letzten Pfeiler, uns,
Im allgemeinen Sturz Germanias, geflüchtet,
Ihr seht es, Freunde, wie er uns verhöhnt:
Statt die Legionen mutig aufzusuchen,
In seine Forsten spielend führt er uns,
Und läßt den Hirsch uns und den Ur besiegen.

THUISKOMAR *(zu Dagobert und Selgar, die im Hintergrund auf und nieder gehen).*
Er *muß* hier diese Briefe lesen!
– Ich bitt euch, meine Freunde, wanket nicht,
Bis die Verräterei des Varus ihm eröffnet.
Ein förmlicher Vertrag ward jüngst,
Geschlossen zwischen mir und ihm:
Wenn ich dem Fürsten mich der Friesen nicht verbände,
So solle dem August mein Erbland heilig sein;
Und hier, seht diesen Brief, ihr Herrn,
Mein Erbland ist von Römern überflutet.
Der Krieg, so schreibt der falsche Schelm,
In welchem er mit Holm, dem Friesen, liege,
Erfordere, daß ihm Sicambrien sich öffne:

Und meine Freundschaft für Augustus laß ihn hoffen,
Ich werd ihm diesen dreisten Schritt,
Den Not ihm dringend abgepreßt, verzeihn.
Laßt Hermann, wenn er kömmt, den Gaunerstreich uns melden:
So kommt gewiß, Freund Dagobert,
Freund Selgar, noch der Bund zustande,
Um dessenthalb wir hier bei ihm versammelt sind.

DAGOBERT. Freund Thuiskomar! Ob *ich* dem Bündnis mich,
Das diese Fremdlinge aus Deutschland soll verjagen,
Anschließen werd, ob nicht: darüber, weißt du,
Entscheidet hier ein Wort aus Selgars Munde!
Augustus trägt, Roms Kaiser, mir,
Wenn ich mich seiner Sache will vermählen,
Das ganze, jüngst dem Ariovist entrißne,
Reich der Narisker an –

(Wolf und Thuiskomar machen eine Bewegung.)

Nichts! Nichts! Was fahrt ihr auf? Ich will es nicht!
Dem Vaterlande bleib ich treu,
Ich schlag es aus, ich bin bereit dazu.
Doch der hier, Selgar, soll, der Fürst der Brukterer,
Den Strich mir, der mein Eigentum,
An dem Gestad der Lippe überlassen;
Wir lagen längst im Streit darum.
Und wenn er mir Gerechtigkeit verweigert,
Selbst jetzt noch, da er meiner Großmut braucht,
So werd ich mich in euren Krieg nicht mischen.

SELGAR. Dein Eigentum! Sieh da! Mit welchem Rechte
Nennst du, was mir verpfändet, dein,
Bevor das Pfand, das Horst, mein Ahnherr, zahlte,
An seinen Enkel du zurückgezahlt?
Ist jetzt der würdge Augenblick,
Zur Sprache solche Zwistigkeit zu bringen?
Eh ich, Unedelmütgem, dir
Den Strich am Lippgestade überlasse,
Eh will an Augusts Heere ich
Mein ganzes Reich, mit Haus und Hof verlieren!

THUISKOMAR *(dazwischen tretend)*. O meine Freunde!

EIN FÜRST *(ebenso)*. Selgar! Dagobert!

(Man hört Hörner in der Ferne.)

EIN CHERUSKER *(tritt auf)*.
Hermann, der Fürst, kommt!

THUISKOMAR. Laßt den Strich, ich bitt euch,

Ruhn, an der Lippe, bis entschieden ist,
Wem das gesamte Reich Germaniens gehört!

WOLF *(indem er sich erhebt)*.
Da hast du recht! Es bricht der Wolf, o Deutschland,
In deine Hürde ein, und deine Hirten streiten
Um eine Handvoll Wolle sich.

Zweiter Auftritt

Thusnelda, den Ventidius aufführend. Ihr folgt Hermann, Scäpio, ein Gefolge von Jägern und ein leerer römischer Wagen mit vier breitgespannten weißen Rossen.

THUSNELDA. Heil dem Ventidius Carbo! Römerritter!
Dem kühnen Sieger des gehörnten Urs!

DAS GEFOLGE. Heil! Heil!

THUISKOMAR. Was! Habt ihr ihn?

HERMANN. Hier, seht, ihr Freunde!
Man schleppt ihn bei den Hörnern schon herbei!
(Der erlegte Auerochs wird herangeschleppt.)

VENTIDIUS. Ihr deutschen Herrn, der Ruhm gehört nicht mir!
Er kommt Thusnelden, Hermanns Gattin,
Kommt der erhabenen Cheruskerfürstin zu!
Ihr Pfeil, auf mehr denn hundert Schritte,
Warf mit der Macht des Donnerkeils ihn nieder,
Und, Sieg! rief, wem ein Odem ward;
Der Ur hob plötzlich nur, mit pfeildurchbohrtem Nacken
Noch einmal sich vom Sand empor:
Da kreuzt ich seinen Nacken durch noch einen.

THUSNELDA. Du häufst, Ventidius, Siegsruhm auf die Scheitel,
Die du davon entkleiden willst.
Das Tier schoß, von dem Pfeil gereizt, den ich entsendet,
Mit wuterfüllten Sätzen auf mich ein,
Und schon verloren glaubt ich mich;
Da half dein beßrer Schuß dem meinen nach,
Und warf es völlig leblos vor mir nieder.

SCÄPIO. Bei allen Helden des Homers!
Dir ward ein Herz von par'schem Marmel, Fürstin!
Des Todes Nacht schlug über mich zusammen,
Als es gekrümmt, mit auf die Brust
Gesetzten Hörnern, auf dich ein,
Das rachentflammte Untier, wetterte:
Und du, du wichst, du wanktest nicht – was sag ich?

Sorg überflog, mit keiner Wolke,
Den heitern Himmel deines Angesichts!

THUSNELDA *(mutwillig)*. Was sollt ich fürchten, Scäpio,
So lang Ventidius mir zur Seite stand.

VENTIDIUS. Du warst des Todes gleichwohl, wenn ich fehlte.

WOLF *(finster)*. – Stand sie im Freien, als sie schoß?

VENTIDIUS. Die Fürstin?

SCÄPIO. Nein – hier im Wald. Warum?

VENTIDIUS. Ganz in der Nähe,
Wo kreuzend durch die Forst die Wildbahn bricht.

WOLF *(lachend)*. Nun denn, beim Himmel –!

THUISKOMAR. Wenn sie im Walde stand –

WOLF. Ein Auerochs ist keine Katze,
Und geht, soviel bekannt mir, auf die Wipfel
Der Pinien und Eichen nicht.

HERMANN *(abbrechend)*. Kurz, Heil ruf ich Ventidius noch einmal,
Des Urs, des hornbewehrten, Sieger,
Und der Thusnelda Retter obenein!

THUSNELDA *(zu Hermann)*. Vergönnst du mein Gebieter mir,
Nach Teutoburg nunmehr zurückzukehren?

(Sie gibt den Pfeil und Bogen weg.)

HERMANN *(wendet sich)*. Holla! Die Pferd!

VENTIDIUS *(halblaut, zu Thusnelden)*. Wie, Göttliche, du willst –?

(Sie sprechen heimlich zusammen.)

THUISKOMAR *(die Pferde betrachtend)*.
Schau, die Quadriga, die August dir schenkte?

SELGAR. Die Pferd aus Rom?

HERMANN *(zerstreut)*. Aus Rom, beim Jupiter!
Ein Zug, wie der Pelid ihn nicht geführt!

VENTIDIUS *(zu Thusnelda)*. Darf ich in Teutoburg –?

THUSNELDA. Ich bitte dich.

HERMANN. Ventidius Carbo! Willst du sie begleiten?

VENTIDIUS.
Mein Fürst! Du machst zum Sel'gen mich –

(Er gibt Pfeil und Bogen gleichfalls weg; offiziös.)

Wann wohl vergönnst du,
Vor deinem Thron, o Herr, in Ehrfurcht
Dir eine Botschaft des Augustus zu entdecken?

HERMANN. Wenn du begehrst, Ventidius!

VENTIDIUS. So werd ich
Dir mit der nächsten Sonne Strahl erscheinen.

HERMANN. Auf denn! – Ein Roß dem Scäpio, ihr Jäger!
– Gib deine Hand, Thusnelda, mir!
(Er hebt, mit Ventidius, Thusnelda in den Wagen; Ventidius folgt ihr.)

THUSNELDA *(sich aus dem Wagen herausbeugend).*
Ihr Herrn, wir sehn uns an der Tafel doch?

HERMANN *(zu den Fürsten).*
Wolf! Selgar! Redet!

DIE FÜRSTEN. Zu deinem Dienst, Erlauchte!
Wir werden gleich nach dem Gezelt dir folgen.

HERMANN. Wohlauf, ihr Jäger! Laßt das Horn dann schmettern,
Und bringt sie im Triumph nach Teutoburg!
(Der Wagen fährt ab; Hörnermusik.)

Dritter Auftritt

Hermann, Wolf, Thuiskomar, Dagobert und Selgar lassen sich, auf eine Rasenbank, um einen steinernen Tisch nieder, der vor der Jagdhütte steht.

HERMANN. Setzt euch, ihr Freunde! Laßt den Becher
Zur Letzung jetzt der müden Glieder kreisen!
Das Jagen selbst ist weniger das Fest,
Als dieser heitre Augenblick,
Mit welchem sich das Fest der Jagd beschließet!
(Knaben bedienen ihn mit Wein.)

WOLF. O könnten wir, beim Mahle, bald
Ein andres größres Siegsfest selig feiern!
Wie durch den Hals des Urs Thusneldens sichre Hand
Den Pfeil gejagt: o Hermann! könnten wir
Des Krieges ehrnen Bogen spannen,
Und, mit vereinter Kraft, den Pfeil der Schlacht zerschmetternd
So durch den Nacken hin des Römerheeres jagen,
Das in den Feldern Deutschlands aufgepflanzt!

THUISKOMAR. Hast du gehört, was mir geschehn?
Daß Varus treulos den Vertrag gebrochen,
Und mir Sicambrien mit Römern überschwemmt?
Sieh, Holm, der Friesen wackern Fürsten,
Der durch das engste Band der Freundschaft mir verbunden:
Als jüngst die Rach Augustus' auf ihn fiel,
Mir die Legionen fern zu halten,
Gab ich der Rach ihn des Augustus preis.
So lang an dem Gestad der Ems der Krieg nun wütet,

Mit keinem Wort, ich schwörs, mit keinem Blick,
Bin ich zu Hülfe ihm geeilt;
Ich hütet, in Calpurns, des Römerboten, Nähe,
Die Mienen, Hermann, die sich traurend
Auf des verlornen Schwagers Seite stellten:
Und jetzt – noch um den Lohn seh ich
Mich der fluchwürdigen Feigherzigkeit betrogen:
Varus führt die Legionen mir ins Land,
Und gleich, als wär ich Augusts Feind,
Wird es jedwedem Greul des Krieges preisgegeben.

HERMANN. Ich hab davon gehört, Thuiskar.
Ich sprach den Boten, der die Nachricht
Dir eben aus Sicambrien gebracht.

THUISKOMAR. Was nun – was wird für dich davon die Folge sein?
Marbod, der herrschensgierge Suevenfürst,
Der, fern von den Sudeten kommend,
Die Oder rechts und links die Donau überschwemmt,
Und seinem Szepter (so erklärt er)
Ganz Deutschland siegreich unterwerfen will:
Am Weserstrom, im Osten deiner Staaten,
Mit einem Heere steht er da,
Und den Tribut hat er dir abgefordert.
Du weißt, wie oft dir Varus schon
Zu Hülfe schelmisch die Kohorten bot.
Nur allzuklar ließ er die Absicht sehn,
Den Adler auch im Land Cheruskas aufzupflanzen;
Den schlausten Wendungen der Staatskunst nur
Gelang es, bis auf diesen Tag,
Dir den bösartgen Gast entfernt zu halten.
Nun ist er bis zur Lippe vorgerückt;
Nun steht er, mit drei Legionen,
In deines Landes Westen drohend da;
Nun mußt du, wenn er es in Augusts Namen fordert,
Ihm deiner Plätze Tore öffnen:
Du hast nicht mehr die Macht, es ihm zu wehren.

HERMANN. Gewiß. Da siehst du richtig. Meine Lage
Ist in der Tat bedrängter als jemals.

THUISKOMAR. Beim Himmel, wenn du schnell nicht hilfst,
Die Lage eines ganz Verlornen!
– Daß *ich*, mein wackrer Freund, dich in dies Irrsal stürzte,
Durch Schritte, wenig klug und überlegt,
Gewiß, ich fühls mit Schmerz, im Innersten der Brust.
Ich hätte nimmer, fühl ich, Frieden

Mit diesen Kindern des Betruges schließen,
Und diesen Varus, gleich dem Wolf der Wüste,
In einem ewgen Streit, bekriegen sollen.
– Das aber ist geschehn, und wenig frommt, du weißt,
In das Vergangene sich reuig zu versenken.
Was wirst du, fragt sich, nun darauf beschließen?

HERMANN. Ja! Freund! Davon kann kaum die Red noch sein. –
Nach allem, was geschehn, find ich
Läuft nun mein Vorteil ziemlich mit des Varus,
Und wenn er noch darauf besteht,
So nehm ich ihn in meinen Grenzen auf.

THUISKOMAR *(erstaunt)*. Du nimmst ihn – was?

DAGOBERT. In deines Landes Grenze? –

SELGAR. Wenn Varus drauf besteht, du nimmst ihn auf?

THUISKOMAR. Du Rasender! Hast du auch überlegt? –

DAGOBERT. Warum?

SELGAR. Weshalb, sag an?

DAGOBERT. Zu welchem Zweck?

HERMANN. – Mich gegen Marbod zu beschützen,
Der den Tribut mir trotzig abgefordert.

THUISKOMAR. Dich gegen Marbod zu beschützen!
Und du weißt nicht, Unseliger, daß er
Den Marbod schelmisch gegen dich erregt,
Daß er mit Geld und Waffen heimlich
Ihn unterstützt, ja, daß er Feldherrn
Ihm zugesandt, die in der Kunst ihn tückisch,
Dich aus dem Feld zu schlagen, unterrichten?

HERMANN. Ihr Freund', ich bitt euch, kümmert euch
Um meine Wohlfahrt nicht! Bei Wodan, meinem hohen Herrn!
So weit im Kreise mir der Welt
Das Heer der munteren Gedanken reichet,
Erstreb ich und bezweck ich nichts,
Als jenem Römerkaiser zu erliegen.
Das aber möcht ich gern mit Ruhm, ihr Brüder,
Wies einem deutschen Fürsten ziemt:
Und *daß* ich das vermög, im ganzen vollen Maße,
Wie sichs die freie Seele glorreich denkt –
Will ich allein stehn, und mit euch mich –
– Die manch ein andrer Wunsch zur Seite lockend zieht, –
In dieser wichtgen Sache nicht verbinden.

DAGOBERT. Nun, bei den Nornen! Wenn du sonst nichts willst,
Als dem August erliegen –?! *(Er lacht.)*

SELGAR. – Man kann nicht sagen,

Daß hoch Arminius das Ziel sich stecket!

HERMANN. So! –
Ihr würdet beide euren Witz vergebens
Zusammenlegen, dieses Ziel,
Das vor der Stirn euch dünket, zu erreichen.
Denn setzt einmal, ihr Herrn, ihr stündet
(Wohin ihr es im Lauf der Ewigkeit nicht bringt)
Dem Varus kampfverbunden gegenüber;
Im Grund morastger Täler er,
Auf Gipfeln waldbekränzter Felsen ihr:
So dürft er dir nur, Dagobert,
Selgar, dein Lippgestad verbindlich schenken:
Bei den fuchshaarigen Alraunen, seht,
Den Römer laßt ihr beid im Stich,
Und fallt euch, wie zwei Spinnen, selber an.

WOLF *(einlenkend)*. Du hältst nicht eben hoch im Wert uns, Vetter!
Es scheint, das Bündnis nicht sowohl,
Als die Verbündeten mißfallen dir.

HERMANN. Verzeiht! – Ich nenn euch meine wackern Freunde,
Und will mit diesem Wort, das glaubt mir, mehr, als euren
Verletzten Busen höflich bloß versöhnen.
Die Zeit stellt, heißen Drangs voll, die Gemüter
Auf eine schwere Prob; und manchen kenn ich besser,
Als er in diesem Augenblick sich zeigt.
Wollt ich auf Erden irgend was *erringen*,
Ich würde glücklich sein, könnt ich mit Männern mich,
Wie hier um mich versammelt sind, verbinden;
Jedoch, weil alles zu *verlieren* bloß
Die Absicht ist – so läßt, begreift ihr,
Solch ein Entschluß nicht wohl ein Bündnis zu:
Allein muß ich, in solchem Kriege, stehn,
Verknüpft mit niemand, als nur meinem Gott.

THUISKOMAR. Vergib mir, Freund, man sieht nicht ein,
Warum notwendig wir erliegen sollen;
Warum es soll unmöglich ganz,
Undenkbar sein (wenn es auch schwer gleich sein mag),
Falls wir nur sonst vereint, nach alter Sitte, wären,
Den Adler Roms, in einer muntern Schlacht,
Aus unserm deutschen Land hinwegzujagen.

HERMANN. Nein, nein! Das eben ists! Der Wahn, Thuiskar,
Der stürzt just rettungslos euch ins Verderben hin!
Ganz Deutschland ist verloren schon,
Dir der Sicambern Thron, der Thron der Katten dir,

Der Marsen dem, mir der Cherusker,
Und auch der Erb, bei Hertha! schon benannt:
Es gilt nur bloß noch jetzt, sie abzutreten.
Wie wollt ihr doch, ihr Herrn, mit diesem Heer des Varus
Euch messen – an eines Haufens Spitze,
Zusammen aus den Waldungen gelaufen,
Mit der Kohorte, der gegliederten,
Die, wo sie geht und steht, des Geistes sich erfreut?
Was habt ihr, sagt doch selbst, das Vaterland zu schirmen,
Als nur die nackte Brust allein,
Und euren Morgenstern; indessen jene dort
Gerüstet mit der ehrnen Waffe kommen,
Die ganze Kunst des Kriegs entfaltend,
In den vier Himmelsstrichen ausgelernt?
Nein, Freunde, so gewiß der Bär dem schlanken Löwen
Im Kampf erliegt, so sicherlich
Erliegt ihr, in der Feldschlacht, diesen Römern.

WOLF. Es scheint, du hältst dies Volk des fruchtumblühten Latiens
Für ein Geschlecht von höhrer Art,
Bestimmt, uns roh're Kauze zu beherrschen?

HERMANN. Hm! In gewissem Sinne sag ich: ja.
Ich glaub, der Deutsch' erfreut sich einer größern
Anlage, der Italier doch hat seine mindre
In diesem Augenblicke mehr entwickelt.
Wenn sich der Barden Lied erfüllt,
Und, unter *einem* Königsszepter,
Jemals die ganze Menschheit sich vereint,
So läßt, daß es ein Deutscher führt, sich denken,
Ein Britt', ein Gallier, oder wer ihr wollt;
Doch nimmer jener Latier, beim Himmel!
Der keine andre Volksnatur
Verstehen kann und ehren, als nur seine.
Dazu am Schluß der Ding auch kommt es noch;
Doch bis die Völker sich, die diese Erd umwogen,
Noch jetzt vom Sturm der Zeit gepeitscht,
Gleich einer See, ins Gleichgewicht gestellt,
Kann es leicht sein, der Habicht rupft
Die Brut des Aars, die, noch nicht flügg,
Im stillen Wipfel einer Eiche ruht.

WOLF. Mithin ergibst du wirklich völlig dich
In das Verhängnis – beugst den Nacken
Dem Joch, das dieser Römer bringt,
Ohn auch ein Glied nur sträubend zu bewegen?

HERMANN. Behüte Wodan mich! Ergeben! Seid ihr toll?
Mein Alles, Haus und Hof, die gänzliche
Gesamtheit des, was mein sonst war,
Als ein verlornes Gut in meiner Hand noch ist,
Das, Freunde, setz ich dran, im Tod nur,
Wie König Porus, glorreich es zu lassen!
Ergeben! – Einen Krieg, bei Mana! will ich
Entflammen, der in Deutschland rasselnd,
Gleich einem dürren Walde, um sich greifen,
Und auf zum Himmel lodernd schlagen soll!
THUISKOMAR. Und gleichwohl – unbegreiflich bist du, Vetter!
Gleichwohl nährst keine Hoffnung du,
In solchem tüchtgen Völkerstreit zu siegen?
HERMANN. Wahrhaftig, nicht die mindeste,
Ihr Freunde. Meine ganze Sorge soll
Nur sein, wie ich, nach meinen Zwecken,
Geschlagen werd. – Welch ein wahnsinnger Tor
Müßt ich doch sein, wollt ich mir und der Heeresschar,
Die ich ins Feld des Todes führ, erlauben,
Das Aug, von dieser finstern Wahrheit ab,
Buntfarbgen Siegesbildern zuzuwenden,
Und gleichwohl dann gezwungen sein,
In dem gefährlichen Momente der Entscheidung,
Die ungeheure Wahrheit anzuschaun?
Nein! Schritt vor Schritt will ich das Land der großen Väter
Verlieren – über jeden Waldstrom schon im voraus,
Mir eine goldne Brücke baun,
In jeder Mordschlacht denken, wie ich in
Den letzten Winkel nur mich des Cheruskerlands
Zurückezieh: und triumphieren,
Wie nimmer Marius und Sylla triumphierten,
Wenn ich – nach einer runden Zahl von Jahren,
Versteht sich – im Schatten einer Wodanseiche,
Auf einem Grenzstein, mit den letzten Freunden,
Den schönen Tod der Helden sterben kann.
DAGOBERT. Nun denn, beim Styxfluß –!
SELGAR. Das gestehst du, Vetter,
Auf diesem Weg nicht kömmst du eben weit.
DAGOBERT. Gleich einem Löwen grimmig steht er auf,
Warum? Um, wie ein Krebs, zurückzugehn.
HERMANN. Nicht weit? Hm! – Seht, das möcht ich just nicht sagen.
Nach Rom – ihr Herren, Dagobert und Selgar!
Wenn mir das Glück ein wenig günstig ist.

Und wenn nicht ich, wie ich fast zweifeln muß,
Der Enkel einer doch, wag ich zu hoffen,
Die hier in diesem Paar der Lenden ruhn!

WOLF *(umarmt ihn)*. Du Lieber, Wackrer, Göttlicher –!
Wahrhaftig, du gefällst mir. – Kommt, stoßt an!
Hermann soll, der Befreier Deutschlands, leben!

HERMANN *(sich losmachend)*.
Kurz, wollt ihr, wie ich schon einmal euch sagte,
Zusammenraffen Weib und Kind,
Und auf der Weser rechtes Ufer bringen,
Geschirre, goldn' und silberne, die ihr
Besitzet, schmelzen, Perlen und Juwelen
Verkaufen oder sie verpfänden,
Verheeren eure Fluren, eure Herden
Erschlagen, eure Plätze niederbrennen,
So bin ich euer Mann –:

WOLF. Wie? Was?

HERMANN. Wo nicht –?

THUISKOMAR. Die eignen Fluren sollen wir verheeren –?

DAGOBERT. Die Herden töten –?

SELGAR. Unsre Plätze niederbrennen –?

HERMANN. Nicht? Nicht? Ihr wollt es nicht?

THUISKOMAR. Das eben, Rasender, das ist es ja,
Was wir in diesem Krieg verteidigen wollen!

HERMANN *(abbrechend)*.
Nun denn, ich glaubte, eure Freiheit wärs. *(Er steht auf.)*

THUISKOMAR. Was? – Allerdings. Die Freiheit –

HERMANN. Ihr vergebt mir!

THUISKOMAR. Wohin, ich bitte dich?

SELGAR. Was fällt dir ein?

HERMANN. Ihr Herrn, ihr hörts; so kann ich euch nicht helfen.

DAGOBERT *(bricht auf)*. Laß dir bedeuten, Hermann.

HERMANN *(in die Szene rufend)*. Horst! Die Pferde!

SELGAR *(ebenso)*. Ein Augenblick! Hör an! Du mißverstehst uns!

(Die Fürsten brechen sämtlich auf.)

HERMANN. Ihr Herrn, zur Mittagstafel sehn wir uns.

(Er geht ab; Hörnermusik.)

WOLF. O Deutschland! Vaterland! Wer rettet dich,
Wenn es ein Held, wie Siegmars Sohn nicht tut!

(Alle ab.)

ZWEITER AKT

Szene: Teutoburg. Das Innere eines großen und prächtigen Fürstenzelts, mit einem Thron.

Erster Auftritt

Hermann auf dem Thron. Ihm zur Seite Eginhardt. Ventidius, der Legat von Rom, steht vor ihm.

HERMANN. Ventidius! Deine Botschaft, in der Tat,
Erfreut zugleich mich und bestürzt mich.
– Augustus, sagst du, beut zum drittenmal,
Mir seine Hülfe gegen Marbod an.
VENTIDIUS. Ja, mein erlauchter Herr. Die drei Legionen,
Die, in Sicambrien, am Strom der Lippe stehn,
Betrachte sie wie dein! Quintilius Varus harrt,
Ihr großer Feldherr, deines Winkes nur,
In die Cheruskerplätze einzurücken.
Drei Tage, mehr bedarf es nicht, so steht er
Dem Marbod schon, am Bord der Weser, gegenüber,
Und zahlt, vorn an der Pfeile Spitzen,
Ihm das Metall, das er gewagt,
Dir als Tribut, der Trotzge, abzufodern.
HERMANN. Freund, dir ist selbst bekannt, wie manchem bittern Drangsal
Ein Land ist heillos preis gestellt,
Das einen Heereszug erdulden muß.
Da finden Raub und Mord und Brand sich,
Der höllentstiegene Geschwisterreigen, ein,
Und selbst das Beil oft hält sie nicht zurück.
Meinst du nicht, alles wohl erwogen,
Daß ich im Stande wär, allein
Cheruska vor dem Marbod zu beschützen?
VENTIDIUS. Nein, nein, mein Fürst! Den Wahn, ich bitte dich, entferne!
Gewiß, die Scharen, die du führst, sie bilden
Ein würdig kleines Heer, jedoch bedenke,
Mit welchem Feind du es zu tun!
Marbod, das Kind des Glücks, der Fürst der Sueven ists,
Der, von den Riesenbergen niederrollend,
Stets siegreich, wie ein Ball von Schnee, sich groß gewälzt.
Wo ist der Wall um solchem Sturz zu wehren?
Die Römer werden Mühe haben,
Die weltbesiegenden, wie mehr, o Herr, denn du,

Dein Reich vor der Verschüttung zu beschirmen.
HERMANN. Freilich! Freilich! Du hast zu sehr nur recht.
Das Schicksal, das im Reich der Sterne waltet,
Ihn hat es, in der Luft des Kriegs,
Zu einem Helden rüstig groß gezogen,
Dagegen mir, du weißt, das sanftre Ziel sich steckte:
Dem Weib, das mir vermählt, der Gatte,
Ein Vater meinen süßen Kindern,
Und meinem Volk ein guter Fürst zu sein.
Seit jener Mordschlacht, die den Ariovist vernichtet,
Hab ich im Felde mich nicht mehr gezeigt;
Die Weisung werd ich nimmermehr vergessen:
Es war, im Augenblick der gräßlichen Verwirrung,
Als ob ein Geist erstünde und mir sagte,
Daß mir das Schicksal hier nicht günstig wäre. –
VENTIDIUS. Gewiß! Die Weisheit, die du mir entfaltest,
Füllt mit Bewundrung mich. – Zudem muß ich dir sagen,
Daß so, wie nun die Sachen dringend stehn,
O Herr, dir keine Wahl mehr bleibt,
Daß du dich zwischen Marbod und Augustus
Notwendig jetzt entscheiden mußt;
Daß dieses Sueven Macht, im Reich Germaniens,
Zu ungeheuer anwuchs; daß Augustus
Die Oberherrschaft keinem gönnen kann,
Der, auf ein Heer, wie Marbod, trotzend,
Sich selbst sie nur verdanken will; ja, wenn
Er je ein Oberhaupt der Deutschen anerkennt,
Ein Fürst es sein muß, das begreifst du,
Den er, durch einen Schritt, verhängnisvoll wie diesen,
Auf immer seinem Thron verbinden kann.
HERMANN *(nach einer kurzen Pause)*.
Wenn du die Aussicht mir eröffnen könntest,
Ventidius, daß *mir*
Die höchste Herrschgewalt in Deutschland zugedacht:
So würd Augustus, das versichr' ich dich,
Den wärmsten Freund würd er an mir erhalten. –
Denn dieses Ziel, das darf ich dir gestehn,
Reizt meinen Ehrgeiz, und mit Neid
Seh ich den Marbod ihm entgegeneilen.
VENTIDIUS. Mein Fürst! Das ist kein Zweifel mehr.
Glaub nicht, was Meuterei hier ausgesprengt,
Ein Neffe werd Augusts, sobald es nur erobert,
In Deutschland, als Präfekt, sich niederlassen;

Und wenn gleich Scipio, Agricola, Licin,
Durch meinen großen Kaiser eingesetzt,
Nariska, Markoland und Nervien jetzt verwalten:
Ein Deutscher kann das Ganze nur beherrschen!
Der Grundsatz, das versichr' ich dich,
Steht, wie ein Felsen, bei Senat und Volk!
Wenn aber, das entscheide selbst,
Ein Deutscher solch ein Amt verwalten soll:
Wer kann es sein, o Herr, als der allein,
Durch dessen Hülfe uns ersprießlich,
Sich solch ein Herrschamt allererst errichtet?

HERMANN *(vom Thron herabsteigend)*.
Nun denn, Legat der römischen Cäsaren,
So werf ich, was auch säum ich länger,
Mit Thron und Reich, in deine Arme mich!
Cheruskas ganze Macht leg ich,
Als ein Vasall, zu Augusts Füßen nieder.
Laß Varus kommen, mit den Legionen;
Ich will fortan, auf Schutz und Trutz
Mich wider König Marbod ihm verbinden!

VENTIDIUS. Nun, bei den Uraniden! Dieser Tag,
Er ist der schönste meines Lebens!
Ich eile dem August, o Herr, dein Wort zu melden.
Man wird in Rom die Zirken öffnen,
Die Löwen kämpfen, die Athleten, lassen,
Und Freudenfeuer in die Nächte schicken!
– Wann darf Quintilius jetzt die Lippe überschreiten?

HERMANN. Wann es sein Vorteil will.

VENTIDIUS. Wohlan, so wirst
Du morgen schon in Teutoburg ihn sehn.
– Vergönne, daß ich die Minute nütze. *(Ab.)*

Zweiter Auftritt

Hermann und Eginhardt
(Pause.)

HERMANN. Ging er?

EGINHARDT. Mich dünkte, ja. Er bog sich links.

HERMANN. Mich dünkte, rechts.

EGINHARDT. Still!

HERMANN. Rechts! Der Vorhang rauschte.
Er bog sich in Thusneldens Zimmer hin.

Dritter Auftritt

Thusnelda tritt, einen Vorhang öffnend, zur Seite auf. Die Vorigen.

HERMANN. Thuschen!
THUSNELDA. Was gibts?
HERMANN. Geschwind! Ventidius sucht dich.
THUSNELDA. Wo?
HERMANN. Von dem äußern Gang.
THUSNELDA. So? Desto besser.
So bin ich durch den mittlern ihm entflohn.
HERMANN. Thuschen! Geschwind! Ich bitte dich!
THUSNELDA. Was hast du?
HERMANN. Zurück, mein Herzchen! liebst du mich! Zurücke!
In deine Zimmer wieder! Rasch! Zurücke!
THUSNELDA *(lächelnd)*. Ach, laß mich gehn.
HERMANN. Was? Nicht? Du weigerst mir –?
THUSNELDA. Laß mich mit diesem Römer aus dem Spiele.
HERMANN. Dich aus dem Spiel? Wie! Was! Bist du bei Sinnen?
Warum? Weshalb?
THUSNELDA. – Er tut mir leid, der Jüngling.
HERMANN. Dir leid? Gewiß, beim Styx, weil er das Untier gestern –?
THUSNELDA. Gewiß! Bei Braga! Bei der sanften Freya:
Er war so rüstig bei der Hand!
Er *wähnte* doch, mich durch den Schuß zu retten,
Und wir verhöhnen ihn!
HERMANN. Ich glaub, beim Himmel,
Die römische Tarantel hat –?
Er wähnt ja auch, du Törin, du,
Daß wir den Wahn der Tat ihm danken!
Fort, Herzchen, fort!
EGINHARDT. Da ist er selber schon!
HERMANN. Er riecht die Fährt ihr ab, ich wußt es wohl.
– Du sei mir klug, ich rat es dir!
Komm, Eginhardt, ich hab dir was zu sagen.
(Ab.)

Vierter Auftritt

Thusnelda nimmt eine Laute und setzt sich nieder. Ventidius und Scäpio treten auf.

VENTIDIUS *(noch unter dem Eingang)*.
Scäpio! Hast du gehört?

SCÄPIO. Du sagst, der Bote –?
VENTIDIUS *(flüchtig)*. Der Bote, der nach Rom geht, an Augustus,
Soll zwei Minuten warten; ein Geschäft
Für Livia liegt, die Kaiserin, mir noch ob.
SCÄPIO. Genug! Es soll geschehn. *(Ab.)*
VENTIDIUS. Harr meiner draußen.

Fünfter Auftritt

Thusnelda und Ventidius.

VENTIDIUS. Vergib, erlauchte Frau, dem Freund des Hauses,
Wenn er den Fuß, unaufgerufen,
In deine göttergleiche Nähe setzt.
Von deiner Lippe hört ich gern,
Wie du die Nacht, nach jenem Schreck, der gestern
Dein junges Herz erschütterte, geschlummert?
THUSNELDA. Nicht eben gut, Ventidius. Mein Gemüt
War von der Jagd noch ganz des wilden Urs erfüllt.
Vom Bogen sandt ich tausendmal den Pfeil,
Und immerfort sah ich das Tier,
Mit eingestemmten Hörnern, auf mich stürzen.
Ein fürchterlicher Tod, Ventidius,
Solch einem Ungeheu'r erliegen!
Arminius sagte scherzend heut,
Ich hätte durch die ganze Nacht,
Ventidius! Ventidius! gerufen.
VENTIDIUS *(läßt sich leidenschaftlich vor ihr nieder, und ergreift ihre Hand)*.
Wie selig bin ich, Königin,
Dir ein Gefühl entlockt zu haben!
Was für ein Strahl der Wonne strömt,
Mir unerträglich, alle Glieder lähmend,
Durch den entzückten Busen hin,
Sagt mir dein süßer Mund, daß du, bei dem Gedanken
An mich, empfindest – wärs auch die unscheinbare
Empfindung nur des Danks, verehrte Frau,
Die jedem Glücklichen geworden wäre,
Der, als ein Retter, dir zur Seite stand!
THUSNELDA. Ventidius! Was willst du mir? Steh auf!
VENTIDIUS. Nicht ehr, Vergötterte, als bis du meiner Brust
Ein Zeichen, gleichviel welches, des
Gefühls, das ich in dir entflammt, verehrt!

Sei es das Mindeste, was Sinne greifen mögen,
Das Herz gestaltet es zum Größesten.
Laß es den Strauß hier sein, der deinen Busen ziert,
Hier diese Schleife, diese goldne Locke –
Ja, Kön'gin, eine Locke laß es sein!

THUSNELDA. Ich glaub, du schwärmst. Du weißt nicht, wo du bist.

VENTIDIUS. Gib eine Locke, Abgott meiner Seelen,
Von diesem Haupthaar mir, das von der Juno Scheiteln
In üppgern Wogen nicht zur Ferse wallt!
Sieh, dem Arminius gönn ich alles:
Das ganze duftende Gefäß von Seligkeiten,
Das ich in meinen Armen zitternd halte,
Sein ists; ich gönn es ihm: es möge sein verbleiben.
Die einzge Locke fleh ich nur für mich,
Die, in dem Hain, beim Schein des Monds,
An meine Lippe heiß gedrückt,
Mir deines Daseins Traum ergänzen soll!
Die kannst du mir, geliebtes Weib, nicht weigern,
Wenn du nicht grausam mich verhöhnen willst.

THUSNELDA. Ventidius, soll ich meine Frauen rufen?

VENTIDIUS. Und müßt ich so, in Anbetung gestreckt,
Zu deinen Füßen flehend liegen,
Bis das Giganten-Jahr des Platon abgerollt,
Bis die graubärt'ge Zeit ein Kind geworden,
Und der verliebten Schäfer Paare wieder
An Milch- und Honigströmen zärtlich wandeln:
Von diesem Platz entweichen werd ich nicht,
Bis jener Wunsch, den meine Seele
Gewagt hat dir zu nennen, mir erfüllt.

(Thusnelda steht auf und sieht ihn an. Ventidius läßt sie betreten los und erhebt sich. Thusnelda geht und klingelt.)

Sechster Auftritt

Gertrud und Bertha treten auf. Die Vorigen.

THUSNELDA. Gertrud; wo bleibst du? Ich rief nach meinen Kindern.

GERTRUD. Sie sind im Vorgemach. *(Sie wollen beide gehen.)*

THUSNELDA. Wart! Einen Augenblick!
Gertrud, du bleibst! – Du, Bertha, kannst sie holen.

(Bertha ab.)

Siebenter Auftritt

Thusnelda setzt sich wieder nieder, ergreift die Laute, und tut einige Griffe darauf, Ventidius läßt sich hinter ihr, auf einem Sessel, nieder. Gertrud.
(Pause.)

THUSNELDA *(spielt und singt).*
Ein Knabe sah den Mondenschein
In eines Teiches Becken;
Er faßte mit der Hand hinein,
Den Schimmer einzustecken;
Da trübte sich des Wassers Rand,
Das glänzge Mondesbild verschwand,
Und seine Hand war –

VENTIDIUS *(steht auf. Er hat, während dessen, unbemerkt eine Locke von Thusneldens Haar geschnitten, wendet sich ab, und drückt sie leidenschaftlich an seine Lippe).*
THUSNELDA *(hält inne).* Was hast du?
VENTIDIUS *(entzückt).* – Was ich um das Gold der Afern,
Die Seide Persiens, die Perlen von Korinth,
Um alles, was die Römerwaffen
Je in dem Kreis der Welt erbeuteten, nicht lasse.
THUSNELDA. Ich glaub, du treibst die Dreistigkeit so weit,
Und nahmst mir – *(Sie legt die Laute weg.)*
VENTIDIUS. Nichts, nichts, als diese Locke!
Doch selbst der Tod nicht trennt mich mehr von ihr.
(Er beugt ehrfurchtsvoll ein Knie vor ihr und geht ab.)
THUSNELDA *(steht auf).* Ventidius Carbo, du beleidigst mich! –
Gib sie mir her, sag ich! – Ventidius Carbo!

Achter Auftritt

Hermann mit einer Pergamentrolle. Hinter ihm Eginhardt. – Die Vorigen.

HERMANN. Was gibts, mein Thuschen? Was erhitzt dich so?
THUSNELDA *(erzürnt).* Nein, dies ist unerträglich, Hermann!
HERMANN. Was hast du? Sprich! Was ist geschehn, mein Kind?
THUSNELDA. Ich bitte dich, verschone fürder
Mit den Besuchen dieses Römers mich.
Du wirfst dem Walfisch, wie das Sprichwort sagt,
Zum Spielen eine Tonne vor;
Doch wenn du irgend dich auf offnem Meere noch

Erhalten kannst, so bitt ich dich,
Laß es was anders, als Thusnelden, sein.
HERMANN. Was wollt er dir, mein Herzchen, sag mir an?
THUSNELDA. Er kam und bat, mit einer Leidenschaft,
Die wirklich alle Schranken niederwarf,
Gestreckt auf Knieen, wie ein Glücklicher,
Um eine Locke mich –
HERMANN. Du gabst sie ihm –?
THUSNELDA. Ich –? ihm die Locke geben!
HERMANN. Was! Nicht? Nicht?
THUSNELDA. Ich weigerte die Locke ihm. Ich sagte,
Ihn hätte Wahnsinn, Schwärmerei ergriffen,
Erinnert ihn, an welchem Platz er wäre –
HERMANN. Da kam er her und schnitt die Locke ab –?
THUSNELDA. Ja, in der Tat! Es scheint, du denkst, ich scherze.
Inzwischen ich auf jenem Sessel mir
Ein Lied zur Zither sang, löst er,
Mit welchem Werkzeug weiß ich nicht, bis jetzt,
Mir eine Locke heimlich von der Scheitel,
Und gleich, als hätt er sie, der Törichte,
Von meiner Gunst davongetragen,
Drückt' er sie, glühend vor Entzücken, an die Lippen,
Und ging, mit Schritten des Triumphes,
Als du erschienst, mit seiner Beut hinweg.
HERMANN *(mit Humor)*. Ei, Thuschen, was! So sind wir glückliche
Geschöpfe ja, so wahr ich lebe,
Daß er die andern dir gelassen hat.
THUSNELDA. Wie? Was? Wir wären glücklich –?
HERMANN. Ja, beim Himmel!
Käm er daher, mit seinen Leuten,
Die Scheitel ratzenkahl dir abzuscheren:
Ein Schelm, mein Herzchen, will ich sein,
Wenn ich die Macht besitz, es ihm zu wehren.
THUSNELDA *(zuckt die Achseln)*.
– Ich weiß nicht, was ich von dir denken soll.
HERMANN. Bei Gott, ich auch nicht. Varus rückt
Mit den Kohorten morgen bei mir ein. –
THUSNELDA *(streng)*. Armin, du hörst, ich wiederhol es dir,
Wenn irgend dir dein Weib was wert ist,
So nötigst du mich nicht, das Herz des Jünglings ferner
Mit falschen Zärtlichkeiten, zu entflammen.
Bekämpf ihn, wenn du willst, mit Waffen des Betrugs,
Da, wo er mit Betrug dich angreift;

Doch hier, wo, gänzlich unbesonnen,
Sein junges Herz sich dir entfaltet,
Hier wünsch ich lebhaft, muß ich dir gestehn,
Daß du auf offne Weise ihm begegnest.
Sag ihm, mit einem Wort, bestimmt doch ungehässig,
Daß seine kaiserliche Sendung
An dich, und nicht an deine Gattin sei gerichtet.

HERMANN *(sieht sie an)*. Entflammen? Wessen Herz? Ventidius Carbos?
Thuschen! Sieh mich mal an! – Bei unsrer Hertha!
Ich glaub, du bildst dir ein, Ventidius liebt dich?

THUSNELDA. Ob er mich liebt?

HERMANN. Nein, sprich, im Ernst, das glaubst du?
So, was ein Deutscher lieben nennt,
Mit Ehrfurcht und mit Sehnsucht, wie ich dich?

THUSNELDA. Gewiß, glaub mir, ich fühls, und fühls mit Schmerz,
Daß ich den Irrtum leider selbst,
Der dieses Jünglings Herz ergriff, verschuldet.
Er hätte, ohne die betrügerischen Schritte,
Zu welchen du mich aufgemuntert,
Sich nie in diese Leidenschaft verstrickt;
Und wenn du das Geschäft, ihn offen zu enttäuschen,
Nicht übernehmen willst, wohlan:
Bei unsrer nächsten Zwiesprach werd ichs selbst.

HERMANN. Nun, Thuschen, ich versichre dich,
Ich liebe meinen Hund mehr, als er dich.
Du machst, beim Styx, dir überflüssge Sorge.
Ich zweifle nicht, o ja, wenn ihn dein schöner Mund
Um einen Dienst ersucht, er tut ihn dir:
Doch wenn er die Orange ausgesaugt,
Die Schale, Herzchen, wirft er auf den Schutt.

THUSNELDA *(empfindlich)*. Dich macht, ich seh, dein Römerhaß ganz blind.
Weil als dämonenartig dir
Das Ganz' erscheint, so kannst du dir
Als sittlich nicht den Einzelnen gedenken.

HERMANN. Meinst du? Wohlan! Wer recht hat, wird sich zeigen.
Wie er die Lock, auf welche Weise,
Gebrauchen will, das weiß ich nicht;
Doch sie im Stillen an den Mund zu drücken,
Das kannst du sicher glauben, ist es nicht.
– Doch, Thuschen, willst du jetzt allein mich lassen?

THUSNELDA. O ja. Sehr gern.

HERMANN. Du bist mir doch nicht bös?

THUSNELDA. Nein, nein! Versprich mir nur, für immer mich

Mit diesem Toren aus dem Spiel zu lassen!
HERMANN. Topp! Meine Hand drauf! In drei Tagen,
Soll sein Besuch dir nicht zur Last mehr fallen!
(Thusnelda und Gertrud ab.)

Neunter Auftritt

Hermann und Eginhardt.

HERMANN. Hast du mir den geheimen Boten
An Marbod, Fürst von Suevien, besorgt?
EGINHARDT. Er steht im Vorgemach.
HERMANN. Wer ist es?
EGINHARDT. Mein Fürst und Herr, es ist mein eigner Sohn!
Ich konnte keinen Schlechteren
Für diese wichtge Botschaft dir bestellen.
HERMANN. Ruf ihn herein!
EGINHARDT. Luitogar, erscheine!

Zehnter Auftritt

Luitgar tritt auf. – Die Vorigen.

HERMANN. Du bist entschlossen, hör ich, Luitgar,
An Marbod heimlich eine Botschaft zu besorgen?
LUITGAR. Ich bins, mein hoher Herr.
HERMANN. Kann ich gewiß sein,
Daß das, was ich dir anvertraue,
Vor morgen nacht in seinen Händen ist?
LUITGAR. Mein Fürst, so sicher, als ich morgen lebe,
So sicher auch ist es ihm überbracht.
HERMANN. Gut. – Meine beide blonden Jungen wirst du,
Den Rinold und den Adelhart,
Empfangen, einen Dolch, und dieses Schreiben hier,
Dem Marbod, Herrn des Suevenreiches,
Von mir zu überliefern. – Die drei Dinge
Erklären sich, genau erwogen, selbst,
Und einer mündlichen Bestellung braucht es nicht;
Doch, um dich in den Stand zu setzen,
Sogleich jedwedem Irrtum zu begegnen,
Der etwa nicht von mir berechnet wäre,

Will ich umständlich, von dem Schritt,
Zu dem ich mich entschloß, dir Kenntnis geben.
LUITGAR. Geruhe deinen Knecht zu unterrichten.
HERMANN. Die Knaben schick ich ihm zuvörderst und den Dolch,
Damit dem Brief er Glauben schenke.
Wenn irgend in dem Brief ein Arges ist enthalten,
Soll er den Dolch sofort ergreifen,
Und in der Knaben weiße Brüste drücken.
LUITGAR. Wohl, mein erlauchter Herr.
HERMANN. Augustus hat
Das Angebot der drei Legionen,
Die Varus führt, zum Schutze wider Marbod,
Zum drittenmal mir heute wiederholt.
Gründe von zwingender Gewalt bestimmten mich,
Die Truppen länger nicht mehr abzulehnen.
Sie rücken morgen in Cheruska ein,
Und werden, in drei Tagen schon,
Am Weserstrom, ins Angesicht ihm sehn.
Varus will schon am Idus des Augusts
(Also am Tag *nach* unserem
Hochheilgen Nornentag, das merk dir wohl),
Mit seinem Römerheer die Weser überschiffen,
Und Hermann wird, auf *einen* Marsch,
Mit dem Cheruskerheer, zu gleichem Zweck, ihm folgen.
An dem Alraunentag, Luitgar,
(Also am Tag *vor* unserm Nornentag)
Brech ich von Teutoburg mit meinen Scharen auf.
Jenseits der Weser wollen wir
Vereint auf Marbods Haufen plötzlich fallen;
Und wenn wir ihn erdrückt (wie kaum zu zweifeln steht),
Soll *mir*, nach dem Versprechen Augusts,
Die Oberherrschaft in Germanien werden.
LUITGAR. Ich faß, o Herr, dich und bewundre
Schon im voraus, was noch erfolgen wird.
HERMANN. Ich weiß inzwischen, daß Augustus sonst
Ihm mit der Herrschaft von Germanien geschmeichelt.
Mir ist von guter Hand bekannt,
Daß Varus heimlich ihn mit Geld,
Und Waffen selbst versehn, mich aus dem Feld zu schlagen.
Das Schicksal Deutschlands lehrt nur allzudeutlich mich,
Daß Augusts letzte Absicht sei,
Uns beide, mich wie ihn, zugrund zu richten,
Und wenn er, Marbod, wird vernichtet sein,

Der Suevenfürst, so fühl ich lebhaft,
Wird an Arminius die Reihe kommen.
LUITGAR. Du kennst, ich seh, die Zeit, wie wenige.
HERMANN. Da ich nun – *soll* ich einen Oberherrn erkennen,
Weit lieber einem Deutschen mich,
Als einem Römer unterwerfen will:
Von allen Fürsten Deutschlands aber *ihm*,
Marbod, um seiner Macht, und seines Edelmuts,
Der Thron am unzweideutigsten gebührt:
So unterwerf ich mich hiermit demselben,
Als meinem Herrn und hohen König,
Und zahl ihm den Tribut, Luitogar, den er
Durch einen Herold, jüngst mir abgefordert.
LUITGAR *(betreten)*. Wie mein erlauchter Herr! Hört ich auch recht?
Du unterwirfst –? Ich bitte dich, mein Vater!

(Eginhardt winkt ihm, ehrfurchtsvoll zu schweigen.)

HERMANN. Dagegen, hoff ich, übernimmt nun *er*,
Als Deutschlands Oberherrscher, die Verpflichtung,
Das Vaterland von dem Tyrannenvolk zu säubern.
Er wird den Römeradler länger nicht
Um einen Tag, steht es in seiner Macht,
Auf Hermanns, seines Knechts, Gefilden dulden.
Und da der Augenblick sich eben günstig zeigt,
Dem Varus, eh der Mond noch wechselte,
Das Grab in dem Cheruskerland zu graben,
So wag ich es, sogleich dazu
In Ehrfurcht *ihm* den Kriegsplan vorzulegen.
EGINHARDT. Jetzt merk wohl auf, Luitogar,
Und laß kein Wort Arminius' dir entschlüpfen.
LUITGAR. Mein Vater! Meine Brust ist Erz
Und ein Demantengriffel seine Rede!
HERMANN. Der Plan ist einfach und begreift sich leicht. –
Varus kommt, in der Nacht der düsteren Alraunen,
Im Teutoburger Walde an,
Der zwischen mir liegt und der Weser Strom.
Er denkt am folgenden, dem Tag der letzten Nornen,
Des Stroms Gestade völlig zu erreichen,
Um, an dem Idus des Augusts,
Mit seinem Heer darüber hin zu gehn.
Nun aber überschifft, am Tag schon der Alraunen,
Marbod der Weser Strom und rückt
Ihm bis zum Wald von Teutoburg entgegen.

Am gleichen Tag brech ich, dem Heer des Varus folgend,
Aus meinem Lager auf, und rücke
Von hinten ihm zu diesem Walde nach.
Wenn nun der Tag der Nornen purpurn
Des Varus Zelt bescheint, so siehst du, Freund Luitgar,
Ist ihm der Lebensfaden schon durchschnitten.
Denn nun fällt Marbod ihn von vorn,
Von hinten ich ihn grimmig an,
Erdrückt wird er von unsrer Doppelmacht:
Und keine andre Sorge bleibt uns,
Als die nur, eine Hand voll Römer zu verschonen;
Die, von dem Fall der übrigen,
Die Todespost an den Augustus bringen.
– Ich denk der Plan ist gut. Was meinst du, Luitgar?

LUITGAR. O Hermann! Wodan hat ihn selbst dir zugeflüstert!
Sieh, wenn du den Cheruskern ihn wirst nennen,
Sie werden, was sie nimmer tun,
Sieg! vor dem ersten Keulenschlag schon rufen!

HERMANN. Wohlan! In dem Vertraun itzt, das ich hege,
Er, Marbod, auch, werd diesen Plan,
Nach seiner höhren Weisheit billigen,
Nimmt er für mich die Kraft nun des Gesetzes an.
An dem Alraunentag rück ich nunmehr so fehllos,
Als wär es sein Gebot, aus meinem Lager aus,
Und steh, am Nornentag, vorm Teutoburger Wald.
Ihm aber – überlaß ich es in Ehrfurcht,
Nach dem Entwurf, das Seinige zu tun.
– Hast du verstanden?

LUITGAR. Wohl, mein erlauchter Herr.

HERMANN. Sobald wir über Varus' Leiche uns
Begegnet – beug ich ein Knie vor ihm,
Und harre seines weiteren Befehls.
– Weißt du noch sonst was, Eginhardt?

EGINHARDT. Nichts, mein Gebieter.

HERMANN. Oder du, Luitgar?

LUITGAR *(zögernd)*. Nichts mindestens, das von Bedeutung wäre. –
Laß deiner Weisheit ganz mich unterwerfen.

HERMANN. – Nun? Sags nur dreist heraus, du siehst so starr
Auf diese kleine Rolle nieder,
Als hättst du nicht das Herz, sie zu ergreifen.

LUITGAR. Mein Fürst, die Wahrheit dir zu sagen,
Die Möglichkeit, daß mich ein Unfall träf, erschreckt mich.
Laß uns, in keinem Stück, der Gunst des Glücks vertraun.

Vergönne mir, ich bitte dich,
Zwei Freund ins Lager Marbods mitzunehmen,
Damit, wenn *mir* Verhindrung käme,
Ein andrer, und ein dritter noch,
Das Blatt in seine Hände bringen kann.

HERMANN.
Nichts, nichts, Luitgar! Welch ein Wort entfiel dir?
Wer wollte die gewaltgen Götter
Also versuchen?! Meinst du, es ließe
Das große Werk sich ohne sie vollziehn?
Als ob ihr Blitz drei Boten minder,
Als einen einzelnen, zerschmettern könnte!
Du gehst allein; und triffst du mit der Botschaft
Zu spät bei Marbod, oder gar nicht, ein:
Seis! mein Geschick ists, das ich tragen werde.

LUITGAR. Gib mir die Botschaft! Nur der Tod verhindert,
Daß er sie morgen in den Händen hält.

HERMANN. Komm. So gebraucht ich dich. Hier ist die Rolle,
Und Dolch und Kinder händg' ich gleich dir ein.

(Alle ab.)

DRITTER AKT

Szene: Platz vor einem Hügel, auf welchem das Zelt Hermanns steht. Zur Seite eine Eiche, unter welcher ein großes Polster liegt, mit prächtigen Tigerfellen überdeckt. Im Hintergrunde sieht man die Wohnungen der Horde.

Erster Auftritt

Hermann, Eginhardt, zwei Ältesten der Horde und andere stehen vor dem Zelt und schauen in die Ferne.

HERMANN. Das ist Thuiskon, was jetzt Feuer griff?

ERSTER ÄLTESTER. Vergib mir, Herthakon.

HERMANN. Ja, dort zur Linken.
Der Ort, der brannte längst. Zur Rechten, mein ich.

ERSTER ÄLTESTER. Zur Rechten, meinst du. Das ist Helakon.
Thuiskon kann man hier vom Platz nicht sehn.

HERMANN. Was! Helakon! Das liegt in Asche schon.
Ich meine, was jetzt eben Feuer griff?

ERSTER ÄLTESTER. Ganz recht! Das ist Thuiskon, mein Gebieter!
Die Flamme schlägt jetzt übern Wald empor. –

(Pause.)

HERMANN. Auf diesem Weg rückt, dünkt mich, Varus an?
ERSTER ÄLTESTER. Varus? Vergib. Von deinem Jagdhaus Orla.
Das ist der Ort, wo heut er übernachtet.
HERMANN. Ja, Varus in Person. Doch die drei Haufen,
Die er ins Land mir führt –?
ZWEITER ÄLTESTER *(vortretend)*.
Die ziehn, mein König,
Durch Thuiskon, Helakon und Herthakon.

(Pause.)

HERMANN *(indem er vom Hügel herabschreitet)*.
Man soll aufs beste, will ich, sie empfangen.
An Nahrung weder, reichlicher,
Wie der Italier sie gewohnt, soll mans
Noch auch an Met, an Fellen für die Nacht,
Noch irgend sonst, wie sie auch heiße,
An einer Höflichkeit gebrechen lassen.
Denn meine guten Freunde sinds,
Von August mir gesandt, Cheruska zu beschirmen,
Und das Gesetz der Dankbarkeit erfordert,
Nichts, was sie mir verbinden kann, zu sparen.
ERSTER ÄLTESTER. Was dein getreuer Lagerplatz besitzt,
Das zweifle nicht, wird er den Römern geben.
ZWEITER ÄLTESTER. Warum auch soll er warten, bis mans nimmt?

Zweiter Auftritt

Drei Hauptleute treten eilig nach einander auf. – Die Vorigen.

DER ERSTE HAUPTMANN *(indem er auftritt)*. Mein Fürst, die ungeheueren
Unordnungen, die sich dies Römerheer erlaubt,
Beim Himmel! übersteigen allen Glauben.
Drei deiner blühndsten Plätze sind geplündert,
Entflohn die Horden, alle Hütten und Gezelte –
Die unerhörte Tat! – den Flammen preisgegeben!
HERMANN *(heimlich und freudig)*.
Geh, geh, Siegrest! Spreng aus, es wären sieben!
DER ERSTE HAUPTMANN.
Was? – Was gebeut mein König?

EGINHARDT. Hermann sagt –

(Er nimmt ihn beiseite.)

DER ERSTE ÄLTESTE. Dort kommt ein neuer Unglücksbote schon!

DER ZWEITE HAUPTMANN *(tritt auf)*.
Mein Fürst, man schickt von Herthakon mich her,
Dir eine gräßliche Begebenheit zu melden!
Ein Römer ist, in diesem armen Ort,
Mit einer Wöchnerin in Streit geraten,
Und hat, da sie den Vater rufen wollte,
Das Kind, das sie am Busen trug, ergriffen,
Des Kindes Schädel, die Hyäne, rasend
An seiner Mutter Schädel eingeschlagen.
Die Feldherrn, denen man die Greueltat gemeldet,
Die Achseln haben sie gezuckt, die Leichen
In eine Grube heimlich werfen lassen.

HERMANN *(ebenso)*. Geh! Fleuch! Verbreit es in dem Platz, Govin!
Versichere von mir, den Vater hätten sie
Lebendig, weil er zürnte, nachgeworfen!

DER ZWEITE HAUPTMANN. Wie? Mein erlauchter Herr!

EGINHARDT *(nimmt ihn beim Arm)*. Ich will dir sagen –

(Er spricht heimlich mit ihm.)

ERSTER ÄLTESTER. Beim Himmel! Da erscheint der dritte schon!

DER DRITTE HAUPTMANN *(tritt auf)*.
Mein Fürst, du mußt, wenn du die Gnade haben willst,
Verzuglos dich nach Helakon verfügen.
Die Römer fällten dort, man sagt mir, aus Versehen,
Der tausendjährgen Eichen eine,
Dem Wodan, in dem Hain der Zukunft, heilig.
Ganz Helakon hierauf, Thuiskon, Herthakon,
Und alles, was den Kreis bewohnt,
Mit Spieß und Schwert stand auf, die Götter zu verteidgen.
Den Aufruhr rasch zu dämpfen, steckten
Die Römer plötzlich alle Läger an:
Das Volk, so schwer bestraft, zerstreute jammernd sich,
Und heult jetzt um die Asche seiner Hütten. –
Komm, bitt ich dich, und steure der Verwirrung.

HERMANN. Gleich, gleich! – Man hat mir hier gesagt,
Die Römer hätten die Gefangenen gezwungen,
Zeus, ihrem Greulgott, in den Staub zu knien?

DER DRITTE HAUPTMANN. Nein, mein Gebieter, davon weiß ich nichts.

HERMANN. Nicht? Nicht? – Ich hab es von dir selbst gehört!

DER DRITTE HAUPTMANN. Wie? Was?

HERMANN *(in den Bart).* Wie! Was! Die deutschen Uren!
– Bedeut ihm, was die List sei, Eginhardt.
EGINHARDT. Versteh, Freund Ottokar! Der König meint –
(Er nimmt ihn beim Arm und spricht heimlich mit ihm.)
ERSTER ÄLTESTER.
Nun solche Zügellosigkeit, beim hohen Himmel,
In Freundes Land noch obenein,
Ward doch, seitdem die Welt steht, nicht erlebt!
ZWEITER ÄLTESTER. Schickt Männer aus, zu löschen!
HERMANN *(der wieder in die Ferne gesehn).* Hör, Eginhardt!
Was ich dir sagen wollte –
EGINHARDT. Mein Gebieter!
HERMANN *(heimlich).* Hast du ein Häuflein wackrer Leute wohl,
Die man zu einer List gebrauchen könnte?
EGINHARDT. Mein Fürst, die War' ist selten, wie du weißt.
– Was wünschest du, sag an?
HERMANN. Was? Hast du sie?
Nun hör, schick sie dem Varus, Freund,
Wenn er zur Weser morgen weiter rückt,
Schick sie in Römerkleidern doch vermummt ihm nach.
Laß sie, ich bitte dich, auf allen Straßen,
Die sie durchwandern, sengen, brennen, plündern:
Wenn sies geschickt vollziehn, will ich sie lohnen!
EGINHARDT. Du sollst die Leute haben. Laß mich machen.
(Er mischt sich unter die Hauptleute.)

Dritter Auftritt

Thusnelda tritt aus dem Zelt. – Die Vorigen.

HERMANN *(heiter).* Ei, Thuschen! Sieh! Mein Stern! Was bringst du mir?
(Er sieht wieder, mit vorgeschützter Hand, in die Ferne hinaus.)
THUSNELDA. Ei nun! Die Römer, sagt man, ziehen ein;
Die muß Arminius' Frau doch auch begrüßen.
HERMANN. Gewiß, gewiß! So wills die Artigkeit.
Doch weit sind sie im Felde noch;
Komm her und laß den Zug heran uns plaudern!
(Er winkt ihr, sich unter der Eiche niederzulassen.)
THUSNELDA *(den Sitz betrachtend).*
Der Sybarit! Sieh da! Mit seinen Polstern!
Schämst du dich nicht? – Wer traf die Anstalt hier?
(Sie setzt sich nieder.)

HERMANN. Ja, Kind! Die Zeiten, weißt du, sind entartet. –
Holla, schafft Wein mir her, ihr Knaben,
Damit der Perserschach vollkommen sei!

(Er läßt sich an Thusneldens Seite nieder und umarmt sie.)

Nun, Herzchen, sprich, wie gehts dir, mein Planet?
Was macht Ventidius, dein Mond? Du sahst ihn?

(Es kommen Knaben und bedienen ihn mit Wein.)

THUSNELDA. Ventidius? Der grüßt dich.
HERMANN. So! Du sahst ihn?
THUSNELDA. Aus meinem Zimmer eben ging er fort!
– Sieh mich mal an!
HERMANN. Nun?
THUSNELDA. Siehst du nichts?
HERMANN. Nein, Thuschen.
THUSNELDA. Nichts? Gar nichts? Nicht das Mindeste?
HERMANN. Nein, in der Tat! Was soll ich sehn?
THUSNELDA. Nun wahrlich,
Wenn Varus auch so blind, wie du,
Der Feldherr Roms, den wir erwarten,
So war die ganze Mühe doch verschwendet.
HERMANN *(indem er dem Knaben, der ihn bedient, den Becher zurückgibt).*
Ja, so! Du hast, auf meinen Wunsch, den Anzug
Heut mehr gewählt, als sonst –
THUSNELDA. So! Mehr gewählt!
Geschmückt bin ich, beim hohen Himmel,
Daß ich die Straßen Roms durchschreiten könnte!
HERMANN. Potz! Bei der großen Hertha! Schau! – Hör, du!
Wenn ihr den Adler seht, so ruft ihr mich.

(Der Knabe, der ihn bedient, nickt mit dem Kopf.)

THUSNELDA. Was?
HERMANN. Und Ventidius war bei dir?
THUSNELDA. Ja, allerdings. Und zeigte mir am Putztisch,
Wie man, in Rom, das Haar sich ordnet,
Den Gürtel legt, das Kleid in Falten wirft.
HERMANN. Schau, wie er göttlich dir den Kopf besorgt!
Der Kopf, beim Styx, von einer Juno!
Bis auf das Diadem sogar,
Das dir vom Scheitel blitzend niederstrahlt!
THUSNELDA. Das ist das schöne Prachtgeschenk,
Das du aus Rom mir jüngsthin mitgebracht.
HERMANN. So? Der geschnittne Stein, gefaßt in Perlen?
Ein Pferd war, dünkt mich, drauf?

THUSNELDA. Ein wildes, ja,
Das seinen Reiter abwirft. – *(Er betrachtet das Diadem.)*
HERMANN. Aber, Thuschen! Thuschen!
Wie wirst du aussehn, liebste Frau,
Wenn du mit einem kahlen Kopf wirst gehn?
THUSNELDA. Wer? Ich?
HERMANN. Du, ja! – Wenn Marbod erst geschlagen ist,
So läuft kein Mond ins Land, beim Himmel!
Sie scheren dich so kahl wie eine Ratze.
THUSNELDA.
Ich glaub, du träumst, du schwärmst! Wer wird den Kopf mir –?
HERMANN. Wer? Ei, Quintilius Varus und die Römer,
Mit denen ich alsdann verbunden bin.
THUSNELDA. Die Römer! Was!
HERMANN. Ja, was zum Henker, denkst du?
– Die römschen Damen müssen doch,
Wenn sie sich schmücken, hübsche Haare haben?
THUSNELDA. Nun haben denn die römschen Damen keine?
HERMANN. Nein, sag ich! Schwarze! Schwarz und fett, wie Hexen!
Nicht hübsche, trockne, goldne, so wie du!
THUSNELDA. Wohlan! So mögen sie! Der triftge Grund!
Wenn sie mit hübschen nicht begabt,
So mögen sie mit schmutzgen sich behelfen.
HERMANN. So! In der Tat! Da sollen die Kohorten
Umsonst wohl übern Rhein gekommen sein?
THUSNELDA. Wer? Die Kohorten?
HERMANN. Ja, die Varus führt.
THUSNELDA *(lacht)*. Das muß ich sagen! Der wird doch
Um meiner Haare nicht gekommen sein?
HERMANN. Was? Allerdings! Bei unsrer großen Hertha!
Hat dir Ventidius das noch nicht gesagt?
THUSNELDA. Ach, geh! Du bist ein Affe.
HERMANN. Nun, ich schwörs dir. –
Wer war es schon, der jüngst beim Mahl erzählte,
Was einer Frau in Ubien begegnet?
THUSNELDA. Wem? Einer Ubierin?
HERMANN. Das weißt du nicht mehr?
THUSNELDA. Nein, Lieber! – Daß drei Römer sie, meinst du,
In Staub gelegt urplötzlich und gebunden –?
HERMANN. Nun ja! Und ihr nicht bloß, vom Haupt hinweg,
Das Haar, das goldene, die Zähne auch,
Die elfenbeinernen, mit einem Werkzeug,
Auf offner Straße, aus dem Mund genommen?

THUSNELDA. Ach, geh! Laß mich zufrieden.
HERMANN. Das glaubst du nicht?
THUSNELDA. Ach, was! Ventidius hat mir gesagt,
Das wär ein Märchen.
HERMANN. Ein Märchen! So!
Ventidius hat ganz recht, wahrhaftig,
Sein Schäfchen, für die Schurzeit, sich zu kirren.
THUSNELDA. Nun, der wird doch den Kopf mir selber nicht –?
HERMANN. Ventidius? Hm! Ich steh für nichts, mein Kind.
THUSNELDA *(lacht)*. Was? Er? Er, mir? Nun, das muß ich gestehn –!
HERMANN. Du lachst. Es sei. Die Folge wird es lehren.

(Pause.)

THUSNELDA *(ernsthaft)*. Was denn, in aller Welt, was machen sie
In Rom, mit diesen Haaren, diesen Zähnen?
HERMANN. Was du für Fragen tust, so wahr ich lebe!
THUSNELDA. Nun ja! Wie nutzen sie, bei allen Nornen!
Auf welche Art gebrauchen sie die Dinge?
Sie können doch die fremden Locken nicht
An ihre eignen knüpfen, nicht die Zähne
Aus ihrem eignen Schädel wachsen machen?
HERMANN. Aus ihrem eignen Schädel wachsen machen!
THUSNELDA. Nun also! Wie verfahren sie? So sprich!
HERMANN *(mit Laune)*. Die schmutzgen Haare schneiden sie sich ab,
Und hängen unsre trocknen um die Platte!
Die Zähne reißen sie, die schwarzen, aus,
Und stecken unsre weißen in die Lücken!
THUSNELDA. Was!
HERMANN. In der Tat! Ein Schelm, wenn ich dir lüge. –
THUSNELDA *(glühend)*. Bei allen Rachegöttern! Allen Furien!
Bei allem, was die Hölle finster macht!
Mit welchem Recht, wenn dem so ist,
Vom Kopf uns aber nehmen sie sie weg?
HERMANN. Ich weiß nicht, Thuschen, wie du heut dich stellst.
Steht August nicht, mit den Kohorten,
In allen Ländern siegreich aufgepflanzt?
Für wen erschaffen ward die Welt, als Rom?
Nimmt August nicht dem Elefanten
Das Elfenbein, das Öl der Bisamkatze,
Dem Panthertier das Fell, dem Wurm die Seide?
Was soll der Deutsche hier zum voraus haben?
THUSNELDA *(sieht ihn an)*. Was wir zum voraus sollen –?
HERMANN. Allerdings.

THUSNELDA. Daß du verderben müßtest, mit Vernünfteln!
Das sind ja Tiere, Querkopf, der du bist,
Und keine Menschen!
HERMANN. Menschen! Ja, mein Thuschen,
Was ist der Deutsche in der Römer Augen?
THUSNELDA. Nun, doch kein Tier, hoff ich –?
HERMANN. Was? – Eine Bestie,
Die auf vier Füßen in den Wäldern läuft!
Ein Tier, das, wo der Jäger es erschaut,
Just einen Pfeilschuß wert, mehr nicht,
Und ausgeweidet und gepelzt dann wird!
THUSNELDA. Ei, die verwünschte Menschenjägerei!
Ei, der Dämonenstolz! Der Hohn der Hölle!
HERMANN *(lacht)*. Nun wird ihr bang, um ihre Zähn und Haare.
THUSNELDA. Ei, daß wir, wie die grimmgen Eber, doch
Uns über diese Schützen werfen könnten!
HERMANN *(ebenso)*. Wie sie nur aussehn wird! Wie'n Totenkopf!
THUSNELDA. Und diese Römer nimmst du bei dir auf?
HERMANN. Ja, Thuschen! Liebste Frau, was soll ich machen?
Soll ich, um deiner gelben Haare,
Mit Land und Leut in Kriegsgefahr mich stürzen?
THUSNELDA. Um meiner Haare! Was? Gilt es sonst nichts?
Meinst du, wenn Varus so gestimmt, er werde
Das Fell dir um die nackten Schultern lassen?
HERMANN. Sehr wahr, beim Himmel! Das bedacht ich nicht.
Es sei! Ich will die Sach mir überlegen.
THUSNELDA. Dir überlegen! – Er rücket ja schon ein!
HERMANN. Je nun, mein Kind. Man schlägt ihn wieder 'naus.

(Sie sieht ihn an.)

THUSNELDA. Ach, geh! Ein Geck bist du, ich sehs, und äffst mich!
Nicht, nicht? Gestehs mir nur: du scherztest bloß?
HERMANN *(küßt sie)*. Ja. – Mit der Wahrheit, wie ein Abderit.
– Warum soll sich, von seiner Not,
Der Mensch, auf muntre Art, nicht unterhalten? –
Die Sach ist zehnmal schlimmer, als ichs machte,
Und doch auch, wieder so betrachtet,
Bei weitem nicht so schlimm. – Beruhge dich.

(Pause.)

THUSNELDA. Nun, meine goldnen Locken kriegt er nicht!
Die Hand, die in den Mund mir käme,
Wie jener Frau, um meiner Zähne:
Ich weiß nicht, Hermann, was ich mit ihr machte.

HERMANN *(lacht)*. Ja, liebste Frau, da hast du recht! Beiß zu!
Danach wird weder Hund noch Katze krähen. –
THUSNELDA. Doch sieh! Wer fleucht so eilig dort heran?

Vierter Auftritt

Ein Cherusker tritt auf. Die Vorigen.

DER CHERUSKER. Varus kömmt!
HERMANN *(erhebt sich)*. Was! Der Feldherr Roms! Unmöglich!
Wer wars, der mir von seinem Einzug
In Teutoburg die Nachricht geben wollte?

Fünfter Auftritt

Varus tritt auf. Ihm folgen Ventidius, der Legat; Crassus und Septimius, zwei römische Hauptleute; und die deutschen Fürsten Fust, Gueltar und Aristan. – Die Vorigen.

HERMANN *(indem er ihm entgegengeht)*. Vergib, Quintilius Varus, mir,
Daß deine Hoheit mich hier suchen muß!
Mein Wille war, dich ehrfurchtsvoll
In meines Lagers Tore einzuführen,
Oktav August in dir, den großen Kaiser Roms,
Und meinen hochverehrten Freund, zu grüßen.
VARUS. Mein Fürst, du bist sehr gütig, in der Tat.
Ich hab von außerordentlichen
Unordnungen gehört, die die Kohorten sich
In Helakon und Herthakon erlaubt;
Von einer Wodanseiche unvorsichtiger
Verletzung – Feuer, Raub und Mord,
Die dieser Tat unsel'ge Folgen waren,
Von einer Aufführung, mit einem Wort,
Nicht eben, leider! sehr geschickt,
Den Römer in Cheruska zu empfehlen.
Sei überzeugt, ich selbst befand mich in Person
Bei keinem der drei Heereshaufen,
Die von der Lippe her ins Land dir rücken.
Die Eiche, sagt man zwar, ward nicht aus Hohn verletzt,
Der Unverstand nur achtlos warf sie um;
Gleichwohl ist ein Gericht bereits bestellt,
Die Täter aufzufahn, und morgen wirst du sie,
Zur Sühne deinem Volk, enthaupten sehn.

HERMANN. Quintilius! Dein erhabnes Wort beschämt mich!
Ich muß dich für die allzuraschen
Cherusker dringend um Verzeihung bitten,
Die eine Tat sogleich, aus Unbedacht geschehn,
Mit Rebellion fanatisch strafen wollten.
Mißgriffe, wie die vorgefallnen, sind
Auf einem Heereszuge unvermeidlich.
Laß diesen Irrtum, ich beschwöre dich,
Das Fest nicht stören, das mein Volk,
Zur Feier deines Einzugs, vorbereitet.
Gönn mir ein Wort zu Gunsten der Bedrängten,
Die deine Rache treffen soll:
Und weil sie bloß aus Unverstand gefehlt,
So schenk das Leben ihnen, laß sie frei!
VARUS *(reicht ihm die Hand)*. Nun, Freund Armin; beim Jupiter, es gilt!
Nimm diese Hand, die ich dir reiche,
Auf immer hast du dir mein Herz gewonnen! –
Die Frevler, bis auf einen, sprech ich frei!
Man wird den Namen ihres Retters ihnen nennen,
Und hier im Staube sollen sie,
Das Leben dir, das mir verwirkt war, danken. –
Den einen nur behalt ich mir bevor,
Der, dem ausdrücklichen Ermahnungswort zuwider,
Den ersten Schlag der Eiche zugefügt;
Der Herold hat es mehr denn zehnmal ausgerufen,
Daß diese Eichen heilig sind,
Und das Gesetz verurteilt ihn des Kriegs,
Das kein Gesuch entwaffnen kann, nicht ich.
HERMANN. – Wann du auf immer jeden Anlaß willst,
Der eine Zwistigkeit entflammen könnte,
Aus des Cheruskers treuer Brust entfernen,
So bitt ich, würdge diese Eichen,
Quintilius, würdge einger Sorgfalt sie.
Von ihnen her rinnt einzig fast die Quelle
Des Übels, das uns zu entzweien droht.
Laß irgend, was es sei, ein Zeichenbild zur Warnung,
Wenn du dein Lager wählst, bei diesen Stämmen pflanzen:
So hast du, glaub es mir, für immer
Den wackern Eingebornen dir verbunden.
VARUS. Wohlan! – Woran erkennt man diese Eichen?
HERMANN. An ihrem Alter und dem Schmuck der Waffen,
In ihres Wipfels Wölbung aufgehängt.
VARUS. Septimius Nerva!

SEPTIMIUS *(tritt vor).* Was gebeut mein Feldherr?
VARUS. Laß eine Schar von Römern gleich
Sich in den Wald zerstreun, der diese Niederlassung,
Cheruskas Hauptplatz Teutoburg umgibt.
Bei jeder Eiche grauen Alters,
In deren Wipfel Waffen aufgehängt,
Soll eine Wache von zwei Kriegern halten,
Und jeden, der vorübergeht, belehren,
Daß Wodan in der Nähe sei.
Denn Wodan ist, daß ihrs nur wißt, ihr Römer,
Der Zeus der Deutschen, Herr des Blitzes
Diesseits der Alpen, so wie jenseits der;
Er ist der Gott, dem sich mein Knie sogleich,
Beim ersten Eintritt in dies Land, gebeugt;
Und kurz, Quintilius, euer Feldherr, will
Mit Ehrfurcht und mit Scheu, im Tempel dieser Wälder,
Wie den Olympier selbst, geehrt ihn wissen.
SEPTIMIUS. Man wird dein Wort, o Herr, genau vollziehn.
VARUS *(zu Hermann).* Bist du zufrieden, Freund?
HERMANN. Du überfleuchst,
Quintilius, die Wünsche deines Knechts.
VARUS *(nimmt ein Kissen, auf welchem Geschenke liegen, aus der Hand eines Sklaven, und bringt sie der Thusnelda).* Hier, meine Fürstin, überreich ich dir,
Von August, meinem hohen Herrn,
Was er für dich mir jüngsthin zugesandt,
Es sind Gesteine, Perlen, Federn, Öle –
Ein kleines Rüstzeug, schreibt er, Kupidos.
August, erlauchte Frau, bewaffnet deine Schönheit,
Damit du Hermanns großes Herz,
Stets in der Freundschaft Banden ihm erhaltest.
THUSNELDA *(empfängt das Kissen und betrachtet die Geschenke).*
Quintilius! Dein Kaiser macht mich stolz.
Thusnelda nimmt die Waffen an,
Mit dem Versprechen, Tag und Nacht,
Damit geschirrt, für ihn zu Feld zu ziehn.
(Sie übergibt das Kissen ihren Frauen.)

VARUS *(zu Hermann).* Hier stell ich Gueltar, Fust dir und Aristan,
Die tapfern Fürsten Deutschlands vor,
Die meinem Heereszug sich angeschlossen.
(Er tritt zurück und spricht mit Ventidius.)

HERMANN *(indem er sich dem Fürsten der Cimbern nähert).*
Wir kennen uns, wenn ich nicht irre, Fust,

Aus Gallien, von der Schlacht des Ariovist.
FUST. Mein Prinz, ich kämpfte dort an deiner Seite.
HERMANN *(lebhaft)*. Ein schöner Tag, beim hohen Himmel,
An den dein Helmbusch lebhaft mich erinnert!
– Der Tag, an dem Germanien zwar
Dem Cäsar sank, doch der zuerst
Den Cäsar die Germanier schätzen lehrte.
FUST *(niedergeschlagen)*. Mir kam er teuer, wie du weißt, zu stehn.
Der Cimbern Thron, nicht mehr, nicht minder,
Den ich nur Augusts Gnade jetzt verdanke. –
HERMANN *(indem er sich zu dem Fürsten der Nervier wendet)*.
Dich, Gueltar, auch sah ich an diesem Tag?
GUELTAR. Auf einen Augenblick. Ich kam sehr spät.
Mich kostet' er, wie dir bekannt sein wird,
Den Thron von Nervien; doch August hat
Mich durch den Thron von Äduen entschädigt.
HERMANN *(indem er sich zu dem Fürsten der Ubier wendet)*.
Wo war Aristan an dem Tag der Schlacht?
ARISTAN *(kalt und scharf)*. Aristan war in Ubien,
Diesseits des Rheines, wo er hingehörte.
Aristan hat das Schwert niemals
Den Cäsarn Roms gezückt, und er darf kühnlich sagen:
Er war ihr Freund, sobald sie sich
Nur an der Schwelle von Germania zeigten.
HERMANN *(mit einer Verbeugung)*. Arminius bewundert seine Weisheit.
– Ihr Herrn, wir werden uns noch weiter sprechen.
(Ein Marsch in der Ferne.)

Sechster Auftritt

Ein Herold tritt auf. Bald darauf das Römerheer. – Die Vorigen.

DER HEROLD *(zum Volk das zusammengelaufen)*.
Platz hier, beliebts euch, ihr Cherusker!
Varus', des Feldherrn Roms, Liktoren
Nahn festlich an des Heeres Spitze sich!
THUSNELDA. Was gibts?
SEPTIMIUS *(nähert sich ihr)*. Es ist das Römerheer,
Das seinen Einzug hält in Teutoburg!
HERMANN *(zerstreut)*. Das Römerheer?
(Er beobachtet Varus und Ventidius, welche heimlich mit einander sprechen.)

THUSNELDA. Wer sind die ersten dort?
CRASSUS. Varus' Liktoren, königliche Frau,
Die des Gesetzes heilges Richtbeil tragen.
THUSNELDA. Das Beil? Wem! Uns?
SEPTIMIUS. Vergib! Dem Heere,
Dem sie ins Lager feierlich voranziehn.

(Das Römerheer zieht in voller Pracht vorüber.)

VARUS *(zu Ventidius)*. Was also, sag mir an, was hab ich
Von jenem Hermann dort mir zu versehn?
VENTIDIUS. Quintilius! Das faß ich in zwei Worten!
Er ist ein Deutscher.
In einem Hämmling ist, der an der Tiber graset,
Mehr Lug und Trug, muß ich dir sagen,
Als in dem ganzen Volk, dem er gehört. –
VARUS. So kann ich, meinst du, dreist der Sueven Fürsten
Entgegenrücken? Habe nichts von diesem,
Bleibt er in meinem Rücken, zu befürchten?
VENTIDIUS. So wenig, wiederhol ich dir,
Als hier von diesem Dolch in meinem Gurt. –
VARUS. Ich werde doch den Platz, in dem Cheruskerland,
Beschaun, nach des Augusts Gebot,
Auf welchem ein Kastell erbaut soll werden.
– Marbod ist mächtig, und nicht weiß ich,
Wie sich am Weserstrom das Glück entscheiden wird.

(Er sieht ihn fragend an.)

VENTIDIUS. Das lob ich sehr. Solch eine Anstalt
Wird stets, auch wenn du siegst, zu brauchen sein.
VARUS. Wieso? Meinst du vielleicht, die Absicht sei, Cheruska
Als ein erobertes Gebiet –?
VENTIDIUS. Quintilius,
Die Absicht, dünkt mich, läßt sich fast erraten.
VARUS. – Ward dir etwa bestimmte Kund hierüber?
VENTIDIUS. Nicht, nicht! Mißhör mich nicht! Ich teile bloß,
Was sich in dieser Brust prophetisch regt, dir mit,
Und Freunde mir aus Rom bestätigen.
VARUS. Seis! Was bekümmerts mich? Es ist nicht meines Amtes
Den Willen meines Kaisers zu erspähn.
Er sagt ihn, wenn er ihn vollführt will wissen. –
Wahr ists, Rom wird auf seinen sieben Hügeln,
Vor diesen Horden nimmer sicher sein,
Bis ihrer kecken Fürsten Hand
Auf immerdar der Szepterstab entwunden.

VENTIDIUS. So denkt August, so denket der Senat.
VARUS. Laß uns in ihre Mitte wieder treten.

(Sie treten wieder zu Hermann und Thusnelda, welche, von Feldherrn und Fürsten umringt, dem Zuge des Heeres zusehen.)

THUSNELDA. Septimius! Was bedeutet dieser Adler?
SEPTIMIUS. Das ist ein Kriegspanier, erhabne Frau!
Jedweder der drei Legionen
Fleucht solch metallnes Adlerbild voran.
THUSNELDA. So, so! Ein Kriegspanier! Sein Anblick hält
Die Scharen in der Nacht des Kampfs zusammen?
SEPTIMIUS. Du trafsts. Er führet sie den Pfad des Siegs. –
THUSNELDA. Wie jedes Land doch seine Sitte hat!
– Bei uns tut es der Chorgesang der Barden.

(Pause. Der Zug schließt, die Musik schweigt.)

HERMANN *(indem er sich zu dem Feldherrn Roms wendet)*.
Willst du dich in das Zelt verfügen, Varus?
Ein Mahl ist, nach Cheruskersitte,
Für dich und dein Gefolge drin bereitet.
VARUS. Ich werde kurz jedoch mich fassen müssen.

(Er nimmt ihn vertraulich bei der Hand.)

Ventidius hat dir gesagt,
Wie ich den Plan für diesen Krieg entworfen?
HERMANN. Ich weiß um jeden seiner weisen Punkte.
VARUS. Ich breche morgen mit dem Römerheer
Aus diesem Lager auf, und übermorgen
Rückst du mit dem Cheruskervolk mir nach.
Jenseits der Weser, in des Feindes Antlitz,
Hörst du das Weitre. – Wünschest du vielleicht,
Daß ein geschickter Römerfeldherr,
Für diesen Feldzug, sich in dein Gefolge mische?
Sags dreist mir an. Du hast nur zu befehlen.
HERMANN. Quintilius, in der Tat, du wirst
Durch eine solche Wahl mich glücklich machen.
VARUS. Wohlan, Septimius, schick dich an,
Dem Kriegsbefehl des Königs zu gehorchen. –

(Er wendet sich zu Crassus.)

Und daß die Teutoburg gesichert sei,
Indessen wir entfernt sind, laß ich, Crassus,
Mit drei Kohorten, dich darin zurück.
– Weißt du noch sonst was anzumerken, Freund?
HERMANN. Nichts, Feldherr Roms! Dir übergab ich alles,

So sei die Sorge auch, es zu beschützen, dein.
VARUS *(zu Thusnelda)*. Nun, schöne Frau, so bitt ich – Eure Hand!
(Er führt die Fürstin ins Zelt.)

HERMANN. Holla, die Hörner! Dieser Tag
Soll für Cheruska stets ein Festtag sein!
(Hörnermusik. Alle ab.)

VIERTER AKT

Szene: Marbods Zelt, im Lager der Sueven, auf dem rechten Ufer der Weser.

Erster Auftritt

Marbod, den Brief Hermanns, mit dem Dolch, in der Hand haltend. Neben ihm Attarin, sein Rat. Im Hintergrunde zwei Hauptleute. – Auf der andern Seite des Zeltes Luitgar mit Hermanns Kindern Rinold und Adelhart.

MARBOD. Was soll ich davon denken, Attarin?
– Arminius, der Cheruskerfürst,
Läßt mir durch jenen wackern Freund dort melden:
Varus sei ihm, auf Schutz und Trutz, verbunden,
Und werd, in dreien Tagen schon,
Mich am Gestad der Weser überfallen! –
Der Bund, schreibt Hermann doch, sei ihm nur aufgedrungen,
Und stets im Herzen, nach wie vor,
Sei er der Römer unversöhnter Feind.
– Er ruft mich auf, verknüpft mit ihm,
Sogleich dem Mordverrat zuvor zu kommen,
Die Weser, angesichts des Blatts, zu überschiffen,
Und, im Morast des Teutoburger Walds,
Die ganze giftge Brut der Hölle zu vertilgen. –
Zum Preis mir, wenn der Sieg erfochten,
Will er zu Deutschlands Oberherrn mich krönen.
– Da, lies den Brief, den er mir zugefertigt!
Wars nicht so, Luitgar?
LUITGAR. Allerdings! So sagt ich.
ATTARIN *(nachdem er den Brief genommen und gelesen)*.
Mein Fürst, trau diesem Fuchs, ich bitte dich,
Dem Hermann, nicht! Der Himmel weiß,

Was er mit dieser schnöden List bezweckt.
Send ihm, Roms Cäsar so, wie er verdient, zu ehren,
Das Schreiben ohne Antwort heim,
Und melde Varus gleich den ganzen Inhalt!
Es ist ein tückischer, verräterischer Versuch
Das Bündnis, das euch einigt, zu zerreißen.

(Er gibt ihm den Brief zurück.)

MARBOD. Was! List! Verräterei! – Da schicket er
Den Rinold und den Adelhart,
Die beiden Knaben mir, die ihm sein Weib gebar,
Und diesen Dolch hier, sie zu töten,
Wenn sich ein Trug in seinen Worten findet.

ATTARIN *(wendet sich)*. Wo?

MARBOD. Dort!

ATTARIN. Das wären des Arminius Kinder?

MARBOD. Arminius', allerdings! Ich glaub du zweifelst?
In Teutoburg, vor sieben Monden,
Als ich den Staatenbund verhandeln wollte,
Hab ich die Jungen, die dort stehn,
Wie oft an diese alte Brust gedrückt!

ATTARIN. Vergib, o Herr, das sind die Knaben nicht!
Das sind zwei unterschobene, behaupt ich,
An Wuchs den echten Prinzen ähnlich bloß.
Laß die Verräterbrut gleich in Verwahrsam bringen,
Und ihn, der sie gebracht dir hat, dazu!

(Pause.)

MARBOD *(nachdem er die Knaben aufmerksam betrachtet)*.
Rinold! *(Er setzt sich nieder.)*

RINOLD *(tritt dicht vor ihn)*.

MARBOD. Nun, was auch willst du mir? Wer rief dich?

RINOLD *(sieht ihn an)*. Je, nun!

MARBOD. Je, nun! – Den andern meint ich, Rinold!

(Er winkt den Adelhart.)

ADELHART *(tritt gleichfalls vor ihn)*.

MARBOD *(nimmt ihn bei der Hand)*.
Nicht? Nicht? Du bist der Rinold? Allerdings!

ADELHART. Ich bin der Adelhart.

MARBOD. – So? Bist du das.

(Er stellt die beiden Knaben neben einander und scheint sie zu prüfen.)

Nun, Jungen, sagt mir; Rinold! Adelhart!
Wie stehts in Teutoburg daheim,

Seit ich, vergangnen Herbst her, euch nicht sah?
– Ihr kennt mich doch?

RINOLD. O ja.

MARBOD. – Ich bin der Holtar,
Der alte Kämmrer, im Gefolge Marbods,
Der euch, kurz vor der Mittagsstunde,
Stets in des Fürsten Zelt herüber brachte.

RINOLD. Wer bist du?

MARBOD. Was! Das wißt ihr nicht mehr? Holtar,
Der euch mit glänzgem Perlenmutter,
Korallen und mit Bernstein noch beschenkte.

RINOLD *(nach einer Pause)*. Du trägst ja Marbods eisern' Ring am Arm.

MARBOD. Wo?

RINOLD. Hier!

MARBOD. Trug Marbod diesen Ring damals?

RINOLD. Marbod?

MARBOD. Ja, Marbod, frag ich, mein Gebieter.

RINOLD. Ach, Marbod! Was! Freilich trugst du den Ring!
Du sagtest, weiß ich noch, auf Vater Hermanns Frage,
Du hättest ein Gelübd getan,
Und müßtest an dem Arm den Ring von Eisen tragen,
So lang ein römischer Mann in Deutschland sei.

MARBOD. Das hätt ich – wem? Euch? Nein, das hab ich nicht –!

RINOLD. Nicht uns! Dem Hermann!

MARBOD. Wann?

RINOLD. Am ersten Mittag,
Als Holtar beid in dein Gezelt uns brachte.

(Marbod sieht den Attarin an.)

ATTARIN *(der die Knaben aufmerksam beobachtet)*.
Das ist ja sonderbar, so wahr ich lebe!

(Er nimmt Hermanns Brief noch einmal und überliest ihn. Pause.)

MARBOD *(indem er gedankenvoll in den Haaren der Knaben spielt)*.
Ist denn, den Weserstrom zu überschiffen,
Vorläufig eine Anstalt schon gemacht?

EINER DER BEIDEN HAUPTLEUTE *(vortretend)*.
Mein Fürst, die Kähne liegen, in der Tat,
Zusamt am rechten Ufer aufgestellt.

MARBOD. Mithin könnt ich – *wenn* ich den Entschluß faßte,
Gleich, in der Tat, wie Hermann wünscht,
Des Stromes andern Uferrand gewinnen.

DER HAUPTMANN. Warum nicht? In drei Stunden, wenn du willst.
Der Mond erhellt die Nacht; du hättest nichts,

Als den Entschluß nur schleunig zu erklären. –
ATTARIN *(unruhig)*. Mein Herr und Herrscher, ich beschwöre dich,
Laß zu nichts Übereiltem dich verführen!
Armin ist selbst hier der Betrogene!
Nach dem, wie sich Roms Cäsar zeigte,
Wärs eine Raserei, zu glauben,
Er werde den Cheruskern sich verbinden.
Hat er mit Waffen dich, dich nicht mit Geld versehn,
In ihre Staaten feindlich einzufallen?
Stählt man die Brust, die man durchbohren will?
Dein Lager ist von Römern voll,
Der herrlichsten Patrizier Söhnen,
Die hergesandt, dein Heer die Bahn des Siegs zu führen;
Die dienen dir, für Augusts Wort,
Als Geißel, Herr, und würden ja
Zusamt ein Opfer deiner Rache fallen,
Wenn ein so schändlicher Verrat dich träfe.
– Beschließe nichts, ich bitte dich,
Bis dir durch Fulvius, den Legaten Roms,
Von Varus' Plänen näh're Kunde ward.

(Pause.)

MARBOD. Ich will den Fulvius mindestens
Gleich über diese Sache doch vernehmen.

(Er steht auf und klingelt.)

Zweiter Auftritt

Komar tritt auf. Die Vorigen.

MARBOD. Den Fulvius Lepidus, Legaten Roms,
Ersuch ich, einen Augenblick,
In diesem Zelt, sein Antlitz mir zu schenken.
KOMAR. Den Fulvius? Vergib! Der wird nicht kommen;
Er hat soeben, auf fünf Kähnen,
Sich mit der ganzen Schar von Römern eingeschifft,
Die dein Gefolg bis heut vergrößerten. –
Hier ist ein Brief, den er zurückgelassen.
MARBOD. Was sagst du mir?
ATTARIN. Er hat, mit allen Römern –?
MARBOD. Wohin mit diesem Troß, jetzt, da die Nacht kömmt?
KOMAR. In das Cheruskerland, dem Anschein nach.
Er ist am andern Weserufer schon,

Wo Pferde stehen, die ihn weiter bringen.
ATTARIN. – Gift, Tod und Rache! Was bedeutet dies?
MARBOD *(liest)*.
»Du hast für Rom dich nicht entscheiden können,
Aus voller Brust, wie du gesollt:
Rom, der Bewerbung müde, gibt dich auf.
Versuche jetzt (es war dein Wunsch) ob du
Allein den Herrschthron dir in Deutschland kannst errichten.
August jedoch, daß du es wissest,
Hat den Armin auf seinem Sitz erhöht,
Und dir – die Stufen jetzo weist er an!«

(Er läßt den Brief fallen.)

ATTARIN. Verräterei! Verräterei!
Auf! Zu den Kähnen an der Weser!
Setzt dem Verfluchten nach und bringt ihn her!
MARBOD. Laß, laß ihn, Freund! Er läuft der Nemesis,
Der er entfliehen will, entgegen!
Das Rachschwert ist schon über ihn gezückt!
Er glaubte, *mir* die Grube zu eröffnen,
Und selbst, mit seiner ganzen Rotte,
Zur neunten Hölle schmetternd stürzt *er* nieder!
– Luitgar!
LUITGAR. Mein erlauchter Herr!
MARBOD. Tritt näher! –
Wo ist, sag an, wollt ich die Freiheitsschlacht versuchen,
Nach des Arminius Kriegsentwurf,
Der Ort, an dem die Würfel fallen sollen?
LUITGAR. Das ist der Teutoburger Wald, mein König.
MARBOD. Und welchen Tag, unfehlbar und bestimmt,
Hat er zum Fall der Würfel festgesetzt?
LUITGAR. Den Nornentag mein königlicher Herr. –
MARBOD *(indem er ihm die Kinder gibt und den Dolch zerbricht)*.
Wohlan, dein Amt ist aus, hier nimm die Kinder,
Und auch, in Stücken, deinen Dolch zurück!
Den Brief auch – *(indem er ihn durchsieht.)*
kann ich nur zur Hälfte brauchen;

(Er zerreißt ihn.)

Den Teil, der mir von seiner Huldgung spricht,
Als einem Oberherrn, den lös ich ab. –
Triffst du ihn ehr, als ich, so sagst du ihm,
Zu Worten hätt ich keine Zeit gehabt:
Mit Taten würd ich ihm die Antwort schreiben!

LUITGAR *(indem er den Dolch und die Stücke des Briefes übernimmt).*
Wenn ich dich recht verstehe, mein Gebieter –?
MARBOD *(zu den Feldherren).* Auf, Komar! Brunold! Meine Feldherrn!
Laßt uns den Strom sogleich der Weser überschiffen!
Die Nornen werden ein Gericht,
Des Schicksals fürchterliche Göttinnen,
Im Teutoburger Wald, dem Heer des Varus halten:
Auf, mit der ganzen Macht, ihr Freunde,
Daß wir das Amt der Schergen übernehmen!
(Alle ab.)

Szene: Straße in Teutoburg. Es ist Nacht.

Dritter Auftritt

Hermann und Eginhardt treten auf.

HERMANN. Tod und Verderben, sag ich, Eginhardt!
Woher die Ruh, woher die Stille,
In diesem Standplatz römscher Kriegerhaufen?
EGINHARDT. Mein bester Fürst, du weißt, Quintilius Varus zog
Heut mit des Heeres Masse ab.
Er ließ, zum Schutz in diesem Platz,
Nicht mehr, als drei Kohorten nur, zurück.
Die hält man ehr in Zaum, als so viel Legionen,
Zumal, wenn sie so wohlgewählt, wie die.
HERMANN. Ich aber rechnete, bei allen Rachegöttern,
Auf Feuer, Raub, Gewalt und Mord,
Und alle Greul des fessellosen Krieges!
Was brauch ich Latier, die mir Gutes tun?
Kann ich den Römerhaß, eh ich den Platz verlasse,
In der Cherusker Herzen nicht
Daß er durch ganz Germanien schlägt, entflammen:
So scheitert meine ganze Unternehmung!
EGINHARDT.
Du hättest Wolf, dünkt mich, und Thuskar und den andern,
Doch dein Geheimnis wohl entdecken sollen.
Sie haben, als die Römer kamen,
Mit Flüchen, gleich die Teutoburg verlassen.
Wie gut, wenn deine Sache siegt,
Hättst du in Deutschland sie gebrauchen können.
HERMANN. Die Schwätzer, die! Ich bitte dich;
Laß sie zu Hause gehn. –

Die schreiben, Deutschland zu befreien,
Mit Chiffern, schicken, mit Gefahr des Lebens,
Einander Boten, die die Römer hängen,
Versammeln sich um Zwielicht – essen, trinken,
Und schlafen, kommt die Nacht, bei ihren Frauen. –
Wolf ist der einzge, der es redlich meint.

EGINHARDT. So wirst du doch den Flambert mindestens,
Den Torst und Alarich und Singar,
Die Fürsten an des Maines Ufer,
Von deinem Wagstück staatsklug unterrichten?

HERMANN. Nichts, Liebster! Nenne mir die Namen nicht!
Meinst du, die ließen sich bewegen,
Auf meinem Flug mir munter nachzuschwingen?
Eh das von meinem Maultier würd ich hoffen.
Die Hoffnung: morgen stirbt Augustus!
Lockt sie, bedeckt mit Schmach und Schande,
Von einer Woche in die andere. –
Es braucht der Tat, nicht der Verschwörungen.
Den Widder laß sich zeigen, mit der Glocke,
So folgen, glaub mir, alle anderen.

EGINHARDT. So mög der Himmel dein Beginnen krönen!

HERMANN. Horch! Still!

EGINHARDT. Was gibts?

HERMANN. Rief man nicht dort Gewalt?

EGINHARDT. Nein, mein erlauchter Herr! Ich hörte nichts,
Es war die Wache, die die Stunden rief.

HERMANN. Verflucht sei diese Zucht mir der Kohorten!
Ich stecke, wenn sich niemand rührt,
Die ganze Teutoburg an allen Ecken an!

EGINHARDT. Nun, nun! Es wird sich wohl ein Frevel finden.

HERMANN. Komm, laß uns heimlich durch die Gassen schleichen,
Und sehn ob uns der Zufall etwas beut.

(Beide ab.)

Vierter Auftritt

Ein Auflauf. – Zuerst ein Greis und andere, bald darauf zwei Cherusker, welche eine Person aufführen, die ohnmächtig ist. Fackeln. Volk jeden Alters und Geschlechts.

DER GREIS *(mit aufgehobenen Händen).*
Wodan, den Blitz regierst du, in den Wolken:
Und einen Greul, entsetzensvoll,
Wie den, läßt du auf Erden sich verüben!

EIN JUNGES MÄDCHEN. Mutter, was gibts?
EIN ANDERES. Was läuft das Volk zusammen?
DIE MUTTER *(mit einem Kinde an der Brust)*.
Nichts, meine Töchter, nichts! Was fragt ihr doch?
Ein Mensch, der auf der offnen Straß erkrankte,
Wird von den Freunden hier vorbeigeführt.
EIN MANN *(indem er auftritt)*.
Habt ihr gesehn? Den jungen Römerhauptmann,
Der plötzlich, mit dem Federbusch, erschien?
EIN ANDERER. Nein, Freund! Von wo?
EIN DRITTER. Was tat er?
DER MANN. Was er tat?
Drei'n dieser geilen apenninschen Hunden,
Als man die Tat ihm meldete,
Hat er das Herz gleich mit dem Schwert durchbohrt!
DER GREIS. Vergib mir, Gott! ich kann es ihm nicht danken!
EIN WEIB *(aus dem Haufen)*. Da kommt die Unglücksel'ge schon heran!
(Die Person, von zwei Cheruskern geführt, erscheint.)
DER GREIS. Hinweg die Fackeln!
DAS VOLK. Seht, o seht!
DER GREIS. Hinweg!
– Seht ihr nicht, daß die Sonne sich verbirgt?
DAS VOLK. O des elenden, schmachbedeckten Wesens!
Der fußzertretnen, kotgewälzten,
An Brust und Haupt, zertrümmerten Gestalt.
EINIGE STIMMEN. Wer ists? Ein Mann? Ein Weib?
DER CHERUSKER *(der die Person führt)*. Fragt nicht, ihr Leute,
Werft einen Schleier über die Person!
(Er wirft ein großes Tuch über sie.)
DER ZWEITE CHERUSKER *(der sie führt)*.
Wo ist der Vater?
EINE STIMME *(aus dem Volke)*.
Der Vater ist der Teuthold!
DER ZWEITE CHERUSKER.
Der Teuthold, Helgars Sohn, der Schmied der Waffen?
MEHRERE STIMMEN. Teuthold, der Schmied, er, ja!
DER ZWEITE CHERUSKER. Ruft ihn herbei!
DAS VOLK. Da tritt er schon, mit seinen Vettern, auf!

Fünfter Auftritt

Teuthold und zwei andre Männer treten auf.

DER ZWEITE CHERUSKER. Teuthold, heran!
TEUTHOLD. Was gibts?
DER ZWEITE CHERUSKER. Heran hier, sag ich! –
Platz, Freunde, bitt ich! Laßt den Vater vor!
TEUTHOLD. Was ist geschehn?
DER ZWEITE CHERUSKER. Gleich, gleich! – Hier stell dich her!
Die Fackeln! He, ihr Leute! Leuchtet ihm!
TEUTHOLD. Was habt ihr vor?
DER ZWEITE CHERUSKER. Hör an und faß dich kurz. –
Kennst du hier die Person?
TEUTHOLD. Wen, meine Freunde?
DER ZWEITE CHERUSKER. Hier, frag ich, die verschleierte Person?
TEUTHOLD. Nein! Wie vermöcht ich das? Welch ein Geheimnis!
DER GREIS. Du kennst sie nicht?
DER ERSTE DER BEIDEN VETTERN. Darf man den Schleier lüften?
DER ERSTE CHERUSKER. Halt, sag ich dir! Den Schleier rühr nicht an!
DER ZWEITE VETTER. Wer die Person ist, fragt ihr?

(Er nimmt eine Fackel und beleuchtet ihre Füße.)

TEUTHOLD. Gott im Himmel!
Hally, mein Einziges, was widerfuhr dir?

(Der Greis führt ihn auf die Seite und sagt ihm etwas ins Ohr. Teuthold steht, wie vom Donner gerührt. Die Vettern, die ihm gefolgt waren, erstarren gleichfalls. Pause.)

DER ZWEITE CHERUSKER. Genug! Die Fackeln weg! Führt sie ins Haus!
Ihr aber eilt den Hermann herzurufen!
TEUTHOLD *(indem er sich plötzlich wendet).*
Halt dort!
DER ERSTE CHERUSKER.
Was gibts?
TEUTHOLD. Halt, sag ich, ihr Cherusker!
Ich will sie führen, wo sie hingehört. *(Er zieht den Dolch.)*
– Kommt, meine Vettern, folgt mir!
DER ZWEITE CHERUSKER. Mann, was denkst du?
TEUTHOLD *(zu den Vettern).* Rudolf, du nimmst die Rechte, Ralf, die Linke!
– Seid ihr bereit, sagt an?
DIE VETTERN *(indem sie die Dolche ziehn).*
Wir sinds! Brich auf!
TEUTHOLD *(bohrt sie nieder).* Stirb! Werde Staub! Und über deiner Gruft
Schlag ewige Vergessenheit zusammen!

(Sie fällt, mit einem kurzen Laut, übern Haufen.)

DAS VOLK. Ihr Götter!
DER ERSTE CHERUSKER *(fällt ihm in den Arm).*
Ungeheuer! Was beginnst du?
EINE STIMME *(aus dem Hintergrunde).*
Was ist geschehn?
EINE ANDERE. Sprecht!
EINE DRITTE. Was erschrickt das Volk?
DAS VOLK *(durcheinander).* Weh! Weh! Der eigne Vater hat, mit Dolchen,
Die eignen Vettern, sie in Staub geworfen!
TEUTHOLD *(indem er sich über die Leiche wirft).*
Hally! Mein Einzges! Hab ichs recht gemacht?

Sechster Auftritt

Hermann und Eginhardt treten auf. Die Vorigen.

DER ZWEITE CHERUSKER. Komm her, mein Fürst, schau diese Greuel an!
HERMANN. Was gibts?
DER ERSTE CHERUSKER.
Was! Fragst du noch? Du weißt von nichts?
HERMANN. Nichts, meine Freund! ich komm aus meinem Zelte.
EGINHARDT. Sagt, was erschreckt euch?
DER ZWEITE CHERUSKER *(halblaut).* Eine ganze Meute
Von geilen Römern, die den Platz durchschweifte,
Hat bei der Dämmrung schamlos eben jetzt –
HERMANN *(indem er ihn vorführt).*
Still, Selmar, still! Die Luft, du weißt, hat Ohren.
– Ein Römerhaufen?
EGINHARDT. Ha! Was wird das werden?
(Sie sprechen heimlich zusammen. Pause.)
HERMANN *(mit Wehmut, halblaut).*
Hally? Was sagst du mir! Die junge Hally?
DER ZWEITE CHERUSKER.
Hally, Teutholds, des Schmieds der Waffen, Tochter!
– Da liegt sie jetzt, schau her, mein Fürst,
Von ihrem eignen Vater hingeopfert!
EGINHARDT *(vor der Leiche).* Ihr großen, heiligen und ewgen Götter!
DER ERSTE CHERUSKER. Was wirst du nun, o Herr, darauf beschließen?
HERMANN *(zum Volke).* Kommt, ihr Cherusker! Kommt, ihr Wodankinder!
Kommt, sammelt euch um mich und hört mich an!
(Das Volk umringt ihn; er tritt vor Teuthold.)
Teuthold, steh auf!

TEUTHOLD *(am Boden)*. Laß mich!
HERMANN. Steh auf, sag ich!
TEUTHOLD. Hinweg! Des Todes ist, wer sich mir naht.
HERMANN. – Hebt ihn empor, und sagt ihm, wer ich sei.
DER ZWEITE CHERUSKER. Steh auf, unsel'ger Alter!
DER ERSTE CHERUSKER. Fasse dich!
DER ZWEITE CHERUSKER. Hermann, dein Rächer ists, der vor dir steht.

(Sie heben ihn empor.)

TEUTHOLD. Hermann, mein Rächer, sagt ihr? – Kann er Rom,
Das Drachennest, vom Erdenrund vertilgen?
HERMANN. Ich kanns und wills! Hör an, was ich dir sage.
TEUTHOLD *(sieht ihn an)*. Was für ein Laut des Himmels traf mein Ohr?
DIE BEIDEN VETTERN.
Du kannsts und willsts?
TEUTHOLD. Gebeut! Sprich! Red, o Herr!
Was muß geschehn? Wo muß die Keule fallen?
HERMANN. Das hör jetzt, und erwidre nichts. –
Brich, Rabenvater, auf, und trage, mit den Vettern,
Die Jungfrau, die geschändete,
In einen Winkel deines Hauses hin!
Wir zählen funfzehn Stämme der Germaner;
In funfzehn Stücke, mit des Schwertes Schärfe,
Teil ihren Leib, und schick mit funfzehn Boten,
Ich will dir funfzehn Pferde dazu geben,
Den funfzehn Stämmen ihn Germaniens zu.
Der wird in Deutschland, dir zur Rache,
Bis auf die toten Elemente werben:
Der Sturmwind wird, die Waldungen durchsausend,
Empörung! rufen, und die See,
Des Landes Ribben schlagend, Freiheit! brüllen.
DAS VOLK. Empörung! Rache! Freiheit!
TEUTHOLD. Auf! Greift an!
Bringt sie ins Haus, zerlegt in Stücken sie!

(Sie tragen die Leiche fort.)

HERMANN. Komm, Eginhardt! Jetzt hab ich nichts mehr
An diesem Ort zu tun! Germanien lodert:
Laß uns den Varus jetzt, den Stifter dieser Greuel,
Im Teutoburger Walde suchen!

(Alle ab.)

Szene: Hermanns Zelt.

Siebenter Auftritt

Hermann tritt auf, mit Schild und Spieß. Hinter ihm Septimius. – Gefolge.

HERMANN. Hast du die neuste Einrichtung getroffen?
Mir das Cheruskerheer, das vor den Toren liegt,
Nach Römerart, wie du versprachst,
In kleinere Manipeln abgeteilt?
SEPTIMIUS. Mein Fürst, wie konnt ich? Deine deutschen Feldherrn
Versicherten, du wolltest selbst,
Bei dieser Neuerung zugegen sein.
Ich harrte, vor dem Tor, bis in die Nacht auf dich;
Doch du – warum? nicht weiß ich es – bliebst aus.
HERMANN. Was! So ist alles noch im Heer, wie sonst?
SEPTIMIUS. Auf jeden Punkt; wie könnt es anders?
Es ließ sich, ohne dich, du weißt, nichts tun.
HERMANN. Das tut mir leid, Septimius, in der Tat!
Mich hielt ein dringendes Geschäft
Im Ort zurück; du würdest, glaubt ich,
Auch ohne mich hierin verfügen können.
Nun – wird es wohl beim alten bleiben müssen.
Der Tag bricht an; hast du das Heer,
Dem Plan gemäß, zum Marsch nach Arkon,
Dem Teutoburger Waldplatz angeschickt?
SEPTIMIUS. Es harrt nur deines Worts, um anzutreten.
HERMANN *(indem er einen Vorhang lüftet)*.
– Ich denk, es wird ein schöner Tag heut werden?
SEPTIMIUS. Die Nacht war heiß, ich fürchte ein Gewitter.

(Pause.)

HERMANN. Nun, sei so gut, verfüg dich nur voran!
Von meinem Weib nur will ich Abschied nehmen,
Und folg, in einem Augenblick, dir nach! *(Septimius ab.)*

(Zu dem Gefolge.)

Auf, folgt ihm, und verlaßt ihn nicht!
Und jegliche Gemeinschaft ist,
Des Heers mit Teutoburg, von jetzt streng aufgehoben.

(Das Gefolge ab.)

Achter Auftritt

HERMANN *(nachdem er Schild und Spieß weggelegt).*
Nun wär ich fertig, wie ein Reisender.
Cheruska, wie es steht und liegt,
Kommt mir, wie eingepackt in eine Kiste, vor:
Um einen Wechsel könnt ich es verkaufen.
Denn käms heraus, daß ich auch nur
Davon geträumt, Germanien zu befrein:
Roms Feldherr steckte gleich mir alle Plätze an,
Erschlüge, was die Waffen trägt,
Und führte Weib und Kind gefesselt übern Rhein. –
August straft den Versuch, so wie die Tat!
(Er zieht eine Klingel; ein Trabant tritt auf.)
Ruf mir die Fürstin!
DER TRABANT. Hier erscheint sie schon!

Neunter Auftritt

Hermann und Thusnelda.

HERMANN *(nimmt einen Brief aus dem Busen).*
Nun, Thuschen, komm; ich hab dir was zu sagen.
THUSNELDA *(ängstlich).* Sag, liebster Freund, ums Himmelswillen,
Welch ein Gerücht läuft durch den Lagerplatz?
Ganz Teutoburg ist voll, es würd, in wenig Stunden,
Dem Crassus, der Kohorten Führer,
Ein fürchterliches Blutgericht ergehn!
Dem Tode, wär die ganze Schar geweiht,
Die als Besatzung hier zurückgeblieben.
HERMANN. Ja! Kind, die Sach hat ihre Richtigkeit.
Ich warte nur auf Astolf noch,
Deshalb gemeßne Order ihm zu geben.
Sobald ich Varus' Heer, beim Strahl des nächsten Tages,
Im Teutoburger Wald erreicht,
Bricht Astolf hier im Ort dem Crassus los;
Die ganze Brut, die in den Leib Germaniens
Sich eingefilzt, wie ein Insektenschwarm,
Muß durch das Schwert der Rache jetzo sterben.
THUSNELDA. Entsetzlich! – Was für Gründe, sag mir,
Hat dein Gemüt, so grimmig zu verfahren?
HERMANN. Das muß ich dir ein andermal erzählen.

THUSNELDA. Crassus, mein liebster Freund, mit allen Römern –?
HERMANN. Mit allen, Kind; nicht einer bleibt am Leben!
Vom Kampf, mein Thuschen, übrigens,
Der hier im Ort gekämpft wird werden,
Hast du auch nicht das Mindeste zu fürchten;
Denn Astolf ist dreimal so stark, als Crassus;
Und überdies noch bleibt ein eigner Kriegerhaufen,
Zum Schutze dir, bei diesem Zelt zurück.
THUSNELDA. Crassus? Nein, sag mir an! Mit allen Römern –?
Die Guten mit den Schlechten, rücksichtslos?
HERMANN. Die Guten mit den Schlechten. – Was! Die Guten!
Das sind die Schlechtesten! Der Rache Keil
Soll sie zuerst, vor allen andern, treffen!
THUSNELDA. Zuerst! Unmenschlicher! Wie mancher ist,
Dem wirklich Dankbarkeit du schuldig bist –?
HERMANN. – Daß ich nicht wüßte! Wem?
THUSNELDA. Das fragst du noch!
HERMANN. Nein, in der Tat, du hörst; ich weiß von nichts.
Nenn einen Namen mir?
THUSNELDA. Dir einen Namen!
So mancher einzelne, der, in den Plätzen,
Auf Ordnung hielt, das Eigentum beschützt –
HERMANN. Beschützt! Du bist nicht klug! Das taten sie,
Es um so besser unter sich zu teilen.
THUSNELDA *(mit steigender Angst)*. Du Unbarmherzger! Ungeheuerster!
– So hätt auch der Centurio
Der, bei dem Brande in Thuiskon jüngst
Die Heldentat getan, dir kein Gefühl entlockt?
HERMANN. Nein – Was für ein Centurio?
THUSNELDA. Nicht? Nicht?
Der junge Held, der, mit Gefahr des Lebens,
Das Kind, auf seiner Mutter Ruf,
Dem Tod der Flammen mutig jüngst entrissen? –
Er hätte kein Gefühl der Liebe dir entlockt?
HERMANN *(glühend)*. Er sei verflucht, wenn er mir das getan!
Er hat, auf einen Augenblick,
Mein Herz veruntreut, zum Verräter
An Deutschlands großer Sache mich gemacht!
Warum setzt' er Thuiskon mir in Brand?
Ich *will* die höhnische Dämonenbrut nicht lieben!
So lang sie in Germanien trotzt,
Ist Haß mein Amt und meine Tugend Rache!
THUSNELDA *(weinend)*. Mein liebster, bester Herzens-Hermann,

Ich bitte dich um des Ventidius Leben!
Das eine Haupt nimmst du von deiner Rache aus!
Laß, ich beschwöre dich, laß mich ihm heimlich melden,
Was über Varus du verhängt:
Mag er ins Land der Väter rasch sich retten!

HERMANN. Ventidius? Nun gut. – Ventidius Carbo?
Nun denn, es sei! – Weil es mein Thuschen ist,
Die für ihn bittet, mag er fliehn:
Sein Haupt soll meinem Schwert, so wahr ich lebe,
Um dieser schönen Regung heilig sein!

THUSNELDA *(sie küßt seine Hand).*
O Hermann! Ist es wirklich wahr? O Hermann!
Du schenkst sein Leben mir?

HERMANN. Du hörst. Ich schenks ihm.
Sobald der Morgen angebrochen,
Steckst du zwei Wort ihm heimlich zu,
Er möchte gleich sich übern Rheinstrom retten;
Du kannst ihm Pferd aus meinen Ställen schicken,
Daß er den Tagesstrahl nicht mehr erschaut.

THUSNELDA. O Liebster mein! Wie rührst du mich! O Liebster!

HERMANN. Doch eher nicht, hörst du, das bitt ich sehr,
Als bis der Morgen angebrochen!
Eh auch mit Mienen nicht verrätst du dich!
Denn alle andern müssen unerbittlich,
Die schändlichen Tyrannenknechte, sterben:
Der Anschlag darf nicht etwa durch ihn scheitern!

THUSNELDA *(indem sie sich die Tränen trocknet).*
Nein, nein; ich schwörs dir zu! Kurz vor der Sonn erst!
Kurz vor der Sonn erst soll er es erfahren!

HERMANN. So, wenn der Mond entweicht. Nicht eh, nicht später.

THUSNELDA. Und daß der Jüngling auch nicht etwa,
Der törichte, um dieses Briefs,
Mit einem falschen Wahn sich schmeichele,
Will ich den Brief in deinem Namen schreiben;
Ich will, mit einem höhnschen Wort ihm sagen:
Bestimmt wär er, die Post vom Untergang des Varus
Nach Rom, an seinen Kaiserhof, zu bringen!

HERMANN *(heiter).*
Das tu. Das ist sehr klug. – Sieh da, mein schönes Thuschen!
Ich muß dich küssen. –
Doch, was ich sagen wollte – –
Hier ist die Locke wieder, schau,
Die er dir jüngst vom Scheitel abgelöst,

Sie war, als eine Probe deiner Haare,
Schon auf dem Weg nach Rom; jedoch ein Schütze bringt,
Der in den Sand den Boten streckte,
Sie wieder in die Hände mir zurück.

(Er gibt ihr den Brief, worin die Locke eingeschlagen.)

THUSNELDA *(indem sie den Brief entfaltet).*
Die Lock? O was! Um die ich ihn verklagt?
HERMANN. Dieselbe, ja!
THUSNELDA. Sieh da! Wo kommt sie her?
Du hast sie dem Arkadier abgefordert?
HERMANN. Ich? O behüte!
THUSNELDA. Nicht? – Ward sie gefunden?
HERMANN. Gefunden, ja, in einem Brief, du siehst,
Den er nach Rom hin, gestern früh,
An Livia, seine Kaisrin, abgefertigt.
THUSNELDA. In einem Brief? An Kaiserin Livia?
HERMANN. Ja, lies die Aufschrift nur. Du hältst den Brief.
(Indem er mit dem Finger zeigt.)
»An Livia, Roms große Kaiserin.«
THUSNELDA. Nun? Und?
HERMANN. Nun? Und?
THUSNELDA. – Freund, ich versteh kein Wort!
– Wie kamst du zu dem Brief? Wer gab ihn dir?
HERMANN. Ein Zufall, Thuschen, hab ich schon gesagt!
Der Brief, mit vielen andern noch,
Ward einem Boten abgejagt,
Der nach Italien ihn bringen sollte.
Den Boten warf ein guter Pfeilschuß nieder,
Und sein Paket, worin die Locke,
Hat mir der Schütze eben überbracht.
THUSNELDA. Das ist ja seltsam, das, so wahr ich lebe! –
Was sagt Ventidius denn darin?
HERMANN. Er sagt –:
Laß sehn! Ich überflog ihn nur. Was sagt er?
(Er guckt mit hinein.)

THUSNELDA *(liest).* »Varus, o Herrscherin, steht, mit den Legionen,
Nun in Cheruska siegreich da;
Cheruska, faß mich wohl, der Heimat jener Locken,
Wie Gold so hell und weich wie Seide,
Die dir der heitre Markt von Rom verkauft.
Nun bin ich jenes Wortes eingedenk,

Das deinem schönen Mund, du weißt,
Als ich zuletzt dich sah, im Scherz entfiel.
Hier schick ich von dem Haar, das ich dir zugedacht,
Und das sogleich, wenn Hermann sinkt,
Die Schere für dich ernten wird,
Dir eine Probe zu, mir klug verschafft;
Beim Styx! so legts am Kapitol,
Phaon, der Krämer, dir nicht vor:
Es ist vom Haupt der ersten Frau des Reichs,
Vom Haupt der Fürstin selber der Cherusker!«
– Ei der Verfluchte!

(Sie sieht Hermann an, und wieder in den Brief hinein.)

Nein, ich las wohl falsch?

HERMANN. Was?

THUSNELDA. Was!

HERMANN. – Stehts anders in dem Briefe da?
Er sagt –:

THUSNELDA. »Hier schick ich von dem Haar«, sagt er,
»Das ich dir zugedacht, und das sogleich,
Wenn Hermann sinkt – die Schere für dich ernten wird –«

(Die Sprache geht ihr aus.)

HERMANN. Nun ja; er will –! Verstehst dus nicht?

THUSNELDA *(sie wirft sich auf einen Sessel nieder)*. O Hertha!
Nun mag ich diese Sonne nicht mehr sehn.

(Sie verbirgt ihr Haupt.)

HERMANN *(leise, flüsternd)*.
Thuschen! Thuschen! Er ist ja noch nicht fort.

(Er folgt ihr und ergreift ihre Hand.)

THUSNELDA. Geh, laß mich sein.

HERMANN *(beugt sich ganz über sie)*.
Heut, wenn die Nacht sinkt, Thuschen,
Schlägt dir der Rache süße Stunde ja!

THUSNELDA. Geh, geh, ich bitte dich! Verhaßt ist alles,
Die Welt mir, du mir, ich: laß mich allein!

HERMANN *(er fällt vor ihr nieder)*.
Thuschen! Mein schönes Weib! Wie rührst du mich!

(Kriegsmusik draußen.)

Zehnter Auftritt

Eginhardt und Astolf treten auf. Die Vorigen.

EGINHARDT. Mein Fürst, die Hörner rufen dich! Brich auf!
Du darfst, willst du das Schlachtfeld noch erreichen,
Nicht, wahrlich! einen Augenblick mehr säumen.
HERMANN *(steht auf)*. Gertrud!
EGINHARDT. Was fehlt der Königin?
HERMANN. Nichts, nichts!

(Die Frauen der Thusnelda treten auf.)

Hier! Sorgt für eure Frau! Ihr seht, sie weint.

(Er nimmt Schild und Spieß.)

Astolf ist von dem Kriegsplan unterrichtet?
EGINHARDT. Er weiß von allem.
HERMANN *(zu Astolf)*. Sechshundert Krieger bleiben dir
In Teutoburg zurück, und ein Gezelt mit Waffen,
Cheruskas ganzes Volk damit zu rüsten.
Teuthold bewaffnest, und die Seinen, du,
Um Mitternacht, wenn alles schläft, zuerst.
Sobald der Morgen dämmert, brichst du los.
Crassus und alle Führer der Kohorten,
Suchst du in ihren Zelten auf;
Den Rest des Haufens fällst du, gleichviel, wo?
Auch den Ventidius empfehl ich dir.
Wenn hier in Teutoburg der Schlag gefallen,
Folgst du, mit deinem ganzen Troß,
Mir nach dem Teutoburger Walde nach;
Dort wirst du weiteren Befehl erhalten. –
Hast du verstanden?
ASTOLF. Wohl, mein erlauchter Herr.
EGINHARDT *(besorgt)*. Mein bester Fürst! Willst du nicht lieber ihn
Nach Norden, an den Lippstrom, schicken,
Cheruska vor dem Pästus zu beschirmen,
Der dort, du weißt, mit Holm, dem Herrn der Friesen, kämpft.
Cheruska ist ganz offen dort,
Und Pästus, wenn er hört, daß Rom von dir verraten,
Beim Styx! er sendet, zweifle nicht,
Gleich einen Haufen ab, in deinem Rücken,
Von Grund aus, alle Plätze zu verwüsten.
HERMANN. Nichts, nichts, mein alter Freund! Was fällt dir ein?
Kämpf ich auch für den Sand, auf den ich trete,

Kämpf ich für meine Brust?
Cheruska schirmen! Was! Wo Hermann steht, da siegt er,
Und mithin ist Cheruska da.
Du folgst mir, Astolf, ins Gefild der Schlacht;
Wenn Varus, an der Weser, sank,
Werd ich, am Lippstrom, auch den Pästus treffen!

ASTOLF. Es ist genug, o Herr! Es wird geschehn.

HERMANN *(wendet sich zu Thusnelda)*.
Leb wohl, Thusnelda, mein geliebtes Weib!
Astolf hat deine Rache übernommen.

THUSNELDA *(steht auf)*. An dem Ventidius?
(Sie drückt einen heißen Kuß auf seine Lippen.)
Überlaß ihn mir!
Ich habe mich gefaßt, ich will mich rächen!

HERMANN. Dir?

THUSNELDA. *Mir*! Du sollst mit mir zufrieden sein.

HERMANN. Nun denn, so ist der erste Sieg erfochten!
Auf jetzt, daß ich den Varus treffe:
Roms ganze Kriegsmacht, wahrlich, scheu ich nicht!

(Alle ab.)

FÜNFTER AKT

Szene: Teutoburger Wald. Nacht, Donner und Blitz.

Erster Auftritt

Varus und mehrere Feldherrn, an der Spitze des römischen Heeres, mit Fackeln, treten auf.

VARUS. Ruft Halt! ihr Feldherrn, den Kohorten zu!

DIE FELDHERRN *(in der Ferne)*.
Halt! – Halt!

VARUS. Licinius Valva!

EIN HAUPTMANN *(vortretend)*. Hier! Wer ruft?

VARUS. Schaff mir die Boten her, die drei Cherusker,
Die an der Spitze gehn!

DER HAUPTMANN. Du hörst, mein Feldherr!
Du wirst die Männer schuldlos finden;
Arminius hat sie also unterrichtet.

VARUS. Schaff sie mir her, sag ich, ich will sie sprechen! –
Ward, seit die Welt in Kreisen rollt,
Solch ein Verrat erlebt? Cherusker führen mich,
Die man, als Kundige des Landes, mir
Mit breitem Munde rühmt, am hellen Mittag irr!
Rück ich nicht, um zwei Meilen zu gewinnen,
Bereits durch sechzehn volle Stunden fort?
Wars ein Versehn, daß man nach Pfiffi- mich
Statt Iphikon geführt: wohlan, ich will es mindstens,
Bevor ich weiter rücke, untersuchen.
ERSTER FELDHERR *(in den Bart).*
Daß durch den Mantel doch, den sturmzerrißnen,
Der Nacht, der um die Köpf uns hängt,
Ein *einzges* Sternbild schimmernd niederblinkte!
Wenn auf je hundert Schritte nicht,
Ein Blitzstrahl zischend vor uns niederkeilte,
Wir würden, wie die Eul am Tage,
Haupt und Gebein uns im Gebüsch zerschellen!
ZWEITER FELDHERR. Wir können keinen Schritt fortan,
In diesem feuchten Mordgrund, weiter rücken!
Er ist so zäh, wie Vogelleim geworden.
Das Heer schleppt halb Cheruska an den Beinen,
Und wird noch, wie ein bunter Specht,
Zuletzt, mit Haut und Haar, dran kleben bleiben.
DRITTER FELDHERR. Pfiffikon! Iphikon! – Was das, beim Jupiter!
Für eine Sprache ist! Als schlüg ein Stecken
An einen alten, rostzerfreßnen Helm!
Ein Greulsystem von Worten, nicht geschickt,
Zwei solche Ding, wie Tag und Nacht,
Durch einen eignen Laut zu unterscheiden.
Ich glaub, ein Tauber wars, der das Geheul erfunden,
Und an den Mäulern sehen sie sichs ab.
EIN RÖMER. Dort kommen die Cherusker!
VARUS. Bringt sie her!

Zweiter Auftritt

Der Hauptmann mit den drei cheruskischen Boten. – Die Vorigen.

VARUS. Nach welchem Ort, sag an, von mir benannt,
Hast du mich heut von Arkon führen sollen?
DER ERSTE CHERUSKER. Nach Pfiffikon, mein hochverehrter Herr.

VARUS. Was, Pfiffikon! hab ich nicht Iphi- dir
Bestimmt, und wieder Iphikon genannt?
DER ERSTE CHERUSKER. Vergib, o Herr, du nanntest Pfiffikon.
Zwar sprachst du, nach der Römermundart,
Das leugn' ich nicht: »führt mich nach Iphikon«;
Doch Hermann hat bestimmt uns gestern,
Als er uns unterrichtete, gesagt:
»Des Varus Wille ist nach Pfiffikon zu kommen;
Drum tut nach mir, wie er auch ausspricht,
Und führt sein Heer auf Pfiffikon hinaus.«
VARUS. Was!
DER ERSTE CHERUSKER.
Ja, mein erlauchter Herr, so ists.
VARUS. Woher kennt auch dein Hermann meine Mundart?
Den Namen hatt ich: Iphikon,
Ja schriftlich ihm, mit dieser Hand gegeben?!
DER ERSTE CHERUSKER. Darüber wirst du ihn zur Rede stellen;
Doch wir sind schuldlos, mein verehrter Herr.
VARUS. O wart! – – Wo sind wir jetzt?
DER ERSTE CHERUSKER. Das weiß ich nicht.
VARUS. Das weißt du nicht, verwünschter Galgenstrick,
Und bist ein Bote?
DER ERSTE CHERUSKER. Nein! Wie vermöcht ich das?
Der Weg, den dein Gebot mich zwang,
Südwest quer durch den Wald hin einzuschlagen,
Hat in der Richtung mich verwirrt:
Mir war die große Straße nur,
Von Teutoburg nach Pfiffikon, bekannt.
VARUS. Und du? Du weißt es auch nicht.
DER ZWEITE CHERUSKER. Nein, mein Feldherr.
VARUS. Und du?
DER DRITTE CHERUSKER.
Ich auch bin, seit es dunkelt, irre.–
Nach allem doch, was ich ringsum erkenne,
Bist du nicht weit von unserm Waldplatz Arkon.
VARUS. Von Arkon? Was! Wo ich heut ausgerückt?
DER DRITTE CHERUSKER. Von eben dort; du bist ganz heimgegangen.
VARUS. Daß euch der Erde finstrer Schoß verschlänge! –
Legt sie in Stricken! – Und wenn sie jedes ihrer Worte
Hermann ins Antlitz nicht beweisen können,
So hängt der Schufte einen auf,
Und gerbt den beiden anderen die Rücken!
(Die Boten werden abgeführt.)

Dritter Auftritt

Die Vorigen ohne die Boten.

VARUS. Was ist zu machen? – – Sieh da! Ein Licht im Walde!
ERSTER FELDHERR. He, dort! Wer schleicht dort?
ZWEITER FELDHERR. Nun, beim Jupiter!
Seit wir den Teutoburger Wald durchziehn,
Der erste Mensch, der unserm Blick begegnet!
DER HAUPTMANN. Es ist ein altes Weib, das Kräuter sucht.

Vierter Auftritt

Eine Alraune tritt auf, mit Krücke und Laterne. Die Vorigen.

VARUS. Auf diesem Weg, den ich im Irrtum griff,
Stammütterchen Cheruskas, sag mir an,
Wo komm ich her? Wo bin ich? Wohin wandr' ich?
DIE ALRAUNE. Varus, o Feldherr Roms, das sind drei Fragen!
Auf mehr nicht kann mein Mund dir Rede stehn!
VARUS. Sind deine Worte so geprägt,
Daß du, wie Stücken Goldes, sie berechnest?
Wohlan, es sei, ich bin damit zufrieden!
Wo komm ich her?
DIE ALRAUNE. Aus Nichts, Quintilius Varus!
VARUS. Aus Nichts? – Ich komm aus Arkon heut.
– Die Römische Sybille, seh ich wohl,
Und jene Wunderfrau von Endor bist du nicht.
– Laß sehn, wie du die andern Punkt' erledigst!
Wenn du nicht weißt, woher des Wegs ich wandre:
Wenn ich südwestwärts, sprich, stets ihn verfolge,
Wo geh ich hin?
DIE ALRAUNE. Ins Nichts, Quintilius Varus!
VARUS. Ins Nichts? – Du singst ja, wie ein Rabe!
Von wannen kommt dir diese Wissenschaft?
Eh ich in Charons düstern Nachen steige,
Denk ich, als Sieger, zweimal noch
Rom, mit der heiteren Quadriga, zu durchschreiten!
Das hat ein Priester Jovis mir vertraut.
– Triff, bitt ich dich, der dritten Frage,
Die du vergönnt mir, besser auf die Stirn!
Du siehst, die Nacht hat mich Verirrten überfallen:
Wo geh ich her? Wo geh ich hin?

Und wenn du das nicht weißt, wohlan:
Wo bin ich? sag mir an, das wirst du wissen;
In welcher Gegend hier befind ich mich?
DIE ALRAUNE. Zwei Schritt vom Grab, Quintilius Varus,
Hart zwischen Nichts und Nichts! Gehab dich wohl!
Das sind genau der Fragen drei;
Der Fragen mehr, auf dieser Heide,
Gibt die cheruskische Alraune nicht!
(Sie verschwindet.)

Fünfter Auftritt

Die Vorigen ohne die Alraune.

VARUS. Sieh da!
ERSTER FELDHERR.
Beim Jupiter, dem Gott der Welt!
ZWEITER FELDHERR. Was war das?
VARUS. Wo?
ZWEITER FELDHERR. Hier, wo der Pfad sich kreuzet!
VARUS. Saht ihr es auch, das sinnverrückte Weib?
ERSTER FELDHERR. Das Weib?
ZWEITER FELDHERR. Ob wirs gesehn?
VARUS. Nicht? – Was wars sonst?
Der Schein des Monds, der durch die Stämme fällt?
ERSTER FELDHERR. Beim Orkus! Eine Hexe! Halt' sie fest!
Da schimmert die Laterne noch!
VARUS *(niedergeschlagen)*. Laßt, laßt!
Sie hat des Lebens Fittich mir
Mit ihrer Zunge scharfem Stahl gelähmt!

Sechster Auftritt

Ein Römer tritt auf. Die Vorigen.

DER RÖMER. Wo ist der Feldherr Roms? Wer führt mich zu ihm?
DER HAUPTMANN. Was gibts? Hier steht er!
VARUS. Nun? Was bringst du mir?
DER RÖMER. Quintilius, zu den Waffen, sag ich dir!
Marbod hat übern Weserstrom gesetzt!
Auf weniger, denn tausend Schritte,
Steht er mit seinem ganzen Suevenheere da!
VARUS. Marbod! Was sagst du mir?

ERSTER FELDHERR. Bist du bei Sinnen?
VARUS. – Von wem kommt dir die aberwitzge Kunde?
DER RÖMER. Die Kunde? Was! Beim Zeus, hier von mir selbst!
Dein Vortrab stieß soeben auf den seinen,
Bei welchem ich, im Schein der Fackeln,
Soeben durch die Büsche, ihn gesehn!
VARUS. Unmöglich ists!
ZWEITER FELDHERR. Das ist ein Irrtum, Freund!
VARUS. Fulvius Lepidus, der Legate Roms,
Der eben jetzt, aus Marbods Lager,
Hier angelangt, hat ihn vorgestern
Ja noch jenseits des Weserstroms verlassen?!
DER RÖMER. Mein Feldherr, frage mich nach nichts!
Schick deine Späher aus und überzeuge dich!
Marbod, hab ich gesagt, steht, mit dem Heer der Sueven,
Auf deinem Weg zur Weser aufgepflanzt;
Hier diese Augen haben ihn gesehn!
VARUS. – Was soll dies alte Herz fortan nicht glauben?
Kommt her und sprecht: Marbod und Hermann
Verständen heimlich sich, in dieser Fehde,
Und so wie der im Antlitz mir,
So stände der mir schon im Rücken,
Mich hier mit Dolchen in den Staub zu werfen:
Beim Styx! ich glaubt es noch; ich habs, schon vor drei Tagen,
Als ich den Lippstrom überschifft, geahnt!
ERSTER FELDHERR. Pfui doch, Quintilius, des unrömerhaften Worts!
Marbod und Hermann! In den Staub dich werfen!
Wer weiß, ob einer noch von beiden
In deiner Nähe ist! – Gib mir ein Häuflein Römer,
Den Wald, der dich umdämmert, zu durchspähn:
Die Schar, auf die dein Vordertrapp gestoßen,
Ist eine Horde noch zuletzt,
Die hier den Uren oder Bären jagt.
VARUS *(sammelt sich)*. Auf! – Drei Centurien geb ich dir!
– Bring Kunde mir, wenn dus vermagst,
Von seiner Zahl; verstehst du mich?
Und seine Stellung auch im Wald erforsche;
Jedoch vermeide sorgsam ein Gefecht.

(Der erste Feldherr ab.)

Siebenter Auftritt

Varus. – Im Hintergrunde das Römerheer.

VARUS. O Priester Zeus', hast du den Raben auch,
Der Sieg mir zu verkündgen schien, verstanden?
Hier war ein Rabe, der mir prophezeit,
Und seine heisre Stimme sprach: das Grab!

Achter Auftritt

Ein zweiter Römer tritt auf. Die Vorigen.

DER RÖMER. Man schickt mich her, mein Feldherr, dir zu melden,
Daß Hermann, der Cheruskerfürst,
Im Teutoburger Wald soeben eingetroffen;
Der Vortrab seines Heers, dir hülfreich zugeführt,
Berührt den Nachtrab schon des deinigen!
VARUS. Was sagst du?
ZWEITER FELDHERR. Hermann? – Hier in diesem Wald?
VARUS *(wild)*. Bei allen Furien der flammenvollen Hölle!
Wer hat ihm Fug und Recht gegeben,
Heut weiter, als bis Arkon, vorzurücken?
DER RÖMER. Darauf bleib ich die Antwort schuldig dir. –
Servil, der mich dir sandte, schien zu glauben
Er werde dir, mit dem Cheruskerheer,
In deiner Lage sehr willkommen sein.
VARUS. Willkommen mir? Daß ihn die Erd entraffte!
Fleuch gleich zu seinen Scharen hin,
Und ruf mir den Septimius, hörst du,
Den Feldherrn her, den ich ihm zugeordnet!
Dahinter fürcht ich sehr, steckt eine Meuterei,
Die ich sogleich ans Tageslicht will ziehn!

Neunter Auftritt

Aristan, Fürst der Ubier, tritt eilig auf. Die Vorigen.

ARISTAN. Verräterei! Verräterei!
Marbod und Hermann stehn im Bund, Quintilius!
Den Teutoburger Wald umringen sie,

Mit deinem ganzen Heere dich
In der Moräste Tiefen zu ersticken!
VARUS. Daß du zur Eule werden müßtest,
Mit deinem mitternächtlichen Geschrei!
– Woher kommt dir die Nachricht?
ARISTAN. Mir die Nachricht? –
Hier lies den Brief, bei allen Römergöttern,
Den er mit Pfeilen eben jetzt
Ließ in die Feu'r der Deutschen schießen,
Die deinem Heereszug hierher gefolgt!
(Er gibt ihm einen Zettel.)
Er spricht von Freiheit, Vaterland und Rache,
Ruft uns – ich bitte dich! der giftge Meuter, auf,
Uns mutig seinen Scharen anzuschließen,
Die Stunde hätte deinem Heer geschlagen,
Und droht, jedwedes Haupt, das er in Waffen
Erschauen wird, die Sache Roms verfechtend,
Mit einem Beil, vom Rumpf herab, zum Kuß
Auf der Germania heilgen Grund zu nötgen!
VARUS *(nachdem er gelesen)*.
Was sagten die germanschen Herrn dazu?
ARISTAN. Was sie dazu gesagt? Die gleißnerischen Gauner!
Sie fallen alle von dir ab!
Fust rief zuerst, der Cimbern Fürst,
Die andern gleich, auf dieses Blatt, zusammen;
Und, unter einer Fichte eng
Die Häupter aneinander drückend,
Stand, einer Glucke gleich, die Rotte der Rebellen,
Und brütete, die Waffen plusternd,
Gott weiß, welch eine Untat aus,
Mordvolle Blick auf mich zur Seite werfend,
Der aus der Ferne sie in Aufsicht nahm!
VARUS *(scharf)*. Und du, Verräter, folgst dem Aufruf nicht?
ARISTAN. Wer? Ich? Dem Ruf Armins? – Zeus' Donnerkeil
Soll mich hier gleich zur Erde schmettern,
Wenn der Gedank auch nur mein Herz beschlich!
VARUS. Gewiß? Gewiß? – Daß mir der Schlechtste just,
Von allen deutschen Fürsten, bleiben muß! –
Doch, kann es anders sein? – – O Hermann! Hermann!
So kann man blondes Haar und blaue Augen haben,
Und doch so falsch sein, wie ein Punier?
Auf! Noch ist alles nicht verloren. –
Publius Sextus!

ZWEITER FELDHERR.
Was gebeut mein Feldherr?
VARUS. Nimm die Kohorten, die den Schweif mir bilden,
Und wirf die deutsche Hülfsschar gleich,
Die meinem Zug hierher gefolgt, zusammen!
Zur Hölle, mitleidlos, eh sie sich noch entschlossen,
Die ganze Meuterbrut herab;
Es fehlt mir hier an Stricken, sie zu binden!
(Er nimmt Schild und Spieß aus der Hand eines Römers.)
Ihr aber – folgt mir zu den Legionen!
Arminius, der Verräter, wähnt,
Mich durch den Anblick der Gefahr zu schrecken;
Laß sehn, wie er sich fassen wird,
Wenn ich, die Waffen in der Hand,
Gleich einem Eber, jetzt hinein mich stürze!
(Alle ab.)

Szene: Eingang des Teutoburger Walds.

Zehnter Auftritt

Egbert mit mehreren Feldherrn und Hauptleuten stehen versammelt. Fackeln. Im Hintergrunde das Cheruskerheer.

EGBERT. Hier, meine Freunde! Sammelt euch um mich!
Ich will das Wort euch mutig führen!
Denkt, daß die Sueven Deutsche sind, wie ihr:
Und wie sich seine Red auch wendet,
Verharrt bei eurem Entschluß nicht zu fechten!
ERSTER FELDHERR. Hier kommt er schon.
EIN HAUPTMANN. Doch rat ich Vorsicht an!

Eilfter Auftritt

Hermann und Winfried treten auf. Die Vorigen.

HERMANN *(in die Ferne schauend).*
Siehst du die Feuer dort?
WINFRIED. Das ist der Marbod! –
Er gibt das Zeichen dir zum Angriff schon.
HERMANN. Rasch! – Daß ich keinen Augenblick verliere.
(Er tritt in die Versammlung.)

Kommt her, ihr Feldherrn der Cherusker!
Ich hab euch etwas Wichtges zu entdecken.
EGBERT *(indem er vortritt)*. Mein Fürst und Herr, eh du das Wort ergreifst,
Vergönnst, auf einen Augenblick,
In deiner Gnade, du die Rede mir!
HERMANN. Dir? – Rede!
EGBERT. Wir folgten deinem Ruf
Ins Feld des Tods, du weißt, vor wenig Wochen,
Im Wahn, den du geschickt erregt,
Es gelte Rom und die Tyrannenmacht,
Die unser heilges Vaterland zertritt.
Des Tages neueste, unselige Geschichte
Belehrt uns doch, daß wir uns schwer geirrt:
Dem August hast du dich, dem Feind des Reichs, verbunden,
Und rückst, um eines nichtgen Streits,
Marbod, dem deutschen Völkerherrn entgegen.
Cherusker, hättst du wissen können,
Leihn, wie die Ubier sich, und Äduer, nicht,
Die Sklavenkette, die der Römer bringt,
Den deutschen Brüdern um den Hals zu legen.
Und kurz, daß ichs, o Herr, mit *einem* Wort dir melde:
Dein Heer verweigert mutig dir den Dienst;
Es folgt zum Sturm nach Rom dir wenn du willst,
Doch in des wackern Marbod Lager nicht.
HERMANN *(sieht ihn an)*. Was! hört ich recht?
WINFRIED. Ihr Götter des Olymps!
HERMANN. Ihr weigert, ihr Verräter, mir den Dienst?
WINFRIED *(ironisch)*. Sie weigern dir den Dienst, du hörst! Sie wollen
Nur gegen Varus' Legionen fechten!
HERMANN *(indem er sich den Helm in die Augen drückt)*.
Nun denn, bei Wodans erznem Donnerwagen,
So soll ein grimmig Beispiel doch
Solch eine schlechte Regung in dir strafen!
– Gib deine Hand mir her!

(Er streckt ihm die Hand hin.)

EGBERT. Wie, mein Gebieter.
HERMANN. Mir deine Hand, sag ich! Du sollst, du Römerfeind,
Noch heut, auf ihrer Adler einen,
Im dichtesten Gedräng des Kampfs mir treffen!
Noch eh die Sonn entwich, das merk dir wohl,
Legst du ihn hier zu Füßen mir darnieder!
EGBERT. Auf wen, mein Fürst? Vergib, daß ich erstaune!

Ists Marbod nicht, dem deine Rüstung –?

HERMANN. Marbod?

Meinst du, daß Hermann minder deutsch gesinnt,
Als du? – Der ist hier diesem Schwert verfallen,
Der seinem greisen Haupt ein Haar nur krümmt! –
Auf meinen Ruf, ihr Brüder, müßt ihr wissen,
Steht er auf jenen Höhn, durch eine Botschaft
Mir, vor vier Tagen, heimlich schon verbunden!
Und kurz, daß ich mich gleichfalls rund erkläre:
Auf, ihr Cherusker zu den Waffen!
Doch ihm nicht, Marbod, meinem Freunde,
Germaniens Henkersknecht, Quintilius Varus gilts!

WINFRIED. Das wars, was Hermann euch zu sagen hatte.

EGBERT *(freudig)*. Ihr Götter!

DIE FELDHERRN UND HAUPTLEUTE *(durcheinander)*.

Tag des Jubels und der Freude!

DAS CHERUSKERHEER *(jauchzend)*.

Heil, Hermann, Heil dir! Heil, Sohn Siegmars, dir!
Daß Wodan dir den Sieg verleihen mög!

Zwölfter Auftritt

Ein Cherusker tritt auf. Die Vorigen.

DER CHERUSKER. Septimius Nerva kommt, den du gerufen!

HERMANN. Still, Freunde, still! Das ist der Halsring von der Kette,
Die der Cheruska angetan;
Jetzt muß das Werk der Freiheit gleich beginnen.

WINFRIED. Wo war er?

HERMANN. Bei dem Brand in Arkon, nicht?
Beschäftiget zu retten und zu helfen?

DER CHERUSKER. In Arkon, ja, mein Fürst; bei einer Hütte,
Die durch den Römerzug, in Feuer aufgegangen.
Er schüttete gerührt dem Eigner
Zwei volle Säckel Geldes aus!
Bei Gott! der ist zum reichen Mann geworden,
Und wünscht noch oft ein gleiches Unheil sich.

HERMANN. Das gute Herz!

WINFRIED. Wo stahl er doch die Säckel?

HERMANN. Dem Nachbar auf der Rechten oder Linken?

WINFRIED. Er preßt mir Tränen aus.

HERMANN. Doch still! Da kömmt er.

Dreizehnter Auftritt

Septimius tritt auf. Die Vorigen.

HERMANN *(kalt)*. Dein Schwert, Septimius Nerva, du mußt sterben.
SEPTIMIUS. – Mit wem sprech ich?
HERMANN. Mit Hermann, dem Cherusker,
Germaniens Retter und Befreier
Von Roms Tyrannenjoch!
SEPTIMIUS. Mit dem Armin? –
Seit wann führt der so stolze Titel?
HERMANN. Seit August sich so niedre zugelegt.
SEPTIMIUS. So ist es wahr? Arminius spielte falsch?
Verriet die Freunde, die ihn schützen wollten?
HERMANN. Verriet euch, ja; was soll ich mit dir streiten?
Wir sind verknüpft, Marbod und ich,
Und werden, wenn der Morgen tagt,
Den Varus, hier im Walde, überfallen.
SEPTIMIUS. Die Götter werden ihre Söhne schützen!
– Hier ist mein Schwert!
HERMANN *(indem er das Schwert wieder weggibt)*.
Führt ihn hinweg,
Und laßt sein Blut, das erste, gleich
Des Vaterlandes dürren Boden trinken!

(Zwei Cherusker ergreifen ihn.)

SEPTIMIUS. Wie, du Barbar! Mein Blut? Das wirst du nicht –!
HERMANN. Warum nicht?
SEPTIMIUS *(mit Würde)*. – Weil ich dein Gefangner bin!
An deine Siegerpflicht erinnr' ich dich!
HERMANN *(auf sein Schwert gestützt)*.
An Pflicht und Recht! Sieh da, so wahr ich lebe!
Er hat das Buch vom Cicero gelesen.
Was müßt ich tun, sag an, nach diesem Werk?
SEPTIMIUS. Nach diesem Werk? Armsel'ger Spötter, du!
Mein Haupt, das wehrlos vor dir steht,
Soll deiner Rache heilig sein;
Also gebeut dir das Gefühl des Rechts,
In deines Busens Blättern aufgeschrieben!
HERMANN *(indem er auf ihn einschreitet)*.
Du weißt was Recht ist, du verfluchter Bube,
Und kamst nach Deutschland, unbeleidigt,
Um uns zu unterdrücken?
Nehmt eine Keule doppelten Gewichts,

Und schlagt ihn tot!
SEPTIMIUS. Führt mich hinweg! – hier unterlieg ich,
Weil ich mit Helden würdig nicht zu tun!
Der das Geschlecht der königlichen Menschen
Besiegt, in Ost und West, der ward
Von Hunden in Germanien zerrissen:
Das wird die Inschrift meines Grabmals sein!

(Er geht ab; Wache folgt ihm.)

DAS HEER *(in der Ferne)*. Hurrah! Hurrah! Der Nornentag bricht an!

Vierzehnter Auftritt

Die Vorigen ohne den Septimius.

HERMANN. Steckt das Fanal in Brand, ihr Freunde,
Zum Zeichen Marbod und den Sueven,
Daß wir nunmehr zum Schlagen fertig sind!

(Ein Fanal wird angesteckt.)

Die Barden! He! Wo sind die süßen Alten
Mit ihrem herzerhebenden Gesang?
WINFRIED. Ihr Sänger, he! Wo steckt ihr?
EGBERT. Ha, schau her!
Dort, auf dem Hügel, wo die Fackeln schimmern!
WINFRIED. Horch! Sie beginnen dir das Schlachtlied schon!

(Musik.)

CHOR DER BARDEN *(aus der Ferne)*.
Wir litten menschlich seit dem Tage,
Da jener Fremdling eingerückt;
Wir rächten nicht die erste Plage,
Mit Hohn auf uns herabgeschickt;
Wir übten, nach der Götter Lehre,
Uns durch viel Jahre im Verzeihn:
Doch endlich drückt des Joches Schwere,
Und abgeschüttelt will es sein!

(Hermann hat sich, mit vorgestützter Hand, an den Stamm einer Eiche gelehnt. – Feierliche Pause. – Die Feldherren sprechen heimlich mit einander.)

WINFRIED *(nähert sich ihm)*. Mein Fürst, vergib! Die Stunde drängt,
Du wolltest uns den Plan der Schlacht –
HERMANN *(wendet sich)*. Gleich, gleich! –
– Du, Bruder, sprich für mich, ich bitte dich.

(Er sinkt, heftig bewegt, wieder an die Eiche zurück.)

EIN HAUPTMANN. Was sagt er?
EIN ANDERER. Was?
WINFRIED. Laßt ihn. – Er wird sich fassen.
Kommt her, daß ich den Schlachtplan euch entdecke!

(Er versammelt die Anführer um sich.)

Wir stürzen uns, das Heer zum Keil geordnet,
Hermann und ich, vorn an der Spitze,
Grad auf den Feldherrn des Augustus ein!
Sobald ein Riß das Römerheer gesprengt,
Nimmst du die erste Legion,
Die zweite du, die dritte du!
In Splittern völlig fällt es auseinander.
Das Endziel ist, den Marbod zu erreichen;
Wenn wir zu diesem, mit dem Schwert,
Uns kämpfend einen Weg gebahnt,
Wird der uns weitere Befehle geben.

CHOR DER BARDEN *(fällt wieder ein)*.
Du wirst nicht wanken und nicht weichen,
Vom Amt, das du dir kühn erhöht,
Die Regung wird dich nicht beschleichen,
Die dein getreues Volk verrät;
Du bist so mild, o Sohn der Götter,
Der Frühling kann nicht milder sein:
Sei schrecklich heut, ein Schlossenwetter,
Und Blitze laß dein Antlitz spein!

(Die Musik schweigt. – Kurze Pause. – Ein Hörnertusch in der Ferne.)

EGBERT. Ha! Was war das?
HERMANN *(in ihre Mitte tretend)*. Antwortet! Das war Marbod!

(Ein Hörnertusch in der Nähe.)

Auf! – Mana und die Helden von Walhalla!

(Er bricht auf.)

EGBERT *(tritt ihn an)*.
Ein Wort, mein Herr und Herrscher! Winfried! Hört mich!
Wer nimmt die Deutschen, das vergaßt ihr,
Die sich dem Zug der Römer angeschlossen?
HERMANN. Niemand, mein Freund! Es soll kein deutsches Blut,
An diesem Tag, von deutschen Händen fließen!
EGBERT. Was! Niemand! hört ich recht? Es wär dein Wille –?
HERMANN. Niemand! So wahr mir Wodan helfen mög!
Sie sind mir heilig; ich berief sie,
Sich mutig unsern Scharen anzuschließen!
EGBERT. Was! Die Verräter, Herr, willst du verschonen,

Die grimmger, als die Römer selbst,
In der Cheruska Herzen wüteten?

HERMANN. Vergebt! Vergeßt! Versöhnt, umarmt und liebt euch!
Das sind die Wackersten und Besten,
Wenn es nunmehr die Römerrache gilt! –
Hinweg! – Verwirre das Gefühl mir nicht!
Varus und die Kohorten, sag ich dir;
Das ist der Feind, dem dieser Busen schwillt!

(Alle ab.)

Szene: Teutoburg. Garten hinter dem Fürstenzelt. Im Hintergrund ein eisernes Gitter, das in einen, von Felsen eingeschlossenen, öden Eichwald führt.

Fünfzehnter Auftritt

Thusnelda und Gertrud treten auf.

THUSNELDA. Was wars, sag an, was dir Ventidius gestern,
Augusts Legat gesagt, als du ihm früh
Im Eingang des Gezelts begegnetest?

GERTRUD. Er nahm, mit schüchterner Gebärde, meine Königin,
Mich bei der Hand, und einen Ring
An meinen Finger flüchtig steckend,
Bat und beschwor er mich, bei allen Kindern Zeus',
Ihm in geheim zu Nacht Gehör zu schaffen,
Bei der, die seine Seele innig liebt.
Er schlug, auf meine Frage: wo?
Hier diesen Park mir vor, wo zwischen Felsenwänden,
Das Volk sich oft vergnügt, den Ur zu hetzen;
Hier, meint' er, sei es still, wie an dem Lethe,
Und keines lästgen Zeugen Blick zu fürchten,
Als nur der Mond, der ihm zur Seite buhlt.

THUSNELDA. Du hast ihm meine Antwort überbracht?

GERTRUD. Ich sagt ihm: wenn er heut, beim Untergang des Mondes,
Eh noch der Hahn den Tag bekräht,
Den Eichwald, den er meint, besuchen wollte,
Würd ihn daselbst die Landesfürstin,
Sie, deren Seele heiß ihn liebt,
Am Eingang gleich, zur Seite rechts, empfangen.

THUSNELDA. Und nun hast du, der Bärin wegen,
Die Hermann jüngst im Walde griff,
Mit Childrich, ihrem Wärter, dich besprochen?

GERTRUD. Es ist geschehn, wie mir dein Mund geboten;
Childrich, der Wärter, führt sie schon heran! –
Doch, meine große Herrscherin,
Hier werf ich mich zu Füßen dir:
Die Rache der Barbaren sei dir fern!
Es ist Ventidius nicht, der mich mit Sorg erfüllt;
Du selbst, wenn nun die Tat getan,
Von Reu und Schmerz wirst du zusammenfallen!
THUSNELDA. Hinweg! – Er hat zur Bärin mich gemacht!
Arminius' will ich wieder würdig werden!

Sechzehnter Auftritt

Childerich tritt auf, eine Bärin an einer Kette führend. Die Vorigen.

CHILDERICH. Heda! Seid Ihrs, Frau Gertrud?
GERTRUD *(steht auf).* Gott im Himmel!
Da naht der Allzupünktliche sich schon!
CHILDERICH. Hier ist die Bärin!
GERTRUD. Wo?
CHILDERICH. Seht Ihr sie nicht?
GERTRUD. Du hast sie an der Kette, will ich hoffen?
CHILDERICH. An Kett und Koppel. – Ach, so habt Euch doch!
Wenn ich dabei bin, müßt Ihr wissen,
Ist sie so zahm, wie eine junge Katze.
GERTRUD. Gott möge ewig mich vor ihr bewahren! –
's ist gut, bleib mir nur fern, hier ist der Schlüssel,
Tu sie hinein und schleich dich wieder weg.
CHILDERICH. Dort in den Park?
GERTRUD. Ja, wie ich dir gesagt.
CHILDERICH. Mein Seel ich hoff, so lang die Bärin drin,
Wird niemand anders sich der Pforte nahn?
GERTRUD. Kein Mensch, verlaß dich drauf! Es ist ein Scherz nur,
Den meine Frau sich eben machen will.
CHILDERICH. Ein Scherz?
GERTRUD. Ja, was weiß ich?
CHILDERICH. Was für ein Scherz?
GERTRUD. Ei, so frag du –! Fort! In den Park hinein!
Ich kann das Tier nicht mehr vor Augen sehn!
CHILDERICH. Nun, bei den Elfen, hört; nehmt Euch in acht!
Die Petze hat, wie Ihr befahlt,
Nun seit zwölf Stunden nichts gefressen;

Sie würde Witz, von grimmiger Art, Euch machen,
Wenns Euch gelüsten sollte, sie zu necken.
(Er läßt die Bärin in den Park und schließt ab.)

GERTRUD. Fest!
CHILDERICH. Es ist alles gut.
GERTRUD. Ich sage, fest!
Den Riegel auch noch vor, den eisernen!
CHILDERICH. Ach, was! Sie wird doch keine Klinke drücken?
– Hier ist der Schlüssel!
GERTRUD. Gut, gib her! –
Und nun entfernst du dich, in das Gebüsch,
Doch so, daß wir sogleich dich rufen können. –
(Childerich geht ab.)
Schirmt, all ihr guten Götter, mich!
Da schleicht der Unglücksel'ge schon heran!

Siebzehnter Auftritt

Ventidius tritt auf. – Thusnelda und Gertrud.

VENTIDIUS. Dies ist der stille Park, von Bergen eingeschlossen,
Der, auf die Lispelfrage: wo?
Mir gestern in die trunknen Sinne fiel!
Wie mild der Mondschein durch die Stämme fällt!
Und wie der Waldbach fern, mit üppigem Geplätscher,
Vom Rand des hohen Felsens niederrinnt! –
Thusnelda! Komm und lösche diese Glut,
Soll ich, gleich einem jungen Hirsch,
Das Haupt voran, mich in die Flut nicht stürzen! –
Gertrud! – – So hieß ja, dünkt mich, wohl die Zofe,
Die mir versprach, mich in den Park zu führen?
(Gertrud steht und kämpft mit sich selbst.)

THUSNELDA *(mit gedämpfter Stimme)*.
Fort! Gleich! Hinweg! Du hörst! Gib ihm die Hand,
Und führ ihn in den Park hinein!
GERTRUD. Geliebte Königin?!
THUSNELDA. Bei meiner Rache!
Fort, augenblicks, sag ich! Gib ihm die Hand,
Und führ ihn in den Park hinein!
GERTRUD *(fällt ihr zu Füßen)*. Vergebung, meine Herrscherin, Vergebung!
THUSNELDA *(ihr ausweichend)*. Die Närrin, die verwünschte, die! Sie auch

Ist in das Affenangesicht verliebt!

(Sie reißt ihr den Schlüssel aus der Hand und geht zu Ventidius.)

VENTIDIUS. Gertrud, bist dus?

THUSNELDA. Ich bins.

VENTIDIUS. O sei willkommen,
Du meiner Juno süße Iris,
Die mir Elysium eröffnen soll! –
Komm, gib mir deine Hand, und leite mich!
– Mit wem sprachst du?

THUSNELDA. Thusnelden, meiner Fürstin.

VENTIDIUS. Thusnelden! Wie du mich entzückst!
Mir wär die Göttliche so nah?

THUSNELDA. Im Park, dem Wunsch gemäß, den du geäußert,
Und heißer Brunst voll harrt sie schon auf dich!

VENTIDIUS. O so eröffne schnell die Tore mir!
Komm her! Der Saturniden Wonne
Ersetzt mir solche Augenblicke nicht!

(Thusnelda läßt ihn ein. Wenn er die Tür hinter sich hat, wirft sie dieselbe mit Heftigkeit zu, und zieht den Schlüssel ab.)

Achtzehnter Auftritt

Ventidius innerhalb des Gitters. Thusnelda und Gertrud. – Nachher Childerich, der Zwingerwärter.

VENTIDIUS *(mit Entsetzen).*
Zeus, du, der Götter und der Menschen Vater!
Was für ein Höllen-Ungetüm erblick ich?

THUSNELDA *(durch das Gitter).*
Was gibts, Ventidius? Was erschreckt dich so?

VENTIDIUS. Die zottelschwarze Bärin von Cheruska,
Steht, mit gezückten Tatzen, neben mir!

GERTRUD *(in die Szene eilend).* Du Furie, gräßlicher, als Worte sagen –!
– He, Childerich! Herbei! Der Zwingerwärter!

THUSNELDA. Die Bärin von Cheruska?

GERTRUD. Childrich! Childrich!

THUSNELDA. Thusnelda, bist du klug, die Fürstin ists,
Von deren Haupt, der Livia zur Probe,
Du jüngst die seidne Locke abgelöst!
Laß den Moment, dir günstig, nicht entschlüpfen,
Und ganz die Stirn jetzt schmeichelnd scher ihr ab!

VENTIDIUS. Zeus, du, der Götter und der Menschen Vater,
Sie bäumt sich auf, es ist um mich geschehn!

CHILDERICH *(tritt auf)*. Ihr Rasenden! Was gibts? Was machtet ihr?
Wen ließt ihr in den Zwinger ein, sagt an?
GERTRUD. Ventidius, Childrich, Roms Legat, ist es!
Errett ihn, bester aller Menschenkinder,
Eröffn' den Pfortenring und mach ihn frei!
CHILDERICH. Ventidius, der Legat? Ihr heilgen Götter!
(Er bemüht sich das Gitter zu öffnen.)
THUSNELDA *(durch das Gitter)*.
Ach, wie die Borsten, Liebster, schwarz und starr,
Der Livia, deiner Kaiserin, werden stehn,
Wenn sie um ihren Nacken niederfallen!
Statthalter von Cheruska, grüß ich dich!
Das ist der mindste Lohn, du treuer Knecht,
Der dich für die Gefälligkeit erwartet!
VENTIDIUS. Zeus, du, der Götter und der Menschen Vater,
Sie schlägt die Klaun in meine weiche Brust!
THUSNELDA. Thusneld? O was!
CHILDERICH. Wo ist der Schlüssel, Gertrud?
GERTRUD. Der Schlüssel, Gott des Himmels, steckt er nicht?
CHILDERICH. Der Schlüssel, nein!
GERTRUD. Er wird am Boden liegen.
– Das Ungeheu'r! Sie hält ihn in der Hand.
(Auf Thusnelda deutend.)
VENTIDIUS *(schmerzvoll)*.
Weh mir! Weh mir!
GERTRUD *(zu Childerich)*.
Reiß ihr das Werkzeug weg!
THUSNELDA. Sie sträubt sich dir?
CHILDERICH *(da Thusnelda den Schlüssel verbirgt)*.
Wie, meine Königin?
GERTRUD. Reiß ihr das Werkzeug, Childerich, hinweg!
(Sie bemühen sich, ihr den Schlüssel zu entwinden.)
VENTIDIUS. Ach! O des Jammers! Weh mir! O Thusnelda!
THUSNELDA. Sag ihr, daß du sie liebst, Ventidius,
So hält sie still und schenkt die Locken dir!
(Sie wirft den Schlüssel weg und fällt in Ohnmacht.)
GERTRUD. Die Gräßliche! – Ihr ewgen Himmelsmächte!
Da fällt sie sinnberaubt mir in den Arm!
(Sie läßt die Fürstin auf einen Sitz nieder.)

Neunzehnter Auftritt

Astolf und ein Haufen cheruskischer Krieger treten auf. – Die Vorigen.

ASTOLF. Was gibts, ihr Fraun? Was für ein Jammerruf,
Als ob der Mord entfesselt wäre,
Schallt aus dem Dunkel jener Eichen dort?
CHILDERICH. Fragt nicht und kommt und helft das Gitter mir zersprengen!
(Die Cherusker stürzen in den Park. Pause. – Bald darauf die Leiche des Ventidius, von den Cheruskern getragen, und Childerich mit der Bärin.)
ASTOLF *(läßt die Leiche vor sich niederlegen).*
Ventidius, der Legate Roms! –
Nun, bei den Göttern von Walhalla,
So hab ich einen Spieß an ihm gespart!
GERTRUD *(aus dem Hintergrund).*
Helft mir, ihr Leut, ins Zelt die Fürstin führen!
ASTOLF. Helft ihr!
EIN CHERUSKER. Bei allen Göttern, welch ein Vorfall?
ASTOLF. Gleichviel! Gleichviel! Auf! Folgt zum Crassus mir,
Ihn, eh er noch die Tat erfuhr,
Ventidius, dem Legaten nachzuschicken!
(Alle ab.)

Szene: Teutoburger Wald. Schlachtfeld. Es ist Tag.

Zwanzigster Auftritt

Marbod, von Feldherren umringt, steht auf einem Hügel und schaut in die Ferne. – Komar tritt auf.

KOMAR. Sieg! König Marbod! Sieg! Und wieder, Sieg!
Von allen zwei und dreißig Seiten,
Durch die der Wind in Deutschlands Felder bläst!
MARBOD *(von dem Hügel herabsteigend).*
Wie steht die Schlacht, sag an?
EIN FELDHERR. Laß hören, Komar,
Und spar die lusterfüllten Worte nicht!
KOMAR. Wir rückten, wie du weißt, beim ersten Strahl der Sonne,
Arminius' Plan gemäß, auf die Legionen los;
Doch hier, im Schatten ihrer Adler,
Hier wütete die Zwietracht schon:
Die deutschen Völker hatten sich empört,

Und rissen heulend ihre Kette los.
Dem Varus eben doch, – der schnell, mit allen Waffen,
Dem pfeilverletzten Eber gleich,
Auf ihren Haufen fiel, erliegen wollten sie:
Als Brunold hülfreich schon, mit deinem Heer erschien,
Und ehe Hermann noch den Punkt der Schlacht erreicht,
Die Schlacht der Freiheit völlig schon entschied.
Zerschellt ward nun das ganze Römerheer,
Gleich einem Schiff, gewiegt in Klippen,
Und nur die Scheitern hülflos irren
Noch, auf dem Ozean des Siegs, umher!
MARBOD. So traf mein tapfres Heer der Sueven wirklich
Auf Varus früher ein, als die Cherusker?
KOMAR. Sie trafen früher ihn! Arminius selbst,
Er wird gestehn, daß du die Schlacht gewannst!
MARBOD. Auf jetzt, daß ich den Trefflichen begrüße!

(Alle ab.)

Einundzwanzigster Auftritt

VARUS *(tritt verwundet auf)*. Da sinkt die große Weltherrschaft von Rom
Vor eines Wilden Witz zusammen,
Und kommt, die Wahrheit zu gestehn,
Mir wie ein dummer Streich der Knaben vor!
Rom, wenn, gebläht von Glück, du mit drei Würfeln doch,
Nicht neunzehn Augen werfen wolltest!
Die Zeit noch kehrt sich, wie ein Handschuh um,
Und über uns seh ich die Welt regieren,
Jedwede Horde, die der Kitzel treibt. –
Da naht der Derwisch mir, Armin, der Fürst der Uren,
Der diese Sprüche mich gelehrt. –
Der Rhein, wollt ich, wär zwischen mir und ihm!
Ich warf, von Scham erfüllt, dort in dem Schilf des Moors,
Mich in des eignen Schwertes Spitze schon;
Doch meine Ribbe, ihm verbunden,
Beschirmte mich; mein Schwert zerbrach,
Und nun bin ich dem seinen aufgespart. –
Fänd ich ein Pferd nur, das mich rettete.

Zweiundzwanzigster Auftritt

Hermann mit bloßem Schwert, von der einen Seite, Fust, Fürst der Cimbern, und Gueltar, Fürst der Nervier, von der andern, treten hitzig auf. – Varus.

HERMANN. Steh, du Tyrannenknecht, dein Reich ist aus!
FUST. Steh, Höllenhund!
GUELTAR. Steh, Wolf vom Tiberstrande,
Hier sind die Jäger, die dich fällen wollen!

(Fust und Gueltar stellen sich auf Hermanns Seite.)

VARUS *(nimmt ein Schwert auf)*.
Nun will ich tun, als führt ich zehn Legionen! –
Komm her, du dort im Fell des zottgen Löwen,
Und laß mich sehn, ob du Herakles bist!

(Hermann und Varus bereiten sich zum Kampf.)

FUST *(sich zwischen sie werfend)*.
Halt dort, Armin! Du hast des Ruhms genug.
GUELTAR *(ebenso)*. Halt, sag auch ich!
FUST. Quintilius Varus
Ist mir, und wenn ich sinke, dem verfallen!
HERMANN *(betroffen)*.
Wem! Dir? Euch? – Ha! Sieh da! Mit welchem Recht?
FUST. Das Recht, bei Mana, wenn du es verlangst,
Mit Blut schreib ichs auf deine schöne Stirn!
Er hat in Schmach und Schande mich gestürzt,
An Deutschland, meinem Vaterlande,
Der Mordknecht, zum Verräter mich gemacht:
Den Schandfleck wasch ich ab in seinem Blute,
Das hab ich heut, das mußt du wissen,
Gestreckt am Boden heulend, mir,
Als mir dein Brief kam, Göttlicher, gelobt!
HERMANN. Gestreckt am Boden heulend! Sei verwünscht,
Gefallner Sohn des Teut, mit deiner Reue!
Soll ich von Schmach dich rein zu waschen,
Den Ruhm, beim Jupiter, entbehren,
Nach dem ich durch zwölf Jahre treu gestrebt?
Komm her, fall aus und triff – und verflucht sei,
Wer jenen Römer ehr berührt,
Als dieser Streit sich zwischen uns gelöst!

(Sie fechten.)

VARUS *(für sich)*. Ward solche Schmach im Weltkreis schon erlebt?
Als wär ich ein gefleckter Hirsch,

Der, mit zwölf Enden durch die Forsten bricht! –
HERMANN *(hält inne).*
GUELTAR. Sieg, Fust, halt ein! Das Glück hat dir entschieden.
FUST. Wem? Mir? – Nein, sprich!
GUELTAR. Beim Styx! Er kanns nicht leugnen.
Blut rötet ihm den Arm!
FUST. Was! Traf ich dich?
HERMANN *(indem er sich den Arm verbindet).*
Ich wills zufrieden sein. Dein Schwert fällt gut.
Da nimm ihn hin. Man kann ihn dir vertraun.

(Er geht, mit einem tötenden Blick auf Varus, auf die Seite.)

VARUS *(wütend).* Zeus, diesen Übermut hilfst du mir strafen!
Du schnöder, pfauenstolzer Schelm,
Der du gesiegt, heran zu mir,
Es soll der Tod sein, den du dir errungen!
FUST. Der Tod? Nimm dich in acht! Auch noch im Tode
Zapf ich das Blut dir ab, das rein mich wäscht.

(Sie fechten; Varus fällt.)

VARUS. Rom, wenn du fällst, wie ich: was willst du mehr?

(Er stirbt.)

DAS GEFOLGE. Triumph! Triumph! Germaniens Todfeind stürzt!
Heil, Fust, dir! Heil dir, Fürst der Cimbern!
Der du das Vaterland von ihm befreit!

(Pause.)

FUST. Hermann! Mein Bruderherz! Was hab ich dir getan?

(Er fällt ihm um den Hals.)

HERMANN. Nun, es ist alles gut.
GUELTAR *(umhalst ihn gleichfalls).*
Du bist verwundet –!
FUST. Das Blut des besten Deutschen fällt in Staub.
HERMANN. Ja, allerdings.
FUST. Daß mir die Hand verdorrte!
GUELTAR. Komm her, soll ich das Blut dir saugen?
FUST. Mir laß – mir, mir!
HERMANN. Ich bitt euch, meine Freunde –!
FUST. Hermann, du bist mir bös, mein Bruderherz,
Weil ich den Siegskranz schelmisch dir geraubt?!
HERMANN. Du bist nicht klug! Vielmehr, es macht mich lachen!
Laß einen Herold gleich nur kommen,

Der deinen Namen ausposaune:
Und mir schaff einen Arzt, der mich verbindet.

(Er lacht und geht ab.)

DAS GEFOLGE. Kommt! hebt die Leiche auf und tragt sie fort.

(Alle ab.)

Szene: Teutoburg. Platz unter Trümmern.

Dreiundzwanzigster Auftritt

Thusnelda mit ihren Frauen. – Ihr zur Seite Eginhardt und Astolf. – Im Hintergrunde Wolf, Thuiskomar, Dagobert, Selgar. – Hermann tritt auf. Ihm folgen Fust, Gueltar, Winfried, Egbert und andere.

WOLF *usw.* Heil, Hermann! Heil dir, Sieger der Kohorten!
Germaniens Retter, Schirmer und Befreier!
HERMANN. Willkommen, meine Freunde!
THUSNELDA *(an seinem Busen).* Mein Geliebter!
HERMANN *(empfängt sie).* Mein schönes Thuschen! Heldin, grüß ich dich!
Wie groß und prächtig hast du Wort gehalten?
THUSNELDA *(verwirrt).* Das ist geschehn. Laß sein.
HERMANN. Doch scheinst du blaß?

(Er betrachtet sie mit Innigkeit. – Pause.)

Wie stehts, ihr deutschen Herrn! Was bringt ihr mir?
WOLF. Uns selbst, mit allem jetzt, was wir besitzen!
Hally, die Jungfrau, die geschändete,
Die du, des Vaterlandes grauses Sinnbild,
Zerstückt in alle Stämme hast geschickt,
Hat unsrer Völker Langmut aufgezehrt.
In Waffen siehst du ganz Germanien lodern,
Den Greul zu strafen, der sich ihr verübt:
Wir aber kamen her, dich zu befragen,
Wie du das Heer, das wir ins Feld gestellt,
Im Krieg nun gegen Rom gebrauchen willst?
HERMANN. Harrt einen Augenblick, bis Marbod kömmt,
Der wird bestimmteren Befehl euch geben! –
ASTOLF. Hier leg ich Crassus' Schwert zu Füßen dir!
HERMANN *(nimmt es auf).*
Dank, Freund, für jetzt! Die Zeit auch kömmt, das weißt du,
Wo ich dich zu belohnen wissen werde!

(Er gibt es weg.)

EGINHARDT. Doch hier, o Herr, schau her! Das sind die Folgen
Des Kampfs, den Astolf mit den Römern kämpfte:
Ganz Teutoburg siehst du in Schutt und Asche!
HERMANN. Mag sein! Wir bauen uns ein schönres auf.
EIN CHERUSKER *(tritt auf)*.
Marbod, der Fürst der Sueven, naht sich dir!
Du hast geboten, Herr, es dir zu melden.
HERMANN. Auf, Freunde! Laßt uns ihm entgegen eilen!

Letzter Auftritt

Marbod mit Gefolge tritt auf. Hinter ihm, von einer Wache geführt, Aristan, Fürst der Ubier, in Fesseln. – Die Vorigen.

HERMANN *(beugt ein Knie vor ihm)*.
Heil, Marbod, meinem edelmütgen Freund!
Und wenn Germanien meine Stimme hört:
Heil seinem großen Oberherrn und König!
MARBOD. Steh auf, Arminius, wenn ich reden soll!
HERMANN. Nicht ehr, o Herr, als bis du mir gelobt,
Nun den Tribut, der uns entzweite,
Von meinem Kämmrer huldreich anzunehmen!
MARBOD. Steh auf, ich wiederhols! Wenn ich dein König,
So ist mein erst Gebot an dich: steh auf!
(Hermann steht auf.)
MARBOD *(beugt ein Knie vor ihm)*.
Heil, ruf ich, Hermann, dir, dem Retter von Germanien!
Und wenn es meine Stimme hört:
Heil seinem würdgen Oberherrn und König!
Das Vaterland muß einen Herrscher haben,
Und weil die Krone sonst, zur Zeit der grauen Väter,
Bei deinem Stamme rühmlich war:
Auf deine Scheitel falle sie zurück!
DIE SUEVISCHEN FELDHERRN.
Heil, Hermann! Heil dir, König von Germanien!
So ruft der Suev, auf König Marbods Wort!
FUST *(vortretend)*. Heil, ruf auch ich, beim Jupiter!
GUELTAR. Und ich!
WOLF UND THUISKOMAR. Heil, König Hermann, alle Deutschen dir!
(Marbod steht auf.)
HERMANN *(umarmt ihn)*. Laß diese Sach, beim nächsten Mondlicht, uns,

Wenn die Druiden Wodan opfern,
In der gesamten Fürsten Rat, entscheiden!
MARBOD. Es sei! Man soll im Rat die Stimmen sammeln.
Doch bis dahin, das weigre nicht,
Gebeutst du als Regent und führst das Heer!
DAGOBERT UND SELGAR. So seis! – Beim Opfer soll die Wahl entscheiden.
MARBOD *(indem er einige Schritte zurückweicht).*
Hier übergeb ich, Oberster der Deutschen,

(Er winkt der Wache.)

Den ich in Waffen aufgefangen,
Aristan, Fürsten dir der Ubier!
HERMANN *(wendet sich ab).*
Weh mir! Womit muß ich mein Amt beginnen?
MARBOD. Du wirst nach deiner Weisheit hier verfahren.
HERMANN *(zu Aristan).* – Du hattest, du Unseliger, vielleicht
Den Ruf, den ich den deutschen Völkern,
Am Tag der Schlacht erlassen, nicht gelesen?
ARISTAN *(keck).* Ich las, mich dünkt, ein Blatt von deiner Hand,
Das für Germanien in den Kampf mich rief!
Jedoch was galt Germanien mir?
Der Fürst bin ich der Ubier,
Beherrscher eines freien Staats,
In Fug und Recht, mich jedem, wer es sei,
Und also auch dem Varus zu verbinden!
HERMANN. Ich weiß, Aristan. Diese Denkart kenn ich.
Du bist imstand und treibst mich in die Enge,
Fragst, wo und wann Germanien gewesen?
Ob in dem Mond? Und zu der Riesen Zeiten?
Und was der Witz sonst an die Hand dir gibt;
Doch jetzo, ich versichre dich, jetzt wirst du
Mich schnell begreifen, wie ich es gemeint:
Führt ihn hinweg und werft das Haupt ihm nieder!
ARISTAN *(erblaßt).* Wie, du Tyrann! Du scheutest dich so wenig –?
MARBOD *(halblaut, zu Wolf).* Die Lektion ist gut.
WOLF. Das sag ich auch.
FUST. Was gilts, er weiß jetzt, wo Germanien liegt?
ARISTAN. Hört mich, ihr Brüder –!
HERMANN. Führet ihn hinweg!
Was kann er sagen, das ich nicht schon weiß?

(Aristan wird abgeführt.)

Ihr aber kommt, ihr wackern Söhne Teuts,
Und laßt, im Hain der stillen Eichen,

Wodan für das Geschenk des Siegs uns danken! –
Uns bleibt der Rhein noch schleunig zu ereilen,
Damit vorerst der Römer keiner
Von der Germania heilgem Grund entschlüpfe:
Und dann – nach Rom selbst mutig aufzubrechen!
Wir oder unsre Enkel, meine Brüder!
Denn eh doch, seh ich ein, erschwingt der Kreis der Welt
Vor dieser Mordbrut keine Ruhe,
Als bis das Raubnest ganz zerstört,
Und nichts, als eine schwarze Fahne,
Von seinem öden Trümmerhaufen weht!

PRINZ FRIEDRICH VON HOMBURG

Ein Schauspiel

Ihrer Königlichen Hoheit
der Prinzessin
Amalie Marie Anne
Gemahlin des Prinzen Wilhelm von Preußen
Bruders Sr. Majestät des Königs
geborne Prinzessin von Hessen-Homburg.

Gen Himmel schauend greift, im Volksgedränge,
Der Barde fromm in seine Saiten ein.
Jetzt trösten, jetzt verletzen seine Klänge,
Und solcher Antwort kann er sich nicht freun.
Doch eine denkt er in dem Kreis der Menge,
Der die Gefühle seiner Brust sich weihn:
Sie hält den Preis in Händen, der ihm falle,
Und krönt ihn die, so krönen sie ihn alle.

PERSONEN

Friedrich Wilhelm, *Kurfürst von Brandenburg*
Die Kurfürstin
Prinzessin Natalie von Oranien, *seine Nichte, Chef eines Dragonerregiments*
Feldmarschall Dörfling
Prinz Friedrich Arthur von Homburg, *General der Reuterei*
Obrist Kottwitz, *vom Regiment der Prinzessin von Oranien*
Hennings | Graf Truchß — *Obersten der Infanterie*
Graf Hohenzollern, *von der Suite des Kurfürsten*
Rittmeister von der Golz
Graf Georg von Sparren | Stranz | Siegfried von Mörner | Graf Reuß — *Rittmeister*
Ein Wachtmeister
Offiziere, Korporale und Reuter. Hofkavaliere, Hofdamen.
Pagen, Heiducken. Bedienten. Volk jeden Alters und Geschlechts.

ERSTER AKT

Szene: Fehrbellin. Ein Garten im altfranzösischen Stil. Im Hintergrunde ein Schloß, von welchem eine Rampe herabführt. – Es ist Nacht.

Erster Auftritt

Der Prinz von Homburg sitzt mit bloßem Haupt und offner Brust, halb wachend halb schlafend, unter einer Eiche und windet sich einen Kranz. – Der Kurfürst, seine Gemahlin, Prinzessin Natalie, der Graf von Hohenzollern, Rittmeister Golz und andere treten heimlich aus dem Schloß, und schauen, vom Geländer der Rampe, auf ihn nieder. – Pagen mit Fackeln.

DER GRAF VON HOHENZOLLERN.
Der Prinz von Homburg, unser tapfrer Vetter,
Der an der Reuter Spitze, seit drei Tagen
Den flüchtgen Schweden munter nachgesetzt,
Und sich erst heute wieder atemlos,
Im Hauptquartier zu Fehrbellin gezeigt:
Befehl ward ihm von dir, hier länger nicht,
Als nur drei Füttrungsstunden zu verweilen,
Und gleich dem Wrangel wiederum entgegen,
Der sich am Rhyn versucht hat einzuschanzen,
Bis an die Hackelberge vorzurücken?
DER KURFÜRST. So ists!
HOHENZOLLERN. Die Chefs nun sämtlicher Schwadronen,
Zum Aufbruch aus der Stadt, dem Plan gemäß,
Glock zehn zu Nacht, gemessen instruiert,
Wirft er erschöpft, gleich einem Jagdhund lechzend,
Sich auf das Stroh um für die Schlacht, die uns
Bevor beim Strahl des Morgens steht, ein wenig
Die Glieder, die erschöpften, auszuruhn.
DER KURFÜRST. So hört ich! – Nun?
HOHENZOLLERN. Da nun die Stunde schlägt,
Und aufgesessen schon die ganze Reuterei
Den Acker vor dem Tor zerstampft,
Fehlt – wer? der Prinz von Homburg noch, ihr Führer.
Mit Fackeln wird und Lichtern und Laternen
Der Held gesucht – und aufgefunden, wo?

(Er nimmt einem Pagen die Fackel aus der Hand.)

Als ein Nachtwandler, schau, auf jener Bank,
Wohin, im Schlaf, wie du nie glauben wolltest,
Der Mondschein ihn gelockt, beschäftiget,
Sich träumend, seiner eignen Nachwelt gleich,

Den prächtgen Kranz des Ruhmes einzuwinden.
DER KURFÜRST. Was!
HOHENZOLLERN. In der Tat! Schau hier herab: da sitzt er!

(Er leuchtet von der Rampe auf ihn nieder.)

DER KURFÜRST. Im Schlaf versenkt? Unmöglich!
HOHENZOLLERN. Fest im Schlafe!
Ruf ihn bei Namen auf, so fällt er nieder.

(Pause.)

DIE KURFÜRSTIN. Der junge Mann ist krank, so wahr ich lebe.
PRINZESSIN NATALIE.
Er braucht des Arztes –!
DIE KURFÜRSTIN. Man sollt ihm helfen, dünkt mich,
Nicht den Moment verbringen, sein zu spotten!
HOHENZOLLERN *(indem er die Fackel wieder weggibt)*.
Er ist gesund, ihr mitleidsvollen Frauen,
Bei Gott, ich bins nicht mehr! Der Schwede morgen
Wenn wir im Feld ihn treffen, wirds empfinden!
Es ist nichts weiter, glaubt mir auf mein Wort,
Als eine bloße Unart seines Geistes.
DER KURFÜRST. Fürwahr! Ein Märchen glaubt ichs! – Folgt mir Freunde,
Und laßt uns näher ihn einmal betrachten.

(Sie steigen von der Rampe herab.)

EIN HOFKAVALIER *(zu den Pagen)*.
Zurück! die Fackeln!
HOHENZOLLERN. Laßt sie, laßt sie, Freunde!
Der ganze Flecken könnt in Feuer aufgehn,
Daß sein Gemüt davon nicht mehr empfände,
Als der Demant, den er am Finger trägt.

(Sie umringen ihn; die Pagen leuchten.)

DER KURFÜRST *(über ihn gebeugt)*.
Was für ein Laub denn flicht er? – Laub der Weide?
HOHENZOLLERN. Was! Laub der Weid, o Herr! – Der Lorbeer ists,
Wie ers gesehn hat, an der Helden Bildern,
Die zu Berlin im Rüstsaal aufgehängt.
DER KURFÜRST. – Wo fand er den in meinem märkschen Sand?
HOHENZOLLERN. Das mögen die gerechten Götter wissen!
DER HOFKAVALIER. Vielleicht im Garten hinten, wo der Gärtner
Mehr noch der fremden Pflanzen auferzieht.
DER KURFÜRST. Seltsam beim Himmel! Doch, was gilts, ich weiß,
Was dieses jungen Toren Brust bewegt?
HOHENZOLLERN. O – was! Die Schlacht von morgen, mein Gebieter!

Sterngucker sieht er, wett ich, schon im Geist,
Aus Sonnen einen Siegeskranz ihm winden.

(Der Prinz besieht den Kranz.)

DER HOFKAVALIER. Jetzt ist er fertig!
HOHENZOLLERN. Schade, ewig schade,
Daß hier kein Spiegel in der Nähe ist!
Er würd ihm eitel, wie ein Mädchen nahn,
Und sich den Kranz bald so, und wieder so,
Wie eine florne Haube aufprobieren.
DER KURFÜRST. Bei Gott! Ich muß doch sehn, wie weit ers treibt!

(Der Kurfürst nimmt ihm den Kranz aus der Hand; der Prinz errötet und sieht ihn an. Der Kurfürst schlingt seine Halskette um den Kranz und gibt ihn der Prinzessin; der Prinz steht lebhaft auf. Der Kurfürst weicht mit der Prinzessin, welche den Kranz erhebt, zurück; der Prinz mit ausgestreckten Armen, folgt ihr.)

DER PRINZ VON HOMBURG *(flüsternd)*.
Natalie! Mein Mädchen! Meine Braut!
DER KURFÜRST. Geschwind! Hinweg!
HOHENZOLLERN. Was sagt der Tor?
DER HOFKAVALIER. Was sprach er?

(Sie besteigen sämtlich die Rampe.)

DER PRINZ VON HOMBURG.
Friedrich! Mein Fürst! Mein Vater!
HOHENZOLLERN. Höll und Teufel!
DER KURFÜRST *(rückwärts ausweichend)*.
Öffn' mir die Pforte nur!
DER PRINZ VON HOMBURG. O meine Mutter!
HOHENZOLLERN. Der Rasende! Er ist –
DIE KURFÜRSTIN. Wen nennt er so?
DER PRINZ VON HOMBURG *(nach dem Kranz greifend)*.
O! Liebste! Was entweichst du mir? Natalie!

(Er erhascht einen Handschuh von der Prinzessin Hand.)

HOHENZOLLERN. Himmel und Erde! Was ergriff er da?
DER HOFKAVALIER. Den Kranz?
NATALIE. Nein, nein!
HOHENZOLLERN *(öffnet die Tür)*. Hier rasch herein, mein Fürst!
Auf daß das ganze Bild ihm wieder schwinde!
DER KURFÜRST. Ins Nichts mit dir zurück, Herr Prinz von Homburg,
Ins Nichts, ins Nichts! In dem Gefild der Schlacht,
Sehn wir, wenns dir gefällig ist, uns wieder!
Im Traum erringt man solche Dinge nicht!

(Alle ab; die Tür fliegt rasselnd vor dem Prinzen zu. Pause.)

Zweiter Auftritt

DER PRINZ VON HOMBURG *(bleibt einen Augenblick, mit dem Ausdruck der Verwunderung, vor der Tür stehen; steigt dann sinnend, die Hand, in welcher er den Handschuh hält, vor die Stirn gelegt, von der Rampe herab; kehrt sich sobald er unten ist, um, und sieht wieder nach der Tür hinauf).*

Dritter Auftritt

Der Graf von Hohenzollern tritt von unten, durch eine Gittertür, auf. Ihm folgt ein Page. – Der Prinz von Homburg.

DER PAGE *(leise).* Herr Graf, so hört doch! Gnädigster Herr Graf!
HOHENZOLLERN *(unwillig).*
Still! die Zikade! – Nun? Was gibts?
PAGE. Mich schickt –!
HOHENZOLLERN. Weck ihn mit deinem Zirpen mir nicht auf!
– Wohlan! Was gibts?
PAGE. Der Kurfürst schickt mich her!
Dem Prinzen möchtet Ihr, wenn er erwacht,
Kein Wort, befiehlt er, von dem Scherz entdecken,
Den er sich eben jetzt mit ihm erlaubt!
HOHENZOLLERN *(leise).* Ei, so leg dich im Weizenfeld aufs Ohr,
Und schlaf dich aus! Das wußt ich schon! Hinweg!
(Der Page ab.)

Vierter Auftritt

Der Graf von Hohenzollern und der Prinz von Homburg.

HOHENZOLLERN *(indem er sich in einiger Entfernung hinter dem Prinzen stellt, der noch immer unverwandt die Rampe hinaufsieht).*
Arthur!
(Der Prinz fällt um.)
Da liegt er; eine Kugel trifft nicht besser!
(Er nähert sich ihm.)
Nun bin ich auf die Fabel nur begierig,
Die er ersinnen wird, mir zu erklären,
Warum er hier sich schlafen hat gelegt.
(Er beugt sich über ihn.)

Arthur! He! Bist des Teufels du? Was machst du?
Wie kommst du hier zu Nacht auf diesen Platz?
DER PRINZ VON HOMBURG. Je, Lieber!
HOHENZOLLERN. Nun, fürwahr, das muß ich sagen!
Die Reuterei ist die du kommandierst,
Auf eine Stunde schon im Marsch voraus,
Und du, du liegst im Garten hier, und schläfst.
DER PRINZ VON HOMBURG. Welch eine Reuterei?
HOHENZOLLERN. Die Mamelucken! –
So wahr ich Leben atm', er weiß nicht mehr,
Daß er der märkschen Reuter Oberst ist?!
DER PRINZ VON HOMBURG *(steht auf)*.
Rasch! Meinen Helm! Die Rüstung!
HOHENZOLLERN. Ja wo sind sie?
DER PRINZ VON HOMBURG.
Zur Rechten, Heinz, zur Rechten; auf dem Schemel!
HOHENZOLLERN. Wo? Auf dem Schemel?
DER PRINZ VON HOMBURG. Ja, da legt ich, mein ich –!
HOHENZOLLERN *(sieht ihn an)*.
So nimm sie wieder von dem Schemel weg!
DER PRINZ VON HOMBURG.
– Was ist dies für ein Handschuh?
(Er betrachtet den Handschuh, den er in der Hand hält.)
HOHENZOLLERN. Ja, was weiß ich? –
(Für sich.)
Verwünscht! Den hat er der Prinzessin Nichte,
Dort oben unbemerkt vom Arm gerissen!
(Abbrechend.)
Nun, rasch! Hinweg! Was säumst du? Fort!
DER PRINZ VON HOMBURG *(wirft den Handschuh wieder weg)*.
Gleich, gleich! –
He, Franz, der Schurke der mich wecken sollte!
HOHENZOLLERN *(betrachtet ihn)*. Er ist ganz rasend toll!
DER PRINZ VON HOMBURG. Bei meinem Eid!
Ich weiß nicht, liebster Heinrich, wo ich bin.
HOHENZOLLERN. In Fehrbellin, du sinnverwirrter Träumer;
In einem von des Gartens Seitengängen,
Der ausgebreitet hinterm Schlosse liegt!
DER PRINZ VON HOMBURG *(für sich)*.
Daß mich die Nacht verschläng! Mir unbewußt
Im Mondschein bin ich wieder umgewandelt!
(Er faßt sich.)

Vergib! Ich weiß nun schon. Es war, du weißt, vor Hitze,
Im Bette gestern fast nicht auszuhalten.
Ich schlich erschöpft in diesen Garten mich,
Und weil die Nacht so lieblich mich umfing,
Mit blondem Haar, von Wohlgeruch ganz triefend
Ach! wie den Bräutgam eine Perserbraut,
So legt ich hier in ihren Schoß mich nieder.
– Was ist die Glocke jetzo?
HOHENZOLLERN. Halb auf Zwölf.
DER PRINZ VON HOMBURG. Und die Schwadronen, sagst du, brachen auf?
HOHENZOLLERN. Versteht sich, ja! Glock zehn; dem Plan gemäß!
Das Regiment Prinzessin von Oranien,
Hat, wie kein Zweifel ist, an ihrer Spitze
Bereits die Höhn von Hackelwitz erreicht,
Wo sie des Heeres stillen Aufmarsch morgen,
Dem Wrangel gegenüber decken sollen.
DER PRINZ VON HOMBURG. Es ist gleichviel! Der alte Kottwitz führt sie,
Der jede Absicht dieses Marsches kennt.
Zudem hätt ich zurück ins Hauptquartier
Um zwei Uhr morgens wiederkehren müssen,
Weil hier Parole noch soll empfangen werden:
So blieb ich besser gleich im Ort zurück.
Komm; laß uns gehn! Der Kurfürst weiß von nichts?
HOHENZOLLERN. Ei, was! Der liegt im Bette längst und schläft.

(Sie wollen gehen; der Prinz stutzt, kehrt sich um, und nimmt den Handschuh auf.)

DER PRINZ VON HOMBURG. Welch einen sonderbaren Traum träumt ich?!–
Mir war, als ob, von Gold und Silber strahlend
Ein Königsschloß sich plötzlich öffnete,
Und hoch von seiner Marmorramp' herab,
Der ganze Reigen zu mir niederstiege,
Der Menschen, die mein Busen liebt:
Der Kurfürst und die Fürstin und die – dritte,
– Wie heißt sie schon?
HOHENZOLLERN. Wer?
DER PRINZ VON HOMBURG *(er scheint zu suchen)*.
Jene – die ich meine!
Ein Stummgeborner würd sie nennen können!
HOHENZOLLERN. Die Platen?
DER PRINZ VON HOMBURG. Nicht doch, Lieber!
HOHENZOLLERN. Die Ramin?
DER PRINZ VON HOMBURG.
Nicht, nicht doch, Freund!

HOHENZOLLERN. Die Bork? die Winterfeld?
DER PRINZ VON HOMBURG. Nicht, nicht; ich bitte dich! Du siehst die Perle
Nicht vor dem Ring, der sie in Fassung hält.
HOHENZOLLERN. Zum Henker, sprich! Läßt das Gesicht sich raten?
– Welch eine Dame meinst du?
DER PRINZ VON HOMBURG. Gleichviel! Gleichviel!
Der Nam ist mir, seit ich erwacht, entfallen,
Und gilt zu dem Verständnis hier gleichviel.
HOHENZOLLERN. Gut! So sprich weiter!
DER PRINZ VON HOMBURG. Aber stör mich nicht! –
Und er, der Kurfürst, mit der Stirn des Zeus,
Hielt einen Kranz von Lorbeern in der Hand:
Er stellt sich dicht mir vor das Antlitz hin,
Und schlägt, mir ganz die Seele zu entzünden,
Den Schmuck darum, der ihm vom Nacken hängt,
Und reicht ihn, auf die Locken mir zu drücken
– O Lieber!
HOHENZOLLERN. Wem?
DER PRINZ VON HOMBURG. O Lieber!
HOHENZOLLERN. Nun, so sprich!
DER PRINZ VON HOMBURG. – Es wird die Platen wohl gewesen sein.
HOHENZOLLERN. Die Platen? Was! – Die jetzt in Preußen ist?
DER PRINZ VON HOMBURG. Die Platen. Wirklich. Oder die Ramin.
HOHENZOLLERN. Ach, die Ramin! Was! Die, mit roten Haaren! –
Die Platen, mit den schelmschen Veilchenaugen!
Die, weiß man, die gefällt dir.
DER PRINZ VON HOMBURG. Die gefällt mir. –
HOHENZOLLERN. Nun, und die, sagst du, reichte dir den Kranz?
DER PRINZ VON HOMBURG. Hoch auf, gleich einem Genius des Ruhms,
Hebt sie den Kranz, an dem die Kette schwankte,
Als ob sie einen Helden krönen wollte.
Ich streck, in unaussprechlicher Bewegung,
Die Hände streck ich aus, ihn zu ergreifen:
Zu Füßen will ich vor ihr niedersinken.
Doch, wie der Duft, der über Täler schwebt,
Vor eines Windes frischem Hauch zerstiebt,
Weicht mir die Schar, die Ramp' ersteigend, aus.
Die Rampe dehnt sich, da ich sie betrete,
Endlos, bis an das Tor des Himmels aus,
Ich greife rechts, ich greife links umher,
Der Teuren einen ängstlich zu erhaschen.
Umsonst! Des Schlosses Tor geht plötzlich auf;
Ein Blitz der aus dem Innern zuckt, verschlingt sie;

Das Tor fügt rasselnd wieder sich zusammen:
Nur einen Handschuh, heftig, im Verfolgen,
Streif ich der süßen Traumgestalt vom Arm:
Und einen Handschuh, ihr allmächtgen Götter,
Da ich erwache, halt ich in der Hand!

HOHENZOLLERN. Bei meinem Eid! – Und nun meinst du, der Handschuh,
Der sei der ihre?

DER PRINZ VON HOMBURG.
Wessen?

HOHENZOLLERN. Nun, der Platen!

DER PRINZ VON HOMBURG. Der Platen. Wirklich. Oder der Ramin. –

HOHENZOLLERN *(lacht)*. Schelm, der du bist, mit deinen Visionen!
Wer weiß von welcher Schäferstunde, traun,
Mit Fleisch und Bein hier wachend zugebracht,
Dir noch der Handschuh in den Händen klebt!

DER PRINZ VON HOMBURG.
Was! Mir? Bei meiner Liebe –!

HOHENZOLLERN. Ei so, zum Henker,
Was kümmerts mich? Meinthalben seis die Platen,
Seis die Ramin! Am Sonntag geht die Post nach Preußen,
Da kannst du auf dem kürzsten Weg erfahren,
Ob deiner Schönen dieser Handschuh fehlt. –
Fort! Es ist zwölf. Was stehn wir hier und plaudern?

DER PRINZ VON HOMBURG *(träumt vor sich nieder)*.
– Da hast du recht. Laß uns zu Bette gehn.
Doch, was ich sagen wollte, Lieber,
Ist die Kurfürstin noch und ihre Nichte hier,
Die liebliche Prinzessin von Oranien,
Die jüngst in unser Lager eingetroffen?

HOHENZOLLERN. Warum? – Ich glaube gar, der Tor –?

DER PRINZ VON HOMBURG. Warum? –
Ich sollte, weißt du, dreißig Reuter stellen,
Sie wieder von dem Kriegsplatz wegzuschaffen,
Ramin hab ich deshalb beordern müssen.

HOHENZOLLERN. Ei, was! Die sind längst fort! Fort, oder reisen gleich!
Ramin, zum Aufbruch völlig fertig, stand
Die ganze Nacht durch mindstens am Portal.
Doch fort! Zwölf ists; und eh die Schlacht beginnt,
Wünsch ich mich noch ein wenig auszuruhn.

(Beide ab.)

Szene: Ebendaselbst. Saal im Schloß. Man hört in der Ferne schießen.

Fünfter Auftritt

Die Kurfürstin und die Prinzessin Natalie in Reisekleidern, geführt von einem Hofkavalier, treten auf und lassen sich zur Seite nieder. Hofdamen. Hieraus der Kurfürst, Feldmarschall Dörfling, der Prinz von Homburg, den Handschuh im Kollett, der Graf von Hohenzollern, Graf Truchß, Obrist Hennings, Rittmeister von der Golz und mehrere andere Generale, Obersten und Offiziere.

DER KURFÜRST. Was ist dies für ein Schießen? – Ist das Götz?

FELDMARSCHALL DÖRFLING.
Das ist der Oberst Götz, mein Fürst und Herr,
Der mit dem Vortrab gestern vorgegangen.
Er hat schon einen Offizier gesandt,
Der im voraus darüber dich beruhge.
Ein schwedscher Posten ist, von tausend Mann,
Bis auf die Hackelberge vorgerückt;
Doch haftet Götz für diese Berge dir,
Und sagt mir an, du möchtest nur verfahren,
Als hätte sie sein Vortrab schon besetzt.

DER KURFÜRST *(zu den Offizieren)*.
Ihr Herrn, der Marschall kennt den Schlachtentwurf;
Nehmt euren Stift, bitt ich, und schreibt ihn auf.

(Die Offiziere versammeln sich auf der andern Seite um den Feldmarschall und nehmen ihre Schreibtafeln heraus.)

DER KURFÜRST *(wendet sich zu dem Hofkavalier)*.
Ramin ist mit dem Wagen vorgefahren?

DER HOFKAVALIER. Im Augenblick, mein Fürst. – Man spannt schon an.

DER KURFÜRST *(läßt sich auf einen Stuhl hinter der Kurfürstin und Prinzessin nieder)*. Ramin wird meine teur' Elisa führen,
Und dreißig rüstge Reuter folgen ihm.
Ihr geht auf Kalkhuhns, meines Kanzlers, Schloß
Bei Havelberg, jenseits des Havelstroms,
Wo sich kein Schwede mehr erblicken läßt. –

DIE KURFÜRSTIN. Hat man die Fähre wieder hergestellt?

DER KURFÜRST. Bei Havelberg? – Die Anstalt ist getroffen.
Zudem ists Tag, bevor ihr sie erreicht.

(Pause.)

Natalie ist so still, mein süßes Mädchen?
– Was fehlt dem Kind?

PRINZESSIN NATALIE. Mich schauert, lieber Onkel.

DER KURFÜRST. Und gleichwohl ist mein Töchterchen so sicher,
In ihrer Mutter Schoß war sies nicht mehr.

(Pause.)

DIE KURFÜRSTIN. Wann, denkst du, werden wir uns wiedersehen?
DER KURFÜRST. Wenn Gott den Sieg mir schenkt, wie ich nicht zweifle,
Vielleicht im Laufe dieser Tage schon.

(Pagen kommen und servieren den Damen ein Frühstück. – Feldmarschall Dörfling diktiert. – Der Prinz von Homburg, Stift und Tafel in der Hand, fixiert die Damen.)

FELDMARSCHALL. Der Plan der Schlacht, ihr Herren Obersten,
Den die Durchlaucht des Herrn ersann, bezweckt,
Der Schweden flüchtges Heer, zu gänzlicher
Zersplittrung, von dem Brückenkopf zu trennen,
Der an dem Rhynfluß ihren Rücken deckt.
Der Oberst Hennings –!
OBERST HENNINGS. Hier! *(Er schreibt).*
FELDMARSCHALL. Der nach des Herren Willen heut
Des Heeres rechten Flügel kommandiert,
Soll, durch den Grund der Hackelbüsche, still
Des Feindes linken zu umgehen suchen,
Sich mutig zwischen ihn und die drei Brücken werfen,
Und mit dem Grafen Truchß vereint –
Graf Truchß!
GRAF TRUCHSS. Hier! *(Er schreibt).*
FELDMARSCHALL. Und mit dem Grafen Truchß vereint –

(Er hält inne.)

Der auf den Höhn indes, dem Wrangel gegenüber,
Mit den Kanonen Posten hat gefaßt –
GRAF TRUCHSS *(schreibt).* Kanonen Posten hat gefaßt –
FELDMARSCHALL. Habt Ihr?

(Er fährt fort.)

Die Schweden in den Sumpf zu jagen suchen,
Der hinter ihrem rechten Flügel liegt.
EIN HEIDUCK *(tritt auf).* Der Wagen, gnädge Frau, ist vorgefahren.

(Die Damen stehen auf.)

FELDMARSCHALL. Der Prinz von Homburg –
DER KURFÜRST *(erhebt sich gleichfalls).* – Ist Ramin bereit?
DER HEIDUCK. Er harrt zu Pferd schon unten am Portal.

(Die Herrschaften nehmen Abschied von einander.)

GRAF TRUCHSS *(schreibt).* Der hinter ihrem rechten Flügel liegt.
FELDMARSCHALL. Der Prinz von Homburg –
Wo ist der Prinz von Homburg?

GRAF VON HOHENZOLLERN *(heimlich).*
Arthur!

DER PRINZ VON HOMBURG *(fährt zusammen).*
Hier!

HOHENZOLLERN. Bist du bei Sinnen?

DER PRINZ VON HOMBURG. Was befiehlt mein Marschall?

(Er errötet, stellt sich mit Stift und Pergament und schreibt.)

FELDMARSCHALL. Dem die Durchlaucht des Fürsten wiederum
Die Führung ruhmvoll, wie bei Rathenow,
Der ganzen märkschen Reuterei vertraut –

(Er hält inne.)

Dem Obrist Kottwitz gleichwohl unbeschadet,
Der ihm mit seinem Rat zur Hand wird gehn –

(Halblaut zum Rittmeister Golz.)

Ist Kottwitz hier?

RITTMEISTER VON DER GOLZ.
Nein, mein General, du siehst,
Mich hat er abgeschickt, an seiner Statt,
Aus deinem Mund den Kriegsbefehl zu hören.

(Der Prinz sieht wieder nach den Damen herüber.)

FELDMARSCHALL *(fährt fort).*
Stellt, auf der Ebne sich, beim Dorfe Hackelwitz,
Des Feindes rechtem Flügel gegenüber,
Fern außer dem Kanonenschusse auf.

RITTMEISTER VON DER GOLZ *(schreibt).* Fern außer dem Kanonenschusse auf.

(Die Kurfürstin bindet der Prinzessin ein Tuch um den Hals. Die Prinzessin, indem sie sich die Handschuh anziehen will, sieht sich um, als ob sie etwas suchte.)

DER KURFÜRST *(tritt zu ihr).*
Mein Töchterchen, was fehlt dir –?

DIE KURFÜRSTIN. Suchst du etwas?

PRINZESSIN NATALIE. Ich weiß nicht, liebe Tante, meinen Handschuh –

(Sie sehen sich alle um.)

DER KURFÜRST *(zu den Hofdamen).*
Ihr Schönen! Wollt ihr gütig euch bemühn?

DIE KURFÜRSTIN *(zur Prinzessin).*
Du hältst ihn, Kind.

NATALIE. Den rechten; doch den linken?

DER KURFÜRST. Vielleicht daß er im Schlafgemach geblieben?

NATALIE. O liebe Bork!

DER KURFÜRST *(zu diesem Fräulein).*
Rasch, rasch!

NATALIE. Auf dem Kamin!

(Die Hofdame ab.)

DER PRINZ VON HOMBURG *(für sich).*
Herr meines Lebens! hab ich recht gehört?

(Er nimmt den Handschuh aus dem Kollett.)

FELDMARSCHALL *(sieht in ein Papier, das er in der Hand hält).*
Fern außer dem Kanonenschusse auf. –

(Er fährt fort.)

Des Prinzen Durchlaucht wird –
DER PRINZ VON HOMBURG. Den Handschuh sucht sie –

(Er sieht bald den Handschuh, bald die Prinzessin an.)

FELDMARSCHALL. Nach unsers Herrn ausdrücklichem Befehl –
RITTMEISTER VON DER GOLZ *(schreibt).*
Nach unsers Herrn ausdrücklichem Befehl –
FELDMARSCHALL. Wie immer auch die Schlacht sich wenden mag,
Vom Platz nicht, der ihm angewiesen, weichen –
DER PRINZ VON HOMBURG. – Rasch, daß ich jetzt erprüfe, ob ers ist!
(Er läßt, zugleich mit seinem Schnupftuch, den Handschuh fallen; das Schnupftuch hebt er wieder auf, den Handschuh läßt er so, daß ihn jedermann sehen kann, liegen.)

FELDMARSCHALL *(befremdet).*
Was macht des Prinzen Durchlaucht?
GRAF VON HOHENZOLLERN *(heimlich).* Arthur!
DER PRINZ VON HOMBURG. Hier!
HOHENZOLLERN. Ich glaub,
Du bist des Teufels?!
DER PRINZ VON HOMBURG.
Was befiehlt mein Marschall?
(Er nimmt wieder Stift und Tafel zur Hand. Der Feldmarschall sieht ihn einen Augenblick fragend an. – Pause.)

RITTMEISTER VON DER GOLZ *(nachdem er geschrieben).*
Vom Platz nicht, der ihm angewiesen, weichen –
FELDMARSCHALL *(fährt fort).*
Als bis, gedrängt von Hennings und von Truchß –
DER PRINZ VON HOMBURG *(zum Rittmeister Golz, heimlich, indem er in seine Schreibtafel sieht).* Wer? lieber Golz! Was? Ich?
RITTMEISTER VON DER GOLZ. Ihr, ja! Wer sonst?
DER PRINZ VON HOMBURG.
Vom Platz nicht soll ich –?
RITTMEISTER VON DER GOLZ. Freilich!

FELDMARSCHALL. Nun? habt Ihr?

DER PRINZ VON HOMBURG *(laut)*.
Vom Platz nicht, der mir angewiesen, weichen –

(Er schreibt.)

FELDMARSCHALL. Als bis, gedrängt von Hennings und von Truchß –

(Er hält inne.)

Des Feindes linker Flügel, aufgelöst,
Auf seinen rechten stürzt, und alle seine
Schlachthaufen wankend nach der Trift sich drängen,
In deren Sümpfen, oft durchkreuzt von Gräben,
Der Kriegsplan eben ist, ihn aufzureiben.

DER KURFÜRST. Ihr Pagen, leuchtet! – Euren Arm, ihr Lieben!

(Er bricht mit der Kurfürstin und der Prinzessin auf.)

FELDMARSCHALL. Dann wird er die Fanfare blasen lassen.

DIE KURFÜRSTIN *(da einige Offiziere sie komplimentieren)*.
Auf Wiedersehn, ihr Herrn! Laßt uns nicht stören.

(Der Feldmarschall komplimentiert sie auch.)

DER KURFÜRST *(steht plötzlich still)*.
Sieh da! Des Fräuleins Handschuh! Rasch! Dort liegt er!

EIN HOFKAVALIER. Wo?

DER KURFÜRST. Zu des Prinzen, unsers Vetters, Füßen!

DER PRINZ VON HOMBURG *(ritterlich)*. Zu meinen –? Was! Ist das der Eurige?

(Er hebt ihn auf und bringt ihn der Prinzessin.)

NATALIE. Ich dank Euch, edler Prinz.

DER PRINZ VON HOMBURG *(verwirrt)*. Ist das der Eure?

NATALIE. Der meinige; der, welchen ich vermißt.

(Sie empfängt ihn und zieht ihn an.)

DIE KURFÜRSTIN *(zu dem Prinzen im Abgehen)*.
Lebt wohl! Lebt wohl! Viel Glück und Heil und Segen!
Macht, daß wir bald und froh uns wieder sehn!

(Der Kurfürst mit den Frauen ab. Hofdamen, Kavaliere und Pagen folgen.)

DER PRINZ VON HOMBURG *(steht, einen Augenblick, wie vom Blitz getroffen da; dann wendet er sich mit triumphierenden Schritten wieder in den Kreis der Offiziere zurück)*. Dann wird er die Fanfare blasen lassen!

(Er tut, als ob er schriebe.)

FELDMARSCHALL *(sieht in sein Papier)*.
Dann wird er die Fanfare blasen lassen. –
Doch wird des Fürsten Durchlaucht ihm, damit,
Durch Mißverstand, der Schlag zu früh nicht falle –

(Er hält inne.)

RITTMEISTER VON DER GOLZ *(schreibt)*.
Durch Mißverstand, der Schlag zu früh nicht falle –
DER PRINZ VON HOMBURG *(zum Grafen Hohenzollern, heimlich, in großer Bewegung)*. O Heinrich!
HOHENZOLLERN *(unwillig)*. Nun! Was gibts? Was hast du vor?
DER PRINZ VON HOMBURG.
Was! Sahst du nichts?
HOHENZOLLERN. Nein, nichts! Sei still, zum Henker!
FELDMARSCHALL *(fährt fort)*. Ihm einen Offizier, aus seiner Suite, senden,
Der den Befehl, das merkt, ausdrücklich noch
Zum Angriff auf den Feind ihm überbringe.
Eh wird er nicht Fanfare blasen lassen.

(Der Prinz steht und träumt vor sich nieder.)

– Habt Ihr?
RITTMEISTER VON DER GOLZ *(schreibt)*.
Eh wird er nicht Fanfare blasen lassen.
FELDMARSCHALL *(mit erhöhter Stimme)*.
Des Prinzen Durchlaucht, habt Ihr?
DER PRINZ VON HOMBURG. Mein Feldmarschall?
FELDMARSCHALL. Ob Ihr geschrieben habt?
DER PRINZ VON HOMBURG. – Von der Fanfare?
HOHENZOLLERN *(heimlich, unwillig, nachdrücklich)*.
Fanfare! Sei verwünscht! Nicht eh, als bis der –
RITTMEISTER VON DER GOLZ *(ebenso)*.
Als bis er selbst –
DER PRINZ VON HOMBURG *(unterbricht sie)*.
Ja, allerdings! Eh nicht –
Doch dann wird er Fanfare blasen lassen.

(Er schreibt. – Pause.)

FELDMARSCHALL. Den Obrist Kottwitz, merkt das, Baron Golz,
Wünsch ich, wenn er es möglich machen kann,
Noch vor Beginn des Treffens selbst zu sprechen.
RITTMEISTER VON DER GOLZ *(mit Bedeutung)*.
Bestellen werd ich es. Verlaß dich drauf.

(Pause.)

DER KURFÜRST *(kommt zurück)*. Nun, meine General' und Obersten,
Der Morgenstrahl ergraut! – Habt ihr geschrieben?
FELDMARSCHALL. Es ist vollbracht, mein Fürst; dein Kriegsplan ist
An deine Feldherrn pünktlich ausgeteilt!
DER KURFÜRST *(indem er Hut und Handschuh nimmt)*.
Herr Prinz von Homburg, dir empfehl ich Ruhe!

Du hast am Ufer, weißt du, mir des Rheins
Zwei Siege jüngst verscherzt; regier dich wohl,
Und laß mich heut den dritten nicht entbehren,
Der mindres nicht, als Thron und Reich, mir gilt!
(Zu den Offizieren.)
Folgt mir! – He, Franz!

EIN REITKNECHT *(tritt auf)*.
Hier!

DER KURFÜRST. Rasch! Den Schimmel vor!
– Noch vor der Sonn im Schlachtfeld will ich sein!
(Ab; die Generale, Obersten und Offiziere folgen ihm.)

Sechster Auftritt

DER PRINZ VON HOMBURG *(in den Vordergrund tretend)*.
Nun denn, auf deiner Kugel, Ungeheures,
Du, der der Windeshauch den Schleier heut,
Gleich einem Segel lüftet, roll heran!
Du hast mir, Glück, die Locken schon gestreift:
Ein Pfand schon warfst du, im Vorüberschweben,
Aus deinem Füllhorn lächelnd mir herab:
Heut, Kind der Götter, such ich, flüchtiges,
Ich hasche dich im Feld der Schlacht und stürze
Ganz deinen Segen mir zu Füßen um:
Wärst du auch siebenfach, mit Eisenketten,
Am schwedschen Siegeswagen festgebunden! *(Ab.)*

ZWEITER AKT

Szene: Schlachtfeld bei Fehrbellin.

Erster Auftritt

Obrist Kottwitz, Graf Hohenzollern, Rittmeister von der Golz, und andere Offiziere, an der Spitze der Reuterei, treten auf.

OBRIST KOTTWITZ *(außerhalb der Szene)*.
Halt hier die Reuterei, und abgesessen!

HOHENZOLLERN UND GOLZ *(treten auf)*.
Halt! – Halt!

OBRIST KOTTWITZ.
Wer hilft vom Pferde mir, ihr Freunde?
HOHENZOLLERN UND GOLZ.
Hier, Alter, hier!
(Sie treten wieder zurück.)

OBRIST KOTTWITZ *(außerhalb)*.
Habt Dank! – Ouf! Daß die Pest mich!
– Ein edler Sohn, für euren Dienst, jedwedem,
Der euch, wenn ihr zerfallt, ein Gleiches tut!
(Er tritt auf; Hohenzollern, Golz und andere, hinter ihm.)
Ja, auf dem Roß fühl ich voll Jugend mich;
Doch sitz ich ab, da hebt ein Strauß sich an,
Als ob sich Leib und Seele kämpfend trennten!
(Er sieht sich um.)
Wo ist des Prinzen, unsers Führers, Durchlaucht?
HOHENZOLLERN. Der Prinz kehrt gleich zu dir zurück!
OBRIST KOTTWITZ. Wo ist er?
HOHENZOLLERN. Er ritt ins Dorf, das dir, versteckt in Büschen,
Zur Seite blieb. Er wird gleich wiederkommen.
EIN OFFIZIER. Zur Nachtzeit, hör ich, fiel er mit dem Pferd?
HOHENZOLLERN. Ich glaube, ja.
OBRIST KOTTWITZ. Er fiel?
HOHENZOLLERN *(wendet sich)*. Nichts von Bedeutung!
Sein Rappe scheute an der Mühle sich,
Jedoch, leichthin zur Seite niedergleitend,
Tat er auch nicht den mindsten Schaden sich.
Es ist den Odem keiner Sorge wert.
OBRIST KOTTWITZ *(auf einen Hügel tretend)*.
Ein schöner Tag, so wahr ich Leben atme!
Ein Tag von Gott, dem hohen Herrn der Welt,
Gemacht zu süßerm Ding als sich zu schlagen!
Die Sonne schimmert rötlich durch die Wolken,
Und die Gefühle flattern, mit der Lerche,
Zum heitern Duft des Himmels jubelnd auf! –
GOLZ. Hast du den Marschall Dörfling aufgefunden?
OBRIST KOTTWITZ *(kommt vorwärts)*.
Zum Henker, nein! Was denkt die Exzellenz?
Bin ich ein Pfeil, ein Vogel, ein Gedanke,
Daß er mich durch das ganze Schlachtfeld sprengt?
Ich war beim Vortrab, auf den Hackelhöhn,
Und in dem Hackelgrund, beim Hintertrab:
Doch wen ich nicht gefunden, war der Marschall!
Drauf meine Reuter sucht ich wieder auf.

GOLZ. Das wird sehr leid ihm tun. Es schien, er hatte
Dir von Belang noch etwas zu vertraun.
DER OFFIZIER. Da kommt des Prinzen, unsers Führers, Durchlaucht!

Zweiter Auftritt

Der Prinz von Homburg, mit einem schwarzen Band um die linke Hand. Die Vorigen.

OBRIST KOTTWITZ. Sei mir gegrüßt, mein junger edler Prinz!
Schau her, wie, während du im Dörfchen warst,
Die Reuter ich im Talweg aufgestellt:
Ich denk du wirst mit mir zufrieden sein!
DER PRINZ VON HOMBURG.
Guten Morgen, Kottwitz! – Guten Morgen, Freunde!
– Du weißt, ich lobe alles, was du tust.
HOHENZOLLERN. Was machtest, Arthur, in dem Dörfchen du?
– Du scheinst so ernst!
DER PRINZ VON HOMBURG.
Ich – war in der Kapelle,
Die aus des Dörfchens stillen Büschen blinkte.
Man läutete, da wir vorüberzogen,
Zur Andacht eben ein; da trieb michs an,
Am Altar auch mich betend hinzuwerfen.
OBRIST KOTTWITZ. Ein frommer junger Herr, das muß ich sagen!
Das Werk, glaubt mir, das mit Gebet beginnt,
Das wird mit Heil und Ruhm und Sieg sich krönen!
DER PRINZ VON HOMBURG. Was ich dir sagen wollte, Heinrich –
(Er führt den Grafen ein wenig vor.)
Was wars schon, was der Dörfling, mich betreffend,
Bei der Parol' hat gestern vorgebracht?
HOHENZOLLERN. – Du warst zerstreut. Ich hab es wohl gesehn.
DER PRINZ VON HOMBURG.
Zerstreut – geteilt; ich weiß nicht, was mir fehlte,
Diktieren in die Feder macht mich irr. –
HOHENZOLLERN. – Zum Glück nicht diesmal eben viel für dich.
Der Truchß und Hennings, die das Fußvolk führen,
Die sind zum Angriff auf den Feind bestimmt,
Und dir ist aufgegeben, hier zu halten
Im Tal schlagfertig mit der Reuterei,
Bis man zum Angriff den Befehl dir schickt.
DER PRINZ VON HOMBURG *(nach einer Pause, in der er vor sich niedergeträumt)*.
– Ein wunderlicher Vorfall!

HOHENZOLLERN. Welcher, Lieber?

(Er sieht ihn an. – Ein Kanonenschuß fällt.)

OBRIST KOTTWITZ. Holla, ihr Herrn, holla! Sitzt auf, sitzt auf!
Das ist der Hennings und die Schlacht beginnt!

(Sie besteigen sämtlich einen Hügel.)

DER PRINZ VON HOMBURG.
Wer ist es? Was?
HOHENZOLLERN. Der Obrist Hennings, Arthur,
Der sich in Wrangels Rücken hat geschlichen!
Komm nur, dort kannst du alles überschaun.
GOLZ *(auf dem Hügel)*. Seht, wie er furchtbar sich am Rhyn entfaltet!
DER PRINZ VON HOMBURG *(hält sich die Hand vors Auge)*.
– Der Hennings dort auf unserm rechten Flügel?
ERSTER OFFIZIER. Ja, mein erlauchter Prinz.
DER PRINZ VON HOMBURG. Was auch, zum Henker!
Der stand ja gestern auf des Heeres Linken.

(Kanonenschüsse in der Ferne.)

OBRIST KOTTWITZ. Blitzelement! Seht, aus zwölf Feuerschlünden
Wirkt jetzt der Wrangel auf den Hennings los!
ERSTER OFFIZIER. Das nenn ich Schanzen das, die schwedischen!
ZWEITER OFFIZIER. Bei Gott, getürmt bis an die Kirchsturmspitze,
Des Dorfs, das hinter ihrem Rücken liegt!

(Schüsse in der Nähe.)

GOLZ. Das ist der Truchß!
DER PRINZ VON HOMBURG. Der Truchß?
OBRIST KOTTWITZ. Der Truchß, er, ja;
Der Hennings jetzt von vorn zu Hülfe kommt.
DER PRINZ VON HOMBURG.
Wie kommt der Truchß heut in die Mitte?

(Heftige Kanonade.)

GOLZ. O Himmel, schaut, mich dünkt das Dorf fing Feuer!
DRITTER OFFIZIER. Es brennt, so wahr ich leb!
ERSTER OFFIZIER. Es brennt! Es brennt!
Die Flamme zuckt schon an dem Turm empor!
GOLZ. Hui! Wie die Schwedenboten fliegen rechts und links!
ZWEITER OFFIZIER. Sie brechen auf!
OBRIST KOTTWTZ. Wo?
ERSTER OFFIZIER. Auf dem rechten Flügel! –
DRITTER OFFIZIER. Freilich! In Zügen! Mit drei Regimentern!
Es scheint, den linken wollen sie verstärken.
ZWEITER OFFIZIER. Bei meiner Treu! Und Reuterei rückt vor,

Den Marsch des rechten Flügels zu bedecken!
HOHENZOLLERN *(lacht)*. Ha! Wie das Feld die wieder räumen wird,
Wenn sie versteckt uns hier im Tal erblickt!
(Musketenfeuer.)
KOTTWITZ. Schaut! Brüder, schaut!
ZWEITER OFFIZIER. Horcht!
ERSTER OFFIZIER. Feuer der Musketen!
DRITTER OFFIZIER. Jetzt sind sie bei den Schanzen aneinander! –
GOLZ. Bei Gott! Solch einen Donner des Geschützes
Hab ich zeit meines Lebens nicht gehört!
HOHENZOLLERN.
Schießt! Schießt! Und macht den Schoß der Erde bersten!
Der Riß soll eurer Leichen Grabmal sein.
(Pause. – Ein Siegsgeschrei in der Ferne.)
ERSTER OFFIZIER. Herr, du, dort oben, der den Sieg verleiht:
Der Wrangel kehrt den Rücken schon!
HOHENZOLLERN. Nein, sprich!
GOLZ. Beim Himmel, Freunde! Auf dem linken Flügel!
Er räumt mit seinem Feldgeschütz die Schanzen.
ALLE. Triumph! Triumph! Triumph! Der Sieg ist unser!
DER PRINZ VON HOMBURG *(steigt vom Hügel herab)*.
Auf, Kottwitz, folg mir!
OBRIST KOTTWITZ. Ruhig, ruhig, Kinder!
DER PRINZ VON HOMBURG.
Auf! Laß Fanfare blasen! Folge mir!
OBRIST KOTTWITZ. Ich sage, ruhig.
DER PRINZ VON HOMBURG *(wild)*. Himmel, Erd und Hölle!
OBRIST KOTTWITZ. Des Herrn Durchlaucht, bei der Parole gestern,
Befahl, daß wir auf Order warten sollen.
Golz, lies dem Herren die Parole vor.
DER PRINZ VON HOMBURG.
Auf Ord'r! Ei, Kottwitz! Reitest du so langsam?
Hast du sie noch vom Herzen nicht empfangen?
OBRIST KOTTWITZ. Order?
HOHENZOLLERN. Ich bitte dich!
OBRIST KOTTWITZ. Von meinem Herzen?
HOHENZOLLERN. Laß dir bedeuten, Arthur!
GOLZ. Hör mein Obrist!
OBRIST KOTTWITZ *(beleidigt)*.
Oho! Kömmst du mir so, mein junger Herr? –
Den Gaul, den du dahersprengst, schlepp ich noch
Im Notfall an dem Schwanz des meinen fort!

Marsch, marsch, ihr Herrn! Trompeter, die Fanfare!
Zum Kampf! Zum Kampf! Der Kottwitz ist dabei!

GOLZ *(zu Kottwitz)*. Nein nimmermehr, mein Obrist! Nimmermehr!

ZWEITER OFFIZIER. Der Hennings hat den Rhyn noch nicht erreicht!

ERSTER OFFIZIER. Nimm ihm den Degen ab!

DER PRINZ VON HOMBURG. Den Degen mir?

(Er stößt ihn zurück.)

Ei, du vorwitzger Knabe, der du noch
Nicht die Zehn märkischen Gebote kennst!
Hier ist der deinige, zusamt der Scheide!

(Er reißt ihm das Schwert samt dem Gürtel ab.)

ERSTER OFFIZIER *(taumelnd)*.
Mein Prinz, die Tat, bei Gott –!

DER PRINZ VON HOMBURG *(auf ihn einschreitend)*.
Den Mund noch öffnest –?

HOHENZOLLERN *(zu dem Offizier)*.
Schweig! Bist du rasend?

DER PRINZ VON HOMBURG *(indem er den Degen abgibt)*.
Ordonnanzen! –
Führt ihn gefangen ab, ins Hauptquartier.

(Zu Kottwitz und den übrigen Offizieren.)

Und jetzt ist die Parol', ihr Herrn: ein Schurke,
Wer seinem General zur Schlacht nicht folgt!
– Wer von euch bleibt?

OBRIST KOTTWITZ. Du hörst. Was eiferst du?

HOHENZOLLERN *(beilegend)*. Es war ein Rat nur, den man dir erteilt.

OBRIST KOTTWITZ. Auf deine Kappe nimms. Ich folge dir.

DER PRINZ VON HOMBURG *(beruhigt)*.
Ich nehms auf meine Kappe. Folgt mir, Brüder!

(Alle ab.)

Szene: Zimmer in einem Dorf.

Dritter Auftritt

Ein Hofkavalier, in Stiefeln und Sporen, tritt auf. – Ein Bauer und seine Frau sitzen an einem Tisch und arbeiten.

HOFKAVALIER. Glück auf, ihr wackern Leute! Habt ihr Platz,
In eurem Hause Gäste aufzunehmen?

DER BAUER. O ja! Von Herzen.

DIE FRAU. Darf man wissen, wen?
HOFKAVALIER. Die hohe Landesmutter! Keinen Schlechtern!
Am Dorftor brach die Achse ihres Wagens,
Und weil wir hören, daß der Sieg erfochten,
So braucht es weiter diese Reise nicht.
BEIDE *(stehen auf)*. Der Sieg erfochten? – Himmel!
HOFKAVALIER. Das wißt ihr nicht?
Das Heer der Schweden ist aufs Haupt geschlagen,
Wenn nicht für immer, doch auf Jahresfrist,
Die Mark vor ihrem Schwert und Feuer sicher!
– Doch seht! da kömmt die Landesfürstin schon.

Vierter Auftritt

Die Kurfürstin, bleich und verstört. Prinzessin Natalie und mehrere Hofdamen folgen. – Die Vorigen.

KURFÜRSTIN *(unter der Tür)*.
Bork! Winterfeld! Kommt: gebt mir euren Arm!
NATALIE *(zu ihr eilend)*. O meine Mutter!
DIE HOFDAMEN. Gott! Sie bleicht! Sie fällt!
(Sie unterstützen sie.)
KURFÜRSTIN. Führt mich auf einen Stuhl, ich will mich setzen.
– Tot, sagt er; tot?
NATALIE. O meine teure Mutter!
KURFÜRSTIN. Ich will den Unglücksboten selber sprechen.

Fünfter Auftritt

Rittmeister von Mörner tritt verwundet auf, von zwei Reutern geführt. – Die Vorigen.

KURFÜRSTIN. Was bringst du, Herold des Entsetzens, mir?
MÖRNER. Was diese Augen, leider, teure Frau,
Zu meinem ewgen Jammer, selbst gesehn.
KURFÜRSTIN. Wohlan! Erzähl!
MÖRNER. Der Kurfürst ist nicht mehr!
NATALIE. O Himmel!
Soll ein so ungeheurer Schlag uns treffen?
(Sie bedeckt sich das Gesicht.)
KURFÜRSTIN. Erstatte mir Bericht, wie er gesunken!

– Und wie der Blitzstrahl, der den Wandrer trifft,
Die Welt noch einmal purpurn ihm erleuchtet,
So laß dein Wort sein; Nacht, wenn du gesprochen,
Mög über meinem Haupt zusammenschlagen.

MÖRNER *(tritt, geführt von den beiden Reutern, vor ihr)*.
Der Prinz von Homburg war, sobald der Feind,
Gedrängt von Truchß, in seiner Stellung wankte,
Auf Wrangel in die Ebne vorgerückt;
Zwei Linien hatt er, mit der Reuterei,
Durchbrochen schon, und auf der Flucht vernichtet,
Als er auf eine Feldredoute stieß.
Hier schlug so mörderischer Eisenregen
Entgegen ihm, daß seine Reuterschar,
Wie eine Saat, sich knickend niederlegte:
Halt mußt er machen zwischen Busch und Hügeln,
Um sein zerstreutes Reuterkorps zu sammeln.

NATALIE *(zur Kurfürstin)*. Geliebte! Fasse dich!

KURFÜRSTIN. Laß, laß mich, Liebe!

MÖRNER. In diesem Augenblick, dem Staub entrückt,
Bemerken wir den Herrn, der, bei den Fahnen
Des Truchßschen Korps, dem Feind entgegenreitet;
Auf einem Schimmel herrlich saß er da,
Im Sonnenstrahl, die Bahn des Siegs erleuchtend.
Wir alle sammeln uns, bei diesem Anblick,
Auf eines Hügels Abhang, schwer besorgt,
Inmitten ihn des Feuers zu erblicken:
Als plötzlich jetzt der Kurfürst, Roß und Reuter,
In Staub vor unsern Augen niedersinkt;
Zwei Fahnenträger fielen über ihn,
Und deckten ihn mit ihren Fahnen zu.

NATALIE. O meine Mutter!

ERSTE HOFDAME. Himmel!

KURFÜRSTIN. Weiter! Weiter!

MÖRNER. Drauf faßt, bei diesem schreckenvollen Anblick,
Schmerz, unermeßlicher, des Prinzen Herz;
Dem Bären gleich, von Wut gespornt und Rache,
Bricht er mit uns auf die Verschanzung los:
Der Graben wird, der Erdwall, der sie deckt,
Im Anlauf überflogen, die Besatzung
Geworfen, auf das Feld zerstreut, vernichtet,
Kanonen, Fahnen, Pauken und Standarten,
Der Schweden ganzes Kriegsgepäck, erbeutet:
Und hätte nicht der Brückenkopf am Rhyn

Im Würgen uns gehemmt, so wäre keiner,
Der an dem Herd der Väter, sagen könnte:
Bei Fehrbellin sah ich den Helden fallen!

KURFÜRSTIN. Ein Sieg, zu teu'r erkauft! Ich mag ihn nicht.
Gebt mir den Preis, den er gekostet, wieder.

(Sie sinkt in Ohnmacht.)

ERSTE HOFDAME. Hilf, Gott im Himmel! Ihre Sinne schwinden.

(Natalie weint.)

Sechster Auftritt

Der Prinz von Homburg tritt auf. – Die Vorigen.

DER PRINZ VON HOMBURG. O meine teuerste Natalie!

(Er legt ihre Hand gerührt an sein Herz.)

NATALIE. So ist es wahr?

DER PRINZ VON HOMBURG. O! könnt ich sagen: nein!
Könnt ich mit Blut, aus diesem treuen Herzen,
Das seinige zurück ins Dasein rufen! –

NATALIE *(trocknet sich die Tränen)*.
Hat man denn schon die Leiche aufgefunden?

DER PRINZ VON HOMBURG.
Ach, mein Geschäft, bis diesen Augenblick,
War Rache nur an Wrangel; wie vermocht ich,
Solch einer Sorge mich bis jetzt zu weihn?
Doch eine Schar von Männern sandt ich aus,
Ihn, im Gefild des Todes, aufzusuchen:
Vor Nacht noch zweifelsohne trifft er ein.

NATALIE. Wer wird, in diesem schauderhaften Kampf,
Jetzt diese Schweden niederhalten? Wer
Vor dieser Welt von Feinden uns beschirmen,
Die uns sein Glück, die uns sein Ruhm erworben?

DER PRINZ VON HOMBURG *(nimmt ihre Hand)*.
Ich, Fräulein, übernehme eure Sache!
Ein Engel will ich, mit dem Flammenschwert,
An eures Throns verwaiste Stufen stehn!
Der Kurfürst wollte, eh das Jahr noch wechselt,
Befreit die Marken sehn; wohlan! ich will der
Vollstrecker solchen letzten Willens sein!

NATALIE. Mein lieber, teurer Vetter!

(Sie zieht ihre Hand zurück.)

DER PRINZ VON HOMBURG. O Natalie!

(Er hält einen Augenblick inne.)

Wie denkt Ihr über Eure Zukunft jetzt?
NATALIE. Ja, was soll ich, nach diesem Wetterschlag,
Der unter mir den Grund zerreißt, beginnen?
Mir ruht der Vater, mir die teure Mutter,
Im Grab zu Amsterdam; in Schutt und Asche
Liegt Dortrecht, meines Hauses Erbe, da;
Gedrängt von Spaniens Tyrannenheeren,
Weiß Moritz kaum, mein Vetter von Oranien,
Wo er die eignen Kinder retten soll:
Und jetzt sinkt mir die letzte Stütze nieder,
Die meines Glückes Rebe aufrecht hielt.
Ich ward zum zweitenmale heut verwaist.
DER PRINZ VON HOMBURG *(schlägt einen Arm um ihren Leib).*
O meine Freundin! Wäre diese Stunde
Der Trauer nicht geweiht, so wollt ich sagen:
Schlingt Eure Zweige hier um diese Brust,
Um sie, die schon seit Jahren, einsam blühend,
Nach eurer Glocken holden Duft sich sehnt!
NATALIE. Mein lieber, guter Vetter!
DER PRINZ VON HOMBURG. – Wollt Ihr? Wollt Ihr?
NATALIE. – Wenn ich ins innre Mark ihr wachsen darf?

(Sie legt sich an seine Brust.)

DER PRINZ VON HOMBURG. Wie? Was war das?
NATALIE. Hinweg!
DER PRINZ VON HOMBURG *(hält sie).* In ihren Kern!
In ihres Herzens Kern, Natalie!

(Er küßt sie; sie reißt sich los.)

O Gott, wär er jetzt da, den wir beweinen,
Um diesen Bund zu schauen! Könnten wir
Zu ihm aufstammeln: Vater, segne uns!

(Er bedeckt sein Gesicht mit seinen Händen; Natalie wendet sich wieder zur Kurfürstin zurück.)

Siebenter Auftritt

Ein Wachtmeister tritt eilig auf. – Die Vorigen.

WACHTMEISTER. Mein Prinz, kaum wag ich, beim lebendgen Gott,
Welch ein Gerücht sich ausstreut, Euch zu melden!
– Der Kurfürst lebt!

DER PRINZ VON HOMBURG.
Er lebt!
WACHTMEISTER. Beim hohen Himmel!
Graf Sparren bringt die Nachricht eben her.
NATALIE. Herr meines Lebens! Mutter; hörtest dus?

(Sie stürzt vor der Kurfürstin nieder und umfaßt ihren Leib.)

DER PRINZ VON HOMBURG.
Nein, sag –! Wer bringt mir –?
WACHTMEISTER. Graf Georg von Sparren,
Der ihn in Hackelwitz beim Truchßschen Korps,
Mit eignem Aug, gesund und wohl, gesehn!
DER PRINZ VON HOMBURG.
Geschwind! Lauf, Alter! Bring ihn mir herein!

(Wachtmeister ab.)

Achter Auftritt

Graf Georg von Sparren und der Wachtmeister treten auf. – Die Vorigen.

KURFÜRSTIN. O stürzt mich zweimal nicht zum Abgrund nieder!
NATALIE. Nein, meine teure Mutter!
KURFÜRSTIN. Friedrich lebt?
NATALIE *(hält sie mit beiden Händen aufrecht)*.
Des Daseins Gipfel nimmt Euch wieder auf!
WACHTMEISTER *(auftretend)*. Hier ist der Offizier!
DER PRINZ VON HOMBURG. Herr Graf von Sparren!
Des Herrn Durchlaucht habt Ihr frisch und wohlauf,
Beim Truchßschen Korps, in Hackelwitz, gesehn?
GRAF SPARREN. Ja, mein erlauchter Prinz, im Hof des Pfarrers,
Wo er Befehle gab, vom Stab umringt,
Die Toten beider Heere zu begraben!
DIE HOFDAMEN. O Gott! An deine Brust –

(Sie umarmen sich.)

KURFÜRSTIN. O meine Tochter!
NATALIE. Nein, diese Seligkeit ist fast zu groß!

(Sie drückt ihr Gesicht in der Tante Schoß.)

DER PRINZ VON HOMBURG. Sah ich von fern, an meiner Reuter Spitze,
Ihn nicht, zerschmettert von Kanonenkugeln,
In Staub, samt seinem Schimmel, niederstürzen?
GRAF SPARREN. Der Schimmel, allerdings, stürzt', samt dem Reuter,
Doch wer ihn ritt, mein Prinz, war nicht der Herr.

DER PRINZ VON HOMBURG.
Nicht? Nicht der Herr?
NATALIE. O Jubel!

(Sie steht auf und stellt sich an die Seite der Kurfürstin.)

DER PRINZ VON HOMBURG. Sprich! Erzähle!
Dein Wort fällt schwer wie Gold in meine Brust!
GRAF SPARREN. O laßt die rührendste Begebenheit,
Die je ein Ohr vernommen, Euch berichten!
Der Landesherr, der, jeder Warnung taub,
Den Schimmel wieder ritt, den strahlendweißen,
Den Froben jüngst in England ihm erstand,
War wieder, wie bis heut noch stets geschah,
Das Ziel der feindlichen Kanonenkugeln.
Kaum konnte, wer zu seinem Troß gehörte,
Auf einen Kreis von hundert Schritt ihm nahn;
Granaten wälzten, Kugeln und Kartätschen,
Sich wie ein breiter Todesstrom daher,
Und alles, was da lebte, wich ans Ufer:
Nur er, der kühne Schwimmer, wankte nicht,
Und, stets den Freunden winkend, rudert' er
Getrost den Höhn zu, wo die Quelle sprang.
DER PRINZ VON HOMBURG.
Beim Himmel, ja! Ein Grausen wars, zu sehn.
GRAF SPARREN. Stallmeister Froben, der, beim Troß der Suite,
Zunächst ihm folgt, ruft dieses Wort mir zu:
»Verwünscht sei heut mir dieses Schimmels Glanz
Mit schwerem Gold in London jüngst erkauft!
Wollt ich doch funfzig Stück Dukaten geben,
Könnt ich ihn mit dem Grau der Mäuse decken.«
Er naht, voll heißer Sorge, ihm und spricht:
»Hoheit, dein Pferd ist scheu, du mußt verstatten,
Daß ichs noch einmal in die Schule nehme!«
Mit diesem Wort entsitzt er seinem Fuchs,
Und fällt dem Tier des Herren in den Zaum.
Der Herr steigt ab, still lächelnd, und versetzt:
»Die Kunst, die du ihn, Alter, lehren willst,
Wird er, solang es Tag ist, schwerlich lernen.
Nimm, bitt ich, fern ihn, hinter jenen Hügeln,
Wo seines Fehls der Feind nicht achtet, vor.«
Dem Fuchs drauf sitzt er auf, den Froben reitet,
Und kehrt zurück, wohin sein Amt ihn ruft.
Doch Froben hat den Schimmel kaum bestiegen,

So reißt, entsendet aus der Feldredoute,
Ihn schon ein Mordblei, Roß und Reuter, nieder.
In Staub sinkt er, ein Opfer seiner Treue,
Und keinen Laut vernahm man mehr von ihm.

(Kurze Pause.)

DER PRINZ VON HOMBURG. Er ist bezahlt! – Wenn ich zehn Leben hätte,
Könnt ich sie besser brauchen nicht, als so!

NATALIE. Der wackre Froben!

KURFÜRSTIN. Der Vortreffliche!

NATALIE. Ein Schlechtrer wäre noch der Tränen wert!

(Sie weinen.)

DER PRINZ VON HOMBURG. Genug! Zur Sache jetzt. Wo ist der Kurfürst?
Nahm er in Hackelwitz sein Hauptquartier?

GRAF SPARREN. Vergib! der Herr ist nach Berlin gegangen,
Und die gesamte Generalität
Ist aufgefordert, ihm dahin zu folgen.

DER PRINZ VON HOMBURG. Wie? Nach Berlin? – Ist denn der Feldzug aus?

GRAF SPARREN. Fürwahr, ich staune, daß dir alles fremd! –
Graf Horn, der schwedsche General, traf ein;
Es ist im Lager, gleich nach seiner Ankunft,
Ein Waffenstillstand ausgerufen worden.
Wenn ich den Marschall Dörfling recht verstanden,
Ward eine Unterhandlung angeknüpft:
Leicht, daß der Frieden selbst erfolgen kann.

KURFÜRSTIN. O Gott, wie herrlich klärt sich alles auf!

(Sie steht auf.)

DER PRINZ VON HOMBURG. Kommt, laßt sogleich uns nach Berlin ihm folgen!
– Räumst du, zu rascherer Beförderung, wohl
Mir einen Platz in deinem Wagen ein?
– Zwei Zeilen nur an Kottwitz schreib ich noch,
Und steige augenblicklich mit dir ein.

(Er setzt sich nieder und schreibt.)

KURFÜRSTIN. Von ganzem Herzen gern!

DER PRINZ VON HOMBURG *(legt den Brief zusammen und übergibt ihn dem Wachtmeister; indem er sich wieder zur Kurfürstin wendet, und den Arm sanft um Nataliens Leib legt).* Ich habe so
Dir einen Wunsch noch schüchtern zu vertraun,
Des ich mich auf der Reis entlasten will.

NATALIE *(macht sich von ihm los).*
Bork! Rasch! Mein Halstuch, bitt ich!

KURFÜRSTIN. Du? Einen Wunsch mir?

ERSTE HOFDAME. Ihr tragt das Tuch, Prinzessin, um den Hals!
DER PRINZ VON HOMBURG *(zur Kurfürstin).*
Was? Rätst du nichts?
KURFÜRSTIN. Nein, nichts!
DER PRINZ VON HOMBURG. Was? Keine Silbe? –
KURFÜRSTIN *(abbrechend).* Gleichviel! – Heut keinem Flehenden auf Erden
Antwort ich: nein! was es auch immer sei;
Und dir, du Sieger in der Schlacht, zuletzt!
– Hinweg!
DER PRINZ VON HOMBURG.
O Mutter! Welch ein Wort sprachst du?
Darf ichs mir deuten, wie es mir gefällt?
KURFÜRSTIN. Hinweg, sag ich! Im Wagen mehr davon!
DER PRINZ VON HOMBURG.
Kommt, gebt mir Euren Arm! – O Cäsar Divus!
Die Leiter setz ich an, an deinen Stern!
(Er führt die Damen ab; alle folgen.)

Szene: Berlin. Lustgarten vor dem alten Schloß. Im Hintergrunde die Schloßkirche, mit einer Treppe. Glockenklang; die Kirche ist stark erleuchtet; man sieht die Leiche Frobens vorübertragen, und auf einen prächtigen Katafalk, niedersetzen.

Neunter Auftritt

Der Kurfürst, Feldmarschall Dörfling, Obrist Hennings, Graf Truchß, und mehrere andere Obristen und Offiziere treten auf. Ihm gegenüber zeigen sich einige Offiziere mit Depeschen. – In der Kirche sowohl als auf dem Platz Volk jeden Alters und Geschlechts.

DER KURFÜRST. Wer immer auch die Reuterei geführt,
Am Tag der Schlacht, und, eh der Obrist Hennings
Des Feindes Brücken hat zerstören können,
Damit ist aufgebrochen, eigenmächtig,
Zur Flucht, bevor ich Order gab, ihn zwingend,
Der ist des Todes schuldig, das erklär ich,
Und vor ein Kriegsgericht bestell ich ihn.
– Der Prinz von Homburg hat sie nicht geführt?
GRAF TRUCHSS. Nein, mein erlauchter Herr!
DER KURFÜRST. Wer sagt mir das?
GRAF TRUCHSS. Das können Reuter dir bekräftigen,
Die mirs versichert, vor Beginn der Schlacht.
Der Prinz hat mit dem Pferd sich überschlagen,

Man hat verwundet schwer, an Haupt und Schenkeln,
In einer Kirche ihn verbinden sehn.
DER KURFÜRST. Gleichviel. Der Sieg ist glänzend dieses Tages,
Und vor dem Altar morgen dank ich Gott.
Doch wär er zehnmal größer, das entschuldigt
Den nicht, durch den der Zufall mir ihn schenkt:
Mehr Schlachten noch, als die, hab ich zu kämpfen,
Und will, daß dem Gesetz Gehorsam sei.
Wers immer war, der sie zur Schlacht geführt,
Ich wiederhols, hat seinen Kopf verwirkt,
Und vor ein Kriegsrecht hiemit lad ich ihn.
– Folgt, meine Freunde, in die Kirche mir!

Zehnter Auftritt

Der Prinz von Homburg, drei schwedsche Fahnen in der Hand, Obrist Kottwitz, mit deren zwei, Graf Hohenzollern, Rittmeister Golz, Graf Reuß, jeder mit einer Fahne, mehrere andere Offiziere, Korporale und Reuter, mit Fahnen, Pauken und Standarten, treten auf.

FELDMARSCHALL DÖRFLING *(so wie er den Prinzen erblickt).*
Der Prinz von Homburg! – Truchß! Was machtet Ihr?
DER KURFÜRST *(stutzt).*
Wo kommt Ihr her, Prinz?
DER PRINZ VON HOMBURG *(einige Schritte vorschreitend).*
Von Fehrbellin, mein Kurfürst,
Und bringe diese Siegstrophäen dir.
(Er legt die drei Fahnen vor ihm nieder; die Offiziere, Korporale und Reuter folgen, jeder mit der ihrigen.)
DER KURFÜRST *(betroffen).* Du bist verwundet, hör ich, und gefährlich?
– Graf Truchß!
DER PRINZ VON HOMBURG *(heiter).*
Vergib!
GRAF TRUCHSS. Beim Himmel, ich erstaune!
DER PRINZ VON HOMBURG.
Mein Goldfuchs fiel, vor Anbeginn der Schlacht;
Die Hand hier, die ein Feldarzt mir verband,
Verdient nicht, daß du sie verwundet taufst.
DER KURFÜRST. Mithin hast du die Reuterei geführt?
DER PRINZ VON HOMBURG *(sieht ihn an).*
Ich? Allerdings! Mußt du von mir dies hören?
– Hier legt ich den Beweis zu Füßen dir.

DER KURFÜRST. – Nehmt ihm den Degen ab. Er ist gefangen.
FELDMARSCHALL *(erschrocken)*.
Wem?
DER KURFÜRST *(tritt unter die Fahnen)*.
Kottwitz! Sei gegrüßt mir!
GRAF TRUCHSS *(für sich)*. O verflucht!
OBRIST KOTTWITZ. Bei Gott, ich bin aufs äußerste –!
DER KURFÜRST *(er sieht ihn an)*. Was sagst du? –
Schau, welche Saat für unsern Ruhm gemäht!
– Die Fahn ist von der schwedschen Leibwacht! Nicht?

(Er nimmt eine Fahne auf, entwickelt und betrachtet sie.)

OBRIST KOTTWITZ. Mein Kurfürst?
FELDMARSCHALL. Mein Gebieter?
DER KURFÜRST. Allerdings!
Und zwar aus König Gustav Adolfs Zeiten!
– Wie heißt die Inschrift?
OBRIST KOTTWITZ. Ich glaube –
FELDMARSCHALL. Per aspera ad astra.
DER KURFÜRST. Das hat sie nicht bei Fehrbellin gehalten. –

(Pause.)

OBRIST KOTTWITZ *(schüchtern)*.
Mein Fürst, vergönn ein Wort mir –!
DER KURFÜRST. Was beliebt? –
Nehmt alles, Fahnen, Pauken und Standarten,
Und hängt sie an der Kirche Pfeiler auf;
Beim Siegsfest morgen denk ich sie zu brauchen!

(Der Kurfürst wendet sich zu den Kurieren, nimmt ihnen die Depeschen ab, erbricht, und liest sie.)

OBRIST KOTTWITZ *(für sich)*.
Das, beim lebendgen Gott, ist mir zu stark!

(Der Obrist nimmt, nach einigem Zaudern, seine zwei Fahnen auf; die übrigen Offiziere und Reuter folgen; zuletzt, da die drei Fahnen des Prinzen liegen bleiben, hebt Kottwitz auch diese auf, so daß er nun fünf trägt.)

EIN OFFIZIER *(tritt vor den Prinzen)*.
Prinz, Euren Degen, bitt ich.
HOHENZOLLERN *(mit seiner Fahne, ihm zur Seite tretend)*.
Ruhig, Freund!
DER PRINZ VON HOMBURG.
Träum ich? Wach ich? Leb ich? Bin ich bei Sinnen?
GOLZ. Prinz, gib den Degen, rat ich, hin und schweig!
DER PRINZ VON HOMBURG. Ich, ein Gefangener?

HOHENZOLLERN. So ists!

GOLZ. Ihr hörts!

DER PRINZ VON HOMBURG. Darf man die Ursach wissen?

HOHENZOLLERN *(mit Nachdruck)*. Jetzo nicht!
– Du hast zu zeitig, wie wir gleich gesagt,
Dich in die Schlacht gedrängt; die Order war,
Nicht von dem Platz zu weichen, ungerufen!

DER PRINZ VON HOMBURG.
Helft Freunde, helft! Ich bin verrückt.

GOLZ *(unterbrechend)*. Still! Still!

DER PRINZ VON HOMBURG.
Sind denn die Märkischen geschlagen worden?

HOHENZOLLERN *(stampft mit dem Fuß auf die Erde)*.
Gleichviel! – Der Satzung soll Gehorsam sein.

DER PRINZ VON HOMBURG *(mit Bitterkeit)*.
So – so, so, so!

HOHENZOLLERN *(entfernt sich von ihm)*.
Es wird den Hals nicht kosten.

GOLZ *(ebenso)*. Vielleicht, daß du schon morgen wieder los.

(Der Kurfürst legt die Briefe zusammen, und kehrt sich wieder in den Kreis der Offiziere zurück.)

DER PRINZ VON HOMBURG *(nachdem er sich den Degen abgeschnallt)*.
Mein Vetter Friedrich will den Brutus spielen,
Und sieht, mit Kreid auf Leinewand verzeichnet,
Sich schon auf dem kurulschen Stuhle sitzen:
Die schwedschen Fahnen in dem Vordergrund,
Und auf dem Tisch die märkschen Kriegsartikel.
Bei Gott, in mir nicht findet er den Sohn,
Der, unterm Beil des Henkers, ihn bewundre.
Ein deutsches Herz, von altem Schrot und Korn,
Bin ich gewohnt an Edelmut und Liebe,
Und wenn er mir, in diesem Augenblick,
Wie die Antike starr entgegenkömmt,
Tut er mir leid, und ich muß ihn bedauren!

(Er gibt den Degen an den Offizier und geht ab.)

DER KURFÜRST. Bringt ihn nach Fehrbellin, ins Hauptquartier,
Und dort bestellt das Kriegsrecht, das ihn richte.

(Ab in die Kirche. Die Fahnen folgen ihm, und werden, während er mit seinem Gefolge an dem Sarge Frobens niederkniet und betet, an den Pfeilern derselben aufgehängt. Trauermusik.)

DRITTER AKT

Szene: Fehrbellin. Ein Gefängnis.

Erster Auftritt

Der Prinz von Homburg. – Im Hintergrunde zwei Reuter, als Wache. – Der Graf von Hohenzollern tritt auf.

DER PRINZ VON HOMBURG.
Sieh da! Freund Heinrich! Sei willkommen mir!
Nun, des Arrestes bin ich wieder los?

HOHENZOLLERN *(erstaunt)*.
Gott sei Lob, in der Höh!

DER PRINZ VON HOMBURG. Was sagst du?

HOHENZOLLERN. Los?
Hat er den Degen dir zurück geschickt?

DER PRINZ VON HOMBURG.
Mir? Nein.

HOHENZOLLERN. Nicht?

DER PRINZ VON HOMBURG. Nein!

HOHENZOLLERN. – Woher denn also los?

DER PRINZ VON HOMBURG *(nach einer Pause)*.
Ich glaubte, du, du bringst es mir. – Gleichviel!

HOHENZOLLERN. – Ich weiß von nichts.

DER PRINZ VON HOMBURG. Gleichviel, du hörst; gleichviel!
So schickt er einen andern, der mirs melde.

(Er wendet sich und holt Stühle.)

Setz dich! – Nun, sag mir an, was gibt es Neues?
– Der Kurfürst kehrte von Berlin zurück?

HOHENZOLLERN *(zerstreut)*.
Ja. Gestern abend.

DER PRINZ VON HOMBURG.
Ward beschloßnermaßen,
Das Siegsfest dort gefeiert? – – Allerdings!
– Der Kurfürst war zugegen in der Kirche?

HOHENZOLLERN. Er und die Fürstin und Natalie. –
Die Kirche war, auf würdge Art, erleuchtet;
Battrieen ließen sich, vom Schloßplatz her,
Mit ernster Pracht bei dem Tedeum hören.
Die schwedschen Fahnen wehten und Standarten,
Trophäenartig, von den Pfeilern nieder,
Und auf des Herrn ausdrücklichem Befehl,

Ward deines, als des Siegers Namen –
Erwähnung von der Kanzel her getan.

DER PRINZ VON HOMBURG.
Das hört ich! – – Nun, was gibt es sonst; was bringst du?
– Dein Antlitz, dünkt mich, sieht nicht heiter, Freund!

HOHENZOLLERN. – Sprachst du schon wen?

DER PRINZ VON HOMBURG. Golz, eben, auf dem Schlosse,
Wo ich, du weißt es, im Verhöre war.

(Pause.)

HOHENZOLLERN *(sieht ihn bedenklich an)*.
Was denkst du, Arthur, denn von deiner Lage,
Seit sie so seltsam sich verändert hat?

DER PRINZ VON HOMBURG.
Ich? Nun, was du und Golz – die Richter selbst!
Der Kurfürst hat getan, was Pflicht erheischte,
Und nun wird er dem Herzen auch gehorchen.
Gefehlt hast du, so wird er ernst mir sagen,
Vielleicht ein Wort von Tod und Festung sprechen:
Ich aber schenke dir die Freiheit wieder –
Und um das Schwert, das ihm den Sieg errang,
Schlingt sich vielleicht ein Schmuck der Gnade noch;
– Wenn der nicht, gut; denn den verdient ich nicht!

HOHENZOLLERN. O Arthur!

(Er hält inne.)

DER PRINZ VON HOMBURG. Nun?

HOHENZOLLERN. – Des bist du so gewiß?

DER PRINZ VON HOMBURG.
Ich denks mir so! Ich bin ihm wert, das weiß ich,
Wert wie ein Sohn; das hat seit früher Kindheit,
Sein Herz in tausend Proben mir bewiesen.
Was für ein Zweifel ists, der dich bewegt?
Schien er am Wachstum meines jungen Ruhms
Nicht mehr fast, als ich selbst, sich zu erfreun?
Bin ich nicht alles, was ich bin, durch ihn?
Und er, er sollte lieblos jetzt die Pflanze,
Die er selbst zog, bloß, weil sie sich ein wenig
Zu rasch und üppig in die Blume warf,
Mißgünstig in den Staub daniedertreten?
Das glaubt ich seinem schlimmsten Feinde nicht,
Vielwen'ger dir, der du ihn kennst und liebst.

HOHENZOLLERN *(bedeutend)*.
Du standst dem Kriegsrecht, Arthur, im Verhör,

Und bist des Glaubens noch?
DER PRINZ VON HOMBURG. Weil ich ihm stand! –
Bei dem lebendgen Gott, so weit geht keiner,
Der nicht gesonnen wäre, zu begnadgen!
Dort eben, vor der Schranke des Gerichts,
Dort wars, wo mein Vertraun sich wiederfand.
Wars denn ein todeswürdiges Verbrechen,
Zwei Augenblicke früher, als befohlen,
Die schwedsche Macht in Staub gelegt zu haben?
Und welch ein Frevel sonst drückt meine Brust?
Wie könnt er doch vor diesen Tisch mich laden,
Von Richtern, herzlos, die den Eulen gleich,
Stets von der Kugel mir das Grablied singen,
Dächt er, mit einem heitern Herrscherspruch,
Nicht, als ein Gott in ihren Kreis zu treten?
Nein, Freund, er sammelt diese Nacht von Wolken
Nur um mein Haupt, um wie die Sonne mir,
Durch ihren Dunstkreis strahlend aufzugehn:
Und diese Lust, fürwahr, kann ich ihm gönnen!
HOHENZOLLERN. Das Kriegsrecht gleichwohl, sagt man, hat gesprochen?
DER PRINZ VON HOMBURG. Ich höre, ja; auf Tod.
HOHENZOLLERN *(erstaunt)*. Du weißt es schon?
DER PRINZ VON HOMBURG.
Golz, der dem Spruch des Kriegsrechts beigewohnt,
Hat mir gemeldet, wie er ausgefallen.
HOHENZOLLERN. Nun denn, bei Gott! – Der Umstand rührt dich nicht?
DER PRINZ VON HOMBURG. Mich? Nicht im mindesten.
HOHENZOLLERN. Du Rasender!
Und worauf stützt sich deine Sicherheit?
DER PRINZ VON HOMBURG. Auf mein Gefühl von ihm!
(Er steht auf.)
Ich bitte, laß mich!
Was soll ich mich mit falschen Zweifeln quälen?
(Er besinnt sich und läßt sich wieder nieder. – Pause.)
Das Kriegsrecht mußte auf den Tod erkennen;
So lautet das Gesetz, nach dem es richtet.
Doch eh er solch ein Urteil läßt vollstrecken,
Eh er dies Herz hier, das getreu ihn liebt,
Auf eines Tuches Wink, der Kugel preis gibt,
Eh sieh, eh öffnet er die eigne Brust sich,
Und sprützt sein Blut selbst tropfenweis in Staub.
HOHENZOLLERN. Nun, Arthur, ich versichre dich –

DER PRINZ VON HOMBURG *(unwillig)*. O Lieber!

HOHENZOLLERN.
Der Marschall –

DER PRINZ VON HOMBURG *(ebenso)*.
Laß mich, Freund!

HOHENZOLLERN. Zwei Worte hör noch!
Wenn die dir auch nichts gelten, schweig ich still.

DER PRINZ VON HOMBURG *(wendet sich wieder zu ihm)*.
Du hörst, ich weiß von allem. – Nun? Was ists?

HOHENZOLLERN. Der Marschall hat, höchst seltsam ists, soeben
Das Todesurteil im Schloß ihm überreicht;
Und er, statt wie das Urteil frei ihm stellt,
Dich zu begnadigen, er hat befohlen,
Daß es zur Unterschrift ihm kommen soll.

DER PRINZ VON HOMBURG.
Gleichviel. Du hörst.

HOHENZOLLERN. Gleichviel?

DER PRINZ VON HOMBURG. Zur Unterschrift?

HOHENZOLLERN. Bei meiner Ehr! Ich kann es dir versichern.

DER PRINZ VON HOMBURG.
Das Urteil? – Nein! die Schrift –?

HOHENZOLLERN. Das Todesurteil.

DER PRINZ VON HOMBURG.
– Wer hat dir das gesagt?

HOHENZOLLERN. Er selbst, der Marschall!

DER PRINZ VON HOMBURG.
Wann?

HOHENZOLLERN.
Eben jetzt.

DER PRINZ VON HOMBURG.
Als er vom Herrn zurück kam?

HOHENZOLLERN. Als er vom Herrn die Treppe niederstieg! –
Er fügt' hinzu, da er bestürzt mich sah,
Verloren sei noch nichts, und morgen sei
Auch noch ein Tag, dich zu begnadigen;
Doch seine bleiche Lippe widerlegte
Ihr eignes Wort, und sprach: ich fürchte, nein!

DER PRINZ VON HOMBURG *(steht auf)*. Er könnte – nein! so ungeheuere
Entschließungen in seinem Busen wälzen?
Um eines Fehls, der Brille kaum bemerkbar,
In dem Demanten, den er jüngst empfing,
In Staub den Geber treten? Eine Tat,
Die weiß den Dei von Algier brennt, mit Flügeln,

Nach Art der Cherubinen, silberglänzig,
Den Sardanapel ziert, und die gesamte
Altrömische Tyrannenreihe, schuldlos,
Wie Kinder, die am Mutterbusen sterben,
Auf Gottes rechter Seit hinüberwirft?

HOHENZOLLERN *(der gleichfalls aufgestanden).*
Du mußt, mein Freund, dich davon überzeugen.

DER PRINZ VON HOMBURG.
Und der Feldmarschall schwieg und sagte nichts?

HOHENZOLLERN. Was sollt er sagen?

DER PRINZ VON HOMBURG. O Himmel! Meine Hoffnung!

HOHENZOLLERN. Hast du vielleicht je einen Schritt getan,
Seis wissentlich, seis unbewußt,
Der seinem stolzen Geist zu nah getreten?

DER PRINZ VON HOMBURG. Niemals!

HOHENZOLLERN. Besinne dich!

DER PRINZ VON HOMBURG. Niemals, beim Himmel!
Mir war der Schatten seines Hauptes heilig.

HOHENZOLLERN. Arthur, sei mir nicht böse, wenn ich zweifle.
Graf Horn traf, der Gesandte Schwedens, ein,
Und sein Geschäft geht, wie man mir versichert,
An die Prinzessin von Oranien.
Ein Wort, das die Kurfürstin Tante sprach,
Hat aufs empfindlichste den Herrn getroffen;
Man sagt, das Fräulein habe schon gewählt.
Bist du auf keine Weise hier im Spiele?

DER PRINZ VON HOMBURG. O Gott! Was sagst du mir?

HOHENZOLLERN. Bist dus? Bist dus?

DER PRINZ VON HOMBURG. Ich bins, mein Freund; jetzt ist mir alles klar;
Es stürzt der Antrag ins Verderben mich:
An ihrer Weigrung, wisse, bin ich schuld,
Weil mir sich die Prinzessin anverlobt!

HOHENZOLLERN. Du unbesonnener Tor! Was machtest du?
Wie oft hat dich mein treuer Mund gewarnt?

DER PRINZ VON HOMBURG. O Freund! Hilf, rette mich! Ich bin verloren.

HOHENZOLLERN. Ja, welch ein Ausweg führt aus dieser Not?
Willst du vielleicht die Fürstin Tante sprechen?

DER PRINZ VON HOMBURG *(wendet sich).*
– He, Wache!

REUTER *(im Hintergrunde).*
Hier!

DER PRINZ VON HOMBURG.
Ruft euren Offizier! –

(Er nimmt eilig einen Mantel um von der Wand, und setzt einen Federhut auf, der auf dem Tisch liegt.)

HOHENZOLLERN *(indem er ihm behülflich ist).*
Der Schritt kann, klug gewandt, dir Rettung bringen.
– Denn kann der Kurfürst nur mit König Karl,
Um den bewußten Preis, den Frieden schließen,
So sollst du sehn, sein Herz versöhnt sich dir,
Und gleich, in wenig Stunden, bist du frei.

Zweiter Auftritt

Der Offizier tritt auf. – Die Vorigen.

DER PRINZ VON HOMBURG *(zu dem Offizier).*
Stranz, übergeben bin ich deiner Wache!
Erlaub, in einem dringenden Geschäft,
Daß ich auf eine Stunde mich entferne.
DER OFFIZIER. Mein Prinz, mir übergeben bist du nicht.
Die Order, die man mir erteilt hat, lautet,
Dich gehn zu lassen frei, wohin du willst.
DER PRINZ VON HOMBURG. Seltsam! – So bin ich kein Gefangener?
DER OFFIZIER. Vergib! – Dein Wort ist eine Fessel auch.
HOHENZOLLERN *(bricht auf).*
Auch gut! Gleichviel! –
DER PRINZ VON HOMBURG.
Wohlan! So leb denn wohl!
HOHENZOLLERN. Die Fessel folgt dem Prinzen auf dem Fuße!
DER PRINZ VON HOMBURG. Ich geh aufs Schloß zu meiner Tante nur,
Und bin in zwei Minuten wieder hier.

(Alle ab.)

Szene: Zimmer der Kurfürstin.

Dritter Auftritt

Die Kurfürstin und Natalie treten auf.

DIE KURFÜRSTIN.
Komm, meine Tochter; komm! Dir schlägt die Stunde!
Graf Gustav Horn, der schwedische Gesandte,
Und die Gesellschaft, hat das Schloß verlassen;
Im Kabinett des Onkels seh ich Licht:

Komm, leg das Tuch dir um und schleich dich zu ihm,
Und sieh, ob du den Freund dir retten kannst.
(Sie wollen gehen.)

Vierter Auftritt

Eine Hofdame tritt auf. – Die Vorigen.

DIE HOFDAME. Prinz Homburg, gnädge Frau, ist vor der Türe!
– Kaum weiß ich wahrlich, ob ich recht gesehn?
KURFÜRSTIN *(betroffen)*. O Gott!
NATALIE. Er selbst?
KURFÜRSTIN. Hat er denn nicht Arrest?
DIE HOFDAME. Er steht in Federhut und Mantel draußen,
Und fleht, bestürzt und dringend um Gehör.
KURFÜRSTIN *(unwillig)*. Der Unbesonnene! Sein Wort zu brechen!
NATALIE. Wer weiß, was ihn bedrängt.
KURFÜRSTIN *(nach einigem Bedenken)*. – Laßt ihn herein!
(Sie selbst setzt sich auf einen Stuhl.)

Fünfter Auftritt

Der Prinz von Homburg tritt auf. – Die Vorigen.

DER PRINZ VON HOMBURG. O meine Mutter!
(Er läßt sich auf Knieen vor ihr nieder.)
KURFÜRSTIN. Prinz! Was wollt Ihr hier?
DER PRINZ VON HOMBURG. O laß mich deine Knie umfassen, Mutter!
KURFÜRSTIN *(mit unterdrückter Rührung)*.
Gefangen seid Ihr, Prinz, und kommt hieher!
Was häuft Ihr neue Schuld zu Euren alten?
DER PRINZ VON HOMBURG *(dringend)*.
Weißt du, was mir geschehn?
KURFÜRSTIN. Ich weiß um alles!
Was aber kann ich, Ärmste, für Euch tun?
DER PRINZ VON HOMBURG. O meine Mutter, also sprächst du nicht,
Wenn dich der Tod umschauerte, wie mich!
Du scheinst mit Himmelskräften, rettenden,
Du mir, das Fräulein, deine Fraun, begabt,
Mir alles rings umher, dem Troßknecht könnt ich,

Dem schlechtesten, der deiner Pferde pflegt,
Gehängt am Halse flehen: rette mich!
Nur ich allein, auf Gottes weiter Erde,
Bin hülflos, ein Verlaßner, und kann nichts!

KURFÜRSTIN. Du bist ganz außer dir! Was ist geschehn?

DER PRINZ VON HOMBURG. Ach! Auf dem Wege, der mich zu dir führte,
Sah ich das Grab, beim Schein der Fackeln, öffnen,
Das morgen mein Gebein empfangen soll.
Sieh, diese Augen, Tante, die dich anschaun,
Will man mit Nacht umschatten, diesen Busen
Mit mörderischen Kugeln mir durchbohren.
Bestellt sind auf dem Markte schon die Fenster,
Die auf das öde Schauspiel niedergehn,
Und der die Zukunft, auf des Lebens Gipfel,
Heut, wie ein Feenreich, noch überschaut,
Liegt in zwei engen Brettern duftend morgen,
Und ein Gestein sagt dir von ihm: er war!

(Die Prinzessin, welche bisher, auf die Schulter der Hofdame gelehnt, in der Ferne gestanden hat, läßt sich, bei diesen Worten, erschüttert an einen Tisch nieder und weint.)

KURFÜRSTIN. Mein Sohn! Wenns so des Himmels Wille ist,
Wirst du mit Mut dich und mit Fassung rüsten!

DER PRINZ VON HOMBURG. O Gottes Welt, o Mutter, ist so schön!
Laß mich nicht, fleh ich, eh die Stunde schlägt,
Zu jenen schwarzen Schatten niedersteigen!
Mag er doch sonst, wenn ich gefehlt, mich strafen,
Warum die Kugel eben muß es sein?
Mag er mich meiner Ämter doch entsetzen,
Mit Kassation, wenns das Gesetz so will,
Mich aus dem Heer entfernen: Gott des Himmels!
Seit ich mein Grab sah, will ich nichts, als leben,
Und frage nichts mehr, ob es rühmlich sei!

KURFÜRSTIN. Steh auf, mein Sohn; steh auf! Was sprichst du da?
Du bist zu sehr erschüttert. Fasse dich!

DER PRINZ VON HOMBURG. Nicht, Tante, ehr als bis du mir gelobt,
Mit einem Fußfall, der mein Dasein rette,
Flehnd seinem höchsten Angesicht zu nahn!
Dir übergab zu Homburg, als sie starb,
Die Hedwig mich, und sprach, die Jugendfreundin:
Sei ihm die Mutter, wenn ich nicht mehr bin.
Du beugtest tief gerührt, am Bette knieend,
Auf ihre Hand dich und erwidertest:
Er soll mir sein, als hätt ich ihn erzeugt.

Nun, jetzt erinnr' ich dich an solch ein Wort!
Geh hin, als hättst du mich erzeugt, und sprich:
Um Gnade fleh ich, Gnade! Laß ihn frei!
Ach, und komm mir zurück und sprich: du bists!

KURFÜRSTIN *(weint)*. Mein teurer Sohn! Es ist bereits geschehn!
Doch alles, was ich flehte, war umsonst!

DER PRINZ VON HOMBURG. Ich gebe jeden Anspruch auf an Glück.
Nataliens, das vergiß nicht, ihm zu melden,
Begehr ich gar nicht mehr, in meinem Busen
Ist alle Zärtlichkeit für sie verlöscht.
Frei ist sie, wie das Reh auf Heiden, wieder;
Mit Hand und Mund, als wär ich nie gewesen,
Verschenken kann sie sich, und wenns Karl Gustav,
Der Schweden König ist, so lob ich sie.
Ich will auf meine Güter gehn am Rhein,
Da will ich bauen, will ich niederreißen,
Daß mir der Schweiß herabtrieft, säen, ernten,
Als wärs für Weib und Kind, allein genießen,
Und, wenn ich erntete, von neuem säen,
Und in den Kreis herum das Leben jagen,
Bis es am Abend niedersinkt und stirbt.

KURFÜRSTIN. Wohlan! Kehr jetzt nur heim in dein Gefängnis,
Das ist die erste Fordrung meiner Gunst!

DER PRINZ VON HOMBURG *(steht auf und wendet sich zur Prinzessin)*.
Du armes Mädchen, weinst! Die Sonne leuchtet
Heut alle deine Hoffnungen zu Grab!
Entschieden hat dein erst Gefühl für mich,
Und deine Miene sagt mir, treu wie Gold,
Du wirst dich nimmer einem andern weihn.
Ja, was erschwing ich, Ärmster, das dich tröste?
Geh an den Main, rat ich, ins Stift der Jungfraun,
Zu deiner Base Thurn, such in den Bergen
Dir einen Knaben, blondgelockt wie ich,
Kauf ihn mit Gold und Silber dir, drück ihn
An deine Brust und lehr ihn: Mutter! stammeln,
Und wenn er größer ist, so unterweis ihn,
Wie man den Sterbenden die Augen schließt.
Das ist das ganze Glück, das vor dir liegt!

NATALIE *(mutig und erhebend, indem sie aufsteht und ihre Hand in die seinige legt)*.
Geh, junger Held, in deines Kerkers Haft,
Und auf dem Rückweg, schau noch einmal ruhig
Das Grab dir an, das dir geöffnet wird!
Es ist nichts finstrer und um nichts breiter,

Als es dir tausendmal die Schlacht gezeigt!
Inzwischen werd ich, in dem Tod dir treu,
Ein rettend Wort für dich dem Oheim wagen:
Vielleicht gelingt es mir, sein Herz zu rühren,
Und dich von allem Kummer zu befrein!

(Pause.)

DER PRINZ VON HOMBURG *(faltet, in ihrem Anschaun verloren, die Hände).*
Hättst du zwei Flügel, Jungfrau, an den Schultern,
Für einen Engel wahrlich hielt ich dich! –
O Gott, hört ich auch recht? Du für mich sprechen?
– Wo ruhte denn der Köcher dir der Rede,
Bis heute, liebes Kind, daß du willst wagen,
Den Herrn in solcher Sache anzugehn? –
– O Hoffnungslicht, das plötzlich mich erquickt!

NATALIE. Gott wird die Pfeile mir, die treffen, reichen! –
Doch wenn der Kurfürst des Gesetzes Spruch
Nicht ändern kann, nicht kann: wohlan! so wirst du
Dich tapfer ihm, der Tapfre, unterwerfen:
Und der im Leben tausendmal gesiegt,
Er wird auch noch im Tod zu siegen wissen!

KURFÜRSTIN. Hinweg! – Die Zeit verstreicht, die günstig ist!

DER PRINZ VON HOMBURG. Nun, alle Heilgen mögen dich beschirmen!
Leb wohl! Leb wohl! Und was du auch erringst,
Vergönne mir ein Zeichen vom Erfolg!

(Alle ab.)

VIERTER AKT

Szene: Zimmer des Kurfürsten.

Erster Auftritt

Der Kurfürst steht mit Papieren an einem, mit Lichtern besetzten Tisch. – Natalie tritt durch die mittlere Tür auf und läßt sich in einiger Entfernung, vor ihm nieder. (Pause.)

NATALIE *(knieend).* Mein edler Oheim, Friedrich von der Mark!

DER KURFÜRST *(legt die Papiere weg).*
Natalie!

(Er will sie erheben.)

NATALIE. Laß, laß!
DER KURFÜRST. Was willst du, Liebe?
NATALIE. Zu deiner Füße Staub, wies mir gebührt,
Für Vetter Homburg dich um Gnade flehn!
Ich will ihn nicht für mich erhalten wissen –
Mein Herz begehrt sein und gesteht es dir;
Ich will ihn nicht für mich erhalten wissen –
Mag er sich welchem Weib er will vermählen;
Ich will nur, daß er da sei, lieber Onkel,
Für sich, selbständig, frei und unabhängig,
Wie eine Blume, die mir wohlgefällt:
Dies fleh ich dich, mein höchster Herr und Freund,
Und weiß, solch Flehen wirst du mir erhören.
DER KURFÜRST *(erhebt sie)*.
Mein Töchterchen! Was für ein Wort entfiel dir?
– Weißt du, was Vetter Homburg jüngst verbrach?
NATALIE. O lieber Onkel!
DER KURFÜRST. Nun? Verbrach er nichts?
NATALIE. O dieser Fehltritt, blond mit blauen Augen,
Den, eh er noch gestammelt hat: ich bitte!
Verzeihung schon vom Boden heben sollte:
Den wirst du nicht mit Füßen von dir weisen!
Den drückst du um die Mutter schon ans Herz,
Die ihn gebar, und rufst: komm, weine nicht;
Du bist so wert mir, wie die Treue selbst!
Wars Eifer nicht, im Augenblick des Treffens,
Für deines Namens Ruhm, der ihn verführt,
Die Schranke des Gesetzes zu durchbrechen:
Und ach! die Schranke jugendlich durchbrochen,
Trat er dem Lindwurm männlich nicht aufs Haupt?
Erst, weil er siegt', ihn kränzen, dann enthaupten,
Das fordert die Geschichte nicht von dir;
Das wäre so erhaben, lieber Onkel,
Daß man es fast unmenschlich nennen könnte:
Und Gott schuf noch nichts Milderes, als dich.
DER KURFÜRST. Mein süßes Kind! Sieh! Wär ich ein Tyrann,
Dein Wort, das fühl ich lebhaft, hätte mir
Das Herz schon in der erznen Brust geschmelzt.
Dich aber frag ich selbst: darf ich den Spruch
Den das Gericht gefällt, wohl unterdrücken?
Was würde wohl davon die Folge sein?
NATALIE. Für wen? Für dich?
DER KURFÜRST. Für mich; nein! – Was? Für mich!

Kennst du nichts Höhres, Jungfrau, als nur mich?
Ist dir ein Heiligtum ganz unbekannt,
Das in dem Lager, Vaterland sich nennt?

NATALIE. O Herr! Was sorgst du doch? Dies Vaterland!
Das wird, um dieser Regung deiner Gnade,
Nicht gleich, zerschellt in Trümmern, untergehn.
Vielmehr, was du, im Lager auferzogen,
Unordnung nennst, die Tat, den Spruch der Richter,
In diesem Fall, willkürlich zu zerreißen,
Erscheint mir als die schönste Ordnung erst:
Das Kriegsgesetz, das weiß ich wohl, soll herrschen,
Jedoch die lieblichen Gefühle auch.
Das Vaterland, das du uns gründetest,
Steht, eine feste Burg, mein edler Ohm:
Das wird ganz andre Stürme noch ertragen,
Fürwahr, als diesen unberufnen Sieg;
Das wird sich ausbaun herrlich, in der Zukunft,
Erweitern, unter Enkels Hand, verschönern,
Mit Zinnen, üppig, feenhaft, zur Wonne
Der Freunde, und zum Schrecken aller Feinde:
Das braucht nicht dieser Bindung, kalt und öd,
Aus eines Freundes Blut, um Onkels Herbst,
Den friedlich prächtigen, zu überleben.

DER KURFÜRST. Denkt Vetter Homburg auch so?

NATALIE. Vetter Homburg?

DER KURFÜRST. Meint er, dem Vaterlande gelt es gleich,
Ob Willkür drin, ob drin die Satzung herrsche?

NATALIE. Ach, dieser Jüngling!

DER KURFÜRST. Nun?

NATALIE. Ach, lieber Onkel! –
Hierauf zur Antwort hab ich nichts, als Tränen.

DER KURFÜRST (*betroffen*). Warum, mein Töchterchen? Was ist geschehn?

NATALIE (*zaudernd*). Der denkt jetzt nichts, als nur dies eine: Rettung!
Den schaun die Röhren, an der Schützen Schultern,
So gräßlich an, daß überrascht und schwindelnd,
Ihm jeder Wunsch, als nur zu leben, schweigt:
Der könnte, unter Blitz und Donnerschlag,
Das ganze Reich der Mark versinken sehn,
Daß er nicht fragen würde: was geschieht?
– Ach, welch ein Heldenherz hast du geknickt!

(*Sie wendet sich und weint.*)

DER KURFÜRST (*im äußersten Erstaunen*). Nein, mein teuerste Natalie,

Unmöglich, in der Tat?! – Er fleht um Gnade?
NATALIE. Ach, hättst du nimmer, nimmer ihn verdammt!
DER KURFÜRST. Nein, sag: er fleht um Gnade? – Gott im Himmel,
Was ist geschehn, mein liebes Kind? Was weinst du?
Du sprachst ihn? Tu mir alles kund! Du sprachst ihn?
NATALIE *(an seine Brust gelehnt)*. In den Gemächern eben jetzt der Tante,
Wohin, im Mantel, schau, und Federhut
Er, unterm Schutz der Dämmrung kam geschlichen:
Verstört und schüchtern, heimlich, ganz unwürdig,
Ein unerfreulich, jammernswürdger Anblick!
Zu solchem Elend, glaubt ich, sänke keiner,
Den die Geschicht als ihren Helden preist.
Schau her, ein Weib bin ich, und schaudere
Dem Wurm zurück, der meiner Ferse naht:
Doch so zermalmt, so fassungslos, so ganz
Unheldenmütig träfe mich der Tod,
In eines scheußlichen Leun Gestalt nicht an!
– Ach, was ist Menschengröße, Menschenruhm!
DER KURFÜRST *(verwirrt)*.
Nun denn, beim Gott des Himmels und der Erde,
So fasse Mut, mein Kind; so ist er frei!
NATALIE. Wie, mein erlauchter Herr?
DER KURFÜRST. Er ist begnadigt! –
Ich will sogleich das Nötg' an ihn erlassen.
NATALIE. O Liebster! Ist es wirklich wahr?
DER KURFÜRST. Du hörst!
NATALIE. Ihm soll vergeben sein? Er stirbt jetzt nicht?
DER KURFÜRST. Bei meinem Eid! Ich schwörs dir zu! Wo werd ich
Mich gegen solchen Kriegers Meinung setzen?
Die höchste Achtung, wie dir wohl bekannt,
Trag ich im Innersten für sein Gefühl:
Wenn er den Spruch für ungerecht kann halten
Kassier ich die Artikel: er ist frei! –
(Er bringt ihr einen Stuhl.)
Willst du, auf einen Augenblick, dich setzen?

(Er geht an den Tisch, setzt sich und schreibt.)
(Pause.)

NATALIE *(für sich)*. Ach, Herz, was klopfst du also an dein Haus?
DER KURFÜRST *(indem er schreibt)*.
Der Prinz ist drüben noch im Schloß?
NATALIE. Vergib!
Er ist in seine Haft zurückgekehrt. –

DER KURFÜRST *(endigt und siegelt; hierauf kehrt er mit dem Brief wieder zur Prinzessin zurück).*
Fürwahr, mein Töchterchen, mein Nichtchen, weinte!
Und ich, dem ihre Freude anvertraut,
Mußt ihrer holden Augen Himmel trüben!
(Er legt den Arm um ihren Leib.)
Willst du den Brief ihm selber überbringen? –
NATALIE. Ins Stadthaus! Wie?
DER KURFÜRST *(drückt ihr den Brief in die Hand).*
Warum nicht? – He! Heiducken!
(Heiducken treten auf.)
Den Wagen vorgefahren! Die Prinzessin
Hat ein Geschäft beim Obersten von Homburg!
(Die Heiducken treten wieder ab.)
So kann er, für sein Leben, gleich dir danken.
(Er umarmt sie.)
Mein liebes Kind! Bist du mir wieder gut?
NATALIE *(nach einer Pause).* Was deine Huld, o Herr, so rasch erweckt,
Ich weiß es nicht und untersuch es nicht.
Das aber, sieh, das fühl ich in der Brust,
Unedel meiner spotten wirst du nicht:
Der Brief enthalte, was es immer sei,
Ich glaube Rettung – und ich danke dir!
(Sie küßt ihm die Hand.)
DER KURFÜRST. Gewiß, mein Töchterchen, gewiß! So sicher,
Als sie in Vetter Homburgs Wünschen liegt.
(Ab.)

Szene: Zimmer der Prinzessin.

Zweiter Auftritt

Prinzessin Natalie tritt auf. – Zwei Hofdamen und der Rittmeister, Graf Reuß, folgen.

NATALIE *(eilfertig).* Was bringt Ihr, Graf? – Von meinem Regiment?
Ists von Bedeutung? Kann ichs morgen hören?
GRAF REUSS *(überreicht ihr ein Schreiben).*
Ein Brief vom Obrist Kottwitz, gnädge Frau!
NATALIE. Geschwind! Gebt! Was enthält er?
(Sie eröffnet ihn.)

GRAF REUSS. Eine Bittschrift,
Freimütig wie Ihr seht, doch ehrfurchtsvoll,
An die Durchlaucht des Herrn, zu unsers Führers,
Des Prinz von Homburg, Gunsten aufgesetzt.
NATALIE *(liest)*. »Supplik, in Unterwerfung eingereicht,
Vom Regiment, Prinzessin von Oranien.« –

(Pause.)

Die Bittschrift ist von wessen Hand verfaßt?
GRAF REUSS. Wie ihrer Züg unsichre Bildung schon
Erraten läßt, vom Obrist Kottwitz selbst. –
Auch steht sein edler Name obenan.
NATALIE. Die dreißig Unterschriften, welche folgen –?
GRAF REUSS. Der Offiziere Namen, Gnädigste,
Wie sie, dem Rang nach, Glied für Glied, sich folgen.
NATALIE. Und mir, mir wird die Bittschrift zugefertigt?
GRAF REUSS. Mein Fräulein, untertänigst Euch zu fragen,
Ob Ihr, als Chef, den ersten Platz, der offen,
Mit Eurem Namen gleichfalls füllen wollt.

(Pause.)

NATALIE. Der Prinz zwar, hör ich, soll, mein edler Vetter,
Vom Herrn aus eignem Trieb, begnadigt werden,
Und eines solchen Schritts bedarf es nicht.
GRAF REUSS *(vergnügt)*.
Wie? Wirklich?
NATALIE. Gleichwohl will ich unter einem Blatte,
Das, in des Herrn Entscheidung, klug gebraucht,
Als ein Gewicht kann in die Waage fallen,
Das ihm vielleicht, den Ausschlag einzuleiten,
Sogar willkommen ist, mich nicht verweigern –
Und, eurem Wunsch gemäß, mit meinem Namen,
Hiemit an eure Spitze setz ich mich.

(Sie geht und will schreiben.)

GRAF REUSS. Fürwahr, uns lebhaft werdet Ihr verbinden!

(Pause.)

NATALIE *(wendet sich wieder zu ihm)*.
Ich finde nur mein Regiment, Graf Reuß!
Warum vermiß ich Bomsdorf Kürassiere,
Und die Dragoner Götz und Anhalt-Pleß?
GRAF REUSS. Nicht, wie vielleicht Ihr sorgt, weil ihre Herzen
Ihm lauer schlügen, als die unsrigen! –
Es trifft ungünstig sich für die Supplik,

Daß Kottwitz fern in Arnstein kantoniert,
Gesondert von den andern Regimentern,
Die hier bei dieser Stadt, im Lager stehn.
Dem Blatt fehlt es an Freiheit, leicht und sicher,
Die Kraft, nach jeder Richtung zu entfalten.

NATALIE. Gleichwohl fällt, dünkt mich, so das Blatt nur leicht? –
Seid Ihr gewiß, Herr Graf, wärt Ihr im Ort,
Und sprächt die Herrn, die hier versammelt sind,
Sie schlössen gleichfalls dem Gesuch sich an?

GRAF REUSS. Hier in der Stadt, mein Fräulein? – Kopf für Kopf!
Die ganze Reuterei verpfändete
Mit ihren Namen sich; bei Gott, ich glaube,
Es ließe glücklich eine Subskription,
Beim ganzen Heer der Märker, sich eröffnen!

NATALIE *(nach einer Pause)*. Warum nicht schickt ihr Offiziere ab,
Die das Geschäft im Lager hier betreiben?

GRAF REUSS. Vergebt! – Dem weigerte der Obrist sich!
– Er wünsche, sprach er, nichts zu tun, das man
Mit einem übeln Namen taufen könnte.

NATALIE. Der wunderliche Herr! Bald kühn, bald zaghaft! –
Zum Glück trug mir der Kurfürst, fällt mir ein,
Bedrängt von anderen Geschäften, auf,
An Kottwitz, dem die Stallung dort zu eng,
Zum Marsch hierher die Order zu erlassen! –
Ich setze gleich mich nieder es zu tun.

(Sie setzt sich und schreibt.)

GRAF REUSS. Beim Himmel, trefflich, Fräulein! Ein Ereignis,
Das günstger sich dem Blatt nicht treffen könnte!

NATALIE *(während sie schreibt)*.
Gebrauchts Herr Graf von Reuß, so gut Ihr könnt.

(Sie schließt, und siegelt, und steht wieder auf.)

Inzwischen bleibt, versteht, dies Schreiben noch,
In Eurem Portefeuille; Ihr geht nicht eher
Damit nach Arnstein ab, und gebts dem Kottwitz:
Bis ich bestimmtern Auftrag Euch erteilt!

(Sie gibt ihm das Schreiben.)

EIN HEIDUCK *(tritt auf)*. Der Wagen, Fräulein, auf des Herrn Befehl,
Steht angeschirrt im Hof und wartet Euer!

NATALIE. So fahrt ihn vor! Ich komme gleich herab!

(Pause, in welcher sie gedankenvoll an den Tisch tritt, und ihre Handschuh anzieht.)

Wollt Ihr zum Prinz von Homburg mich, Herr Graf,
Den ich zu sprechen willens bin, begleiten?
Euch steht ein Platz in meinem Wagen offen.

GRAF REUSS. Mein Fräulein, diese Ehre, in der Tat –!

(Er bietet ihr den Arm.)

NATALIE *(zu den Hofdamen).*
Folgt, meine Freundinnen! – Vielleicht daß ich
Gleich, dort des Briefes wegen, mich entscheide!

(Alle ab.)

Szene: Gefängnis des Prinzen.

Dritter Auftritt

Der Prinz von Homburg hängt seinen Hut an die Wand, und läßt sich nachlässig auf ein, auf der Erde ausgebreitetes Kissen nieder.

DER PRINZ VON HOMBURG. Das Leben nennt der Derwisch eine Reise,
Und eine kurze. Freilich! Von zwei Spannen
Diesseits der Erde nach zwei Spannen drunter.
Ich will auf halbem Weg mich niederlassen!
Wer heut sein Haupt noch auf der Schulter trägt,
Hängt es schon morgen zitternd auf den Leib,
Und übermorgen liegts bei seiner Ferse.
Zwar, eine Sonne, sagt man, scheint dort auch,
Und über buntre Felder noch, als hier:
Ich glaubs; nur schade, daß das Auge modert,
Das diese Herrlichkeit erblicken soll.

Vierter Auftritt

Prinzessin Natalie tritt auf, geführt von dem Rittmeister, Graf Reuß. Hofdamen folgen. Ihnen voran tritt ein Läufer mit einer Fackel. – Der Prinz von Homburg.

LÄUFER. Durchlaucht, Prinzessin von Oranien!

DER PRINZ VON HOMBURG *(steht auf).*
Natalie!

LÄUFER. Hier ist sie selber schon.

NATALIE *(verbeugt sich gegen den Grafen).*
Laßt uns auf einen Augenblick allein!

(Graf Reuß und der Läufer ab.)

DER PRINZ VON HOMBURG. Mein teures Fräulein!
NATALIE. Lieber, guter Vetter!
DER PRINZ VON HOMBURG *(führt sie vor)*.
Nun sagt, was bringt Ihr? Sprecht! Wie stehts mit mir?
NATALIE. Gut. Alles gut. Wie ich vorher Euch sagte,
Begnadigt seid Ihr, frei; hier ist ein Brief,
Von seiner Hand, der es bekräftiget.
DER PRINZ VON HOMBURG.
Es ist nicht möglich! Nein! Es ist ein Traum!
NATALIE. Lest, lest den Brief! So werdet Ihrs erfahren.
DER PRINZ VON HOMBURG *(liest)*.
»Mein Prinz von Homburg, als ich Euch gefangen setzte,
Um Eures Angriffs, allzufrüh vollbracht,
Da glaubt ich nichts, als meine Pflicht zu tun;
Auf Euren eignen Beifall rechnet ich.
Meint Ihr, ein Unrecht sei Euch widerfahren,
So bitt ich, sagts mir mit zwei Worten –
Und gleich den Degen schick ich Euch zurück.«
(Natalie erblaßt. Pause. Der Prinz sieht sie fragend an.)
NATALIE *(mit dem Ausdruck plötzlicher Freude)*.
Nun denn, da stehts! Zwei Worte nur bedarfs –!
O lieber süßer Freund!
(Sie drückt seine Hand.)
DER PRINZ VON HOMBURG. Mein teures Fräulein!
NATALIE. O sel'ge Stunde, die mir aufgegangen! –
Hier, nehmt, hier ist die Feder; nehmt, und schreibt!
DER PRINZ VON HOMBURG.
Und hier die Unterschrift?
NATALIE. Das F; sein Zeichen! –
O Bork! O freut euch doch! – O seine Milde
Ist uferlos, ich wußt es, wie die See. –
Schafft einen Stuhl nur her, er soll gleich schreiben.
DER PRINZ VON HOMBURG.
Er sagt, wenn ich der Meinung wäre –?
NATALIE *(unterbricht ihn)*. Freilich!
Geschwind! Setzt Euch! Ich will es Euch diktieren.
(Sie setzt ihm einen Stuhl hin.)
DER PRINZ VON HOMBURG. – Ich will den Brief noch einmal überlesen.
NATALIE *(reißt ihm den Brief aus der Hand)*.
Wozu? – Saht Ihr die Gruft nicht schon im Münster,
Mit offnem Rachen, Euch entgegengähn'n? –
Der Augenblick ist dringend. Sitzt und schreibt!

DER PRINZ VON HOMBURG *(lächelnd).*
Wahrhaftig, tut Ihr doch, als würde sie
Mir, wie ein Panther, übern Nacken kommen.

(Er setzt sich, und nimmt eine Feder.)

NATALIE *(wendet sich und weint).*
Schreibt, wenn Ihr mich nicht böse machen wollt!

(Der Prinz klingelt einem Bedienten; der Bediente tritt auf.)

DER PRINZ VON HOMBURG. Papier und Feder, Wachs und Petschaft mir!

(Der Bediente nachdem er diese Sachen zusammengesucht, geht wieder ab. Der Prinz schreibt. – Pause.)

DER PRINZ VON HOMBURG *(indem er den Brief, den er angefangen hat, zerreißt und unter den Tisch wirft).* Ein dummer Anfang.

(Er nimmt ein anderes Blatt.)

NATALIE *(hebt den Brief auf).* Wie? Was sagtet Ihr? –
Mein Gott, das ist ja gut; das ist vortrefflich!

DER PRINZ VON HOMBURG *(in den Bart).*
Pah! – Eines Schuftes Fassung, keines Prinzen. –
Ich denk mir eine andre Wendung aus.

(Pause. – Er greift nach des Kurfürsten Brief, den die Prinzessin in der Hand hält.)

Was sagt er eigentlich im Briefe denn?

NATALIE *(ihn verweigernd).*
Nichts, gar nichts!

DER PRINZ VON HOMBURG.
Gebt!

NATALIE. Ihr last ihn ja!

DER PRINZ VON HOMBURG *(erhascht ihn).* Wenn gleich!
Ich will nur sehn, wie ich mich fassen soll.

(Er entfaltet und überliest ihn.)

NATALIE *(für sich).* O Gott der Welt! Jetzt ists um ihn geschehn!

DER PRINZ VON HOMBURG *(betroffen).*
Sieh da! Höchst wunderbar, so wahr ich lebe!
– Du übersahst die Stelle wohl?

NATALIE. Nein! – Welche?

DER PRINZ VON HOMBURG.
Mich selber ruft er zur Entscheidung auf!

NATALIE. Nun, ja!

DER PRINZ VON HOMBURG.
Recht wacker, in der Tat, recht würdig!
Recht, wie ein großes Herz sich fassen muß!

NATALIE. O seine Großmut, Freund, ist ohne Grenzen!

– Doch nun tu auch das Deine du, und schreib,
Wie ers begehrt; du siehst, es ist der Vorwand,
Die äußre Form nur, deren es bedarf:
Sobald er die zwei Wort in Händen hat,
Flugs ist der ganze Streit vorbei!

DER PRINZ VON HOMBURG *(legt den Brief weg).*
Nein, Liebe!
Ich will die Sach bis morgen überlegen.

NATALIE. Du Unbegreiflicher! Welch eine Wendung? –
Warum? Weshalb?

DER PRINZ VON HOMBURG *(erhebt sich leidenschaftlich vom Stuhl).*
Ich bitte, frag mich nicht!
Du hast des Briefes Inhalt nicht erwogen!
Daß er mir unrecht tat, wies mir bedingt wird,
Das kann ich ihm nicht schreiben; zwingst du mich,
Antwort, in dieser Stimmung, ihm zu geben,
Bei Gott! so setz ich hin, du tust mir recht!

(Er läßt sich mit verschränkten Armen wieder an den Tisch nieder und sieht in den Brief.)

NATALIE *(bleich).* Du Rasender! Was für ein Wort sprachst du?

(Sie beugt sich gerührt über ihn.)

DER PRINZ VON HOMBURG *(drückt ihr die Hand).*
Laß, einen Augenblick! Mir scheint –

(Er sinnt.)

NATALIE. Was sagst du?

DER PRINZ VON HOMBURG. Gleich werd ich wissen, wie ich schreiben soll.

NATALIE *(schmerzvoll).* Homburg!

DER PRINZ VON HOMBURG *(nimmt die Feder).*
Ich hör! Was gibts?

NATALIE. Mein süßer Freund!
Die Regung lob ich, die dein Herz ergriff.
Das aber schwör ich dir: das Regiment
Ist kommandiert, das dir Versenktem morgen,
Aus Karabinern, überm Grabeshügel,
Versöhnt die Totenfeier halten soll.
Kannst du dem Rechtsspruch, edel wie du bist,
Nicht widerstreben, nicht ihn aufzuheben,
Tun, wie ers hier in diesem Brief verlangt:
Nun so versichr' ich dich, er faßt sich dir
Erhaben, wie die Sache steht, und läßt
Den Spruch mitleidsvoll morgen dir vollstrecken!

DER PRINZ VON HOMBURG *(schreibend).*
Gleichviel!

NATALIE. Gleichviel?

DER PRINZ VON HOMBURG.

Er handle, wie er darf;
Mir ziemts hier zu verfahren, wie ich soll!

NATALIE *(tritt erschrocken näher)*.

Du Ungeheuerster, ich glaub, du schriebst?

DER PRINZ VON HOMBURG *(schließt)*.

»Homburg; gegeben, Fehrbellin, am zwölften –«;
Ich bin schon fertig. – Franz!

(Er kuvertiert und siegelt den Brief.)

NATALIE. O Gott im Himmel!

DER PRINZ VON HOMBURG *(steht auf)*.

Bring diesen Brief aufs Schloß, zu meinem Herrn!

(Der Bediente ab.)

Ich will ihm, der so würdig vor mir steht,
Nicht, ein Unwürdger, gegenüber stehn!
Schuld ruht, bedeutende, mir auf der Brust,
Wie ich es wohl erkenne; kann er mir
Vergeben nur, wenn ich mit ihm drum streite,
So mag ich nichts von seiner Gnade wissen.

NATALIE *(küßt ihn)*.

Nimm diesen Kuß! – Und bohrten gleich zwölf Kugeln
Dich jetzt in Staub, nicht halten könnt ich mich,
Und jauchzt und weint und spräche: du gefällst mir!
– Inzwischen, wenn du deinem Herzen folgst,
Ists mir erlaubt, dem meinigen zu folgen.
– Graf Reuß!

(Der Läufer öffnet die Tür; der Graf tritt auf.)

GRAF REUSS. Hier!

NATALIE. Auf, mit Eurem Brief,
Nach Arnstein hin, zum Obersten von Kottwitz!
Das Regiment bricht auf, der Herr befiehlts;
Hier, noch vor Mitternacht, erwart ich es!

(Alle ab.)

FÜNFTER AKT

Szene: Saal im Schloß.

Erster Auftritt

Der Kurfürst kommt halbentkleidet aus dem Nebenkabinett; ihm folgen Graf Truchß, Graf Hohenzollern, und der Rittmeister von der Golz. – Pagen mit Lichtern.

DER KURFÜRST. Kottwitz? Mit den Dragonern der Prinzessin?
Hier in der Stadt?
GRAF TRUCHSS *(öffnet das Fenster).*
Ja, mein erlauchter Herr!
Hier steht er vor dem Schlosse aufmarschiert.
DER KURFÜRST. Nun? – Wollt ihr mir, ihr Herrn, dies Rätsel lösen?
– Wer rief ihn her?
HOHENZOLLERN. Das weiß ich nicht, mein Kurfürst.
DER KURFÜRST. Der Standort, den ich ihm bestimmt, heißt Arnstein!
Geschwind! Geh einer hin, und bring ihn her!
GOLZ. Er wird sogleich, o Herr, vor dir erscheinen!
DER KURFÜRST. Wo ist er?
GOLZ. Auf dem Rathaus, wie ich höre,
Wo die gesamte Generalität,
Die deinem Hause dient, versammelt ist.
DER KURFÜRST. Weshalb? Zu welchem Zweck?
HOHENZOLLERN. – Das weiß ich nicht.
GRAF TRUCHSS. Erlaubt mein Fürst und Herr, daß wir uns gleichfalls,
Auf einen Augenblick, dorthin verfügen?
DER KURFÜRST. Wohin? Aufs Rathaus?
HOHENZOLLERN. In der Herrn Versammlung!
Wir gaben unser Wort, uns einzufinden.
DER KURFÜRST *(nach einer kurzen Pause).*
– Ihr seid entlassen!
GOLZ. Kommt, ihr werten Herrn!
(Die Offiziere ab.)

Zweiter Auftritt

Der Kurfürst. – Späterhin zwei Bediente.

DER KURFÜRST. Seltsam! – Wenn ich der Dei von Tunis wäre,
Schlüg ich bei so zweideutgem Vorfall, Lärm.

Die seidne Schnur, legt ich auf meinen Tisch;
Und vor das Tor, verrammt mit Palisaden,
Führt ich Kanonen und Haubitzen auf.
Doch weils Hans Kottwitz aus der Priegnitz ist,
Der sich mir naht, willkürlich, eigenmächtig,
So will ich mich auf märksche Weise fassen:
Von den drei Locken, die man silberglänzig,
Auf seinem Schädel sieht, faß ich die eine,
Und führ ihn still, mit seinen zwölf Schwadronen,
Nach Arnstein, in sein Hauptquartier, zurück.
Wozu die Stadt aus ihrem Schlafe wecken?

(Nachdem er wieder einen Augenblick ans Fenster getreten, geht er an den Tisch und klingelt; zwei Bediente treten auf.)

DER KURFÜRST. Spring doch herab und frag, als wärs für dich,
Was es im Stadthaus gibt?
ERSTER BEDIENTER. Gleich, mein Gebieter! *(Ab.)*
DER KURFÜRST *(zu dem andern)*. Du aber geh und bring die Kleider mir!

(Der Bediente geht und bringt sie; der Kurfürst kleidet sich an und legt seinen fürstlichen Schmuck an.)

Dritter Auftritt

Feldmarschall Dörfling tritt auf. – Die Vorigen.

FELDMARSCHALL. Rebellion, mein Kurfürst!
DER KURFÜRST *(noch im Ankleiden beschäftigt)*. Ruhig, ruhig!
Es ist verhaßt mir, wie dir wohl bekannt,
In mein Gemach zu treten, ungemeldet!
– Was willst du?
FELDMARSCHALL. Herr, ein Vorfall – du vergibst!
Führt von besonderem Gewicht mich her.
Der Obrist Kottwitz rückte, unbeordert,
Hier in die Stadt; an hundert Offiziere
Sind auf dem Rittersaal um ihn versammelt;
Es geht ein Blatt in ihrem Kreis herum,
Bestimmt in deine Rechte einzugreifen.
DER KURFÜRST. Es ist mir schon bekannt! – Was wird es sein,
Als eine Regung zu des Prinzen Gunsten,
Dem das Gesetz die Kugel zuerkannte.
FELDMARSCHALL. So ists! Beim höchsten Gott! Du hasts getroffen!
DER KURFÜRST. Nun gut! – So ist mein Herz in ihrer Mitte.

FELDMARSCHALL. Man sagt, sie wollten heut, die Rasenden!
Die Bittschrift noch im Schloß dir überreichen,
Und falls, mit unversöhntem Grimm, du auf
Den Spruch beharrst – kaum wag ichs dir zu melden? –
Aus seiner Haft ihn mit Gewalt befrein!
DER KURFÜRST (*finster*). Wer hat dir das gesagt?
FELDMARSCHALL. Wer mir das sagte?
Die Dame Retzow, der du trauen kannst,
Die Base meiner Frau! Sie war heut abend,
In ihres Ohms, des Drost von Retzow, Haus,
Wo Offiziere, die vom Lager kamen,
Laut diesen dreisten Anschlag äußerten.
DER KURFÜRST. Das muß ein Mann mir sagen, eh ichs glaube!
Mit meinem Stiefel, vor sein Haus gesetzt,
Schütz ich vor diesen jungen Helden ihn!
FELDMARSCHALL. Herr, ich beschwöre dich, wenns überall
Dein Wille ist, den Prinzen zu begnadigen:
Tus, eh ein höchstverhaßter Schritt geschehn!
Jedwedes Heer liebt, weißt du, seinen Helden;
Laß diesen Funken nicht, der es durchglüht,
Ein heillos fressend Feuer um sich greifen.
Kottwitz weiß und die Schar, die er versammelt,
Noch nicht, daß dich mein treues Wort gewarnt;
Schick, eh er noch erscheint, das Schwert dem Prinzen,
Schicks ihm, wie ers zuletzt verdient, zurück:
Du gibst der Zeitung eine Großtat mehr,
Und eine Untat weniger zu melden.
DER KURFÜRST. Da müßt ich noch den Prinzen erst befragen,
Den Willkür nicht, wie dir bekannt sein wird,
Gefangen nahm und nicht befreien kann. –
Ich will die Herren, wenn sie kommen, sprechen.
FELDMARSCHALL (*für sich*).
Verwünscht! – Er ist jedwedem Pfeil gepanzert.

Vierter Auftritt

Zwei Heiducken treten auf; der eine hält einen Brief in der Hand. – Die Vorigen.

ERSTER HEIDUCK.
Der Obrist Kottwitz, Hennings, Truchß und andre,
Erbitten sich Gehör!
DER KURFÜRST (*zu dem anderen, indem er ihm den Brief aus der Hand nimmt*).

Vom Prinz von Homburg?

ZWEITER HEIDUCK. Ja, mein erlauchter Herr!

DER KURFÜRST. Wer gab ihn dir?

ZWEITER HEIDUCK. Der Schweizer, der am Tor die Wache hält,
Dem ihn des Prinzen Jäger eingehändigt.

DER KURFÜRST *(stellt sich an den Tisch und liest; nachdem dies geschehen ist, wendet er sich und ruft einen Pagen)*.
Prittwitz! – Das Todesurteil bring mir her!
– Und auch den Paß, für Gustav Graf von Horn,
Den schwedischen Gesandten, will ich haben!

(Der Page ab; zu dem ersten Heiducken.)

Kottwitz, und sein Gefolg; sie sollen kommen!

Fünfter Auftritt

Obrist Kottwitz und Obrist Hennings, Graf Truchß, Graf Hohenzollern und Sparren, Graf Reuß, Rittmeister von der Golz und Stranz, und andre Obristen und Offiziere treten auf. – Die Vorigen.

OBRIST KOTTWITZ *(mit der Bittschrift)*.
Vergönne, mein erhabner Kurfürst, mir,
Daß ich, im Namen des gesamten Heers,
In Demut dies Papier dir überreiche!

DER KURFÜRST. Kottwitz, bevor ichs nehme, sag mir an,
Wer hat dich her nach dieser Stadt gerufen?

KOTTWITZ *(sieht ihn an)*. Mit den Dragonern?

DER KURFÜRST. Mit dem Regiment! –
Arnstein hatt ich zum Sitz dir angewiesen.

KOTTWITZ. Herr! Deine Order hat mich her gerufen.

DER KURFÜRST. Wie? – Zeig die Order mir.

KOTTWITZ. Hier, mein Gebieter.

DER KURFÜRST *(liest)*.
»Natalie, gegeben Fehrbellin;
In Auftrag meines höchsten Oheims Friedrich.« –

KOTTWITZ. Bei Gott, mein Fürst und Herr, ich will nicht hoffen,
Daß dir die Order fremd?

DER KURFÜRST. Nicht, nicht! Versteh mich –
Wer ists, der dir die Order überbracht?

KOTTWITZ. Graf Reuß!

DER KURFÜRST *(nach einer augenblicklichen Pause)*.
Vielmehr, ich heiße dich willkommen! –
Dem Obrist Homburg, dem das Recht gesprochen,

Bist du bestimmt, mit deinen zwölf Schwadronen,
Die letzten Ehren morgen zu erweisen.
KOTTWITZ *(erschrocken)*. Wie, mein erlauchter Herr?!
DER KURFÜRST *(indem er ihm die Order wiedergibt)*. Das Regiment
Steht noch in Nacht und Nebel, vor dem Schloß?
KOTTWITZ. Die Nacht, vergib –
DER KURFÜRST. Warum rückt es nicht ein?
KOTTWITZ. Mein Fürst, es rückte ein; es hat Quartiere,
Wie du befahlst, in dieser Stadt bezogen!
DER KURFÜRST *(mit einer Wendung gegen das Fenster)*.
Wie? Vor zwei Augenblicken – –? Nun, beim Himmel,
So hast du Ställe rasch dir ausgemittelt! –
Um soviel besser denn! Gegrüßt noch einmal!
Was führt dich her, sag an? Was bringst du Neues?
KOTTWITZ. Herr, diese Bittschrift deines treuen Heers.
DER KURFÜRST. Gib!
KOTTWITZ. Doch das Wort, das deiner Lipp entfiel,
Schlägt alle meine Hoffnungen zu Boden.
DER KURFÜRST. So hebt ein Wort auch wiederum sie auf.

(Er liest.)

»Bittschrift, die allerhöchste Gnad erflehend,
Für unsern Führer, peinlich angeklagt,
Den General, Prinz Friedrich Hessen-Homburg.«

(Zu den Offizieren.)

Ein edler Nam, ihr Herrn! Unwürdig nicht,
Daß ihr, in solcher Zahl, euch ihm verwendet!

(Er sieht wieder in das Blatt.)

Die Bittschrift ist verfaßt von wem?
KOTTWITZ. Von mir.
DER KURFÜRST. Der Prinz ist von dem Inhalt unterrichtet?
KOTTWITZ. Nicht auf die fernste Weis! In unsrer Mitte
Ist sie empfangen und vollendet worden.
DER KURFÜRST. Gebt mir auf einen Augenblick Geduld.

(Er tritt an den Tisch und durchsieht die Schrift. – Lange Pause.)

Hm! Sonderbar! – Du nimmst, du alter Krieger,
Des Prinzen Tat in Schutz? Rechtfertigst ihn,
Daß er auf Wrangel stürzte, unbeordert?
KOTTWITZ. Ja, mein erlauchter Herr; das tut der Kottwitz!
DER KURFÜRST. Der Meinung auf dem Schlachtfeld warst du nicht.
KOTTWITZ. Das hatt ich schlecht erwogen, mein Gebieter!
Dem Prinzen, der den Krieg gar wohl versteht,

Hätt ich mich ruhig unterwerfen sollen.
Die Schweden wankten, auf dem linken Flügel,
Und auf dem rechten wirkten sie Sukkurs;
Hätt er auf deine Order warten wollen,
Sie faßten Posten wieder, in den Schluchten,
Und nimmermehr hättst du den Sieg erkämpft.

DER KURFÜRST. So! – Das beliebt dir so vorauszusetzen!
Den Obrist Hennings hatt ich abgeschickt,
Wie dir bekannt, den schwedschen Brückenkopf,
Der Wrangels Rücken deckt, hinwegzunehmen.
Wenn ihr die Order nicht gebrochen hättet,
Dem Hennings wäre dieser Schlag geglückt;
Die Brücken hätt er, in zwei Stunden Frist,
In Brand gesteckt, am Rhyn sich aufgepflanzt,
Und Wrangel wäre ganz, mit Stumpf und Stiel,
In Gräben und Morast, vernichtet worden.

KOTTWITZ. Es ist der Stümper Sache, nicht die deine,
Des Schicksals höchsten Kranz erringen wollen;
Du nahmst, bis heut, noch stets, was es dir bot.
Der Drachen ward, der dir die Marken trotzig
Verwüstete, mit blutgem Hirn verjagt;
Was konnte mehr, an einem Tag, geschehn?
Was liegt dir dran, ob er zwei Wochen noch
Erschöpft im Sand liegt, und die Wunde heilt?
Die Kunst jetzt lernten wir, ihn zu besiegen,
Und sind voll Lust, sie fürder noch zu üben:
Laß uns den Wrangel rüstig, Brust an Brust,
Noch einmal treffen, so vollendet sichs,
Und in die Ostsee ganz fliegt er hinab!
Rom ward an einem Tage nicht erbaut.

DER KURFÜRST. Mit welchem Recht, du Tor, erhoffst du das,
Wenn auf dem Schlachtenwagen, eigenmächtig,
Mir in die Zügel jeder greifen darf?
Meinst du das Glück werd immerdar, wie jüngst,
Mit einem Kranz den Ungehorsam lohnen?
Den Sieg nicht mag ich, der, ein Kind des Zufalls,
Mir von der Bank fällt; das Gesetz will ich,
Die Mutter meiner Krone, aufrecht halten,
Die ein Geschlecht von Siegen mir erzeugt!

KOTTWITZ. Herr, das Gesetz, das höchste, oberste,
Das wirken soll, in deiner Feldherrn Brust,
Das ist der Buchstab deines Willens nicht;
Das ist das Vaterland, das ist die Krone,

Das bist du selber, dessen Haupt sie trägt.
Was kümmert dich, ich bitte dich, die Regel,
Nach der der Feind sich schlägt: wenn er nur nieder
Vor dir, mit allen seinen Fahnen, sinkt?
Die Regel, die ihn schlägt, das ist die höchste!
Willst du das Heer, das glühend an dir hängt,
Zu einem Werkzeug machen, gleich dem Schwerte,
Das tot in deinem goldnen Gürtel ruht?
Der ärmste Geist, der in den Sternen fremd,
Zuerst solch eine Lehre gab! Die schlechte,
Kurzsichtge Staatskunst, die, um eines Falles,
Da die Empfindung sich verderblich zeigt,
Zehn andere vergißt, im Lauf der Dinge,
Da die Empfindung einzig retten kann!
Schütt ich mein Blut dir, an dem Tag der Schlacht,
Für Sold, seis Geld, seis Ehre, in den Staub?
Behüte Gott, dazu ist es zu gut!
Was! Meine Lust hab, meine Freude ich,
Frei und für mich im Stillen, unabhängig,
An deiner Trefflichkeit und Herrlichkeit,
Am Ruhm und Wachstum deines großen Namens!
Das ist der Lohn, dem sich mein Herz verkauft!
Gesetzt, um dieses unberufnen Sieges,
Brächst du dem Prinzen jetzt den Stab; und ich,
Ich träfe morgen, gleichfalls unberufen,
Den Sieg wo irgend zwischen Wald und Felsen,
Mit den Schwadronen, wie ein Schäfer, an:
Bei Gott, ein Schelm müßt ich doch sein, wenn ich
Des Prinzen Tat nicht munter wiederholte.
Und sprächst du, das Gesetzbuch in der Hand:
»Kottwitz, du hast den Kopf verwirkt!« so sagt ich:
»Das wußt ich Herr; da nimm ihn hin, hier ist er:
Als mich ein Eid an deine Krone band,
Mit Haut und Haar, nahm ich den Kopf nicht aus,
Und nichts dir gäb ich, was nicht dein gehörte!«

DER KURFÜRST. Mit dir, du alter, wunderlicher Herr,
Werd ich nicht fertig! Es besticht dein Wort
Mich, mit arglistger Rednerkunst gesetzt,
Mich, der, du weißt, dir zugetan, und einen
Sachwalter ruf ich mir, den Streit zu enden,
Der meine Sache führt!

(Er klingelt, ein Bedienter tritt auf.)

Der Prinz von Homburg!

Man führ aus dem Gefängnis ihn hierher!

(Der Bediente ab.)

Der wird dich lehren, das versichr' ich dich,
Was Kriegszucht und Gehorsam sei! Ein Schreiben
Schickt' er mir mindstens zu, das anders lautet,
Als der spitzfündge Lehrbegriff der Freiheit,
Den du hier, wie ein Knabe, mir entfaltet.

(Er stellt sich wieder an den Tisch und liest.)

KOTTWITZ *(erstaunt)*.
Wen holt –? Wen ruft –?
OBRIST HENNINGS. Ihn selber?
GRAF TRUCHSS. Nein unmöglich!

(Die Offiziere treten unruhig zusammen und sprechen mit einander.)

DER KURFÜRST. Von wem ist diese zweite Zuschrift hier?
HOHENZOLLERN. Von mir, mein Fürst!
DER KURFÜRST *(liest)*. »Beweis, daß Kurfürst Friedrich
Des Prinzen Tat selbst« – – – Nun, beim Himmel!
Das nenn ich keck!
Was! Die Veranlassung, du wälzest sie des Frevels,
Den er sich in der Schlacht erlaubt, auf mich?
HOHENZOLLERN. Auf dich, mein Kurfürst, ja; ich Hohenzollern!
DER KURFÜRST. Nun denn, bei Gott, das übersteigt die Fabel!
Der eine zeigt mir, daß nicht schuldig er,
Der andre gar mir, daß der Schuldge ich! –
Womit wirst solchen Satz du mir beweisen?
HOHENZOLLERN. Du wirst dich jener Nacht, o Herr, erinnern,
Da wir den Prinzen, tief versenkt im Schlaf,
Im Garten unter den Plantanen fanden:
Vom Sieg des nächsten Tages mocht er träumen,
Und einen Lorbeer hielt er in der Hand.
Du, gleichsam um sein tiefstes Herz zu prüfen,
Nahmst ihm den Kranz hinweg, die Kette schlugst du,
Die dir vom Hals hängt, lächelnd um das Laub;
Und reichtest Kranz und Kette, so verschlungen,
Dem Fräulein, deiner edlen Nichte, hin.
Der Prinz steht, bei so wunderbarem Anblick,
Errötend auf; so süße Dinge will er,
Und von so lieber Hand gereicht, ergreifen:
Du aber, die Prinzessin rückwärts führend,
Entziehst dich eilig ihm; die Tür empfängt dich,

Jungfrau und Kett und Lorbeerkranz verschwinden,
Und einsam – einen Handschuh in der Hand,
Den er, nicht weiß er selber, wem? entrissen –
Im Schoß der Mitternacht, bleibt er zurück.

DER KURFÜRST. Welch einen Handschuh?

HOHENZOLLERN. Herr, laß mich vollenden! –
Die Sache war ein Scherz; jedoch von welcher
Bedeutung ihm, das lernt ich bald erkennen.
Denn, da ich, durch des Gartens hintre Pforte,
Jetzt zu ihm schleich, als wärs von ohngefähr,
Und ihn erweck, und er die Sinne sammelt:
Gießt die Erinnrung Freude über ihn,
Nichts Rührenders, fürwahr, kannst du dir denken.
Den ganzen Vorfall, gleich, als wärs ein Traum,
Trägt er, bis auf den kleinsten Zug, mir vor;
So lebhaft, meint' er, hab er nie geträumt –:
Und fester Glaube baut sich in ihm auf,
Der Himmel hab ein Zeichen ihm gegeben:
Es werde alles, was sein Geist gesehn,
Jungfrau und Lorbeerkranz und Ehrenschmuck,
Gott, an dem Tag der nächsten Schlacht, ihm schenken.

DER KURFÜRST. Hm! Sonderbar! – Und jener Handschuh –?

HOHENZOLLERN. Ja, –
Dies Stück des Traums, das ihm verkörpert ward,
Zerstört zugleich und kräftigt seinen Glauben.
Zuerst mit großem Aug sieht er ihn an –
Weiß ist die Farb, er scheint nach Art und Bildung,
Von einer Dame Hand –: doch weil er keine
Zu Nacht, der er entnommen könnte sein,
Im Garten sprach, – durchkreuzt in seinem Dichten,
Von mir, der zur Parol' aufs Schloß ihn ruft,
Vergißt er, was er nicht begreifen kann,
Und steckt zerstreut den Handschuh ins Kollett.

DER KURFÜRST. Nun? Drauf?

HOHENZOLLERN. Drauf tritt er nun mit Stift und Tafel,
Ins Schloß, aus des Feldmarschalls Mund, in frommer
Aufmerksamkeit, den Schlachtbefehl zu hören;
Die Fürstin und Prinzessin, reisefertig
Befinden grad im Herrensaal sich auch.
Doch wer ermißt das ungeheure Staunen,
Das ihn ergreift, da die Prinzeß den Handschuh,
Den er sich ins Kollett gesteckt, vermißt.
Der Marschall ruft, zu wiederholten Malen:

Herr Prinz von Homburg! Was befiehlt mein Marschall?
Entgegnet er, und will die Sinne sammeln;
Doch er, von Wundern ganz umringt – –: der Donner
Des Himmels hätte niederfallen können! –!

(Er hält inne.)

DER KURFÜRST. Wars der Prinzessin Handschuh?
HOHENZOLLERN. Allerdings!

(Der Kurfürst fällt in Gedanken.)

HOHENZOLLERN *(fährt fort)*. Ein Stein ist er, den Bleistift in der Hand,
Steht er zwar da und scheint ein Lebender;
Doch die Empfindung, wie durch Zauberschläge,
In ihm verlöscht; und erst am andern Morgen,
Da das Geschütz schon in den Reihen donnert,
Kehrt er ins Dasein wieder und befragt mich:
Liebster, was hat schon Dörfling, sag mirs, gestern
Beim Schlachtbefehl, mich treffend, vorgebracht?
FELDMARSCHALL. Herr, die Erzählung, wahrlich, unterschreib ich!
Der Prinz, erinnr' ich mich, von meiner Rede
Vernahm kein Wort; zerstreut sah ich ihn oft,
Jedoch in solchem Grad abwesend ganz
Aus seiner Brust, noch nie, als diesen Tag.
DER KURFÜRST. Und nun, wenn ich dich anders recht verstehe,
Türmst du, wie folgt, ein Schlußgebäu mir auf:
Hätt ich, mit dieses jungen Träumers Zustand,
Zweideutig nicht gescherzt, so blieb er schuldlos:
Bei der Parole wär er nicht zerstreut,
Nicht widerspenstig in der Schlacht gewesen.
Nicht? Nicht? Das ist die Meinung?
HOHENZOLLERN. Mein Gebieter,
Das überlaß ich jetzt dir, zu ergänzen.
DER KURFÜRST. Tor, der du bist, Blödsinniger! hättest du
Nicht in den Garten mich herabgerufen,
So hätt ich, einem Trieb der Neugier folgend,
Mit diesem Träumer harmlos nicht gescherzt.
Mithin behaupt ich, ganz mit gleichem Recht,
Der sein Versehn veranlaßt hat, warst du! –
Die delphsche Weisheit meiner Offiziere!
HOHENZOLLERN. Es ist genug, mein Kurfürst! Ich bin sicher,
Mein Wort fiel, ein Gewicht, in deine Brust!

Sechster Auftritt

Ein Offizier tritt auf. – Die Vorigen.

DER OFFIZIER. Der Prinz, o Herr, wird augenblicks erscheinen!
DER KURFÜRST. Wohlan! Laßt ihn herein.
OFFIZIER. In zwei Minuten! –
Er ließ nur flüchtig, im Vorübergehn,
Durch einen Pförtner sich den Kirchhof öffnen.
DER KURFÜRST. Den Kirchhof?
OFFIZIER. Ja mein Fürst und Herr!
DER KURFÜRST. Weshalb?
OFFIZIER. Die Wahrheit zu gestehn, ich weiß es nicht;
Es schien das Grabgewölb wünscht' er zu sehen,
Das dein Gebot ihm dort eröffnen ließ.

(Die Obersten treten zusammen und sprechen miteinander.)

DER KURFÜRST. Gleichviel! Sobald er kömmt, laßt ihn herein.

(Er tritt wieder an den Tisch und sieht in die Papiere.)

GRAF TRUCHSS. Da führt die Wache schon den Prinzen her.

Siebenter Auftritt

Der Prinz von Homburg tritt auf. Ein Offizier mit Wache. Die Vorigen.

DER KURFÜRST. Mein junger Prinz, Euch ruf ich mir zu Hülfe!
Der Obrist Kottwitz bringt, zu Gunsten Eurer,
Mir dieses Blatt hier, schaut, in langer Reihe
Von hundert Edelleuten unterzeichnet;
Das Heer begehre, heißt es, Eure Freiheit,
Und billige den Spruch des Kriegsrechts nicht. –
Lest, bitt ich, selbst, und unterrichtet Euch!

(Er gibt ihm das Blatt.)

DER PRINZ VON HOMBURG *(nachdem er einen Blick hineingetan, wendet sich, und sieht sich im Kreis der Offiziere um).*
Kottwitz, gib deine Hand mir, alter Freund!
Du tust mir mehr, als ich, am Tag der Schlacht,
Um dich verdient! Doch jetzt geschwind geh hin
Nach Arnstein wiederum, von wo du kamst,
Und rühr dich nicht; ich habs mir überlegt,
Ich will den Tod, der mir erkannt, erdulden!

(Er übergibt ihm die Schrift.)

KOTTWITZ *(betroffen)*. Nein, nimmermehr, mein Prinz! Was sprichst du da?
HOHENZOLLERN. Er will den Tod –?
GRAF TRUCHSS. Er soll und darf nicht sterben!
MEHRERE OFFIZIERE *(vordringend)*.
Mein Herr und Kurfürst! Mein Gebieter! Hör uns!
DER PRINZ VON HOMBURG. Ruhig! Es ist mein unbeugsamer Wille!
Ich will das heilige Gesetz des Kriegs,
Das ich verletzt, im Angesicht des Heers,
Durch einen freien Tod verherrlichen!
Was kann der Sieg euch, meine Brüder, gelten,
Der eine, dürftige, den ich vielleicht
Dem Wrangel noch entreiße, dem Triumph
Verglichen, über den verderblichsten
Der Feind' in uns, den Trotz, den Übermut,
Errungen glorreich morgen? Es erliege
Der Fremdling, der uns unterjochen will,
Und frei, auf mütterlichem Grund, behaupte
Der Brandenburger sich; denn sein ist er,
Und seiner Fluren Pracht nur ihm erbaut!
KOTTWITZ *(gerührt)*.
Mein Sohn! Mein liebster Freund! Wie nenn ich dich?
GRAF TRUCHSS. O Gott der Welt!
KOTTWITZ. Laß deine Hand mich küssen!

(Sie drängen sich um ihn.)

DER PRINZ VON HOMBURG *(wendet sich zum Kurfürsten)*.
Doch dir, mein Fürst, der einen süßern Namen
Dereinst mir führte, leider jetzt verscherzt:
Dir leg ich tiefbewegt zu Füßen mich!
Vergib, wenn ich am Tage der Entscheidung,
Mit übereiltem Eifer dir gedient:
Der Tod wäscht jetzt von jeder Schuld mich rein.
Laß meinem Herzen, das versöhnt und heiter
Sich deinem Rechtsspruch unterwirft, den Trost,
Daß deine Brust auch jedem Groll entsagt:
Und, in der Abschiedsstunde, des zum Zeichen,
Bewillge huldreich eine Gnade mir!
DER KURFÜRST. Sprich, junger Held! Was ists, das du begehrst?
Mein Wort verpfänd ich dir und Ritterehre,
Was es auch sei, es ist dir zugestanden!
DER PRINZ VON HOMBURG. Erkauf o Herr, mit deiner Nichte Hand,
Von Gustav Karl den Frieden nicht! Hinweg
Mit diesem Unterhändler aus dem Lager,

Der solchen Antrag ehrlos dir gemacht:
Mit Kettenkugeln schreib die Antwort ihm!

DER KURFÜRST *(küßt seine Stirn)*.
Seis, wie du sagst! Mit diesem Kuß, mein Sohn,
Bewillg' ich diese letzte Bitte dir!
Was auch bedarf es dieses Opfers noch,
Vom Mißglück nur des Kriegs mir abgerungen;
Blüht doch aus jedem Wort, das du gesprochen,
Jetzt mir ein Sieg auf, der zu Staub ihn malmt!
Prinz Homburgs Braut sei sie, werd ich ihm schreiben,
Der Fehrbellins halb, dem Gesetz verfiel,
Und seinem Geist, tot vor den Fahnen schreitend,
Kämpf er auf dem Gefild der Schlacht, sie ab!

(Er küßt ihn noch einmal und erhebt ihn.)

DER PRINZ VON HOMBURG. Nun sieh, jetzt schenktest du das Leben mir!
Nun fleh ich jeden Segen dir herab,
Den, von dem Thron der Wolken, Seraphin
Auf Heldenhäupter jauchzend niederschütten:
Geh und bekrieg, o Herr, und überwinde
Den Weltkreis, der dir trotzt – denn du bists wert!

DER KURFÜRST. Wache! Führt ihn zurück in sein Gefängnis!

Achter Auftritt

Natalie und die Kurfürstin zeigen sich unter der Tür. Hofdamen folgen. – Die Vorigen.

NATALIE. O Mutter, laß! Was sprichst du mir von Sitte?
Die höchst' in solcher Stund, ist ihn zu lieben!
– Mein teurer, unglücksel'ger Freund!

DER PRINZ VON HOMBURG *(bricht auf)*. Hinweg!

GRAF TRUCHSS *(hält ihn)*.
Nein nimmermehr, mein Prinz!

(Mehrere Offiziere treten ihm in den Weg.)

DER PRINZ VON HOMBURG. Führt mich hinweg!

HOHENZOLLERN. Mein Kurfürst, kann dein Herz –?

DER PRINZ VON HOMBURG *(reißt sich los)*. Tyrannen, wollt ihr
Hinaus an Ketten mich zum Richtplatz schleifen?
Fort! – Mit der Welt schloß ich die Rechnung ab!

(Ab, mit Wache.)

NATALIE *(indem sie sich an die Brust der Tante legt).*
O Erde, nimm in deinen Schoß mich auf!
Wozu das Licht der Sonne länger schaun?

Neunter Auftritt

Die Vorigen ohne den Prinzen von Homburg.

FELDMARSCHALL. O Gott der Welt! Mußt es bis dahin kommen!
(Der Kurfürst spricht heimlich und angelegentlich mit einem Offizier.)
KOTTWITZ *(kalt).* Mein Fürst und Herr, nach dem, was vorgefallen,
Sind wir entlassen?
DER KURFÜRST. Nein! zur Stund noch nicht!
Dir sag ichs an, wenn du entlassen bist!
(Er fixiert ihn eine Weile mit den Augen; alsdann nimmt er die Papiere, die ihm der Page gebracht hat, vom Tisch, und wendet sich damit zum Feldmarschall.)
Hier, diesen Paß dem schwedschen Grafen Horn!
Es wär des Prinzen, meines Vetters Bitte,
Die ich verpflichtet wäre zu erfüllen;
Der Krieg heb, in drei Tagen, wieder an!
(Pause. – Er wirft einen Blick in das Todesurteil.)
Ja, urteilt selbst, ihr Herrn! Der Prinz von Homburg
Hat im verfloßnen Jahr, durch Trotz und Leichtsinn,
Um zwei der schönsten Siege mich gebracht;
Den dritten auch hat er mir schwer gekränkt.
Die Schule dieser Tage durchgegangen,
Wollt ihrs zum vierten Male mit ihm wagen?
KOTTWITZ UND TRUCHSS *(durcheinander).*
Wie, mein vergöttert – angebeteter –?
DER KURFÜRST. Wollt ihr? Wollt ihr?
KOTTWITZ. Bei dem lebendgen Gott,
Du könntest an Verderbens Abgrund stehn,
Daß er, um dir zu helfen, dich zu retten,
Auch nicht das Schwert mehr zückte, ungerufen!
DER KURFÜRST *(zerreißt das Todesurteil).*
So folgt, ihr Freunde, in den Garten mir!
(Alle ab.)

Szene: Schloß, mit der Rampe, die in den Garten hinabführt; wie im ersten Akt. – Es ist wieder Nacht.

Zehnter Auftritt

Der Prinz von Homburg wird vom Rittmeister Stranz mit verbundenen Augen durch das untere Gartengitter aufgeführt. Offiziere mit Wache. – In der Ferne hört man Trommeln des Totenmarsches.

DER PRINZ VON HOMBURG.
Nun, o Unsterblichkeit, bist du ganz mein!
Du strahlst mir, durch die Binde meiner Augen,
Mir Glanz der tausendfachen Sonne zu!
Es wachsen Flügel mir an beiden Schultern,
Durch stille Ätherräume schwingt mein Geist;
Und wie ein Schiff, vom Hauch des Winds entführt,
Die muntre Hafenstadt versinken sieht,
So geht mir dämmernd alles Leben unter:
Jetzt unterscheid ich Farben noch und Formen,
Und jetzt liegt Nebel alles unter mir.

(Der Prinz setzt sich auf die Bank, die in der Mitte des Platzes, um die Eiche aufgeschlagen ist; der Rittmeister Stranz entfernt sich von ihm, und sieht nach der Rampe hinauf.)

DER PRINZ VON HOMBURG.
Ach, wie die Nachtviole lieblich duftet!
Spürst du es nicht?

(Stranz kommt wieder zu ihm zurück.)

STRANZ. Es sind Levkojn und Nelken.

DER PRINZ VON HOMBURG.
Levkojn? – Wie kommen die hierher?

STRANZ. Ich weiß nicht. –
Es scheint, ein Mädchen hat sie hier gepflanzt.
– Kann ich dir eine Nelke reichen?

DER PRINZ VON HOMBURG. Lieber! –
Ich will zu Hause sie in Wasser setzen.

Eilfter Auftritt

Der Kurfürst mit dem Lorbeerkranz, um welchen die goldne Kette geschlungen ist, Kurfürstin, Prinzessin Natalie, Feldmarschall Dörfling, Obrist Kottwitz, Hohenzollern, Golz usw., Hofdamen, Offiziere und Fackeln erscheinen auf der Rampe des Schlosses. – Hohenzollern tritt, mit einem Tuch, an das Geländer und winkt dem Rittmeister Stranz; worauf dieser den Prinzen von Homburg verläßt, und im Hintergrund mit der Wache spricht.

DER PRINZ VON HOMBURG. Lieber, was für ein Glanz verbreitet sich?
STRANZ *(kehrt zu ihm zurück)*. Mein Prinz, willst du gefällig dich erheben?
DER PRINZ VON HOMBURG.
Was gibt es?
STRANZ. Nichts, das dich erschrecken dürfte! –
Die Augen bloß will ich dir wieder öffnen.
DER PRINZ VON HOMBURG. Schlug meiner Leiden letzte Stunde?
STRANZ. Ja! –
Heil dir und Segen, denn du bist es wert!

(Der Kurfürst gibt den Kranz, an welchem die Kette hängt, der Prinzessin, nimmt sie bei der Hand und führt sie die Rampe herab. Herren und Damen folgen. Die Prinzessin tritt, umgeben von Fackeln, vor den Prinzen, welcher erstaunt aufsteht; setzt ihm den Kranz auf, hängt ihm die Kette um, und drückt seine Hand an ihr Herz. Der Prinz fällt in Ohnmacht.)

NATALIE. Himmel! die Freude tötet ihn!
HOHENZOLLERN *(faßt ihn auf)*. Zu Hülfe!
DER KURFÜRST. Laßt den Kanonendonner ihn erwecken!

(Kanonenschüsse. Ein Marsch. Das Schloß erleuchtet sich.)

KOTTWITZ. Heil, Heil dem Prinz von Homburg!
DIE OFFIZIERE. Heil! Heil! Heil!
ALLE. Dem Sieger in der Schlacht bei Fehrbellin!

(Augenblickliches Stillschweigen.)

DER PRINZ VON HOMBURG.
Nein, sagt! Ist es ein Traum?
KOTTWITZ. Ein Traum, was sonst?
MEHRERE OFFIZIERE.
Ins Feld! Ins Feld!
GRAF TRUCHSS. Zur Schlacht!
FELDMARSCHALL. Zum Sieg! Zum Sieg!
ALLE. In Staub mit allen Feinden Brandenburgs!

(Ende.)

ERZÄHLUNGEN

MICHAEL KOHLHAAS

(Aus einer alten Chronik)

An den Ufern der Havel lebte, um die Mitte des sechzehnten Jahrhunderts, ein Roßhändler, namens *Michael Kohlhaas*, Sohn eines Schulmeisters, einer der rechtschaffensten zugleich und entsetzlichsten Menschen seiner Zeit. – Dieser außerordentliche Mann würde, bis in sein dreißigstes Jahr für das Muster eines guten Staatsbürgers haben gelten können. Er besaß in einem Dorfe, das noch von ihm den Namen führt, einen Meierhof, auf welchem er sich durch sein Gewerbe ruhig ernährte; die Kinder, die ihm sein Weib schenkte, erzog er, in der Furcht Gottes, zur Arbeitsamkeit und Treue; nicht einer war unter seinen Nachbarn, der sich nicht seiner Wohltätigkeit, oder seiner Gerechtigkeit erfreut hätte; kurz, die Welt würde sein Andenken haben segnen müssen, wenn er in einer Tugend nicht ausgeschweift hätte. Das Rechtgefühl aber machte ihn zum Räuber und Mörder.

Er ritt einst, mit einer Koppel junger Pferde, wohlgenährt alle und glänzend, ins Ausland, und überschlug eben, wie er den Gewinst, den er auf den Märkten damit zu machen hoffte, anlegen wolle: teils, nach Art guter Wirte, auf neuen Gewinst, teils aber auch auf den Genuß der Gegenwart: als er an die Elbe kam, und bei einer stattlichen Ritterburg, auf sächsischem Gebiete, einen Schlagbaum traf, den er sonst auf diesem Wege nicht gefunden hatte. Er hielt, in einem Augenblick, da eben der Regen heftig stürmte, mit den Pferden still, und rief den Schlagwärter, der auch bald darauf, mit einem grämlichen Gesicht, aus dem Fenster sah. Der Roßhändler sagte, daß er ihm öffnen solle. Was gibts hier Neues? fragte er, da der Zöllner, nach einer geraumen Zeit, aus dem Hause trat. Landesherrliches Privilegium, antwortete dieser, indem er aufschloß: dem Junker Wenzel von Tronka verliehen. – So, sagte Kohlhaas. Wenzel heißt der Junker? und sah sich das Schloß an, das mit glänzenden Zinnen über das Feld blickte. Ist der alte Herr tot? – Am Schlagfluß gestorben, erwiderte der Zöllner, indem er den Baum in die Höhe ließ. – Hm! Schade! versetzte Kohlhaas. Ein würdiger alter Herr, der seine Freude am Verkehr der Menschen hatte, Handel und Wandel, wo er nur vermochte, forthalf, und einen Steindamm einst bauen ließ, weil mir eine Stute, draußen, wo der Weg ins Dorf geht, das Bein gebrochen. Nun! Was bin ich schuldig? – fragte er; und holte die Groschen, die der Zollwärter verlangte, mühselig unter dem im Winde flatternden Mantel hervor. »Ja, Alter«, setzte er noch hinzu, da dieser: hurtig! hurtig! murmelte, und über die Witterung fluchte: »wenn der Baum im Walde stehen geblieben wäre, wärs besser gewesen, für mich und Euch«; und damit gab er ihm das Geld und wollte reiten. Er war aber noch kaum unter den Schlagbaum gekommen, als eine neue Stimme schon: halt dort, der Roßkamm! hinter ihm vom Turm erscholl, und er den Burgvogt ein Fenster zuwerfen und zu ihm herabeilen sah. Nun, was gibts Neues? fragte Kohlhaas bei sich selbst, und hielt mit den Pferden an. Der Burgvogt, indem er sich noch eine Weste über seinen weitläufigen Leib zuknüpfte, kam, und fragte, schief gegen die Witterung gestellt, nach dem Paßschein. – Kohlhaas fragte: der Paßschein? Er sagte, ein wenig betreten, daß er, soviel er wisse, keinen habe; daß man ihm aber nur beschreiben möchte, was dies für ein Ding des Herrn sei: so werde er vielleicht zufälligerweise damit versehen sein. Der Schloßvogt, indem er ihn von der Seite ansah, versetzte, daß ohne einen landesherrlichen Erlaubnisschein, kein Roßkamm mit Pferden über die Grenze gelassen würde. Der Roßkamm versicherte, daß er siebzehn Mal in seinem Leben, ohne einen solchen Schein, über die Grenze gezogen sei; daß er alle landesherrlichen Verfügungen, die sein Gewerbe angingen, genau kennte; daß dies wohl nur ein Irrtum sein würde, wegen dessen er sich zu bedenken bitte, und daß man ihn, da seine Tagereise lang sei, nicht länger unnützer Weise hier aufhalten möge. Doch der Vogt erwiderte, daß er das achtzehnte Mal nicht durchschlüpfen würde, daß die Verordnung deshalb erst neuerlich erschienen wäre, und daß er entweder den Paßschein noch hier lösen, oder zurückkehren müsse, wo er hergekommen sei. Der Roßhändler, den diese ungesetzlichen Erpressungen zu erbittern anfingen, stieg, nach einer kurzen Besinnung, vom Pferde, gab es einem Knecht, und sagte, daß er den Junker von Tronka selbst darüber sprechen würde. Er ging auch auf die Burg; der Vogt folgte ihm, indem er von filzigen Geldraffern und nützlichen Aderlässen derselben murmelte; und beide traten, mit ihren Blicken einander messend, in den Saal. Es traf sich, daß der Junker eben, mit einigen muntern Freunden, beim Becher saß, und, um eines Schwanks willen, ein unendliches Gelächter unter ihnen erscholl, als Kohlhaas, um seine Beschwerde anzubringen, sich ihm näherte. Der Junker fragte, was er wolle; die Ritter, als sie den fremden Mann erblickten, wurden still; doch kaum hatte dieser sein Gesuch, die Pferde betreffend, angefangen, als der ganze Troß schon: Pferde? Wo sind sie? ausrief, und an die Fenster eilte, um sie zu betrachten. Sie flogen, da sie die glänzende Koppel sahen, auf den Vorschlag des Junkers, in den Hof hinab; der Regen hatte aufgehört; Schloßvogt und Verwalter und Knechte versammelten sich um sie, und alle musterten die Tiere. Der eine lobte den Schweißfuchs mit der Blesse, dem andern gefiel der Kastanienbraune, der dritte streichelte den Schecken mit schwarzgelben Flecken; und alle meinten, daß die Pferde wie Hirsche wären, und im Lande keine bessern gezogen würden. Kohlhaas erwiderte munter, daß die Pferde nicht besser wären, als die Ritter, die sie reiten sollten; und forderte sie auf, zu kaufen. Der Junker, den der mächtige Schweißhengst sehr reizte, befragte ihn auch um den Preis; der Verwalter lag ihm an, ein Paar Rappen zu kaufen, die er, wegen Pferdemangels, in der Wirtschaft gebrauchen zu können glaubte; doch als der Roßkamm sich erklärt hatte, fanden die Ritter ihn zu teuer, und der

Junker sagte, daß er nach der Tafelrunde reiten und sich den König Arthur aufsuchen müsse, wenn er die Pferde so anschlage. Kohlhaas, der den Schloßvogt und den Verwalter, indem sie sprechende Blicke auf die Rappen warfen, mit einander flüstern sah, ließ es, aus einer dunkeln Vorahndung, an nichts fehlen, die Pferde an sie los zu werden. Er sagte zum Junker: »Herr, die Rappen habe ich vor sechs Monaten für 25 Goldgülden gekauft; gebt mir 30, so sollt Ihr sie haben.« Zwei Ritter, die neben dem Junker standen, äußerten nicht undeutlich, daß die Pferde wohl so viel wert wären; doch der Junker meinte, daß er für den Schweißfuchs wohl, aber nicht eben für die Rappen, Geld ausgeben möchte, und machte Anstalten, aufzubrechen; worauf Kohlhaas sagte, er würde vielleicht das nächste Mal, wenn er wieder mit seinen Gaulen durchzöge, einen Handel mit ihm machen; sich dem Junker empfahl, und die Zügel seines Pferdes ergriff, um abzureiten. In diesem Augenblick trat der Schloßvogt aus dem Haufen vor, und sagte, er höre, daß er ohne einen Paßschein nicht reisen dürfe. Kohlhaas wandte sich und fragte den Junker, ob es denn mit diesem Umstand, der sein ganzes Gewerbe zerstöre, in der Tat seine Richtigkeit habe? Der Junker antwortete, mit einem verlegnen Gesicht, indem er abging: ja, Kohlhaas, den Paß mußt du lösen. Sprich mit dem Schloßvogt, und zieh deiner Wege. Kohlhaas versicherte ihn, daß es gar nicht seine Absicht sei, die Verordnungen, die wegen Ausführung der Pferde bestehen möchten, zu umgehen; versprach, bei seinem Durchzug durch Dresden, den Paß in der Geheimschreiberei zu lösen, und bat, ihn nur diesmal, da er von dieser Forderung durchaus nichts gewußt, ziehen zu lassen. Nun! sprach der Junker, da eben das Wetter wieder zu stürmen anfing, und seine dürren Glieder durchsauste: laßt den Schlucker laufen. Kommt! sagte er zu den Rittern, kehrte sich um, und wollte nach dem Schlosse gehen. Der Schloßvogt sagte, zum Junker gewandt, daß er wenigstens ein Pfand, zur Sicherheit, daß er den Schein lösen würde, zurücklassen müsse. Der Junker blieb wieder unter dem Schloßtor stehen. Kohlhaas fragte, welchen Wert er denn, an Geld oder an Sachen, zum Pfande, wegen der Rappen, zurücklassen solle? Der Verwalter meinte, in den Bart murmelnd, er könne ja die Rappen selbst zurücklassen. Allerdings, sagte der Schloßvogt, das ist das Zweckmäßigste; ist der Paß gelöst, so kann er sie zu jeder Zeit wieder abholen. Kohlhaas, über eine so unverschämte Forderung betreten, sagte dem Junker, der sich die Wamsschöße frierend vor den Leib hielt, daß er die Rappen ja verkaufen wolle; doch dieser, da in demselben Augenblick ein Windstoß eine ganze Last von Regen und Hagel durchs Tor jagte, rief, um der Sache ein Ende zu machen: wenn er die Pferde nicht loslassen will, so schmeißt ihn wieder über den Schlagbaum zurück; und ging ab. Der Roßkamm, der wohl sah, daß er hier der Gewalttätigkeit weichen mußte, entschloß sich, die Forderung, weil doch nichts anders übrig blieb, zu erfüllen; spannte die Rappen aus, und führte sie in einen Stall, den ihm der Schloßvogt anwies. Er ließ einen Knecht bei ihnen zurück, versah ihn mit Geld, ermahnte ihn, die Pferde, bis zu seiner Zurückkunft, wohl in acht zu nehmen, und setzte seine Reise, mit dem Rest der Koppel, halb und halb ungewiß, ob nicht doch wohl, wegen aufkeimender Pferdezucht, ein solches Gebot, im Sächsischen, erschienen sein könne, nach Leipzig, wo er auf die Messe wollte, fort.

In Dresden, wo er, in einer der Vorstädte der Stadt, ein Haus mit einigen Ställen besaß, weil er von hier aus seinen Handel auf den kleineren Märkten des Landes zu bestreiten pflegte, begab er sich, gleich nach seiner Ankunft, auf die Geheimschreiberei, wo er von den Räten, deren er einige kannte, erfuhr, was ihm allerdings sein erster Glaube schon gesagt hatte, daß die Geschichte von dem Paßschein ein Märchen sei. Kohlhaas, dem die mißvergnügten Räte, auf sein Ansuchen, einen schriftlichen Schein über den Ungrund derselben gaben, lächelte über den Witz des dürren Junkers, obschon er noch nicht recht einsah, was er damit bezwecken mochte; und die Koppel der Pferde, die er bei sich führte, einige Wochen darauf, zu seiner Zufriedenheit, verkauft, kehrte er, ohne irgend weiter ein bitteres Gefühl, als das der allgemeinen Not der Welt, zur Tronkenburg zurück. Der Schloßvogt, dem er den Schein zeigte, ließ sich nicht weiter darüber aus, und sagte, auf die Frage des Roßkamms, ob er die Pferde jetzt wieder bekommen könne: er möchte nur hinunter gehen und sie holen. Kohlhaas hatte aber schon, da er über den Hof ging, den unangenehmen Auftritt, zu erfahren, daß sein Knecht, ungebührlichen Betragens halber, wie es hieß, wenige Tage nach dessen Zurücklassung in der Tronkenburg, zerprügelt und weggejagt worden sei. Er fragte den Jungen, der ihm diese Nachricht gab, was denn derselbe getan? und wer während dessen die Pferde besorgt hätte? worauf dieser aber erwiderte, er wisse es nicht, und darauf dem Roßkamm, dem das Herz schon von Ahnungen schwoll, den Stall, in welchem sie standen, öffnete. Wie groß war aber sein Erstaunen, als er, statt seiner zwei glatten und wohlgenährten Rappen, ein Paar dürre, abgehärmte Mähren erblickte; Knochen, denen man, wie Riegeln, hätte Sachen aufhängen können; Mähnen und Haare, ohne Wartung und Pflege, zusammengeknetet: das wahre Bild des Elends im Tierreiche! Kohlhaas, den die Pferde, mit einer schwachen Bewegung, anwieherten, war auf das äußerste entrüstet, und fragte, was seinen Gaulen widerfahren wäre? Der Junge, der bei ihm stand, antwortete, daß ihnen weiter kein Unglück zugestoßen wäre, daß sie auch das gehörige Futter bekommen hätten, daß sie aber, da gerade Ernte gewesen sei, wegen Mangels an Zugvieh, ein wenig auf den Feldern gebraucht worden wären. Kohlhaas fluchte über diese schändliche und abgekartete Gewalttätigkeit, verbiß jedoch, im Gefühl seiner Ohnmacht, seinen Ingrimm, und machte schon, da doch nichts anders übrig blieb, Anstalten, das Raubnest mit den Pferden nur wieder zu verlassen, als der Schloßvogt, von dem Wortwechsel herbeigerufen, erschien, und fragte, was es hier gäbe? Was es gibt? antwortete Kohlhaas. Wer hat dem Junker von Tronka und dessen

Leuten die Erlaubnis gegeben, sich meiner bei ihm zurückgelassenen Rappen zur Feldarbeit zu bedienen? Er setzte hinzu, ob das wohl menschlich wäre? versuchte, die erschöpften Gaule durch einen Gertenstreich zu erregen, und zeigte ihm, daß sie sich nicht rührten. Der Schloßvogt, nachdem er ihn eine Weile trotzig angesehen hatte, versetzte: seht den Grobian! Ob der Flegel nicht Gott danken sollte, daß die Mähren überhaupt noch leben? Er fragte, wer sie, da der Knecht weggelaufen, hätte pflegen sollen? Ob es nicht billig gewesen wäre, daß die Pferde das Futter, das man ihnen gereicht habe, auf den Feldern abverdient hätten? Er schloß, daß er hier keine Flausen machen möchte, oder daß er die Hunde rufen, und sich durch sie Ruhe im Hofe zu verschaffen wissen würde. – Dem Roßhändler schlug das Herz gegen den Wams. Es drängte ihn, den nichtswürdigen Dickwanst in den Kot zu werfen, und den Fuß auf sein kupfernes Antlitz zu setzen. Doch sein Rechtgefühl, das einer Goldwaage glich, wankte noch; er war, vor der Schranke seiner eigenen Brust, noch nicht gewiß, ob eine Schuld seinen Gegner drücke; und während er, die Schimpfreden niederschluckend, zu den Pferden trat, und ihnen, in stiller Erwägung der Umstände, die Mähnen zurecht legte, fragte er mit gesenkter Stimme: um welchen Versehens halber der Knecht denn aus der Burg entfernt worden sei? Der Schloßvogt erwiderte: weil der Schlingel trotzig im Hofe gewesen ist! Weil er sich gegen einen notwendigen Stallwechsel gesträubt, und verlangt hat, daß die Pferde zweier Jungherren, die auf die Tronkenburg kamen, um seiner Mähren willen, auf der freien Straße übernachten sollten! – Kohlhaas hätte den Wert der Pferde darum gegeben, wenn er den Knecht zur Hand gehabt, und dessen Aussage mit der Aussage dieses dickmäuligen Burgvogts hätte vergleichen können. Er stand noch, und streifte den Rappen die Zoddeln aus, und sann, was in seiner Lage zu tun sei, als sich die Szene plötzlich änderte, und der Junker Wenzel von Tronka, mit einem Schwarm von Rittern, Knechten und Hunden, von der Hasenhetze kommend, in den Schloßplatz sprengte. Der Schloßvogt, als er fragte, was vorgefallen sei, nahm sogleich das Wort, und während die Hunde, beim Anblick des Fremden, von der einen Seite, ein Mordgeheul gegen ihn anstimmten, und die Ritter ihnen, von der andern, zu schweigen geboten, zeigte er ihm, unter der gehässigsten Entstellung der Sache, an, was dieser Roßkamm, weil seine Rappen ein wenig gebraucht worden wären, für eine Rebellion verführe. Er sagte, mit Hohngelächter, daß er sich weigere, die Pferde als die seinigen anzuerkennen. Kohlhaas rief: »das *sind* nicht meine Pferde, gestrenger Herr! Das sind die *Pferde* nicht, die dreißig Goldgülden wert waren! Ich will meine wohlgenährten und gesunden Pferde wieder haben!« – Der Junker, indem ihm eine flüchtige Blässe ins Gesicht trat, stieg vom Pferde, und sagte: wenn der H... A... die Pferde nicht wiedernehmen will, so mag er es bleiben lassen. Komm, Günther! rief er – Hans! Kommt! indem er sich den Staub mit der Hand von den Beinkleidern schüttelte; und: schafft Wein! rief er noch, da er mit den Rittern unter der Tür war; und ging ins Haus. Kohlhaas sagte, daß er eher den Abdecker rufen, und die Pferde auf den Schindanger schmeißen lassen, als sie so, wie sie wären, in seinen Stall zu Kohlhaasenbrück führen wolle. Er ließ die Gaule, ohne sich um sie zu bekümmern, auf dem Platz stehen, schwang sich, indem er versicherte, daß er sich Recht zu verschaffen wissen würde, auf seinen Braunen, und ritt davon.

Spornstreichs auf dem Wege nach Dresden war er schon, als er, bei dem Gedanken an den Knecht, und an die Klage, die man auf der Burg gegen ihn führte, schrittweis zu reiten anfing, sein Pferd, ehe er noch tausend Schritt gemacht hatte, wieder wandte, und zur vorgängigen Vernehmung des Knechts, wie es ihm klug und gerecht schien, nach Kohlhaasenbrück einbog. Denn ein richtiges, mit der gebrechlichen Einrichtung der Welt schon bekanntes Gefühl machte ihn, trotz der erlittenen Beleidigungen, geneigt, falls nur wirklich dem Knecht, wie der Schloßvogt behauptete, eine Art von Schuld beizumessen sei, den Verlust der Pferde, als eine gerechte Folge davon, zu verschmerzen. Dagegen sagte ihm ein ebenso vortreffliches Gefühl, und dies Gefühl faßte tiefere und tiefere Wurzeln, in dem Maße, als er weiter ritt, und überall, wo er einkehrte, von den Ungerechtigkeiten hörte, die täglich auf der Tronkenburg gegen die Reisenden verübt wurden: daß wenn der ganze Vorfall, wie es allen Anschein habe, bloß abgekartet sein sollte, er mit seinen Kräften der Welt in der Pflicht verfallen sei, sich Genugtuung für die erlittene Kränkung, und Sicherheit für zukünftige seinen Mitbürgern zu verschaffen.

Sobald er, bei seiner Ankunft in Kohlhaasenbrück, Lisbeth, sein treues Weib, umarmt, und seine Kinder, die um seine Kniee frohlockten, geküßt hatte, fragte er gleich nach Herse, dem Großknecht: und ob man nichts von ihm gehört habe? Lisbeth sagte: ja liebster Michael, dieser Herse! Denke dir, daß dieser unselige Mensch, vor etwa vierzehn Tagen, auf das jämmerlichste zerschlagen, hier eintrifft; nein, so zerschlagen, daß er auch nicht frei atmen kann. Wir bringen ihn zu Bett, wo er heftig Blut speit, und vernehmen, auf unsre wiederholten Fragen, eine Geschichte, die keiner versteht. Wie er von dir mit Pferden, denen man den Durchgang nicht verstattet, auf der Tronkenburg zurückgelassen worden sei, wie man ihn, durch die schändlichsten Mißhandlungen, gezwungen habe, die Burg zu verlassen, und wie es ihm unmöglich gewesen wäre, die Pferde mitzunehmen. So? sagte Kohlhaas, indem er den Mantel ablegte. Ist er denn schon wieder hergestellt? – Bis auf das Blutspeien, antwortete sie, halb und halb. Ich wollte sogleich einen Knecht nach der Tronkenburg schicken, um die Pflege der Rosse, bis zu deiner Ankunft daselbst, besorgen zu lassen. Denn da sich der Herse immer wahrhaftig gezeigt hat, und so getreu uns, in der Tat wie kein anderer, so kam es mir nicht zu, in seine Aussage, von so viel Merkmalen unterstützt, einen Zweifel zu setzen, und etwa zu glauben, daß er der Pferde auf eine andere Art verlustig gegangen wäre. Doch er beschwört mich, niemandem zuzumuten, sich in diesem Raubneste zu zeigen, und die Tiere aufzugeben, wenn ich keinen Menschen dafür aufopfern wolle. – Liegt er denn noch im Bette? fragte Kohlhaas, indem er sich von der Halsbinde befreite. – Er geht, erwiderte sie, seit einigen Tagen schon wieder im Hofe umher. Kurz, du wirst sehen, fuhr sie fort, daß alles seine Richtigkeit hat, und daß diese Begebenheit einer von den Freveln ist, die man sich seit kurzem auf der Tronkenburg gegen die Fremden erlaubt. – Das muß ich doch erst untersuchen, erwiderte Kohlhaas. Ruf ihn mir, Lisbeth, wenn er auf ist, doch her! Mit diesen Worten setzte er sich in den Lehnstuhl; und die Hausfrau, die sich über seine Gelassenheit sehr freute, ging, und holte den Knecht.

Was hast du in der Tronkenburg gemacht? fragte Kohlhaas, da Lisbeth mit ihm in das Zimmer trat. Ich bin nicht eben wohl mit dir zufrieden. – Der Knecht, auf dessen blassem Gesicht sich, bei diesen Worten, eine Röte fleckig zeigte, schwieg eine Weile; und: da habt Ihr recht, Herr! antwortete er; denn einen Schwefelfaden, den ich durch Gottes Fügung bei mir trug, um das Raubnest, aus dem ich verjagt worden war, in Brand zu stecken, warf ich, als ich ein Kind darin jammern hörte, in das Elbwasser, und dachte: mag es Gottes Blitz einäschern; ich wills nicht! – Kohlhaas sagte betroffen: wodurch aber hast du dir die Verjagung aus der Tronkenburg zugezogen? Drauf Herse: durch einen schlechten Streich, Herr; und trocknete sich den Schweiß von der Stirn: Geschehenes ist aber nicht zu ändern. Ich wollte die Pferde nicht auf der Feldarbeit zu Grunde richten lassen, und sagte, daß sie noch jung wären und nicht gezogen hätten. – Kohlhaas erwiderte, indem er seine Verwirrung zu verbergen suchte, daß er hierin nicht ganz die Wahrheit gesagt, indem die Pferde schon zu Anfange des verflossenen Frühjahrs ein wenig im Geschirr gewesen wären. Du hättest dich auf der Burg, fuhr er fort, wo du doch eine Art von Gast warest, schon ein oder etliche Mal, wenn gerade, wegen schleuniger Einführung der Ernte Not war, gefällig zeigen können. – Das habe ich auch getan, Herr, sprach Herse. Ich dachte, da sie mir grämliche Gesichter machten, es wird doch die Rappen just nicht kosten. Am dritten Vormittag spannt ich sie vor, und drei Fuhren Getreide führt ich ein. Kohlhaas, dem das Herz emporquoll, schlug die Augen zu Boden, und versetzte: davon hat man mir nichts gesagt, Herse! – Herse versicherte ihn, daß es so sei. Meine Ungefälligkeit, sprach er, bestand darin, daß ich die Pferde, als sie zu Mittag kaum ausgefressen hatten, nicht wieder ins Joch spannen wollte; und daß ich dem Schloßvogt und dem Verwalter, als sie mir vorschlugen frei Futter dafür anzunehmen, und das Geld, das Ihr mir für Futterkosten zurückgelassen hattet, in den Sack zu stecken, antwortete – ich würde ihnen sonst was tun; mich umkehrte und wegging. – Um dieser Ungefälligkeit aber, sagte Kohlhaas, bist du von der Tronkenburg nicht weggejagt worden. – Behüte Gott, rief der Knecht, um eine gottvergessene Missetat! Denn auf den Abend wurden die Pferde zweier Ritter, welche auf die Tronkenburg kamen, in den Stall geführt, und meine an die Stalltüre angebunden. Und da ich dem Schloßvogt, der sie daselbst einquartierte, die Rappen aus der Hand nahm, und fragte, wo die Tiere jetzo bleiben sollten, so zeigte er mir einen Schweinekoben an, der von Latten und Brettern an der Schloßmauer auferbaut war. – Du meinst, unterbrach ihn Kohlhaas, es war ein so schlechtes Behältnis für Pferde, daß es einem Schweinekoben ähnlicher war, als einem Stall. – Es war ein Schweinekoben, Herr, antwortete Herse; wirklich und wahrhaftig ein Schweinekoben, in welchem die Schweine aus- und einliefen, und ich nicht aufrecht stehen konnte. – Vielleicht war sonst kein Unterkommen für die Rappen aufzufinden, versetzte Kohlhaas; die Pferde der Ritter gingen, auf eine gewisse Art, vor. – Der Platz, erwiderte der Knecht, indem er die Stimme fallen ließ, war eng. Es hauseten jetzt in allem sieben Ritter auf der Burg. Wenn Ihr es gewesen wäret, Ihr hättet die Pferde ein wenig zusammenrücken lassen. Ich sagte, ich wolle mir im Dorf einen Stall zu mieten suchen; doch der Schloßvogt versetzte, daß er die Pferde unter seinen Augen behalten müsse, und daß ich mich nicht unterstehen solle, sie vom Hofe wegzuführen. – Hm! sagte Kohlhaas. Was gabst du darauf an? – Weil der Verwalter sprach, die beiden Gäste würden bloß übernachten, und am andern Morgen weiter reiten, so führte ich die Pferde in den Schweinekoben hinein. Aber der folgende Tag verfloß, ohne daß es geschah; und als der dritte anbrach, hieß es, die Herren würden noch einige Wochen auf der Burg verweilen. – Am Ende wars nicht so schlimm, Herse, im Schweinekoben, sagte Kohlhaas, als es dir, da du zuerst die Nase hineinstecktest, vorkam. – 's ist wahr, erwiderte jener. Da ich den Ort ein bissel ausfegte, gings an. Ich gab der Magd einen Groschen, daß sie die Schweine woanders einstecke. Und den Tag über bewerkstelligte ich auch, daß die Pferde aufrecht stehen konnten, indem ich die Bretter oben, wenn der Morgen dämmerte, von den Latten abnahm, und abends wieder auflegte. Sie guckten nun, wie Gänse, aus dem Dach vor, und sahen sich nach Kohlhaasenbrück, oder sonst, wo es besser ist, um. – Nun denn, fragte Kohlhaas, warum also, in aller Welt, jagte man dich fort? – Herr, ich sags Euch, versetzte der Knecht, weil man meiner los sein wollte. Weil sie die Pferde, so lange ich dabei war, nicht zu Grunde richten konnten. Überall schnitten sie mir, im Hofe und in der Gesindestube, widerwärtige Gesichter; und weil ich dachte, zieht ihr die Mäuler, daß sie verrenken, so brachen sie die Gelegenheit vom Zaune, und warfen mich vom Hofe herunter. – Aber die Veranlassung! rief Kohlhaas. Sie werden doch irgend eine Veranlassung gehabt haben! – O allerdings, antwortete Herse, und die allergerechteste. Ich nahm, am Abend des zweiten Tages, den ich im Schweinekoben zugebracht, die Pferde, die sich darin doch zugesudelt hatten, und wollte sie zur Schwemme reiten. Und da ich eben unter dem Schloßtore bin, und mich wenden will, hör ich den Vogt und den Verwalter, mit Knechten, Hunden und Prügeln, aus der Gesindestube, hinter mir herstürzen, und: halt, den Spitzbuben! rufen: halt, den Galgenstrick! als ob sie besessen wären. Der Torwächter tritt mir in den Weg; und da ich ihn und den rasenden Haufen, der auf mich anläuft, frage: was auch gibts? was es gibt? antwortet der Schloßvogt; und greift meinen beiden Rappen in den Zügel. Wo will Er hin mit den Pferden? fragt er, und packt mich an die Brust. Ich sage, wo ich hin will? Himmeldonner! Zur Schwemme will ich reiten. Denkt Er, daß ich –? Zur Schwemme? ruft der Schloßvogt. Ich will dich, Gauner, auf der Heerstraße, nach Kohlhaasenbrück schwimmen lehren! und schmeißt mich, mit einem hämischen Mordzug, er und der Verwalter, der mir das Bein gefaßt hat, vom Pferd herunter, daß ich mich, lang wie ich bin, in den Kot messe. Mord! Hagel! ruf ich, Sielzeug und Decken liegen, und ein Bündel Wäsche von mir, im Stall; doch er und die Knechte, indessen der Verwalter die Pferde wegführt, mit Füßen und Peitschen und Prügeln über mich her, daß ich halbtot hinter dem Schloßtor niedersinke. Und da ich sage: die Raubhunde! Wo führen sie mir die Pferde hin? und mich erhebe: heraus aus dem Schloßhof! schreit der Vogt, und: hetz, Kaiser! hetz, Jäger! erschallt es, und: hetz, Spitz! und eine Koppel von mehr denn zwölf Hunden fällt über mich her. Drauf brech ich, war es eine Latte, ich weiß nicht was, vom Zaune, und drei Hunde tot streck ich neben mir nieder; doch da ich, von jämmerlichen Zerfleischungen gequält, weichen muß: Flüt! gellt eine Pfeife; die Hunde in den Hof, die Torflügel zusammen, der Riegel vor: und auf der Straße ohnmächtig sink ich nieder. – Kohlhaas sagte, bleich im Gesicht, mit erzwungener Schelmerei: hast du auch nicht entweichen wollen, Herse? Und da dieser, mit dunkler Röte, vor sich niedersah: gesteh mirs, sagte er; es gefiel dir im Schweinekoben nicht; du dachtest, im Stall zu Kohlhaasenbrück ists doch besser. – Himmelschlag! rief Herse: Sielzeug und Decken ließ ich ja, und einen Bündel Wäsche, im Schweinekoben zurück. Würd ich drei Reichsgülden nicht zu mir gesteckt haben, die ich, im rotseidnen Halstuch, hinter der Krippe versteckt hatte? Blitz, Höll und Teufel! Wenn Ihr so sprecht, so möcht ich nur gleich den Schwefelfaden, den ich wegwarf, wieder anzünden! Nun, nun! sagte der Roßhändler; es war eben nicht böse gemeint! Was du gesagt hast, schau, Wort für Wort, ich glaub es dir; und das Abendmahl, wenn es zur Sprache kommt, will ich selbst nun darauf nehmen. Es tut mir leid, daß es dir in meinen Diensten nicht besser ergangen ist; geh, Herse, geh zu Bett, laß dir eine Flasche Wein geben, und tröste dich: dir soll Gerechtigkeit widerfahren! Und damit stand er auf, fertigte ein Verzeichnis der Sachen an, die der Großknecht im Schweinekoben zurückgelassen; spezifizierte den Wert derselben, fragte ihn auch, wie hoch er die Kurkosten anschlage; und ließ ihn, nachdem er ihm noch einmal die Hand gereicht, abtreten.

Hierauf erzählte er Lisbeth, seiner Frau, den ganzen Verlauf und inneren Zusammenhang der Geschichte, erklärte ihr, wie er entschlossen sei, die öffentliche Gerechtigkeit für sich aufzufordern, und hatte die Freude, zu sehen, daß sie ihn, in diesem Vorsatz, aus voller Seele bestärkte. Denn sie sagte, daß noch mancher andre Reisende, vielleicht minder duldsam, als er, über jene Burg ziehen würde; daß es ein Werk Gottes wäre, Unordnungen, gleich diesen, Einhalt zu tun; und daß sie die Kosten, die ihm die Führung des Prozesses verursachen würde, schon beitreiben wolle. Kohlhaas nannte sie sein wackeres Weib, erfreute sich diesen und den folgenden Tag in ihrer und seiner Kinder Mitte, und brach, sobald es seine Geschäfte irgend zuließen, nach Dresden auf, um seine Klage vor Gericht zu bringen.

Hier verfaßte er, mit Hülfe eines Rechtsgelehrten, den er kannte, eine Beschwerde, in welcher er, nach einer umständlichen Schilderung des Frevels, den der Junker Wenzel von Tronka, an ihm sowohl, als an seinem Knecht Herse, verübt hatte, auf gesetzmäßige Bestrafung desselben, Wiederherstellung der Pferde in den vorigen Stand, und auf Ersatz des Schadens antrug, den er sowohl, als sein Knecht, dadurch erlitten hatten. Die Rechtssache war in der Tat klar. Der Umstand, daß die Pferde gesetzwidriger Weise festgehalten worden waren, warf ein entscheidendes Licht auf alles Übrige; und selbst wenn man hätte annehmen wollen, daß die Pferde durch einen bloßen Zufall erkrankt wären, so würde die Forderung des Roßkamms, sie ihm gesund wieder zuzustellen, noch gerecht gewesen sein. Es fehlte Kohlhaas auch, während er sich in der Residenz umsah, keineswegs an Freunden, die seine Sache lebhaft zu unterstützen versprachen; der ausgebreitete Handel, den er mit Pferden trieb, hatte ihm die Bekanntschaft, und die Redlichkeit, mit welcher er dabei zu Werke ging, ihm das Wohlwollen der bedeutendsten Männer des Landes verschafft. Er speisete bei seinem Advokaten, der selbst ein ansehnlicher Mann war, mehrere Mal heiter zu Tisch; legte eine Summe Geldes, zur Bestreitung der Prozeßkosten, bei ihm nieder; und kehrte, nach Verlauf einiger Wochen, völlig von demselben über den Ausgang seiner Rechtssache beruhigt, zu Lisbeth, seinem Weibe, nach Kohlhaasenbrück zurück. Gleichwohl vergingen Monate, und das Jahr war daran, abzuschließen, bevor er, von Sachsen aus, auch nur eine Erklärung über die Klage, die er daselbst anhängig gemacht hatte, geschweige denn die Resolution selbst, erhielt. Er fragte, nachdem er mehrere Male von neuem bei dem Tribunal eingekommen war, seinen Rechtsgehülfen, in einem vertrauten Briefe, was eine so übergroße Verzögerung verursache; und erfuhr, daß die Klage, auf eine höhere Insinuation, bei dem Dresdner Gerichtshofe, gänzlich niedergeschlagen worden sei. – Auf die befremdete Rückschrift des Roßkamms, worin dies seinen Grund habe, meldete ihm jener: daß der Junker Wenzel von Tronka mit zwei Jungherren, Hinz und Kunz von Tronka, verwandt sei, deren einer, bei der Person des Herrn, Mundschenk, der andre gar Kämmerer sei. – Er riet ihm noch, er möchte, ohne weitere Bemühungen bei der Rechtsinstanz, seiner, auf der Tronkenburg befindlichen, Pferde wieder habhaft zu werden suchen; gab ihm zu verstehen, daß der Junker, der sich jetzt in der Hauptstadt aufhalte, seine Leute angewiesen zu haben scheine, sie ihm auszuliefern; und schloß mit dem Gesuch, ihn wenigstens, falls er sich hiermit nicht beruhigen wolle, mit ferneren Aufträgen in dieser Sache zu verschonen.

Kohlhaas befand sich um diese Zeit gerade in Brandenburg, wo der Stadthauptmann, Heinrich von Geusau, unter dessen Regierungsbezirk Kohlhaasenbrück gehörte, eben beschäftigt war, aus einem beträchtlichen Fonds, der der Stadt zugefallen war, mehrere wohltätige Anstalten, für Kranke und Arme, einzurichten. Besonders war er bemüht, einen mineralischen Quell, der auf einem Dorf in der Gegend sprang, und von dessen Heilkräften man sich mehr, als die Zukunft nachher bewährte, versprach, für den Gebrauch der Preßhaften einzurichten; und da Kohlhaas ihm, wegen manchen Verkehrs, in dem er, zur Zeit seines Aufenthalts am Hofe, mit demselben gestanden hatte, bekannt war, so erlaubte er Hersen, dem Großknecht, dem ein Schmerz beim Atemholen über der Brust, seit jenem schlimmen Tage auf der Tronkenburg, zurückgeblieben war, die Wirkung der kleinen, mit Dach und Einfassung versehenen, Heilquelle zu versuchen. Es traf sich, daß der Stadthauptmann eben, am Rande des Kessels, in welchen Kohlhaas den Herse gelegt hatte, gegenwärtig war, um einige Anordnungen zu treffen, als jener, durch einen Boten, den ihm seine Frau nachschickte, den niederschlagenden Brief seines Rechtsgehülfen aus Dresden empfing. Der Stadthauptmann, der, während er mit dem Arzte sprach, bemerkte, daß Kohlhaas eine Träne auf den Brief, den er bekommen und eröffnet hatte, fallen ließ, näherte sich ihm, auf eine freundliche und herzliche Weise, und fragte ihn, was für ein Unfall ihn betroffen; und da der Roßhändler ihm, ohne ihm zu antworten, den Brief überreichte: so klopfte ihm dieser würdige Mann, dem die abscheuliche Ungerechtigkeit, die man auf der Tronkenburg an ihm verübt hatte, und an deren Folgen Herse eben, vielleicht auf die Lebenszeit, krank danieder lag, bekannt war, auf die Schulter, und sagte ihm: er solle nicht mutlos sein; er werde ihm zu seiner Genugtuung verhelfen! Am Abend, da sich der Roßkamm, seinem Befehl gemäß, zu ihm aufs Schloß begeben hatte, sagte er ihm, daß er nur eine Supplik, mit einer kurzen Darstellung des Vorfalls, an den Kurfürsten von Brandenburg aufsetzen, den Brief des Advokaten beilegen, und wegen der Gewalttätigkeit, die man sich, auf sächsischem Gebiet, gegen ihn erlaubt, den landesherrlichen Schutz aufrufen möchte. Er versprach ihm, die Bittschrift, unter einem anderen Paket, das schon bereit liege, in die Hände des Kurfürsten zu bringen, der seinethalb unfehlbar, wenn es die Verhältnisse zuließen, bei dem Kurfürsten von Sachsen einkommen würde; und mehr als eines solchen Schrittes bedürfe es nicht, um ihm bei dem Tribunal in Dresden, den Künsten des Junkers und seines Anhanges zum Trotz, Gerechtigkeit zu verschaffen. Kohlhaas, lebhaft erfreut, dankte dem Stadthauptmann, für diesen neuen Beweis seiner Gewogenheit, aufs herzlichste; sagte, es tue ihm nur leid, daß er nicht, ohne irgend Schritte in Dresden zu tun, seine Sache gleich in Berlin anhängig gemacht habe; und nachdem er, in der Schreiberei des Stadtgerichts, die Beschwerde, ganz den

Forderungen gemäß, verfaßt, und dem Stadthauptmann übergeben hatte, kehrte er, beruhigter über den Ausgang seiner Geschichte, als je, nach Kohlhaasenbrück zurück. Er hatte aber schon, in wenig Wochen, den Kummer, durch einen Gerichtsherrn, der in Geschäften des Stadthauptmanns nach Potsdam ging, zu erfahren, daß der Kurfürst die Supplik seinem Kanzler, dem Grafen Kallheim, übergeben habe, und daß dieser nicht unmittelbar, wie es zweckmäßig schien, bei dem Hofe zu Dresden, um Untersuchung und Bestrafung der Gewalttat, sondern um vorläufige, nähere Information bei dem Junker von Tronka eingekommen sei. Der Gerichtsherr, der, vor Kohlhaasens Wohnung, im Wagen haltend, den Auftrag zu haben schien, dem Roßhändler diese Eröffnung zu machen, konnte ihm auf die betroffene Frage: warum man also verfahren? keine befriedigende Auskunft geben. Er fügte nur noch hinzu: der Stadthauptmann ließe ihm sagen, er möchte sich in Geduld fassen; schien bedrängt, seine Reise fortzusetzen; und erst am Schluß der kurzen Unterredung erriet Kohlhaas, aus einigen hingeworfenen Worten, daß der Graf Kallheim mit dem Hause derer von Tronka verschwägert sei. – Kohlhaas, der keine Freude mehr, weder an seiner Pferdezucht, noch an Haus und Hof, kaum an Weib und Kind hatte, durchharrte, in trüber Ahndung der Zukunft, den nächsten Mond; und ganz seiner Erwartung gemäß kam, nach Verlauf dieser Zeit, Herse, dem das Bad einige Linderung verschafft hatte, von Brandenburg zurück, mit einem, ein größeres Reskript begleitenden, Schreiben des Stadthauptmanns, des Inhalts: es tue ihm leid, daß er nichts in seiner Sache tun könne; er schicke ihm eine, an ihn ergangene, Resolution der Staatskanzlei, und rate ihm, die Pferde, die er in der Tronkenburg zurückgelassen, wieder abführen, und die Sache übrigens ruhen zu lassen. – Die Resolution lautete: »er sei, nach dem Bericht des Tribunals in Dresden, ein unnützer Querulant; der Junker, bei dem er die Pferde zurückgelassen, halte ihm dieselben, auf keine Weise, zurück; er möchte nach der Burg schicken, und sie holen, oder dem Junker wenigstens wissen lassen, wohin er sie ihm senden solle; die Staatskanzlei aber, auf jeden Fall, mit solchen Plackereien und Stänkereien verschonen.« Kohlhaas, dem es nicht um die Pferde zu tun war – er hätte gleichen Schmerz empfunden, wenn es ein Paar Hunde gegolten hätte – Kohlhaas schäumte vor Wut, als er diesen Brief empfing. Er sah, so oft sich ein Geräusch im Hofe hören ließ, mit der widerwärtigsten Erwartung, die seine Brust jemals bewegt hatte, nach dem Torwege, ob die Leute des Jungherren erscheinen, und ihm, vielleicht gar mit einer Entschuldigung, die Pferde, abgehungert und abgehärmt, wieder zustellen würden; der einzige Fall, in welchem seine von der Welt wohlerzogene Seele, auf nichts das ihrem Gefühl völlig entsprach gefaßt war. Er hörte aber in kurzer Zeit schon, durch einen Bekannten, der die Straße gereiset war, daß die Gaule auf der Tronkenburg, nach wie vor, den übrigen Pferden des Landjunkers gleich, auf dem Felde gebraucht würden; und mitten durch den Schmerz, die Welt in einer so ungeheuren Unordnung zu erblicken, zuckte die innerliche Zufriedenheit empor, seine eigne Brust nunmehr in Ordnung zu sehen. Er lud einen Amtmann, seinen Nachbar, zu sich, der längst mit dem Plan umgegangen war, seine Besitzungen durch den Ankauf der, ihre Grenze berührenden, Grundstücke zu vergrößern, und fragte ihn, nachdem sich derselbe bei ihm niedergelassen, was er für seine Besitzungen, im Brandenburgischen und im Sächsischen, Haus und Hof, in Pausch und Bogen, es sei nagelfest oder nicht, geben wolle? Lisbeth, sein Weib, erblaßte bei diesen Worten. Sie wandte sich, und hob ihr Jüngstes auf, das hinter ihr auf dem Boden spielte, Blicke, in welchen sich der Tod malte, bei den roten Wangen des Knaben vorbei, der mit ihren Halsbändern spielte, auf den Roßkamm, und ein Papier werfend, das er in der Hand hielt. Der Amtmann fragte, indem er ihn befremdet ansah, was ihn plötzlich auf so sonderbare Gedanken bringe; worauf jener, mit so viel Heiterkeit, als er erzwingen konnte, erwiderte: der Gedanke, seinen Meierhof, an den Ufern der Havel, zu verkaufen, sei nicht allzuneu; sie hätten beide schon oft über diesen Gegenstand verhandelt; sein Haus in der Vorstadt in Dresden sei, in Vergleich damit, ein bloßer Anhang, der nicht in Erwägung komme; und kurz, wenn er ihm seinen Willen tun, und beide Grundstücke übernehmen wolle, so sei er bereit, den Kontrakt darüber mit ihm abzuschließen. Er setzte, mit einem etwas erzwungenen Scherz hinzu, Kohlhaasenbrück sei ja nicht die Welt; es könne Zwecke geben, in Vergleich mit welchen, seinem Hauswesen, als ein ordentlicher Vater, vorzustehen, untergeordnet und nichtswürdig sei; und kurz, seine Seele, müsse er ihm sagen, sei auf große Dinge gestellt, von welchen er vielleicht bald hören werde. Der Amtmann, durch diese Worte beruhigt, sagte, auf eine lustige Art, zur Frau, die das Kind einmal über das andere küßte: er werde doch nicht gleich Bezahlung verlangen? legte Hut und Stock, die er zwischen den Knieen gehalten hatte, auf den Tisch, und nahm das Blatt, das der Roßkamm in der Hand hielt, um es zu durchlesen. Kohlhaas, indem er demselben näher rückte, erklärte ihm, daß es ein von ihm aufgesetzter eventueller in vier Wochen verfallener Kaufkontrakt sei; zeigte ihm, daß darin nichts fehle, als die Unterschriften, und die Einrückung der Summen, sowohl was den Kaufpreis selbst, als auch den Reukauf, d.h. die Leistung betreffe, zu der er sich, falls er binnen vier Wochen zurückträte, verstehen wolle; und forderte ihn noch einmal munter auf, ein Gebot zu tun, indem er ihm versicherte, daß er billig sein, und keine großen Umstände machen würde. Die Frau ging in der Stube auf und ab; ihre Brust flog, daß das Tuch, an welchem der Knabe gezupft hatte, ihr völlig von der Schulter herabzufallen drohte. Der Amtmann sagte, daß er ja den Wert der Besitzung in Dresden keineswegs beurteilen könne; worauf ihm Kohlhaas, Briefe, die bei ihrem Ankauf gewechselt worden waren, hinschiebend, antwortete: daß er sie zu 100 Goldgülden anschlage; obschon daraus hervorging, daß sie ihm fast um die Hälfte mehr gekostet hatte. Der Amtmann, der den Kaufkontrakt noch einmal überlas, und darin auch von seiner Seite, auf eine sonderbare Art, die Freiheit stipuliert fand, zurückzutreten, sagte, schon halb entschlossen: daß er ja die Gestütpferde, die in seinen Ställen wären, nicht brauchen könne; doch da Kohlhaas erwiderte, daß er die Pferde auch gar nicht loszuschlagen willens sei, und daß er auch einige Waffen, die in der Rüstkammer hingen, für sich behalten wolle, so – zögerte jener noch und zögerte, und wiederholte endlich ein Gebot, das er ihm vor kurzem schon einmal, halb im Scherz, halb im Ernst, nichtswürdig gegen den Wert der Besitzung, auf einem Spaziergange gemacht hatte. Kohlhaas schob ihm Tinte und Feder hin, um zu schreiben; und da der Amtmann, der seinen Sinnen nicht traute, ihn noch einmal gefragt hatte, ob es sein Ernst sei? und der Roßkamm ihm ein wenig empfindlich geantwortet hatte: ob er glaube, daß er bloß seinen Scherz mit ihm treibe? so nahm jener zwar, mit einem bedenklichen Gesicht, die Feder, und schrieb; dagegen durchstrich er den Punkt, in welchem von der Leistung, falls dem Verkäufer der Handel gereuen sollte, die Rede war; verpflichtete sich zu einem Darlehn von 100 Goldgülden, auf die Hypothek des Dresdenschen Grundstücks, das er auf keine Weise käuflich an sich bringen wollte; und ließ ihm, binnen zwei Monaten völlige Freiheit, von dem Handel wieder zurückzutreten. Der Roßkamm, von diesem Verfahren gerührt, schüttelte ihm mit vieler Herzlichkeit die Hand; und nachdem sie noch, welches eine Hauptbedingung war, übereingekommen waren, daß des Kaufpreises vierter Teil unfehlbar gleich bar, und der Rest, in drei Monaten, in der Hamburger Bank, gezahlt werden sollte, rief jener nach Wein, um sich eines so glücklich abgemachten Geschäfts zu erfreuen. Er sagte einer Magd, die mit den Flaschen hereintrat, Sternbald, der Knecht, solle ihm den Fuchs satteln; er müsse, gab er an, nach der Hauptstadt reiten, wo er Verrichtungen habe; und gab zu verstehen, daß er in kurzem, wenn er zurückkehre, sich offenherziger über das, was er jetzt noch für sich behalten müsse, auslassen würde. Hierauf, indem er die Gläser einschenkte, fragte er nach dem Polen und Türken, die gerade damals mit einander im Streit lagen; verwickelte den Amtmann in mancherlei politische Konjekturen darüber; trank ihm schlüßlich hierauf noch einmal das Gedeihen ihres Geschäfts zu, und entließ ihn. – Als der Amtmann das Zimmer verlassen hatte, fiel Lisbeth auf Knieen vor ihm nieder. Wenn du mich irgend, rief sie, mich und die Kinder, die ich dir geboren habe, in deinem Herzen trägst; wenn wir nicht im voraus schon, um welcher Ursach willen, weiß ich nicht, verstoßen sind: so sage mir, was diese entsetzlichen Anstalten zu bedeuten haben! Kohlhaas sagte: liebstes Weib, nichts, das dich noch, so wie die Sachen stehn, beunruhigen dürfte. Ich habe eine Resolution erhalten, in welcher man mir sagt, daß meine Klage gegen den Junker Wenzel von Tronka eine nichtsnutzige Stänkerei sei. Und weil hier ein Mißverständnis obwalten muß: so habe ich mich entschlossen, meine Klage noch einmal, persönlich bei dem Landesherrn selbst, einzureichen. – Warum willst du dein Haus verkaufen? rief sie, indem sie mit einer verstörten Gebärde, aufstand.

Der Roßkamm, indem er sie sanft an seine Brust drückte, erwiderte: weil ich in einem Lande, liebste Lisbeth, in welchem man mich, in meinen Rechten, nicht schützen will, nicht bleiben mag. Lieber ein Hund sein, wenn ich von Füßen getreten werden soll, als ein Mensch! Ich bin gewiß, daß meine Frau hierin so denkt, als ich. – Woher weißt du, fragte jene wild, daß man dich in deinen Rechten nicht schützen wird? Wenn du dem Herrn bescheiden, wie es dir zukommt, mit deiner Bittschrift nahst: woher weißt du, daß sie beiseite geworfen, oder mit Verweigerung, dich zu hören, beanwortet werden wird? – Wohlan, antwortete Kohlhaas, wenn meine Furcht hierin ungegründet ist, so ist auch mein Haus noch nicht verkauft. Der Herr selbst, weiß ich, ist gerecht; und wenn es mir nur gelingt, durch die, die ihn umringen, bis an seine Person zu kommen, so zweifle ich nicht, ich verschaffe mir Recht, und kehre fröhlich, noch ehe die Woche verstreicht, zu dir und meinen alten Geschäften zurück. Möcht ich alsdann noch, setzt' er hinzu, indem er sie küßte, bis an das Ende meines Lebens bei dir verharren! – Doch ratsam ist es, fuhr er fort, daß ich mich auf jeden Fall gefaßt mache; und daher wünschte ich, daß du dich, auf einige Zeit, wenn es sein kann, entferntest, und mit den Kindern zu deiner Muhme nach Schwerin gingst, die du überdies längst hast besuchen wollen. – Wie? rief die Hausfrau. Ich soll nach Schwerin gehen? Über die Grenze mit den Kindern, zu meiner Muhme nach Schwerin? Und das Entsetzen erstickte ihr die Sprache. – Allerdings, antwortete Kohlhaas, und das, wenn es sein kann, gleich, damit ich in den Schritten, die ich für meine Sache tun will, durch keine Rücksichten gestört werde. – »O! ich verstehe dich!« rief sie. »Du brauchst jetzt nichts mehr, als Waffen und Pferde; alles andere kann nehmen, wer will!« Und damit wandte sie sich, warf sich auf einen Sessel nieder, und weinte. – Kohlhaas sagte betroffen: liebste Lisbeth, was machst du? Gott hat mich mit Weib und Kindern und Gütern gesegnet; soll ich heute zum erstenmal wünschen, daß es anders wäre? – – – Er setzte sich zu ihr, die ihm, bei diesen Worten, errötend um den Hals gefallen war, freundlich nieder. – Sag mir an, sprach er, indem er ihr die Locken von der Stirne strich: was soll ich tun? Soll ich meine Sache aufgeben? Soll ich nach der Tronkenburg gehen, und den Ritter bitten, daß er mir die Pferde wieder gebe, mich aufschwingen, und sie dir herreiten? – Lisbeth wagte nicht: ja! ja! ja! zu sagen – sie schüttelte weinend mit dem Kopf, sie drückte ihn heftig an sich, und überdeckte mit heißen Küssen seine Brust. »Nun also!« rief Kohlhaas. »Wenn du fühlst, daß mir, falls ich mein Gewerbe forttreiben soll, Recht werden muß: so gönne mir auch die Freiheit, die mir nötig ist, es mir zu verschaffen!« Und damit stand er auf, und sagte dem Knecht, der ihm meldete, daß der Fuchs gesattelt stünde: morgen müßten auch die Braunen eingeschirrt werden, um seine Frau nach Schwerin zu führen. Lisbeth sagte: sie habe einen Einfall! Sie erhob sich, wischte sich die Tränen aus den Augen, und fragte ihn, der sich an einem Pult niedergesetzt hatte: ob er ihr die Bittschrift geben, und sie, statt seiner, nach Berlin gehen lassen wolle, um sie dem Landesherrn zu überreichen. Kohlhaas, von dieser Wendung, um mehr als einer Ursach willen, gerührt, zog sie auf seinen Schoß nieder, und sprach: liebste Frau, das ist nicht wohl möglich! Der Landesherr ist vielfach umringt, mancherlei Verdrießlichkeiten ist der ausgesetzt, der ihm naht. Lisbeth versetzte, daß es in tausend Fällen einer Frau leichter sei, als einem Mann, ihm zu nahen. Gib mir die Bittschrift, wiederholte sie; und wenn du weiter nichts willst, als sie in seinen Händen wissen, so verbürge ich mich dafür: er soll sie bekommen! Kohlhaas, der von ihrem Mut sowohl, als ihrer Klugheit, mancherlei Proben hatte, fragte, wie sie es denn anzustellen denke; worauf sie, indem sie verschämt vor sich niedersah, erwiderte: daß der Kastellan des kurfürstlichen Schlosses, in früheren Zeiten, da er zu Schwerin in Diensten gestanden, um sie geworben habe; daß derselbe zwar jetzt verheiratet sei, und mehrere Kinder habe; daß sie aber immer noch nicht ganz vergessen wäre; – und kurz, daß er es ihr nur überlassen möchte, aus diesem und manchem andern Umstand, der zu beschreiben zu weitläufig wäre, Vorteil zu ziehen. Kohlhaas küßte sie mit vieler Freude, sagte, daß er ihren Vorschlag annähme, belehrte sie, daß es weiter nichts bedürfe, als einer Wohnung bei der Frau desselben, um den Landesherrn, im Schlosse selbst, anzutreten, gab ihr die Bittschrift, ließ die Braunen anspannen, und schickte sie mit Sternbald, seinem treuen Knecht, wohleingepackt ab.

Diese Reise war aber von allen erfolglosen Schritten, die er in seiner Sache getan hatte, der allerunglücklichste. Denn schon nach wenig Tagen zog Sternbald in den Hof wieder ein, Schritt vor Schritt den Wagen führend, in welchem die Frau, mit einer gefährlichen Quetschung an der Brust, ausgestreckt darnieder lag. Kohlhaas, der bleich an das Fuhrwerk trat, konnte nichts Zusammenhängendes über das, was dieses Unglück verursacht hatte, erfahren. Der Kastellan war, wie der Knecht sagte, nicht zu Hause gewesen; man war also genötigt worden, in einem Wirtshause, das in der Nähe des Schlosses lag, abzusteigen; dies Wirtshaus hatte Lisbeth am andern Morgen verlassen, und dem Knecht befohlen, bei den Pferden zurückzubleiben; und eher nicht, als am Abend, sei sie, in diesem Zustand, zurückgekommen. Es schien, sie hatte sich zu dreist an die Person des Landesherrn vorgedrängt, und, ohne Verschulden desselben, von dem bloßen rohen Eifer einer Wache, die ihn umringte, einen Stoß, mit dem Schaft einer Lanze, vor die Brust erhalten. Wenigstens berichteten die Leute so, die sie, in bewußtlosem Zustand, gegen Abend in den Gasthof brachten; denn sie selbst konnte, von aus dem Mund vorquellendem Blute gehindert, wenig sprechen. Die Bittschrift war ihr nachher durch einen Ritter abgenommen worden. Sternbald sagte, daß es sein Wille gewesen sei, sich gleich auf ein Pferd zu setzen, und ihm von diesem unglücklichen Vorfall Nachricht zu geben; doch sie habe, trotz der Vorstellungen des herbeigerufenen Wundarztes, darauf bestanden, ohne alle vorgängige Benachrichtigungen, zu ihrem Manne nach Kohlhaasenbrück abgeführt zu werden. Kohlhaas brachte sie, die von der Reise völlig zu Grunde gerichtet worden war, in ein Bett, wo sie, unter schmerzhaften Bemühungen, Atem zu holen, noch einige Tage lebte. Man versuchte vergebens, ihr das Bewußtsein wieder zu geben, um über das, was vorgefallen war, einige Aufschlüsse zu erhalten; sie lag, mit starrem, schon gebrochenen Auge, da, und antwortete nicht. Nur kurz vor ihrem Tode kehrte ihr noch einmal die Besinnung wieder. Denn da ein Geistlicher lutherischer Religion (zu welchem eben damals aufkeimenden Glauben sie sich, nach dem Beispiel ihres Mannes, bekannt hatte) neben ihrem Bette stand, und ihr mit lauter und empfindlich-feierlicher Stimme, ein Kapitel aus der Bibel vorlas: so sah sie ihn plötzlich, mit einem finstern Ausdruck, an, nahm ihm, als ob ihr daraus nichts vorzulesen wäre, die Bibel aus der Hand, blätterte und blätterte, und schien etwas darin zu suchen; und zeigte dem Kohlhaas, der an ihrem Bette saß, mit dem Zeigefinger, den Vers: »Vergib deinen Feinden; tue wohl auch denen, die dich hassen.« – Sie drückte ihm dabei mit einem überaus seelenvollen Blick die Hand, und starb. – Kohlhaas dachte: »so möge mir Gott nie vergeben, wie ich dem Junker vergebe!« küßte sie, indem ihm häufig die Tränen flossen, drückte ihr die Augen zu, und verließ das Gemach. Er nahm die hundert Goldgülden, die ihm der Amtmann schon, für die Ställe in Dresden, zugefertigt hatte, und bestellte ein Leichenbegängnis, das weniger für sie, als für eine Fürstin, angeordnet schien: ein eichener Sarg, stark mit Metall beschlagen, Kissen von Seide, mit goldnen und silbernen Troddeln, und ein Grab von acht Ellen Tiefe, mit Feldsteinen gefüttert und Kalk. Er stand selbst, sein Jüngstes auf dem Arm, bei der Gruft, und sah der Arbeit zu. Als der Begräbnistag kam, ward die Leiche, weiß wie Schnee, in einen Saal aufgestellt, den er mit schwarzem Tuch hatte beschlagen lassen. Der Geistliche hatte eben eine rührende Rede an ihrer Bahre vollendet, als ihm die landesherrliche Resolution auf die Bittschrift zugestellt ward, welche die Abgeschiedene übergeben hatte, des Inhalts: er solle die Pferde von der Tronkenburg abholen, und bei Strafe, in das Gefängnis geworfen zu werden, nicht weiter in dieser Sache einkommen. Kohlhaas steckte den Brief ein, und ließ den Sarg auf den Wagen bringen. Sobald der Hügel geworfen, das Kreuz darauf gepflanzt, und die Gäste, die die Leiche bestattet hatten, entlassen waren, warf er sich noch einmal vor ihrem, nun verödeten Bette nieder, und übernahm sodann das Geschäft der Rache. Er setzte sich nieder und verfaßte einen Rechtsschluß, in welchem er den Junker Wenzel von Tronka, kraft der ihm angeborenen Macht, verdammte, die Rappen, die er ihm abgenommen, und auf den Feldern zu Grunde gerichtet, binnen drei Tagen nach Sicht, nach Kohlhaasenbrück zu führen, und in Person in seinen Ställen dick zu füttern. Diesen Schluß sandte er durch einen reitenden Boten an ihn ab, und instruierte denselben, flugs nach Übergabe des Papiers, wieder bei ihm in Kohlhaasenbrück zu sein. Da die drei Tage, ohne Überlieferung der Pferde, verflossen, so rief er Hersen; eröffnete ihm, was er dem Jungherrn, die Dickfütterung derselben anbetreffend, aufgegeben; fragte ihn zweierlei, ob er mit ihm nach der Tronkenburg reiten und den Jungherrn holen; auch, ob er über den Hergeholten, wenn er bei Erfüllung des Rechtsschlusses, in den Ställen von Kohlhaasenbrück, faul sei, die Peitsche führen wolle? und da Herse, so wie er ihn nur verstanden hatte: »Herr, heute noch!« aufjauchzte, und, indem er die Mütze in die Höhe warf, versicherte: einen Riemen, mit zehn Knoten, um ihm das Striegeln zu lehren, lasse er sich flechten! so verkaufte Kohlhaas das Haus, schickte die Kinder, in einen Wagen gepackt, über die Grenze; rief, bei Anbruch der Nacht, auch die übrigen Knechte zusammen, sieben an der Zahl, treu ihm jedweder, wie Gold; bewaffnete und beritt sie, und brach nach der Tronkenburg auf.

Er fiel auch, mit diesem kleinen Haufen, schon, beim Einbruch der dritten Nacht, den Zollwärter und Torwächter, die im Gespräch unter dem Tor standen, niederreitend, in die Burg, und während, unter plötzlicher Aufprasselung aller Baracken im Schloßraum, die sie mit Feuer bewarfen, Herse, über die Windeltreppe, in den Turm der Vogtei eilte, und den Schloßvogt und Verwalter, die, halb entkleidet, beim Spiel saßen, mit Hieben und Stichen überfiel, stürzte Kohlhaas zum Junker Wenzel ins Schloß. Der Engel des Gerichts fährt also vom Himmel herab; und der Junker, der eben, unter vielem Gelächter, dem Troß junger Freunde, der bei ihm war, den Rechtsschluß, den ihm der Roßkamm übermacht hatte, vorlas, hatte nicht sobald dessen Stimme im Schloßhof vernommen: als er den Herren schon, plötzlich leichenbleich: Brüder, rettet euch! zurief, und verschwand. Kohlhaas, der, beim Eintritt in den Saal, einen Junker Hans von Tronka, der ihm entgegen kam, bei der Brust faßte, und in den Winkel des Saals schleuderte, daß er sein Hirn an den Steinen versprützte, fragte, während die Knechte die anderen Ritter, die zu den Waffen gegriffen hatten, überwältigten, und zerstreuten: wo der Junker Wenzel von Tronka sei? Und da er, bei der Unwissenheit der betäubten Männer, die Türen zweier Gemächer, die in die Seitenflügel des Schlosses führten, mit einem Fußtritt sprengte, und in allen Richtungen, in denen er das weitläufige Gebäude durchkreuzte, niemanden fand, so stieg er fluchend in den Schloßhof hinab, um die Ausgänge besetzen zu lassen. Inzwischen war, vom Feuer der Baracken ergriffen, nun schon das Schloß, mit allen Seitengebäuden, starken Rauch gen Himmel qualmend, angegangen, und während Sternbald, mit drei geschäftigen Knechten, alles, was nicht niet- und nagelfest war, zusammenschleppten, und zwischen den Pferden, als gute Beute, umstürzten, flogen, unter dem Jubel Hersens, aus den offenen Fenstern der Vogtei, die Leichen des Schloßvogts und Verwalters, mit Weib und Kindern, herab. Kohlhaas, dem sich, als er die Treppe vom Schloß niederstieg, die alte, von der Gicht geplagte Haushälterin, die dem Junker die Wirtschaft führte, zu Füßen warf, fragte sie, indem er auf der Stufe stehen blieb: wo der Junker Wenzel von Tronka sei? und da sie ihm, mit schwacher, zitternder Stimme, zur Antwort gab:

sie glaube, er habe sich in die Kapelle geflüchtet; so rief er zwei Knechte mit Fackeln, ließ, in Ermangelung der Schlüssel, den Eingang mit Brechstangen und Beilen eröffnen, kehrte Altäre und Bänke um, und fand gleichwohl, zu seinem grimmigen Schmerz, den Junker nicht. Es traf sich, daß ein junger, zum Gesinde der Tronkenburg gehöriger Knecht, in dem Augenblick, da Kohlhaas aus der Kapelle zurückkam, herbeieilte, um aus einem weitläufigen, steinernen Stall, den die Flamme bedrohte, die Streithengste des Junkers herauszuziehen. Kohlhaas, der, in eben diesem Augenblick, in einem kleinen, mit Stroh bedeckten Schuppen, seine beiden Rappen erblickte, fragte den Knecht: warum er die Rappen nicht rette? und da dieser, indem er den Schlüssel in die Stalltür steckte, antwortete: der Schuppen stehe ja schon in Flammen; so warf Kohlhaas den Schlüssel, nachdem er ihn mit Heftigkeit aus der Stalltüre gerissen, über die Mauer, trieb den Knecht, mit hageldichten, flachen Hieben der Klinge, in den brennenden Schuppen hinein, und zwang ihn, unter entsetzlichem Gelächter der Umstehenden, die Rappen zu retten. Gleichwohl, als der Knecht schreckenblaß, wenige Momente nachdem der Schuppen hinter ihm zusammenstürzte, mit den Pferden, die er an der Hand hielt, daraus hervortrat, fand er den Kohlhaas nicht mehr; und da er sich zu den Knechten auf den Schloßplatz begab, und den Roßhändler, der ihm mehreremal den Rücken zukehrte, fragte: was er mit den Tieren nun anfangen solle? – hob dieser plötzlich, mit einer fürchterlichen Gebärde, den Fuß, daß der Tritt, wenn er ihn getan hätte, sein Tod gewesen wäre: bestieg, ohne ihm zu antworten, seinen Braunen, setzte sich unter das Tor der Burg, und erharrte, inzwischen die Knechte ihr Wesen forttrieben, schweigend den Tag.

Als der Morgen anbrach, war das ganze Schloß, bis auf die Mauern, niedergebrannt, und niemand befand sich mehr darin, als Kohlhaas und seine sieben Knechte. Er stieg vom Pferde, und untersuchte noch einmal, beim hellen Schein der Sonne, den ganzen, in allen seinen Winkeln jetzt von ihr erleuchteten Platz, und da er sich, so schwer es ihm auch ward, überzeugen mußte, daß die Unternehmung auf die Burg fehlgeschlagen war, so schickte er, die Brust voll Schmerz und Jammer, Hersen mit einigen Knechten aus, um über die Richtung, die der Junker auf seiner Flucht genommen, Nachricht einzuziehen. Besonders beunruhigte ihn ein reiches Fräuleinstift, namens Erlabrunn, das an den Ufern der Mulde lag, und dessen Äbtissin, Antonia von Tronka, als eine fromme, wohltätige und heilige Frau, in der Gegend bekannt war; denn es schien dem unglücklichen Kohlhaas nur zu wahrscheinlich, daß der Junker sich, entblößt von aller Notdurft, wie er war, in dieses Stift geflüchtet hatte, indem die Äbtissin seine leibliche Tante und die Erzieherin seiner ersten Kindheit war. Kohlhaas, nachdem er sich von diesem Umstand unterrichtet hatte, bestieg den Turm der Vogtei, in dessen Innerem sich noch ein Zimmer, zur Bewohnung brauchbar, darbot, und verfaßte ein sogenanntes »Kohlhaasisches Mandat«, worin er das Land aufforderte, dem Junker Wenzel von Tronka, mit dem er in einem gerechten Krieg liege, keinen Vorschub zu tun, vielmehr jeden Bewohner, seine Verwandten und Freunde nicht ausgenommen, verpflichtete, denselben bei Strafe Leibes und des Lebens, und unvermeidlicher Einäscherung alles dessen, was ein Besitztum heißen mag, an ihn auszuliefern. Diese Erklärung streute er, durch Reisende und Fremde, in der Gegend aus; ja, er gab Waldmann, dem Knecht, eine Abschrift davon, mit dem bestimmten Auftrage, sie in die Hände der Dame Antonia nach Erlabrunn zu bringen. Hierauf besprach er einige Tronkenburgische Knechte, die mit dem Junker unzufrieden waren, und von der Aussicht auf Beute gereizt, in seine Dienste zu treten wünschten; bewaffnete sie, nach Art des Fußvolks, mit Armbrüsten und Dolchen, und lehrte sie, hinter den berittenen Knechten aufsitzen; und nachdem er alles, was der Troß zusammengeschleppt hatte, zu Geld gemacht und das Geld unter denselben verteilt hatte, ruhete er einige Stunden, unter dem Burgtor, von seinen jämmerlichen Geschäften aus.

Gegen Mittag kam Herse und bestätigte ihm, was ihm sein Herz, immer auf die trübsten Ahnungen gestellt, schon gesagt hatte: nämlich, daß der Junker in dem Stift zu Erlabrunn, bei der alten Dame Antonia von Tronka, seiner Tante, befindlich sei. Es schien, er hatte sich, durch eine Tür, die, an der hinteren Wand des Schlosses, in die Luft hinausging, über eine schmale, steinerne Treppe gerettet, die, unter einem kleinen Dach, zu einigen Kähnen in die Elbe hinablief. Wenigstens berichtete Herse, daß er, in einem Elbdorf, zum Befremden der Leute, die wegen des Brandes in der Tronkenburg versammelt gewesen, um Mitternacht, in einem Nachen, ohne Steuer und Ruder, angekommen, und mit einem Dorffuhrwerk nach Erlabrunn weiter gereiset sei. – – – Kohlhaas seufzte bei dieser Nachricht tief auf; er fragte, ob die Pferde gefressen hätten? und da man ihm antwortete: ja: so ließ er den Haufen aufsitzen, und stand schon in drei Stunden vor Erlabrunn. Eben, unter dem Gemurmel eines entfernten Gewitters am Horizont, mit Fackeln, die er sich vor dem Ort angesteckt, zog er mit seiner Schar in den Klosterhof ein, und Waldmann, der Knecht, der ihm entgegen trat, meldete ihm, daß das Mandat richtig abgegeben sei, als er die Äbtissin und den Stiftsvogt, in einem verstörten Wortwechsel, unter das Portal des Klosters treten sah; und während jener, der Stiftsvogt, ein kleiner, alter, schneeweißer Mann, grimmige Blicke auf Kohlhaas schießend, sich den Harnisch anlegen ließ, und den Knechten, die ihn umringten, mit dreister Stimme zurief, die Sturmglocke zu ziehn: trat jene, die Stiftsfrau, das silberne Bildnis des Gekreuzigten in der Hand, bleich, wie Linnenzeug, von der Rampe herab, und warf sich mit allen ihren Jungfrauen, vor Kohlhaasens Pferd nieder. Kohlhaas, während Herse und Sternbald den Stiftsvogt, der kein Schwert in der Hand hatte, überwältigten, und als Gefangenen zwischen die Pferde führten, fragte sie: wo der Junker Wenzel von Tronka sei? und da sie, einen großen Ring mit Schlüsseln von ihrem Gurt loslösend: in Wittenberg, Kohlhaas, würdiger Mann! antwortete, und, mit bebender Stimme, hinzusetzte: fürchte Gott und tue kein Unrecht! – so wandte Kohlhaas, in die Hölle unbefriedigter Rache zurückgeschleudert, das Pferd, und war im Begriff: steckt an! zu rufen, als ein ungeheurer Wetterschlag, dicht neben ihm, zur Erde niederfiel. Kohlhaas, indem er sein Pferd zu ihr zurückwandte, fragte sie: ob sie sein Mandat erhalten? und da die Dame mit schwacher, kaum hörbarer Stimme, antwortete: eben jetzt! – »Wann?« – Zwei Stunden, so wahr mir Gott helfe, nach des Junkers, meines Vetters, bereits vollzogener Abreise! – – – und Waldmann, der Knecht, zu dem Kohlhaas sich, unter finsteren Blicken, umkehrte, stotternd diesen Umstand bestätigte, indem er sagte, daß die Gewässer der Mulde, vom Regen geschwellt, ihn verhindert hätten, früher, als eben jetzt, einzutreffen: so sammelte sich Kohlhaas; ein plötzlich furchtbarer Regenguß, der die Fackeln verlöschend, auf das Pflaster des Platzes niederrauschte, löste den Schmerz in seiner unglücklichen Brust; er wandte, indem er kurz den Hut vor der Dame rückte, sein Pferd, drückte ihm, mit den Worten: folgt mir meine Brüder; der Junker ist in Wittenberg! die Sporen ein, und verließ das Stift.

Er kehrte, da die Nacht einbrach, in einem Wirtshause auf der Landstraße ein, wo er, wegen großer Ermüdung der Pferde, einen Tag ausruhen mußte, und da er wohl einsah, daß er mit einem Haufen von zehn Mann (denn so stark war er jetzt), einem Platz wie Wittenberg war, nicht trotzen konnte, so verfaßte er ein zweites Mandat, worin er, nach einer kurzen Erzählung dessen, was ihm im Lande begegnet, »jeden guten Christen«, wie er sich ausdrückte, »unter Angelobung eines Handgelds und anderer kriegerischen Vorteile«, aufforderte »seine Sache gegen den Junker von Tronka, als dem allgemeinen Feind aller Christen, zu ergreifen«. In einem anderen Mandat, das bald darauf erschien, nannte er sich: »einen Reichs- und Weltfreien, Gott allein unterworfenen Herrn«; eine Schwärmerei krankhafter und mißgeschaffener Art, die ihm gleichwohl, bei dem Klang seines Geldes und der Aussicht auf Beute, unter dem Gesindel, das der Friede mit Polen außer Brot gesetzt hatte, Zulauf in Menge verschaffte: dergestalt, daß er in der Tat dreißig und etliche Köpfe zählte, als er sich, zur Einäscherung von Wittenberg, auf die rechte Seite der Elbe zurückbegab. Er lagerte sich, mit Pferden und Knechten, unter dem Dache einer alten verfallenen Ziegelscheune, in der Einsamkeit eines finsteren Waldes, der damals diesen Platz umschloß, und hatte nicht sobald durch Sternbald, den er, mit dem Mandat, verkleidet in die Stadt schickte, erfahren, daß das Mandat daselbst schon bekannt sei, als er auch mit seinen Haufen schon, am heiligen Abend vor Pfingsten, aufbrach, und den Platz, während die Bewohner im tiefsten Schlaf lagen, an mehreren Ecken zugleich, in Brand steckte. Dabei klebte er, während die Knechte in der Vorstadt plünderten, ein Blatt an den Türpfeiler einer Kirche an, des Inhalts: »er, Kohlhaas, habe die Stadt in Brand gesteckt, und werde sie, wenn man ihm den Junker nicht ausliefere, dergestalt einäschern, daß er«, wie er sich ausdrückte, »hinter keiner Wand werde zu sehen brauchen, um ihn zu finden.« – Das Entsetzen der Einwohner, über diesen unerhörten Frevel, war unbeschreiblich; und die Flamme, die bei einer zum Glück ziemlich ruhigen Sommernacht, zwar nicht mehr als neunzehn Häuser, worunter gleichwohl eine Kirche war, in den Grund gelegt hatte, war nicht sobald, gegen Anbruch des Tages, einigermaßen gedämpft worden, als der alte Landvogt, Otto von Gorgas, bereits ein Fähnlein von funfzig Mann aussandte, um den entsetzlichen Wüterich aufzuheben. Der Hauptmann aber, der es führte, namens Gerstenberg, benahm sich so schlecht dabei, daß die ganze Expedition Kohlhaasen, statt ihn zu stürzen, vielmehr zu einem höchst gefährlichen kriegerischen Ruhm verhalf; denn da dieser Kriegsmann sich in mehrere Abteilungen auflösete, um ihn, wie er meinte, zu umzingeln und zu erdrücken, ward er von Kohlhaas, der seinen Haufen zusammenhielt, auf vereinzelten Punkten, angegriffen und geschlagen, dergestalt, daß schon, am Abend des nächstfolgenden Tages, kein Mann mehr von dem ganzen Haufen, auf den die Hoffnung des Landes gerichtet war, gegen ihm im Felde stand. Kohlhaas, der durch diese Gefechte einige Leute eingebüßt hatte, steckte die Stadt, am Morgen des nächsten Tages, von neuem in Brand, und seine mörderischen Anstalten waren so gut, daß wiederum eine Menge Häuser, und fast alle Scheunen der Vorstadt, in die Asche gelegt wurden. Dabei plackte er das bewußte Mandat wieder, und zwar an die Ecken des Rathauses selbst, an, und fügte eine Nachricht über das Schicksal des, von dem Landvogt abgeschickten und von ihm zu Grunde gerichteten, Hauptmanns von Gerstenberg bei. Der Landvogt, von diesem Trotz aufs äußerste entrüstet, setzte sich selbst, mit mehreren Rittern, an die Spitze eines Haufens von hundert und funfzig Mann. Er gab dem Junker Wenzel von Tronka, auf seine schriftliche Bitte, eine Wache, die ihn vor der Gewalttätigkeit des Volks, das ihn platterdings aus der Stadt entfernt wissen wollte, schützte; und nachdem er, auf allen Dörfern in der Gegend, Wachen ausgestellt, auch die Ringmauer der Stadt, um sie vor einem Überfall zu decken, mit Posten besetzt hatte, zog er, am Tage des heiligen Gervasius, selbst aus, um den Drachen, der das Land verwüstete, zu fangen. Diesen Haufen war der Roßkamm klug genug, zu vermeiden; und nachdem er den Landvogt, durch geschickte Märsche, fünf Meilen von der Stadt hinweggelockt, und vermittelst mehrerer Anstalten, die er traf, zu dem Wahn verleitet hatte, daß er sich, von der Übermacht gedrängt, ins Brandenburgische werfen würde: wandte er sich plötzlich, beim Einbruch der dritten Nacht, kehrte, in einem Gewaltritt, nach Wittenberg zurück, und steckte die Stadt zum drittenmal in Brand. Herse, der sich verkleidet in die Stadt schlich, führte dieses entsetzliche Kunststück aus; und die Feuersbrunst war, wegen eines scharf wehenden Nordwindes, so verderblich und um sich fressend, daß, in weniger als drei Stunden, zwei und vierzig Häuser, zwei Kirchen, mehrere Klöster und Schulen, und das Gebäude der kurfürstlichen Landvogtei selbst, in Schutt und Asche lagen. Der Landvogt, der seinen Gegner, beim Anbruch des Tages, im

Brandenburgischen glaubte, fand, als er von dem, was vorgefallen, benachrichtigt, in bestürzten Märschen zurückkehrte, die Stadt in allgemeinem Aufruhr; das Volk hatte sich zu Tausenden vor dem, mit Balken und Pfählen verrammelten, Hause des Junkers gelagert, und forderte, mit rasendem Geschrei, seine Abführung aus der Stadt. Zwei Bürgermeister, namens Jenkens und Otto, die in Amtskleidern an der Spitze des ganzen Magistrats gegenwärtig waren, bewiesen vergebens, daß man platterdings die Rückkehr eines Eilboten abwarten müsse, den man wegen Erlaubnis den Junker nach Dresden bringen zu dürfen, wohin er selbst aus mancherlei Gründen abzugehen wünsche, an den Präsidenten der Staatskanzlei geschickt habe; der unvernünftige, mit Spießen und Stangen bewaffnete Haufen gab auf diese Worte nichts, und eben war man, unter Mißhandlung einiger zu kräftigen Maßregeln auffordernden Räte, im Begriff das Haus worin der Junker war zu stürmen, und der Erde gleich zu machen, als der Landvogt, Otto von Gorgas, an der Spitze seines Reuterhaufens, in der Stadt erschien. Diesem würdigen Herrn, der schon durch seine bloße Gegenwart dem Volk Ehrfurcht und Gehorsam einzuflößen gewohnt war, war es, gleichsam zum Ersatz für die fehlgeschlagene Unternehmung, von welcher er zurückkam, gelungen, dicht vor den Toren der Stadt drei zersprengte Knechte von der Bande des Mordbrenners aufzufangen; und da er, inzwischen die Kerle vor dem Angesicht des Volks mit Ketten belastet wurden, den Magistrat in einer klugen Anrede versicherte, den Kohlhaas selbst denke er in kurzem, indem er ihm auf die Spur sei, gefesselt einzubringen: so glückte es ihm, durch die Kraft aller dieser beschwichtigenden Umstände, die Angst des versammelten Volks zu entwaffnen, und über die Anwesenheit des Junkers, bis zur Zurückkunft des Eilboten aus Dresden, einigermaßen zu beruhigen. Er stieg, in Begleitung einiger Ritter, vom Pferde, und verfügte sich, nach Wegräumung der Palisaden und Pfähle, in das Haus, wo er den Junker, der aus einer Ohnmacht in die andere fiel, unter den Händen zweier Ärzte fand, die ihn mit Essenzen und Irritanzen wieder ins Leben zurück zu bringen suchten; und da Herr Otto von Gorgas wohl fühlte, daß dies der Augenblick nicht war, wegen der Aufführung, die er sich zu Schulden kommen lasse, Worte mit ihm zu wechseln: so sagte er ihm bloß, mit einem Blick stiller Verachtung, daß er sich ankleiden, und ihm, zu seiner eigenen Sicherheit, in die Gemächer der Ritterhaft folgen möchte. Als man dem Junker ein Wams angelegt, und einen Helm aufgesetzt hatte, und er, die Brust, wegen Mangels an Luft, noch halb offen, am Arm des Landvogts und seines Schwagers, des Grafen von Gerschau, auf der Straße erschien, stiegen gotteslästerliche und entsetzliche Verwünschungen gegen ihn zum Himmel auf. Das Volk, von den Landsknechten nur mühsam zurückgehalten, nannte ihn einen Blutigel, einen elenden Landplager und Menschenquäler, den Fluch der Stadt Wittenberg, und das Verderben von Sachsen; und nach einem jämmerlichen Zuge durch die in Trümmern liegende Stadt, während welchem er mehreremal, ohne ihn zu vermissen, den Helm verlor, den ihm ein Ritter von hinten wieder aufsetzte, erreichte man endlich das Gefängnis, wo er in einem Turm, unter dem Schutz einer starken Wache, verschwand. Mittlerweile setzte die Rückkehr des Eilboten, mit der kurfürstlichen Resolution, die Stadt in neue Besorgnis. Denn die Landesregierung, bei welcher die Bürgerschaft von Dresden, in einer dringenden Supplik, unmittelbar eingekommen war, wollte, vor Überwältigung des Mordbrenners, von dem Aufenthalt des Junkers in der Residenz nichts wissen; vielmehr verpflichtete sie den Landvogt, denselben da, wo er sei, weil er irgendwo sein müsse, mit der Macht, die ihm zu Gebote stehe, zu beschirmen: wogegen sie der guten Stadt Wittenberg, zu ihrer Beruhigung, meldete, daß bereits ein Heerhaufen von fünfhundert Mann, unter Anführung des Prinzen Friedrich von Meißen im Anzuge sei, um sie vor den ferneren Belästigungen desselben zu beschützen. Der Landvogt, der wohl einsah, daß eine Resolution dieser Art, das Volk keinesweges beruhigen konnte: denn nicht nur, daß mehrere kleinen Vorteile, die der Roßhändler, an verschiedenen Punkten, vor der Stadt erfochten, über die Stärke, zu der er herangewachsen, äußerst unangenehme Gerüchte verbreiteten; der Krieg, den er, in der Finsternis der Nacht, durch verkleidetes Gesindel, mit Pech, Stroh und Schwefel führte, hätte, unerhört und beispiellos, wie er war, selbst einen größeren Schutz, als mit welchem der Prinz von Meißen heranrückte, unwirksam machen können: der Landvogt, nach einer kurzen Überlegung, entschloß sich, die Resolution, die er empfangen, ganz und gar zu unterdrücken. Er plackte bloß einen Brief, in welchem ihm der Prinz von Meißen seine Ankunft meldete, an die Ecken der Stadt an; ein verdeckter Wagen, der, beim Anbruch des Tages, aus dem Hofe des Herrenzwingers kam, fuhr, von vier schwer bewaffneten Reutern begleitet, auf die Straße nach Leipzig hinaus, wobei die Reuter, auf eine unbestimmte Art verlauten ließen, daß es nach der Pleißenburg gehe; und da das Volk über den heillosen Junker, an dessen Dasein Feuer und Schwert gebunden, dergestalt beschwichtigt war, brach er selbst, mit einem Haufen von dreihundert Mann, auf, um sich mit dem Prinzen Friedrich von Meißen zu vereinigen. Inzwischen war Kohlhaas in der Tat, durch die sonderbare Stellung, die er in der Welt einnahm, auf hundert und neun Köpfe herangewachsen; und da er auch in Jassen einen Vorrat an Waffen aufgetrieben, und seine Schar, auf das vollständigste, damit ausgerüstet hatte: so faßte er, von dem doppelten Ungewitter, das auf ihn heranzog, benachrichtigt, den Entschluß, demselben, mit der Schnelligkeit des Sturmwinds, ehe es über ihn zusammenschlüge, zu begegnen. Demnach griff er schon, Tags darauf, den Prinzen von Meißen, in einem nächtlichen Überfall, bei Mühlberg an; bei welchem Gefechte er zwar, zu seinem großen Leidwesen, den Herse einbüßte, der gleich durch die ersten Schüsse an seiner Seite zusammenstürzte: durch diesen Verlust erbittert aber, in einem drei Stunden langen Kampfe, den Prinzen, unfähig sich in dem Flecken zu sammeln, so zurichtete, daß er beim Anbruch des Tages, mehrerer schweren Wunden, und einer gänzlichen Unordnung seines Haufens wegen, genötigt war, den Rückweg nach Dresden einzuschlagen. Durch diesen Vorteil tollkühn gemacht, wandte er sich, ehe derselbe noch davon unterrichtet sein konnte, zu dem Landvogt zurück, fiel ihn bei dem Dorfe Damerow, am hellen Mittag, auf freiem Felde an, und schlug sich, unter mörderischem Verlust zwar, aber mit gleichen Vorteilen, bis in die sinkende Nacht mit ihm herum. Ja, er würde den Landvogt, der sich in den Kirchhof zu Damerow geworfen hatte, am andern Morgen unfehlbar mit dem Rest seines Haufens wieder angegriffen haben, wenn derselbe nicht durch Kundschafter von der Niederlage, die der Prinz bei Mühlberg erlitten, benachrichtigt worden wäre, und somit für ratsamer gehalten hätte, gleichfalls, bis auf einen besseren Zeitpunkt, nach Wittenberg zurückzukehren. Fünf Tage, nach Zersprengung dieser beiden Haufen, stand er vor Leipzig, und steckte die Stadt an drei Seiten in Brand. – Er nannte sich in dem Mandat, das er, bei dieser Gelegenheit, ausstreute, »einen Statthalter Michaels, des Erzengels, der gekommen sei, an allen, die in dieser Streitsache des Junkers Partei ergreifen würden, mit Feuer und Schwert, die Arglist, in welcher die ganze Welt versunken sei, zu bestrafen«. Dabei rief er, von dem Lützner Schloß aus, das er überrumpelt, und worin er sich festgesetzt hatte, das Volk auf, sich, zur Errichtung einer besseren Ordnung der Dinge, an ihn anzuschließen; und das Mandat war, mit einer Art von Verrückung, unterzeichnet: »Gegeben auf dem Sitz unserer provisorischen Weltregierung, dem Erzschlosse zu Lützen.« Das Glück der Einwohner von Leipzig wollte, daß das Feuer, wegen eines anhaltenden Regens der vom Himmel fiel, nicht um sich griff, dergestalt, daß bei der Schnelligkeit der bestehenden Löschanstalten, nur einige Kramläden, die um die Pleißenburg lagen, in Flammen aufloderten. Gleichwohl war die Bestürzung in der Stadt, über das Dasein des rasenden Mordbrenners, und den Wahn, in welchem derselbe stand, daß der Junker in Leipzig sei, unaussprechlich; und da ein Haufen von hundert und achtzig Reisigen, den man gegen ihn ausschickte, zersprengt in die Stadt zurückkam: so blieb dem Magistrat, der den Reichtum der Stadt nicht aussetzen wollte, nichts anderes übrig, als die Tore gänzlich zu sperren, und die Bürgerschaft Tag und Nacht, außerhalb der Mauern, wachen zu lassen. Vergebens ließ der Magistrat, auf den Dörfern der umliegenden Gegend, Deklarationen anheften, mit der bestimmten Versicherung, daß der Junker nicht in der Pleißenburg sei; der Roßkamm, in ähnlichen Blättern, bestand darauf, daß er in der Pleißenburg sei, und erklärte, daß, wenn derselbe nicht darin befindlich wäre, er mindestens verfahren würde, als ob er darin wäre, bis man ihm den Ort, mit Namen genannt, werde angezeigt haben, worin er befindlich sei. Der Kurfürst, durch einen Eilboten, von der Not, in welcher sich die Stadt Leipzig befand, benachrichtigt, erklärte, daß er bereits einen Heerhaufen von zweitausend Mann zusammenzöge, und sich selbst an dessen Spitze setzen würde, um den Kohlhaas zu fangen. Er erteilte dem Herrn Otto von

Gorgas einen schweren Verweis, wegen der zweideutigen und unüberlegten List, die er angewendet, um des Mordbrenners aus der Gegend von Wittenberg loszuwerden; und niemand beschreibt die Verwirrung, die ganz Sachsen und insbesondere die Residenz ergriff, als man daselbst erfuhr, daß, auf den Dörfern bei Leipzig, man wußte nicht von wem, eine Deklaration an den Kohlhaas angeschlagen worden sei, des Inhalts: »Wenzel, der Junker, befinde sich bei seinen Vettern Hinz und Kunz, in Dresden.«

Unter diesen Umständen übernahm der Doktor Martin Luther das Geschäft, den Kohlhaas, durch die Kraft beschwichtigender Worte, von dem Ansehn, das ihm seine Stellung in der Welt gab, unterstützt, in den Damm der menschlichen Ordnung zurückzudrücken, und auf ein tüchtiges Element in der Brust des Mordbrenners bauend, erließ er ein Plakat folgenden Inhalts an ihn, das in allen Städten und Flecken des Kurfürstentums angeschlagen ward:

»Kohlhaas, der du dich gesandt zu sein vorgibst, das Schwert der Gerechtigkeit zu handhaben, was unterfängst du dich, Vermessener, im Wahnsinn stockblinder Leidenschaft, du, den Ungerechtigkeit selbst, vom Wirbel bis zur Sohle erfüllt? Weil der Landesherr dir, dem du untertan bist, dein Recht verweigert hat, dein Recht in dem Streit um ein nichtiges Gut, erhebst du dich, Heilloser, mit Feuer und Schwert, und brichst, wie der Wolf der Wüste, in die friedliche Gemeinheit, die er beschirmt. Du, der die Menschen mit dieser Angabe, voll Unwahrhaftigkeit und Arglist, verführt: meinst du, Sünder, vor Gott dereinst, an dem Tage, der in die Falten aller Herzen scheinen wird, damit auszukommen? Wie kannst du sagen, daß dir dein Recht verweigert worden ist, du, dessen grimmige Brust, vom Kitzel schnöder Selbstrache gereizt, nach den ersten, leichtfertigen Versuchen, die dir gescheitert, die Bemühung gänzlich aufgegeben hat, es dir zu verschaffen? Ist eine Bank voll Gerichtsdienern und Schergen, die einen Brief, der gebracht wird, unterschlagen, oder ein Erkenntnis, das sie abliefern sollen, zurückhalten, deine Obrigkeit? Und muß ich dir sagen, Gottvergessener, daß deine Obrigkeit von deiner Sache nichts weiß – was sag ich? daß der Landesherr, gegen den du dich auflehnst, auch deinen Namen nicht kennt, dergestalt, daß wenn dereinst du vor Gottes Thron trittst, in der Meinung, ihn anzuklagen, er, heiteren Antlitzes, wird sprechen können: diesem Mann, Herr, tat ich kein Unrecht, denn sein Dasein ist meiner Seele fremd? Das Schwert, wisse, das du führst, ist das Schwert des Raubes und der Mordlust, ein Rebell bist du und kein Krieger des gerechten Gottes, und dein Ziel auf Erden ist Rad und Galgen, und jenseits die Verdammnis, die über die Missetat und die Gottlosigkeit verhängt ist.

Wittenberg, usw. *Martin Luther.*«

Kohlhaas wälzte eben, auf dem Schlosse zu Lützen, einen neuen Plan, Leipzig einzuäschern, in seiner zerrissenen Brust herum: – denn auf die, in den Dörfern angeschlagene Nachricht, daß der Junker Wenzel in Dresden sei, gab er nichts, weil sie von niemand, geschweige denn vom Magistrat, wie er verlangt hatte, unterschrieben war: – als Sternbald und Waldmann das Plakat, das, zur Nachtzeit, an den Torweg des Schlosses, angeschlagen worden war, zu ihrer großen Bestürzung, bemerkten. Vergebens hofften sie, durch mehrere Tage, daß Kohlhaas, den sie nicht gern deshalb antreten wollten, es erblicken würde; finster und in sich gekehrt, in der Abendstunde erschien er zwar, aber bloß, um seine kurzen Befehle zu geben, und sah nichts; dergestalt, daß sie an einem Morgen, da er ein paar Knechte, die in der Gegend, wider seinen Willen, geplündert hatten, aufknüpfen lassen wollte, den Entschluß faßten, ihn darauf aufmerksam zu machen. Eben kam er, während das Volk von beiden Seiten schüchtern auswich, in dem Aufzuge, der ihm, seit seinem letzten Mandat, gewöhnlich war, von dem Richtplatz zurück: ein großes Cherubsschwert, auf einem rotledernen Kissen, mit Quasten von Gold verziert, ward ihm vorangetragen, und zwölf Knechte, mit brennenden Fackeln folgten ihm: da traten die beiden Männer, ihre Schwerter unter dem Arm, so, daß es ihn befremden mußte, um den Pfeiler, an welchen das Plakat angeheftet war, herum. Kohlhaas, als er, mit auf dem Rücken zusammengelegten Händen, in Gedanken vertieft, unter das Portal kam, schlug die Augen auf und stutzte; und da die Knechte, bei seinem Anblick, ehrerbietig auswichen: so trat er, indem er sie zerstreut ansah, mit einigen raschen Schritten, an den Pfeiler heran. Aber wer beschreibt, was in seiner Seele vorging, als er das Blatt, dessen Inhalt ihn der Ungerechtigkeit zieh, daran erblickte: unterzeichnet von dem teuersten und verehrungswürdigsten Namen, den er kannte, von dem Namen Martin Luthers! Eine dunkle Röte stieg in sein Antlitz empor; er durchlas es, indem er den Helm abnahm, zweimal von Anfang bis zu Ende; wandte sich, mit ungewissen Blicken, mitten unter die Knechte zurück, als ob er etwas sagen wollte, und sagte nichts; löste das Blatt von der Wand los, durchlas es noch einmal; und rief: Waldmann! laß mir mein Pferd satteln! sodann: Sternbald! folge mir ins Schloß! und verschwand. Mehr als dieser wenigen Worte bedurfte es nicht, um ihn, in der ganzen Verderblichkeit, in der er dastand, plötzlich zu entwaffnen. Er warf sich in die Verkleidung eines thüringischen Landpächters; sagte Sternbald, daß ein Geschäft, von bedeutender Wichtigkeit, ihn nach Wittenberg zu reisen nötige; übergab ihm, in Gegenwart einiger der vorzüglichsten Knechte, die Anführung des in Lützen zurückbleibenden Haufens; und zog, unter der Versicherung, daß er in drei Tagen, binnen welcher Zeit kein Angriff zu fürchten sei, wieder zurück sein werde, nach Wittenberg ab.

Er kehrte, unter einem fremden Namen, in ein Wirtshaus ein, wo er, sobald die Nacht angebrochen war, in seinem Mantel, und mit einem Paar Pistolen versehen, die er in der Tronkenburg erbeutet hatte, zu Luthern ins Zimmer trat. Luther, der unter Schriften und Büchern an seinem Pulte saß, und den fremden, besonderen Mann die Tür öffnen und hinter sich verriegeln sah, fragte ihn: wer er sei? und was er wolle? und der Mann, der seinen Hut ehrerbietig in der Hand hielt, hatte nicht sobald, mit dem schüchternen Vorgefühl des Schreckens, den er verursachen würde, erwidert: daß er Michael Kohlhaas, der Roßhändler sei; als Luther schon: weiche fern hinweg! ausrief, und indem er, vom Pult erstehend, nach einer Klingel eilte, hinzusetzte: dein Odem ist Pest und deine Nähe Verderben! Kohlhaas, indem er, ohne sich vom Platz zu regen, sein Pistol zog, sagte: Hochwürdiger Herr, dies Pistol, wenn Ihr die Klingel rührt, streckt mich leblos zu Euren Füßen nieder! Setzt Euch und hört mich an; unter den Engeln, deren Psalmen Ihr aufschreibt, seid Ihr nicht sicherer, als bei mir. Luther, indem er sich niedersetzte, fragte: was willst du? Kohlhaas erwiderte: Eure Meinung von mir, daß ich ein ungerechter Mann sei, widerlegen! Ihr habt mir in Eurem Plakat gesagt, daß meine Obrigkeit von meiner Sache nichts weiß: wohlan, verschafft mir freies Geleit, so gehe ich nach Dresden, und lege sie ihr vor. – »Heilloser und entsetzlicher Mann!« rief Luther, durch diese Worte verwirrt zugleich und beruhigt: »wer gab dir das Recht, den Junker von Tronka, in Verfolg eigenmächtiger Rechtsschlüsse, zu überfallen, und da du ihn auf seiner Burg nicht fandst mit Feuer und Schwert die ganze Gemeinschaft heimzusuchen, die ihn beschirmt?« Kohlhaas erwiderte: hochwürdiger Herr, niemand, fortan! Eine Nachricht, die ich aus Dresden erhielt, hat mich getäuscht, mich verführt! Der Krieg, den ich mit der Gemeinheit der Menschen führe, ist eine Missetat, sobald ich aus ihr nicht, wie Ihr mir die Versicherung gegeben habt, verstoßen war! Verstoßen! rief Luther, indem er ihn ansah. Welch eine Raserei der Gedanken ergriff dich? Wer hätte dich aus der Gemeinschaft des Staats, in welchem du lebtest, verstoßen? Ja, wo ist, so lange Staaten bestehen, ein Fall, daß jemand, wer es auch sei, daraus verstoßen worden wäre? – Verstoßen, antwortete Kohlhaas, indem er die Hand zusammendrückte, nenne ich den, dem der Schutz der Gesetze versagt ist! Denn dieses Schutzes, zum Gedeihen meines friedlichen Gewerbes, bedarf ich; ja, er ist es, dessenhalb ich mich, mit dem Kreis dessen, was ich erworben, in diese Gemeinschaft flüchte; und wer mir ihn versagt, der stößt mich zu den Wilden der Einöde hinaus; er gibt mir, wie wollt Ihr das leugnen, die Keule, die mich selbst schützt, in die Hand. – Wer hat dir den Schutz der Gesetze versagt? rief Luther. Schrieb ich dir nicht, daß die Klage, die du eingereicht, dem Landesherrn, dem du sie eingereicht, fremd ist? Wenn Staatsdiener hinter seinem Rücken Prozesse unterschlagen, oder sonst seines geheiligten Namens, in seiner Unwissenheit, spotten; wer anders als Gott darf ihn wegen der Wahl solcher Diener zur Rechenschaft ziehen, und bist du, gottverdammter und entsetzlicher Mensch, befugt, ihn deshalb zu richten? – Wohlan, versetzte Kohlhaas, wenn mich der Landesherr nicht verstößt, so kehre ich auch wieder in die Gemeinschaft, die er beschirmt, zurück. Verschafft mir, ich wiederhol es, freies Geleit nach Dresden: so lasse ich den Haufen, den ich im Schloß zu Lützen versammelt, auseinander gehen, und bringe die Klage, mit der ich abgewiesen worden bin, noch einmal bei dem Tribunal des Landes vor. – Luther, mit einem verdrießlichen Gesicht, warf die Papiere, die auf seinem Tisch lagen, übereinander, und schwieg. Die trotzige Stellung, die dieser seltsame Mensch im Staat einnahm, verdroß ihn; und den Rechtsschluß, den er, von Kohlhaasenbrück aus, an den Junker erlassen, erwägend, fragte er: was er denn von dem Tribunal zu Dresden verlange? Kohlhaas antwortete: Bestrafung des Junkers, den Gesetzen gemäß; Wiederherstellung der Pferde in den vorigen Stand; und Ersatz des Schadens, den ich sowohl, als mein bei Mühlberg gefallener Knecht Herse, durch die Gewalttat, die man an uns verübte, erlitten. – Luther rief: Ersatz des Schadens! Summen zu Tausenden, bei Juden und Christen, auf Wechseln und Pfändern, hast du, zur Bestreitung deiner wilden Selbstrache, aufgenommen. Wirst du den Wert auch, auf der Rechnung, wenn es zur Nachfrage kommt, ansetzen? – Gott behüte! erwiderte Kohlhaas. Haus und Hof, und den Wohlstand, den ich besessen, fordere ich nicht zurück; so wenig als die Kosten des Begräbnisses meiner Frau! Hersens alte Mutter wird eine Berechnung der Heilkosten, und eine Spezifikation dessen, was ihr Sohn in der Tronkenburg eingebüßt, beibringen; und den Schaden, den ich wegen Nichtverkaufs der Rappen erlitten, mag die Regierung durch einen Sachverständigen abschätzen lassen. – Luther sagte: rasender, unbegreiflicher und entsetzlicher Mensch! und sah ihn an. Nachdem dein Schwert sich, an dem Junker, Rache, die grimmigste, genommen, die sich erdenken läßt: was treibt dich, auf ein Erkenntnis gegen ihn zu bestehen, dessen Schärfe, wenn es zuletzt fällt, ihn mit einem Gewicht von so geringer Erheblichkeit nur trifft? – Kohlhaas erwiderte, indem ihm eine Träne über die Wangen rollte: hochwürdiger Herr! es hat mich meine Frau gekostet; Kohlhaas will der Welt zeigen, daß sie in keinem ungerechten Handel umgekommen ist. Fügt Euch in diesen Stücken meinem Willen, und laßt den Gerichtshof sprechen; in allem anderen, was sonst noch streitig sein mag, füge ich mich Euch. – Luther sagte: schau her, was du forderst, wenn anders die Umstände so sind, wie die öffentliche Stimme hören läßt, ist gerecht; und hättest du den Streit, bevor du eigenmächtig zur Selbstrache geschritten, zu des Landesherrn Entscheidung zu bringen gewußt, so wäre dir deine Forderung, zweifle ich nicht, Punkt vor Punkt bewilligt worden. Doch hättest du nicht, alles wohl erwogen, besser getan, du hättest, um deines Erlösers willen, dem Junker vergeben, die Rappen, dürre und abgehärmt, wie sie waren, bei der Hand genommen, dich aufgesetzt, und zur Dickfütterung in deinen Stall nach Kohlhaasenbrück heimgeritten? – Kohlhaas antwortete: kann sein! indem er ans Fenster trat: kann sein, auch nicht! Hätte ich gewußt, daß ich sie mit Blut aus dem Herzen meiner lieben Frau würde auf die Beine bringen müssen: kann sein, ich hätte getan, wie Ihr gesagt, hochwürdiger Herr, und einen Scheffel Hafer nicht gescheut! Doch, weil sie mir einmal so teuer zu stehen gekommen sind, so habe es denn, meine ich, seinen Lauf: laßt das Erkenntnis, wie es mir zukömmt, sprechen, und den Junker mir die Rappen auffüttern. – – Luther sagte, indem er, unter mancherlei Gedanken, wieder zu seinen Papieren griff: er wolle mit dem Kurfürsten seinethalben in Unterhandlung treten. Inzwischen möchte er sich, auf dem Schlosse zu Lützen, still halten; wenn der Herr ihm freies Geleit bewillige, so werde man es ihm auf dem Wege öffentlicher Anplackung bekannt machen. – Zwar, fuhr er fort, da Kohlhaas sich herabbog, um seine Hand zu küssen: ob der Kurfürst Gnade für Recht ergehen lassen wird, weiß ich nicht; denn einen Heerhaufen, vernehm ich, zog er zusammen, und steht im Begriff, dich im Schlosse zu Lützen aufzuheben: inzwischen, wie ich dir schon gesagt habe, an meinem Bemühen soll es nicht liegen. Und damit stand er auf, und machte Anstalt, ihn zu entlassen. Kohlhaas meinte, daß seine Fürsprache ihn über diesen Punkt völlig beruhige; worauf Luther ihn mit der Hand grüßte, jener aber plötzlich ein Knie vor ihm senkte und sprach: er habe noch eine Bitte auf seinem Herzen. Zu Pfingsten nämlich, wo er an den Tisch des Herrn zu gehen pflege, habe er die Kirche, dieser seiner kriegerischen Unternehmung wegen, versäumt; ob er die Gewogenheit haben wolle, ohne weitere Vorbereitung, seine Beichte zu empfangen, und ihm, zur Auswechselung dagegen, die Wohltat des heiligen Sakraments zu erteilen? Luther, nach einer kurzen Besinnung, indem er ihn scharf ansah, sagte: ja, Kohlhaas, das will ich tun! Der Herr aber, dessen Leib du begehrst, vergab seinem Feind. – Willst du, setzte er, da jener ihn betreten ansah, hinzu, dem Junker, der dich beleidigt hat, gleichfalls vergeben: nach der Tronkenburg gehen, dich auf deine Rappen setzen, und sie zur Dickfütterung nach Kohlhaasenbrück heimreiten? – »Hochwürdiger Herr«, sagte Kohlhaas errötend, indem er seine Hand ergriff, – nun? – »der Herr auch vergab allen seinen Feinden nicht. Laßt mich den Kurfürsten, meinen beiden Herren, dem Schloßvogt und Verwalter, den Herren Hinz und Kunz, und wer mich sonst in dieser Sache gekränkt haben mag, vergeben: den Junker aber, wenn es sein kann, nötigen, daß er mir die Rappen wieder dick füttere.« – Bei diesen Worten kehrte ihm Luther, mit einem mißvergnügten Blick, den Rücken zu, und zog die Klingel. Kohlhaas, während, dadurch herbeigerufen, ein Famulus sich mit Licht in dem Vorsaal meldete, stand betreten, indem er sich die Augen trocknete, vom Boden auf; und da der Famulus vergebens, weil der Riegel vorgeschoben war, an der Türe wirkte, Luther aber sich wieder zu seinen Papieren niedergesetzt hatte: so machte Kohlhaas dem Mann die Türe auf. Luther, mit einem kurzen, auf den fremden Mann gerichteten Seitenblick, sagte dem Famulus: leuchte! worauf dieser, über den Besuch, den er erblickte, ein wenig befremdet, den Hausschlüssel von der Wand nahm, und sich, auf die Entfernung desselben wartend, unter die halboffene Tür des Zimmers zurückbegab. – Kohlhaas sprach, indem er seinen Hut bewegt zwischen beide Hände nahm: und so kann ich, hochwürdigster Herr, der Wohltat versöhnt zu werden, die ich mir von Euch erbat, nicht teilhaftig werden? Luther antwortete kurz: deinem Heiland, nein; dem Landesherrn, – das bleibt einem Versuch, wie ich dir versprach, vorbehalten! Und damit winkte er dem Famulus, das Geschäft, das er ihm aufgetragen, ohne weiteren Aufschub, abzumachen. Kohlhaas legte, mit dem Ausdruck schmerzlicher Empfindung, seine beiden Hände auf die Brust; folgte dem Mann, der ihm die Treppe hinunter leuchtete, und verschwand.

Am anderen Morgen erließ Luther ein Sendschreiben an den Kurfürsten von Sachsen, worin er, nach einem bitteren Seitenblick auf die seine Person umgebenden Herren Hinz und Kunz, Kämmerer und Mundschenk von Tronka, welche die Klage, wie allgemein bekannt war, untergeschlagen hatten, dem Herrn, mit der Freimütigkeit, die ihm eigen war, eröffnete, daß bei so ärgerlichen Umständen, nichts anderes zu tun übrig sei, als den Vorschlag des Roßhändlers anzunehmen, und ihm des Vorgefallenen wegen, zur Erneuerung seines Prozesses, Amnestie zu erteilen. Die öffentliche Meinung, bemerkte er, sei auf eine höchst gefährliche Weise, auf dieses Mannes Seite, dergestalt, daß selbst in dem dreimal von ihm eingeäscherten Wittenberg, eine Stimme zu seinem Vorteil spreche; und da er sein Anerbieten, falls er damit abgewiesen werden sollte, unfehlbar, unter gehässigen Bemerkungen, zur Wissenschaft des Volks bringen würde, so könne dasselbe leicht in dem Grade verführt werden, daß mit der Staatsgewalt gar nichts mehr gegen ihn auszurichten sei. Er schloß, daß man, in diesem außerordentlichen Fall, über die Bedenklichkeit, mit einem Staatsbürger, der die Waffen ergriffen, in Unterhandlung zu treten, hinweggehen müsse; daß derselbe in der Tat durch das Verfahren, das man gegen ihn beobachtet, auf gewisse Weise außer der Staatsverbindung gesetzt worden sei; und kurz, daß man ihn, um aus dem Handel zu kommen, mehr als eine fremde, in das Land gefallene Macht, wozu er sich auch, da er ein Ausländer sei, gewissermaßen qualifiziere, als einen Rebellen, der sich gegen den Thron auflehne, betrachten müsse. – Der Kurfürst erhielt diesen Brief eben, als der Prinz Christiern von Meißen, Generalissimus des Reichs, Oheim des bei Mühlberg geschlagenen und an seinen Wunden noch daniederliegenden Prinzen Friedrich von Meißen; der Großkanzler des Tribunals, Graf Wrede; Graf Kallheim, Präsident der Staatskanzlei; und die beiden Herren Hinz und Kunz von Tronka, dieser Kämmerer, jener Mundschenk, die Jugendfreunde und Vertrauten des Herrn, in dem Schlosse gegenwärtig waren. Der Kämmerer, Herr Kunz, der, in der Qualität eines Geheimenrats, des Herrn geheime Korrespondenz, mit der Befugnis, sich seines Namens und Wappens zu bedienen, besorgte, nahm zuerst das Wort, und nachdem er noch einmal weitläufig auseinander gelegt hatte, daß er die Klage, die der Roßhändler gegen den Junker, seinen Vetter, bei dem Tribunal eingereicht, nimmermehr durch eine eigenmächtige Verfügung niedergeschlagen haben würde, wenn er sie nicht, durch falsche Angaben verführt, für eine völlig grundlose und nichtsnutzige Plackerei gehalten hätte, kam er auf die gegenwärtige Lage der Dinge. Er bemerkte, daß, weder nach göttlichen noch menschlichen Gesetzen, der Roßkamm, um dieses Mißgriffs willen, befugt gewesen wäre, eine so ungeheure Selbstrache, als er sich erlaubt, auszuüben; schilderte den Glanz, der durch eine Verhandlung mit demselben, als einer rechtlichen Kriegsgewalt, auf sein gottverdammtes Haupt falle; und die Schmach, die dadurch auf die geheiligte Person des Kurfürsten zurückspringe, schien ihm so unerträglich, daß er, im Feuer der Beredsamkeit, lieber das Äußerste erleben, den Rechtsschluß des rasenden Rebellen erfüllt, und den Junker, seinen Vetter, zur Dickfütterung der Rappen nach Kohlhaasenbrück abgeführt sehen, als den Vorschlag, den der Doktor Luther gemacht, angenommen wissen wollte. Der Großkanzler des Tribunals, Graf Wrede, äußerte, halb zu ihm gewandt, sein Bedauern, daß eine so zarte Sorgfalt, als er, bei der Auflösung dieser allerdings mißlichen Sache, für den Ruhm des Herrn zeige, ihn nicht, bei der ersten Veranlassung derselben, erfüllt hätte. Er stellte dem Kurfürsten sein Bedenken vor, die Staatsgewalt, zur Durchsetzung einer offenbar unrechtlichen Maßregel, in Anspruch zu nehmen; bemerkte, mit einem bedeutenden Blick auf den Zulauf, den der Roßhändler fortdauernd im Lande fand, daß der Faden der Freveltaten sich auf diese Weise ins Unendliche fortzuspinnen drohe, und erklärte, daß nur ein schlichtes Rechttun, indem man unmittelbar und rücksichtslos den Fehltritt, den man sich zu Schulden kommen lassen, wieder gut machte, ihn abreißen und die Regierung glücklich aus diesem häßlichen Handel herausziehen könne. Der Prinz Christiern von Meißen, auf die Frage des Herrn, was er davon halte? äußerte, mit Verehrung gegen den Großkanzler gewandt: die Denkungsart, die er an den Tag lege, erfülle ihn zwar mit dem größesten Respekt; indem er aber dem Kohlhaas zu seinem Recht verhelfen wolle, bedenke er nicht, daß er Wittenberg und Leipzig, und das ganze durch ihn mißhandelte Land, in seinem gerechten Anspruch auf Schadenersatz, oder wenigstens Bestrafung, beeinträchtige. Die Ordnung des Staats sei, in Beziehung auf diesen Mann, so verrückt, daß man sie schwerlich durch einen Grundsatz, aus der Wissenschaft des Rechts entlehnt, werde einrenken können. Daher stimme er, nach der Meinung des Kämmerers, dafür, das Mittel, das für solche Fälle eingesetzt sei, ins Spiel zu ziehen: einen Kriegshaufen, von hinreichender Größe zusammenzuraffen, und den Roßhändler, der in Lützen aufgepflanzt sei, damit aufzuheben oder zu erdrücken. Der Kämmerer, indem er für ihn und den Kurfürsten Stühle von der Wand nahm, und auf eine verbindliche Weise ins Zimmer setzte, sagte: er freue sich, daß ein Mann von seiner Rechtschaffenheit und Einsicht mit ihm in dem Mittel, diese Sache zweideutiger Art beizulegen, übereinstimme. Der Prinz, indem er den Stuhl, ohne sich zu setzen, in der Hand hielt, und ihn ansah, versicherte ihn: daß er gar nicht Ursache hätte sich deshalb zu freuen, indem die damit verbundene Maßregel notwendig die wäre, einen Verhaftsbefehl vorher gegen ihn zu erlassen, und wegen Mißbrauchs des landesherrlichen Namens den Prozeß zu machen. Denn wenn Notwendigkeit erfordere, den Schleier vor dem Thron der Gerechtigkeit niederzulassen, über eine Reihe von Freveltaten, die unabsehbar wie sie sich forterzeugt, vor den Schranken desselben zu erscheinen, nicht mehr Raum fänden, so gelte das nicht von der ersten, die sie veranlaßt; und allererst seine Anklage auf Leben und Tod könne den Staat zur Zermalmung des Roßhändlers bevollmächtigen, dessen Sache, wie bekannt, sehr gerecht sei, und dem man das Schwert, das er führe, selbst in die Hand gegeben. Der Kurfürst, den der Junker bei diesen Worten betroffen ansah, wandte sich, indem er über das ganze Gesicht rot ward, und trat ans Fenster. Der Graf Kallheim, nach einer verlegenen Pause von allen Seiten, sagte, daß man auf diese Weise aus dem Zauberkreise, in dem man befangen, nicht herauskäme. Mit demselben Rechte könne seinem Neffen, dem Prinzen Friedrich, der Prozeß gemacht werden; denn auch er hätte, auf dem Streifzug sonderbarer Art, den er gegen den Kohlhaas unternommen, seine Instruktion auf mancherlei Weise überschritten: dergestalt, daß wenn man nach der weitläufigen Schar derjenigen frage, die die Verlegenheit, in welcher man sich befinde, veranlaßt, er gleichfalls unter die Zahl derselben würde benannt, und von dem Landesherrn wegen dessen was bei Mühlberg vorgefallen, zur Rechenschaft gezogen werden müssen. Der Mundschenk, Herr Hinz von Tronka, während der Kurfürst mit ungewissen Blicken an seinen Tisch trat, nahm das Wort und sagte: er begriffe nicht, wie der Staatsbeschluß, der zu fassen sei, Männern von solcher Weisheit, als hier versammelt wären, entgehen könne. Der Roßhändler habe, seines Wissens, gegen bloß freies Geleit nach Dresden, und erneuerte Untersuchung seiner Sache, versprochen, den Haufen, mit dem er in das Land gefallen, auseinander gehen zu lassen. Daraus aber folge nicht, daß man ihm, wegen dieser frevelhaften Selbstrache, Amnestie erteilen müsse: zwei Rechtsbegriffe, die der Doktor Luther sowohl, als auch der Staatsrat zu verwechseln scheine. Wenn, fuhr er fort, indem er den Finger an die Nase legte, bei dem Tribunal zu Dresden, gleichviel wie, das Erkenntnis der Rappen wegen gefallen ist; so hindert nichts, den Kohlhaas auf den Grund seiner Mordbrennereien und Räubereien einzustecken: eine staatskluge Wendung, die die Vorteile der Ansichten beider Staatsmänner vereinigt, und des Beifalls der Welt und Nachwelt gewiß ist. – Der Kurfürst, da der Prinz sowohl als der Großkanzler dem Mundschenk, Herrn Hinz, auf diese Rede mit einem bloßen Blick antworteten, und die Verhandlung mithin geschlossen schien, sagte: daß er die verschiedenen Meinungen, die sie ihm vorgetragen, bis zur nächsten Sitzung des Staatsrats bei sich selbst überlegen würde. – Es schien, die Präliminar-Maßregel, deren der Prinz gedacht, hatte seinem für Freundschaft sehr empfänglichen Herzen die Lust benommen, den Heereszug gegen den Kohlhaas, zu welchem schon alles vorbereitet war, auszuführen. Wenigstens behielt er den Großkanzler, Grafen Wrede, dessen Meinung ihm die zweckmäßigste schien, bei sich zurück; und da dieser ihm Briefe vorzeigte, aus welchen hervorging, daß der Roßhändler in der Tat schon zu einer Stärke von vierhundert Mann herangewachsen sei; ja, bei der allgemeinen Unzufriedenheit, die wegen der Unziemlichkeiten des Kämmerers im Lande herrschte, in kurzem auf eine doppelte und dreifache Stärke rechnen könne:

so entschloß sich der Kurfürst, ohne weiteren Anstand, den Rat, den ihm der Doktor Luther erteilt, anzunehmen. Dem gemäß übergab er dem Grafen Wrede die ganze Leitung der Kohlhaasischen Sache; und schon nach wenigen Tagen erschien ein Plakat, das wir, dem Hauptinhalt nach, folgendermaßen mitteilen:

»Wir etc. etc. Kurfürst von Sachsen, erteilen, in besonders gnädiger Rücksicht auf die an Uns ergangene Fürsprache des Doktors Martin Luther, dem Michael Kohlhaas, Roßhändler aus dem Brandenburgischen, unter der Bedingung, binnen drei Tagen nach Sicht die Waffen, die er ergriffen, niederzulegen, behufs einer erneuerten Untersuchung seiner Sache, freies Geleit nach Dresden; dergestalt zwar, daß, wenn derselbe, wie nicht zu erwarten, bei dem Tribunal zu Dresden mit seiner Klage, der Rappen wegen, abgewiesen werden sollte, gegen ihn, seines eigenmächtigen Unternehmens wegen, sich selbst Recht zu verschaffen, mit der ganzen Strenge des Gesetzes verfahren werden solle; im entgegengesetzten Fall aber, ihm mit seinem ganzen Haufen, Gnade für Recht bewilligt, und völlige Amnestie, seiner in Sachsen ausgeübten Gewalttätigkeiten wegen, zugestanden sein solle.«

Kohlhaas hatte nicht sobald, durch den Doktor Luther, ein Exemplar dieses in allen Plätzen des Landes angeschlagenen Plakats erhalten, als er, so bedingungsweise auch die darin geführte Sprache war, seinen ganzen Haufen schon, mit Geschenken, Danksagungen und zweckmäßigen Ermahnungen auseinander gehen ließ. Er legte alles, was er an Geld, Waffen und Gerätschaften erbeutet haben mochte, bei den Gerichten zu Lützen, als kurfürstliches Eigentum, nieder; und nachdem er den Waldmann mit Briefen, wegen Wiederkaufs seiner Meierei, wenn es möglich sei, an den Amtmann nach Kohlhaasenbrück, und den Sternbald zur Abholung seiner Kinder, die er wieder bei sich zu haben wünschte, nach Schwerin geschickt hatte, verließ er das Schloß zu Lützen, und ging, unerkannt, mit dem Rest seines kleinen Vermögens, das er in Papieren bei sich trug, nach Dresden.

Der Tag brach eben an, und die ganze Stadt schlief noch, als er an die Tür der kleinen, in der Pirnaischen Vorstadt gelegenen Besitzung, die ihm durch die Rechtschaffenheit des Amtmanns übrig geblieben war, anklopfte, und Thomas, dem alten, die Wirtschaft führenden Hausmann, der ihm mit Erstaunen und Bestürzung aufmachte, sagte: er möchte dem Prinzen von Meißen auf dem Gubernium melden, daß er, Kohlhaas der Roßhändler, da wäre. Der Prinz von Meißen, der auf diese Meldung für zweckmäßig hielt, augenblicklich sich selbst von dem Verhältnis, in welchem man mit diesem Mann stand, zu unterrichten, fand, als er mit einem Gefolge von Rittern und Troßknechten bald darauf erschien, in den Straßen, die zu Kohlhaasens Wohnung führten, schon eine unermeßliche Menschenmenge versammelt. Die Nachricht, daß der Würgengel da sei, der die Volksbedrücker mit Feuer und

Schwert verfolgte, hatte ganz Dresden, Stadt und Vorstadt, auf die Beine gebracht; man mußte die Haustür vor dem Andrang des neugierigen Haufens verriegeln, und die Jungen kletterten an den Fenstern heran, um den Mordbrenner, der darin frühstückte, in Augenschein zu nehmen. Sobald der Prinz, mit Hülfe der ihm Platz machenden Wache, ins Haus gedrungen, und in Kohlhaasens Zimmer getreten war, fragte er diesen, welcher halb entkleidet an einem Tische stand: ob er Kohlhaas, der Roßhändler, wäre? worauf Kohlhaas, indem er eine Brieftasche mit mehreren über sein Verhältnis lautenden Papieren aus seinem Gurt nahm, und ihm ehrerbietig überreichte, antwortete: ja! und hinzusetzte: er finde sich nach Auflösung seines Kriegshaufens, der ihm erteilten landesherrlichen Freiheit gemäß, in Dresden ein, um seine Klage, der Rappen wegen, gegen den Junker Wenzel von Tronka vor Gericht zu bringen. Der Prinz, nach einem flüchtigen Blick, womit er ihn von Kopf zu Fuß überschaute, durchlief die in der Brieftasche befindlichen Papiere; ließ sich von ihm erklären, was es mit einem von dem Gericht zu Lützen ausgestellten Schein, den er darin fand, über die zu Gunsten des kurfürstlichen Schatzes gemachte Deposition für eine Bewandtnis habe; und nachdem er die Art des Mannes noch, durch Fragen mancherlei Gattung, nach seinen Kindern, seinem Vermögen und der Lebensart die er künftig zu führen denke, geprüft, und überall so, daß man wohl seinetwegen ruhig sein konnte, befunden hatte, gab er ihm die Briefschaften wieder, und sagte: daß seinem Prozeß nichts im Wege stünde, und daß er sich nur unmittelbar, um ihn einzuleiten, an den Großkanzler des Tribunals, Grafen Wrede, selbst wenden möchte. Inzwischen, sagte der Prinz, nach einer Pause, indem er ans Fenster trat, und mit großen Augen das Volk, das vor dem Hause versammelt war, überschaute: du wirst auf die ersten Tage eine Wache annehmen müssen, die dich, in deinem Hause sowohl, als wenn du ausgehst, schütze! – – Kohlhaas sah betroffen vor sich nieder, und schwieg. Der Prinz sagte: »gleichviel!« indem er das Fenster wieder verließ. »Was daraus entsteht, du hast es dir selbst beizumessen«; und damit wandte er sich wieder nach der Tür, in der Absicht, das Haus zu verlassen. Kohlhaas, der sich besonnen hatte, sprach: Gnädigster Herr! tut, was Ihr wollt! Gebt mir Euer Wort, die Wache, sobald ich es wünsche, wieder aufzuheben: so habe ich gegen diese Maßregel nichts einzuwenden! Der Prinz erwiderte: das bedürfe der Rede nicht; und nachdem er drei Landsknechten, die man ihm zu diesem Zweck vorstellte, bedeutet hatte: daß der Mann, in dessen Hause sie zurückblieben, frei wäre, und daß sie ihm bloß zu seinem Schutz, wenn er ausginge, folgen sollten, grüßte er den Roßhändler mit einer herablassenden Bewegung der Hand, und entfernte sich.

Gegen Mittag begab sich Kohlhaas, von seinen drei Landsknechten begleitet, unter dem Gefolge einer unabsehbaren Menge, die ihm aber auf keine Weise, weil sie durch die Polizei gewarnt war, etwas zu Leide tat, zu dem Großkanzler des Tribunals, Grafen Wrede. Der Großkanzler, der ihn mit Milde und Freundlichkeit in seinem Vorgemach empfing, unterhielt sich während zwei ganzer Stunden mit ihm, und nachdem er sich den ganzen Verlauf der Sache, von Anfang bis zu Ende, hatte erzählen lassen, wies er ihn, zur unmittelbaren Abfassung und Einreichung der Klage, an einen, bei dem Gericht angestellten, berühmten Advokaten der Stadt. Kohlhaas, ohne weiteren Verzug, verfügte sich in dessen Wohnung; und nachdem die Klage, ganz der ersten niedergeschlagenen gemäß, auf Bestrafung des Junkers nach den Gesetzen, Wiederherstellung der Pferde in den vorigen Stand, und Ersatz *seines* Schadens sowohl, als auch dessen, den sein bei Mühlberg gefallener Knecht Herse erlitten hatte, zu Gunsten der alten Mutter desselben, aufgesetzt war, begab er sich wieder, unter Begleitung des ihn immer noch angaffenden Volks, nach Hause zurück, wohl entschlossen, es anders nicht, als nur wenn notwendige Geschäfte ihn riefen, zu verlassen.

Inzwischen war auch der Junker seiner Haft in Wittenberg entlassen, und nach Herstellung von einer gefährlichen Rose, die seinen Fuß entzündet hatte, von dem Landesgericht unter peremtorischen Bedingungen aufgefordert worden, sich zur Verantwortung auf die von dem Roßhändler Kohlhaas gegen ihn eingereichte Klage, wegen widerrechtlich abgenommener und zu Grunde gerichteter Rappen, in Dresden zu stellen. Die Gebrüder Kämmerer und Mundschenk von Tronka, Lehnsvettern des Junkers, in deren Hause er abtrat, empfingen ihn mit der größesten Erbitterung und Verachtung; sie nannten ihn einen Elenden und Nichtswürdigen, der Schande und Schmach über die ganze Familie bringe, kündigten ihm an, daß er seinen Prozeß nunmehr unfehlbar verlieren würde, und forderten ihn auf, nur gleich zur Herbeischaffung der Rappen, zu deren Dickfütterung er, zum Hohngelächter der Welt, verdammt werden werde, Anstalt zu machen. Der Junker sagte, mit schwacher, zitternder Stimme: er sei der bejammernswürdigste Mensch von der Welt. Er verschwor sich, daß er von dem ganzen verwünschten Handel, der ihn ins Unglück stürze, nur wenig gewußt, und daß der Schloßvogt und der Verwalter an allem schuld wären, indem sie die Pferde, ohne sein entferntestes Wissen und Wollen, bei der Ernte gebraucht, und durch unmäßige Anstrengungen, zum Teil auf ihren eigenen Feldern, zu Grunde gerichtet hätten. Er setzte sich, indem er dies sagte, und bat ihn nicht durch Kränkungen und Beleidigungen in das Übel, von dem er nur soeben erst erstanden sei, mutwillig zurückzustürzen. Am andern Tage schrieben die Herren Hinz und Kunz, die in der Gegend der eingeäscherten Tronkenburg Güter besaßen, auf Ansuchen des Junkers, ihres Vetters, weil doch nichts anders übrig blieb, an ihre dort befindlichen Verwalter und Pächter, um Nachricht über die an jenem unglücklichen Tage abhanden gekommenen und seitdem gänzlich verschollenen Rappen einzuziehn. Aber alles, was sie bei der gänzlichen Verwüstung des Platzes, und der Niedermetzelung fast aller Einwohner, erfahren konnten, war, daß ein Knecht sie, von den flachen Hieben des Mordbrenners getrieben, aus dem brennenden Schuppen, in welchem sie standen, gerettet, nachher aber auf die Frage, wo er sie hinführen, und was er damit anfangen solle, von dem grimmigen Wüterich einen Fußtritt zur Antwort erhalten habe. Die alte, von der Gicht geplagte Haushälterin des Junkers, die sich nach Meißen geflüchtet hatte, versicherte demselben, auf eine schriftliche Anfrage, daß der Knecht sich, am Morgen jener entsetzlichen Nacht, mit den Pferden nach der brandenburgischen Grenze gewandt habe; doch alle Nachfragen, die man daselbst anstellte, waren vergeblich, und es schien dieser Nachricht ein Irrtum zum Grunde zu liegen, indem der Junker keinen Knecht hatte, der im Brandenburgischen, oder auch nur auf der Straße dorthin, zu Hause war. Männer aus Dresden, die wenige Tage nach dem Brande der Tronkenburg in Wilsdruf gewesen waren, sagten aus, daß um die benannte Zeit ein Knecht mit zwei an der Halfter gehenden Pferden dort angekommen, und die Tiere, weil sie sehr elend gewesen wären, und nicht weiter fort gekonnt hätten, im Kuhstall eines Schäfers, der sie wieder hätte aufbringen wollen, stehen gelassen hätte. Es schien mancherlei Gründe wegen sehr wahrscheinlich, daß dies die in Untersuchung stehenden Rappen waren; aber der Schäfer aus Wilsdruf hatte sie, wie Leute, die dorther kamen, versicherten, schon wieder, man wußte nicht an wen, verhandelt; und ein drittes Gerücht, dessen Urheber unentdeckt blieb, sagte gar aus, daß die Pferde bereits in Gott verschieden, und in der Knochengrube zu Wilsdruf begraben wären. Die Herren Hinz und Kunz, denen diese Wendung der Dinge, wie man leicht begreift, die erwünschteste war, indem sie dadurch, bei des Junkers ihres Vetters Ermangelung eigener Ställe, der Notwendigkeit, die Rappen in den ihrigen aufzufüttern, überhoben waren, wünschten gleichwohl, völliger Sicherheit wegen, diesen Umstand zu bewahrheiten. Herr Wenzel von Tronka erließ demnach, als Erb-, Lehns- und Gerichtsherr, ein Schreiben an die Gerichte zu Wilsdruf, worin er dieselben, nach einer weitläufigen Beschreibung der Rappen, die, wie er sagte, ihm anvertraut und durch einen Unfall abhanden gekommen wären, dienstfreundlichst ersuchte, den dermaligen Aufenthalt derselben zu erforschen, und den Eigner, wer er auch sei, aufzufordern und anzuhalten, sie, gegen reichliche Wiedererstattung aller Kosten, in den Ställen des Kämmerers, Herrn Kunz, zu Dresden abzuliefern. Dem gemäß erschien auch wirklich, wenige Tage darauf, der Mann an den sie der Schäfer aus Wilsdruf verhandelt hatte, und führte sie, dürr und wankend, an die Runge seines Karrens gebunden, auf den Markt der Stadt; das Unglück aber Herrn Wenzels, und noch mehr des ehrlichen Kohlhaas wollte, daß es der Abdecker aus Döbbeln war.

Sobald Herr Wenzel, in Gegenwart des Kämmerers, seines Vetters, durch ein unbestimmtes Gerücht vernommen hatte, daß ein Mann mit zwei schwarzen aus dem Brande der Tronkenburg entkommenen Pferden in der Stadt angelangt sei, begaben sich beide, in Begleitung einiger aus dem Hause zusammengerafften Knechte, auf den Schloßplatz, wo er stand, um sie demselben, falls es die dem Kohlhaas zugehörigen wären, gegen Erstattung der Kosten abzunehmen, und nach Hause zu führen. Aber wie betreten waren die Ritter, als sie bereits einen, von Augenblick zu Augenblick sich vergrößernden Haufen von Menschen, den das Schauspiel herbeigezogen, um den zweirädrigen Karren, an dem die Tiere befestigt waren, erblickten; unter unendlichem Gelächter einander zurufend, daß die Pferde schon, um derenthalben der Staat wanke, an den Schinder gekommen wären! Der Junker, der um den Karren herumgegangen war, und die jämmerlichen Tiere, die alle Augenblicke sterben zu wollen schienen, betrachtet hatte, sagte verlegen: das wären die Pferde nicht, die er dem Kohlhaas abgenommen; doch Herr Kunz, der Kämmerer, einen Blick sprachlosen Grimms voll auf ihn werfend, der, wenn er von Eisen gewesen wäre, ihn zerschmettert hätte, trat, indem er seinen Mantel, Orden und Kette entblößend, zurückschlug, zu dem Abdecker heran, und fragte ihn: ob das die Rappen wären, die der Schäfer von Wilsdruf an sich gebracht, und der Junker Wenzel von Tronka, dem sie gehörten, bei den Gerichten daselbst requiriert hätte? Der Abdecker, der, einen Eimer Wasser in der Hand, beschäftigt war, einen dicken, wohlbeleibten Gaul, der seinen Karren zog, zu tränken, sagte: »die schwarzen?« – Er streifte dem Gaul, nachdem er den Eimer niedergesetzt, das Gebiß aus dem Maul, und sagte: »die Rappen, die an die Runge gebunden wären, hätte ihm der Schweinehirte von Hainichen verkauft. Wo der sie her hätte, und ob sie von dem Wilsdrufer Schäfer kämen, das wisse er nicht. Ihm hätte«, sprach er, während er den Eimer wieder aufnahm, und zwischen Deichsel und Knie anstemmte: »ihm hätte der Gerichtsbote aus Wilsdruf gesagt, daß er sie nach Dresden in das Haus derer von Tronka bringen solle; aber der Junker, an den er gewiesen sei, heiße Kunz.« Bei diesen Worten wandte er sich mit dem Rest des Wassers, den der Gaul im Eimer übrig gelassen hatte, und schüttete ihn auf das Pflaster der Straße aus. Der Kämmerer, der, von den Blicken der hohnlachenden Menge umstellt, den Kerl, der mit empfindungslosem Eifer seine Geschäfte betrieb, nicht bewegen konnte, daß er ihn ansah, sagte: daß er der Kämmerer, Kunz von Tronka, wäre; die Rappen aber, die er an sich bringen solle, müßten dem Junker, seinem Vetter, gehören; von einem Knecht, der bei Gelegenheit des Brandes aus der Tronkenburg entwichen, an den Schäfer zu Wilsdruf gekommen, und ursprünglich zwei dem Roßhändler Kohlhaas zugehörige Pferde sein! Er fragte den Kerl, der mit gespreizten Beinen dastand, und sich die Hosen in die Höhe zog: ob er davon nichts wisse? Und ob sie der Schweinehirte von Hainichen nicht vielleicht, auf welchen Umstand alles ankomme, von dem Wilsdrufer Schäfer, oder von einem Dritten, der sie seinerseits von demselben gekauft, erstanden hätte? – Der Abdecker, der sich an den Wagen gestellt und sein Wasser abgeschlagen hatte, sagte: »er wäre mit den Rappen nach Dresden bestellt, um in dem Hause derer von Tronka sein Geld dafür zu empfangen. Was er da vorbrächte, verstände er nicht; und ob sie, vor dem Schweinehirten aus Hainichen, Peter oder Paul besessen hätte, oder der Schäfer aus Wilsdruf, gelte ihm, da sie nicht gestohlen wären, gleich.« Und damit ging er, die Peitsche quer über seinen breiten Rücken, nach einer Kneipe, die auf dem Platze lag, in der Absicht, hungrig wie er war, ein Frühstück einzunehmen. Der Kämmerer, der auf der Welt Gottes nicht wußte, was er mit Pferden, die der Schweinehirte von Hainichen an den Schinder in Döbbeln verkauft, machen solle, falls es nicht diejenigen wären, auf welchen der Teufel durch Sachsen ritt, forderte den Junker auf, ein Wort zu sprechen; doch da dieser mit bleichen, bebenden Lippen erwiderte: das Ratsamste wäre, daß man die Rappen kaufe, sie möchten dem Kohlhaas gehören oder nicht: so trat der Kämmerer, Vater und Mutter, die ihn geboren, verfluchend, indem er sich den Mantel zurückschlug, gänzlich unwissend, was er zu tun oder zu lassen habe, aus dem Haufen des Volks zurück. Er rief den Freiherrn von Wenk, einen Bekannten, der über die Straße ritt, zu sich heran, und trotzig, den Platz nicht zu verlassen, eben weil das Gesindel höhnisch auf ihn einblickte, und, mit vor dem Mund zusammengedrückten Schnupftüchern, nur auf seine Entfernung zu warten schien, um loszuplatzen, bat er ihn, bei dem Großkanzler, Grafen Wrede, abzusteigen, und durch dessen Vermittelung den Kohlhaas zur Besichtigung der Rappen herbeizuschaffen. Es traf sich, daß Kohlhaas eben, durch einen Gerichtsboten herbeigerufen, in dem Gemach des Großkanzlers, gewisser, die Deposition in Lützen betreffenden Erläuterungen wegen, die man von ihm bedurfte, gegenwärtig war, als der Freiherr, in der eben erwähnten Absicht, zu ihm ins Zimmer trat; und während der Großkanzler sich mit einem verdrießlichen Gesicht vom Sessel erhob, und den Roßhändler, dessen Person jenem unbekannt war, mit den Papieren, die er in der Hand hielt, zur Seite stehen ließ, stellte der Freiherr ihm die Verlegenheit, in welcher sich die Herren von Tronka befanden, vor. Der Abdecker von Döbbeln sei, auf mangelhafte Requisition der Wilsdrufer Gerichte, mit Pferden erschienen, deren Zustand so heillos beschaffen wäre, daß der Junker Wenzel anstehen müsse, sie für die dem Kohlhaas gehörigen anzuerkennen; dergestalt, daß, falls man sie gleichwohl dem Abdecker abnehmen solle, um in den Ställen der Ritter, zu ihrer Wiederherstellung, einen Versuch zu machen, vorher eine Okular-Inspektion des Kohlhaas, um den besagten Umstand außer Zweifel zu setzen, notwendig sei. »Habt demnach die Güte, schloß er, den Roßhändler durch eine Wache aus seinem Hause abholen und auf den Markt, wo die Pferde stehen, hinführen zu lassen.« Der Großkanzler, indem er sich eine Brille von der Nase nahm, sagte: daß er in einem doppelten Irrtum stünde; einmal, wenn er glaube, daß der in Rede stehende Umstand anders nicht, als durch eine Okular-Inspektion des Kohlhaas auszumitteln sei; und dann, wenn er sich einbilde, er, der Kanzler, sei befugt, den Kohlhaas durch eine Wache, wohin es dem Junker beliebe, abführen zu lassen. Dabei stellte er ihm den Roßhändler, der hinter ihm stand, vor, und bat ihn, indem er sich niederließ und seine Brille wieder aufsetzte, sich in dieser Sache an ihn selbst zu wenden. – Kohlhaas, der mit keiner Miene, was in seiner Seele vorging, zu erkennen gab, sagte: daß er bereit wäre, ihm zur Besichtigung der Rappen, die der Abdecker in die Stadt gebracht, auf den Markt zu folgen.

Er trat, während der Freiherr sich betroffen zu ihm umkehrte, wieder an den Tisch des Großkanzlers heran, und nachdem er demselben noch, aus den Papieren seiner Brieftasche, mehrere, die Deposition in Lützen betreffende Nachrichten gegeben hatte, beurlaubte er sich von ihm; der Freiherr, der, über das ganze Gesicht rot, ans Fenster getreten war, empfahl sich ihm gleichfalls; und beide gingen, begleitet von den drei durch den Prinzen von Meißen eingesetzten Landsknechten, unter dem Troß einer Menge von Menschen, nach dem Schloßplatz hin. Der Kämmerer, Herr Kunz, der inzwischen den Vorstellungen mehrerer Freunde, die sich um ihn eingefunden hatten, zum Trotz, seinen Platz, dem Abdecker von Döbbeln gegenüber, unter dem Volke behauptet hatte, trat, sobald der Freiherr mit dem Roßhändler erschien, an den letzteren heran, und fragte ihn, indem er sein Schwert, mit Stolz und Ansehen, unter dem Arm hielt: ob die Pferde, die hinter dem Wagen stünden, die seinigen wären? Der Roßhändler, nachdem er, mit einer bescheidenen Wendung gegen den die Frage an ihn richtenden Herrn, den er nicht kannte, den Hut gerückt hatte, trat, ohne ihm zu antworten, im Gefolge sämtlicher Ritter, an den Schinderkarren heran; und die Tiere, die, auf wankenden Beinen, die Häupter zur Erde gebeugt, dastanden, und von dem Heu, das ihnen der Abdecker vorgelegt hatte, nicht fraßen, flüchtig, aus einer Ferne von zwölf Schritt, in welcher er stehen blieb, betrachtet: gnädigster Herr! wandte er sich wieder zu dem Kämmerer zurück, der Abdecker hat ganz recht; die Pferde, die an seinen Karren gebunden sind, gehören mir! Und damit, indem er sich in dem ganzen Kreise der Herren umsah, rückte er den Hut noch einmal, und begab sich, von seiner Wache begleitet, wieder von dem Platz hinweg. Bei diesen Worten trat der Kämmerer, mit einem raschen, seinen Helmbusch erschütternden Schritt zu dem Abdecker heran, und warf ihm einen Beutel mit Geld zu; und während dieser sich, den Beutel in der Hand, mit einem bleiernen Kamm die Haare über die Stirn zurückkämmte, und das Geld betrachtete, befahl er einem Knecht, die Pferde abzulösen und nach Hause zu führen! Der Knecht, der auf den Ruf des Herrn, einen Kreis von Freunden und Verwandten, die er unter dem Volke besaß, verlassen hatte, trat auch, in der Tat, ein wenig rot im Gesicht, über eine große Mistpfütze, die sich zu ihren Füßen gebildet hatte, zu den Pferden heran; doch kaum hatte er ihre Halftern erfaßt, um sie loszubinden, als ihn Meister Himboldt, sein Vetter, schon beim Arm ergriff, und mit den Worten: du rührst die Schindmähren nicht an! von dem Karren hinwegschleuderte. Er setzte, indem er sich mit ungewissen Schritten über die Mistpfütze wieder zu dem Kämmerer, der über diesen Vorfall sprachlos dastand, zurück wandte, hinzu: daß er sich einen Schinderknecht anschaffen müsse, um ihm einen solchen Dienst zu leisten! Der Kämmerer, der, vor Wut schäumend, den Meister auf einen Augenblick betrachtet hatte, kehrte sich um, und rief über die Häupter der Ritter, die ihn umringten, hinweg, nach der Wache; und sobald, auf die Bestellung des Freiherrn von Wenk, ein Offizier mit einigen kurfürstlichen Trabanten, aus dem Schloß erschienen war, forderte er denselben unter einer kurzen Darstellung der schändlichen Aufhetzerei, die sich die Bürger der Stadt erlaubten, auf, den Rädelsführer, Meister Himboldt, in Verhaft zu nehmen. Er verklagte den Meister, indem er ihn bei der Brust faßte: daß er seinen, die Rappen auf seinen Befehl los-bindenden Knecht von dem Karren hinweggeschleudert und mißhandelt hätte. Der Meister, indem er den Kämmerer mit einer geschickten Wendung, die ihn befreiete, zurückwies, sagte: gnädigster Herr! einem Burschen von zwanzig Jahren bedeuten, was er zu tun hat, heißt nicht, ihn verhetzen! Be-fragt ihn, ob er sich gegen Herkommen und Schicklichkeit mit den Pferden, die an die Karre gebunden sind, befassen will; will er es, nach dem, was ich gesagt, tun: sei's! Meinethalb mag er sie jetzt abludern und häuten! Bei diesen Worten wandte sich der Kämmerer zu dem Knecht herum, und fragte ihn: ob er irgend Anstand nähme, seinen Befehl zu erfüllen, und die Pferde, die dem Kohlhaas gehörten, loszubinden, und nach Hause zu führen? und da dieser schüchtern, indem er sich unter die Bürger mischte, erwiderte: die Pferde müßten erst ehrlich gemacht werden, bevor man ihm das zumute; so folgte ihm der Kämmerer von hinten, riß ihm den Hut ab, der mit seinem Hauszeichen geschmückt war, zog, nachdem er den Hut mit Füßen getreten, von Leder, und jagte den Knecht mit wütenden Hieben der Klinge augen-blicklich vom Platz weg und aus seinen Diensten. Meister Himboldt rief: schmeißt den Mordwüterich doch gleich zu Boden! und während die Bürger, von diesem Auftritt empört, zusammentraten, und die Wache hinwegdräng-ten, warf er den Kämmerer von hinten nieder, riß ihm Mantel, Kragen und Helm ab, wand ihm das Schwert aus der Hand, und schleuderte es, in einem grimmigen Wurf, weit über den Platz hinweg. Vergebens rief der Junker Wenzel, indem er sich aus dem Tumult rettete, den Rittern zu, seinem Vetter beizuspringen; ehe sie noch einen Schritt dazu getan hatten, waren sie schon von dem Andrang des Volks zerstreut, dergestalt, daß der Kämmerer, der sich den Kopf beim Fallen verletzt hatte, der ganzen Wut der Menge preis gegeben war. Nichts, als die Erscheinung eines Trupps berittener Lands-knechte, die zufällig über den Platz zogen, und die der Offizier der kurfürst-lichen Trabanten zu seiner Unterstützung herbeirief, konnte den Kämmerer retten. Der Offizier, nachdem er den Haufen verjagt, ergriff den wütenden Meister, und während derselbe durch einige Reuter nach dem Gefängnis ge-bracht ward, hoben zwei Freunde den unglücklichen mit Blut bedeckten Kämmerer vom Boden auf, und führten ihn nach Hause. Einen so heillosen Ausgang nahm der wohlgemeinte und redliche Versuch, dem Roßhändler wegen des Unrechts, das man ihm zugefügt, Genugtuung zu verschaffen. Der Abdecker von Döbbeln, dessen Geschäft abgemacht war, und der sich nicht länger aufhalten wollte, band, da sich das Volk zu zerstreuen anfing, die Pferde an einen Laternenpfahl, wo sie, den ganzen Tag über, ohne daß sich jemand um sie bekümmerte, ein Spott der Straßenjungen und Tagediebe, stehen blieben; dergestalt, daß in Ermangelung aller Pflege und Wartung die Polizei sich ihrer annehmen mußte, und gegen Einbruch der Nacht den Abdecker von Dresden herbeirief, um sie, bis auf weitere Verfügung, auf der Schinderei vor der Stadt zu besorgen.

Dieser Vorfall, so wenig der Roßhändler ihn in der Tat verschuldet hatte, erweckte gleichwohl, auch bei den Gemäßigtern und Besseren, eine, dem Ausgang seiner Streitsache höchst gefährliche Stimmung im Lande. Man fand das Verhältnis desselben zum Staat ganz unerträglich, und in Privathäusern und auf öffentlichen Plätzen, erhob sich die Meinung, daß es besser sei, ein offenbares Unrecht an ihm zu verüben, und die ganze Sache von neuem niederzuschlagen, als ihm Gerechtigkeit, durch Gewalttaten ertrotzt, in einer so nichtigen Sache, zur bloßen Befriedigung seines rasenden Starrsinns, zukommen zu lassen. Zum völligen Verderben des armen Kohlhaas mußte der Großkanzler selbst, aus übergroßer Rechtlichkeit, und einem davon herrührenden Haß gegen die Familie von Tronka, beitragen, diese Stimmung zu befestigen und zu verbreiten. Es war höchst unwahrscheinlich, daß die Pferde, die der Abdecker von Dresden jetzt besorgte, jemals wieder in den Stand, wie sie aus dem Stall zu Kohlhaasenbrück gekommen waren, hergestellt werden würden; doch gesetzt, daß es durch Kunst und anhaltende Pflege möglich gewesen wäre: die Schmach, die zufolge der bestehenden Umstände, dadurch auf die Familie des Junkers fiel, war so groß, daß bei dem staatsbürgerlichen Gewicht, den sie, als eine der ersten und edelsten, im Lande hatte, nichts billiger und zweckmäßiger schien, als eine Vergütigung der Pferde in Geld einzuleiten. Gleichwohl, auf einen Brief, in welchem der Präsident, Graf Kallheim, im Namen des Kämmerers, den seine Krankheit abhielt, dem Großkanzler, einige Tage darauf, diesen Vorschlag machte, erließ derselbe zwar ein Schreiben an den Kohlhaas, worin er ihn ermahnte, einen solchen Antrag, wenn er an ihn ergehen sollte, nicht von der Hand zu weisen; den Präsidenten selbst aber bat er, in einer kurzen, wenig verbindlichen Antwort, ihn mit Privataufträgen in dieser Sache zu verschonen, und forderte den Kämmerer auf, sich an den Roßhändler selbst zu wenden, den er ihm als einen sehr billigen und bescheidenen Mann schilderte. Der Roßhändler, dessen Wille, durch den Vorfall, der sich auf dem Markt zugetragen, in der Tat gebrochen war, wartete auch nur, dem Rat des Großkanzlers gemäß, auf eine Eröffnung von Seiten des Junkers, oder seiner Angehörigen, um ihnen mit völliger Bereitwilligkeit und Vergebung alles Geschehenen, entgegenzukommen; doch eben diese Eröffnung war den stolzen Rittern zu tun empfindlich; und schwer erbittert über die Antwort, die sie von dem Großkanzler empfangen hatten, zeigten sie dieselbe dem Kurfürsten, der, am Morgen des nächstfolgenden Tages, den Kämmerer krank, wie er an seinen Wunden daniederlag, in seinem Zimmer besucht hatte. Der Kämmerer, mit einer, durch seinen Zustand, schwachen und rührenden Stimme, fragte ihn, ob er, nachdem er sein Leben daran gesetzt, um diese Sache, seinen Wünschen gemäß, beizulegen, auch noch seine Ehre dem Tadel der Welt aussetzen, und mit einer

Bitte um Vergleich und Nachgiebigkeit, vor einem Manne erscheinen solle, der alle nur erdenkliche Schmach und Schande über ihn und seine Familie gebracht habe. Der Kurfürst, nachdem er den Brief gelesen hatte, fragte den Grafen Kallheim verlegen: ob das Tribunal nicht befugt sei, ohne weitere Rücksprache mit dem Kohlhaas, auf den Umstand, daß die Pferde nicht wieder herzustellen wären, zu fußen, und dem gemäß das Urteil, gleich, als ob sie tot wären, auf bloße Vergütigung derselben in Geld abzufassen? Der Graf antwortete: »gnädigster Herr, sie *sind* tot: sind in staatsrechtlicher Bedeutung tot, weil sie keinen Wert haben, und werden es physisch sein, bevor man sie, aus der Abdeckerei, in die Ställe der Ritter gebracht hat«; worauf der Kurfürst, indem er den Brief einsteckte, sagte, daß er mit dem Großkanzler selbst darüber sprechen wolle, den Kämmerer, der sich halb aufrichtete und seine Hand dankbar ergriff, beruhigte, und nachdem er ihm noch empfohlen hatte, für seine Gesundheit Sorge zu tragen, mit vieler Huld sich von seinem Sessel erhob, und das Zimmer verließ.

So standen die Sachen in Dresden, als sich über den armen Kohlhaas, noch ein anderes, bedeutenderes Gewitter, von Lützen her, zusammenzog, dessen Strahl die arglistigen Ritter geschickt genug waren, auf das unglückliche Haupt desselben herabzuleiten. Johann Nagelschmidt nämlich, einer von den durch den Roßhändler zusammengebrachten, und nach Erscheinung der kurfürstlichen Amnestie wieder abgedankten Knechten, hatte für gut befunden, wenige Wochen nachher, an der böhmischen Grenze, einen Teil dieses zu allen Schandtaten aufgelegten Gesindels von neuem zusammenzuraffen, und das Gewerbe, auf dessen Spur ihn Kohlhaas geführt hatte, auf seine eigne Hand fortzusetzen. Dieser nichtsnutzige Kerl nannte sich, teils um den Häschern von denen er verfolgt ward, Furcht einzuflößen, teils um das Landvolk, auf die gewohnte Weise, zur Teilnahme an seinen Spitzbübereien zu verleiten, einen Statthalter des Kohlhaas; sprengte mit einer seinem Herrn abgelernten Klugheit aus, daß die Amnestie an mehreren, in ihre Heimat ruhig zurückgekehrten Knechten nicht gehalten, ja der Kohlhaas selbst, mit himmelschreiender Wortbrüchigkeit, bei seiner Ankunft in Dresden eingesteckt, und einer Wache übergeben worden sei; dergestalt, daß in Plakaten, die den Kohlhaasischen ganz ähnlich waren, sein Mordbrennerhaufen als ein zur bloßen Ehre Gottes aufgestandener Kriegshaufen erschien, bestimmt, über die Befolgung der ihnen von dem Kurfürsten angelobten Amnestie zu wachen; alles, wie schon gesagt, keineswegs zur Ehre Gottes, noch aus Anhänglichkeit an den Kohlhaas, dessen Schicksal ihnen völlig gleichgültig war, sondern um unter dem Schutz solcher Vorspiegelungen desto ungestrafter und bequemer zu sengen und zu plündern. Die Ritter, sobald die ersten Nachrichten davon nach Dresden kamen, konnten ihre Freude über diesen, dem ganzen Handel eine andere Gestalt gebenden Vorfall nicht unterdrücken. Sie erinnerten mit weisen und mißvergnügten Seitenblicken an den Mißgriff, den man begangen, indem man dem Kohlhaas, ihren dringenden und wiederholten Warnungen zum Trotz, Amnestie erteilt, gleichsam als hätte man die Absicht gehabt Bösewichtern aller Art dadurch, zur Nachfolge auf seinem Wege, das Signal zu geben; und nicht zufrieden, dem Vorgeben des Nagelschmidt, zur bloßen Aufrechthaltung und Sicherheit seines unterdrückten Herrn die Waffen ergriffen zu haben, Glauben zu schenken, äußerten sie sogar die bestimmte Meinung, daß die ganze Erscheinung desselben nichts, als ein von dem Kohlhaas angezetteltes Unternehmen sei, um die Regierung in Furcht zu setzen, und den Fall des Rechtsspruchs, Punkt vor Punkt, seinem rasenden Eigensinn gemäß, durchzusetzen und zu beschleunigen. Ja, der Mundschenk, Herr Hinz, ging so weit, einigen Jagdjunkern und Hofherren, die sich nach der Tafel im Vorzimmer des Kurfürsten um ihn versammelt hatten, die Auflösung des Räuberhaufens in Lützen als eine verwünschte Spiegelfechterei darzustellen; und indem er sich über die Gerechtigkeitsliebe des Großkanzlers sehr lustig machte, erwies er aus mehreren witzig zusammengestellten Umständen, daß der Haufen, nach wie vor, noch in den Wäldern des Kurfürstentums vorhanden sei, und nur auf den Wink des Roßhändlers warte, um daraus von neuem mit Feuer und Schwert hervorzubrechen. Der Prinz Christiern von Meißen, über diese Wendung der Dinge, die seines Herrn Ruhm auf die empfindlichste Weise zu beflecken drohete, sehr mißvergnügt, begab sich sogleich zu demselben aufs Schloß; und das Interesse der Ritter, den Kohlhaas, wenn es möglich wäre, auf den Grund neuer Vergehungen zu stürzen, wohl durchschauend, bat er sich von demselben die Erlaubnis aus, unverzüglich ein Verhör über den Roßhändler anstellen zu dürfen. Der Roßhändler, nicht ohne Befremden, durch einen Häscher in das Gubernium abgeführt, erschien, den Heinrich und Leopold, seine beiden kleinen Knaben auf dem Arm; denn Sternbald, der Knecht, war Tags zuvor mit seinen fünf Kindern aus dem Mecklenburgischen, wo sie sich aufgehalten hatten, bei ihm angekommen, und Gedanken mancherlei Art, die zu entwickeln zu weitläufig sind, bestimmten ihn, die Jungen, die ihn bei seiner Entfernung unter dem Erguß kindischer Tränen darum baten, aufzuheben, und in das Verhör mitzunehmen. Der Prinz, nachdem er die Kinder, die Kohlhaas neben sich niedergesetzt hatte, wohlgefällig betrachtet und auf eine freundliche Weise nach ihrem Alter und Namen gefragt hatte, eröffnete ihm, was der Nagelschmidt, sein ehemaliger Knecht, sich in den Tälern des Erzgebirges für Freiheiten herausnehme; und indem er ihm die sogenannten Mandate desselben überreichte, forderte er ihn auf, dagegen vorzubringen, was er zu seiner Rechtfertigung vorzubringen wüßte. Der Roßhändler, so schwer er auch in der Tat über diese schändlichen und verräterischen Papiere erschrak, hatte gleichwohl, einem so rechtschaffenen Manne, als der Prinz war, gegenüber, wenig Mühe, die Grundlosigkeit der gegen ihn auf die Bahn gebrachten Beschuldigungen, befriedigend auseinander zu legen. Nicht nur, daß zufolge seiner Bemerkung er, so wie die Sachen standen, überhaupt noch zur Entscheidung seines, im besten Fortgang begriffenen Rechtsstreits, keiner Hülfe von Seiten eines Dritten bedürfte: aus einigen Briefschaften, die er bei sich trug, und die er dem Prinzen vorzeigte, ging sogar eine Unwahrscheinlichkeit ganz eigner Art hervor, daß das Herz des Nagelschmidts gestimmt sein sollte, ihm dergleichen Hülfe zu leisten, indem er den Kerl, wegen auf dem platten Lande verübter Notzucht und anderer Schelmereien, kurz vor Auflösung des Haufens in Lützen hatte hängen lassen wollen; dergestalt, daß nur die Erscheinung der kurfürstlichen Amnestie, indem sie das ganze Verhältnis aufhob, ihn gerettet hatte, und beide Tags darauf, als Todfeinde auseinander gegangen waren. Kohlhaas, auf seinen von dem Prinzen angenommenen Vorschlag, setzte sich nieder, und erließ ein Sendschreiben an den Nagelschmidt, worin er das Vorgeben desselben zur Aufrechthaltung der an ihm und seinen Haufen gebrochenen Amnestie aufgestanden zu sein, für eine schändliche und ruchlose Erfindung erklärte; ihm sagte, daß er bei seiner Ankunft in Dresden weder eingesteckt, noch einer Wache übergeben, auch seine Rechtssache ganz so, wie er es wünsche, im Fortgange sei; und ihn wegen der, nach Publikation der Amnestie im Erzgebirge ausgeübten Mordbrennereien, zur Warnung des um ihn versammelten Gesindels, der ganzen Rache der Gesetze preis gab. Dabei wurden einige Fragmente der Kriminalverhandlung, die der Roßhändler auf dem Schlosse zu Lützen, in Bezug auf die oben erwähnten Schändlichkeiten, über ihn hatte anstellen lassen, zur Belehrung des Volks über diesen nichtsnutzigen, schon damals dem Galgen bestimmten, und, wie schon erwähnt, nur durch das Patent das der Kurfürst erließ, geretteten Kerl, angehängt. Dem gemäß beruhigte der Prinz den Kohlhaas über den Verdacht, den man ihm, durch die Umstände notgedrungen, in diesem Verhör habe äußern müssen; versicherte ihn, daß so lange *er* in Dresden wäre, die ihm erteilte Amnestie auf keine Weise gebrochen werden solle; reichte den Knaben noch einmal, indem er sie mit Obst, das auf seinem Tische stand, beschenkte, die Hand, grüßte den Kohlhaas und entließ ihn. Der Großkanzler, der gleichwohl die Gefahr, die über den Roßhändler schwebte, erkannte, tat sein Äußerstes, um die Sache desselben, bevor sie durch neue Ereignisse verwickelt und verworren würde, zu Ende zu bringen; das aber wünschten und bezweckten die staatsklugen Ritter eben, und statt, wie zuvor, mit stillschweigendem Eingeständnis der Schuld, ihren Widerstand auf ein bloß gemildertes Rechtserkenntnis einzuschränken, fingen sie jetzt an, in Wendungen arglistiger und rabulistischer Art, diese Schuld selbst gänzlich zu leugnen. Bald gaben sie vor, daß die Rappen des Kohlhaas, in Folge eines bloß eigenmächtigen Verfahrens des Schloßvogts und Verwalters, von welchem der Junker nichts oder nur Unvollständiges gewußt, auf der Tronkenburg zurückgehalten worden seien; bald versicherten sie, daß die Tiere schon, bei ihrer Ankunft daselbst, an einem heftigen und gefährlichen Husten krank gewesen wären, und beriefen sich deshalb auf Zeugen, die sie herbeizuschaffen sich anheischig machten; und als sie mit diesen Argumenten, nach weitläuftigen Untersuchungen und Auseinandersetzungen, aus dem Felde geschlagen waren, brachten sie gar ein kurfürstliches Edikt bei, worin, vor einem Zeitraum von zwölf Jahren, einer Viehseuche wegen, die Einführung der Pferde aus dem Brandenburgischen ins Sächsische, in der Tat verboten worden war: zum sonnenklaren Beleg nicht nur der Befugnis, sondern sogar der Verpflichtung des Junkers, die von dem Kohlhaas über die Grenze gebrachten Pferde anzuhalten. – Kohlhaas, der inzwischen von dem wackern Amtmann zu Kohlhaasenbrück seine Meierei, gegen eine geringe Vergütigung des dabei gehabten Schadens, käuflich wieder erlangt hatte, wünschte, wie es scheint wegen gerichtlicher Abmachung dieses Geschäfts, Dresden auf einige Tage zu verlassen, und in diese seine Heimat zu reisen; ein Entschluß, an welchem gleichwohl, wie wir nicht zweifeln, weniger das besagte Geschäft, so dringend es auch in der Tat, wegen Bestellung der Wintersaat, sein mochte, als die Absicht unter so sonderbaren und bedenklichen Umständen seine Lage zu prüfen, Anteil hatte: zu welchem vielleicht auch noch Gründe anderer Art mitwirkten, die wir jedem, der in seiner Brust Bescheid weiß, zu erraten überlassen wollen. Demnach verfügte er sich, mit Zurücklassung der Wache, die ihm zugeordnet war, zum Großkanzler, und eröffnete ihm, die Briefe des Amtmanns in der Hand: daß er willens sei, falls man seiner, wie es den Anschein habe, bei dem Gericht nicht notwendig bedürfe, die Stadt zu verlassen, und auf einen Zeitraum von acht oder zwölf Tagen, binnen welcher Zeit er wieder zurück zu sein versprach, nach dem Brandenburgischen zu reisen. Der Großkanzler, indem er mit einem mißvergnügten und bedenklichen Gesichte zur Erde sah, versetzte: er müsse gestehen, daß seine Anwesenheit grade jetzt notwendiger sei als jemals, indem das Gericht wegen arglistiger und winkelziehender Einwendungen der Gegenpart, seiner Aussagen und Erörterungen, in tausenderlei nicht vorherzusehenden Fällen, bedürfe; doch da Kohlhaas ihn auf seinen, von dem Rechtsfall wohl unterrichteten Advokaten verwies, und mit bescheidener Zudringlichkeit, indem er sich auf acht Tage einzuschränken versprach, auf seine Bitte beharrte, so sagte der Großkanzler nach einer Pause kurz, indem er ihn entließ: »er hoffe, daß er sich deshalb Pässe, bei dem Prinzen Christiern von Meißen, ausbitten würde.« – – Kohlhaas, der sich auf das Gesicht des Großkanzlers gar wohl verstand, setzte sich, in seinem Entschluß nur bestärkt, auf der Stelle nieder, und bat, ohne irgend einen Grund anzugeben, den Prinzen von Meißen, als Chef des Guberniums, um Pässe auf acht Tage nach Kohlhaasenbrück, und zurück. Auf dieses Schreiben erhielt er eine, von dem Schloßhauptmann, Freiherrn Siegfried von Wenk, unterzeichnete Gubernial-Resolution, des Inhalts: »sein Gesuch um Pässe nach Kohlhaasenbrück werde des Kurfürsten Durchlaucht vorgelegt werden, auf dessen höchster Bewilligung, sobald sie einginge, ihm die Pässe zugeschickt werden würden.« Auf die Erkundigung Kohlhaasens bei seinem Advokaten, wie es zuginge, daß die Gubernial-Resolution von einem Freiherrn Siegfried von Wenk, und nicht von dem Prinzen Christiern von Meißen, an den er sich gewendet, unterschrieben sei, erhielt er zur Antwort: daß der Prinz vor drei Tagen auf seine Güter gereist, und die Gubernialgeschäfte während seiner Abwesenheit dem Schloßhauptmann Freiherrn Siegfried von Wenk, einem Vetter des oben erwähnten Herren gleiches Namens, übergeben worden wären. – Kohlhaas, dem das Herz unter allen diesen Umständen unruhig zu klopfen anfing, harrte durch mehrere Tage auf die Entscheidung seiner, der Person des Landesherrn mit befremdender Weitläuftigkeit vorgelegten Bitte; doch es verging eine Woche, und es verging mehr, ohne daß weder diese Entscheidung einlief, noch auch das Rechtserkenntnis, so bestimmt man es ihm auch verkündigt hatte, bei dem Tribunal gefällt ward: dergestalt, daß er am zwölften Tage, fest entschlossen, die Gesinnung der Regierung gegen ihn, sie möge sein, welche man wolle, zur Sprache zu bringen, sich niedersetzte, und das Gubernium von neuem in einer dringenden Vorstellung um die erforderten Pässe bat. Aber wie betreten war er, als er am Abend des folgenden, gleichfalls ohne die erwartete Antwort verstrichenen Tages, mit einem Schritt, den er gedankenvoll, in Erwägung seiner Lage, und besonders der ihm von dem Doktor Luther ausgewirkten Amnestie, an das Fenster seines Hinterstübchens tat, in dem kleinen, auf dem Hofe befindlichen Nebengebäude, das er ihr zum Aufenthalte angewiesen hatte, die Wache nicht erblickte, die ihm bei seiner Ankunft der Prinz von Meißen eingesetzt hatte. Thomas, der alte Hausmann, den er herbeirief und fragte: was dies zu bedeuten habe? antwortete ihm seufzend: Herr! es ist nicht alles wie es sein soll; die Landsknechte, deren heute mehr sind wie gewöhnlich, haben sich bei Einbruch der Nacht um das ganze Haus verteilt; zwei stehen, mit Schild und Spieß, an der vordern Tür auf der Straße; zwei an der hintern im Garten: und noch zwei andere liegen im Vorsaal auf ein Bund Stroh, und sagen, daß sie daselbst schlafen würden. Kohlhaas, der seine Farbe verlor, wandte sich und versetzte: »es wäre gleichviel, wenn sie nur da wären; und er möchte den Landsknechten, sobald er auf den Flur käme, Licht hinsetzen, damit sie sehen könnten.« Nachdem er noch, unter dem Vorwande, ein Geschirr auszugießen, den vordern Fensterladen eröffnet, und sich von der Wahrheit des Umstands, den ihm der Alte entdeckt, überzeugt hatte: denn eben ward sogar in geräuschloser Ablösung die Wache erneuert, an welche Maßregel bisher, so lange die Einrichtung bestand, noch niemand gedacht hatte: so legte er sich, wenig schlaflustig allerdings, zu Bette, und sein Entschluß war für den kommenden Tag sogleich gefaßt. Denn nichts mißgönnte er der Regierung, mit der er zu tun hatte, mehr, als den Schein der Gerechtigkeit, während sie in der Tat die Amnestie, die sie ihm angelobt hatte, an ihm brach; und falls er wirklich ein Gefangener sein sollte, wie es keinem Zweifel mehr unterworfen war, wollte er derselben auch die bestimmte und unumwundene Erklärung, daß es so sei, abnötigen. Demnach ließ er, sobald der Morgen des nächsten Tages anbrach, durch Sternbald, seinen Knecht, den Wagen anspannen und vorführen, um wie er vorgab, zu dem Verwalter nach Lockewitz zu fahren, der ihn, als ein alter Bekannter, einige Tage zuvor in Dresden gesprochen und eingeladen hatte, ihn einmal mit seinen Kindern zu besuchen. Die Landsknechte, welche mit zusammengesteckten Köpfen, die dadurch veranlaßten Bewegungen im Hause wahrnahmen, schickten einen aus ihrer Mitte heimlich in die Stadt, worauf binnen wenigen Minuten ein Gubernial-Offiziant an der Spitze mehrerer Häscher erschien, und sich, als ob er daselbst ein Geschäft hätte, in das gegenüberliegende Haus begab. Kohlhaas, der mit der Ankleidung seiner Knaben beschäftigt, diese Bewegungen gleichfalls bemerkte, und den Wagen absichtlich länger, als eben nötig gewesen wäre, vor dem Hause halten ließ, trat, sobald er die Anstalten der Polizei vollendet sah, mit seinen Kindern, ohne darauf Rücksicht zu nehmen, vor das Haus hinaus; und während er dem Troß der Landsknechte, die unter der Tür standen, im Vorübergehen sagte, daß sie nicht nötig hätten, ihm zu folgen, hob er die Jungen in den Wagen und küßte und tröstete die kleinen weinenden Mädchen, die, seiner Anordnung gemäß, bei der Tochter des alten Hausmanns zurückbleiben sollten. Kaum hatte er selbst den Wagen bestiegen, als der Gubernial-Offiziant mit seinem Gefolge von Häschern, aus dem gegenüberliegenden Hause, zu ihm herantrat, und ihn fragte: wohin er wolle? Auf die Antwort Kohlhaasens: »daß er zu seinem Freund, dem Amtmann nach Lockewitz fahren wolle, der ihn vor einigen Tagen mit seinen beiden Knaben zu sich aufs Land geladen«, antwortete der Gubernial-Offiziant: daß er in diesem Fall einige Augenblicke warten müsse, indem einige berittene Landsknechte, dem Befehl des Prinzen von Meißen gemäß, ihn begleiten würden. Kohlhaas fragte lächelnd von dem Wagen herab: »ob er glaube, daß seine Person in dem Hause eines Freundes, der sich erboten, ihn auf einen Tag an seiner Tafel zu bewirten, nicht sicher sei?« Der Offiziant erwiderte auf eine heitere und angenehme Art: daß die Gefahr allerdings nicht groß sei; wobei er hinzusetzte: daß ihm die Knechte auch auf keine Weise zur Last fallen sollten. Kohlhaas versetzte ernsthaft: »daß ihm der Prinz von Meißen, bei seiner Ankunft in Dresden, freigestellt, ob er sich der Wache bedienen wolle oder nicht«; und da der Offiziant sich über diesen Umstand wunderte, und sich mit vorsichtigen Wendungen auf den Gebrauch, während der ganzen Zeit seiner Anwesenheit, berief: so erzählte der Roßhändler ihm den Vorfall, der die Einsetzung der Wache in seinem Hause veranlaßt hatte. Der Offiziant versicherte ihn, daß die Befehle des Schloßhauptmanns, Freiherrn von Wenk, der in diesem Augenblick Chef der Polizei sei, ihm die unausgesetzte Beschützung seiner Person zur Pflicht mache; und bat ihn, falls er sich die Begleitung nicht gefallen lassen wolle, selbst auf das Gubernium zu gehen, um den Irrtum, der dabei obwalten müsse, zu berichtigen. Kohlhaas, mit einem sprechenden Blick, den er auf den Offizianten warf, sagte, entschlossen die Sache zu beugen oder zu brechen: »daß er dies tun wolle«; stieg mit klopfendem Herzen von dem Wagen, ließ die Kinder durch den Hausmann in den Flur tragen, und verfügte sich, während der Knecht mit dem Fuhrwerk vor dem Hause halten blieb, mit dem Offizianten und seiner Wache in das Gubernium. Es traf sich, daß der Schloßhauptmann, Freiherr Wenk eben mit der Besichtigung einer Bande, am Abend zuvor eingebrachter Nagelschmidtscher Knechte, die man in der Gegend von Leipzig aufgefangen hatte, beschäftigt war, und die Kerle über manche Dinge, die man gern von ihnen gehört hätte, von den Rittern, die bei ihm waren, befragt wurden, als der Roßhändler mit seiner Begleitung zu ihm in den Saal trat. Der Freiherr, sobald er den Roßhändler erblickte, ging, während die Ritter plötzlich still wurden, und mit dem Verhör der Knechte einhielten, auf ihn zu, und fragte ihn: was er wolle? und da der Roßkamm ihm auf ehrerbietige Weise sein Vorhaben, bei dem Verwalter in Lockewitz zu Mittag zu speisen, und den Wunsch, die Landsknechte deren er dabei nicht bedürfe zurücklassen zu dürfen, vorgetragen hatte, antwortete der Freiherr, die Farbe im Gesicht wechselnd, indem er eine andere Rede zu verschlucken schien: »er würde wohl tun, wenn er sich still in seinem Hause hielte, und den Schmaus bei dem Lockewitzer Amtmann vor der Hand noch aussetzte.« – Dabei wandte er sich, das ganze Gespräch zerschneidend, dem Offizianten zu, und sagte ihm: »daß es mit dem Befehl, den er ihm, in Bezug auf den Mann gegeben, sein Bewenden hätte, und daß derselbe anders nicht, als in Begleitung sechs berittener Landsknechte die Stadt verlassen dürfe.« – Kohlhaas fragte: ob er ein Gefangener wäre, und ob er glauben solle, daß die ihm feierlich, vor den Augen der ganzen Welt angelobte Amnestie gebrochen sei? worauf der Freiherr sich plötzlich glutrot im Gesichte zu ihm wandte, und, indem er dicht vor ihn trat, und ihm in das Auge sah, antwortete: ja! ja! ja! – ihm den Rücken zukehrte, ihn stehen ließ, und wieder zu den Nagelschmidtschen Knechten ging. Hierauf verließ Kohlhaas den Saal, und ob er schon einsah, daß er sich das einzige Rettungsmittel, das ihm übrig blieb, die Flucht, durch die Schritte die er getan, sehr erschwert hatte, so lobte er sein Verfahren gleichwohl, weil er sich nunmehr auch seinerseits von der Verbindlichkeit den Artikeln der Amnestie nachzukommen, befreit sah. Er ließ, da er zu Hause kam, die Pferde ausspannen, und begab sich, in Begleitung des Gubernial-Offizianten, sehr traurig und erschüttert in sein Zimmer; und während dieser Mann auf eine dem Roßhändler Ekel erregende Weise, versicherte, daß alles nur auf einem Mißverständnis beruhen müsse, das sich in Kurzem lösen würde, verriegelten die Häscher, auf seinen Wink, alle Ausgänge der Wohnung die auf den Hof führten; wobei der Offiziant ihm versicherte, daß ihm der vordere Haupteingang nach wie vor, zu seinem beliebigen Gebrauch offen stehe.

Inzwischen war der Nagelschmidt in den Wäldern des Erzgebirgs, durch Häscher und Landsknechte von allen Seiten so gedrängt worden, daß er bei dem gänzlichen Mangel an Hülfsmitteln, eine Rolle der Art, wie er sie übernommen, durchzuführen, auf den Gedanken verfiel, den Kohlhaas in der Tat ins Interesse zu ziehen; und da er von der Lage seines Rechtsstreits in Dresden durch einen Reisenden, der die Straße zog, mit ziemlicher Genauigkeit unterrichtet war: so glaubte er, der offenbaren Feindschaft, die unter ihnen bestand, zum Trotz, den Roßhändler bewegen zu können, eine neue Verbindung mit ihm einzugehen. Demnach schickte er einen Knecht, mit einem, in kaum leserlichem Deutsch abgefaßten Schreiben an ihn ab, des Inhalts: »Wenn er nach dem Altenburgischen kommen, und die Anführung des Haufens, der sich daselbst, aus Resten des aufgelösten zusammengefunden, wieder übernehmen wolle, so sei er erbötig, ihm zur Flucht aus seiner Haft in Dresden mit Pferden, Leuten und Geld an die Hand zu gehen; wobei er ihm versprach, künftig gehorsamer und überhaupt ordentlicher und besser zu sein, als vorher, und sich zum Beweis seiner Treue und Anhänglichkeit anheischig machte, selbst in die Gegend von Dresden zu kommen, um seine Befreiung aus seinem Kerker zu bewirken.« Nun hatte der, mit diesem Brief beauftragte Kerl das Unglück, in einem Dorf dicht vor Dresden, in Krämpfen häßlicher Art, denen er von Jugend auf unterworfen war, niederzusinken; bei welcher Gelegenheit der Brief, den er im Brustlatz trug, von Leuten, die ihm zu Hülfe kamen, gefunden, er selbst aber, sobald er sich erholt, arretiert, und durch eine Wache unter Begleitung vielen Volks, auf das Gubernium transportiert ward. Sobald der Schloßhauptmann von Wenk diesen Brief gelesen hatte, verfügte er sich unverzüglich zum Kurfürsten aufs Schloß, wo er die Herren Kunz und Hinz, welcher ersterer von seinen Wunden wieder hergestellt war, und den Präsidenten der Staatskanzelei, Grafen Kallheim, gegenwärtig fand. Die Herren waren der Meinung, daß der Kohlhaas ohne weiteres arretiert, und ihm, auf den Grund geheimer Einverständnisse mit dem Nagelschmidt, der Prozeß gemacht werden müsse; indem sie bewiesen, daß ein solcher Brief nicht, ohne daß frühere auch von Seiten des Roßhändlers vorangegangen, und ohne daß überhaupt eine frevelhafte und verbrecherische Verbindung, zu Schmiedung neuer Greuel, unter ihnen statt finden sollte, geschrieben sein könne. Der Kurfürst weigerte sich standhaft, auf den Grund bloß dieses Briefes, dem Kohlhaas das freie Geleit, das er ihm angelobt, zu brechen; er war vielmehr der Meinung, daß eine Art von Wahrscheinlichkeit aus dem Briefe des Nagelschmidt hervorgehe, daß keine frühere Verbindung zwischen ihnen statt gefunden habe; und alles, wozu er sich, um hierüber aufs Reine zu kommen, auf den Vorschlag des Präsidenten, obschon nach großer Zögerung entschloß, war, den Brief durch den von dem Nagelschmidt abgeschickten Knecht, gleichsam als ob derselbe nach wie vor frei sei, an ihn abgeben zu lassen, und zu prüfen, ob er ihn beantworten würde. Dem gemäß ward der Knecht, den man in ein Gefängnis gesteckt hatte, am andern Morgen auf das Gubernium geführt, wo der Schloßhauptmann ihm den Brief wieder zustellte, und ihn unter dem Versprechen, daß er frei sein, und die Strafe die er verwirkt, ihm erlassen sein solle, aufforderte, das Schreiben, als sei nichts vorgefallen, dem Roßhändler zu übergeben; zu welcher List schlechter Art sich dieser Kerl auch ohne weiteres gebrauchen ließ, und auf scheinbar geheimnisvolle Weise, unter dem Vorwand, daß er Krebse zu verkaufen habe, womit ihn der Gubernial-Offiziant, auf dem Markte, versorgt hatte, zu Kohlhaas ins Zimmer trat. Kohlhaas, der den Brief, während die Kinder mit den Krebsen spielten, las, würde den Gauner gewiß unter andern Umständen beim Kragen genommen, und den Landsknechten, die vor seiner Tür standen, überliefert haben; doch da bei der Stimmung der Gemüter auch selbst dieser Schritt noch einer gleichgültigen Auslegung fähig war, und er sich vollkommen überzeugt hatte, daß nichts auf der Welt ihn aus dem Handel, in dem er verwickelt war, retten konnte: so sah er dem Kerl, mit einem traurigen Blick, in sein ihm wohlbekanntes Gesicht, fragte ihn, wo er wohnte, und beschied ihn, in einigen Stunden, wieder zu sich, wo er ihm, in Bezug auf seinen Herrn, seinen Beschluß eröffnen wolle. Er hieß dem Sternbald, der zufällig in die Tür trat, dem Mann, der im Zimmer war, etliche Krebse abkaufen; und nachdem dies Geschäft abgemacht war, und beide sich ohne einander zu kennen, entfernt hatten, setzte er sich nieder und schrieb einen Brief folgenden Inhalts an den Nagelschmidt: »Zuvörderst daß er seinen Vorschlag, die Oberanführung seines Haufens im Altenburgischen betreffend, annähme; daß er dem gemäß, zur Befreiung aus der vorläufigen Haft, in welcher er, mit seinen fünf Kindern gehalten werde, ihm einen Wagen mit zwei Pferden nach der Neustadt bei Dresden schicken solle; daß er auch, rascheren Fortkommens wegen, noch eines Gespannes von zwei Pferden auf der Straße nach Wittenberg bedürfe, auf welchem Umweg er allein, aus Gründen, die anzugeben zu weitläufig wären, zu ihm kommen könne; daß er die Landsknechte, die ihn bewachten, zwar durch Bestechung gewinnen zu können glaube, für den Fall aber daß Gewalt nötig sei, ein paar beherzte, gescheute und wohlbewaffnete Knechte, in der Neustadt bei Dresden gegenwärtig wissen wolle; daß er ihm zur Bestreitung der mit allen diesen Anstalten verbundenen Kosten, eine Rolle von zwanzig Goldkronen durch den Knecht zuschicke, über deren Verwendung er sich, nach abgemachter Sache, mit ihm berechnen wolle; daß er sich übrigens, weil sie unnötig sei, seine eigne Anwesenheit bei seiner Befreiung in Dresden verbitte, ja ihm vielmehr den bestimmten Befehl erteile, zur einstweiligen Anführung der Bande, die nicht ohne Oberhaupt sein könne, im Altenburgischen zurückzubleiben.« – Diesen Brief, als der Knecht gegen Abend kam, überlieferte er ihm; beschenkte ihn selbst reichlich, und schärfte ihm ein, denselben wohl in acht zu nehmen. – Seine Absicht war mit seinen fünf Kindern nach Hamburg zu gehen, und sich von dort nach der Levante oder nach Ostindien, oder so weit der Himmel über andere Menschen, als die er kannte, blau war, einzuschiffen: denn die Dickfütterung der Rappen hatte seine, von Gram sehr gebeugte Seele auch unabhängig von dem Widerwillen, mit dem Nagelschmidt deshalb gemeinschaftliche Sache zu machen, aufgegeben. – Kaum hatte der Kerl diese Antwort dem Schloßhauptmann überbracht, als der Großkanzler abgesetzt, der Präsident, Graf Kallheim, an dessen Stelle, zum Chef des Tribunals ernannt, und Kohlhaas, durch einen Kabinettsbefehl des Kurfürsten arretiert, und schwer mit Ketten beladen in die Stadttürme gebracht ward. Man machte ihm auf den Grund dieses Briefes, der an alle Ecken der Stadt angeschlagen ward, den Prozeß; und da er vor den Schranken des Tribunals auf die Frage, ob er die Handschrift anerkenne, dem Rat, der sie ihm vorhielt, antwortete: »ja!« zur Antwort aber auf die Frage, ob er zu seiner Verteidigung etwas vorzubringen wisse, indem er den Blick zur Erde schlug, erwiderte, »nein!« so ward er verurteilt, mit glühenden Zangen von Schinderknechten gekniffen, gevierteilt, und sein Körper, zwischen Rad und Galgen, verbrannt zu werden.

So standen die Sachen für den armen Kohlhaas in Dresden, als der Kurfürst von Brandenburg zu seiner Rettung aus den Händen der Übermacht und Willkür auftrat, und ihn, in einer bei der kurfürstlichen Staatskanzlei daselbst eingereichten Note, als brandenburgischen Untertan reklamierte. Denn der wackere Stadthauptmann, Herr Heinrich von Geusau, hatte ihn, auf einem Spaziergange an den Ufern der Spree, von der Geschichte dieses sonderbaren und nicht verwerflichen Mannes unterrichtet, bei welcher Gelegenheit er von den Fragen des erstaunten Herrn gedrängt, nicht umhin konnte, der Schuld zu erwähnen, die durch die Unziemlichkeiten seines Erzkanzlers, des Grafen Siegfried von Kallheim, seine eigene Person drückte: worüber der Kurfürst schwer entrüstet, den Erzkanzler, nachdem er ihn zur Rede gestellt und befunden, daß die Verwandtschaft desselben mit dem Hause derer von Tronka an allem schuld sei, ohne weiteres, mit mehreren Zeichen seiner Ungnade entsetzte, und den Herrn Heinrich von Geusau zum Erzkanzler ernannte.

Es traf sich aber, daß die Krone Polen grade damals, indem sie mit dem Hause Sachsen, um welchen Gegenstandes willen wissen wir nicht, im Streit lag, den Kurfürsten von Brandenburg, in wiederholten und dringenden Vorstellungen anging, sich mit ihr in gemeinschaftlicher Sache gegen das Haus Sachsen zu verbinden; dergestalt, daß der Erzkanzler, Herr Geusau, der in solchen Dingen nicht ungeschickt war, wohl hoffen durfte, den Wunsch seines Herrn, dem Kohlhaas, es koste was es wolle, Gerechtigkeit zu verschaffen, zu erfüllen, ohne die Ruhe des Ganzen auf eine mißlichere Art, als die Rücksicht auf einen einzelnen erlaubt, aufs Spiel zu setzen. Demnach forderte der Erzkanzler nicht nur wegen gänzlich willkürlichen, Gott und Menschen mißgefälligen Verfahrens, die unbedingte und ungesäumte Auslieferung des Kohlhaas, um denselben, falls ihn eine Schuld drücke, nach brandenburgischen Gesetzen, auf Klageartikel, die der Dresdner Hof deshalb durch einen Anwalt in Berlin anhängig machen könne, zu richten; sondern er begehrte sogar selbst Pässe für einen Anwalt, den der Kurfürst nach Dresden zu schicken willens sei, um dem Kohlhaas, wegen der ihm auf sächsischem Grund und Boden abgenommenen Rappen und anderer himmelschreienden Mißhandlungen und Gewalttaten halber, gegen den Junker Wenzel von Tronka, Recht zu verschaffen. Der Kämmerer, Herr Kunz, der bei der Veränderung der Staatsämter in Sachsen zum Präsidenten der Staatskanzlei ernannt worden war, und der aus mancherlei Gründen den Berliner Hof, in der Bedrängnis in der er sich befand, nicht verletzen wollte, antwortete im Namen seines über die eingegangene Note sehr niedergeschlagenen Herrn: »daß man sich über die Unfreundschaftlichkeit und Unbilligkeit wundere, mit welcher man dem Hofe zu Dresden das Recht abspräche, den Kohlhaas wegen Verbrechen, die er im Lande begangen, den Gesetzen gemäß zu richten, da doch weltbekannt sei, daß derselbe ein beträchtliches Grundstück in der Hauptstadt besitze, und sich selbst in der Qualität als sächsischen Bürger gar nicht verleugne.« Doch da die Krone Polen bereits zur Ausfechtung ihrer Ansprüche einen Heerhaufen von fünftausend Mann an der Grenze von Sachsen zusammenzog, und der Erzkanzler, Herr Heinrich von Geusau, erklärte: »daß Kohlhaasenbrück, der Ort, nach welchem der Roßhändler heiße, im Brandenburgischen liege, und daß man die Vollstreckung des über ihn ausgesprochenen Todesurteils für eine Verletzung des Völkerrechts halten würde«: so rief der Kurfürst, auf den Rat des Kämmerers, Herrn Kunz selbst, der sich aus diesem Handel zurückzuziehen wünschte, den Prinzen Christiern von Meißen von seinen Gütern herbei, und entschloß sich, auf wenige Worte dieses verständigen Herrn, den Kohlhaas, der Forderung gemäß, an den Berliner Hof auszuliefern. Der Prinz, der obschon mit den Unziemlichkeiten die vorgefallen waren, wenig zufrieden, die Leitung der Kohlhaasischen Sache auf den Wunsch seines bedrängten Herrn, übernehmen mußte, fragte ihn, auf welchen Grund er nunmehr den Roßhändler bei dem Kammergericht zu Berlin verklagt wissen wolle; und da man sich auf den leidigen Brief desselben an den Nagelschmidt, wegen der zweideutigen und unklaren Umstände, unter welchen er geschrieben war, nicht berufen konnte, der früheren Plünderungen und Einäscherungen aber, wegen des Plakats, worin sie ihm vergeben worden waren, nicht erwähnen durfte: so beschloß der Kurfürst, der Majestät des Kaisers zu Wien einen Bericht über den bewaffneten Einfall des Kohlhaas in Sachsen vorzulegen, sich über den Bruch des von ihm eingesetzten öffentlichen Landfriedens zu beschweren, und sie, die allerdings durch keine Amnestie gebunden war, anzuliegen, den Kohlhaas bei dem Hofgericht zu Berlin deshalb durch einen Reichsankläger zur Rechenschaft zu ziehen. Acht Tage darauf ward der Roßkamm durch den Ritter Friedrich von Malzahn, den der Kurfürst von Brandenburg mit sechs Reutern nach Dresden geschickt hatte, geschlossen wie er war, auf einen Wagen geladen, und mit seinen fünf Kindern, die man auf seine Bitte aus Findel- und Waisenhäusern wieder zusammengesucht hatte, nach Berlin transportiert. Es traf sich daß der Kurfürst von Sachsen auf die Einladung des Landdrosts, Grafen Aloysius von Kallheim, der damals an der Grenze von Sachsen beträchtliche Besitzungen hatte, in Gesellschaft des Kämmerers, Herrn Kunz, und seiner Gemahlin, der Dame Heloise, Tochter des Landdrosts und Schwester des Präsidenten, andrer glänzenden Herren und Damen,

Jagdjunker und Hofherren, die dabei waren, nicht zu erwähnen, zu einem großen Hirschjagen, das man, um ihn zu erheitern, angestellt hatte, nach Dahme gereist war; dergestalt, daß unter dem Dach bewimpelter Zelte, die quer über die Straße auf einem Hügel erbaut waren, die ganze Gesellschaft vom Staub der Jagd noch bedeckt unter dem Schall einer heitern vom Stamm einer Eiche herschallenden Musik, von Pagen bedient und Edelknaben, an der Tafel saß, als der Roßhändler langsam mit seiner Reuterbedeckung die Straße von Dresden daher gezogen kam. Denn die Erkrankung eines der kleinen, zarten Kinder des Kohlhaas, hatte den Ritter von Malzahn, der ihn begleitete, genötigt, drei Tage lang in Herzberg zurückzubleiben; von welcher Maßregel er, dem Fürsten dem er diente deshalb allein verantwortlich, nicht nötig befunden hatte, der Regierung zu Dresden weitere Kenntnis zu geben. Der Kurfürst, der mit halboffener Brust, den Federhut, nach Art der Jäger, mit Tannenzweigen geschmückt, neben der Dame Heloise saß, die, in Zeiten früherer Jugend, seine erste Liebe gewesen war, sagte von der Anmut des Festes, das ihn umgaukelte, heiter gestimmt: »Lasset uns hingehen, und dem Unglücklichen, wer es auch sei, diesen Becher mit Wein reichen!« Die Dame Heloise, mit einem herzlichen Blick auf ihn, stand sogleich auf, und füllte, die ganze Tafel plündernd, ein silbernes Geschirr, das ihr ein Page reichte, mit Früchten, Kuchen und Brot an; und schon hatte, mit Erquickungen jeglicher Art, die ganze Gesellschaft wimmelnd das Zelt verlassen, als der Landdrost ihnen mit einem verlegenen Gesicht entgegen kam, und sie bat zurückzubleiben. Auf die betretene Frage des Kurfürsten was vorgefallen wäre, daß er so bestürzt sei? antwortete der Landdrost stotternd gegen den Kämmerer gewandt, daß der Kohlhaas im Wagen sei; auf welche jedermann unbegreifliche Nachricht, indem weltbekannt war, daß derselbe bereits vor sechs Tagen abgereist war, der Kämmerer, Herr Kunz, seinen Becher mit Wein nahm, und ihn, mit einer Rückwendung gegen das Zelt, in den Sand schüttete. Der Kurfürst setzte, über und über rot, den seinigen auf einen Teller, den ihm ein Edelknabe auf den Wink des Kämmerers zu diesem Zweck vorhielt; und während der Ritter Friedrich von Malzahn, unter ehrfurchtsvoller Begrüßung der Gesellschaft, die er nicht kannte, langsam durch die Zeltleinen, die über die Straße liefen, nach Dahme weiter zog, begaben sich die Herrschaften, auf die Einladung des Landdrosts, ohne weiter davon Notiz zu nehmen, ins Zelt zurück. Der Landdrost, sobald sich der Kurfürst niedergelassen hatte, schickte unter der Hand nach Dahme, um bei dem Magistrat daselbst die unmittelbare Weiterschaffung des Roßhändlers bewirken zu lassen; doch da der Ritter, wegen bereits zu weit vorgerückter Tageszeit, bestimmt in dem Ort übernachten zu wollen erklärte, so mußte man sich begnügen, ihn in einer dem Magistrat zugehörigen Meierei, die, in Gebüschen versteckt, auf der Seite lag, geräuschlos unterzubringen. Nun begab es sich, daß gegen Abend, da die Herrschaften vom Wein und dem Genuß eines üppigen Nachtisches zerstreut, den ganzen Vorfall wieder vergessen hatten, der Landdrost den Gedanken auf die Bahn brachte, sich noch einmal, eines Rudels Hirsche wegen, der sich hatte blicken lassen, auf den Anstand zu stellen; welchen Vorschlag die ganze Gesellschaft mit Freuden ergriff, und paarweise nachdem sie sich mit Büchsen versorgt, über Gräben und Hecken in die nahe Forst eilte: dergestalt, daß der Kurfürst und die Dame Heloise, die sich, um dem Schauspiel beizuwohnen, an seinen Arm hing, von einem Boten, den man ihnen zugeordnet hatte, unmittelbar, zu ihrem Erstaunen, durch den Hof des Hauses geführt wurden, in welchem Kohlhaas mit den brandenburgischen Reutern befindlich war. Die Dame als sie dies hörte, sagte: »kommt, gnädigster Herr, kommt!« und versteckte die Kette, die ihm vom Halse herabhing, schäkernd in seinen seidenen Brustlatz: »laßt uns ehe der Troß nachkömmt in die Meierei schleichen, und den wunderlichen Mann, der darin übernachtet, betrachten!« Der Kurfürst, indem er errötend ihre Hand ergriff, sagte: Heloise! was fällt Euch ein? Doch da sie, indem sie ihn betreten ansah, versetzte: »daß ihn ja in der Jägertracht, die ihn decke, kein Mensch erkenne!« und ihn fortzog; und in eben diesem Augenblick ein paar Jagdjunker, die ihre Neugierde schon befriedigt hatten, aus dem Hause heraustraten, versichernd, daß in der Tat, vermöge einer Veranstaltung, die der Landdrost getroffen, weder der Ritter noch der Roßhändler wisse, welche Gesellschaft in der Gegend von Dahme versammelt sei; so drückte der Kurfürst sich den Hut lächelnd in die Augen, und sagte: »Torheit, du regierst die Welt, und dein Sitz ist ein schöner weiblicher Mund!« – Es traf sich daß Kohlhaas eben mit dem Rücken gegen die Wand auf einem Bund Stroh saß, und sein, ihm in Herzberg erkranktes Kind mit Semmel und Milch fütterte, als die Herrschaften, um ihn zu besuchen, in die Meierei traten; und da die Dame ihn, um ein Gespräch einzuleiten, fragte: wer er sei? und was dem Kinde fehle? auch was er verbrochen und wohin man ihn unter solcher Bedeckung abführe? so rückte er seine lederne Mütze vor ihr, und gab ihr auf alle diese Fragen, indem er sein Geschäft fortsetzte, unreichliche aber befriedigende Antwort. Der Kurfürst, der hinter den Jagdjunkern stand, und eine kleine bleierne Kapsel, die ihm an einem seidenen Faden vom Hals herabhing, bemerkte, fragte ihn, da sich grade nichts Besseres zur Unterhaltung darbot: was diese zu bedeuten hätte und was darin befindlich wäre? Kohlhaas erwiderte: »ja, gestrenger Herr, diese Kapsel!« – und damit streifte er sie vom Nacken ab, öffnete sie und nahm einen kleinen mit Mundlack versiegelten Zettel heraus – »mit dieser Kapsel hat es eine wunderliche Bewandtnis! Sieben Monden mögen es etwa sein, genau am Tage nach dem Begräbnis meiner Frau; und von Kohlhaasenbrück, wie Euch vielleicht bekannt sein wird, war ich aufgebrochen, um des Junkers von Tronka, der mir viel Unrecht zugefügt, habhaft zu werden, als um einer Verhandlung willen, die mir unbekannt ist, der Kurfürst von Sachsen und der Kurfürst von Brandenburg in Jüterbock, einem Marktflecken, durch den der Streifzug mich führte, eine Zusammenkunft hielten; und da sie sich gegen Abend ihren Wünschen gemäß vereinigt hatten, so gingen sie, in freundschaftlichem Gespräch, durch die Straßen der Stadt, um den Jahrmarkt, der eben darin fröhlich abgehalten ward, in Augenschein zu nehmen. Da trafen sie auf eine Zigeunerin, die, auf einem Schemel sitzend, dem Volk, das sie umringte, aus dem Kalender wahrsagte, und fragten sie scherzhafter Weise: ob sie ihnen nicht auch etwas, das ihnen lieb wäre, zu eröffnen hätte? Ich, der mit meinem Haufen eben in einem Wirtshause abgestiegen, und auf dem Platz, wo dieser Vorfall sich zutrug, gegenwärtig war, konnte hinter allem Volk, am Eingang einer Kirche, wo ich stand, nicht vernehmen, was die wunderliche Frau den Herren sagte; dergestalt, daß, da die Leute lachend einander zuflüsterten, sie teile nicht jedermann ihre Wissenschaft mit, und sich des Schauspiels wegen das sich bereitete, sehr bedrängten, ich, weniger neugierig, in der Tat, als um den Neugierigen Platz zu machen, auf eine Bank stieg, die hinter mir im Kircheneingange ausgehauen war. Kaum hatte ich von diesem Standpunkt aus, mit völliger Freiheit der Aussicht, die Herrschaften und das Weib, das auf dem Schemel vor ihnen saß und etwas aufzukritzeln schien, erblickt: da steht sie plötzlich auf ihre Krücken gelehnt, indem sie sich im Volk umsieht, auf; faßt mich, der nie ein Wort mit ihr wechselte, noch ihrer Wissenschaft Zeit seines Lebens begehrte, ins Auge; drängt sich durch den ganzen dichten Auflauf der Menschen zu mir heran und spricht: ›da! wenn es der Herr wissen will, so mag er dich danach fragen!‹ Und damit, gestrenger Herr, reichte sie mir mit ihren dürren knöchernen Händen diesen Zettel dar. Und da ich betreten, während sich alles Volk zu mir umwendet, spreche: Mütterchen, was auch verehrst du mir da? antwortet sie, nach vielem unvernehmlichen Zeug, worunter ich jedoch zu meinem großen Befremden meinen Namen höre: ›ein Amulett, Kohlhaas, der Roßhändler; verwahr es wohl, es wird dir dereinst das Leben retten!‹ und verschwindet. – Nun!« fuhr Kohlhaas gutmütig fort: »die Wahrheit zu gestehen, hats mir in Dresden, so scharf es herging, das Leben nicht gekostet; und wie es mir in Berlin gehen wird, und ob ich auch dort damit bestehen werde, soll die Zukunft lehren.« – Bei diesen Worten setzte sich der Kurfürst auf eine Bank; und ob er schon auf die betretne Frage der Dame: was ihm fehle? antwortete: nichts, gar nichts! so fiel er doch schon ohnmächtig auf den Boden nieder, ehe sie noch Zeit hatte ihm beizuspringen, und in ihre Arme aufzunehmen. Der Ritter von Malzahn, der in eben diesem Augenblick, eines Geschäfts halber, ins Zimmer trat, sprach: heiliger Gott! was fehlt dem Herrn? Die Dame rief: schafft Wasser her! Die Jagdjunker hoben ihn auf und trugen ihn auf ein im Nebenzimmer befindliches Bett; und die Bestürzung erreichte ihren Gipfel, als der Kämmerer, den ein Page herbeirief, nach mehreren vergeblichen Bemühungen, ihn ins Leben zurückzubringen, erklärte: er gebe alle Zeichen von sich, als ob ihn der Schlag gerührt! Der Landdrost, während der Mundschenk einen reitenden Boten nach Luckau schickte, um einen Arzt herbeizuholen, ließ ihn, da er die Augen aufschlug, in einen Wagen bringen, und

Schritt vor Schritt nach seinem in der Gegend befindlichen Jagdschloß abführen; aber diese Reise zog ihm, nach seiner Ankunft daselbst, zwei neue Ohnmachten zu: dergestalt, daß er sich erst spät am andern Morgen, bei der Ankunft des Arztes aus Luckau, unter gleichwohl entscheidenden Symptomen eines herannahenden Nervenfiebers, einigermaßen erholte. Sobald er seiner Sinne mächtig geworden war, richtete er sich halb im Bette auf, und seine erste Frage war gleich: wo der Kohlhaas sei? Der Kämmerer, der seine Frage mißverstand, sagte, indem er seine Hand ergriff: daß er sich dieses entsetzlichen Menschen wegen beruhigen möchte, indem derselbe, seiner Bestimmung gemäß, nach jenem sonderbaren und unbegreiflichen Vorfall, in der Meierei zu Dahme, unter brandenburgischer Bedeckung, zurückgeblieben wäre. Er fragte ihn, unter der Versicherung seiner lebhaftesten Teilnahme und der Beteurung, daß er seiner Frau, wegen des unverantwortlichen Leichtsinns, ihn mit diesem Mann zusammenzubringen, die bittersten Vorwürfe gemacht hätte: was ihn denn so wunderbar und ungeheuer in der Unterredung mit demselben ergriffen hätte? Der Kurfürst sagte: er müsse ihm nur gestehen, daß der Anblick eines nichtigen Zettels, den der Mann in einer bleiernen Kapsel mit sich führe, schuld an dem ganzen unangenehmen Zufall sei, der ihm zugestoßen. Er setzte noch mancherlei zur Erklärung dieses Umstands, das der Kämmerer nicht verstand, hinzu; versicherte ihn plötzlich, indem er seine Hand zwischen die seinigen drückte, daß ihm der Besitz dieses Zettels von der äußersten Wichtigkeit sei; und bat ihn, unverzüglich aufzusitzen, nach Dahme zu reiten, und ihm den Zettel, um welchen Preis es immer sei, von demselben zu erhandeln. Der Kämmerer, der Mühe hatte, seine Verlegenheit zu verbergen, versicherte ihn: daß, falls dieser Zettel einigen Wert für ihn hätte, nichts auf der Welt notwendiger wäre, als dem Kohlhaas diesen Umstand zu verschweigen; indem, sobald derselbe durch eine unvorsichtige Äußerung Kenntnis davon nähme, alle Reichtümer, die er besäße, nicht hinreichen würden, ihn aus den Händen dieses grimmigen, in seiner Rachsucht unersättlichen Kerls zu erkaufen. Er fügte, um ihn zu beruhigen, hinzu, daß man auf ein anderes Mittel denken müsse, und daß es vielleicht durch List, vermöge eines Dritten ganz Unbefangenen, indem der Bösewicht wahrscheinlich, an und für sich, nicht sehr daran hänge, möglich sein würde, sich den Besitz des Zettels, an dem ihm so viel gelegen sei, zu verschaffen. Der Kurfürst, indem er sich den Schweiß abtrocknete, fragte: ob man nicht unmittelbar zu diesem Zweck nach Dahme schicken, und den weiteren Transport des Roßhändlers, vorläufig, bis man des Blattes, auf welche Weise es sei, habhaft geworden, einstellen könne? Der Kämmerer, der seinen Sinnen nicht traute, versetzte: daß leider allen wahrscheinlichen Berechnungen zufolge, der Roßhändler Dahme bereits verlassen haben, und sich jenseits der Grenze, auf brandenburgischem Grund und Boden befinden müsse, wo das Unternehmen, die Fortschaffung desselben zu hemmen, oder wohl gar rückgängig zu machen, die unangenehmsten und weitläuftigsten, ja solche Schwierigkeiten, die vielleicht gar nicht zu beseitigen wären, veranlassen würde. Er fragte ihn, da der Kurfürst sich schweigend, mit der Gebärde eines ganz Hoffnungslosen, auf das Kissen zurücklegte: was denn der Zettel enthalte? und durch welchen Zufall befremdlicher und unerklärlicher Art ihm, daß der Inhalt ihn betreffe, bekannt sei? Hierauf aber, unter zweideutigen Blicken auf den Kämmerer, dessen Willfährigkeit er in diesem Falle mißtraute, antwortete der Kurfürst nicht: starr, mit unruhig klopfendem Herzen lag er da, und sah auf die Spitze des Schnupftuchs nieder, das er gedankenvoll zwischen den Händen hielt; und bat ihn plötzlich, den Jagdjunker vom Stein, einen jungen, rüstigen und gewandten Herrn, dessen er sich öfter schon zu geheimen Geschäften bedient hatte, unter dem Vorwand, daß er ein anderweitiges Geschäft mit ihm abzumachen habe, ins Zimmer zu rufen. Den Jagdjunker, nachdem er ihm die Sache auseinandergelegt, und von der Wichtigkeit des Zettels, in dessen Besitz der Kohlhaas war, unterrichtet hatte, fragte er, ob er sich ein ewiges Recht auf seine Freundschaft erwerben, und ihm den Zettel, noch ehe derselbe Berlin erreicht, verschaffen wolle? und da der Junker, sobald er das Verhältnis nur, sonderbar wie es war, einigermaßen überschaute, versicherte, daß er ihm mit allen seinen Kräften zu Diensten stehe: so trug ihm der Kurfürst auf, dem Kohlhaas nachzureiten, und ihm, da demselben mit Geld wahrscheinlich nicht beizukommen sei, in einer mit Klugheit angeordneten Unterredung, Freiheit und Leben dafür anzubieten, ja ihm, wenn er darauf bestehe, unmittelbar, obschon mit Vorsicht, zur Flucht aus den Händen der brandenburgischen Reuter, die ihn transportierten, mit Pferden, Leuten und Geld an die Hand zu gehen. Der Jagdjunker, nachdem er sich ein Blatt von der Hand des Kurfürsten zur Beglaubigung ausgebeten, brach auch sogleich mit einigen Knechten auf, und hatte, da er den Odem der Pferde nicht sparte, das Glück, den Kohlhaas auf einem Grenzdorf zu treffen, wo derselbe mit dem Ritter von Malzahn und seinen fünf Kindern ein Mittagsmahl, das im Freien vor der Tür eines Hauses angerichtet war, zu sich nahm. Der Ritter von Malzahn, dem der Junker sich als einen Fremden, der bei seiner Durchreise den seltsamen Mann, den er mit sich führe, in Augenschein zu nehmen wünsche, vorstellte, nötigte ihn sogleich auf zuvorkommende Art, indem er ihn mit dem Kohlhaas bekannt machte, an der Tafel nieder; und da der Ritter in Geschäften der Abreise ab und zuging, die Reuter aber an einem, auf des Hauses anderer Seite befindlichen Tisch, ihre Mahlzeit hielten: so traf sich die Gelegenheit bald, wo der Junker dem Roßhändler eröffnen konnte, wer er sei, und in welchen besonderen Aufträgen er zu ihm komme. Der Roßhändler, der bereits Rang und Namen dessen, der beim Anblick der in Rede stehenden Kapsel, in der Meierei zu Dahme in Ohnmacht gefallen war, kannte, und der zur Krönung des Taumels, in welchen ihn diese Entdeckung versetzt hatte, nichts bedurfte, als Einsicht in die Geheimnisse des Zettels, den er, um mancherlei Gründe willen, entschlossen war, aus bloßer Neugierde nicht zu eröffnen: der Roßhändler sagte, eingedenk der unedelmütigen und unfürstlichen Behandlung, die er in Dresden, bei seiner gänzlichen Bereitwilligkeit, alle nur möglichen Opfer zu bringen, hatte erfahren müssen: »daß er den Zettel behalten wolle.« Auf die Frage des Jagdjunkers: was ihn zu dieser sonderbaren Weigerung, da man ihm doch nichts Minderes, als Freiheit und Leben dafür anbiete, veranlasse? antwortete Kohlhaas: »Edler Herr! Wenn Euer Landesherr käme, und spräche, ich will mich, mit dem ganzen Troß derer, die mir das Szepter führen helfen, vernichten – vernichten, versteht Ihr, welches allerdings der größeste Wunsch ist, den meine Seele hegt: so würde ich ihm doch den Zettel noch, der ihm mehr wert ist, als das Dasein, verweigern und sprechen: du kannst mich auf das Schafott bringen, ich aber kann dir weh tun, und ich wills!« Und damit, im Antlitz den Tod, rief er einen Reuter herbei, unter der Aufforderung, ein gutes Stück Essen, das in der Schüssel übrig geblieben war, zu sich zu nehmen; und für den ganzen Rest der Stunde, die er im Flecken zubrachte, für den Junker, der an der Tafel saß, wie nicht vorhanden, wandte er sich erst wieder, als er den Wagen bestieg, mit einem Blick, der ihn abschiedlich grüßte, zu ihm zurück. – Der Zustand des Kurfürsten, als er diese Nachricht bekam, verschlimmerte sich in dem Grade, daß der Arzt, während drei verhängnisvoller Tage, seines Lebens wegen, das zu gleicher Zeit, von so vielen Seiten angegriffen ward, in der größesten Besorgnis war. Gleichwohl stellte er sich, durch die Kraft seiner natürlichen Gesundheit, nach dem Krankenlager einiger peinlich zugebrachten Wochen wieder her; dergestalt wenigstens, daß man ihn in einen Wagen bringen, und mit Kissen und Decken wohl versehen, nach Dresden zu seinen Regierungsgeschäften wieder zurückführen konnte. Sobald er in dieser Stadt angekommen war, ließ er den Prinzen Christiern von Meißen rufen, und fragte denselben: wie es mit der Abfertigung des Gerichtsrats Eibenmayer stünde, den man, als Anwalt in der Sache des Kohlhaas, nach Wien zu schicken gesonnen gewesen wäre, um kaiserlicher Majestät daselbst die Beschwerde wegen gebrochenen, kaiserlichen Landfriedens, vorzulegen? Der Prinz antwortete ihm: daß derselbe, dem, bei seiner Abreise nach Dahme hinterlassenen Befehl gemäß, gleich nach Ankunft des Rechtsgelehrten Zäuner, den der Kurfürst von Brandenburg als Anwalt nach Dresden geschickt hätte, um die Klage desselben, gegen den Junker Wenzel von Tronka, der Rappen wegen, vor Gericht zu bringen, nach Wien abgegangen wäre. Der Kurfürst, indem er errötend an seinen Arbeitstisch trat, wunderte sich über diese Eilfertigkeit, indem er seines Wissens erklärt hätte, die definitive Abreise des Eibenmayer, wegen vorher notwendiger Rücksprache mit dem Doktor Luther, der dem Kohlhaas die Amnestie ausgewirkt, einem näheren und bestimmteren Befehl vorbehalten zu wollen. Dabei warf er einige Briefschaften und Akten, die auf dem Tisch lagen, mit dem Ausdruck zurückgehaltenen Unwillens, über einander. Der Prinz, nach einer Pause, in welcher er ihn mit großen Augen ansah, versetzte, daß es ihm leid täte, wenn er seine Zufriedenheit in dieser

Sache verfehlt habe; inzwischen könne er ihm den Beschluß des Staatsrats vorzeigen, worin ihm die Abschickung des Rechtsanwalts, zu dem besagten Zeitpunkt, zur Pflicht gemacht worden wäre. Er setzte hinzu, daß im Staatsrat von einer Rücksprache mit dem Doktor Luther, auf keine Weise die Rede gewesen wäre; daß es früherhin vielleicht zweckmäßig gewesen sein möchte, diesen geistlichen Herrn, wegen der Verwendung, die er dem Kohlhaas angedeihen lassen, zu berücksichtigen, nicht aber jetzt mehr, nachdem man demselben die Amnestie vor den Augen der ganzen Welt gebrochen, ihn arretiert, und zur Verurteilung und Hinrichtung an die brandenburgischen Gerichte ausgeliefert hätte. Der Kurfürst sagte: das Versehen, den Eibenmayer abgeschickt zu haben, wäre auch in der Tat nicht groß; inzwischen wünsche er, daß derselbe vorläufig, bis auf weiteren Befehl, in seiner Eigenschaft als Ankläger zu Wien nicht aufträte, und bat den Prinzen, deshalb das Erforderliche unverzüglich durch einen Expressen, an ihn zu erlassen. Der Prinz antwortete: daß dieser Befehl leider um einen Tag zu spät käme, indem der Eibenmayer bereits nach einem Berichte, der eben heute eingelaufen, in seiner Qualität als Anwalt aufgetreten, und mit Einreichung der Klage bei der Wiener Staatskanzlei vorgegangen wäre. Er setzte auf die betroffene Frage des Kurfürsten: wie dies überall in so kurzer Zeit möglich sei? hinzu: daß bereits, seit der Abreise dieses Mannes drei Wochen verstrichen wären, und daß die Instruktion, die er erhalten, ihm eine ungesäumte Abmachung dieses Geschäfts, gleich nach seiner Ankunft in Wien zur Pflicht gemacht hätte. Eine Verzögerung, bemerkte der Prinz, würde in diesem Fall um so unschicklicher gewesen sein, da der brandenburgische Anwalt Zäuner, gegen den Junker Wenzel von Tronka mit dem trotzigsten Nachdruck verfahre, und bereits auf eine vorläufige Zurückziehung der Rappen, aus den Händen des Abdeckers, behufs ihrer künftigen Wiederherstellung, bei dem Gerichtshof angetragen, und auch aller Einwendungen der Gegenpart ungeachtet, durchgesetzt habe. Der Kurfürst, indem er die Klingel zog, sagte: »gleichviel! es hätte nichts zu bedeuten!« und nachdem er sich mit gleichgültigen Fragen: wie es sonst in Dresden stehe? und was in seiner Abwesenheit vorgefallen sei? zu dem Prinzen zurückgewandt hatte: grüßte er ihn, unfähig seinen innersten Zustand zu verbergen, mit der Hand, und entließ ihn. Er forderte ihm noch an demselben Tage schriftlich, unter dem Vorwande, daß er die Sache, ihrer politischen Wichtigkeit wegen, selbst bearbeiten wolle, die sämtlichen Kohlhaasischen Akten ab; und da ihm der Gedanke, denjenigen zu verderben, von dem er allein über die Geheimnisse des Zettels Auskunft erhalten konnte, unerträglich war: so verfaßte er einen eigenhändigen Brief an den Kaiser, worin er ihn auf herzliche und dringende Weise bat, aus wichtigen Gründen, die er ihm vielleicht in kurzer Zeit bestimmter auseinander legen würde, die Klage, die der Eibenmayer gegen den Kohlhaas eingereicht, vorläufig bis auf einen weiteren Beschluß, zurücknehmen zu dürfen. Der Kaiser, in einer durch die Staatskanzelei ausgefertigten Note, antwortete ihm: »daß der Wechsel, der plötzlich in seiner Brust vorgegangen zu sein scheine, ihn aufs äußerste befremde; daß der sächsischerseits an ihn erlassene Bericht, die Sache des Kohlhaas zu einer Angelegenheit gesamten heiligen römischen Reichs gemacht hätte; daß demgemäß er, der Kaiser, als Oberhaupt desselben, sich verpflichtet gesehen hätte, als Ankläger in dieser Sache bei dem Hause Brandenburg aufzutreten; dergestalt, daß da bereits der Hof-Assessor Franz Müller, in der Eigenschaft als Anwalt nach Berlin gegangen wäre, um den Kohlhaas daselbst, wegen Verletzung des öffentlichen Landfriedens, zur Rechenschaft zu ziehen, die Beschwerde nunmehr auf keine Weise zurückgenommen werden könne, und die Sache den Gesetzen gemäß, ihren weiteren Fortgang nehmen müsse.« Dieser Brief schlug den Kurfürsten völlig nieder; und da, zu seiner äußersten Betrübnis, in einiger Zeit Privatschreiben aus Berlin einliefen, in welchen die Einleitung des Prozesses bei dem Kammergericht gemeldet, und bemerkt ward, daß der Kohlhaas wahrscheinlich, allen Bemühungen des ihm zugeordneten Advokaten ungeachtet, auf dem Schafott enden werde: so beschloß dieser unglückliche Herr noch einen Versuch zu machen, und bat den Kurfürsten von Brandenburg, in einer eigenhändigen Zuschrift, um des Roßhändlers Leben. Er schützte vor, daß die Amnestie, die man diesem Manne angelobt, die Vollstreckung eines Todesurteils an demselben, füglicher Weise, nicht zulasse; versicherte ihn, daß es, trotz der scheinbaren Strenge, mit welcher man gegen ihn verfahren, nie seine Absicht gewesen wäre, ihn sterben zu lassen; und beschrieb ihm, wie trostlos er sein würde, wenn der Schutz, den man vorgegeben hätte, ihm von Berlin aus angedeihen lassen zu wollen, zuletzt, in einer unerwarteten Wendung, zu seinem größeren Nachteile ausschlüge, als wenn er in Dresden geblieben, und seine Sache nach sächsischen Gesetzen entschieden worden wäre. Der Kurfürst von Brandenburg, dem in dieser Angabe mancherlei zweideutig und unklar schien, antwortete ihm: »daß der Nachdruck, mit welchem der Anwalt kaiserlicher Majestät verführe, platterdings nicht erlaube, dem Wunsch, den er ihm geäußert, gemäß, von der strengen Vorschrift der Gesetze abzuweichen. Er bemerkte, daß die ihm vorgelegte Besorgnis in der Tat zu weit ginge, indem die Beschwerde, wegen der dem Kohlhaas in der Amnestie verziehenen Verbrechen ja nicht von ihm, der demselben die Amnestie erteilt, sondern von dem Reichsoberhaupt, das daran auf keine Weise gebunden sei, bei dem Kammergericht zu Berlin anhängig gemacht worden wäre. Dabei stellte er ihm vor, wie notwendig bei den fortdauernden Gewalttätigkeiten des Nagelschmidt, die sich sogar schon, mit unerhörter Dreistigkeit, bis aufs brandenburgische Gebiet erstreckten, die Statuierung eines abschreckenden Beispiels wäre, und bat ihn, falls er dies alles nicht berücksichtigen wolle, sich an des Kaisers Majestät selbst zu wenden, indem, wenn dem Kohlhaas zu Gunsten ein Machtspruch fallen sollte, dies allein auf eine Erklärung von dieser Seite her geschehen könne.« Der Kurfürst, aus Gram und Ärger über alle diese mißglückten Versuche, verfiel in eine neue

Krankheit; und da der Kämmerer ihn an einem Morgen besuchte, zeigte er ihm die Briefe, die er, um dem Kohlhaas das Leben zu fristen, und somit wenigstens Zeit zu gewinnen, des Zettels, den er besäße, habhaft zu werden, an den Wiener und Berliner Hof erlassen. Der Kämmerer warf sich auf Knieen vor ihm nieder, und bat ihn, um alles was ihm heilig und teuer sei, ihm zu sagen, was dieser Zettel enthalte? Der Kurfürst sprach, er möchte das Zimmer verriegeln, und sich auf das Bett niedersetzen; und nachdem er seine Hand ergriffen, und mit einem Seufzer an sein Herz gedrückt hatte, begann er folgendergestalt: »Deine Frau hat dir, wie ich höre, schon erzählt, daß der Kurfürst von Brandenburg und ich, am dritten Tage der Zusammenkunft, die wir in Jüterbock hielten, auf eine Zigeunerin trafen; und da der Kurfürst, aufgeweckt wie er von Natur ist, beschloß, den Ruf dieser abenteuerlichen Frau, von deren Kunst, eben bei der Tafel, auf ungebührliche Weise die Rede gewesen war, durch einen Scherz im Angesicht alles Volks zu nichte zu machen: so trat er mit verschränkten Armen vor ihren Tisch, und forderte, der Weissagung wegen, die sie ihm machen sollte, ein Zeichen von ihr, das sich noch heute erproben ließe, vorschützend, daß er sonst nicht, und wäre sie auch die römische Sibylle selbst, an ihre Worte glauben könne. Die Frau, indem sie uns flüchtig von Kopf zu Fuß maß, sagte: das Zeichen würde sein, daß uns der große, gehörnte Rehbock, den der Sohn des Gärtners im Park erzog, auf dem Markt, worauf wir uns befanden, bevor wir ihn noch verlassen, entgegenkommen würde. Nun mußt du wissen, daß dieser, für die Dresdner Küche bestimmte Rehbock, in einem mit Latten hoch verzäunten Verschlage, den die Eichen des Parks beschatteten, hinter Schloß und Riegel aufbewahrt ward, dergestalt, daß, da überdies anderen kleineren Wildes und Geflügels wegen, der Park überhaupt und obenein der Garten, der zu ihm führte, in sorgfältigem Beschluß gehalten ward, schlechterdings nicht abzusehen war, wie uns das Tier, diesem sonderbaren Vorgeben gemäß, bis auf dem Platz, wo wir standen, entgegen kommen würde; gleichwohl schickte der Kurfürst aus Besorgnis vor einer dahinter steckenden Schelmerei, nach einer kurzen Abrede mit mir, entschlossen, auf unabänderliche Weise, alles was sie noch vorbringen würde, des Spaßes wegen, zu Schanden zu machen, ins Schloß, und befahl, daß der Rehbock augenblicklich getötet, und für die Tafel, an einem der nächsten Tage, zubereitet werden solle. Hierauf wandte er sich zu der Frau, vor welcher diese Sache laut verhandelt worden war, zurück, und sagte: nun, wohlan! was hast du mir für die Zukunft zu entdecken? Die Frau, indem sie in seine Hand sah, sprach: Heil meinem Kurfürsten und Herrn! Deine Gnaden wird lange regieren, das Haus, aus dem du stammst, lange bestehen, und deine Nachkommen groß und herrlich werden und zu Macht gelangen, vor allen Fürsten und Herren der Welt! Der Kurfürst, nach einer Pause, in welcher er die Frau gedankenvoll ansah, sagte halblaut, mit einem Schritte, den er zu mir tat, daß es ihm jetzo fast leid täte, einen Boten abgeschickt zu haben, um die Weissagung zu nichte zu machen;

und während das Geld aus den Händen der Ritter, die ihm folgten, der Frau haufenweis, unter vielem Jubel, in den Schoß regnete, fragte er sie, indem er selbst in die Tasche griff, und ein Goldstück dazu legte: ob der Gruß, den sie mir zu eröffnen hätte, auch von so silbernem Klang wäre, als der seinige? Die Frau, nachdem sie einen Kasten, der ihr zur Seite stand, aufgemacht, und das Geld, nach Sorte und Menge, weitläufig und umständlich darin geordnet, und den Kasten wieder verschlossen hatte, schützte ihre Hand vor die Sonne, gleichsam als ob sie ihr lästig wäre, und sah mich an; und da ich die Frage an sie wiederholte, und, auf scherzhafte Weise, während sie meine Hand prüfte, zum Kurfürsten sagte: *mir*, scheint es, hat sie nichts, das eben angenehm wäre, zu verkündigen: so ergriff sie ihre Krücken, hob sich langsam daran vom Schemel empor, und indem sie sich, mit geheimnisvoll vorgehaltenen Händen, dicht zu mir heran drängte, flüsterte sie mir vernehmlich ins Ohr: nein! – So! sagt ich verwirrt, und trat einen Schritt vor der Gestalt zurück, die sich, mit einem Blick, kalt und leblos, wie aus marmornen Augen, auf den Schemel, der hinter ihr stand, zurücksetzte: von welcher Seite her droht meinem Hause Gefahr? Die Frau, indem sie eine Kohle und ein Papier zur Hand nahm und ihre Kniee kreuzte, fragte: ob sie es mir aufschreiben solle? und da ich, verlegen in der Tat, bloß weil mir, unter den bestehenden Umständen, nichts anders übrig blieb, antwortete: ja! das tu! so versetzte sie: ›wohlan! dreierlei schreib ich dir auf: den Namen des letzten Regenten deines Hauses, die Jahrszahl, da er sein Reich verlieren, und den Namen dessen, der es, durch die Gewalt der Waffen, an sich reißen wird.‹ Dies, vor den Augen allen Volks abgemacht, erhebt sie sich, verklebt den Zettel mit Lack, den sie in ihrem welken Munde befeuchtet, und drückt einen bleiernen, an ihrem Mittelfinger befindlichen Siegelring darauf. Und da ich den Zettel, neugierig, wie du leicht begreifst, mehr als Worte sagen können, erfassen will, spricht sie: ›mit nichten, Hoheit!‹ und wendet sich und hebt ihrer Krücken eine empor: ›von jenem Mann dort, der, mit dem Federhut, auf der Bank steht, hinter allem Volk, am Kircheneingang, lösest du, wenn es dir beliebt, den Zettel ein!‹ Und damit, ehe ich noch recht begriffen, was sie sagt, auf dem Platz, vor Erstaunen sprachlos, läßt sie mich stehen; und während sie den Kasten, der hinter ihr stand, zusammenschlug, und über den Rücken warf, mischt sie sich, ohne daß ich weiter bemerken konnte, was sie tut, unter den Haufen des uns umringenden Volks. Nun trat, zu meinem in der Tat herzlichen Trost, in eben diesem Augenblick der Ritter auf, den der Kurfürst ins Schloß geschickt hatte, und meldete ihm, mit lachendem Munde, daß der Rehbock getötet, und durch zwei Jäger, vor seinen Augen, in die Küche geschleppt worden sei. Der Kurfürst, indem er seinen Arm munter in den meinigen legte, in der Absicht, mich von dem Platz hinwegzuführen, sagte: nun, wohlan! so war die Prophezeiung eine alltägliche Gaunerei, und Zeit und Gold, die sie uns gekostet nicht wert! Aber wie groß war unser Erstaunen, da sich, noch während dieser Worte, ein Geschrei rings auf dem

Platze erhob, und aller Augen sich einem großen, vom Schloßhof herantrabenden Schlächterhund zuwandten, der in der Küche den Rehbock als gute Beute beim Nacken erfaßt, und das Tier drei Schritte von uns, verfolgt von Knechten und Mägden, auf den Boden fallen ließ: dergestalt, daß in der Tat die Prophezeiung des Weibes, zum Unterpfand alles dessen, was sie vorgebracht, erfüllt, und der Rehbock uns bis auf den Markt, obschon allerdings tot, entgegen gekommen war. Der Blitz, der an einem Wintertag vom Himmel fällt, kann nicht vernichtender treffen, als mich dieser Anblick, und meine erste Bemühung, sobald ich der Gesellschaft in der ich mich befand, überhoben, war gleich, den Mann mit dem Federhut, den mir das Weib bezeichnet hatte, auszumitteln; doch keiner meiner Leute, unausgesetzt während drei Tage auf Kundschaft geschickt, war im Stande mir auch nur auf die entfernteste Weise Nachricht davon zu geben: und jetzt, Freund Kunz, vor wenig Wochen, in der Meierei zu Dahme, habe ich den Mann mit meinen eigenen Augen gesehn.« – Und damit ließ er die Hand des Kämmerers fahren; und während er sich den Schweiß abtrocknete, sank er wieder auf das Lager zurück. Der Kämmerer, der es für vergebliche Mühe hielt, mit seiner Ansicht von diesem Vorfall die Ansicht, die der Kurfürst davon hatte, zu durchkreuzen und zu berichtigen, bat ihn, doch irgend ein Mittel zu versuchen, des Zettels habhaft zu werden, und den Kerl nachher seinem Schicksal zu überlassen; doch der Kurfürst antwortete, daß er platterdings kein Mittel dazu sähe, obschon der Gedanke, ihn entbehren zu müssen, oder wohl gar die Wissenschaft davon mit diesem Menschen untergehen zu sehen, ihn dem Jammer und der Verzweiflung nahe brächte. Auf die Frage des Freundes: ob er denn Versuche gemacht, die Person der Zigeunerin selbst auszuforschen? erwiderte der Kurfürst, daß das Gubernium, auf einen Befehl, den er unter einem falschen Vorwand an dasselbe erlassen, diesem Weibe vergebens, bis auf den heutigen Tag, in allen Plätzen des Kurfürstentums nachspüre: wobei er, aus Gründen, die er jedoch näher zu entwickeln sich weigerte, überhaupt zweifelte, daß sie in Sachsen auszumitteln sei. Nun traf es sich, daß der Kämmerer, mehrerer beträchtlichen Güter wegen, die seiner Frau aus der Hinterlassenschaft des abgesetzten und bald darauf verstorbenen Erzkanzlers, Grafen Kallheim, in der Neumark zugefallen waren, nach Berlin reisen wollte; dergestalt, daß, da er den Kurfürsten in der Tat liebte, er ihn nach einer kurzen Überlegung fragte: ob er ihm in dieser Sache freie Hand lassen wolle? und da dieser, indem er seine Hand herzlich an seine Brust drückte, antwortete: »denke, du seist ich, und schaff mir den Zettel!« so beschleunigte der Kämmerer, nachdem er seine Geschäfte abgegeben, um einige Tage seine Abreise, und fuhr, mit Zurücklassung seiner Frau, bloß von einigen Bedienten begleitet, nach Berlin ab.

Kohlhaas, der inzwischen, wie schon gesagt, in Berlin angekommen, und, auf einen Spezialbefehl des Kurfürsten, in ein ritterliches Gefängnis gebracht worden war, das ihn mit seinen fünf Kindern, so bequem als es sich tun ließ, empfing, war gleich nach Erscheinung des kaiserlichen Anwalts aus Wien, auf den Grund wegen Verletzung des öffentlichen, kaiserlichen Landfriedens, vor den Schranken des Kammergerichts zur Rechenschaft gezogen worden; und ob er schon in seiner Verantwortung einwandte, daß er wegen seines bewaffneten Einfalls in Sachsen, und der dabei verübten Gewalttätigkeiten, kraft des mit dem Kurfürsten von Sachsen zu Lützen abgeschlossenen Vergleichs, nicht belangt werden könne: so erfuhr er doch, zu seiner Belehrung, daß des Kaisers Majestät, deren Anwalt hier die Beschwerde führe, darauf keine Rücksicht nehmen könne: ließ sich auch sehr bald, da man ihm die Sache auseinander setzte und erklärte, wie ihm dagegen von Dresden her, in seiner Sache gegen den Junker Wenzel von Tronka, völlige Genugtuung widerfahren werde, die Sache gefallen. Demnach traf es sich, daß grade am Tage der Ankunft des Kämmerers, das Gesetz über ihn sprach, und er verurteilt ward mit dem Schwerte vom Leben zum Tode gebracht zu werden; ein Urteil, an dessen Vollstreckung gleichwohl, bei der verwickelten Lage der Dinge, seiner Milde ungeachtet, niemand glaubte, ja, das die ganze Stadt, bei dem Wohlwollen das der Kurfürst für den Kohlhaas trug, unfehlbar durch ein Machtwort desselben, in eine bloße, vielleicht beschwerliche und langwierige Gefängnisstrafe verwandelt zu sehen hoffte. Der Kämmerer, der gleichwohl einsah, daß keine Zeit zu verlieren sein möchte, falls der Auftrag, den ihm sein Herr gegeben, in Erfüllung gehen sollte, fing sein Geschäft damit an, sich dem Kohlhaas, am Morgen eines Tages, da derselbe in harmloser Betrachtung der Vorübergehenden, am Fenster seines Gefängnisses stand, in seiner gewöhnlichen Hoftracht, genau und umständlich zu zeigen; und da er, aus einer plötzlichen Bewegung seines Kopfes, schloß, daß der Roßhändler ihn bemerkt hatte, und besonders, mit großem Vergnügen, einen unwillkürlichen Griff desselben mit der Hand auf die Gegend der Brust, wo die Kapsel lag, wahrnahm: so hielt er das, was in der Seele desselben in diesem Augenblick vorgegangen war, für eine hinlängliche Vorbereitung, um in dem Versuch, des Zettels habhaft zu werden, einen Schritt weiter vorzurücken. Er bestellte ein altes, auf Krücken herumwandelndes Trödelweib zu sich, das er in den Straßen von Berlin, unter einem Troß andern, mit Lumpen handelnden Gesindels bemerkt hatte, und das ihm, dem Alter und der Tracht nach, ziemlich mit dem, das ihm der Kurfürst beschrieben hatte, übereinzustimmen schien; und in der Voraussetzung, der Kohlhaas werde sich die Züge derjenigen, die ihm in einer flüchtigen Erscheinung den Zettel überreicht hatte, nicht eben tief eingeprägt haben, beschloß er, das gedachte Weib statt ihrer unterzuschieben, und bei Kohlhaas, wenn es sich tun ließe, die Rolle, als ob sie die Zigeunerin wäre, spielen zu lassen. Dem gemäß, um sie dazu in Stand zu setzen, unterrichtete er sie umständlich von allem, was zwischen dem Kurfürsten und der gedachten Zigeunerin in Jüterbock vorgefallen war, wobei er, weil er nicht wußte, wie weit das Weib in ihren Eröffnungen gegen den Kohlhaas gegangen war, nicht vergaß, ihr besonders die drei geheimnisvollen, in dem Zettel enthaltenen Artikel einzuschärfen; und nachdem er ihr auseinandergesetzt hatte, was sie, auf abgerissene und unverständliche Weise, fallen lassen müsse, gewisser Anstalten wegen, die man getroffen, sei es durch List oder durch Gewalt, des Zettels, der dem sächsischen Hofe von der äußersten Wichtigkeit sei, habhaft zu werden, trug er ihr auf, dem Kohlhaas den Zettel, unter dem Vorwand, daß derselbe bei ihm nicht mehr sicher sei, zur Aufbewahrung während einiger verhängnisvollen Tage, abzufordern. Das Trödelweib übernahm auch sogleich gegen die Verheißung einer beträchtlichen Belohnung, wovon der Kämmerer ihr auf ihre Forderung einen Teil im voraus bezahlen mußte, die Ausführung des besagten Geschäfts; und da die Mutter des bei Mühlberg gefallenen Knechts Herse, den Kohlhaas, mit Erlaubnis der Regierung, zuweilen besuchte, diese Frau ihr aber seit einigen Monden her, bekannt war: so gelang es ihr, an einem der nächsten Tage, vermittelst einer kleinen Gabe an den Kerkermeister, sich bei dem Roßkamm Eingang zu verschaffen. – Kohlhaas aber, als diese Frau zu ihm eintrat, meinte, an einem Siegelring, den sie an der Hand trug, und einer ihr vom Hals herabhangenden Korallenkette, die bekannte alte Zigeunerin selbst wieder zu erkennen, die ihm in Jüterbock den Zettel überreicht hatte; und wie denn die Wahrscheinlichkeit nicht immer auf Seiten der Wahrheit ist, so traf es sich, daß hier etwas geschehen war, das wir zwar berichten: die Freiheit aber, daran zu zweifeln, demjenigen, dem es wohlgefällt, zugestehen müssen: der Kämmerer hatte den ungeheuersten Mißgriff begangen, und in dem alten Trödelweib, das er in den Straßen von Berlin aufgriff, um die Zigeunerin nachzuahmen, die geheimnisreiche Zigeunerin selbst getroffen, die er nachgeahmt wissen wollte. Wenigstens berichtete das Weib, indem sie, auf ihre Krücken gestützt, die Wangen der Kinder streichelte, die sich, betroffen von ihrem wunderlichen Anblick, an den Vater lehnten: daß sie schon seit geraumer Zeit aus dem Sächsischen ins Brandenburgische zurückgekehrt sei, und sich, auf eine, in den Straßen von Berlin unvorsichtig gewagte Frage des Kämmerers, nach der Zigeunerin, die im Frühjahr des verflossenen Jahres, in Jüterbock gewesen, sogleich an ihn gedrängt, und, unter einem falschen Namen, zu dem Geschäfte, das er besorgt wissen wollte, angetragen habe. Der Roßhändler, der eine sonderbare Ähnlichkeit zwischen ihr und seinem verstorbenen Weibe Lisbeth bemerkte, dergestalt, daß er sie hätte fragen können, ob sie ihre Großmutter sei: denn nicht nur, daß die Züge ihres Gesichts, ihre Hände, auch in ihrem knöchernen Bau noch schön, und besonders der Gebrauch, den sie davon im Reden machte, ihn aufs lebhafteste an sie erinnerten: auch ein Mal, womit seiner Frauen Hals bezeichnet war, bemerkte er an dem ihrigen – der Roßhändler nötigte sie, unter Gedanken, die sich seltsam in ihm kreuzten, auf einen Stuhl nieder, und fragte, was sie in aller Welt in Geschäften des Kämmerers zu ihm führe? Die Frau, während der alte Hund des Kohlhaas ihre Kniee umschnüffelte, und von ihrer Hand gekraut, mit dem Schwanz wedelte, antwortete: »der Auftrag, den ihr der Kämmerer gegeben, wäre, ihm zu eröffnen, auf welche drei dem sächsischen Hofe wichtigen Fragen der Zettel geheimnisvolle Antwort enthalte; ihn vor einem Abgesandten, der sich in Berlin befinde, um seiner habhaft zu werden, zu warnen: und ihm den Zettel, unter dem Vorwande, daß er an seiner Brust, wo er ihn trage, nicht mehr sicher sei, abzufordern. Die Absicht aber, in der sie komme, sei, ihm zu sagen, daß die Drohung ihn durch Arglist oder Gewalttätigkeit um den Zettel zu bringen, abgeschmackt, und ein leeres Trugbild sei; daß er unter dem Schutz des Kurfürsten von Brandenburg, in dessen Verwahrsam er sich befinde, nicht das Mindeste für denselben zu befürchten habe; ja, daß das Blatt bei ihm weit sicherer sei, als bei ihr, und daß er sich wohl hüten möchte, sich durch Ablieferung desselben, an wen und unter welchem Vorwand es auch sei, darum bringen zu lassen. – Gleichwohl schloß sie, daß sie es für klug hielte, von dem Zettel den Gebrauch zu machen, zu welchem sie ihm denselben auf dem Jahrmarkt zu Jüterbock eingehändigt, dem Antrag, den man ihm auf der Grenze durch den Junker vom Stein gemacht, Gehör zu geben, und den Zettel, der ihm selbst weiter nichts nutzen könne, für Freiheit und Leben an den Kurfürsten von Sachsen auszuliefern.« Kohlhaas, der über die Macht jauchzte, die ihm gegeben war, seines Feindes Ferse, in dem Augenblick, da sie ihn in den Staub trat, tödlich zu verwunden, antwortete: nicht um die Welt, Mütterchen, nicht um die Welt! und drückte der Alten Hand, und wollte nur wissen, was für Antworten auf die ungeheuren Fragen im Zettel enthalten wären? Die Frau, inzwischen sie das Jüngste, das sich zu ihren Füßen niedergekauert hatte, auf den Schoß nahm, sprach: »nicht um die Welt, Kohlhaas, der Roßhändler; aber um diesen hübschen, kleinen, blonden Jungen!« und damit lachte sie ihn an, herzte und küßte ihn, der sie mit großen Augen ansah, und reichte ihm, mit ihren dürren Händen, einen Apfel, den sie in ihrer Tasche trug, dar. Kohlhaas sagte verwirrt: daß die Kinder selbst, wenn sie groß wären, ihn, um seines Verfahrens loben würden, und daß er, für sie und ihre Enkel nichts Heilsameres tun könne, als den Zettel behalten. Zudem fragte er, wer ihn, nach der Erfahrung, die er gemacht, vor einem neuen Betrug sicher stelle, und ob er nicht zuletzt, unnützer Weise, den Zettel, wie jüngst den Kriegshaufen, den er in Lützen zusammengebracht, an den Kurfürsten aufopfern würde? »Wer mir sein Wort einmal gebrochen,« sprach er, »mit dem wechsle ich keins mehr; und nur deine Forderung, bestimmt und unzweideutig, trennt mich, gutes Mütterchen, von dem Blatt, durch welches mir für alles, was ich erlitten, auf so wunderbare Weise Genugtuung geworden ist.« Die Frau, indem sie das Kind auf den Boden setzte, sagte: daß er in mancherlei Hinsicht recht hätte, und daß er tun und lassen könnte, was er wollte! Und damit nahm sie ihre Krücken wieder zur Hand, und wollte gehn. Kohlhaas wiederholte seine Frage, den Inhalt des wunderbaren Zettels betreffend; er wünschte, da sie flüchtig antwortete: »daß er ihn ja eröffnen könne, obschon es eine bloße

Neugierde wäre,« noch über tausend andere Dinge, bevor sie ihn verließe, Aufschluß zu erhalten; wer sie eigentlich sei, woher sie zu der Wissenschaft, die ihr inwohne, komme, warum sie dem Kurfürsten, für den er doch geschrieben, den Zettel verweigert, und grade ihm, unter so vielen tausend Menschen, der ihrer Wissenschaft nie begehrt, das Wunderblatt überreicht habe? – – Nun traf es sich, daß in eben diesem Augenblick ein Geräusch hörbar ward, das einige Polizei-Offizianten, die die Treppe heraufstiegen, verursachten; dergestalt, daß das Weib, von plötzlicher Besorgnis, in diesen Gemächern von ihnen betroffen zu werden, ergriffen, antwortete: »auf Wiedersehen Kohlhaas, auf Wiedersehn! Es soll dir, wenn wir uns wiedertreffen, an Kenntnis über dies alles nicht fehlen!« Und damit, indem sie sich gegen die Tür wandte, rief sie: »lebt wohl, Kinderchen, lebt wohl!« küßte das kleine Geschlecht nach der Reihe, und ging ab.

Inzwischen hatte der Kurfürst von Sachsen, seinen jammervollen Gedanken preisgegeben, zwei Astrologen, namens Oldenholm und Olearius, welche damals in Sachsen in großem Ansehen standen, herbeigerufen, und wegen des Inhalts des geheimnisvollen, ihm und dem ganzen Geschlecht seiner Nachkommen so wichtigen Zettels zu Rate gezogen; und da die Männer, nach einer, mehrere Tage lang im Schloßturm zu Dresden fortgesetzten, tiefsinnigen Untersuchung, nicht einig werden konnten, ob die Prophezeiung sich auf späte Jahrhunderte oder aber auf die jetzige Zeit beziehe, und vielleicht die Krone Polen, mit welcher die Verhältnisse immer noch sehr kriegerisch waren, damit gemeint sei: so wurde durch solchen gelehrten Streit, statt sie zu zerstreuen, die Unruhe, um nicht zu sagen, Verzweiflung, in welcher sich dieser unglückliche Herr befand, nur geschärft, und zuletzt bis auf einen Grad, der seiner Seele ganz unerträglich war, vermehrt. Dazu kam, daß der Kämmerer um diese Zeit seiner Frau, die im Begriff stand, ihm nach Berlin zu folgen, auftrug, dem Kurfürsten, bevor sie abreiste, auf eine geschickte Art beizubringen, wie mißlich es nach einem verunglückten Versuch, den er mit einem Weibe gemacht, das sich seitdem nicht wieder habe blicken lassen, mit der Hoffnung aussehe, des Zettels in dessen Besitz der Kohlhaas sei, habhaft zu werden, indem das über ihn gefällte Todesurteil, nunmehr, nach einer umständlichen Prüfung der Akten, von dem Kurfürsten von Brandenburg unterzeichnet, und der Hinrichtungstag bereits auf den Montag nach Palmarum festgesetzt sei; auf welche Nachricht der Kurfürst sich, das Herz von Kummer und Reue zerrissen, gleich einem ganz Verlorenen, in seinem Zimmer verschloß, während zwei Tage, des Lebens satt, keine Speise zu sich nahm, und am dritten plötzlich, unter der kurzen Anzeige an das Gubernium, daß er zu dem Fürsten von Dessau auf die Jagd reise, aus Dresden verschwand. Wohin er eigentlich ging, und ob er sich nach Dessau wandte, lassen wir dahin gestellt sein, indem die Chroniken, aus deren Vergleichung wir Bericht erstatten, an dieser Stelle, auf befremdende Weise, einander widersprechen und aufheben. Gewiß ist, daß der Fürst von Dessau, unfähig zu jagen, um diese Zeit krank in Braunschweig, bei seinem Oheim, dem Herzog Heinrich, lag, und daß die Dame Heloise, am Abend des folgenden Tages, in Gesellschaft eines Grafen von Königstein, den sie für ihren Vetter ausgab, bei dem Kämmerer Herrn Kunz, ihrem Gemahl, in Berlin eintraf. – Inzwischen war dem Kohlhaas, auf Befehl des Kurfürsten, das Todesurteil vorgelesen, die Ketten abgenommen, und die über sein Vermögen lautenden Papiere, die ihm in Dresden abgesprochen worden waren, wieder zugestellt worden; und da die Räte, die das Gericht an ihn abgeordnet hatte, ihn fragten, wie er es mit dem, was er besitze, nach seinem Tode gehalten wissen wolle: so verfertigte er, mit Hülfe eines Notars, zu seiner Kinder Gunsten ein Testament, und setzte den Amtmann zu Kohlhaasenbrück, seinen wackern Freund, zum Vormund derselben ein. Demnach glich nichts der Ruhe und Zufriedenheit seiner letzten Tage; denn auf eine sonderbare Spezial-Verordnung des Kurfürsten war bald darauf auch noch der Zwinger, in welchem er sich befand, eröffnet, und allen seinen Freunden, deren er sehr viele in der Stadt besaß, bei Tag und Nacht freier Zutritt zu ihm verstattet worden. Ja, er hatte noch die Genugtuung, den Theologen Jakob Freising, als einen Abgesandten Doktor Luthers, mit einem eigenhändigen, ohne Zweifel sehr merkwürdigen Brief, der aber verloren gegangen ist, in sein Gefängnis treten zu sehen, und von diesem geistlichen Herrn in Gegenwart zweier brandenburgischen Dechanten, die ihm an die Hand gingen, die Wohltat der heiligen Kommunion zu empfangen. Hierauf erschien nun, unter einer allgemeinen Bewegung der Stadt, die sich immer noch nicht entwöhnen konnte, auf ein Machtwort, das ihn rettete, zu hoffen, der verhängnisvolle Montag nach Palmarum, an welchem er die Welt, wegen des allzuraschen Versuchs, sich selbst in ihr Recht verschaffen zu wollen, versöhnen sollte. Eben trat er, in Begleitung einer starken Wache, seine beiden Knaben auf dem Arm (denn diese Vergünstigung hatte er sich ausdrücklich vor den Schranken des Gerichts ausgebeten), von dem Theologen Jakob Freising geführt, aus dem Tor seines Gefängnisses, als unter einem wehmütigen Gewimmel von Bekannten, die ihm die Hände drückten, und von ihm Abschied nahmen, der Kastellan des kurfürstlichen Schlosses, verstört im Gesicht, zu ihm herantrat, und ihm ein Blatt gab, das ihm, wie er sagte, ein altes Weib für ihn eingehändigt. Kohlhaas, während er den Mann der ihm nur wenig bekannt war, befremdet ansah, eröffnete das Blatt, dessen Siegelring ihn, im Mundlack ausgedrückt, sogleich an die bekannte Zigeunerin erinnerte. Aber wer beschreibt das Erstaunen, das ihn ergriff, als er folgende Nachricht darin fand: »Kohlhaas, der Kurfürst von Sachsen ist in Berlin; auf den Richtplatz schon ist er vorangegangen, und wird, wenn dir daran liegt, an einem Hut, mit blauen und weißen Federbüschen kenntlich sein. Die Absicht, in der er kömmt, brauche ich dir nicht zu sagen; er will die Kapsel, sobald du verscharrt bist, ausgraben, und den Zettel, der darin befindlich ist, eröffnen lassen. – Deine Elisabeth.« – Kohlhaas, indem er sich auf das äußerste bestürzt zu dem Kastellan umwandte, fragte ihn: ob er das wunderbare Weib, das ihm den Zettel übergeben, kenne? Doch da der Kastellan antwortete: »Kohlhaas, das Weib« – – und in Mitten der Rede auf sonderbare Weise stockte, so konnte er, von dem Zuge, der in diesem Augenblick wieder antrat, fortgerissen, nicht vernehmen, was der Mann, der an allen Gliedern zu zittern schien, vorbrachte. – Als er auf dem Richtplatz ankam, fand er den Kurfürsten von Brandenburg mit seinem Gefolge, worunter sich auch der Erzkanzler, Herr Heinrich von Geusau befand, unter einer unermeßlichen Menschenmenge, daselbst zu Pferde halten: ihm zur Rechten der kaiserliche Anwalt Franz Müller, eine Abschrift des Todesurteils in der Hand; ihm zur Linken, mit dem Konklusum des Dresdner Hofgerichts, sein eigener Anwalt, der Rechtsgelehrte Anton Zäuner; ein Herold in der Mitte des halboffenen Kreises, den das Volk schloß, mit einem Bündel Sachen, und den beiden, von Wohlsein glänzenden, die Erde mit ihren Hufen stampfenden Rappen. Denn der Erzkanzler, Herr Heinrich, hatte die Klage, die er, im Namen seines Herrn, in Dresden anhängig gemacht, Punkt für Punkt, und ohne die mindeste Einschränkung gegen den Junker Wenzel von Tronka, durchgesetzt; dergestalt, daß die Pferde, nachdem man sie durch Schwingung einer Fahne über ihre Häupter, ehrlich gemacht, und aus den Händen des Abdeckers, der sie ernährte, zurückgezogen hatte, von den Leuten des Junkers dickgefüttert, und in Gegenwart einer eigens dazu niedergesetzten Kommission, dem Anwalt, auf dem Markt zu Dresden, übergeben worden waren. Demnach sprach der Kurfürst, als Kohlhaas von der Wache begleitet, auf den Hügel zu ihm heranschritt: Nun, Kohlhaas, heut ist der Tag, an dem dir dein Recht geschieht! Schau her, hier liefere ich dir alles, was du auf der Tronkenburg gewaltsamer Weise eingebüßt, und was ich, als dein Landesherr, dir wieder zu verschaffen, schuldig war, zurück: Rappen, Halstuch, Reichsgulden, Wäsche, bis auf die Kurkosten sogar für deinen bei Mühlberg gefallenen Knecht Herse. Bist du mit mir zufrieden? – Kohlhaas, während er das, ihm auf den Wink des Erzkanzlers eingehändigte Konklusum, mit großen, funkelnden Augen überlas, setzte die beiden Kinder, die er auf dem Arm trug, neben sich auf den Boden nieder; und da er auch einen Artikel darin fand, in welchem der Junker Wenzel zu zweijähriger Gefängnisstrafe verurteilt ward: so ließ er sich, aus der Ferne, ganz überwältigt von Gefühlen, mit kreuzweis auf die Brust gelegten Händen, vor dem Kurfürsten nieder. Er versicherte freudig dem Erzkanzler, indem er aufstand, und die Hand auf seinen Schoß legte, daß sein höchster Wunsch auf Erden erfüllt sei; trat an die Pferde heran, musterte sie, und klopfte ihren feisten Hals; und erklärte dem Kanzler, indem er wieder zu ihm zurückkam, heiter: »daß er sie seinen beiden Söhnen Heinrich und Leopold schenke!« Der Kanzler, Herr Heinrich von Geusau, vom Pferde herab mild zu ihm gewandt, versprach ihm, in des Kurfürsten Namen, daß sein letzter Wille heilig gehalten werden solle:

und forderte ihn auf, auch über die übrigen im Bündel befindlichen Sachen, nach seinem Gutdünken zu schalten. Hierauf rief Kohlhaas die alte Mutter Hersens, die er auf dem Platz wahrgenommen hatte, aus dem Haufen des Volks hervor, und indem er ihr die Sachen übergab, sprach er: »da, Mütterchen; das gehört dir!« – die Summe, die, als Schadenersatz für ihn, bei dem im Bündel liegenden Gelde befindlich war, als ein Geschenk noch, zur Pflege und Erquickung ihrer alten Tage, hinzufügend. – – Der Kurfürst rief: »nun, Kohlhaas, der Roßhändler, du, dem solchergestalt Genugtuung geworden, mache dich bereit, kaiserlicher Majestät, deren Anwalt hier steht, wegen des Bruchs ihres Landfriedens, deinerseits Genugtuung zu geben!« Kohlhaas, indem er seinen Hut abnahm, und auf die Erde warf, sagte: daß er bereit dazu wäre! übergab die Kinder, nachdem er sie noch einmal vom Boden erhoben, und an seine Brust gedrückt hatte, dem Amtmann von Kohlhaasenbrück, und trat, während dieser sie unter stillen Tränen, vom Platz hinwegführte, an den Block. Eben knüpfte er sich das Tuch vom Hals ab und öffnete seinen Brustlatz: als er, mit einem flüchtigen Blick auf den Kreis, den das Volk bildete, in geringer Entfernung von sich, zwischen zwei Rittern, die ihn mit ihren Leibern halb deckten, den wohlbekannten Mann mit blauen und weißen Federbüschen wahrnahm. Kohlhaas löste sich, indem er mit einem plötzlichen, die Wache, die ihn umringte, befremdenden Schritt, dicht vor ihn trat, die Kapsel von der Brust; er nahm den Zettel heraus, entsiegelte ihn, und überlas ihn: und das Auge unverwandt auf den Mann mit blauen und weißen Federbüschen gerichtet, der bereits süßen Hoffnungen Raum zu geben anfing, steckte er ihn in den Mund und verschlang ihn. Der Mann mit blauen und weißen Federbüschen sank, bei diesem Anblick, ohnmächtig, in Krämpfen nieder. Kohlhaas aber, während die bestürzten Begleiter desselben sich herabbeugten, und ihn vom Boden aufhoben, wandte sich zu dem Schafott, wo sein Haupt unter dem Beil des Scharfrichters fiel. Hier endigt die Geschichte vom Kohlhaas. Man legte die Leiche unter einer allgemeinen Klage des Volks in einen Sarg; und während die Träger sie aufhoben, um sie anständig auf den Kirchhof der Vorstadt zu begraben, rief der Kurfürst die Söhne des Abgeschiedenen herbei und schlug sie, mit der Erklärung an den Erzkanzler, daß sie in seiner Pagenschule erzogen werden sollten, zu Rittern. Der Kurfürst von Sachsen kam bald darauf, zerrissen an Leib und Seele, nach Dresden zurück, wo man das Weitere in der Geschichte nachlesen muß. Vom Kohlhaas aber haben noch im vergangenen Jahrhundert, im Mecklenburgischen, einige frohe und rüstige Nachkommen gelebt.

DIE MARQUISE VON O...

(Nach einer wahren Begebenheit, deren Schauplatz vom Norden nach dem Süden verlegt worden)

In M..., einer bedeutenden Stadt im oberen Italien, ließ die verwitwete Marquise von O..., eine Dame von vortrefflichem Ruf, und Mutter von mehreren wohlerzogenen Kindern, durch die Zeitungen bekannt machen: daß sie, ohne ihr Wissen, in andre Umstände gekommen sei, daß der Vater zu dem Kinde, das sie gebären würde, sich melden solle; und daß sie, aus Familienrücksichten, entschlossen wäre, ihn zu heiraten. Die Dame, die einen so sonderbaren, den Spott der Welt reizenden Schritt, beim Drang unabänderlicher Umstände, mit solcher Sicherheit tat, war die Tochter des Herrn von G..., Kommandanten der Zitadelle bei M... Sie hatte, vor ungefähr drei Jahren, ihren Gemahl, den Marquis von O..., dem sie auf das innigste und zärtlichste zugetan war, auf einer Reise verloren, die er, in Geschäften der Familie, nach Paris gemacht hatte. Auf Frau von G...s, ihrer würdigen Mutter, Wunsch, hatte sie, nach seinem Tode, den Landsitz verlassen, den sie bisher bei V... bewohnt hatte, und war, mit ihren beiden Kindern, in das Kommandantenhaus, zu ihrem Vater, zurückgekehrt. Hier hatte sie die nächsten Jahre mit Kunst, Lektüre, mit Erziehung, und ihrer Eltern Pflege beschäftigt, in der größten Eingezogenheit zugebracht: bis der ... Krieg plötzlich die Gegend umher mit den Truppen fast aller Mächte und auch mit russischen erfüllte. Der Obrist von G..., welcher den Platz zu verteidigen Order hatte, forderte seine Gemahlin und seine Tochter auf, sich auf das Landgut, entweder der letzteren, oder seines Sohnes, das bei V... lag, zurückzuziehen. Doch ehe sich die Abschätzung noch, hier der Bedrängnisse, denen man in der Festung, dort der Greuel, denen man auf dem platten Lande ausgesetzt sein konnte, auf der Waage der weiblichen Überlegung entschieden hatte: war die Zitadelle von den russischen Truppen schon berennt, und aufgefordert, sich zu ergeben. Der Obrist erklärte gegen seine Familie, daß er sich nunmehr verhalten würde, als ob sie nicht vorhanden wäre; und antwortete mit Kugeln und Granaten. Der Feind, seinerseits, bombardierte die Zitadelle. Er steckte die Magazine in Brand, eroberte ein Außenwerk, und als der Kommandant, nach einer nochmaligen Aufforderung, mit der Übergabe zauderte, so ordnete er einen nächtlichen Überfall an, und eroberte die Festung mit Sturm.

Eben als die russischen Truppen, unter einem heftigen Haubitzenspiel, von außen eindrangen, fing der linke Flügel des Kommandantenhauses Feuer und nötigte die Frauen, ihn zu verlassen. Die Obristin, indem sie der Tochter, die mit den Kindern die Treppe hinabfloh, nacheilte, rief, daß man zusammenbleiben, und sich in die unteren Gewölbe flüchten möchte; doch eine Granate, die, eben in diesem Augenblicke, in dem Hause zerplatzte, vollendete die gänzliche Verwirrung in demselben. Die Marquise kam, mit ihren beiden Kindern, auf den Vorplatz des Schlosses, wo die Schüsse schon, im heftigsten Kampf, durch die Nacht blitzten, und sie, besinnungslos, wohin sie sich wenden solle, wieder in das brennende Gebäude zurückjagten. Hier, unglücklicher Weise, begegnete ihr, da sie eben durch die Hintertür entschlüpfen wollte, ein Trupp feindlicher Scharfschützen, der, bei ihrem Anblick, plötzlich still ward, die Gewehre über die Schultern hing, und sie, unter abscheulichen Gebärden, mit sich fortführte. Vergebens rief die Marquise, von der entsetzlichen, sich unter einander selbst bekämpfenden, Rotte bald hier, bald dorthin gezerrt, ihre zitternden, durch die Pforte zurückfliehenden Frauen, zu Hülfe. Man schleppte sie in den hinteren Schloßhof, wo sie eben, unter den schändlichsten Mißhandlungen, zu Boden sinken wollte, als, von dem Zetergeschrei der Dame herbeigerufen, ein russischer Offizier erschien, und die Hunde, die nach solchem Raub lüstern waren, mit wütenden Hieben zerstreute. Der Marquise schien er ein Engel des Himmels zu sein. Er stieß noch dem letzten viehischen Mordknecht, der ihren schlanken Leib umfaßt hielt, mit dem Griff des Degens ins Gesicht, daß er, mit aus dem Mund vorquellendem Blut, zurücktaumelte; bot dann der Dame, unter einer verbindlichen, französischen Anrede den Arm, und führte sie, die von allen solchen Auftritten sprachlos war, in den anderen, von der Flamme noch nicht ergriffenen, Flügel des Palastes, wo sie auch völlig bewußtlos niedersank. Hier – traf er, da bald darauf ihre erschrockenen Frauen erschienen, Anstalten, einen Arzt zu rufen; versicherte, indem er sich den Hut aufsetzte, daß sie sich bald erholen würde; und kehrte in den Kampf zurück.

Der Platz war in kurzer Zeit völlig erobert, und der Kommandant, der sich nur noch wehrte, weil man ihm keinen Pardon geben wollte, zog sich eben mit sinkenden Kräften nach dem Portal des Hauses zurück, als der russische Offizier, sehr erhitzt im Gesicht, aus demselben hervortrat, und ihm zurief, sich zu ergeben. Der Kommandant antwortete, daß er auf diese Aufforderung nur gewartet habe, reichte ihm seinen Degen dar, und bat sich die Erlaubnis aus, sich ins Schloß begeben, und nach seiner Familie umsehen zu dürfen. Der russische Offizier, der, nach der Rolle zu urteilen, die er spielte, einer der Anführer des Sturms zu sein schien, gab ihm, unter Begleitung einer Wache, diese Freiheit; setzte sich, mit einiger Eilfertigkeit, an die Spitze eines Detachements, entschied, wo er noch zweifelhaft sein mochte, den Kampf, und bemannte schleunigst die festen Punkte des Forts. Bald darauf kehrte er auf den Waffenplatz zurück, gab Befehl, der Flamme, welche wütend um sich zu greifen anfing, Einhalt zu tun, und leistete selbst hierbei Wunder der Anstrengung, als man seine Befehle nicht mit dem gehörigen Eifer befolgte. Bald kletterte er, den Schlauch in der Hand, mitten unter brennenden Giebeln umher, und regierte den Wasserstrahl; bald steckte er, die Naturen der

Asiaten mit Schaudern erfüllend, in den Arsenälen, und wälzte Pulverfässer und gefüllte Bomben heraus. Der Kommandant, der inzwischen in das Haus getreten war, geriet auf die Nachricht von dem Unfall, der die Marquise betroffen hatte, in die äußerste Bestürzung. Die Marquise, die sich schon völlig, ohne Beihülfe des Arztes, wie der russische Offizier vorher gesagt hatte, aus ihrer Ohnmacht wieder erholt hatte, und bei der Freude, alle die Ihrigen gesund und wohl zu sehen, nur noch, um die übermäßige Sorge derselben zu beschwichtigen, das Bett hütete, versicherte ihn, daß sie keinen andern Wunsch habe, als aufstehen zu dürfen, um ihrem Retter ihre Dankbarkeit zu bezeugen. Sie wußte schon, daß er der Graf F..., Obristlieutenant vom t...n Jägerkorps, und Ritter eines Verdienst- und mehrerer anderen Orden war. Sie bat ihren Vater, ihn inständigst zu ersuchen, daß er die Zitadelle nicht verlasse, ohne sich einen Augenblick im Schloß gezeigt zu haben. Der Kommandant, der das Gefühl seiner Tochter ehrte, kehrte auch ungesäumt in das Fort zurück, und trug ihm, da er unter unaufhörlichen Kriegsanordnungen umherschweifte, und keine bessere Gelegenheit zu finden war, auf den Wällen, wo er eben die zerschossenen Rotten revidierte, den Wunsch seiner gerührten Tochter vor. Der Graf versicherte ihn, daß er nur auf den Augenblick warte, den er seinen Geschäften würde abmüßigen können, um ihr seine Ehrerbietigkeit zu bezeugen. Er wollte noch hören, wie sich die Frau Marquise befinde? als ihn die Rapporte mehrer Offiziere schon wieder in das Gewühl des Krieges zurückrissen. Als der Tag anbrach, erschien der Befehlshaber der russischen Truppen, und besichtigte das Fort. Er bezeugte dem Kommandanten seine Hochachtung, bedauerte, daß das Glück seinen Mut nicht besser unterstützt habe, und gab ihm, auf sein Ehrenwort, die Freiheit, sich hinzubegeben, wohin er wolle. Der Kommandant versicherte ihn seiner Dankbarkeit, und äußerte, wie viel er, an diesem Tage, den Russen überhaupt, und besonders dem jungen Grafen F..., Obristlieutenant vom t...n Jägerkorps, schuldig geworden sei. Der General fragte, was vorgefallen sei; und als man ihn von dem frevelhaften Anschlag auf die Tochter desselben unterrichtete, zeigte er sich auf das äußerste entrüstet. Er rief den Grafen F... bei Namen vor. Nachdem er ihm zuvörderst wegen seines eignen edelmütigen Verhaltens eine kurze Lobrede gehalten hatte: wobei der Graf über das ganze Gesicht rot ward; schloß er, daß er die Schandkerle, die den Namen des Kaisers brandmarkten, niederschießen lassen wolle; und befahl ihm, zu sagen, wer sie seien? Der Graf F... antwortete, in einer verwirrten Rede, daß er nicht im Stande sei, ihre Namen anzugeben, indem es ihm, bei dem schwachen Schimmer der Reverberen im Schloßhof, unmöglich gewesen wäre, ihre Gesichter zu erkennen. Der General, welcher gehört hatte, daß damals schon das Schloß in Flammen stand, wunderte sich darüber; er bemerkte, wie man wohl bekannte Leute in der Nacht an ihren Stimmen erkennen könnte; und gab ihm, da er mit einem verlegenen Gesicht die Achseln zuckte, auf, der Sache auf das allereifrigste und strengste nachzuspüren. In diesem Augenblick berichtete jemand, der sich aus dem hintern Kreise hervordrängte, daß einer von den, durch den Grafen F... verwundeten, Frevlern, da er in dem Korridor niedergesunken, von den Leuten des Kommandanten in ein Behältnis geschleppt worden, und darin noch befindlich sei. Der General ließ diesen hierauf durch eine Wache herbeiführen, ein kurzes Verhör über ihn halten; und die ganze Rotte, nachdem jener sie genannt hatte, fünf an der Zahl zusammen, erschießen. Dies abgemacht, gab der General, nach Zurücklassung einer kleinen Besatzung, Befehl zum allgemeinen Aufbruch der übrigen Truppen; die Offiziere zerstreuten sich eiligst zu ihren Korps; der Graf trat, durch die Verwirrung der Auseinander-Eilenden, zum Kommandanten, und bedauerte, daß er sich der Frau Marquise, unter diesen Umständen, gehorsamst empfehlen müsse: und in weniger, als einer Stunde, war das ganze Fort von Russen wieder leer.

Die Familie dachte nun darauf, wie sie in der Zukunft eine Gelegenheit finden würde, dem Grafen irgend eine Äußerung ihrer Dankbarkeit zu geben; doch wie groß war ihr Schrecken, als sie erfuhr, daß derselbe noch am Tage seines Aufbruchs aus dem Fort, in einem Gefecht mit den feindlichen Truppen, seinen Tod gefunden habe. Der Kurier, der diese Nachricht nach M... brachte, hatte ihn mit eignen Augen, tödlich durch die Brust geschossen, nach P... tragen sehen, wo er, wie man sichere Nachricht hatte, in dem Augenblick, da ihn die Träger von den Schultern nehmen wollten, verblichen war. Der Kommandant, der sich selbst auf das Posthaus verfügte, und sich nach den näheren Umständen dieses Vorfalls erkundigte, erfuhr noch, daß er auf dem Schlachtfeld, in dem Moment, da ihn der Schuß traf, gerufen habe: »Julietta! Diese Kugel rächt dich!« und nachher seine Lippen auf immer geschlossen hätte. Die Marquise war untröstlich, daß sie die Gelegenheit hatte vorbeigehen lassen, sich zu seinen Füßen zu werfen. Sie machte sich die lebhaftesten Vorwürfe, daß sie ihn, bei seiner, vielleicht aus Bescheidenheit, wie sie meinte, herrührenden Weigerung, im Schlosse zu erscheinen, nicht selbst aufgesucht habe; bedauerte die Unglückliche, ihre Namensschwester, an die er noch im Tode gedacht hatte; bemühte sich vergebens, ihren Aufenthalt zu erforschen, um sie von diesem unglücklichen und rührenden Vorfall zu unterrichten; und mehrere Monden vergingen, ehe sie selbst ihn vergessen konnte.

Die Familie mußte nun das Kommandantenhaus räumen, um dem russischen Befehlshaber darin Platz zu machen. Man überlegte anfangs, ob man sich nicht auf die Güter des Kommandanten begeben sollte, wozu die Marquise einen großen Hang hatte; doch da der Obrist das Landleben nicht liebte, so bezog die Familie ein Haus in der Stadt, und richtete sich dasselbe zu einer immerwährenden Wohnung ein. Alles kehrte nun in die alte Ordnung der Dinge zurück. Die Marquise knüpfte den lange unterbrochenen Unterricht ihrer Kinder wieder an, und suchte, für die Feierstunden, ihre Staffelei und Bücher hervor: als sie sich, sonst die Göttin der Gesundheit selbst, von wiederholten Unpäßlichkeiten befallen fühlte, die sie ganze Wochen lang, für die Gesellschaft untauglich machten. Sie litt an Übelkeiten, Schwindeln und Ohnmachten, und wußte nicht, was sie aus diesem sonderbaren Zustand machen solle. Eines Morgens, da die Familie beim Tee saß, und der Vater sich, auf einen Augenblick, aus dem Zimmer entfernt hatte, sagte die Marquise, aus einer langen Gedankenlosigkeit erwachend, zu ihrer Mutter: wenn mir eine Frau sagte, daß sie ein Gefühl hätte, ebenso, wie ich jetzt, da ich die Tasse ergriff, so würde ich bei mir denken, daß sie in gesegneten Leibesumständen wäre. Frau von G... sagte, sie verstände sie nicht. Die Marquise erklärte sich noch einmal, daß sie eben jetzt eine Sensation gehabt hätte, wie damals, als sie mit ihrer zweiten Tochter schwanger war. Frau von G... sagte, sie würde vielleicht den Phantasus gebären, und lachte. Morpheus wenigstens, versetzte die Marquise, oder einer der Träume aus seinem Gefolge, würde sein Vater sein; und scherzte gleichfalls. Doch der Obrist kam, das Gespräch ward abgebrochen, und der ganze Gegenstand, da die Marquise sich in einigen Tagen wieder erholte, vergessen.

Bald darauf ward der Familie, eben zu einer Zeit, da sich auch der Forstmeister von G..., des Kommandanten Sohn, in dem Hause eingefunden hatte, der sonderbare Schrecken, durch einen Kammerdiener, der ins Zimmer trat, den Grafen F... anmelden zu hören. Der Graf F...! sagte der Vater und die Tochter zugleich; und das Erstaunen machte alle sprachlos. Der Kammerdiener versicherte, daß er recht gesehen und gehört habe, und daß der Graf schon im Vorzimmer stehe, und warte. Der Kommandant sprang sogleich selbst auf, ihm zu öffnen, worauf er, schön, wie ein junger Gott, ein wenig bleich im Gesicht, eintrat. Nachdem die Szene unbegreiflicher Verwunderung vorüber war, und der Graf, auf die Anschuldigung der Eltern, daß er ja tot sei, versichert hatte, daß er lebe; wandte er sich, mit vieler Rührung im Gesicht, zur Tochter, und seine erste Frage war gleich, wie sie sich befinde? Die Marquise versicherte, sehr wohl, und wollte nur wissen, wie *er* ins Leben erstanden sei? Doch *er*, auf seinem Gegenstand beharrend, erwiderte: daß sie ihm nicht die Wahrheit sage; auf ihrem Antlitz drücke sich eine seltsame Mattigkeit aus; ihn müsse alles trügen, oder sie sei unpäßlich, und leide. Die Marquise, durch die Herzlichkeit, womit er dies vorbrachte, gut gestimmt, versetzte: nun ja; diese Mattigkeit, wenn er wolle, könne für die Spur einer Kränklichkeit gelten, an welcher sie vor einigen Wochen gelitten hätte; sie fürchte inzwischen nicht, daß diese weiter von Folgen sein würde. Worauf er, mit einer aufflammenden Freude, erwiderte: er auch nicht! und hinzusetzte, ob sie ihn heiraten wolle? Die Marquise wußte nicht, was sie von dieser Aufführung denken solle. Sie sah, über und über rot, ihre Mutter, und diese, mit Verlegenheit, den Sohn und den Vater an; während der Graf vor die Marquise trat, und indem er ihre Hand nahm, als ob er sie küssen wollte, wiederholte: ob sie ihn verstanden hätte? Der Kommandant sagte: ob er nicht Platz nehmen wolle; und setzte ihm, auf eine verbindliche, obschon etwas ernsthafte, Art einen Stuhl hin. Die Obristin sprach: in der Tat, wir werden glauben, daß Sie ein Geist sind, bis Sie uns werden eröffnet haben, wie Sie aus dem Grabe, in welches man Sie zu P... gelegt hatte, erstanden sind. Der Graf setzte sich, indem er die Hand der Dame fahren ließ, nieder, und sagte, daß er, durch die Umstände gezwungen, sich sehr kurz fassen müsse; daß er, tödlich durch die Brust geschossen, nach P... gebracht worden wäre; daß er mehrere Monate daselbst an seinem Leben verzweifelt hätte; daß während dessen die Frau Marquise sein einziger Gedanke gewesen wäre; daß er die Lust und den Schmerz nicht beschreiben könnte, die sich in dieser Vorstellung umarmt hätten; daß er endlich, nach seiner Wiederherstellung, wieder zur Armee gegangen wäre; daß er daselbst die lebhafteste Unruhe empfunden hätte; daß er mehrere Male die Feder ergriffen, um in einem Briefe, an den Herrn Obristen und die Frau Marquise, seinem Herzen Luft zu machen; daß er plötzlich mit Depeschen nach Neapel geschickt worden wäre; daß er nicht wisse, ob er nicht von dort weiter nach Konstantinopel werde abgeordert werden; daß er vielleicht gar nach St. Petersburg werde gehen müssen; daß ihm inzwischen unmöglich wäre, länger zu leben, ohne über eine notwendige Forderung seiner Seele ins Reine zu sein; daß er dem Drang bei seiner Durchreise durch M..., einige Schritte zu diesem Zweck zu tun, nicht habe widerstehen können; kurz, daß er den Wunsch hege, mit der Hand der Frau Marquise beglückt zu werden, und daß er auf das ehrfurchtsvollste, inständigste und dringendste bitte, sich ihm hierüber gütig zu erklären. – Der Kommandant, nach einer langen Pause, erwiderte: daß ihm dieser Antrag zwar, wenn er, wie er nicht zweifle, ernsthaft gemeint sei, sehr schmeichelhaft wäre. Bei dem Tode ihres Gemahls, des Marquis von O..., hätte sich seine Tochter aber entschlossen, in keine zweite Vermählung einzugehen. Da ihr jedoch kürzlich von ihm eine so große Verbindlichkeit auferlegt worden sei: so wäre es nicht unmöglich, daß ihr Entschluß dadurch, seinen Wünschen gemäß, eine Abänderung erleide; er bitte sich inzwischen die Erlaubnis für sie aus, darüber im Stillen während einiger Zeit nachdenken zu dürfen. Der Graf versicherte, daß diese gütige Erklärung zwar alle seine Hoffnungen befriedige; daß sie ihn, unter anderen Umständen, auch völlig beglücken würde; daß er die ganze Unschicklichkeit fühle, sich mit derselben nicht zu beruhigen: daß dringende Verhältnisse jedoch, über welche er sich näher auszulassen nicht im Stande sei, ihm eine bestimmtere Erklärung äußerst wünschenswert machten; daß die Pferde, die ihn nach Neapel tragen sollten, vor seinem Wagen stünden; und daß er inständigst bitte, wenn irgend etwas in diesem Hause günstig für ihn spreche, – wobei er die Marquise ansah – ihn nicht, ohne eine gütige Äußerung darüber, abreisen zu lassen. Der Obrist, durch diese Aufführung ein wenig betreten, antwortete, daß die Dankbarkeit, die die Marquise für ihn empfände, ihn zwar zu großen Voraussetzungen berechtige: doch nicht zu so großen; sie werde bei einem Schritte, bei welchem es das Glück ihres Lebens gelte, nicht ohne die gehörige Klugheit verfahren. Es wäre unerlaßlich, daß seiner Tochter, bevor sie sich erkläre, das Glück seiner näheren Bekanntschaft würde. Er lade ihn ein, nach Vollendung seiner Geschäftsreise, nach M... zurückzukehren, und auf einige Zeit der Gast seines Hauses zu sein. Wenn alsdann die Frau Marquise hoffen könne, durch ihn glücklich zu werden, so werde auch er, eher aber nicht, mit Freuden vernehmen, daß sie ihm eine bestimmte Antwort gegeben habe. Der Graf äußerte, indem ihm eine Röte ins Gesicht stieg, daß er seinen ungeduldigen Wünschen, während seiner ganzen Reise, dies Schicksal vorausgesagt habe; daß er sich inzwischen dadurch in die äußerste Bekümmernis gestürzt sehe; daß ihm, bei der ungünstigen Rolle, die er eben jetzt zu spielen gezwungen sei, eine nähere Bekanntschaft nicht anders als vorteilhaft sein könne; daß er für seinen Ruf, wenn anders diese zweideutigste aller Eigenschaften in Erwägung gezogen werden solle, einstehen zu dürfen glaube; daß die einzige nichtswürdige Handlung, die er in seinem Leben begangen hätte, der Welt unbekannt, und er schon im Begriff sei, sie wieder gut zu machen; daß er, mit einem Wort, ein ehrlicher Mann sei, und die Versicherung anzunehmen bitte, daß diese Versicherung wahrhaftig sei. – Der Kommandant erwiderte, indem er ein wenig, obschon ohne Ironie, lächelte, daß er alle diese Äußerungen unterschreibe. Noch hätte er keines jungen Mannes Bekanntschaft gemacht, der, in so kurzer Zeit, so viele vortreffliche Eigenschaften des Charakters entwickelt hätte. Er glaube fast, daß eine kurze Bedenkzeit die Unschlüssigkeit, die noch obwalte, heben würde; bevor er jedoch Rücksprache genommen hätte, mit seiner sowohl, als des Herrn Grafen Familie, könne keine andere Erklärung, als die gegebene, erfolgen. Hierauf äußerte der Graf, daß er ohne Eltern und frei sei. Sein Onkel sei der General K..., für dessen Einwilligung er stehe. Er setzte hinzu, daß er Herr eines ansehnlichen Vermögens wäre, und sich würde entschließen können, Italien zu seinem Vaterlande zu machen. – Der Kommandant machte ihm eine verbindliche Verbeugung, erklärte seinen Willen noch einmal; und bat ihn, bis nach vollendeter Reise, von dieser Sache abzubrechen. Der Graf, nach einer kurzen Pause, in welcher er alle Merkmale der größten Unruhe gegeben hatte, sagte, indem er sich zur Mutter wandte, daß er sein Äußerstes getan hätte, um dieser Geschäftsreise auszuweichen; daß die Schritte, die er deshalb beim General en Chef, und dem General K..., seinem Onkel, gewagt hätte, die entscheidendsten gewesen wären, die sich hätten tun lassen; daß man aber geglaubt hätte, ihn dadurch aus einer Schwermut aufzurütteln, die ihm von seiner Krankheit noch zurückgeblieben wäre; und daß er sich jetzt völlig dadurch ins Elend gestürzt sehe. – Die Familie wußte nicht, was sie zu dieser Äußerung sagen sollte. Der Graf fuhr fort, indem er sich die Stirn rieb, daß wenn irgend Hoffnung wäre, dem Ziele seiner Wünsche dadurch näher zu kommen, er seine Reise auf einen Tag, auch wohl noch etwas darüber, aussetzen würde, um es zu versuchen. – Hierbei sah er, nach der Reihe, den Kommandanten, die Marquise und die Mutter an. Der Kommandant blickte mißvergnügt vor sich nieder, und antwortete ihm nicht. Die Obristin sagte: gehn Sie, gehn Sie, Herr Graf; reisen Sie nach Neapel; schenken Sie uns, wenn Sie wiederkehren, auf einige Zeit das Glück Ihrer Gegenwart; so wird sich das Übrige finden. – Der Graf saß einen Augenblick, und schien zu suchen, was er zu tun habe. Drauf, indem er sich erhob, und seinen Stuhl wegsetzte: da er die Hoffnungen, sprach er, mit denen er in dies Haus getreten sei, als übereilt erkennen müsse, und die Familie, wie er nicht mißbillige, auf eine nähere Bekanntschaft bestehe: so werde er seine Depeschen, zu einer anderweitigen Expedition, nach Z..., in das Hauptquartier, zurückschicken, und das gütige Anerbieten, der Gast dieses Hauses zu sein, auf einige Wochen annehmen. Worauf er noch, den Stuhl in der Hand, an der Wand stehend, einen Augenblick verharrte, und den Kommandanten ansah. Der Kommandant versetzte, daß es ihm äußerst leid tun würde, wenn die Leidenschaft, die er zu seiner Tochter gefaßt zu haben scheine, ihm Unannehmlichkeiten von der ernsthaftesten Art zuzöge: daß er indessen wissen müsse, was er zu tun und zu lassen habe, die Depeschen abschicken, und die für ihn bestimmten Zimmer beziehen möchte. Man sah ihn bei diesen Worten sich entfärben, der Mutter ehrerbietig die Hand küssen, sich gegen die Übrigen verneigen und sich entfernen.

Als er das Zimmer verlassen hatte, wußte die Familie nicht, was sie aus dieser Erscheinung machen solle. Die Mutter sagte, es wäre wohl nicht möglich, daß er Depeschen, mit denen er nach Neapel ginge, nach Z... zurückschicken wolle, bloß, weil es ihm nicht gelungen wäre, auf seiner Durchreise durch M..., in einer fünf Minuten langen Unterredung, von einer ihm ganz unbekannten Dame ein Jawort zu erhalten. Der Forstmeister äußerte, daß eine so leichtsinnige Tat ja mit nichts Geringerem, als Festungsarrest, bestraft werden würde! Und Kassation obenein, setzte der Kommandant hinzu. Es habe aber damit keine Gefahr, fuhr er fort. Es sei ein bloßer Schreckschuß beim Sturm; er werde sich wohl noch, ehe er die Depeschen abgeschickt, wieder besinnen. Die Mutter, als sie von dieser Gefahr unterrichtet ward, äußerte die lebhafteste Besorgnis, daß er sie abschicken werde. Sein heftiger, auf einen Punkt hintreibender Wille, meinte sie, scheine ihr grade einer solchen Tat fähig. Sie bat den Forstmeister auf das dringendste, ihm sogleich nachzugehen, und ihn von einer so unglückdrohenden Handlung abzuhalten. Der Forstmeister erwiderte, daß ein solcher Schritt gerade das Gegenteil bewirken, und ihn nur in der Hoffnung, durch seine Kriegslist zu siegen, bestärken würde. Die Marquise war derselben Meinung, obschon sie versicherte, daß ohne ihn die Absendung der Depeschen unfehlbar erfolgen würde, indem er lieber werde unglücklich werden, als sich eine Blöße geben wollen. Alle kamen darin überein, daß sein Betragen sehr sonderbar sei, und daß er Damenherzen durch Anlauf, wie Festungen, zu erobern gewohnt scheine. In diesem Augenblick bemerkte der Kommandant den angespannten Wagen des Grafen vor seiner Tür. Er rief die Familie ans Fenster, und fragte einen eben eintretenden Bedienten, erstaunt, ob der Graf noch im Hause sei? Der Bediente antwortete, daß er unten, in der Domestikenstube, in Gesellschaft eines Adjutanten, Briefe schreibe und Pakete versiegle. Der Kommandant, der seine Bestürzung unterdrückte, eilte mit dem Forstmeister hinunter, und fragte den Grafen, da er ihn auf dazu nicht schicklichen Tischen seine Geschäfte betreiben sah, ob er nicht in seine Zimmer treten wolle? Und ob er sonst irgend etwas befehle? Der Graf erwiderte, indem er mit Eilfertigkeit fortschrieb, daß er untertänigst danke, und daß sein Geschäft abgemacht sei; fragte noch, indem er den Brief zusiegelte, nach der Uhr; und wünschte dem Adjutanten, nachdem er ihm das ganze Portefeuille übergeben hatte, eine glückliche Reise. Der Kommandant, der seinen Augen nicht traute, sagte, indem der Adjutant zum Hause hinausging: Herr Graf, wenn Sie nicht sehr wichtige Gründe haben – Entscheidende! fiel ihm der Graf ins Wort; begleitete den Adjutanten zum Wagen, und öffnete ihm die Tür. In diesem Fall würde ich wenigstens, fuhr der Kommandant fort, die Depeschen – Es ist nicht möglich, antwortete der Graf, indem er den Adjutanten in den Sitz hob. Die Depeschen gelten nichts in Neapel ohne mich. Ich habe auch daran gedacht. Fahr zu! – Und die Briefe Ihres Herrn Onkels? rief der Adjutant, sich aus der Tür hervorbeugend. Treffen mich, erwiderte der Graf, in M... Fahr zu, sagte der Adjutant, und rollte mit dem Wagen dahin.

Hierauf fragte der Graf F..., indem er sich zum Kommandanten wandte, ob er ihm gefälligst sein Zimmer anweisen lassen wolle? Er würde gleich selbst die Ehre haben, antwortete der verwirrte Obrist; rief seinen und des Grafen Leuten, das Gepäck desselben aufzunehmen: und führte ihn in die für fremden Besuch bestimmten Gemächer des Hauses, wo er sich ihm mit einem trocknen Gesicht empfahl. Der Graf kleidete sich um; verließ das Haus, um sich bei dem Gouverneur des Platzes zu melden, und für den ganzen weiteren Rest des Tages im Hause unsichtbar, kehrte er erst kurz vor der Abendtafel dahin zurück.

Inzwischen war die Familie in der lebhaftesten Unruhe. Der Forstmeister erzählte, wie bestimmt, auf einige Vorstellungen des Kommandanten, des Grafen Antworten ausgefallen wären; meinte, daß sein Verhalten einem völlig überlegten Schritt ähnlich sehe; und fragte, in aller Welt, nach den Ursachen einer so auf Kurierpferden gehenden Bewerbung. Der Kommandant sagte, daß er von der Sache nichts verstehe, und forderte die Familie auf, davon weiter nicht in seiner Gegenwart zu sprechen. Die Mutter sah alle Augenblicke aus dem Fenster, ob er nicht kommen, seine leichtsinnige Tat bereuen, und wieder gut machen werde. Endlich, da es finster ward, setzte sie sich zur Marquise nieder, welche, mit vieler Emsigkeit, an einem Tisch arbeitete, und das Gespräch zu vermeiden schien. Sie fragte sie halblaut, während der Vater auf und niederging, ob sie begreife, was aus dieser Sache werden solle? Die Marquise antwortete, mit einem schüchtern nach dem Kommandanten gewandten

Blick: wenn der Vater bewirkt hätte, daß er nach Neapel gereist wäre, so wäre alles gut. Nach Neapel! rief der Kommandant, der dies gehört hatte. Sollt ich den Priester holen lassen? Oder hätt ich ihn schließen lassen und arretieren, und mit Bewachung nach Neapel schicken sollen? – Nein, antwortete die Marquise, aber lebhafte und eindringliche Vorstellungen tun ihre Wirkung; und sah, ein wenig unwillig, wieder auf ihre Arbeit nieder. – Endlich gegen die Nacht erschien der Graf. Man erwartete nur, nach den ersten Höflichkeitsbezeugungen, daß dieser Gegenstand zur Sprache kommen würde, um ihn mit vereinter Kraft zu bestürmen, den Schritt, den er gewagt hatte, wenn es noch möglich sei, wieder zurückzunehmen. Doch vergebens, während der ganzen Abendtafel, erharrte man diesen Augenblick. Geflissentlich alles, was darauf führen konnte, vermeidend, unterhielt er den Kommandanten vom Kriege, und den Forstmeister von der Jagd. Als er des Gefechts bei P..., in welchem er verwundet worden war, erwähnte, verwickelte ihn die Mutter bei der Geschichte seiner Krankheit, fragte ihn, wie es ihm an diesem kleinen Orte ergangen sei, und ob er die gehörigen Bequemlichkeiten gefunden hätte. Hierauf erzählte er mehrere, durch seine Leidenschaft zur Marquise interessanten, Züge: wie sie beständig, während seiner Krankheit, an seinem Bette gesessen hätte; wie er die Vorstellung von ihr, in der Hitze des Wundfiebers, immer mit der Vorstellung eines Schwans verwechselt hätte, den er, als Knabe, auf seines Onkels Gütern gesehen; daß ihm besonders eine Erinnerung rührend gewesen wäre, da er diesen Schwan einst mit Kot beworfen, worauf dieser still untergetaucht, und rein aus der Flut wieder emporgekommen sei; daß sie immer auf feurigen Fluten umhergeschwommen wäre, und er Thinka gerufen hätte, welches der Name jenes Schwans gewesen, daß er aber nicht im Stande gewesen wäre, sie an sich zu locken, indem sie ihre Freude gehabt hätte, bloß am Rudern und In-die-Brust-sich-werfen; versicherte plötzlich, blutrot im Gesicht, daß er sie außerordentlich liebe: sah wieder auf seinen Teller nieder, und schwieg. Man mußte endlich von der Tafel aufstehen; und da der Graf, nach einem kurzen Gespräch mit der Mutter, sich sogleich gegen die Gesellschaft verneigte, und wieder in sein Zimmer zurückzog: so standen die Mitglieder derselben wieder, und wußten nicht, was sie denken sollten. Der Kommandant meinte: man müsse der Sache ihren Lauf lassen. Er rechne wahrscheinlich auf seine Verwandten bei diesem Schritte. Infame Kassation stünde sonst darauf. Frau von G... fragte ihre Tochter, was sie denn von ihm halte? Und ob sie sich wohl zu irgend einer Äußerung, die ein Unglück vermiede, würde verstehen können? Die Marquise antwortete: Liebste Mutter! Das ist nicht möglich. Es tut mir leid, daß meine Dankbarkeit auf eine so harte Probe gestellt wird. Doch es war mein Entschluß, mich nicht wieder zu vermählen; ich mag mein Glück nicht, und nicht so unüberlegt, auf ein zweites Spiel setzen. Der Forstmeister bemerkte, daß wenn dies ihr fester Wille wäre, auch *diese* Erklärung ihm Nutzen schaffen könne, und daß es fast notwendig scheine, ihm irgend *eine* bestimmte zu geben. Die Obristin versetzte, daß da dieser junge Mann, den so viele außerordentliche Eigenschaften empföhlen, seinen Aufenthalt in Italien nehmen zu wollen, erklärt habe, sein Antrag, nach ihrer Meinung, einige Rücksicht, und der Entschluß der Marquise Prüfung verdiene. Der Forstmeister, indem er sich bei ihr niederließ, fragte, wie er ihr denn, was seine Person anbetreffe, gefalle? Die Marquise antwortete, mit einiger Verlegenheit: er gefällt und mißfällt mir; und berief sich auf das Gefühl der anderen. Die Obristin sagte: wenn er von Neapel zurückkehrt, und die Erkundigungen, die wir inzwischen über ihn einziehen könnten, dem Gesamteindruck, den du von ihm empfangen hast, nicht widersprächen: wie würdest du dich, falls er alsdann seinen Antrag wiederholte, erklären? In diesem Fall, versetzte die Marquise, würd ich – da in der Tat seine Wünsche so lebhaft scheinen, diese Wünsche – sie stockte, und ihre Augen glänzten, indem sie dies sagte – um der Verbindlichkeit willen, die ich ihm schuldig bin, erfüllen. Die Mutter, die eine zweite Vermählung ihrer Tochter immer gewünscht hatte, hatte Mühe, ihre Freude über diese Erklärung zu verbergen, und sann, was sich wohl daraus machen lasse. Der Forstmeister sagte, indem er unruhig vom Sitz wieder aufstand, daß wenn die Marquise irgend an die Möglichkeit denke, ihn einst mit ihrer Hand zu erfreuen, jetzt gleich notwendig ein Schritt dazu geschehen müsse, um den Folgen seiner rasenden Tat vorzubeugen. Die Mutter war derselben Meinung, und behauptete, daß zuletzt das Wagstück nicht allzugroß wäre, indem bei so vielen vortrefflichen Eigenschaften, die er in jener Nacht, da das Fort von den Russen erstürmt ward, entwickelte, kaum zu fürchten sei, daß sein übriger Lebenswandel ihnen nicht entsprechen sollte. Die Marquise sah, mit dem Ausdruck der lebhaftesten Unruhe, vor sich nieder. Man könnte ihm ja, fuhr die Mutter fort, indem sie ihre Hand ergriff, etwa eine Erklärung, daß du, bis zu seiner Rückkehr von Neapel, in keine andere Verbindung eingehen wollest, zukommen lassen. Die Marquise sagte: *diese* Erklärung, liebste Mutter, kann ich ihm geben; ich fürchte nur, daß sie ihn nicht beruhigen, und uns verwickeln wird. Das sei meine Sorge! erwiderte die Mutter, mit lebhafter Freude; und sah sich nach dem Kommandanten um. Lorenzo! fragte sie, was meinst du? und machte Anstalten, sich vom Sitz zu erheben. Der Kommandant, der alles gehört hatte, stand am Fenster, sah auf die Straße hinaus, und sagte nichts. Der Forstmeister versicherte, daß er, mit dieser unschädlichen Erklärung, den Grafen aus dem Hause zu schaffen, sich anheischig mache. Nun so macht! macht! macht! rief der Vater, indem er sich umkehrte: ich muß mich diesem Russen schon zum zweitenmal ergeben! – Hierauf sprang die Mutter auf, küßte ihn und die Tochter, und fragte, indem der Vater über ihre Geschäftigkeit lächelte, wie man dem Grafen jetzt diese Erklärung augenblicklich hinterbringen solle? Man beschloß, auf den Vorschlag des Forstmeisters, ihn bitten zu lassen, sich, falls er noch nicht entkleidet sei, gefälligst auf einen Augenblick zur Familie zu verfügen. Er werde gleich die Ehre haben zu erscheinen! ließ der Graf antworten, und kaum war der Kammerdiener mit dieser Meldung zurück, als er schon selbst, mit Schritten, die die Freude beflügelte, ins Zimmer trat, und zu den Füßen der Marquise, in der allerlebhaftesten Rührung niedersank. Der Kommandant wollte etwas sagen: doch er, indem er aufstand, versetzte, er wisse genug! küßte ihm und der Mutter die Hand, umarmte den Bruder, und bat nur um die Gefälligkeit, ihm sogleich zu einem Reisewagen zu verhelfen. Die Marquise, obschon von diesem Auftritt bewegt, sagte doch: ich fürchte nicht, Herr Graf, daß Ihre rasche Hoffnung Sie zu weit – Nichts! Nichts! versetzte der Graf; es ist nichts geschehen, wenn die Erkundigungen, die Sie über mich einziehen mögen, dem Gefühl widersprechen, das mich zu Ihnen in dies Zimmer zurückberief. Hierauf umarmte der Kommandant ihn auf das herzlichste, der Forstmeister bot ihm sogleich seinen eigenen Reisewagen an, ein Jäger flog auf die Post, Kurierpferde auf Prämien zu bestellen, und Freude war bei dieser Abreise, wie noch niemals bei einem Empfang. Er hoffe, sagte der Graf, die Depeschen in B... einzuholen, von wo er jetzt einen näheren Weg nach Neapel, als über M... einschlagen würde; in Neapel würde er sein Möglichstes tun, die fernere Geschäftsreise nach Konstantinopel abzulehnen; und da er, auf den äußersten Fall, entschlossen wäre, sich krank anzugeben, so versicherte er, daß wenn nicht unvermeidliche Hindernisse ihn abhielten, er in Zeit von vier bis sechs Wochen unfehlbar wieder in M... sein würde. Hierauf meldete sein Jäger, daß der Wagen angespannt, und alles zur Abreise bereit sei. Der Graf nahm seinen Hut, trat vor die Marquise, und ergriff ihre Hand. Nun denn, sprach er, Julietta, so bin ich einigermaßen beruhigt; und legte seine Hand in die ihrige; obschon es mein sehnlichster Wunsch war, mich noch vor meiner Abreise mit Ihnen zu vermählen. Vermählen! riefen alle Mitglieder der Familie aus. Vermählen, wiederholte der Graf, küßte der Marquise die Hand, und versicherte, da diese fragte, ob er von Sinnen sei: es würde ein Tag kommen, wo sie ihn verstehen würde! Die Familie wollte auf ihn böse werden; doch er nahm gleich auf das wärmste von allen Abschied, bat sie, über diese Äußerung nicht weiter nachzudenken, und reiste ab.

Mehrere Wochen, in welchen die Familie, mit sehr verschiedenen Empfindungen, auf den Ausgang dieser sonderbaren Sache gespannt war, verstrichen. Der Kommandant empfing vom General K..., dem Onkel des Grafen, eine höfliche Zuschrift; der Graf selbst schrieb aus Neapel; die Erkundigungen, die man über ihn einzog, sprachen ziemlich zu seinem Vorteil; kurz, man hielt die Verlobung schon für so gut, wie abgemacht: als sich die Kränklichkeiten der Marquise, mit größerer Lebhaftigkeit, als jemals, wieder einstellten. Sie bemerkte eine unbegreifliche Veränderung ihrer Gestalt. Sie entdeckte sich mit völliger Freimütigkeit ihrer Mutter, und sagte, sie wisse nicht, was sie von ihrem Zustand denken solle. Die Mutter, welche so sonderbare Zufälle für die Gesundheit ihrer Tochter äußerst besorgt machten, verlangte, daß sie einen Arzt zu Rate ziehe. Die Marquise, die durch ihre Natur zu siegen hoffte, sträubte sich dagegen; sie brachte mehrere Tage noch, ohne dem Rat der Mutter zu folgen, unter den empfindlichsten Leiden zu: bis Gefühle, immer wiederkehrend und von so wunderbarer Art, sie in die lebhafteste Unruhe stürzten. Sie ließ einen Arzt rufen, der das Vertrauen ihres Vaters besaß, nötigte ihn, da gerade die Mutter abwesend war, auf den Diwan nieder, und eröffnete ihm, nach einer kurzen Einleitung, scherzend, was sie von sich glaube. Der Arzt warf einen forschenden Blick auf sie; schwieg noch, nachdem er eine genaue Untersuchung vollendet hatte, eine Zeitlang: und antwortete dann mit einer sehr ernsthaften Miene, daß die Frau Marquise ganz richtig urteile. Nachdem er sich auf die Frage der Dame, wie er dies verstehe, ganz deutlich erklärt, und mit einem Lächeln, das er nicht unterdrücken konnte, gesagt hatte, daß sie ganz gesund sei, und keinen Arzt brauche, zog die Marquise, und sah ihn sehr streng von der Seite an, die Klingel, und bat ihn, sich zu entfernen. Sie äußerte halblaut, als ob er der Rede nicht wert wäre, vor sich nieder murmelnd: daß sie nicht Lust hätte, mit ihm über Gegenstände dieser Art zu scherzen. Der Doktor erwiderte empfindlich: er müsse wünschen, daß sie immer zum Scherz so wenig aufgelegt gewesen wäre, wie jetzt; nahm Stock und Hut, und machte Anstalten, sich sogleich zu empfehlen. Die Marquise versicherte, daß sie von diesen Beleidigungen ihren Vater unterrichten würde. Der Arzt antwortete, daß er seine Aussage vor Gericht beschwören könne: öffnete die Tür, verneigte sich, und wollte das Zimmer verlassen. Die Marquise fragte, da er noch einen Handschuh, den er hatte fallen lassen, von der Erde aufnahm: und die Möglichkeit davon, Herr Doktor? Der Doktor erwiderte, daß er ihr die letzten Gründe der Dinge nicht werde zu erklären brauchen; verneigte sich ihr noch einmal, und ging ab.

Die Marquise stand, wie vom Donner gerührt. Sie raffte sich auf, und wollte zu ihrem Vater eilen; doch der sonderbare Ernst des Mannes, von dem sie sich beleidigt sah, lähmte alle ihre Glieder. Sie warf sich in der größten Bewegung auf den Diwan nieder. Sie durchlief, gegen sich selbst mißtrauisch, alle Momente des verflossenen Jahres, und hielt sich für verrückt, wenn sie an den letzten dachte. Endlich erschien die Mutter; und auf die bestürzte Frage, warum sie so unruhig sei? erzählte ihr die Tochter, was ihr der Arzt soeben eröffnet hatte. Frau von G... nannte ihn einen Unverschämten und Nichtswürdigen, und bestärkte die Tochter in dem Entschluß, diese Beleidigung dem Vater zu entdecken. Die Marquise versicherte, daß es sein völliger Ernst gewesen sei, und daß er entschlossen scheine, dem Vater ins Gesicht seine rasende Behauptung zu wiederholen. Frau von G... fragte, nicht wenig erschrocken, ob sie denn an die Möglichkeit eines solchen Zustandes glaube? Eher, antwortete die Marquise, daß die Gräber befruchtet werden, und sich dem Schoße der Leichen eine Geburt entwickeln wird! Nun, du liebes wunderliches Weib, sagte die Obristin, indem sie sie fest an sich drückte: was beunruhigt dich denn? Wenn dein Bewußtsein dich rein spricht: wie kann dich ein Urteil, und wäre es das einer ganzen Konsulta von Ärzten, nur kümmern? Ob das seinige aus Irrtum, ob es aus Bosheit entsprang: gilt es dir nicht völlig gleichviel? Doch schicklich ist es, daß wir es dem Vater entdecken. – O Gott! sagte die Marquise, mit einer konvulsivischen Bewegung: wie kann ich mich beruhigen. Hab ich nicht mein eignes, innerliches, mir nur allzuwohlbekanntes Gefühl gegen mich? Würd ich nicht, wenn ich in einer andern meine Empfindung wüßte, von ihr selbst urteilen, daß es damit seine Richtigkeit habe? Es ist entsetzlich, versetzte die Obristin. Bosheit! Irrtum! fuhr die Marquise fort. Was kann dieser Mann, der uns bis auf den heutigen Tag schätzenswürdig erschien, für Gründe haben, mich auf eine so mutwillige und niederträchtige Art zu kränken? Mich, die ihn nie beleidigt hatte? Die ihn mit Vertrauen, und dem Vorgefühl zukünftiger Dankbarkeit, empfing? Bei der er, wie seine ersten Worte zeugten, mit dem reinen und unverfälschten Willen erschien, zu helfen, nicht Schmerzen, grimmigere, als ich empfand, erst zu erregen? Und wenn ich in der Notwendigkeit der Wahl, fuhr sie fort, während die Mutter sie unverwandt ansah, an einen Irrtum glauben wollte: ist es wohl möglich, daß ein Arzt, auch nur von mittelmäßiger Geschicklichkeit, in solchem Falle irre? – Die Obristin sagte ein wenig spitz: und gleichwohl muß es doch notwendig eins oder das andere gewesen sein. Ja! versetzte die Marquise, meine teuerste Mutter, indem sie ihr, mit dem Ausdruck der gekränkten Würde, hochrot im Gesicht glühend, die Hand küßte: das muß es! Obschon die Umstände so außerordentlich sind, daß es mir erlaubt ist, daran zu zweifeln. Ich schwöre, weil es doch einer Versicherung bedarf, daß mein Bewußtsein, gleich dem meiner Kinder ist; nicht reiner, Verehrungswürdigste, kann das Ihrige sein. Gleichwohl bitte ich Sie, mir eine Hebamme rufen zu lassen, damit ich mich von dem, was ist, überzeuge, und gleichviel alsdann, *was* es sei, beruhige. Eine Hebamme! rief Frau von G... mit Entwürdigung. Ein reines Bewußtsein, und eine Hebamme! Und die Sprache ging ihr aus. Eine Hebamme, meine teuerste Mutter, wiederholte die Marquise, indem sie sich auf Knieen vor ihr niederließ; und das augenblicklich, wenn ich nicht wahnsinnig werden soll. O sehr gern, versetzte die Obristin; nur bitte ich, das Wochenlager nicht in meinem Hause zu halten. Und damit stand sie auf, und wollte das Zimmer verlassen. Die Marquise, ihr mit ausgebreiteten Armen folgend, fiel ganz auf das Gesicht nieder, und umfaßte ihre Kniee. Wenn irgend ein unsträfliches Leben, rief sie, mit der Beredsamkeit des Schmerzes, ein Leben, nach Ihrem Muster geführt, mir ein Recht auf Ihre Achtung gibt, wenn irgend ein mütterliches Gefühl auch nur, so lange meine Schuld nicht sonnenklar entschieden ist, in Ihrem Busen für mich spricht: so verlassen Sie mich in diesen entsetzlichen Augenblicken nicht. – Was ist es, das dich beunruhigt? fragte die Mutter. Ist es weiter nichts, als der Ausspruch des Arztes? Weiter nichts, als dein innerliches Gefühl? Nichts weiter, meine Mutter, versetzte die Marquise, und legte ihre Hand auf die Brust. Nichts, Julietta? fuhr die Mutter fort. Besinne dich. Ein Fehltritt, so unsäglich er mich schmerzen würde, er ließe sich, und ich müßte ihn zuletzt verzeihn; doch wenn du, um einem mütterlichen Verweis auszuweichen, ein Märchen von der Umwälzung der Weltordnung ersinnen, und gotteslästerliche Schwüre häufen könntest, um es meinem, dir nur allzugerngläubigen, Herzen aufzubürden: so wäre das schändlich; ich würde dir niemals wieder gut werden. – Möge das Reich der Erlösung einst so offen vor mir liegen, wie meine Seele vor Ihnen, rief die Marquise. Ich verschwieg Ihnen nichts, meine Mutter. – Diese Äußerung, voll Pathos getan, erschütterte die Mutter. O Himmel! rief sie: mein liebenswürdiges Kind! Wie rührst du mich! Und hob sie auf, und küßte sie, und drückte sie an ihre Brust. Was denn, in aller Welt, fürchtest du? Komm, du bist sehr krank. Sie wollte sie in ein Bett führen. Doch die Marquise, welcher die Tränen häufig flossen, versicherte, daß sie sehr gesund wäre, und daß ihr gar nichts fehle, außer jenem sonderbaren und unbegreiflichen Zustand. – Zustand! rief die Mutter wieder; welch ein Zustand? Wenn dein Gedächtnis über die Vergangenheit so sicher ist, welch ein Wahnsinn der Furcht ergriff dich? Kann ein innerliches Gefühl denn, das doch nur dunkel sich regt, nicht trügen? Nein! Nein! sagte die Marquise, es trügt mich nicht! Und wenn Sie die Hebamme rufen lassen wollen, so werden Sie hören, daß das Entsetzliche, mich Vernichtende, wahr ist. – Komm, meine liebste Tochter, sagte Frau von G..., die für ihren Verstand zu fürchten anfing. Komm, folge mir, und lege dich zu Bett. Was meintest du, daß dir der Arzt gesagt hat? Wie dein Gesicht glüht! Wie du an allen Gliedern so zitterst! Was war es schon, das dir der Arzt gesagt hat? Und damit zog sie die Marquise, ungläubig nunmehr an den ganzen Auftritt, den sie ihr erzählt hatte, mit sich fort. – Die Marquise sagte: Liebe! Vortreffliche! indem sie mit weinenden Augen lächelte. Ich bin meiner Sinne mächtig. Der Arzt hat mir gesagt, daß ich in gesegneten Leibesumständen bin. Lassen Sie die Hebamme rufen: und sobald sie sagt, daß es nicht wahr ist, bin ich wieder ruhig. Gut, gut! erwiderte die Obristin, die ihre Angst unterdrückte. Sie soll gleich kommen; sie soll gleich, wenn du dich von ihr willst auslachen lassen, erscheinen, und dir sagen, daß du eine Träumerin, und nicht recht klug bist. Und damit zog sie die Klingel, und schickte augenblicklich einen ihrer Leute, der die Hebamme rufe.

Die Marquise lag noch, mit unruhig sich hebender Brust, in den Armen ihrer Mutter, als diese Frau erschien, und die Obristin ihr, an welcher seltsamen Vorstellung ihre Tochter krank liege, eröffnete. Die Frau Marquise schwöre, daß sie sich tugendhaft verhalten habe, und gleichwohl halte sie, von einer unbegreiflichen Empfindung getäuscht, für nötig, daß eine sachverständige Frau ihren Zustand untersuche. Die Hebamme, während sie sich von demselben unterrichtete, sprach von jungem Blut und der Arglist der Welt; äußerte, als sie ihr Geschäft vollendet hatte, dergleichen Fälle wären ihr schon vorgekommen; die jungen Witwen, die in ihre Lage kämen, meinten alle auf wüsten Inseln gelebt zu haben; beruhigte inzwischen die Frau Marquise, und versicherte sie, daß sich der muntere Korsar, der zur Nachtzeit gelandet, schon finden würde. Bei diesen Worten fiel die Marquise in Ohnmacht. Die Obristin, die ihr mütterliches Gefühl nicht überwältigen konnte, brachte sie zwar, mit Hülfe der Hebamme, wieder ins Leben zurück. Doch die Entrüstung siegte, da sie erwacht war. Julietta! rief die Mutter mit dem lebhaftesten Schmerz. Willst du dich mir entdecken, willst du den Vater mir nennen? Und schien noch zur Versöhnung geneigt. Doch als die Marquise sagte, daß sie wahnsinnig werden würde, sprach die Mutter, indem sie sich vom Diwan erhob: geh! geh! du bist nichtswürdig! Verflucht sei die Stunde, da ich dich gebar! und verließ das Zimmer.

Die Marquise, der das Tageslicht von neuem schwinden wollte, zog die Geburtshelferin vor sich nieder, und legte ihr Haupt heftig zitternd an ihre Brust. Sie fragte, mit gebrochener Stimme, wie denn die Natur auf ihren Wegen walte? Und ob die Möglichkeit einer unwissentlichen Empfängnis sei? – Die Hebamme lächelte, machte ihr das Tuch los, und sagte, das würde ja doch der Frau Marquise Fall nicht sein. Nein, nein, antwortete die Marquise, sie habe wissentlich empfangen, sie wolle nur im allgemeinen wissen, ob diese Erscheinung im Reiche der Natur sei? Die Hebamme versetzte, daß dies, außer der heiligen Jungfrau, noch keinem Weibe auf Erden zugestoßen wäre. Die Marquise zitterte immer heftiger. Sie glaubte, daß sie augenblicklich niederkommen würde, und bat die Geburtshelferin, indem sie sich mit krampfhafter Beängstigung an sie schloß, sie nicht zu verlassen. Die Hebamme beruhigte sie. Sie versicherte, daß das Wochenbett noch beträchtlich entfernt wäre, gab ihr auch die Mittel an, wie man, in solchen Fällen, dem Leumund der Welt ausweichen könne, und meinte, es würde noch alles gut werden. Doch da diese Trostgründe der unglücklichen Dame völlig wie Messerstiche durch die Brust fuhren, so sammelte sie sich, sagte, sie befände sich besser, und bat ihre Gesellschafterin sich zu entfernen.

Kaum war die Hebamme aus dem Zimmer, als ihr ein Schreiben von der Mutter gebracht ward, in welchem diese sich so ausließ: »Herr von G... wünsche, unter den obwaltenden Umständen, daß sie sein Haus verlasse. Er sende ihr hierbei die über ihr Vermögen lautenden Papiere, und hoffe daß ihm Gott den Jammer ersparen werde, sie wieder zu sehen.« – Der Brief war inzwischen von Tränen benetzt; und in einem Winkel stand ein verwischtes Wort: diktiert. – Der Marquise stürzte der Schmerz aus den Augen. Sie ging, heftig über den Irrtum ihrer Eltern weinend, und über die Ungerechtigkeit, zu welcher diese vortrefflichen Menschen verführt wurden, nach den Gemächern ihrer Mutter. Es hieß, sie sei bei ihrem Vater; sie wankte nach den Gemächern ihres Vaters. Sie sank, als sie die Türe verschlossen fand, mit jammernder Stimme, alle Heiligen zu Zeugen ihrer Unschuld anrufend, vor derselben nieder. Sie mochte wohl schon einige Minuten hier gelegen haben, als der Forstmeister daraus hervortrat, und zu ihr mit flammendem Gesicht sagte: sie höre daß der Kommandant sie nicht sehen wolle. Die Marquise rief: mein liebster Bruder! unter vielem Schluchzen; drängte sich ins Zimmer, und rief: mein teuerster Vater! und streckte die Arme nach ihm aus. Der Kommandant wandte ihr, bei ihrem Anblick, den Rücken zu, und eilte in sein

Schlafgemach. Er rief, als sie ihn dahin verfolgte, hinweg! und wollte die Türe zuwerfen; doch da sie, unter Jammern und Flehen, daß er sie schließe, verhinderte, so gab er plötzlich nach und eilte, während die Marquise zu ihm hineintrat, nach der hintern Wand. Sie warf sich ihm, der ihr den Rücken zugekehrt hatte, eben zu Füßen, und umfaßte zitternd seine Kniee, als ein Pistol, das er ergriffen hatte, in dem Augenblick, da er es von der Wand herabriß, losging, und der Schuß schmetternd in die Decke fuhr. Herr meines Lebens! rief die Marquise, erhob sich leichenblaß von ihren Knieen, und eilte aus seinen Gemächern wieder hinweg. Man soll sogleich anspannen, sagte sie, indem sie in die ihrigen trat; setzte sich, matt bis in den Tod, auf einen Sessel nieder, zog ihre Kinder eilfertig an, und ließ die Sachen einpacken. Sie hatte eben ihr Kleinstes zwischen den Knieen, und schlug ihm noch ein Tuch um, um nunmehr, da alles zur Abreise bereit war, in den Wagen zu steigen: als der Forstmeister eintrat, und auf Befehl des Kommandanten die Zurücklassung und Überlieferung der Kinder von ihr forderte. Dieser Kinder? fragte sie; und stand auf. Sag deinem unmenschlichen Vater, daß er kommen, und mich niederschießen, nicht aber mir meine Kinder entreißen könne! Und hob, mit dem ganzen Stolz der Unschuld gerüstet, ihre Kinder auf, trug sie ohne daß der Bruder gewagt hätte, sie anzuhalten, in den Wagen, und fuhr ab.

Durch diese schöne Anstrengung mit sich selbst bekannt gemacht, hob sie sich plötzlich, wie an ihrer eigenen Hand, aus der ganzen Tiefe, in welche das Schicksal sie herabgestürzt hatte, empor. Der Aufruhr, der ihre Brust zerriß, legte sich, als sie im Freien war, sie küßte häufig die Kinder, diese ihre liebe Beute, und mit großer Selbstzufriedenheit gedachte sie, welch einen Sieg sie, durch die Kraft ihres schuldfreien Bewußtseins, über ihren Bruder davon getragen hatte. Ihr Verstand, stark genug, in ihrer sonderbaren Lage nicht zu reißen, gab sich ganz unter der großen, heiligen und unerklärlichen Einrichtung der Welt gefangen. Sie sah die Unmöglichkeit ein, ihre Familie von ihrer Unschuld zu überzeugen, begriff, daß sie sich darüber trösten müsse, falls sie nicht untergehen wolle, und wenige Tage nur waren nach ihrer Ankunft in V... verflossen, als der Schmerz ganz und gar dem heldenmütigen Vorsatz Platz machte, sich mit Stolz gegen die Anfälle der Welt zu rüsten. Sie beschloß, sich ganz in ihr Innerstes zurückzuziehen, sich, mit ausschließendem Eifer, der Erziehung ihrer beiden Kinder zu widmen, und des Geschenks, das ihr Gott mit dem dritten gemacht hatte, mit voller mütterlichen Liebe zu pflegen. Sie machte Anstalten, in wenig Wochen, sobald sie ihre Niederkunft überstanden haben würde, ihren schönen, aber durch die lange Abwesenheit ein wenig verfallenen Landsitz wieder herzustellen; saß in der Gartenlaube, und dachte, während sie kleine Mützen, und Strümpfe für kleine Beine strickte, wie sie die Zimmer bequem verteilen würde; auch, welches sie mit Büchern füllen, und in welchem die Staffelei am schicklichsten stehen würde. Und so war der Zeitpunkt, da der Graf F... von Neapel wiederkehren sollte, noch nicht abgelaufen, als sie schon völlig mit dem

Schicksal, in ewig klösterlicher Eingezogenheit zu leben, vertraut war. Der Türsteher erhielt Befehl, keinen Menschen im Hause vorzulassen. Nur der Gedanke war ihr unerträglich, daß dem jungen Wesen, das sie in der größten Unschuld und Reinheit empfangen hatte, und dessen Ursprung, eben weil er geheimnisvoller war, auch göttlicher zu sein schien, als der anderer Menschen, ein Schandfleck in der bürgerlichen Gesellschaft ankleben sollte. Ein sonderbares Mittel war ihr eingefallen, den Vater zu entdecken: ein Mittel, bei dem sie, als sie es zuerst dachte, das Strickzeug selbst vor Schrecken aus der Hand fallen ließ. Durch ganze Nächte, in unruhiger Schlaflosigkeit durchwacht, ward es gedreht und gewendet um sich an seine ihr innerstes Gefühl verletzende, Natur zu gewöhnen. Immer noch sträubte sie sich, mit dem Menschen, der sie so hintergangen hatte, in irgend ein Verhältnis zu treten: indem sie sehr richtig schloß, daß derselbe doch, ohne alle Rettung, zum Auswurf seiner Gattung gehören müsse, und, auf welchem Platz der Welt man ihn auch denken wolle, nur aus dem zertretensten und unflätigsten Schlamm derselben, hervorgegangen sein könne. Doch da das Gefühl ihrer Selbständigkeit immer lebhafter in ihr ward, und sie bedachte, daß der Stein seinen Wert behält, er mag auch eingefaßt sein, wie man wolle, so griff sie eines Morgens, da sich das junge Leben wieder in ihr regte, ein Herz, und ließ jene sonderbare Aufforderung in die Intelligenzblätter von M... rücken, die man am Eingang dieser Erzählung gelesen hat.

Der Graf F..., den unvermeidliche Geschäfte in Neapel aufhielten, hatte inzwischen zum zweitenmal an die Marquise geschrieben, und sie aufgefordert, es möchten fremde Umstände eintreten, welche da wollten, ihrer, ihm gegebenen, stillschweigenden Erklärung getreu zu bleiben. Sobald es ihm geglückt war, seine fernere Geschäftsreise nach Konstantinopel abzulehnen, und es seine übrigen Verhältnisse gestatteten, ging er augenblicklich von Neapel ab, und kam auch richtig, nur wenige Tage nach der von ihm bestimmten Frist, in M... an. Der Kommandant empfing ihn mit einem verlegenen Gesicht, sagte, daß ein notwendiges Geschäft ihn aus dem Hause nötige, und forderte den Forstmeister auf, ihn inzwischen zu unterhalten. Der Forstmeister zog ihn auf sein Zimmer, und fragte ihn, nach einer kurzen Begrüßung, ob er schon wisse, was sich während seiner Abwesenheit in dem Hause des Kommandanten zugetragen habe. Der Graf antwortete, mit einer flüchtigen Blässe: nein. Hierauf unterrichtete ihn der Forstmeister von der Schande, die die Marquise über die Familie gebracht hatte, und gab ihm die Geschichtserzählung dessen, was unsre Leser soeben erfahren haben. Der Graf schlug sich mit der Hand vor die Stirn. Warum legte man mir so viele Hindernisse in den Weg! rief er in der Vergessenheit seiner. Wenn die Vermählung erfolgt wäre: so wäre alle Schmach und jedes Unglück uns erspart! Der Forstmeister fragte, indem er ihn anglotzte, ob er rasend genug wäre, zu wünschen, mit dieser Nichtswürdigen vermählt zu sein? Der Graf erwiderte, daß sie mehr wert wäre, als die ganze Welt, die sie verachtete; daß ihre Erklärung über ihre

Unschuld vollkommnen Glauben bei ihm fände; und daß er noch heute nach V... gehen, und seinen Antrag bei ihr wiederholen würde. Er ergriff auch sogleich seinen Hut, empfahl sich dem Forstmeister, der ihn für seiner Sinne völlig beraubt hielt, und ging ab.

Er bestieg ein Pferd und sprengte nach V... hinaus. Als er am Tore abgestiegen war, und in den Vorplatz treten wollte, sagte ihm der Türsteher, daß die Frau Marquise keinen Menschen spräche. Der Graf fragte, ob diese, für Fremde getroffene, Maßregel auch einem Freund des Hauses gälte; worauf jener antwortete, daß er von keiner Ausnahme wisse, und bald darauf, auf eine zweideutige Art hinzusetzte: ob er vielleicht der Graf F... wäre? Der Graf erwiderte, nach einem forschenden Blick, nein; und äußerte, zu seinem Bedienten gewandt, doch so, daß jener es hören konnte, er werde, unter solchen Umständen, in einem Gasthofe absteigen, und sich bei der Frau Marquise schriftlich anmelden. Sobald er inzwischen dem Türsteher aus den Augen war, bog er um eine Ecke, und umschlich die Mauer eines weitläufigen Gartens, der sich hinter dem Hause ausbreitete. Er trat durch eine Pforte, die er offen fand, in den Garten, durchstrich die Gänge desselben, und wollte eben die hintere Rampe hinaufsteigen, als er, in einer Laube, die zur Seite lag, die Marquise, in ihrer lieblichen und geheimnisvollen Gestalt, an einem kleinen Tischchen emsig arbeiten sah. Er näherte sich ihr so, daß sie ihn nicht früher erblicken konnte, als bis er am Eingang der Laube, drei kleine Schritte von ihren Füßen, stand. Der Graf F...! sagte die Marquise, als sie die Augen aufschlug, und die Röte der Überraschung überflog ihr Gesicht. Der Graf lächelte, blieb noch eine Zeitlang, ohne sich im Eingang zu rühren, stehen; setzte sich dann, mit so bescheidener Zudringlichkeit, als sie nicht zu erschrecken nötig war, neben ihr nieder, und schlug, ehe sie noch, in ihrer sonderbaren Lage, einen Entschluß gefaßt hatte, seinen Arm sanft um ihren lieben Leib. Von wo, Herr Graf, ist es möglich, fragte die Marquise – und sah schüchtern vor sich auf die Erde nieder. Der Graf sagte: von M..., und drückte sie ganz leise an sich; durch eine hintere Pforte, die ich offen fand. Ich glaubte auf Ihre Verzeihung rechnen zu dürfen, und trat ein. Hat man Ihnen denn in M... nicht gesagt –? – fragte sie, und rührte noch kein Glied in seinen Armen. Alles, geliebte Frau, versetzte der Graf; doch von Ihrer Unschuld völlig überzeugt – Wie! rief die Marquise, indem sie aufstand, und sich loswickelte; und Sie kommen gleichwohl? – Der Welt zum Trotz, fuhr er fort, indem er sie festhielt, und Ihrer Familie zum Trotz, und dieser lieblichen Erscheinung sogar zum Trotz; wobei er einen glühenden Kuß auf ihre Brust drückte. – Hinweg! rief die Marquise – So überzeugt, sagte er, Julietta, als ob ich allwissend wäre, als ob meine Seele in deiner Brust wohnte – Die Marquise rief: Lassen Sie mich! Ich komme, schloß er – und ließ sie nicht – meinen Antrag zu wiederholen, und das Los der Seligen, wenn Sie mich erhören wollen, von Ihrer Hand zu empfangen. Lassen Sie mich augenblicklich! rief die Marquise; ich befehls Ihnen! riß sich gewaltsam aus seinen Armen, und entfloh. Geliebte! Vortreffliche! flüsterte er, indem er wieder aufstand, und ihr folgte. – Sie hören! rief die Marquise, und wandte sich, und wich ihm aus. Ein einziges, heimliches, geflüstertes –! sagte der Graf, und griff hastig nach ihrem glatten, ihm entschlüpfenden Arm. – Ich *will nichts* wissen, versetzte die Marquise, stieß ihn heftig vor die Brust zurück, eilte auf die Rampe, und verschwand.

Er war schon halb auf die Rampe gekommen, um sich, es koste, was es wolle, bei ihr Gehör zu verschaffen, als die Tür vor ihm zuflog, und der Riegel heftig, mit verstörter Beeiferung, vor seinen Schritten zurasselte. Unschlüssig, einen Augenblick, was unter solchen Umständen zu tun sei, stand er, und überlegte, ob er durch ein, zur Seite offen stehendes Fenster einsteigen, und seinen Zweck, bis er ihn erreicht, verfolgen solle; doch so schwer es ihm auch in jedem Sinne war, umzukehren, diesmal schien es die Notwendigkeit zu erfordern, und grimmig erbittert über sich, daß er sie aus seinen Armen gelassen hatte, schlich er die Rampe hinab, und verließ den Garten, um seine Pferde aufzusuchen. Er fühlte daß der Versuch, sich an ihrem Busen zu erklären, für immer fehlgeschlagen sei, und ritt schrittweis, indem er einen Brief überlegte, den er jetzt zu schreiben verdammt war, nach M... zurück. Abends, da er sich, in der übelsten Laune von der Welt, bei einer öffentlichen Tafel eingefunden hatte, traf er den Forstmeister an, der ihn auch sogleich befragte, ob er seinen Antrag in V... glücklich angebracht habe? Der Graf antwortete kurz: nein! und war sehr gestimmt, ihn mit einer bitteren Wendung abzufertigen; doch um der Höflichkeit ein Genüge zu tun, setzte er nach einer Weile hinzu: er habe sich entschlossen, sich schriftlich an sie zu wenden, und werde damit in kurzem ins Reine sein. Der Forstmeister sagte: er sehe mit Bedauern, daß seine Leidenschaft für die Marquise ihn seiner Sinne beraube. Er müsse ihm inzwischen versichern, daß sie bereits auf dem Wege sei, eine andere Wahl zu treffen; klingelte nach den neuesten Zeitungen, und gab ihm das Blatt, in welchem die Aufforderung derselben an den Vater ihres Kindes eingerückt war. Der Graf durchlief, indem ihm das Blut ins Gesicht schoß, die Schrift. Ein Wechsel von Gefühlen durchkreuzte ihn. Der Forstmeister fragte, ob er nicht glaube, daß die Person, die die Frau Marquise suche, sich finden werde? – Unzweifelhaft! versetzte der Graf, indessen er mit ganzer Seele über dem Papier lag, und den Sinn desselben gierig verschlang. Darauf nachdem er einen Augenblick, während er das Blatt zusammenlegte, an das Fenster getreten war, sagte er: nun ist es gut! nun weiß ich, was ich zu tun habe! kehrte sich sodann um; und fragte den Forstmeister noch, auf eine verbindliche Art, ob man ihn bald wiedersehen werde; empfahl sich ihm, und ging, völlig ausgesöhnt mit seinem Schicksal, fort. –

Inzwischen waren in dem Hause des Kommandanten die lebhaftesten Auftritte vorgefallen. Die Obristin war über die zerstörende Heftigkeit ihres Gatten und über die Schwäche, mit welcher sie sich, bei der tyrannischen Verstoßung der Tochter, von ihm hatte unterjochen lassen, äußerst erbittert. Sie war, als der Schuß in des Kommandanten Schlafgemach fiel, und die Tochter aus demselben hervorstürzte, in eine Ohnmacht gesunken, aus der sie sich zwar bald wieder erholte; doch der Kommandant hatte, in dem Augenblick ihres Erwachens, weiter nichts gesagt, als, es täte ihm leid, daß sie diesen Schrecken umsonst gehabt, und das abgeschossene Pistol auf einen Tisch geworfen. Nachher, da von der Abforderung der Kinder die Rede war, wagte sie schüchtern, zu erklären, daß man zu einem solchen Schritt kein Recht habe; sie bat mit einer, durch die gehabte Anwandlung, schwachen und rührenden Stimme, heftige Auftritte im Hause zu vermeiden; doch der Kommandant erwiderte weiter nichts, als, indem er sich zum Forstmeister wandte, vor Wut schäumend: geh! und schaff sie mir! Als der zweite Brief des Grafen F... ankam, hatte der Kommandant befohlen, daß er nach V... zur Marquise herausgeschickt werden solle, welche ihn, wie man nachher durch den Boten erfuhr, bei Seite gelegt, und gesagt hatte, es wäre gut. Die Obristin, der in der ganzen Begebenheit so vieles, und besonders die Geneigtheit der Marquise, eine neue, ihr ganz gleichgültige Vermählung einzugehen, dunkel war, suchte vergebens, diesen Umstand zur Sprache zu bringen. Der Kommandant bat immer, auf eine Art, die einem Befehle gleich sah, zu schweigen; versicherte, indem er einst, bei einer solchen Gelegenheit, ein Porträt herabnahm, das noch von ihr an der Wand hing, daß er sein Gedächtnis ihrer ganz zu vertilgen wünsche; und meinte, er hätte keine Tochter mehr. Drauf erschien der sonderbare Aufruf der Marquise in den Zeitungen. Die Obristin, die auf das lebhafteste darüber betroffen war, ging mit dem Zeitungsblatt, das sie von dem Kommandanten erhalten hatte, in sein Zimmer, wo sie ihn an einem Tisch arbeitend fand, und fragte ihn, was er in aller Welt davon halte? Der Kommandant sagte, indem er fortschrieb: o! sie ist unschuldig. Wie! rief Frau von G..., mit dem alleräußersten Erstaunen: unschuldig? Sie hat es im Schlaf getan, sagte der Kommandant, ohne aufzusehen. Im Schlafe! versetzte Frau von G... Und ein so ungeheurer Vorfall wäre –? Die Närrin! rief der Kommandant, schob die Papiere über einander, und ging weg.

Am nächsten Zeitungstage las die Obristin, da beide beim Frühstück saßen, in einem Intelligenzblatt, das eben ganz feucht von der Presse kam, folgende Antwort:

»Wenn die Frau Marquise von O... sich, am 3ten ... 11 Uhr morgens, im Hause des Herrn von G..., ihres Vaters, einfinden will: so wird sich derjenige, den sie sucht, ihr daselbst zu Füßen werfen.« –

Der Obristin verging, ehe sie noch auf die Hälfte dieses unerhörten Artikels gekommen war, die Sprache; sie überflog das Ende, und reichte das Blatt dem Kommandanten dar. Der Obrist durchlas das Blatt dreimal, als ob er seinen eignen Augen nicht traute. Nun sage mir, um des Himmels willen, Lorenzo, rief die Obristin, was hältst du davon? O die Schändliche! versetzte der Kommandant, und stand auf; o die verschmitzte Heuchlerin! Zehnmal die Schamlosigkeit einer Hündin, mit zehnfacher List des Fuchses gepaart, reichen noch an die ihrige nicht! Solch eine Miene! Zwei solche Augen! Ein Cherub hat sie nicht treuer! – und jammerte und konnte sich nicht beruhigen. Aber was in aller Welt, fragte die Obristin, wenn es eine List ist, kann sie damit bezwecken? – Was sie damit bezweckt? Ihre nichtswürdige Betrügerei, mit Gewalt will sie sie durchsetzen, erwiderte der Obrist. Auswendig gelernt ist sie schon, die Fabel, die sie uns beide, sie und er, am Dritten 11 Uhr morgens hier aufbürden wollen. Mein liebes Töchterchen, soll ich sagen, das wußte ich nicht, wer konnte das denken, vergib mir, nimm meinen Segen, und sei wieder gut. Aber die Kugel dem, der am Dritten morgens über meine Schwelle tritt! Es müßte denn schicklicher sein, ihn mir durch Bedienten aus dem Hause zu schaffen. – Frau von G... sagte, nach einer nochmaligen Überlesung des Zeitungsblattes, daß wenn sie, von zwei unbegreiflichen Dingen, einem, Glauben beimessen solle, sie lieber an ein unerhörtes Spiel des Schicksals, als an diese Niederträchtigkeit ihrer sonst so vortrefflichen Tochter glauben wolle. Doch ehe sie noch vollendet hatte, rief der Kommandant schon: tu mir den Gefallen und schweig! und verließ das Zimmer. Es ist mir verhaßt, wenn ich nur davon höre.

Wenige Tage nachher erhielt der Kommandant, in Beziehung auf diesen Zeitungsartikel, einen Brief von der Marquise, in welchem sie ihn, da ihr die Gnade versagt wäre, in seinem Hause erscheinen zu dürfen, auf eine ehrfurchtsvolle und rührende Art bat, denjenigen, der sich am Dritten morgens bei ihm zeigen würde, gefälligst zu ihr nach V... hinauszuschicken. Die Obristin war gerade gegenwärtig, als der Kommandant diesen Brief empfing; und da sie auf seinem Gesicht deutlich bemerkte, daß er in seiner Empfindung irre geworden war: denn welch ein Motiv jetzt, falls es eine Betrügerei war, sollte er ihr unterlegen, da sie auf seine Verzeihung gar keine Ansprüche zu machen schien? so rückte sie, dadurch dreist gemacht, mit einem Plan hervor, den sie schon lange, in ihrer von Zweifeln bewegten Brust, mit sich herum getragen hatte. Sie sagte, während der Obrist noch, mit einer nichtssagenden Miene, in das Papier hineinsah: sie habe einen Einfall. Ob er ihr erlauben wolle, auf einen oder zwei Tage, nach V... hinauszufahren? Sie werde die Marquise, falls sie wirklich denjenigen, der ihr durch die Zeitungen, als ein Unbekannter, geantwortet, schon kenne, in eine Lage zu versetzen wissen, in welcher sich ihre Seele verraten müßte, und wenn sie die abgefeimteste Verräterin wäre. Der Kommandant erwiderte, indem er, mit einer plötzlich heftigen Bewegung, den Brief zerriß: sie wisse, daß er mit ihr nichts zu schaffen haben wolle, und er verbiete ihr, in irgend eine Gemeinschaft mit ihr zu treten. Er siegelte die zerrissenen Stücke ein, schrieb eine Adresse an die Marquise, und gab sie dem Boten, als Antwort, zurück. Die Obristin, durch diesen hartnäckigen Eigensinn, der alle Möglichkeit der Aufklärung vernichtete, heimlich erbittert, beschloß ihren Plan jetzt, gegen seinen Willen, auszuführen. Sie nahm einen von den Jägern des Kommandanten, und fuhr am nächstfolgenden Morgen, da ihr Gemahl noch im Bette lag, mit demselben nach V...

hinaus. Als sie am Tore des Landsitzes angekommen war, sagte ihr der Türsteher, daß niemand bei der Frau Marquise vorgelassen würde. Frau von G... antwortete, daß sie von dieser Maßregel unterrichtet wäre, daß er aber gleichwohl nur gehen, und die Obristin von G... bei ihr anmelden möchte. Worauf dieser versetzte, daß dies zu nichts helfen würde, indem die Frau Marquise keinen Menschen auf der Welt spräche. Frau von G... antwortete, daß sie von ihr gesprochen werden würde, indem sie ihre Mutter wäre, und daß er nur nicht länger säumen, und sein Geschäft verrichten möchte. Kaum aber war noch der Türsteher zu diesem, wie er meinte, gleichwohl vergeblichen Versuche ins Haus gegangen, als man schon die Marquise daraus hervortreten, nach dem Tore eilen, und sich auf Knieen vor dem Wagen der Obristin niederstürzen sah. Frau von G... stieg, von ihrem Jäger unterstützt, aus, und hob die Marquise, nicht ohne einige Bewegung, vom Boden auf. Die Marquise drückte sich, von Gefühlen überwältigt, tief auf ihre Hand hinab, und führte sie, indem ihr die Tränen häufig flossen, ehrfurchtsvoll in die Zimmer ihres Hauses. Meine teuerste Mutter! rief sie, nachdem sie ihr den Diwan angewiesen hatte, und noch vor ihr stehen blieb, und sich die Augen trocknete: welch ein glücklicher Zufall ist es, dem ich Ihre, mir unschätzbare Erscheinung verdanke? Frau von G... sagte, indem sie ihre Tochter vertraulich faßte, sie müsse ihr nur sagen, daß sie komme, sie wegen der Härte, mit welcher sie aus dem väterlichen Hause verstoßen worden sei, um Verzeihung zu bitten. Verzeihung! fiel ihr die Marquise ins Wort, und wollte ihre Hände küssen. Doch diese, indem sie den Handkuß vermied, fuhr fort: denn nicht nur, daß die, in den letzten öffentlichen Blättern eingerückte, Antwort auf die bewußte Bekanntmachung, mir sowohl als dem Vater, die Überzeugung von deiner Unschuld gegeben hat; so muß ich dir auch eröffnen, daß er sich selbst schon, zu unserm großen und freudigen Erstaunen, gestern im Hause gezeigt hat. Wer hat sich –? fragte die Marquise, und setzte sich bei ihrer Mutter nieder; – welcher er selbst hat sich gezeigt –? und Erwartung spannte jede ihrer Mienen. Er, erwiderte Frau von G..., der Verfasser jener Antwort, er persönlich selbst, an welchen dein Aufruf gerichtet war. – Nun denn, sagte die Marquise, mit unruhig arbeitender Brust: wer ist es? Und noch einmal: wer ist es? – Das, erwiderte Frau von G..., möchte ich dich erraten lassen. Denn denke, daß sich gestern, da wir beim Tee sitzen, und eben das sonderbare Zeitungsblatt lesen, ein Mensch, von unsrer genauesten Bekanntschaft, mit Gebärden der Verzweiflung ins Zimmer stürzt, und deinem Vater, und bald darauf auch mir, zu Füßen fällt. Wir, unwissend, was wir davon denken sollen, fordern ihn auf, zu reden. Darauf spricht er: sein Gewissen lasse ihm keine Ruhe; er sei der Schändliche, der die Frau Marquise betrogen, er müsse wissen, wie man sein Verbrechen beurteile, und wenn Rache über ihn verhängt werden solle, so komme er, sich ihr selbst darzubieten. Aber wer? wer? wer? versetzte die Marquise. Wie gesagt, fuhr Frau von G... fort, ein junger, sonst wohlerzogener Mensch, dem wir eine solche Nichtswürdigkeit niemals zugetraut hätten. Doch erschrecken wirst du nicht, meine Tochter, wenn du erfährst, daß er von niedrigem Stande, und von allen Forderungen, die man sonst an deinen Gemahl machen dürfte, entblößt ist. Gleichviel, meine vortreffliche Mutter, sagte die Marquise, er kann nicht ganz unwürdig sein, da er sich Ihnen früher als mir, zu Füßen geworfen hat. Aber, wer? wer? Sagen Sie mir nur: wer? Nun denn, versetzte die Mutter, es ist Leopardo, der Jäger, den sich der Vater jüngst aus Tirol verschrieb, und den ich, wenn du ihn wahrnahmst, schon mitgebracht habe, um ihn dir als Bräutigam vorzustellen. Leopardo, der Jäger! rief die Marquise, und drückte ihre Hand, mit dem Ausdruck der Verzweiflung, vor die Stirn. Was erschreckt dich? fragte die Obristin. Hast du Gründe, daran zu zweifeln? – Wie? Wo? Wann? fragte die Marquise verwirrt. Das, antwortete jene, will **er** nur dir anvertrauen. Scham und Liebe, meinte er, machten es ihm unmöglich, sich einer andern hierüber zu erklären, als dir. Doch wenn du willst, so öffnen wir das Vorzimmer, wo er, mit klopfendem Herzen, auf den Ausgang wartet; und du magst sehen, ob du ihm sein Geheimnis, indessen ich abtrete, entlockst. – Gott, mein Vater! rief die Marquise; ich war einst in der Mittagshitze eingeschlummert, und sah ihn von meinem Diwan gehen, als ich erwachte! – Und damit legte sie ihre kleinen Hände vor ihr in Scham erglühendes Gesicht. Bei diesen Worten sank die Mutter auf Knieen vor ihr nieder. O meine Tochter! rief sie; o du Vortreffliche! und schlug die Arme um sie. Und o ich Nichtswürdige! und verbarg das Antlitz in ihren Schoß. Die Marquise fragte bestürzt: was ist Ihnen, meine Mutter? Denn begreife, fuhr diese fort, o du Reinere als Engel sind, daß von allem, was ich dir sagte, nichts wahr ist; daß meine verderbte Seele an solche Unschuld nicht, als von der du umstrahlt bist, glauben konnte, und daß ich dieser schändlichen List erst bedurfte, um mich davon zu überzeugen. Meine teuerste Mutter, rief die Marquise, und neigte sich voll froher Rührung zu ihr herab, und wollte sie aufheben. Jene versetzte darauf: nein, eher nicht von deinen Füßen weich ich, bis du mir sagst, ob du mir die Niedrigkeit meines Verhaltens, du Herrliche, Überirdische, verzeihen kannst. Ich Ihnen verzeihen, meine Mutter! Stehen Sie auf, rief die Marquise, ich beschwöre Sie – Du hörst, sagte Frau von G..., ich will wissen, ob du mich noch lieben, und so aufrichtig verehren kannst, als sonst? Meine angebetete Mutter! rief die Marquise, und legte sich gleichfalls auf Knieen vor ihr nieder; Ehrfurcht und Liebe sind nie aus meinem Herzen gewichen. Wer konnte mir, unter so unerhörten Umständen, Vertrauen schenken? Wie glücklich bin ich, daß Sie von meiner Unsträflichkeit überzeugt sind! Nun denn, versetzte Frau von G..., indem sie, von ihrer Tochter unterstützt, aufstand: so will ich dich auf Händen tragen, mein liebstes Kind. Du sollst bei mir dein Wochenlager halten; und wären die Verhältnisse so, daß ich einen jungen Fürsten von dir erwartete, mit größerer Zärtlichkeit nicht und Würdigkeit könnt ich dein pflegen. Die Tage meines Lebens nicht mehr von deiner Seite weich ich. Ich biete der ganzen Welt Trotz; ich *will* keine andre Ehre mehr, als deine Schande:

wenn du mir nur wieder gut wirst, und der Härte nicht, mit welcher ich dich verstieß, mehr gedenkst. Die Marquise suchte sie mit Liebkosungen und Beschwörungen ohne Ende zu trösten; doch der Abend kam heran, und Mitternacht schlug, ehe es ihr gelang. Am folgenden Tage, da sich der Affekt der alten Dame, der ihr während der Nacht eine Fieberhitze zugezogen hatte, ein wenig gelegt hatte, fuhren Mutter und Tochter und Enkel, wie im Triumph, wieder nach M... zurück. Sie waren äußerst vergnügt auf der Reise, scherzten über Leopardo, den Jäger, der vorn auf dem Bock saß; und die Mutter sagte zur Marquise, sie bemerke, daß sie rot würde, so oft sie seinen breiten Rücken ansähe. Die Marquise antwortete, mit einer Regung, die halb ein Seufzer, halb ein Lächeln war: wer weiß, wer zuletzt noch am Dritten 11 Uhr morgens bei uns erscheint! – Drauf, je mehr man sich M... näherte, je ernsthafter stimmten sich wieder die Gemüter, in der Vorahndung entscheidender Auftritte, die ihnen noch bevorstanden. Frau von G..., die sich von ihren Plänen nichts merken ließ, führte ihre Tochter, da sie vor dem Hause ausgestiegen waren, wieder in ihre alten Zimmer ein; sagte, sie möchte es sich nur bequem machen, sie würde gleich wieder bei ihr sein, und schlüpfte ab. Nach einer Stunde kam sie mit einem ganz erhitzten Gesicht wieder. Nein, solch ein Thomas! sprach sie mit heimlich vergnügter Seele; solch ein ungläubiger Thomas! Hab ich nicht eine Seigerstunde gebraucht, ihn zu überzeugen. Aber nun sitzt er, und weint. Wer? fragte die Marquise. Er, antwortete die Mutter. Wer sonst, als wer die größte Ursache dazu hat. Der Vater doch nicht? rief die Marquise. Wie ein Kind, erwiderte die Mutter; daß ich, wenn ich mir nicht selbst hätte die Tränen aus den Augen wischen müssen, gelacht hätte, so wie ich nur aus der Türe heraus war. Und das wegen meiner? fragte die Marquise, und stand auf; und ich sollte hier –? Nicht von der Stelle! sagte Frau von G... Warum diktierte er mir den Brief. Hier sucht er *dich* auf, wenn er *mich*, so lange ich lebe, wiederfinden will. Meine teuerste Mutter, flehte die Marquise – Unerbittlich! fiel ihr die Obristin ins Wort. Warum griff er nach der Pistole. – Aber ich beschwöre Sie – Du *sollst* nicht, versetzte Frau von G..., indem sie die Tochter wieder auf ihren Sessel niederdrückte. Und wenn er nicht heut vor Abend noch kommt, zieh ich morgen mit dir weiter. Die Marquise nannte dies Verfahren hart und ungerecht. Doch die Mutter erwiderte: Beruhige dich – denn eben hörte sie jemand von weitem heranschluchzen: er kömmt schon! Wo? fragte die Marquise, und horchte. Ist wer hier draußen vor der Tür; dies heftige –? Allerdings, versetzte Frau von G... Er will, daß wir ihm die Türe öffnen. Lassen Sie mich! rief die Marquise, und riß sich vom Stuhl empor. Doch: wenn du mir gut bist, Julietta, versetzte die Obristin, so bleib; und in dem Augenblick trat auch der Kommandant schon, das Tuch vor das Gesicht haltend, ein. Die Mutter stellte sich breit vor ihre Tochter, und kehrte ihm den Rücken zu. Mein teuerster Vater! rief die Marquise, und streckte ihre Arme nach ihm aus. Nicht von der Stelle, sagte Frau von G..., du hörst! Der Kommandant stand in der Stube und weinte. Er soll dir abbitten, fuhr Frau von G... fort. Warum ist er so heftig! Und warum ist er so hartnäckig! Ich liebe ihn, aber dich auch; ich ehre ihn, aber dich auch. Und muß ich eine Wahl treffen, so bist du vortrefflicher, als er, und ich bleibe bei dir. Der Kommandant beugte sich ganz krumm, und heulte, daß die Wände erschallten. Aber mein Gott! rief die Marquise, gab der Mutter plötzlich nach, und nahm ihr Tuch, ihre eigenen Tränen fließen zu lassen. Frau von G... sagte: – er kann nur nicht sprechen! und wich ein wenig zur Seite aus. Hierauf erhob sich die Marquise, umarmte den Kommandanten, und bat ihn, sich zu beruhigen. Sie weinte selbst heftig. Sie fragte ihn, ob er sich nicht setzen wolle? sie wollte ihn auf einen Sessel niederziehen; sie schob ihm einen Sessel hin, damit er sich darauf setze: doch er antwortete nicht; er war nicht von der Stelle zu bringen; er setzte sich auch nicht, und stand bloß, das Gesicht tief zur Erde gebeugt, und weinte. Die Marquise sagte, indem sie ihn aufrecht hielt, halb zur Mutter gewandt: er werde krank werden; die Mutter selbst schien, da er sich ganz konvulsivisch gebärdete, ihre Standhaftigkeit verlieren zu wollen. Doch da der Kommandant sich endlich, auf die wiederholten Anforderungen der Tochter, niedergesetzt hatte, und diese ihm, mit unendlichen Liebkosungen, zu Füßen gesunken war: so nahm sie wieder das Wort, sagte, es geschehe ihm ganz recht, er werde nun wohl zur Vernunft kommen, entfernte sich aus dem Zimmer, und ließ sie allein.

Sobald sie draußen war, wischte sie sich selbst die Tränen ab, dachte, ob ihm die heftige Erschütterung, in welche sie ihn versetzt hatte, nicht doch gefährlich sein könnte, und ob es wohl ratsam sei, einen Arzt rufen zu lassen? Sie kochte ihm für den Abend alles, was sie nur Stärkendes und Beruhigendes aufzutreiben wußte, in der Küche zusammen, bereitete und wärmte ihm das Bett, um ihn sogleich hineinzulegen, sobald er nur, an der Hand der Tochter, erscheinen würde, und schlich, da er immer noch nicht kam, und schon die Abendtafel gedeckt war, dem Zimmer der Marquise zu, um doch zu hören, was sich zutrage? Sie vernahm, da sie mit sanft an die Tür gelegtem Ohr horchte, ein leises, eben verhallendes Gelispel, das, wie es ihr schien, von der Marquise kam; und, wie sie durchs Schlüsselloch bemerkte, saß sie auch auf des Kommandanten Schoß, was er sonst in seinem Leben nicht zugegeben hatte. Drauf endlich öffnete sie die Tür, und sah nun – und das Herz quoll ihr vor Freuden empor: die Tochter still, mit zurückgebeugtem Nacken, die Augen fest geschlossen, in des Vaters Armen liegen; indessen dieser, auf dem Lehnstuhl sitzend, lange, heiße und lechzende Küsse, das große Auge voll glänzender Tränen, auf ihren Mund drückte: gerade wie ein Verliebter! Die Tochter sprach nicht, er sprach nicht; mit über sie gebeugtem Antlitz saß er, wie über das Mädchen seiner ersten Liebe, und legte ihr den Mund zurecht, und küßte sie. Die Mutter fühlte sich, wie eine Selige; ungesehen, wie sie hinter seinem Stuhle stand, säumte sie, die Lust der himmelfrohen Versöhnung, die ihrem Hause wieder geworden war, zu stören. Sie nahte sich dem Vater endlich, und sah ihn, da er eben wieder mit Fingern und Lippen in unsäglicher Lust über den Mund seiner Tochter beschäftigt war, sich um den Stuhl herumbeugend, von der Seite an. Der Kommandant schlug, bei ihrem Anblick, das Gesicht schon wieder ganz kraus nieder, und wollte etwas sagen; doch sie rief: o was für ein Gesicht ist das! küßte es jetzt auch ihrerseits in Ordnung, und machte der Rührung durch Scherzen ein Ende. Sie lud und führte beide, die wie Brautleute gingen, zur Abendtafel, an welcher der Kommandant zwar sehr heiter war, aber noch von Zeit zu Zeit schluchzte, wenig aß und sprach, auf den Teller niedersah, und mit der Hand seiner Tochter spielte.

Nun galt es, beim Anbruch des nächsten Tages, die Frage: wer nur, in aller Welt, morgen um 11 Uhr sich zeigen würde; denn morgen war der gefürchtete Dritte. Vater und Mutter, und auch der Bruder, der sich mit seiner Versöhnung eingefunden hatte, stimmten unbedingt, falls die Person nur von einiger Erträglichkeit sein würde, für Vermählung; alles, was nur immer möglich war, sollte geschehen, um die Lage der Marquise glücklich zu machen. Sollten die Verhältnisse derselben jedoch so beschaffen sein, daß sie selbst dann, wenn man ihnen durch Begünstigungen zu Hülfe käme, zu weit hinter den Verhältnissen der Marquise zurückblieben, so widersetzten sich die Eltern der Heirat; sie beschlossen, die Marquise nach wie vor bei sich zu behalten, und das Kind zu adoptieren. Die Marquise hingegen schien willens, in jedem Falle, wenn die Person nur nicht ruchlos wäre, ihr gegebenes Wort in Erfüllung zu bringen, und dem Kinde, es koste was es wolle, einen Vater zu verschaffen. Am Abend fragte die Mutter, wie es denn mit dem Empfang der Person gehalten werden solle? Der Kommandant meinte, daß es am schicklichsten sein würde, wenn man die Marquise um 11 Uhr allein ließe. Die Marquise hingegen bestand darauf, daß beide Eltern, und auch der Bruder, gegenwärtig sein möchten, indem sie keine Art des Geheimnisses mit dieser Person zu teilen haben wolle. Auch meinte sie, daß dieser Wunsch sogar in der Antwort derselben, dadurch, daß sie das Haus des Kommandanten zur Zusammenkunft vorgeschlagen, ausgedrückt scheine; ein Umstand, um dessentwillen ihr gerade diese Antwort, wie sie frei gestehen müsse, sehr gefallen habe. Die Mutter bemerkte die Unschicklichkeit der Rollen, die der Vater und der Bruder dabei zu spielen haben würden, bat die Tochter, die Entfernung der Männer zuzulassen, wogegen sie in ihren Wunsch willigen, und bei dem Empfang der Person gegenwärtig sein wolle. Nach einer kurzen Besinnung der Tochter ward dieser letzte Vorschlag endlich angenommen. Drauf nun erschien, nach einer, unter den gespanntesten Erwartungen zugebrachten, Nacht der Morgen des gefürchteten Dritten. Als die Glocke eilf Uhr schlug, saßen beide Frauen, festlich, wie zur Verlobung angekleidet, im Besuchzimmer; das Herz klopfte ihnen, daß man es gehört haben würde, wenn das Geräusch des Tages geschwiegen hätte. Der eilfte Glockenschlag summte noch, als Leopardo, der Jäger, eintrat, den der Vater aus Tirol verschrieben hatte. Die Weiber erblaßten bei diesem

Anblick. Der Graf F..., sprach er, ist vorgefahren, und läßt sich anmelden. Der Graf F...! riefen beide zugleich, von einer Art der Bestürzung in die andre geworfen. Die Marquise rief: Verschließt die Türen! Wir sind für ihn nicht zu Hause; stand auf, das Zimmer gleich selbst zu verriegeln, und wollte eben den Jäger, der ihr im Wege stand, hinausdrängen, als der Graf schon, in genau demselben Kriegsrock, mit Orden und Waffen, wie er sie bei der Eroberung des Forts getragen hatte, zu ihr eintrat. Die Marquise glaubte vor Verwirrung in die Erde zu sinken; sie griff nach einem Tuch, das sie auf dem Stuhl hatte liegen lassen, und wollte eben in ein Seitenzimmer entfliehn; doch Frau von G..., indem sie die Hand derselben ergriff, rief: Julietta -! und wie erstickt von Gedanken, ging ihr die Sprache aus. Sie heftete die Augen fest auf den Grafen und wiederholte: ich bitte dich, Julietta! indem sie sie nach sich zog: wen erwarten wir denn -? Die Marquise rief, indem sie sich plötzlich wandte: nun? doch ihn nicht -? und schlug mit einem Blick funkelnd, wie ein Wetterstrahl, auf ihn ein, indessen Blässe des Todes ihr Antlitz überflog. Der Graf hatte ein Knie vor ihr gesenkt; die rechte Hand lag auf seinem Herzen, das Haupt sanft auf seine Brust gebeugt, lag er, und blickte hochglühend vor sich nieder, und schwieg. Wen sonst, rief die Obristin mit beklemmter Stimme, wen sonst, wir Sinnberaubten, als ihn -? Die Marquise stand starr über ihm, und sagte: ich werde wahnsinnig werden, meine Mutter! Du Törin, erwiderte die Mutter, zog sie zu sich, und flüsterte ihr etwas in das Ohr. Die Marquise wandte sich, und stürzte, beide Hände vor das Gesicht, auf den Sofa nieder. Die Mutter rief: Unglückliche! Was fehlt dir? Was ist geschehn, worauf du nicht vorbereitet warst? - Der Graf wich nicht von der Seite der Obristin; er faßte, immer noch auf seinen Knieen liegend, den äußersten Saum ihres Kleides, und küßte ihn. Liebe! Gnädige! Verehrungswürdigste! flüsterte er: eine Träne rollte ihm die Wangen herab. Die Obristin sagte: stehn Sie auf, Herr Graf, stehn Sie auf! Trösten Sie jene; so sind wir alle versöhnt, so ist alles vergeben und vergessen. Der Graf erhob sich weinend. Er ließ sich von neuem vor der Marquise nieder, er faßte leise ihre Hand, als ob sie von Gold wäre, und der Duft der seinigen sie trüben könnte. Doch diese -: gehn Sie! gehn Sie! gehn Sie! rief sie, indem sie aufstand; auf einen Lasterhaften war ich gefaßt, aber auf keinen - - - Teufel! öffnete, indem sie ihm dabei, gleich einem Pestvergifteten, auswich, die Tür des Zimmers, und sagte: ruft den Obristen! Julietta! rief die Obristin mit Erstaunen. Die Marquise blickte, mit tötender Wildheit, bald auf den Grafen, bald auf die Mutter ein; ihre Brust flog, ihr Antlitz loderte: eine Furie blickt nicht schrecklicher. Der Obrist und der Forstmeister kamen. Diesem Mann, Vater, sprach sie, als jene noch unter dem Eingang waren, kann ich mich nicht vermählen! griff in ein Gefäß mit Weihwasser, das an der hinteren Tür befestigt war, besprengte, in einem großen Wurf, Vater und Mutter und Bruder damit, und verschwand.

Der Kommandant, von dieser seltsamen Erscheinung betroffen, fragte, was vorgefallen sei; und erblaßte, da er, in diesem entscheidenden Augenblick, den Grafen F... im Zimmer erblickte. Die Mutter nahm den Grafen bei der Hand und sagte: frage nicht; dieser junge Mann bereut von Herzen alles, was geschehen ist; gib deinen Segen, gib, gib: so wird sich alles noch glücklich endigen. Der Graf stand wie vernichtet. Der Kommandant legte seine Hand auf ihn; seine Augenwimpern zuckten, seine Lippen waren weiß, wie Kreide. Möge der Fluch des Himmels von diesen Scheiteln weichen! rief er: wann gedenken Sie zu heiraten? – Morgen, antwortete die Mutter für ihn, denn er konnte kein Wort hervorbringen, morgen oder heute, wie du willst; dem Herrn Grafen, der so viel schöne Beeiferung gezeigt hat, sein Vergehen wieder gut zu machen, wird immer die nächste Stunde die liebste sein. – So habe ich das Vergnügen, Sie morgen um 11 Uhr in der Augustinerkirche zu finden! sagte der Kommandant; verneigte sich gegen ihn, rief Frau und Sohn ab, um sich in das Zimmer der Marquise zu verfügen, und ließ ihn stehen.

Man bemühte sich vergebens, von der Marquise den Grund ihres sonderbaren Betragens zu erfahren; sie lag im heftigsten Fieber, wollte durchaus von Vermählung nichts wissen, und bat, sie allein zu lassen. Auf die Frage: warum sie denn ihren Entschluß plötzlich geändert habe? und was ihr den Grafen gehässiger mache, als einen andern? sah sie den Vater mit großen Augen zerstreut an, und antwortete nichts. Die Obristin sprach: ob sie vergessen habe, daß sie Mutter sei? worauf sie erwiderte, daß sie, in diesem Falle, mehr an sich, als ihr Kind, denken müsse, und nochmals, indem sie alle Engel und Heiligen zu Zeugen anrief, versicherte, daß sie nicht heiraten würde. Der Vater, der sie offenbar in einem überreizten Gemütszustande sah, erklärte, daß sie ihr Wort halten müsse; verließ sie, und ordnete alles, nach gehöriger schriftlicher Rücksprache mit dem Grafen, zur Vermählung an. Er legte demselben einen Heiratskontrakt vor, in welchem dieser auf alle Rechte eines Gemahls Verzicht tat, dagegen sich zu allen Pflichten, die man von ihm fordern würde, verstehen sollte. Der Graf sandte das Blatt, ganz von Tränen durchfeuchtet, mit seiner Unterschrift zurück. Als der Kommandant am andern Morgen der Marquise dieses Papier überreichte, hatten sich ihre Geister ein wenig beruhigt. Sie durchlas es, noch im Bette sitzend, mehrere Male, legte es sinnend zusammen, öffnete es, und durchlas es wieder; und erklärte hierauf, daß sie sich um 11 Uhr in der Augustinerkirche einfinden würde. Sie stand auf, zog sich, ohne ein Wort zu sprechen, an, stieg, als die Glocke schlug, mit allen Ihrigen in den Wagen, und fuhr dahin ab.

Erst an dem Portal der Kirche war es dem Grafen erlaubt, sich an die Familie anzuschließen. Die Marquise sah, während der Feierlichkeit, starr auf das Altarbild; nicht ein flüchtiger Blick ward dem Manne zuteil, mit welchem sie die Ringe wechselte. Der Graf bot ihr, als die Trauung vorüber war, den Arm; doch sobald sie wieder aus der Kirche heraus waren, verneigte sich die Gräfin vor ihm: der Kommandant fragte, ob er die Ehre haben würde, ihn zuweilen in den Gemächern seiner Tochter zu sehen, worauf der Graf etwas stammelte, das niemand verstand, den Hut vor der Gesellschaft abnahm, und verschwand. Er bezog eine Wohnung in M..., in welcher er mehrere Monate zubrachte, ohne auch nur den Fuß in des Kommandanten Haus zu setzen, bei welchem die Gräfin zurückgeblieben war. Nur seinem zarten, würdigen und völlig musterhaften Betragen überall, wo er mit der Familie in irgend eine Berührung kam, hatte er es zu verdanken, daß er, nach der nunmehr erfolgten Entbindung der Gräfin von einem jungen Sohne, zur Taufe desselben eingeladen ward. Die Gräfin, die, mit Teppichen bedeckt, auf dem Wochenbette saß, sah ihn nur auf einen Augenblick, da er unter die Tür trat, und sie von weitem ehrfurchtsvoll grüßte. Er warf unter den Geschenken, womit die Gäste den Neugebornen bewillkommten, zwei Papiere auf die Wiege desselben, deren eines, wie sich nach seiner Entfernung auswies, eine Schenkung von 20000 Rubel an den Knaben, und das andere ein Testament war, in dem er die Mutter, falls er stürbe, zur Erbin seines ganzen Vermögens einsetzte. Von diesem Tage an ward er, auf Veranstaltung der Frau von G..., öfter eingeladen; das Haus stand seinem Eintritt offen, es verging bald kein Abend, da er sich nicht darin gezeigt hätte. Er fing, da sein Gefühl ihm sagte, daß ihm von allen Seiten, um der gebrechlichen Einrichtung der Welt willen, verziehen sei, seine Bewerbung um die Gräfin, seine Gemahlin, von neuem an, erhielt, nach Verlauf eines Jahres, ein zweites Jawort von ihr, und auch eine zweite Hochzeit ward gefeiert, froher, als die erste, nach deren Abschluß die ganze Familie nach V... hinauszog. Eine ganze Reihe von jungen Russen folgte jetzt noch dem ersten; und da der Graf, in einer glücklichen Stunde, seine Frau einst fragte, warum sie, an jenem fürchterlichen Dritten, da sie auf jeden Lasterhaften gefaßt schien, vor ihm, gleich einem Teufel, geflohen wäre, antwortete sie, indem sie ihm um den Hals fiel: er würde ihr damals nicht wie ein Teufel erschienen sein, wenn er ihr nicht, bei seiner ersten Erscheinung, wie ein Engel vorgekommen wäre.

DAS ERDBEBEN IN CHILI

In St. Jago, der Hauptstadt des Königreichs Chili, stand gerade in dem Augenblicke der großen Erderschütterung vom Jahre 1647, bei welcher viele tausend Menschen ihren Untergang fanden, ein junger, auf ein Verbrechen angeklagter Spanier, namens *Jeronimo Rugera*, an einem Pfeiler des Gefängnisses, in welches man ihn eingesperrt hatte, und wollte sich erhenken. *Don Henrico Asteron*, einer der reichsten Edelleute der Stadt, hatte ihn ungefähr ein Jahr zuvor aus seinem Hause, wo er als Lehrer angestellt war, entfernt, weil er sich mit *Donna Josephe*, seiner einzigen Tochter, in einem zärtlichen Einverständnis befunden hatte. Eine geheime Bestellung, die dem alten Don, nachdem er die Tochter nachdrücklich gewarnt hatte, durch die hämische Aufmerksamkeit seines stolzen Sohnes verraten worden war, entrüstete ihn dergestalt, daß er sie in dem Karmeliterkloster unsrer lieben Frauen vom Berge daselbst unterbrachte.

Durch einen glücklichen Zufall hatte Jeronimo hier die Verbindung von neuem anzuknüpfen gewußt, und in einer verschwiegenen Nacht den Klostergarten zum Schauplatze seines vollen Glückes gemacht. Es war am Fronleichnamsfeste, und die feierliche Prozession der Nonnen, welchen die Novizen folgten, nahm eben ihren Anfang, als die unglückliche Josephe, bei dem Anklange der Glocken, in Mutterwehen auf den Stufen der Kathedrale niedersank.

Dieser Vorfall machte außerordentliches Aufsehn; man brachte die junge Sünderin, ohne Rücksicht auf ihren Zustand, sogleich in ein Gefängnis, und kaum war sie aus den Wochen erstanden, als ihr schon, auf Befehl des Erzbischofs, der geschärfteste Prozeß gemacht ward. Man sprach in der Stadt mit einer so großen Erbitterung von diesem Skandal, und die Zungen fielen so scharf über das ganze Kloster her, in welchem er sich zugetragen hatte, daß weder die Fürbitte der Familie Asteron, noch auch sogar der Wunsch der Äbtissin selbst, welche das junge Mädchen wegen ihres sonst untadelhaften Betragens lieb gewonnen hatte, die Strenge, mit welcher das klösterliche Gesetz sie bedrohte, mildern konnte. Alles, was geschehen konnte, war, daß der Feuertod, zu dem sie verurteilt wurde, zur großen Entrüstung der Matronen und Jungfrauen von St. Jago, durch einen Machtspruch des Vizekönigs, in eine Enthauptung verwandelt ward.

Man vermietete in den Straßen, durch welche der Hinrichtungszug gehen sollte, die Fenster, man trug die Dächer der Häuser ab, und die frommen Töchter der Stadt luden ihre Freundinnen ein, um dem Schauspiele, das der göttlichen Rache gegeben wurde, an ihrer schwesterlichen Seite beizuwohnen.

Jeronimo, der inzwischen auch in ein Gefängnis gesetzt worden war, wollte die Besinnung verlieren, als er diese ungeheure Wendung der Dinge erfuhr. Vergebens sann er auf Rettung: überall, wohin ihn auch der Fittich der vermessensten Gedanken trug, stieß er auf Riegel und Mauern, und ein Versuch, die Gitterfenster zu durchfeilen, zog ihm, da er entdeckt ward, eine nur noch engere Einsperrung zu. Er warf sich vor dem Bildnisse der heiligen Mutter Gottes nieder, und betete mit unendlicher Inbrunst zu ihr, als der einzigen, von der ihm jetzt noch Rettung kommen könnte.

Doch der gefürchtete Tag erschien, und mit ihm in seiner Brust die Überzeugung von der völligen Hoffnungslosigkeit seiner Lage. Die Glocken, welche Josephen zum Richtplatze begleiteten, ertönten, und Verzweiflung bemächtigte sich seiner Seele. Das Leben schien ihm verhaßt, und er beschloß, sich durch einen Strick, den ihm der Zufall gelassen hatte, den Tod zu geben. Eben stand er, wie schon gesagt, an einem Wandpfeiler, und befestigte den Strick, der ihn dieser jammervollen Welt entreißen sollte, an eine Eisenklammer, die an dem Gesimse derselben eingefugt war; als plötzlich der größte Teil der Stadt, mit einem Gekrache, als ob das Firmament einstürzte, versank, und alles, was Leben atmete, unter seinen Trümmern begrub. Jeronimo Rugera war starr vor Entsetzen; und gleich als ob sein ganzes Bewußtsein zerschmettert worden wäre, hielt er sich jetzt an dem Pfeiler, an welchem er hatte sterben wollen, um nicht umzufallen. Der Boden wankte unter seinen Füßen, alle Wände des Gefängnisses rissen, der ganze Bau neigte sich, nach der Straße zu einzustürzen, und nur der, seinem langsamen Fall begegnende, Fall des gegenüberstehenden Gebäudes verhinderte, durch eine zufällige Wölbung, die gänzliche Zubodenstreckung desselben. Zitternd, mit sträubenden Haaren, und Knieen, die unter ihm brechen wollten, glitt Jeronimo über den schiefgesenkten Fußboden hinweg, der Öffnung zu, die der Zusammenschlag beider Häuser in die vordere Wand des Gefängnisses eingerissen hatte.

Kaum befand er sich im Freien, als die ganze, schon erschütterte Straße auf eine zweite Bewegung der Erde völlig zusammenfiel. Besinnungslos, wie er sich aus diesem allgemeinen Verderben retten würde, eilte er, über Schutt und Gebälk hinweg, indessen der Tod von allen Seiten Angriffe auf ihn machte, nach einem der nächsten Tore der Stadt. Hier stürzte noch ein Haus zusammen, und jagte ihn, die Trümmer weit umherschleudernd, in eine Nebenstraße; hier leckte die Flamme schon, in Dampfwolken blitzend, aus allen Giebeln, und trieb ihn schreckenvoll in eine andere; hier wälzte sich, aus seinem Gestade gehoben, der Mapochofluß auf ihn heran, und riß ihn brüllend in eine dritte. Hier lag ein Haufen Erschlagener, hier ächzte noch eine Stimme unter dem Schutte, hier schrieen Leute von brennenden Dächern herab, hier kämpften Menschen und Tiere mit den Wellen, hier war ein mutiger Retter bemüht, zu helfen; hier stand ein anderer, bleich wie der Tod, und streckte sprachlos zitternde Hände zum Himmel. Als Jeronimo das Tor erreicht, und einen Hügel jenseits desselben bestiegen hatte, sank er ohnmächtig auf demselben nieder.

Er mochte wohl eine Viertelstunde in der tiefsten Bewußtlosigkeit gelegen haben, als er endlich wieder erwachte, und sich, mit nach der Stadt gekehrtem Rücken, halb auf dem Erdboden erhob. Er befühlte sich Stirn und Brust, unwissend, was er aus seinem Zustande machen sollte, und ein unsägliches Wonnegefühl ergriff ihn, als ein Westwind, vom Meere her, sein wiederkehrendes Leben anwehte, und sein Auge sich nach allen Richtungen über die blühende Gegend von St. Jago hinwandte. Nur die verstörten Menschenhaufen, die sich überall blicken ließen, beklemmten sein Herz; er begriff nicht, was ihn und sie hiehergeführt haben konnte, und erst, da er sich umkehrte, und die Stadt hinter sich versunken sah, erinnerte er sich des schrecklichen Augenblicks, den er erlebt hatte. Er senkte sich so tief, daß seine

Stirn den Boden berührte, Gott für seine wunderbare Errettung zu danken; und gleich, als ob der eine entsetzliche Eindruck, der sich seinem Gemüt eingeprägt hatte, alle früheren daraus verdrängt hätte, weinte er vor Lust, daß er sich des lieblichen Lebens, voll bunter Erscheinungen, noch erfreue.

Drauf, als er eines Ringes an seiner Hand gewahrte, erinnerte er sich plötzlich auch Josephens; und mit ihr seines Gefängnisses, der Glocken, die er dort gehört hatte, und des Augenblicks, der dem Einsturze desselben vorangegangen war. Tiefe Schwermut erfüllte wieder seine Brust; sein Gebet fing ihn zu reuen an, und fürchterlich schien ihm das Wesen, das über den Wolken waltet. Er mischte sich unter das Volk, das überall, mit Rettung des Eigentums beschäftigt, aus den Toren stürzte, und wagte schüchtern nach der Tochter Asterons, und ob die Hinrichtung an ihr vollzogen worden sei, zu fragen; doch niemand war, der ihm umständliche Auskunft gab. Eine Frau, die auf einem fast zur Erde gedrückten Nacken eine ungeheure Last von Gerätschaften und zwei Kinder, an der Brust hängend, trug, sagte im Vorbeigehen, als ob sie es selbst angesehen hätte: daß sie enthauptet worden sei. Jeronimo kehrte sich um; und da er, wenn er die Zeit berechnete, selbst an ihrer Vollendung nicht zweifeln konnte, so setzte er sich in einem einsamen Walde nieder, und überließ sich seinem vollen Schmerz. Er wünschte, daß die zerstörende Gewalt der Natur von neuem über ihn einbrechen möchte. Er begriff nicht, warum er dem Tode, den seine jammervolle Seele suchte, in jenen Augenblicken, da er ihm freiwillig von allen Seiten rettend erschien, entflohen sei. Er nahm sich fest vor, nicht zu wanken, wenn auch jetzt die Eichen entwurzelt werden, und ihre Wipfel über ihn zusammenstürzen sollten. Darauf nun, da er sich ausgeweint hatte, und ihm, mitten unter den heißesten Tränen, die Hoffnung wieder erschienen war, stand er auf, und durchstreifte nach allen Richtungen das Feld. Jeden Berggipfel, auf dem sich die Menschen versammelt hatten, besuchte er; auf allen Wegen, wo sich der Strom der Flucht noch bewegte, begegnete er ihnen; wo nur irgend ein weibliches Gewand im Winde flatterte, da trug ihn sein zitternder Fuß hin: doch keines deckte die geliebte Tochter Asterons. Die Sonne neigte sich, und mit ihr seine Hoffnung schon wieder zum Untergange, als er den Rand eines Felsens betrat, und sich ihm die Aussicht in ein weites, nur von wenig Menschen besuchtes Tal eröffnete. Er durchlief, unschlüssig, was er tun sollte, die einzelnen Gruppen derselben, und wollte sich schon wieder wenden, als er plötzlich an einer Quelle, die die Schlucht bewässerte, ein junges Weib erblickte, beschäftigt, ein Kind in seinen Fluten zu reinigen. Und das Herz hüpfte ihm bei diesem Anblick: er sprang voll Ahndung über die Gesteine herab, und rief: O Mutter Gottes, du Heilige! und erkannte Josephen, als sie sich bei dem Geräusche schüchtern umsah. Mit welcher Seligkeit umarmten sie sich, die Unglücklichen, die ein Wunder des Himmels gerettet hatte!

Josephe war, auf ihrem Gang zum Tode, dem Richtplatze schon ganz nahe gewesen, als durch den krachenden Einsturz der Gebäude plötzlich der ganze Hinrichtungszug auseinander gesprengt ward. Ihre ersten entsetzensvollen Schritte trugen sie hierauf dem nächsten Tore zu; doch die Besinnung kehrte ihr bald wieder, und sie wandte sich, um nach dem Kloster zu eilen, wo ihr kleiner, hülfloser Knabe zurückgeblieben war. Sie fand das ganze Kloster schon in Flammen, und die Äbtissin, die ihr in jenen Augenblicken, die ihre letzten sein sollten, Sorge für den Säugling angelobt hatte, schrie eben, vor den Pforten stehend, nach Hülfe, um ihn zu retten. Josephe stürzte sich, unerschrocken durch den Dampf, der ihr entgegenqualmte, in das von allen Seiten schon zusammenfallende Gebäude, und gleich, als ob alle Engel des Himmels sie umschirmten, trat sie mit ihm unbeschädigt wieder aus dem Portal hervor. Sie wollte der Äbtissin, welche die Hände über ihr Haupt zusammenschlug, eben in die Arme sinken, als diese, mit fast allen ihren Klosterfrauen, von einem herabfallenden Giebel des Hauses, auf eine schmähliche Art erschlagen ward. Josephe bebte bei diesem entsetzlichen Anblicke zurück; sie drückte der Äbtissin flüchtig die Augen zu, und floh, ganz von Schrecken erfüllt, den teuern Knaben, den ihr der Himmel wieder geschenkt hatte, dem Verderben zu entreißen.

Sie hatte noch wenig Schritte getan, als ihr auch schon die Leiche des Erzbischofs begegnete, die man soeben zerschmettert aus dem Schutt der Kathedrale hervorgezogen hatte. Der Palast des Vizekönigs war versunken, der Gerichtshof, in welchem ihr das Urteil gesprochen worden war, stand in Flammen, und an die Stelle, wo sich ihr väterliches Haus befunden hatte, war ein See getreten, und kochte rötliche Dämpfe aus. Josephe raffte alle ihre Kräfte zusammen, sich zu halten. Sie schritt, den Jammer von ihrer Brust entfernend, mutig mit ihrer Beute von Straße zu Straße, und war schon dem Tore nah, als sie auch das Gefängnis, in welchem Jeronimo geseufzt hatte, in Trümmern sah. Bei diesem Anblicke wankte sie, und wollte besinnungslos an einer Ecke niedersinken; doch in demselben Augenblick jagte sie der Sturz eines Gebäudes hinter ihr, das die Erschütterungen schon ganz aufgelöst hatten, durch das Entsetzen gestärkt, wieder auf; sie küßte das Kind, drückte sich die Tränen aus den Augen, und erreichte, nicht mehr auf die Greuel, die sie umringten, achtend, das Tor. Als sie sich im Freien sah, schloß sie bald, daß nicht jeder, der ein zertrümmertes Gebäude bewohnt hatte, unter ihm notwendig müsse zerschmettert worden sein.

An dem nächsten Scheidewege stand sie still, und harrte, ob nicht einer, der ihr, nach dem kleinen Philipp, der liebste auf der Welt war, noch erscheinen würde. Sie ging, weil niemand kam, und das Gewühl der Menschen anwuchs, weiter, und kehrte sich wieder um, und harrte wieder; und schlich, viel Tränen vergießend, in ein dunkles, von Pinien beschattetes Tal, um seiner Seele, die sie entflohen glaubte, nachzubeten; und fand ihn hier, diesen Geliebten, im Tale, und Seligkeit, als ob es das Tal von Eden gewesen wäre.

Dies alles erzählte sie jetzt voll Rührung dem Jeronimo, und reichte ihm, da sie vollendet hatte, den Knaben zum Küssen dar. – Jeronimo nahm ihn, und hätschelte ihn in unsäglicher Vaterfreude, und verschloß ihm, da er das fremde Antlitz anweinte, mit Liebkosungen ohne Ende den Mund. Indessen war die schönste Nacht herabgestiegen, voll wundermilden Duftes, so silberglänzend und still, wie nur ein Dichter davon träumen mag. Überall, längs der Talquelle, hatten sich, im Schimmer des Mondscheins, Menschen niedergelassen, und bereiteten sich sanfte Lager von Moos und Laub, um von einem so qualvollen Tage auszuruhen. Und weil die Armen immer noch jammerten; dieser, daß er sein Haus, jener, daß er Weib und Kind, und der dritte, daß er alles verloren habe: so schlichen Jeronimo und Josephe in ein dichteres Gebüsch, um durch das heimliche Gejauchz ihrer Seelen niemand zu betrüben. Sie fanden einen prachtvollen Granatapfelbaum, der seine Zweige, voll duftender Früchte, weit ausbreitete; und die Nachtigall flötete im Wipfel ihr wollüstiges Lied. Hier ließ sich Jeronimo am Stamme nieder, und Josephe in seinem, Philipp in Josephens Schoß, saßen sie, von seinem Mantel bedeckt, und ruhten. Der Baumschatten zog, mit seinen verstreuten Lichtern, über sie hinweg, und der Mond erblaßte schon wieder vor der Morgenröte, ehe sie einschliefen. Denn Unendliches hatten sie zu schwatzen vom Klostergarten und den Gefängnissen, und was sie um einander gelitten hätten; und waren sehr gerührt, wenn sie dachten, wie viel Elend über die Welt kommen mußte, damit sie glücklich würden!

Sie beschlossen, sobald die Erderschütterungen aufgehört haben würden, nach La Conception zu gehen, wo Josephe eine vertraute Freundin hatte, sich mit einem kleinen Vorschuß, den sie von ihr zu erhalten hoffte, von dort nach Spanien einzuschiffen, wo Jeronimos mütterliche Verwandten wohnten, und daselbst ihr glückliches Leben zu beschließen. Hierauf, unter vielen Küssen, schliefen sie ein.

Als sie erwachten, stand die Sonne schon hoch am Himmel, und sie bemerkten in ihrer Nähe mehrere Familien, beschäftigt, sich am Feuer ein kleines Morgenbrot zu bereiten. Jeronimo dachte eben auch, wie er Nahrung für die Seinigen herbeischaffen sollte, als ein junger wohlgekleideter Mann, mit einem Kinde auf dem Arm, zu Josephen trat, und sie mit Bescheidenheit fragte: ob sie diesem armen Wurme, dessen Mutter dort unter den Bäumen beschädigt liege, nicht auf kurze Zeit ihre Brust reichen wolle? Josephe war ein wenig verwirrt, als sie in ihm einen Bekannten erblickte; doch da er, indem er ihre Verwirrung falsch deutete, fortfuhr: es ist nur auf wenige Augenblicke, Donna Josephe, und dieses Kind hat, seit jener Stunde, die uns alle unglücklich gemacht hat, nichts genossen; so sagte sie: »ich schwieg – aus einem andern Grunde, Don Fernando; in diesen schrecklichen Zeiten weigert sich niemand, von dem, was er besitzen mag, mitzuteilen«: und nahm den kleinen Fremdling, indem sie ihr eigenes Kind dem Vater gab, und legte ihn an ihre Brust. Don Fernando war sehr dankbar für diese Güte, und fragte: ob sie sich nicht mit ihm zu jener Gesellschaft verfügen wollten, wo eben jetzt beim Feuer ein kleines Frühstück bereitet werde?

Josephe antwortete, daß sie dies Anerbieten mit Vergnügen annehmen würde, und folgte ihm, da auch Jeronimo nichts einzuwenden hatte, zu seiner Familie, wo sie auf das innigste und zärtlichste von Don Fernandos beiden Schwägerinnen, die sie als sehr würdige junge Damen kannte, empfangen ward.

Donna Elvire, Don Fernandos Gemahlin, welche schwer an den Füßen verwundet auf der Erde lag, zog Josephen, da sie ihren abgehärmten Knaben an der Brust derselben sah, mit vieler Freundlichkeit zu sich nieder. Auch Don Pedro, sein Schwiegervater, der an der Schulter verwundet war, nickte ihr liebreich mit dem Haupte zu. –

In Jeronimos und Josephens Brust regten sich Gedanken von seltsamer Art. Wenn sie sich mit so vieler Vertraulichkeit und Güte behandelt sahen, so wußten sie nicht, was sie von der Vergangenheit denken sollten, vom Richtplatze, von dem Gefängnisse, und der Glocke; und ob sie bloß davon geträumt hätten? Es war, als ob die Gemüter, seit dem fürchterlichen Schlage, der sie durchdröhnt hatte, alle versöhnt wären. Sie konnten in der Erinnerung gar nicht weiter, als bis auf ihn, zurückgehen. Nur Donna Elisabeth, welche bei einer Freundin, auf das Schauspiel des gestrigen Morgens, eingeladen worden war, die Einladung aber nicht angenommen hatte, ruhte zuweilen mit träumerischem Blicke auf Josephen; doch der Bericht, der über irgend ein neues gräßliches Unglück erstattet ward, riß ihre, der Gegenwart kaum entflohene Seele schon wieder in dieselbe zurück.

Man erzählte, wie die Stadt gleich nach der ersten Haupterschütterung von Weibern ganz voll gewesen, die vor den Augen aller Männer niedergekommen seien; wie die Mönche darin, mit dem Kruzifix in der Hand, umhergelaufen wären, und geschrieen hätten: das Ende der Welt sei da! wie man einer Wache, die auf Befehl des Vizekönigs verlangte, eine Kirche zu räumen, geantwortet hätte: es gäbe keinen Vizekönig von Chili mehr! wie der Vizekönig in den schrecklichsten Augenblicken hätte müssen Galgen aufrichten lassen, um der Dieberei Einhalt zu tun; und wie ein Unschuldiger, der sich von hinten durch ein brennendes Haus gerettet, von dem Besitzer aus Übereilung ergriffen, und sogleich auch aufgeknüpft worden wäre.

Donna Elvire, bei deren Verletzungen Josephe viel beschäftigt war, hatte in einem Augenblick, da gerade die Erzählungen sich am lebhaftesten kreuzten, Gelegenheit genommen, sie zu fragen: wie es denn ihr an diesem fürchterlichen Tag ergangen sei? Und da Josephe ihr, mit beklemmtem Herzen, einige Hauptzüge davon angab, so ward ihr die Wollust, Tränen in die Augen dieser Dame treten zu sehen; Donna Elvire ergriff ihre Hand, und drückte sie, und winkte ihr, zu schweigen. Josephe dünkte sich unter den Seligen. Ein Gefühl, das sie nicht unterdrücken konnte, nannte den verfloßnen Tag, so viel Elend er auch über die Welt gebracht hatte, eine Wohltat, wie der Himmel noch keine über sie verhängt hatte. Und in der Tat schien, mitten in diesen gräßlichen Augenblicken, in welchen alle irdischen

Güter der Menschen zu Grunde gingen, und die ganze Natur verschüttet zu werden drohte, der menschliche Geist selbst, wie eine schöne Blume, aufzugehn. Auf den Feldern, so weit das Auge reichte, sah man Menschen von allen Ständen durcheinander liegen, Fürsten und Bettler, Matronen und Bäuerinnen, Staatsbeamte und Tagelöhner, Klosterherren und Klosterfrauen: einander bemitleiden, sich wechselseitig Hülfe reichen, von dem, was sie zur Erhaltung ihres Lebens gerettet haben mochten, freudig mitteilen, als ob das allgemeine Unglück alles, was ihm entronnen war, zu *einer* Familie gemacht hätte.

Statt der nichtssagenden Unterhaltungen, zu welchen sonst die Welt an den Teetischen den Stoff hergegeben hatte, erzählte man jetzt Beispiele von ungeheuern Taten: Menschen, die man sonst in der Gesellschaft wenig geachtet hatte, hatten Römergröße gezeigt; Beispiele zu Haufen von Unerschrockenheit, von freudiger Verachtung der Gefahr, von Selbstverleugnung und der göttlichen Aufopferung, von ungesäumter Wegwerfung des Lebens, als ob es, dem nichtswürdigsten Gute gleich, auf dem nächsten Schritte schon wiedergefunden würde. Ja, da nicht einer war, für den nicht an diesem Tage etwas Rührendes geschehen wäre, oder der nicht selbst etwas Großmütiges getan hätte, so war der Schmerz in jeder Menschenbrust mit so viel süßer Lust vermischt, daß sich, wie sie meinte, gar nicht angeben ließ, ob die Summe des allgemeinen Wohlseins nicht von der einen Seite um ebenso viel gewachsen war, als sie von der anderen abgenommen hatte.

Jeronimo nahm Josephen, nachdem sich beide in diesen Betrachtungen stillschweigend erschöpft hatten, beim Arm, und führte sie mit unaussprechlicher Heiterkeit unter den schattigen Lauben des Granatwaldes auf und nieder. Er sagte ihr, daß er, bei dieser Stimmung der Gemüter und dem Umsturz aller Verhältnisse, seinen Entschluß, sich nach Europa einzuschiffen, aufgebe; daß er vor dem Vizekönig, der sich seiner Sache immer günstig gezeigt, falls er noch am Leben sei, einen Fußfall wagen würde; und daß er Hoffnung habe (wobei er ihr einen Kuß aufdrückte), mit ihr in Chili zurückzubleiben. Josephe antwortete, daß ähnliche Gedanken in ihr aufgestiegen wären; daß auch sie nicht mehr, falls ihr Vater nur noch am Leben sei, ihn zu versöhnen zweifle; daß sie aber statt des Fußfalles lieber nach La Conception zu gehen, und von dort aus schriftlich das Versöhnungsgeschäft mit dem Vizekönig zu betreiben rate, wo man auf jeden Fall in der Nähe des Hafens wäre, und für den besten, wenn das Geschäft die erwünschte Wendung nähme, ja leicht wieder nach St. Jago zurückkehren könnte. Nach einer kurzen Überlegung gab Jeronimo der Klugheit dieser Maßregel seinen Beifall, führte sie noch ein wenig, die heitern Momente der Zukunft überfliegend, in den Gängen umher, und kehrte mit ihr zur Gesellschaft zurück.

Inzwischen war der Nachmittag herangekommen, und die Gemüter der herumschwärmenden Flüchtlinge hatten sich, da die Erdstöße nachließen, nur kaum wieder ein wenig beruhigt, als sich schon die Nachricht verbreitete, daß in der Dominikanerkirche, der einzigen, welche das Erdbeben verschont hatte, eine feierliche Messe von dem Prälaten des Klosters selbst gelesen werden würde, den Himmel um Verhütung ferneren Unglücks anzuflehen.

Das Volk brach schon aus allen Gegenden auf, und eilte in Strömen zur Stadt. In Don Fernandos Gesellschaft ward die Frage aufgeworfen, ob man nicht auch an dieser Feierlichkeit Teil nehmen, und sich dem allgemeinen Zuge anschließen solle? Donna Elisabeth erinnerte, mit einiger Beklemmung, was für ein Unheil gestern in der Kirche vorgefallen sei; daß solche Dankfeste ja wiederholt werden würden, und daß man sich der Empfindung alsdann, weil die Gefahr schon mehr vorüber wäre, mit desto größerer Heiterkeit und Ruhe überlassen könnte. Josephe äußerte, indem sie mit einiger Begeisterung sogleich aufstand, daß sie den Drang, ihr Antlitz vor dem Schöpfer in den Staub zu legen, niemals lebhafter empfunden habe, als eben jetzt, wo er seine unbegreifliche und erhabene Macht so entwickle. Donna Elvire erklärte sich mit Lebhaftigkeit für Josephens Meinung. Sie bestand darauf, daß man die Messe hören sollte, und rief Don Fernando auf, die Gesellschaft zu führen, worauf sich alles, Donna Elisabeth auch, von den Sitzen erhob. Da man jedoch letztere, mit heftig arbeitender Brust, die kleinen Anstalten zum Aufbruche zaudernd betreiben sah, und sie, auf die Frage: was ihr fehle? antwortete: sie wisse nicht, welch eine unglückliche Ahndung in ihr sei? so beruhigte sie Donna Elvire, und forderte sie auf, bei ihr und ihrem kranken Vater zurückzubleiben. Josephe sagte: so werden Sie mir wohl, Donna Elisabeth, diesen kleinen Liebling abnehmen, der sich schon wieder, wie Sie sehen, bei mir eingefunden hat. Sehr gern, antwortete Donna Elisabeth, und machte Anstalten ihn zu ergreifen; doch da dieser über das Unrecht, das ihm geschah, kläglich schrie, und auf keine Art darein willigte, so sagte Josephe lächelnd, daß sie ihn nur behalten wolle, und küßte ihn wieder still. Hierauf bot Don Fernando, dem die ganze Würdigkeit und Anmut ihres Betragens sehr gefiel, ihr den Arm; Jeronimo, welcher den kleinen Philipp trug, führte Donna Constanzen; die übrigen Mitglieder, die sich bei der Gesellschaft eingefunden hatten, folgten; und in dieser Ordnung ging der Zug nach der Stadt.

Sie waren kaum funfzig Schritte gegangen, als man Donna Elisabeth welche inzwischen heftig und heimlich mit Donna Elvire gesprochen hatte: Don Fernando! rufen hörte, und dem Zuge mit unruhigen Tritten nacheilen sah. Don Fernando hielt, und kehrte sich um; harrte ihrer, ohne Josephen loszulassen, und fragte, da sie, gleich als ob sie auf sein Entgegenkommen wartete, in einiger Ferne stehen blieb: was sie wolle? Donna Elisabeth näherte sich ihm hierauf, obschon, wie es schien, mit Widerwillen, und raunte ihm, doch so, daß Josephe es nicht hören konnte, einige Worte ins Ohr. Nun? fragte Don Fernando: und das Unglück, das daraus entstehen kann? Donna Elisabeth fuhr fort, ihm mit verstörtem Gesicht ins Ohr zu zischeln. Don Fernando stieg eine Röte des Unwillens ins Gesicht; er antwortete: es wäre gut! Donna Elvire möchte sich beruhigen; und führte seine Dame weiter. –

Als sie in der Kirche der Dominikaner ankamen, ließ sich die Orgel schon mit musikalischer Pracht hören, und eine unermeßliche Menschenmenge wogte darin. Das Gedränge erstreckte sich bis weit vor den Portalen auf den Vorplatz der Kirche hinaus, und an den Wänden hoch, in den Rahmen der Gemälde, hingen Knaben, und hielten mit erwartungsvollen Blicken ihre Mützen in der Hand. Von allen Kronleuchtern strahlte es herab, die Pfeiler warfen, bei der einbrechenden Dämmerung, geheimnisvolle Schatten, die große von gefärbtem Glas gearbeitete Rose in der Kirche äußerstem Hintergrunde glühte, wie die Abendsonne selbst, die sie erleuchtete, und Stille herrschte, da die Orgel jetzt schwieg, in der ganzen Versammlung, als hätte keiner einen Laut in der Brust. Niemals schlug aus einem christlichen Dom eine solche Flamme der Inbrunst gen Himmel, wie heute aus dem Dominikanerdom zu St. Jago; und keine menschliche Brust gab wärmere Glut dazu her, als Jeronimos und Josephens!

Die Feierlichkeit fing mit einer Predigt an, die der ältesten Chorherren einer, mit dem Festschmuck angetan, von der Kanzel hielt. Er begann gleich mit Lob, Preis und Dank, seine zitternden, vom Chorhemde weit umflossenen Hände hoch gen Himmel erhebend, daß noch Menschen seien, auf diesem, in Trümmer zerfallenden Teile der Welt, fähig, zu Gott empor zu stammeln. Er schilderte, was auf den Wink des Allmächtigen geschehen war; das Weltgericht kann nicht entsetzlicher sein; und als er das gestrige Erdbeben gleichwohl, auf einen Riß, den der Dom erhalten hatte, hinzeigend, einen bloßen Vorboten davon nannte, lief ein Schauder über die ganze Versammlung. Hierauf kam er, im Flusse priesterlicher Beredsamkeit, auf das Sittenverderbnis der Stadt; Greuel, wie Sodom und Gomorrha sie nicht sahen, straft' er an ihr; und nur der unendlichen Langmut Gottes schrieb er es zu, daß sie noch nicht gänzlich vom Erdboden vertilgt worden sei.

Aber wie dem Dolche gleich fuhr es durch die von dieser Predigt schon ganz zerrissenen Herzen unserer beiden Unglücklichen, als der Chorherr bei dieser Gelegenheit umständlich des Frevels erwähnte, der in dem Klostergarten der Karmeliterinnen verübt worden war; die Schonung, die er bei der Welt gefunden hatte, gottlos nannte, und in einer von Verwünschungen erfüllten Seitenwendung, die Seelen der Täter, wörtlich genannt, allen Fürsten der Hölle übergab! Donna Constanze rief, indem sie an Jeronimos Armen zuckte: Don Fernando! Doch dieser antwortete so nachdrücklich und doch so heimlich, wie sich beides verbinden ließ: »Sie schweigen, Donna, Sie rühren auch den Augapfel nicht, und tun, als ob Sie in eine Ohnmacht versänken; worauf wir die Kirche verlassen.« Doch, ehe Donna Constanze diese sinnreiche zur Rettung erfundene Maßregel noch ausgeführt hatte, rief schon eine Stimme, des Chorherrn Predigt laut unterbrechend, aus: Weichet fern hinweg, ihr Bürger von St. Jago, hier stehen diese gottlosen Menschen! Und als eine andere Stimme schreckenvoll, indessen sich ein weiter Kreis des Entsetzens um sie bildete, fragte: wo? hier! versetzte ein Dritter, und zog, heiliger Ruchlosigkeit voll, Josephen bei den Haaren nieder, daß sie mit Don Fernandos Sohne zu Boden getaumelt wäre, wenn dieser sie nicht gehalten hätte. »Seid ihr wahnsinnig?« rief der Jüngling, und schlug den Arm um Josephen: »ich bin Don Fernando Ormez, Sohn des Kommandanten der Stadt, den ihr alle kennt.« Don Fernando Ormez? rief, dicht vor ihn hingestellt, ein Schuhflicker, der für Josephen gearbeitet hatte, und diese wenigstens so genau kannte, als ihre kleinen Füße. Wer ist der Vater zu diesem Kinde? wandte er sich mit frechem Trotz zur Tochter Asterons. Don Fernando erblaßte bei dieser Frage. Er sah bald den Jeronimo schüchtern an, bald überflog er die Versammlung, ob nicht einer sei, der ihn kenne? Josephe rief, von entsetzlichen Verhältnissen gedrängt: dies ist nicht mein Kind, Meister Pedrillo, wie Er glaubt; indem sie, in unendlicher Angst der Seele, auf Don Fernando blickte: dieser junge Herr ist Don Fernando Ormez, Sohn des Kommandanten der Stadt, den ihr alle kennt! Der Schuster fragte: wer von euch, ihr Bürger, kennt diesen jungen Mann? Und mehrere der Umstehenden wiederholten: wer kennt den Jeronimo Rugera? Der trete vor! Nun traf es sich, daß in demselben Augenblicke der kleine Juan, durch den Tumult erschreckt, von Josephens Brust weg Don Fernando in die Arme strebte. Hierauf: Er *ist* der Vater! schrie eine Stimme; und: er *ist* Jeronimo Rugera! eine andere; und: sie *sind* die gotteslästerlichen Menschen! eine dritte; und: steinigt sie! steinigt sie! die ganze im Tempel Jesu versammelte Christenheit! Drauf jetzt Jeronimo: Halt! Ihr Unmenschlichen! Wenn ihr den Jeronimo Rugera sucht: hier ist er! Befreit jenen Mann, welcher unschuldig ist! –

Der wütende Haufen, durch die Äußerung Jeronimos verwirrt, stutzte; mehrere Hände ließen Don Fernando los; und da in demselben Augenblick ein Marine-Offizier von bedeutendem Rang herbeieilte, und, indem er sich durch den Tumult drängte, fragte: Don Fernando Ormez! Was ist Euch widerfahren? so antwortete dieser, nun völlig befreit, mit wahrer heldenmütiger Besonnenheit: »Ja, sehen Sie, Don Alonzo, die Mordknechte! Ich wäre verloren gewesen, wenn dieser würdige Mann sich nicht, die rasende Menge zu beruhigen, für Jeronimo Rugera ausgegeben hätte. Verhaften Sie ihn, wenn Sie die Güte haben wollen, nebst dieser jungen Dame, zu ihrer beiderseitigen Sicherheit; und diesen Nichtswürdigen«, indem er Meister Pedrillo ergriff, »der den ganzen Aufruhr angezettelt hat!« Der Schuster rief: Don Alonzo Onoreja, ich frage Euch auf Euer Gewissen, ist dieses Mädchen nicht Josephe Asteron? Da nun Don Alonzo, welcher Josephen sehr genau kannte, mit der Antwort zauderte, und mehrere Stimmen, dadurch von neuem zur Wut entflammt, riefen: sie ists, sie ists! und: bringt sie zu Tode! so setzte Josephe den kleinen Philipp, den Jeronimo bisher getragen hatte, samt dem kleinen Juan, auf Don Fernandos Arm, und sprach: gehn Sie, Don Fernando, retten Sie Ihre beiden Kinder, und überlassen Sie uns unserm Schicksale!

Don Fernando nahm die beiden Kinder und sagte: er wolle eher umkommen, als zugeben, daß seiner Gesellschaft etwas zu Leide geschehe. Er bot Josephen, nachdem er sich den Degen des Marine-Offiziers ausgebeten hatte, den Arm, und forderte das hintere Paar auf, ihm zu folgen. Sie kamen auch wirklich, indem man ihnen, bei solchen Anstalten, mit hinlänglicher Ehrerbietigkeit Platz machte, aus der Kirche heraus, und glaubten sich gerettet. Doch kaum waren sie auf den von Menschen gleichfalls erfüllten Vorplatz derselben getreten, als eine Stimme aus dem rasenden Haufen, der sie verfolgt hatte, rief: dies ist Jeronimo Rugera, ihr Bürger, denn ich bin sein eigner Vater! und ihn an Donna Constanzens Seite mit einem ungeheuren Keulenschlage zu Boden streckte. Jesus Maria! rief Donna Constanze, und floh zu ihrem Schwager; doch: Klostermetze! erscholl es schon, mit einem zweiten Keulenschlage, von einer andern Seite, der sie leblos neben Jeronimo niederwarf. Ungeheuer! rief ein Unbekannter: dies war Donna Constanze Xares! Warum belogen sie uns! antwortete der Schuster; sucht die rechte auf, und bringt sie um! Don Fernando, als er Constanzens Leichnam erblickte, glühte vor Zorn; er zog und schwang das Schwert, und hieb, daß er ihn gespalten hätte, den fanatischen Mordknecht, der diese Greuel veranlaßte, wenn derselbe nicht, durch eine Wendung, dem wütenden Schlag entwichen wäre. Doch da er die Menge, die auf ihn eindrang, nicht überwältigen konnte: leben Sie wohl, Don Fernando mit den Kindern! rief Josephe – und: hier mordet mich, ihr blutdürstenden Tiger! und stürzte sich freiwillig unter sie, um dem Kampf ein Ende zu machen. Meister Pedrillo schlug sie mit der Keule nieder. Darauf ganz mit ihrem Blute besprützt: schickt ihr den Bastard zur Hölle nach! rief er, und drang, mit noch ungesättigter Mordlust, von neuem vor.

Don Fernando, dieser göttliche Held, stand jetzt, den Rücken an die Kirche gelehnt; in der Linken hielt er die Kinder, in der Rechten das Schwert. Mit jedem Hiebe wetterstrahlte er einen zu Boden; ein Löwe wehrt sich nicht besser. Sieben Bluthunde lagen tot vor ihm, der Fürst der satanischen Rotte selbst war verwundet. Doch Meister Pedrillo ruhte nicht eher, als bis er der Kinder eines bei den Beinen von seiner Brust gerissen, und, hochher im Kreise geschwungen, an eines Kirchpfeilers Ecke zerschmettert hatte. Hierauf ward es still, und alles entfernte sich. Don Fernando, als er seinen kleinen Juan vor sich liegen sah, mit aus dem Hirne vorquellenden Mark, hob, voll namenlosen Schmerzes, seine Augen gen Himmel.

Der Marine-Offizier fand sich wieder bei ihm ein, suchte ihn zu trösten, und versicherte ihn, daß seine Untätigkeit bei diesem Unglück, obschon durch mehrere Umstände gerechtfertigt, ihn reue; doch Don Fernando sagte, daß ihm nichts vorzuwerfen sei, und bat ihn nur, die Leichname jetzt fortschaffen zu helfen. Man trug sie alle, bei der Finsternis der einbrechenden Nacht, in Don Alonzos Wohnung, wohin Don Fernando ihnen, viel über das Antlitz des kleinen Philipp weinend, folgte. Er übernachtete auch bei Don Alonzo, und säumte lange, unter falschen Vorspiegelungen, seine

Gemahlin von dem ganzen Umfang des Unglücks zu unterrichten; einmal, weil sie krank war, und dann, weil er auch nicht wußte, wie sie sein Verhalten bei dieser Begebenheit beurteilen würde; doch kurze Zeit nachher, durch einen Besuch zufällig von allem, was geschehen war, benachrichtigt, weinte diese treffliche Dame im Stillen ihren mütterlichen Schmerz aus, und fiel ihm mit dem Rest einer erglänzenden Träne eines Morgens um den Hals und küßte ihn. Don Fernando und Donna Elvire nahmen hierauf den kleinen Fremdling zum Pflegesohn an; und wenn Don Fernando Philippen mit Juan verglich, und wie er beide erworben hatte, so war es ihm fast, als müßt er sich freuen.

DIE VERLOBUNG IN ST. DOMINGO

Zu Port au Prince, auf dem französischen Anteil der Insel St. Domingo, lebte, zu Anfange dieses Jahrhunderts, als die Schwarzen die Weißen ermordeten, auf der Pflanzung des Herrn Guillaume von Villeneuve, ein fürchterlicher alter Neger, namens Congo Hoango. Dieser von der Goldküste von Afrika herstammende Mensch, der in seiner Jugend von treuer und rechtschaffener Gemütsart schien, war von seinem Herrn, weil er ihm einst auf einer Überfahrt nach Cuba das Leben gerettet hatte, mit unendlichen Wohltaten überhäuft worden. Nicht nur, daß Herr Guillaume ihm auf der Stelle seine Freiheit schenkte, und ihm, bei seiner Rückkehr nach St. Domingo, Haus und Hof anwies; er machte ihn sogar, einige Jahre darauf, gegen die Gewohnheit des Landes, zum Aufseher seiner beträchtlichen Besitzung, und legte ihm, weil er nicht wieder heiraten wollte, an Weibes Statt eine alte Mulattin, namens Babekan, aus seiner Pflanzung bei, mit welcher er durch seine erste verstorbene Frau weitläuftig verwandt war. Ja, als der Neger sein sechzigstes Jahr erreicht hatte, setzte er ihn mit einem ansehnlichen Gehalt in den Ruhestand und krönte seine Wohltaten noch damit, daß er ihm in seinem Vermächtnis sogar ein Legat auswarf; und doch konnten alle diese Beweise von Dankbarkeit Herrn Villeneuve vor der Wut dieses grimmigen Menschen nicht schützen. Congo Hoango war, bei dem allgemeinen Taumel der Rache, der auf die unbesonnenen Schritte des National-Konvents in diesen Pflanzungen aufloderte, einer der ersten, der die Büchse ergriff, und, eingedenk der Tyrannei, die ihn seinem Vaterlande entrissen hatte, seinem Herrn die Kugel durch den Kopf jagte. Er steckte das Haus, worein die Gemahlin desselben mit ihren drei Kindern und den übrigen Weißen der Niederlassung sich geflüchtet hatte, in Brand, verwüstete die ganze Pflanzung, worauf die Erben, die in Port au Prince wohnten, hätten Anspruch machen können, und zog, als sämtliche zur Besitzung gehörige Etablissements der

Erde gleich gemacht waren, mit den Negern, die er versammelt und bewaffnet hatte, in der Nachbarschaft umher, um seinen Mitbrüdern in dem Kampfe gegen die Weißen beizustehen. Bald lauerte er den Reisenden auf, die in bewaffneten Haufen das Land durchkreuzten; bald fiel er am hellen Tage die in ihren Niederlassungen verschanzten Pflanzer selbst an, und ließ alles, was er darin vorfand, über die Klinge springen. Ja, er forderte, in seiner unmenschlichen Rachsucht, sogar die alte Babekan mit ihrer Tochter, einer jungen funfzehnjährigen Mestize, namens Toni, auf, an diesem grimmigen Kriege, bei dem er sich ganz verjüngte, Anteil zu nehmen; und weil das Hauptgebäude der Pflanzung, das er jetzt bewohnte, einsam an der Landstraße lag und sich häufig, während seiner Abwesenheit, weiße oder kreolische Flüchtlinge einfanden, welche darin Nahrung oder ein Unterkommen suchten, so unterrichtete er die Weiber, diese weißen Hunde, wie er sie nannte, mit Unterstützungen und Gefälligkeiten bis zu seiner Wiederkehr hinzuhalten. Babekan, welche in Folge einer grausamen Strafe, die sie in ihrer Jugend erhalten hatte, an der Schwindsucht litt, pflegte in solchen Fällen die junge Toni, die, wegen ihrer ins Gelbliche gehenden Gesichtsfarbe, zu dieser gräßlichen List besonders brauchbar war, mit ihren besten Kleidern auszuputzen; sie ermunterte dieselbe, den Fremden keine Liebkosung zu versagen, bis auf die letzte, die ihr bei Todesstrafe verboten war: und wenn Congo Hoango mit seinem Negertrupp von den Streifereien, die er in der Gegend gemacht hatte, wiederkehrte, war unmittelbarer Tod das Los der Armen, die sich durch diese Künste hatten täuschen lassen.

Nun weiß jedermann, daß im Jahr 1803, als der General Dessalines mit 30000 Negern gegen Port au Prince vorrückte, alles, was die weiße Farbe trug, sich in diesen Platz warf, um ihn zu verteidigen. Denn er war der letzte Stützpunkt der französischen Macht auf dieser Insel, und wenn er fiel, waren alle Weißen, die sich darauf befanden, sämtlich ohne Rettung verloren. Demnach traf es sich, daß gerade in der Abwesenheit des alten Hoango, der mit den Schwarzen, die er um sich hatte, aufgebrochen war, um dem General Dessalines mitten durch die französischen Posten einen Transport von Pulver und Blei zuzuführen, in der Finsternis einer stürmischen und regnigten Nacht, jemand an die hintere Tür seines Hauses klopfte. Die alte Babekan, welche schon im Bette lag, erhob sich, öffnete, einen bloßen Rock um die Hüften geworfen, das Fenster, und fragte: wer da sei? »Bei Maria und allen Heiligen,« sagte der Fremde leise, indem er sich unter das Fenster stellte: »beantwortet mir, ehe ich Euch dies entdecke, eine Frage!« Und damit streckte er, durch die Dunkelheit der Nacht, seine Hand aus, um die Hand der Alten zu ergreifen, und fragte: »seid Ihr eine Negerin?« Babekan sagte: nun, Ihr seid gewiß ein Weißer, daß Ihr dieser stockfinstern Nacht lieber ins Antlitz schaut, als einer Negerin! Kommt herein, setzte sie hinzu, und fürchtet nichts; hier wohnt eine Mulattin, und die einzige, die sich außer mir noch im Hause befindet, ist meine Tochter, eine Mestize! Und damit machte sie das Fenster zu, als wollte sie hinabsteigen und ihm die Tür öffnen; schlich aber, unter dem Vorwand, daß sie den Schlüssel nicht sogleich finden könne, mit einigen Kleidern, die sie schnell aus dem Schrank zusammenraffte, in die Kammer hinauf und weckte ihre Tochter. »Toni!« sprach sie: »Toni!« – Was gibts, Mutter? – »Geschwind!« sprach sie. »Aufgestanden und dich angezogen! Hier sind Kleider, weiße Wäsche und Strümpfe! Ein Weißer, der verfolgt wird, ist vor der Tür und begehrt eingelassen zu werden!« – Toni fragte: ein Weißer? indem sie sich halb im Bett aufrichtete. Sie nahm die Kleider, welche die Alte in der Hand hielt, und sprach: ist er auch allein, Mutter? Und haben wir, wenn wir ihn einlassen, nichts zu befürchten! – »Nichts, nichts!« versetzte die Alte, indem sie Licht anmachte: »er ist ohne Waffen und allein, und Furcht, daß wir über ihn herfallen möchten, zittert in allen seinen Gebeinen!« Und damit, während Toni aufstand und sich Rock und Strümpfe anzog, zündete sie die große Laterne an, die in dem Winkel des Zimmers stand, band dem Mädchen geschwind das Haar, nach der Landesart, über dem Kopf zusammen, bedeckte sie, nachdem sie ihr den Latz zugeschnürt hatte, mit einem Hut, gab ihr die Laterne in die Hand und befahl ihr, auf den Hof hinab zu gehen und den Fremden herein zu holen.

Inzwischen war auf das Gebell einiger Hofhunde ein Knabe, namens Nanky, den Hoango auf unehelichem Wege mit einer Negerin erzeugt hatte, und der mit seinem Bruder Seppy in den Nebengebäuden schlief, erwacht; und da er beim Schein des Mondes einen einzelnen Mann auf der hinteren Treppe des Hauses stehen sah: so eilte er sogleich, wie er in solchen Fällen angewiesen war, nach dem Hoftor, durch welches derselbe hereingekommen war, um es zu verschließen. Der Fremde, der nicht begriff, was diese Anstalten zu bedeuten hatten, fragte den Knaben, den er mit Entsetzen, als er ihm nahe stand, für einen Negerknaben erkannte: wer in dieser Niederlassung wohne? und schon war er auf die Antwort desselben: »daß die Besitzung, seit dem Tode Herrn Villeneuves dem Neger Hoango anheim gefallen,« im Begriff, den Jungen niederzuwerfen, ihm den Schlüssel der Hofpforte, den er in der Hand hielt, zu entreißen und das weite Feld zu suchen, als Toni, die Laterne in der Hand, vor das Haus hinaus trat. »Geschwind!« sprach sie, indem sie seine Hand ergriff und ihn nach der Tür zog: »hier herein!« Sie trug Sorge, indem sie dies sagte, das Licht so zu stellen, daß der volle Strahl davon auf ihr Gesicht fiel. – Wer bist du? rief der Fremde sträubend, indem er, um mehr als einer Ursache willen betroffen, ihre junge liebliche Gestalt betrachtete. Wer wohnt in diesem Hause, in welchem ich, wie du vorgibst, meine Rettung finden soll? – »Niemand, bei dem Licht der Sonne«, sprach das Mädchen, »als meine Mutter und ich!« und bestrebte und beeiferte sich, ihn mit sich fortzureißen. Was, niemand! rief der Fremde, indem er, mit einem Schritt rückwärts, seine Hand losriß: hat mir dieser Knabe nicht eben gesagt, daß ein Neger, namens Hoango, darin befindlich sei? –

»Ich sage, nein!« sprach das Mädchen, indem sie, mit einem Ausdruck von Unwillen, mit dem Fuß stampfte; »und wenn gleich einem Wüterich, der diesen Namen führt, das Haus gehört: abwesend ist er in diesem Augenblick und auf zehn Meilen davon entfernt!« Und damit zog sie den Fremden mit ihren beiden Händen in das Haus hinein, befahl dem Knaben, keinem Menschen zu sagen, wer angekommen sei, ergriff, nachdem sie die Tür erreicht, des Fremden Hand und führte ihn die Treppe hinauf, nach dem Zimmer ihrer Mutter.

»Nun«, sagte die Alte, welche das ganze Gespräch, von dem Fenster herab, mit angehört und bei dem Schein des Lichts bemerkt hatte, daß er ein Offizier war: »was bedeutet der Degen, den Ihr so schlagfertig unter Eurem Arme tragt? Wir haben Euch«, setzte sie hinzu, indem sie sich die Brille aufdrückte, »mit Gefahr unseres Lebens eine Zuflucht in unserm Hause gestattet; seid Ihr herein gekommen, um diese Wohltat, nach der Sitte Eurer Landsleute, mit Verräterei zu vergelten?« – Behüte der Himmel! erwiderte der Fremde, der dicht vor ihren Sessel getreten war. Er ergriff die Hand der Alten, drückte sie an sein Herz, und indem er, nach einigen im Zimmer schüchtern umhergeworfenen Blicken, den Degen, den er an der Hüfte trug, abschnallte, sprach er: Ihr seht den elendesten der Menschen, aber keinen undankbaren und schlechten vor Euch! – »Wer seid Ihr?« fragte die Alte; und damit schob sie ihm mit dem Fuß einen Stuhl hin, und befahl dem Mädchen, in die Küche zu gehen, und ihm, so gut es sich in der Eil tun ließ, ein Abendbrot zu bereiten. Der Fremde erwiderte: ich bin ein Offizier von der französischen Macht, obschon, wie Ihr wohl selbst urteilt, kein Franzose; mein Vaterland ist die Schweiz und mein Name Gustav von der Ried. Ach, hätte ich es niemals verlassen und gegen dies unselige Eiland vertauscht! Ich komme von Fort Dauphin, wo, wie Ihr wißt, alle Weißen ermordet worden sind, und meine Absicht ist, Port au Prince zu erreichen, bevor es dem General Dessalines noch gelungen ist, es mit den Truppen, die er anführt, einzuschließen und zu belagern. – »Von Fort Dauphin!« rief die Alte. »Und es ist Euch mit Eurer Gesichtsfarbe geglückt, diesen ungeheuren Weg, mitten durch ein in Empörung begriffenes Mohrenland, zurückzulegen?« Gott und alle Heiligen, erwiderte der Fremde, haben mich beschützt! – Und ich bin nicht allein, gutes Mütterchen; in meinem Gefolge, das ich zurückgelassen, befindet sich ein ehrwürdiger alter Greis, mein Oheim, mit seiner Gemahlin und fünf Kindern; mehrere Bediente und Mägde, die zur Familie gehören, nicht zu erwähnen; ein Troß von zwölf Menschen, den ich, mit Hülfe zweier elenden Maulesel, in unsäglich mühevollen Nachtwanderungen, da wir uns bei Tage auf der Heerstraße nicht zeigen dürfen, mit mir fortführen muß. »Ei, mein Himmel!« rief die Alte, indem sie, unter mitleidigem Kopfschütteln, eine Prise Tabak nahm. »Wo befindet sich denn in diesem Augenblick Eure Reisegesellschaft?« – Euch, versetzte der Fremde, nachdem er sich ein wenig besonnen hatte: Euch kann ich mich anvertrauen; aus der Farbe Eures Gesichts schimmert mir ein Strahl von der meinigen entgegen. Die Familie befindet sich, daß Ihr es wißt, eine Meile von hier, zunächst dem Möwenweiher, in der Wildnis der angrenzenden Gebirgswaldung: Hunger und Durst zwangen uns vorgestern, diese Zuflucht aufzusuchen. Vergebens schickten wir in der verflossenen Nacht unsere Bedienten aus, um ein wenig Brot und Wein bei den Einwohnern des Landes aufzutreiben; Furcht, ergriffen und getötet zu werden, hielt sie ab, die entscheidenden Schritte deshalb zu tun, dergestalt, daß ich mich selbst heute mit Gefahr meines Lebens habe aufmachen müssen, um mein Glück zu versuchen. Der Himmel, wenn mich nicht alles trügt, fuhr er fort, indem er die Hand der Alten drückte, hat mich mitleidigen Menschen zugeführt, die jene grausame und unerhörte Erbitterung, welche alle Einwohner dieser Insel ergriffen hat, nicht teilen. Habt die Gefälligkeit, mir für reichlichen Lohn einige Körbe mit Lebensmitteln und Erfrischungen anzufüllen; wir haben nur noch fünf Tagereisen bis Port au Prince, und wenn ihr uns die Mittel verschafft, diese Stadt zu erreichen, so werden wir euch ewig als die Retter unseres Lebens ansehen. – »Ja, diese rasende Erbitterung«, heuchelte die Alte. »Ist es nicht, als ob die Hände *eines* Körpers, oder die Zähne *eines* Mundes gegen einander wüten wollten, weil das *eine* Glied nicht geschaffen ist, wie das andere? Was kann ich, deren Vater aus St. Jago, von der Insel Cuba war, für den Schimmer von Licht, der auf meinem Antlitz, wenn es Tag wird, erdämmert? Und was kann meine Tochter, die in Europa empfangen und geboren ist, dafür, daß der volle Tag jenes Weltteils von dem ihrigen widerscheint?« – Wie? rief der Fremde. Ihr, die Ihr nach Eurer ganzen Gesichtsbildung eine Mulattin, und mithin afrikanischen Ursprungs seid, Ihr wäret samt der lieblichen jungen Mestize, die mir das Haus aufmachte, mit uns Europäern in *einer* Verdammnis? – »Beim Himmel!« erwiderte die Alte, indem sie die Brille von der Nase nahm; »meint Ihr, daß das kleine Eigentum, das wir uns in mühseligen und jammervollen Jahren durch die Arbeit unserer Hände erworben haben, dies grimmige, aus der Hölle stammende Räubergesindel nicht reizt? Wenn wir uns nicht durch List und den ganzen Inbegriff jener Künste, die die Notwehr dem Schwachen in die Hände gibt, vor ihrer Verfolgung zu sichern wüßten: der Schatten von Verwandtschaft, der über unsere Gesichter ausgebreitet ist, der, könnt Ihr sicher glauben, tut es nicht!« – Es ist nicht möglich! rief der Fremde; und wer auf dieser Insel verfolgt euch? »Der Besitzer dieses Hauses«, antwortete die Alte: »der Neger Congo Hoango! Seit dem Tode Herrn Guillaumes, des vormaligen Eigentümers dieser Pflanzung, der durch seine grimmige Hand beim Ausbruch der Empörung fiel, sind wir, die wir ihm als Verwandte die Wirtschaft führen, seiner ganzen Willkür und Gewalttätigkeit preis gegeben. Jedes Stück Brot, jeden Labetrunk den wir aus Menschlichkeit einem oder dem andern der weißen Flüchtlinge, die hier zuweilen die Straße vorüberziehen, gewähren, rechnet er uns mit Schimpfwörtern und Mißhandlungen an; und nichts wünscht er mehr, als die Rache der Schwarzen über uns weiße und kreolische Halbhunde, wie er uns nennt, hereinhetzen zu können, teils um unserer überhaupt, die wir seine Wildheit gegen die Weißen tadeln, los zu werden, teils, um das kleine Eigentum, das wir hinterlassen würden, in Besitz zu nehmen.« – Ihr Unglücklichen! sagte der Fremde; ihr Bejammernswürdigen! – Und wo befindet sich in diesem Augenblick dieser Wüterich? »Bei dem Heere des Generals Dessalines,« antwortete die Alte, »dem er, mit den übrigen Schwarzen, die zu dieser Pflanzung gehören, einen Transport von Pulver und Blei zuführt, dessen der General bedürftig war. Wir erwarten ihn, falls er nicht auf neue Unternehmungen auszieht, in zehn oder zwölf Tagen zurück; und wenn er alsdann, was Gott verhüten wolle, erführe, daß wir einem Weißen, der nach Port au Prince wandert, Schutz und Obdach gegeben, während er aus allen Kräften an dem Geschäft Teil nimmt, das ganze Geschlecht derselben von der Insel zu vertilgen, wir wären alle, das könnt Ihr glauben, Kinder des Todes.« Der Himmel, der Menschlichkeit und Mitleiden liebt, antwortete der Fremde, wird Euch in dem, was Ihr einem Unglücklichen tut, beschützen! – Und weil Ihr Euch, setzte er, indem er der Alten näher rückte, hinzu, einmal in diesem Falle des Negers Unwillen zugezogen haben würdet, und der Gehorsam, wenn Ihr auch dazu zurückkehren wolltet, Euch fürderhin zu nichts helfen würde; könnt Ihr Euch wohl, für jede Belohnung, die Ihr nur verlangen mögt, entschließen, meinem Oheim und seiner Familie, die durch die Reise aufs äußerste angegriffen sind, auf einen oder zwei Tage in Eurem Hause Obdach zu geben, damit sie sich ein wenig erholten? – »Junger Herr!« sprach die Alte betroffen, »was verlangt Ihr da? Wie ist es, in einem Hause, das an der Landstraße liegt, möglich, einen Troß von solcher Größe, als der Eurige ist, zu beherbergen, ohne daß er den Einwohnern des Landes verraten würde?« – Warum nicht? versetzte der Fremde dringend: wenn ich sogleich selbst an den Möwenweiher hinausginge, und die Gesellschaft, noch vor Anbruch des Tages, in die Niederlassung einführte; wenn man alles, Herrschaft und Dienerschaft, in einem und demselben Gemach des Hauses unterbrächte, und, für den schlimmsten Fall, etwa noch die Vorsicht gebrauchte, Türen und Fenster desselben sorgfältig zu verschließen? – Die Alte erwiderte, nachdem sie den Vorschlag während einiger Zeit erwogen hatte: »daß, wenn er, in der heutigen Nacht, unternehmen wollte, den Troß aus seiner Bergschlucht in die Niederlassung einzuführen, er, bei der Rückkehr von dort, unfehlbar auf einen Trupp bewaffneter Neger stoßen würde, der, durch einige vorangeschickte Schützen, auf der Heerstraße angesagt worden wäre.« – Wohlan! versetzte der Fremde: so begnügen wir uns, für diesen Augenblick, den Unglücklichen einen Korb mit Lebensmitteln zuzusenden, und sparen das Geschäft, sie in die Niederlassung einzuführen, für die nächstfolgende Nacht auf. Wollt Ihr, gutes Mütterchen, das tun? – »Nun«, sprach die Alte, unter vielfachen Küssen, die von den Lippen des Fremden auf ihre knöcherne Hand niederregneten:

»um des Europäers, meiner Tochter Vater willen, will ich euch, seinen bedrängten Landsleuten, diese Gefälligkeit erweisen. Setzt Euch beim Anbruch des morgenden Tages hin, und ladet die Eurigen in einem Schreiben ein, sich zu mir in die Niederlassung zu verfügen; der Knabe, den Ihr im Hofe gesehen, mag ihnen das Schreiben mit einigem Mundvorrat überbringen, die Nacht über zu ihrer Sicherheit in den Bergen verweilen, und dem Trosse beim Anbruch des nächstfolgenden Tages, wenn die Einladung angenommen wird, auf seinem Wege hierher zum Führer dienen.«

Inzwischen war Toni mit einem Mahl, das sie in der Küche bereitet hatte, wiedergekehrt, und fragte die Alte mit einem Blick auf den Fremden, schäkernd, indem sie den Tisch deckte: Nun, Mutter, sagt an! Hat sich der Herr von dem Schreck, der ihn vor der Tür ergriff, erholt? Hat er sich überzeugt, daß weder Gift noch Dolch auf ihn warten, und daß der Neger Hoango nicht zu Hause ist? Die Mutter sagte mit einem Seufzer: »mein Kind, der Gebrannte scheut, nach dem Sprichwort, das Feuer. Der Herr würde töricht gehandelt haben, wenn er sich früher in das Haus hineingewagt hätte, als bis er sich von dem Volksstamm, zu welchem seine Bewohner gehören, überzeugt hatte.« Das Mädchen stellte sich vor die Mutter, und erzählte ihr: wie sie die Laterne so gehalten, daß ihr der volle Strahl davon ins Gesicht gefallen wäre. Aber seine Einbildung, sprach sie, war ganz von Mohren und Negern erfüllt; und wenn ihm eine Dame von Paris oder Marseille die Türe geöffnet hätte, er würde sie für eine Negerin gehalten haben. Der Fremde, indem er den Arm sanft um ihren Leib schlug, sagte verlegen: daß der Hut, den sie aufgehabt, ihn verhindert hätte, ihr ins Gesicht zu schaun. Hätte ich dir, fuhr er fort, indem er sie lebhaft an seine Brust drückte, ins Auge sehen können, so wie ich es jetzt kann: so hätte ich, auch wenn alles Übrige an dir schwarz gewesen wäre, aus einem vergifteten Becher mit dir trinken wollen. Die Mutter nötigte ihn, der bei diesen Worten rot geworden war, sich zu setzen, worauf Toni sich neben ihm an der Tafel niederließ, und mit aufgestützten Armen, während der Fremde aß, in sein Antlitz sah. Der Fremde fragte sie: wie alt sie wäre? und wie ihre Vaterstadt hieße? worauf die Mutter das Wort nahm und ihm sagte: »daß Toni vor funfzehn Jahren auf einer Reise, welche sie mit der Frau des Herrn Villeneuve, ihres vormaligen Prinzipals, nach Europa gemacht hätte, in Paris von ihr empfangen und geboren worden wäre. Sie setzte hinzu, daß der Neger Komar, den sie nachher geheiratet, sie zwar an Kindes Statt angenommen hätte, daß ihr Vater aber eigentlich ein reicher Marseiller Kaufmann, namens Bertrand wäre, von dem sie auch Toni Bertrand hieße.« – Toni fragte ihn: ob er einen solchen Herrn in Frankreich kenne? Der Fremde erwiderte: nein! das Land wäre groß, und während des kurzen Aufenthalts, den er bei seiner Einschiffung nach Westindien darin genommen, sei ihm keine Person dieses Namens vorgekommen. Die Alte versetzte daß Herr Bertrand auch, nach ziemlich sicheren Nachrichten, die sie eingezogen, nicht mehr in Frankreich befindlich sei. Sein ehrgeiziges und aufstrebendes Gemüt, sprach sie, gefiel sich in dem Kreis bürgerlicher Tätigkeit nicht; er mischte sich beim Ausbruch der Revolution in die öffentlichen Geschäfte, und ging im Jahr 1795 mit einer französischen Gesandtschaft an den türkischen Hof, von wo er, meines Wissens, bis diesen Augenblick noch nicht zurückgekehrt ist. Der Fremde sagte lächelnd zu Toni, indem er ihre Hand faßte: daß sie ja in diesem Falle ein vornehmes und reiches Mädchen wäre. Er munterte sie auf, diese Vorteile geltend zu machen, und meinte, daß sie Hoffnung hätte, noch einmal an der Hand ihres Vaters in glänzendere Verhältnisse, als in denen sie jetzt lebte, eingeführt zu werden! »Schwerlich«, versetzte die Alte mit unterdrückter Empfindlichkeit. »Herr Bertrand leugnete mir, während meiner Schwangerschaft zu Paris, aus Scham vor einer jungen reichen Braut, die er heiraten wollte, die Vaterschaft zu diesem Kinde vor Gericht ab. Ich werde den Eidschwur, den er die Frechheit hatte, mir ins Gesicht zu leisten, niemals vergessen, ein Gallenfieber war die Folge davon, und bald darauf noch sechzig Peitschenhiebe, die mir Herr Villeneuve geben ließ, und in deren Folge ich noch bis auf diesen Tag an der Schwindsucht leide.« – – Toni, welche den Kopf gedankenvoll auf ihre Hand gelegt hatte, fragte den Fremden: wer er denn wäre? wo er herkäme und wo er hinginge? worauf dieser nach einer kurzen Verlegenheit, worin ihn die erbitterte Rede der Alten versetzt hatte, erwiderte: daß er mit Herrn Strömlis, seines Oheims Familie, die er, unter dem Schutze zweier jungen Vettern, in der Bergwaldung am Möwenweiher zurückgelassen, vom Fort Dauphin käme. Er erzählte, auf des Mädchens Bitte, mehrere Züge der in dieser Stadt ausgebrochenen Empörung; wie zur Zeit der Mitternacht, da alles geschlafen, auf ein verräterisch gegebenes Zeichen, das Gemetzel der Schwarzen gegen die Weißen losgegangen wäre; wie der Chef der Negern, ein Sergeant bei dem französischen Pionierkorps, die Bosheit gehabt, sogleich alle Schiffe im Hafen in Brand zu stecken, um den Weißen die Flucht nach Europa abzuschneiden; wie die Familie kaum Zeit gehabt, sich mit einigen Habseligkeiten vor die Tore der Stadt zu retten, und wie ihr, bei dem gleichzeitigen Auflodern der Empörung in allen Küstenplätzen, nichts übrig geblieben wäre, als mit Hülfe zweier Maulesel, die sie aufgetrieben, den Weg quer durch das ganze Land nach Port au Prince einzuschlagen, das allein noch, von einem starken französischen Heere beschützt, der überhand nehmenden Macht der Negern in diesem Augenblick Widerstand leiste. – Toni fragte: wodurch sich denn die Weißen daselbst so verhaßt gemacht hätten? – Der Fremde erwiderte betroffen: durch das allgemeine Verhältnis, das sie, als Herren der Insel, zu den Schwarzen hatten, und das ich, die Wahrheit zu gestehen, mich nicht unterfangen will, in Schutz zu nehmen; das aber schon seit vielen Jahrhunderten auf diese Weise bestand! Der Wahnsinn der Freiheit, der alle diese Pflanzungen ergriffen hat, trieb die Negern und Kreolen, die Ketten, die sie drückten, zu brechen, und an den Weißen wegen vielfacher und tadelnswürdiger Mißhandlungen, die sie von einigen schlechten Mitgliedern derselben erlitten, Rache zu nehmen. – Besonders, fuhr er nach einem kurzen Stillschweigen fort, war mir die Tat eines jungen Mädchens schauderhaft und merkwürdig. Dieses Mädchen, vom Stamm der Negern, lag gerade zur Zeit, da die Empörung aufloderte, an dem gelben Fieber krank, das zur Verdoppelung des Elends in der Stadt ausgebrochen war. Sie hatte drei Jahre zuvor einem Pflanzer vom Geschlecht der Weißen als Sklavin gedient, der sie aus Empfindlichkeit, weil sie sich seinen Wünschen nicht willfährig gezeigt hatte, hart behandelt und nachher an einen kreolischen Pflanzer verkauft hatte. Da nun das Mädchen an dem Tage des allgemeinen Aufruhrs erfuhr, daß sich der Pflanzer, ihr ehemaliger Herr, vor der Wut der Negern, die ihn verfolgten, in einen nahegelegenen Holzstall geflüchtet hatte: so schickte sie, jener Mißhandlungen eingedenk, beim Anbruch der Dämmerung, ihren Bruder zu ihm, mit der Einladung, bei ihr zu übernachten. Der Unglückliche, der weder wußte, daß das Mädchen unpäßlich war, noch an welcher Krankheit sie litt, kam und schloß sie voll Dankbarkeit, da er sich gerettet glaubte, in seine Arme: doch kaum hatte er eine halbe Stunde unter Liebkosungen und Zärtlichkeiten in ihrem Bette zugebracht, als sie sich plötzlich mit dem Ausdruck wilder und kalter Wut, darin erhob und sprach: eine Pestkranke, die den Tod in der Brust trägt, hast du geküßt: geh und gib das gelbe Fieber allen denen, die dir gleichen! – Der Offizier, während die Alte mit lauten Worten ihren Abscheu hierüber zu erkennen gab, fragte Toni: ob *sie* wohl einer solchen Tat fähig wäre? Nein! sagte Toni, indem sie verwirrt vor sich niedersah. Der Fremde, indem er das Tuch auf dem Tische legte, versetzte: daß, nach dem Gefühl seiner Seele, keine Tyrannei, die die Weißen je verübt, einen Verrat, so niederträchtig und abscheulich, rechtfertigen könnte. Die Rache des Himmels, meinte er, indem er sich mit einem leidenschaftlichen Ausdruck erhob, würde dadurch entwaffnet: die Engel selbst, dadurch empört, stellten sich auf Seiten derer, die Unrecht hätten, und nähmen, zur Aufrechthaltung menschlicher und göttlicher Ordnung, ihre Sache! Er trat bei diesen Worten auf einen Augenblick an das Fenster, und sah in die Nacht hinaus, die mit stürmischen Wolken über den Mond und die Sterne vorüber zog; und da es ihm schien, als ob Mutter und Tochter einander ansähen, obschon er auf keine Weise merkte, daß sie sich Winke zugeworfen hätten: so übernahm ihn ein widerwärtiges und verdrießliches Gefühl; er wandte sich und bat, daß man ihm das Zimmer anweisen möchte, wo er schlafen könne.

Die Mutter bemerkte, indem sie nach der Wanduhr sah, daß es überdies nahe an Mitternacht sei, nahm ein Licht in die Hand, und forderte den Fremden auf, ihr zu folgen. Sie führte ihn durch einen langen Gang in das für ihn bestimmte Zimmer; Toni trug den Überrock des Fremden und mehrere andere Sachen, die er abgelegt hatte; die Mutter zeigte ihm ein von Polstern bequem aufgestapeltes Bett, worin er schlafen sollte, und nachdem sie Toni noch befohlen hatte, dem Herrn ein Fußbad zu bereiten, wünschte sie ihm eine gute Nacht und empfahl sich. Der Fremde stellte seinen Degen in den Winkel und legte ein Paar Pistolen, die er im Gürtel trug, auf den Tisch. Er sah sich, während Toni das Bett vorschob und ein weißes Tuch darüber breitete, im Zimmer um; und da er gar bald, aus der Pracht und dem Geschmack, die darin herrschten, schloß, daß es dem vormaligen Besitzer der Pflanzung angehört haben müsse: so legte sich ein Gefühl der Unruhe wie ein Geier um sein Herz, und er wünschte sich, hungrig und durstig, wie er gekommen war, wieder in die Waldung zu den Seinigen zurück. Das Mädchen hatte mittlerweile, aus der nahbelegenen Küche, ein Gefäß mit warmem Wasser, von wohlriechenden Kräutern duftend, hereingeholt, und forderte den Offizier, der sich in das Fenster gelehnt hatte, auf, sich darin zu erquicken. Der Offizier ließ sich, während er sich schweigend von der Halsbinde und der Weste befreite, auf den Stuhl nieder; er schickte sich an, sich die Füße zu entblößen, und während das Mädchen, auf ihre Kniee vor ihm hingekauert, die kleinen Vorkehrungen zum Bade besorgte, betrachtete er ihre einnehmende Gestalt. Ihr Haar, in dunkeln Locken schwellend, war ihr, als sie niederknieete, auf ihre jungen Brüste herabgerollt; ein Zug von ausnehmender Anmut spielte um ihre Lippen und über ihre langen, über die gesenkten Augen hervorragenden Augenwimpern; er hätte, bis auf die Farbe, die ihm anstößig war, schwören mögen, daß er nie etwas Schöneres gesehen. Dabei fiel ihm eine entfernte Ähnlichkeit, er wußte noch selbst nicht recht mit wem, auf, die er schon bei seinem Eintritt in das Haus bemerkt hatte, und die seine ganze Seele für sie in Anspruch nahm. Er ergriff sie, als sie in den Geschäften, die sie betrieb, aufstand, bei der Hand, und da er gar richtig schloß, daß es nur ein Mittel gab, zu erprüfen, ob das Mädchen ein Herz habe oder nicht, so zog er sie auf seinen Schoß nieder und fragte sie: »ob sie schon einem Bräutigam verlobt wäre?« Nein! lispelte das Mädchen, indem sie ihre großen schwarzen Augen in lieblicher Verschämtheit zur Erde schlug. Sie setzte, ohne sich auf seinem Schoß zu rühren, hinzu: Konelly, der junge Neger aus der Nachbarschaft, hätte zwar vor drei Monaten um sie angehalten; sie hätte ihn aber, weil sie noch zu jung wäre, ausgeschlagen. Der Fremde, der, mit seinen beiden Händen, ihren schlanken Leib umfaßt hielt, sagte: »in seinem Vaterlande wäre, nach einem daselbst herrschenden Sprichwort, ein Mädchen von vierzehn Jahren und sieben Wochen bejahrt genug, um zu heiraten.« Er fragte, während sie ein kleines, goldenes Kreuz, das er auf der Brust trug, betrachtete: »wie alt sie wäre?« – Funfzehn Jahre, erwiderte Toni. »Nun also!« sprach der Fremde. – »Fehlt es ihm denn an Vermögen, um sich häuslich, wie du es wünschest, mit dir niederzulassen?« Toni, ohne die Augen zu ihm aufzuschlagen, erwiderte: o nein! – Vielmehr, sprach sie, indem sie das Kreuz, das sie in der Hand hielt, fahren ließ: Konelly ist, seit der letzten Wendung der Dinge, ein reicher Mann geworden; seinem Vater ist die ganze Niederlassung, die sonst dem Pflanzer, seinem Herrn, gehörte, zugefallen. – »Warum lehntest du denn seinen Antrag ab?« fragte der Fremde.

Er streichelte ihr freundlich das Haar von der Stirn und sprach: »gefiel er dir etwa nicht?« Das Mädchen, indem sie kurz mit dem Kopf schüttelte, lachte; und auf die Frage des Fremden, ihr scherzend ins Ohr geflüstert: ob es vielleicht ein Weißer sein müsse, der ihre Gunst davon tragen solle? legte sie sich plötzlich, nach einem flüchtigen, träumerischen Bedenken, unter einem überaus reizenden Erröten, das über ihr verbranntes Gesicht aufloderte, an seine Brust. Der Fremde, von ihrer Anmut und Lieblichkeit gerührt, nannte sie sein liebes Mädchen, und schloß sie, wie durch göttliche Hand von jeder Sorge erlöst, in seine Arme. Es war ihm unmöglich zu glauben, daß alle diese Bewegungen, die er an ihr wahrnahm, der bloße elende Ausdruck einer kalten und gräßlichen Verräterei sein sollten. Die Gedanken, die ihn beunruhigt hatten, wichen, wie ein Heer schauerlicher Vögel, von ihm; er schalt sich, ihr Herz nur einen Augenblick verkannt zu haben, und während er sie auf seinen Knieen schaukelte, und den süßen Atem einsog, den sie ihm heraufsandte, drückte er, gleichsam zum Zeichen der Aussöhnung und Vergebung, einen Kuß auf ihre Stirn. Inzwischen hatte sich das Mädchen, unter einem sonderbar plötzlichen Aufhorchen, als ob jemand von dem Gange her der Tür nahte, emporgerichtet; sie rückte sich gedankenvoll und träumerisch das Tuch, das sich über ihrer Brust verschoben hatte, zurecht; und erst als sie sah, daß sie von einem Irrtum getäuscht worden war, wandte sie sich mit einigem Ausdruck von Heiterkeit wieder zu dem Fremden zurück und erinnerte ihn: daß sich das Wasser, wenn er nicht bald Gebrauch davon machte, abkälten würde. – Nun? sagte sie betreten, da der Fremde schwieg und sie gedankenvoll betrachtete: was seht Ihr mich so aufmerksam an? Sie suchte, indem sie sich mit ihrem Latz beschäftigte, die Verlegenheit, die sie ergriffen, zu verbergen, und rief lachend: wunderlicher Herr, was fällt Euch in meinem Anblick so auf? Der Fremde, der sich mit der Hand über die Stirn gefahren war, sagte, einen Seufzer unterdrückend, indem er sie von seinem Schoß herunterhob: »eine wunderbare Ähnlichkeit zwischen dir und einer Freundin!« – Toni, welche sichtbar bemerkte, daß sich seine Heiterkeit zerstreut hatte, nahm ihn freundlich und teilnehmend bei der Hand, und fragte: mit welcher? worauf jener, nach einer kurzen Besinnung das Wort nahm und sprach: »Ihr Name war Mariane Congreve und ihre Vaterstadt Straßburg. Ich hatte sie in dieser Stadt, wo ihr Vater Kaufmann war, kurz vor dem Ausbruch der Revolution kennen gelernt, und war glücklich genug gewesen, ihr Jawort und vorläufig auch ihrer Mutter Zustimmung zu erhalten. Ach, es war die treuste Seele unter der Sonne; und die schrecklichen und rührenden Umstände, unter denen ich sie verlor, werden mir, wenn ich dich ansehe, so gegenwärtig, daß ich mich vor Wehmut der Tränen nicht enthalten kann.« Wie? sagte Toni, indem sie sich herzlich und innig an ihn drückte: sie lebt nicht mehr? – »Sie starb«, antwortete der Fremde, »und ich lernte den Inbegriff aller Güte und Vortrefflichkeit erst mit ihrem Tode kennen. Gott weiß«, fuhr er fort, indem er sein Haupt schmerzlich an ihre Schulter lehnte,

»wie ich die Unbesonnenheit so weit treiben konnte, mir eines Abends an einem öffentlichen Ort Äußerungen über das eben errichtete furchtbare Revolutionstribunal zu erlauben. Man verklagte, man suchte mich; ja, in Ermangelung meiner, der glücklich genug gewesen war, sich in die Vorstadt zu retten, lief die Rotte meiner rasenden Verfolger, die ein Opfer haben mußte, nach der Wohnung meiner Braut, und durch ihre wahrhaftige Versicherung, daß sie nicht wisse, wo ich sei, erbittert, schleppte man dieselbe, unter dem Vorwand, daß sie mit mir im Einverständnis sei, mit unerhörter Leichtfertigkeit statt meiner auf den Richtplatz. Kaum war mir diese entsetzliche Nachricht hinterbracht worden, als ich sogleich aus dem Schlupfwinkel, in welchen ich mich geflüchtet hatte, hervortrat, und indem ich, die Menge durchbrechend, nach dem Richtplatz eilte, laut ausrief: Hier, ihr Unmenschlichen, hier bin ich! Doch sie, die schon auf dem Gerüste der Guillotine stand, antwortete auf die Frage einiger Richter, denen ich unglücklicher Weise fremd sein mußte, indem sie sich mit einem Blick, der mir unauslöschlich in die Seele geprägt ist, von mir abwandte: diesen Menschen kenne ich nicht! – worauf unter Trommeln und Lärmen, von den ungeduldigen Blutmenschen angezettelt, das Eisen, wenige Augenblicke nachher, herabfiel, und ihr Haupt von seinem Rumpfe trennte. – Wie ich gerettet worden bin, das weiß ich nicht; ich befand mich, eine Viertelstunde darauf, in der Wohnung eines Freundes, wo ich aus einer Ohnmacht in die andere fiel, und halbwahnwitzig gegen Abend auf einen Wagen geladen und über den Rhein geschafft wurde.« – Bei diesen Worten trat der Fremde, indem er das Mädchen losließ, an das Fenster; und da diese sah, daß er sein Gesicht sehr gerührt in ein Tuch drückte: so übernahm sie, von manchen Seiten geweckt, ein menschliches Gefühl; sie folgte ihm mit einer plötzlichen Bewegung, fiel ihm um den Hals, und mischte ihre Tränen mit den seinigen.

Was weiter erfolgte, brauchen wir nicht zu melden, weil es jeder, der an diese Stelle kommt, von selbst liest. Der Fremde, als er sich wieder gesammlet hatte, wußte nicht, wohin ihn die Tat, die er begangen, führen würde; inzwischen sah er so viel ein, daß er gerettet, und in dem Hause, in welchem er sich befand, für ihn nichts von dem Mädchen zu befürchten war. Er versuchte, da er sie mit verschränkten Armen auf dem Bett weinen sah, alles nur Mögliche, um sie zu beruhigen. Er nahm sich das kleine goldene Kreuz, ein Geschenk der treuen Mariane, seiner abgeschiedenen Braut, von der Brust; und, indem er sich unter unendlichen Liebkosungen über sie neigte, hing er es ihr als ein Brautgeschenk, wie er es nannte, um den Hals. Er setzte sich, da sie in Tränen zerfloß und auf seine Worte nicht hörte, auf den Rand des Bettes nieder, und sagte ihr, indem er ihre Hand bald streichelte, bald küßte: daß er bei ihrer Mutter am Morgen des nächsten Tages um sie anhalten wolle. Er beschrieb ihr, welch ein kleines Eigentum, frei und unabhängig, er an den Ufern der Aar besitze; eine Wohnung, bequem und geräumig genug, sie und auch ihre Mutter, wenn ihr Alter die Reise zulasse, darin aufzunehmen; Felder, Gärten, Wiesen und Weinberge; und einen alten ehrwürdigen Vater, der sie dankbar und liebreich daselbst, weil sie seinen Sohn gerettet, empfangen würde. Er schloß sie, da ihre Tränen in unendlichen Ergießungen auf das Bettkissen niederflossen, in seine Arme, und fragte sie, von Rührung selber ergriffen: was er ihr zu Leide getan und ob sie ihm nicht vergeben könne? Er schwor ihr, daß die Liebe für sie nie aus seinem Herzen weichen würde, und daß nur, im Taumel wunderbar verwirrter Sinne, eine Mischung von Begierde und Angst, die sie ihm eingeflößt, ihn zu einer solchen Tat habe verführen können. Er erinnerte sie zuletzt, daß die Morgensterne funkelten, und daß, wenn sie länger im Bette verweilte, die Mutter kommen und sie darin überraschen würde; er forderte sie, ihrer Gesundheit wegen, auf, sich zu erheben und noch einige Stunden auf ihrem eignen Lager auszuruhen; er fragte sie, durch ihren Zustand in die entsetzlichsten Besorgnisse gestürzt, ob er sie vielleicht in seinen Armen aufheben und in ihre Kammer tragen solle; doch da sie auf alles, was er vorbrachte, nicht antwortete, und, ihr Haupt stilljammernd, ohne sich zu rühren, in ihre Arme gedrückt, auf den verwirrten Kissen des Bettes dalag: so blieb ihm zuletzt, hell wie der Tag schon durch beide Fenster schimmerte, nichts übrig, als sie, ohne weitere Rücksprache, aufzuheben; er trug sie, die wie eine Leblose von seiner Schulter niederhing, die Treppe hinauf in ihre Kammer, und nachdem er sie auf ihr Bette niedergelegt, und ihr unter tausend Liebkosungen noch einmal alles, was er ihr schon gesagt, wiederholt hatte, nannte er sie noch einmal seine liebe Braut, drückte einen Kuß auf ihre Wangen, und eilte in sein Zimmer zurück.

Sobald der Tag völlig angebrochen war, begab sich die alte Babekan zu ihrer Tochter hinauf, und eröffnete ihr, indem sie sich an ihr Bett niedersetzte, welch einen Plan sie mit dem Fremden sowohl, als seiner Reisegesellschaft vorhabe. Sie meinte, daß, da der Neger Congo Hoango erst in zwei Tagen wiederkehre, alles darauf ankäme, den Fremden während dieser Zeit in dem Hause hinzuhalten, ohne die Familie seiner Angehörigen, deren Gegenwart, ihrer Menge wegen, gefährlich werden könnte, darin zuzulassen. Zu diesem Zweck, sprach sie, habe sie erdacht, dem Fremden vorzuspiegeln, daß, einer soeben eingelaufenen Nachricht zufolge, der General Dessalines sich mit seinem Heer in diese Gegend wenden werde, und daß man mithin, wegen allzugroßer Gefahr, erst am dritten Tage, wenn er vorüber wäre, würde möglich machen können, die Familie, seinem Wunsche gemäß, in dem Hause aufzunehmen. Die Gesellschaft selbst, schloß sie, müsse inzwischen, damit sie nicht weiter reise, mit Lebensmitteln versorgt, und gleichfalls, um sich ihrer späterhin zu bemächtigen, in dem Wahn, daß sie eine Zuflucht in dem Hause finden werde, hingehalten werden. Sie bemerkte, daß die Sache wichtig sei, indem die Familie wahrscheinlich beträchtliche Habseligkeiten mit sich führe; und forderte die Tochter auf, sie aus allen Kräften in dem Vorhaben, das sie ihr angegeben, zu unterstützen. Toni, halb im Bette aufgerichtet, indem die Röte des Unwillens ihr Gesicht überflog, versetzte: »daß es schändlich und niederträchtig wäre, das Gastrecht an Personen, die man in das Haus gelockt, also zu verletzen. Sie meinte, daß ein Verfolgter, der sich ihrem Schutz anvertraut, doppelt sicher bei ihnen sein sollte; und versicherte, daß, wenn sie den blutigen Anschlag, den sie ihr geäußert, nicht aufgäbe, sie auf der Stelle hingehen und dem Fremden anzeigen würde, welch eine Mördergrube das Haus sei, in welchem er geglaubt habe, seine Rettung zu finden.« Toni! sagte die Mutter, indem sie die Arme in die Seite stemmte, und dieselbe mit großen Augen ansah. – »Gewiß!« erwiderte Toni, indem sie die Stimme senkte. »Was hat uns dieser Jüngling, der von Geburt gar nicht einmal ein Franzose, sondern, wie wir gesehen haben, ein Schweizer ist, zu Leide getan, daß wir, nach Art der Räuber, über ihn herfallen, ihn töten und ausplündern wollen? Gelten die Beschwerden, die man hier gegen die Pflanzer führt, auch in der Gegend der Insel, aus welcher er herkömmt? Zeigt nicht vielmehr alles, daß er der edelste und vortrefflichste Mensch ist, und gewiß das Unrecht, das die Schwarzen seiner Gattung vorwerfen mögen, auf keine Weise teilt?« – Die Alte, während sie den sonderbaren Ausdruck des Mädchens betrachtete, sagte bloß mit bebenden Lippen: daß sie erstaune. Sie fragte, was der junge Portugiese verschuldet, den man unter dem Torweg kürzlich mit Keulen zu Boden geworfen habe? Sie fragte, was die beiden Holländer verbrochen, die vor drei Wochen durch die Kugeln der Neger im Hofe gefallen wären? Sie wollte wissen, was man den drei Franzosen und so vielen andern einzelnen Flüchtlingen, vom Geschlecht der Weißen, zur Last gelegt habe, die mit Büchsen, Spießen und Dolchen, seit dem Ausbruch der Empörung, im Hause hingerichtet worden wären? »Beim Licht der Sonne«, sagte die Tochter, indem sie wild aufstand, »du hast sehr Unrecht, mich an diese Greueltaten zu erinnern! Die Unmenschlichkeiten, an denen ihr mich Teil zu nehmen zwingt, empörten längst mein innerstes Gefühl; und um mir Gottes Rache wegen alles, was vorgefallen, zu versöhnen, so schwöre ich dir, daß ich eher zehnfachen Todes sterben, als zugeben werde, daß diesem Jüngling, so lange er sich in unserm Hause befindet, auch nur ein Haar gekrümmt werde.« – Wohlan, sagte die Alte, mit einem plötzlichen Ausdruck von Nachgiebigkeit: so mag der Fremde reisen! Aber wenn Congo Hoango zurückkömmt, setzte sie hinzu, indem sie um das Zimmer zu verlassen, aufstand, und erfährt, daß ein Weißer in unserm Hause übernachtet hat, so magst du das Mitleiden, das dich bewog, ihn gegen das ausdrückliche Gebot wieder abziehen zu lassen, verantworten.

Auf diese Äußerung, bei welcher, trotz aller scheinbaren Milde, der Ingrimm der Alten heimlich hervorbrach, blieb das Mädchen in nicht geringer Bestürzung im Zimmer zurück. Sie kannte den Haß der Alten gegen die Weißen zu gut, als daß sie hätte glauben können, sie werde eine solche Gelegenheit, ihn zu sättigen, ungenutzt vorüber gehen lassen. Furcht, daß sie sogleich in die benachbarten Pflanzungen schicken und die Neger zur Überwältigung des Fremden herbeirufen möchte, bewog sie, sich anzukleiden und ihr unverzüglich in das untere Wohnzimmer zu folgen. Sie stellte sich, während diese verstört den Speiseschrank, bei welchem sie ein Geschäft zu haben schien, verließ, und sich an einen Spinnrocken niedersetzte, vor das an die Tür geschlagene Mandat, in welchem allen Schwarzen bei Lebensstrafe verboten war, den Weißen Schutz und Obdach zu geben; und gleichsam als ob sie, von Schrecken ergriffen, das Unrecht, das sie begangen, einsähe, wandte sie sich plötzlich, und fiel der Mutter, die sie, wie sie wohl wußte, von hinten beobachtet hatte, zu Füßen. Sie bat, die Kniee derselben umklammernd, ihr die rasenden Äußerungen, die sie sich zu Gunsten des Fremden erlaubt, zu vergeben; entschuldigte sich mit dem Zustand, halb träumend, halb wachend, in welchem sie von ihr mit den Vorschlägen zu seiner Überlistung, da sie noch im Bette gelegen, überrascht worden sei, und meinte, daß sie ihn ganz und gar der Rache der bestehenden Landesgesetze, die seine Vernichtung einmal beschlossen, preis gäbe. Die Alte, nach einer Pause, in der sie das Mädchen unverwandt betrachtete, sagte: »Beim Himmel, diese deine Erklärung rettet ihm für heute das Leben! Denn die Speise, da du ihn in deinen Schutz zu nehmen drohtest, war schon vergiftet, die ihn der Gewalt Congo Hoangos, seinem Befehl gemäß, wenigstens tot überliefert haben würde.« Und damit stand sie auf und schüttete einen Topf mit Milch, der auf dem Tisch stand, aus dem Fenster. Toni, welche ihren Sinnen nicht traute, starrte, von Entsetzen ergriffen, die Mutter an. Die Alte, während sie sich wieder niedersetzte, und das Mädchen, das noch immer auf den Knieen dalag, vom Boden aufhob, fragte: »was denn im Lauf einer einzigen Nacht ihre Gedanken so plötzlich umgewandelt hätte? Ob sie gestern, nachdem sie ihm das Bad bereitet, noch lange bei ihm gewesen wäre? Und ob sie viel mit dem Fremden gesprochen hätte?« Doch Toni, deren Brust flog, antwortete hierauf nicht, oder nichts Bestimmtes; das Auge zu Boden geschlagen, stand sie, indem sie sich den Kopf hielt, und berief sich auf einen Traum; ein Blick jedoch auf die Brust ihrer unglücklichen Mutter, sprach sie, indem sie sich rasch bückte und ihre Hand küßte, rufe ihr die ganze Unmenschlichkeit der Gattung, zu der dieser Fremde gehöre, wieder ins Gedächtnis zurück: und beteuerte, indem sie sich umkehrte und das Gesicht in ihre Schürze drückte, daß, sobald der Neger Hoango eingetroffen wäre, sie sehen würde, was sie an ihr für eine Tochter habe.

Babekan saß noch in Gedanken versenkt, und erwog, woher wohl die sonderbare Leidenschaftlichkeit des Mädchens entspringe: als der Fremde mit einem in seinem Schlafgemach geschriebenen Zettel, worin er die Familie einlud, einige Tage in der Pflanzung des Negers Hoango zuzubringen, in das Zimmer trat. Er grüßte sehr heiter und freundlich die Mutter und die Tochter, und bat, indem er der Alten den Zettel übergab: daß man sogleich in die Waldung schicken und für die Gesellschaft, dem ihm gegebenen Versprechen gemäß, Sorge tragen möchte. Babekan stand auf und sagte, mit einem Ausdruck von Unruhe, indem sie den Zettel in den Wandschrank legte: »Herr, wir müssen Euch bitten, Euch sogleich in Euer Schlafzimmer zurück zu verfügen. Die Straße ist voll von einzelnen Negertrupps, die vorüberziehen und uns anmelden, daß sich der General Dessalines mit seinem Heer in diese Gegend wenden werde. Dies Haus, das jedem offen steht, gewährt Euch keine Sicherheit, falls Ihr Euch nicht in Eurem, auf den Hof hinausgehenden, Schlafgemach verbergt, und die Türen sowohl, als auch die Fensterladen, auf das sorgfältigste verschließt.« – Wie? sagte der Fremde betroffen: der General Dessalines – »Fragt nicht!« unterbrach ihn die Alte, indem sie mit einem Stock dreimal auf den Fußboden klopfte: »in Eurem Schlafgemach, wohin ich Euch folgen werde, will ich Euch alles erklären.« Der Fremde von der Alten mit ängstlichen Gebärden aus dem Zimmer gedrängt, wandte sich noch einmal unter der Tür und rief: aber wird man der Familie, die meiner harrt, nicht wenigstens einen Boten zusenden müssen, der sie –? »Es wird alles besorgt werden«, fiel ihm die Alte ein, während, durch ihr Klopfen gerufen, der Bastardknabe, den wir schon kennen, hereinkam; und damit befahl sie Toni, die, dem Fremden den Rücken zukehrend, vor den Spiegel getreten war, einen Korb mit Lebensmitteln, der in dem Winkel stand, aufzunehmen; und Mutter, Tochter, der Fremde und der Knabe begaben sich in das Schlafzimmer hinauf.

Hier erzählte die Alte, indem sie sich auf gemächliche Weise auf den Sessel niederließ, wie man die ganze Nacht über auf den, den Horizont abschneidenden Bergen, die Feuer des Generals Dessalines schimmern gesehen: ein Umstand, der in der Tat gegründet war, obschon sich bis diesen Augenblick noch kein einziger Neger von seinem Heer, das südwestlich gegen Port au Prince anrückte, in dieser Gegend gezeigt hatte. Es gelang ihr, den Fremden dadurch in einen Wirbel von Unruhe zu stürzen, den sie jedoch nachher wieder durch die Versicherung, daß sie alles Mögliche, selbst in dem schlimmen Fall, daß sie Einquartierung bekäme, zu seiner Rettung beitragen würde, zu stillen wußte. Sie nahm, auf die wiederholte inständige Erinnerung desselben, unter diesen Umständen seiner Familie wenigstens mit Lebensmitteln beizuspringen, der Tochter den Korb aus der Hand, und indem sie ihn dem Knaben gab, sagte sie ihm: er solle an den Möwenweiher, in die nahgelegnen Waldberge hinaus gehen, und ihn der daselbst befindlichen Familie des fremden Offiziers überbringen. »Der Offizier selbst«, solle er hinzusetzen, »befinde sich wohl; Freunde der Weißen, die selbst viel der Partei wegen, die sie ergriffen, von den Schwarzen leiden müßten, hätten ihn in ihrem Hause mitleidig aufgenommen.« Sie schloß, daß sobald die Landstraße nur von den bewaffneten Negerhaufen, die man erwartete, befreit wäre, man sogleich Anstalten treffen würde, auch ihr, der Familie, ein Unterkommen in diesem Hause zu verschaffen. – Hast du verstanden? fragte sie, da sie geendet hatte. Der Knabe, indem er den Korb auf seinen Kopf setzte, antwortete: daß er den ihm beschriebenen Möwenweiher, an dem er zuweilen mit seinen Kameraden zu fischen pflege, gar wohl kenne, und daß er alles, wie man es ihm aufgetragen, an die daselbst übernachtende Familie des fremden Herrn bestellen würde. Der Fremde zog sich, auf die Frage der Alten: ob er noch etwas hinzuzusetzen hätte? noch einen Ring vom Finger, und händigte ihn dem Knaben ein, mit dem Auftrag, ihn zum Zeichen, daß es mit den überbrachten Meldungen seine Richtigkeit habe, dem Oberhaupt der Familie, Herrn Strömli, zu übergeben. Hierauf traf die Mutter mehrere, die Sicherheit des Fremden, wie sie sagte, abzweckende Veranstaltungen; befahl Toni, die Fensterladen zu verschließen, und zündete selbst, um die Nacht, die dadurch in dem Zimmer herrschend geworden war, zu zerstreuen, an einem auf dem Kaminsims befindlichen Feuerzeug, nicht ohne Mühseligkeit, indem der Zunder nicht fangen wollte, ein Licht an. Der Fremde benutzte diesen Augenblick, um den Arm sanft um Tonis Leib zu legen, und ihr ins Ohr zu flüstern: wie sie geschlafen? und: ob er die Mutter nicht von dem, was vorgefallen, unterrichten solle? doch auf die erste Frage antwortete Toni nicht, und auf die andere versetzte sie, indem sie sich aus seinem Arm loswand: nein, wenn Ihr mich liebt, kein Wort! Sie unterdrückte die Angst, die alle diese lügenhaften Anstalten in ihr erweckten; und unter dem Vorwand, dem Fremden ein Frühstück zu bereiten, stürzte sie eilig in das untere Wohnzimmer herab.

Sie nahm aus dem Schrank der Mutter den Brief, worin der Fremde in seiner Unschuld die Familie eingeladen hatte, dem Knaben in die Niederlassung zu folgen: und auf gut Glück hin, ob die Mutter ihn vermissen würde, entschlossen, im schlimmsten Falle den Tod mit ihm zu leiden, flog sie damit dem schon auf der Landstraße wandernden Knaben nach. Denn sie sah den Jüngling, vor Gott und ihrem Herzen, nicht mehr als einen bloßen Gast, dem sie Schutz und Obdach gegeben, sondern als ihren Verlobten und Gemahl an, und war willens, sobald nur seine Partei im Hause stark genug sein würde, dies der Mutter, auf deren Bestürzung sie unter diesen Umständen rechnete, ohne Rückhalt zu erklären. »Nanky«, sprach sie, da sie den Knaben atemlos und eilfertig auf der Landstraße erreicht hatte: »die Mutter hat ihren Plan, die Familie Herrn Strömlis anbetreffend, umgeändert. Nimm diesen Brief! Er lautet an Herrn Strömli, das alte Oberhaupt der Familie, und enthält die Einladung, einige Tage mit allem, was zu ihm gehört, in unserer Niederlassung zu verweilen. – Sei klug und trage selbst alles Mögliche dazu bei, diesen Entschluß zur Reife zu bringen; Congo Hoango, der Neger, wird, wenn er wiederkömmt, es dir lohnen!« Gut, gut, Base Toni, antwortete der Knabe. Er fragte, indem er den Brief sorgsam eingewickelt in seine Tasche steckte: und ich soll dem Zuge, auf seinem Wege hierher, zum Führer dienen? »Allerdings«, versetzte Toni; »das versteht sich, weil sie die Gegend nicht kennen, von selbst. Doch wirst du, möglicher Truppenmärsche wegen, die auf der Landstraße statt finden könnten, die Wanderung eher nicht, als um Mitternacht antreten; aber dann dieselbe auch so beschleunigen, daß du vor der Dämmerung des Tages hier eintriffst. – Kann man sich auf dich verlassen?« fragte sie. Verlaßt euch auf Nanky! antwortete der Knabe; ich weiß, warum ihr diese weißen Flüchtlinge in die Pflanzung lockt, und der Neger Hoango soll mit mir zufrieden sein!

Hierauf trug Toni dem Fremden das Frühstück auf; und nachdem es wieder abgenommen war, begaben sich Mutter und Tochter, ihrer häuslichen Geschäfte wegen, in das vordere Wohnzimmer zurück. Es konnte nicht fehlen, daß die Mutter einige Zeit darauf an den Schrank trat, und, wie es natürlich war, den Brief vermißte. Sie legte die Hand, ungläubig gegen ihr Gedächtnis, einen Augenblick an den Kopf, und fragte Toni: wo sie den Brief, den ihr der Fremde gegeben, wohl hingelegt haben könne? Toni antwortete nach einer kurzen Pause, in der sie auf den Boden niedersah: daß ihn der Fremde ja, ihres Wissens, wieder eingesteckt und oben im Zimmer, in ihrer beider Gegenwart, zerrissen habe! Die Mutter schaute das Mädchen mit großen Augen an; sie meinte, sich bestimmt zu erinnern, daß sie den Brief aus seiner Hand empfangen und in den Schrank gelegt habe; doch da sie ihn nach vielem vergeblichen Suchen darin nicht fand, und ihrem Gedächtnis, mehrerer ähnlichen Vorfälle wegen, mißtraute: so blieb ihr zuletzt nichts übrig, als der Meinung, die ihr die Tochter geäußert, Glauben zu schenken. Inzwischen konnte sie ihr lebhaftes Mißvergnügen über diesen Umstand nicht unterdrücken, und meinte, daß der Brief dem Neger Hoango, um die Familie in die Pflanzung hereinzubringen, von der größten Wichtigkeit gewesen sein würde. Am Mittag und Abend, da Toni den Fremden mit Speisen bediente, nahm sie, zu seiner Unterhaltung an der Tischecke sitzend, mehreremal Gelegenheit, ihn nach dem Briefe zu fragen; doch Toni war geschickt genug, das Gespräch, so oft es auf diesen gefährlichen Punkt kam, abzulenken oder zu verwirren; dergestalt, daß die Mutter durch die Erklärungen des Fremden über das eigentliche Schicksal des Briefes auf keine Weise ins Reine kam. So verfloß der Tag; die Mutter verschloß nach dem Abendessen aus Vorsicht, wie sie sagte, des Fremden Zimmer; und nachdem sie noch mit Toni überlegt hatte, durch welche List sie sich von neuem, am folgenden Tage, in den Besitz eines solchen Briefes setzen könne, begab sie sich zur Ruhe, und befahl dem Mädchen gleichfalls, zu Bette zu gehen.

Sobald Toni, die diesen Augenblick mit Sehnsucht erwartet hatte, ihre Schlafkammer erreicht und sich überzeugt hatte, daß die Mutter entschlummert war, stellte sie das Bildnis der heiligen Jungfrau, das neben ihrem Bette hing, auf einen Sessel, und ließ sich mit verschränkten Händen auf Knieen davor nieder. Sie flehte den Erlöser, ihren göttlichen Sohn, in einem Gebet voll unendlicher Inbrunst, um Mut und Standhaftigkeit an, dem Jüngling, dem sie sich zu eigen gegeben, das Geständnis der Verbrechen, die ihren jungen Busen beschwerten, abzulegen. Sie gelobte, diesem, was es ihrem Herzen auch kosten würde, nichts, auch nicht die Absicht, erbarmungslos und entsetzlich, in der sie ihn gestern in das Haus gelockt, zu verbergen; doch um der

Schritte willen, die sie bereits zu seiner Rettung getan, wünschte sie, daß er ihr vergeben, und sie als sein treues Weib mit sich nach Europa führen möchte. Durch dies Gebet wunderbar gestärkt, ergriff sie, indem sie aufstand, den Hauptschlüssel, der alle Gemächer des Hauses schloß, und schritt damit langsam, ohne Licht, über den schmalen Gang, der das Gebäude durchschnitt, dem Schlafgemach des Fremden zu. Sie öffnete das Zimmer leise und trat vor sein Bett, wo er in tiefen Schlaf versenkt ruhte. Der Mond beschien sein blühendes Antlitz, und der Nachtwind, der durch die geöffneten Fenster eindrang, spielte mit dem Haar auf seiner Stirn. Sie neigte sich sanft über ihn und rief ihn, seinen süßen Atem einsaugend, beim Namen; aber ein tiefer Traum, von dem sie der Gegenstand zu sein schien, beschäftigte ihn: wenigstens hörte sie, zu wiederholten Malen, von seinen glühenden, zitternden Lippen das geflüsterte Wort: Toni! Wehmut, die nicht zu beschreiben ist, ergriff sie; sie konnte sich nicht entschließen, ihn aus den Himmeln lieblicher Einbildung in die Tiefe einer gemeinen und elenden Wirklichkeit herabzureißen; und in der Gewißheit, daß er ja früh oder spät von selbst erwachen müsse, kniete sie an seinem Bette nieder und überdeckte seine teure Hand mit Küssen.

Aber wer beschreibt das Entsetzen, das wenige Augenblicke darauf ihren Busen ergriff, als sie plötzlich, im Innern des Hofraums, ein Geräusch von Menschen, Pferden und Waffen hörte, und darunter ganz deutlich die Stimme des Negers Congo Hoango erkannte, der unvermuteter Weise mit seinem ganzen Troß aus dem Lager des Generals Dessalines zurückgekehrt war. Sie stürzte, den Mondschein, der sie zu verraten drohte, sorgsam vermeidend, hinter die Vorhänge des Fensters, und hörte auch schon die Mutter, welche dem Neger von allem, was während dessen vorgefallen war, auch von der Anwesenheit des europäischen Flüchtlings im Hause, Nachricht gab. Der Neger befahl den Seinigen, mit gedämpfter Stimme, im Hofe still zu sein. Er fragte die Alte, wo der Fremde in diesem Augenblick befindlich sei? worauf diese ihm das Zimmer bezeichnete, und sogleich auch Gelegenheit nahm, ihn von dem sonderbaren und auffallenden Gespräch, das sie, den Flüchtling betreffend, mit der Tochter gehabt hatte, zu unterrichten. Sie versicherte dem Neger, daß das Mädchen eine Verräterin, und der ganze Anschlag, desselben habhaft zu werden, in Gefahr sei, zu scheitern. Wenigstens sei die Spitzbübin, wie sie bemerkt, heimlich beim Einbruch der Nacht in sein Bette geschlichen, wo sie noch bis diesen Augenblick in guter Ruhe befindlich sei; und wahrscheinlich, wenn der Fremde nicht schon entflohen sei, werde derselbe eben jetzt gewarnt, und die Mittel, wie seine Flucht zu bewerkstelligen sei, mit ihm verabredet. Der Neger, der die Treue des Mädchens schon in ähnlichen Fällen erprobt hatte, antwortete: es wäre wohl nicht möglich? Und: Kelly! rief er wütend, und: Omra! Nehmt eure Büchsen! Und damit, ohne weiter ein Wort zu sagen, stieg er, im Gefolge aller seiner Neger, die Treppe hinauf, und begab sich in das Zimmer des Fremden.

Toni, vor deren Augen sich, während weniger Minuten, dieser ganze Auftritt abgespielt hatte, stand, gelähmt an allen Gliedern, als ob sie ein Wetterstrahl getroffen hätte, da. Sie dachte einen Augenblick daran, den Fremden zu wecken; doch teils war, wegen Besetzung des Hofraums, keine Flucht für ihn möglich, teils auch sah sie voraus, daß er zu den Waffen greifen, und somit bei der Überlegenheit der Neger, Zubodenstreckung unmittelbar sein Los sein würde. Ja, die entsetzlichste Rücksicht, die sie zu nehmen genötigt war, war diese, daß der Unglückliche sie selbst, wenn er sie in dieser Stunde bei seinem Bette fände, für eine Verräterin halten, und, statt auf ihren Rat zu hören, in der Raserei eines so heillosen Wahns, dem Neger Hoango völlig besinnungslos in die Arme laufen würde. In dieser unaussprechlichen Angst fiel ihr ein Strick in die Augen, welcher, der Himmel weiß durch welchen Zufall, an dem Riegel der Wand hing. Gott selbst, meinte sie, indem sie ihn herabriß, hätte ihn zu ihrer und des Freundes Rettung dahin geführt. Sie umschlang den Jüngling, vielfache Knoten schürzend, an Händen und Füßen damit; und nachdem sie, ohne darauf zu achten, daß er sich rührte und sträubte, die Enden angezogen und an das Gestell des Bettes festgebunden hatte: drückte sie, froh, des Augenblicks mächtig geworden zu sein, einen Kuß auf seine Lippen, und eilte dem Neger Hoango, der schon auf der Treppe klirrte, entgegen.

Der Neger, der dem Bericht der Alten, Toni anbetreffend, immer noch keinen Glauben schenkte, stand, als er sie aus dem bezeichneten Zimmer hervortreten sah, bestürzt und verwirrt, im Korridor mit seinem Troß von Fackeln und Bewaffneten still. Er rief: »die Treulose! die Bundbrüchige!« und indem er sich zu Babekan wandte, welche einige Schritte vorwärts gegen die Tür des Fremden getan hatte, fragte er: »ist der Fremde entflohn?« Babekan, welche die Tür, ohne hineinzusehen, offen gefunden hatte, rief, indem sie als eine Wütende zurückkehrte: Die Gaunerin! Sie hat ihn entwischen lassen! Eilt, und besetzt die Ausgänge, ehe er das weite Feld erreicht! »Was gibts?« fragte Toni, indem sie mit dem Ausdruck des Erstaunens den Alten und die Neger, die ihn umringten, ansah. Was es gibt? erwiderte Hoango; und damit ergriff er sie bei der Brust und schleppte sie nach dem Zimmer hin. »Seid ihr rasend?« rief Toni, indem sie den Alten, der bei dem sich ihm darbietenden Anblick erstarrte, von sich stieß: »da liegt der Fremde, von mir in seinem Bette festgebunden; und, beim Himmel, es ist nicht die schlechteste Tat, die ich in meinem Leben getan!« Bei diesen Worten kehrte sie ihm den Rücken zu, und setzte sich, als ob sie weinte, an einen Tisch nieder. Der Alte wandte sich gegen die in Verwirrung zur Seite stehende Mutter und sprach: o Babekan, mit welchem Märchen hast du mich getäuscht? »Dem Himmel sei Dank«, antwortete die Mutter, indem sie die Stricke, mit welchen der Fremde gebunden war, verlegen untersuchte; »der Fremde ist da, obschon ich von dem Zusammenhang nichts begreife.« Der Neger trat, das Schwert in die Scheide steckend, an das Bett und fragte den

Fremden: wer er sei? woher er komme und wohin er reise? Doch da dieser, unter krampfhaften Anstrengungen sich loszuwinden, nichts hervorbrachte, als, auf jämmerlich schmerzhafte Weise: o Toni! o Toni! – so nahm die Mutter das Wort und bedeutete ihm, daß er ein Schweizer sei, namens Gustav von der Ried, und daß er mit einer ganzen Familie europäischer Hunde, welche in diesem Augenblick in den Berghöhlen am Möwenweiher versteckt sei, von dem Küstenplatz Fort Dauphin komme. Hoango, der das Mädchen, den Kopf schwermütig auf ihre Hände gestützt, dasitzen sah, trat zu ihr und nannte sie sein liebes Mädchen; klopfte ihr die Wangen, und forderte sie auf, ihm den übereilten Verdacht, den er ihr geäußert, zu vergeben. Die Alte, die gleichfalls vor das Mädchen hingetreten war, stemmte die Arme kopfschüttelnd in die Seite und fragte: weshalb sie denn den Fremden, der doch von der Gefahr, in der er sich befunden, gar nichts gewußt, mit Stricken in dem Bette festgebunden habe? Toni, vor Schmerz und Wut in der Tat weinend, antwortete, plötzlich zur Mutter gekehrt: »weil du keine Augen und Ohren hast! Weil er die Gefahr, in der er schwebte, gar wohl begriff! Weil er entfliehen wollte; weil er mich gebeten hatte, ihm zu seiner Flucht behülflich zu sein; weil er einen Anschlag auf dein eignes Leben gemacht hatte, und sein Vorhaben bei Anbruch des Tages ohne Zweifel, wenn ich ihn nicht schlafend gebunden hätte, in Ausführung gebracht haben würde.« Der Alte liebkosete und beruhigte das Mädchen, und befahl Babekan, von dieser Sache zu schweigen. Er rief ein paar Schützen mit Büchsen vor, um das Gesetz, dem der Fremdling verfallen war, augenblicklich an demselben zu vollstrecken; aber Babekan flüsterte ihm heimlich zu: »nein, ums Himmels willen, Hoango!« – Sie nahm ihn auf die Seite und bedeutete ihm: »Der Fremde müsse, bevor er hingerichtet werde, eine Einladung aufsetzen, um vermittelst derselben die Familie, deren Bekämpfung im Walde manchen Gefahren ausgesetzt sei, in die Pflanzung zu locken.« – Hoango, in Erwägung, daß die Familie wahrscheinlich nicht unbewaffnet sein werde, gab diesem Vorschlage seinen Beifall; er stellte, weil es zu spät war, den Brief verabredetermaßen schreiben zu lassen, zwei Wachen bei dem weißen Flüchtling aus; und nachdem er noch, der Sicherheit wegen, die Stricke untersucht, auch, weil er sie zu locker befand, ein paar Leute herbeigerufen hatte, um sie noch enger zusammenzuziehen, verließ er mit seinem ganzen Troß das Zimmer, und alles nach und nach begab sich zur Ruh.

Aber Toni, welche nur scheinbar dem Alten, der ihr noch einmal die Hand gereicht, gute Nacht gesagt und sich zu Bette gelegt hatte, stand, sobald sie alles im Hause still sah, wieder auf, schlich sich durch eine Hinterpforte des Hauses auf das freie Feld hinaus, und lief, die wildeste Verzweiflung im Herzen, auf dem, die Landstraße durchkreuzenden, Wege der Gegend zu, von welcher die Familie Herrn Strömlis herankommen mußte. Denn die Blicke voll Verachtung, die der Fremde von seinem Bette aus auf sie geworfen hatte, waren ihr empfindlich, wie Messerstiche, durchs Herz gegangen;

es mischte sich ein Gefühl heißer Bitterkeit in ihre Liebe zu ihm, und sie frohlockte bei dem Gedanken, in dieser zu seiner Rettung angeordneten Unternehmung zu sterben. Sie stellte sich, in der Besorgnis, die Familie zu verfehlen, an den Stamm einer Pinie, bei welcher, falls die Einladung angenommen worden war, die Gesellschaft vorüberziehen mußte, und kaum war auch, der Verabredung gemäß, der erste Strahl der Dämmerung am Horizont angebrochen, als Nankys, des Knaben, Stimme, der dem Trosse zum Führer diente, schon fernher unter den Bäumen des Waldes hörbar ward.

Der Zug bestand aus Herrn Strömli und seiner Gemahlin, welche letztere auf einem Maulesel ritt; fünf Kindern desselben, deren zwei, Adelbert und Gottfried, Jünglinge von 18 und 17 Jahren, neben dem Maulesel hergingen; drei Dienern und zwei Mägden, wovon die eine, einen Säugling an der Brust, auf dem andern Maulesel ritt; in allem aus zwölf Personen. Er bewegte sich langsam über die den Weg durchflechtenden Kienwurzeln, dem Stamm der Pinie zu: wo Toni, so geräuschlos, als niemand zu erschrecken nötig war, aus dem Schatten des Baums hervortrat, und dem Zuge zurief: Halt! Der Knabe kannte sie sogleich; und auf ihre Frage: wo Herr Strömli sei? während Männer, Weiber und Kinder sie umringten, stellte dieser sie freudig dem alten Oberhaupt der Familie, Herrn Strömli, vor. »Edler Herr!« sagte Toni, indem sie die Begrüßungen desselben mit fester Stimme unterbrach: »der Neger Hoango ist, auf überraschende Weise, mit seinem ganzen Troß in die Niederlassung zurück gekommen. Ihr könnt jetzt, ohne die größeste Lebensgefahr, nicht darin einkehren; ja, euer Vetter, der zu seinem Unglück eine Aufnahme darin fand, ist verloren, wenn ihr nicht zu den Waffen greift, und mir, zu seiner Befreiung aus der Haft, in welcher ihn der Neger Hoango gefangen hält, in die Pflanzung folgt!« Gott im Himmel! riefen, von Schrecken erfaßt, alle Mitglieder der Familie; und die Mutter, die krank und von der Reise erschöpft war, fiel von dem Maultier ohnmächtig auf den Boden nieder. Toni, während, auf den Ruf Herrn Strömlis die Mägde herbeieilten, um ihrer Frau zu helfen, führte, von den Jünglingen mit Fragen bestürmt, Herrn Strömli und die übrigen Männer, aus Furcht vor dem Knaben Nanky, auf die Seite. Sie erzählte den Männern, ihre Tränen vor Scham und Reue nicht zurückhaltend, alles, was vorgefallen; wie die Verhältnisse, in dem Augenblick, da der Jüngling eingetroffen, im Hause bestanden; wie das Gespräch, das sie unter vier Augen mit ihm gehabt, dieselben auf ganz unbegreifliche Weise verändert; was sie bei der Ankunft des Negers, fast wahnsinnig vor Angst, getan, und wie sie nun Tod und Leben daran setzen wolle, ihn aus der Gefangenschaft, worin sie ihn selbst gestürzt, wieder zu befreien. Meine Waffen! rief Herr Strömli, indem er zu dem Maultier seiner Frau eilte und seine Büchse herabnahm. Er sagte, während auch Adelbert und Gottfried, seine rüstigen Söhne, und die drei wackern Diener sich bewaffneten: Vetter Gustav hat mehr als einem von uns das Leben gerettet; jetzt ist es an uns, ihm den gleichen Dienst zu tun; und damit hob er seine Frau, welche sich erholt hatte, wieder auf das Maultier, ließ dem Knaben Nanky, aus Vorsicht, als eine Art von Geißel, die Hände binden; schickte den ganzen Troß, Weiber und Kinder, unter dem bloßen Schutz seines dreizehnjährigen, gleichfalls bewaffneten Sohnes, Ferdinand, an den Möwenweiher zurück; und nachdem er noch Toni, welche selbst einen Helm und einen Spieß genommen hatte, über die Stärke der Neger und ihre Verteilung im Hofraume ausgefragt und ihr versprochen hatte, Hoangos sowohl, als ihrer Mutter, so viel es sich tun ließ, bei dieser Unternehmung zu schonen: stellte er sich mutig, und auf Gott vertrauend, an die Spitze seines kleinen Haufens, und brach, von Toni geführt, in die Niederlassung auf.

Toni, sobald der Haufen durch die hintere Pforte eingeschlichen war, zeigte Herrn Strömli das Zimmer, in welchem Hoango und Babekan ruhten; und während Herr Strömli geräuschlos mit seinen Leuten in das offne Haus eintrat, und sich sämtlicher zusammengesetzter Gewehre der Neger bemächtigte, schlich sie zur Seite ab in den Stall, in welchem der fünfjährige Halbbruder des Nanky, Seppy, schlief. Denn Nanky und Seppy, Bastardkinder des alten Hoango, waren diesem, besonders der letzte, dessen Mutter kürzlich gestorben war, sehr teuer; und da, selbst in dem Fall, daß man den gefangenen Jüngling befreite, der Rückzug an den Möwenweiher und die Flucht von dort nach Port au Prince, der sie sich anzuschließen gedachte, noch mancherlei Schwierigkeiten ausgesetzt war: so schloß sie nicht unrichtig, daß der Besitz beider Knaben, als einer Art von Unterpfand, dem Zuge, bei etwaniger Verfolgung der Negern, von großem Vorteil sein würde. Es gelang ihr, den Knaben ungesehen aus seinem Bette zu heben, und in ihren Armen, halb schlafend, halb wachend, in das Hauptgebäude hinüberzutragen. Inzwischen war Herr Strömli, so heimlich, als es sich tun ließ, mit seinem Haufen in Hoangos Stubentüre eingetreten; aber statt ihn und Babekan, wie er glaubte, im Bette zu finden, standen, durch das Geräusch geweckt, beide, obschon halbnackt und hülflos, in der Mitte des Zimmers da. Herr Strömli, indem er seine Büchse in die Hand nahm, rief: sie sollten sich ergeben, oder sie wären des Todes! doch Hoango, statt aller Antwort, riß ein Pistol von der Wand und platzte es, Herrn Strömli am Kopf streifend, unter die Menge los. Herrn Strömlis Haufen, auf dies Signal, fiel wütend über ihn her; Hoango, nach einem zweiten Schuß, der einem Diener die Schulter durchbohrte, ward durch einen Säbelhieb an der Hand verwundet, und beide, Babekan und er, wurden niedergeworfen und mit Stricken am Gestell eines großen Tisches fest gebunden. Mittlerweile waren, durch die Schüsse geweckt, die Neger des Hoango, zwanzig und mehr an der Zahl, aus ihren Ställen hervorgestürzt, und drangen, da sie die alte Babekan im Hause schreien hörten, wütend gegen dasselbe vor, um ihre Waffen wieder zu erobern. Vergebens postierte Herr Strömli, dessen Wunde von keiner Bedeutung war, seine Leute an die Fenster des Hauses, und ließ, um die Kerle im Zaum zu halten, mit Büchsen unter sie feuern; sie achteten zweier Toten nicht, die schon auf dem Hofe umher lagen, und waren im Begriff, Äxte und Brechstangen zu holen, um die Haustür, welche Herr Strömli verriegelt hatte, einzusprengen, als Toni, zitternd und bebend, den Knaben Seppy auf dem Arm, in Hoangos Zimmer trat. Herr Strömli, dem diese Erscheinung äußerst erwünscht war, riß ihr den Knaben vom Arm; er wandte sich, indem er seinen Hirschfänger zog, zu Hoango, und schwor, daß er den Jungen augenblicklich töten würde, wenn er den Negern nicht zuriefe, von ihrem Vorhaben abzustehen. Hoango, dessen Kraft durch den Hieb über die drei Finger der Hand gebrochen war, und der sein eignes Leben, im Fall einer Weigerung, ausgesetzt haben würde, erwiderte nach einigen Bedenken, indem er sich vom Boden aufheben ließ: »daß er dies tun wolle«; er stellte sich, von Herrn Strömli geführt, an das Fenster, und mit einem Schnupftuch, das er in die linke Hand nahm, über den Hof hinauswinkend, rief er den Negern zu: »daß sie die Tür, indem es, sein Leben zu retten, keiner Hülfe bedürfe, unberührt lassen sollten und in ihre Ställe zurückkehren möchten!« Hierauf beruhigte sich der Kampf ein wenig; Hoango schickte, auf Verlangen Herrn Strömlis, einen im Hause eingefangenen Neger, mit der Wiederholung dieses Befehls, zu dem im Hofe noch verweilenden und sich beratschlagenden Haufen hinab; und da die Schwarzen, so wenig sie auch von der Sache begriffen, den Worten dieses förmlichen Botschafters Folge leisten mußten, so gaben sie ihren Anschlag, zu dessen Ausführung schon alles in Bereitschaft war, auf, und verfügten sich nach und nach, obschon murrend und schimpfend, in ihre Ställe zurück. Herr Strömli, indem er dem Knaben Seppy vor den Augen Hoangos die Hände binden ließ, sagte diesem: »daß seine Absicht keine andere sei, als den Offizier, seinen Vetter aus der in der Pflanzung über ihn verhängten Haft zu befreien, und daß, wenn seiner Flucht nach Port au Prince keine Hindernisse in den Weg gelegt würden, weder für sein, Hoangos, noch für seiner Kinder Leben, die er ihm wiedergeben würde, etwas zu befürchten sein würde. Babekan, welcher Toni sich näherte und zum Abschied in einer Rührung, die sie nicht unterdrücken konnte, die Hand geben wollte, stieß diese heftig von sich. Sie nannte sie eine Niederträchtige und Verräterin, und meinte, indem sie sich am Gestell des Tisches, an dem sie lag, umkehrte: die Rache Gottes würde sie, noch ehe sie ihrer Schandtat froh geworden, ereilen. Toni antwortete: »ich habe euch nicht verraten; ich bin eine Weiße, und dem Jüngling, den ihr gefangen haltet, verlobt; ich gehöre zu dem Geschlecht derer, mit denen ihr im offenen Kriege liegt, und werde vor Gott, daß ich mich auf ihre Seite stellte, zu verantworten wissen.« Hierauf gab Herr Strömli dem Neger Hoango, den er zur Sicherheit wieder hatte fesseln und an die Pfosten der Tür festbinden lassen, eine Wache; er ließ den Diener, der, mit zersplittertem Schulterknochen, ohnmächtig am Boden lag, aufheben und wegtragen; und nachdem er dem Hoango noch gesagt hatte, daß er beide Kinder, den Nanky sowohl als den Seppy, nach Verlauf einiger Tage, in Sainte Lüze, wo die ersten französischen Vorposten stünden, abholen lassen könne, nahm er Toni, die, von mancherlei Gefühlen bestürmt, sich nicht enthalten konnte zu weinen, bei der Hand, und führte sie, unter den Flüchen Babekans und des alten Hoango, aus dem Schlafzimmer fort.

Inzwischen waren Adelbert und Gottfried, Herrn Strömlis Söhne, schon nach Beendigung des ersten, an den Fenstern gefochtenen Hauptkampfs, auf Befehl des Vaters, in das Zimmer ihres Vetters Gustav geeilt, und waren glücklich genug gewesen, die beiden Schwarzen, die diesen bewachten, nach einem hartnäckigen Widerstand zu überwältigen. Der eine lag tot im Zimmer; der andere hatte sich mit einer schweren Schußwunde bis auf den Korridor hinausgeschleppt. Die Brüder, deren einer, der Ältere, dabei selbst, obschon nur leicht, am Schenkel verwundet worden war, banden den teuren lieben Vetter los: sie umarmten und küßten ihn, und forderten ihn jauchzend, indem sie ihm Gewehr und Waffen gaben, auf, ihnen nach dem vorderen Zimmer, in welchem, da der Sieg entschieden, Herr Strömli wahrscheinlich alles schon zum Rückzug anordne, zu folgen. Aber Vetter Gustav, halb im Bette aufgerichtet, drückte ihnen freundlich die Hand; im übrigen war er still und zerstreut, und statt die Pistolen, die sie ihm darreichten, zu ergreifen, hob er die Rechte, und strich sich, mit einem unaussprechlichen Ausdruck von Gram, damit über die Stirn. Die Jünglinge, die sich bei ihm niedergesetzt hatten, fragten: was ihm fehle? und schon, da er sie mit seinem Arm umschloß, und sich mit dem Kopf schweigend an die Schulter des Jüngern lehnte, wollte Adelbert sich erheben, um ihm im Wahn, daß ihn eine Ohnmacht anwandle, einen Trunk Wasser herbeizuholen: als Toni, den Knaben Seppy auf dem Arm, an der Hand Herrn Strömlis, in das Zimmer trat. Gustav wechselte bei diesem Anblick die Farbe; er hielt sich, indem er aufstand, als ob er umsinken wollte, an den Leibern der Freunde fest; und ehe die Jünglinge noch wußten, was er mit dem Pistol, das er ihnen jetzt aus der Hand nahm, anfangen wollte: drückte er dasselbe schon, knirschend vor Wut, gegen Toni ab. Der Schuß war ihr mitten durch die Brust gegangen; und da sie, mit einem gebrochenen Laut des Schmerzes, noch einige Schritte gegen ihn tat, und sodann, indem sie den Knaben an Herrn Strömli gab, vor ihm niedersank: schleuderte er das Pistol über sie, stieß sie mit dem Fuß von sich, und warf sich, indem er sie eine Hure nannte, wieder auf das Bette nieder. »Du ungeheurer Mensch!« riefen Herr Strömli und seine beiden Söhne. Die Jünglinge warfen sich über das Mädchen, und riefen, indem sie es aufhoben, einen der alten Diener herbei, der dem Zuge schon in manchen ähnlichen, verzweiflungsvollen Fällen die Hülfe eines Arztes geleistet hatte; aber das Mädchen, das sich mit der Hand krampfhaft die Wunde hielt, drückte die Freunde hinweg, und: »sagt ihm –!« stammelte sie röchelnd, auf ihn, der sie erschossen, hindeutend, und wiederholte: »sagt ihm – –!« Was sollen wir ihm sagen? fragte Herr Strömli, da der Tod ihr die Sprache raubte. Adelbert und Gottfried standen auf und riefen dem unbegreiflich gräßlichen Mörder zu: ob er wisse, daß das Mädchen seine Retterin sei; daß sie ihn liebe und daß es ihre Absicht gewesen sei, mit ihm, dem sie alles, Eltern und Eigentum, aufgeopfert, nach Port au Prince zu entfliehen? – Sie donnerten ihm: Gustav! in die Ohren, und fragten ihn: ob er nichts höre? und schüttelten ihn und griffen ihm in die Haare, da er unempfindlich, und ohne auf sie zu achten, auf dem Bette lag. Gustav richtete sich auf. Er warf einen Blick auf das in seinem Blut sich wälzende Mädchen; und die Wut, die diese Tat veranlaßt hatte, machte, auf natürliche Weise, einem Gefühl gemeinen Mitleidens Platz. Herr Strömli, heiße Tränen auf sein Schnupftuch niederweinend, fragte: warum, Elender, hast du das getan? Vetter Gustav, der von dem Bette aufgestanden war, und das Mädchen, indem er sich den Schweiß von der Stirn abwischte, betrachtete, antwortete: daß sie ihn schändlicher Weise zur Nachtzeit gebunden, und dem Neger Hoango übergeben habe. »Ach!« rief Toni, und streckte, mit einem unbeschreiblichen Blick, ihre Hand nach ihm aus: »dich, liebsten Freund, band ich, weil – –!« Aber sie konnte nicht reden und ihn auch mit der Hand nicht erreichen; sie fiel, mit einer plötzlichen Erschlaffung der Kraft, wieder auf den Schoß Herrn Strömlis zurück. Weshalb? fragte Gustav blaß, indem er zu ihr niederkniete. Herr Strömli, nach einer langen, nur durch das Röcheln Tonis unterbrochenen Pause, in welcher man vergebens auf eine Antwort von ihr gehofft hatte, nahm das Wort und sprach: weil, nach der Ankunft Hoangos, dich, Unglücklichen, zu retten, kein anderes Mittel war; weil sie den Kampf, den du unfehlbar eingegangen wärest, vermeiden, weil sie Zeit gewinnen wollte, bis wir, die wir schon vermöge ihrer Veranstaltung herbeieilten, deine Befreiung mit den Waffen in der Hand erzwingen konnten. Gustav legte die Hände vor sein Gesicht. Oh! rief er, ohne aufzusehen, und meinte, die Erde versänke unter seinen Füßen: ist das, was ihr mir sagt, wahr? Er legte seine Arme um ihren Leib und sah ihr mit jammervoll zerrissenem Herzen ins Gesicht. »Ach«, rief Toni, und dies waren ihre letzten Worte: »du hättest mir nicht mißtrauen sollen!« Und damit hauchte sie ihre schöne Seele aus. Gustav raufte sich die Haare. Gewiß! sagte er, da ihn die Vettern von der Leiche wegrissen: ich hätte dir nicht mißtrauen sollen; denn du warst mir durch einen Eidschwur verlobt, obschon wir keine Worte darüber gewechselt hatten! Herr Strömli drückte jammernd den Latz, der des Mädchens Brust umschloß, nieder. Er ermunterte den Diener, der mit einigen unvollkommenen Rettungswerkzeugen neben ihm stand, die Kugel, die, wie er meinte, in dem Brustknochen stecken müsse, auszuziehen; aber alle Bemühung, wie gesagt, war vergebens, sie war von dem Blei ganz durchbohrt, und ihre Seele schon zu besseren Sternen entflohn. – Inzwischen war Gustav ans Fenster getreten; und während Herr Strömli und seine Söhne unter stillen Tränen beratschlagten, was mit der Leiche anzufangen sei, und ob man nicht die Mutter herbeirufen solle: jagte Gustav sich die Kugel, womit das andere Pistol geladen war, durchs Hirn. Diese neue Schreckenstat raubte den Verwandten völlig alle Besinnung. Die Hülfe wandte sich jetzt auf ihn; aber des Ärmsten Schädel war ganz zerschmettert, und hing, da er sich das Pistol in den Mund gesetzt hatte, zum Teil an den Wänden umher. Herr Strömli war der erste, der sich wieder sammelte. Denn da der Tag schon ganz hell durch die Fenster schien, und auch Nachrichten einliefen, daß die Neger sich schon wieder auf dem Hofe zeigten: so blieb nichts übrig, als ungesäumt an den Rückzug zu denken. Man legte die beiden Leichen, die man nicht der mutwilligen Gewalt der Neger überlassen wollte, auf ein Brett, und nachdem die Büchsen von neuem geladen waren, brach der traurige Zug nach dem Möwenweiher auf. Herr Strömli, den Knaben Seppy auf dem Arm, ging voran; ihm folgten die beiden stärksten Diener, welche auf ihren Schultern die Leichen trugen; der Verwundete schwankte an einem Stabe hinterher; und Adelbert und Gottfried gingen mit gespannten Büchsen dem langsam fortschreitenden Leichenzuge zur Seite. Die Neger, da sie den Haufen so schwach erblickten, traten mit Spießen und Gabeln aus ihren Wohnungen hervor, und schienen Miene zu machen, angreifen zu wollen; aber Hoango, den man die Vorsicht beobachtet hatte, loszubinden, trat auf die Treppe des Hauses hinaus, und winkte den Negern, zu ruhen. »In Sainte Lüze!« rief er Herrn Strömli zu, der schon mit den Leichen unter dem Torweg war. »In Sainte Lüze!« antwortete dieser: worauf der Zug, ohne verfolgt zu werden, auf das Feld hinauskam und die Waldung erreichte. Am Möwenweiher, wo man die Familie fand, grub man, unter vielen Tränen, den Leichen ein Grab; und nachdem man noch die Ringe, die sie an der Hand trugen, gewechselt hatte, senkte man sie unter stillen Gebeten in die Wohnungen des ewigen Friedens ein. Herr Strömli war glücklich genug, mit seiner Frau und seinen Kindern, fünf Tage darauf, Sainte Lüze zu erreichen, wo er die beiden Negerknaben, seinem Versprechen gemäß, zurückließ. Er traf kurz vor Anfang der Belagerung in Port au Prince ein, wo er noch auf den Wällen für die Sache der Weißen focht; und als die Stadt nach einer hartnäckigen Gegenwehr an den General Dessalines überging, rettete er sich mit dem französischen Heer auf die englische Flotte, von wo die Familie nach Europa überschiffte, und ohne weitere Unfälle ihr Vaterland, die Schweiz, erreichte. Herr Strömli kaufte sich daselbst mit dem Rest seines kleinen Vermögens, in der Gegend des Rigi, an; und noch im Jahr 1807 war unter den Büschen seines Gartens das Denkmal zu sehen, das er Gustav, seinem Vetter, und der Verlobten desselben, der treuen Toni, hatte setzen lassen.

DAS BETTELWEIB VON LOCARNO

Am Fuße der Alpen, bei Locarno im oberen Italien, befand sich ein altes, einem Marchese gehöriges Schloß, das man jetzt, wenn man vom St. Gotthard kommt, in Schutt und Trümmern liegen sieht: ein Schloß mit hohen und weitläufigen Zimmern, in deren einem einst, auf Stroh, das man ihr unterschüttete, eine alte kranke Frau, die sich bettelnd vor der Tür eingefunden hatte, von der Hausfrau aus Mitleiden gebettet worden war. Der Marchese, der, bei der Rückkehr von der Jagd, zufällig in das Zimmer trat, wo er seine Büchse abzusetzen pflegte, befahl der Frau unwillig, aus dem Winkel, in welchem sie lag, aufzustehen, und sich hinter den Ofen zu verfügen. Die Frau, da sie sich erhob, glitschte mit der Krücke auf dem glatten Boden aus, und beschädigte sich, auf eine gefährliche Weise, das Kreuz; dergestalt, daß sie zwar noch mit unsäglicher Mühe aufstand und quer, wie es vorgeschrieben war, über das Zimmer ging, hinter den Ofen aber, unter Stöhnen und Ächzen, niedersank und verschied.

Mehrere Jahre nachher, da der Marchese, durch Krieg und Mißwachs, in bedenkliche Vermögensumstände geraten war, fand sich ein florentinischer Ritter bei ihm ein, der das Schloß, seiner schönen Lage wegen, von ihm kaufen wollte. Der Marchese, dem viel an dem Handel gelegen war, gab seiner Frau auf, den Fremden in dem obenerwähnten, leerstehenden Zimmer, das sehr schön und prächtig eingerichtet war, unterzubringen. Aber wie betreten war das Ehepaar, als der Ritter mitten in der Nacht, verstört und bleich, zu ihnen herunter kam, hoch und teuer versichernd, daß es in dem Zimmer spuke, indem etwas, das dem Blick unsichtbar gewesen, mit einem Geräusch, als ob es auf Stroh gelegen, im Zimmerwinkel aufgestanden, mit vernehmlichen Schritten, langsam und gebrechlich, quer über das Zimmer gegangen, und hinter dem Ofen, unter Stöhnen und Ächzen, niedergesunken sei.

Der Marchese erschrocken, er wußte selbst nicht recht warum, lachte den Ritter mit erkünstelter Heiterkeit aus, und sagte, er wolle sogleich aufstehen, und die Nacht zu seiner Beruhigung, mit ihm in dem Zimmer zubringen. Doch der Ritter bat um die Gefälligkeit, ihm zu erlauben, daß er auf einem Lehnstuhl, in seinem Schlafzimmer übernachte, und als der Morgen kam, ließ er anspannen, empfahl sich und reiste ab.

Dieser Vorfall, der außerordentliches Aufsehen machte, schreckte auf eine dem Marchese höchst unangenehme Weise, mehrere Käufer ab; dergestalt, daß, da sich unter seinem eigenen Hausgesinde, befremdend und unbegreiflich, das Gerücht erhob, daß es in dem Zimmer, zur Mitternachtsstunde, umgehe, er, um es mit einem entscheidenden Verfahren niederzuschlagen, beschloß, die Sache in der nächsten Nacht selbst zu untersuchen. Demnach ließ er, beim Einbruch der Dämmerung, sein Bett in dem besagten Zimmer aufschlagen, und erharrte, ohne zu schlafen, die Mitternacht. Aber wie erschüttert war er, als er in der Tat, mit dem Schlage der Geisterstunde, das unbegreifliche Geräusch wahrnahm; es war, als ob ein Mensch sich von Stroh, das unter ihm knisterte, erhob, quer über das Zimmer ging, und hinter dem Ofen, unter Geseufz und Geröchel niedersank. Die Marquise, am andern Morgen, da er herunter kam, fragte ihn, wie die Untersuchung abgelaufen; und da er sich, mit scheuen und ungewissen Blicken, umsah, und, nachdem er die Tür verriegelt, versicherte, daß es mit dem Spuk seine Richtigkeit habe: so erschrak sie, wie sie in ihrem Leben nicht getan, und bat ihn, bevor er die Sache verlauten ließe, sie noch einmal, in ihrer Gesellschaft, einer kaltblütigen Prüfung zu unterwerfen. Sie hörten aber, samt einem treuen Bedienten, den sie mitgenommen hatten, in der Tat, in der nächsten Nacht, dasselbe unbegreifliche, gespensterartige Geräusch; und nur der dringende Wunsch, das Schloß, es koste was es wolle, los zu werden, vermochte sie, das Entsetzen, das sie ergriff, in Gegenwart ihres Dieners zu unterdrücken, und dem Vorfall irgend eine gleichgültige und zufällige Ursache, die sich entdecken lassen müsse, unterzuschieben. Am Abend des dritten Tages, da beide, um der Sache auf den Grund zu kommen, mit Herzklopfen wieder die Treppe zu dem Fremdenzimmer bestiegen, fand sich zufällig der Haushund, den man von der Kette losgelassen hatte, vor der Tür desselben ein; dergestalt, daß beide, ohne sich bestimmt zu erklären, vielleicht in der unwillkürlichen Absicht, außer sich selbst noch etwas Drittes, Lebendiges, bei sich zu haben, den Hund mit sich in das Zimmer nahmen. Das Ehepaar, zwei Lichter auf dem Tisch, die Marquise unausgezogen, der Marchese Degen und Pistolen, die er aus dem Schrank genommen, neben sich, setzen sich, gegen eilf Uhr, jeder auf sein Bett; und während sie sich mit Gesprächen, so gut sie vermögen, zu unterhalten suchen, legt sich der Hund, Kopf und Beine zusammen gekauert, in der Mitte des Zimmers nieder und schläft ein. Drauf, in dem Augenblick der Mitternacht, läßt sich das entsetzliche Geräusch wieder hören; jemand, den kein Mensch mit Augen sehen kann, hebt sich, auf Krücken, im Zimmerwinkel empor; man hört das Stroh, das unter ihm rauscht; und mit dem ersten Schritt: tapp! tapp! erwacht der Hund, hebt sich plötzlich, die Ohren spitzend, vom Boden empor, und knurrend und bellend, grad als ob ein Mensch auf ihn eingeschritten käme, rückwärts gegen den Ofen weicht er aus. Bei diesem Anblick stürzt die Marquise, mit sträubenden Haaren, aus dem Zimmer; und während der Marquis, der den Degen ergriffen: wer da? ruft, und da ihm niemand antwortet, gleich einem Rasenden, nach allen Richtungen die Luft durchhaut, läßt sie anspannen, entschlossen, augenblicklich, nach der Stadt abzufahren. Aber ehe sie noch einige Sachen zusammengepackt und aus dem Tore herausgerasselt, sieht sie schon das Schloß ringsum in Flammen aufgehen. Der Marchese, von Entsetzen überreizt, hatte eine Kerze genommen, und dasselbe, überall mit Holz getäfelt wie es war, an allen vier Ecken, müde seines Lebens, angesteckt. Vergebens schickte sie Leute hinein, den Unglücklichen zu retten; er war auf die elendiglichste Weise bereits umgekommen, und noch jetzt liegen, von den Landleuten zusammengetragen, seine weißen Gebeine in dem Winkel des Zimmers, von welchem er das Bettelweib von Locarno hatte aufstehen heißen.

DER FINDLING

Antonio Piachi, ein wohlhabender Güterhändler in Rom, war genötigt, in seinen Handelsgeschäften zuweilen große Reisen zu machen. Er pflegte dann gewöhnlich *Elvire*, seine junge Frau, unter dem Schutz ihrer Verwandten, daselbst zurückzulassen. Eine dieser Reisen führte ihn mit seinem Sohn *Paolo*, einem eilfjährigen Knaben, den ihm seine erste Frau geboren hatte, nach Ragusa. Es traf sich, daß hier eben eine pestartige Krankheit ausgebrochen war, welche die Stadt und Gegend umher in großes Schrecken setzte. Piachi, dem die Nachricht davon erst auf der Reise zu Ohren gekommen war, hielt in der Vorstadt an, um sich nach der Natur derselben zu erkundigen. Doch da er hörte, daß das Übel von Tage zu Tage bedenklicher werde, und daß man damit umgehe, die Tore zu sperren; so überwand die Sorge für seinen Sohn alle kaufmännischen Interessen: er nahm Pferde und reisete wieder ab.

Er bemerkte, da er im Freien war, einen Knaben neben seinem Wagen, der, nach Art der Flehenden, die Hände zu ihm ausstreckte und in großer Gemütsbewegung zu sein schien. Piachi ließ halten; und auf die Frage: was er wolle? antwortete der Knabe in seiner Unschuld: er sei angesteckt; die Häscher verfolgten ihn, um ihn ins Krankenhaus zu bringen, wo sein Vater und seine Mutter schon gestorben wären; er bitte um aller Heiligen willen, ihn mitzunehmen, und nicht in der Stadt umkommen zu lassen. Dabei faßte er des Alten Hand, drückte und küßte sie und weinte darauf nieder. Piachi wollte in der ersten Regung des Entsetzens, den Jungen weit von sich schleudern; doch da dieser, in eben diesem Augenblick, seine Farbe veränderte und ohnmächtig auf den Boden niedersank, so regte sich des guten Alten Mitleid: er stieg mit seinem Sohn aus, legte den Jungen in den Wagen, und fuhr mit ihm fort, obschon er auf der Welt nicht wußte, was er mit demselben anfangen sollte.

Er unterhandelte noch, in der ersten Station, mit den Wirtsleuten, über die Art und Weise, wie er seiner wieder los werden könne: als er schon auf Befehl der Polizei, welche davon Wind bekommen hatte, arretiert und unter einer Bedeckung, er, sein Sohn und Nicolo, so hieß der kranke Knabe, wieder nach Ragusa zurück transportiert ward. Alle Vorstellungen von Seiten Piachis, über die Grausamkeit dieser Maßregel, halfen zu nichts; in Ragusa angekommen, wurden nunmehr alle drei, unter Aufsicht eines Häschers, nach dem Krankenhause abgeführt, wo er zwar, Piachi, gesund blieb, und Nicolo, der Knabe, sich von dem Übel wieder erholte: sein Sohn aber, der eilfjährige Paolo, von demselben angesteckt ward, und in drei Tagen starb.

Die Tore wurden nun wieder geöffnet und Piachi, nachdem er seinen Sohn begraben hatte, erhielt von der Polizei Erlaubnis, zu reisen. Er bestieg eben, sehr von Schmerz bewegt, den Wagen und nahm, bei dem Anblick des Platzes, der neben ihm leer blieb, sein Schnupftuch heraus, um seine Tränen fließen zu lassen: als Nicolo, mit der Mütze in der Hand, an seinen Wagen trat und ihm eine glückliche Reise wünschte. Piachi beugte sich aus dem Schlage heraus und fragte ihn, mit einer von heftigem Schluchzen unterbrochenen Stimme: ob er mit ihm reisen wollte? Der Junge, sobald er den Alten nur verstanden hatte, nickte und sprach: o ja! sehr gern; und da die Vorsteher des Krankenhauses, auf die Frage des Güterhändlers: ob es dem Jungen wohl erlaubt wäre, einzusteigen? lächelten und versicherten: daß er Gottes Sohn wäre und niemand ihn vermissen würde; so hob ihn Piachi, in einer großen Bewegung, in den Wagen, und nahm ihn, an seines Sohnes Statt, mit sich nach Rom.

Auf der Straße, vor den Toren der Stadt, sah sich der Landmäkler den Jungen erst recht an. Er war von einer besondern, etwas starren Schönheit, seine schwarzen Haare hingen ihm, in schlichten Spitzen, von der Stirn herab, ein Gesicht beschattend, das, ernst und klug, seine Mienen niemals veränderte. Der Alte tat mehrere Fragen an ihn, worauf jener aber nur kurz antwortete: ungesprächig und in sich gekehrt saß er, die Hände in die Hosen gesteckt, im Winkel da, und sah sich, mit gedankenvoll scheuen Blicken, die Gegenstände an, die an dem Wagen vorüberflogen. Von Zeit zu Zeit holte er sich, mit stillen und geräuschlosen Bewegungen, eine Handvoll Nüsse aus der Tasche, die er bei sich trug, und während Piachi sich die Tränen vom Auge wischte, nahm er sie zwischen die Zähne und knackte sie auf.

In Rom stellte ihn Piachi, unter einer kurzen Erzählung des Vorfalls, Elviren, seiner jungen trefflichen Gemahlin vor, welche sich zwar nicht enthalten konnte, bei dem Gedanken an Paolo, ihren kleinen Stiefsohn, den sie sehr geliebt hatte, herzlich zu weinen; gleichwohl aber den Nicolo, so fremd und steif er auch vor ihr stand, an ihre Brust drückte, ihm das Bette, worin jener geschlafen hatte, zum Lager anwies, und sämtliche Kleider desselben zum Geschenk machte. Piachi schickte ihn in die Schule, wo er Schreiben, Lesen und Rechnen lernte, und da er, auf eine leicht begreifliche Weise, den Jungen in dem Maße lieb gewonnen, als er ihm teuer zu stehen gekommen war, so adoptierte er ihn, mit Einwilligung der guten Elvire, welche von dem Alten keine Kinder mehr zu erhalten hoffen konnte, schon nach wenigen Wochen, als seinen Sohn. Er dankte späterhin einen Kommis ab, mit dem er, aus mancherlei Gründen, unzufrieden war, und hatte, da er den Nicolo, statt seiner, in dem Kontor anstellte, die Freude zu sehn, daß derselbe die weitläuftigen Geschäfte, in welchen er verwickelt war, auf das tätigste und vorteilhafteste verwaltete. Nichts hatte der Vater, der ein geschworner Feind aller Bigotterie war, an ihm auszusetzen, als den Umgang mit den Mönchen des Karmeliterklosters, die dem jungen Mann, wegen des beträchtlichen Vermögens das ihm einst, aus der Hinterlassenschaft des Alten, zufallen sollte, mit großer Gunst zugetan waren; und nichts ihrerseits die Mutter, als einen früh, wie es ihr schien, in der Brust desselben sich regenden Hang für das weibliche Geschlecht. Denn schon in seinem funfzehnten Jahre, war er, bei

Gelegenheit dieser Mönchsbesuche, die Beute der Verführung einer gewissen *Xaviera Tartini*, Beischläferin ihres Bischofs, geworden, und ob er gleich, durch die strenge Forderung des Alten genötigt, diese Verbindung zerriß, so hatte Elvire doch mancherlei Gründe zu glauben, daß seine Enthaltsamkeit auf diesem gefährlichen Felde nicht eben groß war. Doch da Nicolo sich, in seinem zwanzigsten Jahre, mit *Constanza Parquet*, einer jungen liebenswürdigen Genueserin, Elvirens Nichte, die unter ihrer Aufsicht in Rom erzogen wurde, vermählte, so schien wenigstens das letzte Übel damit an der Quelle verstopft; beide Eltern vereinigten sich in der Zufriedenheit mit ihm, und um ihm davon einen Beweis zu geben, ward ihm eine glänzende Austattung zuteil, wobei sie ihm einen beträchtlichen Teil ihres schönen und weitläuftigen Wohnhauses einräumten. Kurz, als Piachi sein sechzigstes Jahr erreicht hatte, tat er das Letzte und Äußerste, was er für ihn tun konnte: er überließ ihm, auf gerichtliche Weise, mit Ausnahme eines kleinen Kapitals, das er sich vorbehielt, das ganze Vermögen, das seinem Güterhandel zum Grunde lag, und zog sich, mit seiner treuen, trefflichen Elvire, die wenige Wünsche in der Welt hatte, in den Ruhestand zurück.

Elvire hatte einen stillen Zug von Traurigkeit im Gemüt, der ihr aus einem rührenden Vorfall, aus der Geschichte ihrer Kindheit, zurückgeblieben war. Philippo Parquet, ihr Vater, ein bemittelter Tuchfärber in Genua, bewohnte ein Haus, das, wie es sein Handwerk erforderte, mit der hinteren Seite hart an den, mit Quadersteinen eingefaßten, Rand des Meeres stieß; große, am Giebel eingefugte Balken, an welchen die gefärbten Tücher aufgehängt wurden, liefen, mehrere Ellen weit, über die See hinaus. Einst, in einer unglücklichen Nacht, da Feuer das Haus ergriff, und gleich, als ob es von Pech und Schwefel erbaut wäre, zu gleicher Zeit in allen Gemächern, aus welchen es zusammengesetzt war, emporknitterte, flüchtete sich, überall von Flammen geschreckt, die dreizehnjährige Elvire von Treppe zu Treppe, und befand sich, sie wußte selbst nicht wie, auf einem dieser Balken. Das arme Kind wußte, zwischen Himmel und Erde schwebend, gar nicht, wie es sich retten sollte; hinter ihr der brennende Giebel, dessen Glut, vom Winde gespeitscht, schon den Balken angefressen hatte, und unter ihr die weite, öde, entsetzliche See. Schon wollte sie sich allen Heiligen empfehlen und unter zwei Übeln das kleinere wählend, in die Fluten hinabspringen; als plötzlich ein junger Genueser, vom Geschlecht der Patrizier, am Eingang erschien, seinen Mantel über den Balken warf, sie umfaßte, und sich, mit ebenso viel Mut als Gewandtheit, an einem der feuchten Tücher, die von dem Balken niederhingen, in die See mit ihr herabließ. Hier griffen Gondeln, die auf dem Hafen schwammen, sie auf, und brachten sie, unter vielem Jauchzen des Volks, ans Ufer; doch es fand sich, daß der junge Held, schon beim Durchgang durch das Haus, durch einen vom Gesims desselben herabfallenden Stein, eine schwere Wunde am Kopf empfangen hatte, die ihn auch bald, seiner Sinne nicht mächtig, am Boden niederstreckte. Der Marquis, sein Vater, in dessen Hotel er gebracht ward, rief, da seine Wiederherstellung sich in die Länge zog, Ärzte aus allen Gegenden Italiens herbei, die ihn zu verschiedenen Malen trepanierten und ihm mehrere Knochen aus dem Gehirn nahmen; doch alle Kunst war, durch eine unbegreifliche Schickung des Himmels, vergeblich: er erstand nur selten an der Hand Elvirens, die seine Mutter zu seiner Pflege herbeigerufen hatte, und nach einem dreijährigen höchst schmerzenvollen Krankenlager, während dessen das Mädchen nicht von seiner Seite wich, reichte er ihr noch einmal freundlich die Hand und verschied.

Piachi, der mit dem Hause dieses Herrn in Handelsverbindungen stand, und Elviren eben dort, da sie ihn pflegte, kennen gelernt und zwei Jahre darauf geheiratet hatte, hütete sich sehr, seinen Namen vor ihr zu nennen, oder sie sonst an ihn zu erinnern, weil er wußte, daß es ihr schönes und empfindliches Gemüt auf das heftigste bewegte. Die mindeste Veranlassung, die sie auch nur von fern an die Zeit erinnerte, da der Jüngling für sie litt und starb, rührte sie immer bis zu Tränen, und alsdann gab es keinen Trost und keine Beruhigung für sie; sie brach, wo sie auch sein mochte, auf, und keiner folgte ihr, weil man schon erprobt hatte, daß jedes andere Mittel vergeblich war, als sie still für sich, in der Einsamkeit, ihren Schmerz ausweinen zu lassen. Niemand, außer Piachi, kannte die Ursache dieser sonderbaren und häufigen Erschütterungen, denn niemals, so lange sie lebte, war ein Wort, jene Begebenheit betreffend, über ihre Lippen gekommen. Man war gewohnt, sie auf Rechnung eines überreizten Nervensystems zu setzen, das ihr aus einem hitzigen Fieber, in welches sie gleich nach ihrer Verheiratung verfiel, zurückgeblieben war, und somit allen Nachforschungen über die Veranlassung derselben ein Ende zu machen.

Einstmals war Nicolo, mit jener Xaviera Tartini, mit welcher er, trotz des Verbots des Vaters, die Verbindung nie ganz aufgegeben hatte, heimlich, und ohne Vorwissen seiner Gemahlin, unter der Vorspiegelung, daß er bei einem Freund eingeladen sei, auf dem Karneval gewesen und kam, in der Maske eines genuesischen Ritters, die er zufällig gewählt hatte, spät in der Nacht, da schon alles schlief, in sein Haus zurück. Es traf sich, daß dem Alten plötzlich eine Unpäßlichkeit zugestoßen war, und Elvire, um ihm zu helfen, in Ermangelung der Mägde, aufgestanden, und in den Speisesaal gegangen war, um ihm eine Flasche mit Essig zu holen. Eben hatte sie einen Schrank, der in dem Winkel stand, geöffnet, und suchte, auf der Kante eines Stuhles stehend, unter den Gläsern und Caravinen umher: als Nicolo die Tür sacht öffnete, und mit einem Licht, das er sich auf dem Flur angesteckt hatte, mit Federhut, Mantel und Degen, durch den Saal ging. Harmlos, ohne Elviren zu sehen, trat er an die Tür, die in sein Schlafgemach führte, und bemerkte eben mit Bestürzung, daß sie verschlossen war: als Elvire hinter ihm, mit Flaschen und Gläsern, die sie in der Hand hielt, wie durch einen unsichtbaren Blitz getroffen, bei seinem Anblick von dem Schemel, auf welchem sie stand, auf das Getäfel des Bodens niederfiel. Nicolo, von Schrecken bleich, wandte sich um und wollte der Unglücklichen beispringen; doch da das Geräusch, das sie gemacht hatte, notwendig den Alten herbeiziehen mußte, so unterdrückte die Besorgnis, einen Verweis von ihm zu erhalten, alle andere Rücksichten: er riß ihr, mit verstörter Beeiferung, ein Bund Schlüssel von der Hüfte, das sie bei sich trug, und einen gefunden, der paßte, warf er den Bund in den Saal zurück und verschwand. Bald darauf, da Piachi, krank wie er war, aus dem Bette gesprungen war, und sie aufgehoben hatte, und auch Bediente und Mägde, von ihm zusammengeklingelt, mit Licht erschienen waren, kam auch Nicolo in seinem Schlafrock, und fragte, was vorgefallen sei; doch da Elvire, starr vor Entsetzen, wie ihre Zunge war, nicht sprechen konnte, und außer ihr nur er selbst noch Auskunft auf diese Frage geben konnte, so blieb der Zusammenhang der Sache in ein ewiges Geheimnis gehüllt; man trug Elviren, die an allen Gliedern zitterte, zu Bett, wo sie mehrere Tage lang an einem heftigen Fieber darniederlag, gleichwohl aber durch die natürliche Kraft ihrer Gesundheit den Zufall überwand, und bis auf eine sonderbare Schwermut, die ihr zurückblieb, sich ziemlich wieder erholte.

So verfloß ein Jahr, als Constanze, Nicolos Gemahlin, niederkam, und samt dem Kinde, das sie geboren hatte, in den Wochen starb. Dieser Vorfall, bedauernswürdig an sich, weil ein tugendhaftes und wohlerzogenes Wesen verloren ging, war es doppelt, weil er den beiden Leidenschaften Nicolos, seiner Bigotterie und seinem Hange zu den Weibern, wieder Tor und Tür öffnete. Ganze Tage lang trieb er sich wieder, unter dem Vorwand, sich zu trösten, in den Zellen der Karmelitermönche umher, und gleichwohl wußte man, daß er während der Lebzeiten seiner Frau, nur mit geringer Liebe und Treue an ihr gehangen hatte. Ja, Constanze war noch nicht unter der Erde, als Elvire schon zur Abendzeit, in Geschäften des bevorstehenden Begräbnisses in sein Zimmer tretend, ein Mädchen bei ihm fand, das, geschürzt und geschminkt, ihr als die Zofe der Xaviera Tartini nur zu wohl bekannt war. Elvire schlug bei diesem Anblick die Augen nieder, kehrte sich, ohne ein Wort zu sagen, um, und verließ das Zimmer; weder Piachi, noch sonst jemand, erfuhr ein Wort von diesem Vorfall, sie begnügte sich, mit betrübtem Herzen bei der Leiche Constanzens, die den Nicolo sehr geliebt hatte, niederzuknieen und zu weinen. Zufällig aber traf es sich, daß Piachi, der in der Stadt gewesen war, beim Eintritt in sein Haus dem Mädchen begegnete, und da er wohl merkte, was sie hier zu schaffen gehabt hatte, sie heftig anging und ihr halb mit List, halb mit Gewalt, den Brief, den sie bei sich trug, abgewann. Er ging auf sein Zimmer, um ihn zu lesen, und fand, was er vorausgesehen hatte, eine dringende Bitte Nicolos an Xaviera, ihm, behufs einer Zusammenkunft, nach der er sich sehne, gefälligst Ort und Stunde zu bestimmen. Piachi setzte sich nieder und antwortete, mit verstellter Schrift, im Namen Xavieras: »gleich, noch vor Nacht, in der Magdalenenkirche.« – siegelte diesen Zettel mit einem fremden Wappen zu, und ließ ihn, gleich als ob er von der Dame käme, in Nicolos Zimmer abgeben. Die List glückte vollkommen; Nicolo nahm augenblicklich seinen Mantel, und begab sich in Vergessenheit Constanzens, die im Sarg ausgestellt war, aus dem Hause. Hierauf bestellte Piachi, tief entwürdigt, das feierliche, für den kommenden Tag festgesetzte Leichenbegängnis ab, ließ die Leiche, so wie sie ausgesetzt war, von einigen Trägern aufheben, und bloß von Elviren, ihm und einigen Verwandten begleitet, ganz in der Stille in dem Gewölbe der Magdalenenkirche, das für sie bereitet war, beisetzen. Nicolo, der in dem Mantel gehüllt, unter den Hallen der Kirche stand, und zu seinem Erstaunen einen ihm wohlbekannten Leichenzug herannahen sah, fragte den Alten, der dem Sarge folgte: was dies bedeute? und wen man herantrüge? Doch dieser, das Gebetbuch in der Hand, ohne das Haupt zu erheben, antwortete bloß: Xaviera Tartini: – worauf die Leiche, als ob Nicolo gar nicht gegenwärtig wäre, noch einmal entdeckelt, durch die Anwesenden gesegnet, und alsdann versenkt und in dem Gewölbe verschlossen ward.

Dieser Vorfall, der ihn tief beschämte, erweckte in der Brust des Unglücklichen einen brennenden Haß gegen Elviren; denn ihr glaubte er den Schimpf, den ihm der Alte vor allem Volk angetan hatte, zu verdanken zu haben. Mehrere Tage lang sprach Piachi kein Wort mit ihm; und da er gleichwohl, wegen der Hinterlassenschaft Constanzens, seiner Geneigtheit und Gefälligkeit bedurfte: so sah er sich genötigt, an einem Abend des Alten Hand zu ergreifen und ihm mit der Miene der Reue, unverzüglich und auf immerdar, die Verabschiedung der Xaviera anzugeloben. Aber dies Versprechen war er wenig gesonnen zu halten; vielmehr schärfte der Widerstand, den man ihm entgegen setzte, nur seinen Trotz, und übte ihn in der Kunst, die Aufmerksamkeit des redlichen Alten zu umgehen. Zugleich war ihm Elvire niemals schöner vorgekommen, als in dem Augenblick, da sie, zu seiner Vernichtung, das Zimmer, in welchem sich das Mädchen befand, öffnete und wieder schloß. Der Unwille, der sich mit sanfter Glut auf ihren Wangen entzündete, goß einen unendlichen Reiz über ihr mildes, von Affekten nur selten bewegtes Antlitz; es schien ihm unglaublich, daß sie, bei soviel Lockungen dazu, nicht selbst zuweilen auf dem Wege wandeln sollte, dessen Blumen zu brechen er eben so schmählich von ihr gestraft worden war. Er glühte vor Begierde, ihr, falls dies der Fall sein sollte, bei dem Alten denselben Dienst zu erweisen, als sie ihm, und bedurfte und suchte nichts, als die Gelegenheit, diesen Vorsatz ins Werk zu richten.

Einst ging er, zu einer Zeit, da gerade Piachi außer dem Hause war, an Elvirens Zimmer vorbei, und hörte, zu seinem Befremden, daß man darin sprach. Von raschen, heimtückischen Hoffnungen durchzuckt, beugte er sich mit Augen und Ohren gegen das Schloß nieder, und – Himmel! was erblickte er? Da lag sie, in der Stellung der Verzückung, zu jemandes Füßen, und ob er gleich die Person nicht erkennen konnte, so vernahm er doch ganz deutlich, recht mit dem Akzent der Liebe ausgesprochen, das geflüsterte

Wort: Colino. Er legte sich mit klopfendem Herzen in das Fenster des Korridors, von wo aus er, ohne seine Absicht zu verraten, den Eingang des Zimmers beobachten konnte; und schon glaubte er, bei einem Geräusch, das sich ganz leise am Riegel erhob, den unschätzbaren Augenblick, da er die Scheinheilige entlarven könne, gekommen: als, statt des Unbekannten den er erwartete, Elvire selbst, ohne irgend eine Begleitung, mit einem ganz gleichgültigen und ruhigen Blick, den sie aus der Ferne auf ihn warf, aus dem Zimmer hervortrat. Sie hatte ein Stück selbstgewebter Leinwand unter dem Arm; und nachdem sie das Gemach, mit einem Schlüssel, den sie sich von der Hüfte nahm, verschlossen hatte, stieg sie ganz ruhig, die Hand ans Geländer gelehnt, die Treppe hinab. Diese Verstellung, diese scheinbare Gleichgültigkeit, schien ihm der Gipfel der Frechheit und Arglist, und kaum war sie ihm aus dem Gesicht, als er schon lief, einen Hauptschlüssel herbeizuholen, und nachdem er die Umringung, mit scheuen Blicken, ein wenig geprüft hatte, heimlich die Tür des Gemachs öffnete. Aber wie erstaunte er, als er alles leer fand, und in allen vier Winkeln, die er durchspähte, nichts, das einem Menschen auch nur ähnlich war, entdeckte: außer dem Bild eines jungen Ritters in Lebensgröße, das in einer Nische der Wand, hinter einem rotseidenen Vorhang, von einem besondern Lichte bestrahlt, aufgestellt war. Nicolo erschrak, er wußte selbst nicht warum: und eine Menge von Gedanken fuhren ihm, den großen Augen des Bildes, das ihn starr ansah, gegenüber, durch die Brust: doch ehe er sie noch gesammelt und geordnet hatte, ergriff ihn schon Furcht, von Elviren entdeckt und gestraft zu werden; er schloß, in nicht geringer Verwirrung, die Tür wieder zu, und entfernte sich.

Je mehr er über diesen sonderbaren Vorfall nachdachte, je wichtiger ward ihm das Bild, das er entdeckt hatte, und je peinlicher und brennender ward die Neugierde in ihm, zu wissen, wer damit gemeint sei. Denn er hatte sie, im ganzen Umriß ihrer Stellung auf Knieen liegen gesehen, und es war nur zu gewiß, daß derjenige, vor dem dies geschehen war, die Gestalt des jungen Ritters auf der Leinwand war. In der Unruhe des Gemüts, die sich seiner bemeisterte, ging er zu Xaviera Tartini, und erzählte ihr die wunderbare Begebenheit, die er erlebt hatte. Diese, die in dem Interesse, Elviren zu stürzen, mit ihm zusammentraf, indem alle Schwierigkeiten, die sie in ihrem Umgang fanden, von ihr herrührten, äußerte den Wunsch, das Bild, das in dem Zimmer derselben aufgestellt war, einmal zu sehen. Denn einer ausgebreiteten Bekanntschaft unter den Edelleuten Italiens konnte sie sich rühmen, und falls derjenige, der hier in Rede stand, nur irgend einmal in Rom gewesen und von einiger Bedeutung war, so durfte sie hoffen, ihn zu kennen. Es fügte sich auch bald, daß die beiden Eheleute Piachi, da sie einen Verwandten besuchen wollten, an einem Sonntag auf das Land reiseten, und kaum wußte Nicolo auf diese Weise das Feld rein, als er schon zu Xavieren eilte, und diese mit einer kleinen Tochter, die sie von dem Kardinal hatte, unter dem Vorwande, Gemälde und Stickereien zu besehen, als eine fremde

Dame in Elvirens Zimmer führte. Doch wie betroffen war Nicolo, als die kleine Klara (so hieß die Tochter), sobald er nur den Vorhang erhoben hatte, ausrief: »Gott, mein Vater! Signor Nicolo, wer ist das anders, als Sie?« – Xaviera verstummte. Das Bild, in der Tat, je länger sie es ansah, hatte eine auffallende Ähnlichkeit mit ihm: besonders wenn sie sich ihn, wie ihrem Gedächtnis gar wohl möglich war, in dem ritterlichen Aufzug dachte, in welchem er, vor wenigen Monaten, heimlich mit ihr auf dem Karneval gewesen war. Nicolo versuchte ein plötzliches Erröten, das sich über seine Wangen ergoß, wegzuspotten; er sagte, indem er die Kleine küßte: wahrhaftig, liebste Klara, das Bild gleicht mir, wie du demjenigen, der sich deinen Vater glaubt! – Doch Xaviera, in deren Brust das bittere Gefühl der Eifersucht rege geworden war, warf einen Blick auf ihn; sie sagte, indem sie vor den Spiegel trat, zuletzt sei es gleichgültig, wer die Person sei; empfahl sich ihm ziemlich kalt und verließ das Zimmer.

Nicolo verfiel, sobald Xaviera sich entfernt hatte, in die lebhafteste Bewegung über diesen Auftritt. Er erinnerte sich, mit vieler Freude, der sonderbaren und lebhaften Erschütterung, in welche er, durch die phantastische Erscheinung jener Nacht, Elviren versetzt hatte. Der Gedanke, die Leidenschaft dieser, als ein Muster der Tugend umwandelnden Frau erweckt zu haben, schmeichelte ihn fast eben so sehr, als die Begierde, sich an ihr zu rächen; und da sich ihm die Aussicht eröffnete, mit einem und demselben Schlage beide, das eine Gelüst, wie das andere, zu befriedigen, so erwartete er mit vieler Ungeduld Elvirens Wiederkunft, und die Stunde, da ein Blick in ihr Auge seine schwankende Überzeugung krönen würde. Nichts störte ihn in dem Taumel, der ihn ergriffen hatte, als die bestimmte Erinnerung, daß Elvire das Bild, vor dem sie auf Knieen lag, damals, als er sie durch das Schlüsselloch belauschte: Colino, genannt hatte; doch auch in dem Klang dieses, im Lande nicht eben gebräuchlichen Namens, lag mancherlei, das sein Herz, er wußte nicht warum, in süße Träume wiegte, und in der Alternative, einem von beiden Sinnen, seinem Auge oder seinem Ohr zu mißtrauen, neigte er sich, wie natürlich, zu demjenigen hinüber, der seiner Begierde am lebhaftesten schmeichelte.

Inzwischen kam Elvire erst nach Verlauf mehrerer Tage von dem Lande zurück, und da sie aus dem Hause des Vetters, den sie besucht hatte, eine junge Verwandte mitbrachte, die sich in Rom umzusehen wünschte, so warf sie, mit Artigkeiten gegen diese beschäftigt, auf Nicolo, der sie sehr freundlich aus dem Wagen hob, nur einen flüchtigen nichtsbedeutenden Blick. Mehrere Wochen, der Gastfreundin, die man bewirtete, aufgeopfert, vergingen in einer dem Hause ungewöhnlichen Unruhe; man besuchte, in- und außerhalb der Stadt, was einem Mädchen, jung und lebensfroh, wie sie war, merkwürdig sein mochte; und Nicolo, seiner Geschäfte im Kontor halber, zu allen diesen kleinen Fahrten nicht eingeladen, fiel wieder, in Bezug auf Elviren, in die übelste Laune zurück. Er begann wieder, mit den bittersten und quälendsten

Gefühlen, an den Unbekannten zurück zu denken, den sie in heimlicher Ergebung vergötterte; und dies Gefühl zerriß besonders am Abend der längst mit Sehnsucht erharrten Abreise jener jungen Verwandten sein verwildertes Herz, da Elvire, statt nun mit ihm zu sprechen, schweigend, während einer ganzen Stunde, mit einer kleinen, weiblichen Arbeit beschäftigt, am Speisetisch saß. Es traf sich, daß Piachi, wenige Tage zuvor, nach einer Schachtel mit kleinen, elfenbeinernen Buchstaben gefragt hatte, vermittelst welcher Nicolo in seiner Kindheit unterrichtet worden, und die dem Alten nun, weil sie niemand mehr brauchte, in den Sinn gekommen war, an ein kleines Kind in der Nachbarschaft zu verschenken. Die Magd, der man aufgegeben hatte, sie, unter vielen anderen, alten Sachen, aufzusuchen, hatte inzwischen nicht mehr gefunden, als die sechs, die den Namen: *Nicolo* ausmachen; wahrscheinlich weil die andern, ihrer geringeren Beziehung auf den Knaben wegen, minder in Acht genommen und, bei welcher Gelegenheit es sei, verschleudert worden waren. Da nun Nicolo die Lettern, welche seit mehreren Tagen auf dem Tisch lagen, in die Hand nahm, und während er, mit dem Arm auf die Platte gestützt, in trüben Gedanken brütete, damit spielte, fand er – zufällig, in der Tat, selbst, denn er erstaunte darüber, wie er noch in seinem Leben nicht getan – die Verbindung heraus, welche den Namen: *Colino* bildet. Nicolo, dem diese logogriphische Eigenschaft seines Namens fremd war, warf, von rasenden Hoffnungen von neuem getroffen, einen ungewissen und scheuen Blick auf die ihm zur Seite sitzende Elvire. Die Übereinstimmung, die sich zwischen beiden Wörtern angeordnet fand, schien ihm mehr als ein bloßer Zufall, er erwog, in unterdrückter Freude, den Umfang dieser sonderbaren Entdeckung, und harrte, die Hände vom Tisch genommen, mit klopfendem Herzen des Augenblicks, da Elvire aufsehen und den Namen, der offen da lag, erblicken würde. Die Erwartung, in der er stand, täuschte ihn auch keineswegs; denn kaum hatte Elvire, in einem müßigen Moment, die Aufstellung der Buchstaben bemerkt, und harmlos und gedankenlos, weil sie ein wenig kurzsichtig war, sich näher darüber hingebeugt, um sie zu lesen: als sie schon Nicolos Antlitz, der in scheinbarer Gleichgültigkeit darauf niedersah, mit einem sonderbar beklommenen Blick überflog, ihre Arbeit, mit einer Wehmut, die man nicht beschreiben kann, wieder aufnahm, und, unbemerkt wie sie sich glaubte, eine Träne nach der anderen, unter sanftem Erröten, auf ihren Schoß fallen ließ. Nicolo, der alle diese innerlichen Bewegungen, ohne sie anzusehen, beobachtete, zweifelte gar nicht mehr, daß sie unter dieser Versetzung der Buchstaben nur seinen eignen Namen verberge. Er sah sie die Buchstaben mit einemmal sanft übereinander schieben, und seine wilden Hoffnungen erreichten den Gipfel der Zuversicht, als sie aufstand, ihre Handarbeit weglegte und in ihr Schlafzimmer verschwand. Schon wollte er aufstehen und ihr dahin folgen: als Piachi eintrat, und von einer Hausmagd, auf die Frage, wo Elvire sei? zur Antwort erhielt: »daß sie sich nicht wohl befinde und sich auf das

Bett gelegt habe.« Piachi, ohne eben große Bestürzung zu zeigen, wandte sich um, und ging, um zu sehen, was sie mache; und da er nach einer Viertelstunde, mit der Nachricht, daß sie nicht zu Tische kommen würde, wiederkehrte und weiter kein Wort darüber verlor: so glaubte Nicolo den Schlüssel zu allen rätselhaften Auftritten dieser Art, die er erlebt hatte, gefunden zu haben.

Am andern Morgen, da er, in seiner schändlichen Freude, beschäftigt war, den Nutzen, den er aus dieser Entdeckung zu ziehen hoffte, zu überlegen, erhielt er ein Billet von Xavieren, worin sie ihn bat, zu ihr zu kommen, indem sie ihm, Elviren betreffend, etwas, das ihm interessant sein würde, zu eröffnen hätte. Xaviera stand, durch den Bischof, der sie unterhielt, in der engsten Verbindung mit den Mönchen des Karmeliterklosters; und da seine Mutter in diesem Kloster zur Beichte ging, so zweifelte er nicht, daß es jener möglich gewesen wäre, über die geheime Geschichte ihrer Empfindungen Nachrichten, die seine unnatürlichen Hoffnungen bestätigen konnten, einzuziehen. Aber wie unangenehm, nach einer sonderbaren schalkhaften Begrüßung Xavierens, ward er aus der Wiege genommen, als sie ihn lächelnd auf den Diwan, auf welchem sie saß, niederzog, und ihm sagte: sie müsse ihm nur eröffnen, daß der Gegenstand von Elvirens Liebe ein, schon seit zwölf Jahren, im Grabe schlummernder Toter sei. – Aloysius, Marquis von Montferrat, dem ein Oheim zu Paris, bei dem er erzogen worden war, den Zunamen *Collin*, späterhin in Italien scherzhafter Weise in *Colino* umgewandelt, gegeben hatte, war das Original des Bildes, das er in der Nische, hinter dem rotseidenen Vorhang, in Elvirens Zimmer entdeckt hatte; der junge, genuesische Ritter, der sie, in ihrer Kindheit, auf so edelmütige Weise aus dem Feuer gerettet und an den Wunden, die er dabei empfangen hatte, gestorben war. – Sie setzte hinzu, daß sie ihn nur bitte, von diesem Geheimnis weiter keinen Gebrauch zu machen, indem es ihr, unter dem Siegel der äußersten Verschwiegenheit, von einer Person, die selbst kein eigentliches Recht darüber habe, im Karmeliterkloster anvertraut worden sei. Nicolo versicherte, indem Blässe und Röte auf seinem Gesicht wechselten, daß sie nichts zu befürchten habe; und gänzlich außer Stand, wie er war, Xavierens schelmischen Blicken gegenüber, die Verlegenheit, in welche ihn diese Eröffnung gestürzt hatte, zu verbergen, schützte er ein Geschäft vor, das ihn abrufe, nahm, unter einem häßlichen Zucken seiner Oberlippe, seinen Hut, empfahl sich und ging ab.

Beschämung, Wollust und Rache vereinigten sich jetzt, um die abscheulichste Tat, die je verübt worden ist, auszubrüten. Er fühlte wohl, daß Elvirens reiner Seele nur durch einen Betrug beizukommen sei; und kaum hatte ihm Piachi, der auf einige Tage aufs Land ging, das Feld geräumt, als er auch schon Anstalten traf, den satanischen Plan, den er sich ausgedacht hatte, ins Werk zu richten. Er besorgte sich genau denselben Anzug wieder, in welchem er, vor wenig Monaten, da er zur Nachtzeit heimlich vom Karneval zurückkehrte, Elviren erschienen war; und Mantel, Kollett und Federhut, genuesischen Zuschnitts, genau so, wie sie das Bild trug, umgeworfen, schlich er sich, kurz vor dem Schlafengehen, in Elvirens Zimmer, hing ein schwarzes Tuch über das in der Nische stehende Bild, und wartete, einen Stab in der Hand, ganz in der Stellung des gemalten jungen Patriziers, Elvirens Vergötterung ab. Er hatte auch, im Scharfsinn seiner schändlichen Leidenschaft, ganz richtig gerechnet; denn kaum hatte Elvire, die bald darauf eintrat, nach einer stillen und ruhigen Entkleidung, wie sie gewöhnlich zu tun pflegte, den seidnen Vorhang, der die Nische bedeckte, eröffnet und ihn erblickt: als sie schon: Colino! Mein Geliebter! rief und ohnmächtig auf das Getäfel des Bodens niedersank. Nicolo trat aus der Nische hervor; er stand einen Augenblick, im Anschauen ihrer Reize versunken, und betrachtete ihre zarte, unter dem Kuß des Todes plötzlich erblassende Gestalt: hob sie aber bald, da keine Zeit zu verlieren war, in seinen Armen auf, und trug sie, indem er das schwarze Tuch von dem Bild herabriß, auf das im Winkel des Zimmers stehende Bett. Dies abgetan, ging er, die Tür zu verriegeln, fand aber, daß sie schon verschlossen war; und sicher, daß sie auch nach Wiederkehr ihrer verstörten Sinne, seiner phantastischen, dem Ansehen nach überirdischen Erscheinung keinen Widerstand leisten würde, kehrte er jetzt zu dem Lager zurück, bemüht, sie mit heißen Küssen auf Brust und Lippen aufzuwecken. Aber die Nemesis, die dem Frevel auf dem Fuß folgt, wollte, daß Piachi, den der Elende noch auf mehrere Tage entfernt glaubte, unvermutet, in eben dieser Stunde, in seine Wohnung zurückkehren mußte; leise, da er Elviren schon schlafen glaubte, schlich er durch den Korridor heran, und da er immer den Schlüssel bei sich trug, so gelang es ihm, plötzlich, ohne daß irgend ein Geräusch ihn angekündigt hätte, in das Zimmer einzutreten. Nicolo stand wie vom Donner gerührt; er warf sich, da seine Büberei auf keine Weise zu bemänteln war, dem Alten zu Füßen, und bat ihn, unter der Beteurung, den Blick nie wieder zu seiner Frau zu erheben, um Vergebung. Und in der Tat war der Alte auch geneigt, die Sache still abzumachen; sprachlos, wie ihn einige Worte Elvirens gemacht hatten, die sich von seinen Armen umfaßt, mit einem entsetzlichen Blick, den sie auf den Elenden warf, erholt hatte, nahm er bloß, indem er die Vorhänge des Bettes, auf welchem sie ruhte, zuzog, die Peitsche von der Wand, öffnete ihm die Tür und zeigte ihm den Weg, den er unmittelbar wandern sollte. Doch dieser, eines Tartüffe völlig würdig, sah nicht sobald, daß auf diesem Wege nichts auszurichten war, als er plötzlich vom Fußboden erstand und erklärte: an ihm, dem Alten, sei es, das Haus zu räumen, denn er durch vollgültige Dokumente eingesetzt, sei der Besitzer und werde sein Recht, gegen wen immer auf der Welt es sei, zu behaupten wissen! – Piachi traute seinen Sinnen nicht; durch diese unerhörte Frechheit wie entwaffnet, legte er die Peitsche weg, nahm Hut und Stock, lief augenblicklich zu seinem alten Rechtsfreund, dem Doktor Valerio, klingelte eine Magd heraus, die ihm öffnete, und fiel, da er sein Zimmer erreicht hatte, bewußtlos, noch ehe er ein Wort vorgebracht hatte, an seinem Bette nieder. Der Doktor, der ihn und späterhin auch Elviren in seinem Hause aufnahm, eilte gleich am andern Morgen, die Festsetzung des höllischen Bösewichts, der mancherlei Vorteile für sich hatte, auszuwirken; doch während Piachi seine machtlosen Hebel ansetzte, ihn aus den Besitzungen, die ihm einmal zugeschrieben waren, wieder zu verdrängen, flog jener schon mit einer Verschreibung über den ganzen Inbegriff derselben, zu den Karmelitermönchen, seinen Freunden, und forderte sie auf, ihn gegen den alten Narren, der ihn daraus vertreiben wolle, zu beschützen. Kurz, da er Xavieren, welche der Bischof los zu sein wünschte, zu heiraten willigte, siegte die Bosheit, und die Regierung erließ, auf Vermittelung dieses geistlichen Herrn, ein Dekret, in welchem Nicolo in den Besitz bestätigt und dem Piachi aufgegeben ward, ihn nicht darin zu belästigen.

Piachi hatte gerade Tags zuvor die unglückliche Elvire begraben, die an den Folgen eines hitzigen Fiebers, das ihr jener Vorfall zugezogen hatte, gestorben war. Durch diesen doppelten Schmerz gereizt, ging er, das Dekret in der Tasche, in das Haus, und stark, wie die Wut ihn machte, warf er den von Natur schwächeren Nicolo nieder und drückte ihm das Gehirn an der Wand ein. Die Leute die im Hause waren, bemerkten ihn nicht eher, als bis die Tat geschehen war; sie fanden ihn noch, da er den Nicolo zwischen den Knien hielt, und ihm das Dekret in den Mund stopfte. Dies abgemacht, stand er, indem er alle seine Waffen abgab, auf; ward ins Gefängnis gesetzt, verhört und verurteilt, mit dem Strange vom Leben zum Tode gebracht zu werden.

In dem Kirchenstaat herrscht ein Gesetz, nach welchem kein Verbrecher zum Tode geführt werden kann, bevor er die Absolution empfangen. Piachi, als ihm der Stab gebrochen war, verweigerte sich hartnäckig der Absolution. Nachdem man vergebens alles, was die Religion an die Hand gab, versucht hatte, ihm die Strafwürdigkeit seiner Handlung fühlbar zu machen, hoffte man, ihn durch den Anblick des Todes, der seiner wartete, in das Gefühl der Reue hineinzuschrecken, und führte ihn nach dem Galgen hinaus. Hier stand ein Priester und schilderte ihm, mit der Lunge der letzten Posaune, alle Schrecknisse der Hölle, in die seine Seele hinabzufahren im Begriff war; dort ein anderer, den Leib des Herrn, das heilige Entsühnungsmittel in der Hand, und pries ihm die Wohnungen des ewigen Friedens. – »Willst du der Wohltat der Erlösung teilhaftig werden?« fragten ihn beide. »Willst du das Abendmahl empfangen?« – Nein, antwortete Piachi. – »Warum nicht?« – Ich will nicht selig sein. Ich will in den untersten Grund der Hölle hinabfahren. Ich will den Nicolo, der nicht im Himmel sein wird, wiederfinden, und meine Rache, die ich hier nur unvollständig befriedigen konnte, wieder aufnehmen! – Und damit bestieg er die Leiter und forderte den Nachrichter auf, sein Amt zu tun. Kurz, man sah sich genötigt, mit der Hinrichtung einzuhalten, und den Unglücklichen, den das Gesetz in Schutz nahm, wieder in das Gefängnis zurückzuführen. Drei hinter einander folgende Tage machte man dieselben Versuche und immer mit demselben Erfolg. Als er am dritten Tage wieder, ohne an den Galgen geknüpft zu werden, die Leiter herabsteigen mußte: hob er, mit einer grimmigen Gebärde, die Hände empor, das unmenschliche Gesetz verfluchend, das ihn nicht zur Hölle fahren lassen wolle. Er rief die ganze Schar der Teufel herbei, ihn zu holen, verschwor sich, sein einziger Wunsch sei, gerichtet und verdammt zu werden, und versicherte, er würde noch dem ersten, besten Priester an den Hals kommen, um des Nicolo in der Hölle wieder habhaft zu werden! – Als man dem Papst dies meldete, befahl er, ihn ohne Absolution hinzurichten; kein Priester begleitete ihn, man knüpfte ihn, ganz in der Stille, auf dem Platz del popolo auf.

DIE HEILIGE CÄCILIE

oder

DIE GEWALT DER MUSIK

(Eine Legende)

Um das Ende des sechzehnten Jahrhunderts, als die Bilderstürmerei in den Niederlanden wütete, trafen drei Brüder, junge in Wittenberg studierende Leute, mit einem vierten, der in Antwerpen als Prädikant angestellt war, in der Stadt Aachen zusammen. Sie wollten daselbst eine Erbschaft erheben, die ihnen von Seiten eines alten, ihnen allen unbekannten Oheims zugefallen war, und kehrten, weil niemand in dem Ort war, an den sie sich hätten wenden können, in einem Gasthof ein. Nach Verlauf einiger Tage, die sie damit zugebracht hatten, den Prädikanten über die merkwürdigen Auftritte, die in den Niederlanden vorgefallen waren, anzuhören, traf es sich, daß von den Nonnen im Kloster der heiligen Cäcilie, das damals vor den Toren dieser Stadt lag, der Fronleichnamstag festlich begangen werden sollte; dergestalt, daß die vier Brüder, von Schwärmerei, Jugend und dem Beispiel der Niederländer erhitzt, beschlossen, auch der Stadt Aachen das Schauspiel einer Bilderstürmerei zu geben. Der Prädikant, der dergleichen Unternehmungen mehr als einmal schon geleitet hatte, versammelte, am Abend zuvor, eine Anzahl junger, der neuen Lehre ergebener Kaufmannssöhne und Studenten, welche, in dem Gasthofe, bei Wein und Speisen, unter Verwünschungen des Papsttums, die Nacht zubrachten; und, da der Tag über die Zinnen der Stadt aufgegangen, versahen sie sich mit Äxten und Zerstörungswerkzeugen aller Art, um ihr ausgelassenes Geschäft zu beginnen. Sie verabredeten frohlockend ein Zeichen, auf welches sie damit anfangen wollten, die Fensterscheiben, mit biblischen Geschichten bemalt, einzuwerfen; und eines großen Anhangs, den sie unter dem Volk finden würden, gewiß, verfügten sie sich, entschlossen keinen Stein auf dem andern zu lassen, in der Stunde, da die Glocken läuteten, in den Dom. Die Äbtissin, die, schon beim Anbruch des Tages, durch einen Freund von der Gefahr, in welcher das Kloster schwebte, benachrichtigt worden war, schickte vergebens, zu wiederholten Malen, zu dem kaiserlichen Offizier, der in der Stadt kommandierte, und bat sich, zum Schutz des Klosters, eine Wache aus; der Offizier, der selbst ein Feind des Papsttums, und als solcher, wenigstens unter der Hand, der neuen Lehre zugetan war, wußte ihr unter dem staatsklugen Vorgeben, daß sie Geister sähe, und für ihr Kloster auch nicht der Schatten einer Gefahr vorhanden sei, die Wache zu verweigern. Inzwischen brach die Stunde an, da die Feierlichkeiten beginnen sollten, und die Nonnen schickten sich, unter Angst und Beten, und jammervoller Erwartung der Dinge, die da kommen sollten, zur Messe an. Niemand beschützte sie, als ein alter, siebenzigjähriger Klostervogt, der sich, mit einigen bewaffneten Troßknechten, am Eingang der Kirche aufstellte. In den Nonnenklöstern führen, auf das Spiel jeder Art der Instrumente geübt, die Nonnen, wie bekannt, ihre Musiken selber auf; oft mit einer Präzision, einem Verstand und einer Empfindung, die man in männlichen Orchestern (vielleicht wegen der weiblichen Geschlechtsart dieser geheimnisvollen Kunst) vermißt. Nun fügte es sich, zur Verdoppelung der Bedrängnis, daß die Kapellmeisterin, Schwester Antonia, welche die Musik auf dem Orchester zu dirigieren pflegte, wenige Tage zuvor, an einem Nervenfieber heftig erkrankte; dergestalt, daß abgesehen von den vier gotteslästerlichen Brüdern, die man bereits, in Mänteln gehüllt, unter den Pfeilern der Kirche erblickte, das Kloster auch, wegen Aufführung eines schicklichen Musikwerks, in der lebhaftesten Verlegenheit war. Die Äbtissin, die am Abend des vorhergehenden Tages befohlen hatte, daß eine uralte von einem unbekannten Meister herrührende, italienische Messe aufgeführt werden möchte, mit welcher die Kapelle mehrmals schon, einer besondern Heiligkeit und Herrlichkeit wegen, mit welcher sie gedichtet war, die größesten Wirkungen hervorgebracht hatte, schickte, mehr als jemals auf ihren Willen beharrend, noch einmal zur Schwester Antonia herab, um zu hören, wie sich dieselbe befinde; die Nonne aber, die dies Geschäft übernahm, kam mit der Nachricht zurück, daß die Schwester in gänzlich bewußtlosem Zustande daniederliege, und daß an ihre Direktionsführung, bei der vorhabenden Musik, auf keine Weise zu denken sei. Inzwischen waren in dem Dom, in welchem sich nach und nach mehr denn hundert, mit Beilen und Brechstangen versehene Frevler, von allen Ständen und Altern, eingefunden hatten, bereits die bedenklichsten Auftritte vorgefallen; man hatte einige Troßknechte, die an den Portälen standen, auf die unanständigste Weise geneckt, und sich die frechsten und unverschämtesten Äußerungen gegen die Nonnen erlaubt, die sich hin und wieder, in frommen Geschäften, einzeln in den Hallen blicken ließen: dergestalt, daß der Klostervogt sich in die Sakristei verfügte, und die Äbtissin auf Knieen beschwor, das Fest einzustellen und sich in die Stadt, unter den Schutz des Kommandanten zu begeben. Aber die Äbtissin bestand unerschütterlich darauf, daß das zur Ehre des höchsten Gottes angeordnete Fest begangen werden müsse; sie erinnerte den Klostervogt an seine Pflicht, die Messe und den feierlichen Umgang, der in dem Dom gehalten werden würde, mit Leib und Leben zu beschirmen; und befahl, weil eben die Glocke schlug, den Nonnen, die sie, unter Zittern und Beben umringten, ein Oratorium, gleichviel welches und von welchem Wert es sei, zu nehmen, und mit dessen Aufführung sofort den Anfang zu machen.

Eben schickten sich die Nonnen auf dem Altan der Orgel dazu an; die Partitur eines Musikwerks, das man schon häufig gegeben hatte, ward verteilt, Geigen, Hoboen und Bässe geprüft und gestimmt: als Schwester Antonia plötzlich, frisch und gesund, ein wenig bleich im Gesicht, von der Treppe her erschien; sie trug die Partitur der uralten, italienischen Messe, auf deren Aufführung die Äbtissin so dringend bestanden hatte, unter dem Arm. Auf die erstaunte Frage der Nonnen: »wo sie herkomme? und wie sie sich plötzlich so erholt habe?« antwortete sie: gleichviel, Freundinnen, gleichviel! verteilte die Partitur, die sie bei sich trug, und setzte sich selbst, von Begeisterung glühend, an die Orgel, um die Direktion des vortrefflichen Musikstücks zu übernehmen. Demnach kam es, wie ein wunderbarer, himmlischer Trost, in die Herzen der frommen Frauen; sie stellten sich augenblicklich mit ihren Instrumenten an die Pulte; die Beklemmung selbst, in der sie sich befanden, kam hinzu, um ihre Seelen, wie auf Schwingen, durch alle Himmel des Wohlklangs zu führen; das Oratorium ward mit der höchsten und herrlichsten musikalischen Pracht ausgeführt; es regte sich, während der ganzen Darstellung, kein Odem in den Hallen und Bänken; besonders bei dem salve regina und noch mehr bei dem gloria in excelsis, war es, als ob die ganze Bevölkerung der Kirche tot sei: dergestalt, daß den vier gottverdammten Brüdern und ihrem Anhang zum Trotz, auch der Staub auf dem Estrich nicht verweht ward, und das Kloster noch bis an den Schluß des dreißigjährigen Krieges bestanden hat, wo man es, vermöge eines Artikels im westfälischen Frieden, gleichwohl säkularisierte.

Sechs Jahre darauf, da diese Begebenheit längst vergessen war, kam die Mutter dieser vier Jünglinge aus dem Haag an, und stellte, unter dem betrübten Vorgeben, daß dieselben gänzlich verschollen wären, bei dem Magistrat zu Aachen, wegen der Straße, die sie von hier aus genommen haben mochten, gerichtliche Untersuchungen an. Die letzten Nachrichten, die man von ihnen in den Niederlanden, wo sie eigentlich zu Hause gehörten, gehabt hatte, waren, wie sie meldete, ein vor dem angegebenen Zeitraum, am Vorabend eines Fronleichnamsfestes, geschriebener Brief des Prädikanten, an seinen Freund, einen Schullehrer in Antwerpen, worin er demselben, mit vieler Heiterkeit oder vielmehr Ausgelassenheit, von einer gegen das Kloster der heiligen Cäcilie entworfenen Unternehmung, über welche sich die Mutter jedoch nicht näher auslassen wollte, auf vier dichtgedrängten Seiten vorläufige Anzeige machte. Nach mancherlei vergeblichen Bemühungen, die Personen, welche diese bekümmerte Frau suchte, auszumitteln, erinnerte man sich endlich, daß sich schon seit einer Reihe von Jahren, welche ohngefähr auf die Angabe paßte, vier junge Leute, deren Vaterland und Herkunft unbekannt sei, in dem durch des Kaisers Vorsorge unlängst gestifteten Irrenhause der Stadt befanden. Da dieselben jedoch an der Ausschweifung einer religiösen Idee krank lagen, und ihre Aufführung, wie das Gericht dunkel gehört zu haben meinte, äußerst trübselig und melancholisch war; so paßte dies zu wenig auf den, der Mutter nur leider zu wohl bekannten Gemütsstand ihrer Söhne, als daß sie auf diese Anzeige, besonders da es fast herauskam, als ob die Leute katholisch wären, viel hätte geben sollen. Gleichwohl, durch mancherlei Kennzeichen, womit man sie beschrieb, seltsam getroffen, begab sie sich eines Tages, in Begleitung eines Gerichtsboten, in das Irrenhaus, und bat die Vorsteher um die Gefälligkeit, ihr zu den vier unglücklichen, sinnverwirrten Männern, die man daselbst aufbewahre, einen prüfenden Zutritt zu gestatten. Aber wer beschreibt das Entsetzen der armen Frau, als sie gleich auf den ersten Blick, so wie sie in die Tür trat, ihre Söhne erkannte: sie saßen, in langen, schwarzen Talaren, um einen Tisch, auf welchem ein Kruzifix stand, und schienen, mit gefalteten Händen schweigend auf die Platte gestützt, dasselbe anzubeten. Auf die Frage der Frau, die ihrer Kräfte beraubt, auf einen Stuhl niedergesunken war: was sie daselbst machten? antworteten ihr die Vorsteher: »daß sie bloß in der Verherrlichung des Heilands begriffen wären, von dem sie, nach ihrem Vorgeben, besser als andre, einzusehen glaubten, daß er der wahrhaftige Sohn des alleinigen Gottes sei.« Sie setzten hinzu: »daß die Jünglinge, seit nun schon sechs Jahren, dies geisterartige Leben führten; daß sie wenig schliefen und wenig genössen; daß kein Laut über ihre Lippen käme; daß sie sich bloß in der Stunde der Mitternacht einmal von ihren Sitzen erhöben; und daß sie alsdann, mit einer Stimme, welche die Fenster des Hauses bersten machte, das gloria in excelsis intonierten.« Die Vorsteher schlossen mit der Versicherung: daß die jungen Männer dabei körperlich vollkommen gesund wären; daß man ihnen sogar eine gewisse, obschon sehr ernste und feierliche, Heiterkeit nicht absprechen könnte; daß sie, wenn man sie für verrückt erklärte, mitleidig die Achseln zuckten, und daß sie schon mehr als einmal geäußert hätten: »wenn die gute Stadt Aachen wüßte, was sie, so würde dieselbe ihre Geschäfte bei Seite legen, und sich gleichfalls, zur Absingung des gloria, um das Kruzifix des Herrn niederlassen.«

Die Frau, die den schauderhaften Anblick dieser Unglücklichen nicht ertragen konnte und sich bald darauf, auf wankenden Knieen, wieder hatte zu Hause führen lassen, begab sich, um über die Veranlassung dieser ungeheuren Begebenheit Auskunft zu erhalten, am Morgen des folgenden Tages, zu Herrn Veit Gotthelf, berühmten Tuchhändler der Stadt; denn dieses Mannes erwähnte der von dem Prädikanten geschriebene Brief, und es ging daraus hervor, daß derselbe an dem Projekt, das Kloster der heiligen Cäcilie am Tage des Fronleichnamsfestes zu zerstören, eifrigen Anteil genommen habe. Veit Gotthelf, der Tuchhändler, der sich inzwischen verheiratet, mehrere Kinder gezeugt, und die beträchtliche Handlung seines Vaters übernommen hatte, empfing die Fremde sehr liebreich: und da er erfuhr, welch ein Anliegen sie zu ihm führe, so verriegelte er die Tür, und ließ sich, nachdem er sie auf einen Stuhl niedergenötigt hatte, folgendermaßen vernehmen: »Meine liebe Frau! Wenn Ihr mich, der mit Euren Söhnen vor sechs Jahren in genauer Verbindung gestanden, in keine Untersuchung deshalb verwickeln wollt, so will ich Euch offenherzig und ohne Rückhalt gestehen: ja, wir haben den Vorsatz gehabt, dessen der Brief erwähnt! Wodurch diese Tat, zu deren Ausführung alles, auf das Genaueste, mit wahrhaft gottlosem Scharfsinn, angeordnet war, gescheitert ist, ist mir unbegreiflich; der Himmel selbst scheint das Kloster der frommen Frauen in seinen heiligen Schutz genommen zu haben. Denn wißt, daß sich Eure Söhne bereits, zur Einleitung entscheidenderer Auftritte, mehrere mutwillige, den Gottesdienst störende Possen erlaubt hatten: mehr denn dreihundert, mit Beilen und Pechkränzen versehene Bösewichter, aus den Mauern unserer damals irregeleiteten Stadt, erwarteten nichts als das Zeichen, das der Prädikant geben sollte, um den Dom der Erde gleich zu machen. Dagegen, bei Anhebung der Musik, nehmen Eure Söhne plötzlich, in gleichzeitiger Bewegung, und auf eine uns auffallende Weise, die Hüte ab; sie legen, nach und nach, wie in tiefer unaussprechlicher Rührung, die Hände vor ihr herabgebeugtes Gesicht, und der Prädikant, indem er sich, nach einer erschütternden Pause, plötzlich umwendet, ruft uns allen mit lauter fürchterlicher Stimme zu: gleichfalls unsere Häupter zu entblößen! Vergebens fordern ihn einige Genossen flüsternd, indem sie ihn mit ihren Armen leichtfertig anstoßen, auf, das zur Bilderstürmerei verabredete Zeichen zu geben: der Prädikant, statt zu antworten, läßt sich, mit kreuzweis auf die Brust gelegten Händen, auf Knieen nieder und murmelt, samt den Brüdern, die Stirn inbrünstig in den Staub herab gedrückt, die ganze Reihe noch kurz vorher von ihm verspotteter Gebete ab. Durch diesen Anblick tief im Innersten verwirrt, steht der Haufen der jämmerlichen Schwärmer, seiner Anführer beraubt, in Unschlüssigkeit und Untätigkeit, bis an den Schluß des, vom Altan wunderbar herabrauschenden Oratoriums da; und da, auf Befehl des Kommandanten, in eben diesem Augenblick mehrere Arretierungen verfügt, und einige Frevler, die sich Unordnungen erlaubt hatten, von einer Wache aufgegriffen und abgeführt wurden, so bleibt der elenden Schar nichts übrig, als sich schleunigst, unter dem Schutz der gedrängt aufbrechenden Volksmenge, aus dem Gotteshause zu entfernen. Am Abend, da ich in dem Gasthofe vergebens mehrere Mal nach Euren Söhnen, welche nicht wiedergekehrt waren, gefragt hatte, gehe ich, in der entsetzlichsten Unruhe, mit einigen Freunden wieder nach dem Kloster hinaus, um mich bei den Türstehern, welche der kaiserlichen Wache hülfreich an die Hand gegangen waren, nach ihnen zu erkundigen. Aber wie schildere ich Euch mein Entsetzen, edle Frau, da ich diese vier Männer nach wie vor, mit gefalteten Händen, den Boden mit Brust und Scheiteln küssend, als ob sie zu Stein erstarrt wären, heißer Inbrunst voll vor dem Altar der Kirche daniedergestreckt liegen sehe! Umsonst forderte sie der Klostervogt, der in eben diesem Augenblick herbeikommt, indem er sie am Mantel zupft und an den Armen rüttelt, auf, den Dom, in welchem es schon ganz finster werde, und kein Mensch mehr gegenwärtig sei, zu verlassen: sie hören, auf träumerische Weise halb aufstehend, nicht eher auf ihn, als bis er sie durch seine Knechte unter den Arm nehmen, und vor das Portal hinaus führen läßt: wo sie uns endlich, obschon unter Seufzern und häufigem herzzerreißenden Umsehen nach der Kathedrale, die hinter uns im Glanz der Sonne prächtig funkelte, nach der Stadt folgen. Die Freunde und ich, wir fragen sie, zu wiederholten Malen, zärtlich und liebreich auf dem Rückwege, was ihnen in aller Welt Schreckliches, fähig, ihr innerstes Gemüt dergestalt umzukehren, zugestoßen sei; sie drücken uns, indem sie uns freundlich ansehen, die Hände, schauen gedankenvoll auf den Boden nieder und wischen sich – ach! von Zeit zu Zeit, mit einem Ausdruck, der mir noch jetzt das Herz spaltet, die Tränen aus den Augen. Drauf, in ihre Wohnungen angekommen, binden sie sich ein Kreuz, sinnreich und zierlich von Birkenreisern zusammen, und setzen es, einem kleinen Hügel von Wachs eingedrückt, zwischen zwei Lichtern, womit die Magd erscheint, auf dem großen Tisch in des Zimmers Mitte nieder, und während die Freunde, deren Schar sich von Stunde zu Stunde vergrößert, händeringend zur Seite stehen, und in zerstreuten Gruppen, sprachlos vor Jammer, ihrem stillen, gespensterartigen Treiben zusehen: lassen sie sich, gleich als ob ihre Sinne vor jeder andern Erscheinung verschlossen wären, um den Tisch nieder, und schicken sich still, mit gefalteten Händen, zur Anbetung an. Weder des Essens begehren sie, das ihnen, zur Bewirtung der Genossen, ihrem am Morgen gegebenen Befehl gemäß, die Magd bringt, noch späterhin, da die Nacht sinkt, des Lagers, das sie ihnen, weil sie müde scheinen, im Nebengemach aufgestapelt hat; die Freunde, um die Entrüstung des Wirts, den diese Aufführung befremdet, nicht zu reizen, müssen sich an einen, zur Seite üppig gedeckten Tisch niederlassen, und die, für eine zahlreiche Gesellschaft zubereiteten Speisen, mit dem Salz ihrer bitterlichen Tränen gebeizt, einnehmen. Jetzt plötzlich schlägt die Stunde der Mitternacht; Eure vier Söhne, nachdem sie einen Augenblick gegen den dumpfen Klang der Glocke aufgehorcht, heben sich plötzlich in gleichzeitiger Bewegung, von ihren Sitzen empor; und während wir, mit niedergelegten Tischtüchern, zu ihnen hinüberschauen, ängstlicher Erwartung voll, was auf so seltsames und befremdendes Beginnen erfolgen werde: fangen sie, mit einer entsetzlichen und gräßlichen Stimme, das gloria in excelsis zu intonieren an. So mögen sich Leoparden und Wölfe anhören lassen, wenn sie zur eisigen Winterzeit, das Firmament anbrüllen: die Pfeiler des Hauses, versichere ich Euch, erschütterten, und die Fenster, von ihrer Lungen sichtbarem Atem getroffen, drohten klirrend, als ob man Hände voll schweren Sandes gegen ihre Flächen würfe, zusammen zu brechen. Bei diesem grausenhaften Auftritt stürzen wir besinnungslos, mit sträubenden Haaren aus einander; wir zerstreuen uns, Mäntel und Hüte zurücklassend, durch die umliegenden Straßen, welche in kurzer Zeit, statt unsrer, von mehr denn hundert, aus dem Schlaf geschreckter Menschen, angefüllt waren; das Volk drängt sich, die Haustüre sprengend, über die Stiege dem Saale zu, um die Quelle dieses schauderhaften und empörenden Gebrülls, das, wie von den Lippen ewig verdammter Sünder, aus dem tiefsten Grund der flammenvollen Hölle, jammervoll um Erbarmung zu Gottes Ohren heraufdrang, aufzusuchen. Endlich, mit dem Schlage der Glocke Eins, ohne auf das Zürnen des Wirts, noch auf die erschütterten Ausrufungen des sie umringenden Volks gehört zu haben, schließen sie den Mund; sie wischen sich mit einem Tuch den Schweiß von der Stirn, der ihnen, in großen Tropfen, auf Kinn und Brust niederträuft; und breiten ihre Mäntel aus, und legen sich, um eine Stunde von so qualvollen Geschäften auszuruhen, auf das Getäfel des Bodens nieder. Der Wirt, der sie gewähren läßt, schlägt, sobald er sie schlummern sieht, ein Kreuz über sie; und froh, des Elends für den Augenblick erledigt zu sein, bewegt er, unter der Versicherung, der Morgen werde eine heilsame Veränderung herbeiführen, den Männerhaufen, der gegenwärtig ist, und der geheimnisvoll mit einander murmelt, das Zimmer zu verlassen. Aber leider! schon mit dem ersten Schrei des Hahns, stehen die Unglücklichen wieder auf, um dem auf dem Tisch befindlichen Kreuz gegenüber, dasselbe öde, gespensterartige Klosterleben, das nur Erschöpfung sie auf einen Augenblick auszusetzen zwang, wieder anzufangen. Sie nehmen von dem Wirt, dessen Herz ihr jammervoller Anblick schmelzt, keine Ermahnung, keine Hülfe an; sie bitten ihn, die Freunde liebreich abzuweisen, die sich sonst regelmäßig am Morgen jedes Tages bei ihnen zu versammeln pflegten; sie begehren nichts von ihm, als Wasser und Brot, und eine Streu, wenn es sein kann, für die Nacht: dergestalt, daß dieser Mann, der sonst viel Geld von ihrer Heiterkeit zog, sich genötigt sah, den ganzen Vorfall den Gerichten anzuzeigen und sie zu bitten, ihm diese vier Menschen, in welchen ohne Zweifel der böse Geist walten müsse, aus dem Hause zu schaffen. Worauf sie, auf Befehl des Magistrats, in ärztliche Untersuchung genommen, und, da man sie verrückt befand, wie Ihr wißt, in die Gemächer des Irrenhauses untergebracht wurden, das die Milde des letzt verstorbenen Kaisers, zum Besten der Unglücklichen dieser Art, innerhalb der Mauern unserer Stadt gegründet hat.« Dies und noch Mehreres sagte Veit Gotthelf, der Tuchhändler, das wir hier, weil wir zur Einsicht in den inneren Zusammenhang der Sache genug gesagt zu haben meinen, unterdrücken; und forderte die Frau nochmals auf, ihn auf keine Weise, falls es zu gerichtlichen Nachforschungen über diese Begebenheit kommen sollte, darin zu verstricken.

Drei Tage darauf, da die Frau, durch diesen Bericht tief im Innersten erschüttert, am Arm einer Freundin nach dem Kloster hinausgegangen war, in der wehmütigen Absicht, auf einem Spaziergang, weil eben das Wetter schön war, den entsetzlichen Schauplatz in Augenschein zu nehmen, auf welchem Gott ihre Söhne wie durch unsichtbare Blitze zu Grunde gerichtet hatte: fanden die Weiber den Dom, weil eben gebaut wurde, am Eingang durch Planken versperrt, und konnten, wenn sie sich mühsam erhoben, durch die Öffnungen der Bretter hindurch von dem Inneren nichts, als die prächtig funkelnde Rose im Hintergrund der Kirche wahrnehmen. Viele hundert Arbeiter, welche fröhliche Lieder sangen, waren auf schlanken, vielfach verschlungenen Gerüsten beschäftigt, die Türme noch um ein gutes Dritteil zu erhöhen, und die Dächer und Zinnen derselben, welche bis jetzt nur mit Schiefer bedeckt gewesen waren, mit starkem, hellen, im Strahl der Sonne glänzigen Kupfer zu belegen. Dabei stand ein Gewitter, dunkelschwarz, mit vergoldeten Rändern, im Hintergrunde des Baus; dasselbe hatte schon über die Gegend von Aachen ausgedonnert, und nachdem es noch einige kraftlose Blitze, gegen die Richtung, wo der Dom stand, geschleudert hatte, sank es, zu Dünsten aufgelöst, mißvergnügt murmelnd in Osten herab. Es traf sich, daß da die Frauen von der Treppe des weitläufigen klösterlichen Wohngebäudes herab, in mancherlei Gedanken vertieft, dies doppelte Schauspiel betrachteten, eine Klosterschwester, welche vorüberging, zufällig erfuhr, wer die unter dem Portal stehende Frau sei; dergestalt, daß die Äbtissin, die von einem, den Fronleichnamstag betreffenden Brief, den dieselbe bei sich trug, gehört hatte, unmittelbar darauf die Schwester zu ihr herabschickte, und die niederländische Frau ersuchen ließ, zu ihr herauf zu kommen. Die Niederländerin, obschon einen Augenblick dadurch betroffen, schickte sich nichts desto weniger ehrfurchtsvoll an, dem Befehl, den man ihr angekündigt hatte, zu gehorchen; und während die Freundin, auf die Einladung der Nonne, in ein dicht an dem Eingang befindliches Nebenzimmer abtrat, öffnete man der Fremden, welche die Treppe hinaufsteigen mußte, die Flügeltüren des schön gebildeten Söllers selbst. Daselbst fand sie die Äbtissin, welches eine edle Frau, von stillem königlichen Ansehn war, auf einem Sessel sitzen, den Fuß auf einem Schemel gestützt, der auf Drachenklauen ruhte; ihr zur Seite, auf einem Pulte, lag die Partitur einer Musik. Die Äbtissin, nachdem sie befohlen hatte, der Fremden einen Stuhl hinzusetzen, entdeckte ihr, daß sie bereits durch den Bürgermeister von ihrer Ankunft in der Stadt gehört; und nachdem sie sich, auf menschenfreundliche Weise, nach dem Befinden ihrer unglücklichen Söhne erkundigt, auch sie ermuntert hatte, sich über das Schicksal, das dieselben betroffen, weil es einmal nicht zu ändern sei, möglichst zu fassen: eröffnete sie ihr den Wunsch, den

Brief zu sehen, den der Prädikant an seinen Freund, den Schullehrer in Antwerpen geschrieben hatte. Die Frau, welche Erfahrung genug besaß, einzusehen, von welchen Folgen dieser Schritt sein konnte, fühlte sich dadurch auf einen Augenblick in Verlegenheit gestürzt; da jedoch das ehrwürdige Antlitz der Dame unbedingtes Vertrauen erforderte, und auf keine Weise schicklich war, zu glauben, daß ihre Absicht sein könne, von dem Inhalt desselben einen öffentlichen Gebrauch zu machen; so nahm sie, nach einer kurzen Besinnung, den Brief aus ihrem Busen, und reichte ihn, unter einem heißen Kuß auf ihre Hand, der fürstlichen Dame dar. Die Frau, während die Äbtissin den Brief überlas, warf nunmehr einen Blick auf die nachlässig über dem Pult aufgeschlagene Partitur; und da sie, durch den Bericht des Tuchhändlers, auf den Gedanken gekommen war, es könne wohl die Gewalt der Töne gewesen sein, die, an jenem schauerlichen Tage, das Gemüt ihrer armen Söhne zerstört und verwirrt habe: so fragte sie die Klosterschwester, die hinter ihrem Stuhle stand, indem sie sich zu ihr umkehrte, schüchtern: »ob dies das Musikwerk wäre, das vor sechs Jahren, am Morgen jenes merkwürdigen Fronleichnamsfestes, in der Kathedrale aufgeführt worden sei?« Auf die Antwort der jungen Klosterschwester: ja! sie erinnere sich davon gehört zu haben, und es pflege seitdem, wenn man es nicht brauche, im Zimmer der hochwürdigsten Frau zu liegen: stand, lebhaft erschüttert, die Frau auf, und stellte sich, von mancherlei Gedanken durchkreuzt, vor den Pult. Sie betrachtete die unbekannten zauberischen Zeichen, womit sich ein fürchterlicher Geist geheimnisvoll den Kreis abzustecken schien, und meinte, in die Erde zu sinken, da sie grade das gloria in excelsis aufgeschlagen fand. Es war ihr, als ob das ganze Schrecken der Tonkunst, das ihre Söhne verderbt hatte, über ihrem Haupte rauschend daherzöge; sie glaubte, bei dem bloßen Anblick ihre Sinne zu verlieren, und nachdem sie schnell, mit einer unendlichen Regung von Demut und Unterwerfung unter die göttliche Allmacht, das Blatt an ihre Lippen gedrückt hatte, setzte sie sich wieder auf ihren Stuhl zurück. Inzwischen hatte die Äbtissin den Brief ausgelesen und sagte, indem sie ihn zusammen faltete: »Gott selbst hat das Kloster, an jenem wunderbaren Tage, gegen den Übermut Eurer schwer verirrten Söhne beschirmt. Welcher Mittel er sich dabei bedient, kann Euch, die Ihr eine Protestantin seid, gleichgültig sein: Ihr würdet auch das, was ich Euch darüber sagen könnte, schwerlich begreifen. Denn vernehmt, daß schlechterdings niemand weiß, wer eigentlich das Werk, das Ihr dort aufgeschlagen findet, im Drang der schreckenvollen Stunde, da die Bilderstürmerei über uns hereinbrechen sollte, ruhig auf dem Sitz der Orgel dirigiert habe. Durch ein Zeugnis, das am Morgen des folgenden Tages, in Gegenwart des Klostervogts und mehrerer anderen Männer aufgenommen und im Archiv niedergelegt ward, ist erwiesen, daß Schwester Antonia, die einzige, die das Werk dirigieren konnte, während des ganzen Zeitraums seiner Aufführung, krank, bewußtlos, ihrer Glieder schlechthin unmächtig, im Winkel ihrer Klosterzelle darniedergelegen habe; eine Klosterschwester, die ihr als leibliche Verwandte zur Pflege ihres Körpers beigeordnet war, ist während des ganzen Vormittags, da das Fronleichnamsfest in der Kathedrale gefeiert worden, nicht von ihrem Bette gewichen. Ja, Schwester Antonia würde ohnfehlbar selbst den Umstand, daß sie es nicht gewesen sei, die, auf so seltsame und befremdende Weise, auf dem Altan der Orgel erschien, bestätigt und bewahrheitet haben: wenn ihr gänzlich sinnberaubter Zustand erlaubt hätte, sie darum zu befragen, und die Kranke nicht noch am Abend desselben Tages, an dem Nervenfieber, an dem sie danieder lag, und welches früherhin gar nicht lebensgefährlich schien, verschieden wäre. Auch hat der Erzbischof von Trier, an den dieser Vorfall berichtet ward, bereits das Wort ausgesprochen, das ihn allein erklärt, nämlich, ›daß die heilige Cäcilie selbst dieses zu gleicher Zeit schreckliche und herrliche Wunder vollbracht habe‹; und von dem Papst habe ich soeben ein Breve erhalten, wodurch er dies bestätigt.« Und damit gab sie der Frau den Brief, den sie sich bloß von ihr erbeten hatte, um über das, was sie schon wußte, nähere Auskunft zu erhalten, unter dem Versprechen, daß sie davon keinen Gebrauch machen würde, zurück; und nachdem sie dieselbe noch gefragt hatte, ob zur Wiederherstellung ihrer Söhne Hoffnung sei, und ob sie ihr vielleicht mit irgend etwas, Geld oder eine andere Unterstützung, zu diesem Zweck dienen könne, welches die Frau, indem sie ihr den Rock küßte, weinend verneinte: grüßte sie dieselbe freundlich mit der Hand und entließ sie.

Hier endigt diese Legende. Die Frau, deren Anwesenheit in Aachen gänzlich nutzlos war, ging mit Zurücklassung eines kleinen Kapitals, das sie zum Besten ihrer armen Söhne bei den Gerichten niederlegte, nach dem Haag zurück, wo sie ein Jahr darauf, durch diesen Vorfall tief bewegt, in den Schoß der katholischen Kirche zurückkehrte: die Söhne aber starben, im späten Alter, eines heitern und vergnügten Todes, nachdem sie noch einmal, ihrer Gewohnheit gemäß, das gloria in excelsis abgesungen hatten.

DER ZWEIKAMPF

Herzog Wilhelm von Breysach, der, seit seiner heimlichen Verbindung mit einer Gräfin, namens Katharina von Heersbruck, aus dem Hause Alt-Hüningen, die unter seinem Range zu sein schien, mit seinem Halbbruder, dem Grafen Jakob dem Rotbart, in Feindschaft lebte, kam gegen das Ende des vierzehnten Jahrhunderts, da die Nacht des heiligen Remigius zu dämmern begann, von einer in Worms mit dem deutschen Kaiser abgehaltenen Zusammenkunft zurück, worin er sich von diesem Herrn, in Ermangelung ehelicher Kinder, die ihm gestorben waren, die Legitimation eines, mit seiner

Gemahlin vor der Ehe erzeugten, natürlichen Sohnes, des Grafen Philipp von Hüningen, ausgewirkt hatte. Freudiger, als während des ganzen Laufs seiner Regierung in die Zukunft blickend, hatte er schon den Park, der hinter seinem Schlosse lag, erreicht: als plötzlich ein Pfeilschuß aus dem Dunkel der Gebüsche hervorbrach, und ihm, dicht unter dem Brustknochen, den Leib durchbohrte. Herr Friedrich von Trota, sein Kämmerer, brachte ihn, über diesen Vorfall äußerst betroffen, mit Hülfe einiger andern Ritter, in das Schloß, wo er nur noch, in den Armen seiner bestürzten Gemahlin, die Kraft hatte, einer Versammlung von Reichsvasallen, die schleunigst, auf Veranstaltung der letztern, zusammenberufen worden war, die kaiserliche Legitimationsakte vorzulesen; und nachdem, nicht ohne lebhaften Widerstand, indem, in Folge des Gesetzes, die Krone an seinen Halbbruder, den Grafen Jakob den Rotbart, fiel, die Vasallen seinen letzten bestimmten Willen erfüllt, und unter dem Vorbehalt, die Genehmigung des Kaisers einzuholen, den Grafen Philipp als Thronerben, die Mutter aber, wegen Minderjährigkeit desselben, als Vormünderin und Regentin anerkannt hatten: legte er sich nieder und starb.

Die Herzogin bestieg nun, ohne weiteres, unter einer bloßen Anzeige, die sie, durch einige Abgeordnete, an ihren Schwager, den Grafen Jakob den Rotbart, tun ließ, den Thron; und was mehrere Ritter des Hofes, welche die abgeschlossene Gemütsart des letzteren zu durchschauen meinten, vorausgesagt hatten, das traf, wenigstens dem äußeren Anschein nach, ein: Jakob der Rotbart verschmerzte, in kluger Erwägung der obwaltenden Umstände, das Unrecht, das ihm sein Bruder zugefügt hatte; zum mindesten enthielt er sich aller und jeder Schritte, den letzten Willen des Herzogs umzustoßen, und wünschte seinem jungen Neffen zu dem Thron, den er erlangt hatte, von Herzen Glück. Er beschrieb den Abgeordneten, die er sehr heiter und freundlich an seine Tafel zog, wie er seit dem Tode seiner Gemahlin, die ihm ein königliches Vermögen hinterlassen, frei und unabhängig auf seiner Burg lebe; wie er die Weiber der angrenzenden Edelleute, seinen eignen Wein, und, in Gesellschaft munterer Freunde, die Jagd liebe, und wie ein Kreuzzug nach Palästina, auf welchem er die Sünden einer raschen Jugend, auch leider, wie er zugab, im Alter noch wachsend, abzubüßen dachte, die ganze Unternehmung sei, auf die er noch, am Schluß seines Lebens, hinaussehe. Vergebens machten ihm seine beiden Söhne, welche in der bestimmten Hoffnung der Thronfolge erzogen worden waren, wegen der Unempfindlichkeit und Gleichgültigkeit mit welcher er, auf ganz unerwartete Weise, in diese unheilbare Kränkung ihrer Ansprüche willigte, die bittersten Vorwürfe: er wies sie, die noch unbärtig waren, mit kurzen und spöttischen Machtsprüchen zur Ruhe, nötigte sie, ihm am Tage des feierlichen Leichenbegängnisses, in die Stadt zu folgen, und daselbst, an seiner Seite, den alten Herzog, ihren Oheim, wie es sich gebühre, zur Gruft zu bestatten; und nachdem er im Thronsaal des herzoglichen Palastes, dem jungen Prinzen, seinem Neffen, in Gegenwart der Regentin Mutter, gleich allen andern Großen des Hofes, die Huldigung geleistet hatte, kehrte er unter Ablehnung aller Ämter und Würden, welche die letztere ihm antrug, begleitet von den Segnungen des, ihn um seine Großmut und Mäßigung doppelt verehrenden Volks, wieder auf seine Burg zurück.

Die Herzogin schritt nun, nach dieser unverhofft glücklichen Beseitigung der ersten Interessen, zur Erfüllung ihrer zweiten Regentenpflicht, nämlich, wegen der Mörder ihres Gemahls, deren man im Park eine ganze Schar wahrgenommen haben wollte, Untersuchungen anzustellen, und prüfte zu diesem Zweck selbst, mit Herrn Godwin von Herrthal, ihrem Kanzler, den Pfeil, der seinem Leben ein Ende gemacht hatte. Inzwischen fand man an demselben nichts, das den Eigentümer hätte verraten können, außer etwa, daß er, auf befremdende Weise, zierlich und prächtig gearbeitet war. Starke, krause und glänzende Federn steckten in einem Stiel, der, schlank und kräftig, von dunkelm Nußbaumholz, gedrechselt war; die Bekleidung des vorderen Endes war von glänzendem Messing, und nur die äußerste Spitze selbst, scharf wie die Gräte eines Fisches, war von Stahl. Der Pfeil schien für die Rüstkammer eines vornehmen und reichen Mannes verfertigt zu sein, der entweder in Fehden verwickelt, oder ein großer Liebhaber von der Jagd war; und da man aus einer, dem Knopf eingegrabenen, Jahrszahl ersah, daß dies erst vor kurzem geschehen sein konnte: so schickte die Herzogin, auf Anraten des Kanzlers, den Pfeil, mit dem Kronsiegel versehen, in alle Werkstätten von Deutschland umher, um den Meister, der ihn gedrechselt hatte, aufzufinden, und, falls dies gelang, von demselben den Namen dessen zu erfahren, auf dessen Bestellung er gedrechselt worden war.

Fünf Monden darauf lief an Herrn Godwin, den Kanzler, dem die Herzogin die ganze Untersuchung der Sache übergeben hatte, die Erklärung von einem Pfeilmacher aus Straßburg ein, daß er ein Schock solcher Pfeile, samt dem dazu gehörigen Köcher, vor drei Jahren für den Grafen Jakob den Rotbart verfertigt habe. Der Kanzler, über diese Erklärung äußerst betroffen, hielt dieselbe mehrere Wochen lang in seinem Geheimschrank zurück; zum Teil kannte er, wie er meinte, trotz der freien und ausschweifenden Lebensweise des Grafen, den Edelmut desselben zu gut, als daß er ihn einer so abscheulichen Tat, als die Ermordung eines Bruders war, hätte für fähig halten sollen; zum Teil auch, trotz vieler andern guten Eigenschaften, die Gerechtigkeit der Regentin zu wenig, als daß er, in einer Sache, die das Leben ihres schlimmsten Feindes galt, nicht mit der größten Vorsicht hätte verfahren sollen. Inzwischen stellte er, unter der Hand, in der Richtung dieser sonderbaren Anzeige, Untersuchungen an, und da er durch die Beamten der Stadtvogtei zufällig ausmittelte, daß der Graf, der seine Burg sonst nie oder nur höchst selten zu verlassen pflegte, in der Nacht der Ermordung des Herzogs daraus abwesend gewesen war: so hielt er es für seine Pflicht, das Geheimnis fallen zu lassen, und die Herzogin, in einer der nächsten Sitzungen des Staatsrats, von dem befremdenden und seltsamen Verdacht, der durch diese beiden Klagpunkte auf ihren Schwager, den Grafen Jakob den Rotbart fiel, umständlich zu unterrichten.

Die Herzogin, die sich glücklich pries, mit dem Grafen, ihrem Schwager, auf einem so freundschaftlichen Fuß zu stehen, und nichts mehr fürchtete, als seine Empfindlichkeit durch unüberlegte Schritte zu reizen, gab inzwischen, zum Befremden des Kanzlers, bei dieser zweideutigen Eröffnung nicht das mindeste Zeichen der Freude von sich; vielmehr, als sie die Papiere zweimal mit Aufmerksamkeit überlesen hatte, äußerte sie lebhaft ihr Mißfallen, daß man eine Sache, die so ungewiß und bedenklich sei, öffentlich im Staatsrat zur Sprache bringe. Sie war der Meinung, daß ein Irrtum oder eine Verleumdung dabei statt finden müsse, und befahl, von der Anzeige schlechthin bei den Gerichten keinen Gebrauch zu machen. Ja, bei der außerordentlichen, fast schwärmerischen Volksverehrung, deren der Graf, nach einer natürlichen Wendung der Dinge, seit seiner Ausschließung vom Throne genoß, schien ihr auch schon dieser bloße Vortrag im Staatsrat äußerst gefährlich; und da sie voraus sah, daß ein Stadtgeschwätz darüber zu seinen Ohren kommen würde, so schickte sie, von einem wahrhaft edelmütigen Schreiben begleitet, die beiden Klagpunkte, die sie das Spiel eines sonderbaren Mißverständnisses nannte, samt dem, worauf sie sich stützen sollten, zu ihm hinaus, mit der bestimmten Bitte, sie, die im voraus von seiner Unschuld überzeugt sei, mit aller Widerlegung derselben zu verschonen.

Der Graf der eben mit einer Gesellschaft von Freunden bei der Tafel saß, stand, als der Ritter mit der Botschaft der Herzogin, zu ihm eintrat, verbindlich von seinem Sessel auf; aber kaum, während die Freunde den feierlichen Mann, der sich nicht niederlassen wollte, betrachteten, hatte er in der Wölbung des Fensters den Brief überlesen: als er die Farbe wechselte, und die Papiere mit den Worten den Freunden übergab: Brüder, seht! welch eine schändliche Anklage, auf den Mord meines Bruders, wider mich zusammengeschmiedet worden ist! Er nahm dem Ritter, mit einem funkelnden Blick, den Pfeil aus der Hand, und setzte, die Vernichtung seiner Seele verbergend, inzwischen die Freunde sich unruhig um ihn versammelten, hinzu: daß in der Tat das Geschoß sein gehöre und auch der Umstand, daß er in der Nacht des heiligen Remigius aus seinem Schloß abwesend gewesen, gegründet sei! Die Freunde fluchten über diese hämische und niederträchtige Arglistigkeit; sie schoben den Verdacht des Mordes auf die verruchten Ankläger selbst zurück, und schon waren sie im Begriff, gegen den Abgeordneten, der die Herzogin, seine Frau, in Schutz nahm, beleidigend zu werden: als der Graf, der die Papiere noch einmal überlesen hatte, indem er plötzlich unter sie trat, ausrief: ruhig, meine Freunde! – und damit nahm er sein Schwert, das im Winkel stand, und übergab es dem Ritter mit den Worten: daß er sein Gefangener sei! Auf die betroffene Frage des Ritters: ob er recht gehört, und ob er in der Tat die beiden Klagpunkte, die der Kanzler aufgesetzt, anerkenne? antwortete der Graf: ja! ja! ja! – Inzwischen hoffe er der Notwendigkeit überhoben zu sein, den Beweis wegen seiner Unschuld anders, als vor den Schranken eines förmlich von der Herzogin niedergesetzten Gerichts zu führen. Vergebens bewiesen die Ritter, mit dieser Äußerung höchst unzufrieden, daß er in diesem Fall wenigstens keinem andern, als dem Kaiser, von dem Zusammenhang der Sache Rechenschaft zu geben brauche; der Graf, der sich in einer sonderbar plötzlichen Wendung der Gesinnung, auf die Gerechtigkeit der Regentin berief, bestand darauf, sich vor dem Landestribunal zu stellen, und schon, indem er sich aus ihren Armen losriß, rief er, aus dem Fenster hinaus, nach seinen Pferden, willens, wie er sagte, dem Abgeordneten unmittelbar in die Ritterhaft zu folgen: als die Waffengefährten ihm gewaltsam, mit einem Vorschlag, den er endlich annehmen mußte, in den Weg traten. Sie setzten in ihrer Gesamtzahl ein Schreiben an die Herzogin auf, forderten als ein Recht, das jedem Ritter in solchem Fall zustehe, freies Geleit für ihn, und boten ihr zur Sicherheit, daß er sich dem von ihr errichteten Tribunal stellen, auch allem, was dasselbe über ihn verhängen möchte, unterwerfen würde, eine Bürgschaft von 20000 Mark Silbers an.

Die Herzogin, auf diese unerwartete und ihr unbegreifliche Erklärung, hielt es, bei den abscheulichen Gerüchten, die bereits über die Veranlassung der Klage, im Volk herrschten, für das Ratsamste, mit gänzlichem Zurücktreten ihrer eignen Person, dem Kaiser die ganze Streitsache vorzulegen. Sie schickte ihm, auf den Rat des Kanzlers, sämtliche über den Vorfall lautende Aktenstücke zu, und bat, in seiner Eigenschaft als Reichsoberhaupt ihr die Untersuchung in einer Sache abzunehmen, in der sie selber als Partei befangen sei. Der Kaiser, der sich wegen Verhandlungen mit der Eidgenossenschaft grade damals in Basel aufhielt, willigte in diesen Wunsch; er setzte daselbst ein Gericht von drei Grafen, zwölf Rittern und zwei Gerichtsassessoren nieder; und nachdem er dem Grafen Jakob dem Rotbart, dem Antrag seiner Freunde gemäß, gegen die dargebotene Bürgschaft von 20000 Mark Silbers freies Geleit zugestanden hatte, forderte er ihn auf, sich dem erwähnten Gericht zu stellen, und demselben über die beiden Punkte: wie der Pfeil, der, nach seinem eignen Geständnis, sein gehöre, in die Hände des Mörders gekommen? auch: an welchem dritten Ort er sich in der Nacht des heiligen Remigius aufgehalten habe, Red und Antwort zu geben.

Es war am Montag nach Trinitatis, als der Graf Jakob der Rotbart, mit einem glänzenden Gefolge von Rittern, der an ihn ergangenen Aufforderung gemäß, in Basel vor den Schranken des Gerichts erschien, und sich daselbst, mit Übergehung der ersten, ihm, wie er vorgab, gänzlich unauflöslichen Frage, in Bezug auf die zweite, welche für den Streitpunkt entscheidend war, folgendermaßen faßte: »Edle Herren!« und damit stützte er seine Hände auf das Geländer, und schaute aus seinen kleinen blitzenden Augen, von rötlichen Augenwimpern überschattet, die Versammlung an. »Ihr beschuldigt mich, der von seiner Gleichgültigkeit gegen Krone und Szepter Proben genug gegeben hat, der abscheulichsten Handlung, die begangen werden kann, der

Ermordung meines, mir in der Tat wenig geneigten, aber darum nicht minder teuren Bruders; und als einen der Gründe, worauf ihr eure Anklage stützt, führt ihr an, daß ich in der Nacht des heiligen Remigius, da jener Frevel verübt ward, gegen eine durch viele Jahre beobachtete Gewohnheit, aus meinem Schlosse abwesend war. Nun ist mir gar wohl bekannt, was ein Ritter, der Ehre solcher Damen, deren Gunst ihm heimlich zuteil wird, schuldig ist; und wahrlich! hätte der Himmel nicht, aus heiterer Luft, dies sonderbare Verhängnis über mein Haupt zusammengeführt: so würde das Geheimnis, das in meiner Brust schläft, mit mir gestorben, zu Staub verwest, und erst auf den Posaunenruf des Engels, der die Gräber sprengt, vor Gott mit mir erstanden sein. Die Frage aber, die kaiserliche Majestät durch euren Mund an mein Gewissen richtet, macht, wie ihr wohl selbst einseht, alle Rücksichten und alle Bedenklichkeiten zu Schanden; und weil ihr denn wissen wollt, warum es weder wahrscheinlich, noch auch selbst möglich sei, daß ich an dem Mord meines Bruders, es sei nun persönlich oder mittelbar, Teil genommen, so vernehmt, daß ich in der Nacht des heiligen Remigius, also zur Zeit, da er verübt worden, heimlich bei der schönen, in Liebe mir ergebenen Tochter des Landdrosts Winfried von Breda, Frau Wittib Littegarde von Auerstein war.«

Nun muß man wissen, daß Frau Wittib Littegarde von Auerstein, so wie die schönste, so auch, bis auf den Augenblick dieser schmählichen Anklage, die unbescholtenste und makelloseste Frau des Landes war. Sie lebte, seit dem Tode des Schloßhauptmanns von Auerstein, ihres Gemahls, den sie wenige Monden nach ihrer Vermählung an einem ansteckenden Fieber verloren hatte, still und eingezogen auf der Burg ihres Vaters; und nur auf den Wunsch dieses alten Herrn, der sie gern wieder vermählt zu sehen wünschte, ergab sie sich darin, dann und wann bei den Jagdfesten und Banketten zu erscheinen, welche von der Ritterschaft der umliegenden Gegend, und hauptsächlich von Herrn Jakob dem Rotbart, angestellt wurden. Viele Grafen und Herren, aus den edelsten und begütertsten Geschlechtern des Landes, fanden sich mit ihren Werbungen, bei solchen Gelegenheiten um sie ein, und unter diesen war ihr Herr Friedrich von Trota, der Kämmerer, der ihr einst auf der Jagd gegen den Anlauf eines verwundeten Ebers tüchtiger Weise das Leben gerettet hatte, der Teuerste und Liebste; inzwischen hatte sie sich aus Besorgnis, ihren beiden, auf die Hinterlassenschaft ihres Vermögens rechnenden Brüdern dadurch zu mißfallen, aller Ermahnungen ihres Vaters ungeachtet, noch nicht entschließen können, ihm ihre Hand zu geben. Ja, als Rudolf, der Ältere von beiden sich mit einem reichen Fräulein aus der Nachbarschaft vermählte, und ihm, nach einer dreijährigen kinderlosen Ehe, zur großen Freude der Familie, ein Stammhalter geboren ward: so nahm sie, durch manche deutliche und undeutliche Erklärung bewogen, von Herrn Friedrich, ihrem Freunde, in einem unter vielen Tränen abgefaßten Schreiben, förmlich Abschied, und willigte, um die Einigkeit des Hauses zu erhalten, in den Vorschlag ihres Bruders, den Platz als Äbtissin in einem Frauenstift einzunehmen, das unfern ihrer väterlichen Burg an den Ufern des Rheins lag.

Grade um die Zeit, da bei dem Erzbischof von Straßburg dieser Plan betrieben ward, und die Sache im Begriff war zur Ausführung zu kommen, war es, als der Landdrost, Herr Winfried von Breda, durch das von dem Kaiser eingesetzte Gericht, die Anzeige von der Schande seiner Tochter Littegarde, und die Aufforderung erhielt, dieselbe zur Verantwortung gegen die von dem Grafen Jakob wider sie angebrachte Beschuldigung nach Basel zu befördern. Man bezeichnete ihm, im Verlauf des Schreibens, genau die Stunde und den Ort, in welchem der Graf, seinem Vorgeben gemäß, bei Frau Littegarde seinen Besuch heimlich abgestattet haben wollte, und schickte ihm sogar einen, von ihrem verstorbenen Gemahl herrührenden Ring mit, den er beim Abschied, zum Andenken an die verflossene Nacht, aus ihrer Hand empfangen zu haben versicherte. Nun litt Herr Winfried eben, am Tage der Ankunft dieses Schreibens, an einer schweren und schmerzvollen Unpäßlichkeit des Alters; er wankte, in einem äußerst gereizten Zustande, an der Hand seiner Tochter im Zimmer umher, das Ziel schon ins Augen fassend, das allem was Leben atmet gesteckt ist; dergestalt, daß ihn, bei Überlesung dieser fürchterlichen Anzeige, der Schlag augenblicklich rührte, und er, indem er das Blatt fallen ließ, mit gelähmten Gliedern auf den Fußboden niederschlug. Die Brüder, die gegenwärtig waren, hoben ihn bestürzt vom Boden auf, und riefen einen Arzt herbei, der zu seiner Pflege, in den Nebengebäuden wohnte; aber alle Mühe, ihn wieder ins Leben zurück zu bringen, war umsonst: er gab, während Frau Littegarde besinnungslos in dem Schoß ihrer Frauen lag, seinen Geist auf, und diese, da sie erwachte, hatte auch nicht den letzten bittersüßen Trost, ihm ein Wort zur Verteidigung ihrer Ehre in die Ewigkeit mitgegeben zu haben. Das Schrecken der beiden Brüder über diesen heillosen Vorfall, und ihre Wut über die der Schwester angeschuldigte und leider nur zu wahrscheinliche Schandtat, die ihn veranlaßt hatte, war unbeschreiblich. Denn sie wußten nur zu wohl, daß Graf Jakob der Rotbart ihr in der Tat, während des ganzen vergangenen Sommers, angelegentlich den Hof gemacht hatte; mehrere Turniere und Bankette waren bloß ihr zu Ehren von ihm angestellt, und sie, auf eine schon damals sehr anstößige Weise, vor allen andern Frauen, die er zur Gesellschaft zog, von ihm ausgezeichnet worden. Ja, sie erinnerten sich, daß Littegarde, grade um die Zeit des besagten Remigiustages, eben diesen von ihrem Gemahl herstammenden Ring, der sich jetzt, auf sonderbare Weise in den Händen des Grafen Jakob wieder fand, auf einem Spaziergang verloren zu haben vorgegeben hatte; dergestalt, daß sie nicht einen Augenblick an der Wahrhaftigkeit der Aussage, die der Graf vor Gericht gegen sie abgeleistet hatte, zweifelten. Vergebens – inzwischen unter den Klagen des Hofgesindes die väterliche Leiche weggetragen ward – umklammerte sie, nur um einen Augenblick Gehör bittend, die Kniee ihrer Brüder; Rudolf, vor Entrüstung flammend, fragte sie, indem er sich zu ihr wandte: ob sie einen Zeugen für die Nichtigkeit der Beschuldigung für sich aufstellen könne? und da sie unter Zittern und Beben erwiderte: daß sie sich leider auf nichts, als die Unsträflichkeit ihres Lebenswandels berufen könne, indem ihre Zofe grade wegen eines Besuchs, den sie in der bewußten Nacht bei ihren Eltern abgestattet, aus ihrem Schlafzimmer abwesend gewesen sei: so stieß Rudolf sie mit Füßen von sich, riß ein Schwert das an der Wand hing, aus der Scheide, und befahl ihr, in mißgeschaffner Leidenschaft tobend, indem er Hunde und Knechte herbeirief, augenblicklich das Haus und die Burg zu verlassen. Littegarde stand bleich wie Kreide, vom Boden auf; sie bat, indem sie seinen Mißhandlungen schweigend auswich, ihr wenigstens zur Anordnung der erforderten Abreise die nötige Zeit zu lassen; doch Rudolf antwortete weiter nichts, als, vor Wut schäumend: hinaus, aus dem Schloß! dergestalt, daß da er auf seine eigne Frau, die ihm mit der Bitte um Schonung und Menschlichkeit, in den Weg trat, nicht hörte, und sie, durch einen Stoß mit dem Griff des Schwerts, der ihr das Blut fließen machte, rasend auf die Seite warf, die unglückliche Littegarde, mehr tot als lebendig, das Zimmer verließ: sie wankte, von den Blicken der gemeinen Menge umstellt, über den Hofraum der Schloßpforte zu, wo Rudolf ihr ein Bündel mit Wäsche, wozu er einiges Geld legte, hinausreichen ließ, und selbst hinter ihr, unter Flüchen und Verwünschungen, die Torflügel verschloß.

Dieser plötzliche Sturz, von der Höhe eines heiteren und fast ungetrübten Glücks, in die Tiefe eines unabsehbaren und gänzlich hülflosen Elends, war mehr als das arme Weib ertragen konnte. Unwissend, wohin sie sich wenden solle, wankte sie, gestützt am Geländer, den Felsenpfad hinab, um sich wenigstens für die einbrechende Nacht ein Unterkommen zu verschaffen; doch ehe sie noch den Eingang des Dörfchens, das verstreut im Tale lag, erreicht hatte, sank sie schon ihrer Kräfte beraubt, auf den Fußboden nieder. Sie mochte, allen Erdenleiden entrückt, wohl eine Stunde so gelegen haben, und völlige Finsternis deckte schon die Gegend, als sie, umringt von mehreren mitleidigen Einwohnern des Orts, erwachte. Denn ein Knabe, der am Felsenabhang spielte, hatte sie daselbst bemerkt, und in dem Hause seiner Eltern von einer so sonderbaren und auffallenden Erscheinung Bericht abgestattet; worauf diese, die von Littegarden mancherlei Wohltaten empfangen hatten, äußerst bestürzt sie in einer so trostlosen Lage zu wissen, sogleich aufbrachen, um ihr mit Hülfe, so gut es in ihren Kräften stand, beizuspringen. Sie erholte sich durch die Bemühungen dieser Leute gar bald, und gewann auch, bei dem Anblick der Burg, die hinter ihr verschlossen war, ihre Besinnung wieder; sie weigerte sich aber das Anerbieten zweier Weiber, sie wieder auf das Schloß hinauf zu führen, anzunehmen, und bat nur um die Gefälligkeit, ihr sogleich einen Führer herbei zu schaffen, um ihre Wanderung fortzusetzen. Vergebens stellten ihr die Leute vor, daß sie in ihrem Zustande keine Reise antreten könne; Littegarde bestand unter dem Vorwand, daß ihr Leben in

Gefahr sei, darauf, augenblicklich die Grenzen des Burggebiets zu verlassen; ja, sie machte, da sich der Haufen um sie, ohne ihr zu helfen, immer vergrößerte, Anstalten, sich mit Gewalt los zu reißen, und sich allein, trotz der Dunkelheit der hereinbrechenden Nacht, auf den Weg zu begeben; dergestalt daß die Leute notgedrungen, aus Furcht, von der Herrschaft, falls ihr ein Unglück zustieße, dafür in Anspruch genommen zu werden, in ihren Wunsch willigten, und ihr ein Fuhrwerk herbeischafften, das mit ihr, auf die wiederholt an sie gerichtete Frage, wohin sie sich denn eigentlich wenden wolle, nach Basel abfuhr.

Aber schon vor dem Dorfe änderte sie, nach einer aufmerksamern Erwägung der Umstände, ihren Entschluß, und befahl ihrem Führer umzukehren, und sie nach der, nur wenige Meilen entfernten Trotenburg zu fahren. Denn sie fühlte wohl, daß sie ohne Beistand, gegen einen solchen Gegner, als der Graf Jakob der Rotbart war, vor dem Gericht zu Basel nichts ausrichten würde; und niemand schien ihr des Vertrauens, zur Verteidigung ihrer Ehre aufgerufen zu werden, würdiger, als ihr wackerer, ihr in Liebe, wie sie wohl wußte, immer noch ergebener Freund, der treffliche Kämmerer Herr Friedrich von Trota. Es mochte ohngefähr Mitternacht sein, und die Lichter im Schlosse schimmerten noch, als sie äußerst ermüdet von der Reise, mit ihrem Fuhrwerk daselbst ankam. Sie schickte einen Diener des Hauses, der ihr entgegen kam, hinauf, um der Familie ihre Ankunft anmelden zu lassen; doch ehe dieser noch seinen Auftrag vollführt hatte, traten auch schon Fräulein Bertha und Kunigunde, Herrn Friedrichs Schwestern, vor die Tür hinaus, die zufällig, in Geschäften des Haushalts, im untern Vorsaal waren. Die Freundinnen hoben Littegarden, die ihnen gar wohl bekannt war, unter freudigen Begrüßungen vom Wagen, und führten sie, obschon nicht ohne einige Beklemmung, zu ihrem Bruder hinauf, der in Akten, womit ihn ein Prozeß überschüttete, versenkt, an einem Tische saß. Aber wer beschreibt das Erstaunen Herrn Friedrichs, als er auf das Geräusch, das sich hinter ihm erhob, sein Antlitz wandte, und Frau Littegarden, bleich und entstellt, ein wahres Bild der Verzweiflung, vor ihm auf Knieen nieder sinken sah. »Meine teuerste Littegarde!« rief er, indem er aufstand, und sie vom Fußboden erhob: »was ist Euch widerfahren?« Littegarde, nachdem sie sich auf einen Sessel niedergelassen hatte, erzählte ihm, was vorgefallen; welch eine verruchte Anzeige der Graf Jakob der Rotbart, um sich von dem Verdacht, wegen Ermordung des Herzogs, zu reinigen, vor dem Gericht zu Basel in Bezug auf sie, vorgebracht habe; wie die Nachricht davon ihrem alten, eben an einer Unpäßlichkeit leidenden Vater augenblicklich den Nervenschlag zugezogen, an welchem er auch, wenige Minuten darauf, in den Armen seiner Söhne verschieden sei; und wie diese in Entrüstung darüber rasend, ohne auf das, was sie zu ihrer Verteidigung vorbringen könne, zu hören, sie mit den entsetzlichsten Mißhandlungen überhäuft, und zuletzt, gleich einer Verbrecherin, aus dem Hause gejagt hatten. Sie bat Herrn Friedrich, sie unter einer schicklichen Begleitung nach Basel zu befördern, und ihr daselbst einen Rechtsgehülfen anzuweisen, der ihr, bei ihrer Erscheinung vor dem von dem Kaiser eingesetzten Gericht, mit klugem und besonnenen Rat, gegen jene schändliche Beschuldigung, zur Seite stehen könne. Sie versicherte, daß ihr aus dem Munde eines Parthers oder Persers, den sie nie mit Augen gesehen, eine solche Behauptung nicht hätte unerwarteter kommen können, als aus dem Munde des Grafen Jakobs des Rotbarts, indem ihr derselbe seines schlechten Rufs sowohl, als seiner äußeren Bildung wegen, immer in der tiefsten Seele verhaßt gewesen sei, und sie die Artigkeiten, die er sich, bei den Festgelagen des vergangenen Sommers, zuweilen die Freiheit genommen ihr zu sagen, stets mit der größten Kälte und Verachtung abgewiesen habe. »Genug, meine teuerste Littegarde!« rief Herr Friedrich, indem er mit edlem Eifer ihre Hand nahm, und an seine Lippen drückte: »verliert kein Wort zur Verteidigung und Rechtfertigung Eurer Unschuld! In meiner Brust spricht eine Stimme für Euch, weit lebhafter und überzeugender, als alle Versicherungen, ja selbst als alle Rechtsgründe und Beweise, die Ihr vielleicht aus der Verbindung der Umstände und Begebenheiten, vor dem Gericht zu Basel für Euch aufzubringen vermögt. Nehmt mich, weil Eure ungerechten und ungroßmütigen Brüder Euch verlassen, als Euren Freund und Bruder an, und gönnt mir den Ruhm, Euer Anwalt in dieser Sache zu sein; ich will den Glanz Eurer Ehre vor dem Gericht zu Basel und vor dem Urteil der ganzen Welt wiederherstellen!« Damit führte er Littegarden, deren Tränen vor Dankbarkeit und Rührung, bei so edelmütigen Äußerungen heftig flossen, zu Frau Helenen, seiner Mutter hinauf, die sich bereits in ihr Schlafzimmer zurückgezogen hatte; er stellte sie dieser würdigen alten Dame, die ihr mit besonderer Liebe zugetan war, als eine Gastfreundin vor, die sich, wegen eines Zwistes, der in ihrer Familie ausgebrochen, entschlossen habe, ihren Aufenthalt während einiger Zeit auf seiner Burg zu nehmen; man räumte ihr noch in derselben Nacht einen ganzen Flügel des weitläufigen Schlosses ein, erfüllte, aus dem Vorrat der Schwestern, die Schränke, die sich darin befanden, reichlich mit Kleidern und Wäsche für sie, wies ihr auch, ganz ihrem Range gemäß, eine anständige ja prächtige Dienerschaft an: und schon am dritten Tage befand sich Herr Friedrich von Trota, ohne sich über die Art und Weise, wie er seinen Beweis vor Gericht zu führen gedachte, auszulassen, mit einem zahlreichen Gefolge von Reisigen und Knappen auf der Straße nach Basel.

Inzwischen war, von den Herren von Breda, Littegardens Brüdern, ein Schreiben, den auf der Burg statt gehabten Vorfall anbetreffend, bei dem Gericht zu Basel eingelaufen, worin sie das arme Weib, sei es nun, daß sie dieselbe wirklich für schuldig hielten, oder daß sie sonst Gründe haben mochten, sie zu verderben, ganz und gar, als eine überwiesene Verbrecherin, der Verfolgung der Gesetze preis gaben. Wenigstens nannten sie die Verstoßung derselben aus der Burg, unedelmütiger und unwahrhaftiger Weise, eine freiwillige Entweichung; sie beschrieben, wie sie sogleich, ohne irgend etwas zur Verteidigung ihrer Unschuld aufbringen zu können, auf einige entrüstete Äußerungen, die ihnen entfahren wären, das Schloß verlassen habe; und waren, bei der Vergeblichkeit aller Nachforschungen, die sie beteuerten, ihrethalb angestellt zu haben, der Meinung, daß sie jetzt wahrscheinlich, an der Seite eines dritten Abenteurers, in der Welt umirre, um das Maß ihrer Schande zu erfüllen. Dabei trugen sie, zur Ehrenrettung der durch sie beleidigten Familie, darauf an, ihren Namen aus der Geschlechtstafel des Bredaschen Hauses auszustreichen, und begehrten, unter weitläufigen Rechtsdeduktionen, sie, zur Strafe wegen so unerhörter Vergehungen, aller Ansprüche auf die Verlassenschaft des edlen Vaters, den ihre Schande ins Grab gestürzt, für verlustig zu erklären. Nun waren die Richter zu Basel zwar weit entfernt, diesem Antrag, der ohnehin gar nicht vor ihr Forum gehörte, zu willfahren; da inzwischen der Graf Jakob, beim Empfang dieser Nachricht, von seiner Teilnahme an dem Schicksal Littegardens die unzweideutigsten und entscheidendsten Beweise gab, und heimlich, wie man erfuhr, Reuter ausschickte, um sie aufzusuchen und ihr einen Aufenthalt auf seiner Burg anzubieten: so setzte das Gericht in die Wahrhaftigkeit seiner Aussage keinen Zweifel mehr, und beschloß die Klage die wegen Ermordung des Herzogs über ihn schwebte, sofort aufzuheben. Ja, diese Teilnahme, die er der Unglücklichen in diesem Augenblick der Not schenkte, wirkte selbst höchst vorteilhaft auf die Meinung des in seinem Wohlwollen für ihn sehr wankenden Volks; man entschuldigte jetzt, was man früherhin schwer gemißbilligt hatte, die Preisgebung einer ihm in Liebe ergebenen Frau, vor der Verachtung aller Welt, und fand, daß ihm unter so außerordentlichen und ungeheuren Umständen, da es ihm nichts Geringeres, als Leben und Ehre galt, nichts übrig geblieben sei, als rücksichtslose Aufdeckung des Abenteuers, das sich in der Nacht des heiligen Remigius zugetragen hatte. Demnach ward, auf ausdrücklichen Befehl des Kaisers, der Graf Jakob der Rotbart von neuem vor Gericht geladen, um feierlich, bei offnen Türen, von dem Verdacht, zur Ermordung des Herzogs mitgewirkt zu haben, freigesprochen zu werden. Eben hatte der Herold, unter den Hallen des weitläufigen Gerichtssaals, das Schreiben der Herren von Breda abgelesen, und das Gericht machte sich bereit, dem Schluß des Kaisers gemäß, in Bezug auf den ihm zur Seite stehenden Angeklagten, zu einer förmlichen Ehrenerklärung zu schreiten: als Herr Friedrich von Trota vor die Schranken trat, und sich, auf das allgemeine Recht jedes unparteiischen Zuschauers gestützt, den Brief auf einen Augenblick zur Durchsicht ausbat. Man willigte, während die Augen alles Volks auf ihn gerichtet waren, in seinen Wunsch; aber kaum hatte Herr Friedrich aus den Händen des Herolds das Schreiben erhalten, als er es, nach einem flüchtig hinein geworfenen Blick, von oben bis unten zerriß, und die Stücken, samt seinem Handschuh, die er zusammen wickelte, mit der Erklärung dem Grafen Jakob dem Rotbart ins Gesicht warf: daß er ein schändlicher und niederträchtiger Verleumder, und er entschlossen sei, die

Schuldlosigkeit Frau Littegardens an dem Frevel, den er ihr vorgeworfen, auf Tod und Leben, vor aller Welt, im Gottesurteil zu beweisen! – Graf Jakob der Rotbart, nachdem er, blaß im Gesicht, den Handschuh aufgenommen, sagte: »so gewiß als Gott gerecht, im Urteil der Waffen, entscheidet, so gewiß werde ich dir die Wahrhaftigkeit dessen, was ich, Frau Littegarden betreffend, notgedrungen verlautbart, im ehrlichen ritterlichen Zweikampf beweisen! Erstattet, edle Herren,« sprach er, indem er sich zu den Richtern wandte, »kaiserlicher Majestät Bericht von dem Einspruch, welchen Herr Friedrich getan, und ersucht sie, uns Stunde und Ort zu bestimmen, wo wir uns, mit dem Schwert in der Hand, zur Entscheidung dieser Streitsache begegnen können!« Dem gemäß schickten die Richter, unter Aufhebung der Session, eine Deputation, mit dem Bericht über diesen Vorfall an den Kaiser ab; und da dieser durch das Auftreten Herrn Friedrichs, als Verteidiger Littegardens, nicht wenig in seinem Glauben an die Unschuld des Grafen irre geworden war: so rief er, wie es die Ehrengesetze erforderten, Frau Littegarden, zur Beiwohnung des Zweikampfs, nach Basel, und setzte zur Aufklärung des sonderbaren Geheimnisses, das über dieser Sache schwebte, den Tag der heiligen Margarethe als die Zeit, und den Schloßplatz zu Basel als den Ort an, wo beide, Herr Friedrich von Trota und der Graf Jakob der Rotbart, in Gegenwart Frau Littegardens einander treffen sollten.

Eben ging, diesem Schluß gemäß, die Mittagssonne des Margarethentages über die Türme der Stadt Basel, und eine unermeßliche Menschenmenge, für welche man Bänke und Gerüste zusammen gezimmert hatte, war auf dem Schloßplatz versammelt, als auf den dreifachen Ruf des vor dem Altan der Kampfrichter stehenden Herolds, beide, von Kopf zu Fuß in schimmerndes Erz gerüstet, Herr Friedrich und der Graf Jakob, zur Ausfechtung ihrer Sache, in die Schranken traten. Fast die ganze Ritterschaft von Schwaben und der Schweiz war auf der Rampe des im Hintergrund befindlichen Schlosses gegenwärtig; und auf dem Balkon desselben saß, von seinem Hofgesinde umgeben, der Kaiser selbst, nebst seiner Gemahlin, und den Prinzen und Prinzessinnen, seinen Söhnen und Töchtern. Kurz vor Beginn des Kampfes, während die Richter Licht und Schatten zwischen den Kämpfern teilten, traten Frau Helena und ihre beiden Töchter Bertha und Kunigunde, welche Littegarden nach Basel begleitet hatten, noch einmal an die Pforten des Platzes, und baten die Wächter, die daselbst standen, um die Erlaubnis, eintreten, und mit Frau Littegarden, welche, einem uralten Gebrauch gemäß, auf einem Gerüst innerhalb der Schranken saß, ein Wort sprechen zu dürfen. Denn obschon der Lebenswandel dieser Dame die vollkommenste Achtung und ein ganz uneingeschränktes Vertrauen in die Wahrhaftigkeit ihrer Versicherungen zu erfordern schien, so stürzte doch der Ring, den der Graf Jakob aufzuweisen hatte, und noch mehr der Umstand, daß Littegarde ihre Kammerzofe, die einzige, die ihr hätte zum Zeugnis dienen können, in der Nacht des heiligen Remigius beurlaubt hatte, ihre Gemüter in die lebhafteste Besorgnis; sie beschlossen die Sicherheit des Bewußtseins, das der Angeklagten inwohnte, im Drang dieses entscheidenden Augenblicks, noch einmal zu prüfen, und ihr die Vergeblichkeit, ja Gotteslästerlichkeit des Unternehmens, falls wirklich eine Schuld ihre Seele drückte, auseinander zu setzen, sich durch den heiligen Ausspruch der Waffen, der die Wahrheit unfehlbar ans Licht bringen würde, davon reinigen zu wollen. Und in der Tat hatte Littegarde alle Ursache, den Schritt, den Herr Friedrich jetzt für sie tat, wohl zu überlegen; der Scheiterhaufen wartete ihrer sowohl, als ihres Freundes, des Ritters von Trota, falls Gott sich im eisernen Urteil nicht für ihn, sondern für den Grafen Jakob den Rotbart, und für die Wahrheit der Aussage entschied, die derselbe vor Gericht gegen sie abgeleistet hatte. Frau Littegarde, als sie Herrn Friedrichs Mutter und Schwestern zur Seite eintreten sah, stand, mit dem ihr eigenen Ausdruck von Würde, der durch den Schmerz, welcher über ihr Wesen verbreitet war, noch rührender ward, von ihrem Sessel auf, und fragte sie, indem sie ihnen entgegen ging: was sie in einem so verhängnisvollen Augenblick zu ihr führe? »Mein liebes Töchterchen«, sprach Frau Helena, indem sie dieselbe auf die Seite führte: »wollt Ihr einer Mutter, die keinen Trost im öden Alter, als den Besitz ihres Sohnes hat, den Kummer ersparen, ihn an seinem Grabe beweinen zu müssen; Euch, ehe noch der Zweikampf beginnt, reichlich beschenkt und ausgestattet, auf einen Wagen setzen, und eins von unsern Gütern, das jenseits des Rheins liegt, und Euch anständig und freundlich empfangen wird, von uns zum Geschenk annehmen?« Littegarde, nachdem sie ihr, mit einer Blässe, die ihr über das Antlitz flog, einen Augenblick starr ins Gesicht gesehen hatte, bog, sobald sie die Bedeutung dieser Worte in ihrem ganzen Umfang verstanden hatte, ein Knie vor ihr. Verehrungswürdigste und vortreffliche Frau! sprach sie; kommt die Besorgnis, daß Gott sich, in dieser entscheidenden Stunde, gegen die Unschuld meiner Brust erklären werde, aus dem Herzen Eures edlen Sohnes? – »Weshalb?« fragte Frau Helena. – Weil ich ihn in diesem Falle beschwöre das Schwert, das keine vertrauensvolle Hand führt, lieber nicht zu zücken, und die Schranken, unter welchem schicklichen Vorwand es sei, seinem Gegner zu räumen: mich aber, ohne dem Gefühl des Mitleids, von dem ich nichts annehmen kann, ein unzeitiges Gehör zu geben, meinem Schicksal, das ich in Gottes Hand stelle, zu überlassen! – »Nein!« sagte Frau Helena verwirrt; »mein Sohn weiß von nichts! Es würde ihm, der vor Gericht sein Wort gegeben hat, Eure Sache zu verfechten, wenig anstehen, Euch jetzt, da die Stunde der Entscheidung schlägt, einen solchen Antrag zu machen. Im festen Glauben an Eure Unschuld steht er, wie Ihr seht, bereits zum Kampf gerüstet, dem Grafen Eurem Gegner gegenüber; es war ein Vorschlag, den wir uns, meine Töchter und ich, in der Bedrängnis des Augenblicks, zur Berücksichtigung aller Vorteile und Vermeidung alles Unglücks ausgedacht haben.« – Nun, sagte Frau Littegarde, indem sie die Hand der alten Dame, unter einem heißen Kuß, mit ihren Tränen befeuchtete: so laßt ihn sein Wort lösen! Keine Schuld befleckt mein Gewissen; und ginge er ohne Helm und Harnisch in den Kampf, Gott und alle seine Engel beschirmen ihn! Und damit stand sie vom Boden auf, und führte Frau Helena und ihre Töchter auf einige, innerhalb des Gerüstes befindliche Sitze, die hinter dem, mit roten Tuch beschlagenen Sessel, auf dem sie sich selbst niederließ, aufgestellt waren.

Hierauf blies der Herold, auf den Wink des Kaisers, zum Kampf, und beide Ritter, Schild und Schwert in der Hand, gingen auf einander los. Herr Friedrich verwundete gleich auf den ersten Hieb den Grafen; er verletzte ihn mit der Spitze seines, nicht eben langen Schwertes da, wo zwischen Arm und Hand die Gelenke der Rüstung in einander griffen; aber der Graf, der, durch die Empfindung geschreckt, zurücksprang, und die Wunde untersuchte, fand, daß, obschon das Blut heftig floß, doch nur die Haut obenhin geritzt war: dergestalt, daß er auf das Murren der auf der Rampe befindlichen Ritter, über die Unschicklichkeit dieser Aufführung, wieder vordrang, und den Kampf, mit erneuerten Kräften, einem völlig Gesunden gleich, wieder fortsetzte. Jetzt wogte zwischen beiden Kämpfern der Streit, wie zwei Sturmwinde einander begegnen, wie zwei Gewitterwolken, ihre Blitze einander zusendend, sich treffen, und, ohne sich zu vermischen, unter dem Gekrach häufiger Donner, getürmt um einander herumschweben. Herr Friedrich stand, Schild und Schwert vorstreckend, auf dem Boden, als ob er darin Wurzel fassen wollte, da; bis an die Sporen grub er sich, bis an die Knöchel und Waden, in dem, von seinem Pflaster befreiten, absichtlich aufgelockerten, Erdreich ein, die tückischen Stöße des Grafen, der, klein und behend, gleichsam von allen Seiten zugleich angriff, von seiner Brust und seinem Haupt abwehrend. Schon hatte der Kampf, die Augenblicke der Ruhe, zu welcher Entatmung beide Parteien zwang, mitgerechnet, fast eine Stunde gedauert: als sich von neuem ein Murren unter den auf dem Gerüst befindlichen Zuschauern erhob. Es schien, es galt diesmal nicht den Grafen Jakob, der es an Eifer, den Kampf zu Ende zu bringen, nicht fehlen ließ, sondern Herrn Friedrichs Einpfählung auf einem und demselben Fleck, und seine seltsame, dem Anschein nach fast eingeschüchterte, wenigstens starrsinnige Enthaltung alles eignen Angriffs. Herr Friedrich, obschon sein Verfahren auf guten Gründen beruhen mochte, fühlte dennoch zu leise, als daß er es nicht sogleich gegen die Forderung derer, die in diesem Augenblick über seine Ehre entschieden, hätte aufopfern sollen; er trat mit einem mutigen Schritt aus dem, sich von Anfang herein gewählten Standpunkt, und der Art natürlicher Verschanzung, die sich um seinen Fußtritt gebildet hatte, hervor, über das Haupt seines Gegners, dessen Kräfte schon zu sinken anfingen, mehrere derbe und ungeschwächte Streiche, die derselbe jedoch unter geschickten Seitenbewegungen mit seinem Schild aufzufangen wußte, danieder schmetternd. Aber schon in den ersten Momenten dieses dergestalt veränderten Kampfs, hatte Herr Friedrich ein Unglück, das die Anwesenheit höherer, über den

Kampf waltender Mächte nicht eben anzudeuten schien; er stürzte, den Fußtritt in seinen Sporen verwickelnd, stolpernd abwärts, und während er, unter der Last des Helms und des Harnisches, die seine oberen Teile beschwerten, mit in dem Staub vorgestützter Hand, in die Kniee sank, stieß ihm Graf Jakob der Rotbart, nicht eben auf die edelmütigste und ritterlichste Weise, das Schwert in die dadurch bloßgegebene Seite. Herr Friedrich sprang, mit einem Laut des augenblicklichen Schmerzes, von der Erde empor. Er drückte sich zwar den Helm in die Augen, und machte, das Antlitz rasch seinem Gegner wieder zuwendend, Anstalten, den Kampf fortzusetzen: aber während er sich, mit vor Schmerz krummgebeugtem Leibe auf seinen Degen stützte, und Dunkelheit seine Augen umfloß: stieß ihm der Graf seinen Flammberg noch zweimal, dicht unter dem Herzen, in die Brust; worauf er, von seiner Rüstung umrasselt, zu Boden schmetterte, und Schwert und Schild neben sich niederfallen ließ. Der Graf setzte ihm, nachdem er die Waffen über die Seite geschleudert, unter einem dreifachen Tusch der Trompeten, den Fuß auf die Brust; und inzwischen alle Zuschauer, der Kaiser selbst an der Spitze, unter dumpfen Ausrufungen des Schreckens und Mitleidens, von ihren Sitzen aufstanden: stürzte sich Frau Helena, im Gefolge ihrer beiden Töchter, über ihren teuern, sich in Staub und Blut wälzenden Sohn. »O mein Friedrich!« rief sie, an seinem Haupt jammernd niederknieend; während Frau Littegarde ohnmächtig und besinnungslos, durch zwei Häscher, von dem Boden des Gerüstes, auf welchen sie herab gesunken war, aufgehoben und in ein Gefängnis getragen ward. »Und o die Verruchte,« setzte sie hinzu, »die Verworfene, die, das Bewußtsein der Schuld im Busen, hierher zu treten, und den Arm des treusten und edelmütigsten Freundes zu bewaffnen wagt, um ihr ein Gottesurteil, in einem ungerechten Zweikampf zu erstreiten!« Und damit hob sie den geliebten Sohn, inzwischen die Töchter ihn von seinem Harnisch befreiten, wehklagend vom Boden auf, und suchte ihm das Blut, das aus seiner edlen Brust vordrang, zu stillen. Aber Häscher traten auf Befehl des Kaisers herbei, die auch ihn, als einen dem Gesetz Verfallenen, in Verwahrsam nahmen; man legte ihn, unter Beihülfe einiger Ärzte, auf eine Bahre, und trug ihn, unter der Begleitung einer großen Volksmenge gleichfalls in ein Gefängnis, wohin Frau Helena jedoch und ihre Töchter, die Erlaubnis bekamen, ihm, bis an seinen Tod, an dem niemand zweifelte, folgen zu dürfen.

Es zeigte sich aber gar bald, daß Herrn Friedrichs Wunden, so lebensgefährliche und zarte Teile sie auch berührten, durch eine besondere Fügung des Himmels nicht tödlich waren; vielmehr konnten die Ärzte, die man ihm zugeordnet hatte, schon wenige Tage darauf die bestimmte Versicherung an die Familie geben, daß er am Leben erhalten werden würde, ja, daß er, bei der Stärke seiner Natur, binnen wenigen Wochen, ohne irgend eine Verstümmlung an seinem Körper zu erleiden, wieder hergestellt sein würde. Sobald ihm seine Besinnung, deren ihn der Schmerz während langer Zeit beraubte, wiederkehrte, war seine an die Mutter gerichtete Frage unaufhörlich: was Frau Littegarde mache? Er konnte sich der Tränen nicht enthalten, wenn er sich dieselbe in der Öde des Gefängnisses, der entsetzlichsten Verzweiflung zum Raube hingegeben dachte, und forderte die Schwestern, indem er ihnen liebkosend das Kinn streichelte, auf, sie zu besuchen und sie zu trösten. Frau Helena, über diese Äußerung betroffen, bat ihn, diese Schändliche und Niederträchtige zu vergessen; sie meinte, daß das Verbrechen, dessen der Graf Jakob vor Gericht Erwähnung getan, und das nun durch den Ausgang des Zweikampfs ans Tageslicht gekommen, verziehen werden könne, nicht aber die Schamlosigkeit und Frechheit, mit dem Bewußtsein dieser Schuld, ohne Rücksicht auf den edelsten Freund, den sie dadurch ins Verderben stürze, das geheiligte Urteil Gottes, gleich einer Unschuldigen, für sich aufzurufen. Ach, meine Mutter, sprach der Kämmerer, wo ist der Sterbliche, und wäre die Weisheit aller Zeiten sein, der es wagen darf, den geheimnisvollen Spruch, den Gott in diesem Zweikampf getan hat, auszulegen? »Wie?« rief Frau Helena: »blieb der Sinn dieses göttlichen Spruchs dir dunkel? Hast du nicht, auf eine nur leider zu bestimmte und unzweideutige Weise, dem Schwert deines Gegners im Kampf unterlegen?« – Sei es! versetzte Herr Friedrich: auf einen Augenblick unterlag ich ihm. Aber ward ich durch den Grafen überwunden? Leb ich nicht? Blühe ich nicht, wie unter dem Hauch des Himmels, wunderbar wieder empor, vielleicht in wenig Tagen schon mit der Kraft doppelt und dreifach ausgerüstet, den Kampf, in dem ich durch einen nichtigen Zufall gestört ward, von neuem wieder aufzunehmen? – »Törichter Mensch!« rief die Mutter. »Und weißt du nicht, daß ein Gesetz besteht, nach welchem ein Kampf, der einmal nach dem Ausspruch der Kampfrichter abgeschlossen ist, nicht wieder zur Ausfechtung derselben Sache vor den Schranken des göttlichen Gerichts aufgenommen werden darf?« – Gleichviel! versetzte der Kämmerer unwillig. Was kümmern mich diese willkürlichen Gesetze der Menschen? Kann ein Kampf, der nicht bis an den Tod eines der beiden Kämpfer fortgeführt worden ist, nach jeder vernünftigen Schätzung der Verhältnisse für abgeschlossen gehalten werden? und dürfte ich nicht, falls mir ihn wieder aufzunehmen gestattet wäre, hoffen, den Unfall, der mich betroffen, wieder herzustellen, und mir mit dem Schwert einen ganz andern Spruch Gottes zu erkämpfen, als den, der jetzt beschränkter und kurzsichtiger Weise dafür angenommen wird? »Gleichwohl«, entgegnete die Mutter bedenklich, »sind diese Gesetze, um welche du dich nicht zu bekümmern vorgibst, die waltenden und herrschenden; sie üben, verständig oder nicht, die Kraft göttlicher Satzungen aus, und überliefern dich und sie, wie ein verabscheuungswürdiges Frevelpaar, der ganzen Strenge der peinlichen Gerichtsbarkeit.« – Ach, rief Herr Friedrich; das eben ist es, was mich Jammervollen in Verzweiflung stürzt! Der Stab ist, einer Überwiesenen gleich, über sie gebrochen; und ich, der ihre Tugend und Unschuld vor der Welt erweisen wollte, bin es, der dies Elend über sie gebracht: ein heilloser Fehltritt in die Riemen meiner Sporen, durch den Gott mich vielleicht, ganz unabhängig von ihrer Sache, der Sünden meiner eignen Brust wegen, strafen wollte, gibt ihre blühenden Glieder der Flamme und ihr Andenken ewiger Schande preis! – – Bei diesen Worten stieg ihm die Träne heißen männlichen Schmerzes ins Auge; er kehrte sich, indem er sein Tuch ergriff, der Wand zu, und Frau Helena und ihre Töchter knieten in stiller Rührung an seinem Bett nieder, und mischten, indem sie seine Hand küßten, ihre Tränen mit den seinigen. Inzwischen war der Turmwächter, mit Speisen für ihn und die Seinigen, in sein Zimmer getreten, und da Herr Friedrich ihn fragte, wie sich Frau Littegarde befinde: vernahm er in abgerissenen und nachlässigen Worten desselben, daß sie auf einem Bündel Stroh liege, und noch seit dem Tage, da sie eingesetzt worden, kein Wort von sich gegeben habe. Herr Friedrich ward durch diese Nachricht in die äußerste Besorgnis gestürzt; er trug ihm auf, der Dame, zu ihrer Beruhigung zu sagen, daß er, durch eine sonderbare Schickung des Himmels, in seiner völligen Besserung begriffen sei, und bat sich von ihr die Erlaubnis aus, sie nach Wiederherstellung seiner Gesundheit, mit Genehmigung des Schloßvogts, einmal in ihrem Gefängnis besuchen zu dürfen. Doch die Antwort, die der Turmwächter von ihr, nach mehrmaligem Rütteln derselben am Arm, da sie wie eine Wahnsinnige, ohne zu hören und zu sehen, auf dem Stroh lag, empfangen zu haben, vorgab, war: nein, sie wolle, so lange sie auf Erden sei, keinen Menschen mehr sehen; – ja, man erfuhr, daß sie noch an demselben Tage dem Schloßvogt, in einer eigenhändigen Zuschrift, befohlen hatte, niemanden, wer es auch sei, den Kämmerer von Trota aber am allerwenigsten, zu ihr zu lassen; dergestalt, daß Herr Friedrich, von der heftigsten Bekümmernis über ihren Zustand getrieben, an einem Tage, an welchem er seine Kraft besonders lebhaft wiederkehren fühlte, mit Erlaubnis des Schloßvogts aufbrach, und sich, ihrer Verzeihung gewiß, ohne bei ihr angemeldet worden zu sein, in Begleitung seiner Mutter und beiden Schwestern, nach ihrem Zimmer verfügte.

Aber wer beschreibt das Entsetzen der unglücklichen Littegarde, als sie sich, bei dem an der Tür entstehenden Geräusch, mit halb offner Brust und aufgelöstem Haar, von dem Stroh, das ihr untergeschüttet war, erhob und statt des Turmwächters, den sie erwartete, den Kämmerer, ihren edlen und vortrefflichen Freund, mit manchen Spuren der ausgestandenen Leiden, eine wehmütige und rührende Erscheinung, an Berthas und Kunigundens Arm bei sich eintreten sah. »Hinweg!« rief sie, indem sie sich mit dem Ausdruck der Verzweiflung rückwärts auf die Decken ihres Lagers zurückwarf, und die Hände vor ihr Antlitz drückte: »wenn dir ein Funken von Mitleid im Busen glimmt, hinweg!« – Wie, meine teuerste Littegarde? versetzte Herr Friedrich. Er stellte sich ihr, gestützt auf seine Mutter, zur Seite und neigte sich in unaussprechlicher Rührung über sie, um ihre Hand zu ergreifen: »Hinweg!« rief sie, mehrere Schritt weit auf Knien vor ihm auf dem Stroh zurückbebend: »wenn ich nicht wahnsinnig werden soll, so berühre mich nicht! Du bist mir ein Greuel; loderndes Feuer ist mir minder schrecklich, als du!« – Ich dir ein Greuel? versetzte Herr Friedrich betroffen. Womit, meine edelmütige Littegarde, hat dein Friedrich diesen Empfang verdient? – Bei diesen Worten setzte ihm Kunigunde, auf den Wink der Mutter, einen Stuhl hin, und lud ihn, schwach wie er war, ein, sich darauf zu setzen. »O Jesus!« rief jene, indem sie sich, in der entsetzlichsten Angst, das Antlitz ganz auf den Boden gestreckt, vor ihm niederwarf: »räume das Zimmer, mein Geliebter, und verlaß mich! Ich umfasse in heißer Inbrunst deine Kniee, ich wasche deine Füße mit meinen Tränen, ich flehe dich, wie ein Wurm vor dir im Staube gekrümmt, um die einzige Erbarmung an: räume, mein Herr und Gebieter, räume mir das Zimmer, räume es augenblicklich und verlaß mich!« – Herr Friedrich stand durch und durch erschüttert vor ihr da. Ist dir mein Anblick so unerfreulich Littegarde? fragte er, indem er ernst auf sie niederschaute. »Entsetzlich, unerträglich, vernichtend!« antwortete Littegarde, ihr Gesicht mit verzweiflungsvoll vorgestützten Händen, ganz zwischen die Sohlen seiner Füße bergend. »Die Hölle, mit allen Schauern und Schrecknissen, ist süßer mir und anzuschauen lieblicher, als der Frühling deines mir in Huld und Liebe zugekehrten Angesichts!« – Gott im Himmel! rief der Kämmerer; was soll ich von dieser Zerknirschung deiner Seele denken? Sprach das Gottesurteil, Unglückliche, die Wahrheit, und bist du des Verbrechens, dessen dich der Graf vor Gericht geziehen hat, bist du dessen schuldig? – »Schuldig, überwiesen, verworfen, in Zeitlichkeit und Ewigkeit verdammt und verurteilt!« rief Littegarde, indem sie sich den Busen, wie eine Rasende zerschlug: »Gott ist wahrhaftig und untrüglich; geh, meine Sinne reißen, und meine Kraft bricht. Laß mich mit meinem Jammer und meiner Verzweiflung allein!« – Bei diesen Worten fiel Herr Friedrich in Ohnmacht; und während Littegarde sich mit einem Schleier das Haupt verhüllte, und sich, wie in gänzlicher Verabschiedung von der Welt, auf ihr Lager zurücklegte, stürzten Bertha und Kunigunde jammernd über ihren entseelten Bruder, um ihn wieder ins Leben zurück zu rufen. »O sei verflucht!« rief Frau Helena, da der Kämmerer wieder die Augen aufschlug: »verflucht zu ewiger Reue diesseits des Grabes, und jenseits desselben zu ewiger Verdammnis: nicht wegen der Schuld, die du jetzt eingestehst, sondern wegen der Unbarmherzigkeit und Unmenschlichkeit, sie eher nicht, als bis du meinen schuldlosen Sohn mit dir ins Verderben herabgerissen, einzugestehn! Ich Törin!« fuhr sie fort, indem sie sich verachtungsvoll von ihr abwandte, »hätte ich doch einem Wort, das mir, noch kurz vor Eröffnung des Gottesgerichts, der Prior des hiesigen Augustinerklosters anvertraut, bei dem der Graf, in frommer Vorbereitung zu der entscheidenden Stunde, die ihm bevorstand, zur Beichte gewesen, Glauben geschenkt! Ihm hat er, auf die heilige Hostie, die Wahrhaftigkeit der Angabe, die er vor Gericht in Bezug auf die Elende, niedergelegt, beschworen; die Gartenpforte hat er ihm bezeichnet, an welcher sie ihn, der Verabredung gemäß, beim Einbruch der Nacht erwartet und empfangen, das Zimmer ihm, ein Seitengemach des unbewohnten Schloßturms, beschrieben, worin sie ihn, von den Wächtern unbemerkt, eingeführt, das Lager, von Polstern bequem und prächtig unter einem Thronhimmel aufgestapelt, worauf sie sich, in schamloser Schwelgerei, heimlich mit ihm gebettet! Ein Eidschwur in einer solchen Stunde getan, enthält keine Lüge: und hätte ich, Verblendete, meinem Sohn, auch nur noch in dem Augenblick des ausbrechenden Zweikampfs, eine Anzeige davon gemacht: so würde ich ihm die Augen geöffnet haben, und er vor dem Abgrund an welchem er stand, zurückgebebt sein. – Aber komm!« rief Frau Helena, indem sie Herrn Friedrich sanft umschloß, und ihm einen Kuß auf die Stirne drückte: »Entrüstung, die sie der Worte würdigt, ehrt sie; unsern Rücken mag sie erschaun, und vernichtet durch die Vorwürfe, womit wir sie verschonen, verzweifeln!« – Der Elende! versetzte Littegarde, indem sie sich gereizt durch diese Worte emporrichtete. Sie stützte ihr Haupt schmerzvoll auf ihre Kniee, und indem sie heiße Tränen auf ihr Tuch niederweinte, sprach sie: Ich erinnere mich, daß meine Brüder und ich, drei Tage vor jener Nacht des heiligen Remigius, auf seinem Schlosse waren; er hatte, wie er oft zu tun pflegte, ein Fest mir zu Ehren veranstaltet, und mein Vater, der den Reiz meiner aufblühenden Jugend gern gefeiert sah, mich bewogen, die Einladung, in Begleitung meiner Brüder, anzunehmen. Spät, nach Beendigung des Tanzes, da ich mein Schlafzimmer besteige, finde ich einen Zettel auf meinem Tisch liegen, der, von unbekannter Hand geschrieben und ohne Namensunterschrift, eine förmliche Liebeserklärung enthielt. Es traf sich, daß meine beiden Brüder grade wegen Verabredung unserer Abreise, die auf den kommenden Tag festgesetzt war, in dem Zimmer gegenwärtig waren; und da ich keine Art des Geheimnisses vor ihnen zu haben gewohnt war, so zeigte ich ihnen, von sprachlosem Erstaunen ergriffen, den sonderbaren Fund, den ich soeben gemacht hatte. Diese, welche sogleich des Grafen Hand erkannten, schäumten vor Wut, und der ältere war willens, sich augenblicks mit dem Papier in sein Gemach zu verfügen; doch der jüngere stellte ihm vor, wie bedenklich dieser Schritt sei, da der Graf die Klugheit gehabt, den Zettel nicht zu unterschreiben; worauf beide in der tiefsten Entwürdigung über eine so beleidigende Aufführung, sich noch in derselben Nacht mit mir in den Wagen setzten, und mit dem Entschluß, seine Burg nie wieder mit ihrer Gegenwart zu beehren, auf das Schloß ihres Vaters zurück kehrten. – Dies ist die einzige Gemeinschaft, setzte sie hinzu, die ich jemals mit diesem Nichtswürdigen und Niederträchtigen gehabt! – »Wie?« sagte der Kämmerer, indem er ihr sein tränenvolles Gesicht zukehrte: »diese Worte waren Musik meinem Ohr! – Wiederhole sie mir!« sprach er nach einer Pause, indem er sich auf Knieen vor ihr niederließ, und seine Hände faltete: »Hast du mich, um jenes Elenden willen, nicht verraten, und bist du rein von der Schuld, deren er dich vor Gericht geziehen?« Lieber! flüsterte Littegarde, indem sie seine Hand an ihre Lippen drückte – »Bist dus?« rief der Kämmerer: »bist dus?« – Wie die Brust eines neugebornen Kindes, wie das Gewissen eines aus der Beichte kommenden Menschen, wie die Leiche einer, in der Sakristei, unter der Einkleidung, verschiedenen Nonne! – »O Gott, der Allmächtige!« rief Herr Friedrich, ihre Kniee umfassend: »habe Dank! Deine Worte geben mir das Leben wieder; der Tod schreckt mich nicht mehr, und die Ewigkeit, soeben noch wie ein Meer unabsehbaren Elends vor mir ausgebreitet, geht wieder, wie ein Reich voll tausend glänziger Sonnen, vor mir auf!« – Du Unglücklicher, sagte Littegarde, indem sie sich zurück zog: wie kannst du dem, was dir mein Mund sagt, Glauben schenken? – »Warum nicht?« fragte Herr Friedrich glühend. – Wahnsinniger! Rasender! rief Littegarde; hat das geheiligte Urteil Gottes nicht gegen mich entschieden? Hast du dem Grafen nicht in jenem verhängnisvollen Zweikampf unterlegen, und er nicht die Wahrhaftigkeit dessen, was er vor Gericht gegen mich angebracht, ausgekämpft? – »O meine teuerste Littegarde«, rief der Kämmerer: »bewahre deine Sinne vor Verzweiflung! türme das Gefühl, das in deiner Brust lebt, wie einen Felsen empor: halte dich daran und wanke nicht, und wenn Erd und Himmel unter dir und über dir zu Grunde gingen! Laß uns, von zwei Gedanken, die die Sinne verwirren, den verständlicheren und begreiflicheren denken, und ehe du dich schuldig glaubst, lieber glauben, daß ich in dem Zweikampf, den ich für dich gefochten, siegte! – Gott, Herr meines Lebens«, setzte er in diesem Augenblick hinzu, indem er seine Hände vor sein Antlitz legte, »bewahre meine Seele selbst vor Verwirrung! Ich meine, so wahr ich selig werden will, vom Schwert meines Gegners nicht überwunden worden zu sein, da ich schon unter den Staub seines Fußtritts hingeworfen, wieder ins Dasein erstanden bin. Wo liegt die Verpflichtung der höchsten göttlichen Weisheit, die Wahrheit im Augenblick der glaubensvollen Anrufung selbst, anzuzeigen und auszusprechen? O Littegarde«, beschloß er, indem er ihre Hand zwischen die seinigen drückte: »im Leben laß uns auf den Tod, und im Tode auf die Ewigkeit hinaus sehen, und des festen, unerschütterlichen Glaubens sein: deine Unschuld wird, und wird durch den Zweikampf, den ich für dich gefochten, zum heitern, hellen Licht der Sonne gebracht werden!« – Bei diesen Worten trat der Schloßvogt ein; und da er Frau Helena, welche weinend an einem Tisch saß, erinnerte, daß so viele Gemütsbewegungen ihrem Sohne schädlich werden könnten: so kehrte Herr Friedrich, auf das Zureden der Seinigen, nicht ohne das Bewußtsein, einigen Trost gegeben und empfangen zu haben, wieder in sein Gefängnis zurück.

Inzwischen war, vor dem zu Basel von dem Kaiser eingesetzten Tribunal, gegen Herrn Friedrich von Trota sowohl, als seine Freundin, Frau Littegarde von Auerstein, die Klage wegen sündhaft angerufenen göttlichen Schiedsurteils eingeleitet, und beide, dem bestehenden Gesetz gemäß, verurteilt worden, auf dem Platz des Zweikampfs selbst, den schmählichen Tod der

Flammen zu erleiden. Man schickte eine Deputation von Räten ab, um es den Gefangenen anzukündigen, und das Urteil würde auch, gleich nach Wiederherstellung des Kämmerers an ihnen vollstreckt worden sein, wenn es des Kaisers geheime Absicht nicht gewesen wäre, den Grafen Jakob den Rotbart, gegen den er eine Art von Mißtrauen nicht unterdrücken konnte, dabei gegenwärtig zu sehen. Aber dieser lag, auf eine in der Tat sonderbare und merkwürdige Weise, an der kleinen, dem Anschein nach unbedeutenden Wunde, die er, zu Anfang des Zweikampfs, von Herrn Friedrich erhalten hatte, noch immer krank; ein äußerst verderbter Zustand seiner Säfte verhinderte, von Tage zu Tage, und von Woche zu Woche, die Heilung derselben, und die ganze Kunst der Ärzte, die man nach und nach aus Schwaben und der Schweiz herbeirief, vermochte nicht, sie zu schließen. Ja, ein ätzender der ganzen damaligen Heilkunst unbekannter Eiter, fraß auf eine krebsartige Weise, bis auf den Knochen herab im ganzen System seiner Hand um sich, dergestalt, daß man zum Entsetzen aller seiner Freunde genötigt gewesen war, ihm die ganze schadhafte Hand, und späterhin, da auch hierdurch dem Eiterfraß kein Ziel gesetzt ward, den Arm selbst abzunehmen. Aber auch dies, als eine Radikalkur gepriesene Heilmittel vergrößerte nur, wie man heutzutage leicht eingesehen haben würde, statt ihm abzuhelfen, das Übel; und die Ärzte, da sich sein ganzer Körper nach und nach in Eiterung und Fäulnis auflöste, erklärten, daß keine Rettung für ihn sei, und er noch, vor Abschluß der laufenden Woche, sterben müsse. Vergebens forderte ihn der Prior des Augustinerklosters, der in dieser unerwarteten Wendung der Dinge die furchtbare Hand Gottes zu erblicken glaubte, auf, im Bezug auf den zwischen ihm und der Herzogin Regentin bestehenden Streit, die Wahrheit einzugestehen; der Graf nahm, durch und durch erschüttert, noch einmal das heilige Sakrament auf die Wahrhaftigkeit seiner Aussage, und gab, unter allen Zeichen der entsetzlichsten Angst, falls er Frau Littegarden verleumderischer Weise angeklagt hätte, seine Seele der ewigen Verdammnis preis. Nun hatte man, trotz der Sittenlosigkeit seines Lebenswandels, doppelte Gründe, an die innerliche Redlichkeit dieser Versicherung zu glauben: einmal, weil der Kranke in der Tat von einer gewissen Frömmigkeit war, die einen falschen Eidschwur, in solchem Augenblick getan, nicht zu gestatten schien, und dann, weil sich aus einem Verhör, das über den Turmwächter des Schlosses derer von Breda angestellt worden war, welchen er, behufs eines heimlichen Eintritts in die Burg, bestochen zu haben vorgegeben hatte, bestimmt ergab, daß dieser Umstand gegründet, und der Graf wirklich in der Nacht des heiligen Remigius, im Innern des Bredaschen Schlosses gewesen war. Demnach blieb dem Prior fast nichts übrig, als an eine Täuschung des Grafen selbst, durch eine dritte ihm unbekannte Person zu glauben; und noch hatte der Unglückliche, der, bei der Nachricht von der wunderbaren Wiederherstellung des Kämmerers, selbst auf diesen schrecklichen Gedanken geriet, das Ende seines Lebens nicht erreicht, als sich dieser Glaube schon zu seiner Verzweiflung vollkommen bestätigte. Man muß nämlich wissen, daß der Graf schon lange, ehe seine Begierde sich auf Frau Littegarden stellte, mit Rosalien, ihrer Kammerzofe, auf einem nichtswürdigen Fuß lebte; fast bei jedem Besuch, den ihre Herrschaft auf seinem Schlosse abstattete, pflegte er dies Mädchen, welches ein leichtfertiges und sittenloses Geschöpf war, zur Nachtzeit auf sein Zimmer zu ziehen. Da nun Littegarde, bei dem letzten Aufenthalt, den sie mit ihren Brüdern auf seiner Burg nahm, jenen zärtlichen Brief, worin er ihr seine Leidenschaft erklärte, von ihm empfing: so erweckte dies die Empfindlichkeit und Eifersucht dieses seit mehreren Monden schon von ihm vernachlässigten Mädchens; sie ließ, bei der bald darauf erfolgten Abreise Littegardens, welche sie begleiten mußte, im Namen derselben einen Zettel an den Grafen zurück, worin sie ihm meldete, daß die Entrüstung ihrer Brüder über den Schritt, den er getan, ihr zwar keine unmittelbare Zusammenkunft gestattete: ihn aber einlud, sie zu diesem Zweck, in der Nacht des heiligen Remigius, in den Gemächern ihrer väterlichen Burg zu besuchen. Jener, voll Freude über das Glück seiner Unternehmung, fertigte sogleich einen zweiten Brief an Littegarden ab, worin er ihr seine bestimmte Ankunft in der besagten Nacht meldete, und sie nur bat, ihm, zur Vermeidung aller Irrung, einen treuen Führer, der ihn nach ihren Zimmern geleiten könne, entgegen zu schicken; und da die Zofe, in jeder Art der Ränke geübt, auf eine solche Anzeige rechnete, so glückte es ihr, dies Schreiben aufzufangen, und ihm in einer zweiten falschen Antwort zu sagen, daß sie ihn selbst an der Gartenpforte erwarten würde. Darauf, am Abend vor der verabredeten Nacht, bat sie sich unter dem Vorwand, daß ihre Schwester krank sei, und daß sie dieselbe besuchen wolle, von Littegarden einen Urlaub aufs Land aus; sie verließ auch, da sie denselben erhielt, wirklich, spät am Nachmittag, mit einem Bündel Wäsche den sie unter dem Arm trug, das Schloß, und begab sich, vor aller Augen nach der Gegend, wo jene Frau wohnte, auf den Weg. Statt aber diese Reise zu vollenden, fand sie sich bei Einbruch der Nacht, unter dem Vorgeben, daß ein Gewitter heranziehe, wieder auf der Burg ein, und mittelte sich, um ihre Herrschaft, wie sie sagte, nicht zu stören, indem es ihre Absicht sei in der Frühe des kommenden Morgens ihre Wanderung anzutreten, ein Nachtlager in einem der leerstehenden Zimmer des verödeten und wenig besuchten Schloßturms aus. Der Graf, der sich bei dem Turmwächter durch Geld den Eingang in die Burg zu verschaffen wußte, und in der Stunde der Mitternacht, der Verabredung gemäß, von einer verschleierten Person an der Gartenpforte empfangen ward, ahndete, wie man leicht begreift, nichts von dem ihm gespielten Betrug; das Mädchen drückte ihm flüchtig einen Kuß auf den Mund, und führte ihn, über mehrere Treppen und Gänge des verödeten Seitenflügels, in eines der prächtigsten Gemächer des Schlosses selbst, dessen Fenster vorher sorgsam von ihr verschlossen worden waren. Hier, nachdem sie seine Hand haltend, auf geheimnisvolle Weise an den Türen umhergehorcht, und ihm, mit flüsternder

Stimme, unter dem Vorgeben, daß das Schlafzimmer des Bruders ganz in der Nähe sei, Schweigen geboten hatte, ließ sie sich mit ihm auf dem zur Seite stehenden Ruhebette nieder; der Graf, durch ihre Gestalt und Bildung getäuscht, schwamm im Taumel des Vergnügens, in seinem Alter noch eine solche Eroberung gemacht zu haben; und als sie ihn beim ersten Dämmerlicht des Morgens entließ, und ihm zum Andenken an die verflossene Nacht einen Ring, den Littegarde von ihrem Gemahl empfangen und den sie ihr am Abend zuvor zu diesem Zweck entwendet hatte, an den Finger steckte, versprach er ihr, sobald er zu Hause angelangt sein würde, zum Gegengeschenk einen anderen, der ihm am Hochzeitstage von seiner verstorbenen Gemahlin verehrt worden war. Drei Tage darauf hielt er auch Wort, und schickte diesen Ring, den Rosalie wieder geschickt genug war aufzufangen, heimlich auf die Burg; ließ aber, wahrscheinlich aus Furcht, daß dies Abenteuer ihn zu weit führen könne, weiter nichts von sich hören, und wich, unter mancherlei Vorwänden, einer zweiten Zusammenkunft aus. Späterhin war das Mädchen eines Diebstahls wegen, wovon der Verdacht mit ziemlicher Gewißheit auf ihr ruhte, verabschiedet und in das Haus ihrer Eltern, welche am Rhein wohnten, zurückgeschickt worden, und da, nach Verlauf von neun Monaten, die Folgen ihres ausschweifenden Lebens sichtbar wurden, und die Mutter sie mit großer Strenge verhörte, gab sie den Grafen Jakob den Rotbart, unter Entdeckung der ganzen geheimen Geschichte, die sie mit ihm gespielt hatte, als den Vater ihres Kindes an. Glücklicherweise hatte sie den Ring, der ihr von dem Grafen übersendet worden war, aus Furcht, für eine Diebin gehalten zu werden, nur sehr schüchtern zum Verkauf ausbieten können, auch in der Tat, seines großen Werts wegen, niemand gefunden, der ihn zu erstehen Lust gezeigt hätte: dergestalt, daß die Wahrhaftigkeit ihrer Aussage nicht in Zweifel gezogen werden konnte, und die Eltern, auf dies augenscheinliche Zeugnis gestützt, klagbar, wegen Unterhaltung des Kindes, bei den Gerichten gegen den Grafen Jakob einkamen. Die Gerichte, welche von dem sonderbaren Rechtsstreit, der in Basel anhängig gemacht worden war, schon gehört hatten, beeilten sich, diese Entdeckung, die für den Ausgang desselben von der größten Wichtigkeit war, zur Kenntnis des Tribunals zu bringen; und da eben ein Ratsherr in öffentlichen Geschäften nach dieser Stadt abging, so gaben sie ihm, zur Auflösung des fürchterlichen Rätsels, das ganz Schwaben und die Schweiz beschäftigte, einen Brief mit der gerichtlichen Aussage des Mädchens, dem sie den Ring beifügten, für den Grafen Jakob den Rotbart mit.

Es war eben an dem zur Hinrichtung Herrn Friedrichs und Littegardens bestimmten Tage, welche der Kaiser, unbekannt mit den Zweifeln, die sich in der Brust des Grafen selbst erhoben hatten, nicht mehr aufschieben zu dürfen glaubte, als der Ratsherr zu dem Kranken, der sich in jammervoller Verzweiflung auf seinem Lager wälzte, mit diesem Schreiben ins Zimmer trat. »Es ist genug!« rief dieser, da er den Brief überlesen, und den Ring empfangen hatte: »ich bin das Licht der Sonne zu schauen, müde! Verschafft mir«, wandte er sich zum Prior, »eine Bahre, und führt mich Elenden, dessen Kraft zu Staub versinkt, auf den Richtplatz hinaus: ich will nicht, ohne eine Tat der Gerechtigkeit verübt zu haben, sterben!« Der Prior, durch diesen Vorfall tief erschüttert, ließ ihn sogleich, wie er begehrte, durch vier Knechte auf ein Traggestell heben; und zugleich mit einer unermeßlichen Menschenmenge, welche das Glockengeläut um den Scheiterhaufen, auf welchen Herr Friedrich und Littegarde bereits festgebunden waren, versammelte, kam er, mit dem Unglücklichen, der ein Kruzifix in der Hand hielt, daselbst an. »Halt!« rief der Prior, indem er die Bahre, dem Altan des Kaisers gegenüber, niedersetzen ließ: »bevor ihr das Feuer an jenen Scheiterhaufen legt, vernehmt ein Wort, das euch der Mund dieses Sünders zu eröffnen hat!« – Wie? rief der Kaiser, indem er sich leichenblaß von seinem Sitz erhob, hat das geheiligte Urteil Gottes nicht für die Gerechtigkeit seiner Sache entschieden, und ist es, nach dem was vorgefallen, auch nur zu denken erlaubt, daß Littegarde an dem Frevel, dessen er sie geziehen, unschuldig sei? – Bei diesen Worten stieg er betroffen vom Altan herab; und mehr denn tausend Ritter, denen alles Volk, über Bänke und Schranken herab, folgte, drängten sich um das Lager des Kranken zusammen. »Unschuldig«, versetzte dieser, indem er sich gestützt auf den Prior, halb darauf emporrichtete: »wie es der Spruch des höchsten Gottes, an jenem verhängnisvollen Tage, vor den Augen aller versammelten Bürger von Basel entschieden hat! Denn er, von drei Wunden, jede tödlich, getroffen, blüht, wie ihr seht, in Kraft und Lebensfülle; indessen ein Hieb von seiner Hand, der kaum die äußerste Hülle meines Lebens zu berühren schien, in langsam fürchterlicher Fortwirkung den Kern desselben selbst getroffen, und meine Kraft, wie der Sturmwind eine Eiche, gefällt hat. Aber hier, falls ein Ungläubiger noch Zweifel nähren sollte, sind die Beweise: Rosalie, ihre Kammerzofe, war es, die mich in jener Nacht des heiligen Remigius empfing, während ich Elender in der Verblendung meiner Sinne, sie selbst, die meine Anträge stets mit Verachtung zurückgewiesen hat, in meinen Armen zu halten meinte!« Der Kaiser stand erstarrt wie zu Stein, bei diesen Worten da. Er schickte, indem er sich nach dem Scheiterhaufen umkehrte, einen Ritter ab, mit dem Befehl, selbst die Leiter zu besteigen, und den Kämmerer sowohl als die Dame, welche letztere bereits in den Armen ihrer Mutter in Ohnmacht lag, loszubinden und zu ihm heranzuführen. »Nun, jedes Haar auf eurem Haupt bewacht ein Engel!« rief er, da Littegarde, mit halb offner Brust und entfesselten Haaren, an der Hand Herrn Friedrichs, ihres Freundes, dessen Kniee selbst, unter dem Gefühl dieser wunderbaren Rettung, wankten, durch den Kreis des in Ehrfurcht und Erstaunen ausweichenden Volks, zu ihm herantrat. Er küßte beiden, die vor ihm niederknieten, die Stirn; und nachdem er sich den Hermelin, den seine Gemahlin trug, erbeten, und ihn Littegarden um die Schultern gehängt hatte, nahm er, vor den Augen aller versammelten Ritter, ihren Arm, in der Absicht, sie selbst in die Gemächer seines kaiserlichen Schlosses zu führen. Er wandte sich, während der Kämmerer gleichfalls statt des Sünderkleids, das ihn deckte, mit Federhut und ritterlichem Mantel geschmückt ward, gegen den auf der Bahre jammervoll sich wälzenden Grafen zurück, und von einem Gefühl des Mitleidens bewegt, da derselbe sich doch in den Zweikampf, der ihn zu Grunde gerichtet, nicht eben auf frevelhafte und gotteslästerliche Weise eingelassen hatte, fragte er den ihm zur Seite stehenden Arzt: ob keine Rettung für den Unglücklichen sei? – »Vergebens!« antwortete Jakob der Rotbart, indem er sich, unter schrecklichen Zuckungen, auf den Schoß seines Arztes stützte: »und ich habe den Tod, den ich erleide, verdient. Denn wißt, weil mich doch der Arm der weltlichen Gerechtigkeit nicht mehr ereilen wird, ich bin der Mörder meines Bruders, des edeln Herzogs Wilhelm von Breysach: der Bösewicht, der ihn mit dem Pfeil aus meiner Rüstkammer nieder warf, war sechs Wochen vorher, zu dieser Tat, die mir die Krone verschaffen sollte, von mir gedungen!« – Bei dieser Erklärung sank er auf die Bahre zurück und hauchte seine schwarze Seele aus. »Ha, die Ahndung meines Gemahls, des Herzogs, selbst!« rief die an der Seite des Kaisers stehende Regentin, die sich gleichfalls vom Altan des Schlosses herab, im Gefolge der Kaiserin, auf den Schloßplatz begeben hatte: »mir noch im Augenblick des Todes, mit gebrochenen Worten, die ich gleichwohl damals nur unvollkommen verstand, kund getan!« – Der Kaiser versetzte in Entrüstung: so soll der Arm der Gerechtigkeit noch deine Leiche ereilen! nehmt ihn, rief er, indem er sich umkehrte, den Häschern zu, und übergebt ihn gleich, gerichtet wie er ist, den Henkern: er möge, zur Brandmarkung seines Andenkens, auf jenem Scheiterhaufen verderben, auf welchem wir eben, um seinetwillen, im Begriff waren, zwei Unschuldige zu opfern! Und damit, während die Leiche des Elenden in rötlichen Flammen aufprasselnd, vom Hauche des Nordwindes in alle Lüfte verstreut und verweht ward, führte er Frau Littegarden, im Gefolge aller seiner Ritter, auf das Schloß. Er setzte sie, durch einen kaiserlichen Schluß, wieder in ihr väterliches Erbe ein, von welchem die Brüder in ihrer unedelmütigen Habsucht schon Besitz genommen hatten; und schon nach drei Wochen ward, auf dem Schlosse zu Breysach, die Hochzeit der beiden trefflichen Brautleute gefeiert, bei welcher die Herzogin Regentin, über die ganze Wendung, die die Sache genommen hatte, sehr erfreut, Littegarden einen großen Teil der Besitzungen des Grafen, die dem Gesetz verfielen, zum Brautgeschenk machte. Der Kaiser aber hing Herrn Friedrich, nach der Trauung, eine Gnadenkette um den Hals; und sobald er, nach Vollendung seiner Geschäfte mit der Schweiz, wieder in Worms angekommen war, ließ er in die Statuten des geheiligten göttlichen Zweikampfs, überall wo vorausgesetzt wird, daß die Schuld dadurch unmittelbar ans Tageslicht komme, die Worte einrücken: »wenn es Gottes Wille ist.«

KLEINE SCHRIFTEN

ANEKDOTEN

Tagesbegebenheit

Dem Kapitän v. Bürger, vom ehemaligen Regiment Tauentzien, sagte der, auf der neuen Promenade erschlagene Arbeitsmann Brietz: der Baum, unter dem sie beide ständen, wäre auch wohl zu klein für zwei, und er könnte sich wohl unter einen andern stellen. Der Kapitän Bürger, der ein stiller und bescheidener Mann ist, stellte sich wirklich unter einen andern: worauf der ꝛc. Brietz unmittelbar darauf vom Blitz getroffen und getötet ward.

Franzosen-Billigkeit

(wert in Erz gegraben zu werden)

Zu dem französischen General *Hulin* kam, während des Kriegs, ein … Bürger, und gab, behufs einer kriegsrechtlichen Beschlagnehmung, zu des Feindes Besten, eine Anzahl, im Pontonhof liegender, Stämme an. Der General, der sich eben anzog, sagte: Nein, mein Freund; diese Stämme können wir nicht nehmen. – »Warum nicht?« fragte der Bürger. »Es ist königliches Eigentum.« – Eben darum, sprach der General, indem er ihn flüchtig ansah. Der König von Preußen braucht dergleichen Stämme, um solche Schurken daran hängen zu lassen, wie er. –

Der verlegene Magistrat

Eine Anekdote

Ein H…r Stadtsoldat hatte vor nicht gar langer Zeit, ohne Erlaubnis seines Offiziers, die Stadtwache verlassen. Nach einem uralten Gesetz steht auf ein Verbrechen dieser Art, das sonst der Streifereien des Adels wegen, von großer Wichtigkeit war, eigentlich der Tod. Gleichwohl, ohne das Gesetz, mit bestimmten Worten aufzuheben, ist davon seit vielen hundert Jahren kein Gebrauch mehr gemacht worden: dergestalt, daß statt auf die Todesstrafe zu erkennen, derjenige, der sich dessen schuldig macht, nach einem feststehenden Gebrauch, zu einer bloßen Geldstrafe, die er an die Stadtkasse zu erlegen hat, verurteilt wird. Der besagte Kerl aber, der keine Lust haben mochte, das Geld zu entrichten, erklärte, zur großen Bestürzung des Magistrats: daß er, weil es ihm einmal zukomme, dem Gesetz gemäß, sterben wolle. Der Magistrat, der ein Mißverständnis vermutete, schickte einen Deputierten an den Kerl ab, und ließ ihm bedeuten, um wieviel vorteilhafter es für ihn wäre, einige Gulden Geld zu erlegen, als arkebusiert zu werden. Doch der Kerl blieb dabei, daß er seines Lebens müde sei, und daß er sterben wolle: dergestalt, daß dem Magistrat, der kein Blut vergießen wollte, nichts übrig blieb, als dem Schelm die Geldstrafe zu erlassen, und noch froh war, als er erklärte, daß er, bei so bewandten Umständen am Leben bleiben wolle.

Der Griffel Gottes

In Polen war eine Gräfin von P...., eine bejahrte Dame, die ein sehr bösartiges Leben führte, und besonders ihre Untergebenen, durch ihren Geiz und ihre Grausamkeit, bis auf das Blut quälte. Diese Dame, als sie starb, vermachte einem Kloster, das ihr die Absolution erteilt hatte, ihr Vermögen; wofür ihr das Kloster, auf dem Gottesacker, einen kostbaren, aus Erz gegossenen, Leichenstein setzen ließ, auf welchem dieses Umstandes, mit vielem Gepränge, Erwähnung geschehen war. Tags darauf schlug der Blitz, das Erz schmelzend, über den Leichenstein ein, und ließ nichts, als eine Anzahl von Buchstaben stehen, die, zusammen gelesen, also lauteten: *sie ist gerichtet!* – Der Vorfall (die Schriftgelehrten mögen ihn erklären) ist gegründet; der Leichenstein existiert noch, und es leben Männer in dieser Stadt, die ihn samt der besagten Inschrift gesehen.

Anekdote aus dem letzten preussischen Kriege

In einem bei Jena liegenden Dorf, erzählte mir, auf einer Reise nach Frankfurt, der Gastwirt, daß sich mehrere Stunden nach der Schlacht, um die Zeit, da das Dorf schon ganz von der Armee des Prinzen von Hohenlohe verlassen und von Franzosen, die es für besetzt gehalten, umringt gewesen wäre, ein einzelner preußischer Reiter darin gezeigt hätte; und versicherte mir, daß wenn alle Soldaten, die an diesem Tage mitgefochten, so tapfer gewesen wären, wie dieser, die Franzosen hätten geschlagen werden müssen, wären sie auch noch dreimal stärker gewesen, als sie in der Tat waren. Dieser Kerl, sprach der Wirt, sprengte, ganz von Staub bedeckt, vor meinen Gasthof, und rief: »Herr Wirt!« und da ich frage: was gibts? »ein Glas Branntewein!« antwortet er, indem er sein Schwert in die Scheide wirft: »mich dürstet.« Gott im Himmel! sag ich: will er machen, Freund, daß er wegkömmt? Die Franzosen sind ja dicht vor dem Dorf! »Ei, was!« spricht er, indem er dem Pferde den Zügel über den Hals legt. »Ich habe den ganzen Tag nichts genossen!« Nun er ist, glaub ich, vom Satan besessen –! He! Liese! rief ich, und schaff ihm eine Flasche Danziger herbei, und sage: da! und will ihm die ganze Flasche in die Hand drücken, damit er nur reite. »Ach, was!« spricht er, indem er die Flasche wegstößt, und sich den Hut abnimmt: »wo soll ich mit dem Quark hin?« Und: »schenk er ein!« spricht er, indem er sich den Schweiß von der Stirn abtrocknet: »denn ich habe keine Zeit!« Nun er ist ein Kind des Todes, sag ich. Da! sag ich, und schenk ihm ein; da! trink er und reit er! Wohl mags ihm bekommen: »Noch eins!« spricht der Kerl; während die Schüsse schon von allen Seiten ins Dorf prasseln. Ich sage: noch eins? Plagt ihn –! »Noch eins!« spricht er, und streckt mir das Glas hin – »Und gut gemessen«, spricht er, indem er sich den Bart wischt, und sich vom Pferde herab schneuzt: »denn es wird bar bezahlt!« Ei, mein Seel, so wollt ich doch, daß ihn –! Da! sag ich, und schenk ihm noch, wie er verlangt, ein zweites, und schenk ihm, da er getrunken, noch ein drittes ein, und frage: ist er nun zufrieden? »Ach!« – schüttelt sich der Kerl. »Der Schnaps ist gut! – Na!« spricht er, und setzt sich den Hut auf: »was bin ich schuldig?« Nichts! nichts! versetz ich. Pack er sich, ins Teufelsnamen; die Franzosen ziehen augenblicklich ins Dorf! »Na!« sagt er, indem er in seinen Stiefel greift: »so solls ihm Gott lohnen«, und holt, aus dem Stiefel, einen Pfeifenstummel hervor, und spricht, nachdem er den Kopf ausgeblasen: »schaff er mir Feuer!« Feuer? sag ich: plagt ihn –? »Feuer, ja!« spricht er: »denn ich will mir eine Pfeife Tabak anmachen.« Ei, den Kerl reiten Legionen –! He, Liese, ruf ich das Mädchen! und während der Kerl sich die Pfeife stopft, schafft das Mensch ihm Feuer. »Na!« sagt der Kerl, die Pfeife, die er sich angeschmaucht, im Maul: »nun sollen doch die Franzosen die Schwerenot kriegen!« Und damit, indem er sich den Hut in die Augen drückt, und zum Zügel greift, wendet er das Pferd und zieht von Leder. Ein Mordkerl! sag ich; ein verfluchter, verwetterter Galgenstrick! Will er sich ins Henkers Namen scheren, wo er hingehört? Drei Chasseurs – sieht er nicht? halten ja schon vor dem Tor? »Ei was!« spricht er, indem er ausspuckt; und faßt die drei Kerls blitzend ins Auge. »Wenn ihrer zehen wären, ich fürcht mich nicht.« Und in dem Augenblick reiten auch die drei Franzosen schon ins Dorf. »Bassa Manelka!« ruft der Kerl, und gibt seinem Pferde die Sporen und sprengt auf sie ein; sprengt, so wahr Gott lebt, auf sie ein, und greift sie, als ob er das ganze Hohenlohische Korps hinter sich hätte, an; dergestalt, daß, da die Chasseurs, ungewiß, ob nicht noch mehr Deutsche im Dorf sein mögen, einen Augenblick, wider ihre Gewohnheit, stutzen, er, mein Seel, ehe man noch eine Hand umkehrt, alle drei vom Sattel haut, die Pferde, die auf dem Platz herumlaufen, aufgreift, damit bei mir vorbeisprengt, und: »Bassa Teremtetem!« ruft, und: »Sieht er wohl, Herr Wirt?« und »Adies!« und »auf Wiedersehn!« und: »hoho! hoho! hoho!« – – So einen Kerl, sprach der Wirt, habe ich zeit meines Lebens nicht gesehen.

Mutwille des Himmels

Eine Anekdote

Der in Frankfurt an der Oder, wo er ein Infanterieregiment besaß, verstorbene General Dieringshofen, ein Mann von strengem und rechtschaffenem Charakter, aber dabei von manchen Eigentümlichkeiten und Wunderlichkeiten, äußerte, als er, in spätem Alter, an einer langwierigen Krankheit, auf den Tod darniederlag, seinen Widerwillen, unter die Hände der Leichenwäscherinnen zu fallen. Er befahl bestimmt, daß niemand, ohne Ausnahme, seinen Leib berühren solle; daß er ganz und gar in dem Zustand, in welchem er sterben würde, mit Nachtmütze, Hosen und Schlafrock, wie er sie trage, in den Sarg gelegt und begraben sein wolle; und bat den damaligen Feldprediger seines Regiments, Herrn P..., welcher der Freund seines Hauses war, die Sorge für die Vollstreckung dieses seines letzten Willens zu übernehmen. Der Feldprediger P... versprach es ihm: er verpflichtete sich, um jedem Zufall vorzubeugen, bis zu seiner Bestattung, von dem Augenblick an, da er verschieden sein würde, nicht von seiner Seite zu weichen. Darauf nach Verlauf mehrerer Wochen, kömmt, bei der ersten Frühe des Tages, der Kammerdiener in das Haus des Feldpredigers, der noch schläft, und meldet ihm, daß der General um die Stunde der Mitternacht schon, sanft und ruhig, wie es vorauszusehen war, gestorben sei. Der Feldprediger P... zieht sich, seinem Versprechen getreu, sogleich an, und begibt sich in die Wohnung des Generals. Was aber findet er? – Die Leiche des Generals schon eingeseift auf einem Schemel sitzen: der Kammerdiener, der von dem Befehl nichts gewußt, hatte einen Barbier herbeigerufen, um ihm vorläufig zum Behuf einer schicklichen Ausstellung, den Bart abzunehmen. Was sollte der Feldprediger unter so wunderlichen Umständen machen? Er schalt den Kammerdiener aus, daß er ihn nicht früher herbei gerufen hatte; schickte den Barbier, der den Herrn bei der Nase gefaßt hielt, hinweg, und ließ ihn, weil doch nichts anders übrig blieb, eingeseift und mit halbem Bart, wie er ihn vorfand, in den Sarg legen und begraben.

Charité-Vorfall

Der von einem Kutscher kürzlich übergefahrne Mann, namens Beyer, hat bereits dreimal in seinem Leben ein ähnliches Schicksal gehabt; dergestalt, daß bei der Untersuchung, die der Geheimerat Herr K., in der Charité mit ihm vornahm, die lächerlichsten Mißverständnisse vorfielen. Der Geheimerat, der zuvörderst seine beiden Beine, welche krumm und schief und mit Blut bedeckt waren, bemerkte, fragte ihn: ob er an diesen Gliedern verletzt wäre? worauf der Mann jedoch erwiderte: nein! die Beine wären ihm schon vor fünf Jahr, durch einen andern Doktor, abgefahren worden. Hierauf bemerkte ein Arzt, der dem Geheimenrat zur Seite stand, daß sein linkes

Auge geplatzt war; als man ihn jedoch fragte: ob ihn das Rad hier getroffen hätte? antwortete er: nein! das Auge hätte ihm ein Doktor bereits vor vierzehn Jahren ausgefahren. Endlich, zum Erstaunen aller Anwesenden, fand sich, daß ihm die linke Rippenhälfte, in jämmerlicher Verstümmelung, ganz auf den Rücken gedreht war; als aber der Geheimerat ihn fragte: ob ihn des Doktors Wagen hier beschädigt hätte? antwortete er: nein! die Rippen wären ihm schon vor sieben Jahren durch einen Doktorwagen zusammen gefahren worden. – Bis sich endlich zeigte, daß ihm durch die letztere Überfahrt der linke Ohrknorpel ins Gehörorgan hineingefahren war. – Der Berichterstatter hat den Mann selbst über diesen Vorfall vernommen, und selbst die Todkranken, die in dem Saale auf den Betten herumlagen, mußten, über die spaßhafte und indolente Weise, wie er dies vorbrachte, lachen. – Übrigens bessert er sich; und falls er sich vor den Doktoren, wenn er auf der Straße geht, in acht nimmt, kann er noch lange leben.

Der Branntweinsäufer und die Berliner Glocken

Eine Anekdote

Ein Soldat vom ehemaligen Regiment Lichnowsky, ein heilloser und unverbesserlicher Säufer, versprach nach unendlichen Schlägen, die er deshalb bekam, daß er seine Aufführung bessern und sich des Branntеweins enthalten wolle. Er hielt auch, in der Tat, Wort, während drei Tage: ward aber am vierten wieder besoffen in einem Rennstein gefunden, und, von einem Unteroffizier, in Arrest gebracht. Im Verhör befragte man ihn, warum er, seines Vorsatzes uneingedenk, sich von neuem dem Laster des Trunks ergeben habe? »Herr Hauptmann!« antwortete er; »es ist nicht meine Schuld. Ich ging in Geschäften eines Kaufmanns, mit einer Kiste Färbholz, über den Lustgarten; da läuteten vom Dom herab die Glocken: ›*Pom*meranzen! *Pom*meranzen! *Pom*meranzen!‹ Läut, Teufel, läut! sprach ich, und gedachte meines Vorsatzes und trank nichts. In der Königsstraße, wo ich die Kiste abgeben sollte, steh ich einen Augenblick, um mich auszuruhen, vor dem Rathaus still: da bimmelt es vom Turm herab: ›Kümmel! Kümmel! Kümmel! – Kümmel! Kümmel! Kümmel!‹ Ich sage, zum Turm: bimmle du, daß die Wolken reißen – und gedenke, mein Seel, gedenke meines Vorsatzes, ob ich gleich durstig war, und trinke nichts. Drauf führt mich der Teufel, auf dem Rückweg, über den Spittelmarkt; und da ich eben vor einer Kneipe, wo mehr denn dreißig Gäste beisammen waren, stehe, geht es, vom Spittelturm herab: ›Anisette! Anisette! Anisette!‹ Was kostet das Glas, frag ich? Der Wirt spricht: Sechs Pfennige. Geb er her, sag ich – und was weiter aus mir geworden ist, das weiß ich nicht.«

Anekdote aus dem letzten Kriege

Den ungeheuersten Witz, der vielleicht, so lange die Erde steht, über Menschenlippen gekommen ist, hat, im Lauf des letztverflossenen Krieges, ein Tambour gemacht; ein Tambour meines Wissens von dem damaligen Regiment von Puttkamer; ein Mensch, zu dem, wie man gleich hören wird, weder die griechische noch römische Geschichte ein Gegenstück liefert. Dieser hatte, nach Zersprengung der preußischen Armee bei Jena, ein Gewehr aufgetrieben, mit welchem er, auf seine eigne Hand, den Krieg fortsetzte; dergestalt, daß da er, auf der Landstraße, alles, was ihm an Franzosen in den Schuß kam, niederstreckte und ausplünderte, er von einem Haufen französischer Gensdarmen, die ihn aufspürten, ergriffen, nach der Stadt geschleppt, und, wie es ihm zukam, verurteilt ward, erschossen zu werden. Als er den Platz, wo die Exekution vor sich gehen sollte, betreten hatte, und wohl sah, daß alles, was er zu seiner Rechtfertigung vorbrachte, vergebens war, bat er sich von dem Obristen, der das Detaschement kommandierte, eine Gnade aus; und da der Obrist, inzwischen die Offiziere, die ihn umringten, in gespannter Erwartung zusammentraten, ihn fragte: was er wolle? zog er sich die Hosen ab, und sprach: sie möchten ihn in den ... schießen, damit das F... kein L... bekäme. –Wobei man noch die Shakespearesche Eigenschaft bemerken muß, daß der Tambour mit seinem Witz, aus seiner Sphäre als Trommelschläger nicht herausging.

Anekdote

Bach, als seine Frau starb, sollte zum Begräbnis Anstalten machen. Der arme Mann war aber gewohnt, alles durch seine Frau besorgen zu lassen; dergestalt, daß da ein alter Bedienter kam, und ihm für Trauerflor, den er einkaufen wollte, Geld abforderte, er unter stillen Tränen, den Kopf auf einen Tisch gestützt, antwortete: »sagts meiner Frau.« –

Französisches Exerzitium

das man nachmachen sollte

Ein französischer Artilleriekapitän, der, beim Beginn einer Schlacht, eine Batterie, bestimmt, das feindliche Geschütz in Respekt zu halten oder zugrund zu richten, placieren will, stellt sich zuvörderst in der Mitte des ausgewählten Platzes, es sei nun ein Kirchhof, ein sanfter Hügel oder die Spitze eines Gehölzes, auf: er drückt sich, während er den Degen zieht, den Hut in die Augen, und inzwischen die Karren, im Regen der feindlichen Kanonenkugeln, von allen Seiten rasselnd, um ihr Werk zu beginnen, abprotzen, faßt er mit der geballten Linken, die Führer der verschiedenen Geschütze (die Feuerwerker) bei der Brust, und mit der Spitze des Degens auf einen Punkt des Erdbodens hinzeigend, spricht er: »hier stirbst du!« wobei er ihn ansieht – und zu einem anderen: »hier du!« – und zu einem dritten und vierten und alle folgenden: »hier du! hier du! hier du!« – und zu dem letzten: »hier du!« – – Diese Instruktion an die Artilleristen, bestimmt und unverklausuliert, an dem Ort wo die Batterie aufgefahren wird zu sterben, soll, wie man sagt, in der Schlacht, wenn sie gut ausgeführt wird, die außerordentlichste Wirkung tun.

Rätsel

Ein junger Doktor der Rechte und eine Stiftsdame, von denen kein Mensch wußte, daß sie mit einander in Verhältnis standen, befanden sich einst bei dem Kommandanten der Stadt, in einer zahlreichen und ansehnlichen Gesellschaft. Die Dame, jung und schön, trug, wie es zu derselben Zeit Mode war, ein kleines schwarzes Schönpflästerchen im Gesicht, und zwar dicht über der Lippe, auf der rechten Seite des Mundes. Irgend ein Zufall veranlaßte, daß die Gesellschaft sich auf einem Augenblick aus dem Zimmer entfernte, dergestalt, daß nur der Doktor und die besagte Dame darin zurückblieben. Als die Gesellschaft zurückkehrte, fand sich, zum allgemeinen Befremden derselben, daß der Doktor das Schönpflästerchen im Gesicht trug; und zwar gleichfalls über der Lippe, aber auf der linken Seite des Mundes. –

Korrespondenz-Nachricht

Herr Unzelmann, der, seit einiger Zeit, in Königsberg Gastrollen gibt, soll zwar, welches das Entscheidende ist, dem Publiko daselbst sehr gefallen: mit den Kritikern aber (wie man auch aus der Königsberger Zeitung ersieht) und mit der Direktion viel zu schaffen haben. Man erzählt, daß ihm die Direktion verboten, zu improvisieren. Herr Unzelmann der jede Widerspenstigkeit haßt, fügte sich in diesem Befehl: als aber ein Pferd, das man, bei der Darstellung eines Stücks, auf die Bühne gebracht hatte, inmitten der Bretter, zur großen Bestürzung des Publikums, Mist fallen ließ: wandte er sich plötzlich, indem er die Rede unterbrach, zu dem Pferde und sprach: »Hat dir die Direktion nicht verboten, zu improvisieren?« – Worüber selbst die Direktion, wie man versichert, gelacht haben soll.

Anekdote

Zwei berühmte englische Baxer, der eine aus Portsmouth gebürtig, der andere aus Plymouth, die seit vielen Jahren von einander gehört hatten, ohne sich zu sehen, beschlossen, da sie in London zusammentrafen, zur Entscheidung der Frage, wem von ihnen der Siegerruhm gebühre, einen öffentlichen Wettkampf zu halten. Demnach stellten sich beide, im Angesicht des Volks, mit geballten Fäusten, im Garten einer Kneipe, gegeneinander; und als der Plymouther den Portsmouther, in wenig Augenblicken, dergestalt auf die Brust traf, daß er Blut spie, rief dieser, indem er sich den Mund abwischte: brav! – Als aber bald darauf, da sie sich wieder gestellt hatten, der Portsmouther den Plymouther, mit der Faust der geballten Rechten, dergestalt auf den Leib traf, daß dieser, indem er die Augen verkehrte, umfiel, rief der letztere: das ist auch nicht übel –! Worauf das Volk, das im Kreise herumstand, laut aufjauchzte, und, während der Plymouther, der an den Gedärmen verletzt worden war, tot weggetragen ward, dem Portsmouther den Siegsruhm zuerkannte. – Der Portsmouther soll aber auch Tags darauf am Blutsturz gestorben sein.

Anekdote

Ein Kapuziner begleitete einen Schwaben bei sehr regnichtem Wetter zum Galgen. Der Verurteilte klagte unterwegs mehrmal zu Gott, daß er, bei so schlechtem und unfreundlichem Wetter, einen so sauren Gang tun müsse. Der Kapuziner wollte ihn christlich trösten und sagte: du Lump, was klagst du viel, du brauchst doch bloß hinzugehen, ich aber muß, bei diesem Wetter, wieder zurück, denselben Weg. – Wer es empfunden hat, wie öde einem, auch selbst an einem schönen Tage, der Rückweg vom Richtplatz wird, der wird den Ausspruch des Kapuziners nicht so dumm finden.

Anekdote

Ein mecklenburgischer Landmann, namens Jonas, war seiner Leibesstärke wegen, im ganzen Lande bekannt.

Ein Thüringer, der in die Gegend geriet, und von jenem mit Ruhm sprechen hörte, nahm sichs vor sich mit ihm zu versuchen.

Als der Thüringer vor das Haus kam, sah er vom Pferde über die Mauer hinweg auf dem Hofe einen Mann Holz spalten und fragte diesen: ob hier der starke Jonas wohne? erhielt aber keine Antwort.

So stieg er vom Pferde, öffnete die Pforte, führte das Pferd herein, und band es an die Mauer.

Hier eröffnete der Thüringer seine Absicht, sich mit dem starken Jonas zu messen.

Jonas ergriff den Thüringer, warf ihn sofort über die Mauer zurück, und nahm seine Arbeit wieder vor.

Nach einer halben Stunde rief der Thüringer, jenseits der Mauer: Jonas! – Nun was gibts? antwortete dieser.

Lieber Jonas, sagte der Thüringer: sei so gut und schmeiß mir einmal auch mein Pferd wieder herüber!

Sonderbare Geschichte, die sich, zu meiner Zeit, in Italien zutrug

Am Hofe der Prinzessin von St. C... zu Neapel, befand sich, im Jahr 1788, als Gesellschafterin oder eigentlich als Sängerin eine junge Römerin, namens Franzeska N..., Tochter eines armen invaliden Seeoffiziers, ein schönes und geistreiches Mädchen, das die Prinzessin von St. C..., wegen eines Dienstes, den ihr der Vater geleistet, von früher Jugend an, zu sich genommen und in ihrem Hause erzogen hatte. Auf einer Reise, welche die Prinzessin in die Bäder zu Messina, und von hieraus, von der Witterung und dem Gefühl einer erneuerten Gesundheit aufgemuntert, auf den Gipfel des Ätna machte, hatte das junge, unerfahrne Mädchen das Unglück, von einem Kavalier, dem Vicomte von P..., einem alten Bekannten aus Paris, der sich dem Zuge anschloß, auf das abscheulichste und unverantwortlichste betrogen zu werden; dergestalt, daß ihr, wenige Monden darauf, bei ihrer Rückkehr nach Neapel, nichts übrig blieb, als sich der Prinzessin, ihrer zweiten Mutter, zu Füßen zu werfen, und ihr unter Tränen den Zustand, in dem sie sich befand, zu entdecken. Die Prinzessin, welche die junge Sünderin sehr liebte, machte ihr zwar wegen der Schande, die sie über ihren Hof gebracht hatte, die heftigsten Vorwürfe; doch da sie ewige Besserung und klösterliche Eingezogenheit und Enthaltsamkeit, für ihr ganzes künftiges Leben, angelobte, und der Gedanke, das Haus ihrer Gönnerin und Wohltäterin verlassen zu müssen, ihr gänzlich unerträglich war, so wandte sich das menschenfreundliche, zur Verzeihung ohnehin in solchen Fällen geneigte Gemüt der Prinzessin: sie hob die Unglückliche vom Boden auf, und die Frage war nur, wie man der Schmach, die über sie hereinzubrechen drohte, vorbeugen könne? In Fällen dieser Art fehlt es den Frauen, wie bekannt, niemals an Witz und der erforderlichen Erfindung; und wenige Tage verflossen: so ersann die Prinzessin selbst zur Ehrenrettung ihrer Freundin folgenden kleinen Roman.

Zuvörderst erhielt sie abends, in ihrem Hotel, da sie beim Spiel saß, vor den Augen mehrerer, zu einem Souper eingeladenen Gäste einen Brief: sie erbricht und überliest ihn, und indem sie sich zur Signora Franzeska wendet: »Signora«, spricht sie, »Graf Scharfeneck, der junge Deutsche, der Sie vor zwei Jahren in Rom gesehen, hält aus Venedig, wo er den Winter zubringt, um Ihre Hand an. – Da!« setzt sie hinzu, indem sie wieder zu den Karten greift, »lesen Sie selbst: es ist ein edler und würdiger Kavalier, vor dessen Antrag Sie sich nicht zu schämen brauchen.« Signora Franzeska steht errötend auf; sie empfängt den Brief, überfliegt ihn, und, indem sie die Hand der Prinzessin küßt: »Gnädigste«, spricht sie: »da der Graf in diesem Schreiben erklärt, daß er Italien zu seinem Vaterlande machen kann, so nehme ich ihn, von Ihrer Hand, als meinen Gatten an!« – Hierauf geht das Schreiben unter Glückwünschungen von Hand zu Hand; jedermann erkundigt sich nach der Person des Freiers, den niemand kennt, und Signora Franzeska gilt, von diesem Augenblick an, für die Braut des Grafen Scharfeneck. Drauf, an dem zur Ankunft des Bräutigams bestimmten Tage, an welchem nach seinem Wunsche auch sogleich die Hochzeit sein soll, fährt ein Reisewagen mit vier Pferden vor: es ist der Graf Scharfeneck! Die ganze Gesellschaft, die, zur Feier dieses Tages, in dem Zimmer der Prinzessin versammelt war, eilt voll Neugierde an die Fenster, man sieht ihn, jung und schön wie ein junger Gott, aussteigen – inzwischen verbreitet sich sogleich, durch einen vorangeschickten Kammerdiener, das Gerücht, daß der Graf krank sei, und in einem Nebenzimmer habe abtreten müssen. Auf diese unangenehme Meldung wendet sich die Prinzessin betreten zur Braut; und beide begeben sich nach einem kurzen Gespräch, in das Zimmer des Grafen, wohin ihnen nach Verlauf von etwa einer Stunde der Priester folgt. Inzwischen wird die Gesellschaft durch den Hauskavalier der Prinzessin zur Tafel geladen; es verbreitet sich, während sie auf das kostbarste und ausgesuchteste bewirtet wird, durch diesen die Nachricht, daß der junge Graf, als ein echter, deutscher Herr, weniger krank, als vielmehr nur ein Sonderling sei, der die Gesellschaft bei Festlichkeiten dieser Art nicht liebe; bis spät, um 11 Uhr in der Nacht, die Prinzessin, Signora Franzeska an der Hand, auftritt, und den versammelten Gästen mit der Äußerung, daß die Trauung bereits vollzogen sei, die Frau Gräfin von Scharfeneck vorstellt. Man erhebt sich, man erstaunt und freut sich, man jubelt und fragt: doch alles, was man von der Prinzessin und der Gräfin erfährt, ist, daß der Graf wohlauf sei; daß er sich auch in kurzem sämtlichen Herrschaften, die hier die Güte gehabt, sich zu versammeln, zeigen würde; daß dringende Geschäfte jedoch ihn nötigten, mit der Frühe des nächsten Morgens nach Venedig, wo ihm ein Onkel gestorben sei und er eine Erbschaft zu erheben habe, zurückzukehren. Hierauf, unter wiederholten Glückwünschungen und Umarmungen der Braut, entfernt sich die Gesellschaft; und mit dem Anbruch des Tages fährt, im Angesicht der ganzen Dienerschaft, der Graf in seinem Reisewagen mit vier Pferden wieder ab. – Sechs Wochen darauf erhalten die Prinzessin und die Gräfin, in einem schwarz versiegelten Briefe, die Nachricht, daß der Graf Scharfeneck in dem Hafen von Venedig ertrunken sei. Es heißt, daß er, nach einem scharfen Ritt, die Unbesonnenheit begangen, sich zu baden; daß ihn der Schlag auf der Stelle gerührt, und sein Körper noch bis diesen Augenblick im Meere nicht gefunden sei. – Alles, was zu dem Hause der Prinzessin gehört, versammelt sich, auf diese schreckliche Post, zur Teilnahme und Kondolation; die Prinzessin zeigt den unseligen Brief, die Gräfin, die ohne Bewußtsein in ihren Armen liegt, jammert und ist untröstlich –; hat jedoch nach einigen Tagen Kraft genug, nach Venedig abzureisen, um die ihr dort zugefallene Erbschaft in Besitz zu nehmen. – Kurz, nach Verfluß von ungefähr neun Monaten (denn so lange dauerte der Prozeß) kehrt sie zurück; und zeigt einen allerliebsten kleinen Grafen Scharfeneck, mit welchem sie der Himmel daselbst gesegnet hatte. Ein Deutscher, der eine große genealogische Kenntnis seines Vaterlands hatte, entdeckte das Geheimnis, das dieser Intrige zum Grunde lag, und schickte dem jungen Grafen, in einer zierlichen Handzeichnung, sein Wappen zu, welches die Ecke einer Bank darstellte, unter welcher ein Kind lag. Die Dame hielt sich gleichwohl, unter dem Namen einer Gräfin Scharfeneck, noch mehrere Jahre in Neapel auf; bis der Vicomte von P..., im Jahr 1793, zum zweitenmale nach Italien kam, und sich, auf Veranlassung der Prinzessin, entschloß, sie zu heiraten. – Im Jahr 1802 kehrten beide nach Frankreich zurück.

Der neuere (glücklichere) Werther

Zu L..e in Frankreich war ein junger Kaufmannsdiener, Charles C..., der die Frau seines Prinzipals, eines reichen aber bejahrten Kaufmanns, namens D..., heimlich liebte. Tugendhaft und rechtschaffen, wie er die Frau kannte, machte er nicht den mindesten Versuch, ihre Gegenliebe zu erhalten: um so weniger, da er durch manche Bande der Dankbarkeit und Ehrfurcht an seinen Prinzipal geknüpft war. Die Frau, welche mit seinem Zustande, der seiner Gesundheit nachteilig zu werden drohte, Mitleiden hatte, forderte ihren Mann, unter mancherlei Vorwand auf, ihn aus dem Hause zu entfernen; der Mann schob eine Reise, zu welcher er ihn bestimmt hatte, von Tage zu Tage auf, und erklärte endlich ganz und gar, daß er ihn in seinem Kontor nicht entbehren könne. Einst machte Herr D..., mit seiner Frau, eine Reise zu einem Freunde, aufs Land; er ließ den jungen C..., um die Geschäfte der Handlung zu führen, im Hause zurück. Abends, da schon alles schläft, macht sich der junge Mann, von welchen Empfindungen getrieben, weiß ich nicht, auf, um noch einen Spaziergang durch den Garten zu machen. Er kömmt bei dem Schlafzimmer der teuern Frau vorbei, er steht still, er legt die Hand an die Klinke, er öffnet das Zimmer: das Herz schwillt ihm bei dem Anblick des Bettes, in welchem sie zu ruhen pflegt, empor, und kurz, er begeht, nach manchen Kämpfen mit sich selbst, die Torheit, weil es doch niemand sieht, und zieht sich aus und legt sich hinein. Nachts, da er schon mehrere Stunden, sanft und ruhig, geschlafen, kommt, aus irgend einem besonderen Grunde, der, hier anzugeben, gleichgültig ist, das Ehepaar unerwartet nach Hause zurück; und da der alte Herr mit seiner Frau ins Schlafzimmer tritt, finden sie den jungen C..., der sich, von dem Geräusch, das sie verursachen, aufgeschreckt, halb im Bette, erhebt. Scham und Verwirrung, bei diesem Anblick, ergreifen ihn; und während das Ehepaar betroffen umkehrt, und wieder in das Nebenzimmer, aus dem sie gekommen waren, verschwindet, steht er auf, und zieht sich an; er schleicht, seines Lebens müde, in sein Zimmer, schreibt einen kurzen Brief, in welchem er den Vorfall erklärt, an die Frau, und schießt sich mit einem Pistol, das an der Wand hängt, in die Brust. Hier scheint die Geschichte seines Lebens aus; und gleichwohl (sonderbar genug) fängt sie hier erst allererst an. Denn statt ihn, den Jüngling, auf den er gemünzt war, zu töten, zog der Schuß dem alten Herrn, der in dem Nebenzimmer befindlich war, den Schlagfluß zu: Herr D... verschied wenige Stunden darauf, ohne daß die Kunst aller Ärzte, die man herbeigerufen, imstande gewesen wäre, ihn zu retten. Fünf Tage nachher, da Herr D... schon längst begraben war, erwachte der junge C..., dem der Schuß, aber nicht lebensgefährlich, durch die Lunge gegangen war: und wer beschreibt wohl – wie soll ich sagen, seinen Schmerz oder seine Freude? als er erfuhr, was vorgefallen war, und sich in den Armen der lieben Frau befand, um derentwillen er sich den Tod hatte geben wollen! Nach Verlauf eines Jahres heiratete ihn die Frau; und beide lebten noch im Jahr 1801, wo ihre Familie bereits, wie ein Bekannter erzählt, aus 13 Kindern bestand.

Mutterliebe

Zu St. Omer im nördlichen Frankreich ereignete sich im Jahr 1803 ein merkwürdiger Vorfall. Daselbst fiel ein großer toller Hund, der schon mehrere Menschen beschädigt hatte, über zwei, unter einer Haustür spielende, Kinder her. Eben zerreißt er das jüngste, das sich, unter seinen Klauen, im Blute wälzt; da erscheint, aus einer Nebenstraße, mit einem Eimer Wasser, den sie auf dem Kopf trägt, die Mutter. Diese, während der Hund die Kinder losläßt, und auf sie zuspringt, setzt den Eimer neben sich nieder; und außerstand zu fliehen, entschlossen, das Untier mindestens mit sich zu verderben, umklammert sie, mit Gliedern, gestählt von Wut und Rache, den Hund: sie erdrosselt ihn, und fällt, von grimmigen Bissen zerfleischt, ohnmächtig neben ihm nieder. Die Frau begrub noch ihre Kinder und ward, in wenig Tagen, da sie an der Tollwut starb, selbst zu ihnen ins Grab gelegt.

Unwahrscheinliche Wahrhaftigkeiten

»Drei Geschichten«, sagte ein alter Offizier in einer Gesellschaft, »sind von der Art, daß ich ihnen zwar selbst vollkommenen Glauben beimesse, gleichwohl aber Gefahr liefe, für einen Windbeutel gehalten zu werden, wenn ich sie erzählen wollte. Denn die Leute fordern, als erste Bedingung, von der Wahrheit, daß sie wahrscheinlich sei; und doch ist die Wahrscheinlichkeit, wie die Erfahrung lehrt, nicht immer auf Seiten der Wahrheit.«

Erzählen Sie, riefen einige Mitglieder, erzählen Sie! – denn man kannte den Offizier als einen heitern und schätzenswürdigen Mann, der sich der Lüge niemals schuldig machte.

Der Offizier sagte lachend, er wolle der Gesellschaft den Gefallen tun; erklärte aber noch einmal im voraus, daß er auf den Glauben derselben, in diesem besonderen Fall, keinen Anspruch mache.

Die Gesellschaft dagegen sagte ihm denselben im voraus zu; sie forderte ihn nur auf, zu reden, und horchte.

»Auf einem Marsch 1792 in der Rheinkampagne«, begann der Offizier, »bemerkte ich, nach einem Gefecht, das wir mit dem Feinde gehabt hatten, einen Soldaten, der stramm, mit Gewehr und Gepäck, in Reih und Glied ging, obschon er einen Schuß mitten durch die Brust hatte; wenigstens sah man das Loch vorn im Riemen der Patrontasche, wo die Kugel eingeschlagen hatte, und hinten ein anderes im Rock, wo sie wieder herausgegangen war. Die Offiziere, die ihren Augen bei diesem seltsamen Anblick nicht trauten, forderten ihn zu wiederholten Malen auf, hinter die Front zu treten und sich verbinden zu lassen; aber der Mensch versicherte, daß er gar keine Schmerzen habe, und bat, ihn, um dieses Prellschusses willen, wie er es nannte, nicht von dem Regiment zu entfernen. Abends, da wir ins Lager gerückt waren, untersuchte der herbeigerufene Chirurgus seine Wunde; und fand, daß die Kugel vom Brustknochen, den sie nicht Kraft genug gehabt, zu durchschlagen, zurückgeprellt, zwischen der Ribbe und der Haut, welche auf elastische Weise nachgegeben, um den ganzen Leib herumgeglitscht, und hinten, da sie sich am Ende des Rückgrats gestoßen, zu ihrer ersten senkrechten Richtung zurückgekehrt, und aus der Haut wieder hervorgebrochen war. Auch zog diese kleine Fleischwunde dem Kranken nichts als ein Wundfieber zu: und wenige Tage verflossen, so stand er wieder in Reih und Glied.«

Wie? fragten einige Mitglieder der Gesellschaft betroffen, und glaubten, sie hätten nicht recht gehört.

Die Kugel? Um den ganzen Leib herum? Im Kreise? – – Die Gesellschaft hatte Mühe, ein Gelächter zu unterdrücken.

»Das war die erste Geschichte«, sagte der Offizier, indem er eine Prise Tabak nahm, und schwieg.

Beim Himmel! platzte ein Landedelmann los: da haben Sie recht; diese Geschichte ist von der Art, daß man sie nicht glaubt!

»Eilf Jahre darauf«, sprach der Offizier, »im Jahr 1803, befand ich mich, mit einem Freunde, in dem Flecken Königstein in Sachsen, in dessen Nähe, wie bekannt, etwa auf eine halbe Stunde, am Rande des äußerst steilen, vielleicht dreihundert Fuß hohen, Elbufers, ein beträchtlicher Steinbruch ist. Die Arbeiter pflegen, bei großen Blöcken, wenn sie mit Werkzeugen nicht mehr hinzu kommen können, feste Körper, besonders Pfeifenstiele, in den Riß zu werfen, und überlassen der, keilförmig wirkenden, Gewalt dieser kleinen Körper das Geschäft, den Block völlig von dem Felsen abzulösen. Es traf sich, daß, eben um diese Zeit, ein ungeheurer, mehrere tausend Kubikfuß messender, Block zum Fall auf die Fläche des Elbufers, in dem Steinbruch, bereit war; und da dieser Augenblick, wegen des sonderbar im Gebirge widerhallenden Donners, und mancher andern, aus der Erschütterung des Erdreichs hervorgehender Erscheinungen, die man nicht berechnen kann, merkwürdig ist: so begaben, unter vielen andern Einwohnern der Stadt, auch wir uns, mein Freund und ich, täglich abends nach dem Steinbruch hinaus, um den Moment, da der Block fallen würde, zu erhaschen. Der Block fiel aber in der Mittagsstunde, da wir eben, im Gasthof zu Königstein, an der Tafel saßen; und erst um 5 Uhr gegen Abend hatten wir Zeit, hinaus zu spazieren, und uns nach den Umständen, unter denen er gefallen war, zu erkundigen. Was aber war die Wirkung dieses seines Falls gewesen? Zuvörderst muß man wissen, daß, zwischen der Felswand des Steinbruchs und dem Bette der Elbe, noch ein beträchtlicher, etwa 50 Fuß in der Breite haltender Erdstrich befindlich war; dergestalt, daß der Block (welches hier wichtig ist) nicht unmittelbar ins Wasser der Elbe, sondern auf die sandige Fläche dieses Erdstrichs gefallen war. Ein Elbkahn, meine Herren, das war die Wirkung dieses Falls gewesen, war, durch den Druck der Luft, der dadurch verursacht worden, aufs Trockne gesetzt worden; ein Kahn, der, etwa 60 Fuß lang und 30 breit, schwer mit Holz beladen, am andern, entgegengesetzten, Ufer der Elbe lag: diese Augen haben ihn im Sande – was sag ich? sie haben, am anderen Tage, noch die Arbeiter gesehen, welche, mit Hebeln und Walzen, bemüht waren, ihn wieder flott zu machen, und ihn, vom Ufer herab, wieder ins Wasser zu schaffen. Es ist wahrscheinlich, daß die ganze Elbe (die Oberfläche derselben) einen Augenblick ausgetreten, auf das andere flache Ufer übergeschwappt und den Kahn, als einen festen Körper, daselbst zurückgelassen; etwa wie, auf dem Rande eines flachen Gefäßes, ein Stück Holz zurückbleibt, wenn das Wasser, auf welchem es schwimmt, erschüttert wird.«

Und der Block, fragte die Gesellschaft, fiel nicht ins Wasser der Elbe?

Der Offizier wiederholte: nein!

Seltsam! rief die Gesellschaft.

Der Landedelmann meinte, daß er die Geschichten, die seinen Satz belegen sollten, gut zu wählen wüßte.

»Die dritte Geschichte«, fuhr der Offizier fort, »trug sich zu, im Freiheitskriege der Niederländer, bei der Belagerung von Antwerpen durch den Herzog von Parma. Der Herzog hatte die Schelde, vermittelst einer Schiffsbrücke, gesperrt, und die Antwerpner arbeiteten ihrerseits, unter Anleitung eines geschickten Italieners, daran, dieselbe durch Brander, die sie gegen die Brücke losließen, in die Luft zu sprengen. In dem Augenblick, meine Herren, da die Fahrzeuge die Schelde herab, gegen die Brücke, anschwimmen, steht, das merken Sie wohl, ein Fahnenjunker, auf dem linken Ufer der Schelde, dicht neben dem Herzog von Parma; jetzt, verstehen Sie, jetzt geschieht die Explosion: und der Junker, Haut und Haar, samt Fahne und Gepäck, und ohne daß ihm das mindeste auf dieser Reise zugestoßen, steht auf dem rechten. Und die Schelde ist hier, wie Sie wissen werden, einen kleinen Kanonenschuß breit.«

»Haben Sie verstanden?«

Himmel, Tod und Teufel! rief der Landedelmann.

Dixi! sprach der Offizier, nahm Stock und Hut und ging weg.

Herr Hauptmann! riefen die andern lachend: Herr Hauptmann! – Sie wollten wenigstens die Quelle dieser abenteuerlichen Geschichte, die er für wahr ausgab, wissen.

Lassen Sie ihn, sprach ein Mitglied der Gesellschaft; die Geschichte steht in dem Anhang zu Schillers Geschichte vom Abfall der vereinigten Niederlande; und der Verfasser bemerkt ausdrücklich, daß ein Dichter von diesem Faktum keinen Gebrauch machen könne, der Geschichtschreiber aber, wegen der Unverwerflichkeit der Quellen und der Übereinstimmung der Zeugnisse, genötigt sei, dasselbe aufzunehmen.

Sonderbarer Rechtsfall in England

Man weiß, daß in England jeder Beklagte zwölf Geschworne von seinem Stande zu Richtern hat, deren Ausspruch einstimmig sein muß, und die, damit die Entscheidung sich nicht zu sehr in die Länge verziehe, ohne Essen und Trinken so lange eingeschlossen bleiben, bis sie eines Sinnes sind. Zwei Gentlemen, die einige Meilen von London lebten, hatten in Gegenwart von Zeugen einen sehr lebhaften Streit miteinander; der eine drohte dem andern, und setzte hinzu, daß ehe vier und zwanzig Stunden vergingen, ihn sein Betragen reuen solle. Gegen Abend wurde dieser Edelmann erschossen gefunden; der Verdacht fiel natürlich auf den, der die Drohungen gegen ihn ausgestoßen hatte. Man brachte ihn zu gefänglicher Haft, das Gericht wurde gehalten, es fanden sich noch mehrere Beweise, und 11 Beisitzer verdammten ihn zum Tode; allein der zwölfte bestand hartnäckig darauf, nicht einzuwilligen, weil er ihn für unschuldig hielte.

Seine Kollegen baten ihn, Gründe anzuführen, warum er dies glaubte; allein er ließ sich nicht darauf ein, und beharrte bei seiner Meinung. Es war schon spät in der Nacht, und der Hunger plagte die Richter heftig; einer stand endlich auf, und meinte, daß es besser sei, einen Schuldigen loszusprechen, als 11 Unschuldige verhungern zu lassen; man fertigte also die Begnadigung aus, führte aber auch zugleich die Umstände an, die das Gericht dazu gezwungen hätten. Das ganze Publikum war wider den einzigen Starrkopf; die Sache kam sogar vor den König, der ihn zu sprechen verlangte; der Edelmann erschien, und nachdem er sich vom Könige das Wort geben lassen, daß seine Aufrichtigkeit nicht von nachteiligen Folgen für ihn sein sollte, so erzählte er dem Monarchen, daß, als er im Dunkeln von der Jagd gekommen, und sein Gewehr losgeschossen, es unglücklicher Weise diesen Edelmann, der hinter einem Busche gestanden, getötet habe. Da ich, fuhr er fort, weder Zeugen meiner Tat, noch meiner Unschuld hatte, so beschloß ich, Stillschweigen zu beobachten; aber als ich hörte, daß man einen Unschuldigen anklagte, so wandte ich alles an, um einer von den Geschwornen zu werden; fest entschlossen, eher zu verhungern, als den Beklagten umkommen zu lassen. Der König hielt sein Wort, und der Edelmann bekam seine Begnadigung.

KUNST- UND WELTBETRACHTUNG

Gebet des Zoroaster

(Aus einer indischen Handschrift, von einem Reisenden in den Ruinen von Palmyra gefunden)

Gott, mein Vater im Himmel! Du hast dem Menschen ein so freies, herrliches und üppiges Leben bestimmt. Kräfte unendlicher Art, göttliche und tierische, spielen in seiner Brust zusammen, um ihn zum König der Erde zu machen. Gleichwohl, von unsichtbaren Geistern überwältigt, liegt er, auf verwundernswürdige und unbegreifliche Weise, in Ketten und Banden; das Höchste, von Irrtum geblendet, läßt er zur Seite liegen, und wandelt, wie mit Blindheit geschlagen, unter Jämmerlichkeiten und Nichtigkeiten umher. Ja, er gefällt sich in seinem Zustand; und wenn die Vorwelt nicht wäre und die göttlichen Lieder, die von ihr Kunde geben, so würden wir gar nicht mehr ahnden, von welchen Gipfeln, o Herr! der Mensch um sich schauen kann. Nun lässest du es, von Zeit zu Zeit, niederfallen, wie Schuppen, von dem Auge eines deiner Knechte, den du dir erwählt, daß er die Torheiten und Irrtümer seiner Gattung überschaue; ihn rüstest du mit dem Köcher der Rede, daß er, furchtlos und liebreich, mitten unter sie trete, und sie mit Pfeilen, bald schärfer, bald leiser, aus der wunderlichen Schlafsucht, in welcher sie befangen liegen, wecke. Auch mich, o Herr, hast du, in deiner Weisheit, mich wenig Würdigen, zu diesem Geschäft erkoren; und ich schicke mich zu meinem Beruf an. Durchdringe mich ganz, vom Scheitel zur Sohle, mit dem Gefühl des Elends, in welchem dies Zeitalter darnieder liegt, und mit der Einsicht in alle Erbärmlichkeiten, Halbheiten, Unwahrhaftigkeiten und Gleisnereien, von denen es die Folge ist. Stähle mich mit Kraft, den Bogen des Urteils rüstig zu spannen, und, in der Wahl der Geschosse, mit Besonnenheit und Klugheit, auf daß ich jedem, wie es ihm zukommt, begegne: den Verderblichen und Unheilbaren, dir zum Ruhm, niederwerfe, den Lasterhaften schrecke, den Irrenden warne, den Toren, mit dem bloßen Geräusch der Spitze über sein Haupt hin, necke. Und einen Kranz auch lehre mich winden, womit ich, auf meine Weise, den, der dir wohlgefällig ist, kröne! Über alles aber, o Herr, möge Liebe wachen zu dir, ohne welche nichts, auch das Geringfügigste nicht, gelingt: auf daß dein Reich verherrlicht und erweitert werde, durch alle Räume und alle Zeiten, Amen!

Betrachtungen über den Weltlauf

Es gibt Leute, die sich die Epochen, in welchen die Bildung einer Nation fortschreitet, in einer gar wunderlichen Ordnung vorstellen. Sie bilden sich ein, daß ein Volk zuerst in tierischer *Roheit* und *Wildheit* daniederläge; daß man nach Verlauf einiger Zeit, das Bedürfnis einer Sittenverbesserung empfinden, und somit die *Wissenschaft von der Tugend* aufstellen müsse; daß man, um den Lehren derselben Eingang zu verschaffen, daran denken würde, sie in schönen Beispielen zu versinnlichen, und daß somit die *Ästhetik* erfunden werden würde: daß man nunmehr, nach den Vorschriften derselben, schöne Versinnlichungen verfertigen, und somit die *Kunst* selbst ihren Ursprung nehmen würde: und daß vermittelst der Kunst endlich das Volk auf die höchste Stufe menschlicher *Kultur* hinaufgeführt werden würde. Diesen Leuten dient zur Nachricht, daß alles, wenigstens bei den Griechen und Römern, in ganz umgekehrter Ordnung erfolgt ist. Diese Völker machten mit der *heroischen* Epoche, welches ohne Zweifel die höchste ist, die erschwungen werden kann, den Anfang; als sie in keiner menschlichen und bürgerlichen Tugend mehr Helden hatten, *dichteten* sie welche; als sie keine mehr dichten konnten, erfanden sie dafür die *Regeln*; als sie sich in den Regeln verwirrten, abstrahierten sie die *Weltweisheit* selbst; und als sie damit fertig waren, wurden sie *schlecht*.

Brief eines Malers an seinen Sohn

Mein lieber Sohn,

Du schreibst mir, daß du eine Madonna malst, und daß dein Gefühl dir, für die Vollendung dieses Werks, so unrein und körperlich dünkt, daß du jedesmal, bevor du zum Pinsel greifst, das Abendmahl nehmen möchtest, um es zu heiligen. Laß dir von deinem alten Vater sagen, daß dies eine falsche, dir von der Schule, aus der du herstammst, anklebende Begeisterung ist, und daß es, nach Anleitung unserer würdigen alten Meister, mit einer gemeinen, aber übrigens rechtschaffenen Lust an dem Spiel, deine Einbildungen auf die Leinewand zu bringen, völlig abgemacht ist. Die Welt ist eine wunderliche Einrichtung; und die göttlichsten Wirkungen, mein lieber Sohn, gehen aus den niedrigsten und unscheinbarsten Ursachen hervor. Der Mensch, um dir ein Beispiel zu geben, das in die Augen springt, gewiß, er ist ein erhabenes Geschöpf; und gleichwohl, in dem Augenblick, da man ihn macht, ist es nicht nötig, daß man dies, mit vieler Heiligkeit, bedenke. Ja, derjenige, der das Abendmahl darauf nähme, und mit dem bloßen Vorsatz ans Werk ginge, seinen Begriff davon in der Sinnenwelt zu konstruieren, würde ohnfehlbar ein ärmliches und gebrechliches Wesen hervorbringen; dagegen derjenige, der, in einer heitern Sommernacht, ein Mädchen, ohne weiteren Gedanken, küßt, zweifelsohne einen Jungen zur Welt bringt, der, nachher, auf rüstige Weise, zwischen Erde und Himmel herumklettert, und den Philosophen zu schaffen gibt. Und hiermit Gott befohlen.

Allerneuester Erziehungsplan

Zu welchen abenteuerlichen Unternehmungen, sei es nun das Bedürfnis, sich auf eine oder die andere Weise zu ernähren, oder auch die bloße Sucht, neu zu sein, die Menschen verführen, und wie lustig dem zufolge oft die Insinuationen sind, die an die Redaktion dieser Blätter einlaufen: davon möge folgender Aufsatz, der uns kürzlich zugekommen ist, eine Probe sein.

Hochgeehrtes Publikum,

Die Experimentalphysik, in dem Kapitel von den Eigenschaften elektrischer Körper, lehrt, daß wenn man in die Nähe dieser Körper, oder, um kunstgerecht zu reden, in ihre Atmosphäre, einen unelektrischen (neutralen) Körper bringt, dieser plötzlich gleichfalls elektrisch wird, und zwar die entgegengesetzte Elektrizität annimmt. Es ist als ob die Natur einen Abscheu hätte, gegen alles, was, durch eine Verbindung von Umständen, einen überwiegenden und unförmlichen Wert angenommen hat; und zwischen je zwei Körpern, die sich berühren, scheint ein Bestreben angeordnet zu sein, das ursprüngliche Gleichgewicht, das zwischen ihnen aufgehoben ist, wieder herzustellen. Wenn der elektrische Körper positiv ist: so flieht, aus dem unelektrischen, alles, was an natürlicher Elektrizität darin vorhanden ist, in den äußersten und entferntesten Raum desselben, und bildet, in den, jenen zunächst liegenden, Teilen eine Art von Vakuum, das sich geneigt zeigt, den Elektrizitätsüberschuß, woran jener, auf gewisse Weise, krank ist, in sich aufzunehmen; und ist der elektrische Körper negativ, so häuft sich, in dem unelektrischen, und zwar in den Teilen, die dem elektrischen zunächst liegen, die natürliche Elektrizität schlagfertig an, nur auf den Augenblick harrend, den Elektrizitätsmangel umgekehrt, woran jener krank ist, damit zu ersetzen. Bringt man den unelektrischen Körper in den Schlagraum des elektrischen, so fällt, es sei nun von diesem zu jenem, oder von jenem zu diesem, der Funken: das Gleichgewicht ist hergestellt, und beide Körper sind einander an Elektrizität, völlig gleich.

Dieses höchst merkwürdige Gesetz findet sich, auf eine, unseres Wissens, noch wenig beachtete Weise, auch in der moralischen Welt; dergestalt, daß ein Mensch, dessen Zustand indifferent ist, nicht nur augenblicklich aufhört, es zu sein, sobald er mit einem anderen, dessen Eigenschaften, gleichviel auf welche Weise, bestimmt sind, in Berührung tritt: sein Wesen sogar wird, um mich so auszudrücken, gänzlich in den entgegengesetzten Pol hinübergespielt; er nimmt die Bedingung + an, wenn jener von der Bedingung –, und die Bedingung –, wenn jener von der Bedingung + ist.

Einige Beispiele, hochverehrtes Publikum, werden dies deutlicher machen.

Das gemeine Gesetz des Widerspruchs ist jedermann, aus eigner Erfahrung, bekannt; das Gesetz, das uns geneigt macht, uns, mit unserer Meinung, immer auf die entgegengesetzte Seite hinüber zu werfen. Jemand sagt mir, ein

Mensch, der am Fenster vorübergeht, sei so dick, wie eine Tonne. Die Wahrheit zu sagen, er ist von gewöhnlicher Korpulenz. Ich aber, da ich ans Fenster komme, ich berichtige diesen Irrtum nicht bloß: ich rufe Gott zum Zeugen an, der Kerl sei so dünn, als ein Stecken.

Oder eine Frau hat sich, mit ihrem Liebhaber, ein Rendezvous menagiert. Der Mann, in der Regel, geht des Abends, um Tricktrack zu spielen, in die Tabagie; gleichwohl um sicher zu gehen, schlingt sie den Arm um ihn, und spricht: mein lieber Mann! Ich habe die Hammelkeule, von heute mittag, aufwärmen lassen. Niemand besucht mich, wir sind ganz allein; laß uns den heutigen Abend einmal, in recht heiterer und vertraulicher Abgeschlossenheit zubringen. Der Mann, der gestern schweres Geld in der Tabagie verlor, dachte in der Tat heut, aus Rücksicht auf seine Kasse, zu Hause zu bleiben; doch plötzlich wird ihm die entsetzliche Langeweile klar, die ihm, seiner Frau gegenüber, im Hause verwartet. Er spricht: liebe Frau! Ich habe einem Freunde versprochen, ihm im Tricktrack, worin ich gestern gewann, Revanche zu geben. Laß mich, auf eine Stunde, wenn es sein kann, in die Tabagie gehn; morgen von Herzen gern stehe ich zu deinen Diensten.

Aber das Gesetz, von dem wir sprechen, gilt nicht bloß von Meinungen und Begehrungen, sondern, auf weit allgemeinere Weise, auch von Gefühlen, Affekten, Eigenschaften und Charakteren.

Ein portugiesischer Schiffskapitän, der, auf dem Mittelländischen Meer, von drei venezianischen Fahrzeugen angegriffen ward, befahl, entschlossen wie er war, in Gegenwart aller seiner Offiziere und Soldaten, einem Feuerwerker, daß sobald irgend auf dem Verdeck ein Wort von Übergabe laut werden würde, er, ohne weiteren Befehl, nach der Pulverkammer gehen, und das Schiff in die Luft sprengen möchte. Da man sich vergebens, bis gegen Abend, gegen die Übermacht herumgeschlagen hatte, und allen Forderungen die die Ehre an die Equipage machen konnte, ein Genüge geschehen war: traten die Offiziere in vollzähliger Versammlung den Kapitän an, und forderten ihn auf, das Schiff zu übergeben. Der Kapitän, ohne zu antworten, kehrte sich um, und fragte, wo der Feuerwerker sei; seine Absicht, wie er nachher versichert hat, war, ihm aufzugeben, auf der Stelle den Befehl, den er ihm erteilt, zu vollstrecken. Als er aber den Mann schon, die brennende Lunte in der Hand, unter den Fässern, inmitten der Pulverkammer fand: ergriff er ihn plötzlich, vor Schrecken bleich, bei der Brust, riß ihn, in Vergessenheit aller anderen Gefahr, aus der Kammer heraus, trat die Lunte, unter Flüchen und Schimpfwörtern, mit Füßen aus und warf sie ins Meer. Den Offizieren aber sagte er, daß sie die weiße Fahne aufstecken möchten, indem er sich übergeben wolle.

Ich selbst, um ein Beispiel aus meiner Erfahrung zu geben, lebte, vor einigen Jahren, aus gemeinschaftlicher Kasse, in einer kleinen Stadt am Rhein, mit einer Schwester. Das Mädchen war in der Tat bloß, was man, im gemeinen Leben, eine gute Wirtin nennt; freigebig sogar in manchen

Stücken; ich hatte es selbst erfahren. Doch weil ich locker und lose war, und das Geld auf keine Weise achtete: so fing sie an zu knickern und zu knausern; ja, ich bin überzeugt, daß sie geizig geworden wäre, und mir Rüben in den Kaffee und Lichter in die Suppe getan hätte. Aber das Schicksal wollte zu ihrem Glücke, daß wir uns trennten.

Wer dies Gesetz recht begreift, dem wird die Erscheinung gar nicht mehr fremd sein, die den Philosophen so viel zu schaffen gibt: die Erscheinung, daß große Männer, in der Regel, immer von unbedeutenden und obskuren Eltern abstammen, und ebenso wieder Kinder groß ziehen, die in jeder Rücksicht untergeordnet und geringartig sind. Und in der Tat, man kann das Experiment, wie die moralische Atmosphäre, in dieser Hinsicht, wirkt, alle Tage anstellen. Man bringe nur einmal alles, was, in einer Stadt, an Philosophen, Schöngeistern, Dichtern und Künstlern, vorhanden ist, in einen Saal zusammen: so werden einige, aus ihrer Mitte, auf der Stelle dumm werden; wobei wir uns, mit völliger Sicherheit, auf die Erfahrung eines jeden berufen, der einem solchen Tee oder Punsch einmal beigewohnt hat.

Wie vielen Einschränkungen ist der Satz unterworfen: daß schlechte Gesellschaften gute Sitten verderben; da doch schon Männer, wie Basedow und Campe, die doch sonst, in ihrem Erziehungshandwerk, wenig gegensätzisch verfuhren, angeraten haben, jungen Leuten zuweilen den Anblick böser Beispiele zu verschaffen, um sie von dem Laster abzuschrecken. Und wahrlich, wenn man die gute Gesellschaft, mit der schlechten, in Hinsicht auf das Vermögen, die Sitte zu entwickeln, vergleicht, so weiß man nicht, für welche man sich entscheiden soll, da, in der guten, die Sitte nur nachgeahmt werden kann, in der schlechten hingegen, durch eine eigentümliche Kraft des Herzens erfunden werden muß. Ein Taugenichts mag, in tausend Fällen, ein junges Gemüt, durch sein Beispiel, verführen, sich auf Seiten des Lasters hinüber zu stellen; tausend andere Fälle aber gibt es, wo es, in natürlicher Reaktion, das Polarverhältnis gegen dasselbe annimmt, und dem Laster, zum Kampf gerüstet, gegenüber tritt. Ja, wenn man, auf irgend einem Platze der Welt, etwa einer wüsten Insel, alles, was die Erde an Bösewichtern hat, zusammenbrächte: so würde sich nur ein Tor darüber wundern können, wenn er, in kurzer Zeit, alle, auch die erhabensten und göttlichsten, Tugenden unter ihnen anträfe.

Wer dies für paradox halten könnte, der besuche nur einmal ein Zuchthaus oder eine Festung. In den von Frevlern aller Art, oft bis zum Sticken angefüllten Kasematten, werden, weil keine Strafe mehr, oder doch nur sehr unvollkommen, bis hierher dringt, Ruchlosigkeiten, die kein Name nennt, verübt. Demnach würde, in solcher Anarchie, Mord und Totschlag und zuletzt der Untergang aller die unvermeidliche Folge sein, wenn nicht auf der Stelle, aus ihrer Mitte, welche aufträten, die auf Recht und Sitte halten. Ja, oft setzt sie der Kommandant selbst ein; und Menschen, die vorher aufsätzig waren, gegen alle göttliche und menschliche Ordnung, werden hier, in erstaunungswürdiger Wendung der Dinge, wieder die öffentlichen, geheiligten Handhaber derselben, wahre Staatsdiener der guten Sache, bekleidet mit der Macht, ihr Gesetz aufrecht zu halten.

Daher kann die Welt mit Recht auf die Entwickelung der Verbrecherkolonie in Botany-Bai aufmerksam sein. Was aus solchem, dem Boden eines Staats abgeschlämmten Gesindel werden kann, liegt bereits in den nordamerikanischen Freistaaten vor Augen; und um uns auf den Gipfel unsrer metaphysischen Ansicht zu schwingen, erinnern wir den Leser bloß an den Ursprung, die Geschichte, an die Entwickelung und Größe von Rom.

In Erwägung nun*)

1) daß alle Sittenschulen bisher nur auf den Nachahmungstrieb gegründet waren, und statt das gute Prinzip, auf eigentümliche Weise im Herzen zu entwickeln, nur durch Aufstellung sogenannter guter Beispiele, zu wirken suchten**);

2) daß diese Schulen, wie die Erfahrung lehrt, nichts eben, für den Fortschritt der Menschheit Bedeutendes und Erkleckliches, hervorgebracht haben***);

das Gute aber 3) das sie bewirkt haben, allein von dem Umstand herzurühren scheint, daß sie schlecht waren, und hin und wieder, gegen die Verabredung, einige schlechten Beispiele mitunter liefen;

in Erwägung, sagen wir, aller dieser Umstände, sind wir gesonnen, eine sogenannte *Lasterschule*, oder vielmehr eine *gegensätzische* Schule, eine Schule der *Tugend durch Laster*, zu errichten †).

Demnach werden für alle, einander entgegenstehende Laster, Lehrer angestellt werden, die in bestimmten Stunden des Tages, nach der Reihe, auf planmäßige Art, darin Unterricht erteilen: in der Religionsspötterei sowohl als in der Bigotterie, im Trotz sowohl als in der Wegwerfung und Kriecherei, und im Geiz und in der Furchtsamkeit sowohl, als in der Tollkühnheit und in der Verschwendung.

Diese Lehrer werden nicht bloß durch Ermahnungen, sondern durch Beispiel, durch lebendige Handlung, durch unmittelbaren praktischen, geselligen Umgang und Verkehr zu wirken suchen.

Für Eigennutz, Plattheit, Geringschätzung alles Großen und Erhabenen und manche anderen Untugenden, die man in Gesellschaften und auf der Straße lernen kann, wird es nicht nötig sein, Lehrer anzustellen.

In der Unreinlichkeit und Unordnung, in der Zank- und Streitsucht und Verleumdung, wird meine Frau Unterricht erteilen.

*) Jetzt rückt dieser merkwürdige Pädagog mit seinem neuesten Erziehungsplan heraus. (Die Redaktion)

**) So! – Als ob die pädagogischen Institute nicht, nach ihrer natürlichen Anlage, schwache Seiten genug darböten! (Die Redakt.)

***) In der Tat! – – Dieser Philosoph könnte das Jahrhundert um seinen ganzen Ruhm bringen. (Die Redakt.)

†) Risum teneatis, amici! (Die Redakt.)

Liederlichkeit, Spiel, Trunk, Faulheit und Völlerei, behalte ich mir bevor. Der Preis ist der sehr mäßige von 300 Rtl.

N.S.
Eltern, die uns ihre Kinder nicht anvertrauen wollten, aus Furcht, sie in solcher Anstalt, auf unvermeidliche Weise, verderben zu sehen, würden dadurch an den Tag legen, daß sie ganz übertriebene Begriffe von der Macht der Erziehung haben. Die Welt, die ganze Masse von Objekten, die auf die Sinne wirken, hält und regiert, an tausend und wieder tausend Fäden, das junge, die Erde begrüßende, Kind. Von diesen Fäden, ihm um die Seele gelegt, ist allerdings die Erziehung einer, und sogar der wichtigste und stärkste; verglichen aber mit der ganzen Totalität, mit der ganzen Zusammenfassung der übrigen, verhält er sich wie ein Zwirnsfaden zu einem Ankertau; eher drüber als drunter.

Und in der Tat, wie mißlich würde es mit der Sittlichkeit aussehen, wenn sie kein tieferes Fundament hätte, als das sogenannte gute Beispiel eines Vaters oder einer Mutter, und die platten Ermahnungen eines Hofmeisters oder einer französischen Mamsell. – Aber das Kind ist kein Wachs, das sich, in eines Menschen Händen, zu einer beliebigen Gestalt kneten läßt: es lebt, es ist frei; es trägt ein unabhängiges und eigentümliches Vermögen der Entwickelung, und das Muster aller innerlichen Gestaltung, in sich.

Ja, gesetzt, eine Mutter nähme sich vor, ein Kind, das sie an ihrer Brust trägt, von Grund aus zu verderben: so würde sich ihr auf der Welt dazu kein unfehlbares Mittel darbieten, und, wenn das Kind nur sonst von gewöhnlichen, rechtschaffenen Anlagen ist, das Unternehmen, vielleicht auf die sonderbarste und überraschendste Art, daran scheitern.

Was sollte auch, in der Tat, aus der Welt werden, wenn den Eltern ein unfehlbares Vermögen beiwohnte, ihre Kinder nach Grundsätzen, zu welchen sie die Muster sind, zu erziehen: da die Menschheit, wie bekannt, fortschreiten soll, und es mithin, selbst dann, wenn an ihnen nichts auszusetzen wäre, nicht genug ist, daß die Kinder werden, wie sie; sondern besser.

Wenn demnach die uralte Erziehung, die uns die Väter, in ihrer Einfalt, überliefert haben, an den Nagel gehängt werden soll: so ist kein Grund, warum unser Institut nicht, mit allen andern, die die pädagogische Erfindung, in unsern Tagen, auf die Bahn gebracht hat, in die Schranken treten soll. In unsrer Schule wird, wie in diesen, gegen je einen, der darin zu Grunde geht, sich ein andrer finden, in dem sich Tugend und Sittlichkeit auf gar robuste und tüchtige Art entwickelt; es wird alles in der Welt bleiben, wie es ist; und was die Erfahrung von Pestalozzi und Zeller und allen andern Virtuosen der neuesten Erziehungskunst, und ihren Anstalten sagt, das wird sie auch von uns und der unsrigen sagen: »Hilft es nichts, so schadet es nichts.«

Rechtenfleck im Holsteinischen, den 15. Okt. 1810 — C. J. Levanus, Konrektor.

Brief eines jungen Dichters an einen jungen Maler

Uns Dichtern ist es unbegreiflich, wie ihr euch entschließen könnt, ihr lieben Maler, deren Kunst etwas so Unendliches ist, jahrelang zuzubringen mit dem Geschäft, die Werke eurer großen Meister zu kopieren. Die Lehrer, bei denen ihr in die Schule geht, sagt ihr, leiden nicht, daß ihr eure Einbildungen, ehe die Zeit gekommen ist, auf die Leinewand bringt; wären wir aber, wir Dichter, in eurem Fall gewesen, so meine ich, wir würden unsern Rücken lieber unendlichen Schlägen ausgesetzt haben, als diesem grausamen Verbot ein Genüge zu tun. Die Einbildungskraft würde sich, auf ganz unüberwindliche Weise, in unseren Brüsten geregt haben, und wir, unseren unmenschlichen Lehrern zum Trotz, gleich, sobald wir nur gewußt hätten, daß man mit dem Büschel, und nicht mit dem Stock am Pinsel malen müsse, heimlich zur Nachtzeit die Türen verschlossen haben, um uns in der Erfindung, diesem Spiel der Seligen, zu versuchen. Da, wo sich die Phantasie in euren jungen Gemütern vorfindet, scheint uns, müsse sie, unerbittlich und unrettbar, durch die endlose Untertänigkeit, zu welcher ihr euch beim Kopieren in Galerien und Sälen verdammt, zu Grund und Boden gehen. Wir wissen, in unsrer Ansicht schlecht und recht von der Sache nicht, was es mehr bedarf, als das Bild, das euch rührt, und dessen Vortrefflichkeit ihr euch anzueignen wünscht, mit Innigkeit und Liebe, durch Stunden, Tage, Wochen, Monden, oder meinethalben Jahre, anzuschauen. Wenigstens dünkt uns, läßt sich ein doppelter Gebrauch von einem Bilde machen; einmal der, den ihr davon macht, nämlich die Züge desselben nachzuschreiben, um euch die Fertigkeit der malerischen Schrift einzulernen; und dann in seinem Geist, gleich vom Anfang herein, nachzuerfinden. Und auch diese Fertigkeit müßte, sobald als nur irgend möglich, gegen die Kunst selbst, deren wesentliches Stück die Erfindung nach eigentümlichen Gesetzen ist, an den Nagel gehängt werden. Denn die Aufgabe, Himmel und Erde! ist ja nicht, ein anderer, sondern ihr selbst zu sein, und euch selbst, euer Eigenstes und Innerstes, durch Umriß und Farben, zur Anschauung zu bringen! Wie mögt ihr euch nur in dem Maße verachten, daß ihr willigen könnt, ganz und gar auf Erden nicht vorhanden gewesen zu sein; da eben das Dasein so herrlicher Geister, als die sind, welche ihr bewundert, weit entfernt, euch zu vernichten, vielmehr allererst die rechte Lust in euch erwecken und mit der Kraft, heiter und tapfer, ausrüsten sollen, auf eure eigne Weise gleichfalls zu sein? Aber ihr Leute, ihr bildet euch ein, ihr müßtet durch euren Meister, den Raphael oder Corregge, oder wen ihr euch sonst zum Vorbild gesetzt habt, hindurch; da ihr euch doch ganz und gar umkehren, mit dem Rücken gegen ihn stellen, und, in diametral entgegengesetzter Richtung, den Gipfel der Kunst, den ihr im Auge habt, auffinden und ersteigen könntet. – So! sagt ihr und seht mich an: was der Herr uns da Neues sagt! und lächelt und zuckt die Achseln. Demnach, ihr Herren, Gott befohlen! Denn da Kopernikus schon vor dreihundert Jahren gesagt hat, daß die Erde rund sei, so sehe ich nicht ein, was es helfen könnte, wenn ich es hier wiederholte. Lebet wohl!

Von der Überlegung

Eine Paradoxe

Man rühmt den Nutzen der Überlegung in alle Himmel; besonders der kaltblütigen und langwierigen, vor der Tat. Wenn ich ein Spanier, ein Italiener oder ein Franzose wäre: so möchte es damit sein Bewenden haben. Da ich aber ein Deutscher bin, so denke ich meinem Sohn einst, besonders wenn er sich zum Soldaten bestimmen sollte, folgende Rede zu halten.

»Die Überlegung, wisse, findet ihren Zeitpunkt weit schicklicher *nach*, als *vor* der Tat. Wenn sie vorher, oder in dem Augenblick der Entscheidung selbst, ins Spiel tritt: so scheint sie nur die zum Handeln nötige Kraft, die aus dem herrlichen Gefühl quillt, zu verwirren, zu hemmen und zu unterdrücken; dagegen sich nachher, wenn die Handlung abgetan ist, der Gebrauch von ihr machen läßt, zu welchem sie dem Menschen eigentlich gegeben ist, nämlich sich dessen, was in dem Verfahren fehlerhaft und gebrechlich war, bewußt zu werden, und das Gefühl für andere künftige Fälle zu regulieren. Das Leben selbst ist ein Kampf mit dem Schicksal; und es verhält sich auch mit dem Handeln wie mit dem Ringen. Der Athlet kann, in dem Augenblick, da er seinen Gegner umfaßt hält, schlechthin nach keiner anderen Rücksicht, als nach bloßen augenblicklichen Eingebungen verfahren; und derjenige, der berechnen wollte, welche Muskeln er anstrengen, und welche Glieder er in Bewegung setzen soll, um zu überwinden, würde unfehlbar den kürzeren ziehen, und unterliegen. Aber nachher, wenn er gesiegt hat oder am Boden liegt, mag es zweckmäßig und an seinem Ort sein, zu überlegen, durch welchen Druck er seinen Gegner niederwarf, oder welch ein Bein er ihm hätte stellen sollen, um sich aufrecht zu erhalten. Wer das Leben nicht, wie ein solcher Ringer, umfaßt hält, und tausendgliedrig, nach allen Windungen des Kampfs, nach allen Widerständen, Drücken, Ausweichungen und Reaktionen, empfindet und spürt: der wird, was er will, in keinem Gespräch, durchsetzen; vielweniger in einer Schlacht.«

Fragmente

1.

Es gibt gewisse Irrtümer, die mehr Aufwand von Geist kosten, als die Wahrheit selbst. Tycho hat, und mit Recht, seinen ganzen Ruhm einem Irrtum zu verdanken, und wenn Kepler uns nicht das Weltgebäude erklärt hätte, er würde berühmt geworden sein, bloß wegen des Wahns in dem er stand, und wegen der scharfsinnigen Gründe, womit er ihn unterstützte, nämlich, daß sich der Mond nicht um seine Achse drehe.

2.

Man könnte die Menschen in zwei Klassen abteilen; in solche, die sich auf eine Metapher und 2) in solche, die sich auf eine Formel verstehn. Deren, die sich auf beides verstehn, sind zu wenige, sie machen keine Klasse aus.

Über das Marionettentheater

Als ich den Winter 1801 in M... zubrachte, traf ich daselbst eines Abends, in einem öffentlichen Garten, den Herrn C. an, der seit kurzem, in dieser Stadt, als erster Tänzer der Oper, angestellt war, und bei dem Publiko außerordentliches Glück machte.

Ich sagte ihm, daß ich erstaunt gewesen wäre, ihn schon mehrere Mal in einem Marionettentheater zu finden, das auf dem Markte zusammengezimmert worden war, und den Pöbel, durch kleine dramatische Burlesken, mit Gesang und Tanz durchwebt, belustigte.

Er versicherte mir, daß ihm die Pantomimik dieser Puppen viel Vergnügen machte, und ließ nicht undeutlich merken, daß ein Tänzer, der sich ausbilden wolle, mancherlei von ihnen lernen könne.

Da diese Äußerung mir, durch die Art, wie er sie vorbrachte, mehr, als ein bloßer Einfall schien, so ließ ich mich bei ihm nieder, um ihn über die Gründe, auf die er eine so sonderbare Behauptung stützen könne, näher zu vernehmen.

Er fragte mich, ob ich nicht, in der Tat, einige Bewegungen der Puppen, besonders der kleineren, im Tanz sehr graziös gefunden hatte.

Diesen Umstand konnt ich nicht leugnen. Eine Gruppe von vier Bauern, die nach einem raschen Takt die Ronde tanzte, hätte von Teniers nicht hübscher gemalt werden können.

Ich erkundigte mich nach dem Mechanismus dieser Figuren, und wie es möglich wäre, die einzelnen Glieder derselben und ihre Punkte, ohne Myriaden von Fäden an den Fingern zu haben, so zu regieren, als es der Rhythmus der Bewegungen, oder der Tanz erfordere?

Er antwortete, daß ich mir nicht vorstellen müsse, als ob jedes Glied einzeln, während der verschiedenen Momente des Tanzes, von dem Maschinisten gestellt und gezogen würde.

Jede Bewegung, sagte er, hätte einen Schwerpunkt; es wäre genug, diesen, in dem Innern der Figur, zu regieren; die Glieder, welche nichts als Pendel wären, folgten, ohne irgend ein Zutun, auf eine mechanische Weise von selbst.

Er setzte hinzu, daß diese Bewegung sehr einfach wäre; daß jedesmal, wenn der Schwerpunkt in einer *graden Linie* bewegt wird, die Glieder schon *Kurven* beschrieben; und daß oft, auf eine bloß zufällige Weise erschüttert, das Ganze schon in eine Art von rhythmische Bewegung käme, die dem Tanz ähnlich wäre.

Diese Bemerkung schien mir zuerst einiges Licht über das Vergnügen zu werfen, das er in dem Theater der Marionetten zu finden vorgegeben hatte. Inzwischen ahndete ich bei weitem die Folgerungen noch nicht, die er späterhin daraus ziehen würde.

Ich fragte ihn, ob er glaubte, daß der Maschinist, der diese Puppen regierte, selbst ein Tänzer sein, oder wenigstens einen Begriff vom Schönen im Tanz haben müsse?

Er erwiderte, daß wenn ein Geschäft, von seiner mechanischen Seite, leicht sei, daraus noch nicht folge, daß es ganz ohne Empfindung betrieben werden könne.

Die Linie, die der Schwerpunkt zu beschreiben hat, wäre zwar sehr einfach, und, wie er glaube, in den meisten Fällen, gerad. In Fällen, wo sie krumm sei, scheine das Gesetz ihrer Krümmung wenigstens von der ersten oder höchstens zweiten Ordnung; und auch in diesem letzten Fall nur elliptisch, welche Form der Bewegung den Spitzen des menschlichen Körpers (wegen der Gelenke) überhaupt die natürliche sei, und also dem Maschinisten keine große Kunst koste, zu verzeichnen.

Dagegen wäre diese Linie wieder, von einer andern Seite, etwas sehr Geheimnisvolles. Denn sie wäre nichts anders, als der *Weg der Seele des Tänzers*; und er zweifle, daß sie anders gefunden werden könne, als dadurch, daß sich der Maschinist in den Schwerpunkt der Marionette versetzt, d.h. mit andern Worten, *tanzt*.

Ich erwiderte, daß man mir das Geschäft desselben als etwas ziemlich Geistloses vorgestellt hätte: etwa was das Drehen einer Kurbel sei, die eine Leier spielt.

Keineswegs, antwortete er. Vielmehr verhalten sich die Bewegungen seiner Finger zur Bewegung der daran befestigten Puppen ziemlich künstlich, etwa wie Zahlen zu ihren Logarithmen oder die Asymptote zur Hyperbel.

Inzwischen glaube er, daß auch dieser letzte Bruch von Geist, von dem er gesprochen, aus den Marionetten entfernt werden, daß ihr Tanz gänzlich ins Reich mechanischer Kräfte hinübergespielt, und vermittelst einer Kurbel, so wie ich es mir gedacht, hervorgebracht werden könne.

Ich äußerte meine Verwunderung zu sehen, welcher Aufmerksamkeit er diese, für den Haufen erfundene, Spielart einer schönen Kunst würdige. Nicht bloß, daß er sie einer höheren Entwickelung für fähig halte: er scheine sich sogar selbst damit zu beschäftigen.

Er lächelte, und sagte, er getraue sich zu behaupten, daß wenn ihm ein Mechanikus, nach den Forderungen, die er an ihn zu machen dächte, eine Marionette bauen wollte, er vermittelst derselben einen Tanz darstellen würde, den weder er, noch irgend ein anderer geschickter Tänzer seiner Zeit, Vestris selbst nicht ausgenommen, zu erreichen imstande wäre.

Haben Sie, fragte er, da ich den Blick schweigend zur Erde schlug: haben Sie von jenen mechanischen Beinen gehört, welche englische Künstler für Unglückliche verfertigen, die ihre Schenkel verloren haben?

Ich sagte, nein: dergleichen wäre mir nie vor Augen gekommen.

Es tut mir leid, erwiderte er; denn wenn ich Ihnen sage, daß diese Unglücklichen damit tanzen, so fürchte ich fast, Sie werden es mir nicht glauben. – Was sag ich, tanzen? Der Kreis ihrer Bewegungen ist zwar beschränkt; doch diejenigen, die ihnen zu Gebote stehen, vollziehen sich mit einer Ruhe, Leichtigkeit und Anmut, die jedes denkende Gemüt in Erstaunen setzen.

Ich äußerte, scherzend, daß er ja, auf diese Weise, seinen Mann gefunden habe. Denn derjenige Künstler, der einen so merkwürdigen Schenkel zu bauen imstande sei, würde ihm unzweifelhaft auch eine ganze Marionette, seinen Forderungen gemäß, zusammensetzen können.

Wie, fragte ich, da er seinerseits ein wenig betreten zur Erde sah: wie sind denn diese Forderungen, die Sie an die Kunstfertigkeit desselben zu machen gedenken, bestellt?

Nichts, antwortete er, was sich nicht auch schon hier fände; Ebenmaß, Beweglichkeit, Leichtigkeit – nur alles in einem höheren Grade; und besonders eine naturgemäßere Anordnung der Schwerpunkte.

Und der Vorteil, den diese Puppe vor lebendigen Tänzern voraus haben würde?

Der Vorteil? Zuvörderst ein negativer, mein vortrefflicher Freund, nämlich dieser, daß sie sich niemals *zierte*. – Denn Ziererei erscheint, wie Sie wissen, wenn sich die Seele (vis motrix) in irgend einem andern Punkte befindet, als in dem Schwerpunkt der Bewegung. Da der Maschinist nun schlechthin, vermittelst des Drahtes oder Fadens, keinen andern Punkt in seiner Gewalt hat, als diesen: so sind alle übrigen Glieder, was sie sein sollen, tot, reine Pendel, und folgen dem bloßen Gesetz der Schwere; eine vortreffliche Eigenschaft, die man vergebens bei dem größesten Teil unsrer Tänzer sucht.

Sehen Sie nur die P… an, fuhr er fort, wenn sie die Daphne spielt, und sich, verfolgt vom Apoll, nach ihm umsieht; die Seele sitzt ihr in den Wirbeln des Kreuzes; sie beugt sich, als ob sie brechen wollte, wie eine Najade aus der Schule Bernins. Sehen Sie den jungen F… an, wenn er, als Paris, unter den drei Göttinnen steht, und der Venus den Apfel überreicht: die Seele sitzt ihm gar (es ist ein Schrecken, es zu sehen) im Ellenbogen.

Solche Mißgriffe, setzte er abbrechend hinzu, sind unvermeidlich, seitdem wir von dem Baum der Erkenntnis gegessen haben. Doch das Paradies ist verriegelt und der Cherub hinter uns; wir müssen die Reise um die Welt machen, und sehen, ob es vielleicht von hinten irgendwo wieder offen ist.

Ich lachte. – Allerdings, dachte ich, kann der Geist nicht irren, da, wo keiner vorhanden ist. Doch ich bemerkte, daß er noch mehr auf dem Herzen hatte, und bat ihn, fortzufahren.

Zudem, sprach er, haben diese Puppen den Vorteil, daß sie *antigrav* sind. Von der Trägheit der Materie, dieser dem Tanze entgegenstrebendsten aller Eigenschaften, wissen sie nichts: weil die Kraft, die sie in die Lüfte erhebt, größer ist, als jene, die sie an der Erde fesselt. Was würde unsre gute G... darum geben, wenn sie sechzig Pfund leichter wäre, oder ein Gewicht von dieser Größe ihr bei ihren Entrechats und Pirouetten, zu Hülfe käme? Die Puppen brauchen den Boden nur, wie die Elfen, um ihn zu *streifen*, und den Schwung der Glieder, durch die augenblickliche Hemmung neu zu beleben; wir brauchen ihn, um darauf zu *ruhen*, und uns von der Anstrengung des Tanzes zu erholen: ein Moment, der offenbar selber kein Tanz ist, und mit dem sich weiter nichts anfangen läßt, als ihn möglichst verschwinden zu machen.

Ich sagte, daß, so geschickt er auch die Sache seiner Paradoxe führe, er mich doch nimmermehr glauben machen würde, daß in einem mechanischen Gliedermann mehr Anmut enthalten sein könne, als in dem Bau des menschlichen Körpers.

Er versetzte, daß es dem Menschen schlechthin unmöglich wäre, den Gliedermann darin auch nur zu erreichen. Nur ein Gott könne sich, auf diesem Felde, mit der Materie messen; und hier sei der Punkt, wo die beiden Enden der ringförmigen Welt in einander griffen.

Ich erstaunte immer mehr, und wußte nicht, was ich zu so sonderbaren Behauptungen sagen sollte.

Es scheine, versetzte er, indem er eine Prise Tabak nahm, daß ich das dritte Kapitel vom ersten Buch Moses nicht mit Aufmerksamkeit gelesen; und wer diese erste Periode aller menschlichen Bildung nicht kennt, mit dem könne man nicht füglich über die folgenden, um wie viel weniger über die letzte, sprechen.

Ich sagte, daß ich gar wohl wüßte, welche Unordnungen, in der natürlichen Grazie des Menschen, das Bewußtsein anrichtet. Ein junger Mann von meiner Bekanntschaft hätte, durch eine bloße Bemerkung, gleichsam vor meinen Augen, seine Unschuld verloren, und das Paradies derselben, trotz aller ersinnlichen Bemühungen, nachher niemals wieder gefunden. – Doch, welche Folgerungen, setzte ich hinzu, können Sie daraus ziehen?

Er fragte mich, welch einen Vorfall ich meine?

Ich badete mich, erzählte ich, vor etwa drei Jahren, mit einem jungen Mann, über dessen Bildung damals eine wunderbare Anmut verbreitet war. Er mochte ohngefähr in seinem sechszehnten Jahre stehn, und nur ganz von fern ließen sich, von der Gunst der Frauen herbeigerufen, die ersten Spuren von Eitelkeit erblicken. Es traf sich, daß wir grade kurz zuvor in Paris den Jüngling gesehen hatten, der sich einen Splitter aus dem Fuße zieht; der Abguß der Statue ist bekannt und befindet sich in den meisten deutschen Sammlungen. Ein Blick, den er in dem Augenblick, da er den Fuß auf den Schemel setzte, um ihn abzutrocknen, in einen großen Spiegel warf, erinnerte ihn daran; er lächelte und sagte mir, welch eine Entdeckung er gemacht habe. In der Tat hatte ich, in eben diesem Augenblick, dieselbe gemacht; doch sei es, um die Sicherheit der Grazie, die ihm beiwohnte, zu prüfen, sei es, um seiner Eitelkeit ein wenig heilsam zu begegnen: ich lachte und erwiderte – er sähe wohl Geister! Er errötete, und hob den Fuß zum zweitenmal, um es mir zu zeigen; doch der Versuch, wie sich leicht hätte voraussehn lassen, mißglückte. Er hob verwirrt den Fuß zum dritten und vierten, er hob ihn wohl noch zehnmal: umsonst! er war außerstand, dieselbe Bewegung wieder hervorzubringen – was sag ich? die Bewegungen, die er machte, hatten ein so komisches Element, daß ich Mühe hatte, das Gelächter zurückzuhalten: –

Von diesem Tage, gleichsam von diesem Augenblick an, ging eine unbegreifliche Veränderung mit dem jungen Menschen vor. Er fing an, tagelang vor dem Spiegel zu stehen; und immer ein Reiz nach dem anderen verließ ihn. Eine unsichtbare und unbegreifliche Gewalt schien sich, wie ein eisernes Netz um das freie Spiel seiner Gebärden zu legen, und als ein Jahr verflossen war, war keine Spur mehr von der Lieblichkeit in ihm zu entdecken, die die Augen der Menschen sonst, die ihn umringten, ergötzt hatte. Noch jetzt lebt jemand, der ein Zeuge jenes sonderbaren und unglücklichen Vorfalls war, und ihn, Wort für Wort, wie ich ihn erzählt, bestätigen könnte. –

Bei dieser Gelegenheit, sagte Herr C... freundlich, muß ich Ihnen eine andere Geschichte erzählen, von der Sie leicht begreifen werden, wie sie hierher gehört.

Ich befand mich, auf meiner Reise nach Rußland, auf einem Landgut des Herrn v. G..., eines livländischen Edelmanns, dessen Söhne sich eben damals stark im Fechten übten. Besonders der ältere, der eben von der Universität zurückgekommen war, machte den Virtuosen, und bot mir, da ich eines Morgens auf seinem Zimmer war, ein Rapier an. Wir fochten; doch es traf sich, daß ich ihm überlegen war; Leidenschaft kam dazu, ihn zu verwirren; fast jeder Stoß, den ich führte, traf, und sein Rapier flog zuletzt in den Winkel. Halb scherzend, halb empfindlich, sagte er, indem er das Rapier aufhob, daß er seinen Meister gefunden habe: doch alles auf der Welt finde den seinen, und fortan wolle er mich zu dem meinigen führen. Die Brüder lachten laut auf, und riefen: Fort! fort! In den Holzstall herab! und damit nahmen sie mich bei der Hand und führten mich zu einem Bären, den Herr v. G..., ihr Vater, auf dem Hofe auferziehen ließ.

Der Bär stand, als ich erstaunt vor ihn trat, auf den Hinterfüßen, mit dem Rücken an einem Pfahl gelehnt, an welchem er angeschlossen war, die rechte Tatze schlagfertig erhoben, und sah mir ins Auge: das war seine Fechterpositur. Ich wußte nicht, ob ich träumte, da ich mich einem solchen Gegner gegenüber sah; doch: stoßen Sie! stoßen Sie! sagte Herr v. G..., und versuchen Sie, ob Sie ihm eins beibringen können! Ich fiel, da ich mich ein wenig von meinem Erstaunen erholt hatte, mit dem Rapier auf ihn aus; der Bär machte eine ganz kurze Bewegung mit der Tatze und parierte den Stoß. Ich versuchte ihn durch Finten zu verführen; der Bär rührte sich nicht. Ich fiel wieder, mit einer augenblicklichen Gewandtheit, auf ihn aus, eines Menschen Brust würde ich ohnfehlbar getroffen haben: der Bär machte eine ganz kurze Bewegung mit der Tatze und parierte den Stoß. Jetzt war ich fast in dem Fall des jungen Herrn v. G... Der Ernst des Bären kam hinzu, mir die Fassung zu rauben, Stöße und Finten wechselten sich, mir triefte der Schweiß: umsonst! Nicht bloß, daß der Bär, wie der erste Fechter der Welt, alle meine Stöße parierte; auf Finten (was ihm kein Fechter der Welt nachmacht) ging er gar nicht einmal ein: Aug in Auge, als ob er meine Seele darin lesen könnte, stand er, die Tatze schlagfertig erhoben, und wenn meine Stöße nicht ernsthaft gemeint waren, so rührte er sich nicht.

Glauben Sie diese Geschichte?

Vollkommen! rief ich, mit freudigem Beifall; jedwedem Fremden, so wahrscheinlich ist sie: um wie viel mehr Ihnen!

Nun, mein vortrefflicher Freund, sagte Herr C..., so sind Sie im Besitz von allem, was nötig ist, um mich zu begreifen. Wir sehen, daß in dem Maße, als, in der organischen Welt, die Reflexion dunkler und schwächer wird, die Grazie darin immer strahlender und herrschender hervortritt. – Doch so, wie sich der Durchschnitt zweier Linien, auf der einen Seite eines Punkts, nach dem Durchgang durch das Unendliche, plötzlich wieder auf der andern Seite einfindet, oder das Bild des Hohlspiegels, nachdem es sich in das Unendliche entfernt hat, plötzlich wieder dicht vor uns tritt: so findet sich auch, wenn die Erkenntnis gleichsam durch ein Unendliches gegangen ist, die Grazie wieder ein; so, daß sie, zu gleicher Zeit, in demjenigen menschlichen Körperbau am reinsten erscheint, der entweder gar keins, oder ein unendliches Bewußtsein hat, d.h. in dem Gliedermann, oder in dem Gott.

Mithin, sagte ich ein wenig zerstreut, müßten wir wieder von dem Baum der Erkenntnis essen, um in den Stand der Unschuld zurückzufallen?

Allerdings, antwortete er; das ist das letzte Kapitel von der Geschichte der Welt.

Ein Satz aus der höheren Kritik

An ***

Es gehört mehr Genie dazu, ein mittelmäßiges Kunstwerk zu würdigen, als ein vortreffliches. Schönheit und Wahrheit leuchten der menschlichen Natur in der allerersten Instanz ein; und so wie die erhabensten Sätze am leichtesten zu verstehen sind (nur das Minutiöse ist schwer zu begreifen), so gefällt das Schöne leicht; nur das Mangelhafte und Manierierte genießt sich mit Mühe.

In einem trefflichen Kunstwerk ist das Schöne so rein enthalten, daß es jedem gesunden Auffassungsvermögen, als solchem, in die Sinne springt; im Mittelmäßigen hingegen ist es mit soviel Zufälligem oder wohl gar Widersprechenden vermischt, daß ein weit schärferes Urteil, eine zartere Empfindung, und eine geübtere und lebhaftere Imagination, kurz mehr Genie dazu gehört, um es davon zu säubern. Daher sind auch über vorzügliche Werke die Meinungen niemals geteilt (die Trennung, die die Leidenschaft hineinbringt, erwäge ich hier nicht); nur über solche, die es nicht ganz sind, streitet und zankt man sich. Wie rührend ist die Erfindung in manchem Gedicht: nur durch Sprache, Bilder und Wendungen so entstellt, daß man oft unfehlbares Sensorium haben muß, um es zu entdecken. Alles dies ist so wahr, daß der Gedanke zu unsern vollkommensten Kunstwerken (z.B. eines großen Teils der Shakespeareschen) bei der Lektüre schlechter, der Vergessenheit ganz übergebener Broschüren und Scharteken entstanden ist. Wer also Schiller und Goethe lobt, der gibt mir dadurch noch gar nicht, wie er glaubt, den Beweis eines vorzüglichen und außerordentlichen Schönheitssinnes; wer aber mit Gellert und Cronegk hie und da zufrieden ist, der läßt mich, wenn er nur sonst in einer Rede recht hat, vermuten, daß er Verstand und Empfindungen, und zwar beide in einem seltenen Grade besitzt.

Brief eines Dichters an einen anderen

Mein teurer Freund!

Jüngsthin, als ich dich bei der Lektüre meiner Gedichte fand, verbreitetest du dich, mit außerordentlicher Beredsamkeit, über die Form, und unter beifälligen Rückblicken über die Schule, nach der ich mich, wie du vorauszusetzen beliebst, gebildet habe; rühmtest du mir auf eine Art, die mich zu beschämen geschickt war, bald die Zweckmäßigkeit des dabei zum Grunde liegenden Metrums, bald den Rhythmus, bald den Reiz des Wohlklangs und bald die Reinheit und Richtigkeit des Ausdrucks und der Sprache überhaupt. Erlaube mir, dir zu sagen, daß dein Gemüt hier auf Vorzügen verweilt, die ihren größesten Wert dadurch bewiesen haben würden, daß du sie gar nicht bemerkt hättest. Wenn ich beim Dichten in meinen Busen fassen, meinen Gedanken ergreifen, und mit Händen, ohne weitere Zutat, in den deinigen legen könnte: so wäre, die Wahrheit zu gestehn, die ganze innere Forderung meiner Seele erfüllt. Und auch dir, Freund, dünkt mich, bliebe nichts zu wünschen übrig: dem Durstigen kommt es, als solchem, auf die Schale nicht an, sondern auf die Früchte, die man ihm darin bringt. Nur weil der Gedanke, um zu erscheinen, wie jene flüchtigen, undarstellbaren, chemischen Stoffe, mit etwas Gröberem, Körperlichen, verbunden sein muß: nur darum bediene ich mich, wenn ich mich dir mitteilen will, und nur darum bedarfst du, um mich zu verstehen, der Rede. Sprache, Rhythmus,

Wohlklang usw., und so reizend diese Dinge auch, insofern sie den Geist einhüllen, sein mögen, so sind sie doch an und für sich, aus diesem höheren Gesichtspunkt betrachtet, nichts, als ein wahrer, obschon natürlicher und notwendiger Übelstand; und die Kunst kann, in bezug auf sie, auf nichts gehen, als sie möglichst *verschwinden* zu machen. Ich bemühe mich aus meinen besten Kräften, dem Ausdruck Klarheit, dem Versbau Bedeutung, dem Klang der Worte Anmut und Leben zu geben: aber bloß, damit diese Dinge gar nicht, vielmehr einzig und allein der Gedanke, den sie einschließen, erscheine. Denn das ist die Eigenschaft aller echten Form, daß der Geist augenblicklich und unmittelbar daraus hervortritt, während die mangelhafte ihn, wie ein schlechter Spiegel, gebunden hält, und uns an nichts erinnert, als an sich selbst. Wenn du mir daher, in dem Moment der ersten Empfängnis, die Form meiner kleinen, anspruchlosen Dichterwerke lobst: so erweckst du in mir, auf natürlichem Wege, die Besorgnis, daß darin ganz falsche rhythmische und prosodische Reize enthalten sind, und daß dein Gemüt, durch den Wortklang oder den Versbau, ganz und gar von dem, worauf es mir eigentlich ankam, abgezogen worden ist. Denn warum solltest du sonst dem Geist, den ich in die Schranken zu rufen bemüht war, nicht Rede stehen, und grade wie im Gespräch, ohne auf das Kleid meines Gedankens zu achten, ihm selbst, mit deinem Geiste, entgegentreten? Aber diese Unempfindlichkeit gegen das Wesen und den Kern der Poesie, bei der, bis zur Krankheit, ausgebildeten Reizbarkeit für das Zufällige und die Form, klebt deinem Gemüt überhaupt, meine ich, von der Schule an, aus welcher du stammst; ohne Zweifel gegen die Absicht dieser Schule, welche selbst geistreicher war, als irgend eine, die je unter uns auftrat, obschon nicht ganz, bei dem paradoxen Mutwillen ihrer Lehrart, ohne ihre Schuld. Auch bei der Lektüre von ganz andern Dichterwerken, als der meinigen, bemerke ich, daß dein Auge (um es dir mit einem Sprichwort zu sagen) den Wald vor seinen Bäumen nicht sieht. Wie nichtig oft, wenn wir den Shakespeare zur Hand nehmen, sind die Interessen, auf welchen du mit deinem Gefühl verweilst, in Vergleich mit den großen, erhabenen, weltbürgerlichen, die vielleicht nach der Absicht dieses herrlichen Dichters in deinem Herzen anklingen sollten! Was kümmert mich, auf den Schlachtfeldern von Agincourt, der Witz der Wortspiele, die darauf gewechselt werden; und wenn Ophelia vom Hamlet sagt: »welch ein edler Geist ward hier zerstört!« – oder Macduf vom Macbeth: »er hat keine Kinder!« – Was liegt an Jamben, Reimen, Assonanzen und dergleichen Vorzügen, für welche dein Ohr stets, als gäbe es gar keine andere, gespitzt ist? – Lebe wohl!

Über die allmähliche Verfertigung der Gedanken beim Reden

An R. v. L.

Wenn du etwas wissen willst und es durch Meditation nicht finden kannst, so rate ich dir, mein lieber, sinnreicher Freund, mit dem nächsten Bekannten, der dir aufstößt, darüber zu sprechen. Es braucht nicht eben ein scharfdenkender Kopf zu sein, auch meine ich es nicht so, als ob du ihn darum befragen solltest: nein! Vielmehr sollst du es ihm selber allererst erzählen. Ich sehe dich zwar große Augen machen, und mir antworten, man habe dir in frühern Jahren den Rat gegeben, von nichts zu sprechen, als nur von Dingen, die du bereits verstehst. Damals aber sprachst du wahrscheinlich mit dem Vorwitz, *andere*, ich will, daß du aus der verständigen Absicht sprechest, *dich* zu belehren, und so könnten, für verschiedene Fälle verschieden, beide Klugheitsregeln vielleicht gut neben einander bestehen. Der Franzose sagt, l'appétit vient en mangeant, und dieser Erfahrungssatz bleibt wahr, wenn man ihn parodiert, und sagt, l'idée vient en parlant. Oft sitze ich an meinem Geschäftstisch über den Akten, und erforsche, in einer verwickelten Streitsache, den Gesichtspunkt, aus welchem sie wohl zu beurteilen sein möchte. Ich pflege dann gewöhnlich ins Licht zu sehen, als in den hellsten Punkt, bei dem Bestreben, in welchem mein innerstes Wesen begriffen ist, sich aufzuklären. Oder ich suche, wenn mir eine algebraische Aufgabe vorkommt, den ersten Ansatz, die Gleichung, die die gegebenen Verhältnisse ausdrückt, und aus welcher sich die Auflösung nachher durch Rechnung leicht ergibt. Und siehe da, wenn ich mit meiner Schwester davon rede, welche hinter mir sitzt, und arbeitet, so erfahre ich, was ich durch ein vielleicht stundenlanges Brüten nicht herausgebracht haben würde. Nicht, als ob sie es mir, im eigentlichen Sinne *sagte*; denn sie kennt weder das Gesetzbuch, noch hat sie den Euler, oder den Kästner studiert. Auch nicht, als ob sie mich durch geschickte Fragen auf den Punkt hinführte, auf welchen es ankommt, wenn schon dies letzte häufig der Fall sein mag. Aber weil ich doch irgend eine dunkle Vorstellung habe, die mit dem, was ich suche, von fern her in einiger Verbindung steht, so prägt, wenn ich nur dreist damit den Anfang mache, das Gemüt, während die Rede fortschreitet, in der Notwendigkeit, dem Anfang nun auch ein Ende zu finden, jene verworrene Vorstellung zur völligen Deutlichkeit aus, dergestalt, daß die Erkenntnis, zu meinem Erstaunen, mit der Periode fertig ist. Ich mische unartikulierte Töne ein, ziehe die Verbindungswörter in die Länge, gebrauche auch wohl eine Apposition, wo sie nicht nötig wäre, und bediene mich anderer, die Rede ausdehnender, Kunstgriffe, zur Fabrikation meiner Idee auf der Werkstätte der Vernunft, die gehörige Zeit zu gewinnen. Dabei ist mir nichts heilsamer, als eine Bewegung meiner Schwester, als ob sie mich unterbrechen wollte; denn mein ohnehin schon angestrengtes Gemüt wird durch diesen Versuch von außen, ihm die Rede, in deren Besitz es sich befindet, zu entreißen, nur noch mehr erregt, und in seiner Fähigkeit, wie ein großer General, wenn die Umstände drängen, noch um einen Grad höher gespannt. In diesem Sinne begreife ich, von welchem Nutzen Molière seine Magd sein konnte; denn wenn er derselben, wie er vorgibt, ein Urteil zutraute, das das seinige berichten konnte, so ist dies eine Bescheidenheit, an deren Dasein in seiner Brust ich nicht glaube. Es liegt ein sonderbarer Quell der Begeisterung für denjenigen, der spricht, in einem menschlichen Antlitz, das ihm gegenübersteht; und ein Blick, der uns einen halbausgedrückten Gedanken schon als begriffen ankündigt, schenkt uns oft den Ausdruck für die ganze andere Hälfte desselben. Ich glaube, daß mancher große Redner, in dem Augenblick, da er den Mund aufmachte, noch nicht wußte, was er sagen würde. Aber die Überzeugung, daß er die ihm nötige Gedankenfülle schon aus den Umständen, und der daraus resultierenden Erregung seines Gemüts schöpfen würde, machte ihn dreist genug, den Anfang, auf gutes Glück hin, zu setzen. Mir fällt jener »Donnerkeil« des Mirabeau ein, mit welchem er den Zeremonienmeister abfertigte, der nach Aufhebung der letzten monarchischen Sitzung des Königs am 23. Juni, in welcher dieser den Ständen auseinander zu gehen anbefohlen hatte, in den Sitzungssaal, in welchem die Stände noch verweilten, zurückkehrte, und sie befragte, ob sie den Befehl des Königs vernommen hätten? »Ja«, antwortete Mirabeau, »wir haben des Königs Befehl vernommen« – ich bin gewiß, daß er bei diesem humanen Anfang, noch nicht an die Bajonette dachte, mit welchen er schloß: »ja, mein Herr«, wiederholte er, »wir haben ihn vernommen« – man sieht, daß er noch gar nicht recht weiß, was er will. »Doch was berechtigt Sie« – fuhr er fort, und nun plötzlich geht ihm ein Quell ungeheurer Vorstellungen auf – »uns hier Befehle anzudeuten? Wir sind die Repräsentanten der Nation.« – Das war es was er brauchte! »Die Nation gibt Befehle und empfängt keine.« – um sich gleich auf den Gipfel der Vermessenheit zu schwingen. »Und damit ich mich Ihnen ganz deutlich erkläre« – und erst jetzo findet er, was den ganzen Widerstand, zu welchem seine Seele gerüstet dasteht, ausdrückt: »so sagen Sie Ihrem Könige, daß wir unsre Plätze anders nicht, als auf die Gewalt der Bajonette verlassen werden.« – Worauf er sich, selbstzufrieden, auf einen Stuhl niedersetzte. – Wenn man an den Zeremonienmeister denkt, so kann man sich ihn bei diesem Auftritt nicht anders, als in einem völligen Geistesbankerott vorstellen; nach einem ähnlichen Gesetz, nach welchem in einem Körper, der von dem elektrischen Zustand Null ist, wenn er in eines elektrisierten Körpers Atmosphäre kommt, plötzlich die entgegengesetzte Elektrizität erweckt wird. Und wie in dem elektrisierten dadurch, nach einer Wechselwirkung, der ihm inwohnende Elektrizitätsgrad wieder verstärkt wird, so ging unseres Redners Mut, bei der Vernichtung seines Gegners zur verwegensten Begeisterung über. Vielleicht, daß es auf diese Art zuletzt das Zucken einer Oberlippe war, oder ein zweideutiges Spiel an der Manschette, was in Frankreich den Umsturz der Ordnung der

Dinge bewirkte. Man liest, daß Mirabeau, sobald der Zeremonienmeister sich entfernt hatte, aufstand, und vorschlug: 1) sich sogleich als Nationalversammlung, und 2) als unverletzlich, zu konstituieren. Denn dadurch, daß er sich, einer Kleistischen Flasche gleich, entladen hatte, war er nun wieder neutral geworden, und gab, von der Verwegenheit zurückgekehrt, plötzlich der Furcht vor dem Chatelet, und der Vorsicht, Raum. – Dies ist eine merkwürdige Übereinstimmung zwischen den Erscheinungen der physischen und moralischen Welt, welche sich, wenn man sie verfolgen wollte, auch noch in den Nebenumständen bewähren würde. Doch ich verlasse mein Gleichnis, und kehre zur Sache zurück. Auch Lafontaine gibt, in seiner Fabel: Les animaux malades de la peste, wo der Fuchs dem Löwen eine Apologie zu halten gezwungen ist, ohne zu wissen, wo er den Stoff dazu hernehmen soll, ein merkwürdiges Beispiel von einer allmählichen Verfertigung des Gedankens aus einem in der Not hingesetzten Anfang. Man kennt diese Fabel. Die Pest herrscht im Tierreich, der Löwe versammelt die Großen desselben, und eröffnet ihnen, daß dem Himmel, wenn er besänftigt werden solle, ein Opfer fallen müsse. Viele Sünder seien im Volke, der Tod des größesten müsse die übrigen vom Untergang retten. Sie möchten ihm daher ihre Vergehungen aufrichtig bekennen. Er, für sein Teil gestehe, daß er, im Drange des Hungers, manchem Schafe den Garaus gemacht; auch dem Hunde, wenn er ihm zu nahe gekommen; ja, es sei ihm in leckerhaften Augenblicken zugestoßen, daß er den Schäfer gefressen. Wenn niemand sich größerer Schwachheiten schuldig gemacht habe, so sei er bereit zu sterben. »Sire«, sagt der Fuchs,der das Ungewitter von sich ableiten will, »Sie sind zu großmütig. Ihr edler Eifer führt Sie zu weit. Was ist es, ein Schaf erwürgen? Oder einen Hund, diese nichtswürdige Bestie? Und: quant au berger«, fährt er fort, denn dies ist der Hauptpunkt: »on peut dire«, obschon er noch nicht weiß was? »qu'il méritoit tout mal«, auf gut Glück; und somit ist er verwickelt; »étant«, eine schlechte Phrase, die ihm aber Zeit verschafft: »de ces gens là«, und nun erst findet er den Gedanken, der ihn aus der Not reißt: »qui sur les animaux se font un chimérique empire.« – Und jetzt beweist er, daß der Esel, der blutdürstige! (der alle Kräuter auffrißt) das zweckmäßigste Opfer sei, worauf alle über ihn herfallen, und ihn zerreißen. – Ein solches Reden ist ein wahrhaftes lautes Denken. Die Reihen der Vorstellungen und ihrer Bezeichnungen gehen neben einander fort, und die Gemütsakten für eins und das andere, kongruieren. Die Sprache ist alsdann keine Fessel, etwa wie ein Hemmschuh an dem Rade des Geistes, sondern wie ein zweites, mit ihm parallel fortlaufendes, Rad an seiner Achse. Etwas ganz anderes ist es wenn der Geist schon, vor aller Rede, mit dem Gedanken fertig ist. Denn dann muß er bei seiner bloßen Ausdrückung zurückbleiben, und dies Geschäft, weit entfernt ihn zu erregen, hat vielmehr keine andere Wirkung, als ihn von seiner Erregung abzuspannen. Wenn daher eine Vorstellung verworren ausgedrückt wird, so folgt der Schluß noch gar nicht, daß sie auch verworren gedacht worden sei; vielmehr könnte es leicht sein, daß die verworrenst ausgedrückten grade am deutlichsten gedacht werden. Man sieht oft in einer Gesellschaft, wo durch ein lebhaftes Gespräch, eine kontinuierliche Befruchtung der Gemüter mit Ideen im Werk ist, Leute, die sich, weil sie sich der Sprache nicht mächtig fühlen, sonst in der Regel zurückgezogen halten, plötzlich mit einer zuckenden Bewegung, aufflammen, die Sprache an sich reißen und etwas Unverständliches zur Welt bringen. Ja, sie scheinen, wenn sie nun die Aufmerksamkeit aller auf sich gezogen haben, durch ein verlegnes Gebärdenspiel anzudeuten, daß sie selbst nicht mehr recht wissen, was sie haben sagen wollen. Es ist wahrscheinlich, daß diese Leute etwas recht Treffendes, und sehr deutlich, gedacht haben. Aber der plötzliche Geschäftswechsel, der Übergang ihres Geistes vom Denken zum Ausdrücken, schlug die ganze Erregung desselben, die zur Festhaltung des Gedankens notwendig, wie zum Hervorbringen erforderlich war, wieder nieder. In solchen Fällen ist es um so unerläßlicher, daß uns die Sprache mit Leichtigkeit zur Hand sei, um dasjenige, was wir gleichzeitig gedacht haben, und doch nicht gleichzeitig von uns geben können, wenigstens so schnell, als möglich, auf einander folgen zu lassen. Und überhaupt wird jeder, der, bei gleicher Deutlichkeit, geschwinder als sein Gegner spricht, einen Vorteil über ihn haben, weil er gleichsam mehr Truppen als er ins Feld führt. Wie notwendig eine gewisse Erregung des Gemüts ist, auch selbst nur, um Vorstellungen, die wir schon gehabt haben, wieder zu erzeugen, sieht man oft, wenn offene, und unterrichtete Köpfe examiniert werden, und man ihnen ohne vorhergegangene Einleitung, Fragen vorlegt, wie diese: was ist der Staat? Oder: was ist das Eigentum? Oder dergleichen. Wenn diese jungen Leute sich in einer Gesellschaft befunden hätten, wo man sich vom Staat, oder vom Eigentum, schon eine Zeitlang unterhalten hätte, so würden sie vielleicht mit Leichtigkeit durch Vergleichung, Absonderung, und Zusammenfassung der Begriffe, die Definition gefunden haben. Hier aber, wo diese Vorbereitung des Gemüts gänzlich fehlt, sieht man sie stocken, und nur ein unverständiger Examinator wird daraus schließen daß sie nicht *wissen*. Denn nicht *wir* wissen, es ist allererst ein gewisser *Zustand* unsrer, welcher weiß. Nur ganz gemeine Geister, Leute, die, was der Staat sei, gestern auswendig gelernt, und morgen schon wieder vergessen haben, werden hier mit der Antwort bei der Hand sein. Vielleicht gibt es überhaupt keine schlechtere Gelegenheit, sich von einer vorteilhaften Seite zu zeigen, als grade ein öffentliches Examen. Abgerechnet, daß es schon widerwärtig und das Zartgefühl verletzend ist, und daß es reizt, sich stetig zu zeigen, wenn solch ein gelehrter Roßkamm uns nach den Kenntnissen sieht, um uns, je nachdem es fünf oder sechs sind, zu kaufen oder wieder abtreten zu lassen: es ist so schwer, auf ein menschliches Gemüt zu spielen und ihm seinen eigentümlichen Laut abzulocken, es verstimmt sich so leicht unter ungeschickten Händen, daß selbst der geübteste Menschenkenner, der in der Hebeammenkunst der Gedanken, wie

Kant sie nennt, auf das Meisterhafteste bewandert wäre, hier noch, wegen der Unbekanntschaft mit seinem Sechswöchner, Mißgriffe tun könnte. Was übrigens solchen jungen Leuten, auch selbst den unwissendsten noch, in den meisten Fällen ein gutes Zeugnis verschafft, ist der Umstand, daß die Gemüter der Examinatoren, wenn die Prüfung öffentlich geschieht, selbst zu sehr befangen sind, um ein freies Urteil fällen zu können. Denn nicht nur fühlen sie häufig die Unanständigkeit dieses ganzen Verfahrens: man würde sich schon schämen, von jemandem, daß er seine Geldbörse vor uns ausschütte, zu fordern, viel weniger, seine Seele: sondern ihr eigener Verstand muß hier eine gefährliche Musterung passieren, und sie mögen oft ihrem Gott danken, wenn sie selbst aus dem Examen gehen können, ohne sich Blößen, schmachvoller vielleicht, als der, eben von der Universität kommende, Jüngling gegeben zu haben, den sie examinierten.

(Die Fortsetzung folgt)

ANHANG

ANMERKUNGEN

DRAMEN

DIE FAMILIE SCHROFFENSTEIN (GHONOREZ) (S. 9)

Entstehung: Das Manuskript der »Familie Ghonorez«, wie Kleists Trauerspiel zunächst hieß, entstand Anfang 1802 in der Schweiz.

Erstdruck: »Die Familie Schroffenstein« erschien ohne Verfassernamen im Verlag von Heinrich Geßner, Bern und Zürich 1803. Kleist hatte den Abschreiber des ursprünglichen Manuskriptes angewiesen, die spanischen Namen Rodrigo, Santin, Ignez durch Ottokar, Santing, Agnes zu ersetzen; auch die Umwandlung der Prosaszenen in Verse dürfte noch auf ihn selbst zurückgehen. Doch scheinen nach seiner Abreise aus der Schweiz Ludwig Wieland und Heinrich Geßner einigen Einfluß auf die endgültige Druckgestalt des Werkes genommen zu haben. Als wirklich authentisch kann nur die Erstfassung gelten, wie sie uns in Kleists Manuskript erhalten ist, dem unser Text folgt.

Erstaufführung: 9.1.1804 im Nationaltheater Graz; ab 1822 in der Bearbeitung Franz von Holbeins (unter dem Titel »Die Waffenbrüder«) an verschiedenen Bühnen.

Zeugnisse zur Entstehung:

W. v. Schütz (1817): »Schrieb dort [am Thuner See], nachdem er schon einzelne kleinere Gedichte geschrieben, die Familie Schroffenstein, die erst in Spanien spielte. Fing mit der Umkleidungs-Szene vom Ende an, dichtet darüber das Stück.«

H. Zschokke (1842): »Als uns Kleist eines Tages sein Trauerspiel vorlas, ward im letzten Akt das allseitige Gelächter der Zuhörerschaft, wie auch des Dichters, so stürmisch und endlos, daß bis zu seiner letzten Mordszene zu gelangen Unmöglichkeit wurde.«

E. v. Bülow (1848): »Nur daß Kleist den fünften Akt bloß in Prosa geschrieben und die Herausgeber [Ludwig] Wieland und Geßner ihn in Verse gebracht haben sollen. Es heißt auch, daß derselbe Wieland Kleist bewogen habe, das Stück nochmals umzuschreiben und die erst in Spanien vorgesehene Handlung nach der Schweiz [!] zu verlegen.«

H. K. Dippold (Morgenblatt, 1807): »Zudem soll es von unberufenen Herausgebern, wo nicht seiner besten Reize beraubt, doch so ausstaffiert worden sein, daß von der ursprünglichen Gestalt wenig oder nichts zu erkennen ist.«

Kleist an Ulrike, 13.3.1803: »Auch tut mir den Gefallen und *leset das*

Buch nicht. Ich bitte Euch darum. [nachträglich gestrichen:] Es ist eine elende Scharteke.«

S. 33 *Der Kranz ist ein vollendet Weib:* Ein Weib, das sich geschmückt hat, ist belohnt, wenn sie vom Manne hört: »du gefällst mir.«

S. 40 *Freilich mag wohl mancher sinken, weil er stark ist ...:* Josef Görres in einer sehr anerkennenden Besprechung (»Aurora«, 12.10.1804) zitiert diese Verse als Probe Kleistscher Sprachkunst. Das Bild von der Eiche kehrt am Schluß von Kleists »Penthesilea« wieder.

S. 41 *verschlagne Kinder:* hier natürlich »verprügelte Kinder«.

S. 47 *Fürsich:* So schreibt Kleist auch in den Briefen statt »Pfirsich«. – *Die Katze war mir übers Fläschchen mit Ananas gekommen:* Ludwig Tieck machte sich als Katzenkenner über Kleists Annahme lustig.

S. 69 *Das eben ist der Fluch der Macht ...:* In seiner Besprechung wies Görres auf die auffällige, aber für einen kleinen Ritter unangebrachte Anlehnung an Shakespeares »König Johann«, 4, 2 hin; stärker abhängig von Oktavios Rede in »Wallensteins Tod«: »O Fluch der Könige, der ihren Worten / Das fürchterliche Leben gibt, dem schnell / Vergänglichen Gedanken gleich die Tat, / Die fest unwiderrufliche, ankettet.«

S. 74 *Die Stämme sind zu nah gepflanzet ...:* Hier wies ein anderer zeitgenössischer Rezensent auf den »etwas zu sichtbaren einheimischen Borg« bei Lessings »Nathan«, 2,5.

S. 74 *bei jener ersten Nacht, die ich ... dir schenkte:* dazu Kleists Randnotiz »? zu sinnlich«.

S. 90 Josef Görres, 1804: »Die Szene in der Höhle zwischen Ottokar und Agnes im letzten Aufzuge ist von großer Schönheit, obgleich die französische Kritik sie ohne Zweifel sehr indezent finden würde.« Auch die »Zeitung für die elegante Welt« von 1803 lobte gerade diese Szene, aus der Kleist angeblich das ganze Stück entwickelt hat, als »meisterhaft und von großer Wirkung«.

S. 93 *der mich so infam gelogen hat:* der mich durch seine Lügen als niederträchtig erscheinen ließ.

ROBERT GUISKARD (S. 101)

Entstehung: Erste Niederschrift 1802 in der Schweiz; Fortführung der Arbeit während des Aufenthaltes beim alten Wieland im Winter 1802/03 sowie in Dresden Sommer 1803. Nach wiederholt vernichteten Ansätzen verbrennt Kleist das unvollendete Werk Oktober 1803 in Paris. Während der Dresdner Zeit 1807/08 plant er aufs neue die Fertigstellung und veröffentlicht im Phöbus eine Probe des Werkes, das er Cotta im Juni 1808 zum Verlag anbietet. Ein Manuskript ist nicht überliefert.

Erstdruck: Im »Phöbus, ein Journal für die Kunst«, Heft 4/5, April/Mai 1808. Danach unser Text.

Erstaufführung: 6.4.1901 unter Paul Lindau am Berliner Theater.

Quellen: K.W.F.v. Funck, »Robert Guiscard, Herzog von Apulien und Calabrien«, 1797 in Schillers Zeitschrift »Die Horen« erschienen; ferner vermutlich die »Denkwürdigkeiten aus dem Leben des griechischen Kaisers Alexius, beschrieben durch seine Tochter Anna Komnena«, 1790 gleichfalls von Schiller in seiner »Sammlung historischer Memoires« veröffentlicht.

Der geschichtliche Stoff wurde von Kleist sehr frei verwandt; der Ausgang von Kleists Drama bleibt im dunkeln. Anna Komnena berichtet, daß Robert einer Weissagung vertraut habe, er werde bis zur Insel Korfu »sich alles unterwürfig machen und dann in Jerusalem verscheiden«; tatsächlich habe er aber auf Korfu, »wo weiland eine große Stadt mit Namen Jerusalem stand«, seinen Tod gefunden; dieses Motiv einer trügenden Weissagung wird Kleist benutzt haben.

Nach Funcks historischer Darstellung starb Guiskard 1085 auf der Eroberungsfahrt nach Byzanz: »... Constantinopel war der Sammelplatz. Anders hatte es das Schicksal beschlossen. Mit fürchterlicher Schnelligkeit verbreitete sich auf den Schiffen ein ansteckendes Übel. Die Hitze des Sommers vermehrte die Wut der tödlichen Seuche, und unter den Kranken befand sich jetzt auch der Herzog ... Mit ihm sanken alle seine hohen Entwürfe ins Grab und der Glanz des apulischen Staates erlosch.« Kleist verbindet die Darstellung von Guiskards Ende mit Funcks Schilderung der Belagerung von Durazzo im Jahre 1081, bei der gleichfalls Krankheit ausgebrochen war: »Hunger wütete in Roberts Lager, eine tödliche Seuche war die unmittelbare Folge davon, und in der kurzen Zeit von drei Monaten wurden fünfhundert Ritter und über zehntausend Gemeine von dem fürchterlichen Übel hingerafft. Bei allen diesen Widerwärtigkeiten blieb Robert allein unerschüttert, das allgemeine Elend kränkte ihn, ohne ihn zu beugen. Er ging in den Gezelten umher, suchte den Mut der Gesunden wieder aufzurichten, und teilte seinen sparsamen Vorrat mit den Kranken. Die Arbeiten der Belagerung wurden mit unermüdetem Eifer fortgesetzt ... Er sagte die nahe Eroberung von Durazzo mit einer Zuversicht voraus, welche vermuten ließ, daß er auf geheime Hülfsmittel rechnen zu können glaubte.« Wirklich fiel die Stadt dann, ähnlich wie es in Kleists Fragment vorbereitet wird, durch Verrat. – Auffallender Bezug zu Napoleon, der 1799 vergeblich Akka belagert hatte und dessen syrischer Feldzug durch die im französischen Heer ausbrechende Pest gescheitert war; wie Guiskard besuchte Napoleon die Kranken allen Warnungen zum Trotz, da er sich gefeit wußte.

Formales Vorbild für Kleist war u.a. der »König Ödipus« des Sophokles, den er sich Juni 1803 in der Übersetzung von Steinbrüchel aus der Dresdner Bibliothek entlieh.

Zeugnisse zur Entstehung:

Bericht eines jungen Mannes aus Kleists Umkreis: »Er hatte auf einer Insel der Aar ein kleines Landhaus dem unsrigen gegenüber gemietet; er brütete über einem Trauerspiel, in dem der Held auf der Bühne an der Pest stirbt. Oft sahen wir ihn stundenlang in einem braunen Curé auf seiner Insel, mit den Armen fechtend, auf und ab rennen und deklamieren.« Anläßlich einer Unterhaltung über Goethes dramatische Verdienste veranschaulichte Kleist dem Bekannten »die Gesetze des Trauerspiels in einer sehr einfachen und mathematischen Figur«.

Kleist an Ulrike, 9.12.1802: »Der Anfang meines Gedichtes, das der Welt Deine Liebe zu mir erklären soll, erregt die Bewunderung aller Menschen, denen ich es mitteile. O Jesus! Wenn ich es doch vollenden könnte!«

Wieland an einen Bekannten (1804): In Oßmannstedt Anfang 1803 bekannte Kleist, »daß er an einem Trauerspiel arbeite, aber ein so hohes und vollkommenes Ideal davon seinem Geiste vorschweben habe, daß es ihm noch immer unmöglich gewesen sei, es zu Papier zu bringen. Er habe zwar schon viele Szenen nach und nach aufgeschrieben, vernichte sie aber immer wieder ... Endlich ... erschien einstmals zufälligerweise an einem Nachmittag die glückliche Stunde, wo ich ihn so treuherzig zu machen wußte, mir einige der wesentlichsten Szenen ... aus dem Gedächtnis vorzudeklamieren. Ich gestehe Ihnen, daß ich erstaunt war, und ich glaube nicht zu viel zu sagen, wenn ich Sie versichere: Wenn die Geister des Äschylus, Sophokles und Shakespeare sich vereinigten, eine Tragödie zu schaffen, so würde das sein, was Kleists ›Tod Guiscards des Normanns‹, sofern das Ganze demjenigen entspräche, was er mich damals hören ließ.«

Kleist an Ulrike, 13.3.1803: »Ich nehme hier Unterricht in der Deklamation bei einem gewissen Kerndörffer. Ich lerne meine eigne Tragödie bei ihm deklamieren. Sie müßte, gut deklamiert, eine bessere Wirkung tun, als schlecht vorgestellt. Sie würde, mit vollkommner Deklamation vorgetragen, eine ganz ungewöhnliche Wirkung tun.«

Wieland an Kleist, Juli 1803: »Sie *müssen* Ihren Guiscard vollenden, und wenn der ganze Kaukasus und Atlas auf Sie drückte.«

Kleist an Ulrike, 3.7.1803: »Ich soll das Anerbieten eines Freundes [Pfuel] annehmen, von seinem Gelde so lange zu leben, bis ich eine gewisse Entdeckung im Gebiete der Kunst, die ihn sehr interessiert, völlig ins Licht gestellt habe. Ich soll in spätestens zwölf Tagen mit ihm nach der Schweiz gehen, wo ich diese meine literarische Arbeit, die sich allerdings über meine Erwartung hinaus verzögert, unter seinen Augen vollenden soll.«

Kleist an Ulrike, 5.10.1803: »Ich habe nun ein Halbtausend hintereinander folgender Tage, die Nächte der meisten mit eingerechnet, an den Versuch gesetzt, zu so vielen Kränzen noch einen auf unsere Familie herabzuringen: jetzt ruft mir unsere heilige Schutzgöttin zu, daß es genug sei ... Töricht wäre es wenigstens, wenn *ich* meine Kräfte länger an ein Werk setzen wollte, das, wie ich mich endlich überzeugen muß, für mich zu schwer ist. Ich trete vor einem zurück, der noch nicht da ist, und beuge mich, ein Jahrtausend im voraus, vor seinem Geiste. Denn in der Reihe der menschlichen Erfindungen ist diejenige, die ich gedacht habe, unfehlbar ein Glied...«

Kleist an Ulrike, 26.10.1803: »Ich habe in Paris mein Werk, soweit es fertig war, durchlesen, verworfen, und verbrannt: und nun ist es aus.«

Kleist an Heinrich von Collin, 14.2.1808: »Das erste Werk, womit ich [nach der »Penthesilea«] wieder auftreten werde, ist Robert Guiskard, Herzog der Normänner. Der Stoff ist, mit den Leuten zu reden, noch ungeheurer; doch in der Kunst kommt es überall auf die Form an, und alles, was eine Gestalt hat, ist meine Sache.«

S. 104 *Die zwölf bewehrten Männer*: soll wohl heißen »bewährten«.

S. 107 *Marin!:* Im Erstdruck steht hier »Maria!«, was offenbar ein Druckfehler ist.

S. 110 *Guiskard heißt Schlaukopf ...:* Kleists Anmerkung beruht auf der genannten Darstellung von Funck.

S. 111 *Mir, Ottos Sohn:* Der geschichtliche Vater Abälards hieß Humphred.

DER ZERBROCHNE KRUG (S. 119)

Entstehung: Erste Anregung 1802 in der Schweiz durch einen Kupferstich. Niederschrift von drei Szenen 1803 in Dresden. Fertigstellung 1806 in Königsberg. Während Kleists Gefangenschaft gelangt das Manuskript durch Kleists Freund Rühle von Lilienstern an Adam Müller in Dresden, der es im August 1807 an Goethe schickt.

Erstdruck: »Fragmente aus dem Lustspiel« (1., 6. und 7. Auftritt) im »Phöbus«, Heft 3, März 1808. Das als Vorlage dienende Manuskript ist noch vorhanden. Die Buchausgabe erschien in Reimers »Realschulbuchhandlung«, Berlin 1811. Danach unser Text.

Erstaufführung: 2.3.1808 am Weimarischen Hoftheater unter Goethes Leitung. Mißerfolg, da in drei Akte eingeteilt und die letzten Auftritte zu lang. Kleist entschloß sich daher bei der Buchausgabe zu einem gekürzten Schluß, gab aber die ursprüngliche Fassung als »Variant« im Anhang.

Quellen: Das Hauptmotiv – der Richter, der seine eigene Tat aufdecken muß – sowie die analytische Entwicklung der Handlung gehen auf Sophokles' »König Ödipus« zurück, zu dem Kleists Lustspiel ein tragikomisches Gegenstück bildet; selbst Adams Klumpfuß deutet auf Oidipus = Schwellfuß.

Zeugnisse zur Entstehung:

Zschokke (1842): »In meinem Zimmer hing ein französischer Kupferstich, ›La cruche cassée‹. In den Figuren desselben glaubten wir ein trauriges Liebespärchen, eine keifende Mutter mit einem zerbrochenen Majolikakruge und einen großnasigen Richter zu erkennen.« – (1825): »Die ausdrucksvolle Zeichnung belustigte und verlockte zu mancherlei Deutungen des Inhalts. Im Scherz gelobten die drei, jeder wolle seine eigentümliche Ansicht schriftlich ausführen. Ludwig Wieland verhieß eine Satire, Heinrich von Kleist entwarf ein Lustspiel und der Verfasser der gegenwärtigen Erzählung das, was hier gegeben wird.«

E. v. Bülow (1848): In Dresden 1803 »soll Kleist eines Abends, als Pfuel Zweifel an seinem komischen Talent geäußert, ihm die drei ersten Szenen des schon in der Schweiz begonnenen Lustspiels diktiert haben.«

Kleist an Rühle, 31.8.1806: »So lange das [Leben] dauert, werd ich jetzt Trauerspiele und Lustspiele machen. Ich habe der Kleisten [Marie v. Kleist] eben wieder gestern eins geschickt, wovon Du die erste Szene schon in Dresden gesehen hast. Es ist der zerbrochene Krug. Sage mir dreist, als ein Freund, Deine Meinung, und fürchte nichts von meiner Eitelkeit. Meine Vorstellung von meiner Fähigkeit ist nur noch der Schatten von jener ehemaligen in Dresden ...«

Goethe an Adam Müller, 28.8.1807: »Der zerbrochene Krug hat außerordentliche Verdienste, und die ganze Darstellung dringt sich mit gewaltsamer Gegenwart auf ... Das Manuskript will ich mit nach Weimar nehmen, in der Hoffnung Ihrer Erlaubnis, und sehen, ob etwa ein Versuch der Vorstellung zu machen sei.«

Kleist an Goethe, 24.1.1808: »[Penthesilea] ist übrigens ebenso wenig für die Bühne geschrieben, als jenes frühere Drama: der Zerbrochne Krug, und ich kann es nur Ew. Exzellenz gutem Willen zuschreiben, mich aufzumuntern, wenn dies letztere gleichwohl in Weimar gegeben wird. Unsre übrigen Bühnen sind weder vor noch hinter dem Vorhang so beschaffen, daß ich auf diese Auszeichnung rechnen dürfte ...«

F. W. Riemer, Tagebuch, Weimar, 2.3.1808: »Abends ›Der Gefangene‹ [einaktige Oper von Della Maria] und der ›Zerbrochene Krug‹, der anfangs gefiel, nachher langweilte und zuletzt von einigen wenigen ausgetrommelt wurde, während andere zum Schluß klatschten.«

Allg. Dt. Theaterzeitung, 11.3.1808: »Das Süjet desselben ist recht artig ... aber hilf Himmel, hilf! nun müssen wir noch den zweiten und den (das ganze Stück verdarb dritthalb Stunden) eine Stunde währenden dritten Akt, alles ein einziges Verhör, mit anhören... Daß der Verfasser kein Dramatiker ist, beweist seine Unkunde jeder dramatischen Regel. Ich höre, daß es ein Herr von Kleist sei... Dem Publikum gereicht es zur Ehre, daß es, am Ende des Stückes (was ich nie hier erlebte) wirklich pochte.«

Goethe zu Falk (1810): »Sie wissen, welche Mühe und Proben ich es mir kosten ließ, seinen ›Wasserkrug‹ aufs hiesige Theater zu bringen. Daß es dennoch nicht glückte, lag einzig in dem Umstande, daß es dem übrigens geistreichen und humoristischen Stoffe an einer rasch durchgeführten Handlung fehlt. Mir aber den Fall desselben zuzuschreiben, ja, mir sogar, wie es im Werke gewesen ist, eine Ausforderung deswegen nach Weimar schicken zu wollen, deutet, wie Schiller sagt, auf eine schwere Verirrung der Natur...«

Goethe an Johanna Schopenhauer, 18.12.1811 (vier Wochen nach Kleists Tod): »Sie haben, werte Freundin, gestern Abend soviel Teilnahme an dem zerbrochnen Krug bewiesen, der bei uns vor einiger Zeit ganz in Stücken gegangen, daß ich mich freue Ihren Wünschen entgegenkommen zu können. Hier [in der Buchausgabe] ist eine Abkürzung desselben, die vielleicht auf das Theater gebracht werden könnte...«

Kleist an Fouqué, 25.4.1811: »Es kann auch, aber nur für einen sehr kritischen Freund, für eine Tinte meines Wesens gelten; es ist nach dem Teniers [fläm. Genre-Maler] gearbeitet, und würde nichts wert sein, käme es nicht von einem, der in der Regel lieber dem göttlichen Raphael nachstrebt.«

Im Stück enthaltene Fremdwörter und Fachausdrücke:

ab officio suspendieren = seines Amtes entheben; *auftoupieren* = das Haar aufrauhen, voller machen; *Dechant* = Kirchenvorstand; *Depositionen* = gerichtlich hinterlegte Gelder; *Edikte* = Verordnungen; *inquirieren* = verhören; *Interessen* = Zinsen; *Inundations-Kollekte* = Spendensammlung bei Überschwemmungen; *inundieren* = überschwemmen; *judizieren* = Recht sprechen; *Konklusum* = Entschließung; *Konskription* = Aushebung zum Heeresdienst; *konstieren* = feststehen, stimmen; *kujonieren* = quälen; *praeter propter* = ungefähr; *Prostitution* = Bloßstellung; *Pupillenakten* = Vormundschaftsakten; *purgieren* = abführen, reinigen; *rect'* = recta via, geradewegs; *Sentenz* = Urteil; *Session* = Gerichtssitzung; *submiß* = untertänig; *Synode* = Kirchenbehörde; *titulo quarto, quinto, sexto* = viertes, fünftes, sechstes Kapitel des Gesetzes.

S. 120 *wie Kreon, bei einer ähnlichen Gelegenheit, den Ödip:* Situation in »König Ödipus« von Sophokles, als die Schuld des Ödipus am Tode des Lajos offenbar wird. – *von einem niederländischen Meister:* Irrtum Kleists; es handelte sich um einen französischen Kupferstich von Le Veau nach einem heute verschollenen Gemälde von Debucourt. – Die »Vorrede« steht nur im Manuskript, nicht in der Buchausgabe.

S. 122 *Ziegenbock am Ofen:* eine Ofenverzierung; ursprünglich deutlicher: »der an der Ofenkante eingefugt«.

S. 123, 126 *Holla, Huisum, Hussahe:* Von Kleist erfundene Ortsnamen.

S. 125 *Zu seiner Zeit... schwieg auch der große Demosthenes:* Plutarch erzählt, daß Demosthenes einmal in der Volksversammlung unter dem Vorwand, erkältet zu sein, gegen seine Überzeugung geschwiegen habe, weil er von Alexander von Mazedonien bestochen worden sei.

S. 131 *seit Kaiser Karl dem fünften:* Er schuf 1532 die Halsgerichtsordnung (»Carolina«). – *Puffendorf:* Samuel v. Pufendorf (1632–94), Verfasser grundlegender juristischer Werke.

S. 133 *Sackzehnde:* Naturalleistung der Bauern an Pfarrer und Schulmeister.

S. 136 *Fiedel:* Pranger-Instrument.

S. 137 *um alle Wunden:* zu ergänzen »Christi«.

S. 138 *Pips:* Geflügelkrankheit.

S. 139 *Klägere:* altertümelnde Form. Die nun folgende Szene mit den unangebrachten Fragen des Dorfrichters ist bei Goethe in »Wilhelm Meisters Lehrjahren«, I 13, vorgebildet.

S. 140 *vereinte Staaten:* die Niederlande.

S. 141 *Der Krüge schönster ist entzwei geschlagen:* Frau Marthes Krug-Beschreibung ist angeregt durch Salomon Geßners Idylle vom zerbrochenen Krug, die Ramler in Verse gebracht und Geßners Sohn Heinrich anläßlich des Dichterwettstreites zwischen Zschokke, Kleist und Wieland abgeschrieben hatte: »Ach! zerbrochen ist er, der Krüge schönster! Da liegen / Seine Scherben umher! ...« Auch in Zschokkes gleichnamiger Erzählung (1813) spielt die Beschreibung der Bilder auf dem Krug eine Rolle: »... den guten Adam ohne Kopf und von der Eva nur noch die Beine fest stehend ... das Lämmlein bis auf den Schwanz verschwunden, als hätte es der Tiger hinunterschluckt.« Als historische Quellen benutzte Kleist die Darstellungen von Schiller, Famianus Strada und Jan Wagenaar. – *dem span'schen Philipp:* Sohn Karls V., dem 1555 zu Brüssel die Niederländischen Provinzen feierlich vom Vater übergeben wurden. – *der Franzen und der Ungarn Königinnen:* Eleonore und Maria, die Schwestern Karls V. – *Philibert:* ein Ritter Karls V. – *Maximilian:* Neffe Karls V., galt für ausschweifend (»der Schlingel«!), später als Maximilian II. deutscher Kaiser. – *Erzbischof von Arras:* Granvella, Bischof von Arras und späterer Erzbischof von Mecheln, gegen den sich der Haß der Niederländer erhob. Hinter diesen Vers hatte Kleist auf einem angesiegelten Zettel im Manuskript angefügt: »Den Hirtenstab hielt er, und hinter ihm / Sah man geschmückt den ganzen Klerus prangen:« – doch wollte er dann doch nicht die gesamte Geistlichkeit vom Teufel holen lassen.

S. 142 *als Oranien Briel mit den Wassergeusen überrumpelte:* Die »Meergeusen« eroberten 1572 Briel in Südholland unter ihrem Anführer Willem van Lumey, nicht unter Oranien. – *Schneider in Tirlemont:* Die Stadt wurde 1635 von den Franzosen erobert. Die Komik liegt darin, daß der Schneider, der sich den Hals bricht, dies schlecht »mit eignem Mund« erzählen kann. – *Feuersbrunst von sechsundsechzig:* Der Brand von 1666 ist historisch.

S. 146 *Kossät:* Kotsasse; Tagelöhner, »der in der Kote sitzt«.

S. 148/49 *Nun schießt ... das Blatt mir:* volkstüml. Redensart, »ich bin aufgeregt«. – *die Hirschgeweihe:* als Zeichen des betrogenen Liebhabers.

S. 150 *Detz:* Deets, märkisch »Kopf« (franz. »tête«).

S. 154 *Wars der Herr Jesus?:* In seinem »Gespräch über die Dichtergabe H. v. Kleists« (Morgenblatt 1816) wünscht der fromme Fouqué einen einzigen Vers in Kleists Lustspiel weggelassen – vermutlich diesen!

S. 157 *twatsch:* dwatsch oder quatsch = märkisch »albern« (mhd. »twâs« = Narr).

S. 166 *nach der Pythagoräer-Regel:* auf die Pythagoreische Schule zurückgehende Zahlensymbolik.

S. 174 (*Er zeigt seinen linken Fuß.*)*:* Man hat auf einen Irrtum im Text geschlossen, da der linke ja gerade der Klumpfuß ist; aber Adam mag ihn eben zum Trotz vorzeigen, da ein Verstecken doch nicht mehr helfen konnte. Auch die schnelle Reaktion Walters spricht dafür.

AMPHITRYON (S. 181)

Entstehung: 1806 in Königsberg; möglicherweise auf eine Anregung Zschokkes zurückgehend, der 1805/6 die Ausgabe seiner eigenen Übersetzungen von »Molieres Lustspielen und Possen« ohne den »Amphitryon« erscheinen ließ. Rühle vermittelte das Manuskript während Kleists Gefangenschaft an den Dresdner Buchhändler Arnold; Adam Müller gab es mit einer Einleitung heraus.

Erstdruck: »Heinrich von Kleists Amphitryon, ein Lustspiel nach Moliere. Herausgegeben von Adam H. Müller. Dresden, in der Arnoldischen Buchhandlung.« o. J. (Mai 1807). Danach unser Text.

In der »Vorrede des Herausgebers« sagt Adam Müller:

»Eine leichte Betrachtung des vorliegenden Lustspiels wird zeigen, daß die gegenwärtige Abwesenheit des Verfassers von Deutschland und keine andre Veranlassung den Beistand einer fremden Hand bei der Bekanntmachung des Werks nötig machte. Es bedarf nämlich so wenig einer Empfehlung, daß diesmal, ganz der gewöhnlichen Ordnung entgegen, der Herausgeber viel mehr durch den Amphitryon, als die eigentümliche, auf ihre eigne Hand lebende Dichtung durch den Herausgeber empfohlen werden kann ... Möge der Leser, wenn er in Betrachtung dieses Jupiters und dieser Alkmene sich der Seitenblicke auf den Moliere, oder den Plautus, oder die alte Fabel selbst, durchaus nicht erwehren kann – den Wörterbüchern, den Kunstlehren, und den Altertumsforschern, die ihm dabei an die Hand gehen möchten, nicht zu viel trauen: das altertümliche Kostüm gibt die Antike noch nicht; ein tüchtiger, strenger metrischer Leisten gibt noch nicht den poetischen Rhythmus; und das Geheimnis der Klassizität liegt nicht in der bloßen Vermeidung von Nachlässigkeiten, die leise verletzen, aber nicht ärgern, nicht verunstalten, oder verdunkeln können das Ursprüngliche und Hohe, das aus dem Werke herausstrahlt. Mir scheint dieser Amphitryon weder in antiker noch moderner Manier gearbeitet: der Autor verlangt auch keine mechanische Verbindung von beiden, sondern strebt nach einer gewissen *poetischen Gegenwart*, in der sich das Antike und Moderne – wie sehr sie auch ihr untergeordnet sein möchten, dereinst wenn getan sein wird, was Goethe entworfen hat – dennoch wohlgefallen werden.

Erwägt man die Bedeutung des deutschen und die Frivolität des Moliereschen Amphitryon, erwägt man die einzelnen von Kleist hinzugefügten komischen Züge, so muß man die Gutmütigkeit bewundern, mit der die komischen Szenen dem Moliere nachgebildet sind: der deutsche Leser hat von dieser mehrmaligen Rückkehr zu dem französischen Vorbilde den Gewinn, kräftig an das Verhältnis des poetischen Vermögens der beiden Nationen erinnert zu werden.

Einen Wunsch kann der Herausgeber nicht unterdrücken, nämlich den, daß im letzten Akte das thebanische Volk an den Unterschied des göttlichen und irdischen Amphitryon gemahnt werden möchte, wie Alkmene im zweiten Akt. *Gewollt* hat es der Autor, daß die irdische Liebe des Volks zu ihrem Führer ebensowohl zu Schanden werde, als die Liebe der Alkmene zu ihrem Gemahl – aber nicht *ausgedrückt*.«

Erstaufführung: 1899 am Neuen Theater in Berlin.

Quellen: Neben Molières »Amphitryon« (1668) scheint Kleist auch Rotrous »Les Sosies« (1636), J.D.Falks »Amphitruon« (1804), möglicherweise auch die alte Komödie des Plautus gekannt und stellenweise benutzt zu haben. – In Szene 4 bis 6 des zweiten Aktes und in der Schlußszene weicht Kleist völlig von seiner Vorlage ab.

Zeugnisse zur Entstehung:

Chr.G.Körner an Verleger Göschen, 17.2.1807: »Vorjetzt bitte ich Sie um baldige Antwort auf eine Anfrage, wozu mich ein merkwürdiges poetisches Produkt veranlaßt, das ich hier im Manuskript gelesen habe ... Der Verfasser ist jetzt als Gefangener in eine französische Provinz gebracht worden, und seine Freunde wünschen das Manuskript an einen gutdenkenden Verleger zu bringen, um ihm eine Unterstützung in seiner bedrängten Lage zu verschaffen. Adam Müller ... will die Herausgabe besorgen und noch einige kleine Nachlässigkeiten im Versbau verbessern. Von ihm habe ich das Manuskript erhalten.«

A. Müller an Friedrich Gentz, 9.5.1807: »Die äußere Ungeschliffenheit der Verse wegzuschaffen, hielt ich nicht für meinen Beruf, um so weniger, als ich den innern Rhythmus dieses Gedichts zu verletzen für ein Verbrechen gegen die poetische Majestät dieses großen Talents gehalten haben würde.«

Kleist an Ulrike, Châlons, 8.6.1807: »Rühle hat ein Manuskript, das mir unter andern Verhältnissen das Dreifache wert gewesen wäre, für 24 Louisdor verkaufen müssen.«

Goethe, 13.7.1807: »Gegen Abend Hr. von Mohrenheim, russischer Legationssekretär, welcher mir den Amphitryon von Kleist, herausgegeben von Adam Müller, brachte. Ich las und verwunderte mich, als über das seltsamste Zeichen der Zeit.«

Kleist an Ulrike, 17.9.1807: »Zwei meiner Lustspiele [Amphitryon, Krug] sind schon mehrere Male in öffentlichen Gesellschaften, und immer mit wiederholtem Beifall, vorgelesen worden.«

S. 184 *Labdakus:* Kleist entlehnt den Namen der Ödipus-Tragödie; bei Molière wie bei Plautus heißt der feindliche Feldherr Ptérélas.

S. 188 *Du sagst von diesem Hause dich?:* hier wie auch sonst französische Diktion (Molière: »Tu te dis de cette maison?«).

S. 194 *Risse:* märkisch »Prügel«.

S. 197 *In diesem Stücke bin ich ein Lakoner:* Hinweis auf die sprichwörtliche Schweigsamkeit der Spartaner; nicht bei Molière.

S. 198 *scharwenzeln:* auch »scharwenzen« (Zerbr. Krug) = umwerben. – *adjungieren:* beigesellen.

S. 199 *Vom Ei:* lat. »ab ovo« = von Anfang an.

S. 200 *salva venia:* lat. »mit Verlaub«.

S. 205 *Here:* Hera, griech. Name der Juno; latein. und griech. Formen wechseln bei Kleist.

S. 208 *Ortolan:* Gartenammer, von den Römern als Leckerbissen geschätzt; nicht bei Molière.

S. 210 *Fletten:* niederdt. »Fittiche«.

S. 219 *Tyndariden:* Kastor und Pollux, die von Jupiter gezeugten Söhne der Leda und des Tyndarus.

S. 221 *an seinem Nest gewöhnt:* Friedrich Gentz, 1807 durch Adam Müller auf Nachlässigkeiten der Sprache in Kleists Stück hingewiesen, bezeichnet in seiner Antwort diese Stelle als »einzige Sprachunrichtigkeit«, die er gefunden habe.

S. 223 *Du wolltest ihm, mein frommes Kind ...:* Jupiters Verse werden in einer Rezension von August Klingemann (Zeit. f. d. eleg. Welt, 19.7.1807) als Beispiel zitiert, »daß bei dem höchsten Dichtergenie es dennoch nur einseitig gelingen kann, einen eigentümlich antiken Gegenstand romantisch darzustellen«.

S. 226 *Saupelz:* Gentz an A. Müller, 16.5.1807: »Alsdann hätte ich das Wort ›Saupelz‹ weggewünscht, weil es doch etwas *zu* niedrig ist, ob es gleich da, wo es steht, nichtsdestoweniger gute Wirkung tut.«

S. 238 *von der Bank gefallner Gauner:* unehelich (auf der Bank, nicht im Ehebett) gezeugt.

S. 244 *Farren:* männliches Zuchtrind.

S. 246 *Dir wird ein Sohn geboren werden, deß Name Herkules:* Die Worte erinnern an die Marien-Verkündigung. Adam Müller und – wohl durch ihn beeinflußt – der Kritiker des »Morgenblatts« (3.6.1807) und Goethe sprechen von einer Umdeutung der Fabel »ins Christliche«. – *Und im Olymp empfang ich dann, den Gott:* Das Komma dient bei Kleist zur Kennzeichnung einer gewichtigen Sprechpause.

S. 247 *Ach!:* Das Besondere dieses Schlusses wird schon von der zeitgenössischen Kritik hervorgehoben. »Allg. Literatur-Zeitung«, 24.7. 1807: »und schön ist das überwältigende, unaussprechliche Gefühl von dieser plötzlichen Offenbarung durch Alkmenens einfaches Ach! ausgedrückt, womit das Drama bedeutend schließt.« A. Klingemann in der »Zeit. f. d. eleg. Welt«, 19.7.1807: »ein Ach von tiefer Bedeutung; wo Unschuld und Sünde in den kleinsten Laut zusammenschmelzen.« Ähnlich Jean Paul: »Das Final-›Ach‹ würde zu viel bedeuten, wenn es nicht auch zu vielerlei bedeutete.«

PENTHESILEA (S. 249)

Entstehung: 1806 in Königsberg begonnen, in der Gefangenschaft fortgesetzt, in Dresden 1807 vollendet.

Erstdruck: »Organisches Fragment aus dem Trauerspiel Penthesilea« (1., 5., 6., 9., 15., 20.–22. Auftritt mit verbindenden Zwischentexten) im »Phöbus«, Heft 1, Januar 1808. – Buchausgabe im Verlag der Cottaischen Buchhandlung, Tübingen (Herbst) 1808. Die bereits ausgedruckte Auflage, die zunächst im Selbstverlag erscheinen sollte, war von Cotta übernommen worden; ein Teil der Auflage trägt auf dem Titelblatt noch keine Verlagsangabe, sondern nur den Druckvermerk: »Dresden, gedruckt bei Carl Gottlob Gärtner.« Danach unser Text.

Erstaufführung: Am 23.4.1811 fanden in Berlin pantomimische Darstellungen einzelner Teile (nach vorangegangener Rezitation von Prof. Schütz) durch die berühmte Schauspielerin Henriette Hendel-Schütz im Konzertsaal des Nationaltheaters statt. – Mai 1876 erster Aufführungsversuch in der Bearbeitung von S. H. Mosenthal am Kgl. Schauspielhaus zu Berlin.

Quellen: Benjamin Hederichs »Gründliches mythologisches Lexicon«, 2. Aufl. 1770, insbesondere die Stichworte »Amazonen«, »Penthesilea«, »Pentheus« (Schilderung der Mänaden!); ferner Euripides' »Bakchen«, Homers »Ilias« u.a. Kleist benutzt nicht die übliche Fassung der Sage, wonach Achill die Amazonenkönigin tötet und sich in die Sterbende verliebt, sondern eine bei Hederich verzeichnete Variante, nach der es Penthesilea zunächst gelingt, ihren Gegner zu erlegen; allerdings tötet auch hier der wiedererstandene Achill am Ende die Amazonenfürstin.

Zeugnisse zur Entstehung:

Kleist an Rühle, 31.8.1806: »Jetzt habe ich ein Trauerspiel unter der Feder.«

Kleist an Marie von Kleist, Spätherbst 1807: »Ich habe die Penthesilea geendigt, von der ich Ihnen damals, als ich den Gedanken zuerst faßte, wenn Sie sich dessen noch erinnern, einen so begeisterten Brief schrieb. Sie hat ihn wirklich aufgegessen, den Achill, vor Liebe. Erschrecken Sie nicht, es läßt sich lesen ... Es ist hier schon zweimal in Gesellschaft vorgelesen worden, und es sind Tränen geflossen, soviel als das Entsetzen, das unvermeidlich war, zuließ. Ich werde einige Blätter aus der Handschrift vom Schluß zusammenraffen, und diesem Brief einlegen. Für Frauen scheint es im Durchschnitt weniger gemacht als für Männer, und auch unter den Männern kann es nur einer Auswahl gefallen. Pfuels kriegerisches Gemüt ist es eigentlich, auf das es durch und durch berechnet ist. Als ich aus meiner Stube mit der Pfeife in der Hand in seine trat, und ihm sagte: jetzt ist sie tot, traten ihm zwei große Tränen in die Augen ... Ob es, bei den Forderungen, die das Publikum an die Bühne macht, gegeben werden wird, ist eine Frage, die die Zeit entscheiden muß ...« – »Daß Ihnen, wie Sie in Rühles Brief sagen, das letzte, in seiner abgerißnen Form höchst barbarische Fragment der Penthesilea, worin sie den Achill tot schlägt, gleichwohl Tränen entlockt hat, ist mir, weil es beweiset, daß Sie die Möglichkeit einer dramatischen Motivierung denken können, selbst etwas so Rührendes, daß ich Ihnen gleich das Fragment schicken muß, worin sie ihn küßt, und wodurch jenes allererst rührend wird ...« – »Unbeschreiblich rührend ist mir alles, was Sie mir über die Penthesilea schreiben. Es ist wahr, mein innerstes Wesen liegt darin, und Sie haben es wie eine Seherin aufgefaßt: der ganze Schmutz zugleich und Glanz meiner Seele.«

Kleist an Wieland, 17.12.1807: »Soviel ist gewiß: ich habe eine Tragödie (Sie wissen, wie ich mich damit gequält habe) von der Brust heruntergehustet; und fühle mich wieder ganz frei!«

Kleist an Goethe, 24.1.1808: »Ich war zu furchtsam, das Trauerspiel, von welchem Exzellenz hier ein Fragment finden werden, dem Publikum im Ganzen vorzulegen. So, wie es hier steht, wird man vielleicht die Prämissen, als möglich, zugeben müssen, und nachher nicht erschrekken, wenn die Folgerung gezogen wird.«

Kleists Epigramme im »Phöbus«, Mai 1808:

Komödienzettel

Heute zum ersten Mal mit Vergunst: die Penthesilea,
Hundekomödie; Akteurs: Helden und Köter und Fraun.

Dedikation der Penthesilea

Zärtlichen Herzen gefühlvoll geweiht! Mit Hunden zerreißt sie,
Welchen sie liebet, und ißt, Haut dann und Haare, ihn auf.

Der Theater-Bearbeiter der Penthesilea

Nur die Meute, fürcht ich, die wird in W[eimar] mit Glück nicht
Heulen, Lieber; den Lärm setz ich, vergönn, in Musik.

Archäologischer Einwand

Aber der Leib war Erz des Achill! Der Tochter des Ares
Geb ich zum Essen, beim Styx, nichts als die Ferse nur preis.

Rechtfertigung

Ein Variant auf Ehre, vergib! Nur ob sie die Schuhe
Ausgespuckt, fand ich bestimmt in dem Hephästion nicht.

Kleist an Cotta, 7.6.1808: »Dieser Druck der ersten Bogen schreckt die Hr. Buchhändler ab, das Werk anders als in Kommission, zu übernehmen, und gleichwohl setzen mich die großen Kosten, die mir der Phöbus verursacht, außerstand, im Druck dieses Werks fortzufahren.«

Kleist an Cotta, 24.7. 1808: »Ew. Wohlgeboren haben sich wirklich, durch die Übernahme der Penthesilea, einen Anspruch auf meine herzliche und unauslöschliche Ergebenheit erworben.«

Varnhagen nach einem Besuch bei Cotta, im Winter 1808: »Wir sprachen von Kleists Penthesilea, die er verlegt hat, er war unzufrieden mit dem Erzeugnis, und wollte das Buch gar nicht anzeigen, damit es nicht gefordert würde.«

Kleist an Heinrich von Collin, 8. Dez. 1808: »Wie gern hätte ich das Wort von Ihnen gehört, das Ihnen, die Penthesilea betreffend, auf der Zunge zu schweben schien! Wäre es auch gleich ein wenig streng gewesen! Denn wer das Käthchen liebt, dem kann die Penthesilea nicht ganz unbegreiflich sein, sie gehören ja wie das + und — der Algebra zusammen, und sind ein und dasselbe Wesen, nur unter entgegengesetzten Beziehungen gedacht.«

Namenverzeichnis zu »Penthesilea«

Äginer – Achilles; sein Vater Peleus stammte aus Ägina.
Äthioper – Afrikaner.
Ätolier – Griechen, Bewohner Ätoliens.
Agamemnon – Führer der Griechen vor Troja.

Aphrodite – Göttin der Liebe.
Ares – Kriegsgott, lat. Mars.
Argiver – Bewohner von Argos; Griechen überhaupt.
Artemis – Göttin der Jagd, lat. Diana; bei Kleist Hauptgöttin der Amazonen.
Atriden – Agamemnon und Menelaos, Söhne des Atreus.
Briseïs – von Achill erbeutete Sklavin, die ihm Agamemnon streitig machte.
Danaer – Bewohner von Argos; die Griechen überhaupt.
Dardaner – Bewohner von Dardanos in Troas; Trojaner überhaupt.
Deïphobus – Sohn des Priamus; die korrekte Betonung des viersilbigen Namens liegt auf dem i.
Delius – Apollo, nach der Sage auf der Insel Delos geboren.
Deukalion – der Noah der griech. Sage, schuf mit den hinter sich geworfenen Steinen ein neues Menschengeschlecht.
Diana – s. Artemis.
Doloper – Volksstamm in Thessalien.
Elysium – das Paradies der Griechen.
Erinnyen, *Eumeniden* – Rachegöttinnen.
Gorgonen – Ungeheuer der Unterwelt; nach Hederich auch »streitbare Frauen aus Afrika«, Feindinnen der Amazonen.
Hades – Unterwelt.
Helena – Gattin des spartan. Königs Menelaos; ihre Entführung nach Troja durch Paris, den Sohn des Priamus, entfesselte den Trojanischen Krieg.
Helios – Sonnengott.
Hellas – Griechenland.
Hellespont – antiker Name der Dardanellen.
Hephästos – Gott der Schmiedekunst.
Herkuls Säulen – die Säulen des Herkules, Straße von Gibraltar.
Horen – Göttinnen, hüten die Tore des Olymps.
Hymen – Hymenäos, griech. Hochzeitsgott.
Hymetta – eigentlich Hymettos, Berg in Attika.
Ida – Gebirge in Kleinasien.
Ilium – Troja.
Inachiden – die Griechen als Nachkommen des Königs Inachos von Argos.
Isthmus – die Landenge von Korinth, wo Wagenkämpfe ausgetragen wurden.
Kentaur – Fabelwesen, halb Mensch, halb Pferd.
Kozyth – Kokytos, Fluß der Unterwelt.
Kronide, *Kronion* – Zeus, Sohn des Kronos.
Laertiade – Odysseus, Sohn des Laërtes.

Lapithen – mythischer Volksstamm, kämpften gegen die Kentauren.
Larissäer – von Virgil gebrauchter Beiname des Achilles; Diomedes meint S. 256 den »Laertiaden« Odysseus damit.
Lernäersumpf – Wohnort der neunköpfigen Hydra.
Mänaden – rasende Frauen im Gefolge des Dionysos.
Mavors – ältere Form für Mars.
Myrmidonen – thessalischer Volksstamm unter Führung des Achilles.
Neridensohn – Achilles; seine Mutter war die Tochter des Meergotts Nereus.
Numidier – afrikanisches Reitervolk.
Orkus – Unterwelt.
Ossa – Berg in Thessalien.
Paris – Prinz von Troja, gab Aphrodite den Apfel als Preis der Schönheit, raubte Helena.
Patroklus – Achills Freund, von Hektor getötet.
Pelide – Achilles, Sohn des Peleus.
Pergam – Pergamos, die Burg von Troja.
Pharsos – von Kleist erfundener Name.
Phtia – Hauptstadt der Myrmidonen; Kleist schreibt stets *Phtya*.
Priamiden – Söhne des trojanischen Königs Priamus; vor allem Hektor, dessen Leichnam Achill um die Stadtmauern schleifte.
Prometheus – Titan und Führer der Menschheit.
Skythen – griech. Sammelname für die nordöstlichen Nomadenvölker.
Styx – Fluß der Unterwelt.
Teukrische – Trojaner, nach ihrem ersten König Teukros.
Themiscyra – Hauptstadt des Amazonenreichs.
Thetis – Achills Mutter, Tochter des Meergottes Nereus.
Tydide – Diomedes, Sohn des Tydeus.
Ulyß – falsche lat. Form für Odysseus.

S. 254 *den Lorbeer ... groß ... düngend:* »groß« bezieht sich nicht auf die »Leiber«.

S. 255 *Ormen:* Ulmen, nach franz. »orme«.

S. 260 *Blesse:* auch »Blasse« oder »Blässe«, heller Stirnfleck. – *Quadriga:* Viergespann.

S. 261 *Senne:* ältere Form für »Sehne«.

S. 265 *Spießer:* junger Hirsch.

S. 267 *auf Küssen:* Kleist benutzt hier eine ältere Form von »Kissen«.

S. 270 *Verflucht das Herz, das sich nicht mäßgen kann:* Die oft vorgeschlagene Korrektur »noch mäßgen« ist unberechtigt; sowohl im Manuskript wie in beiden Erstdrucken steht »nicht«.

S. 273 *Vielmehr, noch eh die Sonne sinkt, versprech ich ...:* Der ganze Satz ist noch abhängig von dem vorausgehenden »Wirst du«. Ein bösartiger zeitgenössischer Kritiker (»Nordische Miszellen«, 4. 12. 1808) druckte die vier Verse mit dem folgenden »Das ist ja sonderbar und unbegreiflich!« für sich ab, um dann als seinen Kommentar »Freilich! freilich!« dazu setzen zu können.

S. 281 *Diamantengürtel:* nach Hederichs Lexikon der berühmte Gürtel der Amazonenkönigin Hippolyta. – *der selbst der Busen fehlt:* s. Anmerkung zu S. 308.

S. 289 *stehe fest, wie das Gewölbe steht, weil seiner Blöcke jeder stürzen will:* Kleist an Wilhelmine v. Zenge, 16. Nov. 1800: »Da ging ich, in mich gekehrt, durch das gewölbte Tor, sinnend zurück in die Stadt. Warum, dachte ich, sinkt wohl das Gewölbe nicht ein, da es doch keine Stütze hat? Es steht, antwortete ich, weil alle Steine auf einmal einstürzen wollen – und ich zog aus diesem Gedanken einen unbeschreiblich erquickenden Trost ...« – *Den Ida will ich auf den Ossa wälzen*: nach Homers »Odyssee«, XI, 305: »Ossa mühten sie sich auf Olympos zu setzen ... um hinauf in den Himmel zu steigen.«

S. 304 *Mein Schwan singt noch im Tod:* Schwan als Sinnbild der Seele, hier verknüpft mit der Vorstellung vom Schwanengesang.

S. 305 *Harras:* Gestüt (franz. »haras«).

S. 308 *Die Amazonen oder Busenlosen:* volksetymologische Namensdeutung, die Kleist bei Hederich fand.

S. 316 *ihren goldnen Halbmond:* Diana-Feldzeichen der Amazonen.

S. 320 *dem klafternhohen Felsenriff entpoltern:* eine Klafter = Spannweite der Arme; Heinrich Zschokke in einer Rezension (»Miszellen f. d. Neueste Weltkunde«, 28. 12. 1808): »Die Klafterhöhe steht hier mit der Endlosigkeit in schlechter Nachbarschaft.«

S. 322 *Tigris, Leäne, Melampus:* Hundenamen nach Hederichs Lexikon (Actäons Meute). – *Akle:* richtiger »Alke«.

S. 333 *O eine Träne, du Hochheilge ...:* Die Verse werden von Zschokke 1808 als »geschmackloser Schwulst« bezeichnet.

S. 334 *Vor der mein Herz auf Knieen niederfällt:* Kleist schickt Goethe das erste Phöbus-Heft »auf den ›Knien meines Herzens‹«; Zitat nach dem biblisch-unkanonischen »Gebet Manasses«. Die gleiche Herz-Metapher gebraucht Goethe selbst bereits in einem Brief an Herder vom Mai 1775: »Deine Art... legt mich immer auf die Knie meines Herzens.«

S. 342 *Die abgestorbne Eiche steht im Sturm ...:* Kleist an Adolfine von Werdeck, 29. 7. 1801: »Und doch, wenn die Jugend von jedem Eindrucke bewegt wird, und ein heftiger sie stürzt, so ist das nicht, weil sie keinen, sondern weil sie starken Widerstand leistet. Die abgestorbene Eiche, sie steht unterschüttert im Sturm, aber die blühende stürzt er, weil er in ihre Krone greifen kann –« Das gleiche Bild auch schon in der »Familie Schroffenstein« (S. 40).

DAS KÄTHCHEN VON HEILBRONN (S. 343)

Entstehung: Begonnen im Winter 1807/8 in Dresden, anschließend an »Penthesilea«; mehrfache Umarbeitungen im Hinblick auf erhoffte Bühnen-Aufführungen.

Erstdruck: »Fragmente« (1. und 2. Akt) im »Phöbus« 1808, Heft 4/5 und 9/10. - Buchausgabe Herbst 1810 in Reimers »Realschulbuchhandlung«, Berlin. Danach unser Text.

Erstaufführung: 17.3.1810 im Wiener »Theater an der Wien«.

Quellen: Einzelne Anregungen aus der englischen Volksballade »Child Waters« (in Bürgers Nachdichtung »Graf Walter«), Goethes »Götz von Berlichingen«, Wielands Erzählungen (Motiv der »Sympathie«) und durch G. H. Schuberts Berichte über die »Nachtseite der Naturwissenschaft«.

Zeugnisse zur Entstehung:

K. A. Böttiger (1819): »Bei seinen militärischen Streifzügen durch Schwaben [?] fand Kleist die ganze Legende vom Käthchen als einer Volkssage. Er bewahrte selbst das gedruckte Flugblatt noch auf, das er auf einem Jahrmarkte gekauft hatte.«

E. v. Bülow (1848): Nach dem Bruche [mit Julie Kunze, der Pflegetochter Chr. G. Körners in Dresden] begann er das Käthchen von Heilbronn zu dichten, und ward dazu gewissermaßen von dem schmerzlichen Bedürfnisse angetrieben, seiner ungetreuen Geliebten beispielsweise an seiner Heldin zu zeigen, wie man lieben müsse. Die Annahme, daß eine andere Dame [Dora Stock] seine Verbindung zumeist aus Abneigung gegen ihn gestört habe, vermochte ihn zugleich, ihren Charakter so sehr ins Schwarze und Häßliche auszumalen, daß daraus die Übertreibung seiner Kunigunde entstand.« (Fragwürdige Überlieferung)

Kleist an Marie von Kleist, Spätherbst 1807: »Jetzt bin ich nur neugierig, was Sie zu dem Käthchen von Heilbronn sagen werden, denn das ist die Kehrseite der Penthesilea, ihr andrer Pol, ein Wesen, das ebenso mächtig ist durch gänzliche Hingebung, als jene durch Handeln.«

Kleist an Cotta, 7.6.1808: »Ich würde, in diesem Jahre, das Käthchen von Heilbronn dazu [für ein Taschenbuch mit Zeichnungen von F. Hartmann] bestimmen, ein Stück, das mehr in die romantische Gattung schlägt, als die übrigen.«

Kleist an Collin in Wien, 8.12.1808: »Das Käthchen von Heilbronn, das, wie ich selbst einsehe, notwendig verkürzt werden muß, konnte unter keine Hände fallen, denen ich dies Geschäft lieber anvertraute, als den Ihrigen. Verfahren Sie ganz damit, wie es der Zweck Ihrer Bühne erheischt. Auch die Berliner Bühne, die es aufführt, verkürzt es; und ich selbst werde vielleicht noch, für andere Bühnen, ein Gleiches damit vornehmen ... Hier erfolgt zugleich die Quittung an die K. K. Theaterkasse [über 300 Gulden]«.

Kleist an den Berliner Theaterdirektor Iffland, 12.8.1810: »Ew. Wohlgeboren haben mir ... das Käthchen von Heilbronn mit der Äußerung zurückgeben lassen: es gefiele Ihnen nicht. Es tut mir leid, die Wahrheit zu sagen, daß es ein Mädchen ist; wenn es ein Junge gewesen wäre, so würde es Ew. Wohlgeboren wahrscheinlich besser gefallen haben.«

Kleist an den Berliner Buchhändler Reimer, 10.8.1810: »Wollen Sie mein Drama, das Käthchen von Heilbronn, zum Druck übernehmen? Es ist den 17.18. und 19. März, auf dem Theater an der Wien, während der Vermählungsfeierlichkeiten, zum erstenmal gegeben, und auch seitdem häufig, wie mir Freunde sagen, wiederholt worden. Ich lege Ihnen ein Stück, das, glaube ich, aus der Nürnberger Zeitung ist, vor, worin dessen Erwähnung geschieht. Auch der Moniteur und mehrere andere Blätter, haben darüber Bericht erstattet.« (Das Stück wurde nur dreimal gegeben und nicht anläßlich der Vermählung Napoleons mit Marie Luise von Österreich.)

Kleist an Reimer, 8.9.1810: »Wenn Sie, bei der Revision des Käthchens, Anstoß nehmen bei ganzen Worten und Wendungen, so bitte ich mir den Revisionsbogen gefälligst noch einmal zurück.«

Kleist an Marie v. Kleist, Sommer 1811: »Das Urteil der Menschen hat mich bisher viel zu sehr beherrscht; besonders das Käthchen von Heilbronn ist voll Spuren davon. Es war von Anfang herein eine ganz treffliche Erfindung, und nur die Absicht, es für die Bühne passend zu machen, hat mich zu Mißgriffen verführt, die ich jetzt beweinen möchte.«

E. v. Bülow (1848): »Nachdem Kleist das Käthchen von Heilbronn geschrieben und Tieck mitgeteilt hatte, sprachen und stritten sie mannigfach darüber und sagte Tieck ihm unter anderen seine Meinung über eine merkwürdige Szene, die das ganze Stück gewissermaßen in das Gebiet des Märchens oder Zaubers hinüberspielte. Kleist mißverstand diese Äußerung als Tadel, vernichtete die Szene, ohne daß Tieck eine Ahnung davon hatte, und als dieser sie in der Folge im Druck vermißte, konnte er nicht aufhören, darüber sein Bedauern auszusprechen, weil sie die karikierte Häßlichkeit Kunigundens weit besser motiviert und sie in ein besseres Licht gerückt habe.

Dieser Szene gemäß wandelte Käthchen im vierten Akt auf dem Felsen und erschien ihr unten im Wasser eine Nixe, die sie mit Gesang und Rede lockte. Käthchen wollte sich herabstürzen, und wurde nur durch eine Begleiterin gerettet. Vorher belauschte sie Kunigundens badende Häßlichkeit und war außer sich vor Angst, wie sie den Ritter vor dem Ungeheuer errette. Aus dieser Schilderung des Bildes erinnerte sich Tieck noch des schönen Verses: ›Da quillt es wieder unterm Stein hervor.‹« (Fragwürdige Überlieferung)

S. 346 *ein Kind ... das heraufging aus der Wüsten ... wie ein gerader Rauch von Myrrhen und Wachholdern:* Zitat aus dem Hohenlied Salomos: »Die heraufgeht aus der Wüste wie ein gerader Rauch, wie ein Geräuch von Myrrhe.«

S. 349 *wie der Affe die Pfoten der Katze:* In Lafontaines Fabel läßt sich der Affe von der Katze Kastanien (nicht einen »Nußkern«) aus der Glut holen. – *daß er den Theobald ordiniere:* zum Ritter weihe, damit er sich zum Zweikampf stellen kann, zu dem der hingeworfene Handschuh auffordert.

S. 351 *Hekate, Fürstin des Zaubers:* griechische Nachtgöttin.

S. 364 *griechischer Feuerfunke:* griechisches Feuer, im Mittelalter verwendete schwer löschbare Pulvermischung. – *Hundsrück:* statt Hunsrück (Teil des rhein. Schiefergebirges), so auch in Kleists Briefen.

S. 368 *Thalestris, die Königin der Amazonen:* Von ihrem Besuch bei Alexander dem Großen berichtete das schon für »Penthesilea« verwendete Lexikon von Hederich. – *Honig von Hybla:* von Virgil und Ovid gepriesener sizilischer Honig.

S. 380 *Wetzlar:* Das Reichskammergericht wurde erst 1693 nach dort verlegt.

S. 387 *an den Dominikanerprior Hatto:* Im ersten Auftritt (S. 383–385) war Hatto Augustinerprior.

S. 402 *bist du ein Jud?:* Scheust du das (Tauf-)Wasser?

S. 403 *Bis an den Zwickel:* über den Knöcheln liegender, meist verzierter keilförmiger Einsatz an Strümpfen; in J.H.Voß' Gedichten (1802) hebt ein Mädchen ihren Fuß über einen Zaun, »enthüllt bis zur Blume des Zwickels«.

S. 405 *Ach, die Kamillen:* Auf Wunsch Sophie v. Hazas hatte Kleist die krampfstillende Kamille auch schon in einem Gedicht besungen.

S. 415 *des Kaisers Bänkeltochter:* uneheliches (»von der Bank gefallenes«) Kind.

S. 416 *Sarraß:* Säbel mit schwerer Klinge.

S. 418 *eine mosaische Arbeit:* ein Mosaik. – *aus den Bergwerken in Ungarn:* wo der Zinnober gewonnen wird.

S. 427 *unsers durchlauchtigsten Herrn Herrn:* im Kurialstil übliche Verdoppelung.

DIE HERMANNSSCHLACHT (S. 429)

Entstehung: In der zweiten Jahreshälfte 1808 in Dresden.

Erstdruck: Die letzten fünf Szenen nach verschollener, »von des Verblichenen Hand selbst durchkorrigierten Abschrift« in Pfeilschifters »Zeitschwingen oder des deutschen Volkes fliegende Blätter«, 22. und

25.4.1818. – Vollständig in Kleists »Hinterlassenen Schriften«, hrsg. von L. Tieck, Berlin 1821. Danach unser Text.

Erstaufführung: 29.8. und 20.10.1839 in Pyrmont und Münster durch das Detmolder Hoftheater. Dann erst wieder 1860 in Breslau.

Quellen: Von den zahlreichen Hermann-Darstellungen in der deutschen Literatur kannte Kleist zweifellos Klopstocks »Hermanns Schlacht« (1769), aus der er einige Einzelheiten und auch die (keltischen!) »Barden« und »Druiden« übernahm. Im übrigen schaltete er sehr frei mit dem Stoff und wandelte ihn ohne Rücksicht auf die historische Überlieferung zu einem politischen Tendenzstück mit nur wenig verhüllten Anspielungen auf zeitgenössische Personen und Ereignisse.

Zeugnisse zur Entstehung:

Chr. G. Körner an seinen Sohn, 19.12.1808: »Kleist hat einen Hermann und Varus bearbeitet, und es ist das Werk schon vorgelesen worden. Sonderbarerweise aber hat es Bezug auf die jetzigen Zeitverhältnisse und kann daher nicht gedruckt werden.«

Kleist an Collin in Wien, 1.1.1809: »Sie erhalten, in der Anlage, ein neues Drama, betitelt: die Hermannsschlacht, von dem ich wünsche, daß es Ihnen gleichfalls, wie das Käthchen von Heilbronn, ein wenig gefallen möge. Schlagen Sie es gefälligst der K.K. Theaterdirektion zur Aufführung vor. Wenn dieselbe es annehmen sollte, so wünsche ich fast (falls dies noch möglich wäre) daß es früher auf die Bühne käme, als das Käthchen; es ist um nichts besser, und doch scheint es mir seines Erfolges sichrer zu sein.«

Kleist an Collin, 20.4.1809: »Sie können leicht denken, wie sehr mir die Aufführung dieses Stücks, das einzig und allein auf diesen Augenblick [Erhebung Österreichs gegen Napoleon] berechnet war, am Herzen liegt. Schreiben Sie mir bald: es wird gegeben; jede Bedingung ist mir gleichgültig, ich *schenke* es den Deutschen; machen Sie nur, daß es gegeben wird.«

Kleist an Collin, 28.1.1810: »Natürlich machten die Vorfälle, die bald darauf eintraten [Schlacht von Wagram, 5./6. Juli 1809], unmöglich, daß es aufgeführt werden konnte. Jetzt aber, da sich die Verhältnisse wieder glücklich geändert haben, interessiert es mich, zu wissen: ob ... daran zu denken ist, es auf die Bühne zu bringen? und wenn nicht, ob ich es nicht nach Berlin zurück erhalten kann?«

Dahlmann an Gervinus (1840): »Damals verstand jeder die Beziehungen, wer der Fürst Aristan sei, der zuletzt zum Tode geführt wird, wer die wären, die durch Wichtigtun und Botenschicken das Vaterland zu retten meinten – an den Druck war 1809 etc. gar nicht zu denken. Sie können denken, daß ich an der Bärin des Ventidius einigen Anstoß nahm. Kleist entgegnete: meine Thusnelda ist brav, aber ein wenig einfältig und eitel, wie heute die Mädchen sind, denen die Franzosen imponieren; wenn solche Naturen zu sich zurückkehren, so bedürfen sie einer grimmigen Rache.«

Dahlmann an Julian Schmidt (1859): »Mit den Leuten, welche Briefe schreiben und geheime Boten schicken, um das Vaterland zu retten, war von dem ungeduldigen Dichter der Tugendbund gemeint. Nichts irriger als Thusnelden wie ein verfehltes Ideal zu fassen. Kleist pflegte wohl zu sagen: ›Sie ist im Grunde eine recht brave Frau, aber ein wenig einfältig, wie die Weiberchen sind, die sich von den französischen Manieren fangen lassen.‹«

S. 431 *Koloß von Rhodus:* bronzene Riesenstatue, eines der sieben Weltwunder.

S. 433 *ein Herz von par'schem Marmel:* aus dem harten Marmor von der Insel Paros.

S. 434 *der Pelid':* Achilles, Sohn des Peleus.

S. 439 *bei Hertha:* germanische Göttin, entstellt aus Nerthus.

S. 440 *wie König Porus:* Inderkönig, suchte im Kampf gegen Alexander den Großen den Tod. – *bei Mana:* Mannus, Stammvater der Germanen. – *Marius und Sylla:* römische Feldherren, französ. Form von Sulla.

S. 442 *Riesenberge:* Riesengebirge.

S. 443 *Ariovist:* Suebenfürst, von Cäsar 58 v. Chr. im Elsaß geschlagen.

S. 445 *Thuschen:* So soll eine Kleistsche Nichte gerufen worden sein; bei Klopstock: Thusneldchen.

S. 447 *das Giganten-Jahr des Platon:* Nach den »Kosmologischen Unterhaltungen« von Kleists Universitätslehrer Wünsch lehrte Plato, »daß allezeit nach 26000 Jahren eine Welt entstände, worinne alle die Menschen, alle die Geschöpfe und alle Seelen wieder zum Vorscheine kämen, welche in der nächst vorhergehenden Welt, oder in den vorigen 26000 Jahren gelebt und existiert hätten ... Von diesem Plato nennt man die Zeit, in welcher der scheinbare Umlauf der Fixsterne aus Abend gegen Morgen einmal vollendet wird, das große Platonische Jahr.«

S. 448 *das Gold der Afern:* latein. »Afri«, Afrikaner.

S. 452 *am Idus des Augusts:* am 13. August. – *Alraunentag, Nornentag:* Kleists Erfindung.

S. 458 *Sybarit:* Einwohner der reichen griech. Pflanzstadt Sybaris, verweichlichter Genußmensch.

S. 459 *Perserschach:* sprichwörtlich für einen üppig lebenden Herrscher.

S. 462 *Abderit:* Schildbürger der Antike, durch Wielands Roman berühmt geworden.

S. 465 *Kupido:* römischer Liebesgott.

S. 467 *Hämmling:* hier soviel wie Hammel.

S. 473 *Nemesis:* griechische Rachegöttin.

S. 479 *In funfzehn Stücke ... teil ihren Leib:* Nach dem biblischen »Buch der Richter«, 19. Kap., schickte ein Levit die zerstückelte Leiche seines geschändeten Kebsweibes an die zwölf Stämme Israels.

S. 480 *in kleinere Manipeln:* Eine römische Legion hatte zehn Kohorten zu je drei Manipeln (je 200 Mann).

S. 482 *Centurio:* römischer Hauptmann.

S. 484 *Arkadier:* verliebter Schäfer (Einwohner aus Arkadien).

S. 488 *Pfiffikon, Iphikon:* Irreführung durch falsch ausgesprochene Ortsnamen kommt schon bei Livius vor.

S. 490 *Römische Sybille:* Sibylle von Cumä, berühmte Seherin des Altertums. – *Wunderfrau von Endor:* biblische Wahrsagerin (nach 1. Sam. 28). – *Jovis:* Genitiv von Jupiter.

S. 494 *der giftge Meuter:* ältere Form für Meuterer. – *Punier:* röm. Bezeichnung für Karthager; berühmt für ihre Verschlagenheit.

S. 498 *das Buch vom Cicero:* »De officiis« (Von den Pflichten).

S. 499 *Wir litten menschlich seit dem Tage ...:* Die Barden-Verse las Kleist nach Dahlmanns Zeugnis »mit einem so unwiderstehlichen Herzensklange der Stimme, daß sie mir noch immer in den Ohren tönen«.

S. 502 *so habt Euch doch:* märkisch »stellt Euch nicht an!«

S. 504 *meiner Juno süße Iris:* Iris, die Dienerin der röm. Göttin Juno. – *Saturniden:* Angehörige des Goldenen Zeitalters unter Saturn.

S. 506 *Von allen zwei und dreißig Seiten:* die Felder der Windrose.

S. 509 *soll ich das Blut dir saugen?:* Eine von Klopstock übernommene Vorstellung, wonach die germanischen Frauen die Wunden der Helden aussaugten.

PRINZ FRIEDRICH VON HOMBURG (S. 515)

Entstehung: Anfang 1809 entlieh Kleist aus der Dresdner Bibliothek die als Quellen benutzten Geschichtswerke; erste briefliche Erwähnung des Stückes im März 1810, Fertigstellung im Sommer 1811. Das fertige Werk wird am 3.9.1811 durch Marie von Kleist der Prinzessin Marianne, Gemahlin des Prinzen von Preußen, in einer sorgfältigen Abschrift übermittelt, die heute in der Heidelberger Bibliothek aufbewahrt wird.

Erstdruck: In Kleists »Hinterlassenen Schriften«, hrsg. von L. Tieck, Berlin 1821. Der von Tieck redigierte Abdruck beruht auf der Heidelberger Handschrift; sie liegt unserm Text zugrunde.

Erstaufführung: 3.10.1821 am Wiener Burgtheater unter dem Titel »Die Schlacht von Fehrbellin«. Noch im gleichen Jahre weitere Aufführungen in Breslau, Frankfurt a. M. und Dresden.

Quellen: Oeuvres de Fréderic II roi de Prusse. T.I, Berlin 1789. – K.H.Krause: Mein Vaterland unter den Hohenzollerischen Regenten, ein Lesebuch für Freunde der Geschichte. 2.Teil, Halle 1803. Beide Werke berichten die Froben-Anekdote, Homburgs Unbotmäßigkeit und des Kurfürsten Verzeihung.

Zeugnisse zur Entstehung:

Kleist an Ulrike, 19.3.1810: »Jetzt wird ein Stück von mir, das aus der Brandenburgischen Geschichte genommen ist, auf dem Privattheater des Prinzen Radziwil gegeben, und soll nachher auf die Nationalbühne kommen, und, wenn es gedruckt ist, der Königin [Luise] übergeben werden.«

Kleist an Reimer, 21.6.1811: »Wollen Sie ein Drama von mir drukken, ein *vaterländisches* (mit mancherlei Beziehungen), namens *der Prinz von Homburg*, das ich jetzt eben anfange, abzuschreiben?«

Kleist an Reimer, Juli 1811: »Ich bitte um die Gefälligkeit, mir Ihre Entschließung wegen des Pr.v.Homburg zukommen zu lassen, welchen ich bald gedruckt zu sehen wünsche, indem es meine Absicht ist, ihn der Prinzess. Wilhelm [Marianne] zu dedizieren.«

Kleist an Fouqué, 15.8.1811: »Vielleicht kann ich Ihnen in kurzem gleichfalls ein vaterländisches Schauspiel, betitelt: der Prinz von Homburg, vorlegen, worin ich auf diesem, ein wenig dürren, aber eben deshalb fast, möcht ich sagen, reizenden Felde, mit Ihnen in die Schranken trete.«

Marie von Kleist an Prinz Wilhelm von Preußen, 3.9.1811: »Zugleich wage ich Ihrer Königl. Hoheit der Frau Prinzessin ein Stück zu Füßen zu legen, welches der Verfasser ihr gewidmet hat und das sicher große Schönheiten enthält, auf das man aber, wenn ich nach der Wirkung urteile, die es auf mich selbst gemacht hat, die Frau Prinzessin vorbereiten müßte, und vor allem wäre es nötig, daß sie den Dichter und all seine aus Shäkspeare geschöpften Ideen über das Drama kennenlernte. Ich verspreche jedoch der Frau Prinzessin viel Befriedigung, wenn sie das Stück bis zuende liest ...« (Der Brief ist in französ. Sprache.)

E.v.Bülow (1846, in der Buchausgabe seiner Kleistbiographie, 1848, unterdrückt): »Der zufällige Umstand, daß sich damals eine andere hohe, dem regierenden Hause verwandte Person [Prinzessin Marianne von Hessen-Homburg] in Berlin aufhielt, war mit Veranlassung gewesen, daß Kleist sich dieses Stoffes bemächtigte. Um es recht gut zu machen, verherrlichte er in seiner Dichtung auch eine Prinzessin von Oranien [eine Erbprinzessin von Oranien, Schwester Friedrich Wilhelms III., lebte damals am preuß. Hofe]. Der edle Dichter widmete das vollendetste Werk seines Lebens handschriftlich seiner Gönnerin. Es war eine poetische Verblendung, davon Hofgunst zu erwarten. Man hatte demselben erwartungsvoll entgegengesehen, und fand sich in den daran gestellten

Anforderungen schwer enttäuscht. Eine Enttäuschung in einem solchen Falle verrät sich durch Schweigen.«

E. v. Bülow (1846, in der Buchausgabe unterdrückt): »Tieck hat übrigens das große noch nicht anerkannte Verdienst, daß er den Prinzen von Homburg vor wahrscheinlicher Vernichtung oder Vergessenheit rettete. Er wußte sich das Manuskript, welches da wo es sich befand [bei Prinzessin Marianne], gering geschätzt wurde, im Jahre 1814 zu verschaffen, las es oft in seinen Kreisen vor, gewann ihm so Freunde, und ließ es endlich sogar drucken.«

S. 517 *Rhyn:* Nebenflüßchen der Havel, an dem Fehrbellin liegt. – *Hackelberge:* Kleists Erfindung; ähnlich später »Hackelwitz«, »Hackelbüsche«, »Hackelhöhn«, »Hackelgrund«. Das Dorf Hakenberg, 6 km östlich von Fehrbellin, wo die Schlacht geschlagen wurde, hieß in Kleists Quelle »Hackelberg«.

S. 521 *Die Mamelucken:* orientalische Truppen, durch Napoleons Ägyptenfeldzug bekanntgeworden; hier natürlich zur Kennzeichnung von Homburgs Zerstreutheit angeführt.

S. 525 *meine teur' Elisa:* Die zweite Gemahlin des Kurfürsten hieß Dorothea und war damals nicht anwesend. Auch die sonstigen Namen sind bei Kleist historisch meist nicht korrekt.

S. 531 *Du, der der Windeshauch den Schleier ... lüftet:* auf die Glücksgöttin bezogen.

S. 532 *Ouf :* »uff!«, Ausdruck der Erleichterung. – *Bin ich ein Pfeil, ein Vogel, ein Gedanke:* Falstaff in Shakespeares »Heinrich der Vierte«: »Haltet Ihr mich für eine Schwalbe, einen Pfeil oder eine Kanonenkugel? Habe ich ... die Schnelligkeit des Gedankens?«

S. 538 *Der Prinz von Homburg war ... in die Ebne vorgerückt:* Für die Erzählung Mörners fand Kleist folgenden Bericht in K. H. Krauses Lesebuch: »Der Prinz von Hessenhomburg wurde mit Tages Anbruch vorausgeschickt, den Feind zu beobachten und aufzuhalten, jedoch, ohne ihn anzugreifen. Er stieß auf die schwedischen Vorposten; aus jugendlicher Hitze und aus Begierde, sich auszuzeichnen, griff er sie an, und trieb sie siegreich vor sich her bis zur Hauptarmee. Aber jetzt rückte diese aus, und der Kurfürst wurde zum Treffen genötigt, ehe er es wünschte ... Ein schrecklicher Kugelregen empfing die brandenburgischen Reiter; aber das Beispiel ihres großen Anführers gab ihnen Mut. Der Kurfürst setzte sich selbst den größten Gefahren aus, und blieb auch da, als sein treuer Stallmeister *Froben*, der ihn nicht aus den Augen verließ, an seiner Seite durch eine Kugel zerschmettert wurde, ein Muster des Mutes für seine tapferen Soldaten.« Ergänzend berichteten die Memoiren Friedrichs des Großen: »Da Friedrich Wilhelm keine Infanterie zur Hand hatte, konnte er weder die Fehrbelliner Brücke nehmen noch den Feind auf seiner Flucht verfolgen.« – *Feldredoute:* geschlossene Schanze.

S. 540 *Gedrängt von Spaniens Tyrannenheeren:* »Spanien« steht hier für das Frankreich Ludwigs XIV., von dessen Armee die Niederlande unter Wilhelm III. von Oranien angegriffen wurden. Die Spanier waren von Moritz von Oranien schon 1600 besiegt worden.

S. 542 *Der Landesherr, der, jeder Warnung taub, den Schimmel wieder ritt …:* In K.H. Krauses Lesebuch hieß es: »Nicht hinlänglich begründet und von einem Augenzeugen widersprochen ist folgende von den meisten Geschichtsschreibern aufgenommene Erzählung. Der Kurfürst habe in der Schlacht einen Schimmel geritten, auf welchen die Schweden alle ihre Kanonenschüsse gerichtet hätten. Froben habe dies bemerkt, aber seinen Herrn vergebens gebeten, sein ausgezeichnetes Pferd mit einem andern zu vertauschen; nur erst bei dem Vorgeben, daß das Pferd scheu sei, habe es der Kurfürst mit dem Pferde seines treuen Dieners vertauscht. Kaum habe Froben den Schimmel bestiegen, als er durch eine Kanonenkugel niedergestreckt sei.«

S. 544 *O Cäsar Divus:* »göttlicher Cäsar«. Virgil spricht in seinen Eklogen von dem »Stern Cäsars«; ihn will Homburg ersteigen.

S. 546 *Per aspera ad astra:* »Durch Rauhes zu den Sternen« (nach Hesiod).

S. 547 *Mein Vetter Friedrich will den Brutus spielen:* Der römische Konsul Lucius Junius Brutus (6. Jahrh. v. Chr.) ließ seine eigenen Söhne zum Tode verurteilen. – *kurulischer Stuhl:* Amtssessel der höchsten Beamten im alten Rom.

S. 549 *Gefehlt hast du, so wird er ernst mir sagen …:* Ähnlich hatte sich nach Kleists Quelle der Kurfürst wirklich verhalten: »Der Kurfürst winkte ihm liebreich, heranzutreten. ›Wollte ich‹, redete er ihn an, ›nach der Strenge der Kriegsgesetze mit Ihnen verfahren, so hätten Sie den Tod verdient. Aber Gott bewahre mich, daß ich meine Hände mit dem Blute eines Mannes beflecke, der ein vorzügliches Werkzeug meines Sieges war.‹ Mit diesen Worten und einer väterlichen Ermahnung, künftig vorsichtiger zu sein, umarmte er ihn …«

S. 551 *Dei von Algier:* Die Deis waren Janitscharenfürsten, die ihre meist kurzlebige Herrschaft durch grausamsten Despotismus behaupteten.

S. 552 *Cherubinen:* Plural von »Cherub«, Engel. – *Sardanapel:* sagenhafter assyrischer Despot.

S. 556 *Zu deiner Base Thurn:* bekannter Adelsname: in dem uns überlieferten Manuskript vom Abschreiber zu »Theure« verstümmelt, von L. Tieck vermutlich richtig verbessert.

S. 568 *Fehrbellin, am zwölften –:* Das historische Datum der drei Tage vorher stattgefundenen Schlacht ist der 28. (oder nach dem Kalender alten Stils der 18.) Juni 1675; Kleists Datum ist also frei erfunden.

S. 569 *Wenn ich der Dei von Tunis wäre:* s. Anmerkung zu S. 551. Der Philosoph K.W.F. Solger, dem Tieck das Manuskript des »Prinz von Homburg« geschickt hatte, schreibt 1817: »Welche Wirkung müßten auf ein einigermaßen fühlendes Publikum Stellen machen wie die –. Das ist etwas anderes, als die hohle Großsprecherei und alberne Treuherzigkeit, die uns sonst für Patriotismus verkauft wird.«

S. 570 *Die seidne Schnur, legt ich auf meinen Tisch:* nach orientalischer Sitte Aufforderung an die Rebellen, sich selbst hinzurichten. Das Komma hinter »Schnur« deutet eine bedächtige Pause an. – *Palisaden:* zugespitzte Pfähle. – *Haubitzen:* Feldgeschütze. – *Priegnitz:* oder Prignitz, Landschaft in Brandenburg.

S. 571 *Wenns überall dein Wille ist:* überall = überhaupt.

S. 574 *Sukkurs wirken:* für Unterstützung sorgen. – *der, ein Kind des Zufalls, mir von der Bank fällt:* der Sieg als ein illegitimer »Bankert«.

S. 575 *Plantanen:* fehlerhafte, nach franz. »plantage« gebildete Schreibung von »Platanen«.

S. 577 *Kollett:* Lederwams, Koller (schon in den Bühnenanweisungen S. 525, 528).

S. 578 *Die delphsche Weisheit:* mehrdeutig wie das Orakel zu Delphi.

S. 581 *Mit Kettenkugeln schreib die Antwort ihm:* mit Ketten verbundene Kugeln; Schiller in »Wallensteins Tod«, 3,19: »Mit Kettenkugeln will ich sie empfangen.« – *Seraphin:* Seraphim, Plural von Seraph, Engelwesen.

S. 583 *Nun, o Unsterblichkeit, bist du ganz mein:* In Klopstocks Ode »An Fanny« heißt es: »Dann, o Unsterblichkeit, / Gehörst du ganz uns!« Kleist soll an seinem Todestage Klopstocks Oden bei sich gehabt haben. – *Du strahlst mir ... mir Glanz der tausendfachen Sonne zu:* Bisher las man aufgrund des Manuskriptes »mit Glanz«, was ein Schreibfehler des Kopisten sein dürfte; die Wiederholung des Pronomens ist für Kleist charakteristisch, z.B. im »Amphitryon«: »Ich rufe deinen Bruder mir ... das ganze Heer mir der Thebaner auf« oder »Warum fiel solch ein fremdes Zeichen mir / Warum nicht auf den ersten Blick mir auf?«

ERZÄHLUNGEN

Entstehung: Der Anfang des »Michael Kohlhaas« entstand vermutlich 1805/6 in Königsberg auf eine Anregung Ernst von Pfuels; »Die Marquise von O...« und »Das Erdbeben in Chili« wurden 1807 während der Gefangenschaft in Frankreich niedergeschrieben. Nach vorangegangener Veröffentlichung in Zeitschriften erschienen die drei Stücke im September 1810 als »Erzählungen von Heinrich von Kleist« in Reimers Realschulbuchhandlung. Die weiteren Erzählungen schrieb Kleist im Winter 1810/11 für seine »Berliner Abendblätter« und Kuhns »Freimüthigen«. Er faßte sie mit dem noch unveröffentlichten »Findling« und »Zweikampf« zu »Erzählungen, zweiter Teil« zusammen, die im August 1811 gleichfalls bei Reimer erschienen.

Zeugnisse zur Entstehung:

Kleist an Cotta, 17.9.1807: »Ew. Wohlgeboren haben durch den Hr. v. Rühle, während meiner Abwesenheit aus Deutschland, eine Erzählung erhalten, unter dem Titel Jeronimo und Josephe, und diese Erzählung für das Morgenblatt bestimmt. So lieb und angenehm mir dies auch, wenn ich einen längeren Aufenthalt in Frankreich gemacht hätte, gewesen sein würde, so muß ich doch jetzt, da ich zurückgekehrt bin, wünschen, darüber auf eine andre Art verfügen zu können ...«

Adam Müller an Gentz, 10.3.1808: »Nun wollte ich über die vortreffliche Marquise von O. reden, die Sie mit demselben Rechte wie etwa eine Erzählung aus dem Dekamerone von Boccaz von einem Kunstjournale ausgeschlossen wissen wollen. Gegen Kleists Absicht und auf meinen dringenden Wunsch ist sie indes [in die Phöbus-Beiträge] eingeschlossen worden ...«

Kleist an Reimer, 30.4.1810: »30 Thl. habe ich auf Abschlag eines Honorars von 50 Thl. für einen Band von Erzählungen, der in drei Monaten à dato abzuliefern ist, von H. Buchhändler Reimer, empfangen.« – Mai 1810: »Ich schicke Ihnen das Fragment vom Kohlhaas, und denke, wenn der Druck nicht zu rasch vor sich geht, den Rest, zu rechter Zeit, nachliefern zu können. Es würde mir lieb sein, wenn der Druck so wohl ins Auge fiele, als es sich, ohne weiteren Kostenaufwand, tun läßt, und schlage etwa den Persiles [von Cervantes, bei Reimer verlegt] vor. Der Titel ist: Moralische Erzählungen von Heinrich von Kleist.« – 5.9.1810: »In den [Morgenblatt-]Heften, liebster Reimer, die Sie mir geschickt haben, finde ich die Erzählung [»Jeronimo und Josephe«] nicht. Es ist mir höchst unangenehm, daß Ihnen diese Sache so viel Mühe macht. Hierbei erfolgt inzwischen die Marquise von O..«

Kleist an Reimer, 17.2.1811: »Sie haben mir gesagt, daß, wenn ich Ihnen, für die nächste Messe, einen zweiten Band Erzählungen schreiben wollte, Sie mir 100 Rth. Honorar dafür zahlen wollten. Nun frage ich bei Ihnen an, ob Sie sich ... entschließen können, mir dies Honorar sogleich praenumerando zu bezahlen? In diesem Fall, gehe ich den Kontrakt ein; und der Druck, da schon einige Erzählungen fertig sind, kann binnen 5 Monaten von hier beginnen.« – Juli 1811: »Dabei zeige ich zugleich an, daß ich mit einem *Roman* ziemlich weit vorgerückt bin, der wohl zwei Bände betragen dürfte, und wünsche zu wissen, ob Sie imstande sind, falls er Ihnen gefiele, mir bessere Bedingungen zu machen, als bei den Erzählungen. Es ist fast nicht möglich, für diesen Preis etwas zu liefern ...« [Der Roman ist verschollen.]

Brentano an Arnim, 10.12.1811: »Überhaupt werden seine Arbeiten oft über die Maßen geehrt, seine Erzählungen verschlungen. Aber das war ihm nicht genug, ja Pfuel sagt mir, daß sich vom Drama zur Erzählung herablassen zu müssen, ihn grenzenlos gedemütigt hat.«

MICHAEL KOHLHAAS (S. 587)

Erstdruck: Fragment im »Phöbus«, Heft 6, Juni 1808; bricht nach dem ersten Viertel mit »Die Fortsetzung folgt.« ab. – Unser Text nach »Erzählungen«, Berlin 1810.

Quellen: Christian Schöttgen und George Christoph Kreysig: »Diplomatische und curieuse Nachlese der Historie von Ober-Sachsen und angrentzenden Ländern«, 3. Teil, Dresden u. Leipzig 1731 (darin: »Nachricht von Hans Kohlhasen, einem Befehder derer Chur-Sächsischen Lande. Aus Petri Haftitii geschriebener Märckischer Chronic«). Kleists Quelle enthält bereits die Zurückhaltung der Pferde, die Verschleppung des Prozesses durch die sächsischen Gerichte, die Niederbrennung der Wittenberger Vorstadt, das Gespräch mit Luther, das Scheitern der Verhandlungen, den verhängnisvollen Rat Georg Nagelschmidts, das gespannte Verhältnis zwischen Sachsen und Brandenburg, Prozeß und Hinrichtung Montag nach Palmarum. Außerdem benutzte Kleist möglicherweise die bei Schöttgen erwähnten »Commentarii de Marchia et rebus Brandenburgicis« von Nicolas Leutinger.

Fremdwörter und veraltete Ausdrücke:

Dechant = Dekan, Kirchenvorstand; *Deklaration* = öffentliche Erklärung; *Deposition* = Hinterlegung; *Edikt* = Erlaß; *das Erkenntnis* = Urteil; *Expresser* = eigener Bote; *Famulus* = Gehilfe; *die Gegenpart* = Prozeßgegner; *Gubernial ...* = Verwaltungs ...; *Gubernium* = Verwaltung, Gouvernement; *Insinuation* = Eingabe; *Irritanzen* = Reizmittel; *Konjekturen* = Vermutungen; *Konklusum* = Beschluß; *Mandat* = Strafbefehl; *Offiziant* = Bediensteter; *Okular-Inspektion* = Besichtigung; *Querulant* = Streitsüchtiger; *peremtorisch* = alles andere ausschließend; *Präliminar-Maßregel* = einleitende Maßregel; *rabulistisch* = spitzfindig; *reklamieren* = beanspruchen; *Requisition* = Ermittlung; *Reskript* = amtlicher Bescheid; *Resolution* = Entscheid; *Spezifikation* = Aufzählung; *Statuierung* = Aufstellung; *stipulieren* = vertraglich festsetzen; *Supplik* = Bittgesuch.

S. 587 *in einem Dorfe, das noch von ihm den Namen führt:* Der Name Kohlhaasenbrück (zwischen Potsdam und Berlin) geht nicht auf Kohlhaas zurück.

S. 589 *nach der Tafelrunde reiten:* Anspielung auf die Artussage.

S. 591 *wenn der H[ans] A[rsch] die Pferde nicht wiedernehmen will:* In einer anonymen Rezension des Kohlhaas-Fragments im Phöbus schreibt K.A.Böttiger (im »Freimüthigen«, 5.12.1808), daß man aus dergleichen »schönen Wendungen« Kleist als Verfasser dieses Machwerks erraten würde, ohne daß er seinen Namen beizufügen brauche.

S. 600 *auf eine sonderbare Art:* für »besonders«.

S. 603 *Vergib deinen Feinden ...:* nach der Bergpredigt, Lukas 6,27: »Liebet eure Feinde; tut denen wohl, die euch hassen«.

S. 604 *beritt sie:* für »machte sie beritten«. Mit diesem Absatz schließt das Phöbus-Fragment.

S. 605 *wenige Momente nachdem der Schuppen ... zusammenstürzte:* gemeint ist natürlich »bevor«.

S. 612 *Unter diesen Umständen übernahm der Doktor Martin Luther das Geschäft:* Hafftitz: »D. Luther seeliger hat, in Erwegung und Behertzigung aller Umstände, und zu Verhütung weiter Ungelegenheit, so zu beyden Theilen daraus erwachsen könte, an Kohlhasen geschrieben, und verwarnt von seinem Fürnemen abzustehen, und hat ihm allerley zu Gemüthe geführet, was ihm darauff stünde, und wie Gott seine Verletzung, wo er ihm die Ehre und Rache nicht würde geben, wohl würde an Tag bringen und rächen.« Luthers historischer Brief, dessen Wortlaut Kleist schwerlich kannte, datiert vom 8.12.1534.

S. 613 *Er kehrte ... in ein Wirtshaus ein:* Hafftitz: »Darauff ist Kohlhase ganz unvermerckt gen Wittenberg selb andere reutende kommen, und im Gasthofe eingekehret, seinen Diener in der Herberge gelassen, und auff den Abend für D. Luthers Thür gegangen, angeklopffet, und begehret den D. zur Sprache zu haben. Als aber der D. sein Gesind sich nahmkündig zu machen, und was sein Begehr wäre zu entdecken, ihm etliche mahle sagen lassen, welches er nicht hat thun wollen, und doch starck drauff gedrungen, er müste den D. in eigener Person zu Sprache haben, ists dem D. eingefallen, daß es vielleicht Kohlhase seyn möchte, ist deßwegen selbst an die Thür gegangen, und zu ihm gesaget: Numquid tu es Hans Kohlhase? hat er geantwortet: Sum Domine Doctor. Da hat er ihn eingelassen, heimlich in sein Gemach geführt, den Herrn Philippum, Crucigerum Majorem, und andere Theologen zu sich beruffen lassen, da hat ihnen Kohlhase den gantzen Handel berichtet, und sind späte bey ihm in die Nacht geblieben. Des Morgens frühe hat er dem D. gebeichtet, das hochwürdige Sacrament empfangen, und ihnen zugesagt, daß er von seinen Fürnemen wolte abstehen, und dem Lande Sachsen keinen Schaden hinfort zufügen, welches er auch gehalten. Ist also unerkennt und unvermerckt aus der Herberge geschieden, weil sie ihm getröstet, seine Sache befodern zu helffen, daß sie eine gute Endschaft solle gewinnen.«

S. 614 *mit der Gemeinheit der Menschen:* für »Gemeinschaft«, ebenso S. 612 *in die friedliche Gemeinheit.*

S. 615*: kann sein! indem er ans Fenster trat: kann sein, auch nicht!:* Auffällige Abhängigkeit von »Wallensteins Tod«, 5, 5: »Hätt ich vorher gewußt, was nun geschehn, / Daß es den liebsten Freund mir würde kosten, / Und hätte mir das Herz, wie jetzt, gesprochen – / Kann sein, ich hätte mich bedacht – kann sein / Auch nicht – Doch was nun schonen noch? Zu ernsthaft / Hats angefangen, um in nichts zu enden. / Hab es denn seinen Lauf! (Indem er ans Fenster tritt)«

S. 639 *geschlossen wie er war:* für »gefesselt«.

S. 640 *mit einem herzlichen Blick:* »herrlichen« im Erstdruck ist offenbar ein Druckfehler.

S. 646 *überall:* hier wie auch sonst für »überhaupt«.

S. 648 *die römische Sibylle:* die Sibylle von Cumä, schon in der »Hermannsschlacht« erwähnt. – *das Zeichen würde sein ...:* Eine ähnliche Begebenheit hatte Kleist 1801 in dem anonymen Roman »Der Kettenträger« (1796) gelesen. Ein Jude sagt zum Beweis seiner Wahrsagekunst voraus, daß von zwei Spanferkeln das schwarze gegessen, das weiße aber dem Kettenhund zuteil würde. Daraufhin wird dem Koch heimlich der Befehl gegeben, das weiße Ferkel zuzubereiten, doch kommt in der Küche der Hund darüber, so daß der Koch nun das schwarze schlachtet und somit die Prophezeiung in Erfüllung geht.

S. 651 *seiner Milde ungeachtet:* Enthauptung statt des ihm zustehenden Rads und Galgens!

S. 652 *seiner Frauen Hals:* ältere Form für »der Hals seiner Frau«.

S. 654 *Montag nach Palmarum:* Dieses Datum der Hinrichtung, am Montag vor Ostern 1540, entnahm Kleist seiner Quelle.

S. 656 *seinen beiden Söhnen Heinrich und Leopold:* Die Namen sind unhistorisch, entsprechen aber den Vornamen Kleists und seines einzigen Bruders.

DIE MARQUISE VON O... (S. 658)

Erstdruck: »Phöbus«, Heft 2, Febr. 1808. – Unser Text nach »Erzählungen«, Berlin 1810.

Quellen: In der Weltliteratur verbreitet ist das Motiv, daß eine Frau im Schlaf oder in der Ohnmacht unwissend empfängt. Kleists Erzählung liegt als stoffliche Anregung wahrscheinlich folgende derbe Anekdote aus Montaignes »Essai über die Trunksucht« (1588) zugrunde:

»In der Gegend von Bordeaux bei Castres, wo sie ihr Haus hat, sagte eine Bauersfrau, eine Witwe von züchtigem Rufe, als sie die ersten Anzeichen von Schwangerschaft fühlte, zu ihren Nachbarn, daß sie sich guter Hoffnung glauben würde, wenn sie einen Mann hätte; aber als sie von Tag zu Tag in ihrem Argwohn bestärkt wurde und es endlich völlig offensichtlich war, entschloß sie sich, von der Kanzel verkündigen zu lassen, daß sie demjenigen, der sich zu dieser Tat bekenne, verzeihen und ihn, wenn er es gut finde, heiraten wolle. Ein junger Knecht ihres Hofes, ermutigt durch diese Bekanntmachung, erklärte, er habe sie an einem Fest nach reichlichem Weingenuß bei ihrem Herd so fest eingeschlafen gefunden und in so unschicklicher Weise, daß er die Gelegenheit nutzen konnte, ohne sie aufzuwecken: sie leben noch heute als Ehepaar zusammen.«

Als weitere Quelle kommt in Betracht die Erzählung »Die gerettete Unschuld« im »Berlinischen Archiv« von 1798. Einzelne Züge auch in August Lafontaines zu O** bei Marburg spielender Novelle »Verbrechen und Strafe« von 1799.

Fremdwörter und veraltete Ausdrücke:

Arsenäle = Waffenlager (Mehrz.); *Depeschen* = wichtige ministerielle Berichte; *Detachement* = zu Sonderaufgaben abkommandierte Truppe; *Domestiken* = Dienstboten; *Expedition* = Beförderung; *General en Chef* = Oberbefehlshaber; *Haubitze* = Geschütz; *infam* = ehrlos; *Intelligenzblätter* = Inseratenzeitungen; *Kassation* = bedingungslose Entlassung; *Konsulta* = Konsult, Ergebnis einer Beratung (die feminine Form ist ungewöhnlich); *konvulsivisch* = krampfartig; *Korsar* = Seeräuber, Pirat; *Marquise* = französ. Adelstitel, »Markgräfin«; *Rapport* = dienstl. Meldung; *Reverberen* = Straßenlaternen; *schließen* = fesseln; *Seiger* = Uhr; *Sensation* = Empfindung; *Zitadelle* = Festung am Rand einer Stadt.

S. 658 *Nach einer wahren Begebenheit ...:* Der Untertitel findet sich nur im Inhaltsverzeichnis des Phöbus-Heftes.

S. 662 *Phantasus, Morpheus:* bei Ovid Söhne des Schlafgottes Somnus.

S. 683 *sah ... die Tochter in des Vaters Armen liegen:* Die Liebesszene zwischen Vater und Tochter hat ihr Vorbild in Rousseaus »Neuer Héloise«, 63. Brief. Böttiger zitiert sie in seiner anonymen Rezension im »Freimüthigen« von 1808 mit der Bemerkung: »Darf so etwas in einer Zeitschrift vorkommen, die sich Goethes besonderen Schutzes, ankündigungsgemäß, zu erfreuen hat, so muß entweder der Herausgeber mit uns scherzen wollen, oder dieser – oder Goethe –«

DAS ERDBEBEN IN CHILI (S. 687)

Erstdruck: Unter dem Titel »Jeronimo und Josephe. Eine Szene aus dem Erdbeben zu Chili, vom Jahr 1647« in Cottas »Morgenblatt für gebildete Stände«, 10.–15. Sept. 1807. – Unser Text nach »Erzählungen«, Berlin 1810, unter Wiederherstellung der Textabsätze des Erstdruckes. (Von den 29 Absätzen im »Morgenblatt« waren in der Buchausgabe nur mehr zwei beibehalten worden – aus Ersparnisgründen, weil sonst der Verleger einen neuen halben Druckbogen hätte anbrechen müssen.)

Quellen: Aus welchen Unterlagen Kleist seine ins einzelne gehende Kenntnis über das Erdbeben in Chile bezog, das am 13.5.1647 die Hauptstadt Santiago zerstörte, ist nicht bekannt. Anregungen entnahm er vermutlich auch Kants Beschreibung des Erdbebens von Lissabon (1755), wo es u.a. hieß: »Alles, was die Einbildungskraft sich Schreckliches vorstellen kann, muß man zusammen nehmen, um das Entsetzen einigermaßen vorzubilden ... Eine solche Erzählung würde rührend sein, sie würde, weil sie eine Wirkung auf das Herz hat, vielleicht auch eine auf die Besserung desselben haben können.« Die Namen der auftretenden Personen sind zum Teil die gleichen wie in der »Familie Ghonorez (Thierrez)«: Jeronimo (Jeronimus), Fernando, Elvire (Elmire), Pedro, Philipp, Juan, Alonzo.

S. 690 *ein Kind in seinen Fluten zu reinigen:* zu dem auf »Quelle« bezüglichen falschen Pronomen »seinen« wurde Kleist vermutlich aus dem Bedürfnis nach ei-Lauten an dieser Stelle verführt: Weib, seinen, reinigen.

DIE VERLOBUNG IN ST. DOMINGO (S. 699)

Erstdruck: Unter dem Titel »Die Verlobung« in Kuhns Zeitschrift »Der Freimüthige oder Berlinisches Unterhaltungsblatt für gebildete, unbefangene Leser«, 25. März–5. April 1811. (Nachdruck im Wiener »Sammler«, Juli 1811; danach Theodor Körners leichtfertige Dramatisierung »Toni«, 1812.) – Unser Text nach »Erzählungen, zweiter Teil«, Berlin 1811.

Quellen: Einzelnes Material aus Rainsfords »Geschichte der Insel Hayti«, Hamburg 1806, und Dubrocas »Geschichte der Empörung auf St. Domingo« (in der »Minerva«, 1805). Kleist war 1807 auf dem gleichen Fort Joux gefangen, in dem 1803 der Negergeneral Toussaint l'Ouverture, Dessalines' Vorgänger, gestorben war.

S. 699 *St. [Santo] Domingo:* spanischer Name für Haiti. – *Babekan:* So heißt in Wielands »Oberon« ein orientalischer Prinz. Über die Rolle der farbigen Weiber berichtete Dubroca: »Überhaupt nahmen die Negerinnen und Mulattinnen einen sehr tätigen und unmittelbaren Anteil an den Verbrechen und Gräueln aller Art.« – *auf die unbesonnenen Schritte des National-Konvents:* 1794 war in Paris den Negern des französischen Teils der Insel Freiheit und Gleichberechtigung zugesprochen worden; daraufhin beschlossen die weißen Kolonisten, lieber zu sterben, als ihre Rechte mit einer »entarteten Menschenrasse« zu teilen.

S. 700 *Mestize:* hier Mischling zwischen Weißen und Mulatten. – *General Dessalines:* ehemals Negersklave, Adjutant Toussaint l'Ouvertures, 1803 Oberbefehlshaber; zwang die Franzosen zur Räumung der Insel. – *Port au Prince:* Hauptstadt des französ. Gebiets, von der eine Heerstraße zum Fort Dauphin führte.

S. 701 *Latz:* Bruststück am Kleid.

S. 708 *ein Mädchen von vierzehn Jahren und sieben Wochen:* nach Gellerts Fabel, in der sich ein Mädchen darüber empört, daß es zu jung zum Freien sei: »Ich sollt erst vierzehn Jahre sein? Nein, vierzehn Jahr und sieben Wochen.«

S. 710 *an den Ufern der Aar:* Dort wollte sich 1803 Kleist selbst ansiedeln.

S. 718 *und, beim Himmel, es ist nicht die schlechteste Tat, die ich in meinem Leben getan:* nach Schillers »Räubern«, IV, 5: »und es ist beim Teufel nicht das Schlechteste, was ich in meinem Leben getan habe.«

S. 720 *Vetter Gustav:* Kleist schreibt hier und die nächsten drei Male irrtümlich »August«, ein Versehen, das er auch in der Buchausgabe nicht beseitigt hat.

S. 721 *als eine Art von Geißel:* Dubroca berichtete, daß die Franzosen die beiden Knaben l'Ouvertures als Geiseln verwendet hätten.

S. 724 *Gefühl gemeinen Mitleidens:* für »einfachen Mitleidens«.

S. 725 *da er sich das Pistol in den Mund gesetzt hatte:* Wenige Monate nach der Niederschrift nahm sich Kleist auf gleiche Weise das Leben. Achim von Arnim an die Brüder Grimm: »Im letzten Bande seiner Erzählungen soll eine ähnliche Geschichte stehen wie sein Tod.«

DAS BETTELWEIB VON LOCARNO (S. 725)

Erstdruck: »Berliner Abendblätter«, 11. Okt. 1810. – Unser Text nach »Erzählungen, zweiter Teil«, Berlin 1811.

Quellen: »Das Bettelweib von Locarno verdankt seinen Ursprung einem Abenteuer, einer Art Spukgeschichte, die dem Bruder von Ernst in Gielsdorf bei dem alten Onkel, dem Ritterschaftsdirektor von Pfuel, passiert war.« (Notiz im Pfuel-Archiv)

S. 725 *Marchese:* italien. Form von »Marquis« (»Markgraf«), weibl. »Marchesa«; Kleist wechselt zwischen italien. und französ. Formen.

DER FINDLING (S. 728)

Erstdruck: »Erzählungen, zweiter Teil«, Berlin 1811.

Quellen: Molières »Tartuffe«, das Urbild des bigotten und lüsternen Erbschleichers, wird von Kleist selbst erwähnt. In einer Fabel des römischen Schriftstellers Hyginus, die Kleist durch Hederichs Mythologisches Lexikon kennen konnte, wird die Witwe Laodamia von einem Diener durch einen Türspalt beobachtet, wie sie ein Bild ihres verstorbenen Gatten verehrt, wodurch sie bei ihrem Vater in falschen Verdacht gerät.

S. 731 *trepanieren:* den Schädel aufmeißeln. – *Caravinen:* Glasflaschen mit eingeschliffenem Stöpsel (italien. »Caraffina«, Krüglein).

S. 736 *logogriphische Eigenschaft:* für Buchstabenrätsel geeignet. »Colino« ist die italien. Verkleinerungsform von »Nicolo«, was Kleist, der eine Vorliebe für Buchstabenspiele zeigt, entgangen war.

S. 738 *Nemesis:* griechische Rachegöttin. – *Tartüffe:* Hauptperson des gleichnamigen Molièreschen Lustspiels.

S. 739 *Wohnungen des ewigen Friedens:* hier für den Himmel, in der »Verlobung« (S. 725) für die Gräber gebraucht.

S. 740 *del popolo:* Piaza del Popolo, berühmter Platz im nördlichen Rom.

DIE HEILIGE CÄCILIE (S. 740)

Erstdruck: »Berliner Abendblätter«, 15.–17. Nov. 1810. – Unser Text nach der erweiterten Fassung in »Erzählungen, zweiter Teil«, Berlin 1811.

Quellen: Anregung vielleicht durch einen Bericht von Matthias Claudius über vier wahnsinnige Brüder in einem Hamburger Spital (Werke, Bd. 4, 1784): »Die merkwürdigsten von allen aber waren vier Brüder, die in einem Zimmer beisammen saßen gegen einander über wie sie auf dem Kupfer [von Chodowiecki] sitzen ... Herr Bernard sagte, sie säßen die meiste Zeit so und ließen den ganzen Tag wenig oder gar nichts von sich hören; nur so oft ein Kranker im Stift gestorben sei, werde mit drei Schlägen vom Turm signiert, und so oft die Glocke gerührt werde, sängen sie einen Vers aus einem Totenliede. Man nenne sie auch deswegen im Stift die *Toten-Hähne.*« Eine Nachdichtung von Justinus Kerner »Die vier wahnsinnigen Brüder« erschien 1824 in Cottas »Morgenblatt«.

S. 740 *Prädikant:* Prediger.

S. 742 *Salve regina, Gloria in excelsis:* lateinische Anfangsworte berühmter Kirchenchöre. – *Estrich:* Fußboden. – *säkularisieren:* Umwandeln von Kircheneigentum in weltlichen Besitz, wie es 1648 im Westfälischen Frieden geschah.

S. 749 *ein Breve:* einfaches päpstliches Schreiben.

DER ZWEIKAMPF (S. 749)

Erstdruck: »Erzählungen, zweiter Teil«, Berlin 1811.

Quellen: Anregungen aus der mittelalterlichen Chronik des Jean Froissart, wo von dem Zweikampf eines Jacquet le Gris mit Jehan de Carouge im Jahre 1387 berichtet wird (eine von Kleist mitbenutzte Nacherzählung war in den Hamburger »Gemeinnützigen Unterhaltungsblättern« von 1810 erschienen). Das Motiv des trügerischen Ausgangs eines Gottesgerichts hatte Kleist in den »Drangsalen des Persiles und der Sigismunda« (1808 bei Reimer erschienen) gefunden.

S. 749 *die Nacht des heiligen Remigius:* 1. Oktober.

S. 753 *Montag nach Trinitatis:* der Montag nach der Pfingstwoche.

S. 754 *Landdrost:* Landvogt, Vertreter des Landesherrn.

S. 760 *Session:* Gerichtssitzung. – *Deputation:* Abordnung. – *Margarethentag:* 13. Juli. – Die folgende Schilderung weist eine überraschende Ähnlichkeit mit der Zweikampfszene im »Käthchen« V, 1 auf; auch die in beiden Dichtungen vorkommenden Personen heißen gleich: Friedrich, seine Mutter Helena, Kunigunde, Kammerzofe Rosalie, der Kaiser, der Erzbischof, der Prior des Augustinerklosters.

S. 763 *Flammberg:* »Flamberg«, großes zweihändiges Schlagschwert.

KLEINE SCHRIFTEN

Entstehung: Außer dem letzten Stück, dem unveröffentlicht gebliebenen Essay »Über die allmähliche Verfertigung der Gedanken« wurden alle hier gesammelten Beiträge von Kleist für die »Berliner Abendblätter« geschrieben, die er vom 1. Okt. 1810 bis 31. März 1811 herausgab (im folgenden als »BA« zitiert).

ANEKDOTEN (S. 777)

S. 777 *Tagesbegebenheit:* BA 2. Okt. 1810. Über den Tod des am 29. Sept. 1810 vom Blitz erschlagenen neunundvierzigjährigen Arbeitsmanns Pritz (bei Kleist: Brietz) hatten die Spenersche und die Vossische Zeitung vom 2. Okt. ausführlich berichtet, ohne den Vorfall mit dem Kapitän v. Bürger zu erwähnen. Kleist meldet die ihm wohl von dem Stabskapitän Christof Friedrich von Bürger selbst erzählte Begebenheit ohne Rücksicht auf die Witwe und die drei Kinder des Verstorbenen, weil ihn das anekdotisch Bedeutsame daran reizte. Kleists Bericht wurde mehrfach von anderen Zeitungen übernommen.

S. 777 *Franzosen-Billigkeit:* BA 3. Okt. 1810. Die Quelle bildet der Nürnberger »Korrespondent von und für Deutschland«, 20. 1. 1808: »Vor geraumer Zeit kam Jemand unaufgefordert zu einem französischen Kommandanten in den preußischen Staaten, und wollte ihm verraten, wo man eine Quantität Bauholz verborgen habe. Der brave Kommandant wies ihn ab, und sagte: ›Lassen Sie Ihrem guten Könige dieses Holz, damit er einst Galgen bauen könne, um solche niederträchtige Verräter, wie Sie sind, daran aufzuhängen.‹« Die gleiche Quelle diente auch Johann Peter Hebel für seine Erzählung »Schlechter Lohn« im »Rheinländischen Hausfreund« von 1809.

S. 777 *Der verlegene Magistrat:* BA 4. Okt. 1810. Hamburger Lokalanekdote; in der handschriftlichen Sammlung von Peter Friedr. Röding (1767–1846) auf den Hamburger Seidenhändler Sylingk bezogen, der zu Ende des 18. Jahrhunderts lebte. Eine ähnliche Anekdote von einem Pantoffelmacher erzählt Achim v. Arnim im »Preuß. Correspondenten« von 1814. – *arkebusiert:* erschossen.

S. 778 *Der Griffel Gottes:* BA 5. Okt. 1810. Die Anekdote war Kleist durch Fürst Radziwill zugekommen, der sie noch 1828 erzählte, wobei er die entsprechenden Buchstaben POTE M PIONA aufzeichnete. Varnhagen vermerkt dazu: »Vom Fürsten Anton Radziwill aufgeschrieben, 1828 bei Rahel. Eine polnische Dame hatte sich ein prächtiges Grabmal errichten lassen, mit einer stolzen Inschrift, die ihr, ungeachtet ihres sehr weltlichen Wandels die Seligkeit zusprach. Bald nach ihrem Tode schlug der Blitz in das Denkmal, und ließ von der Inschrift nur die nebenstehenden Buchstaben in der angegebenen Ordnung stehen. Das Wort, welches sie bilden, heißt so viel als verdunkelt, verdammt.«

S. 778 *Anekdote aus dem letzten preußischen Kriege:* BA 6. Okt. 1810. Kleists Anekdote geht vermutlich auf eine mündliche Überlieferung zurück. – *Bassa Manelka, Bassa Teremtetem:* ungarische Flüche aus der Husarentradition.

S. 780 *Mutwille des Himmels:* BA 10. Okt. 1810. Offenbar aus Kleistscher Familientradition stammend; Generalmajor Bernhard Alexander v. Diringshofen, Chef des 24. Infanterieregiments zu Frankfurt, war am 9. 1. 1776 gestorben. – *P...:* Carl Samuel Protzen, 1770–82 Feldprediger des gleichen Regiments, hatte Kleist 1777 getauft.

S. 780 *Charité-Vorfall:* BA 13. Okt. 1810. In den Abendblättern hatte folgender Polizeirapport vom 7. 10. 1810 gestanden: »Ein Arbeitsmann, dessen Name noch nicht angezeigt ist, wurde gestern in der Königsstraße vom Kutscher des Professor Grapengießer übergefahren. Jedoch soll die Verwundung nicht lebensgefährlich sein.« – *K.:* Kohlrausch, Professor an der Charité.

S. 781 *Der Branntweinsäufer:* BA 19. Okt. 1810. Angeregt durch eine platte Anekdote in Kleists Konkurrenzblatt, dem »Beobachter an der Spree« vom 8. 10. 1810: Der Sohn eines Juden, »der sich dem Trunke leidenschaftlich ergeben hatte«, dem Vater aber Enthaltsamkeit versprach, »ging in Geschäften aus«; auf dem Hinweg wird er durch ein buntgemaltes Firmenschild in Versuchung geführt, bleibt aber »eingedenk seines Gelübdes«, um sich dann auf dem Rückweg zur Belohnung seiner Standhaftigkeit einen doppelten Schnaps geben zu lassen. Kleist verwandelt die optisch wirkende Versuchung in eine akustische, wobei der verschieden gefärbte Klang der Berliner Glocken reizvoll nachgeahmt wird. – *Pommeranzen, Kümmel, Anisette:* drei Schnapssorten.

S. 782 *Anekdote aus dem letzten Kriege:* BA 20. Okt. 1810. Wiederum gab eine anonyme Anekdote im »Beobachter an der Spree« von 1810 die Anregung:

»Wahre Anekdote aus dem letzten Feldzuge.

Ein Tambour des preußischen Infanterieregiments von Puttkammer zu Brandenburg geriet nach der Schlacht von Jena in französische Gefangenschaft. Er fand aber doch Gelegenheit, wieder zu entwischen und sich in den Besitz eines Gewehrs und scharfer Patronen zu setzen. So bewaffnet, suchte er sich nun, mitten in dem Getümmel des Krieges, nach seiner Heimat durchzuschleichen und, wo er Widerstand fand, sich den Weg mit Gewalt zu bahnen. Dies glückte ihm auch einige Tage über und er streckte manchen Feind zu Boden. Endlich wurde er aber doch von einem Kommando baierscher Soldaten zum Gefangnen gemacht und da es ausgemittelt wurde, daß er aus der ersten Gefangenschaft entwischt sei und nachher manchen getötet, so wurde er durch ein Kriegsgericht verurteilt, füsiliert zu werden.

Nachdem man ihm diese Sentenz publiziert hatte, wurde er zum Richtplatz geführt. Unerschrocken schritt er einher, und als er zu dem, das Exekutionskommando anführenden baierschen Offizier kam, stand er still und bat: ihm noch vor seinem Tode eine Gnade zu gewähren. Der Offizier bewilligte ihm seine Bitte. ›Nun so bitt ich‹, versetzte der zum Tode Verurteilte: ›mich im Hintern schießen zu lassen, damit der Balg ganz bleibe.‹«

Kleist verteidigt seinen Tambour in einem Brief an Prinz Lichnowsky als »eine so herrliche und göttliche Erscheinung«, »daß mich dünkt, das Unschickliche, was in seiner Tat liegt, verschwinde ganz und gar, und die Geschichte könnte, so wie ich sie aufgeschrieben, in Erz gegraben werden«. Wilhelm Grimm an Brentano, 6.11.1810: »Die Anekdoten von Kleist sind sehr gut erzählt und sehr angenehm, der Tambour, der sein Herz nicht zum Ziel will geben, hat aber ins Schwarze getroffen.«

S. 782 *Anekdote* (Bach): BA 24. Okt. 1810. Kleists Quelle bilden die »Beispiele von Zerstreuung« in dem »Museum des Wundervollen oder Magazin des Außerordentlichen«, 1807: »Ein bekannter Tonkünstler verlor seine Frau. Da sie in den Sarg gelegt werden sollte, kam seine Tochter zu ihm und forderte einige Groschen zu Band, womit an dem Leichengewande etwas gebunden werden sollte. ›Ach! liebes Kind, antwortete er, du weißt, daß ich mich um Wirtschaftssachen nicht bekümmern kann, sag es der Mama.‹« Sehr hübsch ist der von Kleist hinzugefügte Zug, daß Bach die Antwort »unter stillen Tränen« gibt, wodurch der Anschein der Gleichgültigkeit vermieden wird (ähnlich in der Kapuziner-Anekdote). Die Anekdote bezieht sich nicht auf Bach, wie Kleist behauptet, sondern auf den Komponisten Georg Benda (1722–95).

S. 782 *Französisches Exerzitium:* BA 25. Okt. 1810. *Batterie:* Artillerie-Einheit. – *placieren:* aufstellen. – *inzwischen:* während. – *abprotzen:* ein Geschütz von der Protze (dem Karren) heben. – *Feuerwerker:* ältere Bezeichnung für Artillerist.

S. 783 *Rätsel:* BA 1. Nov. 1810. *Stiftsdame:* Angehörige eines (weltlichen) adligen Damenstifts. – Die von Kleist versprochene »Auflösung« des Rätsels erfolgte nicht.

S. 783 *Korrespondenz-Nachricht:* BA 8. Nov. 1810. Der Berliner Schauspieler Karl Wilhelm Ferdinand Unzelmann (1753–1832) war wegen seiner Neigung zum Improvisieren bekannt. Der Vorfall scheint Kleist durch eine Privatkorrespondenz zugekommen zu sein.

S. 784 *Anekdote* (Baxer): BA 22. Nov. 1810. Eine Beschreibung der englischen Faustkämpfe mit ihren bisweilen unglücklichen Folgen und

Todesfällen hatte Kleist in Archenholz' »England und Italien« (Bd. 1, 1785) gefunden: »Die Kämpfer entkleiden sich gewöhnlich den Oberteil des Leibes, und so schlagen sie mit geballten Fäusten nackend auf einander los, während ein Kreis von Menschen um sie geschlossen wird ... Der Sieger, der oft mehr entkräftet als der Besiegte ist, wird nachher von den Zuschauern triumphierend wegbegleitet.« Während in der Auflage von 1785 noch von »Baxkunst« und »Baxen« (gemäß der englischen Aussprache) die Rede ist, weist die Auflage von 1787 bereits die Schreibung »Boxkunst« auf.

S. 784 *Anekdote* (Kapuziner): BA 30. Nov. 1810. Die anonyme Vorform dieser Anekdote ist uns vermutlich in einem Volkskalender von 1822 erhalten geblieben: »Zu einem Delinquenten, der sich über das abscheuliche Wetter beschwerte, als er zum Galgen geführt wurde, sagte der Mönch, der ihn begleitete: Laß mich erst klagen, du Lump, du brauchst doch den Weg nicht zweimal zu machen, aber ich muß wieder heim gehen.«

S. 784 *Anekdote* (Jonas): BA 11. Dez. 1810. Schwächere Variation der Baxer-Anekdote, mit der sie den Aufbau und einige Einzelheiten gemeinsam hat; vermutlich als Lückenbüßer für einen von der Zensur gestrichenen Artikel niedergeschrieben, wofür auch die zur Streckung dienenden Absätze und die Wahl einer großen Schrifttype sprechen.

S. 785 *Sonderbare Geschichte ... in Italien:* BA 3. Jan. 1811. *Hotel:* Palast. – *Ecke einer Bank, unter welcher ein Kind lag:* zur Kennzeichnung des »Bankerts« wiederholt von Kleist gebrauchtes Bild.

S. 787 *Der neuere ... Werther:* BA 7. Jan. 1811. Quelle unbekannt. – *Prinzipal:* Lehrherr.

S. 788 *Mutterliebe:* BA 9. Jan. 1811. Kleist hielt sich im Oktober 1803 in St. Omer auf, wo er von dem Vorfall gehört haben mag.

S. 788 *Unwahrscheinliche Wahrhaftigkeiten:* BA 10. Jan. 1811. Von einer Kugel, die bei dem Lübecker Straßenkampf von 1806 einem Oberjäger »vorn in die Brust hinein- und hinten herausgegangen« war, wobei sie ihren Weg »um eine Rippe genommen« hatte, berichtete Graf Yorck von Wartenburg (Ludwig v. Reiches Memoiren, 1857). Die zweite Begebenheit mag sich während Kleists und Pfuels Dresdner Aufenthalt 1803 zugetragen haben; bei seiner Schilderung der Sandsteingewinnung verwechselt Kleist die in die Felsspalten gelegten Tonpfeifen, deren Zerbrechen das Loslösen der Blöcke anzeigt, mit den zur Sprengung eingetriebenen Keilen. Als Quelle der dritten Begebenheit meint Kleist nicht Schillers eigene Darstellung, sondern die als Anhang von Schillers »Geschichte vom Abfall der Niederlande« erschienene Fortsetzung von Carl Curths, Teil 3, Leipzig 1809: »Einen jungen Menschen von des Herzogs Leibwache ergriff auf der Brücke, nahe an der Flandrischen Küste, ein Wirbel, und schleuderte ihn über den ganzen Strom auf das

Brabantische Ufer, ohne daß er eine andere Beschädigung als eine kleine Verletzung an der Schulter beim Herabfallen erhielt.« In einem anderen Zusammenhang hieß es bei Curths: »So fabelhaft und unglaublich das scheint, gibt uns doch die Geschichte hinreichende Aufschlüsse über den Zusammenhang dieses rätselhaften Ereignisses.« Kleist stellt hier also dem *Dichter* Schiller den *Geschichtsschreiber* Curths gegenüber.

S. 791 *Sonderbarer Rechtsfall in England:* BA 9. Febr. 1811. Als Quelle diente eine längere Erzählung »Der Schein trügt« im »Museum des Wundervollen«, 1805. Die, nach der Tendenz des Museums zu urteilen, historische Begebenheit spielt zur Zeit der Königin Elisabeth. Ein durch merkwürdiges Zusammentreffen von Indizien des Mordes an seinem Nachbarn beschuldigter Bauer soll zum Tode verurteilt werden. Einer der zwölf Geschworenen weigert sich, dem Urteil zuzustimmen, so daß der Angeklagte freigesprochen werden muß, und entdeckt später dem Richter, daß er selbst der unschuldige, in Notwehr handelnde Mörder gewesen war. Kleist vereinfacht den verwickelten Bericht. Aus den sich streitenden Bauern werden Edelleute; der Mord geschieht nicht mehr durch eine Mistgabel, sondern ähnlich wie in Kleists »Zweikampf« durch einen Schuß im Dunkel aus dem Busch; die verschiedenen Verdachtsgründe werden auf einen einzigen reduziert. Kleist läßt ferner die Figur des Lord Präsidenten fort, statt dessen kommt der Fall vor den König; auch fehlt jedes historische Detail.

KUNST- UND WELTBETRACHTUNG (S. 793)

S. 793 *Gebet des Zoroaster:* BA 1. Okt. 1810. Mit »Einleitung« überschriebene programmatische Erklärung Kleists als Redakteur, wobei der mystifizierende Untertitel schwerlich der Irreführung der Zensur dienen konnte. – Kleist scheint sich wirklich mit Zarathustras Lehre beschäftigt zu haben; in dem von ihm benutzten Leseinstitut gab es ein Werk von J. Fr. Kleuker, »Zend-Avesta. Zoroasters lebendiges Wort«, in dem er etwa folgende an das Gebet anklingende Worte finden konnte: »Wie kann ich ihn überwinden, den Grundverderbten? wie schmettern ihn durch deines Wortes Kraft?« – *Palmyra:* Ruinenstadt in der syrischen Wüste.

S. 793 *Betrachtungen über den Weltlauf:* BA 9. Okt. 1810. *in tierischer Roheit und Wildheit:* Die Frage, »ob der Mensch bei seinem Eintritt in diese Natur von dem Zustande der Wildheit und Roheit, oder von dem Genusse jetzt verloren gegangener Kräfte und Erkenntnisse ausgegangen« sei, war von G. H. Schubert in seinen Vorlesungen über die »Nachtseite der Naturwissenschaft« (Dresden 1808) behandelt worden, wobei er wie Kleist die Auffassung ablehnte, daß »der Mangel und ein tägliches Bedürfnis« zuletzt »Gewerbe, Religion, Kultus, Sitten und andere höchste Vorrechte unserer Natur« erzeugt habe.

S. 794 *Brief eines Malers an seinen Sohn:* BA 22. Okt. 1810. In dem von Kleist benutzten »Archiv für Literatur, Kunst und Politik«, 27. 6. 1810, stand folgende Anekdote: »Ein junger Maler kam einst zum Raphael und fragte ihn ganz demütig: Lieber Raphael, du malst so schöne Madonnen, sage, wie fängst du es an? ich plage mich und bringe doch nichts hervor. Raphael antwortete: Das weiß ich selbst nicht recht. Will ich die Mutter Gottes malen, so bete ich immer, daß sie mir erscheinen möge, und so erscheint sie mir.« Auch von C. D. Friedrich erzählte man sich, daß er sich zum Malen wie zum Gebete sammele. Kleist schreibt seinen Beitrag in offenbarem Widerspruch zu diesen romantischen Anschauungen.

S. 795–799 *Allerneuester Erziehungsplan:* BA 29./31. Okt., 9./10. Nov. 1810. – *Insinuationen:* Eingaben. – *menagieren:* vorbereiten. – *Tricktrack:* ein Brettspiel. – *Tabagie:* Kneipe. – *Equipage:* Schiffsbesatzung. – *Basedow und Campe:* Pädagogen der Aufklärungszeit (»Philantropinum« in Dessau). – *Kasematten:* überwölbte Räume, »Mordkeller«. – *Botany-Bay:* seit 1787 britische Verbrecherkolonie in Australien. – *Risum, teneatis amici!:* »Verhaltet das Lachen, Freunde« (nach Horaz). – *Zeller:* Karl August Zeller, ein Anhänger des großen Schweizer Pädagogen Pestalozzi, war 1809–1816 Oberschulrat in Königsberg. – *C. J. Levanus:* Anspielung auf Jean Pauls »Levana oder Erziehlehre«, 1807.

S. 800 *Brief eines jungen Dichters:* BA 6. Nov. 1810. – *Correge:* Antonio Corregio (1494–1534), zu Kleists Zeit besonders geschätzter italien. Renaissance-Maler.

S. 801 *Von der Überlegung:* BA 6. Nov. 1810. *Eine Paradoxe:* ein Paradoxon, seltsame Behauptung, die der Vernunft zu widersprechen scheint.

S. 801 *Fragmente:* BA 10. Dez. 1810. Nach dem astronomischen System von Tycho Brahe (1546–1601), dem Lehrer Keplers, blieb die Erde noch im Mittelpunkt der Welt. Goethe hatte in seiner »Geschichte der Farbenlehre«, 1810, von ihm gesagt: »Indes war Tycho doch einer von den beschränkten Köpfen, die ... sich am Irrtum freuen, weil er ihnen Gelegenheit gibt, ihren Scharfsinn zu zeigen.« – *Metapher:* bildhaftes Gleichnis; Metapher und Formel, das ist künstlerische Steigerung oder mathematische Vereinfachung der Wirklichkeit; Kleist an Pfuel, 7. 1. 1805: »Ich kann ein Differentiale finden, und einen Vers machen; sind das nicht die beiden Enden der menschlichen Fähigkeit?«

S. 802–807 *Über das Marionettentheater:* BA 12.–15. Dez. 1810. *Teniers:* flämischer Genre-Maler (1610–1690). – *wie Zahlen zu ihren Logarithmen oder die Asymptote zur Hyperbel:* nicht ganz treffende Beispiele für komplizierte mathematische Beziehungen. – *vis motrix:* latein. »bewegende

Kraft«. – *Najade aus der Schule Bernins:* manierierte Darstellung von Brunnennymphen; Bernini, italienischer Barock-Bildhauer. – *antigrav:* der Schwerkraft entgegenwirkend. – *Entrechats und Pirouetten:* Kreuzsprünge und Wirbeldrehungen. – *drittes Kapitel vom ersten Buch Moses:* handelt vom Sündenfall (»Da wurden ihrer beiden Augen aufgetan, und sie wurden gewahr, daß sie nackt waren.«). – *Abguß der Statue:* das bekannte antike Standbild des »Dornausziehers«. – *Rapier:* Fechtwaffe.

S. 807 *Ein Satz aus der höheren Kritik:* BA 2. Jan. 1811. *das Minutiöse:* das Kleinliche. – *Imagination:* Vorstellungskraft. – *Sensorium:* Empfindung. – *Gellert und Cronegk:* Dichter der Aufklärungszeit; Cronegk war von Lessing scharf kritisiert worden.

S. 808 *Brief eines Dichters an einen anderen:* BA 5. Jan. 1811. *prosodisch:* die Versbehandlung betreffend. – *die Absicht dieser Schule:* gemeint ist die romantische Schule, von der sich Kleist distanziert. – *Schlachtfelder von Agincourt:* in Shakespeares »Heinrich der Fünfte«, III, 7ff. – *Ophelia:* in »Hamlet« III, 1. – *Macduf:* in »Macbeth« IV, 3.

S. 810–814 *Über die allmähliche Verfertigung der Gedanken beim Reden:* Das Manuskript, eine von Kleist durchkorrigierte Abschrift eines Kopisten, wurde erst 1878 veröffentlicht. Der Aufsatz, der von fremder Hand in Absätze eingeteilt ist, war vermutlich für den »Phöbus« bestimmt gewesen, aber nicht mehr fertiggestellt worden.

S. 810 *An R.v.L.:* Kleists Freund Rühle von Lilienstern. – *l'appétit vient en mangeant:* franz. »Der Appetit kommt beim Essen« (nach Rabelais' »Gargantua«). – *l'idée vient en parlant:* Kleists Umbildung »Der Gedanke kommt beim Sprechen.« – *Euler, Kästner:* berühmte Mathematiker und Verfasser von Lehrbüchern. – *Apposition:* Hinzufügung, Beisatz.

S. 811 *seine Magd:* Schiller in den »Horen« von 1795: »Molière als naiver Dichter durfte es allenfalls auf den Ausspruch seiner Magd ankommen lassen.« – *Donnerkeil des Mirabeau:* Kleist gibt Mirabeaus berühmte Rede vom 23. Juni 1789, veröffentlicht in der Sammlung seiner Werke, Paris 1791, in sehr freier Form wieder.

S. 812 *Kleistische Flasche:* Kondensator, 1745 von Ewald Georg v. Kleist erfunden; heute gewöhnlich »Leidener Flasche« genannt. – *Chatelet:* früher Sitz des Pariser Gerichtshofes. – *Les animaux malades de la peste:* Lafontaines Fabel von den pestkranken Tieren ist von Kleist frei ausgestaltet. Kleists Text heißt auf deutsch: »Was den Schäfer betrifft – kann man sagen – daß er alles Schlechte verdient – da er zu jenem Volk gehört – das sich eine eingebildete Herrschaft über die Tiere anmaßt.«

S. 813 *stetig:* hier: »widerspenstig«. – *Hebeammenkunst der Gedanken:* Kant in seiner »Metaphysik der Sitten«, 1797: »Der Lehrer leitet durch Fragen den Gedankengang seines Lehrjüngers ... er ist die Hebamme seiner Gedanken.«

LEBENS- UND WERKCHRONIK

1777 18. Oktober (nach Kleists Angabe: 10. Oktober), nachts um 1 Uhr: Bernd Heinrich Wilhelm v. Kleist geboren in Frankfurt a. d. O. als der älteste Sohn des Kompaniechefs (Kapitäns) Joachim Friedrich v. Kleist und seiner zweiten Frau Juliane Ulrike geb. v. Pannwitz. Aus erster Ehe des Vaters mit Karoline Luise geb. v. Wulffen stammen Kleists Stiefschwestern Wilhelmine und Ulrike, aus zweiter Ehe die Geschwister Friederike, Auguste, Leopold und Juliane.
27. Oktober: getauft durch Feldprediger Karl Samuel Protzen.
Erster Unterricht mit dem Vetter Karl v. Pannwitz bei dem Hauslehrer Christian Ernst Martini: Kleist, »ein nicht zu dämpfender Feuergeist«.

1788 18. Juni: Tod des Vaters. Verwandtenbesuch mit Leopold auf Gut Tschernowitz bei Guben (Gedichte der Brüder auf den Kuhstall).
Berlin: Erziehung mit den Vettern Pannwitz und Schönfeldt in der Pension des Predigers Samuel Heinrich Catel.

Soldatenzeit

1792 20. Juni: Konfirmation durch Feldprediger Christian Gotthelf Krüger in Frankfurt a. d. O.
Danach (unter dem Datum: 1. Juni): Eintritt in das Garderegiment zu Potsdam als Gefreiterkorporal.
Dezember: auf Heimaturlaub in Frankfurt a. d. O. (bis Anfang März 1793); das Regiment rückt inzwischen (28. 12.) zum Rheinfeldzug aus.

1793 3. Februar: Tod der Mutter.
3. März: in acht Tagen über Leipzig, Lützen, Rippach, Weißenfels, Naumburg, Erfurt, Gotha, Eisenach (Wartburg), Berka, Vacha, Fulda, Schlüchtern, Salmünster, Gelnhausen, Hanau zum Regiment nach Frankfurt a. M. (11. 3.). Erster erhaltener Brief (an Tante Massow).
22. März: Abmarsch nach Mainz (4. 4./22. 7.: Belagerung unter Kalckreuth); in Biebrich b. Mainz in Quartier. Lektüre von Wielands »Sympathien«. Gedicht: »*Der höhere Frieden.*«

1794 28. Januar: Beförderung zum Portepee-Fähnrich. Gefechte in der Pfalz bei Pirmasens, Kaiserslautern und Trippstadt (Juli).

1795 Anfang: zu Eschborn bei Frankfurt a. M. in Quartier. Danach in Westfalen.
14. Mai: Beförderung zum wirklichen Fähnrich.

11. Juli: Rückkehr nach Potsdam.

1796 General v. Rüchel. Sommerreise mit den Geschwistern nach Sagard auf Rügen; dort Bekanntschaft mit Gräfin Eickstedt und Ludwig v. Brockes.

1797 Februar: Ernst v. Pfuel nach Potsdam versetzt.
7. März: Beförderung zum Sekondeleutnant.

1798 Seit 14. Februar Rühle v. Lilienstern in Potsdam; gemeinsame mathemat. Studien bei Konrektor Bauer an der Großen Stadtschule. Klarinettenspiel im Offiziersquartett mit Rühle, Schlotheim und Gleißenberg; gemeinsamer Ausflug in den Harz. Marie v. Kleist; Luise v. Linckersdorf. Differenzen mit General Rüchel. »*Aufsatz, den sichern Weg des Glücks zu finden.*«

Studium

1799 4. April: Kleist erhält den erbetenen Abschied. 13. April: der König stellt ihm spätere Anstellung im Zivildienst in Aussicht.
10. April: nach bestandener Reifeprüfung Immatrikulation an der Universität Frankfurt a. d. O. (3 Semester Physik, Mathematik, Kulturgeschichte, Naturrecht, Latein).
Geselligkeiten im Kleistschen und Zengeschen Hause. »Wunderliches Hauswesen« unter Frau v. Massow.
Juli: Riesengebirgsreise mit Martini, Ulrike und Leopold über Crossen, Sagan, Bunzlau, Flinsberg (dort Gleißenberg getroffen), Hirschberg, Warmbrunn zum Kynast, zur Schlesischen Baude und Schneekoppe (12. u. 13. 7.). »*Hymne an die Sonne*«.
Anstrengendes Wintersemester. Experimentalphysik bei Professor Wünsch (November/April 1800).

1800 Anfang: Verlobung mit Wilhelmine v. Zenge. Das Kleistsche Gut Guhrow bei Cottbus wird verkauft.

Würzburger Reise

14. August: Abreise nach Berlin. Lektüre: Wallenstein. Führung eines Tagebuchs.
17. August: über Oranienburg, Templin, Prenzlau nach Koblentz bei Pasewalk, um Brockes abzuholen; Rückreise am 22. 8. nach Berlin. Gespräch mit Minister Struensee.
28. August: mit Brockes über Potsdam, Treuenbrietzen, Wittenberg, Düben nach Leipzig (30. 8./1. 9.; Immatrikulation unter falschem Namen, um zu Pässen zu kommen); weiter über Grimma, Waldheim, Nossen, Wilsdruf nach Dresden (2./4. 9.; Tharandt). Von dort über Freiberg, Oederan (4. 9.), Chemnitz, Lungwitz, Lichtenstein, Zwickau, Reichenbach (5. 9.), Bayreuth nach Würzburg (9. 9.): »Wichtigster Tag meines Lebens«.

Rückreise in fünf Tagen über Meiningen, Schmalkalden, Gotha, Erfurt, Naumburg, Merseburg, Halle, Dessau, Potsdam nach Berlin (27.10).

Berlin

Bildung für das »schriftstellerische Fach«; Anlegung eines »*Ideenmagazins*«. Widerwillige Vorbereitung auf den Staatsdienst (Fabrikwesen). Besuch bei der königlichen Familie in Potsdam.

Ende November: Brockes in Berlin (bis Januar 1801) als »einziger Mensch in dieser volkreichen Königsstadt«.

3. Dezember: Erste Teilnahme an einer Sitzung der technischen Deputation.

17. Dezember: Der Frankfurter Mathematiker Prof. Huth in Berlin.

Ende Dezember: Besuch in Frankfurt a.d.O.

1801 Verkehr in den Häusern der Kaufleute Clausius und Cohen sowie bei Gelehrten. Zweifel an seiner Bestimmung.

März: Kant-Krise: »Mein einziges, mein höchstes Ziel ist gesunken ...« Fußreise nach Potsdam (Rühle, Gleißenberg, Leopold). Lektüre: Klingers »Kettenträger«. »*Geschichte meiner Seele*« (verschollen).

Pariser Reise

Anfang April: Peter Friedel malt das Miniaturbild von Kleist.

15. April: Abreise mit Ulrike nach Dresden (Schliebens, Lohse, Einsiedels; Gemäldegalerie; 2.5.: Halsbrücke; Wagenfahrt nach Teplitz, Lobositz, Aussig, von dort zu Schiff zurück).

18. Mai: Weiterfahrt mit eigenen Pferden über Leipzig (Hindenburg, Platner), Halle (Klügel), Halberstadt (Gleim), Wernigerode (Stolbergs), Ilsenburg (Brockenbesteigung), Goslar (Rammelsberggrube), Göttingen (3.6.; Blumenbach, Wrisberg, Julie Westfeld), Kassel (Tischbein), Butzbach (Wagenunfall), Rödelheim, Frankfurt a.M., Mainz (Bootsfahrt nach Bonn), Mannheim, Heidelberg, Durlach, Straßburg (28.6.), Châlons sur Marne nach Paris (6.7.).

14. Juli: Pariser Friedensfeste. W.v. Humboldt, Lalande, Lucchesini, Lohse; Griechisch-Unterricht. Lektüre: Rousseau, Montesquieus »Lettres persanes«.

Ende November: über Metz (Streit mit Lohse), nach Frankfurt a.M. (29.11./2.12.; Trennung von Ulrike).

Schweiz

Anfang Dezember: mit Lohse über Darmstadt, Bergstraße, Heidelberg, Karlsruhe, Straßburg, Elsaß nach Basel (13./22.12.); von Liestal b. Basel nach Bern (27.12.): Lohse, Zschokke, Geßner, L. Wieland, Pestalozzi.

1802 Februar/März: Thun. Hauptmann Mülinen; Hausinschrift: »Ich komme, ich weiß nicht, von wo ...« Fußwanderung mit Zschokke und L. Wieland nach Aarau.
1. April: Delosea-Insel bei Thun. Mädeli. »*Familie Ghonorez*«, Anfänge von »*Guiskard*« und »*Zerbr. Krug*«.
Mai: endgültiger Bruch mit Wilhelmine, die ihm sein Bild zurückschickt.
Juli/August: krank in Bern; Dr. med. Wyttenbach. Ulrike fährt zu ihm.

Weimar/Oßmannstedt

Mitte Oktober: statt nach Wien, mit Ulrike und L. Wieland über Basel, Erfurt nach Jena und Weimar (November/Dezember).
Weihnachten beim alten Wieland in Oßmannstedt.

1803 Anfang Januar – 24. Februar: Oßmannstedt. Liebesverhältnis zu Luise Wieland. Arbeit am »*Guiskard*«; Wielands Biographie. Lektüre: Richardsons »Clarissa«.

Leipzig/Dresden

März–April: Leipzig. Verleger Göschen; Prof. Hindenburg. Deklamationsunterricht bei Kerndörffer.
Frühjahr: Buchausgabe der »*Familie Schroffenstein*« (anonym bei Geßner in Bern).
April–Mitte Juli: Dresden. Ernst v. Pfuel, Fouqué, J. D. Falk, Karoline und Henriette v. Schlieben (angeblich »Kleists Braut«). Lektüre: Aristophanes, Sophokles. Arbeit am »*Guiskard*« und »*Zerbr. Krug*«. Wielands Trostbrief: »Sie *müssen* Ihren Guiscard vollenden...«
Mitte Juli: Ulrike zu Besuch.

Schweizer Reise

20. Juli: mit Pfuel von Leipzig nach Bern und Thun. Auf einer Wanderung vom Grindel Zusammentreffen mit Ehepaar v. Werdeck in Meiringen (11.8.); gemeinsamer Ausflug ins Reichenbachtal. Von Thun nach Bellinzona (21.8.), von dort mit Werdecks nach Varese (Madonna del Monte). Weiter nach Mailand; zurück über Thun, Bern, Waadtland, Genf (5.10.), Lyon nach Paris (14.10).

Paris

Werdecks, Lucchesini. Bruch mit Pfuel; Verbrennung des »*Guiskard*«. Ohne Paß an die Nordküste.
26. Oktober: St. Omer; von dort nach Boulogne, um französische Kriegsdienste zu nehmen; ein französischer Major nimmt ihn als Bedienten in seinen Schutz. Rückkehr nach Paris (trifft Werdecks

und Bertuch); vom preuß. Gesandten Lucchesini nach Deutschland zurückgeschickt.

Winter: Erkrankung in Mainz. Dr. med. Wedekind. (Bekanntschaft mit Wiesbadener Pfarrerstochter und mit Karoline v. Günderode?) Absicht, in Koblenz Tischler zu werden.

1804 (14. Januar: Aufführung der »*Familie Schroffenstein*« in Graz.)

Anfang Juni: von Mainz über Weimar (Besuch Wielands), Frankfurt a. d. O., Potsdam (Pfuel) nach Berlin.

Berlin

24. Juni: Audienz bei Köckeritz, dem Adjutanten des Königs (Kleist habe »Versche gemacht«). Bewerbung um Anstellung im Zivildienst.

Ende Juni: Gualtieri will ihn als Attaché nach Madrid mitnehmen. Marie v. Kleist, Massenbach, Pfuel, Rühle, Gleißenberg.

1805 Anfang: auf Massenbachs und Hardenbergs Empfehlung Arbeit im Finanzdepartement unter Altenstein. Aussicht auf Anstellung in Ansbach.

8. April: Selbstmordversuch Schlotheims; Maries Befremden über Kleists Anteilnahme.

23. April: Manuskript des »*Zerbr. Krug*« an Massenbach geschickt.

Königsberg

1. Mai: von Berlin über Frankfurt a. d. O. nach Königsberg (6. 5.). Als Diätar an der Domänenkammer unter Präsident v. Auerswald. Finanz- und staatswissenschaftl. Vorlesungen bei Prof. Kraus. Kriegsrat Scheffner, Stägemann, Kammerdirektor v. Salis.

Ulrike zieht zu ihm. Wiedersehen mit Wilhelmine (Frau Prof. Krug) und Luise v. Zenge. »*Über die allmähliche Verfertigung der Gedanken beim Reden*«.

Herbst: fortdauernde Unpäßlichkeit.

1806 Frühjahr: Ulrike zieht nach Stolp i. Pom.

Mitte August: sechsmonatiger Urlaub aus Gesundheitsgründen; fünfwöchiger Badeaufenthalt in Pillau. »*Zerbr. Krug*« an Marie v. Kleist geschickt. Intensive Arbeit an seinen Dramen.

14. Oktober: Napoleons Sieg bei Jena; Preußens Zusammenbruch. Der Hof flüchtet nach Königsberg; Altenstein und Anfang Dezember auch Pfuel treffen ein.

Gefangenschaft

1807 Mitte Januar: mit Pfuel, Gauvain, Ehrenberg über Stolp, Köslin, Stettin nach Berlin (26./27. 1.). Pfuel zweigt vorher nach Nennhausen ab; Kleist will nach Dresden.

30. Januar: Verhaftung als angebliche Spione; über Wustermark (31. 1.), Marburg (17. 2.), Mainz, Besançon (3. 3.) nach Fort de Joux bei Pontarlier (5. 3.).
3. April: Ulrikes Schreiben an General Clarke in Berlin.
Anfang April (aufgrund einer Verfügung vom 26. 3.): Transport über Besançon (11.4.) in das Kriegsgefangenenlager Châlons s. Marne.
Anfang Mai: in Dresden erscheint der »*Amphitryon*« mit Vorwort von Adam Müller.
9. Juli: Friede von Tilsit zwischen Frankreich und Preußen.
12. Juli: Clarkes Entlassungsbefehl trifft ein.
Ende Juli: Rückreise nach Berlin (14. 8.); von dort über Cottbus nach Dresden (Ende August).

Dresden

Rühle, Pfuel, Adam Müller, Chr. G. Körner (Dora Stock, Juliane Kunze, Emma Körner), K. A. Böttiger, G. H. Schubert, F. G. Wetzel, Dippold, K. Chr. F. Krause, F. Hartmann, G. v. Kügelgen, C. D. Friedrich, Ehepaar v. Haza, K. A. v. Carlowitz, Ernst Ludw. v. Bose, Baron Buol-Mühlingen, Graf Chanikoff, Graf Bourgoing.
Anfang September: Besuch in Teplitz bei Gentz. »*Jeronimo und Josephe*« (Erdbeben in Chili) im »Morgenblatt«.
Pläne zur Gründung einer »Buch-, Karten- und Kunsthandlung« (Verlag eigener Werke; Code Napoléon). Arbeit an »*Penthesilea*«.
Anfang Oktober: Reise zu Ulrike über Gulben bei Cottbus nach Wormlage.
10. Oktober: an seinem 30. Geburtstag im Hause Buol mit dem Lorbeer gekrönt; geplante Privataufführung des »*Zerbr. Krug*«.
Winter: Vorlesungen von A. Müller über das Schöne, von G. H. Schubert über die Nachtseite der Naturwissenschaft (im Hause Carlowitz).
Anfang Dezember: »*Penthesilea*« vollendet; Vorlesung durch A. Müller im Hause Körner.
17. Dezember: Gründung des »Phöbus«; Aufforderung zur Mitarbeit an Goethe, Wieland, J. v. Müller, Jean Paul u. a.
21. Dezember: A. Müllers Konzessionsgesuch für eine Buchhandlung (wird am 22. 2. 1808 auf Einspruch der Dresdner Buchhändler abgelehnt).

1808 23. Januar: erstes Phöbusheft (Organisches Fragment der »*Penthesilea*«). Widmungsexemplare gehen u. a. an Franz I. von Österreich und Jérôme von Westfalen.
Angeblicher Auftrag der Familie Hardenberg, den Novalis-Nachlaß zu verlegen.

Ende Februar: zweites Phöbusheft *(»Marquise von O.«)*.
2. März: mißlungene Aufführung des »*Zerbr. Krug*« in Weimar. Zerwürfnis mit Goethe.
Ende März: finanzielle Schwierigkeiten; A. Müller will Phöbus-Redaktion an Kleist abtreten.
Ende April: drittes Phöbusheft (Fragmente aus »*Zerbr. Krug*«).
Anfang Mai: der »Phöbus« soll verkauft werden.
Anfang Juni: viertes/fünftes Phöbusheft (»*Guiskard*«-Fragment; erstes »*Käthchen*«-Fragment, »*Epigramme*«). Frau v. Staël und Gebrüder Schlegel zu Besuch in Dresden.
Juli: Buchausgabe der »*Penthesilea*«; die schon gedruckte Auflage wird von Cotta übernommen. Versuch, von der Familie 200 Taler zur Fortsetzung des »Phöbus« zu leihen.
Ludwig Tieck auf der Durchreise in Dresden; Kleist zeigt ihm die Urfassung des »*Käthchen*«.
August: Einreichung des »*Käthchen*«-Manuskripts an die Dresdner Bühne (Graf Vitzthum); Oktober: an die Wiener Bühne (durch Collin); Dezember: an die Berliner Bühne unter Iffland (durch Major v. Schack).
Anfang Oktober: kurzer Besuch Ulrikes in Dresden.
Mitte Oktober: Varnhagen in Dresden; Kleist ist vorübergehend verreist. Buchhändler Walther übernimmt den Verlag des »Phöbus«.
Erste Novemberhälfte: Reise im Auftrag Frau v. Hazas nach Lewitz bei Meseritz über Wormlage.
Mitte November: sechstes Phöbusheft (»*Kohlhaas*«-Fragment, »*Epigramme*«); die weiteren Hefte in kurzem Abstand (zweites »*Käthchen*«-Fragment, »*Gelegenheitsgedichte*«).
Dezember: Fertigstellung der »*Hermannsschlacht*« (1. 1. 1809 nach Wien geschickt). Entleihung von Quellenliteratur für »*Die Zerstörung Jerusalems*« (nicht überliefertes Drama) und »*Prinz von Homburg*«. Geheime politische Tätigkeit im Bunde mit Gneisenau, Arndt, Reimer u. a.
Winter: A. Müllers staatswissenschaftliche Vorlesungen beim Prinzen von Weimar. Empfehlung durch Kleist an Altenstein in Berlin.

1809 11. Januar: Tod der Tante v. Massow; Erbschaft von 400 Talern, auszahlbar nach sechs Monaten.
Ende Februar: letztes (12.) Phöbusheft (Idylle: »*Der Schrecken im Bade*«).
März/April: Politische Schriften *(»Katechismus der Deutschen«)*, Kriegslyrik *(»Germania an ihre Kinder«)*.
5. April: Kleist erfährt erst jetzt, daß Adam Müller alle Phöbus-Außenstände an Buchhändler Walther abgetreten hat; heftige Aus-

einandersetzung, Duellforderung Müllers, die von Rühle und Pfuel beigelegt wird.
9. April: die österr. Armee marschiert in Bayern ein; die Franzosen räumen Dresden, die österr. Gesandtschaft reist ab. Preußen mobilisiert.
14. April: Kleist trifft sich vor seiner Abreise mit Ulrike.
18. April: Pfuel verläßt Dresden, kämpft in der Fränkischen Legion; Rühle macht auf französischer Seite den Feldzug in Österreich mit.
23. April: *Kriegslieder* nach Wien geschickt. In Berlin verweigert Gruner das Imprimatur für die »*Ode an den König*«.

Österreich

29. April: mit Dahlmann von Dresden über Teplitz (3.5.), Prag (5.5.) nach Znaim (Zusammentreffen mit Knesebeck und Friedrich v. Pfuel).
13. Mai: Wien von den Franzosen besetzt.
21./22. Mai: Schlacht von Aspern. Kleist und Dahlmann in Groß-Enzersdorf (22.5.) und Stockerau (24./25.5.). Von dort mit Wagen auf das Schlachtfeld von Aspern (25.5.); nach Übernachtung in Kagran zurück nach Prag (31.5.).
Buol-Mühlingen, Stadthauptmann Graf Kolowrat, Oberstburggraf Graf Wallis.
12. Juni: Gesuch zur Herausgabe der Wochenschrift »Germania« wird von Prag nach Wien geleitet und am 17.7. dem Kaiser vorgelegt (am 13.9. noch nicht entschieden).
6. Juli: Niederlage von Wagram; 12. Juli: Waffenstillstand.
Anfang September: in Berlin verbreitet sich durch Adam Müller das Gerücht von Kleists Tod im Prager Spital.
16. Oktober: Friedensschluß.
31. Oktober: Ausstellung von Pässen für Kleist und Dahlmann nach Dresden.

In der Heimat

23. November: in Frankfurt a.d.O., Aufnahme eines Darlehens von 500 Talern; Wiedersehen mit Luise v. Zenge. Kleist will wieder nach Österreich, bleibt aber in Berlin.
15. Dezember: Einladung bei Adam und Sophie Müller, die seit dem Sommer in Berlin sind, mit Frau v. Werdeck, Gebrüder Eichendorff, Graf Loeben.
Winter: Zusammentreffen mit E. M. Arndt bei Reimer.
23. Dezember: Rückkehr des Königs nach Berlin.
1810 Anfang Januar: über Leipzig (Besuch bei Ehepaar Krug) nach Frankfurt a. M. (12.1.); nach vergeblichen Versuchen, das »*Käth-*

chen« bei einer Bühne anzubringen, wird das Manuskript von hier an Cotta geschickt. Rückreise über Gotha (28./29.1.; Besuch von Schlotheim), Potsdam nach Berlin (4.2.).

Berlin

23. Februar: Souper bei Wolfart; A. Müller, Arnim, Brentano, Loeben, Eichendorff, Theremin, Kohlrausch, Römer.

10. März: Gedicht »*An die Königin Luise*« zum Geburtstag der Königin überreicht. Ein »Stück aus der Brandenburgischen Geschichte« soll auf dem Privattheater des Prinzen Radziwill aufgeführt werden.

17.–19. März: Aufführung des »*Käthchen*« im Theater an der Wien.

April: Zwistigkeiten mit dem Lithographen W. Reuter wegen 22 Taler Pränumeration.

Mai: Freundschaft mit Rahel.

Mitte Juni: bei Sophie Sander Zusammentreffen mit Amalie v. Helvig. Arbeit am ersten Band der »*Erzählungen*« (Fertigstellung des »*Kohlhaas*«).

19. Juli: Tod der Königin Luise. Kleist, Adam und Sophie Müller sowie der zu Besuch anwesende Pfuel hören am 5. August die Leichenpredigten in vier verschiedenen Kirchen.

12. August: schroffer Bruch mit Iffland wegen Ablehnung des »*Käthchen*«.

Ende September: Buchausgabe von »*Käthchen*« und »*Erzählungen*« (Kohlhaas, Marquise, Erdbeben) bei Reimer.

1. Oktober: erste Nummer der »Berliner Abendblätter« unter dem Protektorat von Polizeipräsident Gruner; Mitarbeiter: Arnim, Beckedorff, Brentano, Fouqué, Loeben, Friedrich v. Luck, Möllendorff, A. Müller, Ompteda, Friedr. Schulz, Wetzel in Bamberg, Wilhelm Grimm in Kassel.

Mitte Oktober: Redaktionsärger mit Arnim, Brentano, Fürst Lichnowsky.

3. November: Meldung über französ. Verluste in Portugal führt zu einer Beschwerde des französ. Gesandten und zur Verschärfung der Zensur.

Mitte November: Marie v. Kleist in Berlin und Potsdam, bei Familie von Häseler (bis Mai 1811).

16. November: Taufe der Cäcilie Müller durch Franz Theremin. Paten: Kleist, Arnim, Beckedorff, Elisabeth v. Stägemann, Henriette Vogel, Frau Peguilhen u.a. Als Patengeschenk schreibt Kleist »*Die heilige Cäcilie*«.

16. November: Müllers Aufsatz »Vom Nationalkredit« erregt Anstoß beim König und der Regierung; Zensurverschärfung.

26. November: Theaterskandal um Dem. Schmalz in der Oper »Die Schweizerfamilie«.
12. Dezember: mit Arnim, Brentano u. F. A. Wolf auf der Zelterschen Liedertafel.
Seit Anfang Dezember: Verhandlungen mit Raumer und Hardenberg wegen zweckdienlicher Unterstützung der »Abendblätter«.
24. Dezember: Übernahme des 2. Quartals der »Abendblätter« durch den Verleger Kuhn; Zeitungsfehde mit dem ersten Verleger Hitzig.

1811 18. Januar: Gründung der Deutschen Tischgesellschaft (»Freßgesellschaft«) durch Arnim; Mitglieder: Beckedorff, Brentano, Fichte, Kleist, Lichnowsky, A. Müller, Möllendorff, Pistor, Friedrich v. Pfuel, Radziwill, Joh. Friedr. Reichardt, Reimer, Savigny, Friedrich Schulz, Stägemann, Louis Vogel, Zelter u. a.
Anfang Februar: Buchausgabe des »*Zerbr. Krug*« bei Reimer.
10. Februar: Hardenberg erhält Nachricht von der Fragwürdigkeit der angeblich durch die Königin ausgesetzten Kleistschen Pension.
Zweite Februarhälfte: scharfe, bis zur Duellforderung führende Kontroverse mit Raumer und Hardenberg wegen der angeblich versprochenen finanziellen Unterstützung; Geheimrat Pistor wird in Kleists Wohnung geschickt (26. 2.); vorläufige Beilegung (10. 3.).
11. März: Arnims Hochzeit mit Bettina Brentano.
25. März–5. April: »*Die Verlobung*« in Kuhns »Freimüthigem«.
30. März: letzte Nummer der »Abendblätter«.
4. April: Bewerbung (auf Pistors Veranlassung) um den Redaktionsposten des Kurmärkischen Amtsblatts oder andere Anstellung; hinhaltende Antwort Hardenbergs (18. 4.).
23. April: pantomimische Darstellung von »*Penthesilea*«-Szenen durch Henriette Hendel-Schütz im Konzertsaal des Nationaltheaters, mit Rezitation durch Prof. Schütz.
26. April: kurze Reise »zu einem Verwandten aufs Land« (Marie v. Kleist in Sakrow?).
20. Mai: Bittgesuch an Prinz Wilhelm mit Schilderung der Abendblatt-Affaire.
Ende Mai: Adam Müller geht nach Wien, Marie v. Kleist nach Mecklenburg; auch Beckedorff verläßt Berlin.
6. Juni: nochmaliges Gesuch an Hardenberg um Anstellung im Zivildienst oder Aussetzung eines Wartegelds.
17. Juni: Gesuch an den König in gleicher Sache.
Ende Juni: Anfertigung der Reinschrift des »*Prinz Friedrich von Homburg*«. Arbeit an einem (verschollenen) »*Roman*« in zwei Bänden. Marie v. Kleist bittet um Mitteilung seiner Arbeiten.

Anfang August: »*Erzählungen, zweiter Teil*« bei Reimer (Erstdruck von »*Findling*« und »*Zweikampf*«).
Ende August – Anfang September: Marie v. Kleist in Berlin; vielfältige Bemühungen für Kleist. Kriegserwartung.
3. September: Überreichung des Widmungsexemplars von »*Prinz von Homburg*« an Prinzessin Marianne durch Marie v. Kleist, mit einem Bittgesuch an Prinz Wilhelm um eine Pension von 100 Talern für Kleist.
Nach Maries Abreise (9. oder 10.9.):
11. September: Audienz beim König mit Maries Empfehlungsschreiben vom 9.9. (soll Adjutant des Königs werden). Besuch bei Gneisenau, dem politische Aufsätze vorgelegt werden.
18. September: nach Empfang der Kabinettsorder mit Aussicht auf Anstellung im Militär zu Ulrike nach Frankfurt a.d.O.; Demütigung an der Mittagstafel. Von dort nachmittags nach Friedersdorf, Gespräch mit Ludwig und Charlotte v.d. Marwitz.
19. September: Bitte an Hardenberg um Darlehen für Offiziersausrüstung.
24. Oktober: Marie v. Kleist sorgt sich um Kleist, der in vier Wochen nur einmal geschrieben habe; falls er noch in Berlin sei, will sie ihm Geld schicken, das Ulrike ihr anvertraut habe.
10. November: verzweifelter Brief an Marie (die in Groß-Gievitz erkrankt ist): »es ist mir ganz unmöglich länger zu leben«.
Dahlmanns Einladung nach Kiel zu einer gemeinsamen Haushaltung dort gelangt nicht in Kleists Hände. Eine angebliche Unterstützung »von seiten des Staates« soll sich durch Hardenbergs Einspruch verzögert haben.
Enge Freundschaft mit Henriette Vogel; sog. »*Todeslitanei*«: »Mein Jettchen, mein Herzchen ...«
19. November: »Triumphgesang im Augenblick des Todes« (an Marie). Abschiedsbesuch bei Elisabeth v. Stägemann, die sich nicht sprechen läßt.

Am Wannsee

20. November vormittags: Abschiedsbriefe in Henriettes grüner Stube; nachmittags: Eintreffen im Neuen Krug bei Potsdam. In der Nacht weitere Abschiedsbriefe.
21. November: mittags 12 Uhr Abgang des Boten mit Brief an Peguilhen.
Gegen 4 Uhr nachmittags die beiden Pistolenschüsse am Wannsee.
Gegen 6 Uhr Eintreffen von Peguilhen und Vogel.
22. November nachmittags: gerichtliche Untersuchung und Sektion; abends Beisetzung in zwei Särgen.

26. November: Zeitungsanzeigen von Louis Vogel und Peguilhen (als »Vollstrecker des letzten Willens der beiden Verewigten«).
2. Dezember: verspätete kirchliche Beerdigung am Wannsee.

Nach Kleists Tod

1812 14. Mai: Marie bedankt sich bei Prinz Wilhelm für die Unterstützung Ulrikes und bezeichnet sie als eine nachträglich Kleist erwiesene Wohltat.
Juni: Marie bietet das »*Homburg*«-Manuskript Hitzig an, der mit Fouqué zusammen Kleists Nachlaß herausgeben will; Einspruch der Prinzessin Marianne.

1813 März: Ernst v. Pfuel gibt »*Germania-Ode*« heraus.

1814/1815 Tieck verschafft sich das Widmungsexemplar des »*Prinz von Homburg*« von der Prinzessin Marianne, »welches da, wo es sich befand, gering geschätzt wurde«.

1818 Pfeilschifter veröffentlicht unabhängig von Tieck einige Szenen der »*Hermannsschlacht*« in den »Zeitschwingen«.

1821 Tiecks Ausgabe der »Hinterlassenen Schriften« *(»Prinz von Homburg«, »Hermannsschlacht«)*. Erste Aufführung des »*Prinz von Homburg*« in Wien, Breslau, Frankfurt a. M. (Oktober) und Dresden (Dezember).

NACHWORT

Für die Inkarnation eines dramatischen Genies wie Kleist lassen sich kaum ungünstigere Bedingungen erdenken, als er sie vorfand. Er wuchs in einer Zeit auf, da das Drama als Kunstform durch Schiller und Goethe seine klassische Höhe erreicht hatte und nur noch die Möglichkeit epigonaler Nachfolge übrig zu bleiben schien. Seine Jugend im kulturell armen nördlichen Deutschland war geprägt von der preußischen Offizierstradition, die für Fragen der Kunst und der Bildung kein sonderliches Verständnis aufbrachte und ihn auf den Weg des Autodidakten wies. Als »nicht zu dämpfender Feuergeist, der Exaltation selbst bei Geringfügigkeiten anheim fallend«, wie ihn sein Hauslehrer schildert, muß er mit 14 Jahren die vorgeschriebene Offizierslaufbahn betreten und ihr »sieben unwiederbringlich verlorene Jahre« opfern: »Die größten Wunder militärischer Disziplin, die der Gegenstand des Erstaunens aller Kenner waren, wurden der Gegenstand meiner herzlichsten Verachtung; die Offiziere hielt ich für so viele Exerziermeister, die Soldaten für so viele Sklaven, und wenn das ganze Regiment seine Künste machte, schien es mir als ein lebendiges Monument der Tyrannei ... In solchen Augenblicken mußte natürlich der Wunsch in mir entstehen, einen Stand zu verlassen, in welchem ich von zwei durchaus entgegengesetzten Prinzipien unaufhörlich gemartert wurde, immer zweifelhaft, ob ich als Mensch oder als Offizier handeln mußte; denn die Pflichten beider zu vereinen, halte ich bei dem jetzigen Zustande der Armeen für unmöglich.«

Als er seinen Abschied nimmt, um das fernere Leben auf die eigene Vernunft zu gründen, weiß er noch nichts von einer dichterischen Berufung, sondern will sich den Wissenschaften widmen. Höchste Befriedigung gewährt ihm die Vorstellung eines in sich selbst gründenden Glückes: »In mir und durch mich vergnügt, o, mein Freund! wo kann der Blitz des Schicksals mich treffen, wenn ich es fest im Innersten meiner Seele bewahre! Immer mehr erwärmt und begünstigt mein Herz den Entschluß, den ich nun um keinen Preis der Könige mehr aufgeben möchte, und meine Vernunft bekräftigt, was mein Herz sagt, und krönt es mit der Wahrheit, daß es wenigstens weise und ratsam sei, in dieser wandelbaren Zeit so wenig wie möglich an die Ordnung der Dinge zu knüpfen.«

Die Universität seiner Heimatstadt Frankfurt an der Oder bietet sich zum Studium an. Die Eltern sind früh gestorben; den Haushalt führt eine Tante. Nebenan wohnt die Familie des Generals von Zenge mit etlichen Töchtern: »Die älteste Zengen, Minette, hat sogar einen feineren Sinn, der für schönere Eindrücke zuweilen empfänglich ist; wenigstens bin ich zufrieden, wenn sie mich zuweilen mit Interesse anhört, ob ich gleich nicht viel von ihr wieder erfahre.« Sie wird seine Braut, und er sucht sie zu bilden. Aber bald treibt ihn die innere Unruhe fort. Mit dem Freund Ludwig von Brockes unternimmt er eine in Geheimnis gehüllte Reise, die ihn nach Würzburg führt, wo er sich vermutlich einer Operation unterzieht. Von dem Ergebnis der Reise verspricht er sich viel für seinen weiteren Lebensplan.

Nach seiner Rückkehr soll er sich in Berlin für einen Beruf entscheiden, lehnt aber die Beamtenlaufbahn ab: »Ich bilde mir ein, daß ich Fähigkeiten habe, seltnere Fähigkeiten, meine ich. – Ich glaube es, weil mir keine Wissenschaft zu schwer wird; weil ich rasch darin vorrücke, weil ich manches aus eigener Erfindung hinzugetan habe – und am Ende glaube ich es auch darum, weil alle Leute es mir sagen. Also kurz, ich glaube es. Da stünde mir nun für die Zukunft das ganze schriftstellerische Fach offen. Darin fühle ich, daß ich sehr gern arbeiten würde. – O, da ist die Aussicht auf Erwerb äußerst vielseitig. Ich könnte nach Paris gehen und die neueste Philosophie in dieses neugierige Land verpflanzen –« So sucht er seine Braut zu trösten; der Schwester schreibt er einige Zeit später: »Ach, es gibt eine traurige Klarheit, mit welcher die Natur viele Menschen, die an dem Dinge nur die Oberfläche sehen, zu ihrem Glücke verschont hat. Sie nennt mir zu jeder Miene den Gedanken, zu jedem Worte den Sinn, zu jeder Handlung den Grund – sie zeigt mir alles, was mich umgibt, und mich selbst in seiner ganzen armseligen Blöße, und dem Herzen ekelt zuletzt vor dieser Nacktheit.« Und er spricht von der unerklärlichen und unüberwindlichen Verlegenheit, die ihn in Gesellschaften überfalle und ihn nicht frei handeln und sprechen lasse, und von der Säule der Wissenschaft, die für ihn zu wanken beginne.

Ein seelischer Zusammenbruch beendet diesen ersten Akt seines Lebensdramas, in dem er mit allen Konventionen und Traditionen gebrochen hatte, um sich einzig auf die Kräfte seines Verstandes zu stützen. Ausgelöst wird die Katastrophe durch eben jene neueste Philosophie, die er in Frankreich verbreiten wollte: »Es scheint, als ob ich eines von den Opfern der Torheit werden würde, deren die Kantische Philosophie so viele auf dem Gewissen hat... Der Gedanke, daß wir hienieden von der Wahrheit nichts, gar nichts, wissen, daß das, was wir hier Wahrheit nennen, nach dem Tode ganz anders heißt, und daß folglich das Bestreben, sich ein Eigentum zu erwerben, das uns auch in das Grab folgt, ganz vergeblich und fruchtlos ist, dieser Gedanke hat mich in dem Heiligtum meiner Seele erschüttert. – Mein *einziges* und *höchstes* Ziel ist gesunken, ich habe keines mehr.« Seine Verzweiflung treibt ihn zu einer überstürzten Reise nach Paris; die reiselustige Schwester Ulrike begleitet ihn in Männerkleidung. »Ach, Wilhelmine«, schreibt er zum Abschied an die Braut, »schenkte mir der Himmel ein grünes Haus, ich gäbe alle Reisen, und alle Wissenschaft, und allen Ehrgeiz auf immer auf! Denn nichts als Schmerzen gewährt mir dieses ewig bewegte Herz, das wie ein Planet unaufhörlich in seiner Bahn zur Rechten und zur Linken wankt, und von ganzer Seele sehne ich mich, wonach die ganze Schöpfung und alle immer langsamer und langsamer rollenden Weltkörper streben, nach Ruhe!«

Auf der Hinfahrt ist ihm in Dresden ahnungsweise zum erstenmal das Reich des Schönen, die Welt der Kunst aufgegangen: »Nichts war so fähig mich so ganz ohne alle Erinnerung wegzuführen von dem traurigen Felde der Wissenschaft, als diese in dieser Stadt aufgehäuften Werke der Kunst ... Mir war so wohl bei diesem ersten Eintritt in diese für mich ganz neue Welt voll Schönheit. Täglich habe ich die griechischen Ideale und die italienischen Meisterstücke besucht, und jedesmal, wenn ich in die Galerie trat, stundenlang vor dem einzigen Raphael dieser Sammlung, vor jener Mutter Gottes gestanden, mit dem hohen Ernste, mit der stillen Größe ...«

So sehr ihm das Leben in der »blassen, matten, faden« Stadt an der Seine widersteht, hier scheint er zuerst wieder zu sich selbst zu finden und seine eigentliche Bestimmung zu erkennen: »Eine Reihe von Jahren, in welchen ich über die Welt im großen frei denken konnte, hat mich dem, was die Menschen Welt nennen, sehr unähnlich gemacht. Manches, was die Menschen ehrwürdig nennen, ist es mir nicht, vieles, was ihnen verächtlich scheint, ist es mir nicht. Ich trage eine innere Vorschrift in meiner Brust, gegen welche alle äußern, und wenn sie ein König unterschrieben hätte, nichtswürdig sind. Daher fühle ich mich ganz unfähig, mich in irgendein konventionelles Verhältnis der Welt zu passen ... Aber *Bücherschreiben* für Geld – o nichts davon. Ich habe mir, da ich unter den Menschen in dieser Stadt so wenig für mein Bedürfnis finde, in einsamer Stunde (denn ich gehe wenig aus) ein Ideal ausgearbeitet; aber ich begreife nicht, wie ein Dichter das Kind seiner Liebe einem so rohen Haufen, wie die Menschen sind, übergeben kann ...« Da er wohl ahnt, daß allein vom Dichten nicht zu leben möglich ist, faßt er den Entschluß, sich mit dem Rest eines kleinen Vermögens in der Schweiz anzukaufen und Bauer zu werden. Wilhelmine resigniert, und Kleist bricht Verlöbnis und weiteren Briefwechsel ab.

Zwar wird aus dem Ankauf nichts, aber Kleist lernt in Bern junge, schriftstellernde Leute kennen, unter ihnen den angesehenen Heinrich Zschokke, die ihn zum Schreiben ermuntern. Anfang Februar 1802 grüßt er Zschokke aus dem benachbarten Thun: »Was mich betrifft, wie die Bauern schreiben, so bin ich, ernsthaft gesprochen, recht vergnügt, denn ich habe die alte Lust zur Arbeit wiederbekommen. Wenn Sie mir einmal mit Geßnern die Freude Ihres Besuchs schenken werden, so geben Sie wohl acht auf ein Haus an der Straße, an dem folgender Vers steht: ›Ich komme, ich weiß nicht, von wo? Ich bin, ich weiß nicht, was? ich fahre, ich weiß nicht, wohin? Mich wundert, daß ich so fröhlich bin.‹« Kleists ungemeine Freude an diesem Vers ist bezeichnend für seine eigene Existenz. Einen Monat später zieht er auf die kleine Insel im Ausfluß des Thuner Sees, von deren Idyll die Schwester folgende Schilderung empfängt: »Auf der Insel wohnt auch weiter niemand, als nur an der andern Spitze eine kleine Fischerfamilie, mit der ich schon einmal um Mitternacht auf den See gefahren bin, wenn sie Netze einzieht und auswirft. Der Vater hat mir von zwei Töchtern eine in mein Haus gegeben, die mir die Wirtschaft führt: ein freundlich-liebliches Mädchen, das sich ausnimmt, wie ihr Taufname: Mädeli. Mit der Sonne stehn wir auf, sie pflanzt mir Blumen in den Garten, bereitet mir die Küche, während ich arbeite für die Rückkehr zu Euch ... Ich würde ganz ohne alle widrigen Gefühle sein, wenn ich nicht, durch mein ganzes Leben daran gewöhnt, sie mir selbst erschaffen müßte. So habe ich zum Beispiel jetzt eine seltsame Furcht, ich möchte sterben, ehe ich meine Arbeit vollendet habe ...« Meine Arbeit – das ist vor allem der »Robert Guiskard«, den er damals beginnt, und die »Familie Schroffenstein«, die – überhastet abgeschlossen – von den Freunden in Bern nach Kleists Abreise als Buch herausgebracht wird. Denn eine Krankheit beendet das Delosea-Idyll nur allzubald.

Mit Ulrike, die auf die Nachricht von seiner Erkrankung zu ihm reist, fährt er nach Deutschland zurück. Bald kann er ihr aus Weimar, wo er beim alten Wieland Station macht, berichten: »Der Anfang meines Gedichtes, das der Welt Deine Liebe zu mir erklären soll, erregt die Bewunderung aller Menschen, denen ich es mitteile. O Jesus! Wenn ich es doch vollenden könnte! Diesen einzgen Wunsch soll mir der Himmel erfüllen; und dann, mag er tun, was er will.« Zu den Bewunderern gehört vor allem Altmeister Wieland, der etwas später einem Freund berichtet: »Wenn die Geister des Äschylus, Sophokles und Shakespeare sich vereinigten, eine Tragödie zu schaffen, so würde das sein, was Kleists Tod Guiscards des Normanns, sofern das Ganze demjenigen entspräche, was er mich damals hören ließ. Von diesem Augenblicke an war es bei mir entschieden, Kleist sei dazu geboren, die große Lücke in unserer dermaligen Literatur auszufüllen, die (nach meiner Meinung wenigstens) selbst von Goethe und Schiller noch nicht ausgefüllt worden ist ...« Die vierzehnjährige Luise Wieland verliebt sich in den »zauberischen Kleist«; er muß das Haus, versehen mit glänzenden Empfehlungen des Vaters, verlassen und lebt nun in Leipzig und Dresden, wo er die Freunde aus der Militärzeit, Ernst von Pfuel, Rühle von Lilienstern, Fouqué, wiedertrifft. Die »Familie Schroffenstein« erregt Aufsehen, aber Kleist bittet die Geschwister, die »elende Scharteke« nicht zu lesen; denn er ringt mit dem »Guiskard«-Drama, mit dem er Goethe überflügeln will. Er spricht von einer »gewissen Entdeckung im Gebiete der Kunst«, die er gemacht habe und die nun auf einer Reise in die Schweiz, zu der ihn Pfuel einlädt, völlig ins Licht gestellt werden soll. Aber aus Genf muß er der Schwester schreiben: »Das Schicksal, das den Völkern jeden Zuschuß zu ihrer Bildung zumißt, will, denke ich, die Kunst in diesem nördlichen Himmelsstrich noch nicht reifen lassen. Töricht wäre es wenigstens, wenn *ich* meine Kräfte länger an ein Werk setzen wollte, das, wie ich mich endlich überzeugen muß, für mich zu schwer ist. Ich trete vor einem zurück, der noch nicht da ist, und beuge mich, ein Jahrtausend im voraus, vor seinem Geiste. Denn in der Reihe der menschlichen Erfindungen ist diejenige, die ich gedacht habe, unfehlbar ein Glied, und es wächst irgendwo ein Stein für den, der sie einst ausspricht ... Die Hölle gab mir meine halben Talente, der Himmel schenkt dem Menschen ein ganzes, oder gar keins.« Drei Wochen später erreicht Ulrike von der französischen Küste eine noch schlimmere Nachricht: »Ich habe in Paris mein Werk, soweit es fertig war, durchlesen, verworfen, und verbrannt: und nun ist es aus. Der Himmel versagt mir den Ruhm, das größte der Güter der Erde; ich werfe ihm, wie ein eigensinniges Kind, alle übrigen hin ... Ich habe die Hauptstadt dieses Landes verlassen, ich bin an seine Nordküste gewandert, ich werde französische Kriegsdienste nehmen, das Heer wird bald nach England hinüber rudern, unser aller Verderben lauert über den Meeren, ich frohlocke bei der Aussicht auf das unendlich-prächtige Grab.« Mit dem Zusammenbruch eines aufs höchste gesteigerten künstlerischen Ehrgeizes schließt der zweite Akt des Lebensdramas, von dem wir sprachen.

Der preußische Gesandte in Paris veranlaßt Kleists sofortige Rückkehr nach Deutschland, und nach einer fünfmonatigen Zeit der inneren und äußeren Erholung bei einem Arzt in Mainz gilt es, in größter Selbstbescheidung und Demütigung noch einmal von vorn zu beginnen. Aus dem Abstand des künftigen Novellisten schildert Kleist sein Gespräch mit dem königlichen Generaladjutanten im Charlottenburger Schloß: »›Sind Sie wirklich jetzt hergestellt? Ganz, verstehn Sie mich, hergestellt? – Ich meine‹, fuhr er, da ich ihn befremdet ansah, mit Heftigkeit fort, ›ob Sie von allen Ideen und Schwindeln, die vor kurzem im Schwange waren (er gebrauchte diese Wörter), völlig hergestellt sind?‹ – Ich verstünde ihn nicht, antwortete ich mit so vieler Ruhe, als ich zusammenfassen konnte; ich wäre körperlich krank gewesen, und fühlte mich, bis auf eine gewisse Schwäche, die das Bad vielleicht heben würde, so ziemlich wieder hergestellt. – Er nahm das Schnupftuch aus der Tasche und schnaubte sich. ›Wenn er mir die Wahrheit gestehen solle‹, fing er an, und zeigte mir jetzt ein weit besseres Gesicht, als vorher, ›so könne er mir nicht verhehlen, daß er sehr ungünstig von mir denke. Ich hätte das Militär verlassen, dem Zivil den Rücken gekehrt, das Ausland durchstreift, mich in der Schweiz ankaufen wollen, *Versche* gemacht (o meine teure Ulrike!), die Landung mitmachen wollen etc. etc. etc. Überdies sei des Königs Grundsatz, Männer, die aus dem Militär ins Zivil übergingen, nicht besonders zu protegieren. Er könne nichts für mich tun.‹ – Mir traten wirklich die Tränen in die Augen.« Aufgrund von Empfehlungen, veranlaßt von Marie von Kleist, der älteren, mit ihm nicht verwandten Freundin, kommt es doch noch zu dem Beginn einer Beamtenkarriere, und er wird zur weiteren Ausbildung nach Königsberg geschickt.

Das politische Unwetter von 1806 zieht sich über Preußen zusammen und gefährdet nicht nur die Berufsaussichten, sondern auch die schriftstellerischen Pläne, die Kleist in aller Stille weiter verfolgt. Er fühlt sich krank, läßt sich beurlauben, zieht sich von den Menschen zurück; aber er arbeitet – nach dem »Zerbrochnen Krug« an der »Penthesilea«, dem »Amphitryon«, den ersten

Erzählungen: »Meine Vorstellung von meiner Fähigkeit ist nur noch der Schatten von jener ehemaligen in Dresden. Die Wahrheit ist, daß ich das, was ich mir vorstelle, schön finde, nicht das, was ich leiste. Wär ich zu etwas anderem brauchbar, so würde ich es von Herzen gern ergreifen: ich dichte bloß, weil ich es nicht lassen kann ... Auch muß ich mich im Mechanischen verbessern, an Übung zunehmen und in kürzern Zeiten Besseres liefern lernen. Jetzt habe ich ein Trauerspiel unter der Feder.«

Nach der Schlacht von Jena verläßt Kleist mit Pfuel und zwei anderen abgedankten Offizieren zu Beginn des Jahres 1807 das entlegene Königsberg; er will sich in dem kulturell aufblühenden Dresden als Schriftsteller niederlassen, wird aber in Berlin von den Franzosen als angeblicher Spion verhaftet und nach Frankreich gebracht. Aus seiner Gefangenschaft in Châlons sur Marne schreibt er an Marie von Kleist: »Was sind dies für Zeiten. Sie haben mich immer in der Zurückgezogenheit meiner Lebensart für isoliert von der Welt gehalten, und doch ist vielleicht niemand inniger damit verbunden als ich. Wie trostlos ist die Aussicht, die sich uns eröffnet... Wo ist der Platz, den man jetzt in der Welt einzunehmen sich bestreben könnte, im Augenblicke, wo alles seinen Platz in verwirrter Bewegung verwechselt? Kann man auch nur den Gedanken wagen, glücklich zu sein, wenn alles in Elend darniederliegt? Ich arbeite, wie Sie wohl denken können, doch ohne Lust und Liebe zur Sache. Wenn ich die Zeitungen gelesen habe, und jetzt mit meinem Herzen voll Kummer die Feder wieder ergreife, so frage ich mich, wie Hamlet den Schauspieler, was mir Hekuba sei?«

In Dresden ist inzwischen Kleists »Amphitryon« erschienen und wird zu einer vorzüglichen Empfehlung für den bald danach selbst dort eintreffenden Rückkehrer, der von einem regen Kreis von Schriftstellern, Malern und Mäzenen, darunter Adam Müller und wieder Pfuel und Rühle, mit offenen Armen aufgenommen wird. Endlich scheint Kleist den ihm zukommenden gesellschaftlichen Bereich gefunden zu haben: »Es erfüllt sich mir *alles*, ohne Ausnahme, worauf ich gehofft habe.« Eine Zeitschrift für die Kunst, der »Phöbus«, wird gegründet und präsentiert den Dichter mit organischen Fragmenten seiner Werke. Goethe lehnt zwar die »Penthesilea« ab, läßt aber den »Zerbrochnen Krug« in Weimar aufführen; für den Mißerfolg sucht ihn Kleist verantwortlich zu machen. Im übrigen stellen sich bald wirtschaftliche und persönliche Schwierigkeiten ein; man hat sich mit den literarischen Plänen übernommen und muß bei der gespannten politischen Lage froh sein, wenn man den Bankerott irgendwie übersteht. Der dritte Akt von Kleists Leben, der ihn als freien, in sich gefestigten, von einer literarischen Gemeinschaft anerkannten und geehrten Schriftsteller zeigte, endet wiederum in Not und Ungewißheit.

Nach diesem neuerlichen Scheitern seines bisherigen literarischen Strebens bietet sich ihm ein andersgeartetes Ziel. Schon während der so unpolitischen Tätigkeit in Dresden scheint Kleist Verbindung mit patriotischen Kreisen aufgenommen zu haben, die für eine Erhebung Preußens, für ein Bündnis mit Österreich gegen Napoleon agierten. Gegen Ende des Jahres 1808 entsteht das Tendenzstück der »Hermannsschlacht«. Zum erstenmal stellt Kleist seine Kunst in den Dienst einer außer ihr liegenden Idee. Nach den ersten Waffensiegen der Österreicher schreibt er im April 1809 nach Wien: »Ich auch finde, man muß sich mit seinem ganzen Gewicht, so schwer oder leicht es sein mag, in die Waage der Zeit werfen; Sie werden inliegend mein Scherflein dazu finden. Geben Sie die Gedichte, wenn Sie Ihnen gefallen, Degen oder wem Sie wollen, in öffentliche Blätter zu rücken... Ich wollte, ich hätte eine Stimme von Erz und könnte sie, vom Harz herab, den Deutschen absingen.« Mit Friedrich Dahlmann, dem späteren Historiker, bricht er von Dresden nach Österreich auf, um sich »mittelbar oder unmittelbar in den Strom der Begebenheiten hineinzuwerfen«. In Prag will er eine Zeitschrift »Germania« herausgeben: »Diese Zeitschrift soll der erste Atemzug der deutschen Freiheit sein. Sie soll alles aussprechen was, während der drei letzten, unter dem Druck der Franzosen verseufzten Jahre, in den Brüsten wackerer Deutscher hat verschwiegen bleiben müssen: alle Besorgnis, alle Hoffnung, alles Elend und alles Glück ...« Seine patriotischen Gedichte, das »Kriegslied der Deutschen«, die »Germania-Ode«, sind in einem Paroxysmus des Hasses und der nationalpolitischen Leidenschaft geschrieben, wie es nur einem Kleist möglich ist, der in der Übersteigerung des Gefühls keine Grenzen mehr anerkennt. Aber der Paroxysmus muß nach dem Scheitern der österreichischen Erhebung ebenso schnell in sich zusammensinken, wie er aufgeflammt ist: »Solange ich lebe, vereinigte sich noch nicht soviel, um mir eine frohe Zukunft hoffen zu lassen; und nun vernichten die letzten Vorfälle nicht nur diese Unternehmung – sie vernichten meine ganze Tätigkeit überhaupt. Ich bin gänzlich außerstand zu sagen, wie ich mich jetzt fassen werde ... Kurz, meine teuerste Ulrike, das ganze Geschäft des Dichtens ist mir gelegt... Was ich ergreifen werde, wie gesagt, weiß ich nicht; denn wenn es auch ein Handwerk wäre, so würde, bei dem, was nun die Welt erfahren wird, nichts herauskommen. Aber Hoffnung muß bei den Lebenden sein.«

Der letzte Akt seines Lebens beginnt. Der bei den Freunden in Deutschland bereits Totgesagte erscheint Anfang 1810 in Berlin; und Achim von Arnim kann den Brüdern Grimm in Kassel berichten, Kleist sei angekommen, »eine sehr eigentümliche, ein wenig verdrehte Natur, wie das fast immer der Fall, wo sich Talent aus der alten preußischen Montierung durcharbeitet... er ist der unbefangenste, fast zynische Mensch, der mir lange begegnet, hat eine gewisse Unbestimmtheit in der Rede, die sich dem Stammern nähert und in seinen Arbeiten durch stetes Ausstreichen und Abändern sich äußert, er lebt sehr wunderlich, oft ganze Tage im Bette, um da ungestörter bei der Tabakspfeife zu arbeiten.« In Brentanos Schilderung ist er »ein untersetzter Zweiunddreißiger, mit einem erlebten runden, stumpfen Kopf, gemischt launigt, kindergut, arm und fest«: »Was mich aber bei der Sache ängstigt, ist, daß er sehr schwer und mühsam arbeitet.« Vergeblich versucht Kleist, das eigens für die Bühne geschriebene »Käthchen von Heilbronn« auf den deutschen Theatern anzubringen; nur in Wien kommt es zu einer dreimaligen Aufführung. Er stellt seine Erzählungen zu einer Buchausgabe zusammen, gründet die erste täglich erscheinende Zeitung Berlins, die »Berliner Abendblätter«, und füllt sie mit seinen herrlichen Anekdoten und Essays, die oft als Lückenbüßer dienen müssen, wenn ihm die Zensur verfängliche politische Nachrichten und Artikel streicht. Seine politische Haltung hat das Hektische verloren, ist besonnen, liberal und sucht die inneren Gegensätze auszusöhnen. Er arbeitet an dem großen Preußendrama, dem »Prinz Friedrich von Homburg«, das ursprünglich der Königin Luise überreicht werden sollte, wovon er sich eine Hofcharge versprach. Aber die Königin starb, die »Abendblätter« erliegen der Zensur und ministeriellen Ränken, die Bühnen bleiben ihm verschlossen, die Freunde verlassen Berlin, sogar die treue Ulrike hat die Geduld verloren und läßt ihn fallen.

Einsamkeit bedrängt ihn. Im Spätsommer des Todesjahres schreibt er an Marie von Kleist: »Das Leben, das ich führe, ist seit Ihrer und Adam Müllers Abreise gar zu öde und traurig. Auch bin ich mit den zwei oder drei Häusern, die ich hier besuchte, seit der letzten Zeit ein wenig außer Verbindung gekommen, und fast täglich zu Hause, von Morgen bis auf den Abend, ohne auch nur einen Menschen zu sehen, der mir sagte, wie es in der Welt steht ...« Noch im Frühjahr hatte er sich zu Fouqué geäußert: »Ihre liebe, freundliche Einladung, nach Nennhausen hinauszukommen und daselbst den Lenz aufblühen zu sehen, reizt mich mehr, als ich es sagen kann. Fast habe ich ganz und gar vergessen, wie die Natur aussieht. Noch heute ließ ich mich, in Geschäften, die ich abzumachen hatte, zwischen dem Ober- und Unterbaum über die Spree setzen; und die Stille, die mich plötzlich in der Mitte der Stadt umgab, das Geräusch der Wellen, die Winde, die mich anwehten, es ging mir eine ganze Welt erloschener Empfindungen wieder auf.« Und jetzt wieder an Marie: »Es weht mich zuweilen, bei einer Lektüre oder im Theater, wie ein Luftzug aus meiner allerfrühsten Jugend an. Das Leben, das vor mir ganz öde liegt, gewinnt mit einemmal eine wunderbar herrliche Aussicht, und es regen sich Kräfte in mir, die ich ganz erstorben glaubte. Alsdann will ich meinem Herzen ganz und gar, wo es mich hinführt, folgen und schlechterdings auf nichts Rücksicht nehmen, als auf meine eigne innerliche Befriedigung.«

In all den Widerwärtigkeiten, ohne irgendeine Existenzgrundlage, sehnt er sich nach einem »recht heitren Genuß des Lebens«, um sich einige Zeit mit nichts als der Musik beschäftigen zu können, der Wurzel aller Künste, in der er die wichtigsten Aufschlüsse für die Dichtkunst vermutet. Wirklich scheinen sich ihm noch einmal neue Lebens- und Schaffensmöglichkeiten eröffnen zu sollen. Von Friedrich Dahlmann, der eine Professur in Kiel erhalten hat, ist ein Schreiben an Kleist unterwegs, um ihn zu gemeinsamem

Leben in wirtschaftlicher Unabhängigkeit einzuladen – aber durch widrige Umstände erreicht der Brief ihn nicht. Die Befreiungskriege, die in zwei Jahren sein werden, könnten ihm neue Luft zum Atmen bringen; er aber erfährt nur von dem verhaßten Bündnis seines Königs mit Napoleon. So resigniert er: »Mir waren die Gesichter der Menschen schon jetzt, wenn ich ihnen begegnete, zuwider, nun würde mich gar, wenn sie mir auf der Straße begegneten, eine körperliche Empfindung anwandeln, die ich hier nicht nennen mag. Es ist zwar wahr, es fehlte mir sowohl als ihnen an Kraft, die Zeit wieder einzurücken; ich fühle aber zu wohl, daß der Wille, der in meiner Brust lebt, etwas anderes ist, als der Wille derer, die diese witzige Bemerkung machen: dergestalt, daß ich mit ihnen nichts mehr zu schaffen haben mag ...«

In seinem großartigen Aufsatz »Über das Marionettentheater« ebenso wie in seinem Preußendrama ahnt Kleist, daß es nach dem Verlust der Grazie eine Art von Todeserlebnis zu bestehen gilt, um zu einem Neuen, Unzerstörbaren zu gelangen. Aber aus seelischer Erfahrung wird physische Realität. Von einer tödlich erkrankten geistreichen Freundin, der Frau des Rendanten Vogel, zum gemeinsamen Tod aufgefordert, ergreift ihn, wie er Marie schreibt, »ein Strudel von nie empfundner Seligkeit«: »Morgens und abends knie ich nieder, was ich nie gekonnt habe, und bete zu Gott; ich kann ihm mein Leben, das allerqualvollste, das je ein Mensch geführt hat, jetzo danken, weil er es mir durch den herrlichsten und wollüstigsten aller Tode vergütigt.«

Bevor er mit Henriette Vogel zum Wannsee hinausfährt, verbrennt er seine Manuskripte und Briefschaften und ist sorgfältig auf die letzten Kleinigkeiten bedacht, die Bezahlung seines Barbiers, das Geschenk für den Quartierwirt, die Regelung der Bestattungskosten. Ihm, dem im Leben der Erfolg oft versagt war, sollte der Tod fast vollendet gelingen, und er scheint sich dessen merkwürdig bewußt zu sein. Nach der ersten Kugel, die, ohne eine Rippe zu verletzen, das Herz der Frau durchdringt, muß es dann doch noch einige Zeit gedauert haben, ehe Kleist die zweite Pistole, die er sich in den Mund hält, abdrückt: die alte Tagelöhner-Frau, die später von der Polizei vernommen wird, geht ahnungslos fünfzig Schritte weiter, ehe sie zum zweitenmal einen Schuß fallen hört. Das Stückchen Blei bleibt wegen einer zu schwachen Pulverladung im Schädel stecken; aber Kleist muß, wie die spätere Obduktion ergab, sehr schnell am Pulverdampf erstickt sein.

*

Wie steht die Gestalt Kleists, dessen Leben wir hier skizzierten, im heutigen Bewußtsein? Zwei der üblichen Klischee-Vorstellungen, wie sie noch gelegentlich zu hören oder zu lesen sind, lassen die gegensätzliche Schattierung seines Bildes deutlich werden. Die einen sehen in ihm den kranken Romantiker mit der Todessehnsucht, dem Interesse an den Grenzbezirken des Lebens, dem Hang zu Rausch und Übersteigerung, dessen Leben nur folgerichtig mit den Schüssen am Wannsee endet. Den anderen ist er der wortgewaltige Kämpfer für Preußens Glorie, der Prototyp des konservativen vaterländischen (und natürlich »gesunden«) Dichters – eine so seltene Erscheinung in der Geschichte der deutschen Dichtung, daß man sie gleichsam unter Denkmalschutz stellen muß, falls man sie nicht aus eben dem Grunde zum alten Eisen werfen will.

Aber Kleist ist ebensowenig einer literarischen Schule wie einer politischen Richtung zuzurechnen. Sein nationaler Furor bleibt auf eine kurze Spanne beschränkt. Aus starker sozialer Gesinnung hatte er in seiner Dichtung die überhebliche Anmaßung seiner junkerlichen Standesgenossen angeprangert, als Redakteur der »Berliner Abendblätter« ein ausgesprochen liberales Programm entwickelt, was nicht hindert, daß die längst widerlegte Behauptung von Kleists Zugehörigkeit zur reaktionären Adelspartei noch heute durch die Literaturgeschichten geistert. Kleist war kein Romantiker. Seine Bemerkungen zur Ästhetik, sein einzigartiger Stil, den man mit dem der altnordischen Sagas verglichen hat, sein Ringen um die Form eines neuen Dramas, in dem die antiken und die Shakespeareschen Elemente vereinigt sind, sind antiromantisch. Aufschlußreich ist Achim von Arnims Urteil: »Wenige Dichter mögen sich eines gleichen Ernstes, einer ähnlichen Strenge in ihren Arbeiten rühmen dürfen, wie der Verstorbene; statt ihm vorzuwerfen, daß er der neueren Schule angehangen, wozu wohl kein Mensch so wenig Veranlassung gegeben wie Kleist, hätte man eher bedauern müssen, daß er keine Schule anerkannt, das heißt, nur in seltnen Fällen dem Hergebrachten und dem Urteile seiner Kunstfreunde nachgab.«

Seit jeher haben die Literarhistoriker ihre Sorgen mit diesem Dichter, der sich so wenig ihren Kategorien und Methoden einfügen läßt. Schon 1911 stellte Jakob Minor fest: »Heinrich von Kleist ist das schwierigste Problem der Literaturgeschichte, und je weiter die Forschung fortschreitet, um so schwieriger wird das Problem.« Es ist verständlich, daß es die nicht zur Zunft gehörenden Außenseiter waren, Dichter, Philosophen und Künstler, die aus einem intensiven Umgang mit Kleist oft einen Zugang fanden, der den Wissenschaftlern verwehrt schien.

So gibt es heute und je Menschen, die von seinem Dasein und Werk auf eine seltsam starke und unmittelbare Weise ergriffen werden. Sie fühlen, daß hier ein Mensch mit aller Unbedingtheit in die Welt trat, der das Menschsein von Ursprung herein neu erlebte und unter Verzicht auf jede Konvention mit rücksichtsloser Ehrlichkeit und erstaunlich konkreter Wirklichkeitserfahrung die Forderungen seines Herzens bestand, ohne sich in klassische oder romantische Ideologien zu flüchten. Man könnte von einer Gemeinde dieses Dichters sprechen, wenn nicht gerade für seine Verehrer ein entschiedener Individualismus bezeichnend wäre und eine Kleist-Gesellschaft schon fast ein Widerspruch in sich selbst darzustellen scheint.

Die großen Strömungen des 19. und 20. Jahrhunderts haben sich auf ihn berufen, der Realismus, der Symbolismus, der Expressionismus, der Surrealismus, der Existentialismus. Man hat in ihn sozialistische und christliche, nationalistische und weltbürgerliche Ideale hineingedeutet. Und alles schien zu stimmen und stimmte auch wieder nicht. Der Literarhistoriker Ottokar Fischer meinte einmal, die Sphinx Kleist habe noch jedesmal gesprochen, sooft ihr ein Wißbegieriger die Frage seiner Seele vorgetragen habe. Nur habe die Antwort stets anders gelautet, denn notwendigerweise habe der Suchende zugleich mit der Maske des Genius auch etwas von seinem eigenen Spiegel- und Idealbild erblickt.

Hier ein paar Stimmen seines Nachruhms. *Wilhelm Grimm:* »Ausgezeichnet ist die Ruhe und Sicherheit, mit welcher er das Kühnste vorstellt und handhabt.« *Hebbel:* »Es frägt sich, ob, wenn Kleist das *Gebrechliche* der Welt-Einrichtung zeigt, er nicht dadurch mehr erhebt, als wenn er sie priese.« *Nietzsche:* »Ja, wann werden die Menschen dergestalt Kleistisch-natürlich empfinden, wann lernen sie den Sinn einer Philosophie an ihrem ›heiligsten Innern‹ messen?« *Rilke:* »Der Kleist war *schön*, sag ich Ihnen, ach wenn ich's Ihnen doch sagen *könnte*; da ist unser einer nichts dagegen, so ein Pipvogel.« *Kafka:* »In der Toynbeehalle den Anfang von ›Michael Kohlhaas‹ gelesen ... Wild und schlecht und unvorsichtig und unverständlich gelesen. Und am Nachmittag zitterte ich schon vor Begierde zu lesen, konnte kaum den Mund geschlossen halten.« *Cocteau:* »Euer Kleist! Spielt ihr ihn? ist der Prinz von Homburg allzu ›prussien‹? Nun ja. Aber die Penthesilea? Aber sein göttlicher Amphitryon?« *Thomas Mann:* »Er war einer der größten, kühnsten, höchstgreifenden Dichter deutscher Sprache, ein Dramatiker sondergleichen, – überhaupt sondergleichen, auch als Prosaist, als Erzähler, – völlig einmalig, aus aller Hergebrachtheit und Ordnung fallend, radikal in der Hingabe an seine exzentrischen Stoffe bis zur Tollkühnheit, bis zur Hysterie ...« *Ionesco:* »Ich glaube nicht, daß mir nach Shakespeare und Kleist noch irgendeine Lektüre von Theaterstücken gefallen hat.«

So haben Generationen von Dichtern die Gestalt Kleists neu für sich entdeckt und aus ihm Trost gewonnen, denn, wie es Georg Kaiser einmal aussprach: »Wie kann ein Dichter ohne das Vorbild Heinrich von Kleists dies schmutzige Meer der menschlichen Gesellschaft durchwaten?«

Helmut Sembdner

ZUR VORLIEGENDEN AUSGABE

Die vorliegende einbändige Ausgabe der Werke Kleists bringt das vollständige Werk des Dramatikers, Novellisten, Anekdoten-Erzählers und Essayisten. Unberücksichtigt blieb der politisch engagierte Publizist, der Tagesberichterstatter und der Lyriker, dessen Gelegenheitsgedichte gewiß nicht typisch für Kleists Schaffen sind.

So ungern man gerade bei Kleist auf die kleinste Zeile verzichtet (und das trifft insbesondere auf seine Briefe zu, aus denen im Nachwort einige beispielhafte Zitate gebracht werden), so hat eine solche Zusammenfassung seines zeitlosen Werkes ihre Berechtigung. Auch kommen die Meisterwerke der kleinen Form, seine in sich geschlossenen Anekdoten und philosophischen Essays, die so leicht zwischen dem journalistischen Nebenwerk übersehen werden, zu der ihnen zustehenden Geltung.

Grundlage der vorliegenden Ausgabe bildet die von mir besorgte zweibändige Ausgabe von Kleists »Sämtlichen Werken und Briefen« (6., revid. Auflage, Carl Hanser Verlag, München 1977). Selbstverständlich wurde Kleists Interpunktion, die dort erstmals aufgrund der Erstdrucke und Handschriften wiederhergestellt ist, beibehalten. Wenn man weiß, welche Sorgfalt Kleist auf seine Zeichensetzung verwandte, die für ihn ein wesentliches Mittel zur Andeutung von Zäsuren, Betonungen, Heben, Senken usw. bedeutete, muß man eigenmächtige Änderungen, wie sie früher üblich waren, als schwerwiegende Textverfälschungen ansehen.

Die »Familie Schroffenstein« ist in der selten gedruckten, ursprünglichen und allein ganz echten Gestalt der »Familie Ghonorez« wiedergegeben. Im übrigen wurde auf Varianten der Dramen und Erzählungen verzichtet. Auch die Anmerkungen gehen auf Lesarten-Fragen nicht ein, enthalten aber Angaben über Entstehung, Erstveröffentlichung und Quellen der Werke sowie die wichtigsten Wort- und Sacherklärungen.

S.

INHALT

DRAMEN

ERZÄHLUNGEN

KLEINE SCHRIFTEN

Anekdoten

Kunst- und Weltbetrachtung

ANHANG